日本妇道记

山本周五郎文集

[日] 山本周五郎 著

谈谦 译

上海文艺出版社
Shanghai Literature & Art Publishing House

悦阅
YUEYUE

竹林	73
纺车	93
风铃	113
尾花川	135
桃井	151
墨丸	169
二十三年	195

目录

编者絮语 ... I

代序／山本周五郎的文学与电影 ... V

松花 ... 1

箭竹 ... 19

梅香 ... 39

不断草 ... 55

编者絮语

魏大海

　　山本周五郎本姓清水，明治三十六年（1903年）出生，1967年在横滨的工作室逝世，卒年63岁。周五郎22岁时创作的短篇小说《须磨寺附近》入选《文艺春秋》杂志征文，发表时因故署名"山本周五郎"，之后便用作笔名。山本周五郎文坛好友不多，他喜欢的日本作家是中原中也和太宰治。

　　说到这位日本读者异常熟悉的传奇式作家，中国读者或许并不了解。但是若说明黑泽明电影改编依据的小说原作多出自周五郎之手，大家便恍然大悟。

　　此次翻译出版的6部山本周五郎作品，除《日本妇道记》（由31个短篇构成，此次翻译的是新潮文库收录的11篇），几乎全部与黑泽明的电影改编相关（参照原善代序）。中国读者有幸接触与黑泽明电影密切相关的山本周五郎的文学世界，实缘起于对日本电影十分熟悉、情有独钟的黄文杰博士。正是他提起了这个选题。关于山本周五郎小说与黑泽明电影的密切关联性，原善的"代序"也做了十分细致精彩的读解。

但是编者必须说说自己对周五郎文学的一点儿感触，不说如鲠在喉。

周五郎的文学提出了一个发人深思的问题：小说的本质是什么？通过人物、故事劝善惩恶？传授知识？探究表现技法？有人说，小说是描绘真实的生活、发现生活的问题；又有人说小说是突破思考的局限，把真实的世界展现给读者；也有人认为优秀的小说是不断创发隐喻和寓言的过程，陌生化是其重要的手段。如卡夫卡的《变形记》，一个公司职员早上起来无缘无故变成了一只甲虫，读者将之解读为工业社会予人的摧残和异化。又有说法称，伟大的小说家关注并写出了人物的复杂性和必然性，优秀作品提出的问题具有永恒价值。优秀的小说家应该永远保持实验性和开放性，对世界永远保持怀疑和好奇，无论通过讽刺还是梦幻的手法，还是借助音乐性叙事修辞，最终都让作品成为刺破确定性的那根针。

然而用这些标准判识山本周五郎的小说未免过于苛刻。日本唯美主义作家谷崎润一郎的一个说法十分有趣。他认为小说不能忽视故事、情节和结构——结构的趣旨在于故事的组合方式、结构的巧妙或建筑式的美感。文学之中，最具结构性美感的样式正是小说。排除了结构的趣旨，无异于舍弃了小说形式拥有的特权。在文学巨匠谷崎眼中，利用小说形式的特权讲好故事才是判识小说家的首要标准。这种说法对与不对另当别论。不妨说，山本周五郎正是符合谷崎的判识标准的小说家。

山本周五郎自然也在小说中涉及对人物心理的揭示、社会伦理道德的宣扬乃至说教。但首先需要强调的是，周五郎是个讲究结构、会抖包袱的故事高手！他的每一篇小说都有一个鲜明的主题，都有生动的人物关系纠葛和真实的心理描绘，更重要的是，他的小说通通有一个十分巧妙的包袱，适时地抖现给读者，令读者唏嘘感动不已。相信中国读者只要读上一两篇，就会感受到一种强烈的吸引力，让人欲罢不能。作为6卷本主编，不忌"王婆卖瓜"。

建议读者在进入其文学世界之时先读《日本妇道记》。若干短篇中出现的人物原型，据说是他不事张扬、颇具日本妇人善行美德的妻子。《日本妇道记》被收入新潮文库时，作者亲自选定11篇为定本的篇目。篇篇感人！篇篇精彩！虽然这些小说出版的时期有点儿敏感，但是并没有直接涉及现代战争的表现。有趣的是，中国"贤妻良母"的说法在日本是"良妻贤母"。日本学者小山静子在《良妻贤母规范》中提到明治初期的女性教育和母亲的作用。她说"良妻贤母"的意识形态确立于公教育体制成立的世纪转换期，适用于近代式"男主外、女主内"的性别分工，对近代社会的形成不可或缺。

涉及"妇道"这一话题，日本学界也有种种争议。读者不妨通过周五郎笔下感人至深的故事，了解日本传统"妇道"的真义。这本书就像国内翻译了若干版本的《武士道》（新渡户稻造著），帮助中国读者了解日本和日本人。

编者之所以着重提起《日本妇道记》，乃因首先受到的强烈震撼正是这部作品带来的。二十世纪前期近乎同期出版的同类作品尚有熊谷巽堂的《日本列女传》（明治出版社，1913）、德富猪一郎的《日本名妇传》（主妇之友社，1928）、菊池宽的《日本名妇传》（妇女界社，1935）和龙居松之助的《日本名妇传》（北斗书房，1937）等，世人评价不一。对此，日本学者竹添敦子的研究十分重要，她说其他相关作品是有争议的，而周五郎的《日本妇道记》全然不受时局之影响，其中没有一篇是迎合战争时局的作品。这个评价不低。

另外，强调《日本妇道记》，并没有矮化其他作品之意。本次选译的6部作品，几乎都是短篇小说的锦集，可以说各有各的特色，却有前面提到的共通特征——即具有巧妙的包袱和绝佳的故事结构！

还有人说，读山本的小说之前要有会落泪的心理准备。不多叙。请君欣赏。

识于浙江越秀外国语学院
2019年3月30日星期六

代序/山本周五郎的文学与电影

原 善（日本原武藏野大学教授）

魏大海 译

欣闻魏大海兄主编的文学译丛《山本周五郎文集》（6卷本）即将出版。作为一个山本迷，我欣喜万分，借此良机，怀着敬畏的心情重读山本。至2018年（平成三十年），山本周五郎已过世50周年，其作品解除了版权束缚，改版后的文库本在日本也被陆续刊出，一些相关影视改编作品也在策划中。不妨说，似在重新掀起小小的周五郎热潮。在中国，不少读者只知道黑泽明导演的《椿三十郎》《红胡子》《电车狂》《大海作证》等电影，对于原作者山本周五郎却所知甚少。因此在中国出版6卷本的山本周五郎文集意义重大。

我们知道，电影《椿三十郎》的原作是《日日平安》，《红胡子》的原作是《红胡子诊疗谭》，《电车狂》改编依据的则是《没有季节的街》中所收8篇小说。当然，黑泽明是世界级大导演，他通过演员和导演技法的变化勾现了山本文学的本质。此次刊出的6卷本，除初期名作《日本妇道记》

外，全部与黑泽明的改编电影相关。

Ⅰ 影像化作家周五郎

不妨说，山本周五郎原本就是别具影像化潜质的作家。

山本周五郎1903年（明治三十六年）出生，文坛成名作是1926年（大正十五年）4月、23岁时发表的作品《须磨寺附近》。1929年（昭和四年）26岁正处于蛰伏期时，周五郎参评东京市儿童电影悬奖的剧本中选，题名为《春来山岗》。这是周五郎最初被搬上荧屏的作品，导演是长仓裕孝。此后1938年（昭和十三年），有三部作品陆续获得电影化，分别是《恋爱武士道》（原作《藤次郎的恋爱》，新兴京都，菅沼完二导演）、《腰元吉弥组》（原作《吉弥组始末》，日活京都，菅沼完二导演）和《喧哗主从》（日活京都，益田晴夫导演）。

其他诸多拍成电影的作品如下：

1937年（昭和十二年）34岁《青空浪士》（新兴电影，冈本七之辅导演）

1939年（昭和十四年）36岁《粗忽评判记》（松竹下贺茂，小坂哲久导演）

1941年（昭和十六年）38岁《晚云武藏原》（原作《内藏充留守》，大都映画，佐伯幸三导演）

1946年（昭和二十一年）43岁《修道院新娘》（原作《不

绽放的丁香花》，大映，田口哲导演）

1958年（昭和三十三年）55岁《江户的蓝天》（原作《妈妈》，大映京都，西山正辉导演）

1959年（昭和三十四年）56岁《町奉行日记 铁火牡丹》（原作《町奉行日记》，大映，三隅研次导演）

1960年（昭和三十五年）57岁《胡闹兄弟》（原作《误会物语》，东映，泽岛忠导演）

1962年（昭和三十七年）59岁《椿三十郎》（原作《日日平安》，东宝，黑泽明导演）

1962年（昭和三十七年）59岁《蓝色物语》（东京映画，川岛雄三导演）

1962年（昭和三十七年）59岁《小贝》（东映，田坂具隆导演）

1962年（昭和三十七年）59岁《青叶城之鬼》（原作《冷杉残留》，大映，三隅研次导演）

1964年（昭和三十九年）61岁《破道场》（原作《雨过天晴》，松竹，内川清一郎导演）

1964年（昭和三十九年）61岁《续·破道场问答无用》（松竹，菊池靖、松野宏轨导演）

1964年（昭和三十九年）61岁《无赖无法之徒 左武》（原作《左武》，日活，野村孝导演）

1964年（昭和三十九年）61岁《五瓣椿》（松竹大船，野村芳太郎导演）

1965年（昭和四十年）62岁《红胡子》（原作《红胡子

诊疗谭》，东宝，黑泽明导演）

1965年（昭和四十年）62岁《冷饭与厨娘与爸爸》（原作《冷饭物语》《厨娘》《爸爸》，东映，田坂具隆导演）

1967年（昭和四十二年）殁后《泪川》（原作《阿多福物语》，大映京都，三隅研次导演）

1968年（昭和四十三年）殁后《斩》（原作《砦山十七日》，东宝，冈本喜八导演）

1970年（昭和四十五年）殁后《电车狂》（原作《没有季节的街》，东宝，黑泽明导演）

1971年（昭和四十六年）殁后《在我冒险的日子》（原作《深川安乐亭》，俳优座映画放送，小林正树导演）

1972年（昭和四十七年）殁后《初笑惊悚武士道》（原作《杀生》，松竹，野村芳太郎导演）

1976年（昭和五十一年）殁后《杀生》（松竹，大洲齐导演）

2000年（平成十二年）殁后《雨停了》（东宝，小泉尧史导演，黑泽明编剧）

2000年（平成十二年）殁后《铜锣平太》（原作《町奉行日记》，东宝，市川昆导演，黑泽明、木下惠介、市川昆、小林正树共同编剧）

2001年（平成十三年）殁后《妈妈》（东宝，市川昆导演）

2002年（平成十四年）殁后《大海作证》（原作《无名花香》《梅雨季节》，日活，熊井启导演，黑泽明编剧）

2002年（平成十四年）殁后《SABU 左武》（原作《左武》，映画旬报社，三池崇史导演）

2007年（平成十九年）殁后《椿三十郎》（原作《日日平安》，东宝，森田芳光导演）

2008年（平成二十年）殁后《阿房》（GO·映画[1]，市川昆导演）

其作品的影像化不仅涉及电影也涉及电视剧。电视剧化的契机是1959年（昭和三十四年）现TBS电视台开设的"山本周五郎时段"节目，以后各电视台竞相播送周五郎电视剧[2]。而周五郎作品的应用并不局限于电影、电视的影像化，且延伸至舞台剧、歌舞伎、新派剧等领域，周五郎作品纷纷借此登上了舞台。

然而从某种意义上回顾以往，受影像化青睐的尚有藤泽周平之类作家所写的时代小说，以及吉川英治等人的作品。根据周五郎作品改编的电影里，除野村芳太郎导演的《五瓣椿》等几部例外，无论票房还是对原作的理解，其实都不能说让人满意。从与原作的适配度的角度看，最有趣的还是由黑泽明执导的几部作品，且都获得了成功。

白天散步，顺便在电影院里消磨时光成为周五郎每天的功课。"电影狂"山本周五郎曾和武田泰淳等做过题为"100%电影狂"的对谈（《文艺春秋》1963年〔昭和三十八年〕

---

1 GO·映画：即电影公司"ゴー·シネマ"。
2 应接不暇于各电视台播放申请的斋藤博子，在日记《间门园日记——伴随山本周五郎夫妇》（深夜丛书社，2010年〔平成二十二年〕5月）中有相关的详细记载。

6月），探究文学作品和电影之间的关系，非常有趣。相关比较暂且不论，首先介绍那般影像化带来的周五郎热以及形成高潮之前的山本周五郎其人。

II 因贫苦出身而与庶民共感的周五郎

山本周五郎1903年（明治三十六年）6月生于山梨县，本名清水三十六，笔名"山本周五郎"实际上是借用了当铺店主山本周五郎（雅号"洒落斋"）的名字。周五郎12岁起就在当铺学徒。据说最初只是编辑的一个错误，后来没纠正便直接沿用这笔名了。周五郎尊敬店主洒落斋甚至超过生父。店主在他贫困时让他在店里吃住。这些成长经历对他日后影响巨大。周五郎在东京就读丰岛小学，之后毕业于横滨西前小学。这是他的最终学历。他想升入中学，但没有那样的家境可以支撑。工作之余，店主洒落斋让他去夜校补习英语和簿记，并支持他练习写作。店主在物质和精神两方面不遗余力的援助，促成了作家山本周五郎的诞生。周五郎一生都不会忘记店主的恩情，这种贫困生活经历的印迹体现在他以后的文学中，便是对穷人寄予无限的同情和共鸣。

相关的代表作便是黑泽明电影《电车狂》的原作《没有季节的街》（1962年〔昭和三十七年〕4月—10月）。在连载篇头的"作者絮语"中，周五郎写道："这个街市是极端贫穷者们聚集在一起创造的。不仅是城市，连小小的乡镇都有这样的街道。作者介绍的'街'也是其中之一，地理上并不存在但又无所不在，多多少少存在于各位读者身边。并且这里需要强调的是，登场的人物与事件确是作者现实中的所见所闻，因而充满了生命力。"（《朝日新闻》1962年〔昭和三十七年〕3月28日）。这种与"宛如在读者诸君身边存在着"的"穷人"的共鸣，不仅体现在现代小说《没有季节的街》中登场人物身上，更包容于周五郎擅长的时代小说中，那里面"穷人"的确多于英雄豪杰。《没有季节的街》之后连载的《左武》（1963年〔昭和三十八年〕1月—7月）中，他同样在"作者的话"中这样写道："没什么值得说的。仍然是穷人的故事。人与人之间的爱和友情，在这里因贫穷而扭曲，爱变成了憎恨，友情变成了敌意。人与人之间失去信赖之后，人的生命靠什么救赎呢？我想和读者一起确认，人类仅靠敌意和憎恶是无法生存的。"（《周刊朝日》1962年〔昭和三十七年〕12月29日）其故事的中心"仍旧是穷人"。山本周五郎在其未完成的绝笔长篇连载小说《庄严的渴望》（1967年〔昭和四十二年〕1月—2月）中这样说：

这本小说依然是穷人舞台，我打算在其中涉及宗教和信仰问题。得天独厚的幸运儿权且不论，我们大多数人，生活中总是遭遇困难、拒绝、排斥与嫌弃。但我相信，只有身在其中才是人类的生活，才有希望和未来性。在此，我想探究宗教和信仰占据着怎样的位置。（《朝日新闻》1966年〔昭和四十一年〕12月22日）

山本周五郎称赞的是描写贫者穷人的文学作品，比如陀思妥耶夫斯基的小说《穷人》。把描写"穷人""还是贫穷"和"依然贫穷"的人们作为标榜之语的山本周五郎坚信"其中才有真正的人类生活，那里充满着希望和未来性"。山本周五郎编织的故事，根底里时时饱含着对于人类的体恤与温存。因此才有了基于人类存在的信赖、希望和辛劳。对人类的爱转化为对弱者的体恤，以此为依据出现在笔下的人物是赤贫者（《没有季节的街》中《有泳池的房子》一篇写到的不食残羹冷炙、臭鱼烂虾就无法存活的父子）。山本周五郎的目光每时每刻关注的都是庶民、平民。《没有季节的街》创作之前，周五郎在回应读者鼓励信时说——"谢谢来信"，同时在那样的广播节目中这样说道：

> 我写小说时，最想说的是大多数人无法依靠政治、道德和法律，必须靠自己的力量生存和找寻幸福。最可靠的是相互之间的真心与爱……这是全体庶民（平民）拥有的最低限度的财产。（1960年〔昭和三十五年〕5月）

山本周五郎的庶民性在于不写传统意义上的英雄豪杰，不论长篇、短篇，他的文学世界里比比皆是的正是庶民性。其实黑泽明在电影中忽略了周五郎的这种庶民性，此处暂且按下不表。总之同情弱者的姿态面对的不仅是穷人和庶民，时常也包括了众多的女性。例如他在《日本妇道记》（1942年〔昭和十七年〕6月—1943年〔昭和十八年〕6月）塑造了高洁的武家女性群像。有些作品则描写了比庶民更加贫穷的、身处社会最底层的受虐女性，如《无名花香》（1956年〔昭和三十一年〕2月）和《露水沼泽》（1956年〔昭和三十一年〕12月）等，这些短篇名作的主人公是娼妇。

当然后者也是"穷人"，容易理解。补充说明，《日本妇道记》是战时的作品，因此有怀疑文中包含强烈战争意图的声音，也有否定性的观点认为，作品的主题一味地赞美淑女美德，有悖于战后的女性解放思潮，已经过时了。然而《尾花川》(《日本妇道记》第8章）中的一节这样写道："人类重大飞跃的机会总在切近的生活中"。无论何等历史性大事件，无论怎样的历史性伟业，皆由生活的日常所支撑，所谓日常就是由女性所支撑。这样的主题又与男尊女卑的旧理念相距甚远，保持了现代式的理解和姿态。山本周五郎秉持着超越男女性别的人类的视点，只要一读便知。作品所书写的女性身上体现出谦让、忍耐的美德，这种美德绝不会因时间的流逝而褪色。尽管周五郎讲述的是日本故事，想必也会使中国读者深受感动。女性们并不会事事谦让和忍耐，她们彻头彻尾地顺应自然，她们遵循的并非日本封建社会制度强加给她们的道德准则，而是发自人类自然理想的生存方式。一句话，山本周五郎之所以关注于穷人、庶民和女性，乃是因为那里深藏着最大的人性。

III 以反骨精神涂抹历史的周五郎

如前所述,周五郎对弱者充满了共鸣与同情,在他们那里发现了真正的人性,他贫穷的成长经历孕育了他的这种禀赋。贫穷且没有学历,他是在人生这所学校打磨成材。他创造了若干个性强烈的主人公,山本周五郎自己也不例外。毋宁说,山本周五郎正是一个典型人物或一个充满亲切感的称谓,但他还有一个诨名叫"曲轩"(此时稍有轻侮之嫌)。据说这是文士村先住民[1]尾崎士郎给他起的绰号,包含着所谓别扭、执拗的语义。在文坛,山本周五郎给人以狷介孤高的印象,尤具代表性的便是他拒受"直木奖[2]"的传闻。当时的获奖作是《日本妇道记》。

周五郎在谢绝词中这样表述道:

> 欣闻获得"直木奖",深感荣幸。但自己实在没有心情领受,只好推辞。
>
> 此奖的颁奖目的我一无所知。想必对更加年轻的新人、对新的作品更加有益。仅仅为着奖掖出新,有过于暧昧之感。总之现在一味地推陈出新,崇尚清新。局外人说这种话是多管闲

---

1 文士村先住民:尾崎士郎1931年(昭和六年)至1946年(昭和二十一年)间居于现大田区马达的"马达文士村"。
2 直木奖:以作家直木三十五命名,与日本纯文学大奖"芥川奖"齐名的具有很高评价的文学奖项。

事。该奖似乎意在介绍新人、新风,当然过去也是如此。望今后仍能选定相应的作品评奖。(《文艺春秋》1943年〔昭和十八年〕9月)

直到2018年(平成三十年),拒受直木奖的作家唯山本周五郎一人,仅此一点,亦可见出山本周五郎是何等特殊的作家。据说推辞的原因,是他与授予该奖的出版社文艺春秋的代表作家菊池宽不和,但又并非仅仅因为个人私怨,其后《冷杉残留》(1958年〔昭和三十三年〕1月、9月)被推选每日出版文化奖时,他也明言推辞:"获奖实乃吾之光荣,我时常得到各社编辑部、读者和评论家诸位的推荐,受宠获奖……不好意思有违好意,仍决意辞退。"(《辞退寸言》《每日新闻》1959年〔昭和三十四年〕11月3日)更有甚者,《蓝色物语》(1961年〔昭和三十六年〕1月)获得文艺春秋读者奖时,他也不接受,他说"听说这次获得杂志读者奖,实是感激不尽,我时常得到众多读者、各编辑部乃至批评家诸君的超常奖励,诚惶诚恐。所以再度获奖,莫如说成为我的负担。为此不好意思,辜负了诸君的厚意……并非顽固而是出自极度谦逊的心情,希望大家认同为感。"(《辞去文艺春秋读者奖》,《文艺春秋》1961年〔昭和三十六年〕2月)他本人认为"并非出自顽固",但他死活不肯接受文坛大奖恰恰证明他超常顽固的"曲轩"面目。

正因为曲轩山本周五郎是此等人物,他才塑造了若干具有反骨精神的主人公,如《红胡子诊疗谭》(1958年〔昭和三十三年〕3月—12月）中的反骨医生新出去定等，主人公们反映作家的反骨精神，设定的人物总试图抗拒什么。当然如前所述，遵循有异于世间道德的别样的人性规范的《日本妇道记》，是作为那般女性生存方式的延长。与其说是顽固，与其说是执拗，莫如说倔强的主人公们正是山本周五郎作品长期拥有人气的最大要素。

作为其反骨精神的延展，主人公们不仅仅是性情倔强、乖僻，他们的生存方式、生活方式也与世间的一般观念大相径庭。正是在这一点上，我们会看到反骨作家山本周五郎的真实面目。《正雪记》（1953年1月—1957年8月）里的由比正雪、《荣花物语》（1953年〔昭和二十八年〕1月—9月）里的田沼意次、《冷杉残留》（1954年〔昭和二十九年〕7月—1958年〔昭和三十三年〕9月）的原田甲斐等等，皆为在日本历史上被贴上了如谋反者、坏人等等标签的人物。这些小说的焦点是为他们昭雪污名。他质疑历史上已有定论的事件，鄙夷世人的玩世不恭，对造出那般定论的世界充满愤怒。就是说主人公不仅拥有作者自身的反骨精神，作品的生成本身亦关涉于作者的反骨魂。

一个好的例证便是《冷杉残留》。这是周五郎所写篇幅最长的作品。这部作品被拍成大河连续剧，在NHK播放了一年，成为山本周五郎的代表作之一（其他有《蓝色物语》和《红胡子诊疗谭》）。《冷杉残留》是政治小说，从头至尾贯穿了探讨人与组织间关系的主题。中心内容是宽文事件即所谓的伊达骚动，中心人物是伊达藩家老和船冈馆主原田甲斐[1]。原田甲斐正是歌舞伎中的仁木禅正——恶的化身、恶汉的代名词，然而山本周五郎却使这个人物发生了大逆转，这个人物虽最后被误解、杀死且家破人亡，却坚持了守藩的信念。这样透彻的描写展现了周五郎作为作家的敏锐与干练。

这里促使（作者也好读者也罢）发挥反骨精神的对象，即主人公反抗的是压迫性的政治权力，也是制度，同时反抗的还有那些将主人公塑造成恶人的人。念及歌舞伎中仁木禅正形象助成的文化背景，周五郎反拨的就不仅仅是鼓吹定说的学者，也对抗了促成定论的平民阶层。电影导演筱田正浩说，周五郎"想要颠覆之前谋反人、恶人的固有观念"，他"愤怒于庶民促成的虚伪的人物形象，愤怒于平民于无知中腌制的权力和被权力所操纵的无知的横暴。从这个意义上说，周五郎是个极端的反体制者。"然而如前所述，山本周五郎对庶民百姓其实充满了同情和温情，尽管同时他又时不时地尖锐刻画出他们的狡猾和强韧的一面。

山本周五郎讳名"曲轩"，但他绝非冥顽、执拗之人而是拥有所谓原田甲斐式信念之人。这在其作品中皆有讲述。这些作品包括《虚空遍历》（1961年〔昭和三十六年〕3月—1963年〔昭和三十八年〕2月）和《长坂》（1964年〔

---

[1] 原田甲斐（1619—1671）是伊达骚动时期的中心人物，败北之后在大老酒井邸斩杀政敌伊达宗重，自己也因被宗重派的柴田朝意砍成重伤而死。

昭和三十九年〕6月—1966年〔昭和四十一年〕1月）等。公开声称对周五郎推崇备至的作家乙川优三郎，在论及这两部作品的题名时这样说，"无可否认，山本周五郎这个作家拥有非凡的毅力，没有人能像他那样凭借着强韧的意志遍历文学的虚空，且坚忍不拔地攀爬人生的长坡。"确实如此，山本周五郎度过了将反骨精神贯穿始终的文学生涯。

Ⅳ 成就黑泽明的原作者周五郎

这里我们回到最初的话题——山本周五郎与电影。我们知道，让黑泽明作为"世界的黑泽"登上世界舞台的电影名作《罗生门》（其原作是《竹丛中》）其原作者是芥川龙之介。然而不妨说，真正使黑泽明电影具有"世界性"的却是山本周五郎。

黑泽明最初拍的周五郎作品改编电影是《椿三十郎》。2007年（平成十九年），森田芳光导演翻拍了这部电影，织田裕二任主演，后继的电影人促成了新的电影化，的确推出了别具魅力的作品。可是，黑泽明版的《椿三十郎》，得益于饰演主人公的个性鲜明的大演员三船敏郎。黑泽明擅长的是刺激、强烈的大英雄电影，其电影自然而然地利用了主人公三船敏郎的蛮勇。但由周五郎的原作《日日平安》（1954年〔昭和二十九年〕7月）不难获知，主人公菅田平野欲告别浪人生活，他精于算计以为能顺利地当上藩官，还向年轻武士井坂十郎太建言谋求合作。因而他绝非英雄人物。《日日平安》就是这样一部幽默性的时代小说，主人公是个可笑的人物，一边忍受难耐的饥饿，一边为了谋得官职拼命地钻研计谋。城代家老陆田精兵卫和妻子、女儿三人被敌方捕获，处于危险之中，他却始终泰然自若，正如书名所示，展现出"日日平安"的风情。比起剑侠，这才是被置于重点的主题。这样的作品正是山本周五郎的作品，但三船精湛的剑剧电影《椿三十郎》，给人留下迥然不同于原作《日日平安》的印象。比较一下最后的场景也能明白。名闻遐迩的《椿三十郎》，最后一幕颇具冲击力，扮演敌方首领的仲代达矢决战被斩杀时，从脖颈里喷出的血沫飞溅了一米以上。这样的结局对之后的时代剧、时代电影产生了很大影响。但《日日平安》的结尾却有很大的不同。一直忍耐着打算离开的菅田平野，不想自尊心受到伤害，对年轻武士的挽留之语生硬地应付，却不由自主地鞠了个躬，不禁笑道"谢谢"。故事就此结束。如此看来，此人与蛮勇无双的椿三十郎风马牛不相及。从这个意义上来说，此时的黑泽明尚未在真正意义上遭遇山本周五郎。

也有人说，周五郎拒受直木奖的另一个理由，是他对评委之一的吉川英治的反拨。吉川英治塑造了英雄人物宫本武藏，与此相对地，周五郎创作了小说《豫让[1]》（1952年〔

---

1 豫让（？—公元前453年左右），晋国人。为替战败身死的主君智伯报仇，孤身谋刺赵襄子未果，被捕后伏剑自杀，为后世留下了名句"士为知己者死，女为悦己者容"。

昭和二十七年〕3月），讲述了一个武藏被和豫让一样企图复仇的武士戏弄且最终挫败的故事。周五郎借这部作品使武藏的权威黯然失色。对于（同样也是仅有小学学历却不断推出时代小说力作的国民作家）吉川英治，周五郎确实心存对抗之念。相对于擅长描写英雄剑豪的吉川英治，山本周五郎所写的（诸如两次被改编成电影的《杀生》中让剑豪哑口无言的软弱武士）即使是武士也是不够格的豪杰，此外还有被武士虐待的庶民。

实际上，黑泽明当时已经准备了忠实于原作的剧本。但为了满足公司的要求（再制作出一部类似《用心棒》的电影），黑泽明拍出了豪爽的剑侠电影《椿三十郎》。因此，不妨说此时黑泽明已在文学作品中，充分地体会到共鸣。他后来拍出了更加接近山本周五郎的文学世界的作品《红胡子》。

《红胡子》的原作正是《红胡子诊疗谭》。除黑泽明的电影，NHK也拍摄了电视连续剧。那是山本周五郎作品中最流行的一部。在日本那是一个普遍化的名词，"红胡子"即代表市井的"医者仁术"，是身体力行拥有良心的医者代名词。为此做出更大贡献的无疑正是黑泽明电影。

人格高洁的"红胡子"新出去定医生的扮演者也是三船敏郎。在"红胡子"的人格魅力引导下、胸怀医者仁术理想的精英青年医生保本登的扮演者加山雄三，在前作《椿三十郎》中扮演的是配角。周五郎曾说，"黑泽的《红胡子》比原作好"（《间门园日记》昭和四十年六月四日）。《红胡子》里自然也有《椿三十郎》那般豪杰气质，同时带有些许道德性说教腔。如果说那也是周五郎作品中的原有要素，那么与前作《椿三十郎》不同的是，黑泽明的《红胡子》忠实地电影化了周五郎世界。不过彼时，形形色色的山本周五郎世界充分呈现了庶民的魅力，比之前作《椿三十郎》差异很大。在电影《红胡子》中，除了去定和保本两个主人公，同时也生动而富有魅力地描写了其他庶民的形象，如《狸貉长屋》中的佐八、心气高的工匠、疗养所的患者等等。就是说，在忠实描绘周五郎世界的过程中黑泽明受到大大的感化。终于在后续的《电车狂》中，黑泽明描绘的是传统英雄、豪杰全然不登场（缺位）的世界。

电影《电车狂》的原作，是山本周五郎的《没有季节的街》。影片舞台是大城市一隅靠近贫民窟的街区，原作有15个系列短篇，描写当地住民人物群像。黑泽明从中选出《开往街区的有轨电车》《丹波老人》《牧歌调》《我的太太》《爸爸》《雁拟豆腐》《枯木》《有游泳池的房子》等8篇，重新编成了一个故事，其中登场的，只有极其普通但各具独特个性和癖好的庶民。黑泽明通过对人的矮化描写人的尊严，如此继"红胡子"患者之后，他在其他作品中也通过庶民完美表现了人的尊严。

之后黑泽明通过两个作品《梦》和《八月狂想曲》，描写了懦弱者的真情。虽然不是山本周五郎的原作，但是可以说，那是山本周五郎式路线的延长。可以说黑泽明的创作步伐中吸收了周五郎的诸多要素。两人的个性有异，但两种强烈个性的相遇却使他们相得益彰，这种现象十分有趣。

黑泽明在《椿三十郎》中，不得已使主人公具有了原作中没有的豪勇。而《红胡子》则如原作那样，描摹了英雄医生的身姿，展现了市井百姓高贵的灵魂。终于《电车狂》如实表现了以平民为主人公的周五郎的世界，这里的人物贫穷却保持着一颗骄傲的心。这也成为之后黑泽明电影的基础。

黑泽明1998年（平成十年）逝世，生前执笔中却未能完成的剧本，仍旧改编自山本周五郎的作品。黑泽明的助理导演小泉尧史继承遗愿，让《雨停了》作为其首部导演作品走上荧屏。电影忠实原作，以武士为主人公，完美塑造了山本周五郎式的人物形象。片中人物武艺高强，却维续着拙笨而诚实的生活方式。黑泽明还将《无名花香》和《露水沼泽》等描写游女生活的、周五郎气息浓厚的短篇小说改编为剧本，计划拍成电影未果。终于在2002年（平成十四年），熊井启执导完成《大海作证》。山本周五郎和黑泽明两人巧妙重合的世界，在两人逝世后得到了延展。

十分高兴，能将两人如此强烈的个性展现给中国读者。期望诸君有机会观赏、比较原作和电影。

日本婦道記

松花

一

佐野藤右卫门把桌子放在北面的小窗户下，开始用红笔修改《松花》稿件。突然像是感觉到疲倦，他放下红笔，摘下眼镜，用两手的手指轻轻抚摸着眼眶，目光投向了院子。窗外结结实实长着十四五根孟宗竹，三五一组适当地拉开距离，在清晨澄澈的空气中低垂着密集层叠的枝叶。藤右卫门看着油亮的翠竹，感觉到一种由于长期疲劳引起的扩散性的肩背酸痛。

藤右卫门是纪州德川家总管，年俸禄千石，一直主管膳食等繁琐事务，现年六十四岁，几乎与疾病无缘。除了已出现些许白发及视力略微减退之外，他的身体健康程度完全可以与壮年人相比。但年初早春时，藩主念其岁数大了，解除了他膳食主管的职务，命其于菊之间[1]负责编撰藩谱。他的工作变成多数时间将自己关在自家书房，阅读部下撰写的稿件。虽说从繁杂的事务中解脱了出来，可打那以后，长期疲劳落下的背部酸痛反倒更加明显了。案上摊放着的原稿《松花》，记述了藩谱中记录的烈女节妇以及纪州家中古今留芳的女性的故事。藤右卫门时常心想，太平盛世确立的妇道是风尚提升之本。因此在校阅文稿时，

---

1 菊之间：日本江户时期，德川家臣及书院总管等的工作场所。

他逐字逐句、周密细致地斟酌考虑。不过这四五天来，总觉得容易疲倦，动辄搁下笔茫然若失。——或许是闲了下来身体反而不适。适应后这样的情况一定会消失。

藤右卫门这么暗忖。但原因其实出在别处，妻子宁病重垂危。去年夏天患病后日渐恶化，医生已束手无策，本人也索性放弃希望了。特别是昨晚，以为到了最后时刻，彼此也道了别。妻子患的是癌，不治之症。一开始他跟妻子两人就认命了。悲哀也罢，痛心也罢，并非现在才感觉得到。不过藤右卫门的内心除了祈祷临终平安，只觉得一缕空落落的感觉明白无误地笼罩着自己。

藤右卫门望着窗外油亮的翠竹，听见外廊传来疾促的脚步声，他蓦然回神拿起了笔。

"呈报，父亲大人，向您呈报。"

长子格之助的声音。

"进来，什么事？"

"请您去病房，母亲大人情况不好。"

"……是吗。"

"请您立即过去。"

藤右卫门正要起身，不知为何迟疑片刻，目光投向了摊放桌上的稿件上。一瞬间他也不明白自己要干什么，只好整理了一下砚台盒四周，站起了身。走过游廊来到主房边，再拐个直弯儿，径直穿过了里间内客厅，只见老少家臣满满地端坐走廊处，大家都好像石头一般屏住了呼吸低垂着头。藤右卫门走进房门，妻子刚咽气。长子格之助、次子金三郎、格之助妻奈美均在场，脚下还有妻子宠爱的女佣管家素良，大家都在呜咽抽泣。

"夫人走得安详，好像睡眠一般往生了。"

听到刚刚做了最后诊脉的医生这一说，藤右卫门静静地坐在了枕边。

妻子的嘴唇已"临终施水[1]"，她已经去了，这一点毋庸置疑，死后的面容极其安详，没有丝毫痛苦的痕迹。藤右卫门像是怀有祝福的心情久久注视着妻子的面容，突然看到妻子的手稍露出被褥外，便握住那只手要放入被里。这时他发现仿佛尚存些许体温的手非常粗糙。以前没有握过妻子的手，只觉得这是头一次抚摸，当他发觉妻子的手如此粗糙时，仿佛触摸到迄今全然不知的妻子的另一面。

过了一会儿，他站起身说：

"半时守灵[2]即可，发通知时别忘记说明。大家安排时勿有疏忽。"

---

1 临终施水：来自佛教的佛陀口渴求水之传说。由至亲对临终前的人或死者施行，为其去冥界的路途上不会口渴。方式是用沾了水的棉签轻拭其口唇。
2 半时守灵：守夜通常指为死者守灵一整夜，"半时守灵"则较短，一般夏季从晚七点、冬季从晚六点起守灵一两小时。

二

他回到书房，坐在桌前，拿起笔开始静心校阅那些文稿。他头脑清晰，内心沉静。只是感到身体不知何处透着空隙，风从那空隙肃杀而过。

半小时过后，前来吊唁的人开始陆续上门。多数吊唁者由格之助一人应酬足矣。必须要由藤右卫门接待的客人，也不会絮絮叨叨说得太多。大家早料到这个结果，没人太多虚套慰藉。午后时分本家的佐野伊右卫门来了。伊右卫门乃两千二百石俸禄的重臣，比藤右卫门年长两岁。走进书房，看了眼案几他不禁愕然道：

"这会儿还工作吗？"

"事情太多，已耽误很多了。"

"耽搁再多，也不缺一天啊。这对死者太薄情了吧。"

"可是做什么呢？在那儿发呆，更是无聊。"

藤右卫门苦笑道。

"是啊。"

伊右卫门鼻子应了一声道：

"唔，或许无聊。如今也不是死别哭泣的年龄。何况那么多的人帮忙，无所事事，自然会感觉无聊。"

"没什么急事的话，一起喝一杯？我不是您的对手，不过藏人一会儿就来。"

森藏人[1]是年俸千石的大寄合[2]。喝起酒来，惊人海量。伊右卫门也好饮酒，两人正好可以对饮。伊右卫门先是表露出推辞的神色，接着像是虑及藤右卫门的心情，定下心来说：

"那就快点儿准备，现在就开始佛堂坐夜[3]吧。"

藤右卫门即吩咐书房备酒菜。端酒上菜的侍从双眼哭得红肿。伊右卫门似要显示自己的洒脱大度，让正要跪坐斟酒的年轻侍从退了下去，开始自斟自饮。不一会儿，森藏人也进来了，另外还加入两三个人，大家热热闹闹喝到了傍晚。

为严守半时守灵，晚十时一过，吊唁客就陆陆续续地回去了。送走了最后一个客人，藤右卫门来到一早离开再没进入的病房。遗体照规矩摆放着，靠在枕边的经卷桌上装饰着芥草枝，为亡灵点燃的线香在长明灯的闪烁中袅袅烟丝摇曳。格之助兄弟俩守在一旁，还有管家六郎兵卫、用人[4]左内以及四五个年轻侍从。女人们都在隔壁的房间里。藤右卫门供上线香后，在枕边坐了下来。过了一会儿，他轻轻站起身来。

---

1 藏人：一种官职。也用作人名。
2 大寄合：有一定年俸的小官，退职后给予的称号。
3 坐夜：按照习俗，为亡灵守夜仪式时，要为前来吊唁的客人备酒菜。
4 用人：由江户时代武家和公家的家臣担任，地位次于家老，是在主君身边管理日常事务的文职。

"累了吧？大家这就退下休息吧。让格之助和金三郎守灵。不必介怀。退下吧。"

说完走出了房间。他没去寝室，而是穿过黑暗的走廊，再次回到了书房。已被收拾利落的房间里，烛台的灯火静静闪烁。他把桌子对向烛火坐下。头脑依旧清晰，寂静中仍可正常思维。但他觉似被风穿透的心中那条空隙，随着时间的推移越来越大。并非悲哀，漫长岁月的推移中已饱尝了那般感动。此刻回荡在他内心深处的只是明白无误的空虚感，就像迄今默默填堵于身体的某物突然脱离，随之萧萧寒风嗖然穿过一样。藤右卫门突然伸出手将稿件摊了开来，然后打开砚台盖子。但这一连串的动作并非表示阅稿开始，而是常年来的习惯动作罢了。他长时间地凝视夜空，过去了很长时间。远处传来压低声音喊喊喳喳的说话声，藤右卫门蓦然回神。声音不太清晰，像是在病房那边，并开始隐隐约约地传出读经的声音。藤右卫门拿起铃铛用力摇响了起来。

三

进来的是金三郎。
"您有什么吩咐吗？"
"死者旁边有谁在吗？"
"是。"

可以感觉纸拉门外金三郎跪伏于过廊地板。

"这不是诵经的声音吗。是谁?"

"……哦。"

"都有谁在那边?"

"哦。家臣、仆人的内人们。"

金三郎的声音有些苦涩。藤右卫门的眉毛竖立起来。家规严格的武士宅邸不允许臣仆内人随便入后院。藤右卫门拼命抑制着怒气说:

"谁允许的?不是一再吩咐就你跟格之助守灵吗?放肆!"

"父亲大人恕罪。"

纸拉门轻轻拉开,依旧俯在廊下的金三郎恳请一般地说道。

"那些人平日总将母亲大人当作亲生母亲。对她们来说,这悲伤不同于一般的奴仆失主,而是比失去自己亲生母亲还要厉害的痛苦,兄长与我心知肚明,故难以从命。父亲大人,请您开恩允许她们今晚守灵,恳求您了。"

藤右卫门闭目沉默了一会儿,然后低声嘟哝般地说:

"……嗯,去吧。"

金三郎关上纸拉门离去。

连仆人的女房都将妻子视作亲生母亲,这种说法不用说是不顾等级差别的表现。要是换作平日里,仅凭这一句话就会受到藤右卫门的严厉训斥。但今日金三郎的话里有种打动心弦的东西。看重主人胜过自己的父母，于当时的世风理所当然。不过金三郎所表达的并非这个意思，而是一种更加深刻、发自肺腑的请求。那里包含了只有亡妻和儿子们能够了解的、是他所不知也不可拒绝的东西。——那是因什么而产生的情感呢？藤右卫门再次为发现妻子的另一面而感到惊讶。

诵经的声音若隐若现地持续着。午夜零时一过，声音停止了。藤右卫门站起身来想去供香，来到套间的槅扇门前时，房间里传出人们的抽泣声。那声音穿透胸腔，悲痛欲绝，闻所未闻。他转身回到廊下。这时，格之助从起居间过来。

"给那些人备夜宵。"

藤右卫门说完，便返回了书房。

丧葬仪式次日进行。遗体埋葬在城西的金龙寺。仪式进行得非常质朴，但藩主特意遣来使者，这是意外获得的殊荣。下葬那天一早开始，藤右卫门一直待在书房里校阅《松花》。以前都是由格之助的妻子照料他的日常生活，但这天由年轻侍从松田吉十郎接替，饭菜也都送到书房，藤右卫门除编撰藩谱公务相关者之外的客人几乎一律不见。连续几晚，他在烛光下正用红笔校阅稿件，主房那边都会传来隐约诵经声。——"还是那些内人吗？"由那微弱、顾忌的声音即可判断。还有夜阑人静时分，院子对面侍从的居屋处，有时也传来如泣如诉般的诵经声。声音皆从较远的处所断断续续传来，凝聚着发自肺腑的无限的悲痛。——"妻子缘何令之如此悲哀呢？""妻子对之真是那么重要的人吗？"藤右卫门放下笔来，百思不得其解。妻子头七法会结束后的夜晚，藤右卫门破天荒跟孩子们一起就餐。也许是早已有之的想法，他告诉格之助：今晚以后勿在宅邸内诵经。

"祭奠不是一次性完成。与其十日二十日没完没了地诵经，不如长久地在心中怀念，才真正是为亡灵祈祷冥福。"

四

"好好儿跟他们说明。"

藤右卫门接着又说：

"告诉他们今晚始严禁。另外，我打算分赠宁的遗物给她们，如何？"

"不胜感激。我原本正想请求您呢。她们一定会高兴的。"

"那，叫她们过来吧。"

说完，藤右卫门站起身来。

他带着女佣主管来到亡妻的房间，被叫来的家臣和侍仆的内人们都已跪伏在隔壁的房间里。房主人卧病一年多，或许是因长期无人居住，屋里早已没有妇人起居室特有的气息。唯有经年的日用器具一尘不染，陈旧而光亮地整齐置放。

"拿什么东西出来好？"

"什么都可以。我来挑选，按顺序拿出来。"

"明白了。"

管家素良打开最旧的衣柜，从抽屉里一件件取出衣物，排放在藤右卫门面前。

"格之助，给奈美也选点儿什么。"

藤右卫门把烛光拨得亮些，说着便着手与格之助挑选衣物。

摆放面前的都是穿旧的棉布质地衣物，洗了又洗褪了色，且皆精心缝补过。——"竟把这样的衣物仔细存放在衣柜里！"藤右卫门这么想着再一看，衣柜里拿出的衣物都是棉布质地，经无数次洗涤无数次翻新。无论夏季的还是冬季的，尽皆如此。稍稍看得过去的是双层、带有家徽的和服以及这种和服专用的衣带。除此以外，没有一件是新衣，更不要说丝绸类的衣物，一件也没有。

"就这些了吗？"

藤右卫门近乎惊讶地问道。

"是。还剩下一套梳头用具。"

"其他没有了吗？真就这些吗？"

"……是的。藏衣室箱里还有些旧衣物，但都是缝了又缝，再无法缝补的。夫人羞于被人看到，吩咐合适时烧掉的。"

这么说完后，素良眼泪扑簌簌掉落下来。藤右卫门再一次将衣物一件件摆开来看，所有衣物洗涤干净，无论多小的破洞都缝补得规整利落，只是作为遗物分赠予人，就有点儿太不像样了。藤右卫门不知所措，转过头看着格之助。

"就这些衣物的话，也太寒碜了。你说呢？"

"都是母亲大人穿过的衣物，我觉着正好可以送给她们。也请给我一件带给奈美。"

格之助说罢，首先抽出一件夹衣来。藤右卫门也便向素良点了点头允准。

"那，好好儿分分吧。"

"承蒙赏赐，不胜荣幸。"

素良跪蹭近前，一件一件将那些衣物移至门槛边，轻拭泪水，对跪伏隔壁房里的女人们说道：

"按老爷吩咐，分送已故夫人遗物。……大家也都知道的，夫人生活异常俭朴。可是大事小事送给我们这些下人的，却都是新买的高档物品。谁敢说没受惠于夫人，谁敢说没有收到过夫人给的一两件纯白纺绸的、小花纹的好衣服。夫人这样对待我们，自己穿的却是质朴的旧衣。你们好好儿看看这些衣服吧。"

素良手指那些衣物说：

"这里摆放的是纪州重臣年俸千石家夫人穿过的衣物。夫人送给我们的都是好衣物，不顾我们低贱的身份，夫人自己穿的竟是这样的旧衣。……好好儿看看这些褪色的衣物，看看这件打了补丁的窄袖便和服，用心拜受吧。"

素良喉中伴着呜咽，女人们也都压低声音抽噎哭泣。藤右卫门也受到那般呜咽感染，突然立起身走出了房间。

走进起居室，格之助即跟了过来。

"让您不愉快了吧？"

他看着父亲的脸色。

"素良的话过分，我代她向您请罪。她就是那样的气性，看到母亲的遗物便控制不住自己。请您原谅。"

"倒也没什么不愉快……"

藤右卫门凝视着墙壁说。

"宁为何要穿那样的衣物？穿那样寒碜的衣服。我一点都没察觉。当真就只有那样的衣物吗？"

"母亲大人喜欢节俭。"

"就这个理由吗？因为喜欢节俭，才穿那样的粗衣吗？"

格之助低垂着头，小声嘟囔般地说：

"……不仅衣物，日常用品也都极尽节俭。这等事向您禀告，似有违母亲大人意愿，母亲大人常常言及。……武士门第，内室无论多么节俭都不会是耻辱，尽职奉公须日常储存千石千两。"

藤右卫门在听格之助陈述，突然想起妻子咽气时手的触感。当时握住妻子稍露于外的手放回被中，无意发现手的皮肤竟异常粗糙。

"这话是跟你讲的吗？"

"不。奈美嫁过来时，母亲这么告诫她。我是在隔壁房间里听到的。……那时我才明白了母亲大人的日常生活是这样的。"

藤右卫门盯着自己右手，掌心似还留有当时触感。——那不是年俸千石家夫人的手。皮肤厚实，指甲极度粗糙，这哪里是俸禄千石家主妇的手？简直像是起早贪黑、浆洗缝补、下厨做粗活儿的人的手。

宁出身于大御番[1]总管、年俸九百石的武士家庭，是家里五个孩子中唯一的女孩儿，在百般溺爱中长大。圆脸，温文尔雅，举止轻松快活。嫁过来后，家里顿时像刮进了春风变得明朗。她悠然自得，与佐野家异常严厉的家法及中规中矩的家风截然不同。——起先，藤右卫门甚至时时担心，她这样能治理好家政吗？他对夫人的看法从未改变。佐野家代代拥有节俭家风，家财殷实，拥有众多的家佣，宁只需做个主妇的样子，无须任何操劳忧虑。藤右卫门是这么想的，事实上在他眼里，妻子跟嫁过来时并无变化，悠然、开朗、明快、泰然自若，完全符合年俸千石重臣夫人的感觉。当他触摸到那只极其粗糙的手时，藤右卫门颇觉意外。粗糙的皮肤与他印象中的妻子相距甚远。那时他就有了一种触及妻子不为自己所知的另一面的感觉。

---

1 大御番：江户幕府的职务制度中，在此职位上的人平时须守备要地城郭，战时则充当先锋。

"这样大的变化,为何之前没有觉察呢?"

格之助离去后,一直呆呆望着自己手掌的藤右卫门突然这么嘟哝着抬起了头。

他才明白,和妻子三十年来同处一个屋檐下,甚至生养了两个孩子,他却一直没有真正了解妻子。他一直以为妻子作为千石俸禄家的夫人,过着舒舒服服的日子,其实他看到的只是妻子的小部分。在丈夫看不见、世人也无法知晓的地方,妻子对赋予自己的使命竭尽了全力。

"对了,现在想来,有几件事是可以想到的。"

藤右卫门又一次小声自语。

五

前面提到,佐野家本家境殷实,但以固定俸禄应付所有消费,并不容易。通常物价变动、家庭人口增减还有不起眼地方的开销都会年年增加。况且武士家庭讲究形式,千石俸禄则要维持千石俸禄的面子。佐野家有再殷实的家财,继承者稍不经心,很快就会一贫如洗,这是再明白不过的道理。藤右卫门作为藩里膳务总管,四十余年来时时感慨。纪州藩五十多万石的经济收入,他有切肤感受,但自家经济,从来是不闻不问。有一年家臣一起献财藩主,佐野家前后几次献财,每次都是三百两黄金。——名不虚传,佐野家真格殷实富裕。藩士们赞叹不已。藤右卫门倒也没多想，只觉得就自家经济实力来说理所当然。这样的例子举不胜举。藩主根据自己方便拖欠俸禄也好，物价的异常上涨也好，年年为近百家臣更新盔甲、兵器及日用器具，这些费用的支出可以说是时不时的意外支出。此等时刻，佐野家总能非常顺利地应付。藤右卫门任何时候不用为那般事情费神，而可全心全意地奉公。时至今日，他都觉得那是顺理成章的事情，没有谁做出了特别的努力或牺牲。

"多么糊涂。多么愚蠢。我竟不知自己身边的妻子是怎样一个人。"

藤右卫门暗自责备自己。

"佐野家平安度日，自己能顺利奉公，不都亏了宁的背后支持吗？发生在自己眼皮底下的事情，竟然没有察觉。和对她生前的认识竟截然相反。"

粗糙得目不忍睹的手指皮肤，还有那些简陋的遗物……藤右卫门通过这些才真正认识到真实的妻子。不知不觉，他内心曾经感觉的空虚像被抹去了一般消失了，代之以新的感动使脉搏有力地鼓动起来。……藤右卫门站起身，走出起居间。松田吉十郎跟过来，点亮了书房灯烛后离去。

藤右卫门坐在案前，面前摆放着开始校阅的稿本。他又看了眼封面的题签《松花》，松树的绿叶是守节的色调。这里记录着与种种困难搏斗的女性，旨在传之当世后世，乃震撼人心的烈女节妇传记。

"可是……"

藤右卫门低声自语。

"烈女节妇并非局限于传记所述，与世间苦难搏斗的妇女也值得赞扬。而世间还有很多值得颂扬的妇女，她们默默无闻，没有留下任何财物，宛若柱子下面的基石，总在暗处不懈努力，直至生命的终结。……这样的妇女从未抛头露面，也没被写在传记里，每个时代都有这样的女性，默默充当支撑柱子的基石。……忘记这些妇女的存在，成百上千的烈女传记便失去意义。所谓真正的节妇，应该指这样的女性。"

藤右卫门言罢，抬眼仰望天空。他已想好《松花》序章的应撰内容。料理政务时须注意那些不显眼的细微部分，《松花》的宗旨不仅是颂扬那些前台的烈女，还应表彰无数的暗处的节妇。"……宁"——藤右卫门面向夜空想象着妻子的面影嘟哝道。

"你教我知道了默默奉献的节妇是怎样的一种情形啊。"

他摊开稿件，拿起了红笔。

他不可思议地感受到新的激情。烛光侧面映照，出现曾几何时消失了的面容，甚至紧合的双唇，嘴角再度显现出管理政务时的威严——妻子还活着，比健康在世时还要明白清楚地融入于他的心坎，而无一丝缝隙。春风一般温文尔雅的面容，柔和亲切的语韵以及文静的微笑……所有一切都清晰地镌刻于他的内心。渐深的寂静夜晚，他仿佛与妻子美丽的面庞相对，静静地朱笔游动。

日本妇道记

箭竹

一

箭矢笔直飞去。在晚秋晴空万里的午后，那支箭宛若绷直的闪光丝线，在结晶体一般澄澈的空气中，临近靶垛变成了一个小点，随即伴着一个悦耳的声响立在了靶心。——还是那种箭。家纲[1]颔首片刻注视立于靶上的箭矢，回过头来对蹲在身旁的扈从说：

"把那些箭通通拿来。"

扈从把箭筒里剩下的箭拿来递给他。一共四支。他一支一支仔细确认了所有箭尾线绳固定的下方。果然，其中一枚线绳固定的下方刻着很小的"大愿"二字，像是雕刻的制作者的名字。刚才射出去的箭上也有这样两个字。去年开始，时而使用此等箭矢。起初没有在意。但握在手上的轻重感，离弦时的情形以及那赏心悦目的飞驰，集合了好箭的所有优点，终于引起了家纲的注意——"啊，又是它！"箭矢是极具自身特点的物什，但集诸般优点于一身的箭矢极其罕见。于是他仔细观察，发现这样的箭矢必定刻有"大愿"二字。

"有话要问，把丹后叫来，是西尾丹后。"

---

[1] 家纲：即德川家纲，江户幕府第四代将军，第三代将军德川家光的长子。在职时间从1651年到1680年。

说完,家纲在马扎上落座。一个扈从向别处跑去。

主管弓矢枪棒的丹后守忠长立即侍候身旁。家纲年仅十九岁,继承了三代将军家光[1]的豁达性格,且如父亲一样时常表情峻严。家纲很少直接召唤弓矢主管到身边,丹后守以为要遭训斥,跪伏地面额头惨白如纸。

"好了,过来。"

家纲催促了两遍,他才跪行过来,家纲将手中的一支箭递给他。

"你看箭尾线绳下方,像是刻着什么文字。"

"啊……"

"看到了吧?"

"是。如您所言,像是刻着'大愿'二字。"

"约莫一年前始,不时看到此等箭矢。出自何处?何人制作?去搞清楚。"

"遵命。"丹后守跪伏地面应道,"主公不悦。丹后负责选定器具,向主公请罪了。"

"啰唆。按吩咐去做就好。尽快查明。"

丹后守拿着那支箭离去。

将军用箭是从各地诸侯敬献的箭中精选,不用说尽是最好的。丹后守亲自入库,仔细翻查矢箱。量太大,无法

---

[1] 家光:即德川家光,江户幕府第三代将军,在职期为1623年到1651年。

即刻查明，于是让手下也一起查找。第三天，总算找到了存放那种箭矢的箱子。那是三河国冈崎藩主水野监物[1]忠善所献纳。每个箱子里的箭十支一捆，有十捆。这样的箱子有五只，也就是说统共五百支箭，刻有"大愿"二字的仅有五十余支。

丹后守持箭矢来到水野家。监物忠善也大吃一惊，不知"大愿"二字祈念是何含义。但这是将军会使用的东西却连这个都觉察不到就敬献上去了，实乃重大疏忽。

"将军有无不悦？"

"我也担心，当场请罪。可将军只是命臣尽快查明。不管怎样，先来禀报。"

忠善紧闭双唇，像在考虑什么。

"这件事不想让家臣知晓。幸好月末参勤[2]结束，我提早回去。回去后立即查明。在此之前拜托你照应。"

"知道了。请尽快查明告知。"

再三嘱咐后，丹后守回去了。忠善盯着箭尾线绳边上的字看了很久。

这是万治二年[3]十月中旬发生的事。事情的由来要倒退

1　监物：日本古代律令制后，直属于中务省的官职，掌管仓库钥匙，并监察出纳事务。
2　参勤：指"参勤交代"制度。江户幕府要求各诸侯隔年按年俸多少组织家臣等在江户的宅邸居住一段时间，直接隶属将军统帅。
3　万治二年：即1659年。

十八年，也就是宽永十八年[1]，在骏河国田中城下，八月初秋清风时节的那个下午……

二

弥瑶在廊下眼望院里种植的柿子。那棵柿树还处在小树成长的阶段，今年头一次结了五个果实。却因风吹雨打，只剩下两个，还不知能否坚持到最后成熟的时候。现在两个幼果在繁枝茂叶中闪烁着坚硬的光泽。按民间说法，把头茬儿柿子放在用青竹编制的小筐里，让小孩子背着，可以消灾免病。弥瑶望着两个小青柿子，想象着快满两岁的安之助背着装有柿子的小筐子摇摇晃晃走路的可爱模样，心里充满了愉悦感。——哪怕只一个呢，一定坚持挂在树上啊。年轻的妈妈陶醉在幻想中。就在这时，家臣足守忠七郎跑了进来。他还没来得及换下长途跋涉的装束，从边门一下子奔进院子里来的。只见他头发满是灰土，面颊瘦得凹陷进去，失去血色的双唇颤抖着。一望便知出事了。

"不好、不好了！"

他跪在院前说道。

"主人在久能山切腹了。"

事出突然，万无预料。弥瑶不禁惊呼出声"啊"，随

---

1 宽永十八年：即1641年。

后紧忙控制自己,攥紧放在膝上的双手,"咚咚"鼓动的心脏像是要撞出胸腔。忠七郎干裂的嘴唇张合着。

"一件小事引发争吵,贺川弥左卫门大人越说越上火,终于拔刀相向,主人一刀砍死了贺川大人。旁观者皆称不怪主人,是贺川大人言行过度。但主人却说自己公务失职,将事情经过详细记录留给监督官后,半夜竟在居所切腹自尽了。"

弥瑶强忍住慌乱的声调,问道:

"那事件发生在公务完结后还是未完之时?"

"不幸中幸运的是,发生在供奉公务顺利完成之后。"

啊,弥瑶松了口气,那就不会影响到名誉。但随之无法控制地浑身颤抖起来。丈夫百记受命执行公务是七天前的事情。当月二日,将军家光世子诞生,水野监物忠善为表祝贺,往久能山东照宫献纳了石制牌坊,茅野百记赴久能山具体负责施行。公务非同寻常,所以悲痛中弥瑶最为担心的是,丈夫是否履行了公务。

"没有给安之助留下遗言吗?"

"……没有。"

年轻的家臣难过地垂下头来说。

"除留给监督官的书信,没留遗书,也没有遗言。"

弥瑶默默地点了点头,眼神中充满了凄凉。

料定很快就有使者前来问责。于是跟家臣下人说明了情况,开始收拾整理。百记说是年俸两百石,担任负责书院寺院管理的官职，家财却不多。除去将被没收的，像样的东西仅剩下一些衣服和佛龛。虽然弥瑶平时节俭持家，结婚三年又生育了安之助，因而储蓄甚少。只能将可以变卖的都变卖，以凑足遣散家臣下人的盘缠。

第三天早晨，上面派来的使者到了。弥瑶用水梳拢鬓发，抱着更衣后的安之助迎候。

"执行特别公务，却因私事争执，刀刃伤人，当罚重罪。但念及已负罪自裁，处罚仅为没收俸禄，逐遗属出领地。"如此宣布了通告内容后，使者将在久能山没收的百记遗物——放有两枚小金币及一些零钱的钱袋、大小腰刀各一柄及一束遗发交给了弥瑶。送走使者，弥瑶点亮佛龛的烛光，供上丈夫的遗发，点燃上了线香。然后跟安之助两人坐在佛龛前。这时，她才压低声音尽情地哭泣起来。

"安之助，来，合起手掌，好好拜拜父亲大人。这样……"

她手把着手，将安之助幼小的手掌合起，小声念佛诵经。透过泪眼，她盯住遗发说：

"夫君，安之助的事放心吧。我一定将他培育成真正的武士。您没有遗言，说明是信任我的，此心弥瑶我决不会忘。"

这时，在槅扇门的另一边，传来了抑制不住的抽泣声。

三

　　第二天起早，弥瑶背上安之助离开了家。美浓国加纳藩有她娘家，打算暂且回娘家落个脚。因受处罚被逐出家门，熟人自不必说，连家仆们都不能相送。仅一个仆人——从藤枝[1]来当佣的六兵卫，与监督官一起送娘儿俩至岛田的客栈。六兵卫本希望能送他们到美浓，但弥瑶执意不允。在残暑阳光的照射下，宽阔的河滩热得令人目眩。母子俩沿着河滩蹒跚走去，然后靠着过河工[2]的肩渡到了河对岸。

　　那以后三天过去。下起了祈盼已久的雨——在夏季久旱之后，就像预示着秋天的到来。夜晚约八时，有人悄悄来到藤枝的水守村六兵卫家门前。六兵卫女婿次郎吉出门一看，正是在城邑大宅邸见过的弥瑶。她背着安之助，浑身上下被雨水浇得湿淋淋。

　　"啊！这是怎么了啊？！"

　　六兵卫大吃一惊地跑了过来。

　　"哎，先请换件衣服。我马上端洗脚水来。"

　　六兵卫催促女儿阿贞及其夫，自己急忙端来洗脚水。并请他们换上女儿阿贞过节时的盛装和孙子的衣物。被惊

1　藤枝：地名。
2　过河工：幕府时期因防卫需要，岛田大井川等位于国界地带的河川不允许架桥，于是需要过河工负载过河。

醒的安之助哭泣起来。弥瑶哄他睡好后，坐在六兵卫及其女夫妇的面前说：依仗从前主仆之谊，恳求了。能否让我们母子借住于此，直到能够独立生活下去。六兵卫惶惑不安地以颤抖着的声音答道：

"诚惶诚恐。夫人公子是被国君驱逐的人啊。夫人希望得到照应，在下自是情愿的，但万一走漏风声，夫人会被依国法问罪的，那时不仅夫人性命难保，也会殃及安之助性命。所以还是返回美浓老家的好啊。"

"我这么决定是经过深思熟虑过了的。"弥瑶用平静中含有坚定的语气说道，"百记本是水野监物大人家臣，不幸猝死，可百记的阴魂一定还在守护主君。我是茅野百记之妻，安之助是他继承人。不管被责问多大的重罪，武士离开主君领地便无生路。……有言称主仆三世因缘。"

六兵卫双手捂住脸低声呜咽。弥瑶的话语清楚表达了一个武士妻子的心声——武士之道险峻，却难离去先夫散魂之地。

"明白了。夫人既已有这样的觉悟，我便不再多说。不知道能为您做什么，但会竭尽全力。请您放心。"

母子俩自那夜开始，借住在了六兵卫家。

家里有六兵卫、女儿夫妇及两个幼孙。六兵卫乃属半自耕农户，家境并不宽裕。一开始便有吃苦准备的弥瑶，不顾大家劝阻，翌日便开始勤快地帮做农活。就这样开始了隐居遁世却提心吊胆的生活。白天她在田地里耕作，夜晚搓制编草鞋的草绳。或蹲在灶前烧火，到屋外烧洗澡水。样样事情都做。在那样的日日夜夜里，只有一次避开旁人独自拭泪。那是因为看到屋后小柿子树上红红的果实压弯了树枝。"不知城邑里自家的柿子怎么样了？"这么一想，回忆起噩耗传来时，自己正在廊上眺望青青的柿子幼果出神。丈夫若是活着，头次结下的柿子哪怕只一个能够成熟，便会放入背篓让安之助背上，自己跟丈夫笑眯眯看着儿子摇摇晃晃走路的样子。弥瑶的眼前清晰地浮现出那番情景。遐想中充溢了留恋往事之情愫。但她意识到有这样的情绪是羞耻的。她边哭边对自己再三发誓：绝不再为这样的情绪流泪了。

第二年的七月，监物忠善的领地转换到了三河国吉田城邑。于是弥瑶也决心去吉田。六兵卫及家人拼命劝其留下。留在此地，虽然生活不宽裕，但能平安度日。带着幼小孩子又是一个年轻的妇人，到陌生之地去，不知会遇到多大难处呢。至少等孩子长到十岁时再离开这里不迟啊。

四

但弥瑶决心已定。"我们母子应生存于主君监物大人领地。至于引祸害身危险，一开始就……早有思想准备了。"说完，便毫不犹豫地做了启程的准备。

六兵卫送他们渡过大井川是在八月初。沿途残暑酷热，幸好天气不坏，安之助也一直精神饱满。出发后的第四天到达三河国吉田[1]。以后她经历了无数难以言清的困苦，那年冬天终于在小坂井的村落里搭起了一个做小买卖的简陋店铺，两人算是能糊口度日了。弥瑶一边一点一点地教授安之助朗读、握笔写字，一边抓紧时间拼命地编制草鞋。这里地处沿海大道，来往的人络绎不绝，所以草鞋一下子就会卖个精光。在六兵卫家学会编制的草鞋，本是农夫自己穿用的，因为耐穿，一开始就卖得好。不久，她的草鞋得到了众人的赞赏，有的客人特意绕过别的店铺来她这儿买草鞋。丁点细微，母子俩多少也有了点积蓄，以备万一。

安之助满六岁后，弥瑶带他到附近的禅寺求学。僧侣同情他们母子，好像知晓他们有了什么变故，便亲切地劝说弥瑶："不如让他寄身寺院，您也便一身轻了。"但弥瑶无意放手孩子。落霜早春清晨，安之助精神饱满顺原野小路去寺院，回家后又大声朗读复习功课。弥瑶则每日做活儿到夜晚。就这样，想着生活总算安顿下来了。可就在这时，水野忠善再次更换了领地。这次加封五万石，领地换到了三河国的冈崎城邑。时值正保二年[2]七月。在此地已生活了两年，结识了一些熟人，生计也有了头绪，好歹可

---

1 三河国吉田：现今的丰桥市。
2 正保：江户前期、后光明天皇朝代年号。文中时间为公元1648年。

以松口气了。但弥瑶仍旧没有丝毫的犹豫。不可思议的是,这次也正是初秋八月时。残暑烈日下,弥瑶打点好少量的行装,牵着安之助的小手离开小坂井的村庄向西走去。

冈崎也是初来乍到之地。因是沿海大道东部首屈一指的繁盛驿站,弥瑶在传马街的后街上租了一间简易陋屋。在房东的帮助下,没花太大的辛苦,她便在城邑一角的道路边开起了一家跟小坂井一样的小店铺。房东名叫熊造,个头不高,敦实微胖,脸上满是胡须,双眼目光锐利。他打起招呼来,声震四邻。据说以前曾牵着马匹往来于沿海大道,性情暴躁,招人讨厌。但正因有着那些经历,他知晓世间各方事情。遇到有事相求的人,他便会两肋插刀相帮。现时他经营着传马街一带的批发店,可以说是其他商客的牵头人物,每年自冈崎藩运输敬献到幕府的成捆的竹子,几乎都是由他的店经管。熊造的关照也是一因,弥瑶的道边小店很快就在沿海大道出名,大家赞赏的自然是她编制的草鞋——"亚格麦[1]的瓦隆几[2]穿百日"。这是冈崎方言:"亚格麦"是寡妇的意思,"瓦隆几"指的是草鞋。正像这句话说的那样,众人对弥瑶的草鞋赞誉有加。

就这样她过着繁忙紧张的日子,无暇在意时光的流逝。就在安之助十二岁那年,为他举行了形式上的初挂盔甲的

---

1 亚格麦:日语名词的音译,原文为"やごめ"。
2 瓦隆几:日语名词的音译,原文为"わろんじ"。

仪式后不久，房东熊造正经八百地来为她提亲。对方是当地年过四十的乡村武士，家业经营已经转交给了孩子，家境富裕——说是弥瑶愿意的话，可另建新房生活。

"到了这会儿，实话说了吧，其实以前也有好几个来提亲的。"

熊造端坐，一本正经地说：

"像您这样标致的单身女人自然而然……我暗中观察了您的性情，有些提亲的，根本就没想告诉您，只一句话便打发了——'瞎扯什么！'但是这次提亲，我也动了心。说是乡村武士，也是很不错的武士啊。说句失礼的话，我想这样，安之助的未来也算有了保障。"

熊造的话里可以感觉到是发自真心的关怀。弥瑶默不作声地听他讲完，斩钉截铁般地拒绝了。没有任何考虑的余地，真正是断然拒绝。

"还是这样的结果啊。"

熊造露出失望的神色来。不过沮丧中像是明白了弥瑶的坚定品性，觉着她很有骨气。他立即结束提亲的话题，换了个坐姿说道：

"那么，另有一件事跟您商量。"

五

他要商量的是改换生计的事。安之助渐渐到了明事理的年龄，继续小买卖会惹来意外的事非。所以，最好考虑停止现在的活儿另谋生计。

"有件好事，您大概知道的。冈崎一带是竹子产地，年年向江户敬献大量竹子。其中有用作箭杆的。劈削打磨竹子的活儿，要不要做做看？"

"那样的活儿，女人也行吗？"

"一般规定是不行的。不过几家大户的箭杆由我经手，我开口请求，总会有办法的。这活儿工钱不错，或许比编制草鞋要省力。如果想干，我来给您要点活儿来试试。"

弥瑶没有丝毫犹豫，关闭了路边儿的小店铺。

箭杆制作并非想象的那么容易。制作箭杆方式多样，长度有十二束[1]或三十束三伏[2]等，一束长短等于攥紧了拳头的宽度。而且一定要使用杆上有三个竹节的，从上部起分别称作"稳节""中节""菅节"。这个活儿是挑选规定粗细和长短的竹子，削去竹节，打磨竹杆，然后在尾部以上的部分打上底漆就可以了。但整个过程需要熟练的手

---

[1] 束：测量箭的长度单位。一束有四指并排的宽度长。
[2] 伏：测量箭的长度单位。一伏有一指宽的长度。

感。起初常常失败，或竹节削得太深，或切割箭尾时手一滑切到了箭杆部位。当然自己的手也时有割伤的情形。有一段时间，左手指上总是缠着包扎伤口的白布。不过这些都是开始阶段的艰难，干多了以后，弥瑶的技艺迅速提高，她自己也觉着有兴趣了。这样一来，她便希望制作出不亚于人的出色的箭矢。要想如此，首先须严格甄选竹子，这样现成竹子做成的箭矢就会减少，拿到的工钱自然也会相应地减少。但弥瑶却在所不惜。她照旧按着自己的想法制作。"竹子浪费太多了吧。"果然有人表示不满。"当地出产的箭竹数量有限，不可以那么浪费。"弥瑶没为自己争辩，只是回答：今后会注意，尽量不再浪费。不过实际工作时依然故我，没有什么变化。

安之助健健壮壮地成长。生活艰苦，孩子却性情舒展，随着年龄增长，体魄也比一般孩子强健。学识方面，安之助求教于满性寺方丈，自十三岁的夏天开始，又去投町那儿的练武场习武练功。也许是继承了父亲的血脉吧，武艺不如学识进步大。这样岁月继续流逝，安之助满十八岁的那年春天，一天夜里，他突然端坐在母亲面前说：

"请求母亲大人。"

他脸上露出了再三思虑的神态，弥瑶不知他有什么事要说。原来，他是想自己也干活儿帮助家计。

"我已经十八岁了。虽然不能独当一面那样赚大钱，但至少让您和我都能糊口这点还是做得到的。请您允许我去干活儿。"

"住嘴，不要听你这么讲。"

"不，我要说。母亲大人为我付出了很多。之前不能中断学业，一直领受母亲关爱。可是这样已经足够了。不能再让母亲大人操劳辛苦。我来代替您，请母亲大人结束干活儿赚钱，求您了，让安之助来做吧。"

"你想错了。"

弥瑶轻声打断了他的话。

"母亲干活儿无疑是为了培养你成长为优秀的人。但并非只要达到了这个目的，自己的使命就完成。"

"您说的话，安之助听不明白。"

"不该不明白的啊。你大概忘记了，以前跟你说过的，父亲大人是怎么死的？"

一听这话，安之助露出了惊讶的神色。弥瑶的面部也因痛苦而变得有些苍白。她低垂着头，继续以平稳的语气小声说：

"你父亲大人遭遇不幸，执行公务时猝死离世。出于无奈吧？不得已对吧？但是……不得不说他当时的所作所为的确脱离了武士之道。死去的父亲大人最为痛苦的可能正是此事。母亲最了解父亲大人的性情，很清楚父亲大人内心的痛苦。只要活着，就该为主君奉公效劳。他是为我们自己结束了自己的性命。对武士来说，没有比这更遗憾更痛苦的了。母亲明白，父亲当时是多么难受、多么遗憾啊。……"

安之助以腕掩面，忍不住呜咽了起来。

"他切腹时……"

弥瑶悄悄拭去泪水说道：

"母亲猜想，你父亲大人首先想到的是你，希望你长大成为比旁人更加优秀的武士，代父亲完成未竟的公务。你不想这样吗？"

"想的，母亲大人，我愿意的。"

"那样，你就专心练武，使自己成为一个武艺超群的武士。这才是你要做的事，不要担心母亲。母亲有母亲自身的使命，培育你成长……代父亲大人赎罪。"

"您是说赎罪吗？"

"是的。为父亲大人未竟的公务赎罪，也是作为茅野百记的妻子要担负的终生的使命。"

安之助发自内心地感动了。他抹去双眼的泪水，抬起头来，正坐姿势，态度坚定地对母亲说道：

"明白了，母亲大人。我要专心练武，并成为一名出类拔萃的武士。"

"不要忘记自己的誓言啊，道路还很遥远呢。"

"不过总有一天，母亲大人……会有一天，主君大人会明白我们的诚心诚意吧。"

弥瑶很坚强，却无法否定安之助的话，并且很长时间，这句话一直使她无法忘却。她没有期待母子的辛苦将获得怎样的补偿，只要能坚持贯彻自己的诚意就很心满意足。她也能够理解安之助的那句话——"会有一天，主君大人会明白我们的诚心诚意吧？"此刻弥瑶的内心生出一股爱怜之情，好像曾在六兵卫家屋后看到成熟柿子的时候那样，"母亲的心"是无法控制的，这种心情支配了弥瑶——至少要把安之助送上武士之道。弥瑶基于母爱想起了一件事。制作箭杆时，在箭尾缠绳处下部刻上"大愿"二字。很小的字体，不易被发现。说不定主君会使用刻有这两个字的箭矢呢，箭会中靶的……于是弥瑶更加努力地制作上等的箭杆，并固执地刻上"大愿"二字，满怀着"主君必会看到这两字"的信念……

六

亲自审问的监物忠善听过弥瑶的陈述，流下了眼泪。审问结束后，他回到自己的住居，仍止不住呜咽流泪。女人中会有那样的人吗？他不断地思忖着。或许作为武士妻子自然会有精神准备，但若说是理所当然，并不容易做得到。有人也会一开始努力工作，但十年坚持不懈、坚定不移则绝非易事。弥瑶没有建立什么特别功劳，也没有成形的功绩，但继承丈夫遗志，二十年来一丝不苟、专心致志地实现理想世所罕见，堪谓壮烈。正因有着这样坚定不变的意志，才能培育出支撑世间典范的武士。忠善立即提笔书信，江户那边的丹后守一定望眼欲穿地等待结果。他简单地将事情的经过记录下来后，加写了以下一段文字。

补充一点：想必神明庇护弥瑶的真心诚意，才使监物不曾发现"大愿"二字，以致让主君看见。本该遣派使者前往禀报。但不用说，还是拜托您酌情禀告的好。恕我多言，这样的女人才可成为国家之基石。贸然进言，愿主君为拥有这样的国家基石感到欣慰。

不久，安之助被召见，使其继承父业。弥瑶仍旧训子："若以为这样就实现了愿望，是错误的。不如说从今日起，才开始真正的奉公。你要比以往更加克己，要付出超出别人十倍的努力……你是茅野百记的儿子，与别人不同啊。"

日本妇道记

梅 香

一

"怎么了？脸色有点儿难看哪。"

直辉露出些许担心的眼神问道。加代两手轻轻按住脸颊，微笑着说：

"抱歉，让夫君看着不舒服。昨晚到底还是熬了个通宵。"

"为什么？出什么事了？"

"这个嘛……"

加代抬起些许浮肿的眼睛，羞涩地看了丈夫一眼。她身材婀娜娇小，却并非病弱引起的消瘦。她秀眉浓黑，施过口红一般的朱唇，给人以娇弱的美感。直辉看着妻子的眼睛，会意地点了点头。

"噢，昨晚一直在写短歌么？"

"没错。拿到'寒夜梅花'句题后，无论怎么苦思冥想，写出来的都跟古人的赋诗相似。"

"一首成的都没有吗？"

"黎明时总算成了一首。"

"是么？想看看呢。"

直辉系紧和服裙裤带子说道。他做好出门准备再度回到起居室时，加代已沏好了茶，羞赧地递给他一张长条诗笺。

"写出这东西给人看真是不好意思。"

直辉接过来反复吟诵,然后端起天目茶碗看着妻子说:

"前天横山跟我提起,听他妻女说你的申请快要通过了。有这回事儿吗?"

"嗯,前两天他们内部商量了。但我自觉还是不够格啊。"

加代谦逊地垂下眼帘,微笑的嘴角却显现出自信。

"若是合格,就有资格举办歌会了么?"

说着直辉起身,来到母亲的居所,母亲佳奈正在拼凑旧布头,像要缝制什么。

"母亲大人,我要登城去办公务。"

"辛苦。"

母亲摘下眼镜,点头打了招呼后,起身相送。她与管家、家臣等送直辉至大门口,然后跟儿媳妇一起返回廊下。此时注意到加代的脸色不好。加代回答婆婆时,显得比刚才对丈夫说话时还要不安的样子。

"昨晚不小心熬夜了。"

她低声回答道。

"难怪,昨晚你房间的窗户一直映着灯光。还以为你忘记熄灯了呢。"

这么说着,佳奈婆婆看了一眼儿媳。

"那,短歌赋成了吗?"

"哦……"

加代吃了一惊。照理说熬夜便是作短歌。婆婆的问话却让她有种冷不防的感觉。

"有段时间没看你的短歌了。把最近的作品拿来给我看看,好吗?"

"没有像样的,不好意思给您看的。"

或是一种预感吧,加代的心里有种强烈的不安——担心受责难。佳奈婆婆整理了一下房间,燃香等待。这个宅院里有很多梅花树。特别是母亲居室前有棵"苍龙"古树,是过世的老爷三郎左卫门起名。古树弯曲的树干上长满青苔,每年春天都是它最先开花。现今也是如此。别的梅树尚且花蕾紧裹,这棵树的树梢上已有多处花蕾初绽。廊外射入的阳光落在房屋内一张榻榻米草席处。这是一个平静无风、阳光明媚的早晨,空气温暖得让人觉着春天就要来临。加代端坐,直盯盯地看着膝盖上自己的双手。通宵未眠,她渐渐地感到有些疲倦,睡魔时不时地袭来。

"昨晚赋的就是这首《寒夜梅花》吗?"

婆婆慢慢翻阅约莫十页纸的长条诗笺。到最后一首,她仔细读过后问道。

"是的……"

"不错啊。真的是一首美丽的短歌。"

"惭愧不敢当。"

"在这么短的时间里,水准已经达到上乘。这么好的诗歌，非一般女人所能为之。"

婆婆轻轻地放下诗笺，温和地看着儿媳说。

"短歌创作到此结束吧。开始学别的吧。说吧，接着想学什么？……"

二

加代顿时从瞌睡迷糊中清醒过来，婆婆向自己提出要看诗稿时那种不安的预感再次苏醒。她明白自己担心的事情终究变成了事实。

"虽然不该拒绝您的提议……我想，能否让我再练习练习呢？刚入门，好歹刚能凑对字数……"

"什么呀，听说很快就能拿到证书了，对不？达到这般水准足矣。你身体羸弱，最好再学点儿长刀技艺……"

"好吧……"

加代不能再多说，她头也没抬，默默收拾诗稿站起身来。

直辉登城归来天色已暗。藩主加贺守纲纪进驻领地期间，总有很多公务，所以直辉出城时间总是较迟。洗完澡坐到饭桌前，发现妻子跟清早情形不同，显得异常憔悴。他想起妻子昨晚熬了夜，一夜没合眼。武士家亦不可随意午休，肯定很疲倦。——"早点儿睡吧。"他对妻子说且很快结束了餐后饮茶，吩咐点燃书房的灯光后站起了身。

之后平静过去了四五天，直辉察觉到妻子情绪持续低落，便问妻子身体哪儿不舒服。可她只是寂然地微微一笑说——没事儿。一天入夜，他悄悄地走进妻子的房间，见其仍在灯下撕扯诗稿。

"这是怎么了？"

看到突然进来的丈夫，加代慌忙按住了撕碎的废纸。

"等等，这是为何？"

加代默默抬起头来，眼睛里充满悲哀，直盯盯地看着丈夫。直辉看到那双眼睛便明白了事由。

"母亲大人说什么了？"

"唔……"

"说给我听听，都说什么了？"

加代不肯说。但在直辉的一再催促下，才将几天前的事情告诉了丈夫。

"我想这次一定要学成的。学手鼓，学茶道，都是半途而废。本想这次学和歌，一定要得其精要。"

加代的话像是决堤的潮水，语气中充满了一股少有的激情。

"加代自知教养不够，也不懂得让母亲大人顺心满意。但我打算努力去做。……因为身体弱不能生养孩子……我想了很多很多。"

"别说了，你要说的我都知道了。"

直辉温柔地打断了她的话。

"母亲大人也很清楚你是一个良妻。管理年俸两千石的家政,要费尽多少心血,虽然我不清楚,但母亲大人是明白的。曾听母亲说过,你这么年轻但不简单,管理得很好。只是母亲大人就是那样的脾气。"

说到这儿,直辉突然停住了。

他尊敬母亲,确信母亲的人品举世无双。佳奈出生于身份较低家庭,十六岁嫁来多贺家。多贺家是前田[1]家的重臣望族,父亲三郎左卫门曾统管内务老少家臣。佳奈刚进门时,曾因出身卑微受质疑,但她却把两千石家政掌管得有条不紊,堪称贤夫人。直辉至今记忆犹新,父亲临终时突然转向母亲微微一笑说,跟你在一个屋檐下三十五年,竟从来没有训斥过你。的确,三郎左卫门跟佳奈说话从未大过嗓门。就是这样一个母亲,唯独一样令人无可奈何,那就是凡事缺乏耐心、容易厌倦。大概出于重臣之妻须有教养的想法,在掌管家政的余暇里,她热衷于茶道、花道、古琴、手鼓等技艺的学习。她天资聪颖,样样显露出卓越的才华,使诸道师匠们惊讶不已。但是无论哪样,她都没有坚持到底。浅尝辄止,很快就产生厌倦。以为她不想再学,结果又开始学绘画、学连歌赋诗,甚至学习俳谐。所有这些,也都是学到一定程度便放弃。

---

1 前田:前田氏为加贺藩主。

三

加贺守纲纪彼时被称作天下名宰相，文治武治俱佳。尤其在学艺方面倾注了极大心血，请来知名的儒学名匠，振兴藩风。新井白石[1]称加州为"天下书府"。荻生徂徕[2]道："加越能三州无穷民。"明代僧人高泉则称：比文宣王治世"又进数步"。著名的加贺能乐也是在纲纪时代深深落根于金泽[3]。

这种情况下，武家妇人中学问技艺自然盛行，时常举行歌会、茶会、谣曲会，亦诞生了十分优秀的才媛。佳奈婆婆自始出类拔萃，却没有一样坚持学到底。才华出众却一无所成。众人皆惋惜其没有常性。

加代嫁到多贺家三年有余。她原本在娘家即学手鼓，来到多贺家获丈夫许可得以继续练习。但半年以后，婆婆佳奈提出可以休矣。——"手鼓学到此为止，接着学学茶道看看吧。"本来打算再学一段时间，手鼓便可出师。加代还是按婆婆旨意停下来并开始学习茶道。以前已学过茶

---

1 新井白石：江户时代中期的儒学者、政治家（1657—1725），曾在六代将军家宣及七代将军继时期辅佐幕政。有大量著书，被称为近代首屈一指的大学者。
2 荻生徂徕：江户时代中期的儒学者、思想家、文献学者（1666—1728）。
3 金泽：曾为加贺藩城邑。

道,所以进步很快,而且产生了更大的兴趣。但过了半年多,婆婆又让停下来去学习和歌。此期中院通躬卿门人、和歌学者菅真静受雇于前田家,加代入其门下。她十一二岁就开始接受新古今[1]韵律入门辅导,这次学习她比学手鼓、茶道时都更有兴致,诗稿成绩亦迅速提高。——她心里想,这次和歌学习一定要得其精髓。老师真静也特别热心地指导。当时和歌的教授,有口传、秘传等方式,继承老师衣钵者,必定出类拔萃、有卓越的才能。加代进步显著,很快就达到了理解和歌深奥要义的阶段。

另一方面作为多贺家主妇,家政当然也掌管得极其出色。武士家庭年俸两千石,属于高官富豪。家臣仆人众多,料理家政也不可疏忽大意。加代虽年轻,但在婆婆指点下干得有声有色。且侍奉丈夫恪守节操,家政方面受到亲属们赞誉。他们夸奖加代道:"多贺家的儿媳妇真不错,一点无逊于婆婆。"因而,直辉也打算让加代在和歌方面充分地施展才能。当他闻知跟手鼓、茶道一样,母亲又让加代停止和歌的学习,便感觉十分为难,同时想起母亲无常的性格来。

直辉提了一句母亲的性格如此,便沉默不语了。过了一会儿,他鼓励妻子道:

---

1 新古今:指《新古今和歌集》,编撰于镰仓时代(1185—1333),全二十卷。入门知识包括意思、类义语的注释、特点构成、歌赋的韵律等。

"我来婉转地跟母亲大人说说吧。就说你和歌的才能不同于其他。"

"可是这样一来，便知道我说了什么，不好吧?"

"母亲大人不会那么不明事理。剩下的诗稿别撕了……"

加代被丈夫的亲切关怀所打动，小心翼翼地将撕剩的诗稿收了起来。

翌日晚，直辉来到母亲的居处。母亲几天前开始做缝制布头的针线活儿，这会儿刚好做完了，正用烙铁熨烫。缝制的像是改小的坐垫。他问母亲做这个有什么用，母亲回答说是给加代用的暖肩。

"她那个卧室很冷嘛。她身体又那般羸弱。我想睡觉时可以垫在肩下。"

"哦，她一定会珍惜使用。"

说着，直辉微笑着说:

"母亲鉴谅。有句话想跟母亲说……"

"怎么了?"

"那个暖肩应是加代敬送母亲大人之物。"

"可我身体很好啊。"

母亲苦笑道。

倘若无爱，便不会注意那样的细节。直辉确信自己看到的正是母亲对于加代的爱。于是提起了妻子想继续学和歌之事。他以平静的语气，婉转地表达自己的看法。他这样请求母亲：加代现在习作已达很高水平，即将获得认证。

且她的确这方面才能出众。因此希望在不影响家政的情形下，让她继续学下去。

四

母亲默不作声，一直听直辉说完，并没有表示反对，只说了句"那也行啊"，就王顾左右而言他，显得自然而然。直辉也便安心地离开了母亲居所。

第二天早晨，直辉登赴城堡不久，佳奈婆婆说"苍龙"已绽放想让儿媳来看看，加代便来到婆婆居处。或因连日的温暖气候，嫩枝、树梢的花蕾约四成一齐绽放，加代不禁感叹"啊！好漂亮啊！"她正要坐在窗外廊下赏花，婆婆却招呼她进了房间，跟她面对面坐下。这时加代立即反应过来，原来叫她过来不是为了观赏梅花。婆婆那跟往常一样的温柔目光中，透着威严。她直觉到——要为和歌之事受训斥了。婆婆还没开口，加代已感觉胸口像是堵上了什么似的。

"今天想跟你说点儿过去的事情。"

婆婆慢条斯理地小声说。

"上了年纪的人唠叨，但这件事却迄今没有跟人说过。是很难为情的故事，能听听吗？"

"好的，聆听母亲大人教诲。"

"别太紧张，坐姿放松些听吧。"

微微春风送入阵阵梅花清香。佳奈在梅花的淡淡香气中，沉静地叙述起来。

"我嫁到多贺家时才十六岁。娘家身份低，没能如愿养成女人的教养技艺，所以我那时真是什么都不会的蠢媳妇。嫁过来后有十年，就像在漆黑的暗夜中摸行，每天都有度日如年的感觉。但婆婆是一位深情、体贴至微的人。只靠着她一人的传授，我一个接一个地学会了所有家政的掌管。……婆婆过世后，我必须一个人操持了，悲哀与不安无以言表。一段时间里完全不知所措，但后来意识到这样下去不行，自己便开始有了一个想法：不能愧对重臣之妻的身份。为扩展女人狭隘心胸，决定习得教养技艺。获得丈夫的许可后，我便开始学习茶道。"

婆婆停顿下来，眼帘低垂，像在回想什么似的。过了好一会儿，又静静地继续开始了叙述。

"自己说自己，像是在自卖自夸。那时我的茶道研习获得好评，朋辈、师傅都认可了我的技艺才华，眼看就要出师了。我却断然停止了茶道的学习。"

"…………"

加代直盯盯地看着婆婆。

"丈夫也觉着很可惜，亲朋好友也都劝我继续学习，但我还是停了下来。接着我又开始学习宝生流派[1]的笛子

---

1 宝生流派：传统能乐的一支流派。

吹奏。……笛子以后是手鼓,连歌、赋诗、绘画诸如此类。……其中一两项亦跟学茶道的时候一样,显现得极具才能,大家也都劝我学到底。但无论是哪一项,我都没有学到顶级的高水准,达到九成的水平就放弃。亲朋好友惜才,亦有人笑我无常性。连丈夫也时不时说些刺耳的话,说我见异思迁。……加代,你想我这样不断改变学习内容的原因是见异思迁吗?"

佳奈平静地望着儿媳,像是要给对方考虑的时间,一字一句顿开继续说道:

"武士家主人为主君献身奉公是其本分,为主奉公不能有点滴疏忽,家政亦然,不可有丝毫马虎。主人奉公不惜生命,妻子守家掌管家政亦须牺牲自己。……或许你想,料理家政无有怠慢,伺候丈夫守住贞节,便是尽了主妇之责。可那是形式上的,真正重要的是在其他方面,在没人看见、没人察觉的方面。……除伺候丈夫、守护家庭外,还要有祛除一切杂念的妻子的心。"

"……"

"学问技艺各有其'德',习之乃为精神食粮,提高人素养境界。但是若要深究,则会于在'妻心'上生出罅隙。无论多么优秀的猎人,都不可能同时追逐两只兔子。妻子牺牲自我护家侍夫,不可一丁点儿心有旁骛,否则无人得见亦属不贞。"

"母亲大人……"

加代突然跪拜于婆婆面前，发出内心地跪伏，肩背微微地颤抖。

"我错了。"

"……加代，"婆婆点头说，"不用说了。老人家的唠叨多少起点作用，再好不过。还有，如果这些道理已懂，深习和歌亦无妨啊。"

婆婆平静地微笑，上了年纪的面容无丝毫阴影。作为武士之妻，生存方式有着严厉的规范。峻烈的生存方式体现了无私献身的既往。无人所见无人所闻，却像凌傲霜雪绽放深山的馥郁冬梅。

"我缝了这么个东西。"

婆婆过了一会儿，拿起布头连缀缝制的肩膀暖垫，轻轻推到儿媳的面前。

"你卧室冷，把这个垫在肩膀那里睡，很暖和的。"

当日直辉由城堡回来，惊讶地发现妻子面容明朗，跟早晨判若两人。

"怎么？像是有什么好事情啊。"

这一问，加代忍不住把心里愉悦都说了出来：

"母亲大人给了我这个。"

"……什么？"

直辉明知故问。

"暖肩哪。您不知道么？"

加代的语调毋宁说是喜不自禁。

"睡觉的时候，垫在肩膀、枕头之间。一般是老年人用的东西。可母亲大人体恤我的身体，亲手给我做的。"

"那就这么高兴吗？"

"男人不会明白的。"

加代说着抬起头来，反省似的说：

"我也要像母亲大人那样，将来给自己的儿媳做暖肩，做个好婆婆。"

日本妇道记

不断草

一

"看起来正好可以让豆腐凝固。"

只听得夫君这样说道。

"豆子碾碎制成的是稠浓豆汁,但是用卤水一点,可制成豆腐的精华就凝聚起来,形成明显的豆腐状。能够成为豆腐的物质与不能成为豆腐的物质就可以明确地区分开来。"

"那么,不管怎样卤水都是需要的吧。"

那是主君宅邸与市大人的声音。

"是的。否则豆腐成不了形。"

夫君跟与市大人都是一本正经的腔调。

菊枝只听到刚才的对话,却不知他们为何谈论豆腐制作的方法。她想起常听人说,男人有时会对孩童的事情发生兴趣,不由得独自窃笑。出神中没听到夫君召唤,直到第三声丈夫提高了嗓门,她才惊慌地站起身来。

"再倒杯茶来,在干什么呢?"

三郎兵卫突然厉声训斥,声调里像是插满了刺儿,眼神也像换了个人极不友善。菊枝感觉出乎意外,禁不住血往头上涌。夫君可怕的样子险些把她吓呆了。

这是事情的开头。嫁过来快五个多月了,她一直以为夫君是个寡言少语平静的人。打那以后,眼看着开始有了变化。夫君变得口气刻板，态度冷漠，像似对待外人。无论多么细微的过失他都不会放过，斥责的语气里充满了尖刻。婆婆也时不时教训她。

"你得多用点儿心啊。家里人不多，你这个样子不行啊。做事得像个样儿。"

婆婆上了年纪后双目失明。所以感觉不灵，一早起来直到夜晚睡觉，一直需要菊枝的照顾。婆婆性情温和，也很体贴人。然而事情一旦涉及三郎兵卫，则完全不会同情菊枝。——是啊，做事得像点儿样子。菊枝也小心翼翼，尽量避免出现过失，尽可能让夫君和婆婆满意。但是这样过于紧张的心理，反倒容易发生过错，丈夫的责备隔三岔五，以至于菊枝的神经绷得过紧，以致不时夜里失眠。

进入春天某晚，九点多了，三郎兵卫突然要喝酒，命妻子拿酒来，如果家里没有就去外面买。武士家的妻子夜晚去买酒是丢人现眼的事情，何况时间也很晚了。所以菊枝稍有迟疑，没立即起身出门。三郎兵卫用吓人一跳的高声嚷道：

"磨蹭什么呢！店掌柜睡下的话，叫他起来！快点去买！"

丈夫暴跳如雷，菊枝几乎是不顾一切地跑出了房屋，她感觉呼吸困难，膝盖不停地打着战。正要奔进厨房，又听见婆婆叫她，尽管心里焦急，她还是返了回来，打开槅扇门。

"茨木屋酒店就在下面的路口。"

婆婆背朝着她说道：

"起码酒是要常备的啊。这个时间外出买酒很丢脸的。"

菊枝答了声"是"，一低头眼泪差点儿流出来。她一边道歉，一边慌慌张张地从厨房后门跑了出去。……虽说已入春，但二月初的夜晚还是很冷。米泽[1]四面环山，冬季较长。街上的路面上这会儿还留着脏脏的残雪。白天道路融雪泥泞，到夜晚又上冻结了冰，一不小心，就会摔跤。菊枝心急火燎地赶路，加之不习惯走夜道，绊了一大跤，脚踝骨扭伤了。刺骨的伤痛，使她不由得跪在了冰冻的地面上。疼痛加上平日忍气吞声，感情像是决了堤一般，她不顾一切地痛哭了起来。

事后没过多久，媒人蜂屋伊兵卫来到家中。好像是丈夫叫他来的。伊兵卫来第三次的时候，悄悄招呼菊枝小声道：

"你们多半是不能白头到老了。早些做好思想准备吧。"

菊枝顿时脸色煞白，浑身哆嗦了起来。

二

菊枝的父亲仲泽庄太夫是藩主上杉家卫队长[2]，现已

---

[1] 米泽：位于山形县南部。幕府时期曾是十五万石上杉氏藩主的城邑。
[2] 卫队长：上杉藩主的武士部队编制。属年俸禄两百石以下的中层武士。

隐退，让长子门十郎承继父业。菊枝是登野村三郎兵卫通过蜂屋求娶的。登野村的上辈出自五十旗组[1]，俸禄少，家境一般。但因政务官千坂对马赏识，在其部门任要职。三郎兵卫不嗜酒，性情温和，头脑机敏，乃前景颇好之辈，因此父兄同意结了亲。谁知嫁进门半年上下便要离婚，令仲泽家的人非常生气，已经背着菊枝几次交涉，最终还是决定让两人离婚。

"我不回娘家。"

菊枝哭诉道：

"有什么不足我改正，一定符合夫君家风。如果一定要我走的话，请再等等，至少再让我待一个月。我一定会让你们满意的。"

夫君根本不予理睬，婆婆也未劝解说和。那是很久以前的事情了，现在菊枝回想起当时的绝望，仍感觉毛骨悚然，庆幸自己竟挺了过来没去自尽。其实当时想去死的。但哥哥劝道"想想父亲大人的悲哀"；若是自己死了，登野村与仲泽家就必然会发生殊死的争斗。自己保住了脸面，却在两家间埋下祸根，这与妇道决然相悖。思前想后，菊枝眼泪汪汪地回了娘家。

以后的日子里，时间在静静地流逝，花开报时也好，嫩叶观赏也罢，菊枝对那些已全无兴致。母亲早逝，家务

---

1 五十旗组：指上杉藩主的武士部队中出自越后国上田的武士。

皆由嫂嫂美代来做，菊枝只需管好自己，别无他事。

"你吃苦头了，好好放松休养一下吧。"

嫂嫂事事如此安抚，父亲、兄长也一直为她鼓劲儿——尽快忘掉伤心事。一家人无微不至的关怀更让她伤感落泪。梅雨过后的一天，她一点点开始整理从婆家带回的物什。行李中突然掉出一个放有种子的小布袋。……是什么？种子啊？菊枝用手指轻轻推动着手掌上小小的黑色种子。沉思一会儿，想起来了——是牛皮菜种子。

"对了，是婆婆喜欢的牛皮菜。"

牛皮菜又叫不断草。可不分季节播种，菜叶一年四季都散发着柔和香味。登野村的母亲最喜欢吃，再三嘱咐说："这个菜可不能断啊。"

"她老人家那么喜欢，可现在谁来照顾那个菜田呢？"

想到双目失明、行动不便的婆婆，菊枝不由得低声呜咽起来。——丈夫向我求的婚，才过半年多就要离异，为什么呢？是我不懂事吗？他性情突变也是因为看我不顺眼吗？想起这些菊枝就生出一股绝望感。自己不懂规矩，无可奈何。但自己已竭尽全力了呀，却为何仍旧得不到认可？往事一桩桩历历在目，她觉得这个世上无甚可信，甩开收拾起来的物什，菊枝又俯身痛哭起来。

进入盛夏，烈日炎炎数日。某夜闷热，蚊虫也多。菊枝悄悄来到院内乘凉。院子里长满了胡枝子草。隔院子对面是父亲的居室，那里传来了说话声。——没错儿，是蜂屋大人。她怅然片刻，也没想着听他们说话。突然"登野村"三个字传进她的耳朵。菊枝一愣，赶紧竖起耳朵倾听。

"平日他是千坂的心腹。这次在劫难逃啦。现在想来，离了婚倒是万幸。"

"说万幸有点儿过了，不过也的确如此。早就觉着他有点不对劲儿嘛。"

"真格是在劫难逃。"

伊兵卫不停地强调说。

"这次绝对会处置得干脆利索。您一定会慨叹幸亏菊枝和他离了婚。"

菊枝不明白发生了什么事，但直觉告诉她出了大事且累及登野村。到底是什么事呢？菊枝心慌意乱起来。……很快事件便真相大白，以千坂对马执政官为首的七重臣色部修理、须田伊豆、长尾兵库、清野、芋川、平林联袂，要挟藩主治宪。

三

藩主上杉家的幼主弹正大弼治宪是高锅藩[1]秋月家次子，十岁作为养子来到上杉家。治宪英明禀赋，继承家业的同时，从重臣中提拔了竹吴美作和莅户善政，大刀阔斧

1　高锅藩：藩主为秋月种美。现今的宫崎县儿汤郡高锅镇一带。

地开始了藩政改革。但重臣中有反对改革者,认为改革对家臣多有不利。他们归结了五十余条诉状,强迫治宪罢免竹吴和苣户,复辟旧时藩政。七重臣联合一致,藩主治宪又年纪尚轻,一时担心不知会怎样。不料他英明果断,掌握先机,终于控制了七个重臣,平息了一场风波。

菊枝获知事情经纬,是在相关人物定罪以后。对千坂对马和色部修理的处罚是没收一半领地,令其退职隐居。须田伊豆、芋川延亲是切腹自尽。其他三人闭门思过,且没收三百石俸禄。受此事牵连被革去官职的人中也有登野村三郎兵卫。

"据说他是主动归还俸禄退去官职。"

哥哥门十郎告诉菊枝。

"好像馆山二十轩有其熟识的农户,便将母亲托付于彼,自己离开了国君领地。——现在想来,离婚真是不幸中的万幸啊。"

菊枝默默听着,不知为何想起登野村家那天发生的事。

那时夫君说:"豆腐成形需要卤水。"当时千坂对马之子与市清高做客家中。他俩聊了很长时间,菊枝只听到这段话,当时莫名其妙,只是觉着好笑。这会儿想起那些,心中顿起波澜。点了卤水,可成豆腐的物质与无法成形的物质便会截然分明。她不清楚夫君为何那么说,但恍惚觉得与此次的事件相关。菊枝忽然感觉胸闷,什么意思呢?丈夫想要说明的是什么呢?——对了,丈夫开始发生变化也是从那时开始的。莫非……或许夫君知道此事件非同小可，早已料想到了事情的结果，他是不想连累妻子才有意离婚的？这么一想，她发现很多事情符合自己的推论。绝对没错。菊枝这么想着，意识到自己不该离开登野村。

这天夜里，菊枝来到父亲居室，提出自己要去登野村的母亲那里。

"本来想要出家的。现在想以出家人的心境侍奉其母终生。"

父亲不是惊讶而是愤怒，他的眼神可以看出。菊枝像要显示自己的坚强决心，目光没有回避父亲。

"你知道吗？"

父亲训斥她道：

"那么做，会怎样败坏仲泽家的名声？"

"菊枝本来就是离家之人。出家也好，照顾前夫无依无靠的母亲也罢，总之不久我是要离开这个家的。请父亲大人恩准。"

"不准的话，你要怎样？"

菊枝一下子脸色变得苍白，她痛苦地低垂下眼帘，斩钉截铁般地回答说：

"我跟家里断绝关系。"

看着父亲的拳头在膝盖上打着哆嗦，菊枝强挺住自己的身体。

父亲与菊枝断绝了父女关系。一天，菊枝拿了几件换洗衣服，悄悄离开了家。……她很快弄清了该去的地方。城邑南边儿的连绵丘陵地带，有个名叫二十轩的村子，村里有个名主叫长泽市左卫门，与登野村是远亲。左卫门拥有大片田地山林，很大的宅院里还有两栋织机房，雇人织出大量的米泽绢织[1]。

菊枝见到主人，毫无隐瞒地告诉了对方事情原委，请求对方允她照顾登野村的母亲。

"不过，若知道是离了婚的儿媳妇，婆婆大人不会答应。请您保密，勿说出我是何人，拜托您了。"

"你会感动老太太的。"

倒是市左卫门先擦拭了眼角：

"好的。应该是我拜托你。请你好好照顾她吧。我不会告诉她是你。"

"啊，总算有了活着的理由。"菊枝道谢后，悄悄拭去了泪水。

四

登野村的母亲在另外一栋住房里独居。屋子前面有个庭院，庭院对面是主房。屋后有一片松林。厨房里的用水是通过引水筒从松林那边引过来的，清澈的涓涓细流不间

---

[1] 米泽绢织：源自1776年，是米泽市附近纺织生产的丝绸物的总称。

断地流淌。……菊枝跟着市左卫门一同来到那栋独居房屋时，婆婆正坐在榻榻米铺席上，手里摇着团扇。菊枝看到她那寂寞孤独的样子，心里一酸，忍不住一股热乎乎的东西涌上来。

"总算找到可以照顾您的人了。"

市左卫门这么说着，催促菊枝进了房间。

"她姓屋代名秋，是个没有双亲姐妹的可怜姑娘，请您接受她。"

"啊呀，真可怜啊。"

婆婆膝盖转向了这边，摆出用手摸索的样子，又说道：

"我这个样子，眼睛看不见，很多地方要给你添麻烦的，拜托了。"

"实在不敢当。我叫阿秋，很不懂事，请您多多包涵。"

菊枝惦记着怕被发现，这么小声说，一边在套廊叩了头。市左卫门在一旁擦拭眼泪，点头赞许。

第二天一早，天还没亮，菊枝就起来了。这个老人独居的房屋旁边有片田地，她先去那片田地的一隅，把带来的牛皮菜籽儿种了下去。田地后面的松林一带朝雾浓浓，小鸟叽叽喳喳地在树林间飞来飞去，像是黄道眉鸟，那清脆优美的鸣啭声在林间回荡，合着顺水筒流下的潺潺流水，使人生出到了深山老林似的恬静心境。菊枝对着刚刚播下的种子，发自内心祈愿道："哪怕一颗也好，祈求发芽啊。发芽了，就证明我可以待在婆婆身边了。"她的新生活就这样开始了。

或许是经历了一场巨大的不幸吧,婆婆的感觉像是比从前更加迟缓,她虽可以自己进食,但站立坐卧诸般行动需要帮助,半夜更需要菊枝的照料。最让菊枝惦记的还是婆婆是否会认出自己。看来她并未怀疑,总是阿秋小姐这样阿秋小姐那样地随意招呼。菊枝做任何事情,她都心甘情愿地配合。这样就好,她总算放下心来。一天,她突然发现田地一隅播下的牛皮菜种子发芽了——"啊!我如愿了。"顿时,一股热流涌了上来,菊枝心里充满了喜悦,她激动得热泪盈眶。几乎所有的种子都发了芽,田地一隅铺满了草绿色柔软的嫩叶。菊枝发誓"好好培育,不让牛皮菜生出一片枯叶"。牛皮菜在土壤里扎了根,就意味着自己的生命也在这片土地上落下了根。傍晚时分,她侧耳闻听茅蝉哀鸣,秋天来了。不久,夏天雾霭迷蒙的松林里,树干上蔓草叶渐渐变得火一般通红,夜晚横穿上空的风声也带来阵阵寒气。一天一天冬天已近。

就这样时间推移。一天夜里,菊枝将第一次收获的牛皮菜烹饪后拿给婆婆吃。婆婆刚吃了一口,似乎就察觉到什么。她那总是面无表情的脸上突然肌肉紧绷,接着又忽然放下了筷子一动不动,像是在倾听远方的声音。菊枝心里一惊,婆婆从来没有这样。她想:

"莫非被她发现了?"

但是过了一会儿,婆婆平静地说道:

"这是牛皮菜吧?"

"是……"

"好像也叫'不断草'。我最喜欢了。'不断草'这个名字很好,对吧?不断永存……很久没吃到了。"

"您喜欢,我很高兴。"

菊枝松了口气,说道:

"叶子柔软,想着适合您老人家,便拿来种子播撒下去。看来这里的土壤适合它,长成了一片……不过,不知能否抵御风雪。"

"冬季盖上稻草好像也能过得去的,不过还是移到向阳处的好啊。"

这么说着,婆婆看似十分受用,一口一口地品尝着牛皮菜。那天夜里,深夜,松林深处不断传来狐狸的叫声。

某夜,狂风呼啸了一整夜。凌晨,屋外落满了枯叶,颜色形状各种各样,很多叶子拿在手上细看,美不胜收!菊枝不禁手持耙子伫立观赏。这时,市左卫门走近前来招呼道:"一大早就这么精力充沛啊。"

五

"有递给老太太的东西。"

市左卫门说着走进老人独居的房间。他刚离开,正在院前扫拢枯叶的菊枝就听到婆婆的呼唤:

"你来一下。"

她立即洗了手,向婆婆的房间走去。菊枝瞥了一眼市左卫门走出院子的背影,进了婆婆的房间。只见婆婆面前放着一封信,等着她来。

"请你给我读读这封信。"

"好。"

"刚才市左卫门君送来的。儿子的来信。"

老太太说罢,轻轻地将书信推到了菊枝面前。菊枝一下子脸色煞白——是夫君的来信,任何人无法替代的夫君的来信。怀念之情,悲哀之心,一股难以言表的感动涌上心头,伸手接过信件的手指不住地颤抖。

"……怎么了?"婆婆焦急地问。

"啊,马上读,这就读……"

菊枝竭力抑制着自己的情绪,用颤抖的手拿起信拆封。

那封信发自越前[1]。菊枝全神贯注地读了一遍,却多半没理解信里写的内容。拭不干的泪水,仿佛要卡住喉咙的呜咽,她竭力抑制着不想让婆婆察觉自己读信时的异样。婆婆也不断用衣袖拭着泪水听她念信。菊枝终于读完信后,婆婆长时间屏住呼吸沉默不语,像似在捕捉儿子的面容。过了许久,她才擦拭着眼角说道:

"先放在那边的佛龛上吧。还想让你时不时念给我听。"

---

[1] 越前:现今的福井县东部地区。

菊枝按照吩咐做了。可把信奉上佛龛之后旋即产生一种强烈的欲望：拿过那封信，自己独自一人再读一遍。刚才一气读完，却不知字面含义，因而她想再好好确认一下。字里行间蕴含着夫君的气息、夫君的呼唤，她甚至感觉信里也有关于自己的内容。每当进出房屋时，她都不由自主地会将视线瞥向佛龛，甚至夜半醒来，也有"趁机去拿"的冲动。——至少婆婆大人还会让自己读信。她这样期盼着。但老太太打那以后，再也没说读信的事，菊枝也最终没能下决心去偷偷拿来阅读。

那一年就这么过去了。新年后不久，菊枝白天到这家的织布间做工。藩主上杉治宪的革新政策以促进农业为主，机织业也是改革的一大环节。婆婆为顺从旨意，让菊枝去做工。菊枝则考虑夫君返回前，尽量不去给人添麻烦，至少能赚出钱养活婆婆跟自己。市左卫门起先带有怀疑的意味，笑着说道："这活儿比你看起来费劲儿啊。"但菊枝一个劲儿地请求，见其决心坚定，他才逐渐动了心，让一个手艺高明的绢织姑娘手把手地教授她正规的织布技法。那年菊枝没去赏花，早晨天还不亮她就起床，做好婆婆跟自己的早饭，收拾停当便去机房。中午返回来准备两人的午饭，饭后又立即回去做工，直到傍晚回家。晚饭后收拾完毕，还有其他琐碎的家务等着她做——拆拆缝缝、浣洗衣物等。半夜里总要起来两次照顾婆婆。不觉中春去夏归，时光流逝。

第一封来信后，时而也有三郎兵卫的来信。每次居住地点都有变化，有大阪的来信也有纪伊[1]的来信。第三年从四国到了中国地区[2]，再去了长州[3]，然后又返回到了京都。每次来信他都询问母亲安恙，而闭口不谈自己的详情。有时从字里行间可以隐约推测出，似是受人委托在诸藩国考察产业情况。即便不是如此，无疑也是在做与米泽藩有关的事情。——"的确是出了什么事情……"，菊枝越来越确定这一点，"好像是出了大家不知情的事情"……果真如此，夫君许是可以回来吧。就这样不知什么时候开始，菊枝开始充满期待，她的日常生活也一点点有了盼头。

说来时间飞转，五年的岁月眨眼间一晃而过，到了安永六年[4]秋，连绵不断下了四五天雨，天空突然无比清冽，松林那边吹过来的风也带来了寒意。这天，从下野[5]的宇都宫传来音讯，说是三郎兵卫卧病。来信系借宿旅店托人代笔，详细描述了五十多天前的患病情况，还说现已基本恢复，不必担心云云。菊枝念信时感觉胸口发闷，婆婆听完后像在思索，一会儿她静静地抬起失明的双目说道：

"你去照料他吧。"

---

1 纪伊：现今的和歌山县、三重县一带。
2 中国地区：现今的冈山县广岛县等地区。
3 长州：现今的山口县西北部。
4 安永六年：江户中期，后桃园·光格天皇时期的年号，公历1777年。
5 下野：现今的栃木县。

又说：

"羁旅他乡卧病，他肯定心里不安得很。我这里暂且不打紧。你快去吧。你去了，他不会再意气用事的。……"

菊枝倒抽了一口冷气。婆婆的语气平常自然，显然是因为清楚知晓自己是三郎兵卫妻子。完全出乎她的意料。莫非自己听走耳了？菊枝没有马上应答，情绪显得有些混乱。老太太或许亦有觉察。

"你很吃惊吧。你以为我没有发觉是你吧……"

这么说着，她微微一笑，端坐后一字一句地说：

"可以告诉你了。其实五年前那会儿，无论如何都得那样做啊。为按主君意愿励精图治地改革，必须除掉那些挡道的老臣。但却无法明晓真正的拥护改革者和反对改革者。于是千坂大人竖起反对改革的旗杆，以自己为中心把不利于主君的老臣们聚集到一起。"

听到这儿，菊枝想起了那次制作豆腐的对话……原来如此！卤水便是千坂大人。真格话中有话啊。

"那时，若无千坂大人挑头儿，反对势力不可能根除啊。"

老太太继续说道：

"幸好那件事解决得干脆利落，新政改革顺顺当当地获得了成功。三郎兵卫离开你，是因为知道自己会有变故，不想连累你跟你的亲人们。他跟我其实都在内心里流着泪水，感到对不住你啊。"

"不过……"婆婆说到这里，立即并拢了膝盖，两手轻轻地伸出，霎时，菊枝赶紧握住了那双手。于是婆婆紧紧地攥住菊枝的手说：

"不过，我啊，菊枝，移居于此便想，你一定会来。"

"婆婆大人……"

"你一定会来的，……我了解你的品性啊。"

菊枝忍不住扑倒在婆婆膝头，老太太抬起一只手，轻轻抚摸着她的肩头。伴随着菊枝的抽泣，屋后传来萧瑟秋风的呼啸声。

附记：三年后的安永九年，千坂家的禁闭处罚解除，千坂大人的儿子与市清高被任命为江户家重臣。不用说，登野村三郎兵卫也返回了家乡。

日本妇道记

竹林

一

"今天离开这里,你就只有安倍家,别再惦记父母兄长。"

父亲图书这样说。母亲眼含泪水盯着女儿,只低语似的说了句:

"如果遇上无法解决的难题,就回家商量。"

兄长源吾像往常一样,漫不经心地说:"今晚我当班,可惜不能参加婚礼了。哎,好好儿的,安倍是值得信赖的男人,肯定会幸福的。"

说完微微一笑。

作为女人,一生中总会听一次这样的鼓励。无论是怎样的表述,哪怕是司空见惯的平凡话语,都会让每一个听者感慨万分、难以忘怀。父亲的严厉教诲、母亲的温柔关爱、兄长的亲切祝福,都不是什么特别的言语,犹如家人的殷切期望,深深铭刻在由纪的心里。她终于坚定地做好了出嫁的心理准备。

嫁去的婆家无须忧虑。即将成为自己夫君的安倍休之助奉职于金银财库部门,年俸两百多石,主管金钱谷物。据传口碑颇佳,为人谨慎正直性格温和,家里唯老母一人,生活稳定实朴。由纪见过其母菜穗一面,是个小个头儿、沉稳祥静的妇人,脸上总是挂着微笑。……对由纪来说,唯一担心的是自己生在年俸九百石的大总管家，在父母兄长的厚爱中长大，至今过着快活悠然的日子，全然不知人世间的辛酸。娘家的生活即便说不上富裕，也不必担心经济不自由。跟以往的生活相比，操持两百石的家政绝非易事。日常生活琐事也会有各种习惯上的不同，她只是担心自己能否顺利地进入那样的生活圈子。

黄昏时分从三之丸[1]下的娘家出发。安倍家在名叫寺街的武士住宅区尽头，轿子到达已是掌灯时分。在媒人吉冈赖母夫妇引领下走进了一间房屋。新换的槅扇，烛台上的灯光明亮炫目。婆婆菜穗致礼招呼后，接着进来四五个女人先后跟媒人夫妇点头施礼。接下来便是人进人出的熙熙攘攘，来往穿梭轿上卸下嫁妆搬进屋里的声音，由纪戴着新嫁娘的白色棉帽一动不动地稳坐。周围忙乱的气氛对她来说仿佛另一个世界。不知过了多长时间，周围的嘈杂声消隐，所有的声音戛然停止的刹那间，突然听到有谁嘟哝了一句"这么晚了"。有人站起身来走出房间，母亲跟赖母太太在小声嘀咕着什么。这时，由纪才察觉到母亲就在附近。她忽然生出想要看看母亲的冲动。一会儿，刚才出去的人返转回来。

"说是刚才已去了衙门迎接。"

"怎么回事啊？"

1　三之丸：指围在城郭第二层围墙外的第三层围墙。

接着是赖母的说话声：

"说是有什么紧急事务需要查明，离开衙门晚了。适才打发人来告知：六点前一定会回来。已经派人去接，很快就会回来的。"

"公务啊，那就没办法了。"

这是父亲的声音。

"武士的职责啊，即便父母临终，正值公务也无法离开。我们耐心等待吧，急什么？"

说完父亲笑了起来。就在这时，传来了慌乱的脚步声及人们的惊呼声。屋里顿时一片寂静，所有人都屏住了呼吸。

"快叫医生来！"

呼喊声像飞石一样穿过瘆人的寂静，直接撞入人们的鼓膜。

出什么事了？出了什么意外事故了么？由纪脑中一闪念，顿时感到头皮阵阵抽搐疼。赖母慌忙跑了出去，父亲也被叫了出去。听得到周围压低的说话声和脚步声，紧张而沉闷的空气弥漫屋内。由纪感到呼吸困难，她用力支撑着颤抖的身体，闭上眼睛，垂头丧气，像是等待着命运的裁判。这时，父亲和赖母返回房间。

"出什么事了？"

母亲迫不及待地问。

"休之助受伤回来了。"

父亲情绪激动地急促应答。

"有人发现他倒卧在大竹林处，便用担架抬了回来。看来伤势很重，只好先把由纪带回家了。"

竹林

"那到底是怎么回事啊？"

"他现在无法开口，完全不清楚。不管怎样，先回家吧。你扶由纪站起来。"

"那可如何是好……"

母亲伸出颤抖的手。但由纪平静地将她的手推了回去，说道：

"我不回去。"

二

由纪表明了态度后，用哆嗦的手摘去了新嫁娘的棉帽。然后脸色苍白却神色严峻地看着赖母老夫人。

"对不起，请允许我更衣，我想换上平日的装束。"

"可是由纪啊，你别……"

"不。"

由纪坚定地摇了摇头。

"虽两人未喝盉酒[1]，但我迈进了这个家门，便是安倍

---

1 盉酒：人们发誓缔结亲紧密关系的时候举行的饮酒仪式。现在日本神前式婚礼中仍可见类似的仪式，名为"三三九度"。

77

的妻子。父亲大人也曾这么教导我的。这家人手少,我想能帮上点儿忙。"

这么说着,她自己脱去礼服外面的长罩衫,冷静地站起身来。那情形不容分说,显示了坚定不移的决心。赖老夫人像是受到感化一样,转到她背后,帮她松解和服带子。

那时父亲、母亲以及一旁的在场者怀着怎样的心情看自己,自己又是如何更衣的,由纪全然没有记忆,犹若梦中一般。以后再次回想时,她只有头次走进丈夫房间里那一瞬间的印象。……榻榻米铺上,休之助仰卧。面部冷冷的似石头一样僵硬,紧闭的双唇干巴巴的,没有一丝血色,两三缕头发耷拉在面颊。这个场面一下子吸引住由纪的视线。枕边坐着三个年轻的武士跟他的母亲菜穗,但由纪几乎完全没有注意他们。她只是目不转睛地看着休之助的面容,并不断对自己说"这是我的丈夫"……

那天夜里,最终未合眼。医生来做了伤口处置。伤口大而深,左侧腹部缝了三十多针。休之助不喊疼,昏迷中三次嘟哝着类似"没成、切腹没成"这类的话。或许受了重伤,头脑混乱了吧?还是事出有因确实想切腹却未成功呢?不知那话的真实含义,却令听者疑窦重重。大家商量,决定向上面暂且呈报患了急病,确定无生命危险后,年轻的武士们回去了。就这样连婚礼盉酒也没喝,在狂卷怒涛一般的突然骚乱中,由纪过了新婚第一夜。天亮后,父母及媒人也返回了。所有人离去,只剩下两人的时候,婆婆轻轻拉起由纪的手，说了声："谢谢啊。"这一句话，饱含着怎样的情感啊。无论多么漂亮的言辞，都不如这句话传达的感情更直接、更真实。周围鸦雀无声，在极其慌乱的嘈杂过后，家里突然恢复了静谧，早晨白灿灿的阳光照射进来。清爽的光芒就像验证这家发生的不幸。"不能哭！"由纪想要忍住泪水，却还是泪水盈眶。"我不懂规矩，请不吝指教。……"

话一出口，她便克制不住地呜咽了起来。

一切仿佛都被包裹在谜团里。在回家参加婚礼的半道上，新郎官受了重伤倒下。地点是三之丸到武士住宅区的半道僻静处，道路的一侧有片竹林，通常称作"大竹林"。休之助倒在了大竹林背阴处。右手握着拔出的刀，刀尖上只有一丁点污痕，看不出与别人拼斗过。关于事件，所知的仅有这点儿情况。除了本人"切腹没成"这句像是昏迷中的胡话以外，其他的当事者噤口不言。大概也是没有目击者吧，没有任何相关的传言，一切似在云里雾中。情况特别，探视者也只走到门口，便请返回。休之助保住了一条命，医生却嘱咐：一段时间内禁止与人面谈。可七天后的一天，没想到金银谷物的总管泽本平太夫来到，并说"事关公务"，让人领进寝室，然后跟休之助长谈，不知说了些什么。不是来探视，总管亲自前来非同寻常。菜穗婆婆忍不住露出坐立不安的模样，平太夫刚一离去，便立即赶到休之助枕边详细询问。休之助跟往常一样平静地凝视着天花板说道："有些过失，弄不好会给您添麻烦，不过母亲大人不必担心，不是大事，我想会过去的。"然后，无论再怎么问，他都默不作声了。

三

一天夜深后，由纪蹑手蹑脚拉开门探视夫君，休之助用眼神招呼她过去。由纪心咚咚跳着，跪蹭到夫君枕边。嫁过来后，还是头一次跟丈夫单独面对。休之助仿佛充满情意的目光许久凝视着她。

"母亲都告诉我了，想跟你说感谢的。但感谢前有件事先要托付你。"

"哦……"

"三天之内，你去筹集八十两金。"

突然的托付完全出乎意外，她心中惊诧，却不假思索地答道：

"知道了。"

休之助轻轻合上了眼睛。

"我知道，不加说明让你筹集巨款不合情理。但我什么都不能说，相信我去办吧。"

"嗯……"

"母亲明天会去善光寺，每年惯例，来回需三天。这期间拜托你了。"

"嗯，我知道了。"

由纪内心主意已定，她斩钉截铁地应道。

春季与秋季的彼岸[1]，菜穗婆婆总会跟亲近的夫人们结伴去善光寺参拜。因休之助发生意外，所以原打算今年不去了，但却愧对期盼同行的夫人们。休之助便劝她照旧。可她心里还是放不下，思前想后，休之助重伤的事不能外传，医生也说已无大忧，于是再三嘱托了由纪后离开了家。

婆婆出发后的当天晚上，由纪唤来仆人让找卖旧货的商人来。然后把嫁妆中值钱的东西都拿出来卖掉。那些多是一次也没穿过的新装，还有母亲精心为她准备的各类家庭生活用具等。她一样都舍不得。眼见着那些邋遢的旧货商毫不客气地翻弄，由纪心里很不舒服。不可思议的是她竟没有丝毫犹豫，能帮助丈夫使她产生些许自豪感。这样就抛弃了娘家带来的物什，蜕去旧日躯壳，一切重新开始了。她这么想着冷眼观望旧货商翻弄。照惯例，旧货商的话语殷勤，标价却很低。原想留下的一面镜子也加了进去，才勉强凑够五十两金。准备嫁妆时想着家里不必铺张的。眼下由纪后悔，当初多带些嫁妆过来就好了。此时无计可施。夫君说亦可当掉自家的物什，她当然不想那样做。那么只好回娘家找母亲想办法了。

---

1 彼岸：进入春分时或秋分时的前七天或后七天的时候。

第二天她便回到了娘家。正常情况下，本应推后几天回娘家接受祝福。由纪不想让大家知道，悄悄走进母亲房间，随便喝了两口茶，便跟母亲小声说明了来意。母亲大惊，盯视由纪的目光里的情绪，与其说是怜悯女儿，不如说怒不可遏。

"请您什么都别问，由纪一辈子就这一次请求，母亲大人，求您了。"

"唉，等等。"

母亲的声音压得比由纪还低：

"既如此，钱是可以给你的。不过由纪啊，这婚姻恐怕该结束了吧。"

"……为什么？"

"详情我也不知。休之助好像在公务上失态。为此，泽本大人已来过两次，跟你父亲商谈。想必，吉冈大人很快就会去安倍那儿。"

由纪脸色陡变。母亲见状难以再说，便安慰道：

"钱这就给你，但别忘了刚才跟你说的话哪。现在你还只是有名无实的媳妇，一切听你父亲和我安排就可以了。"

"……嗯。"

由纪点点头，强忍住内心的落魄感。母亲起身，由纪也跟着站起来走进佛堂。彼岸时节，佛龛上点着烛火，线香袅袅。由纪点燃一根线香供到佛龛上，然后跪坐在佛龛前。她双手合掌抬眼望着佛龛里的佛像，这尊佛像，据说制于天平时代[1]，是个五寸大小的金铜释迦佛，家里祖辈上代传下来，皆由每一辈主妇供奉。烛火光亮照不到佛龛里部，佛像显得神秘而庄严。由纪小时候常常膜拜——渴望漂亮衣服、新的玩偶时，希望路上躲过合不来的小朋友时……此时她的愿望是什么呢？以往的天真无邪与眼前的自己已有天壤之差，此时由纪的内心里充满了深深的感触，她呻吟般地叹了口气。

四

回到家后，由纪将典当所得和娘家要来的金钱合归一处，拿到了夫君枕边。夫君会意地直直望着她，声音微弱得几乎听不见：

"对不住。"

眉间镌刻的痛苦皱纹和轻声的一句嘀咕传递了何等谢意，由纪痛切地深有体会。过了一会儿，休之助说：

"辛苦你，把金钱包起来，送到财库总管那儿。"

"泽本大人吗？"

"是的。通报名字后，他会见你。不能经由旁人，一定要见到他本人，直接交给他。拜托了。"

1　天平时代：为奈良时代后期，即公元710年至794年。

由纪答应后，立即站起了身。

来到泽本家后，她见到了平太夫。由纪转达了丈夫的托付后，将包裹着金钱的包袱递呈上去。平太夫打开包袱点了其中的金额后说道："没错儿。"收下后他神情冷漠，仿佛面对着一个陌生人。眼前这个人以前跟娘家交往甚密，跟兄长及由纪本人也时常随意搭话的。他那尖腮总是泛着潮红像是喝醉酒一样，再配上一脸浓浓的胡须，兄长曾给他起了个绰号"弁庆螃蟹[1]"。可眼前的平太夫像是忘记了往日的亲密，态度冷淡疏远。本想见了面或可知道一些情况，哪怕不是详情只是一丝线索呢……由纪是抱着这样的幻想来的。可平太夫表情僵硬绷着个脸，什么也没说。由纪只是从他仅有的那句话"没错儿"判断："总而言之，算是告一段落了。"就这么算是了结一桩心事，她离开了泽本家。回来后告知夫君事情顺利，休之助点了点头，然后合上双眼长长吁了口气。那情形，就好像身肩重负、疲惫不堪的人总算卸下了包袱一样。那天夜里，他终于安然入睡。夜半时分，由纪坐在被褥上听着他舒舒服服发出的轻轻的鼻鼾声，小声自语："那几天他真是忧心忡忡啊。"同时她也祈愿：自出嫁的当天夜里开始至今，令人窒息般压在心头的一切至此结束。那天下午，婆婆预定从善光寺

---

[1] 弁庆螃蟹：又称"辨庆蟹"，体型中等。蟹脚和甲壳前半部位呈红黄色，其他部位带有青黑色。分布于东京湾以南沿岸。

返回。媒人吉冈赖母来访。由纪一开始就下定决心，没有迎他入屋，只在门口见他。

"有话在这儿说吧。不过，前几天已听母亲说了大致的情况，所以我先申明，如果是有关离婚的事，我是不予理会的。不管怎样，由纪是安倍休之助的妻子。请您在此前提下说吧。"

她的身体禁不住有些哆嗦，声音也打着战。赖母看着她的脸平静地注视了一会儿，像是要分辨她的言语是真心实意还是出于一时的兴奋。过了片刻，他轻轻点了点头说：

"好大的决心。听了这番表述，我便没什么好说的了。令尊像是也猜到了，说是不答应的话，就将此信面交。过后看看吧。"

说完递给由纪一封书信，默默行了礼，便离去了。由纪回到起居室立即展开书信，是父亲的笔迹，信上写着暂时不要有任何来往，意味着断绝关系。这样，也不能去见母亲大人了。虽然决心已定，但并未想到断绝关系，由纪心里很不平静。想到母亲会因此断肠伤悲，她不禁觉得眼前昏暗。但由纪将这一切都藏在了自己心里，既没有告诉丈夫也没有跟刚刚回来的菜穗婆婆说。出嫁了，便意味着要与亲人离别。与娘家断缘也不是什么悲哀的大事。本来女子就是如此，出嫁后除了婆家别无其他容身之所。这样一想，由纪觉得自己今后的生活意义、希望乃至一切都包容在这个家庭和丈夫这边，自己作为女子从此才开始真正的生活。

大约过去五十天，休之助被解除了公职，俸禄也减半。通告但称"主君旨意"，并未说明罪责缘由。入冬时节，很快便是年末，这时的俸禄减半意味着家计开始面临一系列的危机。积压了半年的欠款如何是好，明年的开销怎么筹措……不能去见娘家的母亲又不想让婆婆担心，那么如何才能摆脱困境呢？想到这些，由纪便惶恐不安心升暗云，时不时通宵失眠。

五

松本在信浓国，乃地势较低的地区，风夹着雪不断从北部的信浓丘陵上刮过来，阴历十一月至翌年二月异常寒冷。为多少贴补家计准备过年，由纪四处托付以前的好友，帮忙找到五家教授琴的工作。武士家庭不合适，五家都是商人家庭。跟丈夫、婆婆都是敷衍——"有不错的老师，想请老师再给一些指导。"说定了每天午后教三十分钟，家近的还好，远的来去都是一身汗。有时冷风彻骨，有时连日雹子道路泥泞，她不止一次心想"这么辛苦也赚不了多少钱"，不如算了。有一天，往常走的道路翻整，只好绕道，于是来到那片被称作"大竹林"的处所。由纪不禁停下脚步四处张望。只见这里一边是茂密的竹林，另一边则稀稀拉拉地生长着几棵树木，还有一片荒草空地。顺竹林往右斜拐，道路不远的前方看得到三之丸那边高高的石墙一角，后边则隔着一条街——便是武士住宅区。距离不远，但这里是旁人看不见的死角，乃属僻静地方……夫君就是倒在这里受了重伤，无法动弹直到有人找到了他。由纪恐惧地看着脚下这片潮湿黑暗的土地。这片竹林的背阴处发生了什么呢？这里的竹林、树木还有冰冷的土地，都曾见证了彼时发生的事件。到底是怎么回事呢？由纪久久伫立于彼，忘记了时间的推移。……以后道路修整完毕，可她好像放不下那片土地，仍会绕道去那里，回到家也会眼前忽然浮现出竹林背阴湿漉漉的黑土地。

进入十二月后，雪花纷飞的日子多起来。早晨还是阳光普照的天空，中午一过便是乌云密布，没一会儿工夫就开始飘起了细雪，可又下不了多长时间不会积雪。夜晚的天空，群星闪烁，但到黎明时分又开始下起雪来。连日来都是这样的天气，道路的尽头、家的后院还有背阳的地方，渐渐都堆积着结成冰尚未融化的雪。菜穗婆婆的态度发生变化也是从这时开始的。她看着由纪的眼神变得严厉，话也有些尖酸刻薄。由纪教课回来稍稍晚了点儿，没到时间婆婆便故意下到厨房准备晚饭。缝纫活儿做到深夜像故意为之。由纪心眼儿直，年轻，菜穗婆婆原本那么沉静，眼看着变得喜怒无常，由纪只觉着紧张不知所措。……某日下午跟往日一样，由纪正准备外出教习琴，菜穗婆婆过来问：

"还要去很长时间吗?"

那声调明显带着颤音,凶狠的眼神令人惊恐。

"是的,打算再去些时候。"

由纪答道,涨红了脸。

"快到年底了,休之助又那么起起卧卧未能痊愈,你学琴固然重要,可是……"

话说了一半,不等答话婆婆她就转身离去。由纪这才明白了,婆婆为何变得尖刻易怒。由纪感觉无语、悲哀,逃也似的离开了家。

那么做合适吗?回想起婆婆的近期作为,由纪控制不住内心的激动。自己为能够多少贴补家里生活,竟给商人家的女儿教授古琴。自己出生在九百石大总管的家庭,是在父母及兄长的关爱下无忧无虑地长大,做到这些已属不易。而且为了不让丈夫、婆婆察觉,自己付出超常的努力,身体也承受着诸般痛苦,他们竟全然不知。当然是自己瞒着他们。婆婆不能谅解也是自然的。可既然是一家人了,由自己的言行举止也能猜得出呀。至少不能那么毫不顾忌地讲话嘛,……由纪火冒三丈,不禁想起嫁妆一件件卖给了旧货商、又悄悄回娘家跟母要钱这些事,自己那么做,结果还是不被理解,全是徒劳。她越想越觉得伤心,甚至想干脆一走了之。就这样翻来覆去地想着,她不管道路如何,不顾一切地走着。

六

远近山峦,皆被皑皑白雪覆盖。山峰上方笼罩着悔恨般的灰暗乌云,不断刮来的凛冽寒风夹着细雪。夜半突然醒来,厨房那边传来柱子上冻"啪喳啪喳"的冻裂声。由纪掖紧了被头,心里想着,转眼就是年末了,能否平安过去这个年关呢?她时不时唉声叹气,怀着某种窘迫中度日的逼仄感。

当地罕见地,连续降了三天大雪。这天夜里终于停息,来了位名叫濑沼新十郎的客人。来者与丈夫同龄,和由纪是头次见面。他高个儿头宽肩,外貌引人注目,却像患有什么疾病,面色苍白而憔悴。

休之助立即起身——这可是稀客,他换上衣服,因为身体尚未痊愈,伤口还疼,和服的带子系得宽松,也没穿套在外面的和服裙裤。他径直来到门口迎客。

"欢迎欢迎,快请进来吧。"

这么说着,看似高兴地将客人迎进会客室。这会儿婆婆不在,由纪给客人备茶。她瞅着水壶烧水。突然会客室里传来不同寻常的高亢的说话声,她不由得竖起了耳朵。

"那个不能说,没必要。"

"不,必须说。"

客人哆嗦的声音。

"我要说，不说我会憋死的。那天，躲在大竹林旁边趁黑袭击你，是因为你发现了我做的坏事。我花掉了财库的一百两金，想着马上就能还清的，也相信自己做得严丝合缝，不会出问题。却因意外的差错，如意算盘泡了汤。那天被你发现了，便觉得万事俱休，一旦公之于众，自己就完蛋了。心慌意乱失去了理智，便想杀了你，将罪责推到你身上。"

尽管颤抖的声音低沉，但那只言片语的坦白，如同落雷一般震荡着由纪的耳畔，她差点儿没惊呼起来，膝盖像灌了铅似的定在原地，不由得倒抽了一口气。

"得知你切腹的消息是在第二天早晨，说是你受了重伤，但无生命危险。完了，这下一切都完了，一切都会被揭发出来，今天？明天？我就这么惊恐万状地等待着，却没有决心切腹自杀，白天黑夜，我痛苦万分地不断自责忏悔，就像脖子后面架着刀，分分秒秒挨着日子。你能想象那有多么痛苦吗？"

客人停了下来，可能是在哭泣吧，传来了大口喘气的声音。过了一会儿接着说：

"以后的日子里，不断得到了很多消息。你把我的不检点揽到自己身上，那样的巨款你竟默默地偿还，败坏了自己的名声，不顾自己的脸面，为我把罪名揽到自己身上。怎么可能有这样的事情？简直难以置信。我一直认为人的度量再大，心胸再宽，都不可能如此损害自己。当我听到那样的事实时，你能设想我当时是怎样的心情么？"

客人像是再也按捺不住，撕心裂肺地哭泣起来。

"不要再说了，够了。"

良久，丈夫平静地说道：

"我听说了，你是被奸商套住倒卖大米。当时并不是没想要劝你。但最终却掉以轻心没有过问，想着你会很快收手。我作为朋友，不该那样不负责任的，意识到了就该立即说出来。……人是脆弱的，战胜欲望和诱惑不易，谁都有失败和犯错的时候，相互支持帮助才是真正的朋友同志。明知那时出了状况，却没跟你说出自己的看法，我觉得自己也有一半的责任，所以想尽量帮助你，多少为你的重新振作起点儿作用……"夫君的话里没有丝毫的傲慢感觉，平淡如水。那不加修饰的平静语气，反倒让人感到了事实的了不起。

"你毕竟重新振作起来了。听说你被提升去执行官署奉职。想到自己微不足道的帮助起了作用，别提有多高兴。这是值得骄傲的事情。无论多大的错误，都是可以赎回的。好了，一切可以重新开始了。听说是去江户本藩的官署奉职，到那边后也不要松懈，像现在这样好好干吧。期待你的成功啊。"

由纪想起大竹林背阴处湿湿的黑土地。竹林背阴处竟隐藏着如此巨大的事实，世间所谓替友顶罪、有难同当，友情的力量在此竟如此巨大。丈夫闭口不谈，从无一丝暗示。不是这会儿獭沼自己坦白，事实永远被封锁起来无人知晓。由纪感叹："人心竟会如此深不可测！"可自己怎么样呢？不过是卖掉了一些衣服、生活用具，去外面教教琴，就觉得为安倍家做了很多事情。被婆婆责备时，不是反省自己，而是怨天尤人，觉得人家不理解自己，自己的努力都是徒劳。自己到底做了什么了不起的事啊？哪一点可跟将真相隐藏在竹林阴影中的夫君比较呢？……由纪感觉浑身发热，因羞愧不由得攥紧了拳头。

"母亲大人还没回来吗？"

休之助说着走了进来。

"是的，还没有……"

"想要点儿酒。"

休之助像是难于启齿地小声说：

"朋友提升江户官署奉职，来告别。只是象征性地略表祝贺就好。"

"噢，知道了。"

由纪仰起脸来，看着丈夫回答说：

"先上了茶，就去准备。"

"这个时候提出这个要求，对不起。因为和他一段时间见不到面了。"

话里念及家中开支困难，抱有歉意。由纪听着心疼。坚强些，再能干点儿，无论有多大的困难，都要稳住，成为真正可以支撑夫君的妻子。……她心里这样起誓，一边面对转身正要返回会客室的丈夫背影，默默地点头致意。

日本妇道记

纺车

一

"杜父鱼[1]喽，来买杜父鱼啦，杜父鱼喽。"

听到背后传来的叫卖声，阿高停下脚步。一个十三四岁的少年背着鱼篓快步赶上来。阿高叫住他——

"给我看看。"

鱼篓里的杜父鱼诱人。五寸长短，一般大小。大概刚从水里捞出，杜父鱼滑溜溜的，挤成一堆儿，鱼鳞上闪着光。有些像是想起什么似的不停地张合着嘴；有的啪嗒、啪嗒跳跃，千曲川河水的气息扑面而来。

"五十钱买啦。"

说完她发现没拿可以装鱼的袋子。怎么办？四下看了看，发现对面有家杂货店，她想起前几天正想买一个竹篓来着。

"到那家店里找个东西来装，跟我来。"

"您家不远的话，我给您送过去吧。"

少年用机灵的眼睛看着她说，阿高微笑着表示不用了，迈腿就走。

阿高将杜父鱼装进新的竹篓里。回家的路上，她抑制

---

[1] 杜父鱼：鰍科的一种淡水鱼，全长5至15厘米，头大且身体细长。日本的杜父鱼分布于本州、四国、九州西部。

不住一种莫名的幸福感，心里雀跃鼓动。为何这么高兴？为何那么兴奋？她多次询问自己。是因为在乡公所受到夸奖？是因为买到了父亲喜欢吃而好久没吃到的杜父鱼，还是因为天空蔚蓝呈现出盎然春意？所以才会心情这般愉快啊。喜悦使之不禁要确认一条条理由。就连那些擦肩而过的外人，或许也看得出她的喜形于色吧。意识到这一点，她便禁不住羞红了脸。……父亲"依田启七郎"是信浓国[1]松代[2]藩主下属的五石两人扶持[3]下层武士。他一向忠诚老实，性格敦厚，从不粗声粗气，但两年前罹患中风辞去公职，现仍卧床不起。十岁的弟弟松之助名义上继承父业，但尚未成年的他只能拿到一半俸禄。母亲在松之助三岁时去世，家里只有他们三人，但因为父亲生病，弟弟年幼，家境困苦。阿高今年十九岁了，自父亲病倒以来，她看护病人，照顾弟弟，忙完琐碎家务活儿后偷空拼命纺织棉线，用来补贴家计。松代藩的重要产物是菜籽油和棉线，藩里鼓励身份低的家庭把纺线作为副业，专设村公所提供工具借贷、指导技术乃至收购成品等，她每隔十天便把做好的成品拿过去。今天也和往常一样，阿高把纺好的棉线拿了去，接洽的总是一位目光锐利的白发老人，他隔着眼镜边

---

1 信浓国：现长野县东山道一带。
2 松代：现长野县长野市松代町。
3 扶持：年俸相当于5石米的金额，为本人及另一家臣（不算家室）之费用。以现今的生活折算，约为年收入135万日元。

儿打量着她，夸奖她线纺得好。

"短短时间就纺得这么好。听说你纺的线，批发店都夸奖呢。这该是一个孝敬父母的功德吧。"

对于恪尽职守干活儿的人，没有比自己的工作受到褒奖更高兴的事。尤其这工作不是普通副业而是藩的重要产业。因此阿高感到巨大的喜悦。……我要纺出更好的棉线来，这么想着，回家路上又碰巧买到了杜父鱼。父亲中风以后，起初戒了酒，但在医生的劝告下，现在隔三天喝一次酒，每次只喝五勺[1]。杜父鱼是最好的下酒菜。阿高想着烤干了也不错，便用村公所领到的工钱多买了几条。生活贫穷节俭度日之人，一丁点的喜悦都会让人感到极大的幸福。阿高步履轻盈地回到自家大长屋[2]。

"我回来了。"

一进门，对面便是两铺席大的房间，她向在那里朗读温习功课的弟弟打了招呼，抬腿迈进屋里。松之助用书本遮住了自己的脸，没有应声。那时她也没察觉到什么，拿着竹篓走进父亲的居室。

"回来的路上看到有卖杜父鱼的，就买了点儿回来。"

跟父亲打过招呼后，这么说着立即拿给父亲看。

"您看，还这么活蹦乱跳着呢。"

---

[1] 勺：尺贯法的容量单位。一勺是一合的十分之一，约0.01升。
[2] 长屋：几家并排连在一起的长排房屋，旧时下级武士的住房多为此类。

"嚄，这可稀罕。真不错！已经到杜父鱼上膘的季节了啊。"

启七郎伸出有些颤抖的手，露出高兴的样子戳了下竹篓里的鱼。

"买这么多啊，挺贵的吧。"

"不，没那么贵，今晚的下酒菜给您做甘露煮[1]和鱼田[2]，剩下的可以烤了晒干。"

"总让你这么操心，真是……"

阿高像是没听见父亲这般小声嘟哝，站起身来。

"嘿，得赶紧准备做饭了。"

说着便往厨房那边去了。

阿高觉察到父亲的口吻及态度与往常不同，弟弟也像变了个人似的。怎么回事啊？自己外出的时间发生了什么不好的事吗？阿高霎时感觉到不安。为了打消自己的不安，她去招呼弟弟过来。

"松之助来啊，看这些好精神的杜父鱼哟。"

松之助却像不愿搭理她的劲头儿。

"在学习呢，等会儿……"

只这么一句应答。阿高方才兴高采烈的心情这会儿渐渐变得沉重，她拿起菜刀做鱼。

---

1 甘露煮：淡水鱼的一种烹饪方法，将新鲜的鱼煸烤一下后，放入酱油、料酒及较多的糖炖煮。
2 鱼田：鱼的一种烹饪方法，将抹了酱的鲜鱼穿在竹签上火烤。

二

晚饭后收拾完毕,阿高开始纺线。不一会儿父亲招呼道:

"给我揉揉肩吧。"

父亲坐起在被褥上,背朝着她。一旁的纸罩座灯亮着,光线映照出父亲削瘦的颧骨,看着令人心痛。阿高立即帮父亲抓揉背部。

"您不冷吗?"

"酒劲儿还在,热乎乎的很舒服。不必太用力,那么揉揉就可以了。"

"嗯。轻重还可以吧?"

阿高的手顺着父亲的背部往肩膀方向慢慢地揉。松之助不一会儿睡了,静悄悄躺在大长屋一隅,像在庆贺什么,传来沙哑地哼唱着的小曲声。

"你明天,要去松本一趟喔。"

父亲像是突然想起来了似的,这么说道:

"说是松本的梶夫人病了,想见你一面,要你去个四五天,已派人来了。"

"父亲大人……"

阿高不由得刚一开口。

"手别停啊。"

父亲笑着摇了下肩膀,那笑容显得有些僵硬。

"夫人病了嘛。至少去个四五天,又不是很长时间。这次听话,去吧。你不在的时候家里的事情可以托付给石原家太太。"

多少你也可以歇口气儿嘛。听父亲这一说,阿高想起弟弟方才爱理不理的样子来。原来有这么一茬子事儿啊。松之助还是个孩子,听说后不知会有多难过呢。阿高这么想,不由得感到心痛。

阿高的生身父母在信浓国松本藩[1]属下,父亲西村金太夫以前身份低微、生活贫穷,却跟妻子梶夫人生养了很多孩子,以致难以承担所有孩子的养育,托亲友相帮把阿高送给了松代藩的依田启七郎。但以后金太夫不可思议走了鸿运渐被重用,几年前荣升为五百五十石会计出纳官,发迹后全家过上了幸福生活。出于父母情感,自然觉得送出去的孩子可怜,如果那孩子过得幸福另当别论,可派人打听后,得知依田启七郎在妻子已经过世后,带着一个收养阿高后生的幼弱孩子,正过着极端贫穷的日子。夫妻商量再三,决定偿还至今的养育费领回阿高。于是找了个适当的人在中间跟依田交涉。……阿高初次知晓了自己的身世,启七郎毫无保留地将事情的来龙去脉告诉了她,劝其回家:"回松本家是为了你的未来。"阿高想都不想就拒绝了。

---

[1] **松本藩**:现长野县松本市。

最后躲在房角里不住地哭泣,说什么都不回答。当事人阿高是这样的态度,中间交涉的人也毫无办法,结果不了了之。

"梶夫人像是病得很重。"

过了一会儿,父亲又道:

"一是可怜天下父母心,念及母亲想见女儿一面的心情,着实可怜;二也考虑,作为亲生女儿哪怕一次呢,也应该想对老人尽尽孝心吧。别犟了。回去一趟为好。也就那么几天嘛。"

阿高应道:"嗯。"那声音细微得几乎听不到。道理说到这儿,不能无理拒绝,加上病重卧床的生母想见一面的话语深深打动了她。据说断奶后立即送到了松代,所以阿高对西村父母的模样都没有记忆。万一有什么,自己连生母的面容都不可能知道了。只见一面吧。她这么一想,便答应了下来。

阿高将家里的事儿仔细托付给同住大长屋、关系密切的石原家太太和她女儿,第二天一大早由松本派来接她的女佣及老仆带路,心神不定地离开了松代。季节已是春暖花开。远处的山峦还看得到残雪,但广阔的山丘原野上,松软的土地在阳光下暖暖地舒展着肌肤,小河里咕嘟咕嘟流淌着积雪融化的河水,田畔依稀可见出土的嫩草。大约二十里的路途,却因雪融后道路泥泞,骑马乘轿的路程竟然走了三天。这天下午,在复回冬天般的寒冷中,他们终于到达了松本城下。

三

西村家在名为"和泉"的地方。穿过长屋门[1]便是气派非凡的大宅邸，跨进宅院门则是前院，院里有六七棵杜松，树形好看配置高雅。阿高目瞪口呆地看着眼前的情景，跟依田家大相径庭。老仆人引领她走向了边门，一位五十来岁的妇人出现在门口，像是久候着这边的动静一般，露出哭也似的笑容迎了出来。

"哎呀，长途跋涉，累坏了吧。快洗个热水澡吧。"

她一把拉上阿高进了门，心不在焉的阿高也没有说话的机会。茫然失措的阿高一下子醒悟过来，莫非她就是梶夫人，生病是假话？梶夫人……阿高脑子里出现的是这样的称谓，无论如何都没有"母亲"这样的语汇。此时阿高感觉到，假话里确凿无疑地隐藏着其他复杂的事由。她无动于衷地看着这位夫人。

梶夫人像是接待贵宾一般，催促仆人们服侍阿高去洗澡，且三番两次亲自跑来询问——"水温如何？"阿高一走出浴室，全套崭新的高档衣装都已准备妥当。

"不知你的喜好，只好请年龄相仿的女孩儿帮忙……

---

1 长屋门：武士家大宅邸里外围四周是家臣们居住的大排屋，日语称长屋，长屋的一处设有大门，故称长屋门。

我给你选购的。"

梶夫人一边帮她穿衣一边说：

"你穿着像是素了点儿啊。那件小花纹可能更加合适。不过，今天先就这样吧。"

她像是自言自语地嘀咕着。目光摩挲左看右看，看不够阿高的容姿。阿高默不作声地由她折腾。问到什么，便"欸"或"是"地应答。她并不主动搭话，尽量装作没看见梶夫人时时露出的热情洋溢的眼神。

晚饭时，父亲西村及兄弟们相聚一堂。父亲比想象的年轻。最年长的哥哥已结婚，并有一个男孩儿。二哥不久便要另立门户，沉默寡言的三哥连面容都没让人看清楚，四哥在江户办公处值班，弟弟保之丞还未成年，高高的个头儿很是扎眼，面部还挂着孩子特有的晒出的腮红。弟弟到底是孩子，跟其他哥哥们比起来，倒是对阿高的到来表现出饶有兴致的样子，在一旁不停地望着阿高，没话找话地不断跟阿高攀谈。筵席设在大厅，并列悬挂的照明烛火明亮耀眼，绘有日本风景画的屏风色彩醒目、绚丽异常。大厅里置有几个火盆，暖烘烘的惬意舒服。各色菜肴品种繁多，足可用奢侈二字来表达。加上没吃过苦头、无忧无虑的父母兄弟和睦欢聚的情景——阿高意识到这是自己真正的家庭，这些人中有自己的亲生父母和同胞兄弟，坐在这席上的不是别人，正是自己。阿高这么想着尽量顺从大厅里的氛围。可是烛台的灯火太过耀眼，绘画屏风过度绚丽美艳，眩目得让人难以心静。名目繁多的菜肴，材料高档、烹制精心，阿高却感到莫名的生疏，完全没有品尝美味的感觉。她将眼前的一切，与在松代那个家的一切比较，感受到了一种揪心的痛楚。

打了补丁的纸拉门、年久失修变成深茶色榍扇、包边儿磨破的榻榻米、冻裂弯曲失形的柱子、烟熏污黑的纸罩座灯，摇曳灯光下映照出那个狭小、贫寒的房屋景象，清晰地浮现在阿高眼前。仅有的一个火盆里，里面只是象征性地放有丁点儿煤炭，今天这寒冷料峭的夜晚该有多冷啊！依田父亲和松之助两人现正在那贫寒的房屋里面对着简单的饭菜。一个菜碗，甚至汤碗都很少摆上桌子，只有那装有咸菜的小碟子每每装饰着餐桌。看着眼前这些丰盛的美味佳肴，那贫穷人家的餐桌实在是令人悲哀。但那仅有的一个菜，都是她用心制作的呀。父亲跟松之助每次又是那样心满意足地享用她做的那份菜。啊！石原家夫人及女儿都是心细周到、亲切和蔼的人，父亲的口味也大致告诉了她们，今天的晚饭会是什么呢？父亲喜欢吗？父亲会否酒喝多了呢？……阿高脑袋里装满了这样的担心，没记住眼前都吃了什么，也不知大家都说了些什么。饭后，她立即将自己关在了据说是特地为自己准备的房间里，梶夫人像要跟她说什么，但她回绝说自己"累了"，天才刚刚黑下来，她便钻进被褥里了。

四

第二天一早，梶夫人看到刚起来的阿高眼睛可怜地红肿着，大吃一惊，便问：

"怎么了？"

阿高凄凉地一笑：

"可能是没睡好吧。应该是有点儿睡过了头。"

"那就好……"

梶夫人确认般地看了看她，紧接着像是想起了什么别的事，告诉阿高准备一下，当日去山里的温泉。

"这儿往山里方向一里路，温泉水好，景色也不错，是劳累后最好的疗养胜地。"

"谢谢。不过……"

阿高低垂眼帘，小声说道：

"可能的话，今天我想去菩提寺参拜。"

"啊，那就在去山边途中，稍稍绕一下路，一起去吧。"

"不。"

阿高摇摇头。

"我今天只想去参拜菩提寺，因为是头一次。"

头一次去参拜祖先，却是游山玩水时顺道去的，她觉得那样不恭敬。于是她表明了自己的想法。梶夫人不禁有些不好意思了。

"那，明天再去山里吧。"

于是决定先去参拜祖墓。

从菩提寺回来的路上，阿高提出想去看看自己出生时的家。梶夫人看似不想带她去的，但同行的保之丞弟弟率先带路，在一个名为"深志"的边缘地带，有一片下层武士居住的住宅区，其中几栋贫寒破旧的房屋，便是她曾经的家。仅能遮挡过路人视线的院墙内，有个小小院落，歪扭的无精打采的松树立于门边。木板葺的屋顶裂开，像似干朽的松塔，窄小的门口护墙板经风吹雨打，鼓起了它的木纹。屋檐倾斜，房檐弯曲，除四周些许空间及房间的间数稍多，其他大致相同于松代家。

"我在这里长到五岁喔。"

保之丞露出无忧无虑的笑容。

"好像那扇窗户下有个蚂蚁地狱，捉住蚂蚁放在手掌上让它爬，结果那家伙想要钻进皮肤里，痒痒的，那样子很好玩儿。您知道吗？"

他饶有兴致地说。阿高顿时觉着：这个弟弟眼中，比之现在的大宅邸，说不定更喜欢眼前的穷酸房子。这么想着过了一会儿，折路回返。

翌日阿高被梶夫人带着去了山里的温泉。温泉在城东北方向的山麓中，是一个流水清澈、峡谷景色优美的地方。母女俩一起浸泡温泉，又品尝了配有香喷喷的山中芽菜的乡土料理，然后给家人买了些罕见的长在山里的独活作为礼物，便回到自家邸宅。第三天在家里跟兄弟们聊天儿，观看了他们自鸣得意的武具，就这样过了一天。那天晚上，在给自己使用的房间里，阿高与梶夫人相对而坐，提出"请允许我明日返回松代去"。梶夫人似乎料到她会这么说，默不作声地离开房间，很快拿着一封书信返回来。

"这是依田大人给你的信函，不管怎样，你先读一遍。"

她这么说着将信递给了阿高。阿高接过来一看，正是依田父亲写给她的。

——这次让你回松本是考虑再三的，西村方面提出付给我们相当一笔金额作为至今的抚养费，有这笔钱，我们可以备置自己的耕田，与松之助安稳度日，你也可以作为西村家的女儿过一辈子幸福的生活。因此这次的选择，于我们于你都是正确的。本想直接告诉你事情原委愉快分别的，但想到面对面时，你未必会下决心，这样做似乎心肠狠了点儿，只好说假话骗你启程。这次无论如何不要任性，接受决定吧。愿你回到西村家孝敬双亲，与兄弟和睦相处，未来幸福。

大致如上内容——依田父亲特有的笃实笔调。

"你清楚了吧。"

梶夫人等阿高读完信，恳切地说道。

"事到如今把你要回来，或是我们独断专行，但是请你设想一下父亲和我这做母亲的心境，生你的时候父亲身份低，孩子又多，每天的日子都难熬得羞于启齿，日子贫苦不堪。身为父母，不得不把刚断奶的孩子送给人家，多么悲哀心酸啊！等以后你有了自己的孩子就会明白的。有言道剜去自己身上的一块肉，都不能表达当时的痛楚。"

五

"虽然也有过撕心裂肺的难过，到底还是把你送了出去。这种分离的痛苦很难承受，也想过哪怕一家人饿死也好，把你要回来。父母无时无刻不在惦记你啊。冻着没有？热着没有？在哭泣么？生病了吗？"

梶夫人久久地用袖口按住眼睛，声音哽塞。

"你父亲时来运转，终使我们过上无忧无虑的生活以来，你父亲一直跟我商量接你回来。派人去松代一打听，得知你须照顾长年卧病的依田大人和年幼的弟弟，还要纺线维持家计。当年迫于贫穷将你送养他人，却使你孤身一人至今仍与贫穷搏斗，这么一想，我们更觉得无法安然享受安逸的生活，必须为你至今的辛苦做出补偿。作为生身父母，内心的歉疚无以言表。父亲和我的想法绝非有害于依田大人。阿高，回来吧。回来做西村家的女儿好么？"

阿高紧紧攥着自己放在膝盖上的双手，面部僵硬地低垂着头。待梶夫人说完后，她抬起眼睛平静地回应道：

"您的意思我都明白了。真的非常感激。不过我还是要回松代去。"

梶夫人面部稍稍地抽动了一下。

"可我跟依田大人已谈妥。依田大人不是也说了嘛——无论对谁都是最佳选择啊。"

"您认为那是出于真心吗?"

阿高眼看着梶夫人,轻轻地摇了摇头。

"依田父亲那么说,您没想过是出于对这边的情谊的考虑吗?您刚才说了,作为父母将自己的孩子送给别人的痛苦是不堪忍受的。只维持到断奶为止的亲情尚且如此,舍下一起生活了十八年的亲情,您觉得不会痛苦吗?"

阿高诉说道。回想起那天夜里父亲让自己去松本的事情,依田父亲背对着自己,让阿高给他揉揉背,同时提起了话头。父亲无法正视阿高。不难想象父亲当时的心情。啊,那会儿说出让自己去松本,父亲该有多痛苦啊!阿高感到内心如针刺一般。她平静地继续说道:

"依田家贫穷是事实,靠我纺线勉强糊口也是事实,但并不像你想象得那么烦心。这么讲或许有些不妥。若没有现在这茬事儿,我甚至觉得自己生活得很幸福。依田父亲是个世上少有的好父亲,弟弟也亲如骨肉,把我当成母亲一般。我无法忘怀那个家庭。现在要我跟父亲和弟弟分别,那是做不到的。"

"你那么深情关爱,就不能站在我们的角度想想吗?"

梶夫人紧追不放地说:

"我们想好这儿将是你住的房间,重新糊裱了槅扇门,布置了家居，修整了窗户，新制、色染了和服与和服带子，我们高高兴兴祈盼，总算要开始一家人团聚的日子了。这也正是你父亲发迹成功的意义所在啊。这些你能想想吗？"

那声音充满了苦苦哀求。阿高听着，似有撕心裂肺的感觉，她知道这是父母的爱。为自己的孩子，出于对孩子的爱，什么都可以不顾，这便是父母心啊！父母的爱没有退路、悲切悲壮。阿高心中动摇，几欲扑入母亲充满温暖爱意的怀抱。父母为自己备好房间，备置家具新衣装，这通通饱含了父母的深情与爱。眼前的一切，都一一伸展开臂膀迎接着她的归来。但阿高拼命稳住了自己即将崩溃的心情。自己不能接受这份爱，离开依田家接受这份爱是不合人伦道理的。她鞭笞自己，再三告诫自己——必须返回松代。

"看到大家都生活得非常幸福，即便今后不再相见也无有遗憾了。请当作此世根本没有阿高吧。以后请忘掉我吧。"

梶夫人默默站立，弟弟保之丞立即走了进来，紧接着是金太夫和长兄，大家一再劝说她留下来。阿高却一声不响，呆呆地耷拉着眼皮，僵着身体一动不动地坐在那里。那时真像是接受审讯，苦闷至极。

六

第二天清晨天还没亮，阿高就启程离开了松本。来时的老仆及女佣与她同行,梶夫人和保之丞一直送她出城外一里——地名为"中原"的十字路口,并在那里的路旁茶馆一同喝了茶,难舍难分片刻后,终于离别。两人一直目送阿高消失在弯道,阿高却再没回头,直直地向着松林方向走去。

阿高一行匆匆赶路,第三天上午到达松代。一看见城堡下的市街,阿高便心潮起伏,擦拭不尽的泪水不断地涌出,仅仅数日离别,起伏的山峦及千曲川,都让她无比怀念,收入眼底的树木、山丘、梯田甚至路上的石子儿,都令她颇觉亲切。多想感慨地呼唤:我回到故乡了。……松之助练习剑道尚未回来,家里只有启七郎一人,正在熬煎中药,听到老仆叫门,来到大门前一看,见阿高走进门来,不由得大吃一惊。

"我回来了。"

阿高简短地招呼一声,即进里屋洗漱,并招呼陪同的两人进门,让他们住一宿再归。但两人只在门口传达了西村家的口信,放下礼物后没进屋便离去了。

"为什么回来了?"

面对面坐下后,启七郎将煎好的中药倒入茶杯,问道:

"带去的信没看吗?"

"看了呀。"

"那该明白怎么回事呀。我可以安度余生,你今后也可以幸福一辈子,出于这样的考虑才做出了那样的决定啊。

只顾眼前任性,你打算毁掉自己的好日子吗?"

"请您恕罪,父亲大人。"

阿高盯着父亲,两手扶在席面上赔罪。

"我会更加努力工作,保证您吃得上药,您喜欢吃的,我都做给您吃,家里打扫干净,让您顺心舒服的,请您让阿高留在这个家里吧。"

"你是不明白我的心啊。我会有那些不满吗?我决心让你回西村家,是因为……"

"我知道,我明白,父亲大人。"

阿高打断了父亲的话。

"我明白。但阿高已是过继于人的孩子,刚断奶就从母亲怀里送出,父亲大人,您不觉着可怜吗?如觉得可怜,现在就不要再送人了。"

"但是,西村是你的生身父母啊。回到西村家,你会幸福。"

"不,幸福是与家人在一起,即便穷得一起喝一碗粥……那才是最大的幸福。阿高只有您一个真正的父亲,去世的母亲对阿高来说是真正的母亲,这儿是阿高的家,此外没有别的家可言,请您让阿高留在这儿吧。别把我送给旁人。父亲大人,女儿在这儿求您了。"

"父亲大人!"

松之助哭喊着跑了过来。许是学习回来,在外面听了两人的对话吧。他泪眼盈眶地跑进来跟姐姐并排坐下,抽泣着说道：

"请您让姐姐留下来吧。父亲大人。姐姐都这么请求您了。千万别让姐姐到别处去。求您了！"

启七郎双目紧闭，低俯下苍白的面孔，两手放在膝盖上默不作声。那是承受巨大艰难痛苦的人才有的神态。良久，只有阿高与松之助的呜咽声在这贫穷的房屋内回荡，像是要渗透进墙壁、纸拉门中。

"……那就留在家里吧。"

过了一会儿，启七郎呻吟般地说道：

"给西村大人的回复由父亲来写。不必去松本了。"

松之助扑在姐姐的膝盖上，蹭着泪湿了的小脸放声哭泣起来。

清爽的早晨，阳光洒满在槅扇门上，春天特有的明媚朝霞。阿高"嗡嗡"的纺车声，回荡在一个艳阳清晨的空气中，像似蜜蜂扇动翅翼的声响，平静柔和。启七郎听着那声音，对松之助说：

"你长大后可一定要让姐姐过上非常幸福的日子喔。等你长大后就明白了，姐姐为了我这个父亲和你，放弃了来之不易的幸福生活啊。不是为自己，是为了父亲和你哟。……忘了可是没良心啊。"

松之助抬眼望着父亲，像一个少年那样坚定地点点头。纺车在如歌般"嗡嗡"地静静作响。

日本妇道记

风铃

一

　　妹妹们来到时，弥生正独自一人。丈夫三右卫门去城堡尚未归府，与一郎也外出学习未归。弥生带着两个妹妹走进自己的房间，收拾起摆弄中的针线活儿，打开了面朝过廊的槅扇门。原本以为她们一定会欣赏院里风景，但妹妹们像是完全没有意识到姐姐的这番周到，不知为何兴高采烈。

　　"今天是来劝说姐姐造反的。"

　　这么说着进到屋里的小松，径直来到西边的小窗户边，打开了纸拉门。

　　"瞧，我赢了。"

　　她回过头来，面对随后进来的津留说：

　　"怎样，风铃仍旧挂在这儿。"

　　"啊，真是呀！可真让人目瞪口呆。"

　　津留靠在了姐姐背上。

　　"我以为早就不见了呢。这么说来，一切都是原样啊。"

　　"你们在感慨什么啊？"

　　弥生张罗着两人的座位问道：

　　"那个风铃怎么了？"

　　"跟津留打赌来着，风铃会不会还挂在那儿。"

　　"结果我损失了一个青贝梳子。"

津留嚷嚷着不甘心，突然伸手摘下了挂在房檐下的青铜制古雅风铃，然后直接坐在了窗框上。小松则从妹妹手里夺过风铃，两手若无其事地摆弄，并继续着来时路上的对话。

"……是啊，感觉所有一切都跟从前一样，这个房间里的衣橱、梳妆台、桌子、信匣子、火盆，从前的东西原封不变地放在从前的位置上，连半寸的挪动都没有。"

"本来嘛，姐姐就是这性格。不过还有另外一个原因，这个家缺少色彩。因为是个武士家庭，所以我们的发型、装束、房间里的家具通通灰暗素淡，完全没有年轻姑娘特有的华丽色彩或赏心悦目的颜色。"

"就是说没有青春色调……"

小松摆弄着风铃，让风铃发出"铃铃铃"的声音：

"我觉察到这一点，是在嫁给百树、看到婆家妹妹们的平日生活以后。世间姑娘们的生活原来如此，很多事让我瞠目结舌。"

"那是因为百树家的俸禄大不同，对吧？姐姐。"

"那倒未必……"

小松打断她的话否定道。

"我说的不是奢侈豪华。而是说，一生中做年轻姑娘青春焕发的时光，失而不能复得。嫁给百树以后，为如何装饰房间、如何摆放家具烦恼，甚或还要操心婆家妹妹们的衣装、发饰。其间经历了许多让人不知所措的事情。究其原因，乃因没有好好体验姑娘时代的青春年华啊。"

"啊，所以你要找回青春年华是么？"

津留玩笑般地说。

"听说你的日常生活华丽多彩。"

"什么呀，你这样说不合适吧？明明秋泽家的奢华才是真的毫无逊色。我和大家都知道。"

弥生在备茶，一边听妹妹们饶舌。她微笑着。渐渐地微笑僵住了，连她自己都清楚自己的嘴角撇了下来。接着，她再也无法默默倾听，便不动声色地插话道：

"到底有什么事啊？你俩先说说重要的事情。"

"啊，我说……"

小松把手上拿着的风铃放在小柜橱上，走到姐姐身边坐下后说：

"姐姐，城里再过五天便要庆祝重阳节，想着重阳节过后，三个人一起到枥尾的温泉休养，我们是来邀请你的。"

"到枥尾休养？我也去吗？"

"是啊。为感谢一直以来姐姐你的照顾，小松姐和我要好好招待你呀。"

津留直截了当地说。

"什么事都不必操心，空手来就行了。偶尔也得谋个反。对不对？"

"不行啊。你们说得倒轻巧。"

弥生尽量语调和缓地说。

"你们想想啊，我不在家的话，怎么行？跟丈夫说你自己做饭吧，这样么？"

"把我家的女佣借给你啦。有个机灵能干的用人，你不在的时候让她来这儿。如何？姐姐，这样行么？"

津留这么说着，撒娇般地凑到弥生身边。

二

弥生给妹妹们沏了茶，拿起刚才收拾起来的针线活儿放在膝盖上。见此状况，津留觉着没希望，像泄了气的皮球似的，说道"时间不早"便匆匆回去了。小松则说再待会儿，留了下来，看那架势，像是还想再说点儿什么。弥生像是被谁堵住胸口，心里沉甸甸的。小松看着姐姐手上的针线活儿，忽然感叹般地说：

"如果把姐姐这么缝缝补补的针线活儿的针脚连接起来，该有多长啊？姐姐辛苦。冬天风吹枯叶深夜火盆终熄灭时，夏天炎热坐着不动冒汗正午时，姐姐都曾为我和津留缝补衣裳。现在又要做姐夫和与一郎的衣服。日常之中，洗衣做饭用了几多水？烧水洗澡备置火盆，砍了多少柴烧了多少炭？……谁人知晓？这样下去，不久姐姐就变成小老太婆了。"

小松这么说着，摇摇头，像是在责备一般。

"姐姐就这样结束自己的一生吗？没完没了地缝补、

煮饭，被家庭琐事缠身，这样的人生有意义吗？"

弥生停下手上的活计，吃惊地看着妹妹。只见她面色潮红，三姐妹中最标致的那张脸上露出严峻的表情，因为激昂的情绪一双秀目溢出光亮。

"姐姐必须改变生活。"

小松有些湿润的声音还在继续。

"仆人、女佣能做的事情，可以让仆人、女佣做嘛。姐姐要把自己的生活安排得更有意义才行，要过得更快乐更充实，您不这么想吗？"

"你以为加内家可以用仆人、女佣吗？"

"那要看姐夫的想法了。"

小松不客气地说。

"若姐夫去百树早先荐举的总务处，凭借姐夫辛勤工作的能力，必出人头地，家里雇几个仆人不是什么困难的事儿。百树也说没问题的。还有，秋泽君说是会在背后使劲儿。姐姐，光明就在眼前，伸出手抓来就行了啊。"

"话是这么说……"

弥生迟疑地辩解。

"加内不是说了，现在的工作适合自己的心性，才推掉了那份工作。而且公务方面，女人是不好插嘴的啊。"

"姐姐的这个想法，还有姐夫说什么工作适合不适合，都是这气氛郁闷、毫无生机的家庭生活所造成……"

小松一只手在房间内比划了一个圈儿。

"首先要改变生活状况呀。姐姐，有时试着改变房间里的模样，摆点儿鲜花，挪挪家具位置，裱新一下槅扇，姐姐也偶尔换换装束化个妆……这样一来家里的气氛就变得有了生机，人的心情自然也会活泛起来。姐姐的顾虑、姐夫的想法，都会变的。是的，那样一定会生出新的希望和愿望。"

在弥生的内心，这些通通羞于启齿。她想否定妹妹的说法，却又必须维持姐妹的亲近感和更多的关爱。……小松回去后，弥生面对摊在膝上的针线活儿久久发愣。打开槅扇另一头是逼仄的小院，银色的芒草穗在下午西斜的阳光下浮动，胡枝子柔软的枝条上盛开着白色的花朵，像似洒满了雪花一般。说是院子，其实徒有其名的狭小，没什么值得观赏的东西，唯有芒草结穗儿、胡枝子开花的这个季节，院里才景观美丽，秋情浓厚，让人百看不厌。妹妹们尚未出嫁时称此景为嵯峨写照，她们为之感到自豪。刚才两人进院，弥生特意开了这边的槅扇门，料想她们会像从前那样高兴，唏嘘赞叹。但两人看都没看一眼。即便看到，想必也不会像从前那样兴奋不已。恬静的秋日阳光下望着芒草、胡枝子垂枝，会不由得心境焕然且生出一种伤感的情怀。这种情结，现在的妹妹们不会再有。弥生这么想着，不禁有种无法释怀的孤独、寂寥笼在心头。

"怎么了？"

突然背后传来声响。"身体不舒服吗？"

弥生"啊"的一声身体哆嗦了一下，一回头，丈夫三右卫门站在那里。

"您回来了。"

弥生惊慌地红了脸。

"恍恍惚惚的，自己也不知在想什么……"

她慌乱地应答着，跟在丈夫身后走向起居间。

三

第二天打扫房间，弥生看到小柜橱上的风铃，是妹妹们从屋檐上摘下来，放在那儿忘记了。弥生拿起风铃在手上看了一会儿，然后放入柜子的抽屉里，茫然若失地坐在那里，独自陷入了沉思。从那以后，弥生沉思的日子多了起来，屡屡忆起逝去的二十九年岁月。

父亲去世时弥生十五岁、小松十一岁、津留九岁。父亲去世的几年前，母亲已逝，家里的一切突然落在了弥生肩上。不要说掌管家政、照顾妹妹们，按照武士家规，若无继承人，家名则会丧失。所以决定过继同为家臣的松田弥兵卫次子为养婿。当然起初只是举行了喝礼酒的仪式，婚礼是三年后举行。承受如此家庭突变，就弥生那个年龄来说实在太早。虽然有舅舅提供监护，弥生明白要尽量独立，"从今往后自己便是成年人了"，她这么跟自己起誓。不管怎样，她一肩扛起了加内家的担子。生活却贫穷异常。……十石多俸禄，因继承者未到，实际上减掉了大约一半，本来生活就节衣缩食勉强维续，不要说衣装、家具，一切日常生活用品都告缺。为买一片咸鱼，不，甚至连购买甜酱、酱油的钱都没有。那样的生活，年仅十五岁的弥生竟靠自己的智慧挺了下来。……跟丈夫结婚后，生活仍旧捉襟见肘。三右卫门是个沉默寡言、性格敦厚的人，成为加内家女婿之前便在出纳所奉职，俸禄增加至十五石多，职务为征纳官，直接跟农民打交道，时常去辖下的乡村视察，自然会增加零碎开支，家计反倒更加拮据。这种状况下，最令人心疼的是妹妹们。为了避免她们在失去双亲的贫困生活中，产生自卑感或变得性情忧郁，尽量让她们生活得轻松愉快，为了将来不会被人嗤笑，还要教会她们读书识字写文章识礼法。这些对于年纪轻轻的弥生而言，每一样都难上加难。然而自己却不容那么想，无论多么艰辛，都要克服困难实现预定的目标。

小松十八岁时，如愿嫁到了百树家。百树家是俸禄二百五十石的总管，丈夫轫负在诸侯家做会计，才华出众。小松的标致模样符合对方的要求，可身份的悬殊却使她不安。不过，凭着小松的灵巧脑瓜，很好适应了婆家的生活，没想到竟是一桩如意姻缘。以后过去了三年，津留也结婚了，百树做的媒，男方的名字叫秋泽继之助，侍卫队首领，俸禄三百石。……这样两个妹妹都喜结良缘。送走她们时，弥生明白自己的辛苦没白费，仅此而言，也算是得到回报了。自己那年轻、毫无经验的头脑，加上家计贫寒，总算努力做到了这一步。想必过世的父母也会满意。妹妹们有朝一日明白了姐姐吃的苦头，定会感谢自己的。她之前一直坚信这一点。

妹妹们一点点发生了变化。或许是环境变了，这本身并不奇怪，但每次来到加内家，都感觉她们鄙夷这个穷家的情绪逐渐强烈。有时甚至带着娘家的贫穷给她们带来羞耻的语气。弥生明白不能轻易发火，妹妹们会这样想，正好证明她们现在的生活富足美满；如果她们留恋娘家的朝夕相处，便意味着她们现在生活不如意。这么一想，也就坦然了，没去计较她们。可妹妹们对姐姐的这种态度，反而感觉不满。姐夫三右卫门一直在出纳所奉职，她们在与婆家亲戚的交往上感觉脸上无光，于是对姐夫说三道四——该有抱负、该有进取心啦云云。最近甚至过来商量说，由小松的丈夫百树韧负推举，让三右卫门换个部门去总务处奉职……紧接着津留的婆家也拿出同样的话题。三右卫门通通谢绝了。

"现在部门的工作已经习惯，而且适合自己的性情。"

每次想起这些，弥生都感觉自己的努力是徒劳，往后还会更加失望。小松、津留结伴来访的那天，说道"我们失去了青春少女时代"。弥生听了，心中充满了痛切的悲哀。满以为妹妹们会有一天，明白自己的苦心和辛劳，感谢自己。可恰恰相反，她们像是对自己一肚子怨气。弥生拼命抑制住自己的愤怒，身体在颤抖。这么说来，自己为她们做的事情全无意义吗？自己的艰辛、努力在妹妹们眼里全无价值吗？

"姐姐过不了多久，就将变成小老太婆了啊。"

小松这样说来着。唉，弥生呻吟般地叹了口气。含辛茹苦，辛勤劳累，自己真的只能这样一辈子么？行吗？这样的人生有意义吗？她这么思索着，陷入灰暗绝望的心境中。

四

芒草穗儿可怜地蔫巴了，胡枝子花也开败散落。早晚时分，到了冰冻寒冷的季节，洗涮完毕手指冻得红肿。打那以后，弥生开始一点点挪动起家里的物件，把柜子靠墙，将梳妆台跟书桌调换了位置，两扇不常用的屏风被搬到屋外，待客时则搬出高脚小餐桌。这一来，真格产生焕然一新的感觉，自己的心情也发生了很大变化。九岁的与一郎见状说——"好像进了别人家一样"，说着好奇地在家里四下打量。弥生还不时改换身上的和服及和服腰带，且下了很大的决心开始化淡妆。常年不化妆，皮肤不适应，步骤顺序也总搞乱，来来去去重复多次仍旧不满意，最终还是擦掉了。可是当身上飘出脂粉、胭脂、香油的芬芳时，一种妙龄雀跃的心情油然而起，不禁忘记了时间的流逝。

三右卫门并无特别的表示。只有一次，弥生化了不错的妆，他微笑着上下打量一番说：

"不错嘛。女人化妆跟男人穿和服裙裤一样，据说是能调整心情。以后也就这么着化化妆吧。"

弥生那时满足极了，甚至有些羞涩，到丈夫跟前时，她悄悄瞥了眼镜子。……但这些未能继续下去，家具的位置不可能时常变动，即便调整了位置，也不会总有新鲜感。拮据的经济状况下购买化妆白粉、胭脂，也实在太过奢侈。很多时候又没有时间过度折腾，不知不觉便又恢复原状，衣橱、梳妆台、书桌等都回归到了原来的位置。三右卫门见状松了口气：

"改变房间是可以改换心情，但家具各有其适应的位置啊。我觉得这样很舒服。眼前的变化不过是短暂的，我总觉得不该折腾。"

"想多少住着感觉好点儿。"

"家常茶饭平凡为好，不要为这些过于伤脑筋。"

所有尝试最终化为乌有。天寒地冻的早晨在厨房用水，北风呼啸的夜晚温暖着冻僵的双手缝补，弥生时不时一边干活儿一边思考人生的意义。——这便是自己的生活吗？就这样一辈子，拆拆缝缝同样的和服，不懂游山玩水品味美食，日复一日地伺候丈夫养育子女，为当月当年的拮据开支身心俱疲，一无所获地衰老下去……"这样行吗？"弥生打了个寒战。她小声嘀咕着问自己，"永无止境地克服困难有意义吗？真的存在更有意义的人生吗？"她心乱如麻，不知不觉小松的话又浮现脑海——"如果把姐姐这么缝缝补补的针线活儿的针脚连接起来，该有何等长度啊？"或许，长得无法想象。并且这份苦劳不会留下痕迹。做饭洗衣用水、洗澡水火盆的用柴用炭，或许也是惊人的量。这些辛苦都不会有什么遗留给后世。然而自己历尽艰辛照顾的妹妹们，却不知感恩反倒责怪自己，理所当然自己也会怀疑究竟为何要吃这些苦头。弥生第一次这么左思右想、辗转反侧，想必任何人都会考虑这样的问题……

"最近看着你情绪低落啊。"

一天夜里，丈夫这么问道：

"身体哪儿不舒服么？"

"啊……"

她想说没事，支吾其词。但情绪有些激动，只是默默地低垂眼帘。

"哪儿不舒服吗？"

三右卫门有些诧异地看着她。

"真是那样，不要勉强，得去看医生、吃药。"

"不是身体哪儿不舒服，不知为何，打不起精神来……"

"没有精神，不会是没有缘故的，去看看医生吧。"

"知道了。"

弥生抬起脸来——索性把一切说给丈夫听吧，许是丈夫也有他自己的看法，听后会解除我的烦恼呢。要说，就趁现在的机会说。可话到嘴边,还是没能说出来——丈夫是男人,这种女人的烦恼,说了也理解不了。弥生悲哀地放弃了方才的想法,装出若无其事的样子,掩饰了过去。

五

在北方,进入霜月[1]后,山野已经覆盖了皑皑白雪。白天阳光照射,想着头天的降雪会融化掉呢,第二天一早又是雪花纷纷,黄昏时便积了五寸厚。周而复始,不久便会开始连续四五天降起越冬雪。……那年少有的现象是越冬雪来得较迟,十一月中旬,很多地区地面的土地仍依稀可见。一天,季节像似倒转回去了一样,天空晴朗、大地温暖。这天下午,小松时隔许久领着手捧包袱的女佣来家里。

"终于去了那次没能去成的枥尾温泉。"

小松脸上充满健康神色,调皮地说:

"还是邀了津留一起去的,说是到了下雪季节……客人不多,反倒玩得开心喔。吃了好多山鸡料理。"

接着小松绘声绘色描述了她们如何毫无牵挂、开心愉快地玩了四天,旅馆房间面对着美丽的涧溪,景观怡人,每日尽情地浸泡温泉,带着温泉的余温舒舒服服进入梦乡。

"不过,津留让人瞠目结舌喔!四顿晚餐竟顿顿喝酒。

---

[1] 霜月:十一月的古称。

据说总陪秋泽喝酒，上瘾了。"

"你也喝了吗？"

"只是陪她喝了一点儿。"

小松再次露出淘气的笑容来。

"不过，像是在隐藏小秘密，很愉快喔。姐姐下次也一定去吧。"

"你们这些坏家伙哎……"

嘴上这么讲，内心里却想——自己若是也能那样，该会多愉快啊！一定能解除长期的身心俱疲。明知自己做不到，弥生才感到内心难以忍受的寂寞。

"今天时间有限。"

坐了一会儿，小松换了换坐姿，让女佣把带来的包袱拿近前来。

"给您带来了山鸡，零花钱不多，所以只能给您带一点儿土特产啦。"

说着便开始解开包袱。

这时，门口传来说话声。弥生出去一看，是出纳所长官——冈田庄兵卫老人。

"在吗？"

老人一贯的柔和语气。丈夫今天不当班在家，午饭后说是去河边转转，带着与一郎出门了。

"那，很快会回来吧。"

老人露出稍有迟疑的模样。

"还是请您等等吧。"

这么说着，随和地让他进了屋。……回到自己房里，小松正要返回，问道：

"哪儿来的客人？"

"出纳所的冈田大人。"

弥生边答边准备给客人上茶。小松一听冈田二字，便露出知情的模样。

"还是来了啊。"

"啊？你知道他要来？"

"是喔，一定为那事啊。"

小松悄悄放低了声音：

"就是有可能改换工作呀。姐夫懒得挪窝。几天前百树直接去见冈田大人，跟他商量来着，一定是为那事来的喔。哎，姐姐，这次姐夫可得加把劲儿哟，为了加内的家运嘛……"

送走了小松，弥生端茶敬上。冈田老人正在火盆前暖手，随意拿起一本手抄书。大概是从那个桌子上拿的吧，题签为《妙法寺记》，是丈夫半年前从菩提寺借来抄下的，丈夫借来的抄本上附有"钞"字，大概是也是从什么抄本上抄录的吧。丈夫抄完后装订起来，统共六本有余。老人不胜感慨，自言自语地嘴里嘟囔着翻阅。过了一会儿，三右卫门带着与一郎回到家里。弥生去给客人换茶，两人正议论着那本手抄书。

丈夫拿着抄本解释说："起初是在书库看到的这本《分类本朝年代记》。上面有关饥荒的条目太多，便找了找类似书籍，想做一个详细的年表。因是忽然想起，所以什么准备工作都没做。且单靠一己之力，不可能搜集大量参考书籍，因而考虑……姑且先做出调查资料来。"

"可你本来就忙，怎么想起做这么困难的事啊？"

"这个，这个表格里有个示例。"

三右卫门说着打开了另一部抄本。

"这样列出年表后可以发现，饥荒年的发生一般是周期性的。这个表格当然、绝对不全面，但很多示例表明——大多是在歉收年后的第一年持续饥荒，五至六年后又重复发生。我想，如果完成了这个年表，明确归纳出周期规律来，会对藩里的农业政策制定起到重要的作用。"

"的确如此。"

冈田庄兵卫用力点头赞同。

"那样的话，也能弄清自然灾害的规律，改善耕作法，同时可以为应对灾荒年做好防备。不过一个人独自完成困难吧？务必将之变成整个出纳部门的工作……"

随之老人激昂地说，希望出纳所的所有人员都注意到这样的问题，这关系到执政者的良心问题云云。

六

那场对话结束后，两人开始下围棋，冈田老人与三右卫门是棋友好拍档，老人时常招呼三右卫门博弈，有时自己找上门来。因此今日登门来访并非什么稀罕的事儿。但因听了小松的那番话，弥生不自觉地有些心神不定，动辄就想侧耳旁听两人的对话。……两人围棋下到了傍晚时分，晚饭时，弥生切了小松拿来的山鸡摆上餐桌。饭后，两人又接着下棋。弥生照顾与一郎睡下后，为暖暖身子，做了碗藕粉汤，那时仍旧传来两人饶有兴致摆放围棋子的声音。——"小松想多了，若是为调换职务，不可能这么长时间下围棋的。"这一想，弥生心里不禁产生类似被背叛了的空落落的感觉，她凑近方形纸罩座灯，默默继续做自己的针线活儿。

不知过了多长时间，她发觉听不到布棋声了。两人在说话，她不禁侧耳倾听，听见老人说到"总务处"的字眼儿。弥生不由得停下手上的活儿，膝盖往跟前蹭了蹭注意倾听。

"即便没有百树大人、秋泽大人背后助力，只要在奉行所充分地发挥才能，就不至于像现在这样生活拮据。"

老人平静亲切地说道：

"本不该这么评价自己管辖的部门。但在出纳所确实没有发展前途，工作辛苦，报酬又少，完全是无名英雄啊。

我也觉着换换工作的好。"

"我也考虑过，但还是觉着现在的工作适合自己……"

"你真的感到满意吗？机会可是凤毛麟角啊。过后不会后悔吗？"

突然话音中断。万籁俱静，料峭秋寒，静静雨声穿过夜晚寂静，沙沙地拍打屋檐。弥生意识到——"啊，下起雨来了。"这时，传来三右卫门平静的语音。

"奉行所的工作，熟练掌握所有内容并不容易。出纳所也一样，特别征收缴纳关乎每年的缴纳配额，异常重要，必须时常与农民亲切交往，详细了解特定乡村的情况，绝对需要相当的工作年头与经验，仅是区分丰产和歉收，我就花了八年时间。现在我不做这些的话，没人能胜任这项工作……抑或有人能来接替这个工作？"

"实话说，无人替代。"

"……此事来龙去脉，以及推举我的人怎么想，我心知肚明。"

三右卫门继续说道：

"那些人觉得我很可怜，干着不起眼的工作，过着贫寒的日子。的确，住大房、穿暖衣食美味的生活令人艳羡，人们的确嫌贫爱富，追求这样的生活。为何如此呢？因为贫穷的人常常认为富贵的人生才有意义……他们认为享用美味佳肴、游山玩水、漂漂亮亮地过随心所欲的日子，比粗茶淡饭、粗布寒衣、没日没夜地劳作更有意义。但是果真如此吗？如愿以偿获得了富贵和安稳，就能心满意足过上更有意义的生活吗？"

弥生打了个寒战，面色苍白。因过度紧张，面部变得有些僵硬。静静击打屋檐的雨声仍未中断。气温不断下降，膝盖、手指脚趾像要冻僵了。

"……恐怕，那样并不能感受人生的意义和满足。人的欲望没有止境，获得了富贵与安稳，便会产生新的贪欲。"

丈夫的声音低沉有力。

"其实更重要的并非人的身份高下和贫富差异。生而为人活着，便是自己生存的意义。自己的生存对社会多少有益，便是自己的生存意义。问题是能否带着这般自觉由生至死。人总有一死，无论怎样有权有势大富大贵，都无法逃避死亡。我也一样，明日或死，那时会因调换工作到奉行所而心满意足吗？俸禄增至一百、二百石，过上丰衣足食的日子，就能心满意足地面对死亡吗？不，我会留在出纳所工作，至少在临死之前无有遗憾。"

弥生顿觉膝盖僵硬，低垂着头，怎么也控制不住身体的战栗。与其说感动，不如说是惭愧，就像一把锋利的刀子捅进了她的胸膛，要把她劈成两半。——何为人生？这个烦恼长期占据她的头脑，三右卫门的话语为她内心带来了一缕光明。她将那一席话比作真正的、黑暗中的光明。——丈夫说了，贫寒贫穷之人会时常想，只有大富大贵才有人生的意义。自己思绪混乱，究其原因，乃因看到妹妹们生活好且听她们说三道四，便觉得她们的生活比自己更有意义。多么肤浅无知啊！其实与缝补、烧饭、伺候丈夫、照顾孩子这类琐碎家事无关，关键是一件件事情是否有益于他人。作为女子生于此世，为人之妻，则于家庭、丈夫、孩子是无可取代的重要人物。惧怕生老病死，怨天尤人，是不会产生更多生命意义的。那么，自己对于这个家，真的是无可替换的角色吗？自己的存在无论如何都是必需的吗？……弥生没有自信、也没有勇气认可自己。

没错。她抬起了头。"至少对丈夫、孩子来说，自己应该成为那样一个不可或缺的人。"她这么小声嘀咕着，不知为何身体内顿时涌出一股力量来。弥生站起身，从衣橱的抽屉里拿出了那个青铜风铃。秋天时，妹妹们将之摘下，她怎么也没心思把它重新再挂回去，——自那时起，她的情绪开始波动。不过数十天来的心理乱象并非毫无意义。正因经历了一场那样的情绪波动，她才确立了自己的人生道路。……这么想着，弥生推开了小窗户，外面不知何时开始飘起了雪花，灯火照射下，美丽的雪花纷纷扬扬、飘洒飞舞。弥生不禁感叹："啊，终于下起来了。"她将风铃挂了出去，在若有若无的微风中，风铃发出它久违的清晰悦耳叮铃声。此时，传来了丈夫的呼唤声：

"弥生，客人要回去了。"

日本妇道记

尾花川

一

"那么贵价的东西，会吃不消喔。就买鲫鱼吧。"

太宰去书库取书，刚进门就听见妻子大声说话的声音。他在走廊尽头停下脚步。和妻子说话的人像是常常乘船来卖鱼的老渔夫，名叫弥五，只听他絮絮叨叨地说："您可别那么说，请买下吧，原想着是请府上的老爷品尝的。路过别家都没进去，径直来的这儿呀。"

"反正就买鲫鱼，就只要往日的分量。"

"这样啊。原指望您会买的。就少买几条吧。对您府上，这价钱也不像您说的那么贵呀。"

老人絮絮叨叨。不一会儿，他背着鱼篓从厨房出来。那儿跟庭院是通着的，出庭院那儿架有一个通往湖泊的栈桥。桥旁干枯了的芦苇湖边依稀可见老人的小船。

"喂，弥五！"太宰站在走廊上招呼道，"今天拿什么来了？"

"啊，老爷。"老人吃了一惊，用手摸着脑袋说，"……捕到一些稀罕的鳇鱼，听说您喜欢，便拿了来。"

"那可真是稀罕，有多少？"

"不多，四五十条吧。"

"都要了。"他朝向妻子大声地说道：

"……我说弥五，正月的鸭子怎么没送来啊？"

"哦，那个……"

老人露出难色，支支吾吾地看着厨房。果然如此，太宰不由得提高了嗓音。

"说好的，怎能言而无信？莫非已弄不到了？"

"那倒不是。不过，数量本来就不多啊。"

"这四五天里有客。请你费心哦。行么？有辛苦费……"

说罢太宰走进自己的房间。

这日破天荒，宅邸无客。只有一个宇都宫藩[1]来的青年鹿岛金之助，似已在此住了四十余日，无须特别招待。想着今日可悠闲读书，便去书库拿回两三本。可真要面对书桌，却又感觉定不下心。……有意买下厨房拒买的鳗鱼，显然是因为心中不悦。回想起一个多月来妻子的怪异举措，他心情沉重。

太宰[2]本姓户田，是近江国[3]膳所藩老臣户田五左卫门的第五个儿子，三十岁时过继给了园城寺山家的有司[4]池田都维那家。妻子幸子那时三十二岁，原本也是彦根藩[5]

---

1 宇都宫藩：现栃木县中部。
2 太宰：即河濑太宰（1820—1866），30岁时与池田都维那之女幸子结婚。后参与"尊王攘夷"运动，其宅邸为各路脱藩志士潜伏之处。1865年被幕府官吏逮捕，翌年问斩。太宰被捕后，新选组来到其宅邸，妻子幸子烧毁文件，并欲自刃，但未能如愿，痛苦中绝食，1865年死时年仅47岁。后夫妻同葬于大津市小关町五本樱、池田家墓地。
3 近江国：现滋贺县。
4 有司：官吏名。
5 彦根藩：位于现滋贺县东部。

饭岛三太夫医师的女儿，幼少时便过继给了池田家，她作为池田家的女儿，迎来养婿太宰。……幸子体态肥胖、臃肿，话不多，做事干脆利索，有温和的包容力。无论是从年龄还是性格角度讲，作为老臣家五子长大成人的太宰，一开始便有一种面对姐姐的感觉，无论幸子怎么伺候，不，越是悉心伺候，越是让他感觉有一种难以言表的威慑力。池田都维那很快开始侍奉园城寺山家，于大津尾花川[1]的琵琶湖对岸建筑了自家宅邸，同时购置了许多田地山林，过着隐居生活。但是池田不久便过世了，太宰继承了他所有的遗产。他在池田逝世后不久改姓为河濑，并开始侍奉圣护院宫[2]，成为圣护院宫的有司。而世态那时开始突变，外国船只频繁舶来，同时国内各处蜂拥而起尊王攘夷[3]的情势，使他作为侍奉皇族的一名官吏也毅然奋起。

太宰奔走国事，尾花川家的来客多了起来。那里远离闹市，是个面临琵琶湖水背靠如意山岳的闲静地带——"采钓亭"的宅邸格局宽阔，适于同仁志士会合，对于逃避幕府官吏追捕的人，这儿又是极好的隐蔽场所。……幸子对丈夫的志向十分理解，捐予同仁志士的巨额钱款，都是由掌管家政的她慷慨拨出。客人来了，她也总是用心款待。

---

1 尾花川：于现滋贺县大津市。
2 圣护院宫：即圣护院宫嘉言亲王（1821—1868），江户末期至明治时代的皇族。
3 尊王攘夷：指拥护天皇统治，抵制外敌。

白胖臃肿的体态，笑容满面，虽寡言少语，却是诚心相待……幸子的一切打动了访问尾花川公馆的所有人。来客们常说："来到这儿，就像回到了自己家一样。"——真是百日之劳一夜散。

二

往来志士如此爱戴、感激的幸子，最近不知怎的发生了变化。来客酒宴招待，不如从前那般守着琵琶湖备齐酒菜，最近烤鲫鱼、鱼干、腌菜等简单的下酒菜多了起来。酒水也是喝不上两盅，也不打个招呼便上饭。一说"还没到饭点啊"，她却回话"不巧没有酒了"。这几年费用增加的日子持续，但比之先父留下的遗产，不过微乎其微，为尊王倒幕，他已做好用罄遗产的思想准备，当然妻子也该是明白自己这个想法的，为何突然起了变化呢？不仅仅是待客时，就连日常餐饮都明显地节俭起来。按从前的习惯，幸子是跟用人们一起吃饭，最近的饭菜竟变成了烤干货和腌菜，……与其说是节俭，莫如说是变得近乎吝啬，太宰完全无法理解妻子的这种变化。

坐在书桌前面对摊开的书籍，太宰茫然沉思。——"来客人了。"妻子的声音使他恍然回神，"泉君与两位同伴来了。"他点头应了声："好。"立即又叫住妻子说："用刚才的鲣鱼备点儿酒菜。"说罢站起身。

客人名叫泉仙介[1]，是越后国[2]村松藩的志士，和太宰交往甚密。

"久违，介绍一下两位同志吧。"仙介转过晒黑的面膛，像是迫不及待等着太宰落座似的说，"这位是赞岐[3]的井上文郁[4]，这位是长谷川秀之进[5]。"

"长谷川……"太宰寒暄后问道，"与长谷川宗右卫门[6]大人有血缘关系吗？"

"宗右卫门的儿子。"名叫秀之进的青年旋即垂下目光，"……实话说是庶子。"

宗右卫门长谷川秀骥乃高松藩首屈一指的保皇派。得知此人乃秀骥之子，太宰甚感兴趣。泉仙介立即扯出正事——打算纠集以若狭[7]的梅田源次郎[8]等为中心的同志们，夺取彦根城堡，起兵倒幕。高松藩有长谷川秀骥周旋，可

---

1 泉仙介（1827—1867），江户末期武士，主张"尊王攘夷"，1866年被捕，翌年被处刑。
2 越后国：现新潟县。
3 赞岐：现香川县。
4 井上文郁：江户末期的武士，主张"尊王攘夷"。
5 长谷川秀之进（1835—1860），赞岐高松藩士，长谷川宗右卫门之子，与父一同主张"尊王攘夷"论。后被捕投狱，死于高松狱中。狱中，曾聆听同房吉田松阴之教诲。
6 长谷川宗右卫门（1804—1870），赞岐高松藩士，1858年脱藩，主张"尊王攘夷"。
7 若狭：现福井县。
8 梅田源次郎（1815—1859），江户末期的儒学家，有保皇派领袖之誉，后病死于狱中。

能的话，计划由藤田东湖[1]说动齐昭侯[2]……"尊王攘夷"论很快指向了现时的"攘夷倒幕"论，即须有人通过某个事端昭示公众，才可打开局面。这一点太宰也很清楚。但他不赞同突攻彦根城堡。几人长时间激烈论争，不久已届掌灯时分，上了酒菜，主客双方才停止了争论，气氛缓和下来。

"上次来时见到的那个年轻人宇都宫怎么样了？"喝酒时，泉仙介像是突然想起来似的问道："……说是因脱藩罪遭到追捕，名字像是'鹿岛'什么来着。"

"在呢在呢。"太宰也是因为提起，才想了起来，"只顾说话，忘记了。叫他过来跟大家认识认识吧。"

鹿岛金之助被叫了过来。他住在远离宅邸主房的另一处房屋里。因跟井上、长谷川头次见面，相互报了姓名后，便热热闹闹地互相敬了酒。……过了约半个时辰，长谷川秀之进严肃地招呼鹿岛金之助道：

"你是宇都宫的，知道冈田真吾吗？"

"哎，知道。"金之助眼睛一亮，"常常一起论争来着，没见过那么喜欢喝酒的人，我也喝酒，可他……"

"不，喝酒无关紧要。"秀之进皱了一下眉头，"那松

---

[1] 藤田东湖（1806—1855），江户末期的儒学家，水户藩士，亦有保皇派领袖之誉，死于1855年发生的安政大地震。
[2] 齐昭侯：即德川齐昭（1800—1860），江户幕府第15代将军——德川庆喜之父。常陆水户第9代藩主，保皇派。

本鍜太郎呢？也是知己吗？"

"倒说不上是知己。"

太宰不知秀之进为何这么不住地问。不过他更关心的是半会儿不上酒了，他心情烦躁地想：幸子会不会又像前几次那样闷不作声地上饭呢，如果那样，今晚一定得稍微训斥。这时突然听见秀之进认真地叫了一声"主人"。

"此人不可留在这里。"秀之进指着金之助说道，"这家伙是假冒志士，赶他走。"

"假冒志士……"太宰不太明白那是什么意思，"那，可是……"

"这家伙号称'尊王攘夷'派的志士，其实是骗吃骗喝的，什么宇都宫藩士啦因脱藩而被追捕啦，纯属谎言！"

三

"去年我在高松见过这家伙的。"秀之进继续说道，"那时他自称是仙台藩士，正好有个白石[1]人在场，揭穿了他的谎言。最近这类家伙到处乱窜，要当心啊。"

"真的吗？"泉仙介比太宰抢先一步问道，"喂，你小子，是这样吗？……"

鹿岛金之助低垂着头，面色苍白，双手发颤哆嗦着紧

---

[1] 白石：现宫城县西南部。

攥和服裤子，一言不发。这样子无疑是不打自招。

"看来真的啊！"仙介的手伸向了长剑，"走！到外面去！这种家伙，怎么能允许他活着，杀了他！走！"

"对！杀掉！"井上也跟着嚷道并站起身来。大概是在槅扇门那边听到动静，幸子快步走了进来，说道："请等一下。"

"大致情况我已经听到了。容我多管闲事。成败与否……且慢，抱歉，让我来处理吧。我家也有责任……"

说着便插到中间，利索地拉起金之助，将他带出了房间。男人们或也并非真有杀意，并无追杀的意思，只是怒斥道："再让我们碰到你，就取了你的首级！"

幸子把年轻人被带到另一个房间，让他吃饭。可他不动筷子，却说："对不起，能把这饭做成饭团儿吗？"幸子说："另外再做饭团儿给你，这些先吃了。"说罢到厨房里给他做了饭团儿包好。不知受到何等良心谴责，他颤抖着手拿起筷子，只吃了一点儿便停下来。幸子默不作声地看着他。他似乎已无法承受幸子的目光，拿起包好的饭团儿说："我准备一下。"便往院子另一头自己借住的房屋走去。

幸子吩咐用人收拾餐桌，走进自己的房间，从文卷匣里拿出一些金钱用纸包上，再次回到刚才的房间，见青年仍未返回，便去大门口看了看，然后快步往那边的房屋走去。在没有掌灯、昏暗的房屋里，月光静静地钻进开着的一道槅扇门洒下。她几乎是跑返回来，指使用人给客厅上饭后，自己又径直跑了出去。

"让准备饭团儿就不会去大津，一定是由坂本[1]去往比叡山了。"幸子相信自己的判断，于是朝这个方向追了上去，结果正如她所预料。外面像是下霜了，月光稳稳地跟着她。沿白色霜冻的道路一路小跑追去，在尾花川细流渡口她终于追上了青年。"请等等！"听到幸子这声呼唤，年轻人似有逃跑的样子，但又立即停住了。

"这是我的一点儿心意。"幸子将包着金钱的包裹递给了年轻人，"我什么都不说了。希望我们再次相见，……好吗？请再来我家吧。做一个无愧于任何人的人……我们约好了啊。"

年轻人手捧着包裹低垂着头，突然他踉跄般地坐在了地上，手捂着脸哭泣起来。幸子伸出手来，又停住了……身边尾花川的流水声好像冰冻了，冷飕飕地冲击着夜晚的大气。从紧紧咬住的牙缝中吐露出年轻人凄切的恸哭声，伴随着冰冻的流水声痛彻心脾。

"我有话跟你讲，也有问题要问你。"良久，幸子平静地说道，"不过，都等下次见面时再说吧。你一定会成为真正的武士、国家栋梁。我坚信如此。……不要忘记今晚的泪水，好吧。"

这么说罢，幸子留下正在呜咽的年轻人，悄悄地转身

---

[1] 坂本：于比叡山东麓，现大津市部分地区。

回返。

回家一进门,发现前院有人站在那儿。黑暗中她吓了一跳,但很快明白是丈夫。

"去哪儿了?"太宰低声问道,"去追鹿岛了吗?"

"是的。……"

"给他钱了吧。"

幸子又做了肯定的回答。而后低下头去。太宰说了声:"等会儿有话说。"便扭头快步进了屋。

那天深夜,客人们都入睡了,幸子被丈夫叫了过去。围着一个小火盆,两人面对面坐下后,太宰沉默了很长时间,开口问道:"给了多少?"

四

"我自作主张,给了十金[1]。"

"我实在弄不明白!"

太宰咬牙切齿,醉意未去的脸庞扭曲着。

"为什么?最近给来客上的酒菜寒酸粗陋,听说家里吃的饭菜也尽是烤干鱼、酱汤、腌菜。……如此节俭,你竟给那样的骗子十金?这么过分,到底什么意思?"

---

[1] 十金:江户时代后期的"万延小判金","十金"折合现在的货币单位,约60万日元。

"做了越分之事，非常抱歉。"幸子恭谨地低垂着头，"今后注意，请宽恕。"

"不是要你道歉，是在问你，你这么做是什么意思？"太宰克制住自己的烦躁追问，"你最近对客人那么吝啬，却给那骗子十金，两者之间差别如此之大，到底是怎么想的？我需要知道。"

"那个年轻人……"幸子低着头慢慢答道，"我知道不该就那么放掉他。至今或许都在行骗，但即便行骗，也是口口声声'攘夷倒幕'，所以我想，加以诱导的话，必定会成为同志。……哪怕多一个人也好，需要有人愿意为国捐躯。"

年轻人坐在上冻的路面掩面恸哭的一幕历历在目，那泪水绝非掩饰，幸子非常清楚。

太宰紧追不放地问："有那种想法……不能用来对待家里的客人吗？他们背井离乡、告别兄弟姐妹，是为国献身的志士，不求名利也不期升官，只为王政复古之大业义无反顾。如果是我们做不到则无奈。所幸家里有许多资产，以此接待相聚于此的志士，抚慰他们的内心，不是我们应尽的职责吗？……他们理当有所耳闻，来此可忘却百日劳苦。如果有施舍给鹿岛的想法，为何不能像以往那样接待来客呢？"

"我……是想竭尽全力的。无奈思虑不周、能力不及……"

太宰尖锐地打断了她的话:"不要闪烁其词。……你已经不是十九、二十岁的年轻人,应该清楚地回答问题。听了你的话,我也有自己的考虑。今晚把你的心里话说出来。"

"您这么讲,其实我不知道该如何回答才好,不过……"幸子头垂得更低,长时间盯着自己的膝盖,露出悲哀的神色。丈夫的话——"我也有自己的考虑",使她进退两难。幸子像被那句话逼上了绝路,过了一会儿,她平静地继续说道:"勉强说出来的话……去年十二月初,长州藩[1]的广冈君来这儿住了两天。"

"广冈哲来住过,怎么……"

"我在一旁接待,谈话中他提到了皇宫式微。"

幸子说到此,两手平俯在榻榻米上,太宰也赶忙正襟端坐。

"他说到种种诚惶诚恐的事情,其中……去年年初,天皇驾临新年酒宴时,用筷子从清汤[2]中夹起烤豆腐,这么说道'这是今年的鹤[3]啊'……"说到这儿,喉咙被什么堵住了,幸子停顿了一会儿又接着说,"……天皇御厨惶恐万分地进言道,'无论如何都无法像往年一般按惯例

---

1 长州藩:现山口县西北部。
2 清汤:日本传统料理中的清汤,用酱油、味酱调味,汤里放蔬菜、鱼类等。
3 鹤:旧时日本曾将仙鹤肉清汤视同吉祥。

呈上鹤肉清汤，只好用烤豆腐替代'。还有……前几天所司代理[1]酒井若狭守忠义[2]大人进宫晋谒天皇，说到供奉神佛的食物，天皇便备上筷子用托盘赐其进食供奉神佛的食物，他不胜惶恐拜受了异例荣光。但却发现烤鲷鱼已经变质，无法食用。遂询问近旁殿上人[3]，……得知敬神敬佛仪式必不可少鲷鱼，但御厨经费匮乏，无法敬奉新鲜鲷鱼，因而连殿下都无法品尝……"

幸子双手仍旧支在席面上，呜咽着禀报。太宰放在膝盖上的手也在瑟瑟颤抖。此时听到夜空高处鸟啼声，或是大雁掠过。

"天下之君，尚且如此艰辛隐忍……听了广冈君的话，我悲痛万分。为国献身的志士们日夜多么辛苦，只要是来到我家里，便想尽可能招待他们，至少留宿一天尽心慰劳，虽有不到之处，仍是备下美酒佳肴招待……但广冈的一席话让我意识到'家有财即为之'乃不可宽恕的僭越行为。连皇宫都如此艰辛，吾等贱民却大肆享用美酒佳肴……真的难于启齿、无地自容。何况非常时期，旁人也罢、我们

---

[1] 所司代理：江户时代警卫京都并管理政务的官职代理。
[2] 忠义：即酒井忠义（1813—1873），江户幕府寺院神社总管、京都所司代理。曾任若狭小浜藩主，任职京都所司代理期间，在将军继嗣问题上弹压一桥派，制造了安政大狱事件的发端。
[3] 殿上人：9世纪后，日本天皇日常起居于"清凉宫"。"殿上人"乃获准可登入"殿上间"者（"殿上间"，单独设立于"清凉宫"南端的"殿上人"之勤务所）。

自己也罢，都该撙节才是，将所有的一切都奉献给王政复古之大业。我是这么考虑的，狂妄冒昧之言……"

五

广冈哲的话太宰也记忆犹新。当时的自己顿时情绪激昂。现在听妻子重新描述，他像是受到鞭笞一般懊悔莫及。

——闻知皇宫式微，自己却豪饮狂吃，此乃无可抗辩的事实。志士不该有特权，相反应比他人谦虚、俭朴度日，应搏斗于艰难困苦，成为完成大业的基石。太宰低声叹息……良久垂首。

"幸子，我明日出门。"

好像内心中有什么在召唤，过了一会儿他回头望着妻子说道：

"现在不是闲居湖畔安逸度日的时候。明早……我要跟泉他们一道出发去京都，其他的事情我不便告知。刚才我说的话忘掉吧。"

"我才是自不量力，贸然多言，请当作耳旁风吧。"

连身为女人的幸子，听广冈一番话都立即付诸行动，谨言慎行，觉悟到仅仅悲愤慷慨无济于事。可自己……这么说或许不够准确，令人奋起者自然是更加本质的热情，但令人思想意志突飞跃进的机会却总是在日常的生活中，毋宁说远大的理想抱负，密切关联于柴米油盐之类的日常性真实。

"……弥五可能会送鸭子来。"太宰平静地微笑着说,"请跟他道歉,不要了。"

"不。"

幸子脸上也浮现出笑容。

"您特意弄来的。且明早出门,何时归来不得而知。好久没有掌厨了,这次我要亲自做……"

"可明天一早就走,来不及吧?"

"傍晚已经送来了。"

太宰吃惊地笑道——弥五动作真快啊!他换了一下姿势,摇头道:

"不,还是不行。"

"上鸭子来……"

日本妇道记

桃井

一

昨晚六点过后，长桥奶奶咽气了。算是长寿，八十七岁。说是临终时如满潮自然退去一般很平静。我已在两天前跟她道别，但还是为当时没在场感到遗憾。润唇施水时，禁不住哭得令人赧颜。有人在一旁说，"是寿终正寝，没有遗憾啊……"岂有此理。父母子女、祖母孙儿，期望老人活过一百岁、二百岁乃人之常情。我虽非其孙辈亦无血缘关系，她的去世却意味着内心的支柱倒塌，心里充满了说不出是悲哀还是惋惜的感情。吊唁者络绎不绝，我不能长时间地陪伴在遗体旁，来到过道上，出于平日的习惯，看了眼院子尽头的那口桃井。自春天开始到初冬，井里总是在潺潺溢水，现在则完全被积雪覆盖，涌水井口处可以看到些许清湛的水纹，旁边的桃树像是上了冻，默默无语地伸着光秃秃的枝条。……我之所以成为现在的我，跟这口井有着深深的因缘。每次来到这个家，总习惯伫立在井台边回首以往。奶奶去世后，不会时常再有这样的机会了。将来或许也会渐渐淡忘这心中的记忆。因忘却本身有着不可抗拒的力量。

我忽然想到，该把发生的事情大致记录下来，作为对奶奶的纪念。好久没有握笔，撰写不出文章来了，不过只是将真实的情况记录下来罢了。或许也会是一个机会，使自己重新坚强地振作起来。丈夫和孩子都已睡下，西愿寺[1]的钟声刚刚敲过了九下。我往火盆里再添加些木炭，然后独自一人静静地拿起了这支笔。

我父亲名叫保持忠太夫，曾是藩奉行评定所文书总管，位及寄合组[2]，年俸二百余石。起初是在本地奉职，后来去了江户。我出生于芝爱宕下诸侯宅邸。出生时，上面已有三个哥哥，我是最小的又是女孩儿，受到父母兄长溺爱，虽不至于娇生惯养、毫不拘束，但自己的愿望，似乎大半可以获得满足。自己非容姿秀丽之人。这一点，自己早就明白了。母亲屡屡这样说："琴容貌若及良二郎一半就好了……"良二郎是我二哥，三个兄长中我最喜欢他，但有时会因母亲的这句话，顿生出怨恨、忌妒。

时至大净院[3]治世初期，奖励学问，父亲除现职外，还遵命开始筹备创立藩制学校，自然而然，我也很早便对书本产生了亲密感。记得自己七岁时，还曾在父兄面前模仿小学的课堂授课。有传闻说，保持家的琴小姐是个才女，而自己又知道一个悲哀的事实——自己天生貌丑。自我稍稍懂事的时候起，便唯有读书、写字才能感受乐趣。那时，宅邸北边儿有片被人忘却的橡树林。背阴潮湿的地方满是

桃井

---

1 西愿寺：京都市中京区净土宗寺院。传说建于665年天智天皇时期。
2 寄合组：为直属藩政机构的官吏。
3 大净院：即牧野忠辰（1665—1722），越后（今新潟县）长冈国第三代藩主。大净院为其死后法名。

钱苔，十四五棵橡树发育生长不良，即便到夏天，树上的叶子也稀疏枯黄，当然无法引起任何人注意，我也不过偶尔路过，只觉得风景萧索凄凉。某年树林被伐，盖起了武士长屋，但那也没什么特别吸引人的。……那以后过了很久，我忽然想起那里曾是一片树林，想到再不可能于此世看到那片橡树林、阴暗的地面以及无精打采的枝丫时，顿时一种强烈的窒息感涌进胸腔，心里堵得不堪忍受。自己的感物伤怀或许正是始自于此……十六岁那年秋天，邻家有个比我年长两岁名叫"茜"的姑娘，一次她给我看了《奥义抄》[1]。那是一本关于和歌诗赋的入门书，我对于序言中"和歌发生于天之太古"一段话，至今亦记忆犹新。以后的日子里，《休闻抄》[2]《水蛙眼目》[3]《深秘抄》[4]等，凡可以看到的书籍均熟悉到可以倒背如流。起初只是学着凑齐诗赋字数，不知何时开始正经八百地作诗，不久在茜的引荐下，竟请到湖月亭大人[5]点评批改，也不知出于何等偶然性，竟有不少拙作被刊载出来，随着拜读意外人士

---

1 《奥义抄》：平安时代后期的和歌教材，共三卷。作者为藤原清辅，完成于1124年至1144年。

2 《休闻抄》：室町时代有关《源氏物语》的注释书。作者名里村昌休（1510—1552），为连歌诗人，本书对和歌创作意义颇大。

3 《水蛙眼目》：原书名为《井蛙抄》，有些抄本名为《水蛙眼目》，有关和歌的论著。作者名顿阿，完成于1360年至1364年。

4 《深秘抄》：原本书名为《和歌古语深秘抄》，作者、年代不详。

5 湖月亭大人：即北村季吟（1624—1705），江户前期和歌俳句诗人，湖月亭乃其号。

寄予的相闻歌，竟觉得自己也能成为出色的和歌诗人。

那段时间里，家里也发生了种种变化。某年早春寒气回归，母亲受了风寒竟难以置信地离世了。紧接着像是追随母亲一般，大哥弃世而去。连续的不幸使父亲瞬间老去。我们克制住自己的悲哀，首先要安慰父亲，请他一起去游山逛景，还举行了家庭和歌赋诗会。但实际上，父亲那时还遭遇了另一桩更大的不幸。……二哥良二郎接替大哥，翌年晚春娶了同为诸侯臣下的杉田继之助之妹，以后不久父亲改回诸侯领地奉职。后来才知道，根本原因是父亲苦心筹办的藩校，因政治方面的因素受挫，最终停办了。一百石附大米约一百二十袋的俸禄，前不久减至一百袋并时时颁令征借。政治方面的影响我们亦有察觉，但是做梦也没想到，会以这等方式影响我们。"这下，卸下担子了。"父亲笑着这么说道。但那灰心沮丧的模样，令人不忍目睹。

终于定下返回故乡的日子，得父亲允准，一日我去和湖月亭大人道别。承蒙赐教两年，尚未拜见一面。想到离开江户后不会再有相见的时候了，犹豫再三还是决定登门拜访。先生那时闲居于小石川目白台。居于高坡上的住居四周松林环抱，简朴的小篱笆围墙，从远处传来大洗堰河坝落水处的水声，周围生长着茂密的胡枝子、芒草类，在此等闲静空气的笼罩下，不禁怀疑自己到了什么深山老林之中。幸好没有其他客人，大人也显得非常高兴，亲手为我沏茶。那时谈起了先生门下的各色人等。大人说："说起来，你们那儿有个名叫长桥千鹤的人。我居住在京都时和她便是雅友，却未谋面。书信往来十多年从未间断。你回去后，一定要前去拜访啊……"我心神不定，未能久留，谈话仅半个时辰，便告辞了。

四月末离开江户，一家人五月中旬回到了故乡城下。出生以后十八年，我连住宅的门都很少出去，一路上好奇地观赏风景的变幻，如同孩子般瞠目感叹。半年前，三哥过继给了旁人家，一路上同行的是父亲、二哥夫妇，还有两个仆人。所以不觉旅途劳苦，越山岭时乘轿，清冷雨天借宿，高原平道骑马，不知不觉中踏上了故乡的土地。……但是当我在城北的家里脱去草鞋，花了五天的时间整理搬运来的行李时，才第一次感觉到离开江户渐渐泛起的寂寞和郁郁情绪。家里的东西全部收拾停当后，总算安静地待在了归自己使用的房间。这时，那般情绪更加强烈起来。想起曾经居住的宅邸一角那已被砍伐了的橡树林，心里的憋闷、寂寞无以言表，屡屡泪湿衣衫。故乡的所见所闻、一切的一切都与江户截然不同。总觉得此地天空的色彩过于鲜亮，吹起的风也过分狂猛。看惯隅田川[1]入眠般平稳的河流，梅雨时水位涨高的信浓川[2]令人惊恐。且很难习

---

[1] 隅田川：流淌于东京都东部的河流，荒川的支流。
[2] 信浓川：全长367公里，是日本最长的河流。发源于中部山岳地带，在长野盆地和犀川、千曲川合流，在流入新潟县后被称为信浓川，贯流新潟平原注入日本海。

惯当地的口音，总觉得心神还在旅途中游离。

就这么恍恍惚惚地度过了夏天，到了山野披上秋色的季节，自己已一点点逐渐适应了本地的水土。一天，一个老妇人事先也没打招呼就前来造访。

"那位说是姓长桥……"嫂子这么通报。可我不知是何人。总之请她进来后面对面坐下，老妇人以她那特有的低音说，收到了湖月亭大人的书信。我也终于想了起来。"一直在等候你的到来。不耐久候，便贸然拜访……"听她这么一说，我不好说是自己忘记，立即面红耳赤，支支吾吾地道歉。那时她已七十多岁，但肤色白皙、眉眼清晰，乌黑垂直的短发，完全不像是那个岁数的人，显得很年轻。她便是与我虽无血缘关系、但后来被我唤作"奶奶"的千鹤夫人。这是我们的初次相见。一起说了很多话，湖月亭大人去世的消息，也是那时得知的。……然后，她说了声"愿意的话，来我家玩儿吧"便回去了。我为自己遇到了意想不到的知己而高兴，顿时觉得身边的一切都变得亮堂了起来，那天夜里拿出久搁的诗稿，心生喜悦，不觉过了夜半。

就这样，我开始时时去拜访长桥奶奶。长桥家是藩医世家，千鹤夫人的丈夫及儿子都已不在人世，现名叫"道意"的孙子当家。位于玉藏院[1]的住家院落很大，她

1　玉藏院：平安时代初期由弘法大师建立的真言宗寺院。

单独的住所建在远离家人的杉林处。房屋是草顶屋檐很深的传统建筑，过廊自东向南环绕，在十张榻榻米大小的会客房里，北面设有书院窗[1]。起居室有六张榻榻米大小，镶有地炉，各类大小用具置放在伸手可及的地方，没用仆人，日常诸事基本自理。……站在南边过廊上，看得到对面杉树丛中尽是辛夷树。起初觉得完全没有庭院设计，但是后来，当我发现了起居室前面的水井后，终于渐渐领会了意味深长的雅趣。……水井是用石头围砌，上面密密麻麻长满厚厚的青苔，不断涌出的井水总在浸泡它，使其色泽美丽。翡翠也好、琅玕也罢，皆难与之媲美。水井及井边儿幼嫩桃树的剪枝、背后静寂伫立的杉树林，这一切构成了一幅好似经历了几代人家的山家情趣图，凝神静望，渐渐地内心明静清澈，仿佛清晰听见远山溪流的水声。有一次我跟她提及风景，奶奶笑道："不用苦思冥想，放松些心情为好……"实际上，前面冗长的絮语都是这句话的铺垫。从此以后，我的生活方式发生了巨大的变化。当然，当时并没有立即明白话里的含义——苦思冥想？这句话，反倒使我有段时间感觉不快。可是此话却成了我之前、往后的分界线，我对事物的看法、想法的变化都是天翻地覆的。……

---

1 书院窗：为书斋里设置的窗户。起先为书院建筑，见于寺院讲堂，室町时代起作为书斋兼会客房开始出现在武士家庭以及贵族家庭里。

那是第二年春天的事。气候温暖,花季过了,桃花漫天飘落,覆盖于涌出的井水表面。散落的花瓣乘在井水波纹上打着转儿,争相追逐又从井口边溢出。清澈的井水与墨绿的青苔以及粉红的花瓣,色泽搭配优美无限,我忘乎所以般地陶醉片刻。奶奶像是突然想起了什么似的说:"你不打算出嫁吗?"我顿时身体僵住,不知如何回答是好。在江户时,曾提过几次婚事,却因自己容貌欠缺、自诩为天生的和歌诗人,几次皆未予理会。自己的人生要做的,是写自己喜欢的和歌了此一生,这是比什么都要紧的愿望。奶奶像是看出来似的,过了一会儿,平静地继续说道:"你大概是想一辈子只是作歌赋诗吧,你有那样的才华嘛。当然那也好。……但是,不该把美丽的诗赋与婚姻这桩事情分开考虑啊。女人结婚生子,才能知世上的事儿,才能真正明白哀愁喜悦是怎样一回事。……曾经说过你'思虑过重',因为你打定主意一人度日,便落下了面对细微琐事也立即端起架子的毛病。这样,即便能够咏出格式正确的诗文,要想创作打动人心的优美诗歌……"

话说到此,她停住了——女人嫁人这样的话,过世的母亲也曾说过,并非特别新鲜的讲法,但是奶奶最后的结论却总是回荡在脑海里。并且奶奶的话很有力度,记忆中那之后我有一个月没再去她那儿拜访。

给萩原直弥续弦的婚事是哥哥提起的。起先想——开什么玩笑,当听到是正经提亲,不由得感到自己很悲哀。

桃井

听父亲跟哥哥之前议论说,萩原的职务为计测副官,说是参与藩主家的政务,一年前妻子过世,留下了两个男孩儿,一个七岁,一个四岁,欲求一位后妻,能在自己与藩主参勤[1]去江户时,好好儿管家并照顾好孩子们。听后,我同情其家中的不幸,可要让我自己续弦去照顾两个孩子,实在感觉意外,当时便没有吱声答复。过了四五天,父亲招呼我,提起了同样的话题:"或许你不愿意作后妻,但是女人幸福与不幸取决于她今后所嫁之人,再说你的婚期已经迟了……"话里没有强求的意思,却可感到话中有话——还是应承下来的好。

习惯故乡水土后,两年过去,我已到了二十岁的年龄。在江户,这样的年龄并不起眼;但在故乡,按当地旧的习俗就是大龄晚婚了。话是这么说,可我根本不想去做后妻。跟父亲谈话后的第二天,我去长桥奶奶那儿征求她的意见。"我觉得挺好啊……"奶奶听我说完情况后这样说,"没经历阵痛就有了两个孩子,你赚了呢。有人一辈子都没孩子呢。"说罢,她微微闭上眼睛,自言自语般地继续说:"女人都有一个共同的梦想,不用说就是结婚。没出嫁时拼命用美丽的幻想装饰那个梦想,美丽装饰不厌其烦。恐怕所有的人都是这样吧。即便明白那是不可能实现的,也不会

---

[1] 藩主参勤:此制度为幕府对各诸侯等施加的义务之一,即诸侯原则上隔年交替,根据俸禄多少决定率领人数离开本藩到江户的宅邸居住,归属幕府将军统帅。

主动放弃那般梦想。最终或多或少都会经历失望。为什么呢？……姑娘们幻想的那般美丽空间并不存在，那是要靠自己的努力去建立的。梦想的结果不是结婚，结婚只是实现梦想的开端。而一切要靠妻子的努力……"这话放在一年前，闻之我会很难受。但此时我已变得十分坦然。——美丽不是现成的，要靠自己的努力去创造。这句话深深地打动了我，甚至感到自己的内心深处萌生出一股奇迹般的力量。

我决定嫁给萩原，不仅出于上述原因。我当时还极其迷恋写诗。奶奶曾敲打过我："人们夸你是因为和歌的格式正确。实际上缺少动人心弦的美感。"这一点，自己也曾模模糊糊地有所认识。嫁人育儿，品尝世上真正的酸甜苦乐，才能创作出打动世人的美妙诗歌吧……说真的，这种愿望更加强烈。

婚礼的日子定下来后，以前从未体验过的不安情绪瞬间重重地压在心头——乃因想到了怎样对待那两个孩子的问题。伺候丈夫可一心一意，但照顾孩子并不简单。若孩子意识到继母非亲生母亲，想要弥补两人的关系难上加难。这么一想我恍然大悟，决定这场婚姻成败的重要因素在此，顿觉走投无路。起初想着是否有办法应付，设想了诸多方案，结果想得心烦气躁，最终只好去长桥奶奶处讨教。

奶奶也说："那可是个难题……"说罢默不作声地思考良久。我心神不定地看了一眼院子，井边儿的桃树正值盛期，并无风吹，树下却花瓣散落一地。"不想嫁人吗？"奶奶头次问起这样的问题，正好也是桃花开始飘落的季节。不知不觉到了同样的季节，不由得仔细回顾起这一年的光阴，自己都发生了怎样的变化。

奶奶过了一会儿，抬起了头说：

"我也不太清楚。"她接着说，"不论有多么巧妙的方法，最终都改变不了继母与前妻孩子的事实。所以思想准备也好应对方式也罢，我想一开始就不必考虑，顺其自然为好。谁都希望如同亲生母子一样相处，但说句不中听的话，那是虚荣。必须承认这个现实。毋宁说，应当认真考虑的乃是如何建立最美好的继母子女关系……"我好似明白了，却又感觉要做到此事更加困难。"只有一点，似可明确表示……"奶奶说着站起身来，让我跟她一起过去。来到过廊边，她手指着水井问我有什么感想。水井被厚厚的、墨绿天鹅绒般的青苔包裹，跟去年一样，飘落下来的红色花瓣在水纹的追逐下打着转儿，从井口不断溢出。背后配有寂静无声、暗色调的杉树林，衬托出无比鲜丽、栩栩如生的春之图。

"是啊，你是这样感受到的……"奶奶点点头，"不过，若要使用那井水，会变成怎样的光景呢？到那跟前去看看。那口井的井底很浅，桃树枝垂悬在旁边，落入水井的不仅是花瓣、有病害的树叶、腐烂的果实，甚至还有毛毛虫。虽然大多会溢流出来，但也有不少会沉入井底……你会用那井水点茶吗?"说着她拿眼睛盯住我,不等我回答就又继续说道:"你仅仅是看着美丽图案感到满足。实际上要想使用那井水,首先要使井水保持清洁,为此不惜破坏美感对吧?……我仿照湖月亭大人的'山井',将此戏称为'桃井',但中看不中用。切记!勿要刻意美化无血缘的关系,若是最终变成无法使用的水井就糟糕了。应切记的仅此一点……"她这番比喻包含各种意义,深深地铭刻在了我的心头。

武士家庭的妻子生活,没有什么新鲜可写。萩原是个沉默寡言的人,但也是一个非常优秀的父亲及丈夫。如奶奶所言,没有美丽梦想的我也不会有什么特别的失望,我出乎意料地适应了夫家平凡的家风。不过仅有一次,曾发生过这样的事情。夫君左耳后生了个赤豆大小的瘊子。无意中发现后,我便非常担心,于是婉转地告诉他用白茄子蒂部擦抹患部,便可以去除。说了两三次,丈夫全然不当回事,末了只说:"只要无碍切腹就好……"武士这种永不松懈的戒备心,作为武士女儿的自己理应明晓。自己却不过脑子地脱口而出,记得曾为自己的肤浅悔恨不已。

……那年藩主外出参勤,入秋时节,丈夫也侍奉着一同去了江户。跟孩子们正经面对面交往是从那时开始的。弟弟贞二郎还好,哥哥欣之助七岁了不太好办,神经质睡不安稳。半夜会突然醒来哭泣。我也不知该怎么哄他,最后,自己也跟着哭了起来。

我心里知道这样不行。有一次，我对欣之助说：

"你亲生母亲已不在人世。母亲死了，但没有离开你。现在也在你身边，守护你将来成为一名优秀的武士，守护你不生病痛、不犯过错。所以绝不要忘记自己的母亲啊。"欣之助吃惊地仰起脸来，看着我说："可父亲大人说了，不要再想已经死去的母亲大人……"我坚定地摇摇头说："不对。对你来说，死去的母亲是你唯一的母亲大人。永世不忘、时时念及才是孝行。"我怎么想便怎么说——继母跟前妻子女的关系若无论如何无法改变，不如引导孩子怀念生母。欣之助微微一笑，叮嘱般地说："但是不要告诉父亲大人啊……"孩子的眼里显现出纯真、安心的神色。这种变化极其重要。自那以后，欣之助与我亲近起来。"昨晚梦见母亲大人了。"他凑近我，贴着耳朵，小声告诉我这句悄悄话。他的举止变化让我感觉到无以言表的爱。

……岁月如梭。欣之助十一岁时，笑着对我说："您让我不可忘怀母亲大人，结果现在倒想不起来了。在那之前，朝思暮想的都是死去了的母亲大人……"我非能工巧匠，当时只是觉得，那样的话，孩子跟我都会感觉轻松一些。如此良好的结果一定是出于偶然，但我至今仍想感激那个偶然。

……翌年初冬藩主返回，这一年较之过去的十年，许多经历使我获得了成长。尤为重要的是我懂得了应如何身为人妻的意义。家庭好似妻子的一面镜子。说得夸张些，自己内心变化的明暗喜忧，会即时反映在家庭日常中。不要说孩子们及家中的用人，就连家中的氛围都会随妻子的心情而变化。这些令我感觉震惊。我更加努力地建立自己的人生价值观念。守护家庭并非一件事务，跟赋诗作歌一样乃是一种创作。世上不知有多少家庭，家庭的形式绝不会如出一辙。好也罢、坏也罢，林林总总。就好像以樱花为题赋诗，仅仅三十一字的结构，百人赋诗便有百首差异。赋诗失败可弃置，生活却逝去无回返。一天里发生的生活内容将原封不动地镌刻在时间的碑刻上。无形的事物自然不留痕迹，但父母传给儿女、儿女又传给孙辈的血脉延续、心的连结却不会中断。言及创作，不会有更加意义重大的创作。姑娘们凭着想象的空间装点的美好婚姻，其实只是虚构。美好姻缘要靠婚后的创造才可树立，几乎全凭妻子的努力……奶奶就是这样跟我讲的。我相信正因丈夫出门在外，我才获得了那般良机。说来可笑，在听到家门外水沟里咕嘟咕嘟的流水声时，我才察觉眼下临近融雪时节。

　　康三郎的出生是在嫁给萩原后的第三个冬天。分娩意外地顺利。加之头胎是男孩儿，一段时间按捺不住在众人面前的自豪心情。生子的幸福与喜悦不必多写。打那时起，时常有人赞誉我——"变漂亮了啊"。就连自己娘家的父亲也这么说过。照镜子时，自己竟也不时感觉"好美"。当然自己的容貌并未发生任何变化，至关重要的是别的因素——难以具体表述的其他因素。……我开始发胖，因此母乳足够，孩子的发育也好。最欢喜的是欣之助和贞二郎都很高兴。孩子不足百日，欣之助做了一只竹蜻蜓拿来，贞二郎也不甘示弱要做竹叶小船儿。哥儿俩的架势，真是互不相让呢。

以后的一年比逝去的任何一年都快，顺利地为康三郎过了周岁生日。亦迎来丈夫外出的第三个正月。正月十五那天深夜，按照以往的习惯，我半夜起身查看孩子们就寝及门户关闭情况，那天也是先去看了楼上两个孩子，再次确认上了锁的门户，返回后正准备钻进被窝，又看看睡在旁边的康三郎——心想"不会冷吧"，便起身拿出薄被来。就在我想要给他盖上被子时，突然屏住了气息——武士家的孩子绝不能天热脱衣、天冷加衣，弱不禁风。对欣之助和贞二郎，这一点要求绝对严格。对那两个孩子严格要求的事情，现在无意识中自己却要违背——给康三郎添加被子。为什么呢？不用说，因为他是自己身上掉下的肉，本能的爱无意中使自己忘记了对孩子的训练。本应最大可能地无有区分，现在的自己却几乎违背了初衷。在自己没有意识到的地方会否也发生过类似情况呢。……

很久没去拜访奶奶了。翌日下午，我去了长桥家。这天风雪交加，奶奶眺望着庭院里的雪景，正往地炉里加炭。两人喝着茶聊起了头天热闹的"左义长[1]"。稍稍定下神

---

1 左义长：正月十五举行的传统的烧火活动。

来后，我跟奶奶说了头天晚上的事。奶奶默默颔首听我讲述，没说什么，而是拿过木柴来，将它们码齐了便于燃烧，又起身添茶。在这过程中她一直沉默不语。我望着身披白雪的桃树，稳住神、耐心等待着。终于忍不住了，便开口请求奶奶告诉我该当如何。过了一会儿，奶奶看着我说道："我从未责备过你……"她锐利的眼神像是带着枪刺、矛头，"但是今天我要责备你。你生长在武士家庭，竟连这样的事情都不明白吗？什么前妻的孩子、亲生的骨肉，都不属于你的呀。生在武士家庭里的男孩儿都是要为国献身奉公的，他们不过是在那之前，暂时托付在你这儿，培养他们成为值得骄傲的武士乃父母的职责。对于一开始即为托付的孩子，有亲生他生之区别吗？你好好儿想想……"她的话伴随着"啪"的一声折断木柴声，好似鞭笞一般。

这以后，还有多次得到过长桥奶奶的教诲。其中也有很想记录下来的内容，但天色已近黎明，窗框那儿透出了白色，贞二郎就要起来了，那孩子起来得早……搁笔之时略作一回顾，自己曾经有望成为出色的和歌诗人，可彼时今日，自己却有了巨大的不同。所谓幸福乃指没有察觉的一种状态。现在的我竟连考虑那些的时间都没有，一心盼望有朝一日三个孩子成为优秀的武士、国家之有用之才。我将自己的一切都奉献给丈夫和孩子而获得的喜悦——看到丈夫及孩子身上体现出自己所有贡献的喜悦。只要这般喜悦属于我自身，还希望几度人生皆为女人。

日本妇道记

墨丸

一

　　阿石被铃木家收养是正保三年[1]农历十一月。她手持父亲的书信，由两个家丁陪同自江户而来。平之丞那年十一岁，头次见面时感觉她是个黑不溜秋的丑孩子。

　　"阿石小姐是父亲大人老友的孩子。"

　　那时母亲这样给他介绍说：

　　"父母都过世了，无依无靠怪可怜的。今后就当有了一个妹妹，好好照顾她。"

　　跟在身后的阿石听母亲说完，双手并拢说：

　　"拜托了。"

　　说着抬起脸来，她那眼神以及致礼的姿态可不像是五岁的孩子，显得十分老练。平之丞是独生子，曾希望有个弟弟或妹妹。可是个头儿矮小、又黑又瘦、头发黄巴巴的阿石，在少年看来实在不像样。——说是有了妹妹，可这样的妹妹有什么可炫耀的？他这么想着，只是默默地点了下头。

　　阿石是个活泼伶俐的孩子，的确不够漂亮，但她有一对明亮清澈的眼睛，说话时会目不转睛地仰头看着对方，好像是为了将自己的话准确无误地传达给对方，同时也要

---

[1] 正保三年：即1646年。

认真听取对方的言语。一旦被她睁大了的纯净透澈的眸子一眨不眨地盯视，对方不知为何会感到羞涩，不好意思，不由得先要避开那目光。阿石举止端庄，丝毫没有孤儿的阴影，毫不怯懦地说出自己想说的话、做自己想要做的事，她是一个天性明朗爽快、刚直不阿的女孩儿。当然平之丞这个年龄，那些不会进入他的视野，本来他就对阿石的存在没有兴趣，只是那愣头愣脑的印象不知不觉中淡化，约莫一年后竟朦胧中萌生出一种类似爱情的情感。铃木的家在上马场仲小路[1]，院子地形由五个坡段构成，小山、树丛、泉池等富于变化而无须人为加工，因此同龄的朋友相聚，多来此肆无忌惮。他们开始也没去理会阿石，但逐渐了解到她的性情后，便开始有了好感，有什么机会也愿意带上她一起玩儿了。这群孩子中跟阿石最要好的是名叫"松井六弥"的少年。松井家同是藩主重臣，宅邸离得也近，松井亦是平之丞的好友之一，他有一个跟阿石差一岁的妹妹，所以习惯了跟女孩儿交往的方式，也知道她们喜欢什么，有时会带给阿石裱糊着漂亮书画的香盒儿、娃娃道具、贝壳游戏玩具、小香粉壶等。就连那么喜欢阿石的六弥也不时叹息："肤色怎么黑成这样啊？"其他少年出于那个年龄常有的淘气，背地里给阿石起了绰号——黑姐儿、乌丸云云。平之丞对此也不太在意。可是有一次，忽然觉得她挺

---

[1] 上马场仲小路：现爱知县冈崎市地名。

可怜的——横竖要起绰号，不如自己给起一个，于是跟大家说："阿石肤黑就叫'墨丸[1]'如何？"这个绰号听着顺耳，猛地一听，甚至有种古雅余韵。就这样，少年们都开始这么称呼起她来。

那以后的第六个年头庆安四年[2]，任江户藩所总管的父亲惣兵卫回了冈崎。因是藩主重臣，回来后兼任吟味役[3]一职。长期在外的父亲回来，家里的日常便起了变化，显然阿石的存在也变得清晰起来。起因是惣兵卫吩咐阿石去做事——以前她基本待在母亲的身边，打那以后，宅邸里无论何处，都能看到阿石在勤恳地忙活。她也常来平之丞的房间，转达父亲大人的旨意或告知到了吃饭时间，一切琐事的传达都成了阿石的工作。……自从一起生活，平之丞渐渐对她有了一种亲近感，甚至把她看作自己的亲妹妹，产生了手足同胞的爱情。当然并无深意。那年成人节一过，平之丞还是对阿石毫无兴趣。

那是阿石年满十三岁的早春。她突然来到平之丞的房间里坐了下来。问她有什么事，她与往常不同显得忸忸怩怩，她说："能不能借用一下你的镇纸？"

"阿石你没镇纸么？"

---

1 丸：丸可作为接尾词使用。接于人名、尤其是男子幼童的名字后面，表达一种亲切感。
2 庆安四年：即1651年。
3 吟味役：相当于现在的检察官。

"不，我有的……"

刚一开口，便好似光线晃眼，又垂下了眼帘。

"还想要吗？"

这么一问，阿石像是不管不顾地点头称"是"，并说：

"我想借用你常放在信匣子上的那个镇纸。"

二

平之丞看了一眼信匣子上面，放着过世的祖父送给他的镇纸，是一块宽七分长五寸余的翡翠，表面凸起、有牡丹花和叶子的浮雕，说是翡翠，不算什么珍贵的玉石，上带琅玕深绿的纹路，呈现出很美的流水线条亦有滑腻冰凉的触感，稳重得恰到好处的重量等皆令平之丞喜欢，显然是他最喜欢的物品之一。阿石是知道的啊。她露出担心不安的眼神盯视，像是非要不可的劲头，平之丞苦笑了一下说：

"不许弄丢了啊。"

说着，拿起那块翡翠给了她。

父亲回来后不久，阿石便随日本学者桎尚伯学习。那时她已学会创作和歌。当然只是处于模仿阶段，凑足字数而已。母亲时不时拿出来显摆，认为作得不错。但那样的和歌连平之丞都无法感动。他想象着阿石一旁放着那块镇纸，像模像样阅读诗集的模样儿，不由得泄出一缕苦笑。

以后他还多次看了阿石的诗歌，一次看到一首以芒草为主题的和歌，发现落款处竟记有"墨丸"二字，便问母亲。

"那孩子说是自己的雅号哦。"

母亲笑答，并说：

"说是因为自己皮肤黑才取的，像个男孩子似的雅号未必合适，她却说老师也称很有趣。结果就那么定了下来。"

"……"

平之丞忽地觉着一阵内心刺痛。看到那字便想了起来，那是自己给阿石起的绰号。若被大人知晓，一定会挨训。所以除了朋友之间，绝对不敢外传。阿石当时一定是听到了自己的话记在了心里。——她当时会是怎样的心情呢？已满十九岁的平之丞想象得出，阿石的内心当时有多么苦痛。没有比容貌受贬更让女子痛苦的了。阿石虽年幼，但失去了双亲的她相当敏感，听到男孩儿们背地里那样称呼自己，怎么会不在乎呢？——看样子自己做了什么坏事。平之丞这么想着，十分羞愧。从那以后，他对阿石的态度温柔了很多。

时有羁旅画师或书法家滞留于铃木家中。惣兵卫喜欢他们来留宿，专门为之备有客房，并特意备膳食招待。这些人逗留期间会受到十分周到的款待。因羁旅四方，虽说是画师、书法家，并非了不起的知名人士，偶尔也会有留下卓越的作品。对惣兵卫而言，没有比这更让他高兴的事了。……这些人当中,某次来了个称作什么检校[1]的著名琴师。看似六十出头,瘦骨嶙峋的身材如同仙鹤,下垂的雪白的厚厚眉毛,像似用作遮掩凹陷下去的盲目,并因为特殊的眉毛,使其整体面貌显出与众不同的风格来。不知那是怎样的人生,又经历了无数的何等遭遇。除了惣兵卫,家人皆一无所知。检校在铃木家大约逗留了四年多,那期间他教阿石弹奏琴乐。起初阿石并不起劲儿,可是不久,好像产生了兴趣,渐渐地开始变得热心起来。检校教得也很严格,甚至时时听到他极其严厉的训斥声。平之丞对古琴无有兴趣,听到后不过随便想道:又在学琴啊。有一次,他跟父亲还有那个检校一起用餐,听到检校不断夸奖阿石有天赋,不由得吃了一惊。

"学习音乐,区分音声并不难,但能掌握音符前后的韵味则非常困难,阿石小姐却能瞬间领悟,她弹奏的每一个音符前后都有着极其特别的韵味,实在是天赋很高啊。"

"那么,能否立身此道呢?"

父亲问。

"啊,那大概是困难的。"

检校平静地摇了摇头。

"若要教旁人琴艺以平易为要。阿石小姐的琴艺格调

---

1 检校:以琵琶、管弦等乐器以及针灸、按摩为职业的盲人官位中最高级的名称。

过高。一句话，旁人的思绪很难跟得上琴音。"检校又提醒道：拥有特殊才赋的人须特别当心——将来易陷入不幸。

平之丞难以忘却父亲脸上现出的忧愁神色。说不清为何，就好像检校的话证实了父亲心中的一种恐惧。……只见父亲锁眉垂目良久，陷入于沉思之中。什么使父亲如此悲哀呢？平之丞完全想象不出。要获知缘由，竟需要度过漫长的岁月。

三

平之丞二十三岁那年春天，松井六弥设宴赏樱，召集了极其亲密的五人参加。松井家除了城郭内宅邸，在大平川临近河畔处还有居宅。受邀前往的是那临近河畔的住宅，一直延伸到水边的宽广庭院里种植着三四十棵小樱花树。这时，花只开了四成，含苞欲放的花骨朵挂满了枝头，比盛开时还要鲜艳美丽。……他们在离河边较近的树荫下铺开毛毡，享受着花枝倒映酒杯的小型酒宴欢乐。跟从前调皮嬉戏的时代不同，现在大家都身负要职且其中已有人成家了，种种话题也多涉于政治，作为这个年龄特有的倾向，很多话题触及敏感微妙的部分。一个名叫樋口藤九郎的青年突然压低了声音，提起了意想不到的话题。

"听说右卫门佐大人是水户胤子，诸位可知？"

右卫门佐即藩主水野家的世子忠春。他是忠善监物[1]次子，因长子造酒之助早逝，作为次子继承家业。两年前他满十五岁时曾来到冈崎，大家曾见面喝酒。

"怎么会有那么荒唐的事啊。"

松井六弥笑说道：

"我也这么想来着……"

藤九郎仍小声说道：

"那个传闻据说是可靠的。大家都知道夫人钦佩水户中将（光圀[2]）对吧。心仪过度，便向中将求收养右卫门佐大人。所以他刚一出生，裹着襁褓就被抱了过去。正如大家通常所云——母子生来无缘相见。证据嘛，听说右卫门佐大人的护身刀上交织有葵纹哦。"

藤九郎之父曾侍奉忠善左右，加上话说得有头有尾，这会儿六弥也没了笑容。

"关于此事，还有另外一件秘事。"

藤九郎环视了一眼默不作声的在场各位，继续说道：

"十多年前，在藩的江户宅邸里，有个名叫小出小十郎的人切腹自尽，那人在冈崎也相当出名，你们知道的吧。"

大家自然记得。小出小十郎是岛原之战贡献杰出的流浪武士，忠善发现了他并重用。因其刚直不阿，一心奉公，

---

[1] 监物：为主管财务出纳官，大约相当于现在日本大藏省高层官僚职务。
[2] 光圀：即水户光圀常陆水户藩第二代藩主。血缘上说德川家康的孙子。鼓励儒学，编撰了《大日本史》，奠定了水户学基础。

连世袭重臣都不张口的谏言,他却心直口快地脱口而出,与家臣们交往亦廉洁正直,因而颇有名望。十二年前的正保二年[1],因为惹怒了忠善,被处罕见刑罚——终生禁闭。判刑当天他便切腹自尽了。

"虽属当时重刑,却不明事由。"

藤九郎继续说道:

"其实听说是直谏右卫门佐大人。当时造酒之助大人尚在,小十郎为保藩主家血统,反复劝谏废掉右卫门佐大人,改立造酒之助大人为世子。藩主大人暴怒:'岂有此理!'最终下令施以重罚。"

"别说了……"

平之丞打断了他的话。

"藩主大人说岂有此理,一定没错。那般流言蜚语,理应拒听。跟着添油加醋,终将留下祸根。说点儿别的吧。"

"没错。我也这么想。"

六弥举手道:

"大家往那边儿看,实话实说,那是今天的特别节目哦。"

经他这一说,大家像是松了口气,转身看他手所指的方向。

宽阔庭院一头有一片和服窄袖连缀的座席。十来个服

---

[1] 正保二年:即1645年。

饰艳丽的姑娘，像似绚丽多彩飘零的花瓣。莫非也设了一个赏樱的宴席。仔细看时，桃山时代[1]风格的华丽彩绘的屏风前摆着两面古琴，姑娘们起初相让不已，位子定下便轮番地弹奏古琴。樱花树荫下，窄袖和服连缀的帷幔、鲜艳彩绘的屏风、艳丽的姑娘及她们的衣装，一片绚烂丹青波浪中扬起的古琴声，一切都美妙至极，使得观看的人反倒生出一种哀愁来。说话刻薄、名叫三寺市之助的青年，眼看是没有唇枪舌剑的机会了，他"嗯"地哼了一声，不再说话。过了一会儿，他立起身来说："我去从那些姑娘中选一个做媳妇吧。"说完沿着树荫往近前移动。平之丞一直目不转睛看着姑娘中的一个身姿——阿石，刚出现时就觉着有些面熟，很快明白了就是阿石。他不禁瞪大了眼睛，震惊不已："已经长这么大了啊！"

四

平之丞印象中的阿石是一个肤色黢黑、头发赭黄、个头瘦小、不像样的孩子。但眼前看到的阿石截然不同，在十来个姑娘中美貌出众，那种美丽并非缘自发饰、衣装的衬托，也不是局限于脸型脸蛋儿。阿石的美像是洋溢自

---

1 桃山时代：16世纪后半，作为美术史上中世纪跨入近代的过渡期，有着重要意义。

整体，不是外在而是内在焕发的美丽。——"是啊，已经十七岁了啊。"平之丞忽然生出一种心境，感叹岁月的流逝，他眯缝着眼睛盯视阿石的身姿。姑娘们弹奏的古琴曲目，应该是各自得意的曲目，看来皆有精湛的弹奏技巧，就连音乐方面知识贫乏的平之丞都觉得有很多曲目听来心旷神怡。就这样一半人弹奏结束，有个姑娘成功地弹奏了一首极其复杂的曲子，这曲子与前面演奏过的不同，声调高亢激昂，音色和美，变调巧妙，令人陶醉。

"那是我妹妹袖。"

六弥凑近平之丞小声嘀咕了一声。

"今天她打算听阿石小姐弹奏才做了此等准备。也想让大家听听袖的演奏。也许她也有心跟阿石小姐比试一下呢。"

"我虽然跟聋子一样，完全不懂，也知道袖小姐的古琴听来像是出类拔萃嘛。阿石不在话下吧。"

"哪里，你说得不对。"

六弥拿过酒杯，说道：

"曾在你家待过的检校来过我家，袖请他稍加指导。那时检校言及阿石小姐。我不在场。听说真是赞不绝口啊。自那以后，家里都说，什么时候要听一次石小姐的弹奏，让袖也弹弹比试一下。想必那边窄袖帷幔的对面，母亲也在。"

阿石的古琴竟受到如此赞扬。平之丞顿时来了兴致。

袖的演奏已近完美，接下来阿石将展现何等身手呢？他振作了一下精神，等待阿石的出场。

　　袖的弹奏结束后，席间一片赞叹声。叽叽喳喳的评论声持续了好一会儿。接着，像是轮到阿石出场了，可阿石并没有起身演奏的意思。周围的人不断地催促着，六弥的妹妹也到她跟前像是在请求。但阿石稳稳地只是露出一丝笑容。她不停地摇头，无论如何都不站起身。这时，三寺市之助回到座位。

　　"阿石小姐不出场么？"

　　他一边坐回自己的位子一边说：

　　"只说'实在羞愧没那么高技艺'，真的吗？"

　　"可能是吧。"

　　六弥微笑着点了点头，

　　"若检校的评价属实，她便不会在这种场合弹奏。袖想得太简单了啊。"

　　"不是那么回事吧。"

　　平之丞带着调解的口吻说：

　　"她说自己技不如人也是出于真心，平时并无出席这般场合，或也感觉难为情吧。毕竟是'墨丸'嘛。"

　　"啊，墨丸啊。"

　　旁边搭讪道。大家想起当时的场景，轻松地笑了。

　　平之丞对阿石刮目相看是从那时开始。看法改变后，则发现很多以前不觉中忽略的细微之处乃至关乎阿石的性情表现，都让他吃惊不已。阿石的性格细腻、精心周到，总在牵挂他人，含而不露。连母亲也不知道——她会替用人清扫浴池，跟仆人一起劈柴或去灶间生火。烧菜做饭样样精巧，普通材料也能做成看似高档的精美佳肴。一次茶点时她做了糯米团，酥脆爽口且带乡土气息，是少有的美味。平之丞连吃了几小碟。过后问起，原来是稗团子。据说是捡来农民拔草弃置的稗子。她在田边捡回后晒干、捣碎、碾成粉末制成。

"那孩子做事，有时会令人大吃一惊呢。"

母亲那样的话里，总是用包含着亲切的赞叹口吻。

阿石曾经的黢黑肤色变成了光滑细腻的小麦色，浑身上下透出一种光艳健康的圆润感来。发色也变了，身高甚至超过了普通姑娘。他不断观察，一件件、一样样都让他瞠目结舌。不用说自然是为之心动。他反复考虑后，相信自己的想法是极其自然的，也不会违背大家的愿望，便跟母亲坦率地商量道：

"我想，阿石做铃木家的妻子不会辱没家门。对吗？"

"是啊……"

母亲像是完全出乎意料，起初露出犹豫难色。但是经他一提，她再次考虑后，竟比平之丞更加起劲儿了。

"先跟父亲大人商量一下。"

听母亲这么说罢，他放下心来，以后的事儿便由母亲去办理。

五

据说父亲开始亦面露难色。

"眼下另有桩婚事……"

父亲暂且搁置这个建议，后来同意了。母亲便跟阿石提起。阿石竟不假思索，连连摇头拒绝了。

"我想以古琴立身为命，一生不嫁。"

问及理由，她如此答道。

"你的古琴技艺不适合教人。检校不也这么说了嘛。"

母亲感到很意外，说道。

"即便不是那样，女人单身度日异常艰难。年轻时还好，上了年纪将会相当寂寞的啊。"

母亲耐心地讲了很多道理，望她回心转意。可此时的阿石竟与平时温顺听话的样子判若两人。阿石倔强地坚持摇头不应。

"敬请原谅。本打算近期请求，准许我去京都检校那儿的。"

话越说越离谱了，母亲惊讶得愣了一会儿。

"那是跟检校有什么约定吗？"

"是的。他离开这儿时，我死缠硬磨请求……"

"检校同意了么？"

"同意了……"

阿石紧咬住嘴唇，耷拉着脑袋。

"真没想到。"

母亲眼里冒火，仿佛遇上了没良心的人。

"迄今为止对她的照顾竟一笔抹消。想必那是本性的问题。按人之常情，怎会有那般绝情的事儿。绝情也就罢了，竟背着我们私下与检校相约。这不是太过分了吗？"

"您生气也无济于事。稍等等看吧。"

平之丞安慰母亲，想着自己直接和阿石谈一次。不料父亲突然病倒，于城中发病，用担架抬回家来。昏迷三天后故去。

悲哀之中，平之丞意识到有件事无可挽回，即无从知晓阿石的身世了。起初收养时只说是老友遗孤，具体来自什么地方、是谁的孩子，连母亲也不知。平之丞曾若无其事地两次问父亲，回答只是，"过些时再说吧"。结果却永远没了机会。不过在父亲的遗物中或许可以找到什么。他仍抱着一线希望。却因忙于葬礼，加之户主承继、父亲职务接替等事务繁杂，终究未能抽出时间查找。居丧结束后，阿石旋即离开铃木家去了京都。……或许是阿石托付的吧，她的日本学养教师桎尚伯，到家里这样劝说母亲与平之丞：

"阿石除古琴，还想钻研其他学问，正好京都有位学者北村季吟，与我熟识，亦有书信往来。我去托付，想必会接受。阿石小姐在国学方面亦有天分。我想，说不定还真的可以赖以为生。"老学者以其特有的木讷口吻继续说："让她如愿吧。"平之丞觉得已无挽留的希望，母亲亦知别无选择，只好放弃。然而内心却充满了憋屈。

"我已经开始讨厌那孩子了，随她去好了。"

话说得严厉，脸上却掩饰不住悲伤、沮丧的神色。

母亲一定比被自己亲生女儿辜负还要悲哀、痛苦和委曲。即便如此，阿石启程去京都的日子临近，她忍不住嘟囔道：

"真是个无依无靠的孩子。"

这么说着，又为她置备好四季衣装，购齐了各类用品，出门时还亲自给她整理发饰梳妆。

"落脚后，来信啊。"

离别时，母亲拭着泪水这么说。

"世间比你所想象的残酷。不知何时，你可能会遇到什么悲哀的事。你永远是铃木家的女儿，遇到什么不要逞强，回家来哦。任何时候我们都会高兴地等待你归来。"

阿石没有落泪，她面色苍白低垂着头，只是噢噢地应道。平之丞在一旁看着，觉着她已心不在这儿，不禁为母亲忿忿不平，跟她也没什么话要说。……阿石就这样去了京都。轻松得难以置信，恍如旅行者留宿一夜又离去一般，干脆利索地离开了铃木家。

六

平之丞忘却阿石颇费了些时日。阿石离去后,他才明白自己多么需要她,她是不可或缺的存在。当然向其求婚,并不单纯是出于喜欢,并不是那种坚决而又强烈的情感在驱使。从不起眼的孩提时代到阿石开始创作和歌,到之后松井家庭院赏花宴时第一次被她吸引。那日夜见惯不经意处一心一意料理着家常琐事的身姿,甚至稗团子的美味,这一切都比她在身边时更加鲜明地映现在平之丞眼前。真格刻骨铭心。她怎么能那样毫不留恋地离去呢?每一桩事、每一件物都能引起他的回忆,令之无法承受。平之丞不时没出息地叹息。——偶然间他意识到,连阿石身世尚且不知。于是他细细翻查父亲遗物,终究未能找出任何线索。发现一本父亲年轻时的日记,他一目十行地读了个遍,字迹小得让人眼睛疼,还是没有关于阿石的内容。日夜惘然,像在追想出笼的小鸟,每日处在无有着落的状态中。

二十七岁那年春天,他结婚了。母亲显得十分寂寞,跟他提起了这桩婚事。他也没有什么可以拒绝的特别理由,便娶了父亲在世时曾经说起的婚事对象松井六弥的妹妹。婚礼过后不久,六弥前来拜访,一起喝酒时说起:

"还记得那次赏花酒宴吗?"

他笑着说:

"其实那次就想让你见见袖的，没想到吧。"

"嗯……"

平之丞想起当时光彩夺目的姑娘们，在其中寻找到了阿石的面容，此时已不觉得痛楚，她的面容也变得隐约模糊。他深深叹了口气，给六弥的酒杯里斟满了酒。

平凡却也温馨平静的婚后生活开始了。翌年长子出世，又隔一年后长女也诞生了。袖性格开朗直爽，喜欢热闹。身体圆润的她总是喜笑颜开，周围时常充溢着欢快的气氛。但是怀第三个孩子时，袖的健康状况徒然下滑，在嫁过来第六年的春天，竟带着七个月的身孕撒手人寰……妻子的去世对平之丞是沉重的打击，他被击垮了，不知所措。"我似乎没有夫妻缘。"他这么跟母亲说。这样的述怀显然亦念及了阿石。母亲当时便想，儿子或许不会再婚。

时间会改变一切，无论有多么巨大的悲哀痛苦，都会被流逝的时间抚平。与阿石的情况不同，某种意义上说，虽然妻子的死带来了重大的打击，但幸好母亲健在，帮助承担起了两个孩子的养育责任，加之繁忙的公务很快使平之丞振作起来……以后的事无需赘言，正如母亲揣测的，他没有再婚。说媒的不少，他却笑而拒之。屡次加俸。因胃病躺倒半年余。值得记述的内容如此而已。不，还遭遇过一次意外的灾难。三十二岁时，他被委任为藩主世子右卫门佐忠春禁卫长，有人妒忌他的提升而进谗言，于是遭众老臣问罪，结果因是私人行为毫无根据不了了之。那次诬告筹划巧妙、诬告之人居心叵测，完全的莫须有一度使他惊慌失措。不过事后他竟获得了更大重用，成为右卫门佐侍臣中不可缺少的人物。

就这样，平之丞五十岁了。忠善监物已逝，忠春升任从五位[1]右卫门太夫。平之丞则在五年前成为国老[2]，是藩政的中心人物。那年秋天，因公务去了趟京都，返回途中在一处意想不到的地方遇见了一个出乎意外的人。……到达离冈崎还有三里的名叫"池鲤鲋"的驿站时，他想起那附近有个著名的"八桥古迹"，以前就想去探访，幸好这次公务很快了结，回去的时间尚充裕，于是他让随同先回去，自己独自一人去那儿转转。

他顺着沿海大道往东方向，顺着以前被称作"镰仓道"的杂草丛生的小路走去，有一个名叫"牛田村"的村落，在那儿附近的松林边上立着一块长满青苔的石标。顺那块石标向左拐，越过开始抽穗儿的芒草岗，看得到成熟稻田边上流淌着的遇妻川河水。……他不由得想起《伊势物语》[3]中的一段描述："那里被称作八桥，河水如蜘网状分八条支流，每个支流架有桥梁，故称八桥。下马，河边树荫草地坐下饮食。"此刻他内心里充满了怀古之情，绕过丘陵

---

1 从五位：勋位等级，从五位下开始以上阶位等级为贵族。
2 国老：为藩主诸侯外出不在时、由其代理藩主职权的重臣。
3 《伊势物语》：为平安初期的和歌物语，作者完成年代不详。

腹部曾经生长燕子花的小小池塘，看罢"业平[1]冢"，觉着有些疲劳，便找附近一家古色古香住居，请求歇脚片刻。木栅墙内，一棵苍劲老松枝干壮观，并不太大的庭院里茂密地生长着一片芒草。他心里念叨着《伊势物语》中的"下马，河边树荫草地坐下饮食"这样一边比较自己，一边推开半折式的院门跨进了院里。只见屋檐廊子下有人回过头来，是一位梳着切下发[2]的中年妇女。

"我是来探访八桥古迹的，能否冒昧在此小憩？"

那妇人站起身来说：

"请坐吧。"

立即给他设了座席。

"乱糟糟的，太失礼了。请不要介意……"

平之丞一边进院一边暗忖，这妇人的身姿似曾相识。来到屋檐廊下，他不禁吃惊地停住了脚步，且下意识地提高了嗓音问：

"阿石小姐吗？"

妇人瞪大了眼睛看着他，用颤抖着的声音：

"啊。"

惊呼一声便似崩溃了一般，双腿跪在了地上。

---

1 业平：即在原业平（825—880），平安时代初期的和歌诗人。被誉为"六歌仙"，是"三十六歌仙"之一。传说是《伊势物语》的主人公。
2 切下发：是与丈夫死别后的女子梳的发式，将头发在齐肩处剪掉，脑后收束、垂下。这种发式直到大正时代还存在。

七

日渐黄昏，残阳哀伤地投映于槅扇窗纸。离别二十五年的岁月铺展于平之丞与阿石之间。步入老年的二人淡淡语声，竟持续了两个小时。

"若是来此二十年，那在京都的时间不长啊。"

"是……"

"因何缘由来此呢？"

"托榁先生的福……"

"以后一直未婚，教授古琴至今是么？"

"没有，从未教授过古琴。"

阿石这么回答。微微一笑。

"一直教这一带的孩子读书写字。"

"这便是离家的初衷么？"

阿石闻言垂下了眼帘。平之丞盯盯望着她眉间。突然改口称之为"石小姐"。

"……我五十了，你也年过四十。我们已届言说真实的年龄。阿石小姐，你那时究竟为何离开？"

"……"

"我望眼欲穿，母亲也那般期望，你却冷酷拒绝。就为了隐居于此、教授私塾吗？阿石小姐，我想知道真实的原因。你能告诉我吗？"

晚风凛冽，庭院老松不时传来萧瑟呼啸。阿石像是在倾听那风声一般，长时间默默地低垂着头。须臾，她怯生生地说：

"……阿石不可能成为君之妻。无论如何，都不能做你的妻子啊。"

"那是为何？"

"我是重犯之女，父亲触怒铁性院大人（忠善），重刑处死。"

"原来如此……"

"不敢相瞒。阿石是小出小十郎之女。"

小出这名字使平之丞震惊。他想起来了，曾经有人在松井家庭院议论藩主家秘事时，提到了小十郎的死因。

"父亲刚直不阿，闻知右卫门太夫大人乃权贵胤子，便不断向藩主大人进谏。大概是没有事实根据的谣言吧。据说言及禁忌的血统问题，藩主勃然大怒，处之以终生不得外出的重罚。父亲却泰然处之，若能澄清藩主家血统，个人算什么？流浪武士受藩主拔擢之恩，赴死不足报万分之一。言毕，引不敬之罪切腹自尽。"

"……"

"作为武士，绝非耻辱之死。但毕竟重刑，若为君妻，旁人一旦了解实情，便将毁损府上英名。所以我下定决心，无论如何不能嫁给平之丞君啊。"

阿石说到这里停住，一只手的手指轻轻按在眼角。这坦白深深打动了平之丞。他瞪大眼睛凝视了阿石好久，摇着头责备似的说：

"你是谁的孩子、何等身世，我一概不知，母亲也不曾听说过。父亲什么都没说，死时未留下任何线索。你没必要畏惧自己的身世被人知道啊。"

"或许是这样……"

阿石轻轻地点了下头。

"或许如您所言，不会被人知晓。但考虑到凡事会有万一的呀。不被知晓当然平安无事，可万一被人知道了怎么办？即便是别人不知，我自己却一清二楚哪。"

没错。这无可否认。平之丞想起了三十二岁时的那场灾难——受人诽谤，被老臣审问。那时阿石若为吾妻，如果阿石的身世暴露的话……这么一想，平之丞无语。他悄悄低下头，闭上了双眼。

"那么，如果没有那样的事由，你会成为我的妻子吗？"

"得知自己身世，是在十三岁时，那时才第一次阅读了父亲留下的遗书，便在自己幼时的意念中反复地自我告诫：不能爱上平之丞君。现在想来自然是孩子气了。"

说到这里，阿石起身从房里拿出一个紫色小方绸巾的包裹。

"您还记得这个吗？"

说着打开来一看，竟是那块她曾央求借走的翡翠文镇。

阿石微笑着看着平之丞潮润了的眼睛。

"不敢说喜欢您，只好要来您珍爱的物品，用它守护自己的一生。"

"唉……"

平之丞嗓音干涩。

"阿石受苦啦。"

"嗯，真的很痛苦。"

赤诚一心。就因爱着的人将来或有万一，仅为此一个畏惧，阿石便放弃了自己的幸福。现在年龄大了，热情也不似当年，才会老老实实承认当时很痛苦。然而当时正是未经俗世风雨、专注爱情的时期，如何才能甘愿放弃自己的幸福呢？——自己或无意识，像阿石这样的女人经常是男人的精神支柱。平之丞低着头，内心里这么自言自语。

"天色已暗。"

说完阿石的视线转向拉窗。

"不在意的话，请在这儿留宿吧。好久不做饭了，今天给您做个便餐吧，再说说我被称呼墨丸的那个时候的逸事。"

平之丞心疼地说。

"真的是太久以前的事情了。"

廊外槅扇门及窗外的苍茫黄昏色调渐浓，院内老松不断在风中摇摆着枝叶。

日本妇道记

二十三年

一

"并非那么回事。"新沼靱负平静地摇头道,"……绝不是阿茅有过失或能力不够,如果可能是想让她留下来的。不瞒你说,现在让她走,我倒会觉得有些麻烦。"

"那么解雇她是怎么一回事呢?"多助守着规矩正襟危坐,接着说道,"……刚才跟她好言商量。可妹妹一个劲儿哭,说什么做错的地方一定改正,千万别解雇自己。还让我这个哥哥也去帮自己求情。她坚持说无论如何都不回家。"

"详细情况已经说过,但她好像完全不明白。所以才让你过来的,实际上是我们要离开这儿,搬去伊予国[1]的松山了。"

新沼靱负是会津[2]蒲生[3]家家臣,属仓管部门,年俸两百石余,专职保管枪刀。亡父乡左卫门属旧式武士,性格乖僻。父亲的逸闻趣事,无论善意、恶意的留下了很多。靱负跟父亲截然相反,性格温厚,没什么出众才能,但认真谨慎正直,受到上下一致好评。虽平凡,也却过着平安无事的生活。六年前,靱负二十五岁时结了婚,长子臣之

---

1 伊予国:现爱媛县。
2 会津:现福岛县西部。
3 蒲生:即蒲生氏乡(1556—1595),安土桃山时代的武将,随从织田信长、丰臣秀吉,为会津国九十二万石城主。

助诞生,直至去年秋天次子牧二郎出生,日子一直都是平稳的。……但次子出生后不久妻子右羽患疾,平安无事的生活哗啦啦崩溃。首先是主君家被革官职,那年是宽永四年[1]正月,下野[2]守忠乡二十五岁病殁,因无嗣子,会津六十万石俸禄充公。家中人心惶惶,混乱局面不堪设想,幸好没有引发起乱世纠纷,大多数人或谋新职或投他主,各遂己愿离散城邑。但这些人中,也有少数另有打算。死去的下野守之弟中务大辅[3]忠知是伊予国松山,亦为蒲生家系,俸禄二十万石。因而那些人希望能被所谓会津支系的那个松山藩主收为家臣,即便身份不高,只希望侍奉的主君依旧是蒲生家族之人。新沼靭负便是其中一人,他决定跟其他伙伴儿一道先移居到会津城郊外,等待时机。……患疾的妻子搬迁到新的住居后仍旧卧床不起,夏天里医生告诉他说——没有康复的可能了。靭负的情况该是多么糟糕啊。生下来还不到十个月的牧二郎时常夜里哭泣。他抱着哭个不停的婴儿,拙笨地唱着摇篮曲,一边再看看昏暗灯光下昏睡在病床上的妻子那憔悴不堪的面容。不知多少个夜晚他就这么深深地陷入痛苦绝望的心境,这样的情景无可忘怀地留在他的记忆中。但不幸还不仅仅是如此,初秋阴历七月不久,长子臣之助患恶性流行病,仅三天便骤

---

1 宽永四年:即1627年。
2 下野:现枥木县。
3 大辅:官名。

亡。——祸不单行。靱负觉着这句话应验于眼前。接着，妻子右羽在臣之助死后三十天也随之离世。

这种情况下，靱负唯一可以依靠的是女佣阿茅。撤离会津时，他储蓄无几，加之是一个携有病妻的一个流浪武士，所有家仆皆已辞退，只有阿茅无论如何不走，死乞白赖地跟了过来。……阿茅十五岁便在家里伺候，已经二十岁了。模样儿不坏，性格又开朗，干活儿努力不知疲倦，妻子右羽疼爱她像疼爱亲妹妹一样。阿茅父母已逝，唯有一个哥哥多助在附近务农。大约三年前开始，他不时过来告诉妹妹——"有合适人家就跟主人告辞吧。"阿茅的回答却是为时尚早。一来二去，可以说错过了最佳婚龄，便一直在新沼家服务至今。……身边是卧床不起的病妻，怀抱是嗷嗷待哺的婴儿，加上要养育五岁的长子，靱负的生活委实不易。遵医嘱妻子患疾不能哺乳，便须一日三次外出讨乳，此外还得自己调制米糊或糖水喂婴儿，稀了、稠了、凉了、热了，那样的调配对于一个男人绝非易事。婴儿的尿片儿或内衣更换，病人的看护、做饭、洗衣等等，实际做起来，都不是男人力所能及的事情。阿茅若是不在的话，会怎样呢？靱负一想到这些，就不寒而栗。

二

　　当初想去松山蒲生家侍奉的人大多离去，近日又走了两三位。那是因为取得联系的松山藩老臣未能给他们像样的答复，他们感觉不安，不知自己的愿望何时有望实现。臣之助突然夭折，紧接着妻子病故，一段时间茫然若失的靫负，目送着伙伴们一个个离去。有一天他意识到，不能这么无止境地等待下去。不管希望能否成真，总之应该去松山。在这么遥远的地方待着，煮熟的鸭子都会飞走。于是他和留下的伙伴们商量。大家都赞同他的意见。但真要决定去四国松山，又实在路途遥远。他们决定试试，但想到万一不顺……又不禁踌躇。靫负没有那般犹豫。不轻易结束武士生涯。除了蒲生家，他不打算以武士的身份去别家侍奉，一开始他就这么下定了决心。

　　如上周折，使他决定独自去松山。他跟阿茅说明了详细情况后，打算辞退她，但阿茅执意不肯，倔强地坚持要一起同行。靫负诚恳地开导她——可能的话原想让你一起走，但去了松山何时可以侍君不得而知，储存所余无几，身为流浪武士，可能连你的佣金都难以支付，何况你也二十岁了，回家去考虑出嫁的事为好，女人此时应做的是这件事情。云云。类似的话，不知说了多少遍。结果阿茅提出：至少留我到少爷会走路时……怎么都不听，靫负无计可施。只好把她的哥哥多助叫来。

"这样啊。我明白了。"

听了事情原委，多助不断恭敬地俯首道歉。

"……这样的话，我再跟她好好说说吧。幸好刚巧有一桩婚事。"

"那更该让她回去了。不过别训斥别勉强，好好说服开导她。"

"我尽量按您说的去做……"

说罢，多助站起了身。

或是多助开导得好，或是她总算放弃了原先的想法，这次阿茅竟意外地答应了，并且说道："路途遥远，天气也渐渐冷了起来，我来给少爷多做几件衣裳。"以后的几天里，她一个劲儿地缝衣、洗衣，已看不出难过的样子。她做着针线活儿哄一旁的牧二郎睡。悄然听着那样的绵绵细语，反倒觉着像是充满了喜悦。这样就好，靱负点点头松了口气。

阿茅在靱负出发前一天离家。终于到了要跟着前来接她的哥哥一起与靱负分别的时候，她几次紧抱牧二郎，忍住了哭泣。但并未显出更多依依不舍的样子，果断地跟着多助离去。十五岁时来这儿已六年，念其操劳特别是妻子卧病期间的辛苦，靱负感到内心揪痛——未能偿付应有的工钱，就要这样分别。他抱着牧二郎送到门口，目送她的背影反复祈祷：望阿茅早日喜结良缘，获得幸福。……可是才过了大约三十分钟，靱负正给牧二郎喂稀粥，多助气喘吁吁地回返来。

"阿茅来您这儿了吗?"

"没来啊。"

靱负一听说阿茅，露出了惊慌的神色来。

"……怎么了?"

"是这样，走半道儿不见人了。"

"会不会先回家了?"

"不会，行李在，想着不可能。"

一种不祥的预兆刺痛了靱负的心。他脑子里浮现出村头湍急的大河，又仿佛看到杉树林深处青黑色的水塘。"得先召集人去找……"说罢便出门去找村里人帮忙。但是没有那个必要了，靱负正沿着水渠往堤坝走去，迎面四五个面熟的村里人用门板抬着阿茅走过来。多助大声叫着向那边奔了过去。靱负呆呆地站在那儿，旋即返回家里。

"倒在了八幡样崖下……"

村里人七嘴八舌地说着。

"是从崖上坠落下去的啊。发现时像是死了一样，没有呼吸……"

"不过又像是没什么大伤，很快又恢复了气息，也没有出血的地方。"

有人立即去请南村一个名叫"名庵"的医生。

"很快就会过来的。"

村里人这么说着,将半边身子尽是沙土的阿茅抬到了靰负家里。

三

骑马赶来的医生做了他认为必要的检查和救治。所幸阿茅既无外伤,亦未骨折,神志也已恢复过来并不断要爬起身来。检查结果是无任何毛病,但是……阿茅不会讲话了。

"只这个毛病,没事吧。"

医生歪着头还说:

"……尚不确定。这会儿看来脑部受伤严重。一句话,可能变成白痴了。"

"白痴?"

靰负怀疑自己的耳朵。

"就是说……"

"是的。神志是有的,但完全没有判断力。原因或是从崖上掉落时头部受到了损伤。不会讲话也是这个原因。弄不好或许终生不愈。"

靰负又看了一眼阿茅。阿茅仰面躺着,呆呆地看着天花板,无神、恍惚的眸子,流着口涎、闭不拢的口唇半张开,并不时从牙缝间挤出不明意思、哑巴特有的喉音。这一切似乎都证实了医生的判断。——是的,没错儿,阿茅成了白痴。靰负在心里不断重复嘀咕着。不知为什么,他认为责任是在自己。

"冰枕头部,让她安静休息,明天我再来问诊。"

嘱咐完后,医生回去了。医生走后,靮负跟多助就忙个不停。阿茅爬身起来,无论如何不肯回到睡铺上去。她还非要背着牧二郎,只好给她弄了个背袋。接着她又拿起去松山的备好的行李,"啊啊"地手指着外面,像是要立即出发。

"这么想要一起去啊。"多助看着可怜的妹妹说,"……都说好一起回家,半道却又折回,内心还是想着留下伺候少爷哪。想回来看一眼少爷的,竟变成了这么一个呆子……您看她这样子,像是要一起去松山哪。"

靮负无言以对。多助说,先回家一趟带妻子过来,他小跑着冲进了雨中。这时外面下起了阵雨。……然而此时,靮负的主意已定,决定带上阿茅去松山。正如多助所说,阿茅想回来,是放心不下穷困主人靮负还是幼小的牧二郎,不得而知。总之不想离开新沼家。没准儿是有意弄出意外灾祸,为着一起去松山。

——眼下这状况,嫁人也没可能了啊。靮负这么想,不如带到松山去,她内心平静了,兴许会有治愈的可能。

阿茅这么钻牛角尖令人同情,算是回报她长期以来的辛劳吧。虽说有些不便,带她一同去却是应该的。

"阿茅。"他走到阿茅身边招呼道。

"……一起去松山吧,让你吃了很多苦,去松山治好了,就从新沼家嫁人吧。如果治不好,就一辈子做新沼家的人吧。明白么?"

阿茅傻傻地笑了,拿起抱在手中的行李,以为她要哄背上的牧二郎,却见她兴冲冲跳下房屋台阶来到门前,不住地示意快走。这时户外雨下大了,天空上黑黑的乌云密布,在接近黄昏时那有些孤寂的昏暗中,冰冷的雨水唰唰地下得更大了。

比原先预定的出发时间推迟了七天,靱负他们才启程。带阿茅同行,多助没有任何意见。"只是成了这么一个不顶用的人,而且去那么遥远的地方,有什么事我也不能听候吩咐,请多多包涵了。"多助夫妇不停地唠叨着同样的话,一直送到国界处。……入冬时分,幸好旅途天公作美。以前曾伴主君去过江户,但去江户以西还是头一次。路上经历不少曾有耳闻的名胜古迹,有新奇有趣的山野风景和村落风俗相伴着也能宽慰旅情。

阿茅不如想象得那么费事,出乎意外倒是帮了大忙。她不会说话,理解迟钝,很多事情做不了,但伺候靱负和照顾牧二郎尽心尽力。靱负常想——要是不带阿茅来……

四

到达松山已是阴历十二月中旬。拜访了以前曾互通过书信的总管。倒是见了面,但对方明显表露出不屑的神情,仿佛在说他这是"无谋之举"。

"除蒲生家,不想另投新主。"靭负毫不退缩地表示,"倘不能如愿,我主意已定,就在领地内做个百姓。"

"那么住处定下后,请示知。"对方的语气不善,应酬似的回答说,"……别抱太大希望,如果有什么事儿做的话,会通知你的。"

虽说做好了思想准备,可跟总管见面,明显受到冷遇还是令人沮丧。当然靭负并未就此灰心丧气——不能因此自暴自弃。虽说心知肚明,今后的生活会变得相当困难。或许对他而言,反而是好事。靭负在城东北方向僻远处的道后村落居,很快意识到不能坐吃山空,便去寻找谋生手段。道后[1]自古便是有名的温泉区,各处来温泉疗养的客人一年四季络绎不绝,为游客提供土特产的商店生意兴隆。土特产中有一类土陶娃娃很受欢迎,是极其单纯的手制陶俑,不挂釉素烧,随意绘彩。靭负找到的就是那种绘彩的临工。不用说工钱微薄,但多少可以充填日渐稀少的积蓄。——忍耐着等候时机吧,他每日自我激励,并开始用心学习毛刷上色——在时机到来之前。

可是这样开始的松山生活,平稳却时日不多。五年里,靭负病倒三次,曾经一次卧床半年之久。那时的阿茅发挥

1　道后:现爱媛县松山市。

了巨大的作用。她依然不会说话，还是一副白痴的样子，可把养育牧二郎的事情以及屋里屋外的家务事料理得井井有条。没准儿看在眼里学会了绘彩的活儿，鞑负长期卧病时，她自作主张地取来材料干起了这份临工。她一边照顾牧二郎，一边看护病中的鞑负，做饭、煎药的当儿，绘彩的活儿干得毫不逊色。

"真是不好意思。"鞑负苦笑着带着哭腔说，"……离开会津前说，你的病治好了就由新沼家嫁人，治不好新沼家就养你一辈子。这句话犹在耳畔，结果怎样？反而要你来照看我啊。早知如此，就不带你来了，让你受那么多的苦。"

阿茅不知是否听得懂主人的话，只是没反应地傻呵呵笑，口里发出的声音空洞干涩。而且表情、举动同样空洞。

新沼家的苦难岁月正好持续了九年，让鞑负背负最大、最沉重打击的"松山藩撤官职"事件发生了。宽永十一年[1]八月，三十岁的城主蒲生忠知病故，同样因没有世子，松山二十万石家财全被没收。鞑负的失望与沮丧无需多言，他回想起会津妻子病倒以来，接二连三的沉重打击令人禁不住浑身颤抖，感到自己所做挣扎尽属徒劳。说到徒劳，在这九年的漫长日月中，他粗绘了无数土偶。莫非也是徒

---

[1] 宽永十一年：即1635年。

劳？温泉游客买去的土烧娃娃，大多塞进了储藏室或格架，许多一定业已损坏、连形状都不曾保留。就算是全都完整保留了形状并高高地堆在眼前，也不过是成千上万的土偶而已，丝毫无法证明他经历的苦难日子有何意义——纯属徒劳啊，无以挽回的徒劳。靮负绝望至极，多次冲动地想到要去死。

那是一个凉风骤起、中秋八月的半夜。靮负从一个沉重的恶梦中惊醒，像是被某种魔力操纵，念叨着"就此了断……了断"，伸手要拿枕边的刀。几乎同时，背后响起无法言表的悲痛惨叫，能听见顿足捶胸的声响。靮负像是受到重击，回头看见阿茅站在那里——扭曲的惊恐的面孔，瞪得圆鼓鼓像要迸发出来的双目。阿茅盯着靮负，浑身剧烈地颤抖，口中"啊啊"地发出意思不明的叫喊声。

"阿茅……"

靮负像是浑身被冷水浇下一般，小声嘀咕着——

"……阿茅，是你啊。"

五

那晚以后，靮负再没想过要死。当他看到阿茅恐惧扭曲的面容时，明白了自己的想法太过浅薄。对一个人来说，重要的不是"怎么活过来的"而是"怎么活下去"，已有的人生是否为徒劳,是由他今后的人生决定的。——是的,不能死,现在死了,迄今为止阿茅的辛苦就等于零了。他回心转意了要活下去,至今的苦难有意义还是意味着徒劳则要看今后,活下去吧。……事后回想起来,那时正是他命运的分歧点,就好像任何事情都会有个了结的时候一样,新沼靫负厄运结束的时候终于还是到来了。

那年十月,隐岐长官松平定行被封为松山城主,接替被没收了财产的蒲生氏。其为世称久松家的德川近亲诸侯,定行的父亲定胜位居从四位少将[1],是家康的异父同母的胞弟。……隐岐长官入松山不久,便有使者来靫负家,招呼他去新城主重臣宅邸,在那里受到重臣的郑重接待并被问及:"愿侍奉松平家否?"重臣了解靫负原为会津蒲生旧臣,也知道他来松山的目的以及为此目的坚守到今天。

"听说你坚持除蒲生家外绝不侍奉他主。我们看重这样的宝贵气节。可惜蒲生家无望再兴。请你深思熟虑,来侍奉现今城主如何?俸禄也与从前在会津时一样。"

这样诚恳的谈话后,靫负又回家考虑了一番,最后决定接受提议。蒲生氏已彻底衰灭,现松平家发出了邀约,自己若坚持"非蒲生家不可",则属执拗固执、冥顽不灵

---

[1] 从四位少将:"从四位"为等级,"少将"为官职。二者的组合,决定武家的地位高低顺序。

了——爽快接受为妥。于是定了下来。就这样年俸二百石，他作为马骑警卫开始奉公松平家。

那以后的日子平安无事，没有什么值得特别记述的事情，牧二郎顺利地长大成人，十二岁时成为儿小姓[1]，几年后在江户本藩驻在所供职，十六岁为修学问武艺暂且离职，二十岁再次应招奉职。此番为代理掌管小姓，不受父亲俸禄约束，独自获俸禄一百石，作为新加入的、侍奉藩主者之子，那是十分罕见的特殊待遇。——"如此，新沼家就没有问题了。"靱负禁不住喜上眉梢，"……想想经历的漫长的苦难岁月，可以说都是有意义的，重要的是今后如何有效地发挥那般经历的作用。"他反复地跟牧二郎这样说。

靱负于庆安二年[2]五十三岁时去世。牧二郎继承了父亲的名分。那年冬天，娶了同是家臣身份的菅原的女儿稻为妻。办喜事那夜，来宾散去，收拾完毕后，家里恢复了以往的稳静，四周静谧得仿佛听见回荡夜空的凛冽寒风。牧二郎招呼阿茅到自己的房间里，两人对面坐了下来。阿茅已经四十三岁，身体健康，面色红润，身材不高却很结实的样子与从前一样，只是鬓角露出斑白，像是述说着常年劳作的辛苦。

---

1 小姓：武士职务之一，于长官身边之勤杂者。"儿小姓"乃未成年之"小姓"。
2 庆安二年：即1653年。

"阿茅，牧二郎这下已是当家人了。"他平静地说，"……迄今为止的二十三年，你为新沼家呕心沥血。幼年时就听父亲大人说，懂事后又亲眼见到。你用心照顾父亲大人，牧二郎也是你一手养大。牧二郎有今天都是亏了你。谢谢。"

阿茅不出声地笑了，那笑容跟以往一样呆呆的，没有情感。

"我今晚娶妻了。"他继续说道，"……从明天开始，妻子替代你的工作。对牧二郎来说你胜过母亲。我跟妻子也说过了，往后要把你当作婆婆来伺候，你的房间也换到父亲大人用过的房间去吧。自明天开始，你便是新沼家的闲居老人。现在轮到你休息了。"

"因此……"说到这儿，他一直盯视阿茅的眼睛。激动的目光像要透过她的眼睛一直窥见她的内心。他这样看着阿茅继续说下去。

"因此阿茅，我想要你别再假装白痴了。"

阿茅的脸色变了。

"你不是傻子，也不是哑巴，我是知道的。"

阿茅惊愕得浑身颤抖了起来，她瞪大了双眼退出坐垫。

"我知道的。"他克制着自己的激动，继续说道，"你是想留在新沼家，不愿被辞退，不忍离开怀中的哺乳婴儿和困窘状态中的父亲。但父亲大人有自己的想法，当你发现他的想法难以动摇时，便想出自己的招儿，假装是从崖上摔下碰了脑袋……变成白痴、哑巴全是假的，都是为了留在新沼家。变成白痴了可以不听话，变成哑巴了可以不应答……放在别人身上，恐怕会想出其他办法来。阿茅你可以说是机关算尽，结果是你如愿了，明知是要牺牲掉自己一辈子的。"

他无法克制住内心的激动，声音变得颤抖了起来，泪水扑簌簌地滚落。他双手掩面，过了一会儿才又平静地拭去泪水，端坐后继续讲下去。

"我发现这些是在自己七岁的时候。事前事后的情况不知，只有那么一次，你半夜里说了梦话。我当时还是孩子，也便没有多想。过了很长时间，突然有一次想起来觉得奇怪——莫非另有缘由？便去询问父亲大人。于是得知会津以来的详情，这样便恍然大悟了。自那以后我天天都在注意你的举止，并相信自己的推测没错。我没有跟父亲大人谈及此事，想着什么时候跟你当面澄清。……阿茅，告诉我，如此漫长的岁月里，你能坚持下来，这种非同一般的决心来自何处？仅仅因为主仆的情分吗？还是为了向母亲大人报恩？不要隐瞒，说出来，阿茅，今天你可以张口说话了。"

"啊……啊……"阿茅张口了，是哑巴特有的悲哀喉音。的确，阿茅现在想要回答年轻主人的问题，要说的话冲到了喉咙眼上。"……啊……啊"阿茅想说正像您推测的，我既不傻，也不哑，那为什么要如此愚蠢地假装呢？那是因为看到了太太临终前痛苦的神情，无奈地留下尚在哺乳的婴儿和不谙世事的丈夫死去，那是多么悲痛啊！我太明白了，那是只有女人才懂的痛苦，我非常清楚。"啊……"既不是主仆情分，也不是为了报恩，我只是承担了太太的那份痛苦，我在自己心中向太太起了誓：主人和公子的事包在阿茅身上了。这些话全都涌上了阿茅的胸腔，想要诉说，可脱口而出的只是"啊……啊……"这样空幻的喉音。

阿茅不明白自己眼前的状况，她瞪大了眼睛——"啊……啊……"

"阿茅，阿茅……"牧二郎不禁惊呼失声，"……你说不出话来了吗？"

她抬起睁大的双眼看着牧二郎，突然双手掩面向前扑倒下去。

二十三年的岁月实非短暂。是的，阿茅变成了哑巴。

图书在版编目（CIP）数据

日本妇道记/(日) 山本周五郎著；谈谦译.-上海：上海文艺出版社.2020
（山本周五郎文集/魏大海主编）
ISBN 978-7-5321-7503-1
Ⅰ.①日… Ⅱ.①山… ②谈… Ⅲ.①短篇小说－小说集－日本－现代
Ⅳ.①I313.45
中国版本图书馆CIP数据核字(2020)第091388号

发 行 人：毕　胜
责任编辑：崔　莉
封面设计：陈奥林

书　　名：日本妇道记
作　　者：(日) 山本周五郎
译　　者：谈谦
出　　版：上海世纪出版集团　　上海文艺出版社
地　　址：上海市绍兴路7号　200020
发　　行：上海文艺出版社发行中心
　　　　　上海市绍兴路50号　200020　www.ewen.co
印　　刷：杭州宏雅印刷有限公司
开　　本：787×1092　1/32
印　　张：7.625
字　　数：144,000
印　　次：2020年8月第1版　2020年8月第1次印刷
ＩＳＢＮ：978-7-5321-7503-1/I・5970
定　　价：248.00元（全六册）
告 读 者：如发现本书有质量问题请与印刷厂质量科联系　T：0571-88855633

山本周五郎文集

没有季节的街

［日］山本周五郎 著
宋再新 译

上海文艺出版社
Shanghai Literature & Art Publishing House

悦阅
YUEYUE

俾斯麦如是说	159
爸爸	191
雁拟豆腐	203
海蛆	235
阿肇和光子	261
节俭	283
丹波老人	297
后记	317

目录

开往街区的有轨电车 ……… 1

我的 wife ……… 17

半助和猫 ……… 47

孝心 ……… 63

牧歌调 ……… 87

有泳池的房子 ……… 107

千金太太 ……… 131

枯木 ……… 145

没有季节的街

开往街区的有轨电车

去这个"街区"有一辆有轨电车,除此之外还有几条线路,但有轨电车仅此一辆。不过这辆电车,下无铁轨上无电线,连车厢都没有,只有一个司机,当然乘客也不可能乘坐这辆电车。这么说吧,这辆有轨电车除了一个叫小六的司机和些许配件之外,实际上一切只存在于想象之中。

司机小六没住在这个"街区",他和妈妈阿国住在一条名叫中通大街的挺热闹的街上。小六没有爸爸,谁都不知道他爸爸到底是死了还是离家出走了,反正谁也没见过他爸爸。阿国一个女人打理着一家天妇罗店,和小六两个人小心翼翼地过着日子。在这儿要介绍一句:阿国的所谓天妇罗店其实不过是个卖油炸素菜的小店而已。

阿国有四十来岁,脸圆体胖。她的眼睛里充满了警惕和不信任任何人的神色。她的嘴总是像蚌壳一样紧闭着,微微发黄的头发,不抹发油,就那么干枯地梳成个发髻。

夏天里,阿国穿一件洗得发白看不出是粗布还是麻布的夏季和服,衣服外罩着白围裙,一年到头衣襟上总是掖着块手巾,默默地炸着天妇罗,静静地招呼着客人。掖着手巾和围着白围裙的阿国干起活儿来动作里透着干净利索。

阿国话不多,也不特意讨好自己的主顾。看得出来她对自己炸天妇罗的手艺非常自信,她的表情似乎在说,我炸的天妇罗就是对顾客最好的招待——不过这只是表面现象,其实她全部心思都放在儿子小六身上。她长着枯黄头发的脑袋里，全是佛祖保佑、神迹和特别灵验的大仙之类莫名其妙的传说。

一天的生意结束，关了店门，回到屋里铺好被褥后，阿国打开供奉佛像的佛坛门，供上了蜡烛和线香。她拿出一个玩具般大小的团扇太鼓[1]，和小六并排坐了下来。其实团扇太鼓最好是标准大小，但她又怕鼓声大惹邻居不悦（邻居大多是来买天妇罗的老主顾）。阿国心想，佛祖的脾气可能不会因为太鼓的大小而变化吧。虽然对不住佛祖，最后还是找了个小鼓凑合。

一坐下来，小六抢在妈妈前头朝佛坛施礼，一边嘴里念叨着《南无妙法莲华经》，央求佛祖："佛祖啊，还是要麻烦麻烦您，求求您让我妈妈的脑子变好点儿吧。南无妙法莲华经。"

接着阿国敲起了玩具大小的团扇太鼓，也开始念叨起来。

不用说，阿国求佛祖是为儿子，祈求的内容恰恰与儿子的祈求相反。

小六并非戏谑，开玩笑或影射什么。他知道妈妈在社会上谨小慎微，求神拜佛，打卦算命，找各路大仙做法事，一切都是为自己好。可他觉得妈妈没必要这样做，完全没

---

[1] 团扇太鼓：一种太鼓，鼓皮绷成圆形，有手柄，形状似团扇。法华宗的信徒一边唱经文一边敲鼓。

必要操这份心。

您为什么还这么操心啊？妈妈，您到底觉得哪儿不顺心呢？小六这么劝过妈妈很多回了。"没什么不顺心的，也没操什么心嘛。"阿国总是这么说，但是脸上明显露出的失望表情却不见消失或减少。小六为此很是担心，他觉得这样下去，妈妈嘴上说没什么不顺心，可操心过度的妈妈实在是太可怜了。所以小六一直想着，有什么办法能让妈妈想通。

"求求您了，佛祖。"小六在妈妈念佛停顿的片刻，朝佛祖发出发自肺腑的恳求，"老是麻烦您，没准儿您早就烦了。可一定求您帮帮妈妈——南无妙法莲华经。"

阿国心里难受。多少年了，自己一直这样勤勤恳恳跪拜佛祖，可每回听到孩子那样祈求佛祖，心里就十分难过，眼泪在眼眶里直打转儿。

这孩子惦记妈妈，说起话来又中听，他脑子一准儿好使。阿国愿意相信这一点。小六用怜惜的眼神盯着妈妈，就像是母亲宽慰露出害怕表情的儿子那样说：

"别害怕，什么事都不用担心。你看这不都挺好的吗？高兴点儿，啊。"

小六最喜欢的是妈妈、街坊半助还有半助养的那只名叫"老虎"的猫。反过来说，只有妈妈、半助和那只猫喜欢小六。其他人都不喜欢小六，他们经常戏弄小六，说小六的坏话，还破坏小六驾驶的电车。尤其是挡道的人特多，这让小六总是生气。

其实小六并不缺脑子，可是周围的人特别是小孩子，都管小六叫电车傻子。当然实际上可能的确是这样，客观地讲这么说也没错。而小六自己却坚信自己很勤快，是个有良心的有轨电车司机。

一大早，小六一起床就检查电车。电车在车库里，车库在小六家旁边儿的小胡同里。

一间小厨房的地窖盖板旁有个旧橘子箱，箱里有个缺了口儿的小酱油瓶。什么钳子啦、螺丝刀啦、油腻腻的工作手套啦还有破布，都被摆放得整整齐齐。这些东西是实实在在的客观存在，除此之外有开电车的操纵杆、姓名牌、手表还有制服帽，这些就要凭主观想象了。缺了口儿的酱油瓶在想象中是给电车加油的油壶。

小六拿着油壶、螺丝刀和钳子走进车库，开始检查自己驾驶的电车。事实上这一切在客观上并不存在，但从小六的主观视角来说，这些似乎都能看得清清楚楚。他煞有其事地仔细检查着，时而皱起眉头，时而咂着嘴，时而单手搓着下巴，围着电车转着圈儿。他用手敲敲车身，弯下身观察电机的连接部。

"真没办法！"小六摇着头自言自语着，"搞维修的家伙在干什么呀，什么都没干嘛。"

他用螺丝刀拧拧这儿，用钳子夹夹那儿，拿脚蹬蹬车轴架，一会儿又踹了一下，歪着脑袋咂着嘴——很不满意地咂着舌头。

"这个零件确实也旧了。"小六终于对懒怠的修理工让步，"跟这帮人发牢骚也没用。"

检查完之后，洗洗脸吃完饭就该上班了。阿国去采购天妇罗食材的那天，小六就要等妈妈回来才出门。阿国大约两天采购一次，有的时候每天都去。这时小六就会坐立不安，嘴里直嘟囔："要是老这么地迟到，要影响业绩的。"

小六上班就是转到旁边的小厨房。他从那个橘子箱里拿出制服帽戴上，戴好油腻腻的工作手套，又拿上开车的操纵杆和姓名牌。不过真正存在的只有那双工作手套。其它三件都是想象中的东西。这在前面已有交代。

小六坐进电车，先把姓名牌插到名牌架上，把开车的操纵杆装到了操纵台上。随后他右手握住刹车手柄"嘎啦嘎啦"地朝左扳，接着又嘎啦嘎啦地往右扳，这是在确认刹车是否正常。这些动作每天都必须按部就班地完成。小六脸上的表情比最优秀的司机还要灵敏和机警，满脸的严谨认真。

"好嘞。"小六嘴里嘟囔着，"发车喽。"

接着嘎啦嘎啦松开刹车，刹车动作是右手松开手抓着的手柄，只要把右手举起一下就行了。这样刹车就嘎啦嘎啦转回去了。

大家都管小六叫"电车傻子"。

可小六并不是傻子。就像反驳人们的看法一样，几个专家的诊断反复证明：小六既不是白痴也不是弱智。他上过小学。不过从开始上学到离开学校，没有学过任何课程，所以他没得到过各学年的学业证明，也没拿到毕业证书。年龄到了他就上学，上了六年学后离开了学校。他没学过任何一门课也不参加体育课和游戏课。他从走进教室就一直在画电车，六年的时间里他只画电车，在家里就一心一意地开电车。

大家管小六叫傻子是因为他的电车在现实中根本不存在，什么发车、驾驶、末班车乃至电车入库等一切操作都只存在于他的想象之中。

那么，真实的有轨电车司机怎么样呢？——从中通大街往北走，过桥穿过一条马路就到了本通大街。大街上有轨电车、公共汽车和各种车辆往来如梭。这些车辆都是由真实的司机驾驶，都是真实的车在现实中行驶，这是毫无疑问的事实。可这一切，都像我们看到的那样真实吗？

这儿就有一个司机，正驾驶着有轨电车，可是他的心却没在开车上。昨晚他和老婆吵了一架，后来去自己家附近的酒馆喝酒又被人欺负了。一想起这些事他就觉得活着真没劲。也就因为这个，他现在脾气很大。他想象着自己把老婆大骂了一顿，又在酒馆把欺负他的那个客人打了个痛快。他又想，自己混成这样、碰到这么多倒霉事，全是因为当了这个电车司机。想到这儿他诅咒起司机这个工作来。他带着这种心情开车，在有乘客等车的车站也没停车，直接甩站开走了。要下车的乘客对售票员发了脾气,售票员赶忙按喇叭提醒他,才慌忙停了车,为此他更是一肚子怨气。

当然,干其他工作的人也有这样的。大体上说,一般人都对自己的工作不满意。无论嘴上怎么说,不少人都在内心里轻视或讨厌自己的工作,甚至怨恨自己工作的人也不少。

拿这样的人和小六比其实未必合适。无论精神上还是肉体上,小六真可是一心一意埋头开车,并在工作中感受到激情、自豪和快乐。

看吧。现在小六开的电车正行驶在中通大街上。他左手把操纵杆从低速推向加速,右手紧紧握着刹车杆,嘴里还模仿着车轮的转动声:"咔嚓嚓——咔嚓嚓[1]……"

刚开车时,电车发出"咔——嗒——嗒"的声音缓缓开动,接着调子逐渐变得急促。这声音是车轮压过铁轨的连接缝时发出的,经过交叉道口时,声音又变成"咔嗒、咔嗒、咔——嗒嗒"。

这是电车前部四组车轮经过交叉路口四个连接点时发出的声音以及后部四个车轮传出的声音。

突然,前面出现了一个不注意看路的行人。小六停下

---

[1] 原文为"どですかでん"。黑泽明根据《没有季节的街》改编拍摄的电影以此句作为影片名。该影片的中文译名为《电车狂》。

来用右脚尖踏着地面，发出警告的汽笛声"呜呜——"。可是不看前边的路人根本没听见，沿路径直朝电车走过来。这种人几乎都不是这条街上的人，他们不知道小六的事，根本就看不见小六的电车也看不见电车轨道。

小六吓坏了，脸涨得通红，手忙脚乱地进行停车操作。

"太危险了！"

小六喊着，左手把操纵杆拉到零，右手使了浑身的力气转动刹车杆，上身绷直往后仰。他嘴上还模仿着刹车摩擦的声音"咻咻——"，好不容易才把电车停了下来。

"不知道危险吗？"

小六从车窗探出头，面红耳赤地训着不注意安全的行人。

"要被电车撞上了，知道吗？真撞上，麻烦就大了，知道吗？"他紧盯着行人，"不知道在电车线路上行走违反交通规则呀？乡下人就是不懂规矩！也不知道小心点，这样会给人添麻烦的哦。"

没注意到小六的行人目瞪口呆，看着小六奇怪的表情，慌忙绕过小六走了。小六用轻蔑的眼神看着那人的背影，火更大了，嘴里嘟囔着：

"真是个不懂事的家伙！什么人哪？"小六还不依不饶，"自己在哪儿走都弄不明白，真是乡巴佬！"

这时他才抬起右手嘎啦嘎啦松开刹车，又推操纵杆，握住松开的刹车杆，左手加速，电车又"咔嚓嚓——咔嚓

9

嚓"地往前开去。

街上的人对小六的行为已经不觉新鲜,小六自然而然地成了这条街风景的一部分。小六对周围的人也不感兴趣,遇到小孩子对他使坏、拿他开心,他也只是瞪瞪眼睛,根本不拿他们当回事儿。

在中通大街开了三个来回之后,小六就回家休息,然后再开三个来回,一天的工作就结束了。最后一班车时间要看他的心情,要是在中途遇到半助养的猫,他就停下车抱起猫,把猫送到半助的住处。

半助的猫叫"老虎",是只偏黑的三花猫[1],公的,漂亮极了,比一般的猫大不少。那脑袋又圆又大,有足球大小,身子圆滚滚的。半助养这只猫已经快七年了,据懂猫的人说,看样子这猫至少能活十二三年。在这条街附近,"老虎"是名副其实最厉害的猫。

"怎么了?"小六抱起猫和它说话,"今天你又把什么车给弄得停下来了?是卡车还是电车?"

"老虎""喵"地应了一声。其实没叫出声,只是像"喵"似的咧了咧嘴,它已经叫不出来了。"老虎"在发情期的时候,或是平常打架时把声带叫坏了,不是特别需要的时候,它尽量不叫出声。

"你逼停了几辆车啊?"小六又问,"三辆还是五辆?

---

[1] 三花猫:毛色混杂着白、黑和褐色。雄性三花猫极为少见。

吃天妇罗没有?"

猫还是像叫一声"喵"一样地张了张嘴,眯着眼睛,喉咙里发出"咕噜"声。说是天妇罗,但并不是指小六家的,而是本通大街对面新道名叫"新松"的天妇罗店的,那可是一家真正的天妇罗店。"老虎"和天妇罗之间的事以后再说吧。

"回家吧?"小六一边调转电车的方向,一边和猫说话,"好啦好啦,你要是违反交通规则被抓起来就麻烦了。还是坐我的电车回去吧。抓稳了啊,我要加速了。看吧,咔嚓嚓——咔嚓嚓。"

电车太旧了,有时候开起来还不错,有时候就会出故障。一有故障小六就哑巴着嘴停下车,从驾驶台下来,哄着趴在自己肩上的猫,一边围着电车慢慢走着检查起来。小六眉头紧锁,一本正经地敲打着车身,低头往下看电动机的连接部,用脚踹踹传动轴的轴承架,随后他又抬头朝上看,看看电线和受电弓的接触是不是有问题。

小六的动作有模有样,非常专业,初次见到的人都会惊讶不已。他们肯定很难相信这些动作只是凭空想象出来的。他检查电车时走出的长方形就像似那里真有辆电车,在外人看来有逼真的立体感。他敲打车身踢踢车轴的样子使人亦有身历其境的感觉,像听到了敲打声。

"这些搞维修的家伙,你们瞅瞅。"小六自言自语着,"这东西再怎么旧,也不能这么敷衍了事啊。车进了库再好好收拾你们这些家伙。等着瞧吧。"

小六回到驾驶台,接着发动电车。

"注意啊,我要加速了。"小六跟肩上的猫说着,"咔嚓嚓,咔嚓嚓。"

在中通大街的南边,有一家"便利菜店"。据说这店的菜要比其他菜店便宜三成,有很多顾客大老远地到这家店买菜。这么一来这家店名声好像越来越大。菜店的招牌上就写着"菜店"。

在这家菜店和修鞋铺之间有一条小路。小路由东朝西延伸,有一百来米长,路上坑坑洼洼,坑洼里还有积水。路的两边是矮小的房子,老旧得像似被人遗忘了一样。穿过这条小路,前面是一大片荒地。

那片荒地不是草地也算不上空地,褐色斑驳的土地上,长着一丛一丛的草,就像掉了毛的老狗的肚皮一样。一眼看去,到处是石块、破碗片儿、空罐头盒和碎纸片。有五六棵沧桑的栎树凑在一起,还有两条来宽的河沟从地里淌过,虽然有茂盛的灌木丛,但整体看上去的感觉就是荒废。

小六横穿过这片荒废的土地。斑斑点点草丛上踩出来的小路被河沟挡住了去路。这儿恰好是在荒地的中间,水深约莫一米五,透过两岸的杂草和灌木,可以看到浑浊泛绿的水面上漂浮着油花,水里有缺口的破碗和碟子,有折了的筷子和漏洞的水桶,以及所有不能再用的东西。时不时地，还有人把死猫死狗扔进河沟，这里一年四季总是散发着令人掩鼻的恶臭。

小六跳过河沟。河沟像一条界河，河沟东边是包括中通大街的繁华区，西边是街区的地盘。两边的人都不会跨过河沟到对面去。

住在这个街区的人特别穷，九成没有固定职业，公开干坏事，有犯前科的家伙、地痞流氓，还有赌徒、要饭的。就因为这个，住在东边的人不是不愿意接近西边的人，而是对他们来说，那个街区和住在那里的人属于另一个世界，就好像他们并不存在于现实之中。

穿过那几棵栎树，马上就能看到我们的"街区"了。那边有七栋长屋，还有五栋已经开始腐朽得像仓房一样的小房子。这些房子不是一次集中修的，而是零散地凑在一起，又零乱地各自独立，看起来混乱不堪摇摇欲坠。这些房子的后面是约莫十五米高的崖壁，崖上是西愿寺的墓地。墓地被竹林和小树林挡住看不见，只有裸露岩石的崖壁高高矗立，凭借其巨大的体量，威严地俯视"街区"的惨状。

小六把"老虎"托在肩上，渐渐走近那里。荒地上有孩子们在玩耍，但是谁也没注意到小六。

荒地上不只有孩子，还有老人在那儿打零工，劈砍、晾晒、打捆，且有为区区几个工钱拼命干些杂活的老太和大妈。这些人也和小孩儿一样根本没往小六这边儿瞧。

他们看不见小六，恰似河沟东边的人们看这边，也是把他们当成现实中并不存在的、另一个世界的人。他们也有同样的想法。——并非要暗示什么,而是我们平时的经验之谈。在嘈杂街上的剧场、电影院和办公室里,人们通过与他人接触才认识到他人的存在。而在其余的时间,无论那儿有多少人,对于彼此来说都是另外一个世界的人,同样不存在于现实世界。

"快到了哟。"小六对"老虎"说,"看,那儿就是你家了。"

小六走进小巷,小巷的两边是两层的长屋。说是两层,和一般的两层小楼并不一样,这些房子很矮,二楼其实就是房顶底下的一点儿空间,在里面人根本无法站立。不光是房顶上铺的木板,就连房檐和雨棚也都不规则地弯曲着,就像波浪一般。房子本身看起来也很危险,像要倒坍。这些长排房子并非皆朝一边倾斜,而是一部分朝前一部分朝后,于是从巷口朝里看,两边的房子有些亲亲热热地凑在一起,有些看起来又相互颇有敌意,都尽量往后退。

"老虎"从小六肩上轻轻跳了下来,从一扇半开着的木格窗钻了进去。木格窗并不是被推开的,而是根本关不上,开不大也关不上,大概很久以前就这样敞开着。

"我把'老虎'给你送回来了。"

小六在房门口喊了一声,只见一扇破破烂烂的推拉门开了一条缝,一个五十来岁的瘦男人从门缝露出半个脸朝外看。他就是半助。那样子就像一种胆子小、疑心重的动物从洞里朝外窥探，想弄清楚外边到底有没有危险。瘦男人流露出的就是这种自我保护意识极强的眼神。

"是小六啊。"半助不大的声音，"是送'老虎'来么？"

"是啊。我送'老虎'回家。"

"老麻烦你，真对不住。"半助脸上露出了笑容，"谢谢啊。"

可是只开了一条缝的推拉门并没有打开，也没有让小六进屋的意思。

小六脱下戴在头上——并不真实存在——的帽子，用手抠了抠脸。

"还在拜佛吗？"半助讨好似的口气问，"还是一天不落求佛祖保佑吧？"

"哎。"小六回答道，"每天晚上都拜。"

半助叹了口气："你妈很不容易吧？"

"挺好的。放心吧，有我呢。"

"嗯，那倒是。"

半助有些心虚地躲开了小六的眼睛。小六摸了摸手上的帽檐——当然是空想的，开口问半助：

"大叔你的工作挺好的？"

"啊，还凑合。"

半助的眼睛笑了："说不上特别好，可也不坏，过得去吧。"

小六用鼻子"嗯"了一声。

那只叫"老虎"的猫从半助的胳膊下露出脑袋，看着小六张大了嘴，像是在叫，但是还是没出声。然后又躲到了半助的背后。

"那我就回去了——"

半助说着，手抹了抹鼻子。于是小六按照好像约好的道别信号戴上了帽子，挥挥手离开了房门。

"谢谢了。"半助说着，"给你妈带个好啊。"

小六没说话，低头走出了小路。

晚上，铺好被褥，妈妈阿国和儿子小六坐在了佛龛前。佛龛上点着蜡烛，线香烟飘向四周。阿国拿起小小的团扇太鼓，小六先两手着地拜了一拜，求佛祖保佑妈妈。

"南无妙法莲华经。"小六合掌再拜，就像佛祖真的在佛龛里一样。他带着淳朴的感情和虔诚的信念祈求着，"——老麻烦您真不好意思，不过求求您，把我妈妈的脑子变好点儿吧。拜托了。南无妙法莲华经。"

接着阿国开始念"南无妙法莲华经"。她一敲太鼓，小六又朝佛龛拜了起来："'老虎'家的大叔也惦记着我妈呢。"

阿国听了嘴僵住了，太鼓也不敲了，奇怪地看着小六。小六似乎要妈妈放心似的点了点头，念叨着："别担心。操心对脑子最不好了。不要紧的，妈妈。"

阿国重新端坐，又开始念起经来。

没有季节的街

我的 wife

岛先生左腿短一截，比右腿大约短三英寸许。自然，岛先生走路瘸得相当厉害。

岛先生嘴边留着小胡子，眉毛紧锁，眼睛有神，从相貌看很有教养，不像住在这个"街区"的人。他搬到这儿不到半年，几乎和所有人都相识了。他和所有人相处融洽，总是笑容满面，开朗地与人聊天，大家也都喜欢他。

——就是，我很知足。没什么好抱怨的。

只要看到岛先生的表情，谁都会觉得他会这么说。——世界这么美好，能在这个世界上生活不是很棒吗？对不对？

不过也有不尽人意之处。附近的人都在背后议论：那人脸是不是有病啊，腿上的毛病倒没什么，可脸上的毛病实在让人受不了。

岛先生有个老毛病，好像叫什么"面部神经痉挛"。面部时时出现细微的颤动，喉咙深处好像要呕吐出什么，鼻子则发出"咳咳咳"的声音。

朝他看的话，首先会看到他的一边眉毛向上翘，眼睛迅速眨动，这表明痉挛要发作了。第一次看到他痉挛的人，都误以为他是在递什么眼神，弄得十分狼狈。

"真是弄得我不知如何才好。"买卖旧货的小田先生说，"他那种挤眉弄眼的样子，就好像是在暗示'今晚把你老婆借给我吧'。"

挤眉弄眼之后，两边的眉毛和嘴就开始随意痉挛，鼻子也动了起来。喉咙呕上来的东西随着"咳咳咳"的声音进了鼻子。——这种微妙的发作完全不定时。有时候隔两个小时也没事,有时候过十分钟就反复一次。他要是喝醉了一般来说没什么事,但是一旦想起来了,就会一发不可收拾。

岛先生有太太。太太比他高约半尺,体重没准儿比他多二十来斤不止。她腰上堆满肥肉,双肩高耸,手脚粗大,胸和奶牛有的一比。

"真的。"邻居的女人们都在背地里议论,"那女人一走过来,我们家房子直晃悠,架子上的东西都会掉下来。"

岛太太头发又少又黄,眼睛不看人,厚嘴唇,左脸上有块青痣。她的年纪看不出来。岛先生说自己三十四岁,那么太太或也相差无几。但若说是四十五六,想必也没人表示怀疑。岛太太见谁都不说话,从不和邻居来往,早晚见面也不打招呼。

岛先生的太太不讨人喜欢,简直是让人讨厌。

她像一块没有表情的石头一样自大,遇到人她的右眼角就会现出瞧不起人的样子。同时嘴唇还往左撇。有人就说,就算脾气不好,"可……怎么能露出那种坏心眼的表情啊?"

这里住户之间的来往,差不多就是互相借点儿东西啦、发发牢骚什么的。遇到什么事的时候跟邻居诉诉苦,这甚至成了他们精神上的依靠。至于相互借东西,也就是一小碟酱油啦、一小撮盐啦、一饭碗米啦什么的。借出去的人心想:"阿源家挺不容易的,自己家还比他们好过点儿。"在这种小事情上关照别人也能体会到些许的优越感。有时候,为了让别人能享受这种感觉,也会朝别人借点儿其实并不需要的一小撮盐什么的,这就是邻居间的相处之道。

岛先生的太太不会这么做。"街区"也有卖菜的、卖鱼的。小店把一块门板架起来,卖的东西只有上边摆着的那么一点儿。鱼就是一点儿咸鱼和鱼杂碎。菜全是蔫儿巴的。有人说那些东西都是从市场上捡来的,但这俩店,的确让附近的住户方便不少。不过岛先生的太太对两家店不屑一顾,她总是穿过草地去中通大街买东西。

"那个岛太太真是太奇怪了。"附近的太太们这样议论,"那天她去便利菜店买洋白菜,她嫌洋白菜外边的叶子有点儿蔫还有伤。于是哗啦哗啦把外边的叶子扒了下来,扒了六七片叶子呢。接着居然把洋白菜递给卖菜的说给我称称。卖菜的说,洋白菜是论个卖不称着卖。一听卖菜的这么说,岛太太大吵大闹,声音大得全街道都听得见:'这种破烂蔫叶子,也要算菜钱吗?就这个还管你们叫便利菜店?你们这是喝穷人的血呀。'"

来买菜的有些人怕事就躲开了,有些人则站在那儿看热闹。卖菜的无可奈何,只好说:"那你就拿走算了,不收你钱。"可岛太太还是不走,竟然更加来劲儿了,像男人似的叫喊着:"我们又不是要饭的。"于是卖菜的只好道了歉,把洋白菜用秤称了算钱。

"这还不算，还有更不像话的呢。岛太太给了钱，临走的时候又把刚才自己扒了丢掉的洋白菜叶子划拉起来，一脸得意地和刚买的洋白菜一起拿走了。"

大家也传，她去鱼店买鱼和买洋白菜差不多，也不知道传言里有多少是真的。太太们议论岛太太并不是要弄清事实真相，只是说说大家都讨厌的岛太太的坏话、逗逗乐子，没人想去弄清那些传闻的真假。

岛先生搬到这个"街区"来住后，立刻就把买卖旧货的小田泷三叫来处理东西。

有些人会卖掉家具杂物搬家走人，一般是另起炉灶。可是搬家过来住，却立马要卖家具杂物，这样的事还真没怎么听说过。——更奇怪的是：岛先生要卖的是些新的，看起来还挺值钱的东西，什么铸铁饭锅啦、大铁锅啦、南部出产的铁茶壶啦、嵌金银的南部铁筷子啦，还有桑木的碗柜、全桐木的长火盆柜、梳妆台、涂透明漆的桌子等等，小田泷三看得眼睛都直了。

"您要卖这些东西的话……"小田泷三肃然起敬之余，不禁有些犹豫，"我一个人还真买不起，旧货市场那儿有有本事的老板，请他们来看看怎样？"

岛先生回道："行啊。"

"嘿，有大钱赚喽。"小田泷三一回家兴奋得喘着粗气跟老婆说，"多少年都没碰到过这种搬家卖东西的了。不对啊，刚刚搬来就……真是令人费解！"

从旧货市场叫来的老板确实厉害，好像是个法眼高的主儿，看了要卖的东西也不动声色。他挨个儿把东西看了一遍，然后不出声地把看上去不错的东西拿起来瞅瞅。他拿起来看的也只是两三件，对其余的似乎毫无兴趣，转过身去点火抽烟。

"都四月了，还这么冷。"那老板谁也不看，自言自语地嘟囔着，"这样的话，樱花也要晚开啰。"

小田泷三看到老板这个样子，心里暗暗着急，偷偷瞧了瞧岛先生的表情。岛先生好像挺高兴，爽朗地笑着附和。老板突然换了话题：

"老爷您这些东西打算卖多少钱呢？"

"当然越贵越好了，要让我说的话。"岛先生微微一笑，"这些都是有些来历的东西，要卖了呢还觉得挺可惜的。特别是那边那个铁饭锅。"

接着，他开始挨个儿不厌其烦地讲述东西的来历以及各有什么传说和秘闻。他就像在演绎古时大名的分家闹剧，说到热闹的时候，小田泷三都听得发呆了。老板抽着烟，那脸色似乎还想说四月天太冷了似的。

"这些就当故事听。"老板过了会儿才说话，"老爷到底打算多少钱卖这些东西呢？"

岛先生说了个数，老板听了直摇头。

"那可不行。"老板把香烟按在烟灰缸里弄灭了，"这价根本没法谈，差得太远了。怎么样？老泷，咱们走吧。"

就这样,老板和小田泷三一起打道回府。

小田泷三不明就里,一出门就朝老板打听究竟。老板哼着鼻子用行话告诉他,那些东西全是假的。

老板提醒小田泷三说,长火盆柜上的桐木是贴上去的,桑木的碗柜和涂透明漆的桌子都是用涂料涂了之后画上好像透明漆的颜色和木纹。南部铁火筷子也不是嵌金银铁的,而是铜和镍的合金镀的。铸铁饭锅啦、大铁锅啦都有眼儿了,根本就是废铁。那些东西没有一样是真的,要是没长眼买了,就赔大了。

小田泷三只好挠着脑袋反复道歉:"我实在不懂这里面的门道,耽搁了你的时间,真对不住。"

"他还梳个翘胡子……"老板说,"哼!一个蠢货。"

后来岛先生好像又另找了旧货商来把那些东西收走了。

听他家邻居富川家两口子说,把小田泷三喊来的第二天晚上,差不多九点过的时候,听见岛先生家里传出搬动东西的声音,还听见有人小声地讨价还价。

"真挺可怜的。"富川先生说,"刚搬过来,刚搬过来呀,又要分家了。"

当然,这只是误会。又过了几天,岛先生到处找邻居喝酒。

"吃过晚饭就过来吧。"岛先生到各家招呼着,"没什么特别的意思,就是大家聚在一起认识认识……"

他这么转了十四五家，真去的客人只有五个。没去的大多是为了生计第二天要工作，还有则是晚上熬夜要干活儿没空儿。

五个客人里有一位五十来岁，大家称他先生。他的个子刚好一米五，瘦瘦的，头发全白了，嘴上的胡子却是黑的，还蓄着黑黑的络腮胡。眉毛也又黑又粗，眼睛比常人大不少。看人的时候即使在笑，瞪起来也挺吓人的。——他穿着半黑不灰的薄花格裤子，裤脚磨掉一截，膝盖处鼓了起来，光脚穿着木屐。

"对不住。"先生在岛先生家门口说，"承蒙招待冒昧打扰。鄙人是寒藤清乡浪人，恭请关照。"

先生用了对不住这种旧时的说法，打扮也古风俨然。看着先生瞪着的眼睛，岛先生似乎没什么感觉，就像遇到十年没见面的知己一样，露出白牙满脸堆笑着招呼："快请进来。"先生并没有马上进门，而是从上衣口袋掏出一张名片递给岛先生——他的名片比一般的名片大三倍，上边用大字印着"忧国塾校长寒藤清乡"。名片好像很旧，上面有脏手留下的痕迹，四边也都卷了起来。

岛先生念着"寒藤清乡"的名字，一低头看见寒藤先生伸出一只手。

"啊，对不起。"岛先生说，"我的名片正在让他们印，旧的扔了，实在对不起。"

"无妨。"嘴上这么说，寒藤先生并没有缩回手的意思。

岛先生一下子明白了，马上把手上的名片还给了寒藤先生。寒藤先生把名片小心地收进上衣口袋，然后才脱下屐齿已经磨平的木屐，进了房门。

买卖旧货的小田泷三、邻居富川十三夫和丹波老人已在屋里，他们在寒暄着，寒藤先生到最里边坐下。接着冈田辰弥也到了，他穿一件立领上衣，剃个光头，在岛先生看来也就是个十四五岁的孩子。于是岛先生像哄孩子一样对冈田说："我们要喝酒，小孩子就不要来了吧。"

"我不是孩子。"冈田辰弥说，"我是一家之主。"

"就是，得罪了。岛先生误会了。"寒藤先生说，"小冈田论年纪才十九，不过已经是能让一家五口好好过日子的户主，也能喝酒了。"正当岛先生招呼冈田进屋时，他独特的老病犯了，吓得冈田拔腿要跑。紧跟着第一波挤眉弄眼之后，岛先生的整张脸的部位开始随意抽搐，只听见什么东西在他喉咙里咕噜咕噜作响，在冈田看来似乎是表示强烈拒绝，要喊"快滚"！

这时岛先生打着手势叫住冈田，喉咙里的东西涌上鼻子，发出"咳咳咳"的声音。岛先生笑嘻嘻地对冈田说："进屋吧。"

岛先生明白不会再有人来了，就端出酒来。

他家只有一间十来平方米的房间。有个矮脚桌，还有两个好像是空着的箱子摆在一起，上面摆着两块木板就成了饭桌，铺着洗过的床单当桌布。岛先生预先就提醒大家：

隔着桌布看不见是什么撑起来的饭桌，胳膊压或者身子靠上饭桌上的话，饭桌就会一下子垮掉。

房间里有个又旧又破的衣柜，还有个镜子裂了的梳妆台，再就是柳条箱和瓷火盆了。虽然看不到其他什么家具了，但是十来平方的房间就那么大，主人和客人围着饭桌坐下来后，就转不过身来了。

岛先生拿出一个两升的酒瓶，里边有一半清酒，另外还有满满一瓶两升装烧酒。一个大碗里一半是酱油煮的小虾，另一半是醋拌萝卜，两样菜都堆得挺高，里边插着公筷。旁边摆着代替酒盅的六个茶碗——饭碗大小和形状都不一样，其中三个还是从邻居富川家借来的。

"我就不说客气的套话了。"岛先生说着低头施礼，"我叫岛悠吉——请各位多多照应。"

"你这就是客气的套话嘛。"寒藤先生拿起饭碗一边倒烧酒一边说，"住在这边的人里没一个有能力关照别人。大概你自己也没这么想过吧？"

"啊，真疼。"岛先生用手按住了胸口。

寒藤先生说："如果是一个男子汉的话，就不能言不由衷。"

说着岛先生就把手上的饭碗朝上一举："那就不客气了。"一下子就把酒全干了。

"来吧，大家快请。"岛先生爽快地笑着招呼四个人，"大家就把下酒菜放到手里。古罗马皇帝和贵族都用手抓着吃。

我这儿呢就一句,让我们嘲笑不义之财和虚骄习气,痛快地喝吧。"

"要是模仿皇帝和贵族……"冈田说,"何谈嘲笑财富和虚骄?"

寒藤先生发出怪声笑了,岛先生又像喊疼一样手按住了胸口说:

"勃鲁托斯,你也在内吗?[1]"

"自由!解放![2]"冈田说,"暴君死了。"

岛先生像自己的脸被打了一耳光一样瞪大了眼睛,一下子他独特的老病又犯了。小伙子冈田刚刚经历过他犯病,邻居富川和小田泷三更是早有所知。寒藤先生和丹波老人倒是头回领教,真的吓了一大跳。可后来再犯,他们反而对此充满兴趣。他们目不转睛地观看岛先生的脸上出现的毫无规律、可以说像乱脉一般的神经痉挛。

岛先生似乎已经对这种观看习以为常,在喉咙里的东西涌上鼻子之前,他一点儿都不着急,静待发作周期的结束。

"太让我惊讶了。"岛先生看着小伙子冈田说,"你知道莎士比亚?"

"冈田是英语天才!"寒藤先生替冈田回答,"他白天

---

[1] 在莎士比亚的戏剧《裘力斯·凯撒》中,凯撒被暗杀的时候,向自己一直引为心腹的勃鲁托斯发问。
[2] 凯撒倒下之后,刺杀者之一的西那喊出了这句话。

在一家大报社上班，晚上去正则英语学校[1]夜课班学习，这小子可是以后要当英语学者的大人物呢。"

"真是不得了，啊，冈田君。"岛先生说着伸出了右手，"来，握个手。"

大概酒劲儿上来了，寒藤先生说："怎么没见你太太呀？还想让你太太给倒杯酒呢。哪有把客人请来，一家的主妇却不露面的道理。"岛先生只是应了一声："她有事出去了，现在该回来了吧。"

岛先生的太太——之后大家才知道，她绝不会出现在客人面前。就像她不和街坊邻居来往一样，不管是岛先生多好的朋友到家来，不要说打招呼了，就是茶也不会倒一杯的。附近的太太们都议论说，可能是她不愿意让大家看到她脸上长的痣吧。不过她的丈夫岛先生心知肚明，其实并非因了女人的羞耻心。

"想跟各位打听个事儿……"岛先生一下子换了口气，"大家去米店不给钱'拿'过大米没有？"

"要是说赖账……"寒藤先生说，"我可是道上老手。"

"不，我说的不是这个，不是借是'拿'，而且是光明正大地拿。怎么样？各位。"

谁都没搭话，甚至没露出一点儿好奇的神色。在这个

---

[1] 正则英语学校：1896年，由斋藤秀三郎在日本东京都神田创设，以教授英语学习、培养英语应用型人才为目的。山本周五郎曾在这里学习。现为私立男子高中正则学园高等学校。

"街区"住的人没一个会相信凭空来的"好事"。这是因为他们过去曾经信了这种"好事",结果吃了亏,现在他们再也不会相信这个世上有什么"好事"了。

"那么我就跟大家说说吧。"岛先生说。

"先把铁饭锅里倒上水打湿,再去不知情的米店,叫他们称两公斤大米装进去,要正好两公斤,多点儿少点儿都不行。其中缘由嘛,是心理学家所谓的应用问题,在这儿就不说了。称好的两公斤大米倒进铁锅,就问米店老板能不能把这些大米借给我。你要做出完全不懂米店规矩的样子。米店老板当然不干了。这时你露出失望的表情,就说下次再来买,把铁锅里的米倒出来。铁锅里是湿的,锅边就会沾上一圈大米。"

岛先生说到这儿,冈田插嘴了。

"你说的是落语[1]里的故事嘛。"小伙子冈田说,"好像是说什么用笊篱干你说的那样的事,我是从收音机里听到的。"

"不是那么回事,我说的不一样。"岛先生微微一笑,"说落语的家伙光在那儿想当然老说错,干这个事儿用笊篱绝对不行。"

冈田不说话了,另外四个人这才把头转向岛先生。

"这是因为,"岛先生接着说,"用笊篱的话,要是翻

---

[1] 落语是日本的曲艺形式,类似我国的单口相声。

过来一敲,米就全掉下来了。明白了吧?"

小伙子冈田微微地朝那四个人点了点头。

"到了这一步……"岛先生说,"到了这一步呢,就不能把铁锅翻过来,铁锅底下有煤烟灰,而且还沉,不好翻过来敲。"

"这还没完呢。"岛先生说到这儿,说话声音大了起来,"铁的成分里有带电原子,碰到米粒就会发生化学作用,产生一种生物碱。"

"生物碱?"小伙子冈田好像吓了一跳。

"不不,"岛先生一下子口气含糊起来,"不,好像是乙醛吧。也不是,还是生物碱。算了,是什么无所谓。反正铁和米粒接触会产生某种化学反应,米粒沾上就不容易掉下来。所以铁锅上就能沾上很多米粒,比笊篱沾的多得多。要是照这样转两三家米店的话,怎么也能凑半公斤大米。"

"连这都不知道的话,"岛先生做总结说,"各位恐怕还不知道什么叫真正的穷吧。"

"像我们这号人,太不好意思了。"小田泷三说,"我们没用过铁锅什么的,从老一辈儿就用瓦罐。"

"这才好呢,用瓦罐做出来的饭最好吃了。"寒藤先生肯定地说,"不管怎么样,一个男子汉把脑子用到做饭上实在是太没出息了。岛先生,你怎么看最近的政界啊?我倒想听听你对这方面的看法。如何?"

小田泷三喝着像水一样寡淡的酒，心想着差不多快聊到最后了，至于岛先生说的骗米的办法到底是真是假，一定要问问人称老狐狸的启先生才行。

小伙子冈田找到机会，给丹波老人的茶碗倒上了酒。老人笑着点点头，什么也没说。他小口小口喝着酒似乎在琢磨大家的话，看起来很享受。

寒藤先生把岛先生引向政界问题，不准备再换话题。岛先生显然对政治没有兴趣，打各种主意只想早点儿结束话题。

"对了，对了。"岛先生终于又开口了，"您简直太像狮虎兽首相了。"

岛先生总算找到把话题从政界问题扯开的好办法，他觉得自己给犟牛穿上了鼻绳。

寒藤先生的表情一下子软了下来，嘴一抿，一句话没说。

"我就想到底像谁呢？"岛先生说，"就是，没错儿。就像滨内狮虎兽首相[1]。您的嘴和首相的真是一模一样，大家看是不是？"

富川十三夫第一次开口，问道："你说的狮虎兽是什

---

[1] 滨内狮虎兽首相：根据《季節のない街》（新潮社，2019年7月版）的相关注解，可得知此处所指人物即滨口雄幸（1870—1931）。滨口于1927年（昭和二年）成为日本民政党党首，1929年出任首相、组织内阁，1930年在东京车站遭右翼人士枪击，翌年死亡。因其相貌和行事作风而被称为"狮子首相"。山本周五郎称其为"滨内狮虎兽首相"，或为有意杜撰。

么呀?"

岛先生解释说:"狮虎兽就是狮子和老虎交配生出来的杂交动物。不过这样的杂交动物只有一代,生不出第二代来。"

这时,寒藤先生仿佛觉得——自己就是滨内首相了,嘴巴紧闭,上嘴唇鼓了起来。

"嗯,他可是个讨人喜欢的人呢。"寒藤先生不改严肃的表情,提醒大家说,"他当一个政府部门的次长、坐冷板凳的时候,我在一家大报纸的晚刊当社会部长。我当时觉得这个人有看头,就不顾局长的反对,专门为他写了一篇头版报道呢。"

"嗯,他可是个讨人喜欢的人呢。"寒藤先生捋着胡子,深有感慨似的点着头,"那时坐冷板凳的人居然一跃成了滨内首相、一国的总理大臣。"

这时富川说话了:"确实太像了,我自己都不知道怎么过去就没注意到呢?"

"行了行了,安静点儿好不好。"寒藤先生喊着,"大家这么说,我一点儿都不高兴,什么像滨内呀?"

说着他抡起拳头一下子朝饭桌砸下去。岛先生想抓他的手,可是已经来不及。临时拼凑的饭桌、桌布底下的支撑分崩离析,随着一阵乱响,酒瓶子、茶碗、大碗滚落了一地,桌布下的木板一边翘了起来。寒藤先生太用力了,身子往前扑了过去。

一看便知，这场宴会已经无法继续了。富川十三夫忙着找自己借给岛先生的三个茶碗，发现三个都没事儿。寒藤先生用手绢使劲儿擦着自己上衣一片褐色的地方。小田泷三拿起抹布往厨房走，小伙子冈田和丹波老人就那么手足无措地站着发呆。岛先生呢，看着乱七八糟的一地，他实在没力气再把饭桌拼凑起来了。似乎希望独特的毛病不失时机地发作就好了，岛先生使劲儿抽动着嘴和鼻子。

谁也不知道岛先生到底是干什么的。更何况在这个"街区"，大多数人都这样，也没有几个人会仔细地一一调查。

少有例外的几个人中的一个就是岛先生的左邻——单身的阿德，他是本通大街对面很有势力的"筑正"老板的喽啰。事情在人不知鬼不觉的秘密中口口相传。大约你也知道了，他是个职业赌徒。阿德四十来岁，不胖不瘦、不高不矮，没有什么体貌特征，看起来很普通，性格也显得十分稳重。

"那个什么……嘿。"阿德有次悄悄地告诉别人，"他不是放高利贷的伙计。是密探？也不像。就是个牵线借钱的，叫什么呢那个——我是在岛先生两口子说话时听到的，好像是干那种勾当的，嘿。"

"太奇怪了，反正我是捉摸不透啊。"还有一次阿德又压低声音说，"那家伙不是放高利贷的喽啰，好像是在侦探社那种地方做事，好像是给侦探社拉活儿的。这回好像靠谱儿。"

下一回，阿德又猜岛先生是个包揽官司生意的；再一回又猜他因为贪污正在被警察调查，才躲到这儿藏身的；再下一回……

这些都是夜深人静时，阿德透过薄薄一层墙壁听到的，再加上自己的猜测。不管岛先生是干什么的，本来就没人会认真去听阿德的揣测，也没人那么关心别人的事。

岛先生一般上午十点前后出门，回家的时间不一定，有时傍晚，有时半夜。

岛先生总是穿戴体面。身穿一套好像是定做的老旧合体的西装，戴着黑色的帽子。据说干干净净的皮鞋是自己擦拭的，左胳膊上挂着手杖。

"早上好。"岛先生出门见到任何人时，胡须浓密、颇具教养的脸上都会堆满笑容，举起右手抬抬帽檐，"天气不错啊，生意怎么样？"

"呀，这么精神啊？"碰到女人或老人，岛先生会亲切地问，"小少爷的感冒好了吗？烧退了吗？"

即使不说这样的话，岛先生也会笑容可掬地点点头，爽快地打招呼。

胳膊上挂着手杖的岛先生走路时，身子会往一边晃，然后又往另一边晃，看上去似乎很享受自己的身姿。于是大家都对岛先生怀有一种尊敬和亲切的感情。

岛先生搬到这个"街区"大约两个月后，他到某信用调查所[1]工作了。

他遇到旧货商小田洼三、邻居富川十三夫还有寒藤先生和小伙子冈田的时候，都递上新印的名片，告知对方自己的新工作。

"下回再喝一杯吧。"岛先生对冈田说，"你英语学得怎么样了？还去夜课班学习吗？"

小伙子摇摇头："不是夜课班，是下午上课的班。每天都去。"冈田简单地说了一下，他供职的大报社的股长让他上夜班，这样他就可以下午上课了。

"那么过几天……"岛先生说，"这回咱们好好喝一顿啤酒。"

可是，这好好喝一顿的啤酒并没喝成。岛先生勤勤恳恳地在信用调查所工作，碰到人就热情地打招呼，见谁都会站下聊一阵。但就连邻居富川十三夫都没再受邀，甚至茶都没喝过一次。

岛先生的太太仍旧不和邻居来往，在外边碰到谁都像不认识一样。当然，并不是她高傲或者是看不起谁，甚至感觉不到她对人冷淡，原因是她对什么都无所谓——就像狗对天上飘动的云彩不感兴趣一样的无所谓。

在附近住的女人们都管她叫"夫人"，在这种"街区"

---

[1] 信用调查所：在日本，对个人或企业的信用、财产信息进行秘密调查，然后报告给委托人的非政府机构。

被人叫"夫人",大家都知道这绝对是一种蔑称,经常被认为和"疯子"是一个意思,说谁有点儿不正常像"疯子",就称呼谁"夫人"。

"真让人惊讶!"一个女人说,"我看见岛先生在做饭,他太太却抄着手,在旁边观看。真有这样的两口子呢。"

"我听阿德说的。"另一个女人说,"岛先生家没有客人,就他们两个人是不是?可说话的只有岛先生,他太太默不作声。就算开口也是什么'真啰唆''你就安静一会儿吧'之类的,接着就又什么声音都听不见了。"

这样的闲话说起来没完没了,但是刚才说的两件事却没有添枝加叶。夏过秋去,冬天来了,十一月下旬——岛先生家很难得地来了客人,酒也摆上了。

那天是发工资的日子,来了三个客人——都是那个信用调查所的同事。大概岛先生事先交代过要带客人来,点灯的时候他就回来了,一边打开滑开就关不上的窗子,一边兴奋地大声喊着:

"喂!来客人啦!"

可是,并没听见有人应声。

拉门上映着暗淡的灯光,房间里好像有人在活动,却没人应声"你回来啦"。

三个客人相互递了递眼色。

"快请进屋。"岛先生精神十足,"到我家用不着客气,来,请进。"

三个人挤在狭窄的门口摘下帽子,脱了大衣,跟在岛先生后面,人挨人地拥进房间。

一边的拉门开着,客人们一抬头,看到一个人高马大的女人。当然一说女人,那肯定就是岛先生的太太了,岛太太好像在那儿弄瓦火盆里的火。

"喂,来客人了。"岛先生又说了一遍,"快过来打个招呼啊。"

"这火真讨厌,哼。"岛太太朝瓦火盆呲着舌头,"哎呀,真是气死我了。好意思跑别人家里来凑热闹,还得给这些家伙干这麻烦事。啧,这火怎么搞的!"

"今天文书部长的脸色真有意思啊,对吧,松井君。"岛先生大声说着,想要压过太太的唠叨声,"就像那什么?啊,就像给香烟点火,结果呢,是丁香烟[1]。"

"突然爆裂,眼珠子都要给崩出来了。"松井说,"岛先生说得太好了,就是那样子。"

"那烟在鼻尖发出'噼啪'一声!"岛先生说,"原本以为是一根普通的香烟,一点火,啪——"

三个客人好像要证明自己确实认为好笑得实在忍不住了,一个个咧开嘴笑了。

这时候岛太太进了屋,大家一下子吓坏了。倒不是因

---

1 丁香烟:原文为"はじけタバコ",根据《季節のない街》(新潮社,2019年7月版)的相关注解,可知其为丁香和烟草混合制成的一种卷烟,点燃后一吸,会发出"噼啪"的火花爆裂的声音。

为看到岛太太健硕的身材和脸上的异常——那么大一块痣,而是因为她脸上的表情——那种一般人所没有的无所谓的表情,那种无视世上所有一切完全不在乎的表情。

"哦,他是井河君。"岛先生向太太介绍客人,"这边是野本君和松井君。——诸君,这是我的 wife[1]。"

三个客人按照被介绍的顺序,每个人重新跪坐好,低着头报出自己的名字,寒暄着"请多关照"。可是这位太太似乎什么也没听见,什么也没看见,鼻子里哼哼着,把饭桌推开,从厨房里端出两个大碗。一碗是酱油煮的小虾,另一碗是福神渍[2],都是满满的一大碗。她把两个大碗扔在了饭桌上,一点儿都不夸张,真是扔到饭桌上的。两个大碗差点儿翻了,左右晃了好几下,福神渍掉出来一撮,松井让膝盖连忙往一边躲。

岛先生眼疾手快伸出手稳住了两个大碗,回头盯着松井。因为他看见福神渍掉出来一撮,佐料汁也洒了出来,松井慌忙躲开了。岛先生手抓着两个碗,想问问松井分期付款买的裤子弄脏了没有。就在这一瞬间,他的老毛病犯了,要等"咳咳咳"的声音从鼻子出来以后才能问。

---

1 wife:岛先生此处说的是英文,原文写作片假名"ワイフ"。
2 福神渍:一种腌菜。把白萝卜、茄子、莲藕、刀豆、黄瓜、紫苏的果实、椎茸这七种食材切好,用盐腌渍之后去除盐分,切细再浸入用酱油、砂糖和味醂制成的调味汁腌制而成。

"OK[1]，不要紧的。"

松井用手抹着膝盖说着，眼角直往厨房那边瞄。岛先生有教养的脸上仍然堆满笑容，又讲起丁香烟。这时三个客人的脸已经像充满气的气球，不过他们体察到岛先生的心思，就忍着没有发作，接着敷衍着岛先生。

这时岛太太从厨房出来，一手拿着洗澡用具，一手拎着手巾，嘴上叼着点着的香烟吸着。

"我去澡堂子。"岛太太说，"火生好了。"

说完鼻子里哼着小曲儿，摇着手上的手巾，头也不回地走了。客人们面面相觑，岛先生却兴致盎然地一边说着，一边晃晃悠悠站起来走进厨房，在煤气灶台上往酒壶里倒上酒。然后端出来一块一尺见方的木板，搁在饭桌旁边，又抱进来一个煤球炉子，把炉子稳稳地坐在了木板上。就在做这些事的时候，岛先生还没忘接着说话。他拿来杯子、菜碟和筷子，端来装着豆腐汤料的铝锅，递给每人一个佐料碟，又拿来烫好的酒，这才回到自己的位子。

"这个汤豆腐[2]是我家的拿手菜。"岛先生刚说一句话，就喊了一声，"哎呀，最重要的菜忘了，我去拿。"岛先生站起来要去拿时，井河迅速站起身来去帮忙。

三人的眼泪都快下来了。岛先生腿脚不好，脸还有神

1　OK：岛先生此处说的是英文，原文写作片假名"オッケー"。
2　汤豆腐：用豆腐和海带熬的汤煮的料理，一般沾酱油或香辛料食用。

经痉挛的毛病，却性格开朗一副绅士风度。可面对着女相扑力士般、又笨抽、又像冷血动物的蛮横老婆，他不敢吭一声，还得自己一个人忙着招待客人。看着岛先生这副样子，作为同样是男人的几个人实在不能坐视不理了。

"来，从井河君那儿开始。"岛先生拿起酒壶说，"我们几个里你最年轻吧？松井君家里有 junior[1] 了吧？"

"有孩子的是我。"野本说，"松井结婚十年了，还没孩子呢。"

说完闭上了嘴不再说话。

岛先生好像没什么把握，尝了尝汤豆腐的味道。野本说起话来那调子，像从嘴里吐出木头棍儿一样，从他一段儿一段儿的话里，听得出他的感情里满是酸楚。

岛先生使劲儿抽动着嘴和鼻子。在这个尴尬的时候，要是老毛病能发作起来的话，也许能帮忙换个话题。可在这关键时刻，老毛病却不给劲儿，根本没想帮忙。

"今天早上我碰上了难堪的事。"岛先生说道，"今天我出门早了点儿，刚干了点儿自己的事，外国部的次长二平过来了。那个人老打瞌睡是不是？"

"他还有一个本事呢。"井河说，"用打字机打字一天最多就打五份文件。重要的事都要他们部长自己动手。"

松井说："中村部长的英语特厉害，当过法明大学的

---

[1] junior：岛先生此处说的是英文，原文写作片假名"ジュニアー"。

夜间部教授嘛。说起英语来那音调就是不一样啊。音调哟。"

岛先生往汤豆腐锅里加着各种菜，还学着二平整天打瞌睡的样子，笑起来很有教养，等到独特的毛病发作过后又接着说。

"我把自己的工作摊在 desk[1] 上，文书部的人都还没到，这时社长秘书、那个黑板君露面了——哎哎，来，大家动筷子吃啊。"岛先生的手朝煮好的豆腐指着，接着给大家斟酒，"不一会儿，二平来了。他还是那副睡不醒的样子，抱着边角破了的皮包，走起路来的样子，用罗斯丹[2]式的说法就像穿了铅鞋一样，慢慢地走向自己的 desk，放下皮包，打了一个大哈欠，这时他一天的工作才开幕。"

野本夹了一筷子酱油煮小虾塞进嘴里，自斟自饮了三杯。

"接着，他打开皮包取出里边的东西，掀开了打字机的盖子。这时会计部长小跑着上班来了。一看到二平就说——'呀，你的快件还没到吗？'"岛先生似乎觉得很好笑，露出好看的白牙笑了起来，"他说'呀，二平先生的快件还没到吗？'说完，他又小跑着往会计部去了。"

"那个人什么时候都是小跑。"松井说，"老像有个催命鬼儿似的。"

---

1 desk：岛先生此处说的是英文，原文写作片假名"デスク"。
2 即埃德蒙·罗斯丹（1868—1918），法国诗人、剧作家，代表作《西哈诺·德·贝热拉克》。

"我看见二平的脸色一下子就变了。"岛先生接着说，"睡不醒的脸一下子拧紧、变成青色，好像呼吸停止了一样。我亲眼看见的。"

年轻人井河拿着自己的筷子沿着饭桌转到锅的旁边坐下，给包括自己的三个人的碟子里盛汤豆腐和佐料，然后把两个碟子推到松井和野本面前，他自己也吃了起来。

"我不知道是怎么回事，"岛先生说，"我还在想快件到底是指什么的时候，二平把已经拿出来放在桌子上的东西又收回皮包，把打字机又盖上，还用手隔着盖子抚摸着打字机。大约过了二十秒吧，他抱着皮包，戴上已经没了形儿的旧帽子，一句话没说就回家了。"

"快件是指解雇通知。"松井说，"外国部是二十号发工资，应该还是让他干完相当那份工资的工作了。"

"二平先生的快件还没到吗？"岛先生学舌，"这就算完了，听说他干了十几年，一封快件就 All it's over[1]。二平抚摸打字机大概就是告别的意思吧。"

"是啊，老是打瞌睡，也没什么朋友。"松井说，"听说他和他太太有三个孩子，最小的还在上幼儿园。"

野本默不作声喝着酒，只挑酱油煮的小虾吃。他感情上生出的那根刺好像越来越粗，好像是吃进去的酱油煮小

---

1 All it's over：岛先生此处说的是英文，原文写作片假名"オール・イッツ・オヴァ"。

虾与喝下去的酒助长了酸楚。

他们接着聊的还是有关同事、科长、部长的闲话。这种场合，大家都知道只能说些别人的坏话或口是心非的奉承话。其中，岛先生最尖刻，好几次让井河和松井大声笑了起来。

只有野本一个人没说话。他喝得最多，率先脸变得通红。可不知不觉间脸上的红消失了，转而发白，脸也变得僵硬，眼睛直瞪瞪的，不转了。

"我说，岛君。"不一会儿野本和和气气地问岛先生，"——我想问问，今天我们是不是来的不是时候啊？"

"怎么？"老毛病开始在岛先生的脸上发作，等"咳咳咳"的声音从鼻子里出来后，他才开口："怎么？我说了什么不中听的吗？"

"你是个好人，确实是好人，我保证。"

野本用好像要签字画押似的口气说，可再想接着说时，他想找最简单最合适的说法，搜肠刮肚却好像怎么也没想出来的样子，只是舔了舔嘴唇。

"不过，那个女人怎么说呢……"野本舔完嘴唇终于一口气说了出来，"你给我们介绍说是你的 wife，然后我们就相信了，相信了才低头和她寒暄的。"

"啊，是这样，真对不起。"岛先生认真地低头行礼，露出牙齿笑道，"我该道歉，她就是这么个人，像野人一样，还特任性……"

"我不是想让你道歉,也不是想责备你什么。"野本打断岛先生的话接着说自己的,"你是个好人,我是为了你而感到作为一个人的义愤!怎么回事?那个女人,就那个样子也能算是个做妻子的吗?"

松井在一旁想插嘴,野本挥挥手不让松井掺和,他似乎为自己说的话所感动:"其实我无所谓,她对我们没礼貌也无所谓,可是对自己的丈夫怎么能这个样子呢?丈夫工作回来,却连一句'你回来啦'也没有。来了客人不打招呼也就算了,连茶也不倒,居然自己就去澡堂了,只扔下一句'火生好了'。开什么玩笑!这个世上哪有这样的老婆?要是我,早撵出去了。"

"所以呀,野本,我才道歉呢。"

"我不是都说了不是责备你嘛!你是好人,你根本就不需要道歉。"野本说话带了哭声,"比起给我们道歉,你应该把那个女人赶出去。我是作为一个男人这么说的,那么个女人……"

这时候事情突然出现了大反转。没等野本说完,岛先生站起来一下朝野本扑了过去,那个快劲儿让人不敢相信他的一条腿短一截。岛先生把野本扑倒,一下子骑在了他身上。野本并不胖,但个子挺高骨架子也大,让比一般人小一圈的岛先生骑在下边,让人觉得不是他没稳住,而是有些违背常理了。

"说什么?你说什么呢?"岛先生按住对方的肩膀,结结巴巴地叫着,"我太太要是对你做了什么还好说,什么都没做,你就叫我把她撵出去!"

"算了,岛先生……"松井说,"算了,别动手啊。"

"行了,你别管。"野本说着,他仰面朝天被按住动弹不得,"你也听听岛先生他怎么说嘛。"

"那是我的 wife。"岛先生咬牙切齿地说,"她对你们来说可能一钱不值,但那家伙为了我吃尽了苦。没吃的,只能喝凉水,她一直在这种日子里熬着。"

松井和井河一下子什么也说不出来了,野本把头偏了过去。

"你们知道什么?"岛先生接着说,"那时候穷得……为了到米店弄点儿米,她想了很多办法,最后才发现把铸铁锅弄湿去沾米的办法最好。就这样的生活,那家伙也都忍过来了。你有什么权利说把她赶出去?啊?你有什么权利?"

岛先生每说一句就捶一下野本的肩膀。看他刚扑过去的架势,还以为他要揍野本或是要掐他脖子呢,其实他只是像在面包店里揉面一样,用细瘦的手一下一下地捶着野本的肩膀。

"我知道了,你快松手。"野本说,"是我说错了,我道歉。"

岛先生从野本的身上下来,喘着粗气回到原来的位子坐下。与此同时,他脸的毛病又发作了,有什么东西发出清亮的声响从他的喉咙传了出来。

野本站起来,整了整弄乱了的领带和上衣,井河盯着汤豆腐锅,松井看上去像要想出一个能缓解紧张气氛的什么话题,就这样大概僵持了十秒钟。松井还没想出合适的话题,就看见开了就关不上的窗子开合了一下,纸拉门开了又关上,是岛先生的太太回来了。她一手拿着洗澡用具,一手拎着湿漉漉的手巾。

三个人一下子把眼睛全闪开了,就像动物园的游客听到有人喊"狮子从笼子里跑出来啦"时会露出的表情。

"告辞了。"野本说,"谢谢招待。"

一听这话,岛太太进厨房了。

"哎,野本。"岛先生举起手,"还有一瓶酒呢,汤豆腐也剩下了。这不才开始吗?"

可是松井和井河也站起来,一边道谢一边准备回去了。实际上他们三人确实感受到了岛先生的友情,但是一种用友谊也无法挽留的强大力量正驱赶着他们。

岛先生送走三人,回到饭桌旁,太太从厨房出来了。她的脸就像打磨过的红铜脸盆,又红又亮。岛太太就那么站着低头看着岛先生。

"我都听见了,什么'我的 wife'?呼!"岛太太哼着鼻子,"我是你的 wife?别让人笑话了。"

这是什么意思?岛先生什么都没说,只是小口啜着酒杯里剩下的冷酒。

没有季节的街

牛助和猫

半助的家总是静悄悄的。半助就一个人过，还有一只叫"老虎"的猫和他在一起。不知道他靠什么挣钱活着，只是常看到他拿个小包袱出去，也不知道去哪儿。他回来的时候包袱就大了一点儿，里边包的大概是些日用品和吃的，那么出门时包袱里包的，肯定是能换来钱的东西。要是这样——可能他老是整天在家干点儿什么活儿，但究竟干什么无人知晓。

半助五十来岁，头发和年轻人一样又黑又密，但身子已经瘦弱得像老丝瓜。他的瘦长脸显得很小，好像土墙一样毫无血色。从他的眼神可以看出，他胆小怕事好像总是怕被什么人揍。特别是和别人说话时，更显得卑躬屈膝。——他总是像要对谁道歉，要缩到自己身后，甚至在外走路时也是一个样儿。

"真像被通缉的嫌犯一样。"退休刑警和泉正六说，"要是敲敲那家伙，身上肯定能敲出点儿泥巴下来。"

斋田先生听说后笑了："敲出来的是灰嘛。要是泥的话，那是吐出来的。这个退职刑警实在有点儿怪。"

半助从不和附近的人来往。偶尔来看他的只有两个人，一个是住在另一个町的小六，还有一个是住在这个街区的、大家叫他"小棚子"的小平。

小平和小六的年纪差不多，大约十天来一次。好像也没什么要紧的事。有时他会待个小半天。那也几乎听不见他们说话，有时能听见他们喝茶或聊天的声音，聊聊天气或生意的好坏。至于来干什么、为什么很少说话，外人实在弄不懂。

半助比住在这条街上的所有人起得都早，在井边洗完脸，就朝着东边拍着双手，虔诚地闭上眼睛鞠三个躬，嘴里念念有词。可能是在祷告吧？也许是在祈求什么。反正只看到他嘴里嘟囔着，但听不见到底在说什么。随后他就提溜两个水桶打了水回屋。这是他一天生活的开始。春夏秋冬天天如此，风雨无阻。

虽说十分罕见，但也有他在井边和别人碰在一起的时候。

"早上好啊，"对方招呼着，"每天都这么早啊，半助。"

见有人招呼，半助立刻缩起肩膀，谦恭地点头施礼，讨好似的慌忙回了句话，然后迅速拎着两个水桶小跑着回去了。

半助和一只叫"老虎"的猫相依为命。不过这也没什么特别的。一般来说有人爱猫，有人爱狗，也有不少人爱到了不合常理的程度，但是比起这些人来，半助和猫的关系极为平凡，与常人无异。——半助不和他人来往，只和"老虎"说说话，和"老虎"一起吃饭一块儿睡觉，于是让人有了半助和"老虎"相依为命的印象。

一大早，虽然是夏天，可天还没亮的时候，半助就睁开了眼睛。

"老虎公。"半助喊猫，"差不多该起来啰。"

睡在被子一角的"老虎"身子团成一团，睁开眼睛看着主人。半助在被里伸了个腰，打了个大大的哈欠，又挠了挠身上。他喊"老虎"也像在自言自语，打哈欠也不出声。他起来以后，把被子叠好收进壁柜，也几乎没弄出动静来。他做所有事都像旁边睡着一个重病患者一样，蹑手蹑脚地注意不弄出声音。起身后他换上衣服，就要到井边去了。只有打开就关不好的木格窗和防雨木板窗，时而发出点儿声音。半助也拿它们无可奈何。

"肚子饿了吗？"半助一边用小炉子做饭一边说，"等一会儿啊，就好了，'老虎'。"

"老虎"叫了一声，不过只是张了张嘴并没出声。用小铝锅把饭做好后，半助用另一个小铝锅一边做味噌汤，一边拿出了腌菜，摆好小饭桌。小饭桌是即使乡下也已很难看到的老式有盖的那种箱子，里面装着餐具，合上盖子，把餐具放在上面就可以开始吃饭了。吃完饭用洗碗布擦一擦餐具，照原样收到盒子里就行了，还省了拿到厨房去洗碗的麻烦。半助是个爱干净的人，可有时也只是洗一下洗碗布就算完。

"老虎"从不离开半助，不管半助进房间还是去厨房，"老虎"都跟在身边转，蹭半助的身子，用凉凉的鼻子蹭半助的手脚，半助要是坐下，"老虎"就窜到他膝盖上趴着。半助是个彻底的素食主义者，除了喝佐料汤放点鲣鱼干之外，绝对不吃鱼和肉。半助也只给"老虎"吃拌了碎咸菜的米饭。"吃鱼呀肉的对身体不好。"半助对"老虎"这么说,"吃鱼吃肉之类会短命。只吃蔬菜和米饭,就不会生病会长寿。"

"老虎"抬起头看着主人"喵"地叫了一声,当然并没有发出声音,就像在说:"你说的一点不错,世上不知道这一点的家伙们真是可怜人哪。"

吃饭的时候,半助不会让饭碗和筷子碰出声音。说得夸张点儿,他连咀嚼都不出声。所以,半助并不像平常人那样吃饭,反倒像偷吃。他吃东西绝不会让食物噎在喉咙里,也不会呛得咳嗽。

吃完早饭,半助就开始干活儿。谁也不知道他在做什么,一张结结实实的硬木小桌上摆着许多工具,小刀、各种凿子、线锯,像是定制的台钳,还有三把锥子,材料只有上等的象牙和铅条。

半助干的好像是细致活儿,他一只眼睛戴着修表用的放大镜,身子抵在小桌上,小心翼翼地加工着什么。庄严神圣的样子,不像是在干活儿,倒像是在进行某种宗教活动。半助干活儿的时候也没动静,用各种锥子、凿子和线锯的时候几乎没声响。他用小刀削象牙时,会发出细微的摩擦声,不过要靠近他侧耳倾听才能听见。

半助莫非在干什么至关重要、不想让人知道的大事情?就连住在小房子的阿平都没见过他的那些工具。阿平去串门,半助会让他进屋。但是除了那张结实的小桌,阿平什么也看不见，也不知道那些工具如何被藏起来的、藏在哪儿。除了阿平，半助不会让任何人进屋。即使住在中通大街的小六来，半助也只是把不知补过多少次的纸拉门开一条缝，露出半张脸说话。

半助干什么都注意不发出声响，吃饭的时候听不见他的碗筷声。他悄无声息地生活，好像一切都是为了适应那份工作所做的训练。真相可能就是，他的工作异常重要，需要瞒着他人。半助的工作需要特别的仔细用心，所以须让自己的生活起居全都服从于工作。

"老虎"在主人干活儿时，不是在桌子边睡觉就是去外边。它睡的时候两只前腿缩在身下，俗话一般管这个姿势叫做香盒，意思是猫身子像装香的盒子。"老虎"很少会躺着睡觉。它不想外出时，就用身子蹭主人的膝盖，主人一头扎在工作里顾不上它，它就"喵"地轻轻叫一声，等主人打开拉门放它进入。

外出时的"老虎"走起路来慢慢悠悠的。它是偏黑的三花猫，身子又肥又大，圆圆的脸像足球。据说半助已经养了它七年，也有人说这是只超过十岁的老猫，快成精了。

"老虎"是猫里的老大。

主人半助走路时总是贴墙根，恨不能隐去身影，相反，"老虎"走在路上趾高气昂的，那样子似乎表示对什么都毫不在乎，慢悠悠地在自己喜欢的地方按自己的速度走着。它的领地到底有多大谁也不知道。这块地方就不用说了，从中通大街到本通大街好像也是它的势力范围。不用说，这都是靠实力得到的。在这片范围内，即使是元老级的狗也因为挑战"老虎"被它抓瞎了一只眼睛咬了耳朵，另有四五只狗被咬得浑身是伤。

现在能向"老虎"挑战的狗已不复存在。有时出现脑子不太好使的狗，"老虎"并不立刻对其使用暴力。它只须停下脚步，直瞪瞪地看着对方就足有震慑力。就算脑子特别不好又爱打架的狗，只要看到"老虎"的眼神，尾巴就耷拉下来了。耷拉着尾巴的狗好像很镇定地抬头看，似乎在想着今天的天气不怎么样啊，或者像突然想起来还有什么要紧事，一下子往相反的方向跑走了。

"老虎"使用暴力仅限于交尾期间。现在也是。到了交尾期就能知道它是怎么成的老大了。比如说啊，这儿有一只漂亮的母猫，先有几只年轻的公猫围着它竞唱恋之小夜曲。竞唱得胜的公猫就靠近母猫，然后它们独特的格斗就开始了。更有经验的猫不会有那种轻薄的行为，它会默默地看着年轻的猫们竞唱或格斗，到了年轻猫们打架打累了的时候，开始显示自己的存在。接着就进入中级争夺战。最后到了重量级，就是一对一或最多三对一的争斗。不过，这个时候如果"老虎"出现，在重量级争斗中胜利的猫也绝不敢逞强，而是立刻在"老虎"面前俯首帖耳，然后就到别处找自己的恋人去了。

在交尾期，即使再聪明的猫也有生气的时候，其中不乏挑战"老虎"的勇士。只有这个时刻，"老虎"才把珍藏的喉咙超常发挥，那叫声之凄厉真是无法形容，它龇牙咧嘴的样子更是难以描述。即便如此也还有试图坚持的家伙，不过转眼间就遍体流血、掉毛瘸腿地落荒而逃，后悔自己的不智和浪费时间。

从我们的"街区"出来的"老虎"，正穿过荒地，在中通大街上行走。它体态肥硕，走起来步履沉重缓慢，迈出左前腿时左肩的肉在颤动，迈出右前腿时右肩的肉在颤动。它几乎从不左顾右盼，因为它无所不知。这边是修鞋的，紧挨着是个竹器店，旁边是已经休业的民家。这家养了一只狗，阴柔且神经质，在格子窗里疯了一样狂叫，但只要"老虎"瞪它一眼，它立刻像哪儿被咬了似的，"呜呜"地嚎着躲到屋里去了。听到声音，脸上冒着青筋的太太出来了，就像逗婴儿一样，用甜软的声音喊着什么。

"呜呜，这儿被咬了。"那只狗像告状一样叫着，"就是那只坏猫咬的，就它咬我，总是咬我。"

"好了好了，不要紧的。"太太把那狗狗抱起来，瞪着"老虎"，"又是这个'老虎'，看你那副讨厌的样子，去去，滚那边儿去，这个坏野猫。"

"老虎"面露不屑一顾的神情，抖抖胡子离开了。便宜菜店的附近有两只公猫。一家挂着夸张招牌的糖果店——"甘露堂"，有个六岁上下的女孩儿，只要看见活物就用棍子打，扔石头撵，也不管是猫还是狗。"老虎"

对这一切了如指掌,以免自己成为那些闲得无聊的人的提防和取乐对象。

"呼!和平时一样。"它好像在自言自语,"这日子日复一日,也没好点儿,奇怪得很,这些人也不腻得慌。"

从中通大街往北有一座桥。那是在壕沟上修的石桥,过桥再过两条街再直走,前面是本通大街。大街上全是号称引领潮流的各种商店,首饰店、服装店、酒吧、银行、百货店和餐厅鳞次栉比,道路中央跑着有轨电车、卡车和自行车,各种汽车川流不息。

"老虎"到这儿来有它的目的。穿过本通大街对面的横街,有一家叫"天松"的正宗天妇罗店。

说这家店正宗,是相对于阿国开的素菜天妇罗店而言。其实这是家车站天妇罗馆,所以客人多是住在下町[1]的人。下町人认为把天妇罗炸成那种白白的、在干干净净的座位上吃的、看起来特高档的东西,其实并不怎么样。要炸成比橙黄还要深些的颜色,吃起来脆脆作响的天妇罗才正宗,据说天妇罗原本就是老百姓吃的东西,可现在天妇罗大师傅和吃客都不懂这些了。

"老虎"是"天松"天妇罗的忠实顾客。店不大,三米宽的门脸儿,进深有六米,进门右边炸天妇罗,左边细

---

[1] 下町:指都市的商业街聚集、处于低地的地区。主要是商贩、工人的居住区。在东京,下町即包括靠近东京湾侧的下谷、浅草、神田、日本桥、深川等区域。

长形、没铺地板的地面上摆着五张桌子,每张桌子配有三把椅子,再摆一把就挪不动脚了。所以到了饭点儿,进不来的客人经常在外边排队。

"天松"的店主人有五十五六岁,瘦高个儿,都说他长得极像歌舞伎五代菊五郎[1]。当然这种老主顾的看法不会流传,因为现在的客人恐怕连五代菊五郎的照片都没见过,客人们也是人云亦云。——店主的儿子二十六七岁,白白净净,瘦瘦的身材,脸长得很像他爸爸,和他爸爸一样话不多。店里有两个送餐和打杂的小伙计,他家里的事外人不大清楚,反正店里听不到女人的声音。

店里从买食材到备料、炸天妇罗、给客人上天妇罗,都由这父子俩勤勤恳恳地操持。

"老虎"来到这家店门口,稳稳当当地蹲下,不给它天妇罗吃它是不会起身的。有客人要进店里的时候,"老虎"会直瞪着眼睛龇出牙来。这猫身躯肥硕,脸有足球那么大,看到它龇牙瞪眼的样子,一般的客人都会被吓跑。光是一声"去去"撵一下,"老虎"根本一动不动。要是朝它泼水的话,它立刻躲到一边儿,然后又马上回来在店门口蹲着。

小伙计曾经拿着竹扫帚做出要打它的样子,"老虎"

---

[1] 五代菊五郎:尾上菊五郎是歌舞伎演员世家尾上菊五郎传承的家名。五代尾上菊五郎(1844—1903),是日本明治时代具有代表性的名演员,制定了新古演剧十种。

摇着身体一下子扑到小伙计的胸口,又抓又咬。

"不好了,"小伙计惨叫着,"太吓人了,饶了我吧。"

等其他小伙计、店主和他儿子跑过来的时候,"老虎"已经敏捷地逃走了。

那个小伙计伤得不轻,马上到附近的医生那里去看,医生处理了伤口后说:"有种病叫鼠咬症,那么也许有猫咬症。"听说给小伙计注射了有效的针剂。过了几天,"老虎"又若无其事地来了,在店门口蹲下,那表情像是什么事情都没发生过。

"哎呀,那家伙又来了。"另一个小伙计吓得直躲,"不好了,老板,快来呀。"

对这只猫,好像店主也没招儿了,不过还是他见多识广,马上就明白了"老虎"为什么要蹲在那儿。刚好有炸剩下的天妇罗,就让小伙计给它两三块。小伙计说那盆里不是有客人吃剩下的吗?店主没说话只瞪了小伙计一眼。似乎店主知道,这只猫已经成精了,糊弄它根本不可能。它的兴趣、嗜好皆有相当的水平。

在给它的三个天妇罗里,"老虎"把虾剩下,挑了星鳗和鳝鱼天妇罗。吃完后,它用左右爪子慢条斯理地擦了擦沾在嘴边和胡须上的油渍,抬头瞥了一眼"天松"店,并不看人,然后慢悠悠地走了。

"嚯!"不太说话的儿子目送着"老虎",感叹道,"吃完了连句话也没有。"

这就是"老虎"和"天松"熟悉起来的开端，其后一直关系融洽。只要"老虎"到店门口就能吃到天妇罗，和被它害惨的小伙计也成了朋友——幸好没得猫咬症也没闹出其他乱子。

虽说那是炸剩的天妇罗，"老虎"却对这下町的风味十分满意，吃完它就懒洋洋回味着幸福感踏上归途。这回它没有表示出不屑，它的神情像在夸示，这个世界是我的，它一步一步地穿过本通大街，对各种汽车、自行车和有轨电车什么的根本不在乎。一辆卡车响着喇叭开过来，身躯肥硕的"老虎"却在路上慢慢悠悠，就算拉沙石的卡车司机亦视若无见。

"喂，那只偷东西的贼猫！"司机按着喇叭喊，"嘿，快点儿滚，要不我轧死你！"

那么"老虎"走开了吗？没有。它反倒站住了，慢慢回头朝卡车看。一副"怎么了"的表情。它直直地看着卡车司机。司机其实也没真想碾死猫，于是慌忙踩下刹车，把卡车停住了。"老虎"看看卡车真停了下来，才穿过马路走了。

有轨电车也遇过这样的事。有轨电车在正规的铁轨上行驶，被赋予一种特权，按说不会碰到被猫逼停的事。当然电车司机也有感情，即使知道轧死猫无事，也不会真的去碾轧。猫在前面时，司机只好拼命按喇叭，急刹车，把电车停下来。"老虎"回头看着电车，在轨道上站住，把一张大圆脸转过来,一副"看啥看"的眼神瞪着司机。

看到有轨电车真的停车了,"老虎"悠然抬腿,缓缓挪动脚步,可以看到它两肩上的肉嘟噜嘟噜地抖动着。

"老虎"就这样展示自己的老大形象,即便面对人类也毫不相让。无论什么场合,它总是从正面向对手发起攻击,打败对手,取得胜利。不知道半助知不知道这一切,如果他知道的话,很可能会改变自己的生活态度。他可能就不会提心吊胆,总是怕被别人殴打;很可能他就不会那么谨小慎微、低声下气地活着了。

但这一切都不可能发生。就算半助看见"老虎"逼停有轨电车和公共汽车,到"天松"那儿去强要天妇罗吃,大概也不会想到要改变自己的生活。甚至根本不会拿自己的生活去和"老虎"来比。半助是半助,他有自己的活法,愿意承担人生的重负。

有一回,有三个绅士突然到半助家来了。三个人全是西装打扮,其中一个戴着鸭舌帽,另外两个没戴。

一下子来了三个陌生人,附近的人们都十分好奇,远远地观望着,觉得要出什么事。从不和人来往的半助家突然来了三个穿西装的绅士,这事实在不寻常。

不过他们很快就失望了。

"哎呀,真不容易,"一个绅士说,"终于找到你了。"

没听到半助说的是什么。

只听见另一个人说:"让我们进去啊。别张罗了,不麻烦你了。"

接着听到有什么动静，但不是打架，也不是争吵。半助的声音一点儿也听不见。

似乎三个人要办的不是什么难事。过了一会儿，半助陪着三个绅士出来了。两个绅士抱着包袱，半助走在三个人中间，三个绅士和半助都没和附近的人们打招呼，甚至都没朝他们看一眼。

"怎么回事？到底怎么了？"附近的人们相互打听着。

"那三个人是谁呀？不知道是不是半助的朋友？"

"要是朋友的话，应该看见过呀，朋友的话……"

他们都在心里嘀咕着。只要是在这个"街区"住的，在这个时候肯定会有明白人。不一会儿，岛悠吉的邻居、一个赌徒、有名的"筑正"老板的喽啰阿德，证实了人们的猜测。

"那三个人是刑警啊。"阿德说，"听说半助是做老千骰子的老手了。"

阿德的话传到了丹波老人的耳朵里，他淡淡地笑了。

"说他们是刑警的说法恐怕靠不住。"丹波老人说："就算半助是做老千骰子的，也不用来三个刑警啊。"

"再说了，假设做老千骰子是事实，"老人又说了，"那么来的就不是刑警，而是做那路买卖的小喽啰。"

就是说，职业赌徒遇到老千骰子输急了眼；还有可能是他们想要半助做的骰子，才找到半助的住处。大概……

无非就是为了其中的某个目的。

"这么说，半助是摊上什么事儿了？"

"不好说啊，我也说不清楚。"丹波老人说话时加着小心，"就是被带哪儿去，估计也不会有什么危险，可能会被藏在哪儿。做他的老千骰子，就没事。要是因为过去的事，恐怕就不妙了。"

赌博用老千骰子，即使不被杀掉，身上的某个部位也要被剁掉。虽然不是用半助做的骰子，但是如果做得太精致，可能他身体的哪个部分就会被做掉，让他不能再做出那样的老千骰子。

"实在说不清会怎么样。"老人说，"算了，过几天就会知道到底是怎么回事了。"

好长一段时间，这件事成了邻居们茶余饭后的谈资。阿德举出很多例子，说明老千骰子之精巧，一般人根本做不到的。他说的有多少是真的，值得怀疑。不过怀疑归怀疑，邻居们仍在议论纷纷：阿德的话才让大家知道了半助为什么平时小心翼翼，甚至不敢大口呼吸，一年四季都不和邻居来往。

半助被带走的五六天后，来了两个穿着夹克和西裤的人，他们在半助家里收拾了一阵走了。他们和之前来的三个人不是一伙的，没跟附近的人打招呼，随随便便就进了半助的家，也不知把什么弄得哗啦哗啦响。最后他们把防雨窗钉死，吹着口哨扬长而去。

那么"老虎"怎么样了呢？俗话说猫跟家走。养猫的就是搬了家，猫也不会离开，也就是所谓的薄情冷淡。不过"老虎"似乎对这种说法一点也不在乎。有邻居说听到过它的几次叫声，后来就完全看不到它的影子了。

"肯定去追半助了，"一个住在附近的太太说，"只要喂三天，一直到死都不忘恩情的。"

"那是说狗。"另一个太太说，"猫根本就不知道有什么喂养之恩，只知道成精罢了。"

半助到底也没回来。

没有季节的街

孝心

"该你走了。"丹波老人说,"我要跳桂马[1]啰。"

冈田辰弥像举起大块石头一样抬起眼皮,看着用整块木板做成的将棋盘。他的脸色总是不大好,表情却让人想起锋利的刀刃,充满活力且机敏。可是现在他的脸看起来有些浮肿,显得有气无力。

——这孩子又遇到什么犯难的事了吗?

丹波老人心想。他把半截不冒烟的烟头塞进烟袋锅,用小火笼的火把烟点着接着抽。

"根本应付不了啊。"冈田辰弥嘟囔的声音几乎听不见,"我太弱了。"

丹波老人没说话。看到小伙子辰弥慢吞吞地挪动棋子,丹波老人默默地抽着烟,辰弥也不言不语地盯着棋盘。外边下着雨,雨点儿打在旧木板铺的房顶上,不间断地发出响声。

"这样可不行啊。"丹波老人指着棋盘上的棋子对忘了时间的自己说,"我要跳桂马啰。"

辰弥盯着丹波老人指着棋盘的那个位置嘟囔着:"算了,错了。"他挪动起另外的棋子。丹波老人深深叹了口气,

---

[1] 桂马:日本将棋的棋子之一。在棋盘上可以越过一个格,朝斜右对角线或斜左对角线前进,可以跳过其他的棋子,升变后为"桂",记为"金",走法和金将一样,即朝前后左右、左右对角的前方逐格移动。当自阵三行的一枚可升变的棋子进至敌阵三行,并在此移动、吃子或从三行走出时,可选择将棋子升变或是不升变。把棋子翻转至反面即表示已升变。除王将、金将之外,其他棋子都可升变一次。

又抽起了烟。接着一段时间老人没说话。过了一会儿，他手指着棋盘的一角说：

"我接下来要拿下你的角行[1]。"

"啊，是吗？"

辰弥的两只手相互搓着，身子像压在棋盘上一样仔细地看着棋子的位置。

"怎么了？"

辰弥看看老人。老人憋着没笑出声来。

"没什么，刚才忽然想起治助的事来了。"老人温和的眼神看着冈田说，"他有个毛病，不管干什么都特别小心。有一回他这么说……"这时老人说话的语调变了，"我呢，终于定下来，我觉得这样不错，我决定要吃饭了。"

"怎么了？你说这个是什么意思？"

"没什么，没什么。"老人又强忍憋住没笑出声，"就是吃个饭，还'终于定下来了'，就是这样，那个人总是这个样子。"

辰弥也不知道听见没听见，他抄着手像要往天花板上看，又转过头紧盯着墙。

丹波老人拿烟袋敲敲小火炉边儿，用火筷子掏起烟袋锅儿来。

---

1 角行：日本将棋的棋子之一。可以沿着对角线方向自由移动，升变后记为"龙马"，除了可沿对角线移动之外，还可以前后左右逐格移动。

"我那个大哥又回来了。"辰弥说,"还是那样,我真是受够了。"

丹波老人拿起刚放下的烟袋,把旁边装着烟头的一个什么空盒子拿过来。这时他好像又想起什么来了,又把烟袋轻轻放回原处,不自觉地叹了口气。

"你说说看呢。"老人说话了,"吃了不好的东西的话,就要喝蓖麻籽油把吃的东西吐出来。心里舒服就好了。"

"他朝我要钱。一回来,就这个样子,这回更是狮子大开口。"

老人没说话,为了不把棋子弄乱,静静地把棋盘挪到了一边。

"我到底为什么活着呀?我自己都不知道怎么活下去。"辰弥说,"我哥十二岁那年离家出走了,我才两岁,什么都不知道。战争刚结束不久,爸爸死了。那时是家里生活最苦的时候,我哥却逃跑了。"

辰弥的爸爸在军需机械的小承包工厂工作,因营养不良和过劳,战败那年[1]十月,他就死了。身后剩下妻子、十二岁和两岁的两个儿子。大儿子在爸爸死后没过头七,突然离家出走失踪了。在此之前,他和小学的同学一起被疏散到了仙台的松岛。在那之后约莫两年,九月底他回来了。辰弥几乎记不得大哥的模样。那时候一般平民过的什

---

[1] 即昭和二十年(1945年)。

么日子？在这儿就不用反复说了。妈妈在昭和二十一年的二月再婚了。

那时候的社会陷入毫无希望的动荡之中，粮食严重不足，所有物资都很匮乏，一个女人过日子想有个依靠很自然。辰弥妈妈再婚的丈夫比她小两岁，大学毕业，原来在公司上班，战后干类似中介的工作。

"我把那个人当成了自己真正的爸爸，到现在我还是这么以为。"冈田辰弥说，"在我后边又有两个弟弟和一个妹妹。可那是爸爸的孩子，他比起弟弟来更疼我。也骂过我，可他骂我和骂弟弟妹妹不一样。比起妈妈来，我更依赖爸爸。"

冈田辰弥五岁的时候就开始学英语。爸爸说占领军大概会半永久地支配日本，以后要是不会英语，日本人就没法活下去。

辰弥十二岁的时候，离家出走的大哥回来了。那天晚上，爸爸去大阪出差，好像他故意找这个时间才回来的。他很壮，胖胖的，眼睛红红的，头发乱七八糟，满脸胡须，粗粗地喘着气，像被浓重的酒气噎住了似的。

妈妈看到他，哭着一下子把他抱住了。

妈妈告诉辰弥说这是你的亲哥哥。可辰弥不信，弟弟妹妹也都躲着他，没觉得他是不是大哥，只觉得他是个可怕的男人。

他那时大概满二十二岁吧，但看起来要大得多。他酒喝多了红着眼睛,牙又黄又大,留着胡子,身体壮实,脸油光油光的,就像那些从敢死队淘汰下来的年轻人一样。特别是他装出来的轻言细语,听起来让人觉得瘆得慌。

"他说什么'妈,晚上你就别干活儿了。您太累了。'——就是这个。"冈田辰弥脸上毫无表情接着说道,"他净说些假模假式的甜言蜜语——'我给您揉揉肩吧''您真太苦了''我每次梦到妈妈都哭了'什么的,就把妈妈哄住了。"

第二天早上,冈田辰弥睡醒了一看,大哥已经走了。妈妈跟他说,大哥说在静冈的什么地方工作,必须马上回去。其实根本不是那么回事,不知大哥是怎么糊弄妈妈的,轻易把家里的钱骗走了。爸爸出差回来后,第一次和妈妈吵了一架而且吵得很厉害。

就在那段时间,好像爸爸的工作不顺利,眼看着身体渐渐衰弱。也许为了逃避现实,他开始大量喝酒。好几次,有人来告诉他们爸爸醉倒在路上,辰弥和妈妈去把他带回来的。

辰弥十三岁那年冬天,爸爸咯血病倒,医生诊断是陈旧性肺结核复发,必须立刻住院。医生帮忙介绍医院,可是哪儿都没有空床位。爸爸十分自信地说:"不要紧的,我对肺结核有把握,我已经两次确诊肺结核,两次都没吃药自愈了。别担心。"

妈妈这回是拼命了。她到处打听空病床,又找和爸爸一起共事的朋友凑住院费。辰弥在中学上学，不知道自己不在家时发生了什么。就在这时候，大哥依旧偷偷地来把妈妈叫出去要钱。大哥可能在街上等妈妈或让附近的孩子叫妈妈出来。一个合伙人来看望爸爸的时候，爸爸才知道妈妈找五个同事借了钱。

爸爸吩咐把钱拿出来看看，妈妈拿出来了，但是不到爸爸了解的三分之一。爸爸把那些钱放到辰弥手里，流着眼泪嘱咐说别把钱给别人。

"不管谁说什么，我绝对不会把钱交出去，这是我的钱。"辰弥咬了一下嘴唇，尽力不让自己的话听上去感伤，用平静、毫无起伏的语调说道。

爸爸没有责备妈妈。当听妈妈说把那些远不够数的钱借给了大儿子时，他直直地看着妈妈。那种眼神很怪，看生人式的眼神。不过从那一瞬间起，爸爸不再和妈妈说话了。妈妈反复跟他解释，强调大儿子的穷困，说钱肯定会还上，可爸爸根本没听。

爸爸一直在说自己的病能自愈，第二回也治好了，自己有把握，千万别担心。可是听说爸爸的病是爆发性的恶性疾病，大吐血的情况都已经发生三次了，第四次时，血块堵住了气管，造成窒息，爸爸死了。

当时学校正放寒假，辰弥看到了爸爸临终的样子。刚开始吐血时，爸爸用报纸一边把血盖住一边咬紧牙关喊着："我还不能死，现在死了可不得了，可不得了。"

辰弥说："忘了是在哪本书上看到的，据说夏目漱石临死时也是这么说的。不知是不想中断报纸上连载的小说还是舍不得没长大的孩子，反正他说现在还不能死。"

丹波老人连眉毛都没动一下，不动声色地缓缓地点了点头。

爸爸死后妈妈说现在还顾不上哭，收拾收拾，把家搬到了这个"街区"。是收旧货的小田泷三开口帮忙的。搬家的同时，靠爸爸的一个合伙人照顾，辰弥被一家报社录用了。

妈妈常对孩子们说，人要是倒了霉，那就倒霉到底，不上不下最惨了。妈妈说自己要捡破烂，孩子们也要有心理准备，自己去挣零花钱和学校的伙食费。这并不是说说而已。虽然没去捡破烂，但是她为人补衣服，接洗衣店的活儿，为占领军宿舍修剪草坪，给暴发户家打扫卫生，倒腾大米、红薯和鱼虾，另外还干了数不清的工作，有时做的工作连听都没听说过。妈妈现在已经体力不济，只能待在家里，干点救济站给介绍的活儿。

在辰弥当勤杂工的报社，有一个外号叫"河马"的部长。不知道因为什么机缘，那个部长很照顾辰弥，为他争取特别补助，听说他上英语学校的夜间部，就安排他能有时间上学的工作。

多亏"河马"部长的关照，辰弥的收入有时比一般职工还多，也能去英语学校上下午班的课了。他的大弟弟也工作了，小弟弟上中学三年级，妹妹上中学一年级。辰弥打算让两个弟弟上大学，为这个他拼命工作。可到了总算能稍微松口气时，大哥来了，把家里仅有的一点儿存款要走了。搬到这个"街区"后大哥三次来要钱，今天是第四次。

"这事我没告诉妈妈，其实我还另外攒了钱。"辰弥不好意思地说，"我是想，要是能在哪儿找到房子，就从这儿搬走。为了还在上学的弟弟妹妹，我想让他们在条件好一点儿的地方生活。"

"要是能成的话，那当然好。"丹波老人自言自语似的嘟囔着。

大哥来了，辰弥马上就离开。妈妈手里的钱要是全被大哥骗走，那也没法子。这样的哥哥世上到处都有，反正妈妈对大哥无可奈何。不过，存折上的钱绝对不能动。那是关系到一家今后生活的钱。辰弥说："我离开家是因为我心里一有事，就一定会表现在脸上。我哥一眼就能看出来。我知道我这个毛病。"

丹波老人看看辰弥问："你有存折？"

"存折在家里，放在谁也找不到的安全地方。并且，我有存款没告诉任何人，比我带在身上还安全呢。"

丹波老人拿起一截切成半寸长的香烟，把烟塞进烟锅，凑近火盆点上，舒舒服服地抽了一口："你大哥要钱，到底是想要多少钱？"

辰弥说了个数："三四天前来了封信，说了很多理由，说无论如何都要这么多钱。"

"今天他又提起这件事了吗?"

"我只跟他打了个招呼,什么也没说就出来了。"

"这么说,有可能他来告诉一声那个钱不需要了呢?"

辰弥冷冷一笑,摇着头说:"要是有这么个大哥就好喽。"

"有一回我看见你大哥。"丹波老人盯着香烟冒出的烟说,"他也许日子过得挺紧的。看到他,我觉得他身上有一种说不出来的异样感觉,当然,我觉得他并不是那么坏,可能是那种胆小、怕生的性格吧。"

"还不光是看表面,他说话做事也是那样。"辰弥说,"他不会大声说话也不会动粗。说话慢条斯理,和和气气,总是说自己不好对不起大家,接着就掉眼泪,那是大哥的手腕。"

老人在火盆沿上敲敲烟袋,拿起火筷子捅着烟锅。"很久以前的事了……"老人静静地说,"我的熟人里有个很怪的人。他是一家很大的商店的老板,有三个女佣,店里最多的时候要用十几个人。

"那个男人使唤起人来非常苛刻,从早到晚不停地训人,而他自己却什么都不干。从厨房到店里店外,看到什么就训什么,对太太和孩子也一点儿都不给面子。大家都说他是照着落语《小言幸兵卫》[1]里面的那个男人的样子做的。"

"那儿有灰,把这儿收拾一下,把那个整理一下,锅里煮的都糊了,看那个抹布皱皱巴巴!快干这个,把那个这样那样……"丹波老人用烟袋画着圆圈,"就这样把大家使唤得团团转,筋疲力尽。他自己也一屁股坐下——哎呦哎呦,受不了啦!腰酸背痛啊。"

老人说到这儿停顿了一下,不是要看看说话的效果,好像是要尽力想起那个人来。过一会儿,微笑着,慢慢地但是很有力地摇了摇头。

"大家看着他的样子简直是目瞪口呆。"丹波老人接着说下去,"他那口气、就像自己整天都被逼着干活儿一样。哎呦哎呦,受不了了,腰酸背痛啊。"

辰弥弄不明白老人为何要说起这个,他似乎想问却没开口,当然没笑只是听着。

"大家在背后净说他的坏话。"老人接着说,"管他叫冷血老头儿啦、瘟神啦,骂他快早点儿死吧什么的,可是——有一回他的身体出毛病了,到医生那儿一看,诊断他是腰椎骨疽[2]。"

---

[1] 《小言幸兵卫》:一出古典落语演出剧目,讲述了热心肠但是啰啰唆唆的房东幸兵卫,对前来租住长屋的人种种挑剔之后,拒绝他们入住的故事。
[2] 骨疽:日语写作"カリエス",来自德语"Karies"。指由肺结核引起的继发性结核的病症,会造成脊椎、盆骨、肋骨等骨组织的坏死。

辰弥吃惊似的睁大了眼睛，丹波老人却把眼睛眯起来了。

"世间有很多这样的事情。"老人叹口气，平静地说道，"事后再想的话，大概谁都会觉得有挺后悔的事，心想那时候要是那么做的话就好了。这就是人之所以为人之处吧。"

丹波老人好像在犹豫是不是抽烟，看看烟袋，又看看装烟头的空盒子。

辰弥回家了。丹波老人的话似乎打动了他。丹波老人说的到底是什么道理并不清楚，但是从辰弥脸上的表情看，他好像长大了几岁，走起路来的脚步显出不曾有的坚实。

"原来是这样啊？也可能是那样啊。"他嘟囔着陷入沉思。

"大哥也许有自己的道理。战争时期他不得已离开了爸爸妈妈，被疏散到了遥远的农村生活。"

那时爸爸妈妈很有可能被敌人的轰炸炸死，那他自己该怎么办呢？那时他肯定天天都这么担心来着。到了战败，回家一看，爸爸已经死了。

"那时候我啥都不懂。"他嘟囔出声，"我还和婴儿差不多——可大哥已经十二岁了。在那个混乱不堪的社会里，从此就要负担妈妈和弟弟的生活，本来不该他负担的重担，现在却要压在他身上了。可能大哥想……也许，自己不在家的话，妈妈还好过一些。"

辰弥咬着嘴唇站住了。

"对了。"他在自问自答,"要是我的话没准儿也跑了,想想就够可怕的了。"

连妈妈都瞒着,自己偷偷存钱,我这样真是个只顾自己的小气鬼。打算从这个穷"街区"逃走,也不过是只顾自己而已。在走投无路跑到这儿来的时候,这里的人皆以热情的方式欢迎自己一家。

"那些人中的大多数都没有能力从这里逃出去。"

就是这么回事。在这些人当中,有些小孩儿长大了仍然逃不出去。还有些人自己是跑出去了——不,只顾自己太过分了。把我的存款给大哥吧。别那么小气地存钱。钱自然会有的,还是把钱给大哥吧。

"干嘛呢?英语学者。"身后传来爽朗的声音,"丢钱袋子了吗?"

寒藤清乡。辰弥突然回过神来脸红了。

"正要回家呢。"

"回哪儿的家呀?已经走过头了嘛。"寒藤先生还是老样子,穿着旧外套,后边跟着一个颇为精神的小伙子,一副大学生啦啦队队员打扮。

"这是我忧国塾的学生,叫八田忠晴。"

寒藤先生这么介绍着,辰弥点头说:"请关照。"

那个年轻人也热情地一边施礼一边说:"请关照。"招呼过后,两个人就唱着打垮自由主义什么的走了。

冈田辰弥回家一看,大哥已经不在了。

大弟弟说,大哥说要和同事一起去郊游,一早就走了。小弟弟和妹妹在家,这时候只有妈妈和小弟弟在屋里。

妈妈在厨房里忙着什么,小弟弟在桌子前坐着。辰弥凑到小弟弟身边问:"大哥呢?"

"回去了。"小弟弟回答。

小弟弟好像在写英语作文。桌子上堆满了写错了的纸、翻得破破烂烂的参考书、词典和本子,光看这些就让人头疼。

"你也把桌子收拾收拾啊。"辰弥说,"就像纸篓倒过来了一样。你也真是,这么乱也学得下去?"

"真啰唆。"小弟弟说,"我说了多少回了,不这样就没法学习,别管我好不好?"

"辰弥吗?"妈妈在厨房喊着,"碗柜里有点心,吃吧。"

"野良[1]拿来的。"小弟弟在一边小声说,"好像是从 GI[2] 的剩饭里捡来的。"

野良是弟弟妹妹给大哥起的外号。辰弥打开橱柜看了看,一个破了边儿的盘子里,有两块巧克力泡芙。

"你吃了吗?"

"我又不是狗。"小弟弟头也没回,"老美吃剩下的,

---

1 野良:原文写作"のら",有懒汉的意思。
2 GI:"Government Issue"的简写。美国兵的俗称。原本是政府供给品的意思。

我才不吃呢。"

小弟弟还没吃过美国兵的剩饭。实际上大概只有辰弥和妈妈、大弟弟吃过美国兵的剩饭填饱肚子。作为小儿子的他是吃妈妈的奶长大的，不过妈妈可是吃了美国兵的剩饭才有奶的，所以到现在还是特别讨厌美国兵的一切。

辰弥没动点心，又把橱柜门关上了。他凑到小弟弟身边，压低声音问："大哥没说啥就走了吗？"

小弟弟一边翻词典一边不耐烦地说："挺高兴的。"然后回过头看着辰弥，"求求你了，让我安安静静做作业好不好？"

正说着，门外有人说话。好像是问——是不是这家？一个女人说——就是这儿。马上门口就有人喊："冈田先生。"辰弥答应着打开拉门一看，一个穿制服的警官站在门口。

——还是来了。

辰弥的直觉告诉他，可能大哥出什么事了，一下子感觉到喘不过气来。警官看着一张纸，问着："是冈田辰弥吗？"一回答是，警官就问："你有个叫冈田伸弥的哥哥吗？"

"对啊，有的。"

这么回答着，辰弥觉得自己的脸色变了。

"是有个哥哥。"辰弥沙哑着声音说，"他最近没住在这儿，在外面干活儿。我哥出什么事了吗？"

"他出交通事故了。"

警官似乎故意躲开辰弥的眼睛,低头看着那张纸说:

"刚才本通大街的交通警察来了电话,听说是伸弥被小汽车撞了。"

这时妈妈冲了出来:"我儿子怎么了?"

"啊,冷静点儿。"警官伸出手来好像要安慰妈妈,"本通大街一丁目的交通警察来了电话,详细情况我也不知道,只知道他被小汽车撞了。"

"具体在什么地方,伤得重吗?"

"妈,"辰弥拦着妈妈,"你安静点儿。"

"反正是电话通知的。"警官还是看着那张纸说,"地点好像离交通警察岗亭不远,至于受伤状况电话里没说。现在送到中桥旁边的仁善医院去了。"

"医院?送医院了?"

"妈——"辰弥又把妈妈喊住了。他问警官:"是送到中桥的仁善医院了,是吧?"

"电话里这么说的。"

这时警官的眼睛才从那张纸离开,目光扫了一下这家破破烂烂的房子,着急地催促着:

"有谁能马上去医院吗?"

"我马上就去。"辰弥答应着,"真是太谢谢了,辛苦了。"

警官举手敬了个礼转身走了。妈妈哭了起来,她受到惊吓一下子站不住,坐了下来。一边哭一边叫着大儿子的名字。

"喂，光雄，"辰弥对小弟弟说，"你先过去看看，我和妈妈收拾一下要拿去的东西，随后就去，没问题吧？"

"没那个必要吧？"小弟弟没回头说，"已经住进医院了，医生肯定会处理，我赶着去也不起作用啊。"

"好啦，不用你去了。"辰弥说着，对妈妈着起急来，"现在不是哭的时候！妈，快去把大哥的衣服什么的找出来，还有得把毯子拿去吧。"

"我现在也不知道要干什么了，那孩子肯定受重伤了。"

"他不是还能说出自己的住处和名字吗？肯定没大事，还是快点儿把衣服拿出来吧。"

辰弥自己拿着包袱，搀着妈妈到医院去了。仁善医院是战后修建的简陋板房，白色和绿色的油漆已斑驳脱落，仁善医院招牌上的字要仔细看才看得清楚。

在水泥地房间的一角是挂号处，有个四十来岁的女人，白色的护士服已变成灰色，说话的口气和动作都不像护士，倒是像在收粮票的食堂老板娘。

"请把门关好。"她这么吩咐着，然后才回答辰弥的问话，"啊，那个人确实在我们这儿。你们是他的家属吗？"

她接着又说："我马上问问院长，多半谢绝探视。"

说完她翻着白眼看看二人，然后挪着沉重的脚步，像搬着五十公斤重的东西一样进里边去了。听到说谢绝探视，妈妈一下子攥住了辰弥的手。辰弥轻轻拍着妈妈的手，小声说："挺住啊，妈妈，不要紧的。"

"请吧。"那个女人回来说,"现在院长正好在。"

辰弥搀着妈妈上台阶进了正门,换鞋处摆着五双拖鞋,又旧又脏,上面还有破洞,边也擦破了,看着让人发憷。大约四平方米的候诊室里有清漆剥落的木椅、全是烟头却没有火的火盆,墙上贴的诊疗时间表破了一角耷拉着。

门吱吱嘎嘎地开了,一个矮得吓人的中年男人匆匆进来,开始以为是个孩子,身高和相貌都像小孩子,胖胖的,下巴厚厚的肉堆在脖子上。

"你们是冈田伸弥的家属吧?"那个男人好像呼吸困难似的边喘边说,"他现在处于昏睡状态,警官来过了,还是什么也没弄明白。我是大丰,这家医院的院长,外边的告示板上有我的名字。啊,请坐吧。"

妈妈带哭腔问大哥的情况。大丰院长从白大褂兜里掏出一个揉得皱皱巴巴的纸烟盒,从里边抽出一根折弯的香烟来,然后把身上所有的兜摸了一遍,才和听诊器一起掏出个打火机来,好容易把烟点着火。

"怎么说呢,病人头盖骨骨折,胳膊和腿也骨折了。他的心脏肥大,我想可能是因为饮酒过度。病人被抬到这儿来的时候,已经昏迷不醒。啊,本人可能感觉不到痛苦,因为头盖骨骨折嘛。"

"可是,"辰弥反问,"他不是能说出自己的住处和名字吗?"

"不是吧?完全不对,啊?"院长说,"那个病人被抬来的时候已经昏迷不醒了，我刚才说了。可能那个警官问过，他到现场时，也许病人那时候还能说话。不过抬到这儿来，已经昏迷，别说说话了，准确地说就像抬来一根木头。"

"让我们看看吧。"妈妈说，"他是我孩子，能不能马上让我们见见？"

"你去看，他也认不出你来。那样子很吓人。虽然裹了绷带，还是到处是血。太太，还是别看了。"

"不，我一定要看，不管有多严重，我也不会被吓着的，他是我儿子啊。"

"好吧好吧。"院长看看辰弥，"你是病人的弟弟吧？"

辰弥点点头。

"不能让女性亲属看。"院长说，"不过，从医院角度来讲，对病人的处理和使用的高价注射液，要有病人家属的同意。另外还有一个问题，有没有负担医药费的能力？就是说我们可以使用很贵的注射液。为了这个，我们才希望你去病房看看。"

"好，我去看。"辰弥这么说着看看妈妈，"我先去看看，要是大哥的情况还可以，妈妈也去看看。"

"我儿子要死了吗？"妈妈对院长说，"那孩子没救了吗？"

"妈——"辰弥把妈妈喊住了。院长显示着自己作为医生的威严说："医生不能谈论患者的生死。患者活着的时候就是活着，到了停止呼吸、心脏不跳、患者的肉体机能停止的时候，才能宣告患者死亡。"

说到这儿院长突然不高兴了："我们仁善医院不是只顾赚钱的医院，我们要是像那些不择手段的医院的话，早就改造房子，药房也能多进些新药了。"

辰弥问："病房怎么走？"

妈妈慢慢站起来也想跟着去，院长不耐烦地招了招手，朝刚才出来的门口走去。当院长愤愤不平地说不像那些医院只会挣钱……药房也能多进些新药云云时，辰弥看到他两手腕上有数不清的注射针孔。

浅茶色注射针孔太多了，就像雀斑一样，手腕的皮肤上全是，一直延伸到白大褂衣袖里面。大概从胳膊一直到手腕都有。到底打的什么针不得而知，注射了那么多，肯定是麻痹性的药物。在报社工作的辰弥脑子里出现了好几种禁用药物。他心想：这个医生靠不住。

病房摆着两张病床，狭窄到再摆一张病床的余地都没有。窗户上的毛玻璃多数不是破了就是有裂纹，贴着纸以防玻璃掉下来。大哥的病床靠外，他头朝窗户躺着，身上盖着没套的毯子，胸以下看不见。头上除了眼睛鼻子，全包着绷带，放在毯子上的两手也缠着绷带，绷带上渗着血。

"这是他身上的东西。"院长指着床头柜说，"只能看，在警官来之前不能动。这是警官的命令。"

辰弥点了点头。

妈妈走向大哥枕头边,像要扑上去一样,呜咽着喊大哥的名字,跟他说起话来。院长连形式上要摸脉搏的表示也没有,只顾发牢骚,说什么不是只顾赚钱的医院的经营多困难,又啰里啰唆地嘟囔着说:大哥的治疗费意外地高,准备用什么什么新进口的注射液,但是太贵了,正在犹豫。

辰弥看着床头柜上的东西,脸上的表情渐渐僵硬了。他发现外国造钢笔和自动铅笔、手表、皮面笔记本、皮钱包、高级麻制手绢、雕刻精美的合金化妆盒和梳子旁,是自己的存折和图章。

辰弥简直不敢相信这是真的,院长说了不能动这些物品,他把脸凑上去仔细一看,存折上的住址和名字都是自己的,图章也是自己的。

——原来是这样,警官就是靠这个知道自己的住址和名字的。

想到这儿,辰弥心里涌起难以抑制的愤怒和悲哀,冲口问妈妈:"这是我的存折。怎么会在大哥手里?"

妈妈低头看着大哥,一直说着什么的嘴突然不动了。她缩着身子,像在等待着什么事情的发生,屏住了自己的呼吸。

不好,辰弥立刻就后悔不该这么说。辰弥想:真不该问,这下坏了。

妈妈突然直起身来,头转向了辰弥。辰弥就像听到了自己心里想到的结论。

"存折是我给你大哥的。"妈妈声音颤抖着,"你大哥把那么艰难的事都说了,可你却什么也不说走了。血脉相通的哥哥实在是太难了,才来找你的。"

辰弥的脸白了,喊了一声:"妈——"院长觉得在旁边不太合适,转身出去了。

"他那么困难,可你却连他的话都不愿意听。"妈妈接着说下去。她的脸也变得苍白,瞪着眼睛说:"你自己在那儿偷偷地存钱,连你妈妈都瞒着。你是不是一个人在存钱?你是不是觉得,钱比妈妈、大哥更重要?"

辰弥在心里辩解着:不是那么回事。我不是为了自己。我是想和妈妈、弟弟妹妹一起搬到环境稍好一点的地方去。后来我改主意了,准备把钱给大哥,所以才回家的。我从来没想过为自己做什么。不过,这些都是辰弥心里所想,嘴上什么都没说。

"你大哥都这样了,你就想着存的钱没事就行,是不是?"妈妈的声音近似叫喊,眼睛掉下了泪水,"你大哥不像你那么无情,伸弥的心可善良了,是个有孝心的孩子。"妈妈盯着床上不会说话的大哥,呜咽着:"他总是惦记着我,喊着妈妈、妈妈,说你那么拼命干活多累呀,我给你敲敲肩吧。还说你不休息的话要得病的。没哪个孩子这么关心过我。"接着妈妈看着辰弥,"你对我说过一次这样的话吗?你这么关心过我吗?你偷偷摸摸存钱的时候,你想过你妈妈、兄弟和妹妹吗?"

辰弥低下头，有气无力地，什么也没说。

"伸弥，伸弥啊！"妈妈用哭声叫着大哥，"你不能死，你说话呀。妈妈就靠你了，求求你了，别死啊。"

辰弥悄悄地走到走廊，用手快速地揉着眼睛。

"原来如此啊。"辰弥回想着和丹波老人下的那盘棋，"跳桂马的时候就输了。那时要是把银将[1]后退就好了。应该把银将后退到四七[2]，再打桂头[3]。"

他的脸歪斜得很难看，眼泪打湿了脸颊。

1　银将：日本将棋的棋子之一。可以沿着对角线向前、向后或是笔直向前逐格移动。升变后为"金"，与金将走法一样。
2　四七：日本将棋中，横向格从一到九，纵向格从一到九，以此为坐标表示棋子的位置。
3　打桂头：在日本将棋中，指将自阵的棋子落在对方的桂马前头。

没有季节的街

牧歌调

增田益夫三十二岁，其妻胜子二十九岁。

河口初太郎三十岁，其妻良江二十五岁。

增田夫妇住在东边的长屋，河口夫妇住在北边的长屋。这两排简易房大体呈T字形结构，有公用自来水道，周围都是空地。公用自来水道是女人们聚集的地方，空地则是孩子们的地盘，两个地方都非常热闹。

增田和河口都是打零工的。两个人说不上特别要好，只是出门干活儿总在一起，也经常喝醉了一起回来。增田管河口叫"小初"，河口管增田叫"大哥"。

他们的妻子每天都会在公共自来水道碰头，其他的女人们也一样。她们聚在一起，发发牢骚，说说别人的闲话，还有无数的话题让她们享受聊天的快乐——不过，这并不是说两个人特别亲热。

"哎，小良，这是和你我才说的……"

胜子这么喊良江。接着，她们什么都说，甚至包括闺房秘事。说了后都叮嘱一句：跟谁都别说啊。那说话的口气和表情里，充满了信任和亲近感。就为这个，她们连亲姐妹都不告诉的事都可以坦白相告。虽说看起来是这样的感觉，实际上对方不是良江也没关系。如果有了说话的冲动，只要有合适的说话对象，根本不在乎对方是谁，都能把不跟其他女人说的事说出来。

当然把说话对象换成良江也一样，其他诸多女人也行。但有一个例外，就两个人之间特别亲近，跟别人冷淡或者不喜欢参加自来水道聚会的，就难保不被这些女人说成是"怪人""贱女人"。

十月末的一个晚上，大约九点来钟，增田益夫喝醉了酒，跑到河口初太郎家去了。

那天两个人遇到了好久没碰到的好活儿，回来的时候一起去喝了一杯。这时候，河口和妻子良江还在深一口浅一口地喝着酒。一看见增田，河口来了劲儿，抬手招呼着：

"呀，大哥。来得正好，快进屋吧。"

"嘿，这么高兴啊，我有事要问你呢。"

增田进了屋，在河口夫妇旁盘腿坐下。他的脸是红的，眼睛也是红的，喘出来的气有一股熟烂了的柿子味儿。

"来，来一杯。"河口把手上茶杯的酒喝了一小口，然后把茶杯递出去，"喝了再听你说，到底怎么了？"

"怎么也没怎么……"增田把良江斟上的酒像喝水一样一口气干了，"怎么也没怎么，我家那个丑女人，那么个东西，我呀，就像野狗戴了帽子那种感觉。"

"哦。"河口歪着脑袋。

"说起来真是不好意思，就像我正吃饭呢，劈头盖脑被倒了一筐沙子的那种感觉。"

"哦。"河口猜度着大哥在想什么。不过就算猜度，也能感觉出这事儿挺复杂——具体怎么回事虽然还不清楚。"老是这样，大哥家也不容易啊。"

"阿胜也太好强了。"良江给增田斟着酒说，"其实她脾气挺好，就是说冒火就冒火。"

"你说的沙子是怎么回事？"只要良江一开口，话题就经常会被岔开。河口拿了另一个茶杯，自己往里倒着酒反问道："真把沙子倒在你脑袋上了吗？"

"什么沙子？我是说当时的那种心情，简直是不像话。"增田喝了一口酒说，"这是刚才我和你分手后的事了。我去澡堂洗了个澡，回家就喝了一杯，那家伙就生气。我问她，怎么啦？她说你真是啥也不知道，就不理我了。我说我都不知道，你发的什么火？我这一说，她反问我，为什么？我说怎么问我为什么，混蛋。她却反过来问我，什么是混蛋？为了和丈夫没关系的事，却跟丈夫生气，不是混蛋是啥？我这一说，她反过来说我，那你是不是也是混蛋？我说我怎么成了混蛋啦？她就顶嘴说，你老是为了和我没关系的事儿拿我撒气，不总是这样吗？是不是？一家之主有自己的主意，是不是？阿初。"增田问道。

河口说："那当然了。"嘬了一口茶杯里的酒。也许是精神作用，他喝酒的样子也似乎很有主意。

"男人在外边真是太不容易了。"增田接着说，"你不得不对那群乳臭未干的毛孩子点头哈腰，被逼卸货，筋疲力尽，还要像牲口一样挨骂，就这样还得强忍着不掉下眼泪来。回到家不想在老婆那儿碰钉子，这也是人之常情嘛。"

"我说错了吗？"增田说着一下子喝干了酒，良江马上又把酒斟上。

"大哥说的没错,不管什么时候,大哥说的总没错。"

"可是遇到我老婆就得认倒霉,从没听她好好答应过一声。"增田喝了一口又斟好的酒说道,"我那女人还数落我说:男人在外不容易,我在家也苦着呢。不知多少回,心里有一种像用大钉子剜虫牙一样的感觉。可我又是你老婆,对累了一天回家来的男人,又不能把受的罪向你哭诉,只有忍着什么都不说。这些你都不知道吧?"

河口刚想开口说这话也有点儿道理,慌忙又把嘴闭上了。

增田说——我就还了她一句,你那么体谅你男人,那就别发脾气了不好吗?她却说,我也是人呐,有时也想发泄一下嘛,话说回来了,法律上有禁止女人发火这一条吗?

"听得我肺都气炸了,真想一下子把她揍倒。那个女人要是闹起来,整栋长屋的人都听得见,我就跑出来了。你看,我的心还咚咚跳呢。"

他把衣襟掀开,啪啪拍着自己长满黑毛的胸口。良江看着增田的胸毛,眼球里闪光,眼睛一下就直了。

"没法子,跟女人就没法讲理。"河口用手抹着嘴说,"本来笑笑就完的事儿,一说什么主意啦什么法律啦,马上就跟你扯大道理。她们打发时间好玩儿,然后笑笑就没事了。总而言之,她们唯恐天下不乱。得了,我得去好好说说她。"

"怎么好意思这么麻烦你呢,还是别管了。"

"那哪儿行啊？我和大哥什么关系啊？"河口站起来，"这事儿不能看着不管。对了，我该去找谁呀？"

"算了吧，看你傻乎乎的样儿，都醉成这样了。"良江说，"你不是要到阿胜那儿去劝架吗？还问找谁,还能说话吗？"

"没事儿，就喝这么点儿酒，我能醉了？"

"已经醉了，说了你不行，别去了。"

听良江的口气，不是要制止他，反而是在撺掇着她男人快去。当然，她本意并不是真这么想的，她知道，她男人醉了，这么说说，他也去不了。

可是人并不总是按照本意行事。良江劝她男人别去了，是因为她看出来他已经醉了。但她也知道他的毛病，这么个劝法，他反而会更来劲儿，非去不可。应该说这并不是什么大道理。而是基于本能的感知。她用撺掇的口气说着，完全是不经思考的，对此她不必负任何责任。

河口出去了，良江接着给增田斟酒。增田已经喝过量了，但他自己来了兴致，只顾喝酒没觉得自己醉了，只要给斟上就喝。

"我也喝一杯吧。"不一会儿良江也拿起茶杯，"麻烦也给我倒一杯吧。"

"你是说你要一杯？"增田要倒酒，可是手抖得厉害，把酒洒了，"哈哈，我的手好像醉了。"

"算了算了，全洒了。还是我自己来吧，把酒壶给我。"

"对不起，对不起啊。阿良。"增田干笑着，看着良江的脸摇摇头,"你不是和阿初要好的阿良吗?哎,吓我一跳。"

"你的胸口又跳了吗?"

"胸口?——啊,胸口吗?"增田把衣襟掀开,手摸着胸毛,似乎觉得有什么怪事,歪了歪头,"怪了,没那种怦怦跳的声音了,莫非心脏也醉了?"

"哪儿,让我看看。"良江凑过来,手伸到增田的胸口,抚摸着浓密的胸毛,好像很喜欢那种感觉,"不是跳着呢嘛,对吧?咚咚咚的——不是跳得挺有劲儿吗?都快把我的手弹飞了。"

"你说把你的手弹飞了?"增田拧过身子,"那你的呢?"

"你自己看啊。"

"真是事儿多,心脏还能不跳了?"

"哎呀,等等,这么野蛮,哥,别急嘛。"

增田"啊——"的一声,一下子翻身躺下了。"你叫我哥?"

"怎么回事儿啊?别在这儿躺下呀,会着凉的。"

"我听着你叫我哥了。"

增田闭着眼睛,像被挠痒了一样嘻嘻地笑着说:"快过来吧。"

河口没回来。良江一个人喝了一会儿已经凉了的酒,站起身来,从柜子里拿出被褥,铺在增田身边。

第二天一大早,增田的老婆来到河口的家,送去自己男人的工作服，又把河口初太郎的工作服拿走了。

"男人喝醉了酒真是一点儿办法都没有。"增田的老婆胜子说道。

"就是，男人一喝醉了就像小孩子一样。"河口的老婆良江答应着。

两人就说了两句。她们心里到底想啥，谁都没说出来。并不是说出来脸上挂不住，两人的心里也并没想特意地回避。两个人都没再说什么，实在也没什么好说的。

到了每天上班的时候，换上工作服，拎着饭盒，河口初太郎和增田益夫在水道桥碰头了。

"嘿。"增田喊了一声。

"嘿。"河口答应着。

"太阳真晃眼啊。"增田开口了，"昨晚喝多了。"

"是喝多了。"河口说，"怎么现在还有点儿晕晕乎乎的呢。"

两个人就上工去了。他们两个再也没说啥，根本看不出有什么想说的忍着没说或者是在揣摩对方想法的意思。当然如果只是这些的话，可能还没什么奇怪的。人们所说的和所做的，有时即使看起来很过分，但其实肯定有其合理的部分。增田和河口他们两对夫妻，某一夜晚喝醉了，各自错与对方的老婆或男人睡觉。这种事在我们这个"街区"并不稀奇，城市和乡下也都一样。把各自巧妙地蒙在脸上的面具摘下来的话，像那样的冒险在哪儿都找得着。

不过，这两对夫妻的情况又略有不同。每天早上两个人一起出去打日结工赚钱，晚上回来增田去了河口家，河口则到增田的住处去了。他们毫无顾忌，极为自然，然后又若无其事地离开。他们谁都没感觉到抵触、难为情或难堪，他们各自回去也与往日回家无异。

第二天早晨两个人在水道桥会合，一块儿去干活儿。两个人都和平时一样，没看出来有多高兴，也没看出来有什么不高兴。

"要是每天都是这种好天气就好了，再有半个月的话。"

"嗯，再有半个月这种好天气的话……"河口接着说，"那就太棒了。"

就这样两个人肩并肩走了。

胜子和良江也和过去一模一样，在自来水道碰在一起，就边洗东西边聊天儿。

"这东西老涨价，真受不了。"胜子说，"吓死人了，啊，阿良。你猜一块咸鱼要多少钱？"

"就是，简直让人受不了。"良江答应着，"你看就这么一根儿胡萝卜，一根儿啊，阿胜，我光听价钱就吓了一跳。"

和平时一样，一直聊着这些，自己男人的事一点儿没提。除此之外，说话的口吻和表情一点儿没变。

这种状态就这么一直平静地持续着。附近的人们、特别是那些女人们，这事儿不可能瞒住她们。对于各种不可思议的男女之情，这些女人们本是见惯不惊，但是这两对夫妇的事儿还是让她们吃惊不小。这还不算，当她们了解到这事儿居然没闹起来，丈夫和妻子的关系仍旧很好，仍旧相安无事地过日子，更是惊讶不已。这儿的住民还没听说过这种事，所以出现了各种非议，甚至还提高到了道德论的高度。

"虽说都是一路货，可世上还真有这样的两口子。"

"老天爷可看着呢，老天爷。"

"孩子要是问起来，可怎么说呀？现在的孩子什么都懂，我们家孩子也说把他爸和阿作叔叔换换多好，真受不了。"

"孩子的眼睛尖啊。"

这些话里有特别的故事。原来，打零工的泥瓦匠阿松的老婆，和年轻的土工阿作从很久以前就相好。阿松不在家的时候，他们就更好了。这事儿好多人都知道。"眼睛尖的可不光是孩子。"阿松的老婆平静地回了一句。

"要是说怕别人知道的婚外情，大概都听说过，话说得冠冕堂皇的人可能也够呛。但是那两对夫妇这么明目张胆也太过分了。"

"老天爷都看着呢，老天爷。"

胜子和良江来了的话，大家就不说话了。当然，她们说话胜子和良江不会听不见。大家说话的声音能让她们听见。但她们不会放弃享受眼看着她们闲聊的快乐。

然而，那些女人却失望了。胜子和良江对她们的话全无反应，若无其事地加入她们的聊天聚会，高高兴兴地有说有笑。有个女人实在忍不住了，一天她笑眯眯地朝胜子打听增田益夫的事儿。

"你这么说起来还真的是……"胜子大方地回答说，"他喝酒还是照样喝，不过不会一醉酒就胡闹了。阿良，你家里的怎么样？"

"这么说还真的是。"良江也大大方方地说，"喝酒还照样，就是喝醉了也不胡闹了。"

问话的女人气得着急想说点儿什么，但是看到她们两个那么坦然的样子，便没法再追问下去，反而像自己被羞辱了一样，只好带着一肚子气走了。

胜子和良江是不是对自己丈夫的事一点都不在乎呢？这还真说不清楚。有一回，良江在自来水道边洗衣服，忽然停下手，眼睛也不知道看哪儿，只是呆呆地四下看，像似叹气一样小声说：

"男人啊，都差不多一个样。"

一听良江这么说，胜子也把洗衣服的手停下，看那眼神好像也在想什么似的，忽然微笑着说：

"是啊，都差不多一个样。"

说这话是不是为了现在同居的男人有感而发呢？这也说不清楚。可能她们只是对男人印象的泛泛而谈。不管怎么说，她们的表情和说话口吻显得她们很现实。

两个人的丈夫也和她们差不多。增田和河口比过去还要好，出去回来都在一起，干活儿的时候也尽量能在一块儿。要是一个人被分配干护岸工程，一个人去卸货，卸货的如果看到护岸工程需要人手，哪怕太阳晒，也要求一起干护岸工程。

每天早上打零工的都聚集在一起，等派工的年轻人分配工作。"怎么回事？"一天，派工的年轻人突然看着增田和河口两个人，觉得哪儿不对劲儿，"你俩老是在一块儿，打算干什么呀？"两个人没说话。

"可别想着干坏事啊。"年轻人威胁着，"要是闹什么罢工，要求增加工资什么的，可就打错主意了。"

"那小子净说大话。"那天回家，两人在小酒馆儿喝了一杯，想起早上的事笑了起来。

"还说什么罢工要求加工资，"增田说，"要是反对克扣工资的话，倒是可以罢工一下，我们又不是那种人，是不是？"

"没错。"河口说，"闹罢工，不合时宜。"

两个人总想在一起，但的确不是为了闹罢工、要求加工资或反对克扣工资。——他们都说了，现在不是时候。那么有比这些更紧迫、共同关心的事吗？——看起来好像没有，虽说他们在一起干活儿，但是他们并没有要好到那种地步。

的确，两个人总在一起，但并不是两个人的友情突然深厚起来，而是同病相怜想凑在一起，或者说像同案犯怕对方告密而互相监视。

还有一次他们一起回家又在小酒馆儿喝酒。他们喝酒的时候看不出关系多好，只要没醉到相当程度，也并不怎么说话。——那天也是一样，他们喝着杯里的烧酒，手抓着碟子里的小菜，心不在焉，有一句没一句地聊着。忽然都不说话了，各自想着自己的心事。过了一会儿，增田益夫摇着脑袋，把酒喝出了响声，像自言自语似的嘟囔着：

"这女人啊，都差不多。"

"就是说啊。"河口初太郎说，"什么女人呐，不管跑到哪儿，都一个样。"

这两对夫妇的浪漫关系不知持续了多久。有人说不到二十天，也有人说有三十多天。在这个"街区"，能让人兴致勃勃的事情层出不穷。两对夫妇令人感觉气愤，人们诉诸了道德性谴责。但是，大家生活中皆有急需料理的大事小情，对两对夫妇的浪漫渐渐也没了新鲜感，不知不觉间忘却脑后。过了一阵，忽然又想起时，发现两对夫妇又各自回到原来家里，这又让大伙儿倍觉意外。

事情是这么回事儿。

有一天，增田和河口被分配去干不同的工作。当然，这也不是第一次。有时因此分开也是常有的事情。不过到回家时，他们会在常去的小酒馆儿碰头，一起喝一杯是必不可少的。可是有一天，他们没在小酒馆儿汇合。

"怎么没看见您的朋友？"小酒馆儿的老头儿问，"出什么事了吗？师傅。"

"待会儿就来吧。"增田答应着，"来杯杀鬼酒吧，好久没喝那玩意儿了。"

"干活儿累了喝杀鬼酒可对身体不太好啊。新进的一种酒劲儿特大，来一杯？"

"别啰唆了，又不是昨天、今天才来你这儿喝酒。什么累了喝酒对身体不好，有比杀鬼酒劲儿更大的吗？"

"那可厉害了。"

"行了，快倒上吧。"

被称为"杀鬼酒"的酒好像因产地不同有种种区别。在这儿是指一种酒劲儿大的烧酒。小酒馆儿的老头儿很是得意：酒精度有六十度。

六十度？还有度数更高的吗？不知为何，那种杀鬼酒的酒劲儿很强。喝第二杯时好像还没什么事，舌头的感觉和酒香味儿也和其他的烧酒差不多。可到了喝完第三杯，就算酒豪也受不住。就像被优秀的狙击手击中一样，突然就瘫了，常常有人一下子就倒在地上。

增田不会像刚会喝酒的人一样倒下，但还是抵不住酒劲儿，出了酒馆脚下已晃晃悠悠的了。

"干活儿累了喝酒对身体就不好？混蛋，你以为我是谁呢？"增田边走边说，"又不是昨天、今天才开始喝酒，开什么玩笑！"

"知道了吧？师傅。"有谁在说话，"师傅说真是那么回事，我没话可说。你家里老婆孩子在等你吧。"

"让他们等着吧。反正老婆孩子也跑不了。哎，你这个家伙，我还以为你是阿初呢，原来不是。"

"求求你啦，师傅。我必须回家了。"

增田想抓对方的手，但身子一晃，倒在了不知谁家的门口。

"安静点儿好不好？是谁呀？"

增田听见一个女人喊叫。他嘟囔着："看看，我老婆没跑吧？好好的在家嘛。"他离开门口，拼命地回想着："等等，等一会儿嘛。"他看看周围，"在那家酒馆儿灌了杀鬼酒，然后在横街拐弯，在哪儿又喝了一顿吗？不对，不对，没这回事，没有吧，就算没有……"

"谁呀？"又听到女人的声音，"是谁在那儿？"

"混蛋！"增田回骂着，"问什么是谁在那儿？连你男人的声音都听不出来了吗？这世上哪有这样的老婆？"

拉门开了，电灯光照到窗外，胜子在门口四处看着："哎呀，是你呀？怎么这样啦？"

胜子开了门。

"你还问是不是我？"增田踉跄着进了屋，"嘿，还这么问，我才吓了一跳呢。还拿我开心……"

"啊呀，这个味儿。"胜子把自己的手伸到鼻子前扇着，"是不是又喝杀鬼酒去了？这味儿，我鼻子都要被熏歪了。"

"什么杀鬼酒？喝杀鬼酒又怎么啦？"增田絮絮叨叨地说着酒话，胜子哄着增田，要把他扶进屋里。可增田一下子坐下了。

就在这时，河口初太郎回来了。手摇着空饭盒包，晃晃悠悠。他从窗子往里看，眯着眼睛看看，又瞪大了看看。使劲儿晃晃脑袋后，又直着眼睛，好像发现了什么怪物一样，目不转睛地看着胜子和增田。

"啊，回来啦。"胜子招呼着，"这个人好像又喝杀鬼酒了，你看看都这样了，你们今天没在一块儿吗？"

"大哥呀？"河口脑袋伸进门，看着坐在门口的增田，"这不是你家大哥吗？"

"是我们家的，你们没在一起？"

"我在工地喝了，喝了威士忌。"河口把手心贴在额头上，"正宗的威士忌，得不少钱一瓶呢。真想让大哥也尝尝。是，今天没在一块儿。"

"对不起，你搭把手，太沉了，我一个人搬不动。"

"行，我来。"

河口把空饭盒放下，进了门，手伸到增田腋下把他抱了起来。

"谁？要把我怎么着？"

"我呀，大哥，你也使点劲儿。嘿！"

"把我放下！"

"嘿！"

河口把增田抱起来，穿着鞋就进了屋。胜子叫起来了："哎呀！你怎么不脱鞋就进来了？"河口把大哥拖进十平米大的房间，自己也倒在了增田身边。

虽然没醉成增田那个样子，但是喝了正宗的威士忌，河口好像也醉得不轻。他仰面朝天倒下，大声喊着："喝酒啊！"

"嘿，差不多得了！"身边有人喊了起来，"旁边还有人呢。这儿也不是荒地……"

胜子摇晃着河口的肩膀，在他耳边说："阿初，安静点儿吧。"

"嗯？你说什么？"河口抬起头来，"你喊我阿初？"

"旁边有人不高兴了。"胜子摇着手说，"我家那个也这样，醉得不知道自己是谁了，阿初也这样的话可怎么办呀？"

"那家伙太不像话了。"河口说着，用惊讶的眼神看着胜子，"大哥怎么啦？"

"你看他那样子。"胜子又摆摆手。河口顺着她的手看过去，看着躺在那儿的增田，含含混混地嘟囔着："是大哥呀。"

河口起身又仔细看了看："这不是大哥吗？"

"一点正形儿也没有。"

"还穿着鞋呢。"

"那不是阿初你给他……的吗？阿初，你也没脱鞋……"

河口看着自己的脚,说了一声:"这个家伙太过分了,喝得像右大臣玩偶的脸了。"说着他爬到门口。胜子也跟着过来。河口看着昏暗的门口,看着空饭盒,于是捡起饭盒,对胜子点了点头:

"就这样吧,帮我问候大哥。歇着吧……"

"晚安。"胜子答应着,"也帮我问阿良好啊。"

河口慢慢出了门,没弄错方向,也没些许犹豫,一直朝自己家走去。推开自家拉门,喊了一声:"我回来了。"良江迎了出来,却没露出意外或慌张的神情。

"回来啦?这么晚才回来。"良江说着接过空饭盒,"又喝醉了?这味儿,喝的什么呀?"

"威士忌,工地上有人请客。一瓶不少钱呢,正宗的威士忌。"河口说着,"光闻味儿,你这样的外行能明白吗?"

"那还不是一股臭味儿,是不是……还是喝了杀鬼酒?"

"那是大哥喝的。"河口嘟囔着脱鞋进了屋,"拿水来。"一下子像瘫了一样,背靠着墙壁坐了下去。

这就是事情的整个经过了。除此之外,再没发生任何事。两对夫妇之间,增田两口子和河口两口子照样来往,过去啥样现在还啥样。

每天一大早,两个人自来水道边碰头,然后一起去干活儿。

"嘿。"增田招呼一声。

"嘿。"河口答应一声。

"今天好像要掉雨点儿呢。"增田说道,"看云彩不大对劲儿。"

"就是。"河口说,"好多天都晴天没下雨了。"

两个人一起走了。过了几个钟头,在自来水道旁,胜子和良江遇到一起,还是和过去一样聊起来没完。

"阿良,昨晚怎么样?"胜子问良江,"我家那个人喝得跟泥龟[1]一样回家来,真是够了。"

"一个样。"良江把洗衣服水溅得到处都是,"能给我留一半带回来该有多好。"

"男人怎么都爱喝那个呀?"

"肚子里是不是有酒虫啊?太讨厌了,是不是?"

住在附近的人都不知道他们是什么时候各回各家的。既然已经各回各家了,也就没什么意思没什么好说的了。两对夫妇之间,无论主观还是客观,什么事儿都没有,就这样。

---

1 泥龟:鳖的别称。这里是指烂醉如泥。

没有季节的街

有泳池的房子

六月的一个午后，细雨朦胧。一对父子在街上走着。父亲大约四十来岁，小孩儿有六七岁。说他有六岁，看着比同龄的小孩儿瘦小，听他和父亲说话的样子，又觉得他至少有七岁。

这对父子衣衫褴褛，脚下的旧木屐磨薄得像块木头片儿。衣服已看不出是夹衣还是棉衣。他们的头发剃得高低不平，面带菜色，一副极为寻常可见的叫花子样儿。实际上，这对父子过的生活也和叫花子一样。

说他们的生活和叫花子一样乃因表象于外，实际上却还区别于叫花子的生活。他们吃的穿的都是别人给的，住在狗窝似的小棚子里却并不坐在路边要钱。中通大街和本通大街经常有女人给小孩子几个小钱，小孩子接到钱都会低头行礼说声"谢谢"。这个小孩儿和其他的小孩儿一模一样，表情上完全没有特别想要别人东西的意思。这从父子对话当中也能听得出来。在细雨朦胧的街上，他们没撑伞，一边走一边聊他们以后自己家要修建的房子。

"要建在小山上才好呢。"父亲说，"日本人从古代就喜欢把房子建在山背坡呀、河谷边呀、小山的半山腰上呀，反正喜欢低矮的地方。"

"就是，真的。"小孩子像深思过一样点着头，"去横滨的时候，看到洋鬼都把房子修在小山上，在半山腰上，但是日本人非要修在山下、低矮的地方。"

"这是有道理的。"父亲接着说，"日本地震多，台风也多，木头建造的房子不抗震，怕台风，所以就要尽量挑不当风、遇到天灾时相对安全的地方修房子。当然，日本的房子还不光是这些。"

日本人对"阴影"非常敏感，比起直射光，日本人更喜欢间接光，比起宽敞明亮，日本人更喜欢被遮挡、柔和的光线。日本人在生活里引入静寂之美，习惯避开强烈的光线。

"所以洋鬼在用石头修的房子里，穿着鞋到处走，我们就不习惯这样的生活。"

"嗯，"小孩子有模有样地歪着脑袋，"就是的，我也不喜欢石头房子，住着又冷，石头房子不好。"

"也不能只看到这点。"父亲像在反省似的说，"日本人确实适合住木头造的房子，但是一直住在这种用木头、泥巴和纸造的房子里，时间一长，连民族的性格都会适应房屋，造成住在这样房子里的人轻浮浅薄，没有常性。"

父亲又讲起了欧美人的性格，说支撑他们能力的或许是用石头、钢铁和水泥造的房子，他们穿着鞋在桌子旁吃饭，举行大型宴会等等。

小孩子认真地听着父亲的每一句话，在应该回应时就会深有同感似的点头或叹气、出声哼哼。父亲的口吻并不像跟自己的儿子说话，小孩子也不像在听父亲说话，两人总是这样，不像父子却像年纪差很多的哥儿俩或极其亲密的朋友。

"就算这样,到了要修自己房子的时候……那这又是另外的问题了。在我们要住自己的房子的地方,民族性是民族性,现实问题还有很多。"

"民族性不是很大的问题,我觉得。"

"说是这么说,这个是关系到你们的将来。我们大人的将来不会那么长,现在开始全面培养性格恐怕也来不及了。当需要操心你们、你们的儿子、你们的孙子的时候,就不能只是考虑个人的喜恶了。"

"是啊,嗯,的确是这样。"

街道在雨中迎来了黄昏,路上因出租车、卡车以及行人而喧嚣吵闹。不过于这对父子来说,这些都和他们没什么关系。同样,对于出租车司机、路人、街上商店里的业主和商店前的顾客来说,这对父子仿佛也不存在。

天色一暗下来,这对父子就回自己的住处去了。他们的住处在我们"街区"八田大叔家的旁边,是一个挨着八田大叔家的护墙板用旧木板搭成的小棚子。小棚子有一米五高,宽刚好一米,长不到两米,像个狗窝。里边铺着木板当床,稻草和席子就是他们的被褥。

小棚子外有个啤酒箱,里边有两个大碗和筷子、缺了口的陶锅、满是凸凹的铝奶锅。啤酒箱的旁边有一个铁丝捆起来又旧又破的泥火炉,看上去要是把铁丝解开就会垮掉。

父子俩在小棚子外吃饭,陶锅和奶锅里有饭和汤,面包、炖菜、炒饭、咖啡、肉鱼、面包屑和米饭乱七八糟煮在一起,叫不出名字的食物。不过这对父子对锅里到底是什么并不介意。

也不能说是不介意,实际上他们是不去注意那些东西到底是啥,而尽量把嗅觉、味觉和视觉集中到其他方面。

平时是这样,但也有例外。有时汤和面包或泡饭里会有诱发他们食欲的东西。

"哎呦,这个真不错。"父亲用筷子夹起一小片肉,"真稀奇,好像是烤牛排呢,煎的火候真棒。中间还是红的,这可要技术。你吃吗?"

"我不要,爸爸吃吧。"小孩子皱起了眉头,"我不喜欢生肉。"

"牛肉啊,跟你说……"父亲把那小片剩牛排塞进嘴里,煞有介事的口气说,"在德国和法国,都生着吃,啊,可能只有德国?也许是巴伐利亚特有的吃法。把洋葱和月桂树叶用柠檬汁腌渍,然后把牛肉放进去腌一阵取出来,上面撒上洋葱末和香料。和黑面包一起吃。"

"还有奶酪末。"孩子添了一句,"——说错了吗?"

"要看个人口味了,加奶酪味道就太浓了。"父亲嚼着肉咽了下去,好像正合胃口一样摇摇头说,"嗯,不用再加奶酪末了,加了奶酪末反而不好。"

接着父亲又仔细地介绍了另外两三种肉菜。要是专家听见他说的话,马上就能知道有些道听途说有些一知半解,外加自己凭空想象的润色。不过他的确有些经历和知识，兴许还有那么点儿天分。但因运气不济，他哪方面都没干出个样儿来。

他说起话来涉及话题广泛，小孩子是他最好的听众。吃过晚饭，暖和的季节，他们就在小棚子外消闲。父亲把小孩子路上捡的烟头塞进自己做的竹烟管里，一边小口吸着烟，一边继续说，小孩子就跟着听。也有时候小孩子讲，两个人的话题都离现实挺远。他们的话题百分之九十九是脱离实际、凭空想象和编造的。

可以肯定的一点是小孩子从来不提及自己的妈妈，父亲也不谈妻子和家里其他的人。不管有什么隐情，不管她是死是活，一个才七岁的孩子应该想妈妈。大人自不必说，对于小孩子，妈妈的形象应该永远深深地刻在心里。

可是，小孩子绝然不提自己的妈妈，也不会提到别的小孩的妈妈。在小棚子里，孩子睡到半夜睁眼时，或者和父亲一道在街上游走的时候，孩子的脸上有时会突然显出悲伤、孤寂的表情。小孩子在那时候可能在想念妈妈，有想见妈妈的冲动。可是他脸上也看不出尽力不去想妈妈的表情，没有忍着不提关于妈妈的事情的样子。

这对父子从哪里来？过去是怎样生活的？这个"街区"的人没人知道。让这对父子在自己家旁边搭小棚子的八田大叔——准确地说他的名字叫八田公兵，他问过那个人的名字，可他尴尬地笑了笑，挠着后脑勺只答了一句，我不是那种值得报出姓名的人。

八田公兵也是独身。他相信自己是创业人才，整天没日没夜地干，要干出一番大事业。但是失败了，后来又反复创业、失败好几次。他认为要成大事就要有度量，所以他对任何事都不在乎，也不要这对父子所栖身小棚的地租钱。

八田公兵话说大了。在这个"街区"住的人都不是土地或房屋的所有者。其实地主另有其人，知道来龙去脉的大概只有斋田先生和极少数的几个人。有好几次，房主和住户们之间就"房租"发生过纠纷，都是斋田先生居中调解，好容易才平息下来的。所以说，八田大叔说什么不要"地租钱"，不过是显示自己的大度罢了。

附近四邻不仅不知道他们的姓名，甚至也没听他们相互叫过名字。父亲不叫孩子的名字，孩子也不叫爸爸。两人只是淡漠地相互喊一声"喂"或"嘿"，这更让人觉得他们之间不像是父子，而像好朋友或哥儿俩。

晚上十点后，小孩子从小棚子里钻出来，一个人朝横街走去。横街是中通大街南头一条小街的一部分，里边有小餐厅、炖菜馆、小食店、中华拉面店和寿司店等，一家挨一家，这里也被人叫做"酒鬼横街"。

小孩子先去了"寿司定"的后门。因为这家寿司店最早闭店，而且小孩子在这儿放了一个破锅。

"啊，真冷啊。"老板娘说，"今天不少呢，锅里装满了就没再留，对不住啊。"

"呦，来啦？小孩儿。"老板说，"在那儿呢，拿走吧。都是生的，过了火再吃。"

小孩子说了声"谢谢"，再也没说话。"寿司定"的老板常常半开玩笑地对小孩儿说："到我家来干活儿吧。"但小孩儿从不应声。小孩儿放在那儿的破锅是摞在一起的三个旧铝锅，从下到上用铁丝固定着，能重叠着提起来。这些锅里一个装汤，一个装蔬菜、肉鱼，还有一个装米饭啦面条什么的。当然这些锅很少有通通装满的时候，蔬菜、肉、鱼和米饭、面条什么的几乎没有保持原来形状的，能看出汤和形状上稍有分辨的东西就不错了。没有相当的经验很难分清楚这些残汤剩饭里究竟有些什么。

去了寿司店之后，要去一家小饭馆，然后是小餐厅、炖菜馆、中华面条店。在两家小餐厅、四家小饭馆、三家炖菜馆和两家中华面条店之间，哪家临近关门就先去哪家。要是弄错了时间，就会被店里的人数落"还有客人在呢你就来了，多晦气哪"或是"你是撵赶客人出去吗？"云云。如果出一次这样的错误，要想再从那里找吃的，就得等别人不生气的时候了。另外还有其他竞争者趁机抢夺这份权利的危险。

其他无需我一一交代，来要残汤剩饭的并不只是孩子们。我们这个"街区"也有人因为没工作生活困难，悄悄去店后要吃的。还有几个人会定期来到这里。说起来有些奇怪，八田公兵也在这里出现过。当然，八田大叔到这里并非因生活无着，他是想策划把这事当作"事业"来做。在他令人难以置信的多彩的创业欲中，这是最有希望的、最有实现可能性的一个。可是由于"花彦"炖菜馆的老板娘反对，这个计划令人遗憾地夭折了。

"花彦"炖菜馆的老板娘对"酒鬼横街"的同业者说："到了要饭吃的地步都是没法子的事，把这些剩饭菜收集起来给一个人挣钱，简直就不是人。把剩饭剩菜给这种人，我还不如倒进沟里。"

那个小孩子心知肚明，把剩饭菜拿给他的人并不是特别照应他。餐馆打扫收拾准备关门的时候，有人正好赶到点儿上的话，餐馆的人不会差别对待。如果晚了一步的话，哪怕熟悉的店家也可能被别人捷足先登。

还有一点必须明白，这些店家并不是因为好心给人剩饭剩菜。

一些人生意并不如意，从外边可能看不出来，他们也在苦苦支撑着自己的店铺。这种买卖一般被称作"熟客生意"。对于"熟客生意"的买卖，口碑是最重要的。无论资金出现了多大的问题，内情绝对不能显露，这是诀窍，也是摆脱危机的法宝。所以给人一小撮剩饭菜，不光是享受做慈善的满足感，很多人还希望能让别人说一句：这家店还行。特别是像"寿司定"和"花彦"这种，老板或老板娘亲自操刀的店铺倒没什么，而从有帮工特别是有女招待的店里拿到一点儿剩饭剩菜就很不容易。餐厅、餐馆兼酒吧的有些女招待，不知出于什么心理，会往客人吃剩的饭菜里捻烟头，扔擦了口红的纸巾、火柴杆、牙签、擤了鼻涕的纸巾和其他乱七八糟的东西。还有更缺德的毛病，有个漂亮女人甚至专门到搁置剩饭剩菜的地方扔烟头。

小孩子现在来到了一家名叫"丽莎"的餐厅。玻璃店门开着，但是熟悉的大厨不见了身影。两个女招待靠在水槽边，边抽烟边大声聊天。

"哎呀，那个小崽子又来了。"有一个女招待发现了出现在后门口的小孩子说，"来了也没用，什么都没有了，回去吧。"

小孩子看了看墙角，那儿有个汽油桶一半大小的搪瓷桶，里面有大半桶吃剩下的西餐残渣。放在过去，那个当大厨的老板总是为小孩儿在另外的平底锅里留下剩饭剩菜。可是今天没看见那个平底锅。

"还在这晃来晃去的干什么？"刚才说话的那个女招待又说了，"在那儿站着也什么都没有，回去吧。"

小孩子转过身离开了。

他脸上没有任何表情，也没法问他对刚才女招待无礼的侮辱作何感想，看起来这种侮辱已司空见惯。也可能相反，他并没感受到那是侮辱，把侮辱直接回赠对方了。

只有七岁的孩子，看起来却很沉稳。他的表情和说话的口吻里，有种说不出的达观，像苦难生活中疲惫的大人，让人感到悲凉的平和。

他转完"酒鬼横街"的各家餐饮店,运气不好时会遇上他的强敌。

敌人之一是叫作"玛鲁"的狗,另外是三个少年结成的三人帮。那条狗虽然名字听起来挺温顺,但有着近四十公斤的巨型身躯,那副可怕的面容恐怕大猩猩也自叹弗如。那狗看到小孩子就龇牙咧嘴,低声吼叫着慢慢地凑近前来。

好多爱狗的人都说像那种身躯硕大、长着一副吓人面容的狗其实温顺不咬人。确实,"玛鲁"一直很温顺且有些怕人,比自己小一半的小狗瞪它一眼,它都会露出害怕的样子不敢直视或躲进角落里藏身。它没和其他狗咬过架,也不朝奇怪的陌生人狂吠。可是尽管"玛鲁"胆小,在"酒鬼横街"一看到这个小孩儿,就翻起嘴唇龇出牙,像炫耀自己巨大的身躯一样,行动迟缓地向小孩儿逼近。

似乎人和动物间也讲究是否合脾气。好像"玛鲁"不喜欢这个小孩儿,小孩儿也怕这条狗。他提着的破锅有剩饭菜的时候,他就把剩饭菜全倒在地下逃跑,要是什么也没拿到的时候,他就把三个破锅一个一个给"玛鲁"看,当晚再不敢去别的餐馆了。当然,"玛鲁"对那些剩饭菜看都不看一眼。

街上有三个在社会上被叫作小流氓的少年,他们一碰到貌似比他们弱小的人,便会无任何理由地欺负、打骂,抢夺这些人的财物,以此满足他们逞强的快感,似乎觉得这才是生活的乐趣。三个少年大的十五岁，另外两个可能十二三岁吧。看上去三个少年的家境都很好，身上的衬衫和裤子都很时尚，但他们故意穿得松松垮垮，走路夸张地晃荡摇摆、横冲直撞吓唬人。这伙人一看到小孩儿，就发出印第安人似的叫喊声，像印第安人那样围着他跳跃着，推搡着瘦小的小孩儿，扯他的头发，拽他的耳朵，抢夺他的破锅，把锅里的剩饭菜泼到小孩儿身上。

小孩儿没有一点儿反抗，这不是因为他比较了力量的差距做出的判断。他好像懂得反抗是毫无意义的。他好像已经认命，这些都是无法躲避的灾难，既然生在这个世上，所有的人都必须忍受。

少年们玩腻了这个游戏，最后推搡、击打了两下走了。小孩子这才流下了眼泪。

他收拾起被扔在地上的破锅，什么也没说，只是掉眼泪。小孩儿的脸上全是眼泪，没说话也没哭出声。他从来都是这样独自忍耐，回到家也不会告诉爸爸。

小孩子回家后，拿着锅钻进了小棚子。这时候父亲一般正在舒服地熟睡着，小孩儿就小心翼翼注意不吵醒爸爸。他悄悄地躺下睡了。父亲睡得早，这时已经睡够了，小孩儿回来父亲一准儿醒来。于是，他们之间平时聊的话题就开始了，而且还得做好聊到天亮的心理准备。

"我睡觉的时候在想啊，"父亲开始说话了，"要修房子的话，门是最要紧的。拿人来比的话，门就像人的脸，看看脸就知道这个人性格怎么样，门乃是一家的象征。"

"就是，嗯，的确是这样。"

"当然有句老话叫人不可貌相。不过这样说来……你困了吗？"

"没困。"小孩子揉着眼睛，似乎还很兴奋地说，"我没事儿。"

他打了个哈欠。在"酒鬼横街"转了一圈已经身心疲惫。他的两腿酸疼，眼皮已经开始打架。不过他还是在拼命抵抗，尽力和父亲聊天。父亲好像没注意到或是注意到了，却觉得应该接着聊下去，否则话题中断会出什么事儿。父亲讲了各种"门"的风格或美感，小孩子强忍睡意听着，貌似感动地嗯嗯应答、积极附和着。

这对父子几乎不做饭。天冷的时候会烧点儿水，把剩饭剩菜分盛在大碗里，两个人就那么凉着吃。

"吃冷饭对健康好。"父亲常说，"比如说狗吧，资产阶级养的狗条件好，可是身体越来越差。而到处找东西吃、睡在地上的野狗，却没有虫牙也没胃病。"

"就是，嗯，就是……"

"生物本来就是吃冷的——哎，这个好像是炸猪排，你要吃吗？"

"不，我不吃。"小孩子摇着头，"我这儿也有。"

父亲吃着一小块儿炸猪排，重复着他的理论：暖衣饱食会让人肉体衰弱、无力多病。而相反，冷食和户外生活对人的自然、健康作用巨大。

父亲坚持认为，冷食和户外生活对人类而言是最自然、最健康的生活方式。同时，这对父子把空想中的家反复修了改、改了修，他们的家渐渐成了豪华的宅邸。

确定全用日本扁柏做大门，围墙要用大谷石。西式小楼的楼上楼下都要装冷暖设备，日本式房间要造成古代高雅的茶室式。庭院全是草坪，常绿草要从英国进口，大约两千平方米庭院西侧的三分之一要种上橡树，中间要点缀杉树的幼苗，但开花的树一律不用。

这是父子认真仔细反复商量做出的方案，不足的部分皆有补充的结果，大体上可以满意了。对他们来说，这座宅邸的外观就像是现实中存在的一样，他们可从任何角度说明所有的细节。

"终于要定家具了……"父亲和小孩子一起走着，口气谨慎地说，"我想把西式房间装成苏格兰式，这样——"他用手在空中画着什么给小孩子看，"要用厚重的橡木，全用苏格兰高地的旧庄园主的宅邸？不，狩猎区的别墅用的那种，要能体现农民的质朴且格调高、稳重的家具。"

小孩子歪着脑袋，似乎感到困惑，不知如何回答，只是耸起右肩，手摸着脸蛋，什么也没说。

"问题是厨房。"父亲眯着眼睛，试图把自己的想象具体化，"就是说，到底是日本式呢还是带煤气炉和烧烤铁板灶台的西洋式？"他又用手在空中画着什么形状。

"嗯，就是。"小孩子皱着眉头小心翼翼地说，"这……还不着急吧？"

"那倒是，我也不是着急，不用着急。房子和庭院都商量好了，再把厨房照样定下来就行了。"

"没错，是的。"小孩子像背起什么沉重的东西一样答应着，"——那么，还是要商量商量厨房。"

父亲的手把没剃的胡子摩挲得沙沙响，继续讨论厨房修成日本式还是西洋式。他们并非要即时做出决定，只是希望尽可能延续话题——两人紧挨着走在街，坐在草地上，晚上回到狭小黑暗的小棚子忍着饥饿，这些时候，那都是父子间愉快的话题。

让父亲感到遗憾的是，当他们探讨到西式房子客厅的家具时，小孩子死了。

九月初一个最热的晚上，在比狗窝还寒酸的小棚子里，拉了约莫一个星期肚子后，小孩子悄无声息地死了。

死因是什么呢？说不清楚。一天早晨，到吃饭的时间，小孩子用小火炉生起了火。柴禾是捡来的零碎木头片儿、干树枝类，睡梦中的父亲被烟熏醒，他从小棚子里探出头来："怎么烧火呀？不是说不用烧水了吗？"他们一般只在冷天、吃饭的时候才烧开水，其余时间都是将就着喝凉水。

"不是烧开水，我把有点儿生的煮煮。"小孩子转过头，眼圈黑黑的。

"生的？嗬，拿来我看看。"

小孩儿拿着牛奶锅，凑到父亲身边给他看。

"我说是什么呢，这不是腌鲭鱼吗？"父亲抽动着鼻子，手抹着嘴唇说，"这是用盐和醋腌过的，不是生的。"

"'寿司定'的大叔说要煮煮才能吃。"

父亲摇摇头说："弄错了，腌鲭鱼不能煮了吃。"

"可是，"小孩子还想争辩，但是看到父亲轻轻地摇头，好像要咧嘴哭的脸笑了，把牛奶锅端了下来。

自那天下午，父子二人就开始肚子疼、拉肚子，痛苦不堪。可能是吃腌鲭鱼中毒了。但也可能不是。腌鲭鱼好吃，味道也没变。他们吃的不光是腌鲭鱼，还吃了不少其他乱七八糟的东西，很难弄清到底是因为吃了什么。

"恐怕不是因为腌鲭鱼，"父亲并非为自己辩解，他从医学的角度反思、分析病情，"—— 要是因为腌鲭鱼，首先会出荨麻疹，还会呕吐。可是我和你都没有这些症状。所以说，不是什么食物中毒，我觉得是凉着了。"

小孩子因为肚子疼，愁眉苦脸地点着头："是啊，嗯。"

西愿寺的山崖下，有个几乎垮了的公共厕所，很久以前就不能用了，从外头看起来就像一堆干朽的木板。现在使用这个厕所的就只有这对父子，拉肚子的时候，他们就从小棚子跑去这个厕所。

到了第三天，父亲的症状减轻了。他肚子疼了一晚就好了，到第三天就不再拉肚子。小孩子却照样肚子疼、拉肚子，过了三天更加衰弱，连去崖下厕所的力气都没有了。

"我不要紧的,不用担心。"小孩子像在安慰父亲,"我也快好了。"

"那倒是的,我不担心。"父亲摸着自己的肚子说,"这个时候不吃东西是最好的治疗方法了。不过,这也有个度。"

小孩子用愧疚的眼神看着爸爸。小孩子很明白,爸爸已经好了,得吃东西才行。他现在可能已经饿得不行了。所以才对自己提起吃饭。

"我要是能走就好了……"小孩子说,"我觉得很快就能走了。"

"哎呀,别乱说了。"父亲摆着手,"我可没说让你去'酒鬼横街'啊,真要吃点什么我自己去。不是这么回事,我还没怎么饿。拉肚子只有不吃东西这个疗法。时间越长对以后越好。说到空腹,其实人十天半月不吃不喝也死不了的……"

小孩子的脸上全是皱纹,严重扭曲,他按着肚子身子佝偻着,不像是单纯的肚子疼抑或拉肚子。他咬紧牙关不发出呻吟声,身体几乎蜷在了一起。

父亲看不见吗?他眼睛像被亮光晃了一样离开孩子,他掀开入口布帘出了小棚屋。—— 孩子的病情非同寻常,身上已经没肉了,皮肤像老人一样全是褶皱,大便带血,发作的间隔越来越短。这些……难道作为父亲的他都看不见吗?难道……知道却故意装作没看见,自己欺骗自己?—— 从小棚子里出来,他穿上磨平了的木屐,坐在了旁边的空啤酒箱上。他的脸上全无表情,像睡着了似的,朦胧的眼睛朝前看着,注意着不发出声音,长长地叹了口气。

"西式房子的客厅啊……"父亲对小棚子里的孩子说,"我要重新考虑把客厅装成苏格兰风格的打算了。"

他的肚子饿得咕咕作响,顿时提高了嗓音,兴致勃勃地讲着自己对客厅的新的想法。

嗨,我说你呀,快抱着孩子去医院吧,先不用考虑医药费什么的,以后总有办法。不管怎样,先去医院。不能把孩子放在这样的地上,必须让他躺在医院的病床上。不懂吗?说你呢。已经来不及了!

父亲静静地站起来,深深地打了一个哈欠。

家狗看到主人,摇尾之前要先打个大哈欠,这是为什么呢?——作为小孩子的父亲,虽然不是时候,但他还是张着嘴打了个哈欠。这又是为什么呢?因为烦闷吗?或是因为无可奈何?——不用说,这并不像狗打的大哈欠。他打的哈欠,和见到主人要讨好表示高兴的狗完全不一样。

病后第五天下午,小孩子的意识已完全模糊,有时说胡话,也听不清到底在说啥,跟他说话也不答应了。

父亲只是从小棚里出来又进去,也没伸手去摸摸孩子。

他不是一个孩子的父亲,看起来倒像是被人遗弃的幼儿一般。就像突然被父母抛弃在不知名的大街上,不知道以后怎么办、不知道以后靠谁活着、马上要哭出来的幼儿一样……

晚上十点左右,在小棚子外蹲着的父亲终于下了决心,手伸向三个重叠的破锅。

"就这么回事,人得吃饭才行。"他哼哼唧唧嘟囔,"就是病人也不能总不给吃的呀。"

到了这份儿上,他好像还拿不定主意,过了一会儿,终于拿定主意,拎着几个破锅站了起来。

"我出去一趟。"父亲朝小棚子喊了一声,"我去'酒鬼横街'了,马上回来,去要点儿好吃的回来。"

他回想着小孩子平时说起的什么"寿司定""花彦"这些餐馆的名字,于夜色中朝街上走去。差不多一个小时后,父亲嘴里嚼着什么东西回来了。他放下破锅,往小棚子里看。

"我回来了。"他说,"我一说你拉肚子,'花彦'老板娘说这可不行,给了好吃的。"

"哎,"小孩子说话了,"我忘了,还要修个游泳池呢。"

话说得很清楚,但是声音有气无力还有些沙哑,口气明显是在说全是你的错。父亲用哭也似的表情微笑着。

"是啊,嗯,就照你说的做。"他大声说,"不管什么都照你说的办。哎呀,房子终于安排好了。"

孩子的病要翻过坎儿。小孩子的生命力还是顽强的。父亲的表情变得开朗了。更稀奇的是,他居然用鼻子哼着歌生起炉子来。

他用铝奶锅做了剩饭菜粥,想拿给孩子吃。他钻进小棚子时,孩子的身体已经凉了。

第二天早晨,斋田先生经过小棚子,看见他坐在空啤酒箱上茫然看天,手拿着铝奶锅叽叽咕咕嘟囔着什么。

"早上好。"斋田先生跟他打着招呼,"你孩子还好吗?"

他抬头看了看斋田先生,眼神就像看见不认识的人,嘴里却答应着:"哎,挺好的。"

"好像听说孩子病了,好了吗?"斋田先生问一句他回一句:"啊,托福,还好。"脸上的表情却像在说:真啰唆!然后把脸转向一边。

他抱着小孩子,在西园寺山崖下和小棚子之间频繁地来回跑,附近的人不会看不见,斋田先生可能是从谁那儿听说的,不过看到他爱答不理的样子,也不想再说什么,说了声今天也热呀,就走了。

打那以后,谁也没有再见到过小孩子。八田公兵第一个注意到就问孩子去了哪儿。他说孩子还给他妈妈了。

"嘿,那小子居然有妈妈。"

八田大叔怎么也不相信。

他反问:"你就没有妈妈吗?"

"我,那当然有了。没有妈妈怎么会生出孩子来呢?"

"对吧?"他说完就转过头不再看八田大叔。八田大叔还想再打听点儿什么,可是看到他那么冷淡,似乎拒绝与人说话,就没有继续问。

没过几天，不知何人传出，说有一天早上，天还没亮的时候，有人看见他背着孩子，朝西愿寺那边去了。这个事儿一下子就传开了。有人说大概是照顾生病的孩子不堪，把孩子扔去了哪儿。还有人说的确孩子的妈妈在哪儿，孩子被送到那儿去了。不管谁说的对，这事与他们并无关系，不久便无人再提。

九月的暑热不再，十月也过了。他每天晚上十一点前后去"酒鬼横街"讨要剩饭菜，回来后就钻进小棚子睡了。到了早上，他在小棚子外吃饭，饭后洗涮三个破锅，把锅拿到"酒鬼横街"交给"花彦"老板娘，然后这一天就到哪儿去转转，或者回到小棚子里躺着。不知哪一天，他有代替小孩子的陪伴了。

从十一月里的一天开始，一只小狗跟着他到处走。小狗出生大概也就四五十天，黑白花，虽非良种，四肢却很粗大，看起来伶俐乖巧，他走到哪儿就跟到哪儿，回到小棚子就和他一起睡。

"对呀，就是这么回事。"他在街上走着无意识地自言自语，"——等等，也不能全这么说，嗯，也有不这样的时候，不那么简单呢。"

小狗跟着他走寸步不离，时时抬起乖巧的脸看着他，奉迎似的使劲摇着尾巴。他回头看看小狗，小狗便会做出表情——像似在说：我在这儿，别担心，我不要紧的。然后使劲地摇着尾巴。

他轻易不跟小狗说话，回头看小狗时脸上的表情很难形容。似乎要和狗说什么，又像知道就是跟它说话它也不懂，他一个人好像在嘟囔着："真让人难受啊。"

嘿，我说你呢。孩子到底怎么啦？对死去的孩子你作何想？你就没想那个孩子吗？难道忘了吗？为了你，那孩子去要来剩饭菜，加热后一起食用。他还得不厌其烦地听你说那些没用的不现实的空话。他一直跟着你到处走，不顾下雨淋湿了衣服。为了照顾你情绪，累了也不能休息。对这样的孩子，你却没有思念。喂，你到底把他怎么了？

"没什么不得了的。"他继续走着，提高了声音说，"不管怎样都一样。五十步和一百步差很远，但社会上大家觉得五十步一百步如出一辙。说到自己时，九十步和一百步都挺不容易。即便如此，嗨，好像没什么大不了的。"

下雨了，雨点凉凉的。时届十二月的下午，这个时间街上的行人稀稀拉拉的，路也慢慢打湿，小石子闪着冷光。小狗耷拉着尾巴，耷拉着脑袋，渐渐打湿了的毛似乎变沉。不过小狗仍然在他身边没离开，颠儿颠儿地跟着走。走到一个街角时，就像知道路似的自作主张地拐弯儿。但是他并不是一定在这儿拐弯，而是常常会直走或者反方向。一看到小狗站住了，不知所措地盯着他，他就转过身，朝小狗的方向走去。

在这条街上走过两个路口，前面是缓坡。在上坡的路口，有交通警察岗亭，从那儿再走三十步，右边就是西愿寺的山门。

他带着小狗进了山门,穿过大殿庭院,直朝墓地走去。雨没下大也没有止住的意思。挂在光秃秃树枝上的雨滴,不住地淋在他和小狗身上。

墓地里也有区别,明显地分为高级住宅的、中产阶级的,住在下等住宅和长屋的贫民的墓地区。并且前者在五十年或一百年甚至更长时间都有人祭奠,而后者极少有三十年后还有人祭奠的。时间一长,无人打扫的那些墓地就渐渐荒废,有些无主墓地不知什么时候会被清理掉。

他走到墓地的西头,后面是竹林,左右是杂木树林,在大约两米见方的空地前站住了。赭红色土地上有些已经干枯的杂草,除此之外什么都没有。他在这块土地前蹲下,直直地注视着土地上的一点。

"我同意修游泳池。"他嘴里说着,"可以修在庭院草坪正中间,在一片绿色的中间修个贴白瓷砖的游泳池挺不错的。很有资产阶级情调,是不是?"

小狗可能是因全身打湿,紧紧地贴着他坐着,身子微微地发抖,抬头看看他的脸,又时时发出低低的鼻音,好像在催促着:快回去吧。

他蓬松的头发和没刮的胡子还有身上穿的棉衣全都湿得能拧出水来,头发里的水顺着额头、脸、下巴、脖子往下流。

"进水和排水设备稍微有点儿麻烦。对了,"他一边用手抹着脸,抹着眼圈,一边说,"房子在高处,到了枯水期就必须准备水箱。排水呢,要是游泳池装满了水,一般的排水管恐怕不够用。"

小狗用鼻子哼哼着。

他用一只手在空中画着什么,那只手立刻就耷拉下来了,同时头也耷拉下来了。就像旁边有个人,他对那个人说了起来:"没问题,一定要修,你只要过游泳池。——你要是能说再想要点什么的就好了。"

雨水还在往下流,他又用手抹了抹脸,揉着眼圈。天已经相当昏暗,小狗发着抖,撒娇似的叫着。

没有季节的街

千金太太

阿德结婚了。

听说阿德是有名的赌徒老大"筑正"的喽啰，他本人也常常以职业赌徒为傲。他的话多少能信，谁也不清楚。不过，他酷爱赌博这一点是千真万确的事实。

阿德不管什么时候，也不管在哪儿，只要有对手，马上就赌起来。

"嘿，来一把？啊？"阿德央求着，"这回赌电车的号码，猜是单数还是双数，就拿这个赌，怎么样？"

"嘿，赌一把，啊？"他央告着，"赌你的牙怎么样？猜上边的牙是双数，还是下边的牙是双数？也可以上下牙一块儿算嘛，是双数还是单数？"

"哎呦，等等。"他着急地伸手做着手势像要抓住对方，"你张嘴可不行，要把嘴闭紧才好用舌头数牙，张着嘴舌头不就伸出来了嘛。来，说吧，是双数还是单数？"

板羽球拍子上的木纹数是多少、正在走路的老人有多大岁数、绳头儿长短、火柴几根、花有几瓣、电车轨道几排、桥的桥柱几根、小碗装多少粒米——这样的赌法数不胜数，就是说只要没有定数的东西，都能当做赌博的材料。

他得意地自称三十二岁，实际上好像只有二十八岁。他的体型胖乎乎算不上强壮。他不管夏天冬天，总穿一件洗得褪了色的浴衣，冬天就在上面再罩一件棉衣。棉衣很旧，花格已看不清楚，是件女人的棉袄。若是有人问，你穿的不是女人衣服吗？他马上就说起他女人怎么哭着求他这样且没完没了跟你讲述他与女人的那点儿事，一讲就是个把钟头。要是你说"这个我们都听过了"，他马上就会聊起和另一个女人的事，弄得听过的人心里两天三天都不舒服。他脸长，又像脸圆，又都不像。他眉毛很淡、眯缝眼睛、肥厚嘴唇、鼻子满是橘子皮似的小坑，脸上全是挤破青春痘留下的疤痕。他的身高最多一米六，可他总说自己有一米七，大概为了证明这一点，一见到人，他总是挺直背来。

有一次，一个警官来到阿德的家，打听住在这个"街区"的真吾的事。还很年轻的警官最先找到邻居岛悠吉打听，然后才来找阿德。

"什么事?"看见警官，阿德吓得浑身哆嗦，"有事吗?我可和竹家的事没关系。"

"不是为你的事，是和你没关系的事。"警官翻着手里的小本子，眼睛没看他问着，"你认识户部真吾吗?"

一直听到警官说不为自己，阿德僵硬的表情才放松下来，身子也不发抖了。他眼角朝下露出微笑，立马犯了老毛病。

"你问我认不认识户部?"阿德说，"咱们赌一把怎么样，老爷?"

警官看着他不知所措，反问着："你要干什么?"

"不明白呀? 赌啊，赌博。"

警官慢慢地张开嘴。

"老爷您先下注。"阿德发挥嘴上的功夫劝着,"我认识户部,还是不认识户部,赌哪边由您随便挑。我不会骗人,全是真话,怎么样,不来一把?"

他那意思像是在说,对老爷来说这是多合适的赌博啊。不知道年轻警官是怎么回答的,有人说生了气,有人说给逗笑了,也有人说什么也没听见似的一声没吭。第二天傍晚,他在家门口被邻居岛悠吉拽住了。

岛悠吉有特别的老毛病,面部神经痉挛,一条腿还短了一点儿。不过他性格开朗,爱与人交往,见面熟,不管什么时候都面带笑容。他和阿德虽然是邻居,却很少来往,也很少说话。

"嘿,你挺了不得的。"岛悠吉对阿德咧嘴一笑说,"是不是惹上什么大人物了?"

"你说什么事?"

"别装了,昨天晚上警察来找你了,是不是?"

"你知道了?"

"先到我家来了,你也真有面子啊。"

"可别这么说。"他得意起来,像要瞒着不说挠着脑袋说,"经常有事就来,真是太麻烦了。算了,警察也是干自己的工作嘛。"

"真不知道你这么有面子?得另眼相看了。"

"可别这么说。"他一副专业赌徒不好意思的样子,"像我这样的其实……才刚学赌。"

阿德这番话，早就对所有认识的人都说过。他还跟别人说什么在莫名其妙的地方被岛悠吉看见了呀，如果只是个小喽啰就不会有这种事了呀，什么自己已经是个头目……警察通通知道的呀云云。

就这么个阿德结婚了。一个晚上，他带着和他结婚的年轻女人到各家转了一圈。

"我娶老婆了。"他向大家介绍他的妻子，"她十八岁，名叫邦子，请大家多照应。"

邦子个子有一米五左右，稍胖，长得挺好看，眼睛鼻子嘴巴都长得端正。

"那个叫邦子的来历呀，"附近的女人们在议论，"她的年纪起码比二十多三岁，还说十八岁，哼，不是哪个不正经酒吧的招待，要不就是阿德从哪个小馆子骗来的。"

"要是那样还算好的，没准儿是一到晚上就跑到街角站着的那种人呢。"

"看起来好像挺和气的，扒开皮看看肯定是个不要脸的。"

大伙儿议论的无非这些，其实也没有特别的恶意。从外边来到这里的人，没有例外都会遭到这样的议论。当然这些都是毫无根据的猜测，过了四五天，要是和大家搭上了话，不仅风言风语马上反转，还会互相好得比亲戚还亲。

可是这一回和过去情况不一样。阿德的妻子邦子并不和周围邻居来往，不去公共自来水道，也没看她出门买东西。阿德和原来一样，仍然什么都是自己干。他照旧拿着包袱皮和篮子出门买东西，到自来水道去洗衣服，有时连邦子的内衣裤也管洗。这让那帮女人们实在看不下去了。

若是一对老夫妇，妻子身体不好，这么干还说得过去。可阿德才结婚，新婚妻子的身体也不差，一个大男人这个样子是犯忌讳的。特别是这个"街区"的女人们，为了自己的男人和孩子，她们含辛茹苦，当她们看到这么不像话的事，简直无法容忍。

"真不像话……个下贱女人，什么东西？"她们说的下贱女人当然就是指邦子了。"刚过来当媳妇，就让男人洗她的内衣，世上也有这种该死的女人。"

"肯定是个卖笑的女人。饭不做，针线活儿也不做，大概只会干那事儿。"

"阿德也是的……还吹自己是'筑正'老大的喽啰。你看他那副样子算什么嘛，连我都替他害臊。"

这些话也和过去一样原封不动地传到了阿德的耳朵里。

"我们家邦子是娇生惯养的。"阿德笑嘻嘻地反驳道，"那个家伙还没学会圆滑，挺害臊的，这会儿我就当她是个千金太太养着吧。"

"既然是两口子，"阿德又解释道，"男人给老婆洗衣服那是爱情的表现，也许会有人说坏话，真是多管闲事，大概是羡慕多了变成嫉妒了吧。"

女人们的愤怒达到了极点,她们怎么也没想到,阿德竟然当面说她们是"羡慕多了变成嫉妒"。她们从来没听过这样寡廉鲜耻的话,更让她们无法容忍的是,这些事实居然就摆在她们眼前。女人们骂阿德是男人中的渣滓,笑他那副皮囊里装的不是金不是银也不是铁,装的满满是阴沟泥。

不管人家说他什么,阿德全不在乎,他自以为娶了个这么好的老婆,被别人说坏话什么的很正常。在这个"街区",阿德和丹波老人最亲近,只有丹波老人愿意认真听他说话,有时候他手头紧,要借一点点钱,老人也会爽快解囊。自然,阿德想显摆自己娶的新娘子,就跑到丹波老人家,尽情地吹嘘了一番。

"她真的很虔诚呢,"阿德对丹波老人说:"每天晚上要睡觉的时候,为铺被褥的方向都要折腾一阵子。起先我不习惯,起初晚上铺被褥的时候,她就忽然盯着我问:帝释天神[1]在哪个方向?"

他一下子愣住了,弄不明白这种时候问帝释天神是要干什么。要让天神当证人吗?这时她诚心诚意地说,今天是帝释天神的生日,要是脚朝那个方向睡的话要遭报应的。

"听这话我才放心了,但我还是搞不清楚,帝释天神在哪个方向?我是完全不懂,您老人家知道吗?"

---

[1] 帝释天神:佛教中的守护神。

"这个呀？哎呀——啊，好像不知道。"

邦子皱着眉头想了一阵，不一会儿，就说朝自己认为的方向凑合吧。这才把枕头朝西南方向放好睡下了。

"第二天晚上她又要躲不动明王[1]的方向，这家伙也是我在缘日认识的，当然不能含糊。还想起了金刀比罗神[2]的方向，确认了山王稻荷神[3]。到观音菩萨就不好办了，四面八方都有，邦子这家伙也不知道如何是好了。想来想去最后觉得只好以后去庙里求菩萨恕罪，将就着睡了。"

"每天晚上都这样吗？"

"每晚都是。"阿德说，"有一次撞上一个莫名其妙的日子。邦子不是有一本奇怪的历书嘛，她翻着历书看这天要避哪位神明，可是那天莫名其妙，不管头朝哪头睡，脚都会朝向某个神或佛。"

丹波老人脸上露出微笑，慢慢又消失了。他同情地说："这可真够呛啊。"

"邦子这家伙居然说没法睡觉，哭了。"阿德接着说，"东西南北哪个方向都有什么神，哪天都有什么纪念日，弄得没一个可以冒犯，也就搞得睡觉时没有放脚的地方了。我就说她，你把那本历书好好看看，东南西北，不可能没有一点儿空，就算警察的警戒线也会有个缝嘛。您说是不是？

---

1 不动明王：佛教的守护神。
2 金刀比罗神：印度水神，佛教的守护神。
3 山王稻荷神：日本神道教的祭祀场所。

丹波大叔。"

据阿德讲，邦子说那可不行。所有方向全都堵住，一厘米的缝儿都没有。阿德实在困得受不了自己睡了，半夜睁眼睛一看，邦子靠在旧衣橱上坐着睡着了。

阿德说："邦子说不管怎样一年里也就只有一两回嘛。其实一个女人本不会有这样的学识，还真没有谁像邦子这样知道那么多神佛，可能也很少有人这么心诚。"

丹波老人缓缓地说："明明还这么年轻，真是少见啊。"

"哎呀，我也挺奇怪的，丹波大叔。"阿德接着说，"还是邦子这家伙心诚，她说十五岁时有一天出门办事。具体什么事她说忘了。反正一直走，走到一个很大很大的房子前。房子特别气派，柱子和栏杆什么的都漆成了红的。那种威严耀眼把邦子吓坏了，不由得两手合十拜了起来。拜了之后她朝过路的打听：这儿是祭哪位神灵的神社呀。这一问让路人吃惊不小，人家告诉她这儿是歌舞伎剧场。邦子这家伙一听又吓了一跳，赶紧跑了。"

阿德摸着下巴，像似夸耀——邦子才十五岁就这么心诚，说话口气像要证明这一点。丹波老人一本正经地听着，表情看不出是否被感动，含糊不清的，不过一点儿都没有想笑的意思，只是轻微地点了几下头。

过了三十天，过了五十天，娶了新娘子大概过了七十来天，阿德又有别的事情来向丹波老人请教了。

"这个，这么个事，哎呀，有点儿不好意思说。"阿德不停地挠着、抹着后脖子说,"这事儿呢只能和丹波大叔讲,邦子这家伙是个娇生惯养的老婆,心眼儿不够多,有点儿不懂事,我跟你说过好多回了,可还是有弄不明白的事。"

老人没说话,眼睛盯着膝盖前摆了残局的棋盘,等着阿德接着说。

"其实呢,是这么回事,就是和她那个的时候……"阿德含混地说,"我说那个时候的事儿,这你明白嘛。我呢,那个,怎么说呢,就是大汗淋漓的时候,邦子这家伙突然问了个奇怪的问题:哎,问你,一到秋天树叶为什么会从树枝上掉下来呢?——我吓了一跳,问她:你真的在想这个事吗?她说刚才一下子就想起这事来了。我问这个时候,你怎么还在想这个呢?她说也不知道为什么反正就憋不住琢磨起来了。我说:算了吧,现在不是时候啊。我顿时变得心灰意冷。大叔,你说是不是?你说一到秋天,树叶为什么会从树枝上掉下来呢?是啊,一到秋天树叶为什么会掉?我也想知道。可她让我前功尽弃了对不对……"

"第二回,又问起牙了。"阿德接着说,"我这边那么投入,她竟问我:你说,人的牙是什么做的呢?我说牙不就是牙嘛。她说可是,牙又不是骨头又不是肉,那不是另外的什么东西吗?我说,你就别说了,你怎么这样不合时宜呢?我又……不行啊,没戏了!大叔。等等,这么说起来人的牙确实不是肉也不是骨头,那是什么呢?我也想知道。真扯淡……"

再下回的问题是钞票。有一百日元的票子,有一千日元的票子,那怎么没有一百五十日元、一千五百日元的票子呢?我说这是政府的事,我怎么知道。她说那给报纸的问答栏目写信问问吧。我就琢磨了,一百五十日元的票子和报纸的问答栏有什么关系?我的脑子被弄得糊里糊涂。自然又是前功尽弃。

"你想想事倒没什么,是不是,大叔?"阿德说,"一到秋天为什么树叶会掉?一般人想不到这儿来吧?这家伙,我是说邦子,这就证明她的脑子好嘛。所以我也就没说什么。可是啊,不管多好的想法,也不能就正好挑那个时候说呀,你说是不是这个理?啊,大叔。我跟她说,也就是我才这么说你,也得看看时候和场合,别人在这个时候谁不一心一意呀?你这一说,我还能聚精会神吗?"

丹波老人小心翼翼地动了残局的一个棋子,莫名其妙地哼哼了几声。

"邦子性格挺温和的,也不和我顶嘴,说什么都点头答应。可是—— 不知道是忘了还是生来的毛病,每当我用情专注时……她就开始说话:哎,问你。哎,七福神[1]都是谁呀?我问她:又开始了?这话你完事了再说不行吗?她就说:我就是特想知道,你说说嘛。我说神呀佛的你不

---

[1] 七福神,日本人信奉的七个福德之神,除下文出现的六个外,还有福禄寿。

是挺明白的吗？她说七福神不一样。真没法子，我就数，有辨财天神、寿老人神、毗沙门神、布袋和尚、大黑天神和惠比寿神，下边的我想不起来了。邦子这家伙居然扳着指头数，说你还少数了一个。那我就又数了一遍，怎么也想不起还有一个是谁。我就使劲儿想最后一个是谁，结果又没下文了。——这有什么好笑的？大叔。"

"我可没笑。"

"我呀，就是认真，真的。"阿德一副一本正经的表情，"昨晚也是一样故伎重演，关键时刻又说：哎，你看啊。出租车司机怎么不晕车呢？我就跟她说了，你这不是废话吗？要是出租车司机晕车，还能开车吗？邦子又说，我在店里干活儿时，客人里有穿水手服的，听说水手也有不少晕船的。既然水手要晕船，那出租车司机也不见得就不晕车呀。她说得我直哼哼，哼哼完了我说，好啦好啦，下次遇到出租车司机问问嘛。"

"这一下又半途而废，我重新鼓足劲儿，好容易重振旗鼓……"阿德继续说着，"可还是没成。正待冲锋，邦子这家伙又犯病了。哎，你说——这回的问题更是出格——你说上吊、跳楼难受，还是撞火车自杀难受？大叔，你觉得我那时候是什么心情？"

老人右手按住自己的嘴，自言自语似的反问："那个，什么？冲锋……"可阿德好像没听见，眼睛盯着老人，眼神特别严肃，就像觉得老人也有责任一样。

"我呢，胃都到这儿了。"阿德指着自己的喉咙，"都到这儿了，真的，大叔。"

阿德又接着说："我再也受不了了。要是就让她这样，真没法过了。你说是不是？我就起了身，跟她说，这个时候你去想那些事，什么上吊、跳楼、撞火车自杀有什么关系？别胡闹了。——邦子这个家伙在想事，她经常想自己心里的事。她说：我在店里干活的时候，阿夏和客人上了二楼，后来客人一个人下来走了，阿夏到了关门的时候也没下来。后来她男朋友说，阿夏被勒住脖子给勒死了。我就说这有多难受啊。可真亚子说比起上吊，跳楼要痛苦上千倍。莉丽说不对，撞火车自杀更加痛苦。哎呀，我不想听了。报纸上经常有私娼被勒死的新闻，是不是？她还这样子问我。"

"我跟她说，行了吧，这些事儿待会儿说行不行？"阿德做着手势，好像按着什么，"我不是说阿夏的事，我是说这个时候，你怎么会去想这个？别的时间你不是有的是时间，去想这些吗？怎么就偏偏这会儿想那些乱七八糟的？你这样让我多难受啊。我问她，你到底是为什么？……是不是？大叔你说。"阿德突然像吓了一跳似的盯着老人，"你知道赛马吗？"

"赛马？——不知道。"

"对了，说到冲刺了，对，是冲刺。"阿德把话头转了回来，"我这么一说，邦子歪着头想了一会儿，偏过头跟我说：我也不知道是怎么回事。我在店里的时候，老板娘告诉过，在那个的时候要会打岔，要去想别的事，不然你的身体吃不消的。也许老板娘絮叨嘱咐，我才有了这个毛病。你说居然有这种事，啊？大叔。"

"怎么说呢?"老人想了一会，像安慰阿德似的说，"没准儿，成了千金太太也不会耍心眼儿。"

"她也太没心眼儿了，真的。她从十八岁开始七年多一直在酒吧，就算缺心眼儿也得有个限度吧？你说是不是？大叔。"

"你待她好点儿吧。"老人说，"她肯定会成个好太太的。一定的。"

这个时候，邦子正在家仰面朝天躺着，嘴里哼着小曲，大致意思是——"给人当老婆要多忙有多忙"。

没有季节的街

枯木

阿平一个人过，住在自己搭的小房子里。立起四根旧木头柱子，周围钉上旧木板，房顶是在旧木板上蒙上旧铁皮。门是可以推开的，但很小，人进出要弯下腰才行。南边有个一米见方的窗子，也是自己做的，窗子上安着毛玻璃。

有人住的房子看起来就像有生命一样。不少房子会因住者不同而有不同的性格。阿平的小房子是他自己修的，就应该更能纯粹地显示出他的脾气来。可是，虽说是应该，但是他的小房子完全没显出性格来，一点儿特色都没有，看上去就是用旧木材和旧木板拼凑在一起的小房子，让人感觉不到什么意境和情调。

这个"街区"的居民一般会在自己简陋住房的某处弄一点什么装饰。把忍辱草挽成圈吊在屋檐下啦，用缺了口的大碗养点儿牵牛花啦，在房前一小块儿地上种点儿草花啦，或者把自己住房里要朽坏的柱子、门槛打磨干净，不厌其烦地把护墙板、防雨窗套洗干净。根据住户对美的理解与喜好打理住房，从中可以得到心理的慰藉和放松。

阿平不去干这些事。他的房子与那几栋长排陋屋并不搭接，房子周围是一片寸草不生的空地，地面上全是碎砖、瓷器碎片和焦炭渣，连草都不长。阿平用脚踩出来的、其实也算不得路的小路，隐隐地穿过空地。小房子窗外立着一根一米来高的枯木，看起来已经干枯了好几年，现在看不出来是什么树了。

阿平的小房子和房子周围没有任何生气，能看到的并不是大家不屑一顾的荒废而是荒芜和枯死。

阿平和任何人不来往，见面也很少打招呼，大家也不知道他真正的名字和年龄。看起来他的年纪在五六十岁之间，有时候看起来年近七十，一副有气无力的样子。他身材矮小、瘦弱但肌肉发达，晒得黝黑的皮肤保持着光泽，看上去很健康，眉毛黑黑的，有一张瓜子脸，仔细看会发现他是颇有品位的。

"他年轻时肯定很帅。"那些女人们都在议论，"现在也不差啊。……那个谁不是晚上钻到过他家去吗？"

"说起来口水都要流出来了，你说的那个谁……是谁啊？"

"算了算了，阿吉，你不知道吗？……说的是谁。"

被说的女人鼻子哼了一声，然后跟没事人一样接着说：

"到底是谁，只有那个人自己知道。我们又不知道，操哪门子心哪？"

"唉，管她是谁呢。重要的是，他们好上了没？"

"据说啊当时……真的假的不知道啊。当时，阿平在小屋里点着蜡烛，坐在那儿。"

他眼睛深陷，颧骨突出，小蜡烛光一抖动，那脸就像骷髅一般。看着进来的女人，他沙哑着小声说："是阿蝶吗？"声音就像从坟墓里传出来的。进屋的女人吓得骨头都仿佛冻住了，没命似的逃了出去。

"不知真假，反正是个道上的人物。也许没人这样追求过她，才弄得那般狼狈。"

"阿蝶是谁？"

"是不是住在长屋哪间屋里的人啊？"

"也许是他的前妻呢？不知道是离了还是死了。"

这些议论不知是否传到了阿平的耳朵里。他像石头一样一句话不说，面无表情，顽固地坚守着自己的孤独。

阿平的生意是自制地垫。他从废品收购站买来破布，在小房子外用砖和石头搭成简易灶一般的炉灶，上面架个油桶，把买来的破布放在里边用水煮，大概是把破布上的油污煮掉吧。煮好的破布晒干，撕成两厘米宽的布条，搓成绳子，然后在自己做的原始编织机上仔细地编织成地垫。这样的东西只能用作浴室的脚垫或火盆垫。不过阿平的地垫编得很用心，也很结实。所以他的口碑不错，有很多主顾。

前面已经交代，阿平沉默寡言，和邻居也少有来往，平时连招呼都不打。当然，时常走访的唯一的熟人是那只老大猫"老虎"的主人、阿平的朋友半助。不过他俩见面，同样是少言寡语。半助似乎胆小怕事，老是怕别人打他。半助亦不善交际，只和自己的猫"老虎"说话，却不愿与人交谈，与阿平同样也无话可谈。阿平去看他，坐了半天，几乎没听见他们说话。偶尔不知谁说了句：今天天气挺好啊。另一个答应一句：嗯，大晴天呢。又过了好一会儿，快要忘了刚才的话时，一个人说：现在的市面还那样。另一个答应着：啥都没变。然后又没了动静。

过了几天，半助也不见了。

半助是被人带走的。有人说带走他的是刑警。还有人说半助制作假骰子被职业赌徒劫走了。不管怎样，阿平没了唯一的朋友——也许算不上朋友，反正阿平没了唯一的熟人，又回到了独自一人的生活。

一大早，阿平从小房子出来，拿着装着手巾的脸盆和旧铁桶，走到公共自来水道旁，洗了脸，用铁桶装上水后就回小房子去了。他从橘子箱里舀了米又从另一个箱子舀出麦子，把米、麦子都倒进铝锅，把铝锅和另一个铁桶拿到自来水道，淘米、打水，回到小房子开始做饭。住在这个"街区"的人打零工的居多，大家起来得都早，都会去公共自来水道。他们当中有人会和阿平打招呼，他只是含含混混回一句并不多说。有一回一个脾气不好的冲着阿平喊：好好和人打招呼啊！阿平静静地转向那个人，盯着他的眼睛。那个人好像要朝阿平冲过去，攥着拳头向前跨了一步。不过他看到阿平不动的眼睛和像假面一样没有表情的脸，不禁退后一步，头偏向一边就往回走，嘴里丢下一句什么，快步离开了。

"太吓人了。"后来那个人说，"那家伙的眼睛根本就不是活人的眼睛，是死人眼睛。我敢打赌，他的血管里淌的血都是冰冷的，肯定的。"

阿平一天三顿饭，除了饭，只吃咸菜和味噌汤。味噌是买的，咸菜则是自己腌的。他用五个酱油罐用不同的方法腌不同的东西，一年四季从不中断。他出门去买破布时，总拿一个大麻袋。他出门时会从里边把窗户锁上，再从外边把门锁上。在这个"街区"，锁门的还有另外两家。这两家人锁门，被人议论说大概家里做了什么亏心事，这两家也好几次被人进去翻得乱七八糟。简单点儿说吧，住在这儿的人觉得，家里有出门需要锁门的东西，这是违背他们道义的。阿平的小房子也被骚扰过几次，可门窗没有被弄开。不知他是用了什么机关，他家受到过各种各样的攻击，但攻击却从来没成功过。当然，这些攻击都是半开玩笑性质的，并不是要把小房子毁了。后来大家发现，阿平最珍惜的是那五个腌咸菜罐后，就再也没谁关心阿平的小房子了。

阿平也许知道这些事，也许根本就没注意。

不管怎样，他的做派一点儿都没变，不过，别人感觉他不是照常生活、劳动，而是在"活动"。他背着大麻袋回来后，就掏出破布分拣，然后给炉灶点上火，烧开油桶里的水，撒上肥皂粉，把分好的破布放进桶里煮并用树枝搅拌。他不看周围，不哼歌也不自言自语，只是在必要时才动动手脚，根本看不见他意志的表达或感情的流露。小房子南边立着两根杉木树干，上边绑着三排麻绳晾破布。阿平把煮好的破布拿到自来水道去漂洗，然后回去晾起来。

他的脸没有表情,眼睛也像两个窟窿。他用手把晾干了的破布一张张展开,眼睛像似不看破布也不看麻绳。就像空洞窟窿啥也看不见,也总像啥也不看。

"都说阿平的地垫好卖,主顾多得都不够卖。"女人们凑在一起就开起聊天盛宴,经常会有这样的议论,"大概攒了不少钱吧!肯定的。"

"攒那么多钱为了啥呀?他一个人过,好像没什么亲人,攒了也没用嘛。"

"人活着总要有点儿乐趣吧。他不去看电影,也不买收音机,没准儿偷偷给了站街的女人了吧?"

"在这片房子里,倒是有不少人想进监狱。"

某年的十一月,一个看起来五十来岁的女人,抱着一个小包袱出现在阿平的小房子前。那女人瘦瘦的,个子矮小,脸也小巧精致。她的皮肤白净,头发眉毛浓黑,鼓起的小嘴湿红润泽。她可能有五十来岁,但整体感觉上要年轻得多,甚至看着年轻好多岁。

阿平不在家,那个女人就在小房子的外边等着。她一会儿在小房子周围转转,一会儿看看站在关着的门前的枯树干,摸了摸枯树枝,然后眯着眼睛背靠护墙板蹲着。这儿离那几栋长屋有一段距离,不用担心嘴不饶人的女人们看到。一只野狗从这里走了个来回,只是看看那个女人,没表示出任何兴趣就离开了。

等了大约两个钟头,阿平回来了。等得都有点儿迷糊了的那个女人听到开房门的声音，一下子站了起来，脸上现出激动的表情。

她白净靓丽的脸一下子僵硬起来，红得像被染过似的。一下子屏住的呼吸逐渐变得急促起来，她的手用力抓住小包袱。女人推开门时，阿平背对着门，正在脱旧外套。那女人关上门，像自言自语似的说："是我。"

阿平刚脱下外套的一只袖子，他回过头，看到那女人把包袱紧紧抱在胸前，像要用包袱保护自己一样。阿平看着那个女人眼睛不动了，那个女人表情也变了。小巧白净的脸上的红晕渐渐褪去，原来看上去比较年轻，现在脸上却显得干燥无光，眼看着憔悴起来。

阿平什么也没说，又转过身脱外套，摘下皱皱巴巴的茶色灯芯绒帽子，进了铺地板的里间。女人瞟了外间屋一眼，在摆着脸盆、肥皂粉罐和什么瓶子的台子下面看见有两个水桶，台子对面低低地吊着一个架子，里面整齐地摆着装碗筷的筐和安全剃刀、肥皂盒，下面一格有三个橘子子箱，还有一个铝锅什么的。

女人把小包袱搁在里屋门口，从包袱里拿出来一根带子，把撸起来的和服宽大衣袖扎起来。她看看两个水桶，拎起空的那个，出了小房子。

后来，那个女人就一直待在了小房子里。

阿平没和那个女人说话，连看都没看一眼。看得出他不仅无视女人的存在，甚至没觉得那个女人到这儿来了，也没觉得那个女人就和自己同在一个小房子里。女人打来水准备做饭，洗衣打扫卫生还出去买东西。阿平吃她做的饭，穿她洗的衣服，用她铺的被褥睡觉。他所有的这些活动让人感觉只是"动作"，连吃饭时亦无"吃饭"意识，只是动筷子、咀嚼、吞咽，只是动作而已。

阿平的生活没有一点儿变化。出去买破布，买回来用油桶煮后晒干，撕开织成地垫。要是那个女人在旁边想帮忙，阿平就不吭声让她做想做的事。他的地垫好卖是因为他认真仔细的做工，他对他的作品倾注了热情。任何人都会想象他不会让别人碰自己的作品，但是阿平好像没有这种想法，只要那个女人伸手，他就放手让她做，自己去做接下来的事。

织好几张地垫后，阿平就把地垫包起来拿出去卖。留在屋里的那个女人也不休息，她打扫房间，把小房子周围扫干净，把地上的散落的瓦片、瓷器破片捡起来扔掉。

那个女人住进阿平的小房子里的事情，立刻被附近的人们发现了。第一次在公共自来水道看到她时，那些女人们都以为她是新搬来的，都说她不像是这地方的住人啦，相貌长得挺招人喜欢啦，看她小巧的身子连我这个女人都想抱抱逗逗啦什么的。可是没过两天，大家就知道了事情原委。女人们的说法一下子就变了。

"吓我一跳，原来是跑上门的老婆，都这把年纪了，真是的。"

"阿平也是的,真没想到他居然收了这么个大妈。"

"看她那长相,看她那身子。"一个女人说,"我原来认识一个像她这样的,比一般人风骚得多,到了五十岁、六十岁,身子还照样风流,一点儿不差,只要看看就明白。"

"这么个人,你还说想抱抱逗逗的呢,真下贱。"

"你说下贱?"那个大妈反问说,"你试过啊?"

她们不知道,其实不是那么回事。在阿平的小房子里,并没有发生女人们想象的事。

吃了晚饭,阿平稍事休息,就开始织地垫织到十点。他并不是非要这样做,而是像在消磨时间,他慢条斯理地编织。蜡烛不亮,他的眼睛累了,一开始淌眼泪,他就收拾织机睡觉。那个女人把一切收拾好后,裹一床薄被躺在了阿平的旁边。当然,蜡烛吹灭了,只要不是月夜,屋里就黑黢黢的。阿平常常翻身,但是很少打呼噜。不一会儿,那个女人就开始抽泣起来。

那声音像风吹过草一般,女人悄悄抽泣着。她的喉咙像有什么东西堵住了,嘶哑的声音断断续续地诉说。

"店里生意很好,女婿干得不错。"一个夜晚那个女人这样说,"女婿很能干,对我也很好。现在也是一提起你,他就说让你来家住呢。"

"我可怎么办呢?"一个晚上那个女人说,"一个留在娘家的女人从小被娇惯,就是罪过也不知晓那是罪过。我不是因为喜欢他才和他那样的,也不知道生下的是那个人的孩子。这些求你要相信我。"

阿平的身子一动不动。

"你成了这个样子,都过去二十五年了,你到底让我怎么着呀?"

有一晚,她把声音压到最低诉说着:"你心里很苦,可我心里也特别难受啊。我死去的妈妈说对不起你,到死也没原谅我。妈妈死了,我一直自己骂自己、恨自己。"

这些话就像反复背诵几十遍的台词,一口气说下来有先有后。什么痛苦啦、难受啦、到死都不会被原谅啦、自己也恨自己啦……言者动情,一点儿不含糊,却令此般动情失去了意义,听上去平淡无味。

"就算杀了人那样的重罪犯人,也有做完苦役就能被原谅了的嘛。"一个晚上那个女人这样说,"要是这样就能让你消气,你就说,让我干什么都行。"

不管她怎么说,阿平始终不开口。倒不是故意不理女人的哭诉和哀求,他好像根本没听见似的。恰似风儿在吹,石头却与风全无干系。

女人在小房子待了十二天,在第十二天的傍晚走了。那天阿平去卖地垫回来,看到那个女人把小包袱放在膝盖上,在里屋的门口地板上坐着。冬天的下午时过四点,屋外已经昏暗下来,小房子里更暗,女人缩着肩,矮小的身影就像马上要消失在黑暗里似的。

阿平和往常一样，脱下外套、摘下灯芯绒帽子，从女人身边进了里屋。

那个女人低着头看着外间的泥地。瘦削的脸灰白干燥，看上去皱皱巴巴的，膝上的双手也是皱皱巴巴的，指尖无力地耷拉下垂。女人好像在等什么，听见阿平在背后屋里不知干什么。到了现在，好像还在等着阿平说点儿什么。可又不像，女人过一会儿抬起右手理理头发，轻轻叹了一口气。

"你不管怎么都不说话了，对吗？"女人说话了，声音很低像在自言自语，喉咙干涩沙哑，"你就不能原谅我吗？"

阿平走到外间，揭开架子上的铝锅盖看了看，里边什么都没有。女人没做饭。

看着空空的铝锅，阿平开始舀米和麦子。他似乎没察觉那个女人只有今天没做饭。他一直自己做饭，现在还是像过去一样，动作非常自然、熟练。他从两个橘子箱里舀出米和麦子，量好分量，然后走出小房子。

那个女人没看阿平。估摸着阿平去自来水道走到一半的时候，她拿起膝上的小包袱，好像已经筋疲力尽似的站起来，转圈看了看屋子里。她精神已经彻底耗尽，眼睛里全无感情流露。

女人犹豫地走出了小房子，把门关上。天上的云映出些许残阳，衬托出地面上昏暗的轮廓。女人围着小房子转圈，走到窗外枯木旁，伸出手摸着枯木枝，嘴里小声叨念着。

"对了，这肯定是山茱萸。"

她并不是在说山茱萸树即便干枯了仍然是山茱萸树，她大概在感叹人世无常，树要是枯了是什么树都无所谓。说完这话，她缩着身子走了。

自来水道边有三个女人，她们看到阿平来了，一下子就不说话了。阿平不出声地淘锅里的米，换了三遍水后，用手搓着米和麦子，然后往锅里加上合适的水，没作声就走了。

"这是怎么了？"其中一个女人等阿平走远了才开口，"真奇怪啊，自己来淘米了，那个女人大概病了吧？"

"没准儿。"另一个女人说，"不知道阿谦跟谁说的，每天晚上都听到那个女人的哭声呢。"

"……又是阿谦呀，那个人听听墙角也不错嘛。"

"你不是也听过吗？"

"那是过去的事了，都这个年纪了，早就没那个劲头了。"

阿平在小房子外，在搭起的灶里生起了火。

夜色里，青白色的烟扩散开来，不一会儿火舌舔舐着锅底，悠悠地照亮周围，照亮蹲在灶前的阿平。阿平的表情僵硬，没有表情，瞳孔放大了似的眼睛没看任何一处，只是直直地盯着前面的黑暗。灶里的火一摇晃，阿平的脸也像在缓缓地晃动，但是他的表情没有任何变化。

风吹得稍稍大了些，灶里的柴火开始冒烟，阿平呛着烟，往灶里添了三块劈好的柴。

没有季节的街

俾斯麦[1]如是说

---
1 俾斯麦：德意志帝国首任宰相（1871—1890），人称"铁血宰相"。

寒藤清乡先生说：

"你知道扶轮社隐藏的意图是什么吗？"

八田忠晴想了一下，摸着油光的脑门说：

"不太清楚，不是个国际性的社交团体吗？"

"那是伪装，不过是他们迷惑外国诸民族独立精神的金字招牌而已。我要问的是，在那个金字招牌后面，他们有怎样的野心？"

"你是问他们有什么企图？"

"美国要称霸世界。"

年轻人八田有胃病，听了这话，他的表情就像吃了治胃病的水黄连。他每天必须吃三次水黄连，早就腻味透了。可不吃这个药胃病又不好，不得不吃药时就是现在这种表情。

美国人最初披着耶稣教的外衣试图征服日本。他们企图用宗教让一个民族成为奴隶，多亏德川家扑灭了美国的野心。后来——先生就这样表述着他极为独创的高论，听得年轻人八田泪眼汪汪。

这是八田忠晴成为忧国塾学生约莫一周之后的事。当初青年八田来访，要求在塾内学习，寒藤清乡先生大吃一惊。

寒藤先生漆黑浓密的眉毛下，有些吓人的大眼睛眯成了一条缝儿，他用疑惑的眼神盯着八田反问："你是来捣乱的吗？"

"您问我来干啥吗?"青年保持着立正姿势,"我想当您的学生,您不收我吗?"

"倒不是不收。"先生说着费思量。不错,在他的简易排屋门口挂着"忧国塾"牌子,上边还醒目地留有校长大名。另外长年累月——多长年头不太清楚,他就靠着这个头衔赖以为生。这是不争的事实。但他却做梦也没想到还真有报名求学者。过去亦无此般先例。

嗯,他迅速想好了应对措施。这个年轻人想来学习,在当下是应该赞赏的。这样的青年纯真、朴讷,父母没准儿还在资助他,显然是个有爱国热情的年轻人。这种类型的学生,可能在集资方面有用。看来我这个忧国塾……也许,走上正轨的日子来到了。这样很不错。寒藤先生暗暗下了决心。

"好吧。"寒藤先生说,"我就录取你当忧国塾的学生了。"

"不需要入学资格那类的考试吗?"年轻人八田这时问,"说实在话,我不太适合考试。"

"那种愚蠢的考试也和我八字不合。"先生坦荡地说,"一两次考试,根本无法衡量人的价值,人的价值在这儿。"先生敲了敲自己薄薄的扁平肚皮给八田看,可是只听见可怜的、空空的声音。

人的价值是由肚皮决定的,根据先生的评判,年轻人从那天起成了忧国塾的学生。这种师生关系并不单纯。

"先生的老家是哪儿啊?"八田问先生。先生回答说:"日本。"先生说:"你听着,在日本这样一个像跳蚤屎大小的小小国家,还在意出生地是哪儿这种无聊的问题,这可不行。生在日本,这不就行了吗?"

接着,先生忽然问:"你的老家在哪儿?"八田一下子像被问到重大机密一样,两膝并拢,坐得笔直,深深低头。"我不想谈这个问题。我准备全身心奉献给国家,我有心理准备,为了皇国的千秋万代乐意牺牲自己。如果为此给父母兄弟、所有亲戚带来麻烦,也只能说那绝非我本意。"

寒藤先生大谈日本像跳蚤屎的高论时,年轻人八田的脸皮下似乎露出窃笑。而当八田说到牺牲自己保护一族亲属时,先生就像踢到什么硬物一般,脸上是讶异的表情。

忧国塾里只有一套被褥。先生问八田:"你的行李什么时候到?"八田坦然地说:"我什么行李都没有。"先生又问:"那你总有换洗衣服、被子之类的吧?"年轻人八田看起来就像在批评先生一样反问:"难道忧国塾连这些琐碎东西也要学生置办吗?"

这一来一往的问答让寒藤先生先失一分。忧国塾作为以国家观点为基础的启蒙道场,负有探究皇国学中真理、宣传践行真理的使命,从先生这种庄严的主张来看,确如八田所说,这些琐事就不应该成为问题。

"行。"先生妥协了,"那你就去借出租的被褥吧。"

作为忧国塾的学生,八田每天有必修的精神修养。这些修养包括做饭、打扫卫生、买东西、跑腿儿、朝皇居遥拜、照顾先生的生活以及其他杂事，诸如此类。这些事情都还不算什么苦差，不管哪件事，只要想偷懒，总能骗过先生，这很简单。可是，比起这些来，还有一样难以逃避的重劳动。

难以逃避的重劳动，就无须说明了吧？嗨，就是听寒藤清乡的讲话。

扶轮社有侵略日本的意图。基于此理由，扶轮社日本支部被命令解散并非老话。那时日本的几个有钱人，并不看好国家将来的经济前景，把资产转移到了国外或者想把资产转移到国外。有钱人到哪儿都一样，未必非在日本赚钱。扶轮社是国际范围的贵族和有钱人的友好机构，所以有可能为资产外逃提供方便。具体理由未知，但至少像寒藤先生所言，大概与基督教布教活动无甚关系。

让青年八田掉泪的并非先生讲话总是富于独创性的跳跃，亦非讲话冗长无聊，更不是先生高洁精神带来的感动。简单地说，只要看到两人的关系就知道了。总而言之，干什么都没谱儿。八田听了先生的讲话，跟内容和理论毫无关联，自然地热泪盈眶，日常也会眼泪汪汪。

当然，先生的讲话极少集中于单一问题，一般都是从A讲起，一下子话题跳到S，从B跳到K，从C到D，然后又突然回到A或B。说到扶轮社的时候也一样，忽然就换了话题问："你看过《神皇正统记》[1]吗？"八田反问："那

---

1 《神皇正统记》，日本南北朝时代的历史书，北畠亲房著，延元四年（1339年）完成。

是什么？"先生说："你去帮我办个事吧。"

"找资金的事。"先生难为情地笑着说，"以后就看你的了，挺简单的事。"

先生从挂在墙上的礼服口袋里掏出用旧了的大名片，用手指理平，告诉八田Ａ、Ｂ、Ｃ三个报社的名称，说明Ａ是报社里局级干部，Ｂ是社会部负责报道的头儿，Ｃ又是什么什么的……

"这几个都是我在报社时的后辈。"先生说，"你给他们看名片他们就明白了。不说钱的事他们就知道。这样就行了。"

年轻人八田似懂非懂地答应了一声："好嘛。"

"还有，这张名片要拿回来。大家都知根知底，放心吧。名片很可能会被拿去做坏事，别忘了拿回来，记住了。"

八田弄清了三家报社的地址和将要拜访的人，出门时却一脸茫然。那表情就像站在十米高跳台、准备第一次跳水似的。

青年八田尽管害怕，但找资金的任务却顺利完成。

"怎么样？那帮人都像我的跟班一样。"寒藤先生眉飞色舞，但神情里还是掩饰不住他的惊讶——找钱竟会如此顺利。

"伟大的俾斯麦如是说，比起战术，将军更应了解自己的士兵，胜利才会归于己手。"先生数着收集来的钱，"我过去就特别留意这三人。最近都说干新闻的没有人情味儿。

不过现在不要紧，还有这样的人在，报纸还是有骨气的。小伙子，走，今天喝酒庆祝一下。"

那天傍晚，寒藤先生和他的学生八田一起远征到中通大街的"酒鬼横街"，在一个鳗鱼小摊儿，要了烤鳗鱼头下酒，喝烈性烧酒喝醉了。据寒藤先生的说法，吃烤鳗鱼串的都是外行，真正懂得吃鳗鱼的内行人只吃鳗鱼的头和肝。

"在这儿不能大声说。"先生说，"用来做烤串的鳗鱼是用很多死的和养殖的东西喂的。所以你发现没有，烤鳗鱼有时会有一种虫蛹的臭味儿。不过，只有鳗鱼头没有那种味儿。鳗鱼头没法儿骗人。天然的东西是用鱼钩钓的，这是无论如何没法糊弄过去的。"

"看嘛，就是这样。"先生把板子上摆着的三个鱼钩指给八田看，就是吃刚才的鳗鱼头上时摘下来的。

"可是，老师。"八田吞吞吐吐地说，"可是有人说那是卖鳗鱼的偷偷放进去的。"

"那是传说，没那回事儿。"

"其实钓鳗鱼我也知道点儿……"八田的声音更小了，"钓鳗鱼的钩儿和这个不一样，要用这种钩儿一条一条地钓，是钓不上来的。就算钓上了也不好取下来，太费事，不合算。"

"合算还是不合算，一个男子汉要是这么算计的话，成不了大事。要是说钓鱼，当年寒藤我在 A 报社政治部的时候哇……"

不知道是什么事起的头，不一会儿寒藤先生和一个工人起了纠纷，还打起架来。不过，说打架也不准确。打人的是那个工人，先生是被打了。即便如此，先生仍是气宇轩昂，绝不服输。

"来呀，再使劲打。你不知道你在干什么吧？"先生倒在地上还在喊着，"知道吗？你是在打日本的命运。"

这是先生嘴里冒出来的话。那个工人听了，又给了他两拳。

"昨天晚上发生什么事儿了吗？"第二天先生问八田，"那家伙为何那么生气呢？"

先生轻轻摸着头，一碰到肿起的包就皱起了眉头。左颧骨上和额头上都有紫色的淤血。

"我不大清楚。"八田用手敲着脖子后边说，"我醉倒了，在小摊儿旁边的消防水槽里躺着。对了，听见老师在大声唱——听吧，万国的劳动人民呀[1]，祭坛上的尸骸什么的……"

"不对吧？你大概听岔了。你想啊，那两句都是共产党的歌啊。"

"所以那个工人才生气了。"

---

[1] "听吧，万国的劳动人民呀"是日本《劳动歌》的首句歌词，作词人大场勇，于1922年第三个国际劳动节发表。

"不对不对，完全弄反了。不管怎么说我也是忧国塾的校长啊。"

"反正那个工人很生气是真的。我躺在没水的消防水槽里，到底是怎么回事儿我也不清楚。只听得那个工人很生气，骂着：简直是共产主义的混蛋卖国贼。"

寒藤先生慢慢地摇着头，一只手从嘴抹到下巴，抬头看着天花板。

"伟大的俾斯麦如是说，"先生有气无力，"要让士兵心服口服，就要和士兵食宿分开。我好像把士兵弄错了。你呀—— 我觉得我的酒瘾还没过呢，你去给我买点儿烧酒来。"

先生的脸上浮现出痛苦的表情，这还不仅仅是痛苦，实际上若窥视先生的心理活动，大概可以看出复杂、苦闷、自我否定和悔恨。

这儿的住民里，几个岁数大的可能还记着，先生在这个"街区"曾经有过两次痛苦的恋爱经历。其中一个女人还活着，被人叫作"丧事夫人[1]"或"阿吉[2]"。她带着一个男孩子住在长屋里。另一个女人已搬去别处，叫阿富，

---

1 原文中，夫人一词写作"マダム"，即表示法语"madame"，有戏谑之意。
2 阿吉：指艺伎阿吉（1841—1890）。1856年，第一任驻日总领事美国外交官哈里斯来到日本，缔结《日美通商条约》。幕府将阿吉献给哈里斯做他的妾室。意大利普契尼所作的歌剧《蝴蝶夫人》主人公的原型之一即阿吉。

是个寡妇，有三十七八岁，长得很漂亮，独自一个人生活。

不知道阿富靠什么生活。她没有工作，也没看出她从其他人那里得到资助。她却总是过得挺自在，有空时还和左邻右舍的女人们在一起热热闹闹地聚会。当然不用说，这种聚会并不像品茶会那样一本正经。女人们的丈夫也很高兴自己的女人去参加这种聚会。女人们可以在聚会时听到很多风流逸事，对男人们来说，有意想不到的、生理性的、心理性的甚至物理性的要素。好奇心旺盛的男人们经常会不由自主地受到启发并付诸实践。

先生从男人们嘴里听到阿富的事情后，不由得勃然动怒："这种女人败坏风气，必须教训教训以儆效尤。"于是他就出门教训去了。结果很老套，第一次去阿富家回来后，寒藤先生大大咧咧地笑了，还对邻居们夸起那个女人来。"什么呀，她不过是个很淳朴的女人嘛。不过证明自己的确正值最有女人味的年龄，就是个过来人而已。还有一点，不过是那个什么什么……"说着先生豪爽地笑了起来。

有人说先生第一次见到阿富就被迷住了，就像证实自己一样，先生一个劲儿往阿富那儿跑。先生对邻居们说："其实啊，像这种为男人活着的女人真少见。只有这样的女人才能让男人心里生出浩然之气。"

邻居们说："先生也很长时间一个人过，正好阿富是寡妇，干脆就一块儿过怎么样？反正年纪也差不多。"听了这话，先生说："嗯，接触接触，我觉得要是差不多也不错嘛。"

实际上先生也是这么想的。他已准备求婚，正悄悄等着机会。可他没能成功。阿富对先生展现了种种风流，激起了先生强烈的实践欲望，有时候甚至用自己的身体做出某种姿态给他看。先生察觉出这是阿富给自己的机会，他的热情直达沸点，被冲动所驱使，马上就要求婚了。可是，先生的舌头违背了他的意志。

"伟大的俾斯麦如是说呀，阿富。"先生开始转动舌头了，"战而不胜即是失败。他还说，如不想失败，那就不如不战。他还说——"他还循环往复，连篇累牍地说伟大的俾斯麦（或是谁谁，或谁谁也不是）的名言佳句。不管怎么憋气，他的舌头总不听使唤，也无法避免阿富不堪忍受。

"说起先生来真是奇怪。"阿富和女人们聚会时说，"我刚说到有意思的事儿，他一定会俾斯什么什么的怎么说，还有要是俾斯什么的会这么做，说的像梦话一样谁都不懂，你说谁能爱听啊。简直是个莫名其妙的怪物！这个先生。"

这些话传到先生耳中并不需要多少时间，同时也宣告了先生这段恋情的终结。

和丧事夫人的那次……情况也差不多，结局也一个样。

所谓丧事夫人的"丧事"当然就是指丧仪，这里说的夫人也是蔑称，其实这个女人的名字叫清子，另外人们也管她叫阿吉太太。她的丈夫叫本田政吉，据说在一个港口开船上菜店，一个月或两个月才露一次脸。清子有一个上小学三年级的儿子，叫阿仁，清子一个人维持着她和儿子的生计。

虽然时下已不像过去那样普遍，但还是会在丧事上举行"施饿鬼[1]"活动。这种活动会向来吊唁的人派发吊唁点心，或者派发相当于一份点心钱的邮票。听说，若是遇到非常虔诚的有钱人的丧事，会在火葬场朝穷人扔钱。据说沿途有穷人家的孩子和老人们排队等候施舍。

清子也会混在吊唁客人群里，领到点心匣子啦、邮票什么的，她马上就把这些东西拿到点心店换成现钱。不管是杉木盒子里装的点心还是邮票，点心店都会以八折的价钱回收。要是一天有五次丧事的话，挣的钱就比干一天零工还多。当然，这事没有本钱也不行。去当吊唁客人要有黑色带家徽的和服，头发也得梳理整齐。清子有一套虽说是棉布的，但好歹带家徽的黑色和服和腰带，每天都把头发梳得整整齐齐的。

就靠着这套黑色带家徽的和服，还有从来不乱的头发，清子被人称作丧事夫人。这还不算，清子的说话和做派都像富人区的太太，会说高级的敬语，笑不露齿。

她的儿子是个无拘无束的无政府主义者，他讨厌自己的妈妈，讨厌学校，碰到比自己强的对手他会躲开，看到

---

[1] 施饿鬼：为避免亡者落入饿鬼道忍受饥饿之苦，举行供奉食物的法会。

比他弱的或是女孩子就动手打，见到猫狗就虐待。他几乎不回自己的家，困了就在别人家存放东西的地方睡，饿了就到别人家的厨房觅食。他身上穿得破破烂烂，脸上和两手全是污垢和泥巴。走到他跟前就闻到一股比最不堪的叫花子还臭的味道。清子只在极少的情况下能抓到儿子，把他带回家，也不管夏天还是冬天，把他脱得精光，用水和肥皂洗干净，剃头发，剪指甲，换衣服。

这个时候，清子用温和的语调和敬语开导孩子，阿仁也老老实实地一一应答。看起来就是美丽动人的一个瞬间或图景——浪子回头与温和迎接的妈妈。可是，这些改装作业一结束，鞭打教育就立刻开始。

这种教育从温柔的斥责开始："你怎么就这么坏呢？"

怎么这样？在外边睡的孩子是什么人？为什么会这样？周围的人怎么说大概你自己也很清楚吧？为什么净干坏事？嗯，为什么就不改呢？

清子的声音亲切和蔼，就像加了很多蜜的布丁，听起来甜得发腻。可每句话之间，听得到"啪""啪"的吓人的伴奏声。据附近的女人说，那是把阿仁的裤子扒下来露出屁股，用尺子抽打的声音。像加了很多蜜的布丁、听起来甜甜的声音和浸入骨髓的抽打声，混成凄厉的和声，冲撞着听者的耳鼓。

"对不起呀。"只听得阿仁惨叫，"别打了，疼死我了，饶了我吧！"啪！啪！

"我没说假话,我要去上学,哎呀,我要死了。"啪!啪!

"你这么大声叫唤,不影响邻居吗?"啪!

"你小声点儿!"啪!

"你装哭也没用!"啪!

"就那么疼吗?妈妈可不会上你的当。"啪!

不一会儿,和过去一样,阿仁从他妈妈手里挣脱,跑了出来。于是立刻升起了叛逆的狼烟。"鬼妈,你去死吧!"——这是他的第一手,接着用连无赖都想不出来的丰富词汇诅咒、谩骂、挖苦妈妈。当然,他根本没想到对邻居的影响,要是有人出于好奇心来看热闹的话,阿仁会毫不犹豫地朝这个人扔石头和木棍儿。

"你在外边这样闹不好吧?"

清子从家里出来像用棉花包贵重东西一样轻声细语地招呼着:"进屋来吧,要被周围邻居笑话的。"

"说什么呢?你这个臭老太婆!"阿仁嘲笑道,"嘿嘿嘿,你去死吧!"

就这样,在一段时间内,阿仁不会靠近自己家,找个别人搁东西的仓房或棚子睡,偷别人的东西吃。

寒藤先生下决心要让这对母子改善关系,好几次登门造访清子家,极力劝说清子,说爸爸不在家是问题所在。到底为什么当爸爸的要分开过?为什么极少回来?随着谈话进一步深入,清子渐渐开始说出真情,原来她丈夫在外边有了情人,迷上了赌博从来没赢过钱,只有实在困难的时候才来要钱。其实好多年前他们的夫妇关系就已不存在了。她自己也想要是有个合适的对象，就重新组建家庭。丈夫在外边有女人，想干什么干什么，而自己却在这儿受罪太没意思了。清子这么说着的时候，斜着眼睛不住朝寒藤先生的眼睛瞟。

寒藤先生的心脏躁动起来，像十八岁的青年一般，在肋膜下剧烈地乱跳。清子说得有鼻子有眼。她虽然生活困难，脸上却刷白粉、涂口红，寒藤先生来的时候还做好吃的招待，食桌上甚至还有酒。

"烧酒对身体不好。"清子贴心地说，温情脉脉地盯着先生。给先生斟酒的时候，她左手拢着右边的衣襟，动作细致入微。清子递过酒来，先生就略呈羞赧地接过去。

寒藤先生尽管木讷，到了这份儿上也不能无动于衷。先生察觉到自己必须说点儿什么了，他先劝清子："那样的男人，应该和他离婚。"又说："为了阿仁的将来，你应该找个可靠的人再婚。"云云。清子一一点头称是，或是为了给先生一个发起冲锋的机会，清子轻柔地把手放到先生的膝头。接着，先生的舌头又开始发表主张了。

"伟大的俾斯麦如是说，胜而不骄者方可成为将军。"

清子等着听接下来怎么说。先生就要发动进攻了。果然，先生也是这么打算的。可现实常常像散文一样，尽管先生的心脏像十八岁的青年一样跳动，但是他的舌头却顽固而且不肯让步。

"伟大的俾斯麦如是说，战败宛如落花，若想重返前线，就如同落花回枝头。"

都这份儿上了，清子还想等着听下文。她怎么也没想到伟大的俾斯麦如此坚持不懈，她以为下面，先生该色迷迷地有所表示了。可是伟大的俾斯麦却强势且冥顽不灵。

先生的额头冒出了汗珠，他的眼睛也热泪盈眶。可他的舌头却像卖弄似的接连吐出"伟大的俾斯麦如是说"来，毫无倦意。

清子不和周围的女人来往，她不知道别人都是怎么说先生的。不过从她看先生的眼神可以感觉到，她现在对先生的评价肯定比"不通人情的木头人"这一评价还低。

在"酒鬼横街"和工人打架恐怕也和先生的意志无关，是他的舌头任性地自我主张。如若不是，先生这样的人怎么会唱起共产党的歌？根本没有理由嘛。

"真是太不像话了，先生。"八田拿买来的烧酒让先生从醉意中清醒过来，跟先生说："刚才在卖酒的那里看了一眼报纸，右翼团体不是在公会堂开全国大会吗？可是先生怎么没收到请柬呢？"

先生想了一会儿，用怜悯的眼神看着年轻人的脸。

"你还得认清自己的立场才行啊。"先生说，"公会堂聚在一起的都是些小人物。他们自称右翼团体什么的，其实没有一个像样的人物，都是些微不足道的东西。"

"可是有大义公平先生、国粹纯一先生呢。"

先生摇着头摆了摆手。

"还有神州男儿先生那些人的名字呢。"

"那又怎么样?"寒藤先生撇着嘴,"公平、男儿、纯一这几个人我都认识,他们曾经在苇原瑞穗的门下,后来都被赶了出去,其实就是一帮被逐出师门的家伙。他们号称为了国家万代,实际上却谄媚权贵,浪得虚名,威吓百姓,贪图金钱……"

学生八田脸上的表情好像感动至极,先生的慷慨激昂让他听得如醉如痴。

"我倒是要问问你,八田。"先生最后说,"你想想,伟大的俾斯麦会出席纳粹的党代表大会吗?"

八田反射性地张开嘴,好像要喊什么,但马上就意识到这很危险,就把嘴闭上了。就像有一只看不见的手一下子捂住了他的嘴,把他憋得咳嗽了起来。

"我为自己而自豪,现在更是……"咳嗽得憋红了脸的八田说,"现在,我多少懂得了怎么看人了。"

"人生深奥。来,你也喝点儿。"先生沉思后说,"人生深奥,变幻莫测。干杯。"

"干杯。"八田应道。

所谓忧国塾,到底是干什么的呢?从字面上推测是忧虑国家未来的学校,若用思想上的左右来区分,一般划为右派。刨根问底,针对极端的破坏性思想,其立场在于守护国家的传统而反对左派人士的活动。当然,先生所说的右翼"小人物"的活动时常见诸于报端。

不过，在我们的忧国塾看不到那般动向。有时会有类似议论，但这也仅仅是先生的独自发挥，八田只有倾听的份儿。先生的主张总是突发奇想，都是令人难以置信的独创性高论，就连当学生的八田也常常怀疑自己的耳朵。但是八田绝对不会试图提出反驳意见。

按一般世人的说法，校长和学生都在无所事事地混日子。在有钱花的那段时间里，他们好像就是享受吃喝和慵懒。

这样的日子就算在现实中真有，能持续很久吗？不用说这是不可能的。八田在第三次去筹钱的时候，就明白了这一事实。寒藤先生说，他曾另眼相看的几个报社人——报社里的局级干部，社会部负责报道的头儿和其他的某某，实际上都不认识寒藤清乡这号人，也不记得见过面。至于过去给过钱，是为面子、一时兴起或恰巧兜里有钱，甚至当时是否给过钱，他们自己都不记得了。八田倒是弄得一清二楚。

青年八田并没有为了先生的面子试图遮掩，他原原本本报告了事情的经过。先生也没觉得特别丢脸或打算做一番解释，只是鼻子"哼"了一声，不高兴地盯着八田的脸问：

"你见到本人了吗？"

"没见着。"八田答应着，"打杂的转达的。"接着他加了一句,"过去也一直这样,他们都很忙。"

"你让他们好好看我的名片了吗?"

八田摊着两手,似乎要问——还有什么办法吗?

"没法子,这种事常有。"先生像在安慰八田,"干报纸的也很清贫,但那有他们的存在价值。为报道,他们花十万都未必心疼。他们似乎不太关心自己的口袋。所以伟大的俾斯麦才如是说。"

"晚饭怎么办?"八田问,"已经没米了。"

先生把伟大的俾斯麦咽了下去。说起饮食,先生可比八田更务实,一听说没有米了,先生的肚子发出"咕咕"的声音,饥饿感猛烈袭来,就像三天没吃饭一样。

"这事你该早告诉我呀。"

"我以为今天也能要到钱呢。"

"没办法。"先生歪歪脑袋,手捋了捋胡子说,"这么着,对不住,你去丹波老人那儿一趟,就说寒藤清乡想借点儿米,他就明白了。明天我出去找钱。这样的事也是形成人格的重要经验,要认真去办。"

八田在先生嘴里还没冒出伟大的俾斯麦之前就站了起来。

好像先生还有其他的资金来源,第二天他自己出了门,到了天要黑的时候,才喝得烂醉回来了。

"你看明白,我这可不是烂醉。"先生说,"我可不是那种俗人的烂醉,是那个什么、那个……那个……"

"从里边走,从里边走。"八田压低了声音说。

"你在说什么梦话?"先生脚步蹒跚,眼睛瞪着八田,"太没礼貌了,什么从里边来?"

"不是,我是说猫呢。"八田一边用手指擦着嘴一边说,"猫在厨房里,我在准备晚饭。"

"怎么还喂猫呢?"

"晚饭是给先生准备的。"

八田这么说着,手在身后摇晃,接着厨房的门哗啦响了一声,八田慌乱地咳嗽起来。

"别说什么'饭'[1],像社会主义者说的。哎,拿酒来。"

先生盘腿坐下,边用手理着条纹裤子膝头的皱褶边说:"我现在要正式开始喝了。去买烧酒来,你也一块儿喝。"

"请给我钱。"八田说着把手伸了出来。

"钱,钱,钱,钱!"先生从礼服上衣的内口袋里掏出钱包,抽出一张票子递给八田,"又是心忧国家的将来,又是心忧金钱,我寒藤清乡也忒忙了,伟大的俾斯麦如是说过……"

八田自顾自地到厨房去拿酒瓶子,然后匆忙出来走了。随后他和黑影里等他的不知是谁嘀咕着什么。当然,寒藤先生听不见。先生一个人在和伟大的俾斯麦将军争论,他捡起掉在旧席子上的细细的头发夹子,也没看看是什么就

---

[1] 原文中用了めし(饭)一词,是较为随意、不够文雅的表达。

随手扔到外边地上,顺势倒下翻了个身。

第二天早上,八田和先生一起吃着饭,这样说道:

"我实在还是太嫩了,嗯,我自己也很清楚。"

"谦逊是美德啊。"

"我去找钱真是求了好久,可还是没要着。先生一出马就成。我简直服了。"

他反省自己:这是人格问题,自己还要更加努力地修炼。不用说,他这是想把找钱的事推给先生。先生不是那种听得出话里藏话的小人,他觉得学生说的有道理,就打算以后自己跑跑腿。

一天,先生又在旧席子上捡到一个和上次一样的头发夹子,这回他好像觉得不对劲儿,仔细地打量着头发夹子。

"你过来,八田。"先生把八田叫过来,让他看那个头发夹子,"这是什么?"

"这个嘛。"八田偏着头,眼睛里现出狼狈的神色,不过先生没注意到。

"上回也有一个这样的掉在席子上了。"

先生用拇指和食指捏着细细的叉开的那个东西,不经意地闻了闻。

"有股油味儿。"先生说,"这到底是什么?谁掉在这儿的?干什么用的,这个?"

"也许是猫呢。"

"你说猫?⋯⋯这个?"

"这几天常常有猫从我们屋里穿过。"八田紧张地说,"那家伙一点儿不怕人,有时候从门口进厨房,有时候从厨房钻进来从门出去,大摇大摆的。"

"抄近道呢。"先生把头发夹子扔到门口地上,说,"下次看到了就吓唬它,再来就把它煮着吃了,简直欺负起人来了。"

又一个早上,先生头天喝醉了没食欲,只喝了点儿酱汤。他喝着酱汤时时头往上偏,眼睛瞭望天花板,然后问八田:"你呀,昨天晚上你做噩梦来着?"八田这回眼睛里没有惊慌的神色,泰然自若地对先生摇着头。

"那么是我做梦?"先生自言自语着,"我好像听到什么声音,难受哼哼的声音,细声细气的哼哼。"

"是猫,肯定的。"

"不对,不是猫。我还听着在说都要受伤了。不,不是猫,那动静……"

"猫发情了就会发出怪叫声。我老家的真事儿,每天晚上在堆柴的屋子里,就听见婴儿死了婴儿死了的哭声。堆柴的屋子里恰巧就有婴儿,大家说是不是谁和他家有仇念的咒,闹得可凶了。后来才知道是闹春的猫,以后还有一回是在柴屋旁边……"

"不,不是猫。"先生摇着头,"说要受伤了,只有这句话还在我耳朵里。然后就是小声的哼哼了。"

"那就是做梦了,您打呼噜可响了,还老翻身。"八田说,"您有一次还把腿踢到我肚子上了呢,真的。"

"有可能。"先生皱着眉头,"嗯,有可能,对不住了。"

又有一天,先生去找钱回来的时候,格子门打不开了。

门上没有锁,也不是用棍子顶住了。这是从来没有过的事,先生一边晃着格子门,一边喊:"八田,八田!"

只听到八田慌张地答应着,还听见有什么东西跑出去的声音,接着八田才慌忙出来。

"您回来了?马上开门。"八田一边系腰带一边说,"您今天回来得早啊。"

"格子门是怎么回事?"

"我挡了一下。"八田打开了格子门,侧着身子让先生进去,还让先生看一根五寸长的钉子,"我用这个把门别上了。"

"怎么又干这种莫名其妙的事啊?"

"我怕猫进来。"

"猫?——又从这儿抄近道吗?"

"一下子就大胆地窜过去了,把屋里边的东西弄得特别脏。"

先生脱下礼服,换上在家穿的和服短褂,同时使劲儿抽动着鼻子。

"有股奇怪的味儿。"先生说,"有人来过吗?"

"您是说有人来吗?没有。"八田摇摇头,"先生不在,我不会让人进来的,而且也没有谁会来找我。我给您倒茶呀？"

先生还在不住地抽动着鼻子，歪歪脑袋。过了没几天，一个晚上，先生又听见了有人哼哼：哎呀，不行了。也不知道是梦还是真事。没准儿还是做梦。第二天早上起来后一想，好像明白了，确实是做梦。

市面上越来越不景气，人们常常传说，产业界经营困难呀，中小企业的老板自杀呀什么的。好像是日本得了流行性感冒，不定期就会发作开来，当局慌忙采取临时对策，希望用牺牲中小企业者和低收入人群的办法恢复景气，而不去考虑根本的解决办法。所以可能一时有了效果，不久就会旧病复发。据丹波老人深谋远虑的看法，这是拯救日本掴客经济所必要的政治性操作。听到这种说法，寒藤先生很生气，骂这个丹波是不是赤化了，要是有这样的危险思想的话，将来会倒大霉的。

可是，不持任何危险思想的先生自己却比丹波老人先倒了大霉。

这么回事：一天傍晚，先生去找钱回来，治助好像在等他，一见面就骂了起来："喂，先生，真有两下子，居然勾搭我老婆。"

说着就撸起袖子来。

治助是这个"街区"少有的勤快人。四十七八岁，有六个孩子，但是除了五岁最小的孩子，另外的孩子都不知跑到哪儿去了。治助的妻子叫阿八，是他的第三个妻子，比治助可能小二十来岁。据说是东北[1]人，皮肤白净，长得挺漂亮。但她并不是那些孩子的妈妈，她和治助结婚刚满两年。

治助这辈子都老老实实，按丹波老人的说法，问到治助吃饭了没，他会想很久，然后才答应吃了。应该说治助是个典型的老实人，连酷爱赌博的阿德都说不会去找治助赌，更不相信治助会骂人、吵架。

现在治助却气得抡起了拳头，铁着那张长满胡子的黑脸，挽起印有字号的短褂袖子，那劲头好像就要扑上去打人一样。

"你骂什么呢？怎么回事？"先生不知所措，一边伸手要挡治助的拳头一边问，"要是我做错了什么我道歉！你先冷静一下。"

"还我老婆！"治助大叫着，"我说把我的老婆阿初还给我！"

"你是说阿八吗？"

"阿八是我老家话的叫法，其实叫阿初[2]。叫什么都无所谓。先生要糊弄我，然后耍滑头是不是？告诉你，我有好几个证人呢。那几个证人不会耍滑头，他们亲眼看到现场的。"

---

1 东北：这里指日本本州的东北部地区。包括青森、岩手、秋田、宫城、山形、福岛六县。
2 初的发音是"はつ"，八的发音是"はち"，两者发音相近。

"那好,你先安静一会儿。我现在什么都不明白。治助,你冷静一下。"

先生盘腿坐了下来,用手理着条纹裤子膝头的皱褶。看着先生的动作,治助的脸上怒气未消,对先生嚷着:"就算你是被人称作先生的,也不能抢人家的老婆啊。"

先生说:"我不知道这个事,肯定是谁故意说我的坏话。"

"先生还反咬一口,要堵住我的嘴吗?有证人们在,怎么样?他们都看见了。"治助接着说,"阿初那个家伙从你家后门钻进去,过了一个来钟头才偷偷地出来,手还弄着头发,悄悄地回家去了。他们都看见了。哎,先生,你还嘴硬说不知道吗?"

"等等,好,等等。"先生手摸着下巴的胡子,"——是这样啊!嗯,是这么回事,果然如此,好像有这么回事。"

"你说果然如此……是怎么回事?"

"是这样的,治助,"先生冷静了下来,"证人看见没看见不是什么问题,阿八她本人啊……"

"我不是说了她叫阿初吗?"

"就是她,好嘛。"先生像拿到了王牌似的,"你把本人叫来问问不就弄明白了吗?我觉得这是最好的解决办法,你说怎么样?"

"我这不说了让你把她还给我吗?先生。"

"你说还给你?你是说我把阿八怎么样了吗?"

"我不是说了吗?"治助急得直抓头发,"我,今天不是刚刚到这儿来的。阿八,哎,不对,阿初这家伙,两个月前我就觉得她不对劲儿。我使劲儿想过,我睡得着吗?我从来没有失眠过……可我奇怪的事又是真的,就算我没有睡不着的时候……"

"哎呀,治助。"先生没让治助再说下去,"你别啰唆了好不好? 对了,你不是说把阿八还给你吗? 我在这儿,你把阿八……"

"是阿初!"

"你把她叫来不就什么都明白了吗? 所以啊,把本人带来,这是最先应该做的事。[1]"

"先生你是说把我的脑袋怎么样?"

"我能把你的脑袋怎么样?"先生终于把嗓门提高了,"我说的'本人'就是你老婆。[2]你硬要把你老婆的丑事加到我身上,你当丈夫的和当事人,也就是你老婆一块儿来是理所当然的了。你说是不是? 治助。"

不用说,刚才说了半天翻来覆去的废话。不过说了这么多,事情本身还是让两个人的话渐渐说到重点了。这个事就像先生说的,其实是挺简单的事。

---

1 原文:だからその本人をここへ伴れて来るのがいちばん先のことじゃないか。
2 治助把寒藤先生所说的话理解为:所以你应该把头带过来。"いちばん先"有"头"的意思。

"我的学生。"先生说,"叫八田忠晴的,三个月前到我这儿当学生的小伙子。"

"你是说,不是你?"

"说什么混账话!我寒藤清乡不管怎么不济也是国家才俊。我刚才已经反复说了,问问阿八本人就清楚了。"

"她现在没在家呀,先生。"治助坐在了门槛上,手指头捏着厚嘴唇说,"好像是昨晚上就跑了,今天早上我起来一看屋里没人,到现在也没回来。真的,先生。"

"我的学生昨天晚上也不见了,我也是今天早上才发现的。——这么说,他们也许私奔了。"

"我老婆那家伙把她所有的东西都拿走了。"治助像在自言自语,"这是怎么了?先生,我和阿初两个人是自愿在一起的。又不是一块石头,我一个人想搬就搬回来了。阿初那家伙也是自己想和我结婚,日子过得安稳,这才和我在一起的。就是这么回事儿呀。先生。"

先生并没听治助说什么。今天一大早就没看见八田的影子,他以为八田只是出去一会儿就会回来。自从八田到他这儿来,还从来没有为他个人的事情出去过,他想大概八田去找朋友了。刚才听治助一说,才想到八田和阿八可能早就商量好私奔了。终于明白了,他感到非常绝望,八田背叛了自己,自己对八田的信任像废纸一样被抛弃了。

"发这些牢骚一点儿用都没有。"先生说,"你估计她到底能去了哪儿?"

"我要是知道就好了。"

"想不出来什么线索吗？"

治助摇摇头。他和阿初是在填海工地上认识的。那时阿初在伙房做饭。工程一结束，伙房没跟着工程公司搬走，而是就地解散了，所以现在不可能从那儿找到线索。治助和阿初成了夫妻，但阿初并没有登记入户籍，也不知她的原籍和过去居住地。——在这个"街区"，大部分人在生下孩子之前对入户籍毫无兴趣，大家都这样。——所以啊，你们也别奇怪，他们一提起自己的老婆，都说根本不知道她什么时候会跟什么人跑掉。

"这就麻烦了。"

"先生，怎么办？"治助反问，"知道那个年轻人的老家在哪儿吗？你那个学生？"

这回轮到先生摇头了。

"那么有保证人吗？"

先生还是同样的动作。他想起了八田忠晴刚来要当学生时他们两人的问答，脸一下子黑了下来。治助站起身数落起来："没查他家里的情况，也没有保证人，先生你就雇了个人！这种做法也不像一个老师干的事啊。太离谱了！"

"这是犯法的。"治助说，"就算养一只小狗，也要许可证啊。雇个人却没有保证人，哪有这样的赌博？看你是个老师，人也不可貌相啊。"

"他不是我雇的伙计!"先生反驳说,"他是忧国塾的学生。"

治助叹了口气,深深地叹了口气,拖得长长的、有气无力。先生说学生不是雇的伙计是不是有道理,治助弄不清楚。他叹着气,手指捏着嘴唇,使劲儿挠头发,又叹了口气。

"好,那个——"治助看着先生,"那么,先生打算对那个学生怎么办?"

"还能怎么办?"先生不急不忙地说,"伟大的俾斯麦如是说,让败逃的士兵返回战场,恰如使落花返回树枝。——我是去者不追主义者。"

"嗨,你说的那么难懂,我弄不明白。就算你说的不难懂,我也不见得弄明白。我是问怎么办?"

"你要是实在想干点儿啥的话,就只有去警察那儿报案。"

"这不行。"治助使劲儿晃着脑袋,"要是去报案,我老婆前面那个男人,前面的前面的男人可能也会报案,三个或四个报案碰在一起了。就算是找到了阿初,警察可能也没办法解决,这个馊主意根本不行。"

先生"啊"了一声,像要发现点儿什么一样,盯着治助黑黢黢的脸。

过了一会儿,先生才说:"那,要是这样的话就没办法了,你还是先回去吧。"

"在这儿也……"治助想来想去应道,"我知道没什么办法,可回家呢又提不起精神。不能老待在这儿,又不想回去。一想到阿初可能已经跑得没了力气,倒在了哪儿,我就特别难受。"

先生眼睛都瞪圆了,过了一会儿治助回去了,他眼睛还是瞪着,到了做晚饭的时候,他的眼睛仍然瞪得大大的。大约过了一个星期,一天,先生收到了八田忠晴的明信片,上面写着:

我要批判忧国塾的空洞理论。古人有金言,男子汉大丈夫应该付诸行动。我要向先生宣告:我,八田忠晴要挺身而出,成为女性解放运动的旗手!呜呼。学生　忠晴

先生一把将明信片撕得粉碎扔了出去。他手搓着胡子,脸色难看极了。

"啊,这个这个……"先生往四周看着,"不管怎么着——混账东西!这个时候要是能痛痛快快喝点儿烧酒就再好不过了。两杯也行,一杯也行!'酒鬼横街'的那些横行霸道的人不也都是行动派么。"

先生站起来,想了一会儿,自言自语着:"还是先去找丹波老人吧。"脸上是有了主意的表情,可又没什么把握,他出了门。

没有季节的街

爸 爸

泽上良太郎有五个孩子，分别叫太郎、次郎、花子、四郎和梅子。几个孩子都是约莫差一岁，老大十岁，下边是九岁、八岁、七岁和五岁。而且，妻子阿操肚里又有了。

住在这个"街区"的人们都知道，这五个孩子并不是泽上良太郎的孩子，每个孩子都分别有自己的生父。五个生父就住在这个"街区"，他们都清楚哪个是自己的孩子。

妻子阿操应该比谁都明白，因为这些孩子都是自己生的。人们相信，只有这些孩子和泽上良太郎不知道。

大家管泽上良太郎叫阿良。他长得不高，挺胖，脸圆圆的，看上去人不错。他长着粗粗的眉毛，小圆眼睛眼角下垂，厚厚的嘴唇，颧骨上肉呼呼的，他的小圆眼睛在颧骨肉瘤上方观察着外界。

财迷波木井老人说，阿良的相貌符合老好人的所有条件。他的眼睛、嘴、鼻子、脸和耳朵就像老好人的零件一样组合在一起。

"看看良太郎的脸吧。"信耶稣的斋田先生说，"从这张脸看得出来，他被老婆施行了催眠术，而且还醒不过来。"

"真不是开玩笑，你好好看看他的眼睛。"跳大神的阿常一本正经地说，"那是从骨子里看不起人的眼睛，不管对方是人是神还是佛。简直是目空一切。"

阿良的老婆阿操身材瘦小，窄脸，颧骨突出，眼窝深陷，忽闪忽闪的眼睛总是露出好战的神态。她的肤色较黑，头发短黄，额头隆起。阿操三十二岁，比良太郎小三岁，但是看起来反而要比良太郎大四五岁的样子。

阿操几乎总不在家。她会做饭，给孩子补衣服什么的，除此之外，她就去长屋的哪一家和女人闲聊、吵架，或给人劝架喝酒。还时常半天不知道去了哪儿。

"唉……当女人真没意思。"阿操一天里会叹着气说上好几回，"……男人想干什么就干什么，还可以在家里作威作福。女人却一天到晚干活儿，累得腰都断了，看场戏乐呵乐呵都不行。到底为什么要活在这个世上？想起这个就觉得自己特可怜。"

阿良在旁边听着温和地笑着，两手使劲儿做着要拿去卖的刷子的活儿计。

阿良是做刷子的一把好手，他做的刷子实际上是刷头发的刷子。批发商把他做的刷子当作高档货，批发到一流的化妆品店、洋货店或百货商店。不过阿良干活儿慢，做刷子的数量上不去，要货的等得着急上火。

确实，他做事太慢，看上去他老婆也着急上火，不仅对他的活计不满意，连一举一动都要被她数落半天。

"看你干活儿的样子，急得我脚心直发痒。"阿操数落着，"我真是奇怪，要怎样才会生出你这样慢条斯理的人来？要是你爸妈还在的话，我真要去问问。"

阿良眯起小圆眼睛，嘴角显出微微笑容，默不作声地接着干活儿。在变成棕色的工作台稍稍靠右点儿，阿良的手边，竖着一块三厘米厚的木板，放着装着猪毛的圆筒、刷子的木头把儿、很细的铁丝、装胶的锅什么的。他左手从圆筒里抓出一撮猪毛，往每个刷子眼儿里大约塞进三十根猪毛。他从来不是一次抓够三十根，而是抓一把然后再好好数，添一根、添两根或去掉一根。

"这是干什么呀，还一根两根地数。"阿操数落开来，"那么细的猪毛，多两三根有什么不一样的。"

"那倒是，可是……"阿良微笑着，说起话来好像舌头重得转不动，慢吞吞地说，"不是三十根我心里就不舒服。"

数够根数后，就把猪毛根部朝竖起的厚木板上对齐，把猪毛从根捋齐，用右手极细的铁丝把猪毛的根部扎起来，铁丝另一头穿进刷子板的眼儿，把猪毛的根部带进眼儿固定，再把铁丝的多余部分用剪子剪掉。刷子板中间有三排眼儿，每排二十，左右各一排，每排十七，全部共九十四个眼儿。往每个眼儿里穿进三十根猪毛后，把固定猪毛的铁丝敲平，抹上胶盖上后盖板儿，再染上颜色。

做刷子需要融化好的胶，不论冬夏，胶盆放在火盆上时，家里总有一股强刺激性的胶味儿。

"一闻这味儿，我就觉得世上真没意思。"阿操夸张地做出愁眉苦脸的样子，"这世界上也有脑子好的人，怎么没人想个主意把胶的这股臭味儿给弄掉呢？哎呀，熏得我简直没法在家待。"

阿操根本不给丈夫帮忙，只会数落他干活儿慢，一闻到胶味儿就发牢骚，抬腿就往外头跑。到晚饭的时候，阿操一般会回来，但是很多时候不回来吃午饭。良太郎和孩子们已经习惯了，阿操不回家他们也不觉得有什么奇怪。良太郎把饭做好端上桌的时候，大家就一起安安静静吃饭。孩子们都很老实，从老大到老四是小学生，学习成绩都在班级上游，老大还一直当班长。

"那些孩子真是这条街上七大怪的第一怪。"住在这儿的人们都这么说，"不管从哪方面讲，他们家都不应该生出这样的孩子。"

五个孩子跟他们的妈妈不亲。不知是因为家里大事小事爸爸一个人张罗，还是因为孩子幼稚的心理本能地可怜爸爸，即使妈妈在家，孩子们也不会撒娇，有什么事都去找爸爸，还想帮爸爸干活儿。

这儿的住民，衣服多是洗了补、补了洗，就是要添衣服，充其量也是从旧衣店买。有两个做小买卖的，定期背着布头儿和旧衣服在这儿兜售。他们发牢骚说，到这不是卖东西，很多时候是来收破烂儿的。

阿良一家也不例外，孩子们身上都是谁谁穿过的旧衣服，不管是衬衫、裤子还是内衣或裙子，所有的衣服都是补丁摞补丁，不断地洗了补、拆了缝、打上补丁补破洞。当然阿操也没有只看着不管不顾，不过这些事八成是阿良在做。可能出于职业关系，习惯了细致的手工活儿，那些需要耐心的活儿对他来说自然不在话下。阿良每天都在家里，所以看到孩子的衣服脏了、破了，自然就动手操办。

近来孩子们可以干自己能干的事情了。花子还是小学二年级，便能凑合着补补衣服，太郎和次郎负责洗衣服。这还不算，一有空，他们还帮爸爸做刷子。

"你们啊，真丢死人了。"阿操常常这么说，"一个男孩子还洗衣服，这么小家子气，以后能有什么出息。"

孩子们没作声。要是他们回嘴学校老师说自己的事自己做，连老师都会被阿操奚落。

"我可不是一般身子，我的菜得另做。"

就算是切碎的肉或金枪鱼杂碎，阿操都要给自己多一盘菜。因为她有身孕，要增加一点营养。几个孩子连看都不去看一眼，只有最小的梅子五岁，闻到了煮肉的香味儿，忍不住偷看一眼。阿操发现后像看到敌人一样瞪着眼睛："干什么？看你那眼神。"阿操大声喊着，"说了妈妈不是一般的身子，不吃两份儿身子挺不住。你去外头打听打听，谁不说泽上家的老婆够能忍的？"

"这么臭的碎肉都不能随便吃！"有时她会带着哭腔说，"你那么想吃就吃吧，妈妈得妊娠脚气死了就好了。去吃吧。"

接着她就大声号了起来，把菜一下子扣到了梅子脸上。

阿操的确怀孕了，邻居们都知道是谁让她怀孕的。大约一年前，一个叫米村五郎的年轻人搬到了这个"街区"。阿操一下子就看上了，几乎同时，寡妇阿富也动了心，两人都迷上了这个小伙子。寡妇阿富一个人住，也有空余时间，比起有五个孩子的阿操更有优势，好像最先得手的是阿富。有一天，五郎钻进了阿富家，过了三十分钟左右，阿操冲了进去。大概她看见五郎进去了，算着时间冲进去的。她和只穿着内衣的阿富互相抓扯着大打出手。附近的女人全都跑了过来，好不容易才把两人拉开。不知道五郎什么时候怎么跑的，反正已经不在那儿了。只听见阿操在叫喊："你小子把我的钱搜刮干净，却又和这样的女人好上！"听了阿操的说法，那些女人的两个疑问有解了。一个是像这样的女人怎么会有一个接一个的男人？还有，良太郎是个手艺很好的刷子匠人，为什么老是那么穷？

把良太郎做好的刷子拿给批发商，收货款拿回家的都是阿操，家里的钱也是阿操管。阿良从来不问刷子卖了多少钱，也从来不问家里还有多少钱。所以阿操可以随便用丈夫挣来的钱。不过，阿良能挣多少钱毕竟有数，阿操能用来笼络男人也很有限。和其他阶层的人送西服、送汽车相比，阿操能送的相差岂止万里。但是在这个"街区"，一杯烧酒就抵得上其他阶层的一套西服。这种事一点儿都不稀奇。

阿操到底给了五郎多少钱谁也不知道。五郎住在一个叫田浦的土木匠家，有时他去打个零工，但是马上就腻了，一个月也就能干个十来天，其余的时间到处闲逛。

阿富是个强有力的敌人，但是阿操在物质方面有优势。

五郎深知这一点，他颇有心计地两边讨好。到了今春，阿富搬到别的地方去了，阿操可以独占五郎，吹响了休战的号角。

阿良五个孩子各自的亲爸爸还住在这个"街区"，据说他们和阿操还藕断丝连。

"嘿，太郎他妈。"太郎的亲爸爸喊着阿操，"听说你又和小青年好上了？现在女的行情见长啊。"

"呦，花子他妈。"花子的亲爸爸则说，"这阵子看不到你了，别只知道找小年轻，偶尔也分给我点儿雨露啊。"

"不要太得意了，阿操。"四郎的亲爸爸说，"一下子太热乎了，靠一个小年轻的还是差点儿意思。怎么样？偶尔也好好那个一下？……"

据说次郎的爸爸啥也不说，只是默默地身体力行。住在附近的人，都能听见他们打情骂俏甚至动手动脚，但他们毫无忌惮。阿操一点儿也不害臊，也不生气。她反而向附近的人们炫耀，摆出一副招惹别人暗自眼红的态度。

对于自己老婆这种毫不避讳的淫乱行为，阿良是不是一点儿都不知道呢？大家都相信他不知道，他们不但偷偷地笑话他，有时甚至还当着阿良的面指桑骂槐。阿良听了只是垂下小圆眼睛，温和地微笑着，此外什么反应也没有。

"日本开天辟地以来，真没见过这么随和的蠢货。"男人们都这么说，"虽然我们也不是从开天辟地就在这儿过日子……"

阿良无时无刻关注的只是孩子们。吃饭的时候,他和孩子们围坐在餐桌旁,突然他放下饭碗和筷子,用惊讶的眼神看着太郎,又看看次郎、花子、四郎和梅子。

"怎么了?爸爸。"注意到了爸爸的眼神,一个孩子问,"干什么呢?"

阿良慢慢地摇着头,亲切地微笑着。

"没什么。"阿良答应着,"在想,大家都长大了啊。"

一天的傍晚,次郎哭着回来了。阿操依旧不在家,爸爸和几个孩子都在。过去次郎也在外头和别人打过架,所以大家都没觉得有啥不对劲儿。

阿良在做刷子,太郎在他旁边,把刷子把儿打磨光滑。花子最先发现次郎这回哭得和过去不一样。

"怎么了?次郎哥。"花子停下针线活儿看着次郎,"小梅看着你呢,快别哭了。"

"爸爸。"

次郎看着爸爸的眼睛。他自己脸上让眼泪弄得湿漉漉的,眼眶到脸蛋儿有灰色痕迹,大概是用脏手抹的。

"什么事?次郎。"

"爸爸。"次郎又叫了一声,"我们几个都不是你的孩子,是真的吗?"

太郎、花子和四郎像听到摔炮炸开了一样吓了一跳,他们齐刷刷朝爸爸看。可以看出很长时间,他们都有这样的疑问,现在这个问题终于被提了出来,正好把事情问个明白。

良太郎停下手里的活儿，挨个儿看着五个孩子的脸。他脸上露出和往常一样的笑容，眯起小圆眼睛，又慢慢地动手干起活儿来。

"这要你们自己想了。"阿良说，"你们是爸爸的孩子，对不对？"

孩子们没说话。

"爸爸知道你们都是爸爸的孩子。"阿良停顿了一下又说，"爸爸喜欢你们每个人，你们都特别乖。要是你们不喜欢爸爸，觉得我不是你们的爸爸，那爸爸就不是你们的爸爸，是不是这样？次郎。"

次郎的喉咙里哽咽出了声，他用手擦着眼泪。

"可是，大家都这么说。好久好久以前，他们说我们都不是爸爸的孩子，真正的爸爸是别人。"次郎说着，"不是我一个人，大哥、花子和弟弟都被这么告诉过。"

爸爸微笑着安慰孩子。

"人啊，说什么的都有。就连我，他们也说窝囊、没骨气，这些我都听着呢。"阿良从喉咙里发出笑声，"胡说八道嘛。爸爸有力气，打架也厉害着呢。我小时候打的架比次郎多得多了，一回也没输过。"

阿良卷起左手衬衫的袖子，让孩子们看他的胳膊。胳膊上有一条大约十五厘米、已经长成茶色的伤疤。

"这是被朋友的刀砍的。"他接着说，"那是爸爸小学六年级时候的事。"

然后他就连比画带说,讲起他是怎么把连老师都敢吓唬、怎么将班里最厉害的同学打服的。听到他说虽然胳膊被砍了个大口子,却打断了对方的鼻梁骨,孩子们都紧咬着嘴唇,身子直发抖。在几个孩子里,只有太郎一个人躲着爸爸的眼睛低着头。他好像知道爸爸胳膊上的伤是怎么来的,而且爸爸并不像他说的那样强悍。从他没抬起的脸上可以看出,那件事连他这个小孩子想起来都感到屈辱。

阿良又说他并不窝囊,活干得慢是因为看重这个工作,干这个都为了你们这些孩子,为了把你们没病没灾地养大,干活儿就一定要有信誉。

"这都是爸爸的心里话。"阿良说,"要是有了什么事,我能干翻他三五个人。人软弱了可不行,一定要不怕事儿。干活也一样,我要是来了劲儿,一天能做两百把、三百把刷子给你们看看。"

这时阿良脸上露出了自豪的微笑,挨着个儿看孩子们的脸。

"可是住在这个长屋里的人不知道这些,净信口开河,说些乱七八糟的,是不是?次郎。"阿良开口笑了,"怎么样?你们相信爸爸,还是相信那些狗屁不知道的人?"

"信爸爸的!"次郎举起了手,下面是太郎,接着四郎、花子也举起了手,都说:"信爸爸的。"梅子还不懂这些话,她看看大家的脸,手指着花子说,"我信姐姐的。"大家一听都笑了起来。

"谁知道什么亲生的爸爸、妈妈，还有什么亲生的孩子。"良太郎又干起活儿来，温和地说，"大家都觉得我是爸爸，也觉得是我的孩子，如果打心眼儿里掏心窝地这么想，那就是真正的一家人。要是再有人跟你们说这个，你们就反问他们：那你们呢？"

"要是有人能回答的话，我倒想见见。"说着，良太郎把特细的铁丝猛地抽紧了。太郎在他旁边没作声，接着打磨刷子把儿。

没有季节的街

雁拟豆腐[1]

---

1 雁拟豆腐:在碎豆腐里加入切碎的牛蒡、胡萝卜、麻子仁、海带,团成丸状,然后油炸。味道和大雁的肉相似。

胜子要十五岁了。比起同样年纪的女孩子，她个子矮，身子瘦弱，平胸细腰。她的皮肤接近茶色，没有光泽，纹理粗糙，胳膊和小腿上长了浓密的汗毛。她长得不好看，说不上哪儿长得不对劲儿，反正整个人看上去没有少女的水灵劲儿，给人的印象就像她是饱尝了生活困苦的中年女人。

胜子是姨妈姨爹养大的，现在也和姨妈姨爹一起过。姨爹绵中京太，五十六岁，姨妈阿种，五十七岁。胜子是姨妈妹妹之女，生下来就被接到姨妈家。具体情况不甚清楚，据说胜子的生母生下胜子不久，就和一个贸易公司的老板结婚，在那边又生了三个孩子，过着奢侈的生活。好像是姨妈收下胜子的时候就商量好的，到现在她妈妈还要给姨妈姨爹定期寄一定数额的抚养费。胜子的生母叫佳苗，一年到这个"街区"来看胜子三五回。

据说绵中京太原来是中学老师，能说会道，但绝对是个酒鬼、懒汉，佳苗寄来的钱不用说，连妻子阿种和胜子挣的钱都被他拿去喝了酒，自己无所事事。

京太有个毛病，不管什么事都要按照分类学的方法加上注解。

"我的酒是遗传学上的实例[1]。"

---

[1] 根据《季節のない街》（新潮社，2019年7月版）的原文和相关注解，可得知此处绵中京太本想说"イグザンプル"（example），结果发音错误，说成了"プレザンプル"。

"这种鱼被切成块煮过,已经不是动物学意义上的鱼了,而是属于卫生学意义上的鱼。"

如此等等。他对自己的长相非常自豪,特别对自己的侧脸有绝对的自信,自称是约翰·巴里摩尔[1]式侧脸。喝醉的时候,他还摆给妻子阿种和胜子看,不住地摆出侧脸姿势。

"你们看我的鼻子。"京太对酒友说,"这已经不是骨相学和人体解剖学的问题,而是美学的问题。"

有面部神经痉挛老毛病的岛先生搬到这个"街区"没多久,就和绵中京太处得极好。有一次,京太跟岛先生讲自己的鼻子,岛先生反应很快,笑着反问:"鼻学[2]吧?"岛先生好像很佩服,又指指自己的鼻子问:"也就是鼻学嘛,病理上的鼻学。很不错嘛。"

在对自己相貌颇有自信的人跟前,奚落相貌的笑话不合时宜。虽然岛先生讲的其实算不上笑话,不过调侃一样的谐音而已,但是已经伤害了京太的感情。打那以后,他就很少和岛先生一起喝酒了。

"这种天气太讨厌了。"有一天阿种说,"脑袋里边都要生霉了。"

梅雨季节时间太长,每天都是阴沉沉的,旧榻榻米上

---

[1] 约翰·巴里摩尔(1882—1942),美国电影演员。
[2] 这是双关语。日语的"鼻"和"美"的读音发音相同。

长出了绿色的霉点。阿种和胜子两个人在做副业，帮人加工假花。京太一个人从早上就开始喝没烫过的凉酒，他听见妻子发牢骚，突然露出一副一本正经的表情问：

"你说的天气是指什么？是气象学上的词汇，还是属于天文学的词汇？"

紧挨着北边的长屋，有一座两层的独栋老房子。房子实在太老又年久失修，整个房子朝南倾斜，眼看着就要倒了似的。怕房子倒下来，房子南边用三根粗杉木杆顶着。可是到了暴风雨来临，住在房子里的那家人就得忙着把顶房子的粗木头杆抽下来。不管谁看见了恐怕都会怀疑：这是弄反了吧？一般人的看法都觉得，那个粗木头杆不就是为了帮助房子抵挡暴风雨的吗？可那家人却说："常识在我们家这种情况下不起作用。"要是暴风雨来临还用粗木杆支撑的话，强风会把房子吹得七零八落。而拆下粗木支撑，房子就会跟着风的强弱顺势摇晃。总之，不和风对抗是保全房子的唯一方法。

"这已不是建筑学能讲清楚的问题了。"京太听了这话说，"这应该是材料学的问题。"

他的妻子阿种非常恭顺。并不是因为自己比丈夫大一岁感到自卑。现在两个人都已不是那种年纪了。京太只爱喝酒，而且在外喝酒绝不进有女人的地方。

"首先，有女人味道的地方酒难喝。"这是京太的口头禅。另外，他过去毕竟是个中学老师，对妻子和胜子，从来不会动手或发脾气骂人。因此，虽然阿种这么顺从可能出于天生的性格，她整天操持这个穷家，还要不住手地做副业，但她从来不抱怨，也从来不会让丈夫出去找活儿干。

"社会上好多人实在活不下去，还有一家一起自杀了的。真可怜。"阿种经常一边手里干着活儿一边跟胜子这么说，"比起那些人来，我们还活得下去已经不错了。真是的，那些自杀的一家人心里到底是怎么想的?"

胜子没作声，只是悄悄地用几乎听不见的声音叹了口气，或是停下手里的活儿盯着榻榻米的一点。

很少看到像胜子这样认真干活儿的孩子，也很少看到像胜子这样不爱说话的孩子。

胜子生下来就被送养，还是和阿种有血缘关系的姨侄女，她们之间应该有亲生母女一样的感情。可是在搬到这里来没多久，附近的女人们就发现胜子不是阿种夫妇亲生。

那是四年前的事，胜子才十一岁。大家发现除了上学的时间，胜子在家里就没有不干活儿的时候。她干活儿的动作看不出小姑娘的稚气和开朗，只有小大人似的利落，甚至让人觉得那是被鞭子调教出来的。

"怎么回事? 那孩子。"那时候，周围的女人们常常这样议论，"不管你跟她说什么，她都用那种吓人的眼神直直看着你，也不答应一声，哑巴还是聋子啊?"

"大概是一直受气长大的，心眼儿可深了，和谁都不亲，谁都不相信。"

她小时候的事弄不清楚,不过,自从搬到这儿来,大家都能感觉到,阿种和胜子的关系不仅不是母女关系,也看不出有什么亲密感情。

阿种不光是对丈夫百依百顺,对身边发生的所有事情都逆来顺受,就像神职人员恐怕有违主的旨意一样,绝不会有任何反抗。胜子不和自己亲近,阿种也不在意。胜子像哑巴一样轻易不开口,跟她说话也几乎有应无答,阿种却不会催她说话,就算没有回答,有事情要说她该说啥说啥。胜子不应阿种也不会生气,更不会没完没了地跟胜子叨叨。

"你呀,不存在于人类学的意义。"京太说,"你也不存在于动物学的意义。只能说是在植物学的意义上才存在着。"

只有一次,胜子小学毕业的时候,阿种和丈夫拌了几句嘴。

京太的意思是不让胜子继续学业。阿种说既然有佳苗定期给的钱,还是想让胜子上中学。"定期给的钱?别让我笑话了。"京太说,"把这么个私生子硬扔给我们,就寄那么点儿钱,这能算亲戚吗?那点儿钱还不够喝酒呢。"阿种还想说服京太:"话虽是这么说,但是现在中学都是义务教育了。"又争执了一阵后,京太忽然想出一个高招:"算了,这么着吧。要送胜子上学,要佳苗汇款加倍的话也行。如果时冈他们愿意,我也可以改主意。"

就因为这个，佳苗才出现在这个"街区"。

阿种对丈夫说出自己的意见只有那么一回。之后，和胜子的亲生母亲佳苗联系上了，佳苗才初次来到绵中京太家。

佳苗比阿种小七岁，那么佳苗应该是四十六七岁。她穿的和服很花哨，看她的头发和妆容，像刚从美容店出来似的。不管怎么看也就三十二三。为了看她，女人们和小孩子从家里跑出来排成了人墙。大家充满好奇心，赞叹和嫉妒的目光都集中在她身上，并随着佳苗走去的方向移动。

"哎呀，你闻闻。"到了第二天，一个女人说，"那人走过的地方都还有香水味儿呢。"

为了迎接佳苗到来，绵中京太带头张罗了开来。他仍然一个人喝酒，看到佳苗，顿时站起来盯着进门来的佳苗，忙不迭地吆喝阿种和胜子准备好吃的。

"呀，姐姐。"佳苗喊着阿种，"这就是那个孩子？哎呀。"

她从头到脚打量着胜子，最后眼睛落在了胜子的脸上，眼光停留了一会儿。胜子红着脸把头转了过去，佳苗叹了口气摇了摇头。

"瞧瞧。"佳苗说，"怎么长得这么难看，像个被踩扁了的炸豆腐。"

胜子面无表情回头看了看佳苗，一声不吭慢慢站起来。阿种拉着胜子去买东西，回来又是烤鱼又是煮菜。只有招待佳苗的酒是中通大街的酒店老板送来的。京太不管其他，只有酒钱从不赊账，酒又买得多，对于卖酒的是个好客户。在京太不住的催促下，饭菜摆好了，京太和佳苗开始喝起酒来。

"哎呀！吓我一跳。"阿种紧盯着妹妹，"你能喝酒啊？"

"我那口子教出来的。"佳苗答应着，"我喝一瓶威士忌都没事。我们家交际应酬多，在社交场合夫妻必须一同出席不是？要是不会喝酒怎么当女主人呢？"

"真了不起啊。"京太说，"那么你让胜子上个女子大学也是小事一桩喽？"

"快别开玩笑了，阿京。"佳苗做出要打京太的样子，"买卖做得越大身上越没有闲钱。就连我买一点儿东西也要开支票，可不是你们想象的那样。"

"可是，"阿种说，"怎么样也得让这个孩子上中学……"

"打住，不行。"佳苗摆着手不让阿种接着说，"那么个跟踩扁了的炸豆腐似的孩子，让她上中学可惜钱了。上了小学已经不错，快别再提这个事了。"

说完，佳苗把酒杯伸向京太。

什么社交、什么女主人，全不是那么回事，那与佳苗说话、吃喝时的做派简直一点边儿都不沾。给她倒上酒，她"咕咚"一声就倒进了喉咙，然后就朝盘子伸筷子夹菜，吃烧鱼连骨头一块儿嚼，甚至把手指伸进嘴掏牙缝里的小鱼刺，身子紧靠着饭桌，毫不在乎地舔手指头。喝得有点儿醉了，就开始讲起她的风流事，一会儿猛地推一下京太的肩膀，一会儿张着大嘴哈哈大笑。

他们喝酒时，阿种和胜子仍然在干活儿。京太和佳苗就像没看见一样只顾吃自己的，使劲喝酒，信口胡说，傻笑。他们把两瓶两升的酒喝了一瓶多半，把菜全吃光。佳苗打着嗝儿说要回去了。

"啊，喝得高兴！你这个人有教养，一点儿不无聊。"佳苗对京太说，"和没教养的人一起喝酒，就要打住。谢谢招待了。"

"就是，嗯。"京太小声嘀咕着，"那种话题，就打住吧。"

阿种把佳苗送到荒地的河沟边。

"我说，佳苗。"分手的时候阿种说，"你下次别说女孩子长得难看什么的，怪可怜的。"

"你是说炸豆腐？哼。"

"我不是说了你不要再说这些了吗？你长得好看就行了嘛。"

"那当然了。"佳苗皱起鼻子，"我家孩子他爸可是一见面就被我迷住了。好了，再见。"

自打那以后，这个"街区"的人特别是小孩儿，就管胜子叫炸豆腐了。胜子念完小学，就一直待在家里，不是做副业就是帮阿种干家务活儿，要是稍微有点儿空闲，就屋里屋外地打扫，连邻居家外边的纸屑什么的也都扫了。甚至没人愿意碰的水沟，她都要每个月主动打扫一次。

"她那个岁数愿意干这个，真是少见呢。"女人们都这么说,"从来都不闲着,要是脸上再有点儿笑模样,那就没毛病可挑了。"

打那以后,每年佳苗都会穿着华丽地来一两回,还是管胜子叫踩扁了的炸豆腐泡,和京太喝酒,就像戏里的马夫或轿夫婆娘似的口气,喋喋不休地说些不靠谱的事。

据说佳苗丈夫拥有一家颇具规模的企业,这好像是真的。但到底是干什么的?那个家庭到底啥样?没人知道。据佳苗说是个什么商业公司。至于她生的三个孩子,她说在跟钢琴老师学钢琴,每个孩子有两个家庭教师。让人觉得她说这些的时候,不是想说公司或孩子,而是在抬高自己炫耀自己。她有时说到什么……嘴里会冒出外语来,不过大多是莫名其妙、不土不洋,听不出是哪国话。

阿种和佳苗有怎样的生活经历,有什么样的亲姊妹,还有其他的亲姊妹没有?——这一切都像这个"街区"的其他人一样,模糊不清、无从知晓。在这儿,大家常常只管现在,不管过去,这是常识。偶尔有人讲起过去的事,大家也都很清楚,其中九成经过了加工或夸大,与事实差之甚远。

有意思的是,说到夸张的地方,说者知道是假的也说得十分激动,要是讲到很惨的事,那个惨劲儿让自己都淌眼泪。而听者一听就知道,嗨,多半是编的瞎话。即便如此,可还是感同身受地跟着哭泣。这样的事一点儿都不稀奇。不过,倘若只是虚荣心那就有问题。同样大家知道是假话,肯定便会招致反感,为人不齿。即便这个人过去确实是个有钱人,但时至今日还要装腔作势,就会被视为共同的仇敌,遭到口诛笔伐。

佳苗所作所为就属于后者。她穿着华丽,身上的香水味儿能扩散到一百平方米范围,她得意洋洋地来,又得意洋洋地走。围观她来去的人们,她连看都不看一眼,当然也从不打招呼。尽管如此,佳苗在这儿的口碑却并不怎么坏。就连说起坏话来一个比一个厉害的女人们,管胜子叫炸豆腐的同时,看向佳苗的眼睛里却充满羡慕和向往,最多也就是有点儿女人常有的嫉妒而已。

一天,一群开始有社会意识的名人的夫人们组织起来,来到这个"街区",向这里的居民发赠旧衣服、点心、奶粉和家庭用药。对居民们来说这是大喜事,他们就像饥饿的野兽扑猎物一样,冲向夫人们拿来的物资,所有的东西一眨眼的工夫全被抢光了。名人夫人们吓得不知所措——男人们在旁边叫喊着:"就没了吗?就拿这么点儿来呀?"

还有人在骂:"拿这么一点儿破东西,别装着挺了不起的样子。"有的还吓唬她们:"快滚吧。再不走的话,就要你们的好看!"小孩子们还朝她们扔石头。

不过他们对傲慢的佳苗,非但没表现出反感和恶意,反而露出近乎尊敬的态度,这是为什么呢?

信耶稣的斋田先生解释说:名人夫人慰问团之所以受到攻击,是因为她们触动了当地住民贫穷的敏感神经。慰问团希望通过施舍，满足她们的赎罪意识和优越感。这些穷人却比任何人都要敏感，当他们知道自己的贫穷被人利用的时候，自然愤怒。《圣经》上写得清楚：你施舍的时候，不要叫左手知道右手所做的。

"道理简单明了。"丹波老人评价说，"之所以佳苗夫人没让人反感，是因为这里的人觉得她和自己是一路人。"

那么胜子怎么样了呢？她干起活儿来比谁都勤快，还打扫邻居家门口。虽长得不好看也没有笑脸，但是对谁都没做过坏事，从不给别人添麻烦。她和姨妈在家不停地做副业，还要养活光会喝酒的懒汉，自己也没能上中学，对这些她都没有怨言。

住在这儿的人管胜子叫"炸豆腐"，笑话她，甚至让胜子听见也觉得无所谓。

丹波老人说："大家觉得这孩子对人皆无恶意。但即便如此大家也憎恨她。因为她的境遇也是大家境遇的一个写照——无论怎么干活也得不到回报。"

胜子就这样满十五岁了。这一年冬天，阿种因为妇科肿瘤要做手术，在医院住了约莫三个星期。治病的钱是佳苗出的。不过佳苗也挑明了，她出的钱要从她每月寄的钱里扣除。这下子京太可被逼到绝境了。

"我说胜子，有个事你要好好想想。"京太打着带酒味儿的嗝儿说，"你姨妈对你有恩，你亲妈也赶不上。姨妈现在得病了，说不好可能是生死关头，对吧？"

胜子没说话，干活儿的手也没停下。

"所以呢，你要不忘姨妈养育之恩，你要有所表示，现在你就得拼命干活儿，你姨妈在担心什么？在医院里最在意的是什么？这你应该知道。"

京太盯着胜子的脸，想弄清楚胜子是不是听懂了自己的意思。胜子脸上无任何表情，只是干活儿的手动得更快了。

"你要是长得好看一点儿，身体能像大人就好了。"京太像在自言自语似的嘟囔着，"那样的话还能更好过些，还能干点儿挣钱多的活儿。像你现在这样就没法子了。算了，只能干副业，没有其他的办法了。还有，你还得把你姨妈的那份儿活儿干了。明白了吗？"

胜子轻轻点了点头算是答应明白了，仍旧没作声。

三个星期里，胜子像要弄明白自己能力的极限一样，干起活儿来没日没夜，从不休息。副业的活儿不是什么时候都有，有时候一下子两三倍的量，也有的时候十多天没活儿干。胜子最怕没活儿干，这就需要她比别人干得快，还要比别人干得好。只有这样，才能得到认可，让人说"这孩子干的活儿靠得住"。胜子没日没夜不停地干活儿，心里只想着要得到这样的评价。

京太和一般喝酒的人不一样，一天三顿饭他一顿不少吃，就是在外边喝酒到了吃饭时间也一定回家。不仅如此，他还每顿一定要有鱼或肉，每顿还一定要有味噌汤。

"这个不行啊,这鲭鱼不新鲜呐。你看这皮。"京太用筷子扎着盘子里的炖鱼说,"新鲜的鱼皮是紧紧包着鱼肉的。你看看这个,鱼皮全掉了嘛。"

"又是吃处理的碎肉啊?"京太皱起了鼻子,"又不是吃小摊儿的牛肉饭,总是吃处理的碎肉,都吃腻了。这就不是食品烹调学,而是食品卫生学了。"

胜子什么也没说,用十五岁孩子的手和脑做了自己最大的努力。鱼新鲜不新鲜,买不买处理的碎肉,胜子既没有钱也没有这样的知识,另外,她还没有听姨夫发牢骚的闲工夫。胜子拼命地干活儿,几乎挣了和姨妈一起干活儿时一样多的工钱。她没在半夜一点前睡过,总是在清晨四点前就起床了,睡眠时间最多就三个钟头,睡觉就像昏迷一样,熟睡时连鼾声都没有。

一天半夜——其实已经是半夜过两点,京太睡醒了上厕所,回来要再进被窝时,一下子看到了胜子。

胜子仰面躺着,一条腿伸到了被子外,过去从来没这样过。过去她仰面睡就保持不动,侧卧就一直侧卧,直到睡醒都不换姿势。可现在她却把腿伸到外边,连大腿都露了出来。

京太蹲下来想替她盖上被子,胜子的身体发育不良,浑身看不出少女的魅力。胸脯和腰也像男孩子一样瘦骨嶙峋,完全看不到隆起和绵软。平时的确是这样的,或许因为透过有缝的玻璃门射进来的光亮的关系,京太眼睛看到胜子露出的腿，特别是大腿柔软厚实，紧实有弹性，显示出让京太吃惊的诱惑力。

突然胜子睁开了眼睛，不像是从梦里醒来，而像还没入睡一样睁着眼睛，直瞪瞪地盯着姨夫。

"没事。"京太说，"没什么大不了的事，你别动就好。"

胜子和平时一样什么也没说，还是盯着姨夫的脸。她的眼睛里既没有惊恐的神色，也没显示出情绪，就像玻璃珠一样冷澈。

"闭眼吧，胜子。"京太说，"不要动闭上眼就行。没事。"

可是胜子的眼睛一直盯着姨夫一动不动。反而是京太自己把眼睛闭上了。闭上的眼睛里好像有胜子睁开的眼睛，京太又立刻把眼睛睁开了。"闭眼！"尖锐的声音喊着。

胜子的嘴唇……缓缓张开，露出了牙齿。像在微笑，又像在嘲笑。一股寒意袭来，京太被吓得毛骨悚然，慌忙又闭上了眼睛。胜子一直睁着眼睛，一句话不说。

"大叔。我说女人呐。"京太在"酒鬼横街"一家卖炖菜的小店里喝酒，跟店里的一个老头儿聊着，"十五岁也好三十岁也好，有些地方一个样。都三十四五了，有时候猛地扫上一眼就像十四五岁的小姑娘；可有时候就是个十四五岁的小姑娘，却用三十四五岁女人会有的那种眼神死死地盯着男人——真魔性啊。"

"你也聊上女人了，够新鲜的啊。"

"这个女人呐，大叔。"京太又说了，"那不该是人类学讨论的事，那是博物学。啊，不对。是妖怪学！也不对。算了，嗯，女人果然是妖怪学的研究对象吧。"

阿种出院了，胜子也更忙了。因为阿种出院了，医生嘱咐还要静养两个星期。胜子不但要照样干活儿，操持家务，还有其他的活儿要干，要给阿种做病号饭——要按医生开的食谱做，一直到能起床，阿种都要按照食谱吃——要照顾阿种的起居，还要去给阿种拿药。

"我也有运气好的时候啊。"阿种在病床上慢慢地伸着手脚，脸上现出陶醉在幸运之中的表情，她说，"在医院做手术的时候，我可害怕了。后来一想，怕什么？死就死了呗，死了就不用辛辛苦苦干活挣钱，还能舒舒服服休息。"

"都是因为手术做得好。"阿种接着说，"舒舒服服睡了二十多天，还让我再躺半个月。我打记事起就没这么享受过。"

光是这些话还不能完全表达发自内心的幸福感，幸福感从阿种的眼睛里也生动地流露了出来。可她嘴里没说一句我不在家的时候胜子辛苦了，也没说以后胜子还要多受累之类的感谢话，或许她内心里就不曾有过这样的想法。

当然，胜子并没有期望姨妈会慰问或感谢自己。姨妈出院后，胜子更累了，睡眠时间更少。白天干活儿的时候，胜子经常打盹儿，一打盹儿就会被阿种叫醒。后来她竟能不闭眼也不低头就打起盹儿。她不是有意识地躲着打盹儿，可能是躲避叫醒的自我保护本能反应，而且她手上的活儿很少出错。

"老头子，你在干吗？"一天晚上阿种压低声音叫京太，"你在那里做什么呢？"

"刚才呀，耗子吧。"京太含含混混地答应着，"咱们家有耗子，小心点儿。"

"你是睡糊涂了吧？"

"没动静了。"京太嘟囔着，"耗子正窸窸窣窣呢——对了，从这边儿到这边儿。"

"我说你呀，睡糊涂了。"

"你说我睡糊涂了？"

"这些天晚上你老睡糊涂，人怪怪的，像个孩子。"

不久，阿种不用卧床了，生活恢复正常。在这段时间，胜子没说一句话，脸上也没露出不高兴的样子。不过，周围的人都注意到胜子瘦得厉害，脸也显得憔悴。

又过了五十天左右的一个晚上，阿种发现胜子的身体不对劲儿了。

这儿的人们大都不去澡堂洗澡，虽然也有例外，但一般是一年四季在家用澡盆洗澡。

一天，阿种拿到了副业挣的钱。因为好久都没好好洗个澡了，她就带着胜子去了中通大街一个叫草津温泉的澡堂。当她看到胜子脱光的身子时，她心里猛然一紧。胜子瘦得几乎皮包骨，乳房却鼓了起来，乳头和周围变黑，肚子也微微隆起，肚脐以下竖肌纹颜色明显变深。

阿种什么也没说，暗中观察着外甥女。胜子平时没有什么变化，只是吃饭不太正常，有时没有食欲一顿不吃，有时一下子吃两顿那么多，早晨起床时会呕吐。

阿种开始注意起自己的丈夫来，她想起好几次京太在半夜里睡得迷迷糊糊说有耗子。或许是察觉到阿种在注意自己，从那以后京太没再莫名其妙地说梦话，对胜子也没再有奇怪的举动了。

一天，阿种什么也没说，带着胜子从本通大街坐电车去了在中桥的仁善医院。那家医院房子老旧，大夫的技术也不怎么样，不过因为收费便宜，这家医院挺有名。医院院长说现在没有妇产科医生，他给胜子做了简单检查，告诉阿种说，肯定是怀孕了，大概刚满两个月，身体没有异常。阿种试探着问能不能做流产手术，院长也很痛快地说，人还没成年，只要父母、男方同意，还能支付所有费用的话就没问题。阿种又直截了当地问，所有的费用到底是多少呢？院长也没绕圈子，大体说了个数。

从医院出来，阿种和胜子走小路回家。阿种问胜子："那个人是谁？"胜子检查完后就到候诊室等着，没听见院长和阿种的对话，所以当质问那个人是谁时，一时没弄明白阿种是什么意思。

"你瞒不住了。"阿种把检查结果告诉了胜子，"这是你自己的事，本来和我没关系。不管有什么隐情，我也不多想。你说真话，对方是谁？"

一听到说自己怀孕，胜子全身似乎收缩僵硬，身上的水分像被拧干只剩下骨头一样，两手使劲儿攥紧。

"这不是能瞒得住的事。还得想办法怎么把这事了结。胜子，你说，到底是谁？"

胜子没答话，也许根本没听见姨妈的话，呆呆的眼睛盯着前边的一点，默默地跟在姨妈身后走。

阿种觉得自己已经猜出来了。算算日子，胜子可能刚好是在自己住院的时候怀孕的。晚上闹耗子。那段时间胜子白天黑夜都在干活儿，没有时间往外边跑，那家伙对胜子下手的机会要多少有多少。只有一件事阿种弄不明白，最近五年多时间，京太没碰过自己，对女人没兴趣，甚至还要躲避。五十岁之前，京太对男女之事兴致高得让阿种生厌，还去找便宜女人，遇到不堪的女人沾上还得照应。可过了五十岁，大概因为过去太过分，京太似乎变了个人，再不招惹阿种，就是去喝酒也不进有女人的酒馆儿。

京太对自己不进有女人的酒馆自鸣得意，且从无例外。胜子长得难看，身材也不像个女孩子，连亲妈都管胜子叫炸豆腐。京太怎么会对胜子下手呢？这里头有不少值得怀疑的地方。当然对阿种来说这并不是什么大事，就算是京太干的，她也不会觉得痛苦或有醋意。不知自己的想法老套还是什么，没有了每个月的尴尬后，阿种漠然地觉得自己已经不是女人，甚至有从不安的烦恼中解放出来的感觉。更何况这回手术把肿瘤切除后，事实上自己已经失去女人的一切，所以对这种事她更加淡漠了。

可这不是淡漠就能解决的事。胜子肚子里的东西一天天长大，就这么让她生下来？还是让她手术做掉？这事儿必须做个决定。不管怎么办，反正这钱只有找妹妹佳苗想办法，阿种要先问问京太。

天擦黑的时候，阿种让胜子去酒铺打酒。只剩两个人，阿种马上把胜子的事说了。

京太大吃一惊，吃惊之余感觉到自己的魂儿都没了，坐在那儿的不是原来的京太，只是个躯壳。当然这只是一瞬间的反应。他明白了两件事，一是阿种很冷静，二是让胜子生下孩子还是手术做掉，并没有戏剧性的感情色彩。于是飞出去的魂儿又迅速潜回自己的躯壳。

"你啊，该不会……"京太问阿种，"你不是在怀疑我对胜子干了什么吧？"

"我只是问这事儿怎么办。"

"确实是这么回事。"京太故意做出愁眉苦脸的样子，"都满两个月了的话，先要决定是不是让她生下来。到底对方是谁就先搁搁再说。不过我先说一句。不知道你是不是怀疑我，告诉你，不是我。别开玩笑了！我和她不光是姨夫外甥女的关系，简直就是父女。户籍里也这么登记的。我怎么会干这种事！"

"怎么办？"阿种问丈夫，"让她生下来，还是做掉？"

"这个，你没办法让她生吧？她那么小，还有面子的事。

这不是伦理学问题，而是犯罪学问题。不，这需要法医学方面的解决方法才合理。"

"你说点我能明白的。你觉得要做掉吗？"

"你就会说报纸上无聊消息的词儿。对，我说做掉。"

阿种马上提出了手术费用的事，她说反正还是只有去找妹妹想办法。只是自己住院手术刚找妹妹借钱，再开口怎么说是个麻烦事。怎么说才能要到钱？是要好好琢磨琢磨……

门口有人声，夫妇俩的密谈被打断了。阿种出去一看，门口站着一个穿制服的警官，他开口问："这儿是绵中胜子的家吗？"

阿种答应说："是。"

"请你马上到中通大街的伊势正酒馆儿去一趟。"警官说，"绵中胜子涉嫌伤害事件，跟我来。"

"胜子她怎么了？"

"伤害事件，伤害。"警官说，"可能是伤害致死，也可能是杀人。还要看取证结果。不管怎么着，跟我去一趟吧。"

这时候京太也出来了。

"辛苦了。"京太朝警官鞠了一躬，然后催阿种快点儿，"我听见了，就听警官的，马上去吧。不用收拾了。"

警官看见京太，就问："你是胜子的父亲吗？"不知京太是怎么想的，就像和了面粉后的两手擦汗一样，用耷拉着手指的手揉着脑门，快嘴快舌地说："胜子是我妻子的外甥女。"接着他口气一变，问警官，"听你说伤害事件，胜子受了什么伤啊？"

"不，不是胜子受伤，是她伤别人了。"警官说，"她从鱼银店里偷了把尖刀，把伊势正酒馆一个叫冈部定吉的小伙计，不是，是小店员。她把小店员捅伤了。是重伤。"

阿种就像下巴掉了似的张着嘴，眼睛睁得大大的。京太在动脑筋想象事情的严重性，可是找不出头绪，不知自己该怎样应对。他站在那里，一脸不知如何是好的表情。

"快点儿吧。"警官催促着，"犯罪现场不由我负责，我带你过去了还要回派出所呢。"

阿种把衣襟上的手巾扯下来递给京太，搓着两手在门口穿木屐。刚才好像吃了一惊，那只是一瞬间的事，阿种神情上一点儿也看不出惊慌失措或情绪激动的样子。

在伊势正的店里，有六七个穿着制服和穿着便衣的警官，还有上身穿着白色衣服明显是警察方面的人。他们紧张地忙碌着，阿种弄不清楚他们到底在干什么。胜子被押送到了警署。受害人冈部定吉在简单包扎伤口后，被送到了附近的草田医院。

陪着过来的警官把阿种交代给了穿便服的人。穿便服的是刑警，叫堀内。他问了阿种几个简单的问题，并做了记录，然后说一起去警署吧。

"我想先去看看伊势正家的小伙计，慰问一下。"阿种提出了要求,"胜子已经被抓到警署了,我不马上去也没什么吧?我担心小伙计的伤怎么样了,也想对他道个歉。"

刑警堀内稍微想了一下,又和一个穿便衣留胡子的人商量后:"那我和你一起去吧。"

在酒馆附近,一大群人喧闹着来回走着,还有人在悄悄地说着什么。有人对阿种指指点点的。阿种什么也不看,什么也不听。

草田医院里也有警官,他听了阿种的要求后和医生商量了一下,医生拒绝了,说不能看病人。

"现在正在输血,病人处于昏迷状态,所以不能探视。"在医院的警官说,"我们会转达的。总之,现在这儿就是这个样子,还是先去警署吧。"

"伤得怎么样了?会不会死啊?"

"现在什么都不能说。"那个警官说,"被害者出了很多血,在昏迷之前一直不断地喊胜子的名字。其他的事负责这个案件的警官不方便说。不管怎么样,你要去警署,别忘了你是伤人者的母亲。"

阿种八点多才回家。京太好像在喝酒,脸色发青,烧酒味儿直冲鼻子。

"怎么样?到底怎么回事?胜子怎么样了?"京太坐着晃悠着上半身,问阿种,"她真的把酒铺的小伙计捅了吗?真的是用尖刀捅的吗?"

阿种到厨房洗着手说:"待会儿跟你说。"然后开始忙活做饭。

"我一直在想啊,要是胜子真的捅了那个小伙计的话,那理由只有一个。是啊,你可能也猜到了。理由只有一个,那个小伙计就是把胜子身子弄成那样的家伙,你说是不是?"

"那小子刚满十七呢。"

"胜子才十五。"

"女人和男人不一样。"

"从人体生理学上看就没有区别了。在美国,小孩子长得快了,结婚年龄一下子要降低不少。我跟你说,青少年问题在伦理学和解剖学上很让人头痛。"

京太继续着无意义的饶舌。阿种一个人吃饭。听起来京太的话很无聊,不过这可能是他为了掩饰什么而故意多嘴多舌。

"你真是一点儿没着急啊。"京太看着阿种说,"你的亲外甥女犯伤害罪被抓了,你还要先满足自己的食欲,我算服你了。女人首先不是心理学上而是生理学上的存在。"

阿种一声不吭吃完饭,又把厨房收拾了。京太多嘴,但从阿种身上的确看不出受到惊吓的样子。没有说不出话,也没有为外甥女的事神伤恍惚。时间晚了肚子饿了当然先吃饭,吃了饭该说的说,没有任何和平时不一样的地方。

"胜子什么都不说。"阿种坐下来开始做副业活儿,这时她才开口,"刀是鱼店里拿的,她只说了定吉是她捅的,问她为什么干这种事？和他有什么仇？怎么问她也不说。啊，这是刑警告诉我的。我也问了胜子，跟她说要是有什么原因的话，才十五岁，可能不会判太重的罪。"

"不，肯定是为了让她怀孩子的事。"京太说出他的看法，"要是其他的事，有什么不好说的？不好意思说才不说话的，肯定的。"

京太说上了劲儿，阿种只是默默地听着。京太像没事人一样，他的意思就是你虽然被警察叫了去，但是和我没关系，胜子是你的外甥女。阿种没回嘴，默默地出去了。她在想要是胜子问爸爸怎么样了，就照京太嘱咐的说生病了不能来。

对胜子的调查没有一点进展。无论想什么办法，胜子就是不说犯罪的理由。

"你这个孩子不行啊。"一个刑警说，"问什么都不说，常常龇着牙，以为她是在笑呢又不是。嘴唇这么慢慢张着，这么着就看到她的牙了。仔细一看不是笑。要是招惹猴子，猴子也龇牙，可又不像。不是笑，也不是生气。一看到她，心里就紧一下。嗨，你这个坏孩子啊，真是的……"

阿种还去草田医院看了冈部定吉。他的运气挺好，没被捅死。医生说要住三个星期的院才能好。伤在胸口，差一点儿就捅到心脏了。输血挺及时，伤口大体上愈合得不错。

"我也不知道为什么被捅了。我喜欢小胜。"冈部定吉回答刑警的问话时说,"我特别可怜小胜,她拼命干活儿,还吃不上什么好的。什么时候看见都是瘦瘦的,眼睛往下凹。所以小胜来店里买酒的时候,我就买个大包子给她。有时我们会去妙见菩萨那儿去,一边吃一边说话。"

冈部定吉反复地说不懂胜子的心思。大家都笑话胜子,叫她炸豆腐,冈部定吉绝对不会这样。要是碰到谁这么说,他就会出面制止。胜子似乎也喜欢冈部定吉。冈部定吉给她包子,她会很高兴,邀她去妙见菩萨那儿,她也跟着去,也会开口说两句话。那到底为什么会做出这种事呢?冈部定吉无论怎么也想不明白。胜子是不是误会什么了。

冈部定吉接着说:

"我呢,什么也没想。我不会因为小胜干的事就恨小胜,没觉得恨,也没觉得生气。我现在就想,要是有什么办法能让小胜不坐牢,我什么都愿意干。是我被捅了,要是本人觉得没什么事的话,那是不是小胜的罪名就不成立呀?"

听阿种讲了这些后,京太说:"你看,我怎么说的?知道自己做了坏事才会这么说。不知道为什么突然被刀捅了,还差点儿没被捅死,却既不恨她也不怨她,这还不算,还想让胜子不坐牢。世界上哪有这么傻的人?凭这些就证明他承认自己做的坏事。"京太骂着,"这个十六七岁不要脸的小子。"

尽管阿种做副业要赶活儿忙得团团转,但还要去伊势正酒铺、去警署、去草田医院看望冈部定吉。去伊势正酒铺是为了商量冈部定吉的治疗费，以及把胜子保出来。钱的事情已经给妹妹佳苗写了信求助，讲了大体的情况。至于保胜子出来的事，因为胜子怎么也不说话，让警察觉得她的确有问题，事情很不好办。

阿种又被警官叫去了十几次。有一次回来后，阿种对京太说："听说和没满十八岁的女孩儿发生关系的人，根据具体情况可能被定为强奸罪。"

"那当然了。"京太半躺着，一边打着带酒臭味儿的嗝儿一边说，"那小子才十七，但他是男的。我们作为户籍上的父母要是告他的话，他当然是犯了强奸罪。"

"我在警署时警官跟我说，让你去警署一趟。"阿种手里干着活儿说，"你没病，刑警都知道了，他们说要是你不去，就会有什么罪。"

"说我？去——警署？"京太一脸不相信的表情盯着阿种问，"因为什么事？"

"他们说胜子说了什么话，是跟刑警说的。"

"那和我有什么关系？"

"不知道。"阿种干着手里的活儿说，"大概和不满十八岁的事有什么关系吧？听警官说，胜子知道了伊势正家的伙计没死……就说那我有话说，请把我姨夫叫来。听刑警的口气，好像他们已经听到什么了。"

"胡说八道！"京太一下子跳了起来，"我不知道那个不良少女说了啥，但我早就知道，那个不会报恩的坏女孩子就像养的狗，总有一天被她咬着。"

阿种看着丈夫大发雷霆有点儿害怕，不过她的手并没停下，还是眼睛慢慢转向京太。眼前的一切是真的，但是她像磨刀石一样的脸依旧显得很平静，根本看不出感情上有什么变化。

京太还在怒骂："胡说八道就是胡说八道！哼，胡说八道能有证据吗？啊？能证明吗？"

阿种这才反问了一句："胜子胡说八道什么了？"

"这不是明摆着的吗？要不是胡说八道我会被叫到警署去吗？这个坏女孩子。"京太大叫着，"她其实就是被亲爹妈扔了的东西。把她从吃奶养到这么大，还恩将仇报，畜生不如。"

京太还在一个人骂着："她没有证据，她能证明什么？"

第二天一早，京太把剩下的酒全喝了后，出了家门。他没在警署出现。他去了阿种领副业活儿的三家批发商店，从三家店借了钱，然后就不见了踪影。

三个月后，胜子回来了。事发后，她被送到了教养院之类的地方，在那儿做了人工流产手术。胜子还没成年，根据她自己的陈述，按照法律可以对她实施这样的手术。一些报纸报道了这个事件，当然是很短的报道，没涉及胜子怀孕和人工流产的事，这事谁也不知道就过去了。

冈部定吉的治疗费佳苗出了。她仍然像过去一样，一身阔绰的打扮出现。那时胜子还被关着。佳苗一个人兴奋地说个不停，她的话都是数落京太的。京太好像也去佳苗那儿要钱了。"我一眼就看出来他不对劲儿，只一眼就看出来了。"佳苗撇着嘴说，"胆小的人一有事就全在脸上。那表情就像穿反了鞋要跑一百英里一样。我一个子儿也没给。Adios[1]！他那一套连小孩子也骗不了。"

佳苗好像不愿意提到胜子的事，话说得差不多了，撂下钱就走了。

胜子回来后，就像什么事也没发生，当天就和往常一样开始认认真真地干活儿。她对姨妈也和平时一样，没说感谢话也没说对不起，甚至也没问一声姨夫到哪儿去了。大概是大人教了什么，胜子走过的时候，附近的孩子们都躲着，没人再叫她炸豆腐了。

到底是谁强奸了她，她为什么捅了冈部定吉？胜子本人啥也没说，当然阿种也什么都不知道。胜子好像跟负责这个案子的刑警说了什么，但也许是因为纪律的规定，警察那里没漏出什么消息，伤害事件的内情就像黑市买卖的东西一样，就这样不了了之了。

京太不在了，自然就不用去酒铺打酒。买味噌和酱油十天一次就行，买其他东西，有更便宜的铺子，阿种家和伊势正酒铺就没了来往。

冈部定吉恢复得很好，听说他出院了，阿种当然什么

---

1 Adios：西班牙语，再见。

也没说，胜子也像和自己没关系一样，没往伊势正那边去过。

一天，胜子出去办事，在回家的路上她被冈部定吉叫住。冈部定吉穿着劳动布裤子，上身是夹克，系着印有酒名的围裙，脚下是半筒靴。

"怎么了？小胜。"

冈部定吉停下骑着的自行车，伸出一只脚撑在地下，大方地叫着胜子："再也不到我们店里来了？啊，对了，你姨夫不在家了。"

胜子镇定地抬头看看冈部定吉，慢慢地低下头，用几乎听不见的声音说了句：

"对不起。"

冈部定吉勉强听明白胜子说的是什么，他眼睛一下子亮了，盯住了胜子。

"我，不明白。"冈部定吉口气真诚、自言自语似的问，"到底为什么做出那种事？啊？为什么？"

胜子抬头看着冈部定吉，立刻又低下头说："我想死。"

"想死？小胜你？"

胜子点了点头，冈部定吉糊涂了。

"我没明白。你自己想死，却对我做那种事，为什么？"

胜子想了一阵说："我说不清楚，现在我想起来也不知道是怎么回事。那时候我一想到自己死后你很快会把我忘了，就特别害怕，特别特别害怕，怕极了。"

"嗯——"冈部定吉又不明白了,他踩在地下的脚收回脚踏板,换了一只脚踩着地,说了一句,"真没想到。"

胜子抬起眼睛看着冈部定吉。冈部定吉吹着口哨斜着眼睛朝上看,又马上回过头说:"我们一起吃包子吧。"

胜子摇摇头说:"我不想吃了。"

"那——以后再说吧。"冈部定吉笑笑说,"我在学滑冰,不是旱冰,是真正的滑冰。等我会了你来看嘛,小胜。"

胜子没说话,冈部定吉蹬起了自行车,挥了挥手,用劲儿蹬着脚踏板走远了。胜子看着他的背影,嘴里自言自语着:"对不起,冈部。"

没有季节的街

海蛆

他本名土川春彦。大约五年前搬到这个"街区"住到现在。他总说自己三十七岁，附近的人们都觉得他有四十五六岁。可换个时间问他，他又说自己三十八岁。

不知道他有几个妻子。到这儿住以后就换了两个。第三个跑了有一年多了，自那以后他就一直一个人住。

他个子一米六左右，肌肉结实、身材精瘦，脸盘瘦小，只有眼睛和嘴大，尤其引人注目。他是个不安分的人，有些神经质，对自己叫春彦都觉得不好意思。他兼具爱他精神和利己主义，是个现实主义的多愁善感者，还是个实业家。

在土川春彦的头脑里，总是充满了巨大的事业计划。这一点上，他和同住在这儿的八田公兵似有共同之处。不过这个看法有些片面，其实在这里居住的人大半——就算只是止于空想——都是某个方面的实业家或企业家。

虽然弄不清是真是假，但是据说土川春彦和股票街有关系，常常轻松地赚到大钱。在这儿住的人，除了他没人出入金融街，从这一点看，这种传说只能出自本人之口。观察他平时的生活，好像总会在哪儿赚到些钱，并且的的确确不是干日结工或临时工，因为他的手老是干干净净的。

要想说清他是个如何不安分的人相当困难。了解他的只是他曾经的几个妻子，还有几个和他同住过的人。不对，另外还有这条街上的孩子们。土川春彦有个外号叫"海蛆"，听说海蛆是海岸边的一种海洋生物。用这种总是敏捷地窜来窜去的生物来称呼他，实在是再合适不过了。大家只能惊讶于孩子们准确、尖锐的观察力。

在他家里总有同住者。就是他妻子还在的时候，家里也一定有一个同住的人。不一定住多久的同住者都住不长，有三十天也有百十来天的。他搬到这儿来以后，他的第二个妻子就和其中一个这种同住者离家出走，那个人只来住了七天。

同住的人全是土川春彦自己带来的。那些人到底是从哪儿来的，都是什么关系？谁都不知道。最不可思议的是，这些人的身材和脾气、还有说话习惯都有某些相似，周围的小孩子们给这些人起个共同的外号叫"南瓜"。

"南瓜"这个外号对那些同住人的形象和人品来说特别合适。他们的体格大小有异，相貌和年龄也各不相同。但是从慢吞吞的笨劲儿、嘴拙和懒惰这些条件来看，各自虽略有差别，却均属同类。

至于目前，第七代南瓜和土川春彦一起住。他管这个人叫BAN君，不知道BAN到底是写哪个汉字。这个人的年纪大约在三十到四十岁之间，中等身材，不胖不瘦，肌肉结实，动作迟缓，很少说话。这个人整天躺在榻榻米上，摇着扇子翻过来翻过去，除了吃饭，他几乎什么都不干。

"你就养精蓄锐吧，将来我的事业开始了还要你帮忙的。"海蛆即土川春彦反复说，"你现在的任务就是当听众，我的脾气是没有听众在讲话没劲儿，你当个听众就行了。"

BAN君的眼睛眯缝着，眼角往下垂，厚嘴唇微微张合，好像是在笑，但是要想知道实际上是不是微笑很不容易。这个第七代南瓜很少说话，动作难以形容地慢，似乎让土川春彦也暗自吃惊。之前的南瓜也同样是动作缓慢的懒汉，但还是会帮忙做一两样家务事，饭后帮着收拾碗筷、打扫卫生、给炉子生火、打水什么的。就算什么都不干，至少也会做做要帮忙的样子给人看。当然人有短处就有长处，那些南瓜没有七代南瓜洗耳恭听土川春彦饶舌的能力。他们一听到自己感兴趣的就失去忍受沉默的自制力，嘴笨却仍要表达自己的意见。土川春彦不高兴也只有认了。让土川春彦不能容忍的是，有一种人不会提不同意见，胆儿小还装睡。当然，这种人来同住也不会待多久。

BAN君是彻头彻尾的不劳而获主义者，作为听众他是近满分资格的保持者。为此，土川春彦对七代南瓜比其他任何同住的人都中意。

"人哪，要讲个投缘，是不是？"海蛆说，"我有过八个，不对，准确地说有过十个老婆。可好像都不投缘。在一起时间长的有两年，这样的也只有一个，还耳朵不好。她最喜欢吃烤鲭鱼，有一回她把烤鲭鱼泡到味噌汤里吃，看得我说不出话来。现在我一想起那个女人，一股烤鲭鱼味儿就直冲鼻子。她不光耳朵不好，耳朵一聋，鼻子、舌头也不灵了。"

土川春彦讲他的十个老婆时，七代南瓜极有耐心地听着。说他极有耐心，是说他表现出的样子。实际上要是钻进他身体里看看的话就不是那么回事了。他肉体在那儿坐着，看起来像在听海蛆说话，其实他自己在肉体里睡觉，或者没准儿脱离了肉体，跑到什么地方打哈欠去了。

"那个老婆——我是说喜欢烤鲭鱼的那个。"土川春彦说，"大约在一起半年，我就和那个家伙分手了。分手了有两年，也没打个招呼她就突然又回来了。那时我为了筹划事业东奔西走，忙得不可开交，还没来得及再找女人，这是我住在小网町时的事。我问她怎么回事，她说一吃烤鲭鱼就想回来，想得不行……"

土川春彦为了证实自己讲话的效果，看了看BAN君的脸。只见BAN君像正在修行的禅宗和尚，盘腿坐得稳稳当当，眼睛半睁半闭。当土川春彦看他的时候，他左脸上的肉猛地抽动了一下。

"看来你懂得幽默，我很高兴。"海蛆心满意足地自言自语，"简直无可忍受，她要说想前夫了还差不多，可她想的却是烤鲭鱼味儿，太过分了。"

接下去，话题跳到了事业上。反正土川春彦干事说话无常性。刚说了关于木材的愚见，就问中华料理什么好吃，又说最喜欢吃米饭，米饭加上芝麻盐捏成饭团，又好吃又长精神，他断定找遍全世界也找不到比这更好吃的东西，又说现在没有比水泥业更有希望的产业了。

就这样，一个话题立刻跳到另一个话题，接着转到其他的话题，让听土川春彦说话的人感到十分难受，觉得无法理解，甚至都不想活了。那个喜欢吃烤鲭鱼的女人能回来，大概占了耳聋之利。要是说前几代南瓜装睡是胆儿小，恐怕也不合适。

土川春彦被叫作海蛆还有一个原因，就是他说话并不光说话，而是手不住脚不停。到七代南瓜来了后，这个毛病愈发严重，无论什么事都要自己干。

比如说早晨，他在厨房生火，用土锅做饭，做味噌汤，切咸菜，然后把饭桌端出来摆上碗筷。要是有剩饭剩菜也摆上来。在生火的时候他就开始叨叨了。手做事嘴不闲。而且说起来话题跳跃，自由奔放，触类旁通，来回重复，滔滔不绝。

"说起这个味噌汤啊……"土川春彦在小炭炉前和BAN君说，"不管是从营养价值还是应用广泛的特点来说，在食品当中都是帝王级的。你说是不是？BAN君。"

紧接着土川春彦又从只要是日本人，每天必喝味噌汤讲起，说到什么凉拌菜、炖菜、鱼糕、咸菜、烧烤等等的做法，还有任何人都想不到的各种不同的变化[1]。讲完这些，他深深叹了一口气：

"啊，要是我先发明了这个，肯定成了左右日本商界的企业大佬啦！"

---

1 变化：此处说的英语，variation。

他或许觉得听他说的这些，有人或会笑出来，或表现出很有兴趣，或觉得启发了自己新的人生观。无论什么话题，话者兴奋不已，觉得自己说的妙趣横生，而听的人却兴味索然，不胜其烦。更何况土川春彦说的都是些像味噌汤之类极为平常毫不足奇的日常食品，还有做菜方法的应用价值之类，他居然说得头头是道，这让听他说话的人实在受不了。

"做大米饭可是了不起的事，BAN君。"土川春彦又开始了，"要是原子弹没被发明，日本就能赢得那场战争。懂不懂？BAN君。"

七代南瓜慢慢眯缝起眼睛，又慢慢睁开，动作就像高速摄影机开合快门一样。

"为什么会打赢战争呢？"海蛆接着说，"战斗力的基础是士兵，为士兵提供战斗力的基础是粮食。日本人非常幸运的是，做饭只要有米和水，在哪儿都能做饭。而外国人是吃面包，到哪儿去都要带着烤面包炉和专业师傅。吃的菜也一样，日本人只要有了梅子干和腌萝卜，再有盐和味噌，就能吃饭了。可是洋毛子兵就不行，他们要吃炖菜、炸土豆饼、肉丸子、煎蛋卷和牛排，这又需要专业厨师。要做这些就要准备炖菜锅，各种各样的平锅，还要刀、勺子和叉子等等乱七八糟的东西，都是负担。日本军队只用饭盒就能很快做好饭，撒点儿芝麻盐就能几下子吃完饭去打仗了。而那些家伙好容易才把做好的面包从炉子里拿出来，那边却还在搅拌炖菜锅。"

"你说，这怎么打仗？是不是？BAN君。"海蛆一边端出饭桌一边说，"他们还苦苦等着烤面包，等着煮好汤，我们早就用饭盒做好饭，就着梅干吃完饭上战场了。这都是多少年前的事了，美国和英国的武官来看日本军队的大演习，他们去富士山脚下的日本军营，看日本军人的生活状态，听说最让他们惊讶的就是日本的饭菜。这个火腿的味儿怎么不对呀？BAN君，你过来闻闻。"

七代南瓜闻那个东西的味儿时，土川春彦的舌头仍然活跃。他激情地演说：美英两国的观察武官们看见了做盒饭的实况，看到士兵就在稻草上铺上毯子睡觉，住宿条件比临时住房还不如。他们看到日本士兵吃的牛肉罐头是日清战争[1]时的存货，对日本军需厂感到惊讶。他们特别对日本士兵的快速餐食惊叹不已，认为不管哪个文明国家的军队，都无法抵挡这样的军队。

"所以，要是没有原子弹那种野蛮的发明的话，日本军队肯定会赢。美国英国顽固坚持侵略主义，对自己的弱点太清楚了——嗯？这个火腿不能吃了。"

BAN君展开他大大的鼻翅，又慢慢收回，然后把那盘火腿搁在了榻榻米上。

"我知道火腿是怎么做出来的这件事可不是偶然的，

---

[1] 日清战争：即甲午战争，日本称其为日清战争。

知道吗？BAN君。"海蛆把火腿盘子推到饭桌底下，从厨房端来土锅，一边说，"这和玻璃的制造有密切关系，这都是很久以前的事了。大概是西历公元前的事了吧，也许不是。埃及早就有玻璃了，那时埃及还没有火腿——啊，还没给你拿碗。"

土川春彦一边看着饭桌，一边迅速瞟了一眼BAN君，他大概想，BAN君总该自己去拿自己的碗吧。可七代南瓜纹丝不动。海蛆本想等着BAN君会站起身来，可他的身体已经开始自由行动，反射性地跑到厨房，把BAN君的碗拿了过来。

"对了，对了。那时的观察武官里有德国将校。"土川春彦的话又绕回原来的话题，"这个德国武官比其他武官目光敏锐，有独到见解，大概回国后做了详细报告，这就成了希特勒写黄祸论的原因。总让美国英国的军事机关头疼的就是士兵的伙食问题。"

海蛆看着BAN君吃了三碗饭，喝了两碗半味噌汤，独吞了大半份咸菜，心里很不是滋味。

我们这个七代南瓜吃饭特快，一天到晚悠闲自在，彻底地啥也不干，好像是为了攒着力气吃饭。他一坐到饭桌前，所有的能量都集中到了两手和嘴上，就像开足马力的发动机，不住嘴地吃、嚼、咽，吃、嚼、咽，根本不管桌上所有的饭菜自己应该吃多少。

每顿要吃三碗饭喝两碗酱汤，盘子里的菜和咸菜是两个人的，这是土川春彦的习惯。所以吃饭速度越慢自己吃的越少，自己那份就被 BAN 君吃掉了。土川春彦并不想让自己那份被 BAN 君吃了，但可悲的是，他说起话来就停不住。刚想着稍稍停一下吃一点儿，却又想起了酝酿已久的妙语，于是喷涌而出，吃饭的速度又明显慢了下来。

"我说 BAN 君，饭不好好嚼会变毒药的。我们年纪差不多，让我说这个不太好吧？"一天，土川春彦像暗示似的说，"记得格雷欣[1]说过，吃一口饭要嚼一百次以上，否则不能充分吸收营养。"

BAN 君的一边眉毛微微地动了动，就在海蛆说——从嘴里进去要经过喉咙咽进肚子里的时候，慢慢地打了一个嗝，慎重地一个字一个字地往外蹦：

"吃饭呢，嚼的次数太多就不香了。嚼个两三下，一下子咽下去，还没全嚼烂的米粒摩擦着喉咙咽下去的瞬间，那种香气和滋味啊，简直没法形容。"接着他大概想现身说法，把下巴往前噘着又说道，"就算不这么吃，也不喜欢那么个嚼法——太累。"

土川春彦以事业家自诩，过去曾经策划过无数的事业。如果他的话可信，其中几个项目能实现的话，那他的事业应该有相当的规模了。可结果是，小资本被大资本吞并，事业经营不理想当然就垮了，如果很有希望能发展，大资

---

[1] 格雷欣（1519—1579），英国经济学家。

本又立刻会伸手抢走。

"叫什么控股公司，日本的经济界太小气了，全是自私自利、贪得无厌的东西凑在一起了。你说是不是？"土川春彦感慨地说，"他们一发现新的事业有希望，不是去培育它，而是掠夺。就像强盗、小偷一样。日本的经济界呀，你看，还和战国时代[1]一模一样，还是个完全没开化的国家。真是受不了！"

BAN君恭顺地听着土川春彦说话。这很难令人相信，像他这样的懒汉对所有的事情都不关心，可听土川春彦说话的时候，却能出色地完成任务，真让人吃惊。当然，BAN君并不是觉得土川春彦的话有意思或对他的话感兴趣。BAN君只要没忘记自己是听众，没有忘记自己的任务，没少了吃和睡的话，他就把这个任务铭记于心或觉得有这个必要。

海蜇经常批评和嘲弄、轻侮日本的经济界，经济界人士或经济界组织。比如到海外发展的贸易公司，在同一个地区就有五家贸易公司在当地开店，五家公司都像杂货店一样什么都卖。外国人的贸易公司正相反，他们只负责本营商品。到陶器店来买陶器的客人如果问有鱼钩吗？那个店的店员会施个礼，然后说，您要鱼钩可以去离这儿一个街区的某商店，那家店几乎收罗了世界上所有的鱼钩，肯

---

[1] 日本的战国时代（1467—1568）。

定会让您满意,这样还帮那家店做了广告。其他商店也一样,总而言之各商店相互支持,形成利益共同体,为国家负责的观念渗透于商业行为。所以五家贸易公司坚守各自的专营商品,共同发展繁荣。而日本的贸易公司,却是杂货铺式的经营方式,总想垄断所有客户,相互竞争自相残杀,最后同归于尽,这是历史上的通病。

"因为呀,日本还不是资本主义国家,最多走到了自由经济这一步,这就是证据。"

土川春彦这样总结:日本没有欧美经济界那样的人才,都是些财迷商人,和争夺蝇头小利的小摊贩没什么两样。

"现在国铁开始用无缝铁轨了。跟你说,这里头隐瞒了一件事。那个无缝铁轨的创意其实是我的。"海蛆对BAN君使劲儿地点着头,"那是在战争前的事了,大概是第二次世界大战前五六年吧,我把我的这个创意跟国铁,不对,那时候叫铁道省[1]吧。我跟铁道省的次官[2]把我的创意大大地宣传了一番。可是你猜那个次官说什么?你能想象得出来么?啊?BAN君。"

七代南瓜的眼睛极缓慢地转向左边,又转回来,然后转向右边,再转了回来。

---

1 铁道省:日本管理铁道相关政务的中央官厅机构。大正九年(1920年)设立,昭和十八年(1943年)和通信省统合为运输通信省。
2 次官:这里指辅佐各省厅国务大臣的官职。

"想象不到吧？嗯？"海蛆心满意足似的说，"次官这么说的：土川君，日本哪，跟你说吧，日本现在正面临非常时代。我不能跟你说太多，是机密。日本过不久就要缺铁了。你这个点子不行。"

"我就问了：你说不行是什么意思？"土川春彦接着说，"次官回答说，铁是国家最急需的物资，在铁道省啊，跟你说，现在正在考虑把铁轨的接缝扩大两毫米。就是说把铁轨一头去掉一毫米，把节约下来的材料充作国策的急需物资。你说的无缝铁轨的创意正好和国策唱反调嘛。"

"确实次官不是乱说。"土川春彦接着又说，"过了不久，全国就实行物资管制，第二次世界大战开始了嘛。钢铁严重不足，市区电车的铁轨都被拆了。还是人家次官有先见之明，我算是服了。这些都是题外话了，战败后，这次是国铁嘛，不知道是为了提高效率还是为了合理化，终于采用无缝铁轨了。这是盗用了我的创意嘛，说是因为……战后政府对战前的事不负责任。世界知名的日本大国铁，盗用我这样又穷又弱、孤立无援的人的创意，简直是没有良心，不知羞耻。"

七代南瓜就像查遍六法全书，以极为慎重且极为正确的语调说："向专利局申诉怎么样？""要是申请了专利就好喽。"海蛆摇着头回答说，"要是那个次官能接受我的创意，我会去申请——不——申报，但是被次官那么一说，我觉得那肯定不行，首先就没占得先机。"

BAN君的眼睛静静地眯缝着,把他的身体往后缩。

土川春彦能说会道,手脚麻利,脑子也转得快。他手里干着活儿嘴里不住地说,甚至梦里也在谋划着事业。

"真是奇怪,你猜怎么着?连我都觉得奇怪。"土川春彦做着早饭,一副无比惊讶的表情说,"我在梦里想出了新事业的点子,这都不稀奇,可是昨晚,你说怎么回事,我做了个根本谋划不出来的事业梦。"

七代南瓜的眼睛慢悠悠地朝上看,慢悠悠地转过来看对面,慢悠悠地往下看,又抬起头来。

"过去我要么策划立刻有资本家看上的事业,要么策划一些小资本干不了的事业。你说我有多糊涂,我怎么早没想到呢?我都要怀疑自己了。"

不能策划的到底是什么事业?土川春彦没有具体讲,但他相当兴奋。看他兴高采烈的样子,好像这回终于抓到了什么机会。

"是这么回事。"土川春彦说,"这种事业在最初极小,看起来很不起眼,没有谁会觉得那是一个事业。别人会说,这是什么呀?就是这种事业。到后来我就渐渐扩张,到了大家都注意到的时候,我已经发展成为大企业,就连大资本想伸手也无可奈何了,我就要做这样的事业。"

"你看吧,BAN君。这回我发个大财给你看。"土川春彦攥起拳头要捶自己的胸口,又像想起什么似的停下手说,"那样的话,就到了需要你表现才能的时候了。"

BAN君的鼻翼收缩起来，能感觉到，要是他是狗的话，尾巴就会卷进两腿之间。用一句话形容，就是看上去"浑身发抖"。

土川春彦有两天出门时间比平时长，不知道去了常去转悠的金融街，还是为了他的新事业奔忙，BAN君弄不清楚。更何况，作为BAN君他也没想弄清楚。当然作为南瓜七代，肯定盼着海蛆别干什么事业或就算干什么事业也不要成功。

不知道海蛆特别灵光的脑子在想什么，他去了市内电车北边的终点站，调查河鱼批发商卖鲫鱼和鲤鱼的价钱还有上货的情况。

"现在一切讲究速食的时代。"在一家批发商那里海蛆说，"冷冻食品也流行起来了，一般来说，鱼肉都被冷冻起来装进塑料袋售卖。世界上日本人最痴迷流行，不过对流行没有常性也是世界第一。大概过不多久就会厌倦速食时代。趁着人们还有热情，山之手富人区的富人阶级还吃不到活着的河鱼，要是运到那儿去卖的话，他们肯定会抢着买。"

"山之手啊……"一个批发商老爹说，"听说住在那儿的人种不喜欢吃河鱼啊。"

"这个嘛，你说的是战前的事吧？"土川春彦声音有些不自信，但说得很清楚，"那是战前的事，肯定的，不管怎么说……"接着，他忽然有了精神，"不管怎么说，现在已是鲑鱼和鲱鱼成了高级食品的时代。"

听了这话,那位批发商老爹说话有些含糊:"要是这么说,也许是这么回事。"

"这就对了。"出了那家店,土川春彦自言自语地说,"连卖鱼的都这个样子,大家都不知道。"

"怎么回事?各位。怎么都没注意到这个事呢?"海蛆一边走一边自言自语,"有好几个大公司经营海产品,其中还有发展好的甚至有了自己的棒球队。可他们都没注意到河鱼的销售业务,这真挺奇怪的。当然,这才让我有了机会嘛。这好事怎么就让我遇上了?"

土川春彦打算先自己推销,落实一些客户以后,就逐步增加推销人员。在稳定了销售网以后,到附近县去办养鱼场,形成立体经营模式。一想到自己了不起的创意和有把握的成功率,他不由得沾沾自喜,好几次自豪地晃悠起脑袋来。

那天上午十点左右,土川春彦去了山之手富人区,在中档住宅街的公共汽车站旁铺开了自己的货摊儿。他思前想后,决定穿得像附近县来的农民,说话也夹杂一些方言。他穿着在旧衣店买的和服短褂、细腿裤、橡胶长筒靴,手巾包着头。他从背来的竹篓里拿出装着活鲫鱼的四方形搪瓷盘和装着鲤鱼的搪瓷桶,摆在法国梧桐树下,等着客人的到来。

土川春彦对自己成功地和批发商打交道感到很满意。

他说要是货卖得好，以后就只和那家店签长期合同，于是就买到了很便宜的鲤鱼、鲫鱼，还有两个容器和背篓。

"听说关西一家叫什么的大资本家祖上……"土川春彦搓着两只手自言自语，"把捡来的绳子头和席子片切碎卖给泥水匠，靠这个买卖发的家。最重要的是要注意到别人没注意到的地方。嘿，看吧，那个人没准儿要来买。"

一个中年妇女从公共汽车站牌朝这边走了过来。这个女人身上的衣服看起来很贵，穿着高跟皮鞋，系着金线缝的腰带，腰带表面一条金色锁链挂着一个葫芦样的珍珠晃来晃去，可能就是俗称的"挂件"。这个女人的年纪看起来有四十六七，而打扮却还像个女孩子，显得很不谐调。她手里拿着一个约莫长七十厘米宽三十厘米的方形皮包，皮包上还有金箔。她戴着镜片厚厚的眼镜，走到海蛆身边，手捏着眼镜腿儿，把眼镜往前推，朝两个容器里面看。

"这鱼真少见。"中年妇女说，"这叫什么鱼啊？"

海蛆用乡下话告诉她说："这是鲫鱼，这是鲤鱼。我农闲时逮的。"

中年女人推了一下眼镜，注视着土川春彦："你是从乡下来的？"

土川春彦答应了一声："是。"

"我知道这种方言。"中年妇女说，"我家原来的保姆叫世乃，她说话就像你的口音。你是宫城县的吗？"

海蛆一下子愣住了。

"哪个县我不太知道。"他结结巴巴地说,"我父亲家差不多在宫城县边儿上,我从小就搬到很远的地方了。您要买我的鱼吗?"

中年女人抓着眼睛框,就像找到了什么少见的昆虫一样,死盯着土川春彦的脸,问:"你的家在什么地方?"

"就在那附近的县。"海蛆很快地擦了擦额头,说,"这鲫鱼和鲤鱼是刚捞上来的,还活蹦乱跳呢,您就买吧。"

"这方言说得真奇怪。"中年妇女摇摇头,好像不想再追究方言了。她又朝两个容器看了看,问:"这种鱼好像看见过,你说说这叫什么鱼?"

"这边小的是鲫鱼。"海蛆说,"那边大的是鲤鱼。"

"哦,你说是鲫鱼和鲤鱼啊。"

"就是。"

"哎呀,我不喜欢。"中年妇女从袖子掏出手绢掩着鼻子说,"什么鲫鱼鲤鱼,听着都难受,我不喜欢。"

中年妇女说着就朝公共汽车站走过去了。

"哼,乡下人。"土川春彦皱着鼻子,往旁边吐了一口吐沫,"这种人是典型的阔太太人种。什么都不知道就说听着都难受,你才是看着就难受。还装模作样地戴着眼镜,拿个破眼镜吓唬人。哎,请过来看看。"

他慌忙停止自言自语,弯腰鞠躬。一个五十来岁的绅士走了过来,往两个容器里看。绅士穿的西服可能是胖的时候做的,现在瘦了下来大小不合身,上衣和裤子的材料看起来不便宜,只是皱皱巴巴的,裤裆坠下来像口袋一样。绅士把左手拿着的瘪瘪的皮包和手杖换到右手,然后把皮包夹在腋下,用手杖尖儿敲打着路面,看看容器里的鱼,又看看土川春彦。

"这是你钓的?"绅士问,"还是用网捞的?"

"啊,我是附近县的。"土川春彦胆怯地答应着,"这是鲫鱼和鲤鱼,都是我干农活儿时抓的。"

绅士根本没听海蛆说什么就问:"这鲤鱼是田里养的吧?"实际上,海蛆的话没完,还在一个人掂量着该怎么说。他问是不是田里养的是什么意思?土川春彦没弄懂,不过不是夸自己,听起来好像是挑毛病。他一下子不高兴了。

"您别开玩笑了,先生。开什么玩笑。"他应道,"您好好看看,这明明是野生鱼。"

"这是鲫鱼吗?怎么看着像金鱼呢?"绅士没听海蛆的辩解接着说,"我看过这种鱼,是在印幡沼还是手贺沼,这是养的鲫鱼。现在农民也会赶时髦了。"

"先生真是内行。"海蛆改变了战术,"谁也瞒不过像先生这样的,您的眼界太高了,您尝尝怎么样?我刚开始做买卖,便宜卖给您。"

"我呀,跟你说,在这方面我可是专家。"绅士说,"不是做买卖,我钓鱼。我家院子池塘里总放着四五十条钓来的鲤鱼。我说句多余的,这种田里养的鲤鱼有股味儿,我可不吃。"

说完了绅士又把皮包和手杖换了手,朝刚到的公共汽车走去。

"装腔作势的家伙,你怎么知道是田里养的?"

海蛆冷笑着,不过他好像也觉得不太放心,往装鲤鱼的容器里看了看。他又伸手摸了摸鲤鱼,然后把手凑到鼻子闻了闻。

"不就是鱼腥味儿吗?像什么都知道似的说大话。哼,还说什么家里池塘,什么印幡沼还是手贺沼,这种人就想到处吓唬人。"

海蛆想起了那个批发商老头儿说的话:"住在山之手的人种不喜欢吃河鱼。"他说起来像开玩笑,没看出那老头儿好像挺有见识。一想起以后咋办,他忽然感到心里空落落的。这个社会满满是苦难,只有没发展前途的、奸猾的人才能活下来。他深深地叹了一口气。

第三个走过来的人是个看起来二十七八的年轻太太。她身穿有细竖条纹的套裙,戴一顶像土耳其帽的红色小帽,左肩上挂着挎包。她长着瓜子脸,很漂亮,画着淡妆,凑过来时飘来一股高级香水味。

她穿的锈红色浅口鞋后跟很高,让土川春彦暗暗替她担心。他诚心诚意地满脸堆笑,手朝容器指点着。

"这是什么?"年轻太太往容器里看着问,"鱼吗?"

"哎,这是鲫鱼。"海蛆答应着,"鲫鱼,您认识吗?"

"啊,这就是鲫鱼呀?"年轻太太弯下腰,瞪大了眼睛盯着鱼，"哎呀，真好看，就像活的一样。"

"您说对了，我过来前还是活的，拿过来的时候缺水，我家离这儿远点儿。"海蛆殷勤地笑着，手指着装鲤鱼的容器说，"您看这个，这边儿的鲤鱼还活着，您看活蹦乱跳的。"

"哎呀，真的。是鲤鱼。"年轻太太兴致勃勃地瞅着，"我见过鲤鱼。哇，鳞是金色的，还闪光呢。"

"您用手碰碰，鱼会活动起来。"

海蛆用手指捅了捅一条鲤鱼，那条鱼纹丝不动，他又捅捅另一条，再捅另一条，它们都只是张张嘴，不知有什么不满意，没见哪条精精神神地活动起来。

"我是农民。"海蛆莫名其妙地大声说，"这是我干农活儿时捞的，拿到这儿来卖。"

"啊，好看，真的好看。鲫鱼我是第一次看见。"

年轻太太瞪大眼睛，露出感动的神情，看看鲫鱼，又看看鲤鱼，然后眼睛转向海蛆，突然一本正经地问，"我问你，有腌鲑鱼吗？"

土川春彦一下子把眼睛瞪得老大，想说什么张开嘴，可没说出话来又闭上了，再张嘴想说话时，年轻太太的眼睛已经往公共汽车站那边儿看，就像土川春彦和两个容器里的鲫鱼鲤鱼通通消失了似的。然后，她似乎看到公共汽车过来了，优雅地看看手表，缓缓地朝公共汽车站走去。

土川春彦开始收拾家伙了。他先把装鲤鱼的容器放进背篓，在上面盖上板子再放进装鲫鱼的容器，最后盖上竹子编的盖子用绳子拴上。

"问有没有腌鲑鱼——"土川春彦背起背篓嘴里学着年轻太太说话，"我问你，有腌鲑鱼吗？哼，在这儿住的山之手人种，哼，也叫日本人。"

坐上电车，土川春彦还是按捺不住无法忍受的愤怒，他小声嘟囔着："我都说了，这是鲫鱼，那是鲤鱼。烂女人还装着不知道，啊，好看，真的好看。鳞是金色的，还闪光呢。一个劲儿装傻。说完了，突然来一句：问你，有腌——"

那天晚上，海蛆吃了晚饭开始悲壮地演说了。他照样说得既无趣也不好笑，一个人兴致勃勃滔滔不绝，拍打膝盖笑得前仰后合。七代南瓜BAN君不惊讶也没觉得难受，洗耳恭听，没有丝毫退缩和逃走的意思。

"在富人区的路边，一个农民在那儿卖鲫鱼和鲤鱼。"海蛆说着，"这时候，一个时髦打扮的太太路过，这——么着朝鱼看哪。"

"农民觉得这可是个好买主，就一个劲儿跟她说是鲫鱼和鲤鱼。那太太详细听完后，竟像什么都没听见一样：'问你，有腌鲑鱼吗？'"海蛆夸张地拿捏着腔调，"哎呀，跟你说，那时农民的脸色呀……"他突然笑了起来，"眼前是活的鲫鱼和鲤鱼，又仔仔细细介绍了，接着来一句——有腌鲑鱼吗？"海蛆还没说完，就开始爆笑起来，终于又笑得前仰后合。

七代南瓜的嘴唇只是略微动了动。海蛆笑得快要平息下来的时候，他看到了七代南瓜的嘴似动非动的样子，他止住笑重新坐正了。

"哎，听了我说的不觉得好笑吗？BAN君。"

BAN君认认真真地想过后，答应了一句："好笑。"

接着，土川春彦又问："那你还笑不出来？"

BAN君这回想都没想，他本来一直都在注意不要这样。

"我不喜欢笑。"BAN君说，"——因为会累。"

第二天，土川春彦出门后没回家。

海蛆是个不安分的空想家又是个没常性的啰唆鬼。十个——准确地说应该是九个妻子跑了，陪他说话的南瓜也跑了六个，都是因为对土川春彦这种海蛆似的毛病忍无可忍。土川春彦自己也说："要是没了听我说话的人，我一个钟头都过不下去。"同时，不知从哪儿拉来的听众——南瓜们要是真的不逃跑，土川春彦似乎也会厌烦起来。不过，一般是在他生厌前，那些南瓜们就都离他而去了。所以你会以为七代南瓜BAN君当然也不会例外。人常常会被这种思维惯性欺骗的。比如去常去的酒吧或其他什么地方，一般都知道要花多少钱，所以很放心地就拿那么多钱，只喝那么多酒。不对——总而言之，第七代南瓜彻底颠覆了土川春彦的想象。

BAN君和前面那六个南瓜完全不一样,在所有方面都不一样,他是个彻头彻尾的南瓜。

其实两个人根本就是两路人,于是这回土川春彦遁逃了。他人如其诨名,和海蛆一样敏捷地窜走了。大约过了八十天,在荒地的橡树林里玩耍的孩子们被一个人叫住,他们吓坏了。

"哎呀,是海蛆。"一个孩子叫了起来。

这个人是土川春彦。他穿着新的但不合身的西装,头戴不值钱的单薄帽子,左腋下夹着皮包,光脚穿着一双木屐。

"是我啊。"他讨好地朝孩子们笑着,像被谁追赶似的,慌慌张张眼睛四处张望,"住在我家里的BAN君怎么样了?你们知道吗?"

"知道。"一个孩子说,"你是说南瓜嘛。"

"啊,对,是南瓜。他怎么样了?"

"没怎么样啊。还在原来的家里,是不是?"

那个孩子向伙伴们征求赞同的意见。几个小孩儿使劲儿点头,嚷嚷着——"他还在。""还和原来一模一样。"海蛆顿时愣住了,他警惕地四下张望。

"还和过去一样?"他反问,"他一直一个人在家?"

"他和阿姨在一起。"

"你说什么……阿姨?"

"是啊,你认识吧?"一个孩子说:

"原来在你家待过的，就是那个人嘛，老生气那个。"

"那个胖子。是不是？"其他小孩儿接嘴道。

土川春彦想了想，嘴里嘟嘟囔囔说着什么。爱生气的胖子，要是孩子们都认识的那个老婆的话——他挠起了脑袋，像在挨个儿回想给自己当过老婆的女人，又像担心被七代南瓜发现了更危险。可能他的脑子里充满了新事业的构想，已经不能再考虑其他。不一会儿，他夹好皮包，朝孩子们满脸堆笑："就这么着吧，孩子们，再见。"他摘了摘帽子说，"别告诉别人我回来过，啊？"

"为什么呀？"一个孩子问，"你不回家吗？"

"嗯，我很忙啊。"土川春彦对孩子们笑笑，"特别特别忙，为注册的事两点约了人见面。孩子们，好好玩儿。"

他眼睛朝四周看着敏捷地走了，渐渐加快脚步，不一会儿就走远了，朝向中通大街去了。

没有季节的街

阿肇和光子

福田肇二十七岁，据说是从哪个私立大学退学的，现在暂时干着回收废品的营生。他又瘦又矮，脸上无精打采，下巴突出，看着像牙老是咬着上嘴唇。

他的妻子叫光子。光子自己说她二十三岁，可是附近的女人们都断定她比三十五岁只多不少。她比福田还矮，比他还瘦，长相按那帮女人说的是——"和耗子长得一模一样"。她不住转动的眼睛显得异常精明，引人注目。她脸上总是用白粉涂得雪白，嘴唇抹得通红，穿着连衣裙或和服，艳丽的颜色超出了普通人可接受的范围，借用女人们话说，她"从早到晚都在卖弄风骚"。

这对夫妇住在相泽七三雄家二楼。相泽七三雄是干废品回收的，专门收废铁。相泽家有七个孩子，大儿子十一岁，最小的两岁，妻子阿增好像又怀上了，一大家子热闹非凡。

福田夫妇搬过来第五天还是第六天，就给整片长屋住宅区留下了深刻的印象。一天早上，大概八点左右，就听见二楼吵吵。不一会儿，福田从楼梯跑下二楼，在楼下穿上也不知道是谁的凉鞋，一下冲到了外边路上，然后回头看着刚跑出来的二楼，大声尖叫着。

"嘿，光子，你出来！"他跺着脚，把脏水沟盖板都跳翻了，"光子，你这个狗东西，我不和你过了。嘿，出来！"

路两边的长屋里的人不知道出了什么事，都跑出来看热闹。福田光穿着睡衣，腰上系根细带子，敞着怀，露出瘦骨嶙峋的前胸和有气无力的瘦腿。

"他下巴上还有牙印呢。"事后周围的女人们议论着,"老婆咬的,绝对是……"

"我可能也是多管闲事,两口子像这样打架的,我还是头一回看见。"另一个女人说,"两口子吵架喊滚这事常有,可男人跑出来,朝在屋里的老婆喊滚出来,你说这算怎么回事?"

"挺好的嘛。"一个年纪挺大的女人兴致勃勃地说,"隔三差五有这么个人闹一闹,长屋的人也能热闹热闹。"

就这样,福田两夫妇一下子就在长屋出名了。每天早上,相泽七三雄在楼下叫他们起床,吃完早饭,两人一起出去干活儿,傍晚又一起回来。

相泽七三雄让福田干废品回收,还把自家空着的二楼给福田住,好像对福田挺好,他妻子阿增和孩子们也差不多。但是对福田的妻子光子,何止是不喜欢,简直就是讨厌。当然了,在这个"街区"浓妆艳抹、花枝招展招摇过市,不是让人反感就是被称作"阿吉",反正难免招人嫌弃。连相泽刚满四岁的孩子都不喜欢光子,看到光子就翻白眼。

光子叫福田的时候,拉长了声叫"阿—— 肇——",像糖拉出长丝一样甜得发腻。福田叫她"光子",福田一喊她,她就用甜得淌蜜的声音答应:"干—— 什—— 么,阿—— 肇—— 。"相泽的妻子据说经常头疼,她诉苦说,每次听到光子的声音,就像想起了家里好久没有白糖的事,头就疼了起来。

"我们家福田可是进过大学文科的。"光子第一次和阿增聊天儿的时候就说,"虽说是私立大学,但是很有名呢,比考东京大学还难。他为家里的事退了学。教导主任觉得很可惜,说要是没钱交每月学费的话,你就是当粉笔也要上学[1]。听说到了最后,校长还好几次来劝呢。"

没错儿,阿增不懂学制,当然不知道大学里有没有教导主任和校长。她上过小学知道粉笔,但是没听说过学仆。到底当粉笔是什么意思,校长来劝是什么意思,恐怕连光子也没弄明白,阿增就更别说了。

像光子这种性格的女人有个共同之处,就是擅长判断对方是否有类似教养知识。她们有种本事,能用几句话,不,是随便用几个词就把对方弄得糊里糊涂的。

"我从小就身体不好不是吗?说是过敏体质。"光子说,"就因为这个,我一直在奶奶家被养到小学三年级。那时我被包在棉花被子里坐学步车,可受宠了。"

"哎呀,学步车?"阿增说,"你得了小儿麻痹呀?"

"嗨,什么呀。看阿增你说的。我说学步车是打个比喻,阿增真坏。"光子说,"我的意思是说我那时候被娇生惯养来着。"

阿增十九岁时生了长子,到现在已经三十岁了。生活

---

1 光子本想说学仆(がくぼく),但发错了音成了白墨(はくぼく)。日语里白墨是粉笔。学仆是过去在私塾或学校一边给老师当用人一边学习的学生。

的磨难让她历练得有了经验和耐性，懂得和讨厌的邻居如何相处。

"我娘家呀，在伊势的古市。对了，戏里演的吉原百人斩[1]还是什么戏里有个叫阿贡[2]的武士，就是我们那儿的。"光子说，"我娘家叫木场，老房子六百年了呢。我上小学四年级的时候，从奶奶家回到了自己家。我那时还小，可那老房子那么大，那么宽，我真吓了一跳。"

如此这般，我就这样写下去的话，下边就更不像话了，无论多么宽宏大量的读者料定都会生气的。我把光子的话缩小十倍举个例子，看她有多夸张。她说——她娘家的房子就像大名的豪宅，从大门到玄关就有两公里，有供自家使用的水管和蓄水池，蓄水池水建了发电站，家里就用这发电站的电。佣人住的房子有十几栋，还为他们的子女专设了幼儿园和有特殊年级的小学。她娘家的老房子就有这么气派——这连空想都算不上，纯粹的信口开河。而光子讲起来就像真的一样，没完没了。

"我要是在家老老实实的话，随便能嫁个大财主。"光子说，"可是呢，我上女校三年级时和福田好上了。身份

---

[1] 吉原百人斩：江户时代中期，下野国（即现在的栃木县）的豪绅佐野次郎左卫门因记恨吉原的游女八桥，杀掉了多人。以此事件为蓝本改编的歌舞伎戏目有《笼钓瓶花街醉醒》等。
[2] 阿贡：指歌舞伎戏目《伊势音头恋寝刃》里的主人公福冈贡，是伊势的御师（下级神官）。在一次法会上被人羞辱，斩杀了古市的游女屋的女招待们。

差得太多，爸爸妈妈都不同意，亲戚也闹得厉害，开了五回家庭会议。我实在不耐烦，就和福田私奔到这儿来了。"

"真的？那么……"阿增反问，"福田也是伊势人吗？"

"哎呀，多不好意思啊，一两句话说不清楚……"

"你说是你上女校三年级的时候，那福田已经是大学生啦？"

"你真是爱琢磨哪。"光子伸手要打断阿增的问话，"这个事也一言难尽。不要打听人家的罗曼史嘛。"

阿增正一心一意给孩子补衬衫，好不容易才憋住没笑出来。

光子的行为做派就是这样。她说起话来完全没有年代的差别，也完全不分东南西北、前后左右、春夏秋冬、白天晚上、老人孩子。

"福田现在干的工作不知道别人怎么看，我一想到这个就觉得好笑。"光子说，"他是文科出身嘛，要搞文学首先就得体验贫民生活。只有对贫民阶级有了了解，才能知道所有的人权问题。那是我在御茶水女子学校时候的事……"

光子说起自己上过的学校，有时是虎之门[1]，有时又说是御茶水女子学校或津田英学。其实她上的是家乡伊势古

---

[1] 虎之门：即东京女学馆。明治二十一年（1888年），于千代田区永田町建校，两年后移校到港区虎之门，随即称为"虎之门女学校"。大正十二年（1923年）移至涉谷区广尾。

市的女校。她信口改变学校，有时还会说出音乐老师或国文老师的名字给人听。

虎之门学校的名气是很久以前的事了，要是笔者没记错，那是大正十二年关东大地震以前的事了。后来虎之门学校迁到了涩谷的什么地方，自然虎之门学校这个名称也就没人提起了。御茶水是师范学校，并不是女子学校。不过这些个事儿，对这个"街区"的住民来说，还不如一小撮盐能引起他们的兴趣。

像光子这样的女人一般来说虚荣心很强，光子不只是在人前炫耀自己，似乎她还陶醉于自己编造的故事当中。她这样做的目的不是让别人对她印象深刻，也不是要引起别人的羡慕之情。她好像是为自己制造的幻像中的自己所感动且羡慕。她不是只对阿增这个样子，她对福田也一样。阿增是外人，她听光子的话就当听落语逗个乐儿。实际上，阿增对丈夫说，虽说光子的话一大半莫名其妙，但是比起自己一个人干兼职，听她说话挺解闷儿。

可是换了福田就不行了。对他来说，光子是他的妻子。两人成了夫妇能一起过多久，这虽然说不清楚，但是一般来说会一辈子都生活在一块儿。既然如此，福田不可能总是老老实实地听光子那些不知收敛、古怪离奇的胡言乱语。为了这个，差不多每个星期他们都会没完没了、不清不楚地吵一架。

"嘿，别说你那难听的英语了，根本听不出你在说啥。"

"你管呢。"光子娇里娇气地用鼻音嘟囔着,"咱们是两口子,哪儿来那么多讲究啊。"

"讲究?你不管在哪儿都说些乱七八糟的。我问问你,刚才说的 Nucharee 什么意思?"

"Nucharee 就是 Nucharee,还是上过大学的呢,这个都不知道?阿——肇——"

福田怕楼下的听见,吵架的时候也不出大声,光子也一样。

光子虽然同样不出大声,但她的鼻音就像慢慢融化的黑糖流出来一样,黏黏糊糊甜得腻人。楼下的相泽七三雄常常误会,用手指戳戳妻子阿增的肩膀又指指天花板,嘴里"嘘"的一声,让阿增悄声听别出声。

"干什么呀?你这人真讨厌。"阿增对这种事毫无兴趣,她做着兼职的活儿说,"不就是两口子吵架吗?一听见他们吵架就这样……"

"你就是感觉迟钝,不解风情。真是的。"

"肚子里的生出来就八个了。"阿增接着相泽的话说,"我真的够了!听那些乱七八糟的就来劲儿,还说我不明白,我真受不了了。"

"知道了。不要什么事都跟楼上吵架扯到一起嘛。行了行了,我说我知道了。"

"可能是我多嘴。"在二楼,福田耐着性子说,"那个,以后别叫什么阿——肇——了,行不行?哪有说话一个字一个字往外嘣的？你一叫我，我胃里就像虫子爬一样痒得难受。"

"你还不好意思了？我那么辛苦，可还没被爱过呢。要是真的相互喜欢的话，称呼也要有真心啊。你看我喊，大——笨——蛋——"

福田缩着脖子，就像连着脊梁骨的关节都软骨化了似的，脊背缩到了一起，他的身子愈发显得瘦小了。

"我想回古市娘家一趟。"光子又重复起口头禅来，"木场的家现在是我弟弟管家。可是我爷爷奶奶最喜欢我，我又是长女。"

光子的爷爷奶奶最疼爱她，好几次都想为她找个上门女婿，继承木场的家业。为此亲戚间闹开了，还开了几次家庭会议。其实她家的发电站就是为了让她继承家业，爷爷奶奶不顾别人的反对修的。

"就因为这个，不管什么时候我都可以大摇大摆地回古市。"光子兴奋地眯起眼睛说，"弟弟们担心我会为了财产说什么，特别隆重，说句大话吧，到车站接我就差没带上乐队了。怎么样？阿——肇——，也跟我一起回去一次嘛。"

相泽七三雄极少会有一点点儿富余钱时，他会邀着福田喝酒。他本是个好酒的人，但是家里孩子多，无论怎么干活儿，也挣不出喝酒的钱来。

就算能喝点儿酒，九成也是喝烧酒。他喜欢把葡萄酒掺到烧酒里，把这叫作葡萄烧酒，这样喝容易来酒劲儿，相泽就常常这样喝。

"这个世上啊，我跟你说吧。"相泽喝得有点儿醉意时必定这么说，"有的人每天晚上都能喝点儿……是每天哪，福田。我真是想，要是这辈子能那样喝一回就好了。"

"我只能跟你说啊，只能在这儿说。"有一回福田像似终于想开了，他对相泽说，"我不能每天晚上喝酒也无所谓，只求能与光子分手，就这点儿愿望。"

"这还不简单吗？现在是民主主义时代，想分手的话痛痛快快分就是了。"

"瞧你说的，要是能这样的话就好喽。"

"你说能这样的话……还不能分了吗？"

相泽的表情就像听到世上还有这等怪事，眼巴巴地盯着福田。

"相泽，你是不知道光子啊。"福田说，"光子这家伙呀，就像有什么附体一样，有一种怪怪的瘆人之处。就像说话吧，她绝不出大声，是不是？就算是吵架，她也冷冷地笑着，小小——声地说。"

"是啊，那家伙是这样。"相泽喝着葡萄烧酒说，"有时候我能听到一点儿——啊，算了。可是，她小声说了些什么呀？"

"你在想什么，她一下子就能看出来。我心里想着要和她分手，嗨，光子这个家伙龇牙一笑说，你想和我分手是不是？她小声地说，一边瞪着眼睛直直看着我，看，就这样。"

福田做出瞪眼的样子给相泽看。

"还有呢，比如今天我觉得身子沉，不想去干活儿。她就咧嘴一笑说，偶尔休息一下也好啊。又这样瞪着眼睛盯着你。吓得我背上一冷，只好去干活儿了。"

"龇牙一笑，直直地瞪着眼睛？嘿——"

"从一开始就这个样子。"

福田是在郊外的大众食堂认识光子的。那时他白天在一个电机公司工作，晚上去一个私立大学的夜间部上课。每个星期天会去大众食堂吃一顿饭。光子在那个大众食堂干活儿，主要负责接待喝酒的客人。有一次，他和光子四眼就相对，光子就像后来的那般表情一样，咧嘴微笑，直直地瞪着眼睛看福田。

"一下子我的头就蒙了，身子都动不了了。"

第二次见面也一样。到了第三次，光子来到吃饭的福田身边，手拿着烫酒壶和两个喝威士忌的玻璃酒杯。她把酒壶和酒杯搁在他面前，自己也坐了下来。她往那两个杯子里倒上酒，把一杯递给福田，另一杯自己端着说："请—— 多—— 关照。"还是咧嘴微笑，直直地瞪着眼睛看福田。她的视线像铆钉一样，深深地钻进了他的内心深处。

"她突然对我说，请不要告诉别人我在这种地方工作。

突然说的哪……"

福田特别强调:"说了请多关照后,紧接着就这么说的。她说她家规矩大,要是被家里知道了会把她带回去,关在家里的禁闭室里不准出来。家里的禁闭室有十榻榻米和八榻榻米的两个房间,还有用人和小伙计。就是这样,她还是任性,不想在家里。"

她说话的时候,福田插不进嘴,也没法拒绝递过来的酒杯。更不可思议的是,他听了光子的话,说她家的规矩大、有两个房间、带用人和小伙计、还有禁闭室的时候,觉得好像很久以前似曾相识。

"和光子在一起也是光子这家伙主动。好像第五次还是第六次见她的时候,我在那家大众食堂吃完饭正往回走,光子从身后追上来喊我——阿肇,不是往那边走,是这边,抓住我的手往那边拽。"

福田被拉去的是一栋老房子里三榻榻米的房间,旁边还有一间六榻榻米和四榻榻米半的房间,房主住四榻榻米半的那间,一对中年夫妇住六榻榻米的那一间。在光子租的那间房间里,只有薄薄的两床被子和两个包袱,看不出任何家里有财产的影子。

我被逼着和不喜欢的人结婚,就跑出来了,光子跟福田这么说。她说从小被娇生惯养,根本不知道生活需要什么，就像河童从树上掉下来了一样[1]。

光子说："只要相爱，肚脐也能煮茶嘛[2]。现在你就享受新婚的感觉吧。"

福田和光子就在一起过上了同居生活。福田一边工作一边去大学夜间部上课，光子在大众食堂干招待。虽然没有任何财产家具，茶还是喝得上的。至于肚脐能不能煮茶，他们并没试过。福田从大学夜间部回来后，就整理笔记。从大众食堂工作回来的光子，把客人吃剩下的菜和酒摆在餐桌上，他们开始享受简朴的深夜盛宴。

盛宴的确简朴了些，而从光子嘴里奔流而出的奇怪的瞎话，具有不断的连续性和令人难以接受的跳跃性，呈现出极为多样的色彩和伴奏效果，于是很快就把福田牢牢拴住了。

"相泽，你也听她说过娘家在伊势的古市吧？"

"嗯，我从我老婆那儿听说的。"

"一开始的时候简单多了，还没有蓄水池啦、发电站什么的，就是显摆自己家有十二只猎犬和好几只波斯猫。豪宅的大小还是和现在说的差不多吧。不过说是生在那里，却没看完全部房间——她的落语都说到这份儿上了。她说要是想把所有房间看完，得带着便当住下。她还说过比这

---

1 河童是日本传说的怪物。日语里有成语猴子从树上掉下来，或河童被水冲走了，意思都是疏忽大意的意思，光子把这两句弄混了。
2 光子又弄错了成语，日语成语中肚脐能煮茶是让人笑破肚皮的意思。

还大的呢。"

福田不大相信，光子就说：你是不是觉得我说的是假话？然后那样咧嘴微笑，那样直直地瞪着眼睛看福田。她说：行啊，你就觉得我说假话吧，以后总会让你看见的。听说她上过女校，福田在大学夜间部上课时去图书馆查过，才知道虎之门女校还有其他校名，因为校址在虎之门，才有这个俗称。另外御茶水是师范学校，津田塾是光子乱说的，谁也说不清楚她上过没有。福田知道了这些后，光子马上就察觉出来了，她仍然那样咧嘴微笑，直直地瞪眼看着福田说，没关系，你就么想嘛。

"相泽，你根本没法明白，她说话时的微笑和眼神有种说不出的劲儿——怎么说呢，那个，那是一种非人的、说不清道不明的劲儿。就像被五花大绑，全身一点儿都动弹不得。比如说吧，把眼睛闭上了，可是透过眼皮还是能看到那个家伙。"

"你说的真够邪乎！"相泽瞟了福田一眼说，"听说有一回你和光子吵架，你跑到外头朝二楼喊——你下来！"

"那回是实在受不了了。"

"可也是啊。"相泽仔细端详着福田的脸说，"就算是受不了，可男的跑到外边，朝在屋里的女人喊出来，这还是有点儿出格了嘛。"

"那，你说又有什么办法呢？"福田认认真真地反问，"看着她那样咧嘴微笑，直直地瞪着眼睛，我连话都说不出来。

别说说话了，身子都不能动弹。刚才我不是说了吗？"

"是啊，嗯，是啊。"相泽使劲儿点着头，然后喝了一口葡萄烧酒，想了一阵说，"丹波……对了，你还不认识丹波老人吧？没关系。在我们长屋里，有个叫丹波的老人。有一回，丹波老人说：'世界上有千万对夫妇，可同样的夫妇一对也没有，千万对夫妇都不一样。有的是绝对不能在一起的，却被硬凑在了一起。这样的夫妇要是不尽早离婚，强势的一方会把弱势的一方吃掉。'这么说来，你们是不该在一起的人凑在了一块儿，绝对没错。"

福田又端起玻璃杯子嘴唇抿了一口酒，眼睛漫无目的地盯着前面的一点。

"我们第一次见面还在那个职业介绍所吧。"

"好像是吧。那天我收了很多东西，正要个帮手。"

"那天你在搬火灾废墟的废铁。"福田说，"我已经从学校退学，原来的那家电机公司也破产了。光子那家伙也不愿在大众食堂干了，她说主妇在家照顾家庭是本分，这本分她还是用英语说的。什么 main trap。也不知她是从哪儿听来的一句英语，要是把 main 这个词稍微变一下，嗨，算了，不就是从大众食堂辞职吗？这么着，我就得干活儿赚取生活费。那时我正在职业介绍所前边发愣，心想索性找个地方跑了呢。"

"那怎么没跑呢？"

"不是你喊我嘛。我问有没有办公室之类的工作，你说大概一千人里有一个能找到那种工作。听了这话，我就想这正是逃跑的好机会。"

"是因为我和你打招呼吗？"相泽笑了，"真是缘分啊。真是的，都说人一辈子会碰到几回这种事呢。"

"就是啊，我现在已忍无可忍了。这几天一到晚上……"

"一到晚上怎么啦？"

"说了也没用。"福田摇着头，"自打我和光子在一起，算起来要五年了。这差不多五年里，一直这样，就没停过，那么咧嘴笑，那么直直地瞪着眼睛。我受不了了——你看啊，现在我和你说话吧，光子全能看见。"

"你别说得那么吓人。"相泽从福田身边离开了一点儿，让小酒馆的老头把葡萄烧酒又满上。他尽量让自己客观些，悄声问福田，"——光子到底是哪儿的人哪？"

福田没说话摇了摇头抿了一小口烧酒。相泽又问："那么，她到底有多大呢？"福田还是没出声只是摇头，过了一会儿才说："这些事儿，谁知道啊。连结婚登记都是光子一个人去办的，也没给我看过。"

相泽大吃一惊，瞪大眼睛大声问："那你们到底正式结婚没有？"福田抬起右手，又有气无力地放下拍着大腿："那些都不成问题，光子那家伙说的。"

福田说到这儿忽然卡了壳，就像放着的风筝断了线，一下子把嘴闭上了。于是，下面的话像断线的风筝一样飞了，从他嘴里不知飞到哪儿去了。

"有时候我都在想会不会被她杀了。"福田换了个话题,"有时候半夜一睁眼,就看见光子这家伙一只胳膊支起身子,眼睛往下盯着我看。一看见我睁开了眼睛,她咧嘴一笑,直直地瞪着我。"

相泽觉得瘆得慌,身子直发抖,嘴里嘟囔着:"这不像阿岩[1]吗?太像了。"

"阿——肇——"光子说话了,"你刚才在梦里抱漂亮女人啦?她是谁,是哪儿的?"

相泽问:"那你真的做那个梦了吗?"

"也可能做了。我自己没记住,光子那么一说,就觉得好像是做那个梦了。"

"那后来呢?"

"她按着我。"福田咽着吐沫,舔了一口烧酒说,"她就这个样子说:我喜欢阿肇。"

相泽抬头往上看,像竖起了耳朵一样听着,看他的表情,就像在自己家里,现在正是半夜,被二楼的动静惊醒了。福田大致讲了原委后,两手慢慢地掐住了自己的脖子。

"接着她就这样。"福田说,"她直直地看着我的眼睛,还咧开嘴笑呢。"

"你那时候还睁着眼睛吗?"

---

[1] 阿岩:即歌舞伎戏目《东海道四谷怪谈》的女主人公。她被丈夫民谷伊右卫门毒杀,死相极其恐怖,变成幽灵之后折磨右卫门。

"一直睁着,她也说要我睁着。我真是受够了。"福田摇着头,嘴角撇得老长,"实在受不了,她的脸都快成般若[1]的了,真吓人。"

"像般若?"

"就那么一会儿,但是那时她的脸特难看,和般若面具一模一样。我可不喜欢那样,浑身起鸡皮疙瘩。"

"啊,是这样。"相泽好不容易才弄明白是怎么回事,使劲儿地点着头:"般若也因人而异呢,看到般若是要吓一跳。"

"所以我想把眼睛闭上呢,可是她非叫我把眼睛睁着。"

"太喜欢你了吧?啊,啊。"相泽把头转向左边,接着又转向右边,脸上露出难以捉摸的微笑说,"是因为太喜欢你了。人哪,千差万别。就说我老婆吧,嗨,算了。反正已经这样了,你们也只有分手了。要是不分开的话,你呀,真是面临生死考验呢。"

"要是能分开的话就好喽。"福田深深地叹了一口气,"要是能分的话……"

这些话并不是一回说的,而是两个人好几次喝酒边喝边聊的。实际上他们聊的还有好些更微妙、更刺激的细节呢。不过人家夫妇之间心理和肉体上的事儿,仅仅追求文

---

[1] 般若:一种女能剧面具,是有两个角的鬼女的面具,表示愤怒、嫉妒、苦恼的情绪,牙齿和眼睛部位镀金。

字描写也没什么意思。在他们两次一起喝酒之间，大概隔了五六天或十来天，福田又突然跑到外边，对着二楼喊起来："嗨，滚出来！"他面红耳赤，右手握成拳头朝上晃着，"光子你这个混蛋，给我滚出来！"

过了几个钟头，二楼上传来光子甜得发腻的声音："阿——肇——"

"拿去吧，手上就这点儿。"一天傍晚，相泽把几张钞票递给福田，很哥们儿地说，"你拿着到哪儿去躲一躲吧。听说你上过大学，大概是前途多难吧。是我劝你干这个废品回收的，能干这个到哪儿都有饭吃。以后的事总有办法，你现在就逃走吧。现……"

相泽刚说到"现"就不说了，可能他还想重复现在就逃走……可就在这时，小酒馆外头有人说话了。

"阿——肇——"相泽差点儿从椅子上摔下来。这时门帘儿掀开，光子进来了。

"我去买肉路过，听见了你们说话的声音。"光子说着回头看着相泽，"哎呀，相泽也在这儿啊？我一点儿都没注意到。"

"怎么样？我说过了吧？"又在一起喝酒的时候，福田抿着玻璃杯里的烧酒说，"光子那家伙不管什么都看得透，那天她也不是去肉铺，肯定是看穿了我们在这儿说话……"

"我从来没被吓成那样，长这么大头一回遇到这样的……"相泽说，"'哎呀，相泽也在这儿啊？'她回头看

279

我的时候，我使劲儿闭上了眼睛。"

"你说闭上了眼睛？"

"啊，闭上了。一看到她直直地盯着我，只是动动嘴唇微微地笑，吓得我根本不敢睁开眼睛。现在想起来都……"这时相泽闭上了嘴，他感觉背后好像有人，于是憋着气压低声音对福田说，"别往下说了，你没听说有句话吗？军师不近危邻。[1]"

福田把杯子里的烧酒一口气干了，赶紧一个劲儿对相泽点头。

"我和福田的浪漫史可不得了。"在相泽家，光子和阿增聊天，"那时我在女子学校上二年级，在法律上讲还是未成年人。也不知道记者是怎么挖出来的消息，还发表在了报纸上。就是，就是……哪天我把报纸拿给你看。虽说是小地方的报纸，却是一本正经的报道呢。"

阿增没停下手里的活儿，淡淡地说了一句："你们还不生孩子啊？"

"这可不是女人的责任。"光子回答着，"要是女人不想生，避孕的方法多着呢。"

阿增好像突然受到了惊吓似的，猛地回过头。那样子就像要被淹死的人终于看到眼前有个救生圈一样，马上追

---

[1] 相泽原本想说"君子不近危邻"，误把"君子（くんし）"说成"军师（ぐんし）"。

问:"你说的是真的?"

"可不是吗?我现在就是证明,我不是没孩子吗?"光子说,"你不知道啊?"

"不知道,那种事……"

"一点儿都不知道啊?嘿,你们可真沉得住气。"光子换了个坐姿,"好吧,你们的孩子够多了,是不是?你比我大,说这个别嫌我狂。那就简单地教你两三招吧。"

接着大约二十分钟,光子演示了各种姿势和动作,讲解了呼吸和用力的方法。

可是阿增满脸失望的表情,打着哈欠,又开始做手上的活儿,嘴里嘟囔:"你说的像蛇吞蛇[1]嘛。"这边光子还在热心地表演着。

---

[1] 日语里有蛇吃蚊子的俗话,喻填不饱肚子。阿增弄错了。

没有季节的街

节俭

在东边靠近公共水道的长屋，住着盐山庆三一家。盐山的妻子叫阿累，他们有三个女儿，大女儿阿春十二岁，二女儿蕗子十岁，三女儿富子八岁。这都是他们搬到长屋时的岁数，盐山有四十来岁，是邮局的邮差。

盐山一家在阿累的精心操持下，具有勤俭、节俭、朴素、温和、干净等一切美德，过着模范善良市民的生活。

让这里的住民感到惊讶的是阿累很爱惜东西，只要是好天儿，阿累便一天到晚，不，可以说总是在公共自来水道洗涮着什么，然后把洗完的东西拿到房门前晾干。晾的东西有旧食盒、木碗、筷子、饭桶、木屐、高齿木屐、伞、胶底袜子、旧长筒胶靴、胶面雨衣、雨天用的胶面帽子等等，还有三四十根一次性的杉木筷子特别扎眼。住在这个"街区"的人们很少到饭馆儿买吃的，大家都知道荞麦面馆和大众食堂也给一次性的杉木筷子，但是不会把那种店里的筷子拿回家。所以家里有一次性筷子的话，大都是因为把荞麦面或饭菜买回了家。长屋的女人们对这事不以为然。

"她故意拿出来显摆吧？"她们议论着，"显示自己过去过得好，能每天从饭馆买饭菜吃呗，肯定的。"

有一天，一个好事的女人含含混混地跟阿累提起了这事。

"哪儿的话，没有的事。"阿累露出谦恭的表情，一本正经地辩解着，"我们这样过得紧巴巴的，哪能那么阔气，那是别人给的。"

她说在原来住的房子正对面有一家荞面小店,小店的生意不好,只好关门不干了。小店把没卖完的东西收拾收拾全扔了,她看到里头有一捆一次性筷子,觉得挺可惜就要来了。后来有客人的时候就拿出来用,已经掰开的不能给客人用。不过没准儿还能用到别处。一想起做筷子的人的辛苦,就觉得不能随便丢弃了。

"不管多么不起眼的东西,替生产者想想的话,就舍不得浪费了,你说是不是?"阿累说,"哪怕是一张纸,造出一张纸也要费很大功夫,多辛苦啊。不管是什么东西,只要是有形的东西就得珍惜。"

就凭这一点,阿累受到了这个"街区"女人们的欢迎。

阿累的丈夫盐山庆三不抽烟不喝酒,也从来不歇工休息。阿春、蕗子、富子三个女儿都显得瘦弱,脸色也难看,不过她们老老实实很有礼貌,听爸爸妈妈的话,从来不顶嘴。

"哎,真是托福。"阿累在公共水道和平时一样洗涮着说,"几个孩子都很听话,只有这点儿长处,要是她们哪儿不对,别客气,尽管指教。能请各位批评比吃药都好。拜托了。"

阿累把洗好的东西放在自家旁的门板上,一件件摆好晾晒。都摆了些什么请参照本章开头的描写,这些颇为壮观的物件显示这家女主人爱整洁、惜财物的品质。有一天,一个中年妇女路过,看见这么多东西摆在那里,就停下脚步,饶有兴趣地看着。看了一会儿,她朝阿累打听:

"对不起,这些东西卖吗?"

盐山一家的生活像钟表的指针一样按部就班,盐山上班的时间、回家的时间、女儿们的上学时间和回家时间、吃饭和洗澡的时间全像用尺子量过一样,安排得一点儿不差。他们一家人穿的衣服会按时换季,在这个"街区"是非常少见的。当然他们换季的衣服都是洗过多次,缝补过的,衣服的颜色和图案很朴素,和服夹衣换成单衣也不会那么惹眼。不过也有眼尖的女人不服气,说些风凉话。

"你们发现没有?"那个眼睛尖的女人说,"阿累今天换上夹衣了,真是的。哎呀,看那个得意样儿,那个狂。"

那个眼尖的女人觉得,既然在长屋住,就要和街坊邻居来往。你们家能穿得起和服夹衣,就不管周围如何?随意换上,就是不懂邻居交往之道,就是显摆。

阿累很敏感,她听到了这些背后的坏话,马上就巧妙地想出了应对办法。

"你们全家人身体健康多好啊。"阿累对眼尖的女人满面堆笑地说,"我们家的人身体都弱,日子真不好过。要是能像你们家一样能挣钱就好了。你看我们家就靠当邮差挣几个有数的小钱,加上我做点儿副业,也吃不上什么像样的。孩子们身子单薄,一到秋天就感冒。"

阿累反复解释欲让邻居明白,他们穿夹衣也是没办法的事,同时她让邻居根本不必在意这个事,她倒是更加羡慕邻居们呢。

要是这招儿仍未打动对方，就会去对方家借一小撮盐或一小碟酱油，可怜巴巴地叹息自家的日子过得苦，诚心诚意地说："一定不忘您的恩惠。"日后她一定加倍偿还所借之物，并且说上一大堆肉麻的感谢话。

"说好话又不用花钱。"这是阿累的口头禅。她常常对几个女儿和丈夫庆三说："只要会说话，到哪儿都活得下去，千万记住了。"

庆三的收入有多少，阿累搞副业能挣多少钱，谁也不知道。几个女儿也在帮忙干副业的活儿，加在一起应该有不少钱。可是他家的日子简朴得吓人。查遍他们每天的生活，找不出些许的浪费。

阿累每五天出门一次去大市场买粮食。从本通大街坐市内电车，往北坐五站，再走大约五分钟。大市场在市区里，大米、麦子、荞麦、面条、蔬菜、鱼、肉、豆酱、酱油、咸菜等等应有尽有。每隔五天或十天会有一次三折大减价。阿累就挑大减价的当天去大市场，一次买够五天吃的，打三折后还可以再打一折，有时一些东西不到半价也不是稀罕的事情。

"要是算上车费和所花时间，有的人反而觉得东西买贵了。"阿累说，"也可能是那么回事，可是老憋在屋子里对身体不好。五天出去一趟，看了热闹，又活动了身子，总比看病吃药强。再说了，还能买到便宜东西。像我们家这样的穷人就得想这些穷办法。"

买很多咸菜的时候阿累会带女儿一块儿去，分成几份儿背着，有时市内电车不准她们上车。遇到这样的事，母女只好走着回来。阿累的女儿本来就又瘦又小，累得苍白的脸上淌着油汗。

买回来的食品会被阿累利用到极致。萝卜叶就不用说了，胡萝卜叶子和尾巴尖儿、土豆皮、芹菜、鸭儿芹的根、款冬的叶子，所有这些都不会扔。特别是胡萝卜和款冬的叶子，听说有丰富的维生素 C，阿累说："把这些扔了，那不是等于把高价药给扔了吗？"

阿累能说出维生素 C 来，说明多少有些营养学方面的知识。当然，在这个"街区"居住的人都是用很少的收入让一家人吃饭的。他们出于本能，要让食物保持营养价值的平衡。他们不是通过现代营养学学习，而是从父辈的经验口口相传得来的知识。阿累虽然……好像知道一些新知识，可是她买沙丁鱼什么的时候，却拿到公共水道，去掉头和刺，把鱼身破开，开着水管子，一条一条挨个洗，没完没了。

"嘿，你这么个洗法儿，准备干什么呀？"住在附近的女人提醒阿累："你这么洗不是把味道和营养都洗没了吗？"

"就是啊。"阿累应道，"我们家一家人都不喜欢沙丁鱼的油，一点儿都不能有那种油臭味儿。"

"真是没办法。"阿累说着，接着哗哗地放水洗沙丁鱼。

两年过去了，三年过去了，长女阿春从中学毕业，到爸爸工作的邮局工作，晚上去高中夜校上课。没过多久，附近一个女人发现了惊人的事，让这条街上的人觉得不可接受。事情是这样的，那个女人去中通大街的邮局拿汇款单取钱，偶然得知盐山家居然有存款。

"那个留了胡子的人是邮局局长吧？"那个女人说，"那个人喊办事的阿春过去，说利息已经登好了，回家时拿回去吧，接着把三本存折递给了阿春。真的呀？我也不信啊。可是那个长胡子的，还说你的钱在慢慢地减少。阿春说我上学要交学费。我听得明明白白的。"

"看看，怎么样？"

那女人的表情就像看到了幽灵一样。她接着说，"我简直都傻了，经过哪儿回的家也不记得了。"

"这么个世道还能存钱？"另一个女人说，"世上真有不怕遭报应的呀。"

这个时候，已经没人理阿累，盐山一家就像得了什么传染病一样，周围的人渐渐都不愿意接近他们了。不过，现在阿累根本不在乎，在这个"街区"住的人流动性极强，要是能在这儿住上三年就算老住户。阿累不用对附近的人低三下四，刻意讨好了。现在她不用顾忌什么，可以堂堂正正彻底地厉行节俭之法了。

穷人们想要节俭的话，首先就要削减吃饭的费用，绝对不能娱乐，有空了就干手上的活儿。阿春要上夜校，回家时已经差不多晚上十点，为了上高中，就得干更多的副业。一家之主庆三也不例外，上班回家吃了晚饭，也不能休息片刻，接着就要干副业。

这么久还没提二女儿阿蒎和三女儿阿富呢，首先要说，在盐山家没有任何强制和压迫。前面说过阿累操持家里的一切，但她从不对丈夫和女儿们发号施令，让他们干这干那，她自己干活儿最多。要是说句不好听的，她是通过自己拼命干活儿，带动全家人一起努力劳作。

一家五口不声不响地干活儿，就像坐在流水线前的五个熟练工一样。阿累相当于流水线的工长，不过除此之外，她还要负责做饭、去公共水道洗涮、做种种繁杂的家务。

二女儿阿蒎中学一毕业也工作了，她在一家运输公司当服务员，每天早出晚归。早上七点就要上班，下班早点儿是六点，晚的话回到家已是晚上九点了。虽说有劳动基本法，据说劳动者由这个法律保护，但所谓法律与其说是为了被遵守，很多时候都是为了被乱用而准备的。在这儿求读者不要引用劳动基本法攻击我。

阿蒎实际上就是这么工作的，加班也没有补贴，但她没有任何抱怨，也没希望像姐姐那样继续上学。她像宿命论者一样认命，老老实实地去工作，回到家就干副业活儿。

他们家的存款渐渐多了起来。一家这么操劳，省吃俭用，节俭到了极点。要是这么节俭还不能存钱，银行恐怕也便无法经营。盐山家的存款确实增加了。不过与此同时，眼睛无法看见的一种东西，正从相反方向悄悄地逼近这家人。

阿蕗工作了半年后，在邮局工作的阿春病倒了。一开始以为是感冒，休息了三天后，她就去上班了。当她再次倒下时，高烧不退，带她去医院看病，发现得了肺结核。医生说最好住院，但阿春还是先回家了，一家开家庭会议讨论是不是住院。

那时候健康保健医生很少，病床数和患者人数差很多，想住院治疗极为困难。

药效好的新药不停地被研制出来，但都是盐山家买不起的，这样也没办法保证让阿春能得到有效的治疗。

"过去管这种病呢……"父亲庆三说，"都说是急病，年轻女孩子谁都难免。"

庆三很少说出自己的意见，一家之主还是有权威，大家都注视着他的脸，屏住气息等他想出救急的好办法。可是庆三却被大家注视得慌张起来，不好意思地一个劲儿摸着胡子，看不出能想出什么好主意。

"你说呀，"阿累等得不耐烦了，"你说了半天到底怎么办哪？"

庆三摸着下巴的手往上摸着太阳穴，吞吞吐吐地说了句："没啥说的。"他支吾了一会儿后，才用没把握的口气说："叫作急病是说到了年纪，女孩子就想嫁人，希望找到婆家，心里着急就郁结成病了。比起单治这个病……要是能找到结婚对象，病也就好了，好像就是这个意思。"

"我不干！"阿春苍白的脸上泛红，低下了头说，"我可从来没想嫁人。"

"这不是过去人的老话嘛。"阿累说,"妈妈也听说过,不管想嫁人还是不想嫁人,有不少人到了年龄就会得这个病,就像得麻疹一样。"

大概读者也明白了,夫妇的话题已从怎样治结核病,转到了怎么才能不花钱上。他们不是不想给女儿治病,他们爱自己的女儿阿春,也希望让阿春身体健康,但节俭和亲子之情似乎无法协调。医院里便宜的病床没有空位,新药又贵买不起,药效也不见得就好。这样不如就信过去的老话,只好试试家庭疗法,更何况社会上还有负责任的人,有"结核不足畏""结核必愈"之类的宣传呢。

阿春开始在家治病,她不能去上班了,也不能去夜校上学,只能在家躺着。到底在家做了怎样的治疗,是不是能够静养,外人完全不知道。除了阿春,盐山一家的生活看不出有任何变化。

"哎,托大家的福。"阿累在公共水道洗一次性筷子,一边轻松地应答女人们的问话,"嗯……快好了,下个月就能起来了。嗨,人一穷了就容易得病。"

可是,阿春不久就死了,离得病还不到半年的时间。去守灵的人都说,阿春已经没有人形,就像一把干透了的枯树枝。

"我原来在乡下,盂兰盆会的时候,看过庙里的地狱壁画。"一个女人参加了守灵后说,"地狱壁画里有瘦得皮包骨的死人，阿春就和壁画上的死人一个样。"

"她不是病死的，是饿死的。"另一个女人说，"都得肺结核了，没看见给她吃过一个鸡蛋。"

一个女人接着话说："偶尔买了沙丁鱼，要洗上半天，洗得皮也没了肉也没了。"

"听着。"头七过了后，阿累对丈夫和两个女儿说，"从现在起就把阿春忘了吧。为了给她治病把存的钱用去了不少。以后大家得把这些钱使劲儿挣回来。阿蕗，阿富，你们明白了吗？"

庆三马上点头，两个女儿也点了头。阿累说这话是认真的，不管周围的人说什么，她已经为阿春做了一切该做的。每天给阿春吃一个鸡蛋，还去中通大街叫鸟九的店里要来杀鸡留下的生鸡血，每天给阿春喝。不过，比起吃的，最重要的是母爱。有了爱，就能让病人有了"自己治好病"的信心，这比新药，比吃什么更有效，阿累非常相信这一点。

"就连天皇生的婴儿寿元不长的话也会死的。"阿累说，"觉得只要有吃的、有药、有医生，病就能治好，那是迷信。你问问我家男人，现今天皇曾召集全日本的博士花了好多钱，给他的第几个孩子[1]看病，可还是没赢过寿元死了。人啊，就是这么回事。"

盐山一家振作起来，坚强地恢复了平常的生活。过了

---

1 指昭和天皇的第二个女儿久宫祐子内亲王，出生后第二年去世。

年,阿富中学一毕业,也就马上就业了,在父亲庆三当邮差、阿春工作过的邮局工作。阿富在三姊妹里最瘦小,参加就职考试的时候,长着胡子的老局长还以为她是小学生呢。

阿富工作到第三个月的时候也病倒了,周围的人一点儿都不知道。住在隔壁的片沼二郎的老婆是这个"街区"的百事通,其他女人们因为这个给她取了个外号叫"广播电台"。一天晚上,盐山家里突然传出凄厉的叫喊声,是阿累在叫——"阿富、阿富"。她吓了一跳,跑过去一看,才知道阿富已经生病很久,刚才吐了血,昏迷过去了。

片沼二郎的老婆广播说:当医生赶到时,阿富已经咽气了。医生诊断说她原本就有先天性心脏病,加上又要上班又要在家干副业,每天过度劳动,造成心脏的某部位发生了破裂。是阿累求她去帮忙喊医生的,医生看病时她自然有机会一直在旁边看着。

"可真的,阿富比阿春还孝顺呢。"一个女人说,"阿春大概躺了半年吧。可阿富不几天就没了。那一家子财迷算计得那么精,肯定攒了不少钱吧?"

女人们不知道,阿累的算计至少是无意识的。不管怎么说,毕竟有阿春的事在前,她对阿富操心得都有些过分。但是比起阿累耗费的精力来,阿富的病情加重得更快,病的进程赶在了阿累的前头。

"那孩子就总想吃油大的东西。"阿累说,"医生说了,油大的东西对心脏弱的人是大忌,其实对身体好的人也一样。吃油大的东西会让血变浑，浑浊的血流到全身，渣滓会沉下来，就得了癌，得了麻痹症。"

阿累大概觉得光是自己说别人可能不信，还把报纸上剪下的"医疗问答"念给庆三和女儿们听。主要的内容是，饮食要低热量，要多吃蔬菜，少吃米饭，水果对健康有益。那篇"医疗问答"是某博士的回信——回答一个读者关于高血压的询问，阿累念的时候把高血压的部分跳过去了没念。

"你们看看牛马，只是吃草——稻草啊什么的，长得多结实啊。"阿累说，"对了，还有大象、河马也只是吃草对吧？你们看到过全身麻痹的大象吗？"

庆三没停下手上的活儿，只是没表情地点了点头，阿蕗仍然是白天上班，回来兼职干活儿。她强忍着没打哈欠。

又过了三年，阿蕗死了，阿累也死了。阿蕗和大姐阿春一样也是肺结核，她得的是凶猛的烈性肺结核，在家里疗养了两个月后，可怜地死了。阿累也得了肺结核，听说她的肺、肠和淋巴腺都被感染，被发现的时候已经没法治了。这么写下去好像很简单，事实也的确很单纯。悲剧似乎是从长女阿春的死开始，但这只是表现在表面的现象，真正的原因恐怕要从庆三和阿累结婚时寻找。所有的生物从出生的同时就朝死亡接近，请原谅我说这种轻佻的歪理。从结婚开始，盐山家就由阿累管家。她不是靠心计或暴力管家的，她是自然而然成了一家之主。勤快、朴素、温和、节俭的家风就是从那时定下的。从长女阿春到阿累自己的死，这种家风就像标准时钟一样准确地转动，正确地报出时间。其中并无浪漫，也没幽默，甚至没有人情味。

"我没准儿错了。"临死时阿累对丈夫这么说，"我一直就相信一天存一元，就能带来一家的兴旺，没有存款的家庭没有希望。"

"那样的广告现在还贴在那儿呢。"庆三安慰着阿累，"报纸上有号召存钱的广告，大人物也发表过类似的讲话，你没有错。没事的，放心吧。"

"就算我做错了什么……"阿累说，"我也是人哪，也不是什么都知道。"

"你干得很好，没做错什么，不要紧的。"

阿累好像没听见丈夫说的话。一直到要死的瞬间，她的意识还很清楚。证据就是，她直到那时仍然全身干干净净的，她脑子里好像一直惦记着袜子、木碗、一次性筷子和其他器物的洗涮、放置。

"嗨，她真是个好老婆。"守灵时，庆三对聚集来的邻居们说，"从没想吃什么好吃的，也没想要什么漂亮衣服。和我在一起，从来没说过想看一回戏。就那么一直不停地干活儿，节俭、省钱。"

"我这么说，你们以为是开玩笑。"庆三对大家笑着说，"我在想，那个家伙把自己的命都节俭没了。"

没有季节的街

丹波老人

有人说丹波老人的年纪已六十二三，也有人说才五十有余，还有人说他都七十了。丹波本人温和地笑着说，他自己也不知道多大岁数，好像忘了，说完就把话岔到了一边去。他的名字也只有大家喊的丹波，到底是姓还是绰号，大家也不知道。他在户口上是怎么登记的？——在这儿没人关心这个问题。丹波老人是这么个人，住在这儿的人们都要求他帮忙呢，所以根本没有怀疑他到底是什么人的必要。当遇到什么麻烦事的时候，伤心的时候，有什么困苦的时候，生气的时候，高兴的时候，还有因此不知如何是好的时候，大家都去找丹波老人。

寒藤清乡先生也几次去过丹波老人家，有事找他商量。就连信耶稣的斋田先生，也悄悄去找丹波老人请教过呢。

没人记得丹波老人是从什么时候开始来这儿住的，打父辈就住在这儿卖红薯的惣家也想不起来。老惣想起了一件事，他说那是八年还是九年前，在长屋西头两间屋里，住着一个脾气暴躁、人称熊蜂阿吉的人。他有老婆和两个孩子，据说当时在干零工，原来是矿工。他喝醉了就大吵大闹，谁也管不了。他有一把日本刀，刀把上缠着白布，刀刃有缺口。熊蜂阿吉经常炫耀自己在矿上打架时的事，一个人和十几个人对砍，他砍了好几个人。那个阿吉搬到这里过了大概一年，一天喝醉了大闹，拿着那把日本刀追着老婆孩子喊："我宰了你们！"老婆孩子都已习惯，拔腿就跑。阿吉暴跳如雷，拿刀往格子门柱上砍，嘴里骂着："这些畜生！不要脸的家伙！"用浑身的力气猛砍。谁也拉不住，不管他的日本刀有多破，抽出来也挺吓人的。在远处看热闹的脸都吓白了，一群老人和女人吓得腿发软，想跑也跑不动。

就这样没人管的话不知道会出什么事，大家商量着要去叫警察。

"就在这时，丹波来了。"老惣说，"周围的人都在远远地看热闹，大家脸上的表情好像马上就要死了一般，就像暴风雨敲打旧门窗一样咔嗒咔嗒地发抖。就在这时，丹波用慢悠悠的脚步朝那家伙走了过去，一点儿没害怕，嘿，我亲眼看见的。说真的，我真怕他被那家伙砍了。"

丹波没事儿人一样走到阿吉身旁，跟他说了些什么。远处看热闹的人一个个背心发凉，就像已经看见老人被一刀劈了一样，女人们闭上眼睛，互相抱着头靠在对方的肩上。可是这事并没有发生。听了丹波老人的话，阿吉举刀的手耷拉下来，只见他说了两句什么，拎着刀转身进屋去了。就这么简单，屋里什么动静也没有，没见有胡闹的声音。丹波老人脸上露出温和的笑容，回到人群里说了声——"没事了"，然后就离开了。

大家像看见奇迹发生一样议论纷纷，有的说他是剑术名人，有的说他施了催眠术，还有人打听，他到底是什么人？有两三个人应答道：那不是丹波吗？不知道啊？他在这儿住很久了，这样的好人实在少见哪。你真的不知道吗？

他们问卖红薯的老惣，大概都知道老惣从父亲一代就住在这儿。但从那时，老惣才知道了有丹波老人这么个人。

到底是怎么回事？他如何能把那个谁都不服、醉了酒暴跳如雷的阿吉弄得服服帖帖？就说了那么两句话，阿吉怎么一下子就老实了呢？老惣怎么也不明白。

"有一回，我趁阿吉没喝酒的时候问他，那回丹波到底跟你说什么了？啊？"

老惣说："你猜怎么着？阿吉那家伙抠着脑袋说，'说起来真没面子，我干了傻事，真对不住大伙儿。'接着把事情经过说了。"

据阿吉说，丹波老人走到他身边，说我来帮你砍好不好？阿吉回头一看，原来是个怪老头儿，就问你要干嘛？他又说了一遍，我帮你砍怎么样？说着手指着门框又说了一句，一个人砍太累了吧？

"我一下子蒙了。"阿吉跟老惣说了实话，"你听听，我来帮你砍怎么样？我又不是在干什么活儿。丹波老人笑眯眯的，听听，这事儿还有帮忙的吗？我能说那就拜托了吗？我看看手上的刀和被砍得破破烂烂的门框，一下子泄了气，脸上挺挂不住的。没法子只好进屋，那天我赌气睡了一整天。"

老惣说这话的时候，似乎把自己当成了熊蜂阿吉本人，非常投入，无论是手舞足蹈的样子，还是表情、语言，都在尽可能逼真地还原当时的情景。

丹波老人说他是雕金师，年轻的时候，擅长雕烟盒的扣件、烟嘴儿、簪子什么的，一度名声大振。而今用这些东西的人很少，只好做些高级化妆盒、和服腰带扣、簪子或吊坠。几乎没人找他雕制东西，他只是在高兴的时候做做，然后拿到过去熟悉的店里寄售，卖了之后再拿钱。

"嗨，我一个无依无靠的孤老头儿，又到这个岁数了，已经没有什么欲望了。"丹波老人说，"我现在也就是混吃等死了。"

在长屋里，有几家把屋里打扫得干干净净，其中丹波老人算第一。推拉门开合滑顺，护墙板从不沾泥，狭窄的玄关土地上没有灰尘，鞋尖总是一溜儿朝门口。他用煤油炉子做饭，厨房里没有烟灰，榻榻米旧了却没有翻起棉花毛，表面也没有划伤的痕迹，让人感到惊讶。门口两榻榻米大小的房间和里面六榻榻米的房间都收拾得整整齐齐，看不到一丁点儿多余的东西。屋里有一个茶柜、一个矮脚饭桌，还有一张结结实实的工作台、一个可放工具和材料带抽屉的箱子。这些家具，总是放在固定的位置，让人觉得像是根据房间定做的一样分厘不差。屋里没有火盆。早晨起来丹波老人就往大陶器壶里装点儿茶叶，再灌一大壶开水，整天就喝这壶水。要是有客人来也会另外泡茶，不过一般用同样的茶叶待客。

"实在弄不明白。"阿渡说，"泡了那么久的茶，看丹波喝起来那么香，我口水都快流出来了，真的。"

老人往小小的茶盅里倒一点儿茶水，两手郑重其事地托起茶盅，噘起嘴唇，慢慢地凑近茶盅，煞有介事地啜饮起来。

他从来不会招待客人吃饭，不知道他吃些什么，好像他每天只吃早晚两顿饭。他穿着有细条纹的棉布和服，拆洗好像是拿到外边去。他穿得很利索，衣服总是干干净净的，冬天也不会穿厚布袜子。

丹波老人家里有白天的客人和晚上的客人，白天来的客人大都是来请教各种问题的，晚上的客人几乎都是咨询金钱问题——其实说穿了就是来借钱的。在这个"街区"能借出钱的只有老人一家，而且，好像只要说想借钱都不会遭到拒绝。之所以说好像，是因为从老人那里借到钱的人，绝对不会告诉别人。老人当然不会说，借钱的人也不跟别人多嘴，老人叮嘱过："不要对别人说啊。"

"让别人知道了很麻烦的。"丹波老人和和气气地说，"我借给了你，就不能不借给其他人。我也不是总有钱往外借……"

接着，他会诚恳地再添一句："你不用着急还，要是实在还不起不还也行。"不管什么时候，不管对谁，他都这么说。有一回，一个女人来找老人，求老人不要借钱给她男人宿六。那女人说，她男人借到钱就喝得烂醉，也不出去干活儿。当时丹波老人并不承认，说他从不借钱给人。

"我不借钱给别人。"丹波老人微笑着说着宽心话，"男人哪，有时候会碰到连自己的老婆都不能说的烦心事。带着老婆要在这种混乱的社会混，真是不容易，实在不容易啊。"

"这个我懂，可是他不出去干活儿，家里的人会饿死的。"

"那倒是，要是那样的话……"丹波老人对那个女人表示同情后，用温和的口气缓缓地说，"有个事你想想。对了，这是很久以前的事了。听说有个木匠或是做家具的匠人，有老婆孩子，还有妈……

"那个匠人学坏了，也不去找活儿干，家里的东西能卖的卖了、能当的当了，整天泡在酒里。没法子，他老婆就想去干活儿，可是他妈不让她去。

"只有男人干活儿，才是一家人。男人整天喝酒，女人去挣钱养家的话，那这一家就和毁了一样。"丹波老人稍稍晃了一下头，接着说，"与其这样，还不如干脆全家齐齐整整地饿死算了。"

那女人把这话告诉自己的男人，说你再不干活儿，就是想把老婆孩子饿死。

"我说的是故事，真的假的也不知道。"老人说，"没有哪个男人会看着老婆饿死。什么事都得试试看，你是不是也试一下？没人会这么一直喝下去的……"

那个女人再也没去过丹波老人家。再也没人说她家男人在丹波老人那儿借钱。

下边是这个"街区"的传说,也不知道是真是假。好像在《今昔物语》[1]抑或《古今著闻集》[2]里有相近的故事。既然这里的住民都这么说,我就在这儿说说,以期读者指正。很久以前,丹波老人家里进了小偷,可能小偷在哪儿听说丹波老人家里有钱,有人说小偷是受一段姓人的挑唆。

段姓人是单身,在丹波老人家旁边住过半年。他经常到老人家赖着不走,好像老人也拿他没办法。段没什么工作,却也没看出来穷困潦倒。一日三餐都去中通大街的食堂。有那么几次,他还买糖回来分给附近的小孩子们。

"我啊,就喜欢这么与人聊天。"段姓人说,"聊天可真好,你说是不是?丹波。"

其实根本算不上聊天。基本上是姓段的一个人说个没完,而他的话九成明显是假话。老人要是高兴也罢了,可丹波老人是个寡言少语的人,比如住在小房子的阿平到他家来,有时候就那么面对面坐半天,什么话也不说。这也可能是因为——阿平的性格世上少有,他就是不爱说话。所以,段姓到来,丹波老人并不高兴。老人表面上没有流露出来,大概段姓人也已觉察出来。

过了不久,他便很少再去老人家,后来搬到别的地方去了。

---

1 《今昔物语》:成书于十二世纪前期的日本故事集,收有一千余个故事。
2 《古今著闻集》:成书于十三世纪的日本故事集,收有约七百个故事。

姓段的搬走没几天，丹波家就进小偷了。老人家不锁门，窗上的防雨门要关，但是不上锁，就算小偷是新手也能方便地钻进屋里。小偷看到屋里整整齐齐，大概吓了一跳。看见带抽屉的箱子，误以为是装钱的，抱着箱子就要跑。这时老人睁开了眼睛，他大概一直在看着小偷的动作，这时才说话。

"嘿，你拿错了。"老人压低了声音对小偷说，"那是装工具的箱子，钱在这儿。"

小偷停住脚步回头看着。丹波老人压低的声音和窃窃私语的态度好像留住了他，不过他还是准备逃跑，做出吓人的样子问："怎么了？"

"我拿给你，没多少。"丹波老人还是压低声音，小声说道。他慢慢起身打开橱柜，拿出钱包。钱包是皮的，磨得很旧。老人拿着钱包，看也没看就递给了小偷。

"我的钱都在里边了。"老人说，"要是没钱用了，就再来。我会攒点儿。"

听说他还补了一句——下回从门进来。小偷接过钱包，把工具箱放下就跑了。

这件事谁也不知道。过了半年还是一年，据说那个小偷被抓住了。一天，警察带着他去丹波老人家勘验现场，小偷供述了他在这里遇上的一切。

"没有的事，肯定是弄错了。"丹波老人回答警察的问话时这么说，"这儿是穷人住的长屋，谁家会有小偷进啊？

我家绝对没出那种事。"

"这么说来,这个人晚上没进过你家也没偷钱喽?"

"哎,就是。"丹波老人对警察微笑着说,"我家里没有一样值得偷的东西。那个人是不是做了梦啊?"

丹波老人跟警察有这般对话,外人才知道他和小偷的事情。这儿的住户都议论说,这事的确只有丹波老人能做出来。就因为老人的几句话,小偷的罪刑就减轻一等。

"肯定是那个姓段的小子教唆的。"一个男的说,"那家伙经常到丹波老人家里去,赖下就不走。他又住在隔壁,肯定是他告诉小偷说丹波家有钱。"

"那个姓段的是个不可信的家伙。"另一个男人说,"那家伙常常吹嘘自己用一千两百元的钞票擤鼻涕[1]。"

有人表示赞成:就是就是。可是,好像没人听懂这个老笑话,说笑话的也觉得没趣。

买卖旧货的小田泷三刚搬到这儿没多久,有一天喝醉了,去了丹波老人家,气冲冲地说要把同行某某杀了。一问他为什么,他说一个好生意被同行抢去了。一人家有很多废品,有空罐头盒、洋酒瓶、啤酒瓶、杂志、报纸、破衣服等,多得去一次都运不完。那家一个月会扔两回,也不要钱,因为是—— 请帮忙收拾一下,反而还要倒给一点儿钱。

---

[1] 日元从来没有一千两百元面额的纸币。

"真少见哪。"丹波老人说,"是个挺有钱的人家吧?"

"还真不是。他家的房子是租的,围墙什么的也坏了。听说有些酒馆的账还没结呢,他们的邻居这么说的。"

这家人好像是一对中年夫妇,男人常喝酒,经常有客人来,一喝就从早喝到晚,还大声地高谈阔论或唱歌。有一回——说到这儿,小田泷三又把话头转到自己生气的事情上。

"这么个扔东西倒给钱的好生意,真的很难碰上。可这个好生意却被抢走了,他还说是因为我自己傻,糊里糊涂才被人抢走的。"

"社会上真有这样的人。"丹波老人说,"自己做了坏事,反倒说别人的坏话。他这么说等于宣传自己做了坏事嘛。六七年前吧,有个老头儿到我这儿来,说他想死,实在是不想活了。"

那个老头儿七十几岁,没有亲戚也没有老婆,过去是一个生意有相当规模的商家老板,现在在夜店卖玩具。他身体算是结实的,可是早晨起来做早饭,想起又要干每天枯燥重复的事情,一下子就泄了劲儿,有时他会在小炉子前发呆,一蹲就是半个钟头。他吃什么都不香,也没什么特别想吃的。唯一的乐趣就是去喝一杯女招待倒的酒。可是最近,就是从远处看见女孩子,心里都觉着不舒服。特别是去澡堂洗澡的时候,看到自己的身子更是有说不出的难受。不是因为自己的身子又瘦又干、全是皱褶,而是看到自己的身体就感到厌恶，觉得莫名的丑陋。

"他说了那么多，就想干脆利落地去死，让自己从这个世界上消失掉。"丹波老人说，"听他这么说，我从茶柜的抽屉里拿出一小包药面儿，准备加到雕刻金子里的药——外面一般没有卖的剧毒药。我告诉他喝了这个一个钟头就会死掉，没有任何痛苦，你要是真想死就把这个喝了，我往茶壶里倒上水递给了他。"

那个老头儿接过药道了谢就把药喝了。看他那么痛快，我不禁暗暗吃惊。老头儿喝了药，渐渐安静了下来，我问他什么他就说什么，开始说出他的身世。他曾经在一个叫桧物町的地方开和服店，一直到这次战争爆发。他有妻子和两个儿子，雇了五个店员，还有女用人，在当地是个有头有脸的人物。战争爆发后，政府实行企业管制，他关了和服店，在管国民服[1]和丝线的合作社当负责人。那时他和军阀系统的人关系好，生意做得十分红火，挣了很多钱，且包养了两个女人，过着好似统领天下一般奢侈的生活。可是昭和十八年[2]的冬天，他的长子收到征兵令和别人的老婆私奔，后在热海跳水殉情死了。从那时起他开始倒霉，在此之前，他的二儿子被招去当兵，在中国大陆战死。再后来美国飞机空袭，他的买卖被烧得一干二净，他变得身

---

1 国民服：二战中日本男子必穿的近似军服的土黄色服装。
2 即1943年。

无分文。战败前四五天,他老婆亦因营养不良死了。老头儿说:

"到现在,我每天晚上还要和死去的老婆、包养的两个女人说说话。"

那个老头儿最后说,老婆和两个儿子以及另外两个女人,就像还活着一样,一起说着、笑着。

奇怪的是,老婆和那两个女人对他都很好,一点儿都不恨他。跟别人的老婆殉情身亡的长子,竟也在父子的聊天中剖明了事情的经过。显然,那种关系十分自然,没有给谁造成麻烦。晚上和故人聊天完全是现实的,能感到那是实实在在的。

"我跟他说了,只要是活着……"丹波老人微笑着说,"要么换个说法,只要你还活着,那几个人也就活着。这样的事情太多。"

"那个老头儿点着头,就像在说——原来如此。他想了一会儿,然后好像很着急地问:刚才我吃的药是不是过一个钟头就发作了?我说,对,再过十分钟就应该出效果。那个老头儿又想了一会儿,脸色渐渐变难看了,死死盯着自己的手问我,那就不能挽回了吗?"

"我回答说非也,只要是药有药效,就有相反性质的解药。比如有治拉肚子的药,就有通便的药。有中和胃酸的药,就有相反的能提高胃酸的药。还有……"

"说到这儿,老头儿拦住我的话,着急地问:'刚才的毒药也有解药吗？'"

"我说，当然了，有毒药就有解毒药。但是想不起来手头到底还有没有了。听我这一说，那个老头儿一下子扑过来，那架势也太猛了，我以为要被他掐死了呢。"丹波老人一只手按住自己的脖子说，"那个老头儿用凄厉的声音喊：快，快把解药拿出来！不然的话，我告你杀人罪。这可不是假话，那老头儿真是这么喊的。"

丹波老人装出很难很难找到的样子，让老头儿充分体会到濒临死亡的恐怖，然后把解毒药给了那个老头儿。其实给他的药一种是解热剂，另一种是胃肠药，不用说，那老头儿一点事儿没有，自己回家了。

"你这不叫杀人。"小田泷三笑了，"跑来求人，说自己想死，却又喊杀人了，也太不像话了。人哪，一旦要死的时候，就装不下去了。"

不一会儿，小田泷三回去了，刚才怒气冲冲要把同行杀了的话，好像已经忘了。

过了几天，小田泷三和寒藤清乡说起那天的事，感叹着说："丹波真是会收拾人哪。"

"那天我是真想把那个同行杀了，当然实际上能杀不能杀我也没把握。但我真是那么想的。"小田泷三说，"我第二个孩子出生没多久，生意也是刚上路，心想要是这么干下去真格有希望。可就这个时候，好生意被人抢跑了，还让人骂是傻瓜。这对我们挣一天过一天的人来说是生死大事呢。"

"六七年前,这儿没有那样的老头儿啊。"寒藤清乡先生说,"我不记得有那么个老头儿,他是讲故事呢。"

"后来我也这么想。什么无论如何都想死啦,什么喝了过一个钟头就死的毒药啦,听着听着我的火就下去了。"

"因为开水变成温水了。"寒藤清乡先生笑着说,"你呀,就像故事里的老头儿一样,也喝了一剂毒药啊。"

"托丹波老人的福,我才没干傻事。"

一天,曾根隆助来找丹波老人,问他自己的老婆和别的男人好了该怎么办?曾根是打零工的泥瓦匠,三十八岁,有老婆和五个孩子。他老婆被这里的女人起了个外号叫妖婆,长得像螳螂一样,又黑又瘦,额头窄窄的,发际很高,额下老鹰一样的眼睛闪着光。她的颧骨突出,发紫的嘴唇总是紧闭着,就像合起来的蚌壳。她三十五岁,不过没人信,大部分人说她有四十五六岁,甚至还有人断定她年近五十。

她叫阿琴,可是名字和人真对不上号。她只有发牢骚、生气和给自己辩解的时候才开口说话。除此之外,早晚见人不打招呼,别人招呼她也不应。不过,她好像和男人投缘,不管老年人还是年轻人,只要看到男的就关心备至,据说她一看到男人,眼神都变了。

阿琴经常被附近的女人拿来和做刷子家的女人阿操相提并论。这两个女人身材差不多,长相也相近,连喜欢男人这点也一样。

"还是做刷子家的女人要好点儿。"附近的女人这么议论,"阿琴是个妖婆,做刷子家的至少还会笑,也会与人来往。"

阿琴就被附近的女人们讨厌成这样。

虽说阿琴对男人特别关心,抱有极大的兴趣,但她的长相和脾气就像她的外号妖婆,应该很难传出什么男女风流韵事。和做刷子家的女人善于此道不同,阿琴在此之前很规矩,没出过丑事。她的五个孩子也绝对是曾根隆助的孩子——那能证明吗?我的回答是:有这方面好奇心的人,请你们直接见见阿琴。她现在又怀孕了,毫无疑问那也是曾根隆助的。

这么个阿琴,居然在外边有了男人。据曾根隆助说,那个男的是在二楼租住一间房的阿孝,二十二岁的小伙子。他白天在搬运店干活儿,晚上去高中夜校上课。二十二岁了还去高中夜校上课,好学精神也够旺盛的了。阿孝看上去很老实,别人和他打招呼他还会害羞地脸红。

"我说的是真的。"曾根隆助说,"好像是上个月末,早上天还没亮的时候,看见阿琴这家伙从楼上下来。我吓了一跳。她就穿着睡衣,腰上拴了根细带。"

曾根隆助问她是怎么回事,她跟没事人一样应答着:"哎呀,你起来了?阿孝不起来,我喊他起床。"

"当时我觉得是这么回事。那个年轻人每天六点钟去上班，不对，是为了上班，六点钟出门，要是晚了可不行。所以我想原来是这样。"

有了几次这样的事以后，可能阿琴觉得已经把自己的男人糊弄过去了，前天半夜，她悄悄地起身，上二楼去了。

"我看到她起身，还以为她去叫那个年轻人起床，觉得租房给人，老婆挺受累的，然后就开始迷迷糊糊的了。"曾根隆助眯起眼睛，做出迷迷糊糊的样子，接着猛地睁开眼睛，"我开始迷迷糊糊的，忽地一下子明白过来，现在不是早上还是半夜呢。我前天干活到很晚，太累了，八点就睡了，连孩子要睡觉的吵闹都没听见。大概是因为阿琴起来了才醒的，那时正好听见打一点的钟声。"

他起来看看钟，六角形旧钟的指针指在一点十五分，回头看阿琴没在被窝里，他才意识到这不是做梦。

"我一下子就清醒了，再也睡不着了。"曾根隆助说，"这心情真是太厉害了，我觉得有什么东西老是往上冒到喉咙，肋骨里边像被火烧一样。"

钟打三点后，阿琴从楼上下来了。她下楼时蹑手蹑脚的，谨慎小心，然后脚步声变大，进了厕所，回来一进被窝，大大地打了一个哈欠就睡着了。

"我一直到早上，一点儿没睡，你可能觉得奇怪，我觉得阿琴那家伙挺可怜的。说起来不好意思，当时我真的想抱着她一起哭一场。那种心情真的很古怪，可的确是真的。"

曾根隆助说，屋外渐渐亮了，他好像才睡着。睡得正香的时候，他的鼻梁就像被敲打一样，阿琴尖厉的声音把他叫起来了。他说得没一点儿夸张，就像用巴掌拍打鼻梁一样。阿琴喊着：要睡到什么时候啊？还上不上班了？

"听到她的声音，我一肚子气。"曾根隆助说，"我想把昨晚的事说出来，揍她一顿。可是，一想到还有五个孩子，把她揍一顿倒是没啥，要是把昨晚的事说了出来，孩子们该怎么想？我的话都到嗓子眼儿了，又被我咽回去了。说起来真窝囊，我啥也没说就起来了。"

曾根隆助昨天没去干活儿，今天也没去。他感觉身上的骨头散开了，肠子也化了，一点儿不想动。

"这不，我不知道该怎么办，才到你这儿来的。"

"好像你说你的老婆肚子大了？"

曾根隆助答应了一声："哎。"像自己怀孕了一样，缩着脖子，手挠着头。

"不管是财主还是穷人，不管有没有知识，"丹波老人说，"只要是人，都会有犯这种错误的时候。男人也好，女人也好，都有可能管不住自己的血肉之躯。你说是不是？隆助。好啦——就这么个理，你好好想想吧。"

丹波老人伸手往两只茶杯里倒上茶，一只递给曾根隆助，然后小口喝着自己那杯茶。

那天晚上，曾根隆助家的二楼出了这么个事。快到半夜两点的时候，二楼的灯突然亮了，这下把阿琴和阿孝吓坏了。两人回头一看，原来是曾根隆助的手放在电灯开关上，低头看着他们两个。

"没什么好惊讶的，阿孝。"曾根隆助开口了，"开着灯亮堂点儿，更有情趣吧？你们别着急，慢慢的。我说你，是不是特别喜欢我们阿琴哪？阿孝，我干脆把她送给你了吧。"

阿琴和阿孝一动不动。也许是在明亮的灯光下，根本没法动。曾根隆助看出来了，阿孝在发抖。

"我把阿琴给你了。"曾根隆助接着说，"还有五个孩子，再加上阿琴肚子里的那个。懂了吧？我想说的就是这些。好了，你们两个慢慢地继续吧。"

曾根隆助让灯开着，自己下楼去了。

阿琴有妖婆这个外号可以说名实皆具，带着五个孩子，肚子里还有一个，二十一二岁的阿孝怎么会痛痛快快地要这么个女人呢？不对，即便是四五十岁的男人，恐怕也未必有这么大的胆子。果然，阿孝逃跑了。阿琴哭着跟丈夫认错，不怎么浪漫的浪漫史到此闭幕。

"嗯，成功了。"事件平息之后，曾根隆助对丹波老人说，"我说要把五个孩子和肚子里的全给他，这句话太管用了。阿孝连行李什么的都没拿就跑了。阿琴那家伙哭着对我说，为了五个孩子原谅我吧。哎呀，还是来找你来对了，那几句话太有效了。"

不知道阿琴这件事怎么解决的，反正后来她还像没事人儿一样，和长屋的女人们吵架、骂人。她和阿孝的事已无人不知，只有当事人阿琴像似做梦也没有想到，仍旧一幅懵懵懂懂的样子。于是，那些有嘴上功夫的女人也便没了施展的对象。

而今，我们的"街区"睡了。熊蜂阿吉不知搬到哪儿去了，很多得到过丹波老人帮助的人，在长屋各自的家里进入梦乡。可能其中有人能想起来，自己曾经得到过丹波老人的帮助，然后心存感激地叹息。多数人或已忘却，但大家知道长屋里有个丹波老人，有麻烦的时候可以去求他帮忙出出主意。有这么个人能让大伙儿感到有个依靠。

从后面围绕这个"街区"的是高高的崖壁，崖壁上有西愿寺，黑压压茂密的小树林，看着并无压迫感，令人感觉它拥抱着一溜长屋，注视着里面熟睡的人们。如果目光从黑压压的小树林往上看，整个天空星光闪烁，冷酷无情。星星不是在向人们悄声诉说爱意，而像是个旁观者面露嘲弄的神情。

就像在说："得了得了，趁着能睡的时候就睡吧。明天还要被人欺负、委屈哭泣呢。"

没有季节的街

后记

去年（昭和三十六年，即1961年），我结集出版了小说集《蓝色物语》，描写一个渔村的人以及那里发生的故事。这本《没有季节的街》可以说是城市的《蓝色物语》，两本书在内容上有很多共同之处。

在我国自不必说，在世界任何地方都一样，极端贫困的人群会聚集在一起形成自己的街区。不是有计划地形成，而是宛如被风卷起聚集形成的尘土堆一般。几乎没人知道这街区是何时、如何形成的。它是自然而成，无论从经济上还是从感情上来说，住在这儿的人一般不会和这个街区外的人来往。

住在这儿的人，在街区这个意义上会团结起来一致对外，每个个体则常常是孤独的，固守着琐碎的自尊心。琐碎出现在作品里比如——去邻家借一小撮盐。可以看出，这种行为大多数情况下是必要的，也有少数情况其实并不需要，只是为了拉近邻里关系。有时只是为了让对方享得优越感或仅仅表现吝啬。这都是常见常有的事。

我之所从这些人身上找到了与人最为接近的人性，是因为他们为了获得每日的口粮而忙碌，总是过着紧紧巴巴的日子。他们没有装腔作势的时间也没有那份金钱，他们只是活出实实在在的自己。当然，和过着富裕生活的人一样，他们也有虚荣心，也好面子，也会嫉妒说人坏话，也有贪欲。但他们的这些缺点很单纯并不致命，一眼就能看透，很多时候反而带来相反的结果。从那里，自然也可以看出人性的弱点和可悲之处。

在这样的"街区"居住的，可大致分为暂住者和永住者两部分人。在暂住的人里，有只能住在这等地方的人，也有一时不得意而屈居于此的。前者常常会成为永住者，后者则有不久将得以逃脱的可能性。为此，暂住者会与以前住在这里的人发生现实的、心理的、多种多样的冲突，虽然都是鸡毛蒜皮的小事，对于当事者双方，却是感人至深的悲喜剧。

我在《没有季节的街》中与他们再度面对面。作品里登场的人物、事件、情景等，不仅是我自己所见、所闻、实际接触过的，也可以说和《蓝色物语》一样，我对素材笔记做了总复习。

把这些笔记的内容写成小说再现出来，对作品中的每个人物，我都抱有无限的爱和亲切感。这些人都曾生活在我身边，他们的笑声、叹息声、愤怒声、抽泣声又一次回到我耳边。我尽量做到不歪曲，如实地写出来。

另外，作品中出现的都是过去的人物，但他们就在读者身边。我试图感同身受地叙述他们的失意、绝望、悲伤和自弃。

我想提请注意，"这里没有时间的限制，也没有地理上的限制"。就是说年代和场所都不是特定的。那么为什么要设定在这个"街区"呢？这是因为虽然年代和场所不一样，社会状态也不同，可是小说中登场的人物以及他们所经历的悲喜剧关联于现在,有着极其普遍的相似性。

　　　　　　　　　　山本周五郎
　　　　　　　　　（昭和三十七年十二月)

图书在版编目（CIP）数据

没有季节的街/(日)山本周五郎著;宋再新译.-上海：上海文艺出版社.2020
(山本周五郎文集/魏大海主编)

ISBN 978-7-5321-7503-1

Ⅰ.①没… Ⅱ.①山…②宋… Ⅲ.①短篇小说-小说集-日本-现代

Ⅳ.①I313.45

中国版本图书馆CIP数据核字(2020)第091385号

发 行 人：毕　胜
责任编辑：崔　莉
封面设计：陈奥林

书　　名：没有季节的街
作　　者：(日)山本周五郎
译　　者：宋再新
出　　版：上海世纪出版集团　　上海文艺出版社
地　　址：上海市绍兴路7号　200020
发　　行：上海文艺出版社发行中心
　　　　　上海市绍兴路50号　200020　www.ewen.co
印　　刷：杭州宏雅印刷有限公司
开　　本：787×1092　1/32
印　　张：10.25
字　　数：196,000
印　　次：2020年8月第1版　2020年8月第1次印刷
ＩＳＢＮ：978-7-5321-7503-1/Ｉ·5970
定　　价：248.00元（全六册）
告 读 者：如发现本书有质量问题请与印刷厂质量科联系　T:0571-88855633

雨过天晴

山本周五郎文集

［日］山本周五郎 著

谢志宇 译

上海文艺出版社
Shanghai Literature & Art Publishing House

悦阅
YUEYUE

无名花香 191

露水未干 227

目录

深川安乐亭 1

豫让 61

情与爱 97

雨过天晴 117

雪上霜 151

雨过天晴

深川安乐亭

一

那个客人第一次来店的当晚就说："我知道这里。"

那天晚上客人多，傍晚时分，与兵卫、定七、政次、由之助等年轻人聚集到这里。此外陪同的有"滩文"的小平，釜场的仙吉和源三也到场了。这安乐亭就像人们常说的"一不小心上了那个岛就再出不来了"。这里非熟客不能进入，那位客人进店时若被店里发觉，立刻就会请他出去。所幸店里人多混杂，谁都没注意到他。他坐在"コ"字形饭桌末端，默默地自斟自饮。当大家的谈话中断时，他突然说道："我知道这里。"说话声音特别大，大家都朝他望去，这才注意到那边坐着个陌生的客人。

离他最近的定七打量了一下，转过头看着老板几造。几造坐在饭桌对面，喝着酒正与"滩文"的小平说话，肯定也听到了那个客人说的话。但当定七用期待的眼光看着他时，几造只是摇了摇头，好像是说——"不用管他。"

那个客人第二次来时，天色尚早，几造的女儿阿满在店里碰见了他。当时阿满正对着烫酒锅下面扇火，看见有客人进来，她停下来站起身，边用手擦着汗边盯着客人。客人坐到同上次一样的角落里，跟阿满说了声"酒"。阿满依旧盯着客人。只见他从腰间掏出烟盒，熟练地用燧石打着了火，开始抽烟。

来客年龄像是四十到四十五岁之间，身体不胖不瘦不高不矮，脸盘消瘦，像似大病初愈，脸上胡子拉碴，一副干枯的土灰色，看上去极其疲倦，两眼昏暗浑浊无光。

"对不起。"阿满说，"本店不服务生客。"

"听说是的。"他说，可并没有起身的意思，只是默默地抽着烟。阿满钻过身后的门帘，走到里面，把有这么位客人的事情告诉了父亲。门帘这边是直角弯，有烧火做饭的厨房以及相对的两间房，那里是父女俩的起居室，一间四帖半榻榻米大小，一间六帖。几造的房间是六帖大小的，这会儿正和三个年轻人一起玩骰子赌博呢。

"上次来过的……"听了阿满的话，政次站起来，"肯定就是那小子。"

政次走出房间，急急忙忙地从门帘缝里看了看，然后马上折回来，向几造点头示意。

"怎么办？"政次问。

几造对阿满说："给他酒喝吧！"

"可……"政次说。他嘴角不停地抽搐着，牙齿都露出来了："老大！说不定是来卧底的！"

"你去冲冲头再来！"

由之助扑哧一笑。几造的对面坐着与兵卫、源三和仙吉，他们都装着与己无关的样子，只有由之助忍不住笑了起来。

"好笑吗？"政次看着由之助，他的嘴巴又不断地抽搐起来，"你肯定知道点儿什么！"

"来这地方的，不会有什么卧底！"几造说，"阿满，让他喝吧！"

接着继续玩骰子。

那个客人一直待到很晚。这一晚没别人来，定七也不在。那人默默地自斟自饮，看也不看其他人。八点前后吧，由之助拉着仙吉，又开始没完没了地说着什么。与兵卫独自喝酒，嘴里时不时唠叨两句，左手指像在捻符咒一样，横摸着自己的前额。突然他睁开眼，望向角落。

那客人低声笑着——倚靠在饭桌上，胳膊支撑着，额头外靠在手腕，双手高举着酒杯，"呵呵"地从喉咙里发出笑声。政次和源三都看着那边，几造转过头去看，由之助和仙吉这才注意到——马上发觉客人并非在笑而是在抽泣，大家交换了一个眼神。

他的确在哭泣！

那是一种非同寻常的、伤心欲绝的哭泣。在安乐亭这样的店里、在昏暗的饭桌里面的一个角落里，这么个一大把年纪的男人这样哭泣，这风景非同寻常，敲打着每个人的心。

"大叔！"政次招呼道，"那位大叔，怎么了？"

几造朝政次咳了一声，眼神示意别问。政次不再吭声，过了一会儿客人就走了。临走时客人往饭桌上扔下一些钱，说："大家多喝点吧！"

"那要不得！"几造摇头说，"请把钱拿回去。"

"没关系。"客人说，"我有钱。"

大家不吭声，目送客人。估计客人走过了桥，政次"呜嗯"地叹了口气。

"那把年纪那样哭……"政次说，"真是奇怪。人倒不像坏人。"

"多半是奶妈养大的。"由之助嘿嘿地笑着说，"不像是卧底。"

第三次来时，那个客人已经喝得醉醺醺。这次照例也是坐在老位子上，自斟自饮到晚上十点左右。临走前和第一次一样，自言自语。

"我知道那天的事。"他吐字不清地说，"这是什么店，我早就知道了。"

定七听到这话，转过头来，眯眼看着对方。

"你……真的知道吗？"定七问。

"我就住在这附近。"那个客人说，"五年前吧。我就在这附近。"

"那——又怎么样呢？"

"不怎么样。"他说着，醉眼四下望了望，"我喜欢这里。"

"这里不喜欢你呀！"

"你生气了吗？这位大哥……"

"喂！"定七低声地说道，"回去吧！"

那个客人诧异地看着定七，大舌头反问"什么叫回去吧"，定七又说了句"滚回去"。客人呆呆地看着他，过了一会儿，仿佛要冲过来似的问道："为什么？"

"为什么？我做什么坏事了吗？"那个客人说，"还是因为我在这里，你们不方便？"

定七站了起来，几造严厉地制止道："阿定！"

"这位客官，"几造对那个客人说道，"来喝酒没关系，但废话还是不说为好。"

客人顿时垂下了头。

"到这里，不看不听不说。"几造说，"过多的话我也不说了，做不到就不要再来了，明白吗？"

"我没事。"客人低着头答道，"当然明白！"

定七不声不响地坐下了。

打那以后客人每晚都来。自斟自饮，跟谁也不说话。酒劲儿上来时就自言自语，烂醉后发出尖叫或扑在饭桌上呜咽。有时嘴里反复说着——"完了。嗯！结束了！"，或是——"去死！去死吧！"

"到底是个什么人啊？"阿满说，"有时看上去很沉稳，有时看起来又很沮丧，完全摸不透。该有妻子儿女的吧？"

那晚"进货"，年轻人扎成一堆儿，却没有一个人接阿满的话。

"别管那些事。"父亲几造说，"和我们没什么关系！"

由之助又窃笑道："准是奶妈养大的。"其余人没有说话，根本不感兴趣似的默默饮酒，小声交谈。过了一会儿，里面传来钟响声，与兵卫说"九点了"，定七和政次起身站了起来。

"灯笼三次哟。"几造说。

"两次就回来。"与兵卫怪声怪气地说,"知道啦。"

几造说:"路上小心。"

三人从后门出去。几造吹灭后面的小灯笼,由之助和源三摇醒仙吉:

"喂,还睡呢。"

趴在饭桌上睡着了的仙吉一边应承一边摇头,好像梦呓似的说:

"我没睡!"

"都十九的大小伙子了。"由之助说,"哼!让人笑话!"

二

大伙儿都习惯了那个客人,忘记了他的存在。这个"岛"上的人只要与自己的事情无关,他人之事,一概不关心,对那个客人也是如此。起初有人带有疑惑和深深的戒备心,见过五六回就习惯了,渐渐地失去了兴趣,像是对待抛弃在路边的一粒小石子一样。

好久才又"进货"。第二天傍晚进了桶酒,还有小菜,"滩文"的小平来了。他一个人来的,嘴里不停地在劝说几造。几造边做小菜边答道:"看他们年轻人吧。"

"上次出了那件事,"几造说,"正太和安公死了,大家好像都图吉利了。"

"这次的货物没什么重量。"小平说,"每个人平均五两,共六个人。怎么样？老板。"

几造回答说："看他们年轻人吧。"小平却一个劲儿地纠缠几造。

"真烦人啦。"几造停下手里的活盯着小平，"做菜是我的爱好！我就这么一点爱好了。我做菜的时候别来打搅我。"

小平忙说："对不起，对不起。"赶紧闭上了嘴。

点灯后不久，那个客人就来了，照旧坐在老地方。不一会儿年轻人聚集，举杯畅饮。没看到与兵卫，几造一打听，定七说："去那种地方了吧。"小平打算找个年轻人说说，瞅空子搭话却没人搭理。

"咱们聊聊吧。"由之助对定七说，"上次说的好有意思，我就喜欢听那样的故事。听了那样的故事，就感觉自己也变得了不起。"

"肚子怎么样？讲故事也能填饱肚子吗？"

"讲什么都行。"由之助很有兴趣地说，"比如……为什么这个世上有将军呀乞丐呀？"

"讲个为什么有女人的故事，怎么样？"

"那不行。一说女人，你就骂人……"

"那随便吧……"定七说。

"我总在想，"由之助喝了一口酒看着定七，"你为什么老说女人坏话？我完全不能理解，你跟女人有仇吗？"

"嗯——"定七耸了耸肩，"女人都是畜生。令人作呕的污物！"

"或许吧。但这个世上若没有女人，人类不就绝种了吗？"由之助说，"你妈是女人，你才出生到这个世上，不对吗？"

"我妈另当别论。"

"你妈不是女人吗？"

"放屁！"定七说。他仿佛感到头晕似的，闭上眼，一只手抓住饭桌。"住嘴！"他嘶哑地说，"少说我妈的事！"

"不说了。"由之助掉过头去，往自己的酒杯里倒着酒叹口气说，"这就是所谓'母子'吧？"

"什么'母子'？"坐在左侧的政次问道："无尽讲[1]吗？"

"不是。是古代中国的故事。"由之助说，"从前，中国有一个诸侯国母国和一个诸侯国子国。有人让两国打仗，但实际上母国人和子国人是同属于一个国家的国民。"

"我还是不懂。"

"是这样。"由之助转过身来说，"就是母国的人看不起子国的人，子国的人也瞧不起母国的人，双方都说自己天下第一。这时有一个坏心眼的皇帝……皇帝你懂吗？就是住在皇宫里的、很厉害的人。他说：'你们比试吧。看谁是天下第一。'就命令两国交战。"讲到这里，他抬头朝上面看了看，然后说："嗯嗯，大概就是这样吧。"

"两国发生战争了吗？"

"怎么会呢，都是一个国家的国民。是这样……"由之

---

[1] 无尽讲：又称"赖母子讲"。原是镰仓时代的一种共济性民间金融组织。

助拉下身子,悄悄对政次说,"阿定这家伙刚才不是说女人都是畜生吗。我说如果这样,你妈妈应该也是畜生,他说这个另当别论。你说哪有这个道理。"

"这就是'母子'呀……两件事搅在一块儿,怪不得听不懂。"

这时与兵卫回来了。

大家在喝酒,没注意他抱着一个年轻人进来。死人一般瘫软的年轻人被他肩扛着进来的,穿过店内和泥地厨房径直入内。这一幕恰好被四帖半小屋里的阿满看见,招呼道——"怎么了?"

"哎。"与兵卫含糊其词地应道,"捡来的。"

"喝醉了……"

"好像昏过去了。"与兵卫抬了抬肩,"被人踩来踢去的,好可怜……"

阿满站起来走出房间。

"我去拿灯来。"阿满说,"第一个房间吧。"

几造从门帘缝窥问道:"什么事?"阿满说没事,随即拿了灯笼过去。隔着父女起居间和厨房,还并排有六帖大小的空房四间,皆对着泥地厨房,厨房通向后门。阿满手拿灯笼走到尽里的房间,只听见痛苦的呻吟声。

与兵卫让年轻人坐下,给他把衣服脱了。他全身是泥,头上脸上布满了已经凝结的血迹。阿满把灯笼放在那里,才看见年轻人脱得精光——年轻人肌肤光滑雪白。侧腹、肩膀和手腕上，青一块紫一块的。阿满并不感觉惊讶，反倒习以为常的样子。在与兵卫查看他有没有大伤时，年轻人发出了痛苦的呻吟。即便这样，阿满也没扭过头去。

"身体是打伤的……"阿满说，"这里的血是头上的。"

与兵卫应了一声："好像是……"。

阿满从小房间拿来父亲的衣服和腰带，往脸盆里倒了热水，又拿来毛巾、干布和治伤的药等等，并且说："剩下的我来。"与兵卫退到一旁，看着阿满上药包扎。过了一会儿，与兵卫说了句"那就麻烦你了"，随即走出房间，进到六帖的房间换了身干净衣服。

与兵卫走到店内，在饭桌前刚坐下，几造就问："发生了什么事？"

"像是个醉汉。"与兵卫说，"在仲町有个叫平野的小食店吧。"

"嗯，就是你说的'花店'。"定七插嘴说。

"在平野店里被人打了。"与兵卫接着说，"一大早就在那里喝。结果结账时一文也拿不出，说钱包被人偷了。"

"混蛋！"对面的仙吉骂道，"在私娼店里这样说，准会打个半死。"

"小孩子少插嘴。"由之助说，"所以你就把他带回来了？"

"说是没地方去……"

"没地方去吗？"政次说，"流氓吧？"

与兵卫说："好像是店里的伙计……"

定七被"滩文"的小平纠缠，一个劲儿地劝说——什么这批货不重呀，津贴平均每人五两呀，做得好还可以拿得更多呀，如此这般。定七只说"不想去"，末了，根本就不理他了。小平自讨没趣，说了句"再想想别的办法吧"，便起身站了起来。"没办法。问问越前堀吧……"小平故意大声说，"问问越前堀的德兵卫吧。"

大伙儿依旧冷淡，装作没听见。小平碰了一鼻子灰，支支吾吾地回去了。过了一会儿，突然听到"钱吗"的说话声，原来是那个坐在角落里、不知名的客人在说话。

"钱吗?"那个客人大声说，"我有钱!"

大伙儿都转过头朝那边看去，店里一时鸦雀无声。政次的嘴角照例不停地抽搐着，露出大牙；定七的眼睛则眯成一条线。他的眼睛像有层薄膜挡着似的显得浑浊，瞳孔不动，上眼皮垂落着。定七站起身来，几造叫了声"阿定"。几造瞪了政次和定七一眼，叫他们不要胡来。政次没起身；定七站了一会儿，然后慢慢地仿佛小心翼翼放下一个易碎品似的坐了下来。

"我是混蛋!"那个客人扑在饭桌上低声哭起来，"我是畜生! 我连畜生都不如!"

大伙儿把目光转向了别处。

阿满掀起门帘走进来对与兵卫说："那人睡着了。"与兵卫默默地点了点头。

"头上缠了纱布，脸上、下颚都上了药。"阿满说，"睡得很熟，没什么事了。"

阿满然后看了看坐在角落里、正抽泣的那个客人，说了声："他好像名叫富次郎。"

三

第二天下午两点前后，两个男子站在吉永町护城河畔眺望"岛"。一大早就是烦闷的阴天，天空被灰色云团笼罩，纹丝不动，刺骨的寒风搅动着河水上下翻滚。这一带已接近深川街尾端，穿过吉永町那些简陋破屋，往东走全是荒地、芦苇和沼泽，从砂村新田一直延续到中川。

两人中一个是吉永町的更夫，老人名叫胜兵卫；另一位四十出头，一眼就看得出像是定期巡查的官吏。他个子不高但强壮有力，刮得干净的脸上呈黄褐色，配上小巧机灵的眼睛和紧闭成"一"字形的薄嘴唇，这一切都表明他冷酷、做事干净彻底的性格。男子胳膊交叉抱在胸前，单手摸着肉墩墩的下巴，不看着老人，径直说道："这边是松平家吧？"河对岸，左边是松平大膳家，右边黑田丰后家，都建在自己的土地上，都修建有围墙，看不见房屋。夹在这两座房屋当中的，就是那座"岛"。

"是的。"胜兵卫回答道，"那边是松平家，这边是黑田家。"

"里面是怎样的？房子里有人吗？"

"里面是什么样的，不太清楚。不过，两家都有看家的人。"

那座"岛"是名副其实的岛。虽然左右两边的住宅看似一样，但"岛"的四周修有护城河，只架有一座小桥通往吉永町，此外别无任何通道。这一带沟渠纵横，往南就到了木场。

"真是个不错的立脚点啊！像特意修好的地方。"男子自言自语道，"不管是从中川来的货，还是从这里发的货，都可以走护城河，旁人也看不到。嗯！的确是不错的地方。"

"是啊。"胜兵卫勉强笑着回答，侧面看着男子。男子一直盯着"岛"。过了桥，看得见一小块空地和一栋低矮的老屋，在老屋的后面有一间木板葺屋顶的小屋。前面的房子左右两边都是格子式窗户，能看见出入门的蜡帘上写着"安乐亭"字样。在约三百坪的土地上只有这两栋建筑物，剩下就是杂草丛生的空地，堆放着斑驳陆离的破船、丢弃的空酒桶，像晾晒场一样一副荒凉景象。

"那就是安乐亭啊。"男子说道，"好！带我去吧。"

胜兵卫嘴里说着"这……"，随即晃动着身子，摇了摇自己已经花白的脑袋。

"怎么？你不愿意带我去？"

"就这样看看行不？"老人说，"那地方不让进去的……"

"有什么事情，也不许吗……"

"嗯。"说着，胜兵卫垂下了头。这时从安乐亭走出了一个姑娘，来收晒干的衣服。她穿的和服虽不起眼，但卷起的和服下摆处露出了贴身围腰，上身套着艳丽夺目活力四射的鲜红绑带，与那荒凉的景致很不谐调。

"那是安乐亭的女儿吧？"

"是。"老人回答道，"叫阿满，是家里的独生女儿。"

男子看了看女人，说了声"好吧"，对胜兵卫点了点头，然后独自一人慢慢地走上了桥。

阿满收下晒干的衣物正往家走，身后的男子也不声不响地跟了进去。这种走起来不带声响的走法极富特点，仿佛穿的是皮屐一样，几乎听不到脚步声。男子站在店里的泥地上环顾四周。格子窗射进来的光线把店里分出明暗，"コ"字形的饭桌、墙壁和柱子，就连泥地里踩得僵硬的泥土，也带有喝完酒、吃过食物后留下的酸腐味。

"喂！"男子叫道，"屋里有人吗？"

男子等了一会儿。里面传来说话声和笑声。男子又叫了一次。

里面说话的声音停住了。接着，阿满透过门帘缝向外看了看。男子从怀里拿出巡捕房的捕棍给阿满看，然后说："把你们掌柜的叫出来！"阿满好似见到什么稀奇物，看了看男子和手里的捕棍，说"请你等一下"便转身入内。

男子走向饭桌跟前，坐下，把捕棍"砰"的一声放在饭桌上。不一会儿，几造掀开门帘进来，站在对面。他只有四十七岁，看上去要老得多。身上肉多，可脸上满是皱纹。

"你就是几造吗?"男子动了动下巴,"告诉里面的人都不要动!"

"老爷!"几造招呼道。

"叫他们不要动!"男子说。

"不用担心。"几造老实地说,"没有我的许可,他们绝不会出来的。可是老爷您——"

男子用下巴示意几造坐下。几造隔着饭桌在对面坐下。他满脸疑惑,不安地看着男子。

"我是八丁堀的冈岛。"

"我知道老爷您!"几造说,"您到这里来真的不好,近藤老爷很清楚这个的。"

"好像是的。"男子说,"这里,八丁堀手插不进来。无论什么官吏,没有一个人来过,但那是以前的事了。从现在开始不能这样了。"

"近藤老爷知道这件事吗?"

"近藤什么的放一边去。他现在已是城防的人了。"冈岛一只胳膊肘撑在饭桌上,嘲弄地看着几造,"那家伙脑瓜子灵,又有很多来钱的路子,所以那家伙升职很快,一溜烟似的……"他用那只撑着胳膊的手掌做了个动作,"那家伙年龄比我小却当了警长,这次又调到城防局去了。可我呢!我不愿意老是这个样子啊。"

几造转过头来叫了声"阿满"。阿满从门帘缝看过来,几造迅速对她使了个颜色。

"喂，几造，"冈岛说，"近藤晓得些什么？那家伙知道些什么？"

几造沉默了一会儿，接着说："知道这里年轻人的事。"冈岛把胳膊撑着的手一下平放在饭桌上，"嗯"了一声。

"知道他们的事情……"冈岛用手指敲着饭桌，"前不久，就在这附近，收拾了两个人。"

几造低下了头。

"两个人都死了。因为他们反抗。那帮家伙骨子里都是歹徒。"

"不是歹徒，是野兽！"

"野兽？"冈岛看着几造。

"那些家伙不能说是人类。当然，四肢健全，看起来与其他人没有区别。但他们想的、做的和畜生一样。"几造说，"随便举出一两件事都行。那些家伙明明干的是坏事，却满不在乎。干了任何坏事，都绝不认为自己干的是坏事。而且与父母管教不严啦、周围人唆使啦、食不果腹生活所迫啦无关，生性使然。"

几造说假如是生长环境之类的原因，改变还是有可能的。但他们无望。他们生来缺乏自控力，没有克制冲动的能力。既不想工作也没有工作的能力，极度的自我中心使他们无法与他人和睦相处。阿满端来酒菜，放在冈岛的面前就出去了。几造拿起酒壶，说了声以酒代茶，冈岛不声不响地拿起酒杯。

"说起来这些人也是'残疾人'。"几造接着说,"身体上的残疾并不是什么坏事,世上的人们也会报以同情。但社会绝不会包庇他们这种人,他们也与社会格格不入。"

几造还说,这并不是他们的罪过!他们也不想成为这种人!但他们"与生俱来"就是另一种人。他们不论做什么事都与社会相抵触,于是他们不相信人与社会。他们会与同伙凑在一起,但不能很好地打成一片。虽然凑在一起,但每个人都是孤独无援的,无法心心相印!他们比常人更加渴望爱情,但他们对爱情同样也抱着怀疑。

"这些人很容易陷入孤单。"几造给冈岛斟酒,继续说道,"刚才还看见他和别人说话来着,一眨眼就跑出去,上岸边蹲着看河水,倒在草丛里或是仰望天空。这帮人这时候的样子,照我看来就是山里的野兽恋慕大山。"

四

冈岛自斟自饮。

"这帮人走不进社会。"几造接着说,"政府若把他们集合起来,放到某个岛上生活就好了。如今这样放任,只会给社会添乱。"

"所以你就把他们聚集起来,照顾他们的生活,是吗?"

"近藤老爷是知道的。"几造点头说,"我管着他们呢!我接收他们,不叫他们去社会上做坏事。我跟近藤老爷约定好的。"

"然后就让他们干起走私买卖了吧……"

冈岛的声音压得很低,但语调犹如剃刀般,冰冷而锋利。几造深深地吸了口气,然后慢慢地倾吐。

"你的说教聆听了。听是听了,但我不是近藤啊。"冈岛有点儿像无赖似的说道,"听了说教,然后收点钱便不管不问,我可不是那种人。几造,你们的事情我全知道……"

几造默不作声。

"开往中川的货船进来后,负责卸货的是这里的一伙人。"冈岛说,"卸下的货搬进来,一直藏到必要的时候,然后再从这里运出去。而且我知道货主是吴服桥外的滩文——滩屋文五郎。"

几造歪着脑袋问:"滩屋?为公家、大名处理事务的那家店啊?"

冈岛一把抓起捕棍。动作极快!他拿起捕棍,站起身来。几造看都没看他一眼,向后转过头叫了一声:"阿满!"听见阿满应道:"哎!马上就拿来!"

冈岛"砰"的一声把捕棍又放回饭桌,然后盯着几造。不一会儿,紧闭着的嘴唇歪着,看了看四周。

"这家的主业……"冈岛又换了个语调,"是绳席买卖对吧?"

"还卖点简单的酒菜。"

阿满走进来,拿着酒壶,放在冈岛面前,然后默默地走出去。这时，里屋的钟声敲响了。

"那是钟声吧?"冈岛说。

"好像是的。"

"绳席和简单的饭菜——钟可是大名的家什哟。"

"寄放在这里的。"几造拿起酒壶，"热酒来了。"

"看看你们家里面吧。"

几造不吭声地摇了摇头。

"我要看看里面!"冈岛说，"不想让我看吗?"

几造放下手里的酒壶:"还是不要看吧。危险哪。"

"你带我去!"

"有危险的!"

冈岛瞪了他一眼，然后走出房间往里面走去。几造仍旧坐着，只是叫了声"阿定"。冈岛刚准备往里走，一群年轻人并排站在那里。除了不见仙吉，其他五人都坐在小房间的门槛儿上。冈岛右手拿着捕棍，走过去停在他们前面。五人毫无表情地看着他，他也把五人仔细地看了一遍。

"喂!"他对与兵卫说，"说说你的名字!叫什么?"

与兵卫说了自己的名字，而且不等他问照直说了自己二十八岁。源三和政次也冷淡地说出了自己的名字和年龄，仅由之助假装糊涂。

"名字吗?"由之助歪着头，"不记得了。大家叫我由公。"

"哪里出生? 多大了?"

"这可难回答。"由之助望着其他四人，"你们谁知道?"

政次说:"是奶妈养大的!"由之助点头说"厉害",便扑哧地笑起来。这时定七伸着懒腰站起来,冈岛"喂"了一声。定七慢慢地回过头来。

"你叫什么名字?"

"我吗?"定七边打哈欠边回答道,"名字叫定七,年龄二十六。有什么事吗?"

冈岛突然给了他一巴掌。他左手拿着捕棍上前一步,用右手打的,动作快且憋足了劲儿,打的声音很响,定七身子一歪。

"我在执行公务。老实回答!"

大伙儿顿时默不作声,站在那里老实多了。与兵卫悄悄地把脸移开,源三低下了头,政次歪着嘴露出白牙。定七眼睛眯成一条缝,眼帘下垂,一副睡眼惺忪的样子。站在门帘处的阿满走出店外,几造看了看叫声"阿定"。定七定定地看着冈岛,一边用垂下的手慢慢朝几造那边摆了摆。

"定七!"几造再喊道。

"没事。"定七答道,"这位老爷只想鼓鼓劲儿。老爷!什么公务啊?是不是搜家?"

冈岛冷笑起来。几造不再吭声。冈岛逐次看过去,定七和其他四个人,然后说:"我再说一次!来这个岛,我是有备而来,我不会做飞蛾扑火的傻事!"说着他从怀里掏出带着绳子的口哨给大家看,"别忘了!有一群人正等着这个哨音呢……"

"老爷考虑周全啊。"由之助呵呵笑着说。

"葬礼上也不会人手不足哪。"政次说。冈岛瞪了两人一眼，毫不示弱。如鞣皮后闪闪发光的黄褐色脸上，依然还是毫无表情的冷酷。薄薄的嘴唇和锐利的目光，一点也没有退缩的意思。他重新看了看四周，用下巴指了指定七："你，带路！"

冈岛开始仔细搜查。顺过道排列的四个房间，一间间进去查看抽屉、衣柜和所有角楼。头间六帖大的房间里，一个叫富次郎的年轻人正在睡觉。看着他头上缠着的白色纱布和下巴上贴的膏药，冈岛轻轻哼了一声自言自语道："捕棍打的？"他叫了一声："起来！"富次郎一副怯生生的表情，看了看定七便爬起身来。冈岛翻开被子看了看里面，然后看都没看富次郎一眼就出去了。然后他又搜查了几造和阿满的房间，接着对四个人说"不要动"，便独自穿过泥地朝后面走去。离后门三米开外有一幢矮小的、木板钉结实的两层小楼。房子的左右用铁丝做成窗户，一楼的小门开着，从外面往里看，里面是泥地而且阴暗。

冈岛又看了看小屋四周。在长约三百米的这个"岛"上，除这家安乐亭店铺和小屋再没有任何建筑，砂土和夹杂着贝壳的空地上三三两两的立着枯萎的杂草。从护城河顶端再往前走，南侧有一个简易码头，冈岛看见那里停放着三艘小船。码头虽小但铺有石梯，沿岸停靠着五六艘拴小船用的筏船。冈岛再回过头看了看小屋，像在目测码头到小屋的距离。定七默默地看着。"好!"冈岛点点头然后说,"看看小屋里边。"

两人转过身来。

小屋里边昏暗阴冷。屋子半边泥地半边铺地板,泥地上散落着稻草呀断绳呀之类的东西。冈岛查看了泥地间的每个角落,然后走进地板房。他踩着地板,似乎在寻找地板盖。接着他发现了上二楼的梯子。

"货物在这上面吗?"

"什么货物?"定七反问道。

"从中川那边运来的货物……"

定七不慌不忙地回答道:"你上去看看不就行了。"

"你走前面!"

定七看着对方微笑着,然后先爬上了梯子。

二楼也是地板、板墙。左右两边窗子里射进来的光把屋内照得明亮,屋内堆满了一捆捆的绳子和稻草。冈岛用敏锐的眼光看着周围的一切。突然他发现了什么似的,走到堆积一捆捆稻草的旁边,拿手里的捕棍猛地插进去。就在这时,定七悄悄走到他身后,像猫一样灵敏地迅速靠近他,右手从胸前的口袋里掏出一把九寸五分的匕首,闪着刺眼的光。定七弯下身子,从后猛地一撞再挺起腰,两手仿佛要推出什么东西似的,猛地把冈岛按在草席上。冈岛来不及发出声音,也没有抵抗。过了一会儿,才从喉咙里呼出一口气,感到自己僵硬的身体渐渐抽掉了气力。定七放开后,冈岛慢慢地倒了下去，他后背右侧，就是刚好系腰带的上面，能看见刺进身体后的匕首柄。

定七往旁边吐了一口唾沫，用轻松、满意的眼神看了看冈岛的尸体。接着他在冈岛的胸前摸了摸，从里面掏出哨子，然后走到窗边，朝外面用劲地吹响了它。

五

定七吹了三下，外面的人都静静地听着。不一会儿他听到有人跑过来，定七连忙喊道——"在这里。"政次和由之助从楼梯爬了上来。他们马上看见了倒在地上的冈岛，由之助发出感叹走近前来。

"这家伙吹哨子了？"

"我吹的！"

"你呀！"政次看着定七，"怎么回事？"

"别动！由公。"定七说，"匕首也那样插着。"

"他已经完了……"

"就这样！拔出来会弄脏地板的。"定七说着，把手里的哨子扔到冈岛的头边。"这家伙还说有一群人正等着这个哨音呢。自己想过结局会是这样吗？"

"不是试着吹了吗？"

"我早就知道他在说谎。"定七说着，摸了摸刚才被打的脸颊，"哼，这个混蛋！"

三人走了下去。

店里那个客人来了，正在喝酒。定七说"我去洗洗手就来"，去了门口。几造只是瞥了他们一眼，没说什么，不声不响地喝着酒。那个时候，阿满在厨房做饭，看到政次和由之助进了小屋。两人在哨子吹响之前一直和与兵卫、源三他们在那边玩骰子赌博。阿满看见两人时曾起身问发生了什么，他们只是摇摇头，于是阿满又蹲在了灶前。这时第一间大房间的门被打开，富次郎从里面走了出来。

"麻烦你了。"他走到阿满身旁说，"谢谢照顾！"

阿满转过头来惊讶地看着他，问道："怎么啦？"

"总不能老受你照顾。"富次郎吞吞吐吐地说，"我该找点事做做了。"

阿满开始撤除炉灶的火。锅溢了，她赶忙取出柴火，用桶里的水一根一根浇熄。又看了看余火，把锅盖打开一条缝，随后站起身来。

"你回哪儿？"阿满问他，"不是说没地方可去吗？"

富次郎埋下头，一只手在腿上搓来搓去。阿满紧盯着他，心里猜测是冈岛来此，令之不爽。

"有去的地方吗？"

"嗯。"富次郎的声音几乎听不到，"考虑去自首。"

阿满还是紧盯着他。

"就是因为那种人来了，是吧？"

富次郎头上缠着白纱布，在厨房微暗的光线中俯首点了点头。

"你干什么啦？"

他吞吞吐吐地说：

"拿了主人的钱，花光了。"

"多少？"

"十五两。"他低声痛苦地补充说，"差一点十五两。"

"你怎么又……"阿满叹了口气，"干什么花光了？"

他没有回答。阿满说一定有什么原因吧，他还是默不吭声，然后抬起自己的手，擦拭着眼泪。

"有不便说的原因吗？"

富次郎摇摇头。

"你进来！"阿满说，"打算自首的话，也不在乎这一会儿。等会儿你跟我讲讲什么原因吧……"

然后阿满告诉他，不用害怕刚才来的那个衙门中人。富次郎回到房间，阿满又重新调了调锅盖，然后从门帘缝看了看店里。

店里定七回来了，此时正站在饭桌处拿着什么东西给几造看。

"掉在后面的河里了。"定七说，"落水后，吧唧吧唧地一个劲儿扑腾。于是我跑到码头的石梯上，这样伸出手叫它，它才折腾着游过来。"

"还是个雏鸟啊。"几造说，"还不能放飞呢。"

"怎么会掉进河里去的呢？父母不在一起吗？怎么办？大人！"

"它父母在找它哟!"坐在角落里的那个客人说,"肯定在找。肯定像发疯一样……"

阿满从厨房来到了房间。定七把手里的东西给她看。原来是一只浑身透湿的小麻雀,站着直发抖。定七对阿满又说了同样的话。阿满用指头碰了碰问道:"你叫它,它就游过来了。你叫它什么?"

"手这样伸出去……"定七说,"喂!喂!"

"像叫猫一样嘛……"

"那它也过来了嘛。肯定想着我会救它——抖得好厉害。怎么办?"

"它父母会找来的。"角落的客人说道,"放在屋檐上,用竹篮罩着,它父母会找来的,到时候把竹篮拿掉就行了。"

定七转过头去看了看客人,又转过头来看着几造。几造点点头,客人又加上一句:"早上以后哟。"定七边跟阿满说"借我一个竹篮",边朝厨房走去。

"早上以后再拿出去哟。"客人在身后提醒,"小心猫呀老鹰叼走。"

接着那个客人又一个劲儿地摇头,自言自语地说父母肯定会找来的,鸟呀野兽呀人类都是相同的之类的话。"父母就是这样……"他嘴里嘟囔着,接着就醉醺醺地扑倒在饭桌前。

晚上八点前后,定七陪由之助从后面出去了。

"正是落潮的时候啊。"定七边走边说,"用两根航标柱就能漂出去。"

阿满在第一个大房间里听到定七这些话，心想他们是不是在谈那间屋子的事。阿满刚才就在这间屋子里和富次郎说话。富次郎生在芝新网，今年二十三岁，父亲经营一家小鞋铺。他在十一岁那年，到日本桥槇町名为近江屋的典当铺当学徒。他在六个孩子中排行老二，最小的是只有七岁的弟弟。三年前父亲去世了，妈妈和哥哥继承了鞋铺，余下的三个弟弟和一个妹妹，也都各自当学徒去了。

"再做一年学徒谢师，就能独立门户了。"富次郎说，"钱要给家里，自己积蓄的那点钱不可能开店，但主人答应借钱给我，所以我打算……以抵押家财的方式做起。母亲和哥哥都等着这根救命稻草呢。"

但就在这时，意想不到的事情发生了。

原来和他同住新网町后长屋有个叫纪和的姑娘，他们自幼一起长大。她的父亲是个没有职业、整日嗜酒的懒汉，一家人生活全靠母亲做手工活儿支撑。母亲叫阿六，身体健壮、性格豪爽，除了偶尔说说"孩子只有一个也是万幸"，从不发牢骚，埋头干活儿。

富次郎自少年时代就喜欢纪和，纪和对他也抱有好感。每次休息日回来，纪和就不离左右，常说"我以后要做富哥哥的新娘"，这当然是小时候的事情。现在看着长大的姑娘，富次郎萌生了"迎娶纪和"的念头。

"嘴上虽然没说，但去年年末回家，我对她说了自己学徒期已满，再做一年学徒谢师，打算开一家小店。从当时的样子看，她好像明白了我的心思。"

一周前，黄昏前后，纪和来近江屋看他。以前来过三次，所以富次郎这次并没在意。收拾整理好手中的活儿，富次郎来到厨房门口。纪和站在房子间昏暗的夹道上说："对不起！你来一下。"说完她就往小巷里走。富次郎觉得她与平常不一样，就赶紧穿上木屐，追了上去。

纪和步子凌乱，朝外护城河走去，直到没人的河尽头才停下来。

——怎么啦？发生了什么事情？

富次郎开口一问，纪和就用围裙遮住脸哭了起来。问她，她也只是哭。过了好一会儿她才说："我被卖了！"

——我被卖了呀！

纪和说完又哭起来。

原来她没告知富次郎：初夏时她的母亲病倒了。母亲阿六那天去给人家送做好的衣服，回来的途中就摔倒了。有人用门板将她抬回来，落得个半身不遂。前天夜里母亲死了。那天晚上十点左右，母亲喝汤药时呛到，猛咳起来。原以为咳完就没事了，谁知一下就断了气。

—— 一点都不知道。

富次郎说。

——但是为什么把你卖了呢？

六

母亲病倒后,父亲龟吉丝毫未改游手好闲的恶习。有时也挣点小钱回来,其他所有事都交由纪和打理。那段时间房租、医药费、米店、酒屋等四处赊了账,以至于没钱给阿六下葬。

最后,昨晚龟吉来跟纪和商量卖身。商量也只是说得好听,他早已同贩子商量好了,定金五两也已拿到手。

——明天我就随那个人一同去了,走之前想看你一眼……

说完纪和便微笑起来。她又说刚才哭成那样让你见笑了,本不打算说这件事的,只是想见你一面。富次郎听后气愤不已,抓住纪和的肩膀说道:"不行!不能去!怎么能让自己的女儿去那种地方呢。多少钱?"

——我想娶你做老婆。不久我要开一家自己的店,不知道吗?

——知道的。我很高兴呀。

纪和又微笑起来。高兴是高兴,但她知道自己不可能有那样的福气。她说她早就觉得自己出嫁前,可能会发生什么不好的事成为某种负担,以致两人不能在一起。富次郎紧抓住她的肩膀摇着,不停地问:"多少钱?"

——我不让你去卖身!钱我来想办法!需要多少钱?

纪和从父亲那里听到的金额是十二两。富次郎说了声"好。今晚不行了，明天，大概中午前后我带钱过去。"他还再三嘱咐肯定会拿钱去，在此以前绝不要乱跑，不管谁说什么都不要出这家门。

"这样与纪和分手，回到店里就跟师傅说明了情况。"

师傅是个明事理的人。不光店里的人这么说，就连同行也夸他是个善人。但听了富次郎的话，师傅连连摇头。理由是这么多钱不能给！但当时富次郎已昏了头，一个劲儿地争辩说："我在这儿已做了十二年学徒，应该存下钱的。我可以领取这一部分。"

——这不是钱……是关系你一辈子的事。

师傅这样说："所谓当铺不同于其他的买卖，赚的就是这点利息。如果摊上了这样的父亲，现在付十二两银子也是不够的，将来一定有人上门讨债。照这样下去，再好的夫妻关系也会破裂。社会上这样的先例不胜枚举。我看还是放弃这个姑娘的好。"

"我说出去了的绝不会收回！"

正如师傅说的那样。妻子在世时龟吉让妻子养家糊口；妻子死后不足三天他又要卖掉女儿。如果娶了摊上这种父亲的女儿，一家不会有什么好日子过。的确会是这样的。但也正是如此，纪和太可怜了！将来的事情暂且不论，眼下因为有那样的父亲，纪和将要被卖出去——"现在她就要被卖了啊"。纪和的一生将被蹂躏践踏。

"我已下定了决心!"他说,"我存在师傅这里约莫十两。为开店,师傅还答应借给我一点钱。当然,这部分钱是要带利息还师傅的。总之我算了算,加起来近二十两金。"

阿满静静地点了点头。

"我打算把这些钱都带出去。"

但师傅好像早已察觉到他的这一打算,第二天一整天都没给他一点儿空隙时间。富次郎如坐针毡,度日如年,好容易熬到傍晚时分,终于有机会去账房拿了钱,疯也似的向新网奔去。

"纪和不在了。"富次郎垂头丧气地说,"家里只有她父亲龟吉和一个陌生的男人在喝酒。纪和已走了。还说让我以后少管纪和的事……"

他问纪和被卖到了哪里?人贩子住在哪里?龟吉一问三不知。这时那个男的插嘴说:"我是捉鬼的钟馗权六。如果要挑事儿的话,来吧。"

"我知道问不出什么了。后来我就打算自己去找。"他接着说,"从附近的神明神社开始,公娼街、私娼街,我一家一家去找。因为不熟悉这种地方,我乘轿子,向轿夫打听,又跟当地工会、会所打听,终于打听到……好像是有一家刚进来一个女子。"

"真是难为你了。"阿满摇着头说,"这么一来,手上的钱花光了吧?"

"来到深川还剩一点儿。"他无可奈何地说,"还剩一两左右吧。"

"太为难你了！这种事情。"阿满说，"这样去找她，假使在哪家店里找到了，人家也不会认账的。"

"那我有什么其他的办法呢？"

"花光的钱有十五两吧？"阿满说着，一副正在考虑的眼神，"——已经没法回店里去了吧。"

"不如去报案……"

"等等！"阿满一下睁大了眼睛，"你刚才说到钟馗什么……"

"权六，说是叫钟馗权六。"

阿满嘴里反复说到这个名字。富次郎低着头，用手指头颤抖地抚摸着衣服的下摆。

"我给你换换纱布。"过了一会儿阿满站起来说道，"然后就睡吧。或许我能知道纪和的消息，你别过于烦恼了。"

富次郎吃惊地看了看阿满。

"……只是也许哦。"阿满说，"我这就去拿纱布和药。"

将近十点，定七和由之助回来时，那位总坐在角落的客人又在大叫——"我有钱"。什么五十、一百的……钱算个屁！还嚷着"想要就给"什么的。他已烂醉如泥，倒在泥地上。房间里，与兵卫、源三、政次和仙吉都在，"滩文"的小平也来了。他们坐在饭桌前喝酒，谁也不理睬这个客人。既不听他吵闹也不管他倒在了哪里。

小平是来告知下一批货什么时候到，并将货物清单交给几造。他与定七等人的归来错过了时间,临走时他问——"卸货不能麻烦各位吗?"

这一次大伙儿也没吭声。

"船三、四天就到。"小平又唠叨起来,"货物没什么重量。出五个人,三个人也行。"

"越前堀怎么啦?"政次开玩笑地问,"他们不是承包的吗?"

"几造师傅,帮帮忙吧。"小平向几造恳求着,"三个人也行,我出五个人的工钱。拜托了!师傅。"

几造没回答。小平看看与兵卫又看看政次,他们有意脸朝一边默默喝酒。倒在地上的客人开始低声呜咽起来。小平自讨没趣,说了声"那我走啦",走出了店门。

定七和由之助擦着手从后门那边走了进来。刚在饭桌前坐下,定七就问与兵卫:"你认识权六吗?"

与兵卫转过脸来望着定七:"权……权六吗?"

"刚才阿满问我来着。你不是认识他吗!"

"是啊,认识的。"与兵卫说。

"他真的叫钟馗权六?"

"是个讨厌的家伙。"

"他是不是专干人贩子啊?"

与兵卫往自己的酒杯里斟上酒。

"怎么说呢!这家伙也干这种事情……做也做的。"

"知道他的住所吗?"

"肯定知道啊。找这家伙有事吗？"

"问阿满吧。"定七说，"就是你带进来那个叫富次郎的……总之，你问阿满吧。"

几造在他和由之助面前又上了一些酒菜。摔倒在泥地上的客人，由呜咽转为高亢的鼾声。

第二天一早，定七站在店东侧朝屋檐上望。屋檐四面用木板挡着，中间罩着竹篮，里面是昨天的小麻雀。它全身鼓鼓的，不叫也不动，紧缩成一团。带有几分浅黄色的小嘴巴前撒着些饭粒，但它一口也没吃。

"等着哩。"定七自言自语道，"你妈妈这就来。你叫啊！一叫妈妈就会听到的——你不会叫吗？"

与兵卫和阿满从店里走出。与兵卫径直上桥去了，阿满走到垃圾箱旁，看了看定七。

七

阿满倒掉厨房垃圾回来时说："你真是没救了。"然后走到定七身旁，"你打算站到几点啊？"

"它妈妈还没来。"定七望着屋檐说，"这家伙不会叫。所以它妈妈不知道它在这里呀。"

"就算知道，有人在这里，它也不会来呀。你赶紧进去吧。"

定七吞吞吐吐地说："那，你瞧，猫呀老鹰什么的不会把它叼走吧？那个大猫三毛就很坏。"

"有人在，老鸟是不会飞来的。"

"离开就可以了吗？"

定七独语。从脚下拾起几块小石子，然后向河的尽头走去，最后坐在一条丢弃河边的破船上。阿满笑着说"真是没办法"，随后走进店里。

那天晚上十点前后，与兵卫回来，店里一片寂静。只有源三在喝酒，阿满在烫酒。老是坐在角落的那个客人不见了踪影。

"是吗？"刚一进来，与兵卫就说，"今晚盘货吗？船走了吗？"

"还没吧……爸爸还在后门哩。"阿满说，"怎么样？找到了？"

"嗯。等会儿跟你说……"

说着与兵卫去了后门。

走到小屋附近就看见码头上的灯笼光亮和忙碌的人们。与兵卫赶紧跑了过去。人群里有仙吉和政次，政次正要往这边来。与兵卫开口问到"阿定"时，政次说在小屋出货。两人便一起往小屋走去。几造和定七正在二楼包大地毯。

"我来晚了……"与兵卫说。

"今晚我和阿政就行了。"定七说，"干什么去了？"

"找到那家伙了？"

"找到了……谁呀？"

"钟馗权六。"与兵卫说,"我还知道那姑娘在哪里……"

定七吃惊地看着与兵卫,好像想起了什么似的点头说"是吗",旋即用绳索捆起包好的地毯。

"所以……我想跟你商量商量。"与兵卫说,"小平说的卸货那件事,我想干。怎么样?"

"危险。危险啦!"定七边起身边说,"正太、安公的时候就非常可怕!到现在我还常常想起那情景。"

"对我们来说,没有不危险的桥啊。"

定七看着与兵卫说:"有什么原因吗?"

"报酬有三十两啊。"

几造默默地在整理草席。货搬出去后,用过的草席要重新堆好。几造要把草席的四个角放平。定七这时又盯着与兵卫问:"姑娘的赎身钱呢?"

"要二十两。"与兵卫回答,"姑娘的身体还是清白的,我也告诉她这两三天不能接客。"

几造斜眼看了看定七。过了一会儿,定七轻松地点了点头。

"那好,就这么说定了。"定七说,"现在就去跟小平说。"

"没有退路啊!"

"也没有不危险的桥啊。"

定七说着,把地毯包扛到肩上。

"我去跟小平说啦……"

三人一起下了楼。

定七和政次往木船方向走去，几造和与兵卫往家走。与兵卫绕过土间进到店里，刚在饭桌前坐下，仙吉就跑进来说："饿死了！"

"你就知道饿！"难得开口的源三说，"吃饭在那边。"

"吃了就睡吗？"仙吉说，"不好意思。"

阿满端来酒和菜，走到与兵卫对面坐下，倒上酒问道："结果怎样？"

与兵卫嗯了一声，连喝了两杯酒后，拿着酒杯望着阿满。

"找权六费了一番周折！顺线索找，谁知他就在这附近。"与兵卫说，"橹下有个人贩子瘤金，我在他那里吃的饭。"

"纪和姑娘呢？"

"在本所的安宅。"

"私娼店啊！"

"嗯，是的。"与兵卫点了点头，"是个三流武士横行霸道的地方。"

阿满接着给他斟酒。几造默不作声，自斟自饮。

与兵卫讲了见到纪和及与店老板交涉的结果。纪和长得并不漂亮，只是皮肤白皙，模样儿讨人喜欢，弱不禁风的样子。付给其父的确十二两金，加上其他杂费，所以赎金一共要二十两。听说姑娘还没接客，我们要赎只好答应二十两。在我拿钱去之前的两三天，纪和不接客。与兵卫还说："我跟他们说好了的。"

"真的不会让她接客吗？"

"我说了我们的店名。"与兵卫一口喝尽后，看了看几造，"我们的店名很管用的。老板，只要说是安乐亭的人，都发慌。"

"我去告诉那人。"阿满说，"太好了！他不知有多高兴哩……"

"别高兴得太早。"几造说，"到那个姑娘赎回来之前，不知还会发生什么事。话不能说得太轻松！"

阿满点点头往后面去了。

"这里的店名，今后不要挂在嘴边。"几造对与兵卫说，"这个岛内的事我要管的。别的地方，哪怕被衙门追打得无处可逃，也不相干。"

"我知道的。"与兵卫说。

过了一会儿富次郎来了。他绷着脸走到与兵卫身边，紧张地询问道："真的吗？"与兵卫看他浑身颤抖，一副认真的神情，便说："不用多礼啦。"随即把头转向了一边。

"她果真是安全的吗？"富次郎焦急地问，"你见到她本人了吗？她没说什么吗？"

"真啰唆呀！"与兵卫说，"除了我跟阿满说的那些话，她什么也没说！你去问阿满吧……"

富次郎说"多谢了"，两次低头行礼，然后垂头丧气地入内。

翌日早上，定七正打开屋檐盖着小麻雀的竹篮，吉永町的胜兵卫来了，一副胆怯不安的神色。他跟定七说了些客套话就问:"前天……这几天有没有陌生人来过这里?"定七放好竹篮,反问道:"你说的陌生人是谁啊?"

"我也不太清楚。"老人结结巴巴地说,"好像是八丁堀那边的人。"

"八丁堀又怎么啦?"

"我也不太清楚。刚才有人让我来问问。"老人说,"我只要知道有没有人来过就行……"

"派你来的那个人也是八丁堀的吧。"定七说,"就跟他说'自己说来却不敢来,那你也不要打听什么线索了'。知道了吧?"

"知道了。就这样对他说。"老人满脸堆笑地说,"我就这样跟他说。对不起!打搅了……"

胜兵卫走了。

"喂,今天精神很好嘛!"定七对着小麻雀说,"今天不吃吗?是啊,是啊,一定要吃的。你妈妈马上就来了,妈妈也在担心你呀,不知道你一个人飞到哪里去了呀,现在她肯定在找呢……"

竹篮里,小麻雀一个劲儿地啄食。定七捡了几块小石子说:"你叫几声就好了。"然后离开这里,朝河边的破船走去。大约过了半个小时,阿满过来晾衣,看到定七,不禁摇着头说了一句:"你还真惦记它呀。"定七望着对岸。吉永町那边的房屋上面,麻雀叽叽喳喳地叫着。听得到它们吵闹的、恍若一问一答的叫声,也能看到它们振翅飞向天空和在清晨的阳光中渐渐远去的情景。

"不晓得它妈妈在不在它们中间啊?"定七心中在叹息,"肯定在里面,可为什么不飞过来呀?"

吃饭时定七把小麻雀搬到屋子里,吃完饭又把它放到了屋檐上。一直到太阳下山,定七一直手拿着几块小石子儿,认真地守护着。

第二天也是同样。傍晚,把小麻雀放到自己的房间后,定七来到店里向几造诉苦说:"它妈妈到底怎么回事哪?"几造正在做菜,听懂了定七问的问题后便严肃地说:"你少管那些闲事。"然后看着定七说:"今晚卸货。"

八

"约好十二点从这边出发的,只是担心月亮。"定七说,"前天晚上也很明亮,这种天气一直持续着。烦人!——今天是阴历十三吧?"

"是的。"几造回答说。

"中川太宽阔,月亮好的时候,一切都看得清清楚楚。"

"在滩文就停下来。"

"安公他们那时也是这样做的。"定七说,"当时已经停下了。可还是跟先前一样,水上派出所没有出现,来到街道却被跟上了。正太和安公中了计。"

"那家伙是被你害的。"几造说,"当时我们也被跟踪。

最近来的冈岛就是一伙的,好像也谈到他俩的事。"

"那家伙活该!"定七说着往旁边吐了一口唾沫,还看了看自己的手。

这时与兵卫来了。他刚洗过澡,满脸红润发光。他对定七说:"正好。"定七慢慢摇着头说:"我要喝酒。"与兵卫在饭桌前坐下,用毛巾擦着额头和颈里的汗,点头说:"是吗?"

"咦,卸货前你不洗澡的……"

定七扭过头去说:"奇怪吗?"

"算了吧。"与兵卫隔了一会儿问,"恼了?"

"没有。"定七把头转向一边。

不一会儿,店里热闹起来。

那个客人又来了,照例坐在角落里喝酒。政次、由之助和源三洗完澡逐一走进来。仙吉落在后面,他故作严肃但内心抑不住欢喜。他们几个在小房间里赌博来着,只仙吉一人赢了,今晚卸完货后就能拿钱。对他来讲,第一次玩牌就赢了钱,觉得自己就是大人了。他满脑子充满了自负和兴奋。

过了半个小时,定七准备去睡觉时,与兵卫叫来了富次郎。那天早上,富次郎取下头上的纱布,剃了月代头,换上自己洗净的和服,系上窄腰带,俨然一副店里人模样。与兵卫亲自把他叫来,一起到店里并排坐在饭桌前喝酒。定七一下绷紧了神经,与兵卫看起来也不同往常。平时少言寡语的他今天不光大口喝酒,还又说又笑十分活泼。

"我们就是这样一些人,正儿八经的人,明白吗?恋爱当然是好事。"与兵卫反复说,"但白白葬送自己一生的爱情,唯有故事和戏曲里有。现实中很难遇到的事,却在我们眼前活生生地出现了。"

"放心,没问题。"与兵卫给富次郎倒上了一杯酒,"钱已准备好了,女孩也能干干净净地赎出来。两人一起好好过日子!经历了这种苦难终成夫妻,一生都难以忘怀呀。"

端着斟满的酒,富次郎一小口一小口地呡着,不住地擦眼泪。

"对啊,不能忘了啊。"坐在角落的客人说道,"这世上大家都是感恩一时哪——石头是不会哭泣的。"

由之助转过去问道:"你说石头怎么?"

"我说石头不会哭泣的。"

"俏皮话吗?"由之助接着问,客人不作声,只把头摇得像拨浪鼓。

"什么毛病!"由之助说,"专门说些泼冷水的话。"

十点前后定七起床后,那个客人回去了。像往常一样喝得醉醺醺的。出去不久又折回来,拉开纸拉门朝里面望了望,似乎要说什么。旋即又关上了门,回去了。客人走后,定七和与兵卫就带着仙吉划船出发了。船是那种捕鱼的小船,船头很高,放了三把橹。船上堆着草席、麻绳和搭钩,草席中还藏着两把短刀。

"虽然有云,但我还是没底。"定七担心,几次望天空,

"真叫人担心啊,这天好像要变晴。"

与兵卫沉默不语。

"一变晴就像白天一样清楚。"定七边下小船上岸边走边说,"为什么一直是这种天气啊?真是头痛。"

与兵卫看了看定七,仍然不吭声。仙吉走上岸,嘴里高兴地哼着小曲,定七骂道——"傻瓜。安静点!"并用拳头轻轻打了他的头。然后他又看了看天,焦急地走向店里。

仙吉咂了咂舌,问道:"定七哥怎么了?"

"我和他一样。"与兵卫从船上走下来说,"听说出来卸货大家都担心。你过一会儿就懂了。"

"你也一样?"

与兵卫说:"卸货的时候就……"

时钟敲了十二点,他们就出发了。临行前,定七请阿满帮忙照顾小麻雀。什么早上要上屋檐看看它呀,饭粒要再煮得软一些啦……啰唆了半天。

"知道了。"阿满微笑着点点头,"只要小麻雀不吵闹,一定照办。"

三人出发了。

第二天一大早,阿满起床即跑到他们房间里去看,三人都没回来。想起麻雀的事,打算把它放飞,谁知麻雀也死了。她揭开盖在竹篮上的那块小布,小麻雀翅膀伸开,倒在地上,嘴边散落着一堆饭粒。

阿满没作声。这时隔壁小房间传来了政次的声音:"谁啊？阿定吗？"听着好像没起床。"是我。"阿满回答，同时端起放着死麻雀的木板向后面走去。

"他一定会生气的。"阿满自言自语，"怎么办？触景生情呀，干脆不让他看见。"

拿定主意后她捡起一根短棍，挖开空地松软的泥土埋了麻雀，然后在上面插上干枯的藜树枝。接着她折起下摆，蹲下，对着小坟双手合十。忽然她为自己这种孩子般的行为感到害羞，马上站起身来，回到屋里。在厨房，父亲几造正在洗脸，问她："还没回来吗？"

"嗯。像是没回来……"阿满回答，"麻雀死了，我刚去埋了。"

几造有些诧异，湿着脸扭头看着女儿，仿佛什么坏征兆在眼前闪过。但他马上用毛巾擦了擦脸说："是吗？"

——卸船失败了。

阿满知道几造是这么想的。要是进展顺利，卸下的货应该运到这里来的。从中川到这里，芦田的水路有好几条，但都没有舟船可以藏身的地方。看来，卸船一定是失败了。迄今为止失败的例子也不少。到了下午，直到太阳下了山，还不见三人归来。

政次、由之助和源三都感觉不对，心里着急，但谁也不多话。几造和阿满且不用说，反正大家脸上都显得没事一样，甚至比平常更轻松。点灯后不久，大家还叫上富次郎，有说有笑地在店里喝起酒来。

那位客人来时已是七点前后。拉开门的一瞬，大家都侧脸望去。刚才还说说笑笑的房间突然变得安静下来，进来的那位客人反而不知如何是好。他觉察到了异样的沉默和大家投来的目光，有点尴尬，自言自语地说："月亮好亮！"然后绕过泥地，坐在老位子上。

"有言在先，"几造对那位客人说，"今晚没有下酒菜哟。"

"没关系的。"客人点点头，"您瞧，我已经喝醉了。"

"大叔，"政次搭讪道，"每天这么喝，您很有钱啊。"

"奶妈养大的嘛。"由之助打趣地说。

那以后约莫过了半个钟头，小屋那边传来阿满的尖叫声："爸爸！"几造立即站起身，政次、源三和由之助飞也似的跑出门，争先恐后奔向屋后。

"就剩下你我两个了。"客人跟留下来的富次郎打招呼说，"能坐过来一块儿喝吗？听说你叫阿富。钱你不用担心。"

他醉眼惺忪地看着富次郎。

"钱有的是。"客人按了按自己的怀里，"我这里有，你放心。来，过来陪我多喝两杯。"

富次郎拿起自己的酒杯站起身来，朝客人那边走去。他已经喝了不少，脸色苍白，步子踉跄。

"我听说了你的事——来，干一杯。"客人帮富次郎倒满酒，"我听说了你的事。我老是喝醉，所以只是断断续续的……但大致的情况我听说了——怎么，你不喝吗？"

富次郎默默地喝了下去。

九

小房间里大伙儿都围着与兵卫。

与兵卫头上、半边脸、右肩和两只手腕都缠上了纱布，到处都渗着血。血已结成黑色血痂，从伤疤的大小可以猜测伤得不轻。

"不是水上派出所，还是街上……"与兵卫喉咙嘶哑，边喘气边说，"他们埋伏在两河交汇处。"

"喝点水吧。"由之助问。

"给我酒。冷的。"

"不能喝酒，不行！"几造说。

"没关系，这点伤没什么可担心的。"与兵卫说，"清洗伤口的时候我看到的，清楚地看见用烧酒洗的。"

"在哪里包扎的？"

"仲町的平野。"

"就是你说的相好的店吧？"政次问道，"是店里的老板娘包扎的吧？那个老板娘屁股上有刺青，板着脸，一副很凶的样子。"

几造叫了声——"阿政！"政次便不再说下去。

"如果伤口不要紧，就拿酒来吧。"

几造朝阿满点了点头。阿满到店里倒了杯酒，与兵卫一饮而尽。

"阿定呢？"几造问。

"我们被五只船围住了。"与兵卫端着空酒杯说，"我知道遭伏击了，就喊跳船逃命，边喊边解腰带。然后又喊了一次。"

仙吉磨蹭。估计第一次遇到这种事，一下就乱了手脚。与兵卫脱掉衣服，先把仙吉推下水，接着自己也跳了下去。

"潜了一会儿冒出头来一看，阿定还在船上。"与兵卫说完，深深叹了一口气，"月光很好，所以我看得清楚。他脱掉衣服，挥舞大刀。这时对方的船已经围拢过来，已经看不见他了。但我两三次看见他挥舞的大刀，就在不远处，一闪一闪。对方用捕叉呀棍棒什么的与他对打。我听见他大声地喊叫，也听到疯狂的打斗声。但过了一会儿就悄然无声了。"

"可能被打死了？"

政次的嘴巴扭曲上翻，露出雪白的牙齿。几造对阿满说"你去店里"，阿满老老实实地离开了小房间。

"可我忘记了自己的处境。"与兵卫接着说，"我就担心阿定，结果忘了自己的后面有捕吏的船，大约是对方先发现我的。待我意识到时，对方使劲扯住我的头发，一下就把我拽倒，接着用捕棍在我头上死命地打了三下。"

与兵卫说眼前直冒金花，脑子一片空白。对方把自己弄到船上，准备顺水飘走，自己躺着无力动弹。

——应该还有一个啦？

——在那边押着。

与兵卫说听到了捕吏们的这番对话,又听见在附近的船上,仙吉叫唤着——"疼啊!疼啊!"定七被打死,仙吉被抓了。一想到这,与兵卫说自己怒不可遏,更有一种呕吐感。他猛地爬起来,抱住身边的一个捕吏,一起跳入河中。

"我打算一下子抱住他,结果在跳入河里之前我的手腕好像被割破了。"与兵卫看了看露在衣服外边的右手腕。"也许是跳到河里被割。什么时候割的,我一点没注意。后来一看,从这里到这里,好大一条口子——是刀伤。"

"小平这小子,"政次低声说道,"一定要找这家伙算账!"

"闭嘴!"几造说,"滩文那边的事由我来处理,轮不到你出面。"

与兵卫抬头望着几造:"那个住在店里的……叫富次郎的,怎么办?"

"不要管他!"

"不是。跟他约好的。"与兵卫摇着头说,"我跟他约定好的,赎出那个女孩子。我还叫他放心。为此才打算去挣三十两金……"

"这不是你的过错。"几造再次打断他的话,"你就躺下休息吧。以后再说这件事。"

与兵卫还在叫"掌柜的",几造对政次三人说:"你们好好照顾他。"随即穿过土间走进店里。

在店里,那位客人和富次郎还在喝酒,阿满在一旁负责斟酒。几造来了，阿满便起身去后面。出门前她小声地告诉几造："都告诉他了。"并朝富次郎那边使了使眼色。几造想——大概说了卸货失败的事吧。阿满出去后，几造看了看富次郎。

富次郎坐立不安，脸色苍白僵硬，端着酒杯的手不住地颤抖。几造看他并不喝酒，客人在一旁说些什么，他也心不在焉。这时那位客人站起身，去了里面的卫生间。出来后便说："外面月亮真好。"

"别无精打采的，阿富。"那个客人从后面拍了拍富次郎的肩，"走，我们去外面，赏月喝酒……"

富次郎呆呆地望着客人。客人再次拍拍他的肩，望着他说："打起精神来！"

"你和我在这里都是外人。"客人说，"外人就和外人喝。对岸有种着松树的堤坝。"然后他望着几造问道："掌柜的，那个种着松树的堤坝还是老样子吗？"

"还是老样子。"几造回答。

几造迟疑了一会儿说："拿酒去那边，赏月喝酒吧。"

"怎么样？阿富……"

"去的话，找个年轻人带路。"几造说，"路不好走，我让人带路吧。身上有贵重的东西，放在店里。"

"这个不用担心。"

"身上带着钱吧？你不是老这样说吗？"

"带着钱呢。"那位客人拍了拍自己的怀里，"在这里，钱兜带牢牢地拴着呢。你不信么？师傅……"

"还是放在这里保存比较好。"

富次郎转过头来，用胆怯而无助的目光看着几造。几造用眼神示意"没关系的"，然后对那位客人说："一点小钱倒无所谓，如果包在褡裢里那么多钱的话，还是放在这边吧。这样才能放心呀。"

"没事的。"客人摆摆手，"用不着这么担心——走吧，阿富……"

富次郎没说话。好像舌头悬空，张着嘴但说不出话来。他只是笨拙地点了点头。

"那好，师傅，麻烦给我们送酒来。"客人说道，"没下酒的菜吗？什么都行。咸鱼干串儿之类的……用竹叶什么的包起来就行。"

"酒，这么多够吗？"几造拿起一斤上下的酒瓶给他们看，"酒杯还是小的好吧。阿满，有竹叶吗？去拿点来。"

富次郎在一旁不作声看着。苍白的脸就像戴了面具一般僵硬，一咬牙上下颚就突出来。几造默默地准备酒菜，阿满悄然去了后面。店里弥漫着一种异样的感觉。富次郎好像难以承受这股压力，用手摸了摸喉咙，小声地喘了喘气。

几造把一瓶酒、两只酒杯以及竹皮包的菜拿出来，向里面叫了一声——"阿政!"富次郎这时却也高声"啊"了一声。

"我去。"他费劲地说，"不需要你们带路，就我和他两人，不要紧。"

"是的。不需要带路。"那位客人也直摇头,"地方我知道。你把剩的东西都拿上吧,阿富。"

客人拿了酒。富次郎过来后,客人把系在酒瓶上的细绳套在自己指头上,说了声:"掌柜的,我们走了。"就步履蹒跚地先朝门外走去。

"行吗?"几造看着富次郎问,"你能行吗?"

"能行,没问题。"说着,他把两只酒杯放进袖口,深深地吸了一口气,"反正都是一样的,自己来解决吧。"

几造紧紧盯着他,然后将一包东西迅速地拿出来,放在饭桌上说:"把这个拿去。"富次郎意外冷静地拿起了那包东西,扭过头塞进了和服里,然后带上竹皮包好的小菜,追赶客人去了。

那个客人在桥上等着他。

"安乐亭啊。"客人说,"洒脱的老板,这里发生了什么我大概都清楚,安乐亭这个店名本身就有讽刺的味道。老板还真潇洒。"

说完他就摇摇晃晃地往前走。

富次郎跟在客人后面。客人一会儿高兴地哼歌,一会儿和富次郎说话。到吉永町的护城河顶头再往右转,客人摇摇晃晃地往前走着。走过吉永町,又过了桥,眼前是一片土堆空地,再往前就没有人家了。前方是哪里?不知道。但眼前一片开阔。明亮的月光下,有沼泽、芦苇和长满杂草的荒地。再向前就是漆黑一片,只有树木横跨在两头。

"那里就是堤坝。"客人手指着说,"有时候,我都说了些什么……"

富次郎咽下口水说:"就是这一带……你说过去常常来这里。"

客人冷笑,接着说:"是来约会吧。"

十

两人在松树下干枯的草地上坐了下来。稳稳地放下酒,打开竹叶包,两人拿起酒杯。

富次郎没有喝。客人像是也不想喝,偶尔抿上一小口,然后接着讲男女幽会的故事。富次郎不时将右手伸进怀里摸一摸,但实在下不了决心。手拿出来深深地吸了一口气,顺松枝泻下的月光照着他的脸,像石头一样僵硬。脸颊好像被削去一样,只留下一个清瘦的影子。

"那边叫芦田。"客人突然变了话题,翘起下巴指了指,"芦苇在收割,编成苇帘什么的。你知道吗?"

"不。"富次郎摇摇头,"不知道。"

堤坝对面有大片的芦苇。月光下,芦苇一亩一亩像种在旱地里。芦苇间不时响起哗啦啦、哗啦啦的水声,客人一怔,自言自语地说:"吓我一跳。"

"把我吓坏了。"客人说着端起了酒杯,"不是鱼,鱼不会弄出那么大的声音。水獭,肯定是水獭。"

富次郎咬紧了下颚，右手悄悄地伸进了怀里。谁知客人这时却说："没有必要那样做。"

"那玩意儿不要拿出来。"客人平静地转过头，"不那样也给你钱。"

富次郎屏住呼吸，不停地颤抖。他用恐怖的眼光盯着客人。客人双手从衣服下摆处伸进腰间，在里面解开了什么东西，然后一只手从袖子里拉出长长的钱兜带。接着把它卷起来，双手掂了掂重量，递给了富次郎："给，拿着，五十两多一点。拿着。"

富次郎一时不知如何是好。嗓子像堵住了一样，吃力地说："但……但……但这么多钱，你为什么要给我？"

"对我来说，它没用了。"客人打断他的话说，"不光没用，而且……我恨这钱。你拿去吧。"

客人把卷作一团的钱兜带放到富次郎手里。富次郎傻了一样接过钱，因为太重，差点从手中滑落。

"总有什么原因吧？"

"我本来就想说给你听听。"客人酒杯斟满酒，一仰脖子喝了一半，"我在对面的木场里干活儿。刚才我说的幽会对象，叫津次。然后，我有了家庭，在纪之国店里做账房……很小的一件事，你愿意听吗？"

富次郎点点头。

成家五年，生了三个孩子。生活虽然艰辛，但津次会过日子，一家人平平安安。照此下去，不应该有什么问题。

但他突然想"让老婆和孩子们过得更好一些",于是就介入了木材买卖。此事一开始就考虑不周,账本上有二十两的亏空补不上。他在纪之国店里做了十六年,掌柜的却让自己的儿子顶替接班,以"不可信赖"的原因将他辞退。他变卖了家财,又从朋友处筹集了约十两金,一并还给掌柜的,儿子却说"不足部分必须尽快还清"。

一家人搬到平野町的简易木房。能卖的全卖了,一家五口呆坐在六帖草席的破屋里。听见一板之隔婴儿的哭声时,他也后悔了,绝望地放声大哭。

——振作起来吧。重新来!

老婆津次爽朗的一番话给了他勇气。她说,我不在乎。从小穷惯了,只要和你在一起,再穷再苦我也不在乎。你我都还年轻,幸亏还健康,只要想干,没有什么干不了的。振作起来,从头再来。

"听老婆的话就好了,遗憾的是我没有听。"客人说,"一心想挽回自己的失败,树立新形象。我要靠东拼西凑的钱,做出来给你们瞧瞧!也让老婆和孩子们过上好生活。想到此,我跃跃欲试,坐立不安。"

他离开了江户。

拜托妻子说——这三年一定要坚持住!不管能不能赚到钱,反正三年后我会回来。你虽然很辛苦,但一定要坚持住!津次最初是反对他这样做的,她想,只要一家老小、夫妻在一起,再苦她也愿意。她不需要有很多的钱,也不想过那种好日子。她当时哭着求他放弃这个打算。但是当她知道丈夫决心已定时，便不再相劝，表示知道他的决心了，也理解他是走投无路才这样做的。她会坚持，但是并不能保证三年，总之她尽力而为。最后她说："你去吧！余下的事你就不必担心了。"

这样他就去了木曾。

"我在木场长大。要想多挣钱，只能去林场那种地方。"客人接着说，"从木曾到纪州转了一圈，又回到木曾，再到京都、大阪。过了一年、两年……因为是没有本金的营生，总没有自己想的那样好。再干半年，再干半年，写信一再延长，最终前后过了五年。

"今年正好是第五个年头。一次偶然的机会，自己赚了近二百两金。我也考虑再干一些时候，但想念老婆和孩子，就回到了江户。"他先去城里结掉了欠款，还剩一百二十两。他想把钱都交给老婆，便急忙回家。但平野町的木板小屋里，妻子、孩子都不在了！

"木板屋经常换住户的。我们搬去不久我就离开了家，自然也不会认识什么人。我们住的房子现在已住了别人，据说是一年前搬来的，对我妻子、孩子的事情一无所知。"

"去问房东，结果房东也换了。以前的房东搬到下谷那边去了。沿着木板屋我挨家打听，又去了房东家，最后打听到以前房东的地址，转身我就去了下谷的竹町。

"原房东还在……"客人喘口气接着说，"房东他知道内情——津次在前年末，带着两个孩子跳河自杀了。"

富次郎听了大吃一惊。客人坐直，双手抱膝，头埋在腿下。

"日子艰难。"客人含糊地慢慢说，"据说很苦。老二是五岁的女儿，患传染病死了。从此老婆一蹶不振。据说有一段时间精神失常！最后在十二月末的一个晚上，和剩下的两个孩子一起……"

话说到这里他停了下来。随后是长时间的沉默。

"钱是什么？一百两、二百两金算什么？"客人喃喃说道，"老婆、孩子都死了！一百两、二百两金又有什么用？一点用处都没有。"

他好像发疯一样大口饮酒，痛骂自己，诅咒金钱……是金钱杀死了自己的妻子和孩子。他如果在的话，妻子孩子就不会死。他不在他们身边，而在远隔几百公里以外的异乡。生活的艰苦、年幼女儿的死，都让妻子一个人承受。最终无法承受时，她选择了死。多么伤心啊！多么痛苦！多么悲愤！想到这儿，富次郎几次有了"干脆我也死掉"的念头。

"为何总去安乐亭，自己也不知道。"客人埋头继续说，"以前就听说过这个岛的传闻。或许抱着干脆去死的念头上了岛吧。不死的话，就是被那里的犯罪气息所吸引？我为钱杀了妻儿，同样是犯罪者。"

客人抬起头来，面朝沐浴着月光的芦田眺望了片刻。

"我的故事讲完了。"过了一会儿客人说，"你用这钱把姑娘救出来吧。还掉你借老板的钱，应该有余。够的话做家财抵押,开始你们的新生活吧。"

富次郎还想说什么,但那个客人只是摇摇头说:"什么也别说了。"

"我的事情我自己知道。也许再到城里重操旧业,或者这样溺水死掉。不管怎样,都与你富次郎没关系。但有一点,就一点,必须先说清楚!"客人说着,望着富次郎,"你与那个姑娘结婚后,就不能再分开!无论发生什么事情,都要同心协力。"

富次郎呆呆地点了点头。

"不论发生了什么事情哟!"

"好。"富次郎说,"一定按您说的做!"

"说话算数?"

"说话算数!"

"那好,你走吧。"客人拿起酒瓶说,"我还在这里喝两杯,你先回去吧。"

"我也待在这里……"

"先回去!"客人大声吼道,"这里是我和津次幽会的地方!别来打扰!"

接着他胡乱地往酒杯里倒酒。富次郎不情愿地站起身来说了句"那下次再见吧",便慢慢地往回走。——准备走下堤坝时,突然想起忘了问客人的名字,于是打算折转回去。在幽暗的松树下,沐浴着斑斓的月光,客人端坐着。

"下次再问吧。"富次郎低声自语,"他回来了我再问他。

这会儿就不打搅他了。"

然后他就下了堤坝。

傍晚，大约刚点灯的时候，富次郎和纪和一起离开了这个岛。纪和是个矮个儿、圆脸、不太出众的姑娘，一切都听富次郎的安排，显得既伶俐又乖巧。

安乐亭店外，几造和阿满出来送别。与兵卫在睡觉，政次、源三和由之助三人在店里喝酒。富次郎和纪和的事，像与他们毫无关系。

"第一次有人……"阿满对父亲说，"从外面进来又高兴、体面地走出去。祝他们俩幸福！"

几造只是含糊地"嗯"了一声。

那个客人没有回来，好像是从堤坝去了什么地方。当夜他没回来，从此再也没来过安乐亭。堤坝的那棵松树下，只有留在那里的五合酒和两只酒杯。那位客人不知其名，也不知去了哪里。

雨过天晴

豫让

一

在肥后国[1]隈本城、大御殿的走廊上，一个叫宫本武藏的剑侠，把一个不知其名的厨师杀了。起因并非什么大事，就是厨师想试试宫本武藏的本事。厨师认为，虽说是武林高手，但也害怕黑暗中飞出的石子，所以没什么了不起的。有人说，你光会这样说，还不如拿出证据让我们瞧瞧。当时恰逢初夜时分，待宫本武藏正从漆黑的走廊走过来时，躲在附近的厨师突然向他扑去。刹那间，只见宫本武藏不动声色，手起刀落，一剑将厨师砍毙。这就是整个过程，并无什么特别之处。

二

同一天，比这件事大约早两个时辰，在城里京町伊吹屋旅店的女佣房间里，女佣喜多正和来访的年轻人岩太说话。

厨房飘来烧煮菜肴的香味儿，加上锅碗瓢盆声、人们繁忙的脚步声和叫唤声等，显示出这家旅馆特有的盛况。就是在这个房间，女佣们频繁进出，放餐具上菜，但绝不会抬眼去看正在交谈的两位客人。喜多却喜欢用眼盯着人看。她有

---

1 日本古国名，指今天熊本县全境。

老客户，而且是伊吹屋女佣的领班。她年龄比岩太大三岁，今年二十六，五官端正，是个美人。遗憾的是脸上多黑痣，外加圆圆的下巴和塌鼻子。不过，反倒使之增添了几分可爱。

"那种事情绝对不行！"

喜多说着，将纤细白净的手掌翻过来，整理梳好的头发。她好像对额头的头发和鬓发不太满意，从架子上取下镜子，从不同角度照着看。岩太侧身坐在木窗外的小走廊上，单腿屈膝，晃动着腿用悲哀的眼神看着喜多。

"别说些无情无义的话啊。我不是来求你了吗？求你呀。"

"绝对不行！那种事儿。"

"不是要钱，赚了就还你。我感到今晚能赢，肯定能赢！我有预感。"

"我刚才已经说过，绝对不行！"喜多摸摸头发，"你说赚了就还，那是假设。从你开始玩那些不三不四的赌博以来，每次都想赢一回，结果每次都输得一干二净。"

"你不知道情况，别教训人。"

"你不是冤大头吗？永远一个样儿。"喜多特意再说了一遍，"阿角说的，你压根儿不是那种人！不适合赌博！完全是给人送钱！"

"阿角？哪个阿角？"

"说你并不喜欢赌博。一边赌一边东张西望，精神根本就不集中。完全去扔钱的。"

"阿角？哪个阿角？"

喜多没回答。岩太见她不回答，便垂头丧气，拉起脸站起身来。

"那，怎么求你都不行吗？"

"你若打算去淀屋，劝你别去了。"喜多紧盯着镜子，"还有桥本的阿米、花畑那边，也别找人家。"

岩太听了，心里一怔。

"怎么了？有什么事吗？"

"你给我买过一个笄对吧？然后借走了我的簪子。给我买了身和服，却把腰带顺走了。"

"我把它换成赌博的本钱了呀。"

"别撒谎了！"喜多转过头来，"买给我的笄不是淀屋阿半的吗？你是不是把阿半的笄拿来给我又把我的簪子拿去给阿半？和服也好腰带也好，不是阿半的就是桥本阿米呀、花畑谁谁的。反正四人轮流，我的给她，她的给我……别当我是傻子！"

"你……我对你……"

"你走吧，你做的那些事情我都知道，以后请不要再来了！"

"随便你怎么说……"

关系断了。没什么商量的余地了。岩太耷拉着脑袋，出了门。

"嘿，我再不上这儿来了。"

大街上人很多。他穿过小巷，无精打采地往坪井川那边走去。平纹藏青布的棉袄上系着窄腰带，脚上穿一双磨破的草鞋。他怀揣着双手，前屈着身体，慢慢走着。那样子就像寒风中被拔去羽毛的乌鸦。月代头的头发和嘴边的胡子蓬乱不齐，长长的脸上苍白无力，眼睛和嘴角带有一丝孩子的模样儿。他是那种小孩面孔的大人。

"这下真麻烦了。"他哭丧着脸低声说，"我走投无路了。"

令人讨厌的黄昏时分。夕阳已退，本妙寺山和灵树山已变暗。烟霭弥漫的旱田里，挥舞锄头的农夫平添了夕阳下的哀愁。

"无处可去了。被她通通识破了……"

他走到坪井川边停下。河水流光溢彩，波光闪耀。现在已是三月，河水按说已变暖，但眼前看上去却很冷。流水涟漪中闪着刺眼的金属光，有股刺骨般的冰凉感……他紧盯着水面，垂头丧气。脚下凉气上窜，身子不由得颤抖起来。他想给自己增加点勇气，设想来到的酒馆——明亮、温暖的灯光，芳香的热乎乎的美酒，一口咽下，舌根都温乎……果真有了效果，肚子咕咕直叫。他扭歪脸笑了笑。

"嗨，胡扯些什么呀。"

他冷笑着迈步走去。

"这边的东西拿到那边，那边的东西再拿到这边。四个人的东西轮流这样交换。她怎么会知道？"他脸红了，"竟说不要再来。长满黑痣的丑八怪！谁要去你那里？我可是岩家的帅哥儿！敢小看我？"

但无处可去却是事实。岩太是想入黑帮的，旁人也这么看，他四处借钱、欠债不还，他喜欢过这样的日子。奇怪的是，即便黑帮伙伴之间，借钱和不还债也是行不通的。他并非喜欢黑帮职业，沦落至此他也不喜欢，只是，他确实干不了其他什么，所以一半也是自暴自弃。但当恶棍不到一年，他就混不下去了，借钱不还钱行不通，当个恶棍又有什么劲儿。

"干脆去当乞丐……"

岩太这样嘀咕着，来到了白川地界，不过他又转身往千段畑走去。

三

在有点脏乱的荞麦面馆，岩太喝醉了，此时已经九点了。这里离千段畑街稍远，尽是马夫、轿夫、小商贩吃饭喝酒的地方，店里常能听到各地方言。到深夜关门闭店，里面的房间会变成赌场，赌徒们每晚汇集于此。

里面已经开赌，不时传来哄笑声。店里有阿角的份子，所以安全。阿角是长冈佐渡的贴身护卫，而佐渡则是藩内老臣。

里面十分热闹。相比之下，前面的店铺灯光微暗，十分安静。岩太背后的柱子上吊着一盏熏黑的灯笼，照着岩太。

"有三五个女人,"他小声地说,"女人嘛,不就是扫出去扔掉的东西嘛。"

他完全喝醉了,坐在桌旁,单手托着脸,另一只手倒酒,喝酒。酒洒得到处都是。他已脸色苍白,眼睛凹陷,嘴角淌着口水。

"喂,把阿角哥叫过来……"

岩太突然叫起来,但没人理他。这时,紧闭着的大门旁的边门打开,一个手持六尺棒的男子走进来。原来是晚上巡逻的巡警。紧靠店铺的厨房里跑出了店主的老婆。

"老爷,您辛苦……"

"没什么情况吧?"

巡警朝里面望了望。

"是的。您瞧,老早就关上了大门。您请坐,我去倒茶来。"

"好吧。"

巡警在门框处坐下,老婆进了厨房。他把六尺棒放在一旁,发现岩太,脸色阴沉地把头转向一边。突然又想起什么似的,转过头来问:

"你不是铃木府上的岩太吗?"

岩太抬起头来。

"你在这里干什么?"巡警忙问道,"府上不是正四处找你吗?你还在这里游手好闲的。快回去吧。"

"说什么呀?你是谁?"

"快回去。"巡警说,"回去就说听作间武平讲的。巡警作间武平！家里人着急得要死，你却在这里喝得醉醺醺的。不怕人笑话吗？快回去吧。"

店主老婆用茶盘端来很大一杯茶，说着客套话递给巡警。巡警拿过茶杯，喝了一大口，猛地呛了一下。

"能把阿角哥叫来一下吗？拜托了。"

岩太又叫起来。作间武平喝了口茶，想了一下。

"对了，拉着他回去吧。"

武平将茶一饮而尽，一旁等着的老板娘又倒来一杯茶。"虽说已是春季，还是冷啊。"老板娘若无其事地说着，一边连茶盘也一起放在了那里。武平斜眼看去，除了茶杯以外，没有放小碟，脸色一副阴沉。

"好吧，就这样吧。"

武平嘀咕着。

"把他拉回去，可能不会白辛苦吧。"

从里屋传出说话的声音。打开拉门，走出一个三十四五岁的男子。

"啊，作间来了……"

巡警转过头去，挤出尴尬的笑脸，还想说点什么，男子却已走向岩太身边。

"怎么啦？阿岩，玩两盘吗？"

"啊，阿角！"岩太伸出手，"你来了。阿角哥，我在这儿等你呀。"

"我刚来。"

"我在等你。你陪我说会儿话吧。大哥,我想死你了!"

"嗯,别等了。你现在必须回家,你醉得太厉害了。"

阿角自言自语,然后对着厨房叫喊:"阿金!"

"我的草鞋放在后面了,给我拿过来。"

这一叫喊使得一旁的作间武平开了口。

"我刚才也对他说,快回家去吧。铃木大人告诉我们巡查组,有人发现的话立刻通知。"

"醉成这个样子,怎么办呢?"

阿角嘀咕着。他粗壮结实,虎背熊腰,皮肤黝黑,下颚宽大,表情严肃。额头上有一大块刀疤,给人严肃而冷酷的印象。贴身护卫的地位并不高,他却因这个伤疤,深受主人的喜爱,在同行间也享有威望。阿角对弱者很有同情心,他看不起作间武平这样的小吏,对岩太那样的人却特别好。他管乳臭未干的岩太叫岩太君,这称呼绝无仅有。

"来,站起来,岩太君……"

穿着老婆拿来的草鞋,阿角走到岩太身边,轻轻拍了拍。岩太嗯了一声,又趴在了饭桌上。阿角又贴近他耳边嘀咕了几句。岩太含糊地说着什么,一个劲儿摇着头。阿角又嘀咕几句,这下岩太张着嘴唇,皱着眉头,抬头看着阿角。

"来,我送你回去。站起来。"

阿角伸出手,岩太站起身来。走到屋外,四下一片黑暗。变天了,像是要下雨。温和的南风徐徐吹来。阿角一只手打着灯笼,一只手扶着岩太向前走。

"我是从我家叫伊能的人那里听说的。"阿角说,"伊能在城里目睹了现场,该不会错吧!"

"那我也不能完全相信啊。"岩太摇摇头,"到底为什么会发生这样的事儿?"

"具体情况我也不知。听说你爸想要试试那个'千叶之城'的本事,要看看人家的武功。说是他躲在长廊上,从黑暗中猛地一下跳出来。"

"别开玩笑了!怎么会做这样的傻事?"

"对方可是高手。一句话都来不及说……懂了吗?你父亲虽是武士,但在厨房干活,实际上是厨师,靠俸禄维生。那就好像大力神踩死婴儿一样。"

"真不敢相信,怎会有这样的蠢事……"

"要是事先停下来就好了。'千叶之城'的那个人不能招惹!"阿角说,"那个人刚从小仓到这边不久。听府上老爷长冈佐渡说,有一次城里的大厅里举行酒宴。是否在老爷面前我不知道,当时有位大人说起严流岛[1]的故事,即那人与佐佐木小次郎的决战吧。那位大人说:'我听说是这样的——小次郎的大刀差点儿把你脑袋砍下来,这是事实吗?'……原本是酒桌上助兴的玩笑,谁知'千叶之城'一下子拉长了脸,样子可怕。顺手抓起身旁的烛台,走到那位

---

[1] 严流岛:古称小仓岛,位于今日本山口县下关市关门海峡,是宫本武藏与佐佐木小次郎当年决战之地。

大人面前，说自己年少时头上长了个肿块，至今还留着总发[1]，头上留下肿块疤，但根本没有刀疤。你好好查查！说完自己把头伸到那位大人面前，分开头发让他看。那个样子好凶狠。……那位大人也吓得脸色苍白，赶紧说我知道了是我听错了。但那人不依不饶，拿起烛台伸到他面前，说不好好检查一下不可能知道！来！好好看一看！仔细查一查！边说边靠近那位大人。那种生气的样子就不像是人的样子，在座的个个吓得不敢吱声。"

"我不相信！"岩太还是摇头，"也许是真的。我父亲在长廊处一出现他就当真了。看来他喜欢为一点点小事发火。"

"'千叶之城'就是这样。绝对不能招惹他！你爸爸当时要事先放弃试探他的念头就好了。"

阿角突然抬头望了望天空。额头上淋了雨，雨滴落在了额头的刀疤处。雨淅淅沥沥地下了起来。

四

房间正面摆放着尸体。

到处弥漫着燃香的烟雾。烛台上的火早已熄灭，房间里也收拾过了，只是在死者的头旁还放着经卷桌，别无他物。经卷桌上放了一株大茴香草，再就是飘着烟雾的香炉。香炉

---

[1] 总发：有别于月代头，蓄长发结于脑后的一种发型。

过大，烧的香也太多。房间里到处是烟，令人窒息。这好像是为了压住尸体的血腥味儿。

岩太看着父亲的遗体。他被换上了条纹和服，睡在新席子上。没有枕头，头平放着，露出隆起的下颚。样子像是睡着了，安详平和。鼻子两侧和额头都出现了紫斑，从张开的嘴唇里露出了牙齿。皮肤已干，露出令人不快的颜色，但从头到脚都没有死前痛苦挣扎的迹象。岩太的右边是哥哥数马。他身穿带有家徽的窄袖和服和一条裙裤，正襟危坐。

数马二十五岁，模样长得像父亲，肤色浅黑，下颚尖瘦。眉头一紧锁，额头便出现深深的皱纹。他像父亲，也是脾气暴躁，常常皱起眉头，怒目圆睁。

"太过分了！"岩太说，"再怎么样也没必要杀人！即便是什么高手呀剑圣呀……我们只是厨师呀。"

"剑道这东西很严厉的。"

"他被誉为名人。但当时并无弓、枪包围，只一个普通的厨师想试试他的武艺而已。身体躲闪一下或者把对方摔出去都行，没必要一剑置其于死地嘛。"

"宫本当时怎么想的，你知道吗？"数马冷淡地说，"剑道严格而且不留情面。父亲冲犯了这一尊严。"

"你是说我不懂那人的心理吗？"

"宫本被称作剑圣啊。"

"你说我不懂那人的心理？"岩太说，"别开玩笑了！什么名人呀剑圣啦，我不懂。要我说，这些都只是名誉而已。

因为要守住这点儿名誉，人就变得无情无义。"

岩太讲了刚才从阿角那里听来的故事——让人看头上是否有刀伤。都是道听途说，或许有些夸张，但宫本那凶神恶煞的表情给人留下了鲜明的印象。

"这个事情也是一样。只说你那样做不对，就行了吗？显然不行！这里有面子问题。必须手拿烛台，把头伸过去让人检查，不这样他的面子就没了。杀死父亲也是这样。并不是什么尊严啦其他什么的。仅仅是父亲突然扑过来，就被杀了。一剑致命！这都是因为那些被称为名人什么的面子在作怪。那家伙就是因为剑我如一，才变得无情无义。"

"蠢人事后才变聪敏。"数马冷笑道，"父亲做事欠考虑，但这下总算明白了剑道的真谛。你们是不懂，据说父亲临死前对赶来救他的人说，自己这下就知足了。"

"他说这下知足了？父亲他……"

"父亲和同伴们争论宫本大人的剑术。父亲说宫本大人剑术再高，也怕突然袭击，但大多数人认为他不怕。于是父亲为证明自己的想法就躲在了长廊，结果终于领教了宫本大人剑术的厉害。明白了这一点，哪怕死在其剑下，我想父亲也知足。"

"真是这样说的吗？父亲……"

岩太看着父亲的遗体，鼻子塞住了似的。

"真的知足了吗？父亲……你真可怜啊！不就是想知道剑术的高低吗？结果连命都搭了进去。不可怜吗？临死前还说什么……自己知足了，你真是一个可怜的老好人啊。"

"你给我站起来！"数马说，"你的胡言乱语是对父亲大人的侮辱！告别走吧。"

"我还没见到家里人哪。"

"叫你来是为了在遗体前告诉你，你和父亲断绝了父子关系。我现在就告诉你，下面没你的事了。"

"我也不能见母亲吗？"

"不要说母亲，就是小藤也不能见。"

"不能见母亲？还是你不让我见母亲？"

"理由问你自己。"数马凶狠地瞪着他，"铃木家的母亲、兄弟没有你这种乞丐不如的亲人。"

"乞丐？……我连乞丐都不如？"

岩太沉下脸来，紧握着拳头。但一会儿又笑着点头说——好吧。

"这种话你不说我也明白。我正准备做乞丐呢，真的。傍晚走在坪井川河边时我就是这么想的，要饭就要饭吧。"

"废话少说。出去！"

"好吧。我就去要饭……"

岩太站起身来，又看了看父亲的遗体，然后对着遗体说："父亲，您这次真是倒霉。我不能再打扰您了，和在座的哥哥也是一样。断绝关系从此是路人。再见了。"

五

"我想当一名厨师。"

"就来我这里吧。"阿角说,"你一个人的话,怎么样都能解决。"

"我喜欢在厨房里干活儿。"

岩太在插竹片。将长约七尺左右的青竹剖成八节,两头都插进土里,做成山状。每片间隔五寸,一字儿排开。

"父亲想让我当武士。"岩太边插竹片边说,"父亲是个厨师。我像他一样喜欢剖鱼杀鸡,切成块或烧或煮,做成美味佳肴。只要能每天拿起菜刀,尝尝菜肴的味道,我就满足了。我干起来不会比别人差!……但我的父亲说,给人做吃的是下贱的工作,这活儿在我这一代已经干够了。你要立志当武士!"

"原来没听你说过嘛……"

"他说不论发生什么情况,你都要当武士!"岩太说,"我不愿意当武士。吵吵闹闹,最后我离家出走,住到淀屋的厨房里。调皮的我原来就经常跑到淀屋那边去,在厨房做些自己感兴趣的活儿。那家的老板面子广,叫我少爷,让我想干什么就干什么。这样我学会了许多烹饪技艺。我还向厨子们讨教手艺,学着做菜。今后未必在淀屋做厨师,但只要自己肯吃苦,老板说——都教给你。"

"瞒着家里吗?"

"当然。"岩太继续干着手里的活儿,"大约半年后露馅了。父亲很生气,大骂淀屋的老板。我只好离开淀屋,搬到位于花畑的岛田屋。在那里待了约莫一年,父亲还是找来了。我被细川大人的厨师狠狠地瞪着,他没多说,但我也只好离开了花畑。"

竹篱围成一个圆形,一个高约四尺、宽约三尺、长约六尺的晾鱼板似的架子。岩太还仔细地检查了一遍,高度是否整齐一致,根基是否牢固等。接着取来草席盖在架子上,沿边用手指挖开一条缝,然后将绳子绑上竹片。他边干边说:"离开花畑后搬到了桥本,然后去了京町伊吹,我想父亲总该对我死心了吧。可他却并没有死心,又跑到伊吹屋恨恨地骂我。在伊吹屋也无法立足的话,我想只有投降了,听他的摆布吧。"

"你以前从没讲过这些事。"阿角说,"我一直以为你到处游荡是因为女人的事。花畑呀、淀屋呀,还有伊吹屋的喜多……我过去一直以为你隔三岔五地被女人甩。"

"我现在也是被那些女人甩了。再不拿起菜刀就变成人渣了,一个没有任何技能的混混儿。对吧?老哥……"岩太说,"我听喜多说老哥你讲的,说我本性不适合赌博,你说得完全正确。何止是赌博,我干任何事情都不专一,除了在厨房舞弄菜刀……"

"那么这下好了,不会有人跑到这里骂你了。"

"不行!这活儿倒是适合我,但对不起过世的老爷子。

算了,连断绝关系的哥哥都说我不如乞丐,女人也瞧不起我,到哪儿都是惹人厌。阿角哥你懂吧?我不愿这样自暴自弃了。"

"你来我这儿就行。"阿角说,"多阿岩一个,不会有负担的。"

"谢谢好意,还是让我自己选择吧。对这个社会和人,我已经厌恶了。"岩太又加了一张草席,"父亲真是个傻瓜,临死前居然说自己满意了。剑道非常严苛,杀他的人是有名的剑圣,他的死谁都不会抱有怀疑。武士伟大,厨子下贱啊。我对这一切都看不惯,对一切都失去了兴趣。我就当乞丐!在这个简陋的小屋里笑看人间吧。"

"这种生活,不可能长久的。"

"我就要笑。"岩太一边绑草席一边说,"这回轮到我笑他们了。"

阿角直摇头,额头上的伤疤格外显眼。简陋的小屋也渐渐成形了。

六

沿城里街道往东一直走,有一座架在白川上的桥。过了桥就是水前寺,水前寺有成趣园,那里是藩侯的别墅。在去往那里的途中,也有许多重臣的家宅。自然,这条路上总是人来人往。

过桥约十多米处的右侧，离道路约三尺的草地里冒出一间简陋小屋，巡警发现里面住着一个乞丐。水前寺大道是藩侯、重臣行走的地方，这条街道必须保持干净整洁。出现了乞丐，真是不可容忍。巡警大为恼火，因为稍不留神就可能出现过失。巡警们走到草地，来到小屋前，用警棍敲着小屋。

"出来！"巡警喊道，"这种地方不能搭建这样的东西！乱套了！快离开这里，臭要饭的。"

岩太从里面出来。头发胡子生得像杂草，污头垢面，棉衣也破烂不堪，一副穷困潦倒的模样儿。

"你是哪里来的乞丐？"

"我是本地人。"岩太争辩似的回答说，"父亲死了。他是厨师铃木长太夫。我是他的二儿子岩太……"

"铃木长太夫……你是铃木府上的老二？"

巡警瞪大了眼睛。他盯着岩太看了一会儿，半晌说不出话来，以至露出有黄斑的牙齿。

"有印象……是，铃木府上的老二。"

巡警自言自语，然后马上一副奇怪的表情，不住地点头。

"不敢相信。真的吗？"巡警双眼湿润了，"他的确有房子在国分。没错，没错。"

岩太沉默了，仍是一副抵触的架势。

"刚才失礼。"巡警忙赔不是，"如果这样，没关系。我去跟上司汇报一下，这也是没办法。那我告辞啦。失礼了。"

巡警低头示意，收起警棍走了。

"什么东西！"岩太吐了口唾沫，"阴阳怪气的。问我怎么会这样？我问谁去？"

再一看，巡警在桥上转过头向他点头示意，岩太也下意识地低头回礼。一会儿又醒悟过来，随即厌恶地吐了口唾沫。

——怎么办呢？

听了巡警的话，岩太才注意到此处是水前寺路，住在这里会被人赶走的，而且自己无话可说。不过巡警刚才又说了些奇怪的话，什么如果是这样，可以待在这里，应该是这样。然后又是道歉又是点头哈腰的。

——想干什么？

岩太一时不知如何是好。他伸了伸懒腰，又钻进了小屋里。

"嗯，不懂。"

不明白的事情接连发生了！第二天一早，大概八点左右，淀屋旅馆的老人叫仆人拿了饭菜来看他。老人已七十多，弯腰驼背，耳朵也不好使。因年轻时长得胖，所以脸皮也松松垮垮地耷拉着。走起路来摇摇晃晃，靠拐杖才能挪动。

"果然如此！"见到岩太后，老人用沙哑的声音含糊地说，"果然啊！我总觉得别人说的不可信。你可是武士家里的孩子啊，关键时候要维护武士家的荣誉呀……传助，把东西拿过来呀。"

老人责备仆人，岩太默默地看着他们。老人听不见别人说话，很早以前就是这个毛病——与人交谈只顾自己说话。

他早就认识岩太，打小岩太自己跑到淀屋的厨房里玩时，老人就喜欢他。在岩太的父亲跑到淀屋破口大骂前，两人一直关系很好。

"把这个给少爷。"老人对仆人说，然后用惺忪的眼睛，靠得很近地看着岩太，"是啊，果然是啊，铃木大人的公子啊。还是要维护武士的荣誉呀，武士家的人到哪里也得有个样子啊。少爷从小就与别的孩子不同。别磨磨蹭蹭的，传助，把东西给少爷。"

岩太接过装着饭菜的盒子。老人又从怀里掏出纸包的东西，递给岩太，然后啰啰唆唆地讲着什么，拄着拐杖晃晃悠悠地走了出去。走上街道到了桥附近，岩太还能听到老人在嘀咕——是啊，真是的啊。

"我不明白，到底怎么啦？"

纸里包着一两金，饭盒里装满了饭团和菜。"要维护武士家的荣誉，关键时候到哪里也要有个样子。"岩太歪着头想想这话的意思。"要有个样子。难道是我下决心当了乞丐的缘故吗？他不停地说：'真是啊，真是啊。'……不过，当乞丐不行吗？"

一两金在当时是大钱了，岩太边吃饭边盘算如何使用这钱。正当他在兴头上时，又来人了！岩太出去一看，原来是昨天的那个巡警，后面还跟着一位上年纪的侍从，瘦小的个头，满脸皮包骨，嘴边胡子拉碴，一副阴郁的样子。但从他穿着整洁、浑身带着几分威严来看，或许是巡警队的头儿吧？岩太想自己终于要被赶走啦……

"昨天我太失礼了。"巡警说，"这位是我们巡警队的头儿，木下主膳大人。"

主膳走到前面来，脸色阴沉。行了注目礼后，小声地问道："铃木长太夫大人的二公子吗？"

岩太默默地点点头，对方也点点头，嘴上的胡子朝一边歪过去，似乎还想说点儿什么。主膳稍微犹豫了一会儿，咳了几声接着说：

"好吧。"主膳说，"我来负责。谁要是对你反复纠缠，你就告诉他巡警队长知道。不过，可能不会出现这种情况的……嗯，就这么说吧，我来负责。"然后又小声地说："怎么样？放心了吧。"

说完又递给岩太一个纸包，说是自己的一点心意。然后阴沉着脸，在巡警的陪同下走了。纸包里有一分金。岩太抬起头望着天空。

"不赶我走？……"他一脸茫然，"他来负责？如果有人对我纠缠的话。……临走时还给了一分金。简直让人全蒙。"

岩太陷入沉思中。自己一天到晚地借钱、欠债，走投无路，除了阿角没人理自己，简直成了过街老鼠。哥哥骂我乞丐不如，昨日就应验了，昨天最终就……

七

"太突然了!"

岩太皱了皱眉头。他想,怎么变成这样呢?我不就变成了一个乞丐吗?我认为我现实中也只能当乞丐了。真的,当乞丐也不是简单的,并不是人人都当得了的。当乞丐需要闯过一关,须有勇气。当乞丐也许就是勇气的证明。

"也许是这样。也许不是这样?"岩太一时也不知对错,"一时也想不明白,一时也拿不定主意,眼下就这样吧,不想了。"

然而疑惑并没解开。桥本旅馆的老板也来了,也提着饭菜盒给了两分金。还给了一条旧毛毯,嘱咐说垫在身下……

"什么也别说了。我心里有数。"桥本老板说,"我知道了,你不用多说。如果还需要什么,请照直说好了。我派人给你送来。每天给你送……"接着压低声音说:"好好照顾自己,振作点儿。"

岩太默默收下了东西,不说话似乎更好些。桥本主人把话咽了下去,回去了。

这样连续五天,都有人过来探望。有认识的也有不认识的,不认识的多是武士。来后都规规矩矩地寒暄问好,然后放下点什么——如钱或物,就离开了。空手来的有些难为情,岩太看着也不忍心。

"这样不行,这小屋要扩大。"岩太看了看身边,"送的东西太多,以后杂七杂八的就谢绝吧。"

第五天傍晚岩太数了数送来的钱,居然有七两三分二铢多,自己生来还第一次有这么多钱。近八两金哪!做梦也没想过……

"常言道,乞丐三天就上瘾,果真如此啊。"岩太叹口气说,"古人此言不虚,我还真上瘾了,欲罢不能啊。"

这时听见屋外有声音。

"阿岩!"是女人的声音,"在吗?阿岩。"

岩太藏好钱,慢慢地走出来。伊吹屋的喜多站在门口。她抱着一个包袱,忸怩不安,多痣的脸羞得通红。岩太不吱声,不吱声已开始成为习惯。喜多用手指捏着包袱上的扣结,不时地看着岩太。

"上次多多失礼。"喜多低着头说,"我是嫉妒了,吃醋了,才讲了一些违心的话,请你原谅。阿岩……"

岩太没说什么,这种时候似乎一言不发为好。喜多有些沮丧,快要哭了。她蹲下去,解开包袱。她头上沾了白色的花瓣,伸出的脖子比想象的要长要美。或许是打了白粉的缘故,在黄昏天色渐渐暗去的时候,脖子显得白皙动人。

"拿了几条换洗的外衣和内衣。"喜多用柔和的声音说,"请你把脏衣服脱下来,我带回去洗。腰带像这样的,可以吗?"

接着她又拿出了袜子、鞋子、鼻纸、剃刀、指甲剪等。

不愧是女人，拿来的东西都是岩太需要的。

"快，把脏衣服脱下来吧。"

喜多拿起带来的衣服，走到岩太身后。岩太默不作声，空出约三尺距离。喜多从背后替他换衣服，突然，激动得双手从后面紧紧地抱住他。

"你没事吧？阿岩……"

抱紧的双手在抖动，她的声音也在颤抖，喷在岩太颈窝的气息是滚烫的，她身上散发的阵阵香气缠绕着岩太。

"你不会有事的吧？肯定能干得很出色吧……"喜多说，"对方既不是魔王也不是大侠，是人。你一定能帮你爹报仇的。阿岩……"

"你说什么？"岩太吃了一惊，"报仇？说什么哪？"

"对不起。我乱说的……"

"你在说什么啦？"

"原谅我。"喜多把脸紧紧地贴在岩太背上，"我害怕，所以恍恍惚惚的，也不知道自己说了些什么。不说了，也不对别人说。对不起，快换衣服吧。"

他这才明白，不是马上明白的。喜多走后，他自己坐在小屋后面刚发芽的草地上恍然大悟。当时望着渐渐暗下去的荒地对面，几天来发生的一切不由得汇聚凝结在了一起，然后渐渐清晰地形成了一个"事实"。

——复仇！

就是这个事实！人们都相信岩太要复仇。岩太当乞丐，为复仇当乞丐！这样的故事屡见不鲜，故事里多数都当了乞丐，好像复仇和乞丐总是连在一起。最初见到巡警队的那个警察就是这么认为的……

——那个人有房子在国分！

那个警察说。从这里到水前寺，中途经过国分，那里有宫本武藏的别居。平时住在市内本家"千叶之城"，所以他被称作"千叶之城大人"。他住在别居的时候也不少，因此招致了警察的误解，他确信如此。不是这样的话，他不会当乞丐……

"就是这个误解！理由就是如此。"

岩太觉得好笑！五天来各种客人恭敬的态度和口吻，送钱送物以及激励的言辞。原来是因为他们都坚信不疑，相信岩太要为死去的父亲报仇，去讨伐宫本武藏。

"这真是天大的笑话！"岩太不由得大笑起来，"他们真是愚蠢！十足的……"

他哈哈地大笑，越笑越觉得可笑，肚子都笑痛了。突然，他不笑了。他紧盯着前方，他的笑神经还在继续，但他不笑了。岩太跳将起来。

"这不得了！这不是可笑的事，要出大问题的。"岩太在发抖，"要是那个死要面子的神经病来了，怎么办哪？那个可怕的眼珠直盯着你，说要跟我比个高低，怎么办呢？我才不干呢，根本就不想干。逃吧。"

岩太吓得浑身颤抖，忙跑进小屋，一边收拾东西，一边唠叨着什么。

"我想就是这样的。毕竟过得太好了，像做美梦一样！那个家伙，那个死要面子的神经病，我要让他好好失望一下。"

岩太走出了小屋。拿着小包，卷起了下摆。天已经黑了，他打量了四周，然后沿着水前寺街，迅速向东奔去。

八

"打听到大致的情况。"阿角说，"和老爷一起去了一趟小仓。在老爷的挽留下逗留了半个月，昨晚才回来。"

"哪里呀，还没结束呢。好玩的刚刚开始。"

"所以你再也不躲了？"

"不躲。"岩太说，"躲过，中途又返回了。我想过，也是阿角哥你说的，难得过上梦一样的日子，放弃了可惜呀。我在想……怎样才能安全地继续这种舒坦日子。"

小屋后面绿草如茵，岩太和阿角落坐的地方尤其惬意。

"我稍作观察，那家伙极端地装腔作势。"岩太说，"那么死要面子的人是不会来的。他在等，一定在等着我去找他……"

"的确如此。"

"好就好在他被捧为名人、稀世剑客。"岩太笑着说，"那就意味着我们都不是他的对手。曾我兄弟复仇用了十八年[1]，那么一两年的时间里，大家不会逼我去复仇，却会继续支持和帮助。对吧？阿角哥……"

"没错，肯定是如此。"

"那么，"岩太缩了缩脖子，"正如我考虑的，那个老头儿想必已经搬到了别居。"

"你说的是'千叶之城'吗？"

"没错，就是宫本武藏。摆出一副臭架子的老头儿！在我跑走又折回来的第二天，大概是听到的什么谣传吧，搬到了靠近的别居，每天都走这条路。早上进城，傍晚回家，每天两次从这里经过……"

"那么，没发生什么事吧？"

"什么都没发生！我在小屋里看着，觉得好笑。"岩太哈哈笑起来，"老头儿出现了。早上从这边往那边，傍晚又从那边过来往回走。七八个随从，老头总是走在前面，随从们隔他二三十步。走到小屋前时，他往往独自站着，像是在等后面的人快点跟上来。他并没朝我这边看，而是往前盯着，做出一副道貌岸然的样子。"

"好像是在说……想决斗就来吧。"

"是的。滑稽！摆出那种姿势就是虚荣。包括故意搬过来住，就是要给我机会决斗。嗯，嗯……"岩太搓着手说，"没错，就是如此，他自己不会先出手的。不管发生什么情况，

---

[1] 曾我兄弟复仇事件，日本历史上三大复仇事件之一。

我绝不会学我父亲，这样就没事。"

"那些人后来怎么样呢？"

"这样也最合适不过了。他们也说不要勉强，作为我的后盾，劝我不可轻举妄动，说宫本大人毕竟是天下名人剑客，勉强行事只会把事情弄糟。那么，刚好也合我心意。"岩太笑着，突然一拍大腿说，"正好！有好东西。淀屋那边送来了鲷鱼还有酒，咱们喝一杯吧。"

"可是，还没到晚上啊。"

阿角显得有点儿不习惯。

"喝着喝着，天就黑了嘛。老头儿马上就要走过去了，光看看他那个样子就该喝一杯。天黑以后说不定还有谁会来喝酒的。"

"你别吓我。"

"不是什么美女。"岩太起身往小屋走去，"都是阿角哥认识的，喜多、阿半，花畑的阿米啦之流。一度断绝往来的妞儿们，最近争着与我和好。细川大人说她们真可怜。"

阿角顺手摘下小草的叶子，茅草叶。他嚼着叶子眯起眼看了看天空，然后自言自语："这世道完全不懂。"接着大声说，"看来该你笑了。"

九

岩太是幸福的，这个幸福是实实在在的，所有的条件都支撑着他的幸福。

他要为父亲复仇。对手是天下名人、无人出其右的剑圣。他是厨师之子，现已断绝了父子关系孤独无援。对手是越中[1]守的教头，门下众多弟子。但尽管如此，他还是想复仇。社会上对他寄予同情，也尊敬他。人世间都期待着"那一时刻"的到来！而在"那一时刻"到来之前，他们都成为了他的保护者。人们为了一睹史上最精彩的决斗，总是充当竞技者的保护者。在决斗到来之前，竞技者必须受到保护。眼下他就受到了保护。

自打那个人搬到别居，岩太的名声急剧高涨。"那一时刻"临近。挑战者和被挑战者每天两次相会，相距十来米。讨伐者和被讨伐者每天两次相会，实际上决斗已经开始！但人们并没有推波助澜、火上浇油的打算。人们希望这场决斗时间拉长，越长越精彩。

——不能草率行事。绝对不能！

——首先要沉着冷静！

人们都这么说。人们作为他的后盾说道——对手又不会逃掉，虽说是个外强中干的家伙，但是绝不能草率行事！他们悄悄送来物资又迅速离去。岩太的对手可是藩侯的教头，不可能公然保护。所以他们悄悄地来放下物品和银两，迅速地离开，绝不长待也不喧哗。

---

1 越中：日本古代藩国名。越中国即现在的富山县全境。

除早晚两次短暂的时间外，岩太一天赋闲，充分自由。既无人责备，也无人跟他严肃地商量对策。物品和银两已经足够，还会更多，且无法回绝。他绝非愚蠢之人。最初他曾沾沾自喜。但因为有阿角的劝说，他也相信阿角的话，便没有浪费这些财物，小心谨慎。钱财全部留存，多余的物资拿去变卖，换来的钱再存起来。

——这种状况维持最多不过半年……

阿角说，以后不会继续下去了。遇到危险你就快逃，那时唯一能起作用的就是钱了。岩太记住了阿角的话，从开始到现在初秋，他已攒了近百两金。

"无法对付。"岩太搓了搓手，"随时可以逃走。有这些钱，走遍天下都不怕。北边也好南边也好，可以去想去的地方。对了，如果有人要卖旅馆，我就买下来，正好可以展示自己的厨艺绝活儿。她们也都在厨房。客人嘛，全部交给喜多去打理。嗯！……说到老板娘，也还是喜多啊。"

女人们依旧不辞辛苦地跑来看他。花畑的已经不来，但阿半、喜多和阿米等还是常来，最热心的还是喜多。遇到其他女的也会来时，喜多就等到晚上，接着便是嫉妒地大哭一场。要说漂亮，三人中她属第一；要说接待客人，她可是伊吹屋的顶梁柱。

"还是喜多好呀。"岩太自言自语，"她在的话，客人就不会逃掉，我也可以学到生意上的窍门，年纪也不大不小，正合适。一个好主意！……啊呀，过来了……"

岩太走出小屋。

八月已经入秋。但日头还长，依旧炎热。不过早晚，尤其是傍晚太阳落山后，不论是天色还是风声，还是能感到秋天的味道。现在正是黄昏时分，岩太坐在小屋旁，也不知从何时养成的这一习惯，对着街道，在小屋的左侧，铺着草席，岩太坐在那里，左手拿着大刀，右手放在膝盖上。岩太长胖了，白白的脸蛋圆鼓鼓的。他经常刮胡子，人比起原来也干净了许多，简直判若两人。

那人从城里那边来。现在已过了桥，正在树荫下。街道的这边是小草坪，对面是杂树林，草木深一些，到了下午就有树荫。那人正来到树荫下。

"还是那副耸肩提胯的样子。"岩太觉得滑稽，忍不住自言自语，"一年到头那样走路吗？给人看的吧。累不累哟？"

那人走过来了，就他一人，七个随从走在约莫十五六米的身后。这个人已六十好几，人瘦但肌肉饱满，体格彪悍。他肤色黝黑，眉毛和眼睛挤在一起，眉毛好像盖住了眼睛。眼睛细长而敏锐，猛禽似的眼珠在眉毛下闪闪发光。他总是目不斜视，但周围的一切也逃不过他的眼睛。嘴唇紧闭，由此他脸上出现了一道很深的皱纹。这条皱纹有时更加锁紧，那是内心更加紧张的反映。

浓密头发的脑袋上看得到一条白色的痕迹，嘴边的胡子则是乌黑，没有光泽但黑而密。他身穿染成浅蓝色的麻布单衣，长长的几乎盖住了脚。他走路基本不出声响，长单衣的

豫让

下摆也不太翻动,总是挨着脚趾甲。他就是这么不发出声响地走着。马上快到小屋前面了。

——真会虚张声势。

岩太心里这么想着。

这人停住了。插着短刀的腰挺得笔直,握成空心拳头的双手轻松地垂在身体两边,眼睛正视前方。他浑身上下神经高度紧张,但肌肉显得柔软。总之,柔软中带着高度的紧张。

——一、二……七、九……

岩太心里数着。

那人纹丝不动。对岩太来说,这情景尤值一看。这人提防着危险,眼下正处在生命的危急关头。现在的姿势可以随机应变。这是一流达人摆好的、绝妙的攻防态势。不过岩太这边什么打算也没有,也没想过要有什么打算。那个人已做好了防备,神秘的防备对抗生命的危险。

——十二、十三……十九……

岩太边数边这么想着。

——要是阿角看到这场景,会说什么呢?

那个人开始走了,那人认为可以走了。安静的步伐,注视着前方,那个人慢慢地走了。他有几分满意的神情。

"嗯。难道他不懂自己在故弄玄虚吗?"岩太低声说,"看看那个样子,好笑!"

十

"铃木大人!想听听铃木大人的意思!"

岩太迅速坐了起来,揉了揉自己的眼睛。天亮了,小屋里也一片明亮。

"来了。"他回应说,"这就来。"

岩太系好腰带。他有些发抖!已经是早上寒气逼人的季节了,但发抖也不光是因为寒气的缘故。这么早就有人来到小屋,公然把他叫醒,以前从未有过。发生了什么异常的情况吗?莫非我必须逃跑了吗?他理了理头发,整了整衣袖,走出了小屋。

外面站着一个穿礼服的武士,身后还有一个仆人,捧着一个小盒子。武士脸色苍白,连嘴唇都是干枯的。

"铃木大人吧?"武士问,"我是宫本家的,叫太田藏人。"

"我是铃木岩太。"

"您可能也听说了,我家主人病卧在床,昨晚已去世了。"

岩太惊得目瞪口呆。最近这段时间的确没看到那人走过此地,曾料想他可能生病,却没想过是要死的病。

"我家主人有一赠品要送给你。"

武士转过头,打开盒子,从中拿出了一件衣服。就是那件染成浅蓝色的麻单衣,能盖住脚的那件。那人老是穿着它。

"主人临终前说,"武士说,"'钦佩他找我报杀父之仇的勇气。他要来报仇的话,我本打算奉陪到底。但眼下我快死了,真是遗憾!事到如今我也无能为力。我之所以把我穿过的这件衣服给他,是让他像子国豫让故事那样报仇雪恨。'"

"啊!这……"

岩太不知如何是好。

"虽然不能满足您的心愿,但请体谅我家主人的一片心意,收下吧。"

"啊……这当然,肯定要收下。"

岩太接过衣服。他不懂"子国豫让"怎么回事,只顾点头表示感谢。武士太田藏人也鞠躬回礼。

"也就是说,"岩太似懂非懂地问道,"他已经死了吗?"

"是的。"

武士再次郑重地点了点头。然后,仿佛想尽快让岩太平静下来似的,带着同伴就走了。

"啊,他死了?"岩太拿起衣服看了看,"死了,就没办法了。那这又是做什么呢?让我去模仿吗?模仿什么?这不仅仅是个遗物吗?"

他抓着脑袋想着。

"对了!刚才他们不是说了奇妙的'子国豫让'嘛……是的。学豫让故事中的那样,就可以报仇雪恨。我记得是这样说的。……豫让是谁?豫让!像是谁都不知道的虚构的人物嘛!像他那样做?……可是……"

岩太睁大了眼睛。从马路往小屋这边，上次来过的警察队长过来了，记得叫木下主膳。队长已知道事情发生了变化，他在宫本家听说此事后正回警察所。主膳来到岩太身边，点了点头。

"我什么也不说了，理解你的心情。"主膳说，"衣服的事也听说了。不愧是宫本名人啊，居然想到了'子国豫让'的故事，把自己的衣服送过来。这样你就可以报仇雪恨了。"

"我现在脑子乱极啦。"岩太一个劲儿地想办法，"这个故事我也想不起来。束手无策……"

"是啊，是啊，"主膳也点点头。"故事讲的是豫让斩衣的故事。相传晋国的豫让未能给自家的主人知伯报仇雪恨，最终斩了仇人襄子穿的衣服，得以报仇雪恨，名扬天下。"

"啊，"岩太歪着脑袋说，"你让我静静吧。好吗？让我一个人待一会儿，你回去吧。"

主膳流下了同情的泪水，欲言又止，然后向岩太行了个注目礼，转身悄悄地迅速离开了。岩太躲进小屋，进屋后把那件衣服随手一扔，躺下大笑起来。

"老家伙。这个装模作样的老头儿，临死还要臭面子。嗯——"他笑得咳嗽起来，"豫让的故事？要死就死吧，干吗还这样装腔作势的，摆出一副臭架子。……啊，受不了，好痛苦。谁来帮帮我？"

岩太发出悲哀的叫声，同时大笑不止。他在小屋里东倒西歪，束手无策。

十一

　　隈本城里的京町出现一家名为"豫让"的旅店,里面展出宫本武藏穿过的麻衣,很多客人慕名而来参观。麻衣染成浅蓝色,其中有三处被刀刺破。这是旅馆的主人刺破的。主人仿效豫让的故事,为了给父亲报仇,刺了三刀。旅馆正确的店名应该是"岩北",是取老板夫妇名字中的字。但因这件衣服的缘故,人们却叫它"豫让"。其实并无什么特别之处,但生意极好。

雨过天晴

情与爱

其一

梅雨过了,阳光立刻变得耀眼,院里所有的花草树木也恢复了生机,枝叶吐翠,生气盎然。对良左卫门来说,这是一年中最好的季节。

他卷起单衣下摆,戴上斗笠,一大早就下到菊田,整土除草,到这会儿才感到有种惬意的劳累,伸伸懒腰站了起来。

——歇会儿吧。

口渴了,想喝热茶。良左卫门放下工具,拍打着衣袖朝屋里走去。恰在此时有个叫静江的年轻侍女,害怕让他瞧见似的一溜烟儿从走廊上小跑到后面的房间。

——有什么事啊?

后面只有良左卫门和甲子雄的房间。到那里去报告什么事情的时候,只有家臣可以去,一般是禁止侍女涉足的。良左卫门觉得奇怪,眯着眼睛瞅着……静江好像根本不管这些,迅速地看了看前后,然后进了甲子雄的房间。

良左卫门快速穿过院子,走上了走廊。也就在同时,他和从房间里跑出来的静江撞了个满怀。静江"啊"地叫了一声,屏住了呼吸。

"……对不起!"

说着就要溜掉。良左卫门一把按住其肩膀,然后把她押进房间,另一只手迅速关上了房门。静江烂泥般地坐在地上。

"你干什么来了？"

"……"

"这里禁止女人进来，你是清楚的吧。你跑来有什么事情？快说！"

静江一声不吭，低头不起。这个姿势像是在说——"我什么也不说"。良左卫门环顾屋内，看见北面小窗下桌上，放着甲子雄的一封信。

"你不许动！"

说着他取过那封信。信封正面写有"少爷收"字样，背面写有"静"字。良左卫门打开了信封……纸上寥寥数语，内容却令良左卫门惊愕。内容简略为：听说甲子雄少爷不久将娶亲成家，那……我们之间的约定怎么办呢？尤其是下面的几句话格外令人震惊。

"……到现在一直都瞒着你！我有身孕已三个月了，希望你先把这事妥善处理后再迎娶新娘。"

他读到这里的时候，静江突然上半身往前弯曲。良左卫门把她肩膀按住，然后抓起姑娘的右手反拧上来，从静江手中"砰"地一声掉下一把匕首。

"别做傻事！不要慌张！"

"……对不起。"

静江双手伏地，"哇"的一声哭起来。良左卫门把信放入信封，然后坐好，看着静江抽泣。过了一会儿他说："别担心。把事情的经过说来听听，和甲子是什么时候开始交往的?"

"………"

"很早以前吗?"

静江微微地点了点头。

"怀孕这事是真的吗?好吧……对此没什么好说的,既然发生了也就无法挽回。好歹在娶亲之前就知道了,我不会不管的。你现在不要对任何人说起这件事。"

"请您也不要责备少爷。"

静江眼含热泪哀求道:

"都是我的错,请您千万不要责备少爷。求您了。"

"这不是你担心的事。你不要让其他人知道这事就行了。"

"……好的。"

"再不要做蠢事!"

静江擦去泪水,悄悄低头而去。

中山良左卫门是小田原藩[1]大久保家在江户府邸的重臣,是年俸八百石米的御纳户[2]。夫妻两人只有甲子雄一个儿子。今年春季,一次偶然的机会,与主家的分家大久保羽藩主的用人、名叫佐伯靱负的人,谈妥了与其女儿喜结良缘的好事,甚至还商定好近期双方互换彩礼。甲子雄今年二十四岁,佐

---

1 小田原藩:是日本江户时代的一个藩,位于相模国足柄下郡,藩厅是小田原城(今神奈川县小田原市)。
2 御纳户:是日本江户时代管理府邸衣物、用具的官职名。

伯家的女儿年方二十，叫园生。虽然女孩儿年纪大了一些，但貌美有才，连良左卫门家也曾听说过姑娘的大名。

其二

——这下麻烦了！

良左卫门坐在那里思虑，竟一时忘记了起身。

妻子八重去年夏季起病卧。倘若她身体还好，兴许还能商量一起拿主意。然而现在的这种情况，实在不合适。甲子雄自幼就是一个老实孩子，性格开朗、表里如一。他曾一度热心于读书习字，这几年对武艺产生了兴趣，他的中条流短刀博得众臣一致赞许。

——如今做了这种事情却一点不露声色。不！……这也许是父母的粗心大意吧。

有孩子以来，他第一次感到看不透孩子的心。由于生气加失望，他甚至浑身发抖。更让人生气的是，这小子暗地里做这种事，表面上却还默默地接受佐伯家的亲事。

——真不知他是如此不端的家伙！

不去整土了。他换上衣服，立刻去了大久保玄蕃长老家。玄蕃是两家亲事的中间人，良左卫门想说明缘由，退了这门婚事。

甲子雄同往常一样高高兴兴地回家，一边洗澡一边朗诵着什么。良左卫门对他这不急不躁的样子目瞪口呆，白天就积满一肚子的火更是火上加火。晚饭后他就把甲子雄叫到自己的房间。

"陪你下围棋吗?"

甲子雄看到父亲一本正经的样子,顿时有些吃惊,但他还是高高兴兴地坐了下来。良左卫门拿眼睛狠狠地盯着他,把静江的信扔到了他的面前。

"读读这封信!"

"是。"

甲子雄打开信封,一边调整信的正反面,一边满脸疑惑地看着父亲,借机瞟了瞟信里的内容……他的表情逐渐发生了变化。迄今为止,良左卫门还从没见过孩子有这样的表情。

"甲子雄!记得这些事吗?"

"哎……"

"我问你,记得这些事吗?"

甲子雄慢慢地把信叠好,放入信封,然后抬头望着父亲。

"父亲大人,这信怎么到您的手里?"

"你先不要管怎样到我手里。我问你,记得这些事吗?"

"父亲大人,请原谅我的冒犯。请问,这封信到底是怎样到您手里的?"

甲子雄又重复地说:

"请您告诉我这封信是怎样到您手里的?谁请您看的?或是您自己……"

"静江自己把它拿到你的房间去,我当场碰见了。不仅如此,她自己也亲口对我说了……你还要狡辩吗?"

甲子雄不吭声了,他无话可说。他根本就不记得这方面的事,好像天方夜谭一般。他想起了侍女漂亮的脸蛋以及信中写的那些字的含义。一切都来得那么突然,没有任何前奏。所有的印象支离破碎。

——全是假的!

这样说是很简单。但这样说父亲会相信吗?父亲如果说自己在和侍女的交往中,的确有这种事实存在的话,自己有反驳的言辞吗?

"不回答,就说明你确实有过这种事吧。甲子雄,男人就该堂堂正正!有没有吧?"

"……现在我无话可说。"

"为什么不能说!这样明摆的事情也不能说吗?绝不允许你撒谎!"

"我没撒谎……"

甲子雄坦然地看着父亲。

"我有我的考虑,我绝不会做有损父亲大人名声的事情。我想见一次静江,然后再详细说明这件事。"

"没这个必要!静江的事我来处理!"

"父亲大人……"

"佐伯家的亲事也已经没戏了!"

良左卫门气得发抖……

"你今年也二十四岁了,不用我说你先分辨出事情的好坏。你母亲现在躺着不能起来……你不要忘了现在就剩爸爸一个人在操劳。"

"我请求让我和静江见一面,无论怎样也要见一面。"

"……见了面,你又打算怎样做呢?"

其三

"有话想说,有事想问。请您让我和她见一面。拜托了,父亲大人。"

"……甲子雄!"

良左卫门冷冷地说道:

"你应该是留守在本藩的一员[1],四五日之内就滚去小田原吧。我已把你托付给各位重臣了。不要做出一副惊慌失措的样子,那样只会有损于家名!"

甲子雄脸色苍白地望着父亲。相反,良左卫门倒犹豫起来。他扭过头去,小声地说:"……去跟阿金说吧。"

甲子雄低头致谢后,立即走出了房间。

阿金是侍女长,在这个家已服侍十五年之久,年纪也近四十了。自母亲生病以后,家中大小杂事由她一手处理,是家庭内外不可缺少的重要人物。阿金说还是不要去找静江的好。

---

1 意即江户时代,各大名及其家臣一律居住在本藩领地内。

"见面以后，事情就更加说不清。老爷也好我也好，绝不会做出格的事情。忘记这件事情吧，怎么样？"

"不要说这些废话！"

"我什么都不知道"，甲子雄本差点儿这样说。但在这里又张不开口。

"……当事人，也就是我，是有责任。这是我和静江两人的责任，绝非是父亲大人或你能够解决的。"

他要求无论如何也要见一面。阿金最终拗不过他，说道："那你就在佛像房里等着，我去带她来。"

"一定啊。"

嘱咐了这句话后，他就径直去了佛像房。等了好一会儿，结果只听见阿金慌慌张张地跑了过来。

"静江不见了！"

"……什么？"

"留下一个纸条，带上衣服就走了。我想她是跑了。"

"那纸条呢？"

"我刚去交给老爷了。"

甲子雄站起来对阿金说——立即派人去她家，同时立刻跑向父亲的房间。良左卫门这时也刚读完静江留下的纸条。

"……父亲！"

"她逃跑了，纸条上再三赔不是……"

"仅仅就是道歉吗？"

"说不要去找她，什么时候她会来道歉的……就这些。"

良左卫门放下纸条，长长地舒了一口气，自言自语地说道：

"可怜的姑娘。"

派去她家的人当然没有找到静江。被派的仆人多是小田原人，返回后又让他们继续寻找。静江的双亲早已去世，仅仅剩下远房亲戚。估计她躲藏到江户什么地方了。

与佐伯家的亲事已被父亲辞退，这倒没引起麻烦。对甲子雄来说，园生姑娘的才华早就有所耳闻，自己也不是没想过要娶她为妻。但眼下他的脑子里只有静江的事情。她三年前十五岁当了侍女，胖胖的脸蛋，一双大眼睛，笑起来一边现出酒窝，甚是可爱。

不许女仆随意进出后面的房间是母亲生病以后的事，在此以前静江是常常进出的。通知吃饭、喝茶，一定是她来传唤。甲子雄对她并没有特别的想法，但还是喜欢看她，每次看到她就觉得心中充满温暖。有一次母亲曾对父亲说过这样的话："……那是个心底非常善良的姑娘，精力也旺盛。谁娶了她，将来一定会大有作为。"

虽然只是饮茶时的闲话，但甲子雄听后也觉得有道理。

甲子雄就是这样看待她的。所以父亲给他看那封信时，他满脸惊愕，马上想到——"这里面一定有什么原因"。对他来说，信里写的全是无稽之言。可对于静江来说，她为何敢如此大胆呢？甲子雄想知道其原因。而且，留在脑海里印象最深的就是：

——那时想到的就是甲子雄！

其四

抵达小田原的甲子雄暂住城中"二城"的简易木屋，不久就搬到小田原城附近的家中，尚无具体任务，甚是悠闲。除教青年武士学习中条流武艺外，就是三天一次的登城公务。于是在一位供职消防队、名叫菅沼小七郎的朋友邀请下，他开始学钓鱼，有生以来第一次拿起鱼竿。城附近有早川、酒匂川，鱼也多，他马上就上了瘾。

即便如此，他心里始终惦记着静江的事。在与佐伯家交换彩礼的日子渐渐临近时，她竟敢采取这种大胆的行动，这不就说明她爱着甲子雄吗？不想让甲子雄被别人抢去！只是她一时冲动欠考虑，才落得现在这种境地……这样一想，很多事情就可以解释了。听说佐伯家的婚事已辞退，她如愿以偿，同时意识到自己所为的严重性，实在没有办法就逃跑了。

——肯定是这样的。那她为什么不早点儿把心思告诉我呢？

猜出姑娘单纯的心思，甲子雄顿生爱怜。正因为有了这种爱怜，他越发坐立不安，心急如焚。

——母亲也喜欢她！身份不同，但这也不是不能改变，况且社会上已有很多先例。她能做出那么大胆的决定，也应该有勇气向前再迈出一步。

左思右想，他最后决定与静江见上一面，搞清她内心的想法以后再决定娶妻的事。但江户家阿金只来过一封信，说是"尚不清楚静江的去向"，整个夏天就再没任何消息。到了八月，主君加贺太守参勤之余回到了城，小田原一时喜气洋洋，热闹非凡。

从江户来的随从中有一名年轻的下级武士，名叫矢野伊太郎，他和甲子雄关系素来就好。等到欢迎的大潮过了以后，就是小的欢迎酒宴了。

"去川原的菊屋吧。"

菅沼小七郎提议说。那是一个可以看见早川河原的餐厅，既是供箱根游客住宿的旅馆，也是小七郎钓鱼来回路上经常歇脚的地方。

矢野还带了三个同事来。这边除了甲子雄、菅沼外，也邀请了胜田、鹿野等年轻武士。包厢约二十帖大小，在其间不但能听到河水的流动声，还能一眼看到渐渐昏暗下去的箱根和足柄山山峦。人全到时已是黄昏，都是无须自我介绍的熟友，酒桌上马上热闹起来。

点上了灯，酒席上更是欢快。大家年龄相仿，血气方刚，大快朵颐。鹿野安二郎喜欢闹酒，甲子雄常常提醒他："喂，鹿野！喝多了又要闹事！今晚你可要控制一点哟。"

"今晚没关系。不管怎样，有榜样在。我喝高了就拧我，酒醉人不醉。"

安二郎得意地笑着。他是甲子雄教授的青年武士——中条流武艺的学生之一。

"喂，中山，我有话跟你说……"

矢野突然想起什么似的，拿着酒杯走到旁边去了。

"你有好事哟。"

"……什么事？"

"佐伯的女儿，就是和你谈好交换彩礼又反悔的……"

"什么呀？快别说了，无聊。"

"才不无聊呢。在出羽国[1]，大小诸侯家中都称赞她是天下第一才女、绝世美人。但不知怎么搞的，她打那以后就开始秃头，相当严重……"

醉意朦胧，矢野说话也没了遮拦。他一仰脖子，喝光酒后，把酒杯递给甲子雄，接着说："和你的亲事没谈成，那个女的就和另一诸侯家……这个不说了吧……某诸侯家的林……不说他的名字了吧，不久就出嫁了。但没过五十天，男方发现她有不忠的证据，她又给原封不动地送回了娘家。"

"怎么会有这种奇怪的事！"

"不奇怪。情人是佐伯家的一名武士，据说两年前那两人就开始交往。男方家掌握了确凿的证据。"

甲子雄如梦初觉。矢野拍着自己的膝盖又接着说："你差一点就上当了，江户城里都说中山家运气好。"

---

[1] 出羽国：日本古代的国名，相当于今天的山形县。

其五

虽不是情投意合的姑娘,但毕竟与之曾谈婚论嫁。甲子雄听了这话,与其说觉得自己幸运,倒不如说对园生姑娘感到惋惜。

——虽不知具体情况,但和自家的武士有染,这点恐怕是真的。两人的爱不被允许!姑娘心藏这份秘密不得不远嫁他人,其中必定充满着悲哀。而在这个过程中,男女双方经历了何等的痛苦啊!

甲子雄首先想到的是这些。然后又意识到——世上还有许多命运休戚相关的人和事。

"对不起,能不能请哪位大人出来一下?"

包厢的门打开,一个女招待探进头来。菅沼转过头问:

"有什么事吗?"

"你们一起来的一位大人在那边……"

女招待眼睛望了望那边。

"他缠着我们这里的女招待,提了些过分的要求。这女的又是刚来的,还不习惯这些。那位大人已经喝醉了,我又扶不动他,能不能请哪位出来帮帮忙?"

"是谁?丑态百出!"

小七郎环顾了一圈。

"坏了!中山君,是鹿野……"

"鹿野在吧?"

甲子雄也跟着看了一圈,果然少了鹿野安二郎一个人。

"又耍酒疯了,只有你去才行啊,去吧。"

"看他今天难得这么老实,原来窝外闹去了。"

甲子雄苦笑着走了出去。

顺着走廊,往总台相反的方向笔直走过去,有一架长短几米的渡桥,直通盖好的一间小屋。在女招待指引下,甲子雄来到这里,听得见安二郎的哭叫。甲子雄慢慢地走了进去。安二郎盘腿坐着,耸着疲惫的双肩,口里不停地叫着什么。在他的歪斜处,一个年轻的女侍蹲在那里。仔细一看,女侍的右手被安二郎紧紧地抓着。

"喂!鹿野,你在这里干什么?走,上那边喝酒去。"

"别吵!我正在审问呢……"

"又喝多了,审问什么?"

"这个女人。"安二郎敲了敲女人的胳膊。

"这个女人偷偷跑来看我们喝酒,偷听我们说话。这会儿我审问她。"

"不要犯傻。"

甲子雄大声笑起来,想让他放开那女侍的手。

"我们又不是阴谋集团,偷听也不是讲什么坏话。别犯傻了,喝酒去!"

"我不!不审问完我是不会走的……"

"行了,放开她的手,否则我生气了。"

他反向一扭，安二郎放开了女侍的手。甲子雄才看清了女侍的脸，不由得大叫了一声："是你！……静江！"

姑娘紧缩着身体，似乎在寻找逃跑的机会。突然她猛地一下站起身来，闷声不响地跑向渡桥。甲子雄不会放过她！在走廊尽头追上了她，拉住其袖子。

"为什么逃跑？我正找你呢！"

"放开我！……请您放开我！"

"我不放！想问的事情没问完，我不会放的！你为什么要跑？"

菅沼小七郎也来了。

"怎么了？中山！"

"你来得正好！你把鹿野带回去，我和这女的有话要说！具体情况等会儿再告诉你，请告诉大家我有点事！"

"嗯，好的。"

小七郎看出这里不是一般的事。

"等会儿……我去善后。"

"拜托！"

甲子雄说完就拉起女人的胳膊，像带犯人似的，转身朝走廊走去。

其六

晚风清楚地显示已是秋天。星光下，河原一望无际，哗哗的流水声伴随着虫鸣——菊屋的院子一直延伸到河原。甲子雄停下脚步，转过头去说："你是知道的……你知道那件事的吧？"

"是的。"

静江低着头小声回答说。

"我的堂妹在佐伯家当用人，从堂妹那里我听说了小姐的一些事情。因此我想……要是少爷和她成了亲，那就麻烦了。一是娶了一个不相配的女人，二是关系到少爷的名声。"

"于是你就那样做了……下了那样的决心。"

"交换彩礼的日子临近，我又笨，想不出别的什么好办法，说实情会有恶意中伤之嫌。但我知道堂妹绝不会骗我，小姐洁身自好，我也不能损坏她的名誉……左思右想，才做出那样愚蠢的事情。"

知道佐伯小姐的不贞后，一心想阻拦他们亲事的静江，最终做出了一个欠考虑的决定，多么可怜。甲子雄原谅了她。若是别人或有其他的办法，但她单纯的脑子只能想出这个办法。情急而有效，无奈中静江只好就此一搏，却给自己的清白抹上污点。

"我愚蠢的办法，导致少爷留守藩国，我便跟在您后面来到了这里。松田附近有我一个远房的亲戚，先住在那里，上月底才到菊屋做事。我知道少爷和菅沼大人常来这里，我就想什么时候找机会当面向您道歉。"

"那么刚才偷听我们讲话是真的喽……"

"是的。当我听到佐伯大人家千金的事情之后，我心想……这下终于可以向少爷您道歉了。我是多么高兴啊。"

静江用袖口轻轻地擦了擦眼睛。甲子雄望着令人怜爱的她，不禁产生了紧紧抱住她的冲动。

"那你刚才为什么要逃跑？"

"我也不知道。"静江破涕为笑，"我自己也说不上来，只觉得难为情……像在梦里似的。"

"原来是这样。"甲子雄豁然开朗，大声地笑起来，接着说，"一切都明白了。你不需要向我赔礼，反倒是我该向你表示感谢。不过感谢的话先放放，我另有一件事情想听听你的意见……今晚我没时间，明晚我再来，明晚再说。"

"我已经向你道歉了，我……"

"有比道歉更重要的事，为此我还派人四处找你来着。好了，记住！明晚我们再见面。别忘了！等着我。明白吗？"

"明白，……我等你。"

"不能违约！"甲子雄猛地拉起静江的手。姑娘退缩了一下，丰满的胸部上下起伏翻腾。

但是，在那个明亮的夜晚，甲子雄来找她时，静江已离开了菊屋。临走前她给甲子雄留下了一封信。

"原谅我失约！您说今晚我们再去河原，有话要对我说，为此有个我斗胆推测。在河原您说了许多话，我既高兴又惶恐，不知如何才好，此后哭了一晚。您的情谊我不配得到！我自以为是的胆大妄为，利用了您的情谊，破坏了您的亲事。

我知道情义和行为常常是对立的。总之，请把静江忘了吧。希望您早日回到江户，娶一个德才兼备的好妻子。最后祝贵府百年繁盛。"

甲子雄看完了信马上去总台，打听松田附近静江的亲戚家。甲子雄借了菅沼小七郎的快马，连夜赶往松田。

——对甲子雄来说，静江正是德才兼备的好妻子。

此刻他满脑子想的就是——见了面首先就这么说！他驱马飞驰而去。秋露打湿了路边的小草……不知道要前往的那个亲戚家，静江到底在不在……

雨过天晴

一

又一次歇斯底里的叫唤，紧接着就是高声吵闹。

——又是那个女人……

三泽伊兵卫睡在床上，眯眼望着妻子，一副担心的模样。妻子田代正在缝衣，把旧夹衣改成单衣。被熏成茶色的拉门缝里透进光亮，能看见女人瘦瘦的脸颊、尖溜溜的肩膀以及拿针的手指，像是憔悴的老女人。但她一头青丝又梳得整齐光亮，鲜红的嘴唇则像是小姑娘。也许是没生孩子的缘故吧。结婚前她在富裕的家庭里长大，结婚七年她却节衣缩食，含辛茹苦。

外面下着雨。按说早已出梅，但一连下了半个月的雨，今天也没有停止的迹象。因为是小雨，几乎听不到声音。但这样不分昼夜地下雨使人垂头丧气，打不起精神。

"这里有小偷，小偷！"女人露骨的骂声尤其刺耳，"偷人家煮的饭。我刚去洗衣服的时候，我在锅上做了记号的……"

伊兵卫难受地闭上了眼睛。

——不足为奇。

在这种远离镇上的廉价旅店常会发生这类事情。客人大多是穷人，如卖糖果的、赶集小贩、要过河的流浪艺人等。如果连着下雨，没吃没喝也无事可做，往往就去伸手偷人家的东西。这种人还不少。

——但骂人是小偷就有点过分了。小偷呀!

伊兵卫仿佛自己被人骂了一样,羞愧不已,心里慌乱。

女人一个劲儿地高声大骂,没人接茬儿。这边是一间三帖大小的屋,没法看到大屋的情景。在那间生着炉子的屋里,大约有十个客人。其中有两对带着孩子的夫妻,孩子成天又吵又闹。但这时,孩子都屏住了呼吸。

女人三十好几,做些见不得人的生意。平常和同屋就关系不好,谁都不理她,尽量避开她。当然不是因为蔑视她。这里的人,为生计四下忙碌,没有依据从事的职业鄙视谁谁的习惯,而且也没有闲工夫。他们不理她是因为其言行蛮横,出语伤人,动辄是那种无法饶恕的恶毒口吻。大家对她斜眼相看,但她并没意识到这一点,常常展示其敌意。

连日的阴雨下了半个月,人人都饥饿难熬,唯独她(虽然也贫困)还能天天生火做饭。这大概和她的生意有关吧。这也极大地提高了她平素就有的敌对情绪和自负。

"太过分了!她……"

伊兵卫小声自语道。女人越骂越厉害。伊兵卫实在无法忍受她那无休止的谩骂,从床上坐了起来。

"太过分了!即便真是这样,也不要戳人的心啊。"

他嘀咕着偷看妻子的表情。伊兵卫生得高大,虎背熊腰,浑身上下没有一丝赘肉,但圆鼓鼓的脸上总是充满柔和。弯弯的双眼、小小的嘴唇,给人感觉是那种发育良好的少年,干净而健康。

"是的。"

田代扯了扯缝好的衣服说,并不看丈夫一眼。

"大家对她亲热一点儿就好了。她觉得周围的人都不跟她说话,因为孤独才那样生气。"

"这也是一个原因,但她自己也要……"

伊兵卫吓了一跳。女人开始指名道姓地骂人。

"都不说话吗?嗯!那边那个唱说教调[1]的老头……"

女人的骂声像一把利剑。

"别假装不知道,我不是瞎子,我早就知道是你偷的。什么时候……"

伊兵卫跳了起来。

"你别出去。"

田代想制止他,但他已经拉开门跑了出去。

外面是一间类似农家烤火的房间,一边从店门到里面完全是泥巴地,另一边是木板地面,上面六帖草席和八帖草席,铺成钩型。地面铺木板这边围有一个大地炉,与农家不同的是屋顶很低。来店的客人一般都不另选房间,往往挤在这里休息。也有客人借火煮饭热菜的,所以炉边也摆有一些必要的餐具。

那女人就在炉边。她一只手插进胸前,支起一条腿坐着,

---

[1] 说教调:日本传统曲艺之一。

面孔消瘦苍白，用凶狠的目光僵硬地盯着众人，破口大骂。其他客人都离她远一点，双手抱膝，或低头叹息或躺着或紧紧抱住自己的孩子。他们屏住呼吸，如丧家之犬，等待着台风早日刮过。

"真不好意思，你就算了吧。"伊兵卫走到女人面前，和蔼地说道，"我想这里没有你想的坏人，大家都是好人，这你也知道。"

"请你不要管！"女人眼睛望着别处，"这与你们武士阶层的人不相干。我做的生意不光彩，但绝非被偷还不吭声的软包。"

"当然，当然。你被偷的东西我来赔，见好就收吧。"

"我不需要你这样的操心，我也不是在乎那点儿东西。"

"是的，我知道。但是人嘛，都有可能做错事。同在一个屋檐下，总之算了吧。我现在就去想办法。"

说着，伊兵卫急急忙忙地出去了。

"想办法归想办法，事情归事情。"

他撑着印有旅店名的雨伞正要往外走，自言自语也觉得好笑。

"眼前出了这种事，我不能只保全自己的良心！相反，这也是违背自己良心的行为。"他立刻又严肃起来，"不！什么也没做，所以不能称之为行为，只能说是无为。"

他说着令人摸不着头脑的话，一边急匆匆迈着有力的步子朝城里走去。

二

他回到旅店已是四个小时之后。

大概因为喝了酒,他满面红光。更令人吃惊的是身后跟着五六个年轻人,拿着各式各样的东西:米店的大米、蔬菜店的一筐青菜、鱼店的两筐鱼、酒铺的两坛酒、酱油以及晚些时糕点铺送来的大量柴火和烧炭。

"这些,你打算干什么?"

旅馆的女主人出来,惊得目瞪口呆。年轻后生们挑来的东西都整齐地摆在木板或地上。

"想让大伙儿高兴高兴……"

伊兵卫眯眼笑着,接着对瞪大眼一时说不出话的客人们说:"来!大家伙儿搭把手,赶走连日来下雨的邪气,大家都来喝点酒吧。酒不多,一片心。大家分头干起来吧!我去煮饭……家里饭菜的味道。"

客人们不知高兴还是痛苦,一个劲儿地叹气,没人起身。但在伊兵卫拿出糖果时,阿源(绑桶箍的工匠)的孩子从母亲腿上跳下跑近前来,四五个人也一起围了过来。

仿佛刹那间,旅店里顿时热闹起来,主人夫妇和中年女佣也加入进来,分头拿走鱼和菜。地炉灶台上生起了火。大家叫喊着,说笑声不绝于耳。女人们夸张地叫着,相互拍打。

"伊兵卫少爷,您坐下休息一会儿吧。"

大伙儿都对伊兵卫说：

"这些我们来做，您就休息休息吧。"

大伙儿都说饭菜做好了叫他，但伊兵卫不愿休息，一会儿跑到妻子所在的小屋里瞅瞅，一会儿又笨手笨脚地跑来跑去。

唱说教调的老头儿轻度中风，手脚不便，但他似乎尤具责任感，一直不停地跑来跑去。

饭菜准备大致停当时，夜幕也降临了。屋里（承蒙主人好意）点起了大吊灯笼，还在另外三处点起了小灯笼。

"好，男人都陪老板坐下，剩下就是端菜了。"

女人们说笑道："可别让我烫酒哦，不然没烫热就喝光了。"

一旁的女人马上打趣地笑骂道——那你丫的，连烫酒的时间都不留吗？

伊兵卫和旅店主人夫妇一起坐了下来，其他的男人也分别坐下了。吊在地炉上的锅里温着七八壶酒，菜一上来，旅店的女佣便分给大家。

热闹的酒宴开始了。

"怎么样？下酒菜一字儿摆上，大家端着酒杯，很气派吧！仿佛自己成了贵族一样。"

"可别太讲排场，不然后面的日子就不好办了。"

伊兵卫眯着眼看了看他们，显得十分高兴，大口喝着酒。大概好久都没吃饱过，大伙儿很快有了醉意，拿出破旧的三弦琴弹唱起来，有人甚至跳起舞来。

"真像在做梦啊。"一个叫武平研镜的男人感慨地说，"这样的酒宴一年一次……不，哪怕三年一次也行。知道有此等快乐，什么辛劳也能克服啊。"

然而就在这热闹非凡的欢乐声中传来了叹息声。伊兵卫微闭双眼，像被什么刺了一下似的，皱起眉头，端起酒杯一饮而尽。

正在这时，那个女的回来了。她平常总要半夜才回来，今天这么早回来，不知是不是因为没有客人。她瘦长的脸很苍白，走上泥地，看到这一场景，显得十分惊讶，刚擦过湿漉漉头发的手垂在身旁呆立不动。最先看见她的是阿源的老婆。女人常常给孩子们一些糖果，于是平常就比较熟。这会儿一是有了点儿醉意，二是忘记了白天吵架的事，阿源的老婆招呼道："哎呀！阿六姐回来了。现在三泽老爷正摆酒宴呢，来，快来。"

老婆招呼着，唱说教调的老头儿也站起来叫她。

"你回来了，夜莺姑娘[1]。快来，快来，我还你饭。来……"

老头轻度中风，舌头不听使唤，声音却格外响亮。他眼里闪闪发光，全身都在抖动。大家都不说话，演唱和伴奏戛然停止，一起望向女人。

"胡说什么别人是小偷……"老头嘶哑地说，"说什么

---

[1] 夜莺姑娘：日本江户时代对下层妓女的戏称。

你算个什么东西！我都这把年纪了。来吧，你看，我们还没有吃呐，你端走吧。"

"请等一下，不要这样说。"伊兵卫站起来劝说老头，"人皆有错，她也会感受悲伤，大家都会有悲伤的时候，相互谅解吧。"

他前言不搭后语地说完，就招呼女人坐上来。

"请吧，没什么像样的菜。来这边坐吧，没什么好吃的，大家一起愉快地说说话。有缘才能在一起啊。"

"欢迎啊。"

旅馆的主妇也说。

"伊兵卫少爷都说了，就快来吃点儿吧。"

大家伙七嘴八舌地相邀。这不单纯为助酒兴，大家也愿意分享这份喜乐。箍匠阿源的老婆站起身来，拉起女人的手走过来。女人扭扭捏捏地坐下，像是不得已才喝的架势，默默地蜷身拿起了酒杯。

"来，大家喝个痛快！"伊兵卫大声说道，"就像天老爷受了惊吓，洒下好多雨水那样。来！大家干了……"

等到又热闹起来，伊兵卫仿佛才有了勇气，端起自己的酒菜，去了妻子的三帖小屋。

田代正趴在不大平稳的小桌前写日记，日记本是她自己做的。长年的流浪岁月，使她养成了写日记的习惯，好像乐在其中。微暗光亮的灯笼置于一侧，妻子身体前屈，坐在小桌前。伊兵卫见状先放好手里的饭菜，然后端正地坐下，向妻子致歉。

"对不起，请你原谅我。"

田代默默地转过头来，脸上带着微笑，但眼睛里明显闪着怒火：

"你去比武了吧？"

"老实说，是的。"伊兵卫再次低头表示歉意，"我实在受不了听那女的叫骂，心里一阵悲伤，我又无法装作没听见。大家都饿得没办法，雨又下个不停，我实在看不下去了。"

"你曾向我保证不再赌的……"

"是的，当然。但这次不是为了自己的肚子。我今天也吃了喝了点儿，不止一点儿，看着大伙儿那样高兴……"

说话间，伊兵卫第三次低下了头："希望你能原谅我，今后绝不再赌！尝尝吧。一口，只尝一口，就算原谅我了。"

田代无可奈何地笑了笑，放下笔站了起来。

三

早上，天还微暗，伊兵卫跟东家借了一件旧蓑衣，拿起鱼竿和鱼筐出去了。往城外约三四里地远，有条叫间马川的河，据说附近有钓香鱼的好去处。

他也是听店主说的。去了两次，只钓到五六条小鱼。这天早上又去，目的实际上也不是为了钓鱼，好像是为了从旅店中逃出来一样。

他沮丧消沉，仿佛不堪忍受什么似的不住地摇头、叹息。过了桥向左转，沿着堤坝再往前走约两里，来到一个灌木丛生的地方。先前也来过的。他停下脚步看了看，又漫无目的地走开。下了堤，进入到松树林中。

"唉，已经七年了。唉……"

林子里嫩叶香气扑鼻。豆大的雨水啪啦啪啦地落下来。

"就算我无所谓，田代心里作何想呢？说的信誓旦旦，又屡屡违约去街上比武……说穿了，是自己想喝酒不是吗？咂着嘴出出进进还偷着乐……"

伊兵卫缩了缩脖子，紧紧地闭上了眼睛。

三泽一家侍奉松平一岐太守，祖辈享受两百五十石粮食的俸禄。父亲名兵库助，伊兵卫是他其中的一个孩子。因自幼体弱多病，被送到宗观寺修禅，深受住持玄和法师喜爱，长大了也一直保持往来。

同身体一样，伊兵卫小时候性格也脆弱，常常畏缩不前，只知道哭。经法师巧妙地教育和引导，到十四五岁，仿佛突然变了似的，身体健康了，性格也开朗了。

——石中有火种，打磨才会出。

这是玄和法师的口头禅。伊兵卫牢牢记住这句话，视为座右铭。不管做学问还是习武，遇到困难时，他都揣摩这句话。石头中有火，不敲打它不出来。那怎样敲打呢？怎样让它发出火来呢？……像这样反复下功夫。果然，事情（虽然不是每件事情都如此）就打开前进的道路了。

在学问上，他学了朱子学、阳明学、老子等；在武艺上，他练习了刀法、长矛、长刀、弓、柔术、棒、马术、游泳等。每一项都达到了令人钦佩的地步。

那伊兵卫是不是飞黄腾达了呢？

不！结果恰好相反！他为此找不到可以跟随的主君而不得不四处流浪。

原因有两点：一是他的武艺偏离了主流，现已不实用；二是他的风格、气质问题。简单地说，他的剑术也罢柔道也罢，好胜心切，导致其技术无与伦比，二十一二岁时就连该领域的高手都不在他的话下。他也没耍弄什么高超、新奇的手法，技术简单得难以置信，三下五除二就战胜了对手。

——击石取火这一点。

就是说，他发现"这一点"时胜负已定。技法只在求胜，简单明快，没有退让的余地；观者也会觉得过于扫兴，最后连他自己也觉得不好意思。

父亲兵库助死后，他二十四岁就继承了家产，娶同藩吴松氏女儿田代。不久母亲也追随父亲逝世。结果有段时间，他变得易怒易烦。多亏玄和长老教导，他终于恢复积极向上的心态。本质上虽未改变，但武艺上取得了长足的进展，同时性格却渐渐变得谦逊、温和。

谦虚谨慎是美德。伊兵卫每次赢了就显得不好意思，觉得对不起人家。他真心致歉，弄得对方不知如何是好。周围观看的人意犹未尽，反而觉得他自身有问题。随着这类事情的增多，他的心情也越来越沉重（藩首脑亦有直接的策动），于是他主动请辞隐退了。

他的打算是干脆去一个没人知道自己的地方，重新投靠一个大名，这样对双方都有好处。

与田代商量，她也同意，这样就踏上了旅途。但沿途处处掣肘。一次有个机会，有人提出比试武艺，最后还是未获录取。该藩的教头和照称"天下无敌"的武士，照例被他轻松地打败。在座者均觉不过瘾，感情上也难以接受，虽夸他武艺高强，却通通不谈收留之事。

——绝不可能！这般实力，竟然如此。不知哪里出了问题。

他也反省过、深思过、烦恼过。两三次主家愿意收留他，他心里又产生了矛盾。他觉得被自己打败、失去饭碗的人太可怜，仿佛在哭求——"请辞掉这一官职，自己丢了现职，妻儿就露宿街头了。"这样他便不知所措，向人道歉后隐身而退。

离开主家时获一大笔旅费，第三年已经用罄，没别的办法就去街上比武，每次都很顺利。只要有人应声比武，他肯定会赢，有时能赢不少银两。但不久这事就被妻子发觉，苦苦相劝，并要求他写下今后绝不再赌的誓言。

不用说，没多久他们就贫困潦倒了。

——我也来做些针线活儿贴补生活。你不急，耐心等待机会吧。

田代也开始找活儿干了。她出生在年享俸禄九百五十石的副老职家中，一直过着丰衣足食的生活。现在长期过着羁旅生活，不适应加上劳累，身体完全给拖垮了。光看看她的身子，伊兵卫便心痛不已。这样的情况下她又提出做针线活儿，伊兵卫当场拒绝了。简直是瞎胡闹！这是不行的。与此同时，他想到了自己也可以做点小买卖。

说是买卖，也没有固定的商品。有时卖一些简单的自制玩具，如挑担的人偶弥次郎兵卫、跳跳兔、竹蜻蜓、纸手枪、竹笛之类；或者看季节，在当地捕捉一些小鲫鱼、螃蟹、青蛙之类的，专门卖给孩子们。住的旅馆也越来越便宜，不知什么时候习惯了小客栈。他本来就喜欢孩子，做这种小买卖绝不会让他不愉快。再则说来，住这种便宜旅店的客人纯朴善良（当然少数例外），互相同情和安慰，很好相处。

"已经染上了这种习惯，你不觉得可悲吗？伊兵卫。"

他哭了。叹气。回过神来，发现自己置身于松树林中，雨水正不断地敲打着斗笠。

"我必须振作起来。不然田代太可怜了。她现在到底是一种什么样的心情呢？我想她太可怜了。是吧？伊兵卫。"

突然他抬头朝旁边望去，那边有人在说话。仔细一看，树林对面草地上，有四五个武士在一起正说着什么。自己站在这里，穿着蓑衣手拿鱼竿，他们看了恐怕会笑。于是他准备快步离开。他又看了看那边，正在思忖到底是什么可怕的声响，随即武士们都拔出明晃晃的刀来。

——啊，这不行！

伊兵卫大吃一惊。当他看清五个武士围住一人，立刻放下了手中渔具，跑步穿过松林。

"快停下来。住手！"

他边跑边摆手。

四

细雨中，武士们个个横眉怒视，歇斯底里般亢奋。

"停下来！请等等。"

伊兵卫跑过去，用手把两边推开。

"不要挥舞这玩意儿，砍伤了可不得了。别干这危险的事好吗？诸位。"

"走开！讨厌的家伙！"围着的人群中有人叫喊道，"再多管闲事，我们就先斩了你！"

"知道知道，但能不能……"

"你这家伙，还在啰唆……"

"太危险了，这样使用暴力……"

一个极度亢奋的武士挥舞着大刀（大概是想威胁他）就过来了。伊兵卫躲过他，顺势抓住对方的手腕，然后走到他们中间，再次说道："你们算了吧。我不知道什么原因，但有话好好说嘛。"

被抓住手腕的武士拼命想挣开，但就是挣脱不了。其他四人也急了。

"先把这家伙干掉!"

说完,拿着明晃晃的大刀便冲过来。伊兵卫只得往旁边躲让,不停地说:"住手!太危险了。"

他又是摆手又是恳求,左闪右躲,或跳或避,动作敏捷。转眼间,他从五个人手中夺下了大刀,将它们合在一起,高举过头说:"你们高抬贵手吧。多有失礼,到此为止吧。"然后就跳出了圈外。

稍前的时候,松林背向的小路上,三名武士骑马赶来,看到了刚才这里发生的一切。这时只见五个人追着四处躲闪的伊兵卫,嘴里不停地喊着——"把刀还给我!""不懂礼貌的家伙!""等着收拾你!"

三名武士翻身下马,其中两人走近前来。

"住嘴!丢人现眼的……"

一个四十五六岁的肥胖武士,用响亮而厚重的声音说:

"严禁械斗!听见没有!"

"这位是老职大人哟!"一人高声说。

"老职大人到!肃静!"

有几分威严的人如此一喊,人们顿时静了下来,决斗瞬间停止。担任老职的中年武士,狠狠地瞪了他们一眼,走到伊兵卫面前说:"不知你尊姓大名,但你制止了一场决斗。我是本藩的青山主膳。谢谢你。"

"啊!不敢,不敢。"举过头顶的刀已经放下。他依旧紧张而腼腆:"反而是我做得不对,让大家生气了。"

"一帮争强好胜的家伙,让你见笑了。请问尊姓大名。"

"我叫三泽伊兵卫,是个浪人。今天本想在对面的河里钓鱼的,不巧碰上了这么危险的事,就过来……"

"你暂住我们这里吗?"

"住在追分松叶屋。哎呀,只是劝他们不要打架而已。区区小事,不足挂齿。"

他随手把刀放下,低头致歉,向后退去。"请您不要费心。妻子在等我,找别人借的鱼竿也在那边。告辞了!"

说完便急匆匆地走了。

鱼竿和鱼筐还在原处。他现在已没心思钓鱼了。收拾渔具后,筋疲力尽地回家去了。

"决斗之类,绝对是危险的事。"

他边走边嘀咕着。

"决斗的人也有父母兄弟、妻儿老小。为了无聊的逞强、武士的面子……我也做错了。头上举着五把刀,还边认错边躲闪,一副可怜虫的样子。这些都让人看见了。唉!"

伊兵卫缩着脖子叹息道。

回到客栈,无事可做。打算编织销售的玩具一大堆,但是买材料的钱也是个问题(因为要付住宿费)。昨晚喝到深夜,今天又想喝。这一诱惑迫使他干脆早饭中饭一起吃,然后倒头便睡。

他做了个美梦。藩主在很多武士的陪同下来到这里,说要聘用他。

——又会搞得大家都不愉快!

他便想辞退。藩主一再邀请,不肯让步,并许诺以千石大米为俸禄。说到千石大米,他开始犹豫了,莫非自己的运气来了?顿时胸中充满了梦一般的幸福!恰在这时,他被妻子叫醒了。

"有客人来了。"

叫了三次他才睁开眼。意识到自己确实在做梦,大为沮丧。但当他听说来客是藩中的武士时,马上就睁大了眼睛。

"武士吗?我马上就来!洗把脸先。"

伊兵卫飞快地跑到后面去了。

来的就是草地上骑马的武士之一,就是大声说"这位是老职大人哟"的那一位。来人三十四五,名叫牛尾大六。似乎他对这样的客栈颇为吃惊,站在泥地上解释了此行的目的。简单地说,作为今早的答谢,青山主膳大人要请喝杯酒说事,所以现在请到他府上去一下。伊兵卫内心激动万分。

——莫非刚才的梦灵验了!不可小觑事物的前兆。

"可以的话,我们就一起走吧,轿子在外边等着呢。"

"请稍等,我准备一下就来。"

田代有些担心地问道:"有什么事情吗?在哪里认识的人吗?"

为消除她的顾虑,他答应回来细说给她听。接着他换上有点旧的、印着家徽的和服和裙裤,久违地佩戴上长刀和短刀，在旅店客人一片惊讶又羡慕的目光下，同牛尾大六一起走了出去。

五

在青山府上，伊兵卫受到了酒宴的款待。

没其他客人，只有主膳和他，再就有个姓林的年轻仆人在一旁伺候。老职到底是一种什么样的身份，光看看府上的气派就知道。房子又宽又大，从客厅能看见庭院的草木和石头，比一般人家都显得精致和讲究。

主膳没谈早上的事，在一番寒暄后直接夸赞伊兵卫的武艺。

"实际上在路上我就看到了一切。他们的武艺也很强，但是被你弄得像一帮孩子似的，我非常吃惊。很冒昧地问一下，你是什么流派的？"

"小野派，自己还苦练过拔刀。但都还不成熟。"

"你过谦了。有这么好的武艺却是个浪人，我猜其中总有什么原因。如果可以的话，请说来听听！"

"这里面谈不上有什么原因，都是些可笑的事情。"

伊兵卫把自己的身世大致讲了一遍。按习惯没有报出旧主家的名字，他闪烁其词，对方却也猜得出八九不离十。他讲述的态度十分谦逊，看得出——他补充了一些内容不明确的地方。当浪人，以及后来没有出仕的原因，主膳大体上也明白了。

"确有这方面原因。嗯,有些我们眼中的高尚品格,反而也会变成障碍。运气好还是运气不佳?命吧。"主膳边说边点头,"那么剑术以外,弓箭、骑马、枪矛、柔术等,也都擅长吧?"

"谈不上擅长,都会吧。"

"我知道了。实际上急急把你请到我这里,有一事相求。"

主膳想让他在这里展示一下功夫。对手有三名武士,都已准备好了。那时伊兵卫已喝了不少酒,主膳有意让他多喝,伊兵卫也觉得微醉反而更好,便快活地答应下来。

"可以的话,现在就行。"

"给你添麻烦了。"

主膳叫了一声,牛尾大六进来了,他好像就在隔壁房间。主膳吩咐道:"去看看他们准备得如何?"牛尾退下,接着便复命一切就绪。

伊兵卫被请到这家自己建造的练习场,正房穿过两个走廊。小了点儿却修建得非常正式,还有休息兼待命室。主膳到场后伊兵卫便进了场。仿佛合着时间,休息室也走出三人。不知为何,三人中其中一人看到伊兵卫便大吃一惊,连忙对另外两人说了些什么,急忙地跑回休息室了。

伊兵卫并没在意这些,他走到墙角把裙裤的下摆扎紧,从大六拿来的木刀中随便拿了一把,既没扎头也没卷袖。对面已经做好了准备,拿一把稍长的木刀,向主膳小声地说了些什么。这是个二十七八的矮个儿青年，长着一副略黑而彪悍的面孔，一口白牙。

主膳介绍过后，两人对立而站。青年叫原田十兵卫，他看了看伊兵卫的站姿冷笑起来，看来是笑伊兵卫的站姿出现了漏洞。十兵卫没笑出声来，但似乎放松了许多，高声喊着，显示出旺盛的战斗意志。

伊兵卫的站姿完全不像比武的样子，完全的放松姿态，只是结实的臂膀向前放低一点儿，木刀朝前拿起，用下垂的双眼温顺地看着对方。也可能是做出一副挑衅的眼神。

原田尖叫着猛扑过来，矮小的身体如小石子一样。伊兵卫只用脚尖站立，把木刀轻轻地举过头顶。原田飞扑过来，头一下撞到在练武场的壁板上，然后又弹回来，重重地倒在地上。他马上坐起身来，冷静了一下叫道——输了。

"实在对不起。"伊兵卫不好意思地赔礼，"我失礼了。"

接下来比武的名叫锅山又五郎，年纪约莫三十六七。此人大概是教头，安静的眼里闪着尖利的光芒，态度沉着，看不出有任何破绽。

"也许粗暴了点儿……"锅山用平静的口吻说，"我就以这种方式。"

"请多多包涵。"

伊兵卫简单地点头表示礼貌，所有架势、眼神都同刚才一模一样。锅山拉回左腿，身体向左偏侧，木刀尖直逼地板，摆出一副威严的架势，四目相对（或许可用善意来形容）。

四下安静。双方屏住呼吸,谁也没动。伊兵卫站姿随意,锅山却全身充满力量,眼里充满杀气。就这样过了几分钟,锅山手里的木刀在缓缓地移动,渐渐地往上抬,而目光中的善意渐渐少了。

时机似乎成熟。紧张的氛围达到顶点,即刻便能擦出火花。

此时伊兵卫的木刀在动了,突然打到了对方的木刀,像似不经意。对方的木刀刀尖朝下,啪的一声插在地板上。

"呀!这……"伊兵卫摸着脑袋,不好意思地说,"真是失礼了。这么好的练武场,我把它弄坏了。"

然后自己拔出木刀,并试着用手把裂口抹平。

锅山又五郎茫然地站在那里。

六

黄昏后伊兵卫回到了客栈。

他满脸兴奋,红光满面,说'这是获赠的点心',随手挑了个大的递给妻子。

"我惦记着……你在等我吃晚饭,但他们不停地劝酒,不知不觉就晚了。"

他边脱礼服边兴奋地说道。

"本来想更早回来的。但饭菜实在是好吃,另外还有事情要谈,于是回来晚了。"

正在收拾换下衣服的田代忽然发现袖兜里有个纸包,便奇怪地递给了丈夫。从重量和手感来看，估计是银两。

"啊！忘了忘了，完全忘了。青山大人给的，说是以后上城必要的花费。"

"上城?"田代不安地反问道，"好像有谁说起过这事，我不明白。"

"是的，是的。我有点儿醉了。抱歉，给我一杯水。"

伊兵卫边喝水边说起来。

这次，语气开始平稳，语调也正常了。长期以来在他们夫妇之间，做官的话题一直避而不谈。因为他们经受了太多的失败，对希望不再抱有信心，尽量回避这个问题。刚才半醉半喜，他有些失态了。现在看到妻子的表情，他终于冷静下来，装着若无其事的样子，把今天发生的事情简单地说了一遍。

"那么，你同三个人比武了?"

"不，两个人。另外一个不知发生了什么提前走了，都到比武场了。也许本来应该等待下次安排正式一些的比赛……"

田代专心地听着，似乎想说"别太抱有希望"。伊兵卫似乎也是这样想的。"结果怎样，无所谓了。对方也说好容易有这样一个机会。而且，拿这笔买衣服的钱买别的东西也行啊。唉呀唉呀，开玩笑，开玩笑的。"

然后又兴奋地说："总之，青山大人的确了不起。我把过去的事都说给他听了，他对我理解的态度与一般人完全不同。天壤之别！最后也不知该说是幸运还是什么。他说目前藩主阁下正在物色武术教头，要招一名弓箭、矛枪、马术等都是一流的教练。据说藩主阁下对武术十分热爱。他说了这些我也并没流露出喜悦之情。不过这次比武，怎么说呢，我觉得希望还是……"

"那么你不再吃晚饭了吗？"

田代好像若无其事地说道。不能被丈夫的心情左右，不能只听他所说。她如此这般压抑着自己的内心，伊兵卫觉得十分心疼。

第二天还是下雨。他去城内给自己买了上下一套的礼服、装手纸的小袋、扇子、袜子、鞋子等。还剩好多钱，又给老婆买了发钗。

——已经很久没给田代买东西了。

他心情颇好。踏上回客栈的路时，却仿佛被人刺了一般皱起了眉头。

——真不是开玩笑。

岂止是很久没给她买东西，这还是第一次为她买东西！结婚八年半来，从她娘家带来的东西在流浪中已陆续卖光，而自己给她买的东西一个也没有。他无奈地叹了一口气，然后猛地抬起头，仿佛要跟人吵架似的说道："不过这次的梦想应该灵验了吧！"他嘀咕着恨恨地看了看天空，"派武士来叫我的时候刚好有前兆，所有列举的条件我又符合。而且像今天这样又买了……只等时机了。"

伊兵卫精神百倍地踏进雨中。

第五天，天突然放晴，昨晚至半夜还哗哗啦啦地下个不停，根本没有放晴的迹象。早上起来，天空湛蓝，日头高照。

"停了啊！雨停了！天晴了！"

同住客栈的一个人抬头望着天空，大声地叫了起来，声音中包含着重新开始生活的质朴和欢喜。这时，伊兵卫也接到了主膳使者的口信：收拾一下，马上进城。

"这真是好兆头啊！"

伊兵卫满面笑容地说。但一看见妻子严肃的表情又慌忙地解释说："我是这样想的，一连下了二十多天，这下总算得救了。你看他们个个欢喜……连我们也为他们高兴啊。"

"我们也收拾收拾，准备动身吧。"

"是啊，是……"他看了看妻子的表情，"但今天不行。我今天回来也许要很晚。"

"召见吧?"

田代失望地说。

七

伊兵卫下午回来得很晚，太阳已经偏西了。

事情好像谈得顺利吧，抑制不住的欢喜溢于言表，他始终无法安静下来。最终带着一副不稳定的、诡异的表情回来了。

"回来时顺便去了青山大人那里。"

他边说边把一大包东西放下。

"为了祝贺，无论如何也要喝一杯。当然我今天推辞了，可不去就显得没礼貌了。这是大人赏赐的礼物。"

印有家徽的纸张包着两包东西。田代先是吃惊，但马上就恢复了平静，把它们推放到角楼里。

"今天我喝一杯吧。"

伊兵卫边脱外套边说。

"好的。这就去准备……"

田代就这句话说得十分响亮。

这样廉价的旅店一般都没有澡堂。他到西面约一公里开外的另一家旅店去洗了回来，然后小心翼翼地坐在酒桌前。田代在一旁伺候，一边唠叨着今儿旅店里的谁和谁已经走了，明天还有谁和谁也要走等。临行前留下祝福呀、分别的依依不舍。她都仔细加以描述，不像平时那样沉默寡言。

"我们同住在这儿的客人都混熟了。他们都是些心地善良的人啊！自己缺吃少穿，可还挂念别人，同情别人，不惜分给别人仅有的一点食物……他们好像与社会的人不一样，真是一群可怜的、慈祥的人。"

"贫苦的人都是相互依靠的。自己的欲望太强就活不下去啊。"

"唱说教调的老头临走前这样说的：'也许再也见不到你们了。不过，不管你们去哪里，都祝福你们。'"田代悄悄地低下了头,"然后他擦了擦眼泪说,一辈子也忘不了上次的酒宴,那样快乐和高兴还是第一次,活到现在才第一次知道人世间好……我听着都心酸。"

"快别说了。比起他们我觉得你更可怜,总那么辛劳。"

伊兵卫先是表情变得沮丧,然后又突然兴奋地说道:"不过这一切很快就要结束了。可以这么说,今天实际上已定下了我的俸禄。"

"先前不是已经……"

"呀!今天又不同。既考查了我的剑术,又考查了弓箭,五寸大小的靶子移到三十米开外。还加试了马术,木曾产的、未调教的烈马,还没人骑过呢。与上次是两回事。"

藩主姓永井,信浓国守笃明。他刚世袭继位不久,年龄二十上下,对武艺抱有极大的兴趣。他有志于藩政改革,是个锐意进取、充满朝气的人。他看了伊兵卫的武艺后,当场表示有意聘用他。而且他不是赶走前任教头,只是添加新人而已。

"话虽如此,我当然也不会完全相信。不过这次,没什么再怀疑了吧。"

"理倒是这么个理。"田代有意转移话题似的点点头,"再来一壶?或者吃饭?"

好久都没这样展示武艺了,他浑身充满了爽快和疲惫,而且自己的仕途也有了九分把握,以前从未有过这等好事。一直以来,妻子不抱希望,尽量回避这一话题,所以伊兵卫觉得她好可怜，真心希望她能够放下心来。

次日，同住宿的人中又有三人离开了。箍匠阿源的老婆一边摇着背上的孩子一边说："也许再也见不到你们了。你们二位要多多保重啊。这段时间多受你们照顾了。谢谢你们！祝你们早日飞黄腾达！"

说完，用袖口擦着眼睛。

"大家都说也许再也见不到你们了。"田代事后对他说，"好像商量好了似的，为什么不说指不定什么时候我们还能相见呢？"

伊兵卫说"这个……"，惊慌地忙把眼睛挪开。

——那些人只有今天，不知道自己的明天。他们相信此刻在一起，不敢企望还能再相见。

这并不局限于这些旅途中的人们，包括所有的人……所以才会有那般阴郁的感想。

傍晚，新来了五位客人，其中有耍猴的艺人。晚饭后，他表演耍猴，边向客人讲一些沿途听说的趣事。客栈的人们都很高兴。耍猴人瞅准时间又说道："如果你们能赏几个钱的话，我就让猴子表演床上戏。"大伙儿听罢纷纷离开，各自回房间去了。

又是次日早上，吃过早饭后不久，田代就开始整理行李了。

"今天真是晴天。"她边包东西边自言自语地说，"据说那座山岭常常下雨。今天虽然天上有点云，但翻过那座岭，这天气是没问题的。"

八

"是啊！今天真是好天气！"

伊兵卫好像要把话扯开似的，透过低矮的屋檐望着天。他摇了摇腿，望了望天，然后站了起来。

"你要出去吗？"

"不出去，就在附近走走。"

他走出客栈，不时地朝城里方向望去，就像一只热锅上的蚂蚁。刚准备往城里走，又停下脚步。他深深地叹了一口气。这时在他的身后，突然响起咚锵咚锵锵的鼓声，吓他一跳，他赶忙退到一旁。

"早上好！祝你今天圆满吉祥！"

原来是耍猴人。不知身体哪里短半截儿，跛子似的摇晃，身体干瘪枯萎。异常兴奋的他边打招呼边敲着鼓，带着背上的猴子，快步向城里走去。

"天气可真没话说。"回到小屋，过了片刻伊兵卫这样说，"不管怎样，这才是第二天。他们肯定会有什么决定告诉我，总不能不辞而别吧。"

"是啊。不过……我也只是做好动身的准备。"

"那是的，肯定会离开这里的。"

伊兵卫正这么夸张地说着，猛地抬起了头。马蹄声在客栈前面停了。田代也听见了，吃了一惊，但又继续收拾她的包裹。伊兵卫站起身来整了整衣服，以平静的语调说"好像来了"，便出了门。

牛尾大六这时刚走进客栈。伊兵卫抑制内心的激动，装作很平静的样子，微笑着出来迎接。

"就在这里说吧。"

牛尾大六多少有点儿忌讳似的环顾了脏乱的房间，然后提高声音说道："主膳大人说，你是一位难得的武士，有高超的武艺和远大的志向，愿意不计俸禄邀你一起共事，藩内上下诸侯也积极拥护……"

"呀！哪里哪里，大人过奖了。我可没有……"

"我们已经决定聘请你了，但这时出现了没想到的麻烦。"

伊兵卫突然感到天旋地转。他双手猛地抓紧膝盖，不敢大声喘气。

"麻烦不在我们这边，而是出在你这边。"大六冷冷地继续说，"就是你参加过比武赌博，在城里的赛场比武赌银两，赢后将银两拿走……你还记得吧?"

伊兵卫勉强地点了点头。他想起上次在青山家的比武场上，三名对手中一名看见他就逃掉的事。

"确实。记得是记得……"伊兵卫声音哽咽，"实际上当时有饥寒交迫的人，是这个客栈的客人……"

"不管什么理由，作为武士参加比武赌博，首先是败坏名声。既然本藩有人告发，我们就不得不停止聘用。很遗憾，就算没发生过这件事情。"

说完，牛尾大六在一把白扇子上放了一个纸包，推到伊兵卫的面前说："主膳大人说，这点银两供你们做旅费。"

"呀！不敢，不敢，"伊兵卫一边哭一边摆手，"给大人添麻烦了。我们已经得到不少的恩赐，请您……"

"不！我们收下！"

突然，田代说着跪在了丈夫旁边。伊兵卫有些狼狈，大六也吓了一跳。急忙想跟她寒暄一下，但田代没有给他时间。她用带着几分兴奋但沉稳的语调，述说如下：

"我丈夫参加比武赌博，的确不对！我很早就劝他不要这样做，他也知道这一点。但当时他的确不得不这样做，我也是事后才明白的。丈夫的赌博换来了许多人的欢乐，救助了许多人。"

"不要说了，失礼了。"

"是，我不说了，下面的话我只对你一人说。"田代转过身子，面对丈夫，颤抖地说着，"……今后，你如果认为需要的话，请随时随地参加比武赌博！给身边贫穷的人、无依无靠的人、倒霉的人带去欢乐！"

田代的话变成了呜咽声。牛尾大六难为情且灰溜溜地往后退，低头施礼后独自走了出去。

此时出发，时间不太合适，抱着画上句号的心情，两人就离开了客栈。那天晚上的大米还剩有一些，主膳给的钱也分一半给了房东，说要是再遇到下雨而行走不了的客人，就请你们多多给予帮助吧。夫妇俩穿好鞋要走时，那个叫阿六的女人走了过来。病恹恹的瘦长脸上强做（悲惨的）笑颜，说了声："夫人，请把这个带上。"随即拿出三包已经很旧的纸药袋说："草鞋破了就用这个糊上吧。里面都是香烟灰，用唾沫把它们粘起来很管用……本想送你们更好的礼物，可我拿不出来……尽是些不值钱的东西。"

"不，不。太高兴了。谢谢。"

田代亲切地说，然后很高兴地塞进了口袋。

客栈里的人们一直送他们走到追分客栈那边。此后两人向右拐，朝山岭那边走了。看起来伊兵卫还没有从刚才的失意中摆脱出来，田代也没有进一步去安慰他的意思。

——有这般好的武艺却无法立身扬名！真不知是不是运气不好？这是多么可笑的社会呀！

她这样想的同时，不免又微笑起来。

——但是，这样的生活我也很满足呀。不排挤他人，不抢夺他人饭碗。虽然穷，但和真心实意的人们在一起，只要有机会，尽量给他们带去欢乐和希望。这样的你，我觉得很了不起呀！

田代想这样说，但又没张开嘴，只是有时偷偷地看一下丈夫的表情，脚步轻松地往前走。

伊兵卫情绪也渐渐好起来。一是因为他经历了太多的失望；二是因为（在习惯上）他越来越会调整自己的情绪了。

只是想到妻子对自己的期待时，情绪就不会马上转好。

但是，让他忘记这一切的机会来了！爬上了山顶，仿佛像拉开帷幕一样，邻藩美丽的山野哗地展现在眼前。凉风阵阵吹过，他一下清醒了许多，高兴得呀呀地叫起来。

"呀！快来看，可真美呀。"

"是啊，真漂亮。"

"怎么样？信心百倍，干劲十足了吧？"

他圆圆的脸上露出笑容，闪烁出少年似的、充满希望的目光。从眼前的风景中，他已开始幻想新的生活和新的希望。

"打起精神来！拿出干劲来！"

对着妻子，他充满信心地说："现在我们看到的是大名享受年俸十万五千石的城市，以繁华而著名。有这么多的年俸，我想我肯定会有希望！我决心去试一试！"

"我有信心！"

田代笑起来。她抬头看着自己的丈夫，学着他的腔调："可以这样说吧？"

雨过天晴

雪上霜

一

这活儿简单。站在街上,看见有人拿(似乎很重的)行李时,就过去微笑地打招呼说:"我帮你把行李拿到下一家休息处吧。"

也就是说,不是劝人家骑马、坐轿子那样复杂,只是看着人家走累了,手上的行李、包裹成了负担时,提出帮人家拿行李。这当然比骑马、坐轿子便宜得多。这当然不是三泽伊兵卫的新主意,他和妻子在长时间的流浪中好几次看到孩子们这样做。多是些十岁左右的孩子,客人也只需多少给点儿小钱即可。但像伊兵卫这样身高近六尺、体重八十多公斤的练武人来说,多少有些不适合,甚至还有几分滑稽。

但这些他都不在乎。妻子生病,卧倒在床,两个月来一直在看医生,至今还住在泷泽的温泉旅馆里。另外这里是间宿[1],要赚钱也只能靠这个办法。不过这也是他临时想起来的主意。

活儿轻松,但实际上就像其他的生计一样,做起来并不顺利,人品正直但贫困潦倒,身体健全却往往遭人误解。主动上前招呼人家,对方反而害怕,有时甚至不理会撒腿就跑。刚开始时,这种事情屡屡发生。

---

[1] 间宿:江户时期在大路旁搭建的供脚夫、赶路人临时歇脚喝茶的地方。

还有就是对方很亲切,一副过意不去的样子,一路上和自己认真地交谈,如生意上的事啦、天气呀、不争气的孩子呀,诸如此类。伊兵卫善良温和,做什么事都小心翼翼,往往比对方更加殷勤周到。听人家说着,不时应和或做出惊讶、感动状,或适当地反对、赔笑脸。就这样翻过了一座山岭,到达仲山的间宿时,对方接过行李,只是一味深深地表示感谢。

——要分手了,真是遗憾!

对方的这句话对伊兵卫来讲,当然不能算作小费。伊兵卫也觉得遗憾,只得物色下一位客人。这样的例子也不少。

当然也不全是这样的事情。时间长了也摸到了规律,十天左右后,多少能挣到一点儿。然世事难料,这次从别的方面引起了一些麻烦,即街上的马夫、轿夫瞪着眼睛看着这一切,冷言冷语地臊他。他们说:

——本来来往的客人就不多。大家都来挣钱,这不就是抢我们的饭碗嘛。

——不是建场[1]的人就不能在这条街上做生意!

起初伊兵卫没意识到这点。他的目标是那些不骑马和不坐轿的客人或觉得行李是负担的客人,根本没想抢别人生意,最多只是分享一点他们的残羹剩饭。直到最近他才意识到他们是在讽刺自己。

——这下难办了!

---

1 建场:是马夫、轿夫、脚夫休息歇脚的地方。

虽然意识到了，他还是不认为自己抢了他们的生意。自己好不容易才开始的生意，就想一心一意地做下去。

二月中旬，一个晴朗的日子。

上午有两个客人，吃过午饭后马上又来了一个客人，商人模样。此人五十左右，肥肥胖胖，血色很好，一上路就开始谈胆结石病。

"总之，你还不知道。一旦得了胆结石，眉毛和眉毛之间就好像烧过的木屑一样，会出现褐色的皱纹，这就是胆结石的开始。发展下去就变成黑色，到这个时候治疗就很困难了，就像贫民窟腐烂的旧木头一样。"

伊兵卫照例表示佩服或不时表示惊讶。客人继续往下说，胃绞痛就好像用小刀挖你肉的痛，肝痛就像用锥子锥，肠子好比用锈了的锯子锯，急性的肾脏炎那就像无数根针在刺的痛，这些痛都比不上胆结石的痛……伊兵卫最后不再附和，干脆问道："这样问有点失礼，你得过胆结石吗？"

"问我得过胆结石吗？"

客人转过头来，一副诧异的表情。

"怎么会呢？开玩笑，我有脚气病，还从来也没见过得胆结石病的。"

"啊。是吗？"

"是啊，我有菩萨的保佑啊。"

说完客人又接着介绍治疗胆结石的好药啦、值得信赖的菩萨呀、秘传的护身符呀以及哪些饮食是忌讳等等。

"我还告诉你,关键是睡觉的方向问题。西北方向是胆结石病最忌讳的。如果朝这个方向睡,那就好像是光脚踩玻璃渣。"

到了山岭。一路走来,温暖的阳光照得背脊暖和,从残留着雪的地面扬起阵阵热气。听够了客人饶舌的伊兵卫不一会儿就注意到了后面上来的两个马夫(大声挖苦)的声音。

"拐弯抹角地提醒没用啊!对方装着没听见。是不是该把话挑明啊?"

"我一开始就想这么做的。光仲山和吉田两个建场就有十八个人,不能看着不管了。"

明显的暴力暗示。这与先前的讽刺、威胁完全不同。为让伊兵卫听得见,两人说得既明确又野蛮。

——我真的抢他们饭碗了吗?

伊兵卫有些悲伤。

二

登上山岭就能看到对马国松平守(年俸四万六千石)的城市了。岭下叫仲山的间宿大致位于领地境内,从那里到城里大约一里。

"哎呀!谢谢你了,就送到这里吧。"

到了岭上的茶铺前,客人不再说胆结石的事了。

"不,不。我帮你把行李拿到仲山。"伊兵卫笑着说,"辛苦费您就付到这里吧。我想看看有没有回去的客人，也要去仲山。反正顺路，我来拿吧。"

"不了，不需要了。"

客人说着，拿出鼻纸和钱袋，当面拿出两枚银币，又说只是一点心意，然后又加了一枚，用鼻纸包好，递给了伊兵卫。

"谢谢你陪我轻松地走到岭上。下次有机会我再麻烦你。"

说着拿过行李，走进了茶铺。

——下面怎么办呢？

伊兵卫有些犹豫……是到仲山继续揽客，还是今天就到此结束回家呢？犹豫再三，他打开了刚才客人给的纸包。用手一摸，感到不对劲！赶紧打开一看，鼻纸里仅仅包着五个小石子！既没有银币，也没有像钱的东西。只有五颗石子！伊兵卫傻了。

——这是怎么一回事？

几乎惊呆的伊兵卫转头一看，客人在茶铺里坐着，正抽着香烟。伊兵卫慌慌张张跑过去，将手里的东西递给他看，并微笑着说："这是怎么一回事？"

客人看了看手上的东西，然后不可思议地望了望伊兵卫。

伊兵卫大惑不解。旁边的石凳上坐着六七位客人，对面还有四五名马夫，其中就有刚才后面上来的两名马夫。由于人太多，他不知怎么办才好，他也不想自己吃亏，于是笑着又说道："这是刚才您给我的。我一打开，发现是这个东西。"

"哦。"客人悠然地抽着烟，"我看看，像是小石子嘛。"

"是啊，我看也是的。"

"那一定就是石子了。"

"是的，是石子。"

"那么，"客人敲了敲烟管，"你问这些石子怎么变的吗？我变魔术吗？"

"不是的，不是。我刚才拿到的纸包，不是银币，是这玩意。我想大概是什么地方搞错了吧？"

"你说搞错了？……怎么搞错了？"

"你把纸包搞错了吧？"

"别开玩笑了！我是当着你的面数的钱，然后又加了一点，说是表示我的心意，完了一起包好的。你也看见的呀。"

"是啊，是啊。我是亲眼看见的呀。"

这时对面传来了嘲笑声。店里的客人，包括脚夫、马夫，听到这么奇怪的对话，忍不住大笑起来并看着他俩。

"那我就不知道了。"肥胖的客人又将烟灰缸拿过来，点上了烟，"当你的面数钱，当你的面包好，交给你。你拿了钱又做了什么吗？"

"没有，绝对没有，我什么都没做。"他拼命地摇着头，"我什么也没做，真的。"

对面有人又嘲笑起来。那位客人也好像戏弄他似的，一边吐着烟一边说："你到底做没做，我在这里抽烟，根本就不知道。给你的时候如果你说有问题，那就是另外一件事了。到现在才来说这事，怎么说得清？谁能做出这种事呢？我又不是第一次旅行，快别做这种无聊的事了。"

伊兵卫被说得张口结舌，面红耳赤，竟挠着头一个劲儿地向对方赔不是。这时，五六个人一起哄堂大笑起来。伊兵卫越发感到狼狈，难为情，末了嘴巴里不知叨唠了几句什么后，跑到外面去了。

——真是丢人！

六尺男儿，现在缩得只有三寸。丢人啦，丢人！就想找个洞钻到地下去，或变成烟云飘散而去。

——本来就是个小钱。

为什么要说出那些话呢？那个客人，肥肥胖胖，一身富贵，行李也很沉，准是什么富裕地方的有钱人，他绝不会为了几个小钱而做手脚。即便如此，为什么要说那样的话呢？……他边想边走出茶铺，打算回吉田去。走到十四五米开外时，忽听见有人在背后叫他。

"前面的那个人，你等一下。"

回过头一看，七八个马夫、轿夫手拿撑杖、棒子等，往这边追赶过来。他们看了刚才的一切，觉得伊兵卫虽然壮实，但笨拙老实。跑过来以后，他们围着伊兵卫，大声吼叫，仗势欺人。

"老子是土桥的权六。你这家伙是哪里的人？从哪里过来的？"

伊兵卫低头致歉。

"对不起。我叫三泽伊兵卫，是个浪人。"

"撒谎！"一个马夫在一旁喊道，"我是住在山坡下的勘太。你再怎么样落魄，也该插一把竹刀吧。你骗人，拿浪人来吓唬我们。"

"我没撒谎，确实是浪人。"

伊兵卫急得要哭，一个劲儿地解释着。

"我当然有刀。只是带了刀，就招不到客人了。真的，客人都害怕。"

"真啰唆，说什么客人啦。我是住在户部街的八兵卫，在那条街上有建场这个好地方。做旅客的生意，我们在建场都有自己的地盘，马夫和马夫，轿夫和轿夫。像你这样不知从什么鬼地方来的人，也不和我们打声招呼就随便拉客，一副毫不在乎的样子，你是在抢我们的生意，知道吗？你说说，你是得到谁的许可这样做的？"

"对不起，真的对不起。"伊兵卫继续低头赔礼，"我不知道你们有这样的规矩。我家里有病人，自己又没工作。所以就……"

"你这家伙还想找借口吗？"

"干脆，揍一顿，扔到山里去喂狗。"

一声大喊，一个人突然打将过来。伊兵卫一只手抓住他的胳膊，一只手示意不要这样，恳切地说："请等一下，等一下。因为家里有病人，所以才……我错了。别打了，太危险。对不起，我再也不干了，请你们饶恕。"

嘴里郑重地一个劲儿地道歉，又绝不是想打架的人，浑身的武功根本派不上用场。他轻易躲闪，手和脚都击中了对方的要害，或跳出四五米远，或巧妙地打倒对方，户部的八兵卫等发出死一般地哀叫。他们却越发凶狠，挥舞着棒子和拐杖，从前后左右袭来。

"请你们别打了，我求求你们。"伊兵卫哀求道，"就这样吧，求你们了，对不起了。"

夺下棒子，抢过拐杖，总共五根。伊兵卫两手拿着它们，一边低头赔不是，一边躲开对手的袭击，忽右忽左，同时大声呼喊道："谁来阻止他们啦！"强悍的一方却喊救命，在一旁观看的人都觉得好笑。事实上，有个武士就饶有兴趣地看着这一切。他年近五十，身材矮小但结实有力，眼光炯炯有神。他始终注视着伊兵卫的一举一动。看到这里，他喊道："住手！小子们，停下。"说着走近前来。

"我是箕山城里的小室青岳。住手！"

大概他是个响当当的人物吧。听到这个名字，一伙人马上停止了。其中三个人倒在地上，先是不停地呻吟着，这下也赶紧爬了起来。

"刚才在茶铺听你们商量，所以赶紧过来。"青岳训斥道，"我已经看得清楚。这位大人不知道这里的习惯，又有生病的老母亲，生活困难。他一再向你们赔礼，你们却仗着人多势众,先是辱骂,后是动手。真是一伙歹徒!"

"不,不,"伊兵卫连忙摆手说,"都是我不好。"

"一群不教不懂事的家伙!"青岳赔礼。同时再次大声训斥道:

"你们不知道吧,这位的武功一流。真要打起来,你们一个都跑不了。我要向他赔礼,你们也过来赔礼道歉!"

三

田代坐在床上,望着穿着和服裙裤的丈夫,忧心忡忡。

虽然带着病愈不久的憔悴,但毕竟年轻,恢复得快。皮肤已有了光泽,血色也很好,眼中明亮有神,更增添了几分娇柔。

"那么,叫小室的大人是在哪里认识的呢?"

"那是在……"伊兵卫顿时有些语塞,"批发店。开头只是为了一点微不足道的小事,但他说如果这样的话,请到我家里来吧。我也拒绝了。"

帮人拿行李这件事,他是瞒着妻子的。当然,岭上发生的事情那就更是不能说了。而田代想知道的并不是这些,她想知道,丈夫要去造访的小室青岳是个什么样的人?找他去会有什么事?

"莫不是又想让你出仕吧?"

"不知道呀。"伊兵卫咳了一下,"没说几句话,总之要我去一趟他家。不过，若真是出仕的事，我也想试一试。"

田代紧紧盯着丈夫的眼睛。

丈夫确实是个难得的人才。学问上习过朱子学、阳明学及老子；武艺擅长长矛、大刀、弓箭、枪棒、马术、游泳等。而且这些武艺（即便在学问上不是那么优秀）皆少有对手，每一项都堪称最好的典范。但另一方面，丈夫为人的宗旨是不与人为敌。事先考虑别人，然后才想到自己。他谦逊低调，同情他人。每当自己的生活过得好一点时，就想起天底下的穷人；一旦生活陷入贫困，他又想到比自己更苦的人……由于是这样一种性格，他辞去了官职——侍奉年俸二百五十石的主家，成为浪人，与妻子田代一起四处漂泊，至今已七年有余。其间也有几次机会，他的才能得到认可，也有出仕的机会，但也正是他性格的阻挠，最终一个也未能实现。

人们在生活中，或多或少都会遇到排挤他人的事，但伊兵卫这方面尤其不擅长应付。一旦知道因为自己的原因使他人遭到排挤或丢官，他就绝不占有那个官位。他觉得对不起人家，应该先退出来。

——丈夫没法出人头地！他不改变自己的性格，不会有飞黄腾达的一天。

田代确信如此。

——但丈夫总把能使他们幸福、自己也可以占有的位子、自己也可以获取的东西，通通让给了别人……这也好！丈夫才能出众，而且用自己的能力为大家谋取幸福。这是好事。

丈夫还在寻找出人头地的机会，这是为了田代。田代出生在年俸九百五十石的副老职家，在富裕的环境下长大。现在丈夫再也无法忍受让田代继续过这种贫困的流浪生活了。他不能抢夺他人的官位，但得想方设法让妻子过得幸福。丈夫如今在两者的抉择中痛苦不已，这一点田代心里也很清楚。

——我这就已经幸福了。此外我没有什么期盼的。

她常常这样说，但丈夫似乎再度遭遇了失望。田代心痛不已。

"我要尝试一千遍！"

伊兵卫继续说道。他也知道妻子的内心，反而使他更要奋斗。

"另外有些小事，我想这次也睁只眼闭只眼吧。我去去就来。"

仿佛为了不看妻子湿润的双眼，他拿起扇子，出了客栈。

这里名叫泷泽的温泉旅馆位于离城约两公里的山中。走上街道会看见吉田间宿，从那儿到箕山城里，翻过山约三里路。伊兵卫来到吉田间宿一隅，想到昨日自己还站在那里等候客人的情景，不由得小声说道："喂，三泽伊兵卫，沉着点儿。因山岭上打斗，你已经不能在这里代运行李赚钱。好好利用这次拜访小室的机会吧。"

这时（也许就是在此站着不动的原因吧），对面有个牵马的马夫叫道："客人，你骑马吗？"

伊兵卫转过头来一看，吃了一惊。这不是昨天在山岭上要打自己的那伙坏蛋中的一人么？好像叫勘太吧。

"呀，昨天，实在对不起了。"

这样说着，对方也吓了一跳。伊兵卫的穿着完全变了，一副武士的打扮。除了圆圆的脸庞、略微下垂的眼睛和害羞的表情，看上去就是另外一个人。

"呀！老爷。昨天……"马夫睁大眼睛，也有些语无伦次，"昨天真是的……请您原谅。"

四

小室青岳擅使长矛。

箕山城里吴服町有一个很大的道场用来教授松平家的武士。藩主在本藩的日子里也上城去交流切磋。藩主是对马国守成正，热心武艺，在城里还教些念流派的刀法。城里还有一个练武场，主人叫津村九郎兵卫，擅柔道、弓箭，在家臣中有一些崇拜者。

小室在当地颇有名气，连附近的藩国也纷纷来请他前往授技，现在带有八名弟子。

看样子，青岳十分赞赏伊兵卫的长枪术。伊兵卫到了城里后，青岳先是从弟子中挑选了四五人与他比武，结果发现他技术比想象的还要强，甚至超过自己，满心喜欢。

"你有这么好的武功，却做那种活儿，其中一定有什么原因吧？但不管是什么原因，我都不在乎！"青岳说，"如果可以的话，想请你一定来这个道场教授武艺。"

"雕虫小技。若能有点儿作用，一定照办。"

听他这一说，青岳非常高兴，许诺每个月的谢礼为金币一枚，如何？出乎意料的高额谢礼啊，伊兵卫掩饰不住内心的喜悦，但马上又有些不知所措。

"昨天听说你有生病的母亲，住在泷泽什么不方便的地方。我们想你们能尽快搬到道场附近，也好有个照应。"

"是啊，是想这样。"

"幸好在那附近我们有一栋房子，可以给你们使用。"

"这真是太感谢了！"

青岳提及了山岭上的打斗、病重的母亲等，他好像说错了，但伊兵卫没有马上纠正。也许正是青岳以为他有病重的母亲，所以才格外照顾的吧，暂时就将错就错吧，并不是很大的问题。

"实际上听医生说，还打算继续给她进行温泉疗法，还需要有一个月左右的时间。"

伊兵卫回答道——需要的话自己先搬来，隔上几天回去看望一下。青岳倒不介意，只说房间备好，明日就可以来。

之后带伊兵卫选了教练用矛枪，量了教练服尺寸，给了一包类似今天契约金似的准备金，伊兵卫就信心百倍地回了泷泽。

"那真是恭喜你了。"

田代满面笑容地祝贺道。不过，满面笑容是装出来的。她不敢相信进展得如此顺利，而是相信总会出现什么阻碍不得不离开。

这样的猜测当然不能表现在脸上。她说要祝贺一下，起身出去，不久就端来了几样小菜。

"总算是出人头地了。"

好长时间没喝酒了，情绪极好的伊兵卫满面红光笑着说：

"以前我为什么没意识到这一点呢？说穿了，我没有让石头闪出火光，我把火灭了。"

这里需要说明，少年时代的伊兵卫曾在宗福寺修行，拜玄和禅僧为师，身心两面受过熏陶。其间有这么一段偈言：

——石中有火，不击不出。

但何时击、怎样击才能闪出火光来？同样，伊兵卫武功有其真髓，但"击打发火"这一点是其关键。

"以前的几次比赛我都'打出了火光'，一看便知谁胜谁负。"他喜笑颜开地说，"但这次我没有'击出'。即将击出的时候，我将它灭了——在与对方的打斗中。你懂吗？"

"我是不懂。"田代微笑着点点头，"但又好像懂。"

"这是进步！了不起的进步！也可以说是莫大的……"

他兴致极高。微微有些醉意的脸上带着微笑，接着大谈自己接下去习武的各种考虑和抱负。

"我想这下已没什么问题了吧。打斗中我运用了新的套路，加上小室大人为人又好，我想这次……"

"你不要再说了。"田代笑着打断了他的话，"不管是在此住下还是继续流浪，一定不会影响我的幸福，请你放宽心，不要付出那些不必要的辛苦。我只希望你做到这一点。"

伊兵卫悲哀地笑了笑，然后默默地低下了头。

伊兵卫搬到道场去住，田代同意了，并说也没必要每七天回来一次。如果有什么变故，通知一声就行，休息的日子回来就行了。这样，伊兵卫在第二天拿着自己需要的东西，往箕山去了。

登上山岭大概十点。顺着山路再往下走，快到仲山间宿时，看到有伙人在间宿前吵闹。停着五匹马，武士和马夫们在一旁大声地争吵着。

——那不是土桥的权六吗！

伊兵卫看见人群中的权六，咕哝着走了过去。

——呀，还有住在山下的勘太啊！

其他还有上次在山岭打斗的人，名字叫不上来。这次莫非在找武士们的麻烦？等他走近一看，并不是这样，马夫们请求对方付钱。

"骑了有两里多路，不付工钱的话，老婆和孩子连粥也没法喝了。请你们不要开玩笑，按说好的工钱付给我们吧。"

权六说完，其他四人也一起低下头哀求道。

"不行不行，少废话！"

一名武士吞了吞口水。他们年纪相仿，这个武士看上去年纪最大，二十七八的样子。大概是官宦子弟吧，相貌俊秀，服装昂贵。

"起先谈好了价钱的，末了又要求赏几个酒钱。真讨厌！你们总这样纠缠客人的吗？"

"哪里是纠缠啦，要酒钱是我们这里的规矩。"

"住口！说什么规矩，我们更是不能答应。为了来来往往的旅客，我今天就杀了你们……"

说着，这个武士拔出了刀，马夫们一看吓得四处逃窜。伊兵卫知道他只是吓吓他们的，便大声叫道："这不是住在土桥的权六吗？怎么啦？"

他边喊边微笑地大步走过去。

五

马夫们"啊"地惊叫起来，大气不敢出，东藏西躲。这个上次在山岭被他们找茬儿惹事欺负的对手，结果反被他大耍了一顿。他们忘不了他那杰出的风貌与和蔼的笑容。

——对方也没忘啊！

——恐怕他也生气了吧？

权六想，这下越来越麻烦了。伊兵卫根本没看方才的武士，仍旧圆圆的脸上带着微笑，低头施礼道："上次对不起了。托大家的福，我找到了工作，定下去小室大人的武场帮忙，从今以后再不给大家添麻烦了。"

马夫们一个个张口结舌。他们不知伊兵卫的本意，不相信他所言当真。然而伊兵卫依旧微笑着，接着说："我刚才都听见了，你们和这几位客人之间好像有什么误会吧。到底是怎么一回事？"

"嗯，是、是……"

"啊，是这样。"他自顾自说道，"这几位坐了你们的马，最后不愿付辛苦钱，是吧？这种事，世上哪有呢？开玩笑吧。"

"没开玩笑，的确如此。不付钱！"

年长的青年这样回答。从他那与众不同的服饰和傲慢的态度，就可看出此人是五人中的小头目，且是有相当身份之人。他把拔出的刀插进刀鞘说道："对这些马夫，我们没跟他们开玩笑，也没工夫跟他们耗时间。他们胡搅蛮缠，我恨不得替客人宰了他们。"

"刚才我已经听到了。"伊兵卫点头示意，"不就是要几个酒钱吗？还值得你们生这么大的气？你们可能不知道，他们都很贫穷！很多人的马都是向建场租来的，或者每天要交份子钱。他们往往把坐马的钱说得比较低，而实际收入就靠末了的几个酒钱。"

"这种事情我们不知道，也不是旅客要知道的事。"

"是的，是的。"伊兵卫笑着回答，"常年在外旅行的人不用说。这么长的距离，要付多少辛苦费？只要不是孩子都心里有数。"

"你说话太没礼貌！"另一个武士吐了口吐沫说，"你说多少辛苦费，只有小孩子不知道。言下之意就是说……我们是孩子？"

"无聊！无聊！"另外一个人说道，"这种话说起来也愚蠢。走吧，岩野。无聊！"

"等等，这不行！"伊兵卫挡住他们，"这是罪过啊。他们都是穷人，请你们付给他们马钱吧。拜托了。"

"不付！请让开。"

最年轻的岩野冷笑着，态度蛮横。

"怎么说都不行吗？"

伊兵卫又确认了一遍。然后转过头去，手指着武士们，愤怒地对马夫们说："我最讨厌这些人！带着刀，欺压百姓，那不是武士，是假货！而且，或许他们本身就没带钱。"

"这家伙，骂我们是假货……"

吐痰的青年高声叫起来。然后随着喊叫声，他拔出了刀。由于大家都是年纪相仿的一伙人，容易受煽动，结果其他人也齐刷刷地拔出了刀。

"别！别！快停下！"

伊兵卫劝解似的摆手道。

"别干危险的事！弄不好出人命的。对双方都不好。你们可不敢挂彩呀。"

"没礼貌的家伙，不要跑！"第一个拔出刀的人砍杀过来。

真要砍还是仅仅吓唬，一时还看不出来，但不知怎么搞的，砍向伊兵卫的刀怎么就跑到伊兵卫的手上去了呢？当然不是递给他的，而是他夺过来的。当事人用左手抓住右手的胳膊肘，惨叫着逃到一边去了。如果遇到的是别的什么事，伊兵卫或许会手下留情一些，但碰到这种场合他就格外地生气。人们最看不惯欺压弱者和穷人的事，他则是愤怒。另外，对这一伙武士说来，刚才的那一下，他们应该知道对手的厉害了。两者根本没在同一档次上！武士们应该让步了。可是这帮年轻人血气方刚，顿时勃然大怒，一起砍向伊兵卫。

"请停下来！"伊兵卫叫道，"不要乱来！危险！"

但他的一系列动作迅速果断，只看见现场一片惨烈。

劈杀声阵阵响起，或哭或号。武士们从右跳到左，从东跑到西，有的向前摔倒，有的拼命躲藏。五人中有四个倒在枯草地上，剩下一个一头跳进小河中。

"对不起，失礼了。"

伊兵卫走到岩野面前，微笑着说："你们没受伤吧？我想不是很痛，我扶你起来吧。实在对不起。"

扶起对手鞠了一躬后，他伸出手说："我再次请你们付辛苦费。"

对面的马夫们好像看傻了似的，呆呆地看着这一切。

六

小室武场的生活很愉快。

青岳出自宝藏院流派，后用己名自立门户，拥有"一字"式独特技法。伊兵卫学的是中也派，在此基础上又加上了短刀法，学会了比起刀尖来更注重柄端的技巧。小室武场当然传授"青岳流"，肯定不会传授其他流派技术。伊兵卫起初很担心这一点，看上去青岳心里也有什么主意。实际上讲授何种技法，他从不干涉，全凭伊兵卫的喜爱。

伊兵卫干劲十足，每天都很快乐地讲授技法。

伊兵卫是快乐的，精神抖擞的。直到现在，他都认为自己或许就是为习武而生的。只要是武术，他全都喜欢，连相扑也喜欢。他用尽身心力量一决高低，简单快乐，清清爽爽，而且这样最能直接表现自己的才能。伊兵卫喜欢一切都明快而单纯。

教人习武，对他来说是第一次，教授起来也还轻松。与传统的教法不同，他想出"控制胜败"的技法，很受弟子们喜欢。

"三泽教练，请你再教我们一种技巧吧？"

"像这样集中一起教，很累。今天就练习到这里吧。"

"不，我们不累。再教我们一种吧？"

像这样一心学武的弟子很多。

只有一件事情他不知如何办。事情是这样：青岳有一个女儿，照顾伊兵卫起居。她完全像个侍女一样，从早上起床到晚上睡觉，一天到晚跟着他。而且就像常言说的无微不至，细心周到，年龄二十二三，（在当时看）属于大龄，名叫千草。

作为女性，她个子算高的。她体态轻盈，丰润标致，双眼双眉间距生得不近不远，鼻梁高高隆起，嘴巴大而匀称。总之，姑娘优雅大方，美丽动人。

据说她母亲很早就去世了，从此她一直负责照料父亲的起居。对伊兵卫她也是面面俱到，体贴入微。

伊兵卫的房屋和青岳父女的房屋在同一幢，六铺席大小的房屋共两间，离武场很近，一间作卧室，另一间作客厅。在客厅里放有小炉子、小桌子和书本以及衣柜等，壁龛处摆着插花，千草常进来烧水泡茶。

她不太说话，但在表情和行为间已充分表达了她的意思。早上她进来叫醒伊兵卫，准备他的洗漱、换衣和早饭。

"行了，我自己来吧。"

他每次都这样说。

"你别忙活了，我自己来还方便些。"

每到这时，千草只是微微一笑。训练时，只要他有些汗水，千草便准时在井边等他。中饭和晚饭都是和青岳一起吃，千草当然是在一旁伺候。还有卧室的铺垫、睡觉时的衣物等，哪样都离不开千草。

——这真的有点儿麻烦，真的。

他总说不知如何办才好，但事实上，这并不仅仅是麻烦的问题。的确，有些时候（闻到千草身上的体味、香味）突然想到泷泽的家，觉得对不起田代，大概是潜意识中良心受责吧，但平常自己却并没意识到。在男女微妙的关系上，伊兵卫往往像孩子一样单纯，甚至笨拙。

武场的休息日每月两回，五号和二十号。

第二天五号，离开了十七天后，他回到了泷泽。田代的身体恢复得很好，胖了一些且有了血色，肌肤也有了光泽。

"我从前天开始，就自己做饭做菜了。"田代笑着说，"这样住宿费可以便宜些，对身体也有好处。"

"不要考虑住宿费。"

"不，这家原来只是温泉旅馆，规定客人自己解决饭菜的。既然已恢复，不自己做，也觉得无聊。"

"那，我们换个地方住吧？"

伊兵卫边说边从口袋里拿出了礼金，今天早上出门时青岳给的。

"你看，每月都这样多！"

田代看着丈夫的脸，打开包钱的袋子一看，仅仅一两二分。

"呀！这……"伊兵卫不由得大叫起来，"怎么回事？说好是金币一枚的，怎么只有一两二分呢？"

"这是怎么回事呢？已经半个多月了，即便每天扣除，那也多扣了吧。不会算错了吧？"

对方一直夸奖自己武艺高超，自己便张不开口。这是田代想说的，只是她最终没有说出来。她并没有像丈夫那样怀疑的神情，伊兵卫稍感不悦，但还是接着说："只拿了这么一点钱，但这家客栈如果是这样的话，我们就换一个好一点的吧。"

"那，等下次再……"

田代含含糊糊地说着，就去准备午饭了。

他心里很清楚，妻子还是觉得不可信。她不相信每月金币一元的收入，也不相信可以在此地住下去……伊兵卫感到悲伤，妻子太可怜了。但自己又没法说服她，没有让她信服的勇气和证据。

——七年多的流浪，一桩桩痛苦的体验。

是的。真要刨根问底的话，连他自己也不确信能否在此住下去。夫妇俩久违的在一起吃了午饭，又说了约莫一个小时的话。回归练武场时，田代又把礼金还给了丈夫。

"我还有一些备用的零钱，这钱你拿着吧，以备什么时候要用。"

武士本来就有随身带着小钱、以防万一的习惯。拗不过田代，伊兵卫最终揣进了怀里。

"那好，再见。二十号我再回来。"

"我这边没什么事，下个月也行。"

七

回去的路上，伊兵卫发现了一个有趣的现象。一群十岁大小的孩子（其中也有女孩子），像他前些日子那样帮客人搬运行李。在去往山岭的路上，来往的小孩子有五六个。

其中不少孩子背着沉重的行李，气喘吁吁。

——呀，出现了继承者啊。

他笑了笑，十分开心。按他的性格，这种时候往往不会沉默。他看到两个年龄相仿的少年，背着沉重行李走过，就微笑着搭话说："真了不起啊！重吗？"

大概是行李的主人吧。一个三十五六岁、商人模样的旅客朝他看了看。伊兵卫又笑着跟他搭起话来："前不久我也干过这活儿。我不是职业的……现在已经不干了。看着这些孩子，就像自己的同行一样。"

旅客暧昧（甚至带有几分厌恶）地朝他笑了笑，他似乎不相信这样一个堂堂的武士会跟他搭话。伊兵卫根本不理会这些，接着说："不过，这些行李好像有点儿重啊！孩子背起来好像有些吃力呀。要是换成马托、轿载……"

"我也想这样的……"旅客笑着回答道，"考虑是这样考虑，但从吉田到仲山，既没马夫也没轿夫。"

"从吉田到仲山？"伊兵卫望着旅客，"你说既没马夫也没轿夫？我不信。"

"真的。你看，一路上没有马也没有轿子。"

被他这么一说，伊兵卫才注意到——今早从箕山城回来的时候，街道上就没看见马和轿夫。

"这为什么呢？他们今天都休息吗？"

"没听过这种事。马夫和轿夫一起休息，没听说过。"

"那，要么有什么别的原因？"

"听说有的。"背行李的一个少年停下来，喘着大气说道。

"哦，小鬼你知道啊。"

"从吉田到仲山，"少年擦了擦额头上的汗，"不允许马夫和轿夫出来挣钱了。"

"哎！奇怪，为什么？"

"出来就会挨揍！箕山的武士把我爸爸、这个吉兵他爸，还有其他三个人都打了，现在都在家里躺着呢。"

"我父亲腰上的骨头被打断了。"另一个少年说，"也没钱看医生，连买米的钱都没有，我们才出来挣钱的……"

"这样啊。但这就奇怪了，武士们为什么这样做呢？"

刚说完伊兵卫就打了个寒战，仿佛自己被打了似的。他看了看左右，低声地叹息。刚才说话的少年斜眼看了看这边，接着说："是啊，都是因为叔叔您的缘故。您是个好人，不是坏人，父亲他们都夸奖您，说您喜欢管闲事。"

"那你说的是仲山那次吗？"

"刚才您说帮人家搬过行李，我才知道的。那次争吵您不管就好了。即便亏一点辛苦钱，也不会像现在这样来报仇呀。他们说：'不过，叔叔是好人，全是为了我们。而且现在是武士，我们不能责备他。'"

"哎呀。我没想到，没想到。"伊兵卫把脸转到一边，低声地又说，"这样的事情连做梦都……哪像武士干的事啊。没想到他们会干出这么卑鄙的事情来，我不会就此罢休的!"

说着他忙向客人道歉说:"对不起!刚才的话你也听到了,这些孩子要回去照看他们的父亲。马上就到山岭上的茶铺了,能不能就让孩子们回去呀?"

"不、不,叔叔,"少年们忙说,"我们知道叔叔好意。我们干活,要把行李送到地方。"

"呀,对不起。没送到目的地,确实不对。叔叔付给你们辛苦钱,当然还包括你们父亲看病的钱。但我还有更重要的事……要和你们商量。"

"你这样说,是不是又要管闲事啊?"

"你这样……我也没话说了。"伊兵卫低头表示歉意,"你看,我已经道歉了。你们一块儿回去吧,像这样也不是个办法。反正你们快回去,照顾好父亲,接下来再想办法。"

他一个劲儿地劝说,最终说服了两个孩子。

八

青岳双手交叉放在胸前,一脸严肃,默默地听着,他的样子很可怕。随着旁边灯笼的火光一闪一闪,他的表情就更可怕了。

"当时付了辛苦钱。"

伊兵卫一个劲儿地讲事情的经过。

"也许有些多余,但又要什么喝酒钱,实际上就是要加点钱。"

"这种事我知道。"青岳冷冷地打断了他的话,"你接着往下说,尽量捡重点……"

"那我就捡重点说。"伊兵卫有点不知所措。"所以,我把一切事情都圆满地解决了。但不久,据说就是那天后的五六天,有个叫岩野久马的人和其他十个人去到山岭下,宣布今后不许在这条路上做生意,并当场抓住轿夫和马夫殴打,致使五人重伤。"

伊兵卫越讲越生气。

孩子们领着他,看望了五户人家,亲自了解了事情的经过。土桥的权六(少年吉兵的父亲)脚骨脱臼,半年多无法行走;其他四人也伤得很重,都需要医生治疗。

"他们这样每天出去挣钱,因为穷且找不到工作。哪一家孩子都多,靠孩子出去帮人拿行李挣钱,根本就不能吃饱饭。这样的弱者虽然是有些斤斤计较,但武士出动,就有点儿……"

"那么,你最终的意思是什么呢?"

青岳语气冷静,其表情没有丝毫的变化。他最终想问的是最终结果怎样。伊兵卫被他的气势压倒,说:"我的最终意见就是……"

"给被打的人家赔偿治疗费,并且重新允许那条街上做生意。是这样吗?"

"是的,这点事应当办的。"

"那好，我叫人去办。"青岳干脆地答应了，"但，你不要再管这些事了。"

"是，非常感谢。给小室大人您添这么大的麻烦，主要还是那件事。仅仅医疗费和恢复做生意，我觉得还不够。为了彻底解决，避免出现第二次，打人的武士必须在大伙儿的陪同下，挨个儿登门道歉。"

"让他们……你说去那些穷人家吗？"

"是的，不然我咽不下这口气，这不单单是钱的问题。"

话虽不多，语调却异常坚定。青岳一怔，盯着伊兵卫看了一会儿，悠悠地感叹道："你真是个少见的人。有点过分了……有强烈的正义感当然是好事，但雪上加霜的努力却是徒劳的。"

"这……是什么意思呢？"

"那我告诉你！"青岳用抚慰的口气说，"我知道仲山间宿那场打斗，有人向我报告的，这涉及你能不能来练武场的事。我找了五六个人，逐一向他们说明了你的性格，取得了他们的谅解。"

"您是说取得了他们的谅解吗？……什么时候的事？"

"你到练武场开始教武术后，大约七八天的样子。"

"是吗？我一点都不知道。但，您为什么要这样做呢？"

"有两个理由。"青岳绷着的脸开始缓和起来，"首先，岩野久马是次席家老的儿子，另外还有两人是老职家中的。他们做的事的确有错，但年轻气盛，有些时候甚至脱掉外衣与人拼命。加上对方是那条街上的苦力,也曾挑衅过你,所以就是聚众斗殴。"

"哎呀,那次的打斗我也有错,所以我向他们道歉了。"

"但如果我不制止,还会继续发展。"青岳摇摇头说,"岩野等五人更是单纯。你当时不管闲事就好了,在那些苦力们的面前,当时五个武士没有咽下这口气。你管得太多了。"

"可我却不这么认为……"

"那么今后还可以这样,你坚持下去吧。"青岳不愿意再谈论这件事。

"我要取得五名武士谅解的第二个原因在我,不想看到你和诸侯们之间存在不和。为什么呢?……我就直说吧。我想让你成为这个练武场的继承人。你知道吗?藩主在藩时,也常常在城中指导练兵。这项工作,打算今后你来担任。"

伊兵卫惊得目瞪口呆。青岳接着说:"这样一说,你也应该有所察觉吧。想必你也刚好合适,我打算让你娶我女儿千草。"

这下伊兵卫一下子乱了方寸,仿佛自己听错了。当他意识到青岳讲的是真话时,马上正襟危坐。

"您是说要把您女儿,许配给我?"

"是的。一开始就有这个打算,所以让她来照顾你的起居。而千草也知道这些,你也默许了她来照顾你的起居,意味着你也答应了。"青岳的表情变得柔和了,"所以这种情况下,与各诸侯大人之间要搞好关系。特别是岩野家,虽说是次席，但也是本藩名门，这个练武场的扶持，得到了岩野家莫大的帮助。考虑到这些，所以今后……"

"您等会儿，请您等等。"

伊兵卫举手打断了他的话。他耳红面赤，夹带着愤怒、悲哀和羞耻等复杂的情绪，但整体上是一副哭丧的表情。

"听了您刚才讲的各种情况，确实我有些自不量力了，而且有一些对不住您的地方，但我很难接受您的好意。"

"什么地方不同意呢？"

"全部，但我不能说出我的理由！即便说了您也不太懂，原因太复杂。我想辞掉这份工作！"

"你说什么？"

"有件事我必须说出来，要不然良心会受到谴责的，我有妻子。"

这下青岳惊得目瞪口呆。太出乎他的意料了，他睁大双眼，确认道："在泷泽客栈的是你妻子？也就是说，不能娶我女儿咯。"

"但你不是说是你母亲吗？"

"我没说过，是您弄错了。大概是在岭上的打斗中，您误解了我说的家里有病人这句话吧。当然，我也是在事后才意识到的，这就是我对不住您的地方。大概因为母亲病了，您才给我许多照顾。当时您那么热情地帮我，我想等合适的机会再向您……"

"于是你就装作没事的样子，"青岳竭力控制自己情绪，"若无其事地接受我女儿的照顾吗？而且达半月以上！"

"不是装着，确实没有意识到。根本就没意识到您这种心情。真的，凭良心说，我感到您对我关怀备至，常常觉得受宠若惊。我发誓是这样的。"

青岳打算说点什么，但一时语塞。伊兵卫接着说道："接下来，实在有些唐突，但现在就打算向您告辞。当然，您给我的一两二分，对了，比当初说好的还多两分，真要谢谢您。"说完，他郑重地低头致谢，"这钱我会马上还给您的。我不知内情，钱全部分给受伤的马夫了。对不起，我会尽早还给您的。"

"这就没必要了。如果这样，我也不挽留了。"

青岳的眼神又变得复杂起来。他满腔怒火，好像自己被骗，或者说自己被愚弄了一样。他想狠狠地骂他一顿，但看到伊兵卫那毫无邪念、孩童般的表情，又想抚慰他一下。于是他平和地说：

"现在已经天黑，明天早点走吧。"

"不！我不能再给您女儿添麻烦了。只是有点事情，稍微耽搁一下。"他后退了几步，"只耽误一下，我马上回来，然后马上就告辞。请您等一刻钟左右。"

然后他慌慌张张地走出了房间。不巧，千草在走廊上。

伊兵卫吓了一跳，说："呀！是你啦。"

一边说一边低头示意。千草抬起头来看了看他，由于光线太暗,他没看清千草满面泪水,还在抽泣。

"对不起!"伊兵卫小声地说,"请你原谅,原谅我。"

就像小孩子要求母亲的谅解似的。千草好像要说点什么,但又悄悄地背过脸去,无力地向对面走去。伊兵卫站在她背后,鞠了一躬,然后就到别处去了。

九

果真是春暖时分。

远山还能看到积雪,但近处的田野麦子抽穗,油菜已开花。道路两旁青草悠悠,丛林则密密层层,枝繁叶茂。阳光温暖,风也……虽是微风,却是春季里的软风,对行人来说,可谓风和日暖。

"那么,后来又怎么了?"一身旅行装束的田代一脸微笑,歪着头,看着丈夫。

"你懂的,我那种不可原谅的心情。"

伊兵卫边走边大声地说道。

"小室大人是个好人。既明事理,又有见识,遗憾的是他手下有一帮可悲的家臣。他有练武场,还有一帮弟子,过着舒适的生活。但同时,他失去了判断是非的能力。他不想失去家臣,也不愿失去练武场和弟子,更不愿意放弃安逸的生活。于是他也意识不到事态的严重,只说是一帮年轻人的胡闹。"

他用一只脚狠狠地在地上踩了踩。

"什么年轻人,什么年轻气盛,别开玩笑了!对方可是贫困的弱势群体。这帮武士为了出气,纠集十余人,还大刀威胁。冲着我来,没关系,对方可是没有任何后盾的弱小群体。对他们不但大打出手,而且断了人家吃饭的后路,这不是什么年轻气盛,是一种恶劣行径!要我和这帮人搞好关系,笑话!"

"我懂了。"田代依旧微笑着,又问,"你还给他的礼金,后来怎么样了?"

"那钱嘛,我想你也不会生气了,因为你允许了的,要还给小室大人的一两二分。但有被打伤而卧床不起的人,家里人口又很多,都没钱吃饭,你要是去看看也心酸的。真是可怜!你为什么笑?"

"你告诉我就行了呗,你去赌博比武了吧。"

"那个啊……也就是说……是的。"他羞红了脸,不好意思地回答。

"有个叫津村九郎兵卫的人,开了一家念流的练武场,我去了那里。最初我只是报了名,要比试比试武功,但对方似乎不感兴趣,我就激怒他。恰好这时练武场的真正主人说,既然你激怒了他,就按江湖上的规矩赌博比武吧。真是凑巧!"

"小室大人收下这笔钱了吗?"

"说是不要,但我放在他那里了,毕竟还有餐饮费、生活费等。既然不能当女婿了，这些钱不付掉，说不过去。"

"不能当女婿？怎么一回事？"

"怎么回事？有个叫千草的女孩，给我，不，是把我……呀呀呀，那里有家茶铺。"伊兵卫语无伦次，指着对面说，"休息一会儿吧。顺便吃中饭，虽然早了点。"

"别打岔！把刚才的话说清楚！"田代摇了摇头，看着丈夫的脸，"这个叫千草的女孩儿是小室大人的女儿，要你成为他的女婿，是这样一回事吗？"

"呀，这，是的。只是小室大人的想法，我根本就……"他羞得面红耳赤，说话结结巴巴，"我根本就不知他的想法。真的！所以当我知道后，太不自在，就马上告辞了。"

"长相怎么样？小姐漂亮吗？"

"开什么玩笑！完全是，那样……总之在这种情况下，我马上就辞职了。然后趁着夜路连夜跑到五人家里，把他们叫起来，把钱分给他们。他们都哭了！"

"年龄有多大？那位小姐……"

"他们真的哭了。权六家说喝碗粥再走吧，还有的让我住一晚。啊，到了到了。到茶铺里去歇歇脚吧。"

伊兵卫说完马上钻进路边的茶铺里。

这里位于吉田客栈的西边，与箕山城那边是相反的方向，已经走了快四里。离开洮泽时天还没亮。田代的脚力尚未完全恢复，只好边歇边走。中途有段路乘了一会儿轿子，其余都是步行，所以对他而言与其说累主要是饿。

"田代，我对不起你。请原谅。"

坐下来，要了饭菜后，他悄悄地说道。

"果然不出我的预料。"田代横了他一眼，"你还是和千草小姐有了什么吧?"

"别胡扯！我是认真的。这次真的是既能安心生活，条件又好，自己又可以习武。以为这次真的可以安定下来，你终于可以过上舒适的生活了，但还是泡了汤。我实在是没脸啦。"

"别说了，我懂。"

田代悄悄抓住丈夫的手。

——你总是把自己的东西抛在一边，去救别人，帮助别人，让别人过上好生活。无论如何也要这样做，今后也改不了这种个性。这很好啊！田代我啊，就喜欢你这一点。能够和你在一起，就幸福。

她本想说出自己的本意来，但表现出的动作却完全相反。她轻轻地瞪了他一眼，小声地说："照你那样的说法，还是与千草小姐有过什么吧。我感觉……"

田代止住了话，那是伊兵卫制止的，伊兵卫用紧张的眼睛注视着周围。

来往的人都来到茶铺，其中有人大声说着走过来。

"总之得了胆结石，就像破旧的房屋又遭地震袭击一样。最初只是双眼的下面出现黄色斑点，像这样……你是外行，不懂的。"

说着两人走进了茶铺。伊兵卫吃了一惊！其中一人不就是上次的客人嘛，年龄五十几岁，胖胖的，满面红光、商人模样的男子。

"不知不觉中，黄斑就变得发黑。"他把斗笠和行李放在旁边坐下说，"发黑以后，你就完全、完全就……"

"果然是他……是你呀！"

伊兵卫这样说着，站起身来，笑嘻嘻地跟他打招呼。

"刚才说的，我好像也在哪儿听过吧，真又碰见你了。"

男子朝这边望了望，眼睛眯成一条线。换了一身打扮，几乎认不出来了。

"你不记得了吗？"伊兵卫笑着说，"我上次帮你拿过行李的，从吉田到山岭上的茶铺。"

男子发出"啊"的一声，或许是"嘎"的一声，反正没听清，然后用双手紧紧护着行李和斗笠。

"你想起来了吧。"伊兵卫笑眯眯地说，"当时就是我。真有趣啊！当时，在茶铺里你付给我的辛苦钱，怎么变成了小石子？"

男子拿起斗笠和行李，一溜烟儿跑了。他是从身旁擦过，跑去了外面。跑得太快，转眼消失在了很远。

"喂，喂，别跑啊！"伊兵卫跟在后面追了出去。

"喂，喂，这到底是怎么一回事呀？"

望过去，男子已跑远了一百多米。速度极快！背后掀起一阵尘埃，他渐渐变小，渐渐远去……

"这到底是怎么一回事嘛?"伊兵卫挠着后脑勺,不可思议地自言自语,"世上真有奇怪的人啊!"

田代出来告诉他:"伊兵卫,已经收拾好了。我们走吧。"

雨过天晴

无名花香

一

　　阿新第一次见到江口房之助时，不认为他会成为熟客。是否会是熟客，一般凭感觉就知道，与长相、身形等毫无关系。客人进门时的那种感觉，不知为什么，阿新马上就能心领神会，同时还能感到客人同样意会于心。这种情况下，客人就变成了阿新的常客。

　　房之助来时，阿新正站在门口，在他打招呼之前，一直发呆。

　　十月中旬的那个晚上十点刚过——在第一间三帖大小的屋子里，菊次在读《曾我物语》。阿绿和吉野的房间都有过夜的客人，老早就关上了门。怕冷的千弥在菊次身旁依偎着火盆打盹儿。阿新想着要关门了，靠在门口的柱子上，心不在焉地听着菊次的读书声。她读的是"九月十三夜——果真是名月"一段。五个女人中，菊次二十八岁，年龄最大，而且唯有她能读会写。姐妹们常请她读《曾我物语》，阿新对这个故事（特别是十三夜这一段）也几乎可以背得滚瓜烂熟。

　　——果真是明月，在皎洁的月光下，兄弟几个到院子里玩耍。天上，五只排成一行的大雁，不知飞往何处？它们是那样的齐心协力，不禁令人羡慕。"其中一只是爸爸，一只是妈妈，剩下三只是孩子们吧。你是弟弟，我是哥哥，她就是我们心爱的妈妈。"阿新每每默读到这里时，常常想起自己的身世，不禁伤心得想落泪。

菊次继续往下读："哥哥听到这，赶紧用衣袖捂住弟弟的嘴。别吵！不要被人听见，别大声说话，安静点。"读到这里时，有一个客人迎面走来，并在阿新面前停下了脚步。

"喂！那位武士大哥。"对面一个叫阿染的女人朝这男的搭讪道，"我认识你，过来呀。假装不认识我，真无情。"

这下那个客人更往阿新面前贴近。他浑身充满酒气，能感到一阵阵呼哧呼哧的喘气声。阿新不由得往后退了两步。

"可以进去吗？"那个客人问，"我想住一宿。"

"你同对门不是很熟嘛……"

"第一次见。"那个客人有些不安地说，又转过头看看身后的暗处，"我刚才跟人打架，他们在追我。"

那人看上去是个年轻武士，相貌一般，说话也有些天真。阿新说了声："来吧！"随即把他领了进去。阿新对着三帖的房间说道："阿姐，拜托了。"说完随手拿起客人的鞋子，带进了自己的房间——这个客人就是江口房之助。

后来问了才知道，房之助已二十二岁，但他骨骼纤细，个子也不高，活像个少年。长脸但眉清目秀，苍白中还带着几分僵硬，一副好斗的样子。刀交给阿新时，他的手还在颤抖。

"我去倒茶来。"阿新放好房之助的刀，接着问，"对不起，能不能先把工钱付了？"

房之助不懂什么是"工钱"。经阿新一解释，慌忙从怀里掏出小包,按说的金额付了钱。

阿新想:他真的是第一次到这种地方来啊。

走到后面的屋子,老板娘美野正打算睡觉。阿新把份子钱交给她,倒好茶水后回来了。房之助抱着胳膊,靠墙而坐,双目紧紧地闭着。阿新把茶递给他。"不好意思,有点灰尘哦。"说着,拿出棉被褥铺上。

"对不起,能给我一些水吗?"房之助说,"等会儿要是有人搜查,能把我藏起来吗?"

"行的!"阿新拿出睡衣和腰带递给了他,"把它换上,就先睡吧,我现在去倒点冷水来。"

房之助不停地喝,将满满一壶水喝得精光。阿新马上又去打水,然后收拾客人换下的衣服,才打听在哪里、和谁打了架。房之助枕着枕头,摇着头说:"不知道什么地方。"在汤岛天神前的一家料理茶馆里,同样是藩中家臣里的一群年轻武士在开宴会,人数有十五人。他是第一次参加这种宴会,大伙儿个个举杯豪饮,烂醉如泥。怎么会打架?已经记不清了。只记得被两三个朋友抱着,从手里夺下刀来,接着就从那家茶馆跑了出来。他只是断断续续地回忆:"朋友劝我'先把刀擦干净,马上拿去磨''今晚不要回家了''大家分头逃'什么的。"

"那么,杀人了?"

"不清楚,好像是的。"房之助不敢肯定地说,"死,好像是没死。"

"对方都是某家家臣吗?"

"据说是隔壁房间的客人。不知是武士还是商人,没有打听过。隔壁房间在开宴会,据说是和其中的一个打了起来。"

"这样的话,你这个样子不行啊!"

放在橱柜里的长刀和短刀,阿新又把它们放到衣柜里锁起来。然后又拿出粗绸子的夹袄,用衣架挂在墙壁上。最后解开房之助的头发,把它束在脑后。

"是不是武士,光看头发就清楚了。这样就行了。"阿新说道,"等一下我去告诉菊次姐,你是我要好的常客,做小家具的。名字叫泰次。"

"泰次?怎么写啊?"

"我也不会写。"阿新说,"你是工匠嘛,会不会写也无所谓了。"

房之助笑了笑。

阿新去菊次那里和她统一口径回来后,就换上睡衣,睡到了房之助旁边。房之助刻意远远地蜷缩在床边,身体变得僵硬,微微颤抖着。"那样的话,风灌进来很冷的呢。"阿新说着伸过手去,"我又不吃你,靠过来一点呀。"

二

阿新刚躺下不久,屋外就响起众人嘈杂的声音。打北面起，许多店铺好像都关了门，于是家家户户被敲起来，仔细地盘查搜查后，逐渐往这边走来。

"啊！阿梅在。"阿新抬起头来说，"那是行德的阿梅的声音！"

"阿梅……衙门的人？"

"这一带的地痞。"阿新说，"只要他在，外地人是躲不过的。这会儿把他带着来盘查，还是小心一点。"

阿新继续解释说，地痞就是混混。平时靠娼家吃娼家，一旦地面上发生了纠纷之类，他出面摆平，尽量不给娼家添麻烦；如果发生持凶器打架斗殴，他就和捕吏一起挨家挨户搜查。因为他对这一带非常熟悉，所以要多加注意。阿新这样说着，并让房之助解下腰带，同时也解开了自己的腰带。

"这干什么？"房之助不解地问。

"马上你就懂了。"阿新说，"快解开腰带，不要慌张，照我说的做，没问题的。"

房之助不好意思地解开了腰带。

阿新在被子里利索地脱掉睡衣，卷成一团，放在榻榻米上。房之助看得有些眼花，慌忙把头转向一边。他一边转过身子，一边把睡衣用力地扎紧。

"不用扎那么紧！没关系的。"阿新笑了起来，"装成老相好的样子才行。尽量放轻松些！"

房之助说："我很放松哟。"

过了一会儿，有人敲店门，又听见菊次去开门的声音。

这时阿新突然听到行德的阿梅说"有人看见一个武士进来了",不禁大吃一惊。莫非是对面的阿染告诉他的?房之助也听到了吧,身体僵硬着一动也不动。

阿新紧挨着房之助,用力将他的睡衣扯开,趴在他身上,然后将身体和身体紧紧贴在一起。菊次先叫阿绿的房间,接着又招呼吉野快起来。阿新一只胳膊放在枕头下,另一只手搂着男人的肩,低声说:"装着在睡觉哦。"又用力抱紧他。房之助缩着身子,紧张得一直在抖。

"沉着点儿!"阿新小声说,"你不会第一次和女人睡觉吧?"

"嗯?"房之助抖动着说,"不是的……"

阿新刚说"那就……"的时候,菊次在门外叫着,打开了拉门。

阿新发出迷迷糊糊的声音,从男人身上抬起头并转过来。行德的阿梅,还有另外两人以及一群不认识的年轻人一起走了进来。年轻人手里提着灯笼,灯笼上印有"第五组"的字样,灯光马上把房间照得雪亮。墙上挂着的衣服、扔在被子外的女人睡衣以及房之助的束发等。阿新一边问"什么事?阿梅",一边从被子里站起身来,拿起扔在地上的睡衣。这时,阿新赤裸的上身雪白而细嫩,顿时映入众人的眼帘。她手一伸直,丰盈而充满弹性的双乳,不停地抖动着,十分诱人。阿新故意高抬双臂,让他们从腋下窥见乳房,不急不慢地披上睡衣。

两个年轻人用眼角扫了扫房间，他们的疑心似乎没有像阿新所担心的那样严重。阿梅说："刚才在天神前，有个武士闹事。"算是回答阿新的话。他说，在天满宫前的茶馆里，有个武士酒后闹事，拿刀砍伤了五组的两个年轻人。据说那个武士跑到这边来了，有人亲眼看到了，所以我们来这边搜查。

"那个客人，"一个年轻人用下巴指指，"听说是你的老相好。"

"嗯。阿泰，手艺人。"阿新回答说，"而我，你们是知道的。"

"请他起来一下吧。"

"好的。"阿新说，"但先说好，他今晚喝醉了，二是脾气暴躁，请各位别再发生争斗，好吗？"

接着，阿新叫道："醒醒咯，醒醒咯。"便从被子里抱起房之助，用脸颊磨蹭着他的脸，还娇滴滴地说："哎哟，醒一醒嘛，不起来我就挠痒痒啦！"还把一只手伸到被子里面去。房之助说："混蛋！讨厌！"接着翻个身，朝墙里面睡下了。领头的年轻人看着同伴。

同伴说："喔！真丢人。我们走。"

"他就不晓得丢人。"阿新责备道，"我弄醒他，请你们再等一下嘛。"

"没工夫了。"那个年轻人边说边往外走，"浪费时间。"

三人出来，关上了拉门。

阿新重新脱去睡衣，钻进被子，抱紧房之助。她小声地告诉他，或许他们还会回来。我们还要这样抱着一起，不要露馅儿。说着又一次把浑身颤抖不停的他抱得更紧。房之助的后背和腋下到处流的是冷汗。

"没事了，已经没事了。"阿新抚摸着男子的背，"我这样慢慢拍着你，你该放心地睡吧。"房之助感激地点点头。阿新如母亲般的宽厚和温柔，长时间轻轻地抚摸和拍打着他的后背。

第二天清晨，房之助没问阿新的名字便早早离开了。在门口，阿新一直望着他，他两次低头"谢谢"，但既没有询问对方的名字，也没告诉自己的名字。出于习惯，阿新本来想说"欢迎再来"的，但觉得他不是那种逛窑子的人便没说话，只是满脸的微笑——送走他之后本想再睡会儿，又突然想起什么事，去了菊次的房间。

"请进。"菊次答道，"正好来喝杯刚泡的茶。"

阿新说"已经起来了"，顺手拉开了槅扇门。只有菊次的房间才有长方形的大火盆。菊次在浴衣外披了一件上衣，坐在火盆前喝茶。阿新说："我还想再睡一会儿。"于是没有喝茶，只为昨晚的事表示感谢。

"人看上去挺朴实，不好吗？"菊次说，"刚才去洗手间碰到了。不过，你可不能动心哦。阿新，他可不是你喜欢的那种哟。"

三

菊次的口头禅是——"可不能爱上客人。"

阿新十八，阿绿十九，吉野和千弥同是二十，唯有菊次二十八岁，和她们相差很大。她和老板娘美野很早就认识，一起在新吉原时起她们就很要好。也就是因为这层关系，后来一起来到这家，到现在刚好两年了。年纪大也是一个原因，除了老相好的客人外，菊次不太有生意。她常说，"只要攒够自己的葬礼钱就行了"，平时一点也不勉强自己辛苦劳累。

——女人是应该被男人喜欢、被男人爱慕才对！

菊次就这样认为的。如果女人先爱上男人，必定要辛苦。不管对方好坏，反正女人绝不能先坠入情网。听老板娘美野说，菊次自十四岁卖身以来，一直都是为男人操劳辛苦。她性格沉稳要强，在接待客人之余，自己学会了认字写字、琴棋书画和女红等。自然，也接待了一些好的客人，但她却甩掉了这些有益的客人，跟一些吃喝嫖赌的客人打得火热，最终落得人财两空。本以为她会汲取教训，谁知她又故伎重演，一连换了几个地方，结果落得做私娼的地步。

——所以阿菊不是在撒谎啊！

美野叹了一口气说："要是早五六年前她能意识到就不至于……"老板娘显得十分惋惜。

吉野和千弥专心地听着，不停地点头。吉野在老家有自己的孩子，千弥有母亲和不争气的哥哥，所以两人都引以为戒。唯独阿绿例外，她根本不听老板娘的嘱咐，还说"我就是因为喜欢男人才做这个生意的"，一副得意忘形的样子。说什么为了我爱慕的男人，我为他粉身碎骨也愿意呀，"我想碰见一个让我神魂颠倒的男人，想得要死"等。当然，这与拿菊次的事来警告大家有本质不同，阿绿属于好色风流之辈，如果一两天连续没接到客人，她就心神不定，夜不能寐。这时，她往往把别人接待的客人拉来并央求说："工钱归你，客人我来接待。"在那种事上，她也与一般人的爱好大不相同，为此深受某一类客人欢迎。而且她接客时常常弄得沸天震地，店里上上下下都感到害羞，但她一点也不收敛。奇怪的是，她接待的客人往往也并没好多久。

——正因为做这种生意嘛，可能的话，也要让那些吸引不了女人的客人能玩得尽兴呀。难道不是这样的吗？到后来还能拿赏钱嘛。

阿绿唆使阿新，还振振有词地说："男人嘛各有各的味道，你尽情享受吧阿新，不好好享受可是巨大的损失哟！"阿新还不懂这些。虽然她也听旁边的姐妹说起过这档子事儿，自己也有过——极少——似乎有过那种感觉，但从心底还是不懂和别人的客人一起尽情"享受"的妙处。

江口房之助走后两三天的日子里，阿新心中重温着那晚的记忆。

——那人那晚在颤抖！

在阿新的怀里，男人缩成一团，像受惊的孩子一样颤抖着。这颤抖不单是因为受到追赶的恐怖。从两人赤身的拥抱中阿新能感觉到，他不像别的客人那般酒气熏天，呼吸声也不讨厌，而且他的身体里散发着好闻的味道，可爱极了。——那一晚阿新几乎没睡。看着熟睡的他，就像躺在母亲怀里的婴儿一样，安详无忧。阿新深情地望着他吻着他的脸颊。

当时的感觉至今或多或少地还留在阿新的肌肤里。为留住这种感觉，那段时间洗澡时她有意不去洗那些地方。当然，随着时间的流逝，这种记忆也慢慢地消失了。但有些时候，如与第一次来的客人在一起时，竟又突然唤起当初的感觉，自己也觉得惊讶。又过了二三十天，一进入十二月后，这种感觉就完全不会再想起了。

临近正月时，千弥去了别处，新来了一个叫阿关的女孩。年龄二十二，长得虽不标志，但举止中透着讨人喜欢的地方。她和阿绿一样，常说："这个买卖主要是看缘分！"父母都是小市民，生活也并不困难。接客时她没日没夜，花起钱来也大手大脚。

菊次照例没什么客人。丈夫不来时，老板娘美野或在里间待着，或在休息的时候，菊次拗不住众人的央求，照例读书给她们听。

过了正月中旬的一天，刚点灯照明时，江口房之助来了。

那时菊次也正好在读《曾我物语》，读到《千草之花》那一段："看今日我辈，是有非有不定。如梦之浮世，不知何为现世。"阿关这时问道："这一段讲的是什么意思啊？"菊次便开始解释，阿新坐在门框处无精打采地听着。就在这时，一个戴斗笠的客人在门外停下，好像在朝里面张望，嘴里立刻说道："果然是这里！能进来吗？"

阿新说："快请进！"

客人一身便装，外罩一件短外套，仅插一把短刀，一看就知道是个武士。他进屋后取下斗笠之前，看不清他是谁。

"啊！太高兴了！"阿新看清客人的相貌后，惊讶地大叫道，"你来了，你没忘记，你来了，太高兴了。"

"本来还能早点来的，有事耽搁了。"说着他递给阿新一个纸袋，说，"上次谢谢了。"

"对不起！我先去倒茶来。这次能多待一会儿吧？"

"呀！恐怕不行。"

阿新摇着头，说："不行！我不让你走。"边说边走出屋子。

四

他待了约半个小时就走了。阿新第一次问了他的名字，而且还打听到他是藤堂和泉太守府上的家臣，父亲也担任着什么要职。

那天回去后，由于突然的夜不归宿，家里把他恨恨地骂了一顿。这种事情过去从未有过，加上他又是独子。他撒谎说"在池端的叔叔家住了一晚上",一时蒙混过去了。但不久家里便得知骚乱打斗之事,"鸢鸟"那边有两人被砍伤,这边十五人全部处以闭门反省。而他因对砍伤之事负有责任,被迫一时断绝父子关系,暂居在叔父家,闭门思过。

叔父是板仓摄津守府上的家臣,名叫中原平学,原是从江口家出去做上门女婿。他喜欢喝酒,也常在外面寻欢作乐。房之助说:"如是这样的生活,我情愿一辈子断绝父子关系。"显得格外悠闲轻松。

"我会时不时过来的。"房之助回去前这样说,"闭门九十天我也变得谨慎了,脱胎换骨了。今天叔叔让我出来吹吹风。"

临别前他说了声:"我会再来。"

今晚像是随意说的,以为他从此不来了,然五天后的下午,他提着糕点果真又来了。其他三人都去了澡堂,只有阿新留守,便和他攀谈起来。他那天也待了不足半小时。他走后,菊次来到了阿新房间。

"阿新!"菊次认真地说道,"你对那个人约定过什么吗?"

"没有啊。"阿新摇着头说,"我只说过有空就来,并没约定什么呀。"

"那人对你着迷了。"

"你说什么呀,阿姐。我不知道。"

"那个人着迷了。"

"阿姐，你知道什么呀。"阿新笑道，"别说着迷，那个人就一般地喝喝茶说说话，连手都没碰过。"

"你自己怎么样？"菊次一本正经地问，"你对他没感觉吗？"

"我不知道。"阿新把眼睛偏向别处，"不讨厌，但不是格外地……我不清楚。"说罢，突然转过头来看着菊次，"菊次姐为什么问我这个？那人说了些什么吗？"

菊次十指相扣，沉默片刻，然后低声说："不能对客人动感情了。"这是她挂在嘴上的忠告。然后接着说，(特别是)房之助还是个涉世未深的小毛孩，来这里玩耍好像也是第一次，接下来会是如何得意忘形，这都不好说。不过有一点不能忘了！那就是对方可是官宦人家的独生子！你要注意，不要连你自己都自鸣得意，忘乎所以。不然的话，你肯定就会大哭一场的。阿新边听边想，菊次为什么要这样喋喋不休地说这些呢？其中定有原委。

"我知道了。"阿新说，"但你为什么不放心？为什么再三叮嘱呢？那人对你说了些什么？阿姐……"

菊次望着阿新，阿新又重复了刚才的话。菊次站起身来，打开窗子，向外望了一会儿。由于打开了房门，寒风吹了进来，阿新把衣领裹紧。

"那个男的，"菊次看着窗外说，"那个人说想娶你做老婆！"

"阿姐，你……"

"他还说不管会发生什么事,也一定要娶你。"菊次真切地说,"他是真心的,我能体会到。那人是真的,阿新!"

"关上吧。"阿新说,"风吹进来,冷!阿姐。"

菊次关了窗,看着阿新。

"没事的,阿姐。"阿新微笑着说,"像这种天方夜谭的事,我不会让他异想天开的。我知道,我和他就是天差地别呀。"

菊次点点头,说:"别嫌我啰唆,别忘了!"

房之助第二天又来了。那时天刚黑,阿新正在陪相好的客人,于是就让来报信的阿绿回绝。结果听说,他果真不声不响地回去了。

"哭着鼻子走的,真可怜!"阿绿说。

这时没想到有位客人突然责问:

"要是你的老相好来,我们就回去啰?"

阿新赶忙打趣地说:"我的情人不就在这里嘛!"随即稳住了客人。

——那晚虽然大家都忙,但没有客人过夜。十点不到才来店里的、吉野的客人仅待了二十分钟左右也回去了。这时阿关说:"我请大家吃荞麦面吧。"吉野便说:"我去送客人,顺便去订一下吧。"说完就出去了。

阿新用热水服过药后,来到菊次房间,铺开缝了一半的内衣。

房间里生着火的只有里面老板娘的房间和这里。菊次同老板娘之间，彼此不分上下。阿新刚缝一会儿，阿绿和阿关也进来了，在火盆边说起话来。两人的话题总是那一套，客人们的嗜好和喜好，施展的手段和技巧等，毫不忌讳且极有兴趣地交谈着。一般来讲，越是在这种地方做事的女人越对这种事情不感兴趣，但这两个女人反倒越谈越投机。

"适可而止吧，你们哪。"菊次往铜壶里灌水，"你俩一来，真是让人难堪。"

"这有什么的！喜欢说这些嘛。"阿绿满不在乎地说，"明明喜欢这些却硬要装出一副讨厌的样子，谁也不会夸奖你。而且那本书里不也写着'人活着，似有非有不定'么？"

"就是嘛。"阿关说道，"如梦之浮世，不知何为现世……人活一世，要及时行乐呀。"

阿新跟着笑起来，但突然感到心中一阵疼痛。她好像联想起来什么。对，她想起了阿绿刚才说的话：哭着鼻子走的。真可怜！

——他哭着走的哟！

"真可怜"三个字刺眼但又清晰地浮现在眼前。拿着针线的手无力地瘫软在膝盖上。这时候吉野从外面回来，边开门边说："哎哟，真冷！一点一点地下起来了。"

阿绿叫道："我们在这里。"

"下雪了！"吉野缩成一团进来了，"喔，真冷！快让我来烤烤。"

"阿吉，外面的门……"菊次说，"干脆关了吧。"

"啊，对了。"吉野对阿新说，"阿新。那个叫江口的，喝醉了，倒在路上了。"

五

菊次一怔，看着阿新。阿新呆呆地看着吉野，慌乱地确认说："你刚才说他怎么样了？"

"那个叫江口的，"吉野说，"醉倒在寺院前高楼外，靠这边的转角处，说是在那家权八荞麦店喝的酒。"

阿新猛地一下站起来。菊次叫了声——"阿新"，但她仿佛没听见似的拉开房门，脸色苍白，跌跌撞撞地朝走廊走去，摔倒后又慌忙爬起，心急如火地跑了出去。菊次叹了一口气，靠在火盆一端的木板上。阿关饶有兴趣地说道："天上下着雪，再加上如火的爱情。不是吗？"

阿新发疯般地跑着。

阿新她们所在的私娼区被一大片俗称"萝卜地"的旱田与街道隔开，跑过这片旱地，就到了日光御寺院的高楼处。靠私娼这边都是衙门杂役住的小木屋。附近的十字路口有家夜宵荞麦店，每晚总会摆出三个摊子。客人们大多是"萝卜地"的女人以及出入的嫖客。由于私娼区内禁止生火，所以他们要么过来吃，要么叫他们送过去。

阿新跑到挂着"权八荞麦"招牌、点着灯笼的摊前，只有两人像朋友似的男子，在路边暗处大声地说着什么。两人都醉得厉害，走路踉踉跄跄。阿新跑过去一看，两个男子正唤醒一个醉倒的男子。阿新推开两人说："请让一让！这人我认识。"随即看清了倒地的男子，就是房之助。阿新一边拼命地叫他，一边蹲下去扶他起来。

"喂喂！醒醒！"阿新放声大哭，"坚持一下！阿房。坚持！"

朋友似的两名男子好像正议论着什么。从摊位那边也跑来了人。阿新没有理会他们。她仿佛拿出了冲天的力气，扶着房之助，摇摇晃晃地终于站了起来。

"阿新！"房之助叫道，"是阿新吗？"

阿新也叫了声："阿房。"

"我好想你，阿新。"他说，"想见到你，然后打算过一会儿再去找你，就在这里喝了点酒。"

"走吧！"阿新说，"到店里去。"

"可以去店里吗？你不是有客人吗？"

"对不起！"阿新抱着他，"别说了，走吧。"

阿新把他的短刀插好，扶着步履蹒跚的房之助慢慢走回了店里。无风且寂静的夜空中飘着小雪，路上也渐渐变白。走回店里，两人从头到脚都是雪。阿新打开门，忘了顺便拿着他的鞋，一声不响地把他扶进了自己的房间。

她房间里小灯笼已熄灭，当然也没有生火。蹒跚的房之助一下就胡乱倒在阿新事先铺好的棉被上，痛苦地呻吟着。

"怎么了？阿房。"阿新抱起他说，"我也是迫不得已才这样做的。有什么法子呢？"说完就哭了起来，"你是地位显赫的武士家族的独生子，不该迷恋像我这样一个青楼女子，而且还自暴自弃。不行啊！"

房之助一时语塞，不停地摇着头。

"不行！"他说，"不行啊！阿新。我痛苦得没办法。"

"那，有什么办法呢？"阿新一边哭一边摇晃着他，"有什么办法吗？阿房，我们都知道没办法的呀。"

"阿新，你讨厌我吗？"

"不，不！别说这些。"

"如果不是讨厌我的话，就不该说出这种话来。"房之助说，"我把自己的心里话都跟那个叫菊次的讲了，我是真心的！是真心的呀！阿新。"

"我求你！刚才不是说了这样不行嘛！"阿新边哭边在男子的胸上拼命地摇着头，"不光身份不同，而且我的身子已经脏了。"

"这些都不是你的过错！"他大声打断她的话，"绝不是你阿新的错！是周围环境的错。我如果也出生在穷苦人家的话，也许就是个做苦力的，也许当了小偷。"

"但脏了的身体没法洗净的呀！"

"能的！能洗净的！"他说，"人的肉体，你听好！人的肉体总在变的。比方你看看头发、牙齿和指甲，长了剪掉，又长了再剪。皮肤变成污垢掉落，然后又长出新的来，人就会变胖或变瘦。活着的东西天天都在变,没有一天是相同的,总在新生,发育。不再从事这种生意后,三个月或半年,阿新身上那些肮脏的东西就会脱落掉,长出新的来。"

阿新一边哭一边说:"这种话我还是第一次听说!"

这时房间外有人叫阿新,说"我把灯拿来了"。榻扇被拉开,阿绿把装有油灯的小灯笼放了进来。

阿新扑在男的身上一动不动,只是说了句"谢谢"。

"嗯……稍微打扰一下。"阿绿说,"刚才你俩说的话,不好意思啊,我和阿关都听见了,有事想跟你们商量,不知你们——"

阿新正打算回绝,房之助抢先一步说:"好啊!"并说请她进来吧,想说什么就说吧,不管说什么都不见怪。阿绿摇着头说:"不是这样的。"随即和阿关两人走了进来,关上房门,拘谨地并排坐下。

"谢谢您上次的点心。"阿绿客气地寒暄,"刚才对不起您了,对不起!"

像是说的先前阿新叫她回绝之事。阿新从他身上爬起来,用衣袖口擦了擦眼泪。房之助仰天躺着,催促地说:"想说什么?快说出来听听。"阿关望着阿绿,阿绿对阿关点了点头说"那我来说吧",就对房之助又说了一遍:

"不是这样的。刚才听了少爷的话,我们俩就合计着帮帮阿新。"阿绿说,"刚才您说三个月或半年,不再做这种生意的话,肮脏的身上就会变得干净。如果真是这样的话……"

房之助站了起来。

六

过了二月,又迎来三月,阿新不出店门,当然也不接客。其他四人——尤其是阿绿和阿关(都主动地)把阿新的活儿揽过去,不够的话,房之助贴钱。

熟客来了就说"她因病去休息了"。有客人在外面看见阿新,纠缠她"聊聊天"呀、"陪我喝杯酒"呀什么的,她们便说阿新患了恶性病,行会的医生禁止她和客人在一起;还说本店与他店不同,这方面的问题管得紧,绝不允许带病接待客人,还煞有其事地说——"这是本店的规矩"。

菊次开始教她读书和写字。不是阿新主动找她,是她积极劝导阿新说:"不论今后怎样,学这些本来总没坏处。"阿新也主动地、认真地学起来。菊次先担心她不学,结果看到她勤奋努力的样子,也感到欣慰,心想这对房之助也好对自己也好,都是好兆头。觉得这事没谱的是老板娘美野。她不相信会有这种天方夜谭的好事,提醒说:"还是谨慎一点好。别上当!"

"老板娘您不知道,江口少爷是真心的。"阿绿顶嘴似的说道,"少爷真心实意,我们都能看出来。常言道男人的话不可信,但少爷是个值得信赖的人。"

"我们虽然做的是这样的行当。"阿关说,"即使这样,我们也抱着梦想和愿望呀,希望同行中有人成为武士家族的妻子,有这个愿望也是好的呀。"

"好了,想做的事就赶快做。"阿绿又把话接过来,"我们能帮她做些什么就做什么吧,牢骚以后再发。把话留在庚申之夜说吧。"

"嗯?庚申之夜又是怎么回事?"

"你真笨!"阿绿笑起来,"这你都不知道,以后嫁出去会出洋相的。"

这些事情阿新都原原本本地说给房之助听了。

"都是好人!"他似乎深有感触地说道,"难得!大家都是好人啦。我们在一起以后也别忘记感谢她们。"

"这种事不会有的!"阿新信誓旦旦地说,"一般来说,其他人都会羡慕或嫉妒,最终是让人家讨厌或从中作梗。"

"是啊。我也这么觉得……"

房之助每三天都会来店里一次。有时是上午,有时在傍晚。店里空闲时,他招呼大家都到阿新的房间里来,招待大家一些茶水点心或叫便饭,人缘很好。当然大伙儿也高兴,都尽量不和他聊得过久,好尽量省出时间给他俩。三天来一次的习惯没有改变,他也不在店里过夜,也不碰阿新的身体。

"时间不长,我坚持得住!"他说,"阿新也能坚持吧?"

阿新笑笑说:"我没事哟!"男人对那种事情的坚持,或真实反映了男人的心态。阿新为此当然高兴,但同时(正是因为这里做的是这种买卖他才来的吧）这种真实，由于无法用身体确认而令之不安。

三月中旬的一个下午，阿新讲述了她的身世。

房之助随意躺着。透过打开的窗子，不时有风吹进来。风中夹杂着花香！不知是什么花，但酸甜芬芳，沁人心脾。

阿新说她有一个好赌的父亲、老实巴交的母亲以及疾病缠身的妹妹。父亲原是点心铺的伙计，好赌，不仅赌光了自己挣来的钱，最后连家里的衣服、被褥等通通输得精光。

母亲只会偷偷地哭，从不敢对父亲说半个不字。稍有不顺，父亲就会发疯似的毒打母亲。阿新几次也被父亲拳打脚踢，身上到处青一块紫一块的。妹妹患脊髓病长年卧床，生活实在过不下去了。十六岁的一个秋天，阿新卖了身。

先是打算卖到新吉原，虽然一次性卖出的价格比较高，但是这钱落在父亲手里，无疑又会拿去赌钱。私娼这边钱不多，但每月能寄回家。阿新经过考虑，选择了这边。

"十六岁的智慧！"房之助说，"十六岁的年纪，对卖身这事也不能草率呀。"

阿新害羞地笑了笑。

"这一决定，我至今也没后悔过。"阿新接着说，"如果我卖到了妓院，背着一大笔借款，想动都动不了。正因为我来到了这边，现在我想什么时候走就什么时候走。"

"棘手的就是你父亲吧？"

"父亲？他呀，"阿新睁大眼睛说，"上次不是跟你说过了嘛，我爸爸在丑年的那场大火中烧死了，妈妈和妹妹也……"

"没听过。你今天第一次对我说起你家的事。"

"啊。是吗？我以为先前跟你讲过的。"

"丑年，不就是去年吗？"

"去年三月，刚好这个时候。"阿新说，"我家在八丁堀，被四面的火包围了……"

阿新翘起小嘴。右边隔壁的房间里，阿绿又开始大声地叫唤起来。房之助感到有些奇怪，躺着问阿新。

"怎么啦？"他小声地说，"莫不是吵架了吧？"

"不是的。"阿新说着，羞红了脸，"不是吵架，你别管了。"

"别管？你听！那是挨打的哭声吧？不是阿绿在哭吗？你听！很清楚呀。"

阿新一下不知如何是好，红着脸说："大概是打情骂俏吧。"

七

阿新说客人是阿绿的情人，肯定从打情骂俏开始吧。这是要好的朋友间常有的事，两人一会儿马上又能和好如初，房之助半信半疑。他觉得如此激烈的打情骂俏，实在有些难理解，嘴里嘀咕道："阿绿真可怜！"

——这个人,莫非是初次?

阿新想,阿绿的这种癖好过去他一点都不知道吗?她希望这种声音能早一点结束,同时她又感到自己不知不觉也变得亢奋起来——对阿绿的这一癖好自己原来早就习惯,不管她如何提高嗓门大声叫唤,最多也只是觉得吵闹而已;但今天她却能感到亢奋,非常吃惊,恨不得马上从这个房间跑出去。

——这人真坏!

阿新想整整两个月,他碰也不碰我,甩手不管。坏阿房!我做这档生意也三年了,正月下旬起就停了,算起来足足有六十天左右。这也是个原因,另外就是想用身体来确认房之助所说的真实。单纯且朴实的欲望被阿绿的叫唤声撩得坐立不安。阿新没有逃离房间,而是突然推掉放在膝盖上的针线活说:"我说……"阿新贴近了他。

"怎么啦?"他问。

"我们也打情骂俏吧。"

阿新不声不响地扑倒在他身上。

火焰般滚烫的身体、头晕目眩、激烈地喘着气、心跳加速,这种感觉还是第一次。阿新小声地呻吟着,扭动着身体,把手伸进了他的衣服里。房之助紧抱着阿新,翻过身来,把脸贴了上去。阿新那滚烫的耳朵能听见隔壁房间里阿绿的哭叫声。阿新喘着气小声说:"把窗关起来。"

阿新准备再把手往下伸,房之助按住了她,摇着头说:

"不行!"阿新说我要,继续用力朝下,可手被他按住,一动也不动。

"再忍忍吧!"房之助说,"我正打算向叔父说这件事呢。"

阿新边喘气边摇晃着身体。

"叔父是在市面上玩的人,我跟他一说,他准会同意,或许他已经有所感觉了。"他说,"我察觉到他有时会试探地问起,零花钱也是瞒着叔母悄悄多给的……"

"可,"阿新喘着气问,"为什么要等到那时候呢?为什么?"

"这不是当初我们说好的吗?"

"约定是约定,可我是肉体凡胎啊!"阿新说,"而且你,阿房,也不是第一次吧。"

"什么第一次啊?"房之助问,但他立刻就明白了意思,马上目光一转,"不,我是第一次!"

"你撒谎!最初的那个晚上,你不是说已经知道那些事吗?"

"当时不好意思……"

"你说和女人睡过觉的。"

"那是因为不好意思。"他说,"如果我说是第一次,怕你笑话。"

阿新终于泄了气。从紧张变到松懈,房之助也看出来了。阿新头枕在男子的胸前,小声地说道:"对不起!"房之助抚摸着女子的后背，然后又轻轻地抚摸她的脸。

"有股花的香味。"他说，"你身上总有花的香味。什么花呀？"

阿新摇了摇头。当她知道他还不了解女人的那一刻起，感到他与自己相隔很远，猛地一下离自己很远很远。阿新用力摇摇头，小声道："抱抱我！"抱紧点！再抱紧点！

房之助说好了好了，你那么重快起来吧。嗓子干了，能倒杯茶吗？

下次哪天来？房之助临别前，阿新神情颇为紧张地说："就明天了。"阿新抬头看着他。

"叔父家明天有一个祝酒宴。"他说，"我打算完了就跟他说。"

阿新说："是吗？"一副泄气的样子。

她提不起高兴的劲儿来，反而觉得"这不行"似的，暗暗地有些不安。

"要是父亲在父子关系上仍然固执己见的话，我打算抛弃武士名分。"他低声说，"并不只有武士才是人。办一所寺子屋[1]，照样能活下去。"

"你父亲还在生你的气吗？"

"我无所谓。"他笑一笑，但显得无力。"我已经打定主

---

1 寺子屋：日本江户时代，寺院所设的私塾。主要以庶民子弟为对象，提供类似现代的小学教育。学童年龄大都是六至十多岁，以训练读、写及打算盘为主。

意了，无论发生什么情况都不惊慌。"他勇敢地说，"那，我回去了。下次来的时候，我想会有好消息。"

"好！"阿新点点头，"我等你。"

房之助回去后，阿新把这件事告诉了大家。她既兴奋又不安，憋在心里好像很难受，说出来之后感觉有些平静了。

"少爷会那样做的，肯定要那样做的。"阿绿兴奋地说，"他很倔强。越是这样温和的人，到某些时候，越是固执己见。"

"好啊。"阿关说，"我们中间马上有人坐御花轿了。"

"不是御花轿，是花轿！"阿绿纠正说，"嫁到那样的地方，前面没必要加御字，不像我们说御点心那样。"

菊次大笑，大伙儿也跟着一块儿笑起来。

房之助老也不来。原来三天照例要来一次，如今却几天不来。阿新又不安起来，大伙儿却不担心。阿绿说房之助肯定把自己的心愿提出来了，不然的话，他还会像往常一样来这里的。他说了自己的想法，就算没结果，也会来告诉一声。为什么呢？他说过，不行他就不当武士，打算开私塾。是不是这样说的？他不来就表明恢复了父子关系？他回到父母身边了？然后不像过去那样可以轻易出门了？

阿关也说："肯定是这样的。"

——花开且又止，花蕾散落地。

阿新突然想起了这首诗，背诵过的《曾我物语》中《千草之花》那段，紧接着后面就是《勿忘草》——想要留住他,种下这朵花,名为勿忘草。阿新听着阿绿她们的安慰,心里想我怎么突然联想起这句诗来?自己也觉得奇怪。她随即在心里又暗暗地咏唱一遍:"花蕾散落地。"

浴佛节那天下午他来了。

老板娘美野和菊次一到去浅草寺参拜后,提着花篮回来了。阿新正在大门口插卯之花[1],插的时候她不由得惊讶地"啊"了一声,原来花蕾撒落了一地。难道果真如此?她边想边准备入内时,江口房之助走过来,说了声:"释迦牟尼的生日啊。"

阿新转过身来,高声地"啊"了一声。

八

看到进来的房之助,大伙儿(几乎异口同声地)欢呼起来。他穿戴整洁,浑身干净清爽,微笑中显露着开朗和明亮,大伙儿一看就欢喜不已。就连菊次也露出了难得的笑容,嘴里说:"欢迎光临!"

"太忙!写信的工夫都没有!"他边进门边说,"过一会儿我还要回去。总之,先来庆祝一下!"

阿绿啪的一声鼓起掌来。

"大家一起,"他说,"都到阿新房间里来吧。"

---

[1] 卯之花:即日本栗,一种药用植物,属落叶乔木,五月到六月开白花。

菊次摆手说:"不,我们等会儿再去,你俩先聊吧。"

阿关听后也连忙说:"是的是的!我们等会儿再去。你俩先进去。"

但房之助却摇摇头。

"不是那么回事,是好事,我想说给大伙儿听,大家听了一起来祝福吧。快!来来来。"房之助说道。

这个时候阿新终于开口说:"来吧。大家请进。"阿绿大声附和道:"既然再三邀请,我们就给个面子进去吧。"

阿新进到房间后说:"乱糟糟的,实在不好意思。"一边打开窗子。房之助背对窗子坐下。女人们不知坐哪里,相互间含羞地交换眼神,或用胳膊肘推让着也各自坐下了。

"先感谢各位了!"他先客气地说,"我这样一个与各位毫不相干像野猫似的人,长期得到大家的帮助,我非常感激。谢谢了!"

女人们一下不知所措,慌忙回了礼。房之助从怀里掏出小包,又从里面拿出一个纸包,推放到阿新面前。

"只是一点心意而已,不成敬意!大家拿去庆贺一下吧。钱少,不好意思,大家拿着吧。"

"这么说,"阿绿说,"父子关系也恢复了,万事俱备了。"

"好啊!"阿关舒了一口气说,"太好了!果真是好事,是吧,少爷?"

吉野看着菊次,然后大家一起把目光投向了阿新。

"是的。"他点点头,"事实上,我当时已经彻底放弃了。

不管怎么说，我父亲是那种不顾家族人一致反对也要坚持己见的老顽固，所以，当时我就想干脆办私塾吧。然而——我不是说过叔父家里要办酒宴嘛，阿新，"他转过头去看阿新，"你知道是什么酒宴吗？是庆祝我和家里恢复关系的酒宴。我惊呆了！"

女人们都叫道："天啊！"阿新也咽了一口唾沫。

"最后……说最后有点不恰当。"他微笑着，"那天我的未婚妻也在场。在庆祝我恢复原籍的同时，也举行了只有家人参加的婚宴。"

刹那间仿佛晴天霹雳，大家目瞪口呆，直瞪瞪地看着房之助。

"就这样。"他明快地说道，"两年前订的婚，年龄嘛——当时十七岁。我由于被父母断绝关系等原因吧，有段时间没见面。大约半年前见了一面，完全长成了大姑娘，在我面前，连'祝福你'都张不开口。当然，我也紧张。"

"少爷！"阿绿结结巴巴地说道，"那，那这位小姐怎么办呢？"

"你说怎么办？"

"你刚才不是说未婚妻吗？"阿绿继续问道，"两年前就订了婚，现在又办了婚宴，这到底是怎么一回事？"

房之助疑惑地看着女人们的脸，然后又看了看阿新。阿新脸色苍白，埋着头浑身颤抖。

"你说怎么办？"他话语含糊了，"父子关系修好，家族内举行了婚宴,再就是……"

"再就是和她结为夫妻,是吗?"阿绿打断了他的话,"你回家了,和那个人也要结为夫妻了,于是要我们来祝福。是这个意思吗?"

"阿绿!"菊次叫着。

"你!"阿绿叫了起来,"你,也算人吗?"

"阿绿!"菊次站起身来,"快别说了!你说些什么话呀?"

阿绿也站起身来,叫喊着说:"我要说!偏要说!就说给他听!"菊次紧紧地抱住阿绿,吉野和阿关也站起身来。

阿新对菊次说:"拜托了!"然后又说,"对不起,大家都到隔壁房间去吧,等一下我过来告诉大家,都过去吧。"

阿绿一个劲儿地在叫喊。气头上,估计她自己也不知道她说了些什么。阿关抚慰着她,吉野和菊次一左一右扶着她,走出了房间门。

"吓了我一跳!"房之助说,"怎么了?阿绿为什么发火?"

阿新用嘴唇笑笑,细声说:"总是有什么烦心的事吧,你别放在心上。"房之助从怀里掏出怀纸,擦了擦额头上的汗,突然望着阿新。

"莫不是,"他说,"她把那些话当真了?"

阿新低下了头。

"那些话,我要和你在一起之类的话。"他认真地说,"莫非是把那些话当真了?"

"嗯,也许是吧。"阿新说,"无论怎样,那种事情不可能发生的吧。"

"那样的话,"话说到一半,他一边摇头一边笑着说,"算啦。我不太了解阿绿,如果我有什么得罪她的地方请帮我跟她道歉。"

"没关系的。"阿新说,"不必为此担心,是那个人太奇怪了。"

"这样的话,我就不担心了。"他好像也无话可说的样子,"好像真有点奇怪了——我必须回去了,叔父家那边还有点事。"

"请吧。"阿新说,"你好不容易才来一次,对不起啊。"

房之助像得救了一般,拿起刀,站起身来。

"没什么对不起的。"他爽快地说道,"我什么也没想,只打算好好告个别而已。"

"嗯嗯,知道了。"阿新也站起身,"没什么事,别坏了你的心情。"

"好的。那么,我就回去了。"房之助说完,便把刀插进腰间。

阿新送他出去时,在菊次的房间,阿绿还在一个劲儿地吵闹。房之助对阿新说:"还在吵啊……"笑着出了门——在门口他看见正摆放着的花,仿佛是告别一样,问道:"这是什么花呀?"

"卯之花。"阿新回答，"叫……卯之花。"

"我知道这种花。"

房之助笑笑，静静地走了。阿新自言自语地说道："唉，我也知道花的名字了。"然后双眼干涩、模模糊糊地看着他远去的背影。

"那个畜生！"耳边传来阿绿的叫骂声，"他不是人！我要杀了他！放开我！放开我！"

雨过天晴

露水未干

一

那地方原本叫佃町，大多数人管它叫"鸭子"，是深川[1]的南端，与大海之间有一大片宽阔的芦苇地和湿地，天气好的时候，能看见大海对面从下总到安房的山丘。[2]北侧是护城河，过了一个叫蓬莱桥的桥，就到了永代门前町，在鳞次栉比的房屋尽头，看得到深川八幡那高高的屋檐以及境内森林的树梢。在那附近有仲町、栌下、松本町等，都是些吃饭喝茶、私娼聚集的场所，而且与河对岸相比，那里有为人熟知的、有气魄有胆量的"羽折艺妓[3]"等，在深川是最繁华的一条街。

通称为"鸭子"的佃町与那条繁华的街之间就仅隔着一条护城河而已，但却让人觉得相隔万里，在芦苇和杂草之中，七零八落地散布着三四十间房屋，空气中照例充满了刺鼻的海潮味。"鸭子"既是这个地方的通称，也是该地某家妓院的名字。仲町、松本町一带多出的私娼，不知何时通通来此落脚，妓院的数量不断地增减，多的时候有十几家，少的时候有六七家。这些妓院中，有一家叫"莺家"的一直比较平顺。老板是女的，名字叫阿富，年纪三十二。传言

---

1 深川：现指日本东京都江东区的西部地区，原为东京市深川区。
2 下总、安房是古称，都位于日本今千叶县境内。
3 羽折艺妓：日本江户深川艺妓的别名。

她年轻时在新吉原干活儿,是真是假不清楚。肥胖的身体、圆圆的脸、为人大气而稳重,乍一看没人会想到她是妓院老板娘。不光外表看起来如此,性情也一样,但骨子里却有着令人吃惊的盘算和冷静。举例说,男人休想靠近她。

"莺家"刚开张时,有个老人来到阿富这里。每个月也就一两次,一定带些小礼品,然后坐下来细斟慢酌,一个小时左右告辞。据说那个老人在妓院里见过阿富后立刻被吸引,之后就常出入"莺家"。这也不知是否是事实。那个老人死后已五年,其后再没看到过其他的男人,也没听说有亲戚,反正来的客人中没有类似的人。只是从去年开始,她每月外出一次,有时就住在外面,到底是哪里也不清楚。妓院的女孩儿最初以为她在外面有相好的男人,接下来她肯定会包养那个男的吧,每次出去的日子都是在同一天前后的几天。不过这也是姑娘们的猜测,没人知道真实情况。

"我这里不收留破坏人家家庭的人和举止轻浮、不端庄的人。"阿富说,"长得稍微差点儿或不标致都行,但必须聪明、稳重。我们做的是生意,主要是让客人玩得开心,不要和客人过于亲密!为了保持长期的交往,要善于随机应变。这里面金钱是第一位的。"

破坏人家家庭、举止轻浮的女人,往往凭自己的喜好对待客人,或者自己这边先坠入情网,为别人赚钱等等。"莺家"现有四个女孩儿,二十五岁的阿广、二十一岁的阿吉、二十岁的阿文以及同岁的阿惠。四个姑娘与老板娘皆有共同之处,"茑家"比任何一家生意都做得好。

阿广岁数最大,在店里的时间又最长,她有五六个老客户。年纪虽大,工作最认真。她进店大概一年左右的时候,老板娘知道了她出生于武士家庭,家里有带病的丈夫和一个孩子,曾打算辞退她,这样的女人阿富不喜欢。但知道她努力干活儿是为了养家糊口,而且一定会小心伺候客人时,只要不给店里添麻烦,就留下了,此后对她,甚至是完全的信赖。

其他三人没有明显特点。阿吉胖胖的,是个乐天派;阿文有些内向,但温和;阿惠灵巧口甜,善讨客人欢心,时常逗得客人开怀大笑。阿富对她们很满意!其他店里常常发生姑娘逃跑或在店里为别的男人挣钱的事情,令人心酸痛苦,"茑家"却没有那样的事。阿富待她们特别好,房间里全都整齐地摆放着家具,饮食方面也保证她们有营养美味的食品,还不厌其烦地叮嘱她们预防疾病等。

那次洪水暴发的甲申年,就连"茑家"也未能幸免于难。先是阿富患上胃肠疾病,从春天到夏季,整整躺了有半年。好容易等到她可以起来走动,阿文的家里又出了事,以至于她生病躺在床上二十天左右。阿文的哥哥增次杀死了生病的父亲,然后自己投河而死。父亲原来是修建屋顶的工匠,中风后半身不遂,三年间卧床不起。增次生下来就有病,右脚瘫痪,十二三岁前不能独自行走。用上拐杖后,哪怕到邻近街上走一个来回也非常吃力。他手脚不便又有些神经质,原本打算做一名木板工匠，也干得非常起劲，但久而久之并没多大长进，常常一怒之下摔断木板或扔掉木板，放声痛哭。

这种事情谁也不知道，就连女老板阿富也不知道，阿广也是在阿富不在店里时听阿文讲的。

"今年年景不吉。"阿富病后这样说，"明年也是灾年。等到店里不忙的时候，我们一起去神社拜拜吧。"

谁知阿文又病倒了。过了二十多天，等阿文基本上好了后，邀上当地其他老板娘三人，去参拜了位于上野国太田的大光院。此地以吞龙大师[1]而闻名。

"拜托了！"阿富把店里的钱和账本都交给阿广保管，并说，"一去一回总要七八天或许十天左右，你管好这些。"

这种时候，武家出身的阿广最可信赖。阿广看着老板娘的眼睛，用力地点了点头。

二

良助来到店里，是阿富出门的那天晚上十点多的事。

已是七月中旬，按旧历算已是秋季，但仍是夏末枯萎时。店里客人不多，阿文正和阿广在共用房间里边说话边缝内衣。那房间长长地铺着六帖草席，是女孩子们吃饭休息的地

---

[1] 吞龙（1556—1623），日本净土宗僧。武藏（埼玉县）人，号源莲社然誉大阿。早年学于林西寺、增上寺，受德川家康推崇。后于各地开创寺院，道俗皈依者甚众。元和九年入寂，享年六十八。

方。如果没有客人在此住宿的话，这里就是她们四个就寝的房间。

送走客人的阿惠刚泡完药澡，一边系着干净的单层和服，一边走了进来。阿吉从后面跑来问："庙会那天不去吗?"阿惠径直坐到镜台前，不理会她。阿吉也犹豫不定地走了进来，坐在了窗子附近。

"刚才回去的那位客人，"阿惠打开镜盖说，"就是那种剪掉了发髻不摸头发根就不知道他心情是好是坏的怪人。"

"是吗?"阿吉说，"也就是说……是怎样的一种怪人呢?"

阿惠并不回答，用眼角瞟了瞟阿文。阿广在修梳子，阿文在做针线。

"你这个样儿，行吗? 阿文，"阿惠说，"脸色还不好，早点休息吧。"

"没关系。"阿文微笑着看了看阿惠，"不是病，我睡多了。"

阿吉听着"噗"地一声笑出来。

"喂，刚才的客人，怎么回事?"阿吉向阿惠问，"口袋里装满小石子的人吗? 是的，就是那种人。我都忍不住笑出来……"

阿惠一副扫兴的样子。阿广对阿文悄悄地说着什么，看着阿广的样子，阿惠心想：我一进来话就停下来了，是在等我们出去呢。阿惠很快扑上了白粉，并对阿吉说："庙会那天去吧。"阿吉马上站起来,问阿广:"我们去拜不动明王,可以吗?"阿广回答说——不要太晚就行,但并不看她们。阿惠瞟了一眼阿广,就和阿吉默默地出去了。走到屋外,里面大声说话的声音传来:"姐,店里以后要空了。"

过了一会儿,阿文瞥了阿广一眼说:"是阿惠怎么样了吗?"

阿广一副扫兴的样子,接着问:"你母亲很早就去世了吗?"

"在我七岁的时候。"

"那后来父亲就再没娶吗?"

"娶了,是个好人。"阿文一边缝着内衣一边慢慢地说,"哥哥是那种情况,爸爸也为孩子的事伤透了脑筋,我们的事也不是很顺利。唉!主要是穷啊。"

阿广把梳子收拾好,然后自言自语地嘀咕道:"全是心烦的事啊。"

"就是烦人。"阿文也说,"爸爸、哥哥,没有一件顺心的。好像生下来就是受苦的。"

一边擦着被油弄脏的手,阿广说:"我也要受罚的。听了你的事,我觉得自己也要受罚呀。"

"哎,为什么?"

"要是听了父母的话,现在早已是武士家的夫人,我家那一位可是年俸八百石的旗本哟。"阿广说,"也是两情相悦,没有办法。我那口子是个不懂人情世故的公子,我当时主动的。"

"算了算了。"阿文惊得目瞪口呆,忙说,"我是第一次听到这等事。"

阿广低着头,一边关好梳子盒,一边说:"我也是第一次讲。"出生于武士家庭这事是说过的,"但详细的情况我连阿富妈妈也没说过。"自己出生于武士家庭,但自己主动约人家之类,害羞,都没法说出口,今晚说起阿文的事才一时说起来的。"就算我什么都没说吧。"说完她自顾自地笑了笑。

阿文嗯了一声点点头,然后又大口深深地吁了一口气,说:"什么时候再多给我讲讲吧。"

"嗯。"阿广答,"都是些陈芝麻烂谷子的事,什么时候我再说给你听。"

阿文大声地回答"嗯"。阿广吃惊地转过头看看她,阿文这时把放在腿上的东西放到地上说:"好像来客人了。"准备站起身来。但阿广已早她一步,说"我去",让她别动。过了一会儿,阿文就听到阿广与客人的对话。现在有两个女孩已经出去,留在家里的现在还有一个,似乎打算回绝客人。但客人坚持要进来,说等姑娘们回来也行,又说"随便找个姑娘也可以"。看样子喝了不少酒,说话东扯西拉的。听到这里,阿文站起身,从门口探出身子叫了声:"姐!"阿广转过头来一看,阿文点点头。阿广摇了摇头,阿文又拼命地点了点头。无奈阿广只好把客人带进了房间。

那个客人就是良助。

知道他的名字和年龄二十六岁都是在之后的第三天晚上，也就是他第二次来时听说的。阿文觉得他有些不安，话少而温和，不习惯来这种地方。说他瘦，真可谓骨瘦如柴。饥瘦的面孔，满脸的皱纹，干枯的头发胡乱竖在头上。洗得发旧的棉和服单衣皱皱巴巴地系着，套一双没有了鞋带的破草鞋。

那天晚上，他硬生生地躺着。阿文问他："玩不玩？"他摇摇头，没好气地说，"下次！"

"下次来的时候……"他说，"下次来了可以的话……"

三

第二天和第三天，连着两天下雨。接着第三天晚上——当店里正要关门的时候，良助进来了。

"真高兴。"阿文小声对他说，"以为你不来了呢。"

他一身酒味，脸上毫无表情，默不吭声，看样子喝了很多酒但似乎没醉。

"想躺着。"进了房间他立刻说，"麻烦你先把被子铺上。"

阿文把被子铺好后，出去泡茶了。厨房里只有阿吉一人。

"姐，有客人哟。"阿吉困乏地说道，"刚来，费用等以后一块儿结。"

原来是老客人，木材店的大管家。

阿文端着茶走进房间一看，良助合着衣服，倒在床上。

"茶水来了。"阿文跪在枕边说，"换上睡衣睡吧，要不会感冒的。"

他含糊地哼了一声，随即站起来，说要去洗手间。阿文告诉他位置以后，他整整衣服出去了。阿文拿出睡衣和腰带，又整理了一下被子。枕头滚去了一边，阿文把它重新放好。这时她注意到床垫下面有什么东西。用手一摸，一个长约一尺三的包袱。再一摸，阿文皱起了眉头。

"啊！是……"她用手指摸着小声说，"是……是匕首。是的，就是的。"

阿文把包袱拿了出来。

原来是一个褪了色的藏青色包袱，又沉塞得又乱，一摸就知道里面包的是什么东西。阿文站起身来，拉开橱柜下的抽屉，里面装的尽是旧睡衣碎布。阿文把包袱藏在碎布下，在上面盖上旧睡衣，然后关上抽屉。他似乎吐过了，回到房间后脸色苍白，满额头的汗珠。阿文把端来的茶递给他问："我去给你拿点盐来？"他默默地摇了摇头，推开窗，用茶水漱了漱口。

"再给我一点水吧。"

"嗯。"阿文点点头，"请你换衣服。"

"等会儿要睡的时候再说吧。"

他倒在床上，但马上又坐起身来，仿佛被弹起似的，把手伸到褥子下一摸，随即瞪着阿文。苍白僵硬的脸上表现出近似于恐怖的表情，眼里显出怯生生的目光。

"没关系！我藏起来了。"

阿文带着安慰的口气对他说。

"有时警察会来的。我觉得很危险，就放在这个抽屉里了。"

他慢慢地松了一口气。随着紧张的渐渐缓解，他低声地说："那是朋友的东西。"然后掏出钱包，把该付的费用递给了阿文。阿文等他换好衣服后就出去打水。这时阿惠刚把客人送走，阿吉把店门关上了。

或许是雨后吧，冷飕飕的夜晚。

他仰面躺着，阿文在他旁边。过了一会儿，他问道：

"以前也有过这种事吗？"

"以前？"

"把客人的那些东西藏起来，以前也有过吗？"

"嗯，"阿文点点头，"有过。"

"熟人？"

"有过三四次吧。"阿文有点儿不高兴地说，"四次左右，是一个四十上下的人。"

他没吭声。过一会了他似乎睡着了，阿文便悄悄给他掖好被子。这时他闭着眼睛忽然说道：

"这样的客人也是讨厌了！"

阿文过了一会回答说：

"是啊。就是……"

过了一会儿阿文又说：

"讨厌是一回事，自己还给扯进去。"

"你不害怕？"

"不知道。"阿文回答道，"人看上去和其他人没什么不同。"

"看起来你不害怕。"

"就是玩女人嘛。"阿文答道，"来这里的人，全都是这样的。说的做的虽不同，但感觉都是孤独呀无依无靠呀，挺寂寞的。所以他们才到我们这种地方来。"

"我——是在问拿那种东西的人。"

阿文不吭声。

"不太清楚！"过了一会儿，阿文开口说。

"世上有人运气好，有人运气差。运气好的人我不知道，运气差的人我一看就知道的，数都数不清。而且我知道，有些男人落得贫困潦倒，不是由于自身的原因，而是有其他无可奈何的原因。所以……是啊！——碰到这种男人，比起恐怖来我更想哭。"

他一声不响。阿文显得不好意思地小声说："第一次这样啰啰唆唆的。"他长长地叹息了一声，然后问阿文是不是真名。

"是，这个屋里的全是真名。"

他说："我叫良助。"

阿文小声说："哦。"

早上临走前他说："对不起啦！替我保管那个。"说完把脸转向一边。要按往常，阿文这时是要回去再睡个回笼觉的，不过那天早上已没了睡意。她收拾好自己的房间，去厨房那边，把揉成一团的、昨晚吐的脏衣服洗了。然后又赶在每天来此烧火做饭的金婆婆到来之前，架上锅把饭煮上了。下午阿惠邀她一起去澡堂，这时阿广叫住她说"有点事"。于是阿惠和阿吉两人去了，留下阿文。

"今天也凉快呀，这样下去就是秋天了。"

阿广走进公共房间带着失望的口气说道。接着她看了看火盆上的水壶，拿出茶具，泡上两杯茶。她仿佛看都不看阿文，只顾嘴里说："昨晚那个客人，"抬起头来，瞟了阿文一眼说，"你是不是爱上他了？"

"嗯？"阿文歪着头想了想。

"那个人是个生意人哟。"

阿文还是"嗯"了一声。

四

只见过他两次。良助这个名字也是昨晚第一次才听到，也不知道他是干什么的。因此是否"爱上"他，自己也说不清。阿广说这样下去会很危险。她说以前也没发生过这种事，这次如果不喜欢就干脆表明不喜欢，犹豫不决则恰好说明心里有他。

"是吗?"阿文忧郁地说,"我也糊里糊涂的,说不好。"

"阿文。"阿广说,"你知道这里的规定,我们不能喜欢上客人的,为了做生意呀。"

阿文点点头。

"现在先不谈做生意,我另外有话要说。"阿广说,"到这里来的客人没真话,你也是知道的。我不是说那人没有真话,但到这里来的都不是平常的人。要么没工作,要么家里一塌糊涂,要么和好朋友吵翻,要么没前途、没希望,什么样的都有,心情极度消沉。所以他们玩是次要的,常常胡乱撒野、撒娇或一个劲儿地纠缠着你。有一次在我陪的客人中,有一个要听我唱摇篮曲。结果我唱了一晚上,把我所知道的摇篮曲全部唱了一遍。"

"嗯。"阿文点点头,"我知道这事。"

"那个人——枕着我的胳膊,哭着睡着的。"阿广接着说,"他们都不会讲事情的前因后果,但大多是身体或心里受到创伤或有疾病,到其他地方得不到释怀也得不到安慰。这种时候就来找我们这样的女人,也就像进入到最后的世界里,得以慢慢地缓口气。正如遭遇了暴风雨后落得千疮百孔的船只,终于驶进避风港获得了安心感。对!就是这样。"

阿文静静地点点头。

——那个人就像一条千疮百孔的小船。

阿文心里想,那个男人——良助——也就像一只遭遇暴风雨后千疮百孔的小船。

"回到避风港后,船就离不开港口了。"阿广接着又说,"可是破船一旦修好,暴风雨后就会离别港口,以后也会忘记港口的。真的,我见得多。哪怕是真心,也只是短暂的。如同露水下的牵牛花,露水干了花也就谢了——我以及这里的姐妹都是这个命。"

阿文睁大双眼。阿广喝茶,看着远方,又低声地说了句:"是啊。"

阿广说起了自己的事儿。她的丈夫是享有八百石大米的旗本后代,自己也是武家名门出生,而且父母原本还给她找好了许配的人家。她不喜欢许配者,心想如果不能和现在的丈夫在一起,那就去死!这种折腾司空见惯,不足为奇,可阿广是铁了心的。要是不能和喜欢的人在一起,决心"真的去死",并且把这一决心告诉了心爱的人。对方也是同样的打算,于是阿广提议——"干脆我们私奔!"两人随即逃了出来。其后两年不到的时间内,辗转于江户的各个角落,每天过着半醉半醒的生活。

"不到两年吧。"阿广长长地叹了一口气,"醉生梦死般的快乐生活持续了一年半左右。带出来的钱花光了,我有了孩子后,常常就为柴米油盐犯愁。"

若是平民百姓,可以向父母承认错误,武家则是绝对不允许的。自己想安身的话,要么回来做尼姑,更惨的就是让你自己了结性命。

——丈夫也罢，自己也罢，都涉世不深，没了钱就靠卖家当为生。不用说自己的梳妆用品，最后连丈夫的刀也卖了。接着丈夫得了病！诊断出来是肺结核，必须服用价格昂贵的药，平常还要吃滋补品。怎样才能做到这一切呢？怎么办呢？……丈夫想一死了之，自己也这么想。但看到孩子，不禁产生了怜悯之情。

　　"只要不怕死，没有做不到的。抱着这个决心我到了这里。"阿广强调般地说，"到现在已经五年了。每月的生活费都按时寄回去，但最初两人一块儿私奔出来的那种心情早已没有了。现在我和我家的那个人之间唯一联系的，可以说就是每月的生活费了——阿文！无论怎样的真心实意，在一起的幸福快乐生活那都是短暂的。就好像露水未干的牵牛花一样，瞬间即逝。"

　　阿文失望地垂着头，又轻轻地点了点头。阿广盯着远方，眼神呆滞。

　　过了一会儿，阿惠和阿吉回来了。阿广说"以后再说吧"，便不再说下去。阿广虽然讲的是自己的事，阿文却明显地感到，良助的事已开始深深地进入到她的心里。阿广说的"千疮百孔的小船"，完全可以用来形容良助，自己为他保管的那个东西不时浮现在眼前。要是把那个东西还给他，他定会沉沦苦闷。阿文在心里暗自反复地说道："这样的话，那个人就只会沉沦下去了。"

　　——下次他来，如果说我要把东西带走的话，我该怎办?

阿文感到阵阵胸堵,既盼他来又希望他不来。她虽然对他的事一概不知,但继续保管他的东西是经过一番思考的。她想,如果他找到了正当职业的话,一定不回来了。如果有一阵子没来的话,就证明他找到了工作。阿文在心里祈愿"不要来了"。

良助隔了两天后来了。那天在他来之前,发生了一件不愉快的事。

怎么会发生这种事,谁也不知道!那天,阿文一个人比大家晚一些从公共澡堂回来。刚进门就听到阿惠和阿广在大家共用的房间内大声争吵着什么,阿吉在走廊上站着,对着阿文一个劲儿地眨眼睛,让她别进去。

"不怕被人笑话吗?"阿惠说,"我什么都知道。"

五

"你说说看。"阿广反问道,"不知道你想说什么。想说什么,你就照直说吧。"

"可以说吗?我讲出来,不会让你难堪吗?"接着是一阵沉默,然后阿惠用极其夸张的声音说,"阿姐!"

阿广的脸色变得吓人。

"你说吧。"阿广叫了起来,"做这种生意,免不了背后被人戳脊梁骨,谁都会有三五次。你不也一样吗?"

"武家出身，嘴巴厉害！"阿惠讽刺地说，"按武家人来说的话……"

"什么意思？"

"说是武家出身，真的很可笑！"阿惠说，"自己是堂堂正正的武士家的女儿，我们家的那一位……享有八百石俸禄的旗本后代云云，胡说八道，不怕被人笑话吗？"

"那又怎么样？"阿广气得声音发抖，"这与你有什么关系？！"

"不要骗人啦！"阿惠用尖锐的嗓音说，"是不是武家出身我清楚！如果真是在武家里长大，不管怎样衰落也不是现在这种举止和说话方式，光看看你的一个鞠躬就知道了，只是阿姐你不知道罢了。"

"是吗？原来你想说的就是这个吗？"

"我家的那个人是肺病，有孩子。"阿惠继续说，"每月给他们寄生活费之类的，通通是谎话！武士家出身、享有八百石大米的旗本等等都是谎话！患肺病的丈夫还有家里有孩子，全是撒谎！说什么每个月给他们寄生活费，每个月你都存起来了吧。不是吗？阿姐……"

"好吧。"阿广哆嗦地说，"你爱怎么想就怎么想，我把你说赢了，也不会得一分钱。"

"是啊，还是少讲为好，讲多了会露出破绽的。"

听到这里，阿文急忙通过走廊，进了自己的房间。阿吉见状跟在她后面也进来了，说："阿惠太过分了！"阿文照着镜子问:"两人为什么吵架?"阿吉笨重地坐在旁边,讲述了事情的经过。起因其实微不足道,阿吉和阿广从澡堂回来后,就在公用的房间内喝茶。阿惠像往常一样,又在议论客人——"昨天来的第二个客人真可笑。"阿惠嘿嘿地笑着说——"自己像个孩子,却要教阿婆如何煮粥。"这时候阿广不知为什么不高兴,突然大声地说:"你好自为之!"阿惠紧接着问:"什么好自为之?"两个人就争吵起来。

"怎么一回事呢?"阿文一边照镜子一边问道,"两人都很好,关系一直挺不错的呀。"

"这里面有原因的。"阿吉嘀咕道,"上次你不是睡了近二十天嘛,在那段时间里,阿广姐把阿惠的客人抢过去了。对阿惠来说也是过去的客人,阿广姐却说不知道。从那以后阿惠就真的生气了。"

"是吗?有这种事情吗?"阿文重重地叹了一口气,"可悲呀。"

阿吉还打算说什么,阿文有意要避开似的,站起来说:"点灯去。"

那天晚上,只有阿惠来了一个熟客,阿吉接待了一个生人。到十点,就连过来瞅瞅而不进店的客人都没有了。两边以及对门的店铺,窑姐们发着牢骚关门歇业了。这时良助来了。送走客人的阿吉告知说他来了,阿文听到后惊讶地望着阿广。阿广装作什么都没听到似的,一副漠不关心的样子。

良助一进房间就问:"这里不能喝酒吗?"他那天晚上

浑身也充满酒气,只把瘦小苍白的脸扭向一边,哀求地说:"可能的话,我想喝点儿。"顺手将手里握着的钱递了过去。阿文说:"稍等。"便到共用房和阿广商量。他给了一把细钱,加起来共一分二铢。

"你想让他喝吗?"阿广看着阿文。

阿文犹豫不决,说了声:"我不知道。"接着又含糊地说,"如果可以的话嘛……"

"酒馆都已经关门了。"阿广说道,"你去看看桥下的那家乌冬面馆吧,有的话叫他匀一点给你吧。"

阿文说声:"谢谢姐!"

私娼的酒馆原则上是不卖酒的。尤其是"茑家",女老板阿富讨厌酒,除特别需要庆祝的日子外,其余从不提供酒,也不备小菜之类。阿文从那家乌冬面馆买了酒外,顺便还买了两个鸡蛋回来。一个煎了,另一个做成蛋花,合着酒一块儿端到房间里来了。

"我们这儿规定是不让喝酒的。"阿文一边摆菜一边说,"所以也没什么下酒菜。我瞎做了一点,不好意思,你就将就着吃点吧。"

"麻烦你了。"良助说,"原本没打算要小菜,谢谢了。"

阿文拿起了小酒壶。

他默默地喝着酒,也不看阿文一眼,不时地喘着粗气,好像正背着什么沉重的包袱。不过他好像想要把这包袱卸掉似的,几次抖了抖瘦弱的肩膀。

"你……"阿文关切地称呼他,"你,今晚就睡这里吗?"

他嗯了一声,惊讶地抬起头来。突然又变得仿佛被人追赶似的摇头说:

"不。"他说,"喝完就走。"

"这么晚了,快十一点了。"

"今晚回去,什么时候再来吧。"

阿文屏住了呼吸,一直盯着他,突然开口问道:

"你把那个东西拿走吗?"

六

良助猛地抽搐了一下。浑身僵硬地看着手里的酒杯,吐着粗气低声说:"我试着做了。"

他继续说道:"上次晚上,听了你的话,想着试试看行不行。然后整整三天,一直东奔西跑。"他一个字一个字咬着字眼,"但还是不行。正像你说的,运气不好,过去一直是这样,今后更要东颠西跑。"

"我,请求你。"阿文说道,"跟我讲讲吧,不是讲促膝谈心嘛,请你说说看。"

他瞄了一眼阿文。

"别生气呀。"阿文说,"我把你当哥哥看。最初的晚上我睡了,阿姐这样说的吧。我身体不好,睡了二十多天。但那天晚上我听到你跟阿姐的对话,你的声音跟我哥哥像极了，当时我就跟阿姐说我来接待。"

"这我记得。"

"自己做这种生意，说你像我哥哥什么的，对不住了。"

良助使劲儿地摇摇头说声："乱说！"他打断了阿文的话，"怎么会有那种事呢。我，我当时打算闯进来偷东西的。"他嘶哑着嗓子说道，"那天晚上如果不是你对我那么热情，我早就抢东西了。"

"我没怎么热情啊……"

"把我的工具先藏起来，然后给我讲了运气不好的人，即便是闯进来抢东西的人也并不可怕呀什么的，你说的这些事情一层层压在身上，我真想放声大哭。那样真挚地对我述说，有生以来我还是第一次遇到这种事。真的，真是第一次。"

良助用一根手指在端着的酒杯口边缘摩挲，一边笨拙地说着。他那笨手笨脚的样子，令人着急。

良助是品川一户打鱼人家的孩子。四岁时父亲葬身大海，母亲带着他改嫁。继父是个挑夫，本身有五个孩子，最大的才十岁。半年后，母亲抛弃了他与人私奔。生活极度贫困，加上要养活六个孩子，她好像已经筋疲力尽了。听说母亲是与附近的年轻脚夫一起私奔的，继父马上把良助赶了出去。他为了寻找母亲，四处流浪。

"当时我五岁，仅仅五岁。"良助垂着头，"刚好是夏天，大概五月份前后吧。因为是那种季节，所以还好过。要是在冬季，早就冻死了。"

他捡剩菜剩饭吃，睡在人家堆放杂物的破屋或屋檐下，秋季到来之前一直在市里流浪。那段时间里他懂得的是，讨饭要去小巷里面的人家，抱着狗一起睡觉能取暖。而且那时他已有了一条狗，一条比他大一倍、带黑斑点的野狗，始终跟在只有五岁大的他身后。后来在麻布四桥，他被町木户的巡夜人收留，在他家的小屋里一直生活到七岁。巡夜人叫久兵卫，是个脖子上生出一块肉瘤的老人。到了七岁他就被送到赤坂榎町的酒家里当学徒。签的是契约劳工合同，久兵卫已经先从对方手里领取了八年工钱。那家的学徒劳动实在辛苦，良助难以忍受，就偷偷逃走了。不过马上被抓住，这才知道了事情的真相。

"当时我八岁。"说完良助闭上了眼睛。过了一会儿，他睁开眼又慢慢地说道，"我认为，就是孩子的天真把我卖了，我被卖了。"

每个人的情况不同，我咬紧牙关，一直忍受到合同完成为止。那时我已经不相信人，不相信社会了。被生母抛弃，被捡到自己的老人卖掉，然后在酒家里没日没夜地干满年限，由不得任何商量。十六岁时他离开了酒家，通过劳务所的介绍，受雇于青菜市场，成了一名车夫。不相信人和社会的他走到哪里都与别人合不来，只得不停地改换工作，二十岁时终于在神田大工町一个叫"良川"的小吃店里待了下来。"良川"的老板叫万吉。他原先在青菜市场工作时，老板常来买菜，因而两人结识了。店虽不大，但常客多，生意一直很好。老板万吉和老板娘阿芳都对他很亲切。夫妇膝下无儿女，万吉负责厨房的活，阿芳和两名女孩儿负责店面的事。良助要随老板一起出去采购，回来后还要洗菜、收拾、打扫卫生等。另外还负责客人的迎送、客人鞋子的摆放等，也干一些打杂的活儿。当时约定，等他可以掌勺了就商量支付工钱。

在此以前老板负担吃喝，只是如果需要必要的零钱，要向老板"提出来"。他感到自己来这里总算安定下来。他打算干几年都可以，学会厨房的活儿，争取今后自己也开一家小吃店。老板夫妇对他很好，工作也总是打杂，这样过了三五年，他二十六了。这时他突然产生了一个疑问：夫妇俩之所以对我亲切，实际上我只是管吃喝但随时听他们使唤的仆人而已。但他又不能肯定，于是情绪反复波动。一次他大胆向万吉提出了自己的想法，万吉没回答。他不甘心又一次提出来，万吉这次温和地对他说，他缺乏当厨师的素质。

——干这活儿需要灵感。没有它，师傅再怎么教也是白搭，我劝你还是打消这个念头吧。

他脑子一片空白，随即问道："你们从一开始就知道的吗？"万吉意外地反问道："你不知道吗？"良助从"良川"跑出来了。

"那天晚上我就来了这里。"良助眼盯着暗处说，"在街上流浪了一整天。一过永代桥就能闻到潮水的味道，不由得想念起品川自己的家。于是便来到了这里，在门前町一直喝酒到天亮。"

自己是第一次喝酒。醉醺醺地走出酒馆后,又受潮水味道的吸引,步履蹒跚地走过蓬莱桥,走到了海边,坐在芦苇丛中。

七

到"莺家"来之前,他坐在芦苇丛中,发呆地看着灰暗的海面,对自己产生了绝望,心灰意冷。

"第一次住下后的第二天,我回到了'良川',提出给我工钱。"良助接着说,"老板和老板娘的态度一百八十度大转弯,丝毫没有付钱的意思。于是我说要向行会提出仲裁,老板这时才说请我次日再来。第二天,他付我一两二分,并说假如我还有什么不满的话,那他们要以敲诈勒索罪起诉我。用敲诈勒索罪起诉!……辛苦六年,只拿到了一两二分!我紧紧攥着钱,走出了店门。老板娘还跟在我后面一个劲儿地撒盐……"

这时他停住了说话,一只手擦了擦眼睛。

既然他们撒盐赶我走,那么我也在心里打定了主意。一报还一报!

于是照外行人的做法,买了抢夺用的工具,第二次来到了"莺家"夜宿。那天晚上,阿文无微不至的照料深深感动了他。他立志重新做人,随即拜访了当时自己在"良川"

工作时结识的客人，还有劳务介绍所。

"但都不行。我已过了二十六，而且没有一技之长，终究没有那种合适的工作。你懂吗？"良助看着阿文，"我从五岁就被人践踏和欺骗，今后不会了。你懂我的意思吗？"

"我懂。"阿文点点头说，"我真的懂。阿良。"

"以后就是我自己做主了。"他呻吟般地低声说道，"这样的世道没什么值得手软的。我要夺回我失去的，然后潇洒地说一声，再见。"

"不奇怪，真的不奇怪。"阿文用手擦了擦眼泪，"过去一直在忍受。"

"阿文，这样叫你，可以吗？"他盯着阿文，"我是这样的人，你不讨厌吗？"

"不啊。"阿文点点头说，"我不觉得你讨厌呀。我自己的身世也不比你好，如果哥哥身体好的话，或许也会像你一样的。"

"你哥哥的身体……有什么不好吗？"

"生下来一只脚就有问题，不能正常走路。哎，不说了。"阿文摇摇头，"我去倒酒来。"说着端起酒壶起身出去了。

装满酒再进来时，阿文双眼红肿。她想尽量遮掩过去，但眼睛又红又肿，良助立刻看出来了。他似乎有些感动又有些冲动，赶忙想说点什么，但一时又找不到合适的话题，嘴唇在颤抖，默默地一连喝了两三杯。

"那，"过了一会儿他问道，"那个哥哥，现在怎样了呢？"

"死了。"

"死了？怎么回事？"

"杀死了我爸爸，自己投了河。"

他一副吃惊的表情。

"父亲中风卧床不起，哥哥是做木板雕刻的。"阿文小声说道，"人说脚不方便的人手一定灵巧，但哥哥却不是这样。干了六七年的木板雕刻，毫无长进，时常苦闷和痛苦。父亲没有治愈的可能，自己的前途也没有希望，活着只能给当妹妹的我增加负担。虽然没留下任何遗书，但我能理解哥哥的心情。"

"那，这样……"他结结巴巴地说，"就不管你文妹了吗？迄今为止的辛苦，不就浪费了吗？"

"我不这么认为。"

"不，不是这样！"他拼命地摇着头，"对于你这个妹妹来说，的确吃了不少苦。但哥哥他木板雕刻不行的话，还有其他的手艺活儿嘛。如编草鞋呀糊纸盒呀，总能活下去的嘛。"

"你是这么想的吗？"

"不然的话，阿文不就白白辛苦了吗！你哥也太不考虑别人的感受了。"

"你真的是这样想的吗？"阿文盯着良助，接着结结巴巴地说，"我，我，虽然不太不明白。我打算胡乱说说，可以吧？"

良助沉默着，阿文在心里笑起来。她有点亢奋，脑子还有点乱，又似乎竭力想克制自己。噗、噗，喉咙里冒出笑声，听起来又好像在哭一样，慌忙之际也想不好该说些什么。

"不是说我的事，是说你。我没想过这样的事，你说的哟。现在被你这一说，我才想到的啊。阿良……"阿文这时的声音明显带着哽咽，"如果你真是这样想的话，那我也想说同样的事。"

"我说了什么？"

"你说编草鞋呀糊纸盒呀，总能活下去。你也能活下去的呀，阿良。"

阿文边哭边抓住他的膝盖。

"我哥哥能活下去，你不是也能活下去嘛。你又没有需要照顾的父母，身体也没问题，年纪轻又健康，只要想做，没什么做不了的。不，"阿文示意他别插嘴，"等等，等等，你先什么也别说，什么也不要说。我真的什么都不懂，也不想说这些话。但我求你，我们两人再好好地考虑一下吧。如果需要钱的话，我去想办法。我就把你当父亲和哥哥一样看待吧。"

"别乱说！那怎么行？"

"我没有乱说。你刚才不是说过嘛，我哥哥所作所为，把我迄今为止的辛苦全浪费了。"阿文摇着头，"如果是这样的话，我希望你来成全吧。你肯定能够做到的，是不是？告诉我你会考虑的。如果不行的话，也只是再考虑而已。但那包东西，还是放在我这里。"

他没吭声，只是把自己的手放在抓着他膝盖的阿文的手上。阿文低声地呜咽着，然后说："那就拜托了，是一生一世的拜托啊。"说完，仿佛瘫了似的，阿文猛地扑在他的膝盖上大哭。良助呆呆地盯着阿文，茫然自失。

八

第二天午后，阿文把他的事说给阿广听了。本不想说的，但考虑到想预支薪水，就把实情说了。阿广明显不同意，一副"我不是没提醒过你"的脸色，一个劲儿地叹息说："还是别这样做，后果很严重的。"

阿文用平常习惯的语速，低声又仿佛自言自语地口吻说："阿姐在武士家庭里长大的，或许不明白……"

"他五岁时为了找妈妈浪荡街头，捡东西吃，抱着狗睡觉，说是睡在街上这样才可以取暖。"阿文抚摸着坐垫，声音哽咽着，靠微笑遮掩，"他说身体比他大一倍的野狗总跟着他，一起在街上流浪。五岁大小的小孩子身后跟着一条大狗，无比地信赖他。这一情景仿佛在我眼前，那么小的一个孩子，不论得到或捡到什么食物，总是和那条大自己一倍的狗分着吃，尽量让它吃饱。尽管他总是一副僵硬的表情——阿姐，现在我仿佛还能看到当时的那个情景。"

"我再怎么在武士家庭里长大，对这些事我还是明白的。"阿广说,"我想说,女人很容易被这种故事感动,然后就主动分担那样的痛苦。你现在就陷进去了,想着为了他,再苦再累也愿意,事实上长久不了!阿文,只是一时……"

"对那个人而言,现在很关键,就是现在!现在一时。"阿文说,"此刻,走在胡同里转弯还是不转,决定着那个人是生还是死的问题,而我在此只是不希望他转弯而已,仅仅如此。阿姐……"

阿广叹了一口气说:"没办法呀!"

两人在睡觉的房间里说着。阿吉和阿惠在共用房间里。刚才好像有客人进来过,阿惠出去对她说了些什么。阿文她们还没商量出结果,阿惠快步走来,推开槅门说道:"美野家的老板娘来了。"美野家在这里也是做同样的生意,老板娘应该和阿富一起去拜吞龙菩萨的。阿广扭过头来。

阿惠说:"她说我们老板娘在外地病倒了。说还没到大光院,老板娘就生病了,后来一直坚持。回来的中途顺便去了馆林,老板娘就在那里病倒了。"

"那……好,我去接待她。"

"美野家老板娘已经回了。"阿惠说,"说是花家的老板娘还留在那里,让人快送钱过去。"

"钱送到馆林吗?"

"当然,送到馆林一个叫武藏屋的旅馆。"

医生诊断说,是以前的肠胃病复发,并嘱咐道:"需要休息一段时间啊。"阿文在一旁听到这些,觉得不好意思再提什么预支的事，感到有点绝望。

——老板娘在这种时候病了，良助的事只得放置一旁。阿文这么想着，沮丧地看着两人在商量对策。

"真的很抱歉，你去一趟吧。"阿广对阿惠说，"我看店，脱不开身。到馆林，你可以坐轿子去，这样也不是很累。"

"阿姐，你说我吗？"阿惠吃惊地反问，"我去吗？我行吗？"

"是的，其他也派不出人来。"

"可是——"阿惠话音一时变得结巴起来，"阿姐，派我去，你不担心我拿这钱跑了吗？"

"不担心！"阿广说，"我了解你性格！"

阿惠微笑地点点头说："好的！"并把脸背了过去。微笑的脸上嘴唇在微微地颤抖，似乎马上就要哭出来。

"还是快去吧。"阿广催促地说，"让阿吉叫个轿子，你马上收拾一下，我去准备钱。"

说着阿广站起身来。

——阿惠能行吗？

她此时为什么一副哭兮兮的表情？阿文一边想着一边回到了自己的房间。在那里她也没什么事可干，也没想着自己要帮什么忙。进房间后她打开窗子，坐在窗台上自言自语地说："差不多该去洗澡了吧。"外面一个劲儿地吹着微热的风，天空阴云覆盖。

"阿贵，赶快收衣服！"听到隔壁松叶家的女人叫道，"风大，都要吹掉了，恐怕要下雨。"

在阿广进来看她之前，阿文就这样发呆地坐着。大概过了半小时吧，有人拍拍她的肩。回头一看，原来阿广进来了。风很大，没听见阿广在叫她。

阿广说："我们洗澡去吧。"说是天空怪吓人的，趁还没下洗了就回来。阿文有气无力地回答说："是啊。"阿广关了窗子，坐了下来。

"你刚才听到老板娘的事了吧。"

"是的。"阿文点点头，"我知道了。"

"我刚才去了美野，问了一下老板娘的病情。"阿广说道，"据说是在去的途中淋了雨，后来未能及时休息，结果病情一下加重了。医生说根据情况，可能要休息二三十天。"

"我知道了。"阿文点点头，看着阿广，"阿惠已经走了吗？"

"你懂了吧，没法拿出钱来。"阿广说，"要休息二三十天的话，或许还要送钱过去。"

"我知道了。别再说了。"

"那个……叫阿良的人，等着用你的钱吗？"

阿文摇摇头说："不是的。"

九

"不是的。"阿文说，"他说自己还有一些，现在又在劳务介绍所转悠,让我不必担心。"

"我们洗澡去吧。"阿广站起身来,"不快点的话怕要淋雨。"

阿文疲倦地站起身来。

雨下起来是晚上八点前后。也许是傍晚起就开始的天气吧,进出这条街上的客人几乎没有,一过九点,附近店家都陆陆续续关了门。阿吉坐立不安,一会儿说"阿惠不会淋雨吧",一会儿说"旅馆也不熟悉,真担心呀",一个劲儿地替阿惠担心。

——那人怎么样了?

如果自己是阿惠的话,也许会拿着钱逃跑的。然后和良助两人逃到很远的地方,过着两个人的世界。会这样吗?"真傻!"阿文偷偷苦笑。我到底为什么要见阿良?他现在身在何处,我一概不知。我其实真有那么大的胆量?是的。"你有那么大的胆量吗?"阿文问自己。

"阿惠刚才讲了件有趣的事。"阿吉向阿广说,"她边换衣服边讲,刚才阿姐说我了解你的性格时,就好像自己吃了什么东西后,被她指出里面有毒似的心情。"

阿广默不作声,继续缝着腰带。

一到十点就关门睡觉了。风已经减弱,下的却是暴雨。阿吉的房间好像在漏雨,只听她大声喊着拿水桶来、拿盆子来。阿文担心良助,惦记着他晚上会不会来。钟敲过了十二点,阿文还没睡着。

到了黎明前后变成了暴风雨。

怒号般的狂风和暴雨，到了傍晚也没停止。什么佃町尽头的渔民房屋被风刮倒了呀，明王菩萨庙顶上的瓦片吹得飞起来呀，某座小桥被冲垮了云云，各种传闻一个接一个。阿吉懒洋洋地说："这样就不去澡堂了吧。"

天黑下来后，听得风雨声越来越猛，阿吉渐渐地不安起来。她说："我到外面去看看。"

"太危险。别去！"阿广阻止，"这么大的风，也不知会飞来什么东西。你还是老老实实地待在屋里！"

但阿吉已经出去。掖起底襟，穿好雨披，光着脚跑了出去。过了一会儿，负责做饭的老婆婆来问："我可以回去吗？"说风过会儿就会停的。阿广说："路上的积水很厉害吧？"老婆婆放心地说道："咱们这里还好。"还说从竖川到八间堀一带很快就会被水淹了，但这一带却从没有被水淹，只二十年前曾淹过一次。"地板下面都是水！"老婆婆说完就走了。

过了很久，阿吉湿漉漉地跑回来。风吹跑了雨披，结果浑身上下淋得透湿。一进脱鞋的泥地，她就带着哭着声大喊道：

"不得了啦！阿姐，不跑不行了！"

"黑江桥、八幡桥都垮了！不能去永代了。"阿吉说，"附近的人，大家都开始逃了。再不快点就来不及了。"

当她看到阿广一副不慌不忙的样子时，又接着说："那我先逃了!"于是顾不上擦干雨水,光着脚,跑进了自己的屋子。阿文看着阿广,阿广咂了咂舌,自言自语地说:"太夸张了!"这时她突然注意到阿文正看着自己,便说道,"你也跟她一块儿走吧。"

阿文问:"阿姐你呢?"

阿广安静地说:"我不行! 老板娘把店交给我管的。下这么大的雨,既不能搬东西走,又不能丢下店自己逃……"

"那我也不走了。"阿文说,"婆婆刚才不是说了嘛,水没问题的。婆婆是当地人,我也觉得没问题。"

"这,我也是觉得没问题。但是……"阿广紧盯着阿文的眼睛继续说,"你是不是还惦记着阿良那个人会不会来呀?"

"不知道呀。"阿文埋着头说。

"假如是这样的话,你还是逃的好。"

"为什么?"

阿广刚说完"我想他不会来的",阿吉背着一个大包袱走了出来。阿广吃了一惊,不由得叫出"哇"的一声。

——这么大的包袱,你怎么办?

——"那,"阿吉哭着说,"遇着大水,它们不都冲跑了吗?"

——背这么多东西,要过护城河,不全部都打湿了吗?反正都一样,你放下包袱,自己跑吧。

——可里面还有阿惠的东西呀。

——行了,快放下吧。反正都要打湿的,谁还会去背一个沉重的包袱呢。真傻啊!

阿广这么说着,可阿吉却背着出去了。如果被水冲走了,就算了,但仅仅是打湿的话,再染染就行了。她把毛巾盖在头上,摇晃着肥硕的身体,走了出去。"傻瓜!"阿广说,"她打算逃到哪里去?"

当时是晚上约莫七点。

对面甲子店的女人来了,美野店也来人了。她们都劝快逃,但阿广说:"看看情况再说吧。"九点前后两人吃过晚饭,正商议"今晚睡是睡不成了",巡夜的金老头进来说:"把草席放到高处好。"夜里十二点前后满潮,届时说不定海水的高潮会来临。如果水是从大川上游来的话,到这儿还不会有什么事情。但海水的高潮来临,就非常危险了!老头儿说:"为了保险,还是往上移吧,我来帮你们。"说完就和两人一起搬了起来。

此后大约过了半小时,往共用房间搬进两个衣柜,再在上面铺上草席,又在上面放上衣柜的抽屉、打包的衣服、饭桶和碗筷等。老金头显得很满意,说如果水进来就往上面去。又说:"总不会淹到这上面来吧。"说完消失在雨水中。到晚上一点钟前后,金老头担心的高潮终于来了。

这完全不同于普通的大水。

只剩下一张草席大小尚未被水淹的起居间里,两人正在喝茶。这时突然不再刮风,雨声也变得稀疏起来。

阿文说:"啊!风停了。"

阿广说:"雨也小了。"

风向虽然倒转,但很快就停了下来。雨滴稀稀疏疏地下着。"你听你听,外面有吵闹的声音。"阿广伸着懒腰说,"老天爷要我们!"话一说完,她立刻就不作声了。

风停了,在静悄悄的屋外、很远的地方,传来了晨钟的响声。的确是敲晨钟,不是别的声音。阿广站起身走到了走廊上,阿文还坐着。屋后突然有人在走动,哗啦哗啦地蹚着水。

"是的,八幡神社。"屋背后有人说,"快走。八幡神社哟。"

此时阿广回来了。

"厨房都淹了!"阿广说,"很多水。看样子是大潮啊!"

十

阿广和阿文在房顶上。

还是半夜两点钟前后,灌进来的水静悄悄的,速度却异常惊人,一个劲儿地上涨。两个人从屋内移到屋顶也就不到半小时——阿广还有些喘气,阿文已平静了下来。暴风雨已经彻底走了,天上星光闪烁。大概也有爬上屋顶的人吧。或是被水困住需要救护的人。门前町对面也传来摇橹声和喊叫声。阿广这时也站起身来,大声地喊了好几遍。喊的声音是嘶哑的，同时没有船来的迹象。

"算了吧！阿姐。"阿文说，"你叫了，他也听不见。水也不会再涨了。"

阿广坐了下来，看了看四周说："全都跑了。"前后左右只剩下淹过房屋的屋顶，在星光的照耀下，虽不常见，但死一般的安静，总叫人感到凄凉。

"阿文。"阿广语气平和地说，"上次阿惠说的那些，你都听见了吧。"

阿文转过身来看着阿广。

"她说我撒谎，在武家长大的事也是撒谎。"阿广嘶哑地说道，"旗本的后代呀、私奔等事也是撒谎，我没有丈夫和孩子，按时寄钱回家也是撒谎什么的，你都听见了吧？"

"听到了。"阿文说，"不知阿惠当时怎么了。"

"不，她说的是真的！是真的。"阿广打断阿文，"就像阿惠说的那样，我既不是武家长大的，也没有生病的丈夫和孩子。没有寄钱这回事，钱真的都被我存起来了。"

"可是，阿姐，"阿文疑惑地望着阿广，"那种事，我真的做不出来。"

"丢丑了，但那是真的！"

"我不懂。"阿文说，"如果是这样，对阿姐有什么好处呢？"

"那是我活下去的依靠！生活的依靠。"阿广说，"最初为了不被人欺负，编出那些谎言。在阿惠揭穿我之前，我还慢慢地信以为真了。武士家庭的女儿，有生病的丈夫和孩子，按时给他们寄钱……这些最终成了我活下去的依靠！"

阿文不吭声。过了一会儿她说："那……那你为什么现在跟我说起这件事呢？"

"我想说！我不想带着谎话死去。"

"死去？——阿姐。"

"假设的话。"阿广盯着水面，"假如这次的水灾……当然不可能有这种事，我只是假设……"

阿文突然举起手说："等一下！"

黑暗的对面有人叫喊着："喂！喂！"一边拼命地划过来。他喊着："是茑家的人吗？"阿文大声说："是阿良！"随即站了起来。

"阿良！"阿文尖叫，"在这边！阿良，我在这里！"

阿文激动得颤抖。脚下一滑，赶紧用手抓住房子。

"他来了！"阿文浑身抖动自顾自地说，"他来了！他到底来了！"

接着反复叫着良助，划船声也渐渐临近了。这是一种充满焦急的划船声，带着哗啦哗啦的水响声，朝这边渐渐靠拢过来。

"真等到了！"阿文说，"我想你一定会回来的！我在等着呢！"

小船稳稳地停了下来。这是一条平时采紫菜用的平底舟。没船篙也没橹，只有一把桨。良助说："靠这玩意划过来的,我不会用橹,没想到你们还在,我原本只想过来看看。"

"太高兴了!阿良,我太高兴了!"阿文伸出手,喜极而泣,"我以为再也见不到你了。"

良助一只手抓住屋顶,双脚控制着小船,伸出另一只手握着阿文的手说:

"喂!只有你一个人吗?"

"阿广姐也在!"

"她呀——"他为难地说,"我不会划船。这个小船,要坐三个人的话也……"

"我没关系的!"阿广摇着头说,"真的!我不去!"阿文还想说什么,可被阿广硬生生地挡住了。"我有看店的责任。阿文,没关系!你走吧!"

阿文哭道:"不!这种事情……"阿广走过来,一只手抓着阿文的肩膀。"记住哦!"她在阿文耳边悄悄地说,"这么大的水他还来救你,不能忘记他!这是真心实意的!阿文,我以前说过幸福如同未干的露水一样,记得吧?现在我收回这句话!"

阿广一时语塞,猛地吸了一口气,继续说:"对我来说可能是那样,但也有不一样的。你就不一样!——两人闯闯吧。两人一起,懂吗?"

阿文叫了声:"阿姐!"阿广把带在身上的钱包塞到阿文的口袋里。钱包很重,阿广说:"这是我的积蓄!对你们两人有用的话……"然后她又对良助说扶阿文上船。

"我马上去找另一只船!"良助对阿广说,"马上!你等着!阿文,来吧。"

阿文有些犹豫,阿广推了一下,加上良助的催促,才不太情愿地上了船。

"好好照顾她!"阿广叫道,"阿良!好好照顾阿文!"

阿文的哭泣声高过了良助的回答。哭声、哗啦啦的划桨声、吵闹的水声一起渐渐远去。阿广又重新坐了下来。

"现在一个人了。"阿广环顾四周,又望着天空自言自语地说道:"好美的星星!"

图书在版编目（CIP）数据

雨过天晴/(日)山本周五郎著；谢志宇译.-上海：上海文艺出版社.2020

（山本周五郎文集/魏大海主编）

ISBN 978-7-5321-7503-1

Ⅰ.①雨… Ⅱ.①山… ②谢… Ⅲ.①短篇小说－小说集－日本－现代

Ⅳ.①I313.45

中国版本图书馆CIP数据核字(2020)第091386号

发 行 人：毕　胜
责任编辑：崔　莉
封面设计：陈奥林

书　　名：雨过天晴
作　　者：(日)山本周五郎
译　　者：谢志宇
出　　版：上海世纪出版集团　上海文艺出版社
地　　址：上海市绍兴路7号　200020
发　　行：上海文艺出版社发行中心
　　　　　上海市绍兴路50号　200020　www.ewen.co
印　　刷：杭州宏雅印刷有限公司
开　　本：787×1092　1/32
印　　张：8.625
字　　数：163,000
印　　次：2020年8月第1版　2020年8月第1次印刷
ＩＳＢＮ：978-7-5321-7503-1/I·5970
定　　价：248.00元（全六册）
告读者：如发现本书有质量问题请与印刷厂质量科联系　T:0571-88855633

红胡子诊疗谭

山本周五郎文集

[日]山本周五郎 著

张忠锋 译

上海文艺出版社
Shanghai Literature & Art Publishing House

悦阅
YUEYUE

黄鹂鸟傻子　　　　285

杀久米者　　　　　243

冰下之芽　　　　　201

目 录

狂女的故事 1

越级申诉 39

狸貉长屋 77

事不过三 123

甘于徒劳 167

红胡子诊疗谭

狂女的故事

一

快要到医馆门口的时候，保本登停住了脚步，呆呆地站在那里，望着前方的小屋。昨晚喝到很晚，到现在都觉得不舒服，晕头涨脑的。

迎面的医馆门上写着"小石川养生所"字样。

"莫非是这儿？"他自言自语地说道。

他的眼睛盯着前方的医馆门房，脑子里想的却唯有千草姑娘。千草姑娘的影像闪现在他的脑海，高挑、舒展，整个身体的曲线是那样的柔美。端庄秀美的五官，还有白净的鸭蛋儿脸，感觉只要用手轻轻触碰，便会现出淡淡的红晕来。还有那温润水灵的眼睛，暗送秋波。一切都润湿鲜活。

"才三年，为何不等我了呢？千草啊千草，为什么？"

保本不停地念叨着千草的名字。适逢此时，一个年轻人走向门房，不时地回头看看他。从衣着和发型判断，这个年轻人是大夫。这时，保本似乎也回过神儿来，他定了定神，不由自主地跟在年轻人身后，朝医馆门房走去。到了门房，保本自报了姓名。听到保本的名字，前面的年轻人便转身走了过来。

"保本先生吧？"

年轻人问。保本点了点头。年轻人转身对门房说：

"我带他进去吧。不麻烦你了。"

说完,年轻人有些夸张地向保本点了点头,带保本朝医馆走去。

"我叫津川玄三。"年轻人客气礼貌。

"一直期待您的到来呢!"

听到此话,保本只是默默地看着对方。

津川微笑着对保本说:"是啊,您来了,我就可以离开了。就是说,这里的事可以交给您了。"

听年轻人这么一说,保本惊讶地连说:

"只说让我过来看看的呀……"

"听说您曾游学长崎,学了多久啊?"

津川岔开话题问。

保本登回答:"三年多。"

然而,此刻的登刹那间因"三年"这个字眼联想到千草。他眉头紧锁。

"这地方太糟糕了。"

津川开始给登讲解医馆的事情。

"您看了就知道。病人全是蒙昧的穷光蛋。身上长满了臭虫、虱子,还有脓包和烂疮,臭气冲天。在这儿当差薪酬微薄,却昼夜不分,累得要死。红胡子对手下人吸髓榨骨。有时候,我都诅咒自己为何非要从医。真的,不堪忍受。"

站在旁边的登默不作声。他始终觉得这一切与己无关——自己只不过是个被动的看客罢了。

登在想,眼前的这个年轻人一定是误解了,我怎么会来这种地方工作?这哪里是医馆啊。简直就是个施药院[1]。自己只是因为游学长崎,才被他们叫来咨询的。

走进大门,沿着霜融后的小石子路走,约莫五十步开外便是那座建筑。外表上看破旧不堪,大门处屋檐斜到一边,屋顶的瓦片横七竖八地躺在上面,两翼的屋脊也是凹凸不平残缺不齐。津川玄三走的是偏门,到入口处向他指示了鞋箱的位置,便和登一块儿走了进去。

穿过蜿蜒的走廊,前方挤满了人。应该都是等待看病的患者,多为孩子和中年以上的男女,个个衣衫褴褛、目光呆滞。附近一堆一堆乱扔的垃圾,弥漫着腐烂水果那般刺鼻的臭味儿。

"这些人天天来此就诊。都是冲着免费的医药来的。都是一帮活着不如死去的人啊。"

津川一边说一边用一只手不停地在鼻子前扇来扇去,脸上流露出极其厌恶的表情。

"这边儿,这边儿。"

他扬扬一只手,示意行走的方向。

他们顺着走廊前行,在向右拐的第一间屋子门前,津

---

[1] 施药院:天平二年(730年),日本光明皇后创设的医疗场所。由各地上供药材,和左右两京设立的悲田院一样,是为了救济京中的孤儿和穷人。除此之外,各地区和寺院也都开设有同样的医疗设施。

川停下报了姓名。屋里传出洪亮、深沉的一声"进来"。津川小声地说——"红胡子!"他给登使了个眼色,伸手拉开了障子门。

这屋子似由两间六榻榻米大小的房间拼成,空间狭长。正对面是齐腰高的窗户,左右两边是赤樫木琥珀色三层的柜子,看似年代久远却还结实。上面两层是橱柜,最底下的一层是抽屉,每一个抽屉上面都贴有药名,看似是药材柜。窗户朝北,透过窗户照入的光线也是冷冷的,熏黑的拉门幽幽发亮。靠窗处,说话的老人背对拉门席地而坐,光线直射在他那魁伟的后背和蓬松的灰白头发上。

津川玄三坐下后便与老人打招呼,并告知是同保本一起来的。老人寡默地低着头伏在小桌上写着什么。从后面看,老人上身穿着一件鼠灰色的和式夹衣,下身穿着一条与上衣颜色相同的和式裤裙。不过这裤裙的样式有些奇怪,说是裤裙更像裙裤。裤腰上打了一圈褶子,小腿部要比一般的和式裤裙略窄,脚腕儿处紧紧地扎着带子。

或许是整间屋子背阴,没烧火盆,屋里阴冷。而且,阴冷中散发出浓烈的药臭味儿。坐在那里,只感觉寒气从膝盖下渐渐地蔓延至全身。过了一会儿,老人放下手中的毛笔,转过身来看着津川和保本。从外表看,老人高高的发际线使得额头显得宽大亮堂。棱角分明的四方脸,从嘴角处一直到下颚长满了浓密的胡须,在浓浓的长寿眉下是一双炯炯有神的眼睛,发出强有力的光芒。看着他的眼睛和嘴角下弯成"︿"字形的倔强双唇，就能直觉到这个老人，既有犬儒派[1]特有的玩世不恭，也有孩童般无所遮掩的好奇心。

——噢，这就是红胡子哪。登暗自思忖。

事实上，老人的须发花白，被人称作"红胡子"，莫非是因为这幅刚毅的面容。说他年龄介于四十岁六十岁之间，乃因他的身上既有四十岁的精悍，也有六十岁的沉静，二者完美地融为一体。

登问候了红胡子之后，便做了自我介绍。

听完登的寒暄，红胡子顺口说道：

"我是新出去定。"

说完定定地凝视着登，目光似锥。他的眼神近乎冷酷。旋即以没有商量的口吻说道：

"从今天开始，你就以实习生的身份住进来。行李随后派人给你搬过来好了。"

一听这话，登慌了，结结巴巴地说：

"但我……等等，我只是被叫来……"

没等他说完，红胡子就打断了他。

"就这样了。"

他目光转向津川，说："带他去住下吧。"

---

[1] 犬儒派：原指古希腊犬儒学派的哲学家。他们提出绝对的个人精神自由，轻视一切社会虚套、习俗和文化规范，过着禁欲的简陋生活，被当时人讥为穷犬，故称犬儒派。后亦泛指具有这些特点的人。

二

保本登不容辩解地成了见习大夫,在小石川医馆住了下来。

他内心很不服气。因为去长崎游学的目的是想将来成为一名幕府的御医,回到江户,肯定会谋到一个御医职位。他的父亲保本良庵是一名町医[1],在江户城附近的麹町[2]五丁目开了一家诊所。幕府的首席御医法印[3]天野源伯是父亲好友,早就认可登的才能,因此为他去长崎游学提供了各种方便,并答应日后推荐他去任职江户城里的御医职位。

登把这些事儿一五一十地说给了津川听。也不知津川是在暗示还是有什么其他的意思:"你后台那么硬,也是无可奈何哪?"又笑着说,"好啦。死心吧。你要来的事半个月前就知道了。再怎么说,红胡子器重你啊。"

津川说着,把登带到了住处。

登的住处跟津川的宿舍在一起。从新出的屋里出来,顺左拐走廊,右侧并排有三间同样大小的房子。津川先把

---

1 町医:日本江户时代,相对于幕府御医,把在民间开设私人诊所的医生称为町医。
2 麹町:日本东京都千代田区的地名。现为商业街与商级住宅聚集区。
3 法印:道教与佛教的术语。是日本封建制时期时授予和尚、医师、画师等人的最高称号。

登带到最里面的小屋，见了另一个名叫森半太夫的见习大夫。半太夫看上去二十七八的样子，瘦瘦的，这会儿好像刚下班，无精打采的，满脸倦容。半太夫和登相互做了自我介绍后，半太夫便对登说：

"我已听说你要来。……说实话，这里的差事很辛苦。不过，如果心理上有所准备的话，倒是可以学到不少东西，对今后的发展定有帮助。"

半太夫的嗓音柔和，但有一种绵里藏针的感觉。这种感觉在他清澈沉稳的眼神中同样也能感受到。登注意到他根本就没把津川放在眼里，既不搭腔，也不回应津川的话，甚至也不拿眼睛看他。

"据说是相模[1]一富农家的二公子。"

从森的屋里出来到了走廊，津川小声对登说：

"我俩合不来。不过呢，他很能干。"

其实登并没有留心听津川说话。

森、津川、登的宿舍紧挨着。这三间房子大小一样，都是六榻榻米。窗户全朝北，所以屋里阴暗。加之屋里没铺榻榻米，只在木板上铺了一层薄布单，整个屋子格外阴冷。在靠窗的地方放了一张旧小桌，小桌旁边放了一个香蒲编的坐垫。两侧墙壁的一侧已有裂缝，另一侧放着门板做的粗笨的橱柜。

1　相模：相当于今日本神奈川县的大部分地区。

"为什么不铺榻榻米?"

登问津川。津川无奈地摊开双手:

"不为什么,都没铺……医生的诊室也是一样。病房也只是木板上铺了薄薄的布单,上面铺上被褥。"

"简直像是牢狱。"登小声说。

津川略带嘲讽的口吻说:

"大家都这么说,患者也都这样说。全是贫民,本来进施药院就觉得矮人一等,病号服更让他们感觉别扭。"

听津川这一说,登想起了红胡子穿的和服,森也穿着跟红胡子一模一样的和服。问其究竟,这里的大夫一年四季三百六十五天,天天穿着同样的和服,连颜色都一样。病房里的患者也一样,无论男女都穿着白色的筒袖和服。据说这样做是为了方便就诊。病号服跟小孩儿穿的衣服一样,用带子系扎,解开带子即可就诊。然而患者不喜欢这种衣服,再加上地上没铺榻榻米,只是在木板上铺一层薄薄的布单,怎么看都像似牢狱的感觉。患者的不满情绪由来已久。

"这规定一开始就有吗?"登问。

"这是红胡子大人上任后定的规矩,说是改革。"津川耸耸肩说。

"在这里,他就是一个独裁者。但对医疗事业一腔热忱,医术又好,大名、诸侯和富豪,不少人都愿意请他看病。可他独断、专横,大家都不喜欢他。"

"好像房间里连火盆都没有。"

"病房里有。"津川答道,"说是冬天里,江户的这种温度益于健康。再说用于取暖的预算也不宽裕,不能在病房之外的房间用炭。——咱们出去走走吧。"

说完,他俩离开了宿舍。

先去当班大夫的休息室,然后去了为患者诊察的诊室、配药的药房、住院患者配餐室以及医馆医护人员的专用食堂等。而后,津川换上鞋子从南门出来下到院里。

这建筑物的南出口位于走廊拐角。从那里出来,对面就是厨房,一间约莫三十坪[1]的瓦房。厨房旁边有一口带雨棚的水井,四五个女人正在那里洗菜,看样子是要准备做腌菜。洗好的蔬菜堆成小山,白色的菜梗儿和绿色的菜叶在朝阳的照耀下水灵泛光,显得格外新鲜。

三

津川指着女人中的一个告诉登:

"你看,右边第二个,黄围裙那女孩儿,就那个正在堆菜的姑娘,名叫阿雪,是森大夫的恋人。"

登听了漠不关心地瞟了姑娘一眼。

就在此时,病房那边跑过来一个约莫十八九岁的姑娘

---

1 坪:1坪约3.306平方米。

叫住了津川。可能是太着急的缘故吧，女孩儿跑过来时气喘吁吁，上气不接下气。红彤彤的脸上，流露出紧张的表情。登在一旁打量，女孩儿端庄秀气，从穿着打扮到言谈举止，都像是一个受雇于富贾的女侍。

"小姐肚子又开始疼了。"女孩儿焦急地说，"药都吃完了。对不起，能不能赶紧配点儿啊？"

"找新出先生吧。"津川回答说，"那药只有新出先生自己能配，其他人配不了的。他在屋里呢。"

可能意识到登的目光，女孩儿看了登一眼。哦，不如说只是斜瞄了一眼。女孩儿脸上顿时泛起了红晕。她朝登微微点了下头，转身小跑着奔向南门。

津川催登快点儿走，他们沿着南侧的病房一直走。走过去是一片二百坪左右的狭长空地，对面是栅栏围起的药园。以前这个药园叫"小石川御药园"，是幕府直辖的草药栽培地。药园被一条马路南北隔分为二，各一万坪上下。医馆建在药园南区域内，这里地势高。园子则坐落于高地西端。站在药园高处西望，视野开阔景物尽收眼底。

冬天的药园景致单调。因为眼下是冬天，种植的药材大都草枯木凋。写着各种草本植物名称的小牌子静静地立在防霜用的稻草旁边。走过霜融后湿漉漉的田间小路，几个药园的园丁在地里忙碌着。翻土的翻土，换稻草的换稻草。见津川过来，他们都停下手中的活儿，主动上前打招呼。津川把登介绍给他们，他们也一个个郑重地向登介绍自己。有个肥硕高大的老人叫五平，干瘦颀长，面无表情的年轻人叫吉太郎。其他几个人有次作、久助、富五郎等。登记下了他们的名字。

"五平，身子骨不错？"津川问五平老人，"还干着呢？"

"该回家休息啦。"老人用手指挠着肉肉的双下巴，享受似的眯起眼睛，点了点头说，"是啊，该回家休息喽。"

"我干到月底。不过离开之前，很想尝尝你的酒啊。"

老人说话的语气谨慎："我想味道不错吧。嗨！谁知道怎样呢……"

"回头去小屋尝尝吧。"

说完，津川便离开了。

"那是用一种野葡萄酿的酒。"津川边走边讲。

"酒是黑色的，口感也有些太过厚重，但挺好喝。那是红胡子让他们酿的药酒。什么时候有时间一块儿去尝尝。"

出了药园，津川带着登向北边的病房走去。

北边病房一带种满了挡风树。高大的栲树、木楢、山茶、松树、杉树等。还有一片茂密的竹林，林中一栋房子看上去是新盖的。津川走近前，不知怎么又改变了主意没进屋，摇着头从竹林前绕了过去。

"那姑娘叫阿杉——就是刚才南门见到的那个姑娘。"

津川边走边说，"就住在那间屋里，在陪患病的女主人。"

"那间屋子也是病房?"

"患者的父亲出资建的,女儿是个特殊病患。"

津川说话时,感觉嗓子眼儿有些干。

患者的身份乃属绝密,像似富豪之女。年龄约莫二十二三,名叫由美,长得标致美丽。据说第一次发病是在十六岁。当时还不知道那是精神异常,和她订婚的男子突然解除了婚约,与别的女子结婚了。因为这事儿,心中郁结,最后得了抑郁症。一年之后,想着差不多痊愈了,不会再有什么事儿。万万没想到就在那个时候,她把店里的伙计给杀了。店里一共雇用了十七八个伙计,可两年之内就连杀三个,一个幸运获救,另外两个年轻的伙计丧了命。

"手段残忍,男人全无反抗能力。"津川舔舔嘴唇继续说,"听遇险被救的男子讲,她巧施美人计设套,等男人上钩溜进卧室,神魂颠倒完全处于无抵抗状态时,冷不防拔出钗子猛力刺杀。"

听了津川的描述,登皱起眉头小声说:

"她这样做,是不是因为男人背叛过她?"

"照红胡子的说法,好像还不是。"津川依旧舔着嘴唇若有所思地说。

"据说她是先天的色情狂。并非精神病疾,完全起因于一种发狂性体质。"

登的脑子里浮现出"杀人淫乐"四字。这是长崎游学期间，从荷兰人编写的医书上看到的病例。据说往昔，日本也曾有过类似病症。登都做了笔记。

因为家里有钱有势，女儿未被问罪。被害人是店里伙计，况且是夜里潜入主人家小姐卧室图谋不轨。表面上看的确如此。反正死无对证，便不了了之。可第三个受害者手代因抢救及时捡了条命，父母这才了解事情的来龙去脉，于是请新出去定给女孩儿诊治。去定主张建一处禁闭室，不然还会重蹈覆辙，再次发生可怕的事儿。他还认为姑娘与其他精神病患者不同，一切源自色情，但平时却与常人并无二致。除非软禁，他说没有更好的预防措施。家里人多，雇的伙计也不少，在院子里建禁闭室关人，传到世上有碍声誉。女孩儿父母找新出商量，希望医馆盖一栋"特护"病房，让女儿住在里面接受治疗。治疗费不拘多少且不管女儿的病能否治好，不治而亡也不怪医馆，女儿死后房子捐给医馆。就这样，前年秋天医馆里盖了一栋新房，阿杉就是在那时候与小姐一道住进来的。

"那栋房屋就是按照牢房的格局建造的。"津川说。

"整栋房屋只有两间屋，配有厨房。做饭、洗衣都是阿杉的事儿。至于日常生活用品嘛，家人每隔三天送一次。钥匙由阿杉掌管，除红胡子不许任何人进入。女孩儿也绝不能单独外出。"

"有治疗的办法吗？"

"怎么说呢？"津川摇摇头说，"其实三天两头发作令人困扰。为此红胡子专门配了一种药。对了，就是刚才阿杉跟我要的药。听说那药很管用，红胡子绝不让其他人调配。"

登在心里揣摩——"杀人淫乐"。若是因体质引起的先天性病症，那么由美的犯罪便无可奈何。就像手拙雕出丑陋的木偶，不能说是木偶的罪过。

然而千草不一样，她是个正常人啊。登咬着嘴唇，想起了千草。

"阿杉姑娘真可怜。"津川继续说，"虽说受雇于人也没办法，但一直住在医馆的禁闭室，天天照顾一个疯子，这种日子也不知道什么时候有个尽头。"

"如果说只是受雇于人的话，也可以辞掉不干啊。"

"不，这姑娘不会辞的。她很善良，从心底里同情她的主人。她哪里是什么同情啊？那是发自于内心的爱。"津川摇着头，长叹了一口气说，"离开这里让我感觉不到些许留恋。只是再也见不到阿杉姑娘了。"

登这才明白了，为什么阿杉刚才会脸红。

四

其实，阿杉脸泛红晕并非为津川。津川与阿杉说话，表现出亲密的样子，可阿杉对津川没什么特殊的感觉。她在病房南门口说话时突然脸泛红晕，是因为意识到登在盯着她看，所以才有那般羞赧的表现。——这是登和阿杉开始熟络之后，阿杉告诉登的。

登和阿杉的交往越来越频繁，很快便开始背着人偷偷约会。登后来才渐渐意识到，自己当时的想法并不单纯。当时遇到了太多烦心事，焦头烂额。情绪低落的登希望有个说话的人，可以倾诉心中的愤懑。适逢此时，他对由美姑娘的病状发生了兴趣。于是，阿杉成为首选的对象。登对阿杉言及留在红胡子医馆的无奈与怨艾，也说到自己与千草的瓜葛。阿杉令登感觉亲切、温暖与安心，愿意对之敞开心扉说出心里话。

"我绝不会听任他们摆布。"他告诉阿杉说，"这一切都是他们狡猾的圈套。我不会让他们得逞。他们让我忍无可忍。我得让他们主动求我离开这里。"

"是吗？"阿杉歪着头，似乎有些迷惑不解，"我觉得您到这里跟那位小姐没什么必然的联系啊。"

阿杉如此明确地表达自己的想法，令登惊讶。他看着阿杉反问道：

"为什么？"

"小姐做出那样的事，该由天野先生担责。起码要信守诺言，即使是作为补偿也好，也得让您当上幕府御医啊。"

这是二月下旬的一个夜晚，登和阿杉第一次坐下来推心置腹。

离由美她们房子十来米远的竹林前是一处阳光充沛、

适合晒太阳的地方。这里特意放置了七个凳子，供住院的患者使用，其中贴近竹林的"特护"病房是为由美专设的，搭建了带有外檐的小亭，晚上也十分安静。那晚登与新出去定吵架了，便让药园的仆役吉太郎打酒来，在屋里独斟独饮，越喝心里越烦，于是提着装满酒的葫芦，出来坐在亭下的凳子上。过了会儿，阿杉走了过来。据阿杉说，自己给由美熬完粥后，下意识地发觉登在外面，便想过来看个究竟。阿杉告诉登，一小时前由美又发病了，她像往常一样安顿小姐吃药熟睡后，才锁了门出来。登听了，知道如果是这样的话，阿杉便不必急着离开，于是借着酒劲儿打开了话匣子。他说：

"你是个好女孩儿，才会体恤人。他们才不会那么仁义呢。他们怕我在外面惹事儿，打发我到这里就省心了。我早就看穿了他们的鬼把戏。"

"不过，叫您过来的是去定先生啊。"

登把葫芦套到嘴边喝了一口。

"先生早就说过的呀，这里太需要好大夫了，比任何地方都需要，特别是真心为患者着想的好大夫。"

"照你这么说，他就不该叫我来啊。好大夫光靠学问不够，还需要时间和经验。充其量，我也只是个见习大夫罢了。"

这时他突然想起了什么似的，用力点了点头：

"嗯，红胡子倒是有一个叫我来的理由。我们吵了一架。"

"怎么您也叫他红胡子?"

"我受够红胡子了!"登发泄着内心的愤懑。

那天吃完晚饭,新出去定叫登过去,让他交出长崎游学期间所抄的笔记和图录,登拒绝了。登在长崎游学期间,把兰方[1]医学的各科内容学了个遍,最上心的还是自己擅长的本道[2],努力探索出自己的一套诊断和治疗方法。那么所有笔记类、图录类皆属于他个人的研究成果,关系到自己的前途和未来,公开的话,就将会失去其价值。

——有些大夫不就单单靠着治疗白内障,立身扬名、殖产置业了么?

登振振有词地说,自己的医术新颖且有更加广泛的应用价值。这些都是自己花钱、通过自己努力获得的,凭什么非要拿给别人看?没有这个义务。可是去定却充耳不闻。斩钉截铁、训斥般地说:

——废话少说。所有笔记、图录全得交出来,让你来这儿就为这个。

登委屈地跟阿杉述说着自己的无奈。

"那的确是红胡子希望我来的一个理由。"登摆弄着手里的葫芦说,"他过去没把我放在眼里。我穿不穿医馆的

---

[1] 兰方:江户时期,从荷兰传到日本的西洋医学、药学。
[2] 本道:从中国传至日本发展而成的汉方医学的用语,大致相当于内科。

制服，我整天无所事事游手好闲，他都假装没看见。"

"您醉了。"

"没醉，没喝多少。"登还在喝，"这里禁酒，我才要喝，凡这儿禁止的事，我都准备干。"

"请不要再喝了。"

阿杉伸手去抢登手中的葫芦。

"我讨厌醉酒说话的样子。"

登粗暴地抓住了阿杉抢葫芦的手。他的手冰冷，不，温暖而光滑。阿杉并不躲避，任由登抓着自己的双手一动不动。那是一个满天繁星的夜晚，温暖的空气中弥漫着从药园飘来的沈丁花香。

"你讨厌我吗？"登小声问。

阿杉沉静地回答：

"讨厌您说酒话的样子。"

登沉默了片刻，放开了阿杉的手。

"你回去吧。"

"您把手里的葫芦给我。"阿杉说，"明天还给您。"

"别管我。"登猛地喝了一口说，"照顾你那个疯女人去吧。我的事，不用你操心。"

说时迟那时快，阿杉从登的手里一把抢过葫芦，动作既敏捷又有力，登都来不及躲闪。抢到葫芦后，阿杉便从凳子上站起来——明天还给您。说完，就朝着她和由美住的"特护"病房走去。登默默地坐在那里，听着阿杉的草鞋声渐行渐远。

五

那晚事后，登和阿杉便亲近起来。

登压根儿就不想当什么见习大夫。一目了然嘛，脏兮兮的生活环境死气沉沉、百无聊赖。被人称作施药院的医馆是靠小川家的世袭者"照应"维续，幕府还专门为医馆配备了与力[1]。小川家在医馆外另有一处宅地。临街的房子是事务所即小川先生和与力管理财务、处理其他日常事务的地方。当时在这里的坐诊是有编制的五名医生，他们的诊室在病房顶头儿，诊室与房子间有过廊连接。

幕府医中，新出去定是首席医师，另有四名医师吉冈意哲、井田五庵、井田玄丹和桥本玄录，分担着内科、外科和妇科的工作。其中姓井田的两位是父子町医，在下谷[2]御徒町有一家私人诊所且雇有三五位临时町医。两位见习大夫和新出医师住在馆里，为来院患者实施治疗的大夫实际上也就他们三人。其他几位大夫似乎都在应付差事，缺乏热情，诊病只是走走形式而已。

医馆病房有南北两栋，各有五间普通病房和两间重症

---

1 与力：江户时代的中级官职。辅佐上级，行司法、行政、警察之职并监督、管理下级官员。
2 下谷：东京都旧时的区名，现在的台东区西部。

病房。普通病房是三间十榻榻米的面积、两间八榻榻米；重症病房则是六榻榻米。彼时，入院的患者有三十余人，老人和妇女居多。有的是受了外伤被用担架抬进来的，有的则是跌倒在路边的无家可归者。就像津川玄三所说的，所有病房都是在木板上罩了薄薄的一块布单，再铺上被褥。医馆规定，布单五天一换，被褥七天一换，要定期拿到外面敞风、晒太阳。所有患者不分老少男女，都要换上白色棉布做的筒袖病号服并要系上带子。女人也不例外，不能系和服腰带也不能穿色彩艳丽的衣服。

——即便是施药院，至少也该让人睡在榻榻米上吧。

患者们在私下抱怨。

——我们自己带着衣服呀。男人就不说了。女人穿上艳丽的衣服怎么啦？让人穿成这个样子，简直像是关进监牢的犯人。

医馆里，类似这样的抱怨不绝于耳。

所有的牢骚和抱怨都是冲着新出去定的。因为医馆里的所有规矩，都是由去定一人确立。治疗过程中，去定的动作粗放、言语粗暴，也搞得患者战战兢兢。因而许多患者都不喜欢他。去定时常外出，去大名诸侯、富豪家或自己的固定患者家出诊。去定外出时，医馆的活儿就由两名见习大夫负责。白天还好，有主治医或特聘大夫坐诊。晚上可就麻烦了，时不时来个急诊病人，弄得见习大夫手足无措。

津川离开后不久，此类事情就发生了三次。登被森半太夫叫过去，为入院的病人诊治。登没说什么，跟着森一块儿去了病房，却只是在一边默默观看并不出手诊治。森独自忙活，也没提出要登帮忙。但事不过三，第三个诊疗结束后，他们刚刚走出病房上了过道，森便叫住了登，气呼呼地质问道：

"你到底是什么意思？"

森的目光里充满怒火，眼睛直愣愣地瞪着登问。

"你打算一直这样混下去么？"

"什么意思？……"

"愚蠢的反抗行为呀。"森回答道，"你做给谁看哪？这种愚蠢的反抗要到何时？你真以为，这样会博取别人同情，新出先生会跟你服软吗？"

森连珠炮似的发问，气得登连话都说不出来了。

"你好好想想。"森放缓了语气说，"受到伤害的不是别人！而是你自己保本先生哪！"

登恨不得扑上去揍半太夫一顿。

登早就有所耳闻，森半太夫是去定的跟班。他也听津川说起，森是相模一家大地主的次子。所以在登看来，森崇敬新出去定也是情理中事。一个乡巴佬，能在幕府的医馆当差，这是何等的荣耀！首席医新出去定，理所当然成为他心中光耀的偶像。登却想——这个蠢货！所以，他跟森几乎从不搭腔。然而出乎意外的是，今天这个乡巴佬竟用如此尖酸刻薄的语言数落自己,恨不能立刻扑上去揍他一顿。

这件事登没有告诉阿杉。他知道半太夫这种人有着乡下人特有的气度,医馆的人以及患者都喜欢他,阿杉也是时有溢美之词。津川曾讲过,免费餐伙房有一个叫阿雪的姑娘是半太夫的恋人。登却从阿杉处得知,阿雪是单相思,森其实一直有意识地躲避她。

"阿雪怎么那么痴情呢?"

一天晚上,和登坐在老地方的凳子上聊天,阿杉说:"看着阿雪姑娘那样好可怜。森大夫坐怀不乱令人钦佩。但是,想到痴痴单恋的阿雪,又觉得他真是可憎。"

"别提半太夫了。"登打断了阿杉的话,"还是说说你家由美小姐吧。一直都是你在陪她对吧?"

"您怎么想起问小姐的事儿?"

阿杉说话的语气中包含着警觉或戒备。

"我是大夫呀。"登回答道,"与森那种家伙不同,我可正儿八经学过兰医,我可是知道连红胡子都不懂的诊疗法哦。"

"那为什么不用在医馆呢?"

"这破地方?"登摇了摇手说,"我可不想在这破败不堪的收容所做什么见习大夫,我学医不是为了来这儿。"

"您的酒醉还没醒哪?"

"别打岔。"登接着说,"什么见习大夫,我才不愿意做呢。我对人人能治的病不感兴趣。若是特殊的病例，我作为大夫倒是愿意挑战。你家由美小姐的病或为一例。"

"我才不信呢。"

"不相信？——不相信什么？"

"谁知道你是什么鬼心思？"阿杉告诉登，"一提起我家小姐，大家马上是一副讨厌的、图谋不轨的表情。特别是津川尤其过分！这里除了去定先生，没一个正经男人！"

六

天色已晚，登在黑暗中望着阿杉。

"我真不知道这些事儿。"登说，"——津川到底做什么了？"

"那可不能随便说。"

"阿杉。"登郑重其事地对阿杉说，"我是一名医生，掌握了新的医术。了解了详细症状，说不定会找出一种新的、与红胡子不同的治疗方法。你说出来，不会有什么坏处的。"

阿杉转过头看着登："您说话当真？"

"我是什么样的人，阿杉最清楚哪。"

"不喝酒就好。"阿杉半开玩笑地说，"好吧。下次我全部告诉您。"

"现在为什么不讲呢？"

登上前想去抓阿杉的手,阿杉躲开后站了起来,哧哧笑着说:

"您又要干傻事儿。"

"这事儿和那事儿完全是两码事儿。"

登迅即从凳子上站起来,一只手搂着她的腰,一只手抱着她的肩,将阿杉紧紧地抱在怀里。阿杉顺从地听之任之。

"你喜欢我吧?"

"您呢?"阿杉反问道。

"喜欢啊!"

话音刚落,登就深深吻了阿杉的芳唇。

"喜欢。"登又说了一遍。

阿杉的身子酥软了,在登的怀里柔软而沉重。就在登抱着阿杉准备坐回凳子的时候,阿杉挣开了登的双手,羞赧地笑着往后躲闪。

"讨厌,我不喜欢您这样。"

阿杉道过"晚安",准备离去。

登也没阻拦——"随你的便吧。"

分手之后,两人五六天没有见面。

时间到了三月中旬,医馆里樱花绽放。药园里的各种药用树木和草本,晚的也已抽芽。微风掠过,浓浓花香扑面而来,感觉空气也变得凝重了许多。吃完午饭,登来到园里散步,正好遇到了洗完衣服准备回房间的阿杉。两人间稍微保持了点儿距离。登边走边问，为何晚上不出来。阿杉答道感冒了，又说快好了，当晚会去的，说着竟又轻声地咳嗽起来，声音嘶哑着。

"怎么还在咳？"登说，"好好养病，今晚别出来的好。"

阿杉微笑着说了句什么。

"听不见。"登靠近了点儿问，"什么？"

"今晚会去的。"阿杉回答说。

"不要勉强，吃药了吗？"

"吃了，去定先生开的。"

"你还是不要太勉强了。"登说，"我给你配点儿让嗓子舒服的药吧。"

阿杉微笑着点了点头。

当天傍晚，登正在食堂吃晚饭，突然门口有人说来了客人。当时去定外出还没回来，森半太夫一副事不关己的模样。医馆规定，吃饭时间不准起身。登便问来者何人。回话说是一位小姑娘，姓天野。

——天野、天野昌绪么？

登的记忆里，没有这样的女孩儿呀。想了片刻，猛然想起了一个人。千草有个尚未成年的妹妹，长相可是完全记不起来了。若说找他的女孩儿姓天野，那肯定就是千草的妹妹。

——没错，一定是她。

不过，她为何贸然来访呢？登有些诧异。小姑娘是自己有事找来？还是什么人让她来？登有点儿丈二和尚摸不着头脑。不过，他觉得糊里糊涂地去见总是不好。

于是他对传话人说："就说我不在，有口信儿的话，留下便是了。"

吃完晚饭，门房过来告诉登，客人刚走，没什么留言，只说一定得见个面。登和传话人的对话，被坐在对面的森半太夫全都听到了。登意识到森在一边喝着茶，一边如无其事地听着他和门房的对话，于是气急败坏地站起来，走出了食堂。

回到宿舍，登叫药园的园丁去买酒。有点儿口吃，弱不禁风的吉太郎又瘦又高，一副不大情愿的样子——屡次三番背地里打酒，一旦被发现，肯定要挨骂的。他想跟登说出自己的为难，却因严重的口吃总也没法张口。看到登气急败坏的样子，他更是没了勇气，挠着头买酒去了。

"找个小姑娘戏弄我，到底想干什么？"登没好气地、自言自语地说，"走着瞧，这回绝不会上你们的当。"

酒买回来，登冰镇后开始饮用。喝得醉醺醺之后，便拎起德利[1]离开了屋子。

那是一个炎热的夜晚，阴郁潮湿，看不到月亮也看不到星星。空气中弥漫着泥土的气息与花草的馨香，化为一种淡淡的香甜，濡湿中变得浓厚、浓郁。天色已黑，加上

---

1 德利：一种酒壶，形状上细下粗，专门用于装日本酒。

浓重的醉意，登从常坐的凳子前走过，竟没有意识到走过了头。身后传来阿杉的呼唤，他才停下了脚步。

"你来啦。"他说着回到凳子旁边。

"小姐已经睡下了。"

听上去阿杉嗓子好了一些，不再那般沙哑。

"——您怎么啦？"

"栽了个跟斗。"登有点儿摇摇晃晃"扑通"坐在凳子上。"坐过来。"他对阿杉说。阿杉坐在稍远的地方，说了句什么。

"听不见。"登摇着头说，"听不见你说话的声音。再往这边靠点儿。"

阿杉稍微挪近了点儿。

"给你这个……"他从宽大的和服袖子里掏出药袋递给阿杉，"煎服。怎么煎袋子上写得清楚。喝了这个嗓子就会好的。"

阿杉谢过后问："您带酒啦？"

"就一口，喝剩下的。"

"我也带酒了。"

"你说什么？"登把耳朵凑近阿杉问。

"您的葫芦。"阿杉说着，便把手中的葫芦拿给他看，"不知道什么时候拿回去的，忘了还给您。这是专门给小姐预备的，是好酒哦，倒了一点儿拿过来……"

"啊——，野葡萄酿酒吧。"

"您知道啊？"

"红胡子酿的药酒啊。以前去五平的小屋尝过。"说着他便从阿杉的手中接过葫芦说，"没想到你会送酒给我，真是新鲜。"

七

登抱着葫芦对嘴喝了一口。醇厚浓郁，口感微甜带着药香。津川在时，一起到五平的屋里品尝了一小杯，酒味儿浓厚没敢多喝。现在趁着醉意，喝着这口感迥异的药酒，感觉比上次好喝。登一边听阿杉述说，一边不知不觉喝得高了。

阿杉讲述了由美的故事。

"说实话，我觉得去定先生的诊断也有问题，小姐哪里是什么疯子？没人比我更清楚。您在认真听么？"

"你得讲实话，通通告诉我。"登说，"不过，改天说更好……"

"您醉了是吧？"

"哪里，不是怕你嗓子难受嘛。"

"我没关系，这样像用别人的声音说话，反而更自在。"阿杉一边说一边还一再提醒登，"您可要认真听哦。"

登伸出一只手握住阿杉的手。阿杉也就由他握着开始了讲述。

阿杉刚到由美家帮佣时，由美当时十五岁，大她两岁。由美是长女，有两个妹妹，一个十二岁，一个七岁。她们是同父异母，两个妹妹都是继母所生。由美的生母当时没死，据说是因故和父亲别离或是自己离家出走。到底发生了什么，问谁也不说。由美从小就知道继母非生母，但她从来没有过分在意。

由美天生丽质，比两个妹妹漂亮得多。她好胜心强，有点儿轻浮，不过与生俱来的体贴讨人喜欢。包括继母、两个妹妹、亲戚还有邻居，就连一起干活儿的佣工们也都喜欢她、信任她。当然他们喜欢由美，也是因为由美是长女，将来要继承家业的。由美十四岁那年，也就是阿杉去她们家做佣工的前一年，由美订了婚。

这么一个表面上无忧无虑、平凡而幸福的女孩儿，却从小经历了难以形容的灾难。所有灾难的祸根都是关乎男女情事。据说最早一次发生在九岁。

"您是医生，我才敢说。"阿杉用沙哑的声音小声对登说，"您要知道，这种事儿我绝对不会乱说的。"

"知道，知道。"登感觉有点儿晕乎乎的，顺口说了句，"不就是小孩子过家家吗？不值得大惊小怪。"

阿杉立刻反驳说，由美小姐可不是那么回事。

由美九岁就被一个名叫手代的、三十几岁的男人猥亵。手代还威胁她，说出去就把你杀了。由美还小，但身体毕竟产生了异样的感觉，这让她意识到一种罪恶感。由美永远无法忘却"说出去就把你杀了"这句话。大约过了半年，手代被店里辞退了。然而被辞退前的半年多时间里，他屡次三番地猥亵由美，且每次以同样的话语相威胁。这句咒语就像由美心中无法愈合的伤疤。手代离开约莫两年以后，邻家一个二十四五的男子又以不同于手代的手段猥亵了由美。邻家也是做生意的大户（到底经营什么阿杉没讲），仅库房就有三处。据说年轻人是这家女主人的小叔，因故给家里带来不少麻烦。邻家有个跟由美一般大小的女孩儿，两人经常一起玩耍。一天，两个孩子在邻家玩捉迷藏，由美就藏在了库房里。库房堆放的都是一些平时不用的废弃物品，旧柜子、长箱子、藤条编的箩筐等。围在正中的那块地方，铺了四张榻榻米。由美就藏在箩筐和长箱子间的夹缝里。不一会儿，年轻人手持铁丝罩六角煤油灯走了进来。由美以为看见了"小鬼"，一看不是便放心了，小声打了个招呼。年轻人吓得差点没跳起来。

——是我呀。由美小声说。我们在玩捉迷藏呢。"小鬼"来了，你可别说我在这儿哟。

年轻人答应了。然后从柜子里拿出件什么东西，躺在了榻榻米上，还把六角煤油灯放在近处开始看书。"小鬼"进来探望了一下又离开了。过了一会儿，年轻人招呼由美。

——"小鬼"不会来了。你过来，我给你看个好玩儿的东西。

由美站起身走近前去。年轻人让由美坐在身旁，翻开书给由美看。刚好翻到有画儿的那页，画的是什么，由美也看不懂。你不知道这里画的是什么？年轻人问。好好看看，靠近点儿。年轻人乘势把由美拉到身边。由美只顾着看书，没意识到年轻人居心叵测。当由美突然意识到这个年轻人会干出跟手代相似的事情时，她吓了一跳。不，她恐惧得快要窒息。

——要是说出去，就杀了你哦。

由美清清楚楚听到了他说的话，却分辨不出那是手代的声音还是年轻人的声音。库房铁门紧闭，由美看见大门绷着的铁网。铁网把由美死死地关在里面，堵住了由美逃离的去路。那网眼在由美眼里渐渐模糊起来，她吓得缩成一团恍恍惚惚地问：

——你要杀我吗？

年轻人笑了。那笑声比"杀了你"还要恐怖，冷酷得毛骨悚然。你明天还得来，年轻人说。由美照办了。她害怕不来的话，就会被杀死。

年轻人消失之后直至订婚，由美又被三个男人伤害。每一次她都仿佛看见了铁网的网眼，耳闻恐怖的威胁——"说出去就杀了你"。如此端庄、妩媚、善解人意、人见人爱的姑娘，竟有如此可怕的经历。

"后来订了婚又骤然生变。"阿杉接着往下说，"当时，两人已接受了家人祝福，喝了订婚酒。男方也答应翌年入赘。不料男方反悔，突然说要解除婚约，与另外一个女人结婚。起初大家不解缘由,没多久就有了各种流言蜚语。"

男方突然解除婚约的原因,与由美的生母有关。

由美的生母美貌出众,能说会唱多才多艺。由美出生后的第二年,红杏出墙与人私奔,后在箱根被那个男人杀了。被杀的原因说法不一。一说是两人殉情,男人未死;一说是那男人本为由美生母未婚夫,可她却与由美父亲成婚,男人怀恨在心起杀意。——传言是真是假并不重要。重要的是,由美的心灵遭受了彻底的伤害。她认定男女间的秘事乃罪孽,必然伴随着死亡。

"有人要杀我……"阿杉接着说。

"这种意识在她的头脑里根深蒂固。女人总有一天要和男人有那事。可一旦那样就会被杀。妈妈不是被杀了嘛。有朝一日自己也会遭此厄运。"

听着听着,登有一种毛骨悚然的感觉。阿杉说话的声音变了。刚才他就清楚地意识到,阿杉的嗓音已不再沙哑,语气也和平日判若两人。

"说到这儿,您听明白了吧?"

听到这话,登心里咯噔一下,这哪里是阿杉?完全是另外一个人啊。

"每当男人想要那样,我就不由自主地担心要被杀。为什么?我有什么过错?我压根儿不想那样。却总是迫不得已。随后还要担心被杀。"

登开始感觉眩晕。

——是由美。

他突然产生了奇怪的想法。他想放开自己握着的手却僵在那里。女人蹭到身旁,一只手勾住了他的脖子。登想大声呼叫,可发不出声,舌头也僵硬了。

——不是阿杉,她绝对是由美。

登恐惧害怕得头发根儿都竖了起来。女人按住登,一只手搂着他的脖子,且把胸脯贴在他的脸上,嘴里喋喋不休,她慢慢地让登平躺下。她柔弱无骨地伏在了登的身上。

女子继续说道:"店里的那个伙计第一次溜进我寝室时,我在想着同样的事,自己就要被这个男人杀了,这次一定会被杀。于是我就掏出钗子。你看!就是这支钗子。"

女子让登看她的另一只手,手里的钗子闪着亮光。钗子是倒着握的,可能是银钗吧,两根尖尖的簪子在黑暗中散发着木木的银光。

"我在房间静静地等着。"女子慢声细语地说。那声音充满了沉湎男欢女乐的喜悦,伴随湿热呼吸的脸庞几乎贴在登的脸上,"店伙计进来后,斜躺下这样抱住我。"她一边示范动作一边说,"就这样,——你知道我拿钗子用来做什么吗?就在我等他的时候,我的脑子里闪出了一个念头。既然知道会被男人杀掉,何不动手把他杀了。那不仅仅是我的过错,我不想那样做的。如果说那是一种罪恶的话,该死的应该是男人。"

这时候,登看到女子脸上的肌肉痉挛,表情扭曲,牙齿裸露在唇间。登想推开她，可整个身体跟抽了筋儿似的，全身麻木，没有一点儿力气，就连手指都无法动弹。

——是梦，这是在做梦。

噩梦，梦魇。登这么想。

女子手中反握的钗子缓缓抵在登的左边耳根下，然后说：

"我就是这样。……店伙计什么也不知道，只是尽情地享受。他把手一直伸到了这里。我觉得自己也已获得了自由，假装说着梦话手上暗自用力。是的，就像这样。"

女子把杀害店伙计的整个过程，给登演示了一遍。登的眼前一抹漆黑。耳边唯有女人的絮叨。女子发出获胜的呐喊。

"我就这样一钗直取他的要害。就是这个部位。我使足全身力气插了进去——"

登突然感觉身体受到了莫名的强烈冲击。只听得女人一声悲鸣，就完全失去了知觉。

八

登睁开眼只见红胡子坐在眼前，旁边是森半太夫。他隐约听见红胡子和半太夫在说话。

——还在做梦？他脑子里这么想。怎么感觉坐在自己跟前的两人离自己那么遥远，说话声隐隐约约的，像是隔着一道墙壁。确实是在做梦。他这么想着闭上眼睛,再一次小心翼翼地睁开眼睛。这次并无森半太夫的身影,只有新出去定一个人坐在那里。

"睡吧,睡吧。"去定说,"再睡一天会好的。什么都别想,睡吧。"

登想张嘴说话。

"没什么。"去定摇了摇头说,"你被灌醉了,喝了药酒。那酒是我配的。姑娘发作时给她喝的镇静药酒。一种非常特殊的药。那姑娘从阿杉那里听说了你的事,就开始瞄上你了。瞅准了时机下手。那天你已经醉了,笨蛋。没醉的话,怎么会搞错了人?一眼就能认出来的。"

登摇了摇头。醉是醉了,可不光是因为这个。那天晚上天黑,沙哑的声音也完全一样。他想这么说,可浑身松软得连摇头的力气都没有。发不出声,舌头也是僵硬的。

"我若晚回来一步,你小子就没命了。"红胡子说。

"我去房间,阿杉在屋里昏睡。心想完了,被灌了药酒。于是赶忙跑到外面的坐凳前。那姑娘头上现在还裹着白布。没办法。简直像个发狂的野兽。你看看我的胳膊。"

红胡子挽起左手袖子让登看,从手腕儿一直到胳膊肘全都裹着白布。

"我的胳膊被那姑娘咬了五处。"去定说完放下了袖子,"——这事儿没人知道,包括半太夫。说出去惹人笑话。引以为戒吧。明白了吗?"

这时候，登感觉自己眼泪快要流下来了。

去定从怀里掏出了纸，登想着是不是去定要给自己擦眼泪，没想到他用纸擦了擦登的嘴角。垂涎？登觉得难为情，紧紧地闭上了眼睛。

"傻小子！"去定说，"好了，睡吧。康复后有话跟你说。"

说完起身走了。登听着去定远去的脚步声，心中嗫嚅。

——红胡子这人蛮不错的嘛。

红胡子诊疗谭

越级申诉

一

　　那天，接二连三发生了好几宗事。一件事是上午十点前后，住在北栋病房的一位老人死了。不一会儿抬来一位受了重伤的女搬运工。保本登亲眼见了老人离世。作为见习医生，还第一次帮新出去定给女搬运工缝合伤口。

　　虽说发生了狂女事件，登的态度依然如故，压根儿不想待在这里。他给父亲写了封信，一门心思想离开。尽管这样，登的心理或多或少还是起了变化，开始向红胡子低头了。毕竟生死关头是红胡子救了他。那可真算得上是千钧一发，倘若被人知晓，更是百口莫辩，堪称奇耻大辱。去定从未向任何人透露此事，在登看来，算是欠了去定一个不小的人情。说来也奇怪，自那以后，登的内心深处竟隐隐约约感受到一种从未有过的安宁，仿佛自己和红胡子之间的隔阂消解了，甚至对他产生了一种莫名其妙的亲近感。

　　当然，这种感觉是他后来才发觉的。登一直认为，那晚和狂女由美间的荒唐事自己始料未及，要怪就怪那些硬是把他安排到医馆的人。所以他一心想着，离开后一切又会向好如初。新出去定还是老样子，或许他早就洞穿了登的心思。登呢，虽说思想上小有转变，表面却和以前没有两样，断然没有与红胡子搭话的意思。

四月初的一个早晨，去定传话让登去北栋病房，来叫他的是森半太夫，登没有理会。

"我再说一遍，北楼一号区，赶紧过去！"

"非去不可吗？"

"新出先生在等你。"森冷冷地说道，"你不愿意去？"

登不情愿地起身。

"最好穿上制服！"森的语气生硬，"要不会弄脏衣服。"

登面无表情径直向外走去。

北栋一号区是重症患者病房，去定坐在患者枕边。登进来后，去定没有抬头，只是招手示意让他过去。病房里弥漫着一股令人不快的气味——患者身上散发出的、艾蒿叶片被磨碎后特有的那种青涩苦味。登皱着眉头走过去，坐下，打眼一看就知道患者已然濒危状态，不过登还是照例按部就班，把脉、听呼吸、看瞳孔。

"也就个把小时了吧。"登说，"意识全无，也没有了疼痛感，可能连一个小时也挨不了。"

他随手指了指患者鼻翼两侧出现的紫色斑点。

"这是病历，你先看看。"去定说完，顺手递给登一页纸。

登接过去定手中的病历看了看。

患者名叫六助，五十二岁。在医馆已经住了五十二天。起初只是有些乏力和轻微腹痛，大约二十天后疼痛加剧并伴有呕吐、食欲减退。吐出的液体带着褐色血丝，散发着刺鼻的臭味。腹部中央到胃部以下肿胀。五十天后，疼痛蔓延至全身，呕吐次数也增加了，全身无力且体重明显下降。登看完病历，又掀起患者的衣服看了看。干巴巴满是褶皱的青黑色皮肤下面，瘦骨嶙峋，腹部却极不谐调地隆起肿胀。登用手指触碰肿胀的部位，竟如石头般坚硬，和骨头粘连在了一起。登将诊疗结果说给红胡子听。

"不对，不是这病。"去定摇了摇头，"是肿瘤没错，但这病的症状与其他病例截然不同，应该是你笔记当中所记的那种罕见病例，你再仔细看看相关记录吧。"

在去定的提示下，登又仔细看了看相关记录，并说出了另一种病名。

"这是大机里尔[1]——胰腺初发肿瘤。"去定说，"胰腺在胃部以下，脾脏和十二指肠中间，比较隐蔽，所以即便患了癌症也感觉不到，很难发现。一般情况下，这种病症只能从病灶转移到其他器官引发的疼痛来判断。等到发现，基本已是晚期，身体机能会极度衰退，很快便会转入濒危状态。这种病症非常罕见，你最好把它记录下来。"

"无药可救了吗？"

"没有办法。"去定自嘲般摇了摇头说，"不止这种病，所有的病皆无药可救。"

登平静地望着去定。

---

[1] 荷兰语医学名词"alvleesklier"，即胰。

"医术再发达些，或许情况不同。不过即便如此，也无法凌驾于个体的生命力之上啊！"去定说道，"医术这玩意儿，实在很残酷，做大夫行医越久便越能体会到医术的无力。当某种疾病发生时，有的患者能挺过来，有的却无法撑住，大夫虽能确诊，弄清楚整个病症的来龙去脉，也可以或多或少为生命力顽强的患者提供力所能及的帮助，但也仅此而已，医术到底没有回天之力啊！"

去定脸上充满了自嘲与悲哀。他抬了抬一边宽阔厚实的肩膀继续说道，"我们能做而且必须做的，只能是与贫穷和愚昧做斗争，一个一个地去战胜它们，以弥补医术的先天不足。除此之外别无他法，你明白我的意思吧？"

怎么突然开始讲政治了？登在心中暗暗思忖。果不其然没多大一会儿，去定像是听到了他心里的抱怨，粗鲁地说道："谁都会说那只是个政治问题，可迄今为止针对贫困和愚昧，政治上采取过相应的措施吗？单就贫穷而言，自江户幕府建立以来，颁布的法令成百上千，其中可有一条要使民众脱贫？"

说到这儿，似乎也意识到自己的言辞过于激烈，去定像个孩子似的缄口不语了。然而，坐在一旁的登仿佛被这铿锵激昂的语气给吸引住了，抬起头看着他。

"但是，"登反问道，"这个施药院……医馆，不正是幕府出资修建的吗？"

二

去定又抬了抬肩膀。

"医馆吗?"说话时,他脸上又布满了嘲笑和悲哀的神色,"在这儿一看便知,医馆的施药和诊治确实……聊胜于无。然而,平日里若对贫穷和无知施以良策,便可以预防大半疾病。"

这时,森半太夫从外面走进来说,刚抬来了一位负伤的患者。

"年轻的女搬运工,干活儿的时候不小心受伤,伤口在腰部和腹部。"森说,"牧野大夫正在处理,不过他一个人忙不过来,要我请您过去看看。"

牧野昌朔是外科主治大夫。登看着去定,觉得他脸上似乎神情疲惫。

"好的。"去定说道,"我马上过去,让他尽快做好手术准备。"

森即刻离开。去定注视着患者的面容,几秒钟后轻闭双眼、垂下了头。说是垂头,也只是略微垂下而已。

"六助曾经是莳绘[1]师,"去定低声说道,"据说还是一

---

1 莳绘:一种漆器工艺,在漆上描绘出图案,并附着金、银、锡、色粉等装饰物。大致分为研出莳绘、平莳绘和高莳绘。始自奈良时代,盛行于平安时代。

个精于此道的能工巧匠，就连纪伊家、尾张家都曾买过他的文几[1]和手匣[2]。他没有娶妻，无子女也没有朋友，就连生病也是被人从木赁旅店[3]直接抬过来。平日里无人照顾，他又从不言语，问什么也不肯回答，至今为止一如往常。"

去定叹了一口气说道："这种病症伴有剧痛，可他硬是没有半点儿吐露，怕是到最后咽气也不会开口了——男人大概情愿这样死去。"

说完，他起身交代说——过会儿会叫森过来，拜托登先守在这里。

"人这一生没有比临终更庄严的时刻了，你好好看着。"

登不作声，只是默默地挪了下身子、换了个位置。

这是他第一次如此认真地观察患者的容貌。十分丑陋，肉体几乎已消耗殆尽，濒死的面相看不出先前的模样。眼窝、脸颊还有下巴，凹陷得只剩下一层皮。满是紫斑的土黄色皮肤尽是皱褶，包裹着突出的骨头。哪里还有一个人形，完全一副骸骨模样。

"红胡子今天说起话来怎么没完没了？"

登小声嘟囔着。这时，他隐约听到有人说话。他下意识地抬眼环顾，四周自然空空荡荡。登将目光又移回到患

---

1 文几：小书桌。
2 手匣：手提盒。
3 木赁旅店：江户时代，因住客自带食粮，只收取柴火钱作为住店费用的廉价旅馆，也称木钱宿。

者身上,继续低声嘟囔:

"还老指责别人,自己不也一样爱絮叨?"

患者呼吸短促,不时发出微弱的喘息和痛苦呻吟,躯体已全然没有意识,残存的生命力挣扎着,似乎就要弃这副躯体而去。

"全是丑陋!"登嘴里念叨着,"——哪有什么庄严?死即丑陋。"

过了一会儿,森半太夫来了,手里拿着老人曾经用过的碗筷,筷尖儿上裹着棉花。他走到老人枕边,看都不看登一眼低头说:"我守在这儿,你去新出先生那儿吧。"

登望向森半太夫。

"外院三号,"森的眼睛依旧盯着别处说,"应该是给患者缝合伤口,叫你快去。"

此刻,登想起津川玄三说过,红胡子总是没日没夜地随意使唤人,有那么一瞬,仿佛看见玄三躲在角落朝自己投来讥讽的目光。

"外院"指的是医馆门诊,三号是外科。登进去之后,突如其来映入眼帘的是一具雪白的裸体。门诊室约有八榻榻米大小,擦得锃亮的木板上铺着草席,又铺了一层白棉布,女子赤裸的躯体面朝上平躺在上面。登一进去,牧野就围上了屏风,那幅情景暂时在他眼前隐去了。随后去定喊他到屏风里去,这下就又得再次近距离地面对那具裸露的身体。

女子看上去二十四五岁模样，体态丰满，除健壮的手脚被紫外线晒得有些黑以外，整个身体洁白光滑，颇具美感。略略隆起的宽阔腹部用白棉布半遮着，可以看出是位怀孕不久的孕妇，双乳丰满，乳头带有黑晕。登立刻挪开了视线。虽说在长崎学医时，也接触和诊治过不少女性患者，但见到像这样年轻且健美的裸体还是头一回。

"摁住腿！"去定说道，"打了麻药也会挣扎，千万不要让她挣开了！"

这时，登才注意到女子的两手被左右拉开，手腕被绑在柱子上。遵照去定的吩咐，登将女子两腿分开，屈身蹲在其间，用两只手摁住两边的膝盖。他为难极了，脸上火辣辣的，紧张得不知眼睛看向哪里才好。场面无比尴尬，尴尬得连自己都觉得很滑稽。

"看着点！"去定说，"注意观察，如何缝合伤口。"

随后，去定右手拿着缝针，尖端如同钩子般微微弯曲，针孔中穿有两根丝线。取下遮在伤者腹部的白棉布后，长达五寸的伤口一目了然，从左侧腹到肚脐以下，不规则地扭曲着，伤口上下的皮肉外翻，皮下脂肪较厚，看上去已经消毒处理过，但在去定拿掉棉布时，还是又流出少量鲜血。这时女子发出了难忍痛苦的呻吟，腹部开始痉挛起来，粗大灰色的大肠带着青筋，活物一般蜿蜒着哧溜从伤口处滑了出来，似一条灵性的蛇盘曲在伤口外面。

刹那间，登顿时感到天昏地暗，脑袋已经不是自己的了。"啊，我不行了！"他失神了，当即昏了过去。

三

短暂的失忆之后，感觉有人在拍打自己的脸，登以为自己晕了很久，睁眼才发现自己还在三号门诊，正被牧野昌朔抱着。而站在对面的去定则满脸不高兴地说——"回房间去吧！"登不敢再看女子的身体，眼睛死死地盯着别处，缓缓地站了起来，实在没有勇气再待下去，自知如果再看见，必然还会晕死过去。此时就算想逞强，却也没有待在这里的勇气。

登回到自己的房间躺下，回想起刚才那一幕，依然忍不住想要呕吐。他尽量分散精力，去想些别的事情。然而无论狂女由美事件还是今日的失败，无可救药的屈辱感都把他打击得一蹶不振。

"狼狈，太狼狈了！怎么搞的……"躺在床上的登用双臂遮住脸，"太丢人了！亏了自己还是长崎学医归来之人。"

他想起曾对由美的侍女阿杉夸口——自己可是真正学过医的人，知道许多连红胡子去定都未必知晓的疗法云云。现在想起，简直就是笑话，真是夸夸其谈。登不禁打了个冷战，摇摇头，深深地叹了口气。

午饭时间。

森半太夫来找他，想和他一起去吃午饭。登躺在那里一动不动，推说胸口难受，恶心没食欲，不想去吃。

"还是吃点东西吧。"半太夫说道，"下午新出先生还要你跟他一起去外诊呢。"

"外诊？"

"就是巡诊。"半太夫说，"有时候忙起来真就没个准点儿。"

登沉默无语。

"那位叫六助的老人，走了。"半太夫说着，把拉门关上离开了。

红胡子出外巡诊分两种情况：一种是被邀请上门，患者多为诸侯和富豪人家；另一种是主动上门，患者多为穷人。俗称"施药院"的"小石川医馆"，原本就是为了给穷人提供免费医疗而建的，不光门诊不要钱，住院也不收费。然而医馆如此为民所想，却仍不受待见，即便街坊邻居、房东户主极力相劝，有些人还是碍于面子，或以其他理由不肯来此受诊。红胡子外出巡诊的一个主要目的，就是为给这群人等检查、治病且极具强制性。登时常听说，很少有人对红胡子的这一行为表现出感激，或是认为他怀有好意。

"让我去当跟班啊。"登好似疲惫地嘟囔着，"唉，也好，今天也着实太丢人了，哪还好意思拒绝不去？再者说，依红胡子的脾气，就算我拒绝，也指定是白搭啊。"

午饭后大约一个小时，半太夫又来叫他。随后，登就跟着去定出去了。

见登依旧穿着随便，不着制服，去定瞄了他几眼，脸上露出不愉快的神情，却也没再说什么。同去的不只是登，还有一个背药箱的随从，赤裸的小腿缠着绑腿，上身穿着和大夫们一样的鼠灰色短上衣，衣领上印着大大的"小石川诊疗所"六个白字。随从名叫竹造，二十八岁，因严重口吃，人们给他起了个绰号叫"结巴竹"。"结巴竹"跟去定外诊差不多五年了，身材瘦小，黑黑的脸上堆满了笑容，眼神飘忽不定，感觉就好像随时迫不及待地想与人搭腔。当然和他对话不是一件轻松的事儿，就连说句"您好呀，今天天气不错"之类的话，他也得使出浑身力气才能顺利说出来。所以，于他而言，连讨好别人都不是一件容易的事。

离开医馆大约半个小时，走到传通院[1]后面，有人从背后叫住了他们。一个约莫五十岁的男子走了过来，略显慌张地向去定低头行礼，说自己正好要去医馆来着。

"如果是去找六助的话，他已经死了。"去定说。

"啊……"男人的语气有些让人捉摸不透。

"大约在四小时前咽了气，后事也准备得差不多了，你知道他还有什么亲人没有？"

---

[1] 传通院：位于日本东京都文京区小石川的净土宗寺院。建于1415年，为关东十八檀林之一。

"呃，那个……是这样的。"男人张口结舌，咽了口唾沫继续说道，"事情有点儿复杂，他有个女儿，年纪也不小了，说是犯了什么大事儿。她的孩子们生病了，由一个叫松藏的人领着跑来找我。"

"什么？犯了大事儿，到底怎么回事？"

"呃……"男人先是打量着去定的脸色说，"说起来有些麻烦。这样吧，您看能不能先去一趟我家？"

"我得先去中富坂[1]，那儿有个重症患者。"去定说着突然把头转向登，"保本，要不你先跟这位'柏屋'掌柜去看看，把事情了解清楚，我大约一小时后就能赶过去。"

登看了看竹造，"结巴竹"翻着眼珠子摇了摇头，显得很无奈，和去定一起走了。

"柏屋"是家木赁旅店，座落在传通院正后方一条僻静的街，那个男人叫金兵卫，旅馆的老板。泥金画师六助住进医馆之前，就一直住在他们家经营的旅馆里，几近二十年。二十年前，六助还是一个名气不小的莳绘师，常在柏屋住宿，有时候两三天，有时候十天半月，长的时候也曾住过四十来天。起初，人们并不了解他，猜测他多半是个赌徒。他性情沉稳，外表也利索，住宿期间寡言少语，只是偶尔啜点儿小酒，且静静倾听其他住客聊东道西。其后大约有两年时间，六助不再露面，消失得无踪无影。再

---

1 中富坂：日本东京都文京区小石川町一带。

出现时，每隔一个月就来住上一次。确切知道他是泥金画师，只是六七年前的事儿。不过，他的名气似乎已大不如前。本人似乎并不在意。心情好的时候修修这个、补补那个，性格也较之先前更显内敛，变得愈发不愿意与人交往，即使来到柏屋也定然是把自己一个人关在屋子里，不再听人聊天了。

"这人真是一句话都不说，"金兵卫对登说，"在这儿住了近二十年，我们连他有没有家室都不知道，送他去医馆时一问三不知，真不知如何是好。"

四

柏屋里有四个孩子在等着。

他们是六助女儿的孩子。十一岁的长女阿友，发高烧正在昏睡；长子是八岁的助三；下面还有六岁的阿富和三岁的又次。衣服上补丁摞补丁，孩子们又黑又瘦，面如土色，除了年龄最小的又次，其他三个孩子全都病怏怏的。阿富抱着又次，助三好似在用自己的身体庇护着弟妹，三个人紧紧依偎在一起，眼神里混杂着不安与敌意，怯怯地打量周围。那间屋子背阴，四张半榻榻米大小，之前六助就一直住在这里。和纸和槅扇都破得不像样子，到处粘补着纸片，和纸上面裂口处的纸张边缘，被风吹得不停忽闪着啪嗒啪嗒作响。榻榻米也糟烂得随处可见裸露在外的稻草芯。

墙皮也已剥落,更显得破旧不堪。比之一般的木赁旅店,这里的位置实在不好。旅店位于传通院后面,来往住宿的客人不多,尤其显得破落与萧索。

登一边给阿友检查,一边听金兵卫在旁边不停地唠叨。阿友是因为感冒久拖不愈引发高烧,时不时咳嗽,好在除此之外并无大碍。不过长此以往营养不良,无论是阿友还是她的弟弟妹妹,恐怕都会染上肺痨。登给阿友额头敷上毛巾用以降温,又尽量找东西把屋子四周透风的地方堵上,使得屋里或多或少暖和些,顺带对需要注意的地方一一嘱咐——比如出汗后要勤换睡衣等等。

"常言道,垃圾总是堆积在洼地。"金兵卫叹了口气说,"这几年,旅店的生意越来越差,儿子白天外出打短工,只有老婆女儿守在家里……旅店的活儿还得靠母女俩张罗,根本忙不过来……可就是这样,全家老小忙前忙后,一年到头也赚不了几个钱,日子过得紧巴巴的。本来够可怜了,偏偏时不时地还会遇上这等麻烦事儿……别人家的生意都红红火火,赚了不少钱,可偏偏就是我家,总是摊上这事儿那事儿的。唉!祸不单行啊!嗯?您刚才说什么来着?"

"那后来呢?"登问。

金兵卫好歹把话题扯了回来,接着刚才的话题继续讲。

事情确实有点儿复杂。都以为六助没有妻儿,可那天一大早,有个老头儿带着四个孩子找上门,说他们是六助的外孙，金兵卫当时并未马上相信，就让老头儿将事情的来龙去脉讲给他听。老头儿讲得也详细，说自己是在位于京桥[1]小田原町、一家叫五郎兵卫店的出租房当差配[2]，名为松藏，出生于庚子年，今年六十二岁，老伴儿三年前已经去世……

老头儿性格细腻，做事有条不紊，讲话也有条理，他清楚记得富三郎一家是五年又三个月十五天前搬进他们长屋[3]的。

富三郎是个指物[4]木匠，妻子叫阿国，家里有三个孩子，阿富还没断奶。说是木匠，可富三郎却是个好吃懒做的汉子，整天游手好闲、不务正业，日子过得一天不如一天，都到了要靠向邻居借贷度日的地步。妻子阿国性格温顺、老实，倒是个吃苦耐劳、从不发牢骚的好女人，在家里不但要照顾孩子，还得忙着做各种副业讨生活，对丈夫也是百依百顺。可就是这样老实贤惠的阿国，还是时不时地遭受家庭暴力。富三郎一喝酒，便要拿她出气，拳打脚踢的。时间长了，旁人也慢慢地觉察到——富三郎的施暴似乎颇

---

1 京桥：日本东京都中央区东部的地名。
2 差配：房屋管理人，房主的代理人。
3 长屋：一种集合式住宅。联排结构，一栋房子中几家住户共有墙壁，但各有出入口。多用于出租。
4 指物：指物是指木制的工艺品。尤其以江户指物最有名，包括桌子、凳子、箱子、梳子、簪子等。

有耐人寻味处，因为每次喝醉酒，他总是大声叫嚣——"找你老子去啊！"

"你老子攒了不少钱，他不就你这么一个女儿吗？"

"你爹他就不是人，无情无义，唯一的女儿和外孙连饭都吃不上，他却不闻不问只顾自己，只图他自己一个人高兴！那家伙真不是人！"

在暴力中度日的阿国从不还嘴、一忍再忍，不管是被打还是被踹竟也从来不哭。至于富三郎所说的那个"你老子"到底是谁、个中又有什么隐情，长屋的人们自然无从知晓，就连管理人松藏也毫不知情。为此，松藏还曾把阿国叫去询问，阿国始终含糊其词。

"家父健在，只因某些事，已经好久不来往，无论如何我是不会再去见他的。"

那是发生在前年十月九日的事。

富三郎整日浑浑噩噩，结交了不少狐朋狗友，越发堕落，好好的木匠活儿不做，手艺荒废得七七八八，时常夜不归宿，连续几天不回家在外鬼混。这其间，最小的孩子又次的出生，让家里本就艰难维系的生活更加捉襟见肘。之后就在七天前的一个夜晚，大约十点左右，阿国来到差配家，彼时松藏已经睡下。阿国说有要事商量，松藏便让她进了屋。

"最近可听说'御触书[1]'一事?"阿国问松藏。

那是给举报人的奖励,凡举报者"给银二十五枚"。芝[2]的爱宕山下的南宗院被盗,据说是三人团伙作案,盗了寺里几样宝贝,其中包括一尊镀金的铜制释迦牟尼像,出自千年之前某位制作佛像的名法师之手,全日本也没有几尊,实在是稀世珍宝。可盗贼并不知晓此佛像的价值,倘若把它毁了,麻烦就大了。因此上面决定,对能找到佛像或举报窃贼者,予以重赏。

"你是发现了什么线索吗?"松藏反问道。

阿国点了点头。大约半个月前,阿国看见丈夫富三郎鬼鬼祟祟地回到家里,在阁楼里藏了什么东西。平日里,富三郎总是结交些不三不四的人,所以他的举动引起了阿国的怀疑。富三郎在时,她装作若无其事的样子,等富三郎离开后,她便偷偷到阁楼里将富三郎藏的包裹翻出来看了看,发现包袱皮和柿漆纸里裹着一尊佛像,高约一尺二寸,推测一定就是南宗院失窃的那尊释迦牟尼像。于是,阿国便急忙跑来找松藏商量。

"倘若能拿到二十五枚银的赏金,日子就会好过一些,而且对富三郎也未必是坏事。他若不收敛,坏事越做越多,长此以往,最后很有可能沦落到被流放海岛或斩首示众的

---

1 御触书:江户时代,为政者向庶民传达命令时所用的公文。
2 芝:位于日本东京都港区。区域内有增上寺和东京铁塔。

下场。与其那样,不如现在举报他,让他也尝尝牢狱之苦,或许能让他洗心革面、重新做人。所以我决心已定,无论如何也要举报,您看如何?"阿国将自己的想法一五一十讲给了松藏。

松藏听后,也觉得阿国所说有道理,便立即起身随阿国去家里确认,果真就是失窃的那尊镀金佛。于是他将那佛像抱回家中自己先收存。随后他向町役[1]透露了此事,让阿国带上佛像去越级申诉。申诉那天,阿国是一个人去的,既没有町役的随行,也没有房主陪伴。不过,松藏和町役私下沟通好了,若被町奉行[2]传唤作证,就一定得帮助阿国。

就在被传唤的当天,松藏和町役一同出庭。两人都说他们并不知佛像之事,觉得阿国实在太可怜了,为了家,为了四个孩子,她含辛茹苦、任劳任怨,而她的丈夫富三郎则游手好闲、十足的懒汉,一家人的生活全靠阿国一个人维持等等。

"然后,在奉行所……"金兵卫接着说道,"这个月当值的是北町奉行的岛田越后守大人,他说阿国的举报不

---

[1] 町役:指在江户、大阪、伏见等幕府直辖的城市,听从町奉行的指挥,帮忙执行民政事务的,具有町人身份的人员。他们向下传达总年寄、町年寄、家持、家主的命令。
[2] 町奉行:管理町内事物的机构。奉行是从平安时代到江户时代的官名之一。主要是传达和执行幕府的命令。文中多有"奉行所"一词出现。

合法。"

登满脸惊疑地看着金兵卫。

"嗯,"金兵卫朝登微微颔首,"不合法。"他咬字清晰地说道,"即使丈夫行窃,妻子贪图奖赏状告了丈夫,法律亦不予承认,也没有这样的法律。妻子状告丈夫,只能证明这个女人违背人伦道德、不守规矩。因此下令将阿国关入牢中审问。这就是申诉的结果。"

判决结果太出人意料,松藏他们都傻了眼,一时不知如何是好。审判结束后,一个与力出来传话说:"阿国有口信:小石川传通院后有条街,街上有家叫柏屋金兵卫的旅馆,一位叫六助的老人借宿于此。那人是孩子们的外公,麻烦松藏把孩子们带过去托付给他,老人一定会收留孩子的。"

五

"所以那个叫松藏的差配把孩子留在这儿就走了,唉!"金兵卫说,"我告诉他六助住院了,可他说自己也是受人之托,况且是阿国自己的愿望。事到如今,事情都赶到一起了,我又能怎么办?只能留下他们。这孩子又在发高烧,只能留下老婆在旁边不停地嘟囔发牢骚。我骂了她一顿,先让孩子躺下,我刚才就是想去医馆请新出先生过来看看,顺便问问先生接下来该怎么办才好。"

这时，金兵卫的一个孩子来问晚饭怎么办，说是母亲责令问的。金兵卫叹了口气，显得疲惫不堪，准备起身时不禁又感叹了一番——"咋这么多麻烦事啊！""曾经有个风水先生，在这里住了十来天。照风水先生的说法，这栋房子的钉子全钉反了，旅馆生意之所以每况愈下，都是这钉子惹的祸。不过，话说回来，钉子怎么可能钉反呢？说什么钉子不是头朝下钉的，至于正反嘛，好像只有风水先生才能看得出来。或许风水先生说得没错，可即便如此，我总不能把老屋的钉子都通通拔掉再重新钉一遍吧，怎么可能？"金兵卫起身后无奈地又补了一句，"唉，那个风水先生住了十来天，一分钱没掏拍拍屁股走人，自以为是功臣，太欺负人了。"

过了个把小时，去定来了。

他先是给阿友做检查，登随即把金兵卫说的那番话讲给他听。去定一声不吭，只是埋头给阿友检查。检查完后，他小口抿着金兵卫端来的茶水，伸手把药箱挪到跟前，从里面取出十服两种（已经配好的）药递给金兵卫并嘱咐服药方法和次数。

"哦……明白……哦，"金兵卫一脸迷惑，小心问道，"就是说，让我们来照顾这几个孩子？是这意思吧？"

"我也不知该咋办……"去定说，"我回头去找町奉行说说看，小田原町的长屋能收留最好，如若不然，这段时间可能就得麻烦你们了。怎么？不愿意吗？"

"呃，那个……"金兵卫用力地咽了口唾沫，"刚刚也跟这位先生说了，我们这儿的生意一直不好，一家人吃饭都成问题，哪儿有余力再养活这几个孩子？所以……"

"六助留下了钱。"去定打断他的话，说道，"五两二分，交代说与他办后事使用。另外据我所知，这里的住宿费六助已经付过了，对吧？"

"呃……那个……倒也……呃！"金兵卫说着猛地抬起头来，"那个……您说六助他留下钱了是吗？"

"就算没留，也不会让你吃亏的。"去定说，"不过，如果你不愿意，我就把孩子们寄放到别处去了。"

一听有钱，金兵卫便一口应承下来。

"她丈夫那边怎样了？"去定问，"那个叫富三郎的……没抓到吗？"

"唉，谁知道呢，听说好像是抓到了。不过，到底抓没抓到，我也不大清楚。我这里一大堆烂事情，哪有工夫关心那些？"

去定把目光转向孩子们，一个一个地询问他们的名字和年龄。孩子们的样子让人心疼，去定好似不忍心再面对孩子们。而孩子们也仿佛被眼前这位面相威严、满腮胡子的老人给吓到了，三个年幼的孩子缩在那里，身体紧紧地贴在一起。

"没事，不用怕！"去定的语气中暗含着一缕愤怒，"妈妈很快就回来！姐姐的病也很快就会好！嗯……你们长大后，想要做什么？"

仿佛是急于缓解情绪，去定的话显得有些唐突。孩子们一声不吭，眼神中多了些许茫然，他自己似乎也因自己莫名其妙的问话感到恼火，涨红着脸站起身来。

去定让竹造一个人先回医馆，自己和登一起走到传通院前面，在那里喊来一辆停在路边等生意的轿子，吩咐轿夫载他俩去小传马町[1]。

"快！"去定声音太大，惊得其中一个轿夫差点儿跳了起来。

"我们到底这是要去哪儿呀？"登在轿子里嘟囔着，"到底想怎样啊？"

到了小传马町，去定说去见奉行。奉行所的人对去定异常客气，告知岛田奉行登城去了。前来迎接的冈野捕快万般殷勤，去定看到他便问："听说有个叫阿国的女人入狱，是小田原町五郎兵卫店的，有吗？"冈野点了点头，答说确有此人。

"我想给那个女人做个检查。"去定说，"当然，这事儿已经跟岛田越后打过招呼，那女人得了一种非常罕见的怪病，正在接受治疗，我想看看用药的效果。"

冈野盯着去定的脸问道：

"需要很长时间吗？"

---

[1] 小传马町：日本东京都中央区的町名。

"时间不会很长。"

"我本不好擅自决定,但既然是新出先生……"冈野考虑了片刻,"那就麻烦您了,请到这边来吧。"

说完,亲自引路。绕过走廊,面向里院并列着几间房屋。冈野将二人带到一侧的某个房间,六榻榻米大小,一面是固定的橱柜,一面是墙壁,墙角处堆积着用柿漆纸包着的物品,整间屋子弥漫着一股包裹里散发出的、阳光下晾晒过的气味。

"好在当值的是岛田越后。"去定口中自言自语,"若是津津井,可就糟了,那个人倔石头一块儿,撬都撬不动。若是岛田……怎么跟他说呢?"

"唉。"登摇了摇头。

此时的去定像是刚从梦中苏醒,眼睛紧紧地盯着登,似要说些什么,却表情愤然地绷住了嘴。没过多久,冈野领阿国过来,只留下一句"完事叫我"便转身离开了。

"靠过来一点,"去定对阿国说道,"我叫新出去定,是个大夫,给你父亲六助看过病。我来是想救你出去,但你得告诉我一些事情。"

六

阿国三十二岁,可看上去至少四十不止。稻秸秆儿束着的头发灰白,没有半点儿光泽,青黑色的脸庞瘦骨嶙峋,干巴巴的皮肤上爬满皱纹,破布头儿拼制的夹衣上系着缝缝补补的半幅带,样子凄凉得还不如街上的乞丐。

去定表现得十分热情,阿国却表情木讷,只是呆呆地坐在那里一句话也不说。从旁观者登的角度望过去,这个名叫作阿国的女人,看上去就像是一个没了底儿的德利酒壶,徒有着人类躯体的形状,内里却什么都没有,就是个空壳儿。

"你来问吧,保本!"去定说话声中,透着一丝疲惫,"我去和冈野说会儿话。"

说完,去定起身出去了。

此刻,登想起了死去的六助和待在柏屋的孩子们。一老四小,老父亲孤苦伶仃地死在了医馆,孩子们抱团取暖蜷缩在破落旅馆的房间。整理好思绪,登打算先从孩子们说起,不料刚刚提及孩子,阿国的身体猛然间剧烈颤抖,眼睛睁得老大老圆。

"孩子们没事吗?"阿国结结巴巴地问道,"托付给外公了吗?"

登将六助去世的事和孩子们目前的状况如实告诉了阿国,还把六助生前留下钱财的事也一并说了。声明去定此次就是为了帮她而来,希望她把事情经过说给他听。

"父亲……去世了吗?"阿国眼神空洞地自言自语,每一个字都像是从唇齿间生生挤落出来一般。说完,沉默良久,空气中再一次充满着死一般的寂静与压抑。须臾,阿国低声问了句,"他受苦了吧?"

登摇摇头说:"不,走的时候很安详。"

阿国用不聚焦的眼神木然地望着登,开始有气无力地叙述起发生在自己身上的故事。她说话的语气,与其说是在讲给登听,不如说更像是在自言自语,她似乎忘记了眼前听者登的存在。恰在此时,去定返回屋里,在登的一个眼神示意下,悄无声息地坐了下来。女人继续自言自语地述说着,全然置身于自己的回忆中。

阿国是六助的独生女儿,从三岁到十岁寄养在多摩川[1]的农户家。十岁那年被父亲接回家,一起生活了大约两年。就在那时,阿国的生母出现了,偷偷地把她从父亲的身边带走。后来她才知道,正因母亲和六助年轻的徒弟(富三郎)私奔,自己才被寄养在别人家做了养女。然而母亲需要阿国,趁阿国的父亲不在,就把十二岁的阿国带走了。

"我不知自己的母亲是谁,自然也就没有感受过母爱。当时正是需要母爱的年龄。"阿国说,"当母亲告诉我她就是我的亲生母亲时,我的内心别提有多高兴了。自己的亲生母亲愿意带着自己生活,感觉就像做梦一样,于是我二话没说就悄悄地跟着母亲走了。"

母亲说,富三郎是亲戚。

阿国自然是相信的。开始她们住在京桥灰屋河岸,只

---

[1] 多摩川:流经日本东京都的河名,全长138公里。

因六助的店在日本桥[1]槇町[2]，所以她们才又搬到芝的神谷町[3]后面，在那里开了一家小杂货店。富三郎在店里照料生意，母亲在附近的茶屋做佣工。当然有些事情也是后来才知道的。和母亲私奔时，富三郎十七岁，母亲大他七岁，一直以来都是母亲养着他。正是因为母亲的过分迁就，富三郎养成了好吃懒做的恶习，只要阿国在，就把店里的事儿全都丢给阿国，自己出去闲逛，大白天不是喝酒就是睡觉。

起初，关于母亲和富三郎的关系，阿国全然不知，以为两人就是亲戚。只不过偶尔也会觉得奇怪，为什么富三郎整日游手好闲、不好好待在店里干活儿，母亲却对此视而不见？这样的日子持续了一年之久。终于有一天，阿国一个人在店里，冷不丁地父亲走了进来。阿国知道那是父亲，可是想要躲开却已经来不及了，吓得不知所措。

"我记得很清楚，父亲让我跟他回去，他脸色苍白，勉强地挤出和蔼的笑容对我说，'跟爸爸回家吧，阿国。你是我珍视的独生女啊。'"说到这儿，阿国的声音突然变得细弱起来，眼里噙满了泪水。眼泪流下来，她也不擦拭，带着剧烈的颤抖接着说，"他说——'你是我珍视的

---

[1] 日本桥：位于日本东京都中央区北部。自江户时代起就是东京的商业文化中心。
[2] 槇町：今日本东京都中央区八重洲一带。
[3] 神谷町：日本东京都港区的旧町名，包括现在的虎门的一部分。

独生女啊……'"

看到父亲的样子，阿国不再害怕，那时她已十三岁。三岁开始做养女，和父亲在一起生活的时间满打满算也超不过两年。于阿国而言，有没有父亲似乎并不重要。

"不！我要和妈妈在一起！"

阿国坚定地说。六助用充满期待的眼神看着阿国，临走前留下一句话："不管什么时候，如果遇到困难就来找我。只要是为了你，爸爸做什么都可以。"

事后，阿国并没有把父亲来店里看她的事情告诉母亲和富三郎。因为她知道从此以后父亲不会再来了。事实也的确如此。从那以后的十年里，六助再也没有露过面。就这样，日子一天天过去，在阿国十六岁的那个夏天，在母亲的强迫下，阿国不得已和富三郎成了亲。

"如果你不愿意，他就会离开妈妈。"

善良的阿国即便是一万个不愿意，也经不起母亲无休止的唠叨和哭诉。终于，她屈服了。当然阿国自己对于结婚这件事也比较迟钝，已经十六岁的她并不知道所谓夫妻是怎么一回事，最后，硬是被亲生母亲逼上贼船，稀里糊涂地做了富三郎的妻子。

伴随着阿国的婚姻，这个家也就彻底坠向黑暗。

想来这也并非什么稀罕之事，母亲想要借阿国留住富三郎。对于一个年近四十的女人，除富三郎之外再不会有其他男人可以依靠了。对母亲而言，这是她唯一的选择。

然而，作为一个成熟女人，仅仅为了留住一个男人就不择手段，其结果，势必陷入更为险恶的嫉妒中不能自拔。

终于，阿国讲到了那件事。

七

和富三郎结婚整整过去了两年，一个寒冬的夜晚，阿国知道了母亲和富三郎的事。

她们一家住在神谷町店对面一间仅六榻榻米大小的房间里，夫妻俩和母亲中间隔着屏风睡觉。虽已结婚两年，对于房中之事阿国依然知之甚少，内心厌恶无比，大多时候只能选择自我压抑。那天夜里也一样，被富三郎折腾后，阿国迟迟不能入睡，身体如同火烧一般焦躁难耐。诧异的是，阿国竟听见母亲压低声音呼唤富三郎。当时富三郎睡得很死，母亲接连叫了两三次。阿国不敢出声，瑟缩着身子屏住气息。随后，母亲竟蹑手蹑脚地探身过来，将富三郎摇醒，富三郎迷迷糊糊咂着嘴巴爬了起来。

阿国一动不动缩在被窝里。过了一会儿，阿国又听到那种声音，是从母亲喉咙发出的沙哑喘息和苦闷呻吟，同时还伴随着嘎吱嘎吱咬牙的声音。阿国突然意识到这种声音在朦胧状态下听过百回以上。以前自己睡得迷迷糊糊，误以为母亲是在做梦。但在这天夜里，这所有的一切，阿国全明白了，明白了母亲和富三郎的关系，也明白了这两年来为什么母亲总是莫名其妙冲着自己发脾气！原因竟在这里！其实客观来讲，阿国对富三郎原本没有爱意，也就更谈不上什么妒忌。只觉得母亲和富三郎两个人怎么会如此龌龊与肮脏！不明白他们为什么一定要这样？顷刻间，胸口翻涌出一阵恶心，未及起身，阿国竟在被窝里呕吐起来。

或许是回忆的场面过于腥膻，阿国不禁"唔"的一声，双手捂嘴。脑海中一生不愿触及的丑恶画面，时隔多日再次想起，依然恶心得难以忍受。女人紧捂着嘴，许久不能发声。

"那天的事情不说了。"去定试着打破尴尬，"那你母亲现在怎么样？"

阿国把手从嘴边移开，呆呆地看向去定。

"死了。"阿国的声音中显出疲惫，"她和富三郎的事被我知道后，她就搬走了，搬到打工的茶屋去住了。"

二十三岁那年，阿国生下阿友，就在孩子出生半年前她的母亲去世了。直到最后，母女俩未曾见上最后一面。母亲病危的消息是富三郎告诉阿国的，并告诉她，她母亲并不想见她。阿国想，既然这样，索性也就不见了。母亲自打搬走之后，有近五年时间没有回家，期间不知寄身何处，不过跟富三郎的关系是没有断的。因为富三郎常常在外留宿，有时，连续几天也不回家。一直以来，阿国一家仅靠经营杂货店很难维持生计，十七八岁阿国开始操持副业，加上母亲在茶屋帮佣贴补家用，总算能勉强糊口度日。但随着母亲的离开，家计变得愈发艰难。好在富三郎从不发牢骚，偶尔还会拿些钱回来给阿国——"拿去吧，昨晚和朋友赌钱，小小地赢了一笔。"

富三郎嘴上这么说，阿国却心知肚明——钱是从母亲那儿拿来的。对于母亲，富三郎是她的一切。甚至临终前也只让富三郎守在身边。阿国清楚，母亲此生断然不会原谅她，看到她就妒火燃烧、死不瞑目。

"我没参加她的葬礼，至今连坟墓是在哪里都不知道。"阿国说，"给母亲立个墓碑，她也未必高兴。我什么也没做，连佛龛都不摆。如果母亲在天有灵，我想她一定还在憎恨我。"

登感到后脖颈处一阵寒凉，死去近十年的母亲还在憎恨女儿，对登来说是无论如何都没法理解的，情痴罪恶植根之深，肉欲妄执之可怕，恰恰因了阿国讲述时的平淡无奇，让人细细想来倍觉恐惧。

不敢相信这一切就发生在眼前和身边。阿国正准备往下说，被坐在一旁的去定打断了——"之后的事情我们已经知道了。"又问，"六助来见过你吗？"

"嗯，母亲死后不久，父亲就来到神谷町的家里。"阿国回答说。

"那时我才第一次听说，那家伙原本是父亲的徒弟，和母亲做了见不得人的事情，逃之夭夭。那天父亲一直劝我跟他回去，说和那种人渣在一起日子不会好过。而我却故意偏执地拒绝了父亲，喊着——不要管我。"

阿国怀有富三郎的孩子，对他却没有任何感情可讲。不愿跟父亲回去，是自己心里过不去，不想给父亲添麻烦。一个如此善良、关爱自己的好父亲，当年却被自己那样无情地抛弃，实在是天理难容。

"先是母亲和那个家伙私奔，之后我被母亲带走，来找女儿又被无情地拒绝……我想都不敢想，那个时候的父亲是多么痛苦和悲伤！"

阿国给富三郎说了父亲来找她的事，之后他们把家搬到金杉[1]，在那儿生了助三。再之后，父亲又打听到他们的下落，寻到住处留下一些钱便离开了。那个时候，父亲告诉我说他关掉了槙町的店铺，现住在传通院后面的柏屋，有事可去那里找他。"我已经精疲力竭，对工作也没了兴趣。生活如此无趣，我这辈子过得实在是无聊透顶。"

说完，六助就走了。

登又想起在柏屋听到的那些话，二十年前开始，六助便时不时地……每隔一段时间就过来住上一阵子，时间正好和在神谷町被阿国无情拒绝的时间相符。那时的他想避开外界甚至想避开自己。街上老旧的木赁旅馆对他，或许是最好不过的选择了。登想象着，那寂寥的情景就如同一

---

[1] 金杉：日本东京都台东区的旧地名，现在的下谷。

幅挂轴，徐缓地在自己眼前展开。忘记了身为莳绘师曾名扬江户的荣耀，丢掉令御三家[1]刮目相看的手艺，屈尊做一位无人识得的老人寄宿在廉价旅馆，苟活于落魄的住客间，喝着闷酒听人家天南地北地胡扯。——是啊，登心里念叨着，唯有这样的环境能慰藉悲哀和痛苦深重的六助。患上那般绝症，临终也没有发出一声痛苦的呻吟。也许是因为，六助老人经历了更加深重的痛苦！登想到这里，泪眼蒙眬，叹了一口气。

"不！"阿国说，"我不那样认为！"

八

阿国的声音很高，把登吓了一跳，瞬间回过神来。

"说什么原告做了错事，那家伙也很可怜。我无法认同奉行所的说法。"阿国语气强硬地说，"那家伙就不是人，我和孩子们整日食不果腹、忍饥挨饿，他却若无其事、不务正业。整日闲逛、做坏事，没钱花了就逼我找父亲要，嘴里骂的那些脏话不堪入耳！简直禽兽不如！——让父亲遭罪吃苦的就是他，这话却不能宣之于口！"

"你说过，把他抓进牢里吃些苦头，兴许会改头换面。

---

[1] 御三家：是指日本江户时代最有实力、名望最高、地位最高的，与德川将军家有渊源的尾张德川家、纪州德川家、水户德川家。

你对差配是这么说的，对吧？"

"我没说。"阿国摇摇头，"差配教我这么说，可我压根儿不那么想，在奉行所没么说，呃……我能讲讲……心里话吗？"

"说来听听。"去定点了点头，表示同意。

"如果可以，我……"阿国狠狠咬了咬嘴唇，用力地吐字道，"我恨不得亲手杀了那畜生！要不是因为孩子们，我早就把他杀了！今天动手吧！就今晚，动手吧！这声音一直在我脑子里回响，这想法一直使我心潮澎湃！嗯……就是这样……这就是我内心……真实的想法。"

说完，阿国第一次擦了擦眼睛，刚才的泪痕已干，用手一抹，那痕迹扩展开来像晕染一般。

"我明白了。"去定说，"你说的，我全都明白了。不过这些话可不要乱说，一定要藏在心里，好吗？我寻思着，明天就能把你从这儿弄出去。不过切记我说的话，方才讲的一定不能跟町役说，否则一切都前功尽弃。无论他们说你什么，你都不要激动，保持沉默，只管低头认错。我想，为了孩子们，你一定能做到的。记住了吗？"

阿国说了声"好"，随即低下头去，向去定深深地鞠了一躬。那头，低得都快抵到膝盖了。

一出牢房，去定默默地北向走去，柏屋那边依稀传来"晚饭怎么办"的声音。早上出门，一天里接二连三地发生了各种事，想着或许天色已晚，却见屋外斜阳高照，大地一片光明，街道上人来人往、车水马龙。想来去定也身心疲惫，只见他微微驼背，拖着略显沉重的步伐，时而摇头、时而自言自语：

"傻啊……太傻了……好人是好人……可就是太蠢太傻了……诶！"

走到石町二丁目时，去定慢下脚步问登："那女人的话，你怎么看？"

登犹豫了一下："……想杀丈夫的事？"

"不，全部。"去定摇摇头。"错了。"去定接着说，"不能只怪富三郎。我问过冈野，富三郎已经被捕，观其人，软弱无能。之所以整日游手好闲无所事事，主要责任在于六助的妻子。富三郎十七岁时被她带跑，私奔后养成了吃软饭的习惯。一旦养成，想改都改不掉，最终落得个步入歧途的下场。这种情况简直太多了，诶！真让人痛心啊！"

登刚要张嘴，似要说些什么，和母亲私通，竟还若无其事地娶了女儿！登想说那男人卑鄙无耻，可正要开口的刹那却想到自己的过错——和狂女由美间难以启齿的那桩丑事。他不禁又把嘴闭上了，脸不由地红了起来。去定好像并没有注意到这些，脚下慢慢提速，嘴上继续叨叨着。

"人生充满了教训，但适用于所有人的教训一个都没有，甚至连不能杀人、不能偷盗这些原则也并非绝对正确。"他继而压低声音说道，"我要把这件事告诉岛田越后，我原本也不想这样，可到了该出手时就一定要出手。其实这也不算什么，算不上什么卑劣。此时应无视教训。"走到石町护城河边，去定转过身嘱咐登先回医馆，"我要去见町奉行，晚饭在那儿解决。你转告其他人我晚点儿回去。"

就这样，登和去定分手了。

翌日，阿国被放了出来。无罪释放。自然也没有拿到赏银。获得自由自然是去定的功劳。阿国和寄养在柏屋的孩子们团聚了。

第二天，去定吩咐登去柏屋给阿友做检查。临行前，他包了五两银子递给登说："把这个交给阿国，还有十两先寄放在我这儿，以备不时之需。跟她说过两天我找她说事儿。"

"可是，有那么多吗？"登不解地问，"六助真的留下了那么多钱吗？"

"留下了五两多一点儿，剩下的十两是……"去定眼神愉悦地看了看登答道，"从岛田越后那儿收取的。"

登很惊讶。

"越后守是入赘，家里有位善妒成性的夫人。"去定继续说，"……前些年得了抑郁症，每个月我给她看一次病，一直吃我配的药。你明白我为何说'好在当值的是岛田'了吧？"

登依旧神色惊奇但却默默地看着去定。

"所以，我说嘛，沉默和卑劣会重叠在一起。越后守在郊外别院里藏了小妾。"去定眯着眼睛说，"当然，纳妾这事儿也不是什么大事儿，可奉行夫人不这么认为，她的嫉妒心可相当不寻常……呃，简而言之，问题的关键就在这儿。所以我……我就暗示越后守了。唉……好了……直说吧，保本，我也十分清楚自己的做法谈不上高尚。然而……"去定脸上依然遮掩不住、流露出愉悦的神情，丝毫没有自责的迹象。

"阿国被释放是自然的事。那十两算是夫人的医疗费。我的手段改变不了卑劣的事实。"去定说，"往后，倘若我再摆出一副盛气凌人的架势，你就用这事敲打我吧。就这样，你去柏屋吧。"

红胡子诊疗谭

狸貉长屋

一

　　梅雨到来之际，保本登换上了医馆制服。浅灰色窄袖、收紧的裤裙、纯棉质地，粉浆处理后显得硬邦邦的。刚穿的时候，登显得有些腼腆，觉得周围人都在用异样的眼神盯着他看。

　　新出去定和森半太夫似乎并未在意。医馆的人，有的眼神中透出一丝讥讽，有的嘴角边挂出一丝冷笑。倒是在后厨当差的阿雪姑娘对登的改变兴奋不已，高兴地拍着手说：

　　"太棒了，您总算穿上了。我总算赢了。"

　　阿雪明显一脸得意的样子。

　　"你赢了？"登满脸诧异地问，"你在跟谁打赌？"

　　"嘿嘿，"阿雪略显尴尬地笑了笑，"算不上什么打赌，只是一直想看到保本先生下定决心。"

　　"决心？什么决心？"

　　"就是穿制服进医馆安心工作的决心啊。"阿雪鼓起勇气答道，"这些话也许不该我说。可是这里太需要好大夫了，那些能安下心来踏踏实实给人看病的好大夫，对吧？"

　　登感觉这话简直像是从森半太夫嘴里说出来的。

　　登早就听说过阿雪姑娘喜欢森，但森对她却总是冷冰冰的、似乎没什么好感。之前听阿杉姑娘说过，虽然钦佩森的稳重，可一想到他对阿雪的冷漠无情，就觉得这人实在可憎。登也曾偶然间看到过森和阿雪在一起聊天，但大多是森路过时被阿雪叫住，寒暄几句罢了。有一次看见阿雪站在药园栅栏旁哭泣。那是一个晚春的黄昏，森抱着胳膊像根木头似的杵在那儿、满脸惆怅地望着天空，站在一边的阿雪低着头不停地擦着眼泪。远远瞥见这一幕，登便迅速走开了。然而那一刻的情景却令他难以释怀，在淡淡的雾霭与朦胧的光线掩映中，森和阿雪的身影如同剪影般浮现在眼前，伴着一抹莫可名状的忧伤。

——这的确是森的口吻。

登忖度着，貌似不经意地追问了一句："是森说的吧？"

阿雪不慌不忙地点了点头："嗯，森大夫是这么说的。"

"我却有我的想法！"说完登情绪有些激动，脸色骤变，"森说这样的话完全是在自我安慰。人往高处走，水往低处流，谁不想有出人头地的那一天？红胡子就不用说了，已是远近闻名的名医，那些名声显赫的大名诸侯、腰缠万贯的有钱人也都纷纷跑来找他看病。何况他选在这种不拘门户的地方当差，更让他名声远扬。我和森就不同，我们只是两个默默无闻的实习大夫罢了，如果老是待在这儿，这辈子都不可能有什么出息！我才不想过这样的日子呢！"

"您一定是累坏了，保本先生。"阿雪不无安慰地说，"这些日子您太辛苦了，赶紧回屋好好歇息吧！"

阿雪说完，登略显失落地垂下了双手，悻悻地走开了。

登感觉有点儿无所适从，刚才跟阿雪姑娘说的那番话让他莫名地感觉一丝愧疚，而对于方才的所作所为，自己也感到矛盾。他自知刚才的话既非意气用事亦无刻意夸张，只是把自己的真实想法说出来而已。不过话说回来，他不得不承认自己已经喜欢上医馆的差事，也被新出去定这个人俘虏了。他换上那件曾经令他不悦的制服恰恰是因为他对医馆开始有了新的看法，而这种新看法的产生，竟然因为患者的一句话。

传通院前往下是中富坂，那里有一片被称为"狸貉长屋"的住宅区，居住在那里的人们一贫如洗、一无所有。登常常陪着去定去那里巡诊，接诊过一个名叫佐八的车轮作坊工，约莫四十五六的年纪。乍一看，身子骨还算结实，但只要是仔细观察，便能一眼看出他患有肺痨，体力几乎已消磨殆尽，显得极度消瘦和虚弱。

"还劳烦您多多叮嘱，让他好好养病。"

去定来时，负责管理长屋的差配治兵卫总是把这句话挂在嘴边，不厌其烦地重复着。在去定跟前，佐八也总是满口答应。发烧咳嗽厉害的时候，也的确依照大夫的嘱咐做了，无奈病情稍有好转，他便起床工作，被人发觉后，免不了受一顿数落。每当此时，他宽大的脸庞上总是露出憨厚的笑容，边挠头边鞠躬，很是诚恳地说：

"这就收拾、这就收拾，收拾完了就睡、就睡。"

听人说佐八年轻时也曾有过一段短暂的婚姻，近半年就和妻子分道扬镳了。从此他便开始了独身生活。佐八手艺不错，收入亦可观，却无欲无求。据差配治兵卫说，他把赚来的钱全都花在街坊邻居身上，自己屋里却连一件儿像样儿的家具都找不着。

有一次，佐八用不解的眼神打量着登问道："您为何不穿医馆的制服呢？"登如实答道："那是红胡子的独断专行，既非医馆要求，也非幕府规定。不穿也罢。"

二

佐八转过脸自言自语道：

"那可是行善之服。看见它，便知道其人是医馆大夫。这儿的人都碍于情面不愿去医馆看病，但若碰上巡诊大夫，还是想请进家里诊一诊、把把脉。对我而言，那可不是一般的制服。"

其实，医馆的制服还有诸多好处。穿上它行动方便、干净卫生，行诊中弄脏了也能马上更换；且按照医馆规定，制服夏天一天一洗、冬天两天一换，很大程度上解决了卫生问题。去定可能早就察觉到这些细节，所以才以身作则地极力推广。听佐八这么一说，登不禁开始对那件不起眼的制服产生了一丝好感。

"我真糊涂！"

和阿雪分开后回宿舍路上，登摇着头嘀咕：

"人往高处走，水往低处流。"他歪着嘴角自嘲道，"——亏自己还穿着这么高尚的制服，唉……"

路过去定宿舍，听到门后传来一声叹息，说是叹息毋宁说是怒吼。那么短促的一声，登仿佛身后被人泼了一盆冷水，吓得急忙走开。刚拐进走廊，就看见森打开门，招手示意他进去。

"有事吗？"

"我有话跟你说。"

"我早饭还没吃呢。"

"我也没吃，你先进来。"

带着一丝不情愿，登走进了森的房间。

"你刚才跑哪儿去了？"

"没去哪儿啊，"登耸了耸肩，"就在院子里走了走，怎么了？"

"我……"森几乎要吼出声来，不过他还是竭力压低声音对登说，"我想提醒你一下，新出先生正在气头上，你可要小心点儿。"

登沉默不语。

"刚才与力来过，让新出先生去趟事务处，我也被叫去了，"说到这儿，森的声音舒缓了些，"是松本三左卫门殿下叫我们过去，医馆负责人小川先生也在场。殿下要求医馆停止门诊，还要将经费削减三分之一。"

"其实门诊早就没了。"半太夫说明道，"医馆扩建后，增加入院患者人数的同时，已明确规定停止门诊。然而实际上是不可能的。入院患者的人数从七十增加到了一百五，但每年来门诊求医的患者仍然接近三四百，多的时候甚至超过了七百。来就诊的绝大多数都是穷人——付不起医疗费、被当地町医拒之门外。看到他们无助哀求的样子，怎么忍心拒绝呢？起初也就一两个，后来越来越多，最后就又和从前没什么两样儿了。

"新出先生当上医师长后，他们对门诊的态度一直是睁一只眼闭一只眼。现在上面突然要关闭门诊，还要削减三分之一的经费。"

"这……"登连忙问道，"总有个什么缘由吧？"

"说是将军家有喜事，开销太大……"

"什么喜事？"登又问。

"好像是将军的宠妾阿局生了千金，将军家大喜要举办各种庆宴。与力虽未明说，但话外有音，那正是新出先生暴怒的原因。"

按理，将军家中有喜应该赦免牢犯、布施穷人。去定想这么说，却又担心被扣上不敬的罪名。他为自己的无能为力感到恼火。

"新出先生回应他们，削减经费可以，但不能停诊。"半太夫说到这儿停顿了一下，压低声音狠狠地说，"——停诊就等于把这些穷人逼上绝路！我难以接受，请再妥善考虑考虑！——说完，去定先生便拂袖而去。"

这时，食堂方向传来了"咚咚咚"敲打木板的声响，该是吃早饭的时间了，两人却坐着一动未动。"那，小川先生呢?"登微微抬起头，开口问道，"他站哪边儿?"

"看不出来。作为医馆的负责人，他本应站出来表态，却坐在那里一言不发。——我猜他是想当个和事佬，两边都不得罪。"

说完，半太夫站起身来。"走，吃饭去吧。"他看了看登又叮嘱道，"眼下可要小心，别再惹新出生气!"

登沉默，脸上露出不自信的表情。

整个上午去定都情绪低落。脸上没有过多表现也没有冲谁发火，但从他焦虑的神情中还是或多或少感觉到他心头的怒火。给患者诊病时，登和森一直陪在他身边。从检查到开药方，其间稍有情况，两人的眼中便生出警觉。

——这家伙人品不错。

登内心突然对森半太夫产生了好感，极其自然不显突兀。

——至少要比津川好得多。

此刻，登回想起津川曾经嘲讽森是个乡巴佬，其实自己也曾对森恨之入骨。然而此刻，先前的偏见已无踪无影，他甚至觉得森的身上有太多的闪光点值得自己学习。

开好药方，准备出门的去定收拾起家当，看着登问道：

"长屋的佐八怎么样了?"

"似乎变化不大。"

"我得去出诊,你跟我去吧。"

登和森半太夫来到走廊。森准备去药房,扭过头嘱咐说:

"小心点儿哟。"

登微笑着点点头。

三

去定要去的地方是松平壱岐殿下[1]的官邸。从牛入御门[2]进去后,走上半里路便能看到消防所,那就是松平壱岐殿下的官邸。一路上,去定不停地自言自语:"他们有什么权力这样做?就算有,谁给他们这样的权力?"去定活动一只手腕,"若是乱世倒也罢了,如今天下太平,各行各业秩序井然,幕府却依然仗着强势权威抑压天下。百姓畏其淫威苦不堪言。他们无法无天,残忍残酷。他们堂而皇之打着幕府的旗号肆意妄为,这便是现实!"

"我不会向他们屈服的。"去定努了努下唇,"我只是个上了年纪的老实人,但不会容忍他们愚弄百姓!我绝不

---

1 松平壱岐殿下:松平定行(1587—1668),江户初期的大名,德川家康为其伯父。
2 牛入御门:江户城的城门之一。

会做个唯唯诺诺的和事佬！绝不跟愚弄、蔑视民众的政治妥协。"

说完，去定停顿了一下，放缓脚步，用另一只手用力地捋了捋胡须："跟目无王法的人讲什么法律？对残酷无情的人就该比他更无情！得让那些把百姓推向绝望和痛苦深渊的家伙们也尝尝绝望和痛苦的滋味。你说呢？"

去定抱怨着，似有无边的火焰熊熊燃烧，心中充满愤怒与憎恨。他诅咒幕府和官僚，也痛感自己对于邪恶权力的无能。直至进了牛入御门，去定才无奈地摇了摇头，甩了甩右手腕——仿佛要甩掉什么似的。

"不，不能那样。"去定无精打采地自语，"可那只是幻想。看来我也就是个十足的和事佬啊。唉！我相信他们也是人类。他们的罪过只是——没有真正的能力却坐上了权力宝座，必须知晓的常识也统统不具备。"去定说到这儿，撇了下嘴说，"说来可悲，他们才是世界上最贫困、最可怜的人，愚昧、无知到了极致。"

陪去定和登一同去的还有竹造，一直背着药篓走在后面。他突然结结巴巴地喊了一声："前面，前面就到了壹岐大人的宅子了。"去定吃了一惊，呆在那儿愣了愣神，随后看了看自己的左边，回头瞪了竹造一眼。吓得竹造看着登不知所措。登却已迈步向门卫的小屋走去。

去定和登从侧门进了宅子。

招待他们的是名叫川本靭负的家老。用人端来茶和点心，去定没有动茶杯，寒暄了几句，便直入主题："今天看完病还劳烦您把医疗费准备好，一共是五十两黄金。"韧负一听大吃一惊，就像额头被什么东西猛击了一下，下巴都合不拢。

"其中的十两麻烦给换成零钱！"红胡子淡然地继续交代，"把这几天的食谱拿来我看！"

"那，不为殿下把脉了吗？"

"看完食谱再去。"

韧负赶忙出去了。

"壹岐殿下的年俸是三万两千石[1]，还长年身兼幕府奏者番[2]一职，真是富得流油。"从去定的话里话外都能嗅到浓浓的嘲讽味儿，"五十两也好，一百两也罢，反正都不是他自己挣的钱，无关痛痒。"

——五十两也好，一百两也罢……去定恨恨地嘟囔着。

没过多久，一个叫岩桥隼人的管家进来，把一张卷纸呈给去定，上面清楚地记录了壹岐守近五天来的饮食状况。去定拿出毛笔蘸上墨，皱着眉头划掉了一些菜品后，又挥笔增添了几样。

"百日之内，必须照此食谱进餐。"去定把卷纸递给隼人，交代道，"必须忌口，不能吃鸡肉、鸡蛋；鱼类、贝

---

[1] 石：尺贯法的容积单位，1石相当于10斗，约180升。也是用于表示大名、武士俸禄的单位。

[2] 奏者番：将军和诸大名之间的传话人。

类也不能过量；主食要严格按照我之前交代的三分米七分面，不能光吃精米，会影响健康、缩短寿命的。"话音刚落，还没等隼人回答，去定便要去给壹岐把脉。

去定给壹岐殿下诊察时，登站在一旁。壹岐殿下只有四十五岁，胖得却像画中的海象，坐起来都费劲。肚子更是肥得没了形状，稍动一下，身上的肥肉便像波浪一样随之起伏。下巴上的赘肉足足叠了三层垂到胸口，把脖子藏得严严实实。脸上的肉将眼睛挤成一道细缝儿。整个人远远看去，就像一个随时会胀破的皮球。去定并没有要把脉的意思，只是立于台阶下，用怜悯的眼神目不转睛地盯着他一声不吭。壹岐有些沉不住气了，气喘吁吁，一会儿像是喘不上气一样松松衣领、一会儿用怀纸[1]擦擦嘴角，时不时从嗓子里发出"呼哧呼哧"的声响。

"我刚看了您的食谱。"去定终于开口说话了，"我说过多少遍了，其实殿下您根本就没什么毛病，不用治。如果身体哪里有疾患的话，那么只要治疗就可以了。但您是因为摄食过量。内脏里堆积过多脂肪，身体的吸收、排泄完全失去了平衡，体质变得虚弱，以至于比生病的人还要糟糕。"

接下来半个多小时，登站在一旁一直看着去定在训斥

---

[1] 怀纸：叠起来放在贴身衣服里的纸，可以作为草纸使用，也可用来写和歌或记笔记。

壱岐殿下，更令他吃惊的是，为壱岐殿下定的新食谱，与其说是粗茶淡饭，无论是菜样还是食量，甚至比穷人平日吃的还要简单。再看此刻的壱岐殿下，肥得白色皮囊一样的脸上看不出丝毫表情，只有透过眼睛位置那眯着的细缝，可以窥到一种悲伤又恐惧的眼神，如同受了惊吓的孩子惶恐又不安。

"穷人生病多是因为营养不良。"回到客厅后，去定对登说，"而这些富商、大名生病，原因十有八九是营养过剩。这世上再没什么比因贪吃而送命更可悲的了，看到他们那臃肿的身体，我都觉得恶心。"说着，脸上表露出一副想吐的表情。

管家岩桥隼人拿着医疗费走进来，去定接过后对他说自己马上为殿下配药，随后伸手拿过药篓。管家走后，去定从十两零钱中，取出二两用纸包好交给登说，拿着这个去长屋吧。

"我得顺道去趟黄鹤堂，之后还得去几个地方，"去定说，"现在上头要削减经费，我得想想办法。药材这块儿是大头儿，得先去找黄鹤堂的老板，眼下也只能这么做了。唉！你先去长屋，把这个交给治兵卫。"

登接过纸包，放进袖兜，便起身出门了。

四

眼看就要到中富坂的长屋了，天气却骤然变化，乌云密布雷电交加，登前脚刚踏进差配家门，外面就噼里啪啦下起了倾盆大雨。治兵卫正在织草鞋，看见登进来，马上扔下手中的活儿站起身来："我刚派伙计去医馆接您了。佐八他，又咯血了。"治兵卫一边拿伞一边问道，"您见过他没有？"

登答说："我是从别处来的，还没有。"说完，掏出纸包递给治兵卫，"这是新出先生托我转交给你的。"

治兵卫没有说话，默默放下手中的雨伞，双手接下纸包，小心翼翼地把它放进佛龛。之后，两人合打着一把伞出了门。沿着巷里，两人一路踩着下水沟的板盖儿到了佐八家。这一带地势低，每次赶上下大雨，巷子转眼就成了一片汪洋，加之通向小石川渠的排水沟又老是被堵，今天的雨刚下不久，下水沟的板盖就被雨水冲浮起来，长屋里的妇女们自告奋勇，冒着大雨清理堵在排水口的垃圾。

佐八住的地方离长屋还有点儿距离，原本也是长屋，因七年前的一次山体滑坡，被夷为平地，只有最边上的一间屋子幸免。房主看滑下来的泥土太厚索性放弃了重建，后来佐八亲自动手把屋子清理干净，住了进去。七年来，经过雨水经年累月的反复冲刷,废墟渐渐变成了空地,于是房主似乎又有了重建长屋的打算,空地上堆满了木材,工人们又是翻土又是整平土地,重建工程如火如荼地进行着。

他们到的时候,治兵卫的妻子阿琴已经在那儿了。

"他睡得正香呢。"阿琴跟登打完招呼,小声地对丈夫说,"总在说莫名其妙的话,我知道是高烧引起的胡话,这会儿总算安静了。"

"先生刚去了别处。"治兵卫坐下来对妻子说,"伙计回来后,告诉他先生已经到了。你用这把伞,让人赶紧送一把过来……"

阿琴刚出门,天空便传来一声巨响,惊天霹雳,吓得她失声惊叫。屋子被震得直晃动。治兵卫赶忙跑到门口探头望了望,见没大事儿,抱怨了一句——"跟个孩子似的",转身回到屋里坐了下来。登坐在那里,一直守着病人。

"就在您来之前,"治兵卫开始给登讲佐八犯病的过程,"我让老婆给他端碗粥喝。唉,想着他在屋里躺着,端着粥过来。不料他却倒在了那边工棚里。"

佐八的屋子有大小两个隔间,旁边搭了个三坪大小的棚子,可能是佐八自己搭建的,没有天花板,墙也是用劣质木板围成,制作车轮的材料和工具凌乱地散落在一张薄席旁边。阿琴来的时候,佐八倒在那儿呻吟,地上一大摊血。治兵卫闻讯赶来把他扶到屋里,没想到刚一躺下,又是一阵咯血。

"足足吐了半盆。"治兵卫压低声音,"我端着盆子,自己都差点儿吐了,以为他熬不过今天了。"

就在此时,佐八突然睁开了眼睛。

嘴里叫道:"阿中,"扫视四周后又开口问道,"阿中,你怎么来了?"

那声音听起来,平静却清晰。

"他以前的妻子,"治兵卫在登耳边细语道,"十七八年前,两人就分开了。我记得她的名字,没错……叫阿中。"

佐八的眼睛死死盯住一个地方。

"不用接我。"佐八的声音依旧清晰,"我很快就去见你,很快……不会再让你久等了。"

佐八微笑着,仿佛阿中就在那里,他温柔地点了点头,闭上眼睛。治兵卫看着登。

"好像在说胡话。"登推断说。

"据说人要死的时候,经常会说胡话。"治兵卫低声说,"我真舍不得他就这么走了啊!先生,求求您,一定治好他的病。佐八这个人太好了,简直就是活菩萨转世啊!"

"我也是四五天前才听人说……"治兵卫双手抱着胳膊小声说起了一些事。

很早以前,就听说佐八毫不吝啬地把自己的钱财分给了长屋的人。他自己不抽烟,不喝酒,没有一件像样的衣裳,就连吃饭也是一省再省,省下来的钱全部给了生活困难的街坊。这些事，治兵卫一直被蒙在鼓里。长屋的住客都是些穷困潦倒的人，很少有人长住，最多也就两三年。佐八的善事之所以不为人知，一来是他嘴严从不主动说起；二来则因受过他帮助的街坊，没多久也都搬走了。所以也就无人谈起。直到五年前佐八病倒，才传到了治兵卫耳朵里。

"听到这些，我当时就警告他不能再这样下去了。"治兵卫说道，"气得我冲他发火。你说世上哪有这种傻瓜，自己都病成这样了，还要去帮助别人。做好事也得有个度吧？"

佐八连说抱歉。佐八是肺结核，病入膏肓却舍不得花钱看医生。在家躺个十来天，又起来接着干活儿。他也跟治兵卫保证过会好好养病，不再添麻烦。却从未履行诺言。佐八的病情一直没有好转，治兵卫只好硬着头皮找了去定。那次检查过后，去定也警告佐八一定要静养。

"然而……"治兵卫松开胳膊、把手垂到膝盖上，"四五天前才知道他仍在助人。新出先生离开时留了些钱，我买了些药和补品给他，让老婆送过来。都给他吧，又不放心，只好嘱咐老婆每天送一些，想着这下应该没问题了吧。可谁承想，他竟然连这些东西也都送给了街坊。鱼、米、鸡、蛋全都送了出去，就连药，竟然连药都送给了别人啊！所以啊，大夫……"说到这儿，治兵卫气得声音都开始颤抖，"唉！真气人，好人竟然也能做到这个地步，我都快被他气晕了，忍无可忍，就跑过来狠狠地骂了他一顿。"

登望向此时佐八的脸。

——究竟为什么要这样无私助人？

登仔细端详着佐八枯瘦的面庞，内心充满了疑惑。这也真是太让人难以理解了，即使天生善良乐于助人，也不至于做到如此地步吧。治兵卫说他是"活菩萨转世"，可登却并不这么认为，他隐隐约约地感觉到，佐八如此这般不计个人得失、近乎忘我的奉献，背后一定有着不为人知、更加现实、更富人情的理由或秘密。

佐八喘了口粗气，再次睁开眼睛。毫无血色、发白的嘴唇上浮出一丝淡淡的微笑，他似乎又看到了阿中，对她点了点头。"嗯嗯，真漂亮！"佐八的声音仍旧那样的清晰，"你可真漂亮啊，酒窝真是好看极了！阿中，过来，到我这儿来！"

说完，佐八瘦削的脸颊一下子变得狰狞起来，眼睛瞪得又圆又大，泛白干瘪的嘴唇还在不停地颤抖，露出了牙齿。

"那个孩子！"佐八突然间声嘶力竭地呻吟道，"不行！不行！不要让我看到那个孩子，把他放到一边去，不要！不要！"

佐八喘着粗气，重又紧紧地闭上了眼睛。

就在此时，屋后空地方向传来一阵疯狂的狗叫，随之传来众人杂乱的喧嚣声，可以清晰地听到有人在喊——"骸骨……鬼！"

治兵卫缓缓地站起身来。

五

保本登守着佐八直到太阳落山。

治兵卫听到屋后的喧嚣，说自己过去瞧瞧马上就回来，可过了半个多小时依然不见踪影。佐八此刻安静了许多，嘴唇微微地半开着，睡得很沉，看上去病情暂时稳定了下来。登突然感到肚子在咕咕直叫，悄悄地站起了身来准备离开。恰在这时，治兵卫回来了。

"实在对不起，"治兵卫用毛巾擦拭着额头的汗，迈进屋里说，"后面工人平地作业，挖出了不吉利的东西，看起来好像是人的脚。"

"嗯，没什么事儿，我先走了。"登小声应道，"他现在睡得很沉，看样子不会有什么危险，一会儿醒了，先喂点儿药，最好弄些稠米汤。"

"您的晚饭怎么解决呢？"治兵卫问登，"家里没什么像样的饭菜，您要是不介意，就请留下来一块儿吃吧。"

登婉言谢绝，离开了长屋。

回到医馆，已然错过了食堂饭点，只有半太夫一个人坐在那里，登径直走过去坐在他旁边。木板搭建的食堂，收拾完后略显空荡，仅剩两盏油灯泛着微微火光，四周更显幽暗。今天当值的是名叫阿初的中年妇女，只是把汤给登热了热，烤鱼和煮菜都是凉的。

森喝完茶，起身离开前对登说："吃完饭，能不能到我屋里来一下？或者我去你那里也成，有些事告诉你。"

"今天有些累了，事情急不急？"

"你不在的时候，有一位叫天野的姑娘找过你。"

登一下子愣住了，放下手中的筷子，木然地望着森。

"天野昌绪。"

半太夫说完，离开了食堂。

"又剩下了。"阿初过来收拾碗筷，有意无意地抱怨着，"或许只有阿雪做的饭菜合他胃口，反正我做的他从来剩下……"

登没有理睬，继续默默地吃饭。

其实不关饭菜的事，森打入春后就一直没什么食欲，只是因为阿雪当值时，总会求他把饭吃完，他无法拒绝，只能无奈地硬撑着吃完。平日里，饭菜但凡不合口，便索性连筷子都不想动。

他一定是病了，食欲不振，肯定是身体哪儿出了问题。

八成是肺结核，登先前就揣测森可能染病。是自己不知道？还是跟大多数患者一样选择了故意逃避？登不得而知。去定器重森，每次看病都会叫上他，出诊时，馆里的大事小事也都全权交由他处理,看得出去定是想把半太夫培养成自己的接班人。但对他的身体状况却不闻不问。作为名医,去定怎可能不知半太夫的健康状况?虽说医生往往容易忽视自己的身体,也容易忽视身边人的健康状况,但像去定这么细心的人,绝不会注意不到。

想必他是知道的。

"对了。"登似乎突然想起了什么,去定早先针对生命力和医术,曾说过这样一段话:"疾病发生时,有的患者能够挺过来,有的却命悬一线。大夫虽能确诊,也清楚地知道病症的来龙去脉,却也只能是或多或少地为生命力顽强的患者提供力所能及的帮助,仅此而已。随着医术的发展,这种状况或有改变。但说到底医术无法凌驾于个体的生命力之上。"

"我记得他好像说过,医术是世上最无情的东西。"登啜着茶嘴里嘟囔,"行医越久,越能体会到医术的无力。没错,他确实是这么说的。"

说着说着,登突然抬起头,脑海里同时闪现出几件事。佐八的事、半太夫的事、出诊期间昌绪登门造访之事。当昌绪上门的事清楚浮现在他的意识中时,一股忧愁猛然涌了上来。

离开食堂,登径直回到自己的房间。没过多久,门外传来半太夫开门的声音,登无精打采地应道——"请进。"

"好像有点儿闷啊。"半太夫进门后说,"把窗户打开吧。"

说话间,他随手打开窗户,自顾自坐下了。

"今天实在累坏了。"

"总逃避也不是个事儿啊。"半太夫说,"还是把话说清楚为好。"

"要是千草的事,就算了吧。"

"那你为何不愿意见昌绪姑娘呢?"

"我不愿见她?什么意思?"

"她特地到这儿来,足足等了你半个多钟头!"半太夫说,"她知道你在,就是不明白你为何不出去见她。"半太夫轻轻咳了一声,继续说道,"今天她看见我了,于是想拜托我给你捎个话,我见她表情凝重,料想有什么急事,就把她请到了我的房间。"

"我不想听。"登摇了摇头,"千草的事我真的不想听,心烦!"

"如果这样,你就更应该痛痛快快地把话说明白。不过,我还有另一个消息要告诉你。"

登满脸疑惑地望着半太夫。

"据说,天野先生正到处找关系,想把你从这儿弄走当御医。"

一听这话,登紧紧抿住了嘴。

前面提到过法印天野源伯,他是幕府的首席御医,和登的父亲保本良庵是挚友,两家人交往甚密。天野源伯有个儿子叫祐二郎，另外还有两个女儿。而登是保本家独子，不知为何源伯对他情有独钟，甚至超过自己的亲儿子，一见到登即笑容满面，不停地夸奖这孩子将来一定有出息。

"唉！可惜祐二郎不像你，那小子似乎打算去当什么游艺人，真是无可救药。"

天野源伯咂了咂舌说："不过也不能全怪他，我也有错。生他的时候天天酗酒。天天酗酒的那段时间有了孩子。"就这样，登十九岁时，便和小他五岁的千草订了婚。四年后，登只身前往长崎学医，那一年，千草刚满十八。人常说女大十八变，千草也的确是出落成了大姑娘，相貌、身材都显得高贵优雅，说话柔声细语、慢条斯理，且稳重大方，时而泛出含苞待放的少女青涩，时而透现花开满艳的成熟风韵。

"听说，千草姑娘想在你去长崎之前成亲。"森说，"天野先生也希望如此，你却拒绝了？"

"哪有求学前结婚的？都已经订婚四年了，还在乎这三年？"

"可人家姑娘都十八了呀。"森平静地反驳道，"女方希望早点儿完婚是有道理的。对你来说，求学或是头等大事，可对一个十八岁的姑娘来说如何呢，你想过没有？"

登使劲儿摇了摇头，粗鲁地说："不要说了！不想听一个女人跟寄宿在家的书生私奔的事儿，脏了耳朵！"

"明白了。"半太夫略带讽刺意味地回应道,"你还是舍不得人家。"

登嘴唇抿得紧紧的,坐在那里一言不发。

"你先别生气,听我把话说完……"半太夫试着打破尴尬,"若你已对人家死心,那就放手吧。听说夫妇俩已与天野一家断绝了关系,且千草已怀上了孩子。对于天野先生来说,这个即将出生的孩子可是他第一个外孙。千草也期待母亲过来照顾。只要保本你肯原谅,跟天野先生不计前嫌,他们父女便能重归于好。你不愿意成人之美吗?"

"昌绪过来,就是为了这事儿?"

"还有,就是想把你从这儿弄出去。"半太夫接着说,"其实,把你安排到这儿来的是令尊而非天野先生,担心千草的事影响你情绪,怕你犯浑,所以才想出这个办法。"

森把昌绪说过的话一五一十地转述给登。"据说天野源伯先生一开始就反对,怕你在医馆这种地方待久了影响前途。为了兑现曾经的许诺——让你成为一名幕府御医,他四处奔波,想尽快把你从这儿弄出去。"

"她还说,要是你考虑好了,希望尽快和你面谈。"半太夫说到这儿,微微笑了笑,"小姑娘还不到十七岁,但漂亮、细心、聪慧,一看她那副心神不宁的样子,就能猜出她对你格外关心啊。"

六

那天晚上登辗转反侧，就是睡不着。

无关乎兴奋，而是反省与自责萦绕在心。孩提时代的千草占据了他的脑海，仿佛在乞求原谅，一步步向他走近……千草给人以稳重矜持的印象，却不擅表露自己的内心。不光是嘴上不说，就连表情、举动也不露端倪。然而早前登却完全没有意识到这一点。一直以来，千草在他的眼中只是个蜜罐里的、内心稚嫩的小女孩儿，远没到谈婚论嫁的年龄。

"从小一起长大，太过熟悉，反倒变得迟钝，误了大事。"登躺在那里，感叹道："唉！若是早一点儿觉察就好了，若是当初去长崎前把婚结了，就不会落到今天这步田地。"

粗心且自以为是，自始至终未设身处地为对方着想。遭到了背叛的登，内心是多么痛苦。

"我太自私了。"登又开始自言自语，"一直以来，我都以为父亲是被天野伯父笼络，将我发配到这里。父亲在天野伯父面前总也抬不起头，我的未来似乎都得仰仗天野伯父。——于是我恨千草，恨父亲，也恨天野伯父，甚至憎恨这个医馆。"

登躺着眉头紧锁，在枕头上左右摇头。

"我的自私，给千草太大的伤害！她经历了多大的痛苦啊！还有父亲和天野伯父，也因我的一意孤行受到了不同的伤害。而我至今认定自己才是唯一的受害者！"登的表情愈发愁苦，"我怎么就这么傻啊！"

"太幼稚了！——想想来这儿这么长时间，到底我都干了些什么？保本登啊，你不觉得羞耻吗？"

登在被子里蜷缩成一团，痛苦地责问自己。

第二天早上，登比平常起得稍晚，用过早饭没多久，便见长屋的伙计慌慌张张地跑来，说佐八的情况不太好，请大夫马上过去看看。去定叫登快去，递给他一包药粉，嘱咐他不到万不得已千万不要用。"如果没用，一定要带回来交还给我。"去定千叮咛万嘱咐，"这是特殊的处方药，切记。一般情况下不能用。切记！"

匆忙收拾好东西，登疾步走出大门。

走到传通院附近，旁边小巷里突然窜出来一个中年妇女，看到登赶忙叫住，问他是不是医馆的大夫。登答道"是"。气喘吁吁的女人便央求道，孩子病得厉害，能不能赶快来给看看。女人解释说，孩子半年前开始患病，如今已欠下一大笔医药费，实在付不起，医生也不给看了，可如今孩子真的是病得厉害，快要不行了。

——多亏了这件制服！

这件制服是医馆大夫的标志。因为拖欠医药费，大夫拒绝给孩子治病。这女人从家里一路跑出来，直到看见我穿的制服，这才叫住我。红胡子真是个好老头儿啊！登不由地心里暗暗赞叹起来。

"你赶紧去医馆!"登对中年妇女说,"我现在有个急救病人腾不出手,医馆就在前面不远的地方,赶紧去吧。"

中年妇女道了谢,便朝着医馆方向一路小跑过去。

登到了佐八家时,见治兵卫已经在那儿等着他。除了他,还有两个隔壁长屋的妇女,也都忙活着照顾佐八,年轻一点儿的妇女拿着火盆烧水,年迈一些的婆婆拿着抹布反复擦拭榻榻米。听她们说,天蒙蒙亮的时候,佐八开始咯血,幸好量不多;但刚才突然吐得厉害,大口大口的鲜血往外涌,来不及拿盆子就吐在了榻榻米上。这会儿婆婆正用热水烫过的抹布,一点点地仔细擦拭着榻榻米细缝中的血渍。

"听说昨晚喝了点儿米汤,吃了半个蛋黄。"治兵卫说道,"婆婆原本打算昨晚住在这儿照顾他,被子都带了过来,可佐八死活不肯。婆婆放心不下,天没亮就又赶了过来,进来后,发现佐八一个人在那儿清理污物。"

登凑近佐八的枕边看了看。

佐八这会儿像是睡着了,但眼睛微微睁开一丝缝。下巴像脱了臼似的一动不动无力地虚张着。脸色发黑,没有一丝生气,脸颊瘦得只剩下一层皮,颧骨皱巴巴地直往下垂。

"人是不是已经不行了?"

"嗯,情况不妙。"登离开枕边,"看样子无力回天了。"

"唉！这么好的人，怎么就……"治兵卫惋惜地叹了口气，"老天爷真是瞎了眼啊，这世上有那么多碌碌无为、无恶不作的废物，怎么偏偏就要把这么好的人给带走呢？"

年轻点儿的妇女过来，给登沏了一杯茶。

"今天后面还挺安静的。"登没伸手接，问道，"后面的地平完了？"

"还没呢，町奉所正在勘察，结束后才能开工。"

"查出什么没有？"

治兵卫脸上流露出一丝难堪，小心翼翼地给登讲起屋后工地发生的事。

施工作业挖出一具尸体，全身用被子包裹，已经完全腐烂，只剩下一堆白骨。不过，可能是因为被子裹得紧，从头到脚整个尸骨保存得还算完整。町方的调查人员从尸体的毛发和衣服的碎片推断，死者应该是一名年轻女性。七年前这个地方发生过滑坡，尸体本来的位置还是个谜。不过尸体埋在滑坡后倒塌的长屋上方，所以，至少可以判断死者是他杀。但具体情况尚未明确，必须等现场调查结束后才能盖棺定论。

"尸体都烂成那样，想必已经过了很多年吧？"登问。

"给善能寺挖坟人看了下，说是至少也有十五六年。"

"为什么说是被人谋害后，埋在那里的呢？"

"尸体附近没发现棺木，就算是病死，也不可能光拿个被子一裹敷衍了事。"治兵卫回答道，"不过，如若真像挖坟人所说，是十五六年前的尸体，还真是有点儿无从下手呢。"

这时，门口传来了说话声，不一会儿，一个五十来岁的男人跌跌撞撞地闯了进来，五短的身材，套了一件松垮的和式藏青棉大褂，一边儿向下垂着，腰间系一条皱巴巴的平缝窄腰带，花白的络腮胡不修边幅地粘在脸上，秃头顶像是抹了一层油泛着红色的光，望上去就像一片绯红的云彩。男人看样子喝了不少，踉踉跄跄径直闯过来，双眼通红，一动不动地瞪向这边。

"别进来！"治兵卫冲他摇了摇手阻止道，"病人现在情况危险，你赶快回去，听到没？赶快回去！"

"哼哼，町方的大人物都来啦，"那男人说，"还派我去叫差配，咦，你不就是差配吗？"

七

"别废话！"治兵卫喝止男人继续说话。然后对登说，"你听见了，我过去看一下。"

登点了点头。

治兵卫和那个男子走后，过来帮忙的婆婆借口要回家一趟，也从后门离开了。婆婆刚走没多久，和治兵卫一齐出去的那个男子一个人又晃晃悠悠地回来了，他冲着登龇牙咧嘴地傻笑一阵儿后，"扑通"坐到榻榻米的台阶上。

"平哥,别这样。"年轻一点儿的妇女从厨房走出来,"刚才差配都生气了,你这样会影响病人休息。快回去吧!"

"你是医馆的大夫吧?"男人不理会,看着登说,"俺是平吉,跟去定先生是老相识了。俺和佐八都是这长屋的老房客,现在佐八病成这样,竟然不让我见?那个阿松又不是这里房客,还什么妨碍病人叫我离开?哼!真是岂有此理。"

"你喝醉了吧。真烦人。"年轻妇女反驳道,"一喝酒就乱来。连差配都这么说,我没冤枉你吧?"

"真他娘的啰唆,讨厌!"叫平吉的男子摇晃着脑袋继续发飙,"俺从九岁就喝酒,四十年来就没断过。我都不知道不喝酒的自己是个啥样?反正酒一喝,人一醉,脑瓜子反倒越发清醒,哪有乱来一说?哼!要是不信,去问问红胡子好了。"

说到这儿,平吉笑了,"有一次,红胡子跟俺说啥来着?嗯,对,就是喝得太多、吐到不省人事的那次,先生板着脸对俺说,喝出病了还喝,有这等闲钱,怎么不去想想老婆、孩子?哼!开什么玩笑?俺当时就告诉他,当局者迷旁观者清。他是旁观者,才会那样说。当时俺心里拱起一股火,真想把心掏出来给他看!若是有钱人、有学问的人,他们心里就很清楚,他们懂得权衡利弊。跟俺这等不学无术的粗人说那些有何用处呢?俺这等粗人从早干到晚也填不饱肚子,吃了上顿没下顿,熬过今天没明天。老婆窝在家，孩子快出生，却被房东整日价逼债驱赶。俺上哪儿去弄钱？——每日每晚，几十年都这么熬过来。呃，表面上俺天天酗酒是个十足的醉鬼，但谁知道俺心中的苦闷？哼！还让俺想想老婆孩子，开什么玩笑？俺只要是一想到她们娘俩，就更想一醉不醒啊。"

这时，佐八发出一阵呻吟，嘴巴一动一动好像在嘟囔什么，登赶紧凑上前去听。

"我有话对您讲，让阿松和平哥先回去。"

登点点头，顺势给两人转达了佐八的意思。

阿松说家里有事，转身离去。平吉却没有离开，叽叽咕咕抱怨不断，最后索性倒在那里打起鼾来。

"就让他在那儿躺着吧。"佐八说，"睡着就没事了。呃，不好意思，能给我倒碗水吗？"

登把平吉的身体摆正，然后拿着茶碗走到火盆旁，拎起铁壶正要倒水，听到佐八对他说想喝凉水。

"现在喝什么都无所谓了，不是吗？"佐八微微一笑，"我想喝凉水，麻烦您了。"

登走进厨房倒了杯凉水，递给他。

"看到您穿上医馆的制服，我很高兴。"佐八抿了一口凉水说道，"这样又能多拯救几十个穷人了吧。"

登想到来时途中发生的事，心想言之有理。

"刚才平吉的那番话，望不见笑。他说的并不全是酒后胡言。大多数穷人跟他一样，也都这么想。"佐八解释道，

"每天只为一口饭，累死累活，不喝点酒麻痹自己，就没法儿活了。"

"我能理解。不过，不是也有像你这样的好人吗？"

"我？"

佐八愣愣地反问了一句，拿起茶碗，就那么躺着抿了一口。

"长屋的人如何评价我，我知道一些。"佐八放下茶杯继续说，"差配治兵卫对您和新出先生讲的，我全听到了，惭愧之至。你们完全不知情，才一个劲儿地夸我。要是知道了真相，知道我是个人渣，想必骂我都嫌脏了嘴呢。"

"你要跟我说的就是这个吗？"

"没错。"佐八点点头，"这个秘密我从未对任何人讲过，多少年来一直担心怕被人发现，整天提心吊胆，好在留给我的时间不多，怕是熬不出明天。所以我要把埋在心里的话都说出来。您可能不感兴趣，我还是希望您能听我说完……她昨天来接我了。"

登陷入了沉默，佐八的语气貌似很随意，却让他真切地感受到一股阴森之气弥漫，似一种无名的压迫感慢慢地逼近。

"我要说的是我妻子的事儿。"佐八一字一句地讲了起来，"她叫阿中，差我三岁，我们认识不到一年就结婚了。"

接下来都是男女情事，不说不行。他说即便不愉快，也希望耐心听他把话说完。提醒过后，佐八开始讲他和阿中的故事。

佐八最初住在下谷金杉的师父家，随师父学习制作车轮的手艺。他只知道亲生父母都是奥州[1]地方的人，十五岁那年父母双亡，他也就成了孤儿。打那以后，他一直寄宿师父家，视师父和师母为亲生父母。阿中住在隔壁的镇子，在一家名为"越德"的绸缎庄当佣工。认识那年，她二十一岁。两人邂逅于初春的一个早晨，佐八从新吉原[2]回家的路上，陪朋友在京町[3]的花柳巷玩到大半夜，朋友乐不思蜀不想回家，佐八怕师父担心决意先回。天渐渐亮了，不想路过大音寺[4]门口时，天公不作美，竟淅淅沥沥下起雨来，于是佐八提起裤裙下摆一路小跑。

八

春雨绵绵。走到金杉街时，雨势陡增，豆大的雨点噼里啪啦砸下来。佐八并不在意，却被突如其来的倾盆大雨浇得浑身湿透，索性放慢了脚步。一个年轻的女佣把他唤住，跑过来递了一把有印记的油伞给他。

"不用了，反正身上已经湿透了。"

---

1 奥州：今日本岩手县奥州市。
2 新吉原：江户城外数一数二的花柳街，今日本东京都台东区千束一带。
3 京町：今日本东京银座附近。
4 大音寺：净土宗寺院，位于日本东京都台东区龙泉。

"还是拿着吧，小心着凉。"

姑娘如此热心盛情难却，佐八便接过姑娘手中的油伞撑着回家了。这位借伞的姑娘正是阿中。

佐八把伞还给人家，就再也忘不了阿中。雨中邂逅，佐八已被阿中深深吸引，特别是那句"拿着吧，小心着凉"的话语以及那眼神、表情和嗓音。佐八按捺不住内心的冲动，几次邀阿中到入谷的田圃见面。虽有些唐突，阿中却欣然接受了。恰好一天赶上两人休息，结伴去了谷中的天王寺[1]游玩。就在那次，佐八向她表白了。

"好开心。"

阿中脸色苍白地说道。——"好开心。"简单的一句话，令佐八仿佛看到清晨盛开的牵牛花。备受感动。那是一种从未有过的清新、沁人心扉的感动。

"我好开心，但我们不能在一起……"

阿中轻轻地摇了摇头，脸色依旧是那么苍白。她告诉佐八，家里有七个弟弟妹妹要养，父亲又患病在身，自己每个月都要给家里寄钱。刚进店，店家就预付她十年工钱。父亲曾在"越德"效力。后来挑担走街串巷所卖和服料子也从"越德"拿货，凭这层关系，店老板一直待她不薄，她寄给家里的钱也比别人多。但期限未到，阿中告诉他，自己没有自由也没有选择的权利。

---

[1] 天王寺：天台宗寺院，位于日本东京都台东区谷中。

"还要干多久?"

"还剩一年。就算到期,如果借的钱没还清,还是不能离开。"

"那把借的钱还清,就可以了吧?"

"可我还欠着店家不少的人情呢。"

"哪有用自己的人生还人情的道理?这事儿交给我吧。"

阿中摇了摇头,告诉佐八,即便可以离开,也不能在一起。家中弟弟妹妹太多,父亲又患病。她觉得佐八不该为自己背负太多。然而,佐八却不以为然,他告诉阿中,自己既无父母也无兄弟姐妹,今后阿中的父母就是他的父母,阿中的兄弟姐妹便是他的兄弟姐妹,养活自己的家人理所应当。

从那以后,佐八开始拼命赚钱,每个月去一次入谷的田圃与阿中见面。阿中家在浅草山谷,每逢月休假日,都会回家看望父亲。两人就相约在这一天见面,一起踩着田间小道,直到把阿中送到山谷附近。本来,佐八是个好酒之人,现在戒了酒,也不贪玩了。前些时候,朋友们都在玩新内节[1],佐八也参与练习了半年多,但如今为了攒钱,他毅然决然放弃了自己的爱好。

佐八的爱是真诚的,无私的。他的爱深深地打动了阿

---

1 新内节:净琉璃的流派之一。江户时代的鹤贺新内创建,主要流行于花街之间,悲凉的曲调深受以卖身为生的妓女们的喜爱。

中。于是，阿中下定决心，和佐八约定，期限一到，自己就嫁给佐八。见阿中决心已定，佐八提出见一见阿中家人，却被拒绝。别说见面，阿中甚至不让他出现在她家附近。

"现在无论如何都不想让你见家人，等结婚时再说吧。"

阿中拒绝的理由，据说就是担心家里太过寒酸。有这一说，佐八也不好意思强求。直到后来才得知，背后藏有难于启齿的隐情。

一年之后，两人结了婚。佐八把结婚的事告诉师傅，师傅去了趟越德。起初越德的人有些顾虑，不大乐意。后听说能帮忙还清欠款，佐八的师傅又愿意出面作保，对方才勉强答应。婚后，两人在下谷的山崎町安了家，佐八仍旧在师傅店里工作。这样，快乐、安逸的新婚生活持续了大约一年。佐八发自心底深爱阿中，觉得婚后的阿中更加楚楚动人，一举一动都那么可爱。

"再后来，就发生了丙午大火[1]。"佐八平静地继续说，"那是二月底的一个白天，火势从下谷一带一直蔓延到浅草桥。我从金杉的店里赶回来时，发现家里已经被火海吞噬，一步也无法靠近。"

---

[1] 丙午大火：发生于江户明历三年一月十八（1657年3月2日）的大火，大火持续了两天。整个江户城一片火海，三分之二化为灰烬，死亡人数超十万，被称为明历大火。因本妙寺为死去的少女做法事时，大风卷起一只燃烧的衣袖引燃建筑所致，故又称振袖大火。是世界历史上三大火灾之一。

说到这里，佐八抿了一口凉水。

他疯了似的四处寻找阿中，顾不上金杉的店也被卷入大火焚烧殆尽。火灾发生在白天。阿中年轻，腿脚又轻便，所以佐八坚信她一定能逃出去，不可能葬身火海。他一个接一个地寻遍了所有的临时避难所。得知山谷幸免于难后的第二天，佐八更是马不停蹄地赶到阿中家里找寻，家人告知——"阿中没有回来"。打那之后，佐八依然按月寄出生活费。可是家人不愿提起阿中，佐八也就很少再去她家，阿中的家人对佐八也愈发冷淡了。

"他们说话的口气，就像是在谴责我把他们女儿偷走了似的。"

佐八长长地喘了一口气。

金杉店铺也被大火烧得一干二净，师傅和师母都搬到荏原[1]的乡下去了。佐八借住在朋友家。半个月来，他每天出没于满目疮痍的废墟之间，徘徊在哀声求援的救护棚中。然而最终绝望了，他相信阿中已经不在人世。佐八顿时万念俱灰，躺在朋友家里一蹶不起。

"我就是那年七月搬来这里的。"佐八的眼神里充满了追忆，"在朋友们的帮助下搭了个工棚，靠以前的手艺做点生意。一个人打理作坊。吃饭嘛基本上在饭屋解决。好歹生活有了点儿起色。"

1　荏原：日本东京都品川区的地名。

生活稳定后，有人劝佐八再找媳妇，他总是支吾其词，一直延续着单身生活。两年后也就是佐八二十八岁那年夏天，竟和阿中在浅草寺[1]意外相遇。四万六千日[2]即菩萨缘日，来浅草寺参拜的人络绎不绝。茫茫人海，两人竟在佛堂前碰个正着，不禁四目相对久久地愣在那里。

阿中身上背着个孩子，看上去有点儿发福，发型也变了。但佐八一眼就认出了阿中。阿中也一眼认出了佐八。

"好久不见了。"佐八说。

"嗯，好久不见了。"阿中应道。

人头攒动。两人几乎被人流推搡着，走向观音堂后院。

九

浅草寺里足足转了一大圈，两人从随身门走出。佐八找了家荞麦面店，阿中也跟了进去。楼上几乎没有客人，坐下后，阿中便给孩子喂起奶来。

---

1 浅草寺：浅草是东京的发源地。浅草寺是东京最古老的寺庙。浅草寺也叫浅草雷门观音寺，该寺正式名称为金龙山浅草寺。在门的中央有一下垂的巨大灯笼，上面写着"雷门"二字，已成为浅草的象征。据传公元628年，一对以捕鱼为生的兄弟在隅田川中发现了观音像，认为是"观音显灵"。于是，人们在当地修建寺院，供奉观音。江户时代德川家康将浅草寺指定为德川幕府的朝拜场所。

2 四万六千日：浅草寺的一个重要节庆，非常热闹。它在每年的7月9日和10日举行，在此期间参拜的功德等同于参拜四万六千日的功德，并有灯笼花市相映生辉。

"你的孩子?"

"嗯,叫太吉。"

"多大了?"

"刚满九个月。"

佐八心口一阵刀绞。

"感觉像是凿子刺入一般……"佐八皱了皱眉头,"不过,当时的我并没有多少恨意,只感到一阵莫名的悲哀。——可笑吧,自己的老婆在失踪后,跟别人生了孩子,还若无其事地当着原来丈夫的面奶孩子。换成一般人,一定会怒火中烧打她个半死。我却做不到。心中唯有悲哀。我真想扑过去抱紧她,抱头痛哭一场。"

登从兜里取出纸巾,帮佐八擦了擦额头上的汗。

那次不期而遇,两人一直沉默。佐八什么都没问,阿中也什么都没说。端来的荞麦面就那么放着,两人都不动筷子。过了一会儿同时站起身,佐八帮阿中把孩子背好。

"过得还好吧?"佐八问了一句。

"嗯。"阿中的声音含在嘴里。

"以后见不到了吧?"

阿中不语。哄着背后的孩子走出荞面店,两人就分手了。佐八目送着阿中离开。阿中走到拐角处,回身望了望佐八,鞠了个躬。

"以后好几天,根本无心工作。原本许久不沾酒,重又开了戒。那以后天天以酒为伴,醉了便昏睡不起。"佐八微微地摇着头,"我的魂儿被她勾走了。我感觉她跟我同样痛苦。不知为什么,我心里对她没有半点儿恨意。每每眼前浮现出那天离别的情景,一阵阵悲哀向我袭来,她的背影、她回身鞠躬的那一刻的情景,在我脑海里无论如何都挥之不去,无限的悲哀。我痛苦得几近窒息。"

一天黄昏,阿中出现在狸貉长屋。

佐八醉醺醺昏睡中。阿中进了屋,没带孩子。她轻轻地放下门口的防雨板,迈上榻榻米,轻轻地坐到佐八身边。佐八潜意识里知道阿中来了,听到关门板的声音时,他就感觉到了。此刻,他没有感到一丝意外。正是这种毫无意外的感觉令之惊诧。

"从车坂町[1]的利助先生那儿,打听到你住在这儿。"阿中嗫嚅道。

"哦,利助给了我很多关照。"

"你的事我都听说了,对不起,请原谅我,好吗?"

阿中这么一说,佐八使出浑身力量压抑住内心的呻吟。他平静地起身,想要把油灯拿到跟前。太阳快要落山,门板紧闭,屋里昏暗得黑夜一般。

"不要点灯!求你了。"

黑暗中,阿中抽泣起来。

"你不能原谅我吗?"

---

1 车坂町:今日本东上野一带。

"不知道。"佐八近乎呻吟,"我不知道该不该原谅你。见到你健康地活着,我就高兴。"

"你能听我解释吗?"

"你觉得没事儿就说吧……"

阿中陷入了沉默。她不再呜咽,拿出手帕擦了擦鼻子,开始慢慢地讲述她不辞而别的原委。

认识佐八前,她已跟别人订婚,对方是住在山谷的父亲朋友的儿子,从家里跑出来搬到她家附近居住,平时干一些木工杂活儿维持生计。他和阿中同龄,十六七岁的时候,就说过"要成为这个家庭的一员",把挣来的钱都给了阿中家;二十岁时,直言要娶阿中为妻,阿中的家人便愉快地答应了。

"我也是在你求婚的那会儿,才知道这件事的。"

阿中犹豫不决。她并不讨厌那个男人,相反怀有一种感激之情。不过许身为妻,却是阿中从未想过的,好似一切与己无关。就在此时遇见了佐八,并被佐八深深地吸引。事实上阿中心里清楚,自己只能拒绝佐八。然而她对佐八的痴情已到了无以控制的地步。

"我当时真的是毫无办法。"

阿中说着又不住地哭起来,泣不成声。

当初,阿中下定了决心,要和佐八在一起,恩义归恩义,将来总有报答的机会。她决定追求自己的幸福。想好后,就把自己的想法告诉了家人和越德的店主。家人果然反对她与佐八结婚。最终她全然不顾周围的反对，毅然和佐八结了婚。正因如此，当初佐八的师傅去"越德"提亲才碰了一鼻子灰，佐八去山谷家拜访，家人们也冷若冰霜。但婚后甜蜜而幸福的一年，却是阿中一生最幸福、最满足的时光，值得用一生一世去珍惜。

"跟你在一起的一年，我明白了生活的意义。你不在的时候，我时常怀疑这幸福会不会只是一场黄粱美梦，甚至害怕这样会遭受老天爷的报应。"

发生火灾时，阿中的脑海里闪现出——"报应来了"的字样。自己竟有这样愚蠢的想法？她一边逃命一边极力打消那种想法。奇怪的是，那种想法竟深深地扎下了根。

"我已经享受了一个人一生该有的幸福，这场火灾就是证据。"

这场火灾就是人生转折点的证据。这句话在阿中的脑子里不断闪现，就像有人在她耳边轻声细语。佐八肯定以为我已葬身火海，这样便一了百了。结束的时刻到了。阿中就这样，脑子里充盈着"一切结束"的念头，等她回过神来，已站在山谷的家门口。

"那场大火后，我感觉自己已不是自己，好像变成了另一个人。"

阿中觉得，真正的自己伴随着佐八，眼前的自己不过是一具形似自己的皮囊。事实上回到山谷的家中后，阿中真的丧失了自我，她遵循父母的意愿和那个男人结婚，在本所附近安了家。

十

两年后,阿中怀上了太吉,跟那个男人的生活也慢慢步入了正轨。然而此时却在浅草寺遇到了佐八。

那一刻,阿中犹如梦中初醒。和佐八的重逢打破了沉睡已久的梦。她感觉自己像失踪的孩子突然回到家里,一切都那么虚幻不真实,火灾后的一切不过一场梦。

"我现在就是这种感觉。跟你说话的才是自己,无法想象另一个我有丈夫、有孩子……"

说完阿中痛苦地把身体蜷缩到一起。

"所以我回到你的身边,你能理解吗?佐八,我回来了啊!"

"你说的是真的吗?"

"抱我呀!"

"你不会再跑了吧?"

"求你了,抱抱我!"

佐八轻轻地把阿中拥在自己怀里。这时,阿中悄悄地用一只手摆正了一下什么东西,然后双手搂住佐八,用尽全身的力气紧紧一抱。也就是在紧紧相拥的刹那,佐八听到一声短促而又尖锐的悲鸣——"啊"。

"不要松手!"

阿中死死地抱住佐八，哀求着。

"不要松手！不要离开我！"

就这样，阿中在佐八的怀抱中停止了呼吸。

"在她左侧的乳房下面，插着一把匕首。"佐八回忆说，"根本就来不及叫大夫，当场咽气。您知道了吧，她为什么不让我松手。我自己也不想松手。我拔下匕首握在手中……但我像是一直在说——你不能死。我放弃了自杀。然后……"

佐八大声咳嗽。也许是一直说话消耗了体力。他痛苦地扭动，双手抱着枕头，咳得几乎窒息。登挪到枕边，单手轻抚他瘦骨嶙峋的后背，待他咳嗽稍稍缓解后，又细心地喂了些水。"无可奈何。"佐八停顿了片刻，用微弱的声音说道，"昨天屋后挖出的就是阿中。滑坡发生前，那里是我曾经干活儿的地方。我将她埋在了那里。就这样，我俩一直在一起……"

为街坊邻居做事，乃是为了纪念阿中，不值得夸赞与感激。也不知阿中的丈夫和孩子怎么样了。他们承受着失去妻子、母亲的痛苦，害死阿中的可以说就是我啊。我知道这件事终有一天会大白于天下。此前为慰藉阿中的亡灵和实现自我内心的救赎，我要多做善事。

"我说有人来接我，就是这个意思。"佐八突然话题一转，"昨天听到后面的嘈杂，我就感觉——阿中来接我了。这下，我俩终于在一起，从痛苦中获得解脱！"

睡在榻榻米边儿上的平吉突然醒了,哼唧了一阵儿,扯着嗓子叫——"俺要喝水。"

"哼,老不死的差配,还有那个抠门儿的阿梅。"他叫唤着,"佐八这个傻瓜,红胡子这个废物,你们通通都是大傻瓜!哼,人生本来也就二两酒的工夫,干吗成天介板个鸟脸!今朝有酒今朝醉!——喂,耳朵都聋了吗?给俺拿水来!"

"保本先生,"佐八说,"劳烦您去一趟,告诉差配,那是阿中的尸骨,我亲手埋的。——这样也许可以省去很多麻烦。"

红胡子诊疗谭

事不过三

一

阴雨连绵的梅雨季终于结束。大约过了半个多月，精神失常的由美意图悬梁自尽。前面说过，她和年轻的侍从阿杉住在父母为她修建的、远离病房的房子里，窗户封着粗实的铁网，唯一的出入口大门也挂着铁锁，整个儿像似牢房。侍从阿杉每次进出都要一遍遍开锁挂锁。那天，趁阿杉在厨房做晚饭，由美把腰带绑在铁窗上意欲自尽。

恰好赶上保本登不在医馆，像往常一样陪着新出去定出诊——到神田佐久间町[1]木工藤吉家，为一个叫猪之的男子看病。猪之也是木匠，约莫二十五岁的模样，像是藤吉的弟弟。最初来医馆寻医的是哥哥藤吉。

——大夫们都说他精神失常，可我觉得不像。打小我们就在工头儿家一起做学徒，搬出来又一起在长屋租房子讨生活，直到我结婚。我们在一起十年以上，我对他的性情了如指掌。

不明白他怎会精神失常。莫非患病了？想必可以痊愈。麻烦您过去给看看吧。藤吉一直央求去定去给猪之看病。去定答应了，但期间急诊患者太多，只好约定两三天后过

---

[1] 神田佐久间町：日本东京都千代田区的地名。

去。许诺两三天，转眼过了七天。那天，登与去定恰好要到吴服桥[1]一家名叫近江屋的商铺为一老人看病，归途顺道儿去了一趟神田佐久间町。

猪之个子矮小，五官清秀，打眼一看就是个聪明能干的手艺人。猪之躺在那里，眼神涣散，目光呆滞，微微张着嘴。去定为他诊察，他却跟没事儿人似的，无论问什么，都含糊其词，只会嘻嘻傻乐。检查做完后，猪之躺下，懒洋洋地招呼着藤吉的妻子倒茶招待客人。

"麻烦你了，嫂子，给客人倒杯茶吧。"他有气无力地说道。

藤吉出工在外还没回来，妻子千代在家操持家务，听猪之一说，便礼貌地站起身来，为去定等换了杯新茶。猪之头枕着胳膊，呆呆地望着千代，轻轻地向去定使了个眼色，皱着眉头嘟囔着："唉，女人啊女人，真是的——对吧？"

猪之的语气中流露着鄙夷与厌恶，去定默默地坐在那里，若无其事般观察着猪之又打量着千代。从藤吉家出来，已然接近黄昏，夕阳下，汤岛台[2]的房屋一排排若悬挂于天空的倩影。

"保本，你怎么看？"

---

1 吴服桥：位于日本东京都中央区八重洲。
2 汤岛台：位于日本东京都文京区汤岛。

沿神田川[1]，朝着圣坂[2]方向，去定目视着前方，边走边问登。竹造手里提着药笼，走在他们后面，以为去定在问自己，惊得不禁一声"啊"！这时，登向他摇了摇手，回答道：

"我想，他是患了气郁症。"

听登这一说，去定接下来的话似乎有点儿让人摸不到头脑。

"瞎说。高烧不退，便是疟疾；咳嗽不止，便是痨病；身体没大碍却感觉不适，便是抑郁症。……今天起，你也可以开诊所了。"

登没有过多理会去定的话，反问道：

"先生，您的诊断是什么呢？"

"气郁症哪。"去定心平气和地说。

登听了没有吭气。

行至坡下，去定对登说："你明天一个人去！详查他和藤吉的过去。料想也问不出个所以然来，但，还是问一问藤吉的好。"

"问什么？"登有些不解。

"他们的过去。随便什么。"去定回答道，"询问过程中会找到蛛丝马迹。有了这些线索，说不定真就可以找到

1　神田川：日本东京都内的一条河流，全长24.6公里。流经早稻田大学，现附近区域多为学生居住区。
2　圣坂：日本东京都港区的地名。

病因。"

有这个必要吗？登心里忖度，经历了这么多事情，自己已习惯了医馆的生活，也非常清楚大夫的职责。更何况，医馆现在住满了人，去定还要出外巡诊，像猪之这样的患者根本就不算什么，实在没有必要在他身上花费太多的时间和精力。

——让他在家里休息就好了嘛。

登本想说，如此简单的事情，去定为什么还让自己去问藤吉？难道他又看出了点儿什么？登这么一想，便不再往下问了。

回到医馆，正赶上吃晚饭，登洗完脸，换完衣服，同半太夫打声招呼，准备去食堂。然而半太夫房间里没传来任何动静。等他走进食堂一看，半太夫已坐在那儿用餐。

登刚坐下，半太夫便开始讲述由美的事，但他很快发觉给登讲这些似乎不妥，便匆忙岔开了话题。貌似在意登和由美间的纠葛。对登而言，那天由美对自己的伤害仍心有余悸。半太夫的这种态度，反而令他有些别扭。

"之后呢，怎么样了？"登自己把话题扯了回来，"没救了吗？"

"不，抢救过来了，可实在太过惊险。"半太夫回答说，"上吊时，脖子上的勒痕太深，声带受到损伤，彻底哑了，脸也肿得厉害。令人费解的是，她悬梁自尽并非因为精神失常。看上去，当时她的头脑十分清醒。"

登放下手中的筷子，看着半太夫。

"接下来，我想请新出先生给她诊治。"半太夫表情沉重地继续说，"据我观察，近来她清醒的时间越来越长。我觉得她是因为知道了内情，自己是精神失常才被关在了这儿，感到绝望，便产生了自杀的念头。"

登沉默片刻，说："其实，她并非精神失常，只是生来那种容易失常的体质……"

随后，他又淡淡地笑了笑说道："今天我也遇到了一个怪人，如果由美死了，就轮到他该住进那栋房子了。明天起，他就是我的患者。"

二

第二天一大早，天还没亮，登就离开医馆出诊去了。

陪去定出诊的这段日子，他也改变不少，脚力有长进，到佐久间町时，藤吉还没有上工，正在家里吃早饭。于是，登让藤吉的妻子千代把藤吉叫到门口，把去定交代的事情告诉他。

"猪之还在睡。"藤吉挠挠头说，"家里说话不大方便。"

"那就去你出工的地方吧。"

"今儿的差事，可以交给其他人干的。"藤吉可怜巴巴地说，"给工头儿打声招呼，找个人替我。这样吧，咱们就一块儿去堀江吧。"

"没必要为这点事情误工吧?"

"既然要了解,我就把事情原原本本讲给您。再说,今天不去账房也没事儿的。只是您能不能稍等一下,我把饭吃完再走。"

听藤吉这么一说,登便从屋里走了出来。

这一带是佐久间町四丁目,后面就是神田川,藤吉家的小院儿里盖了两间房,小点儿,但很紧凑,装有格子门。这里的民宅大多是这种风格,比起其他平民区,显得尤为清静安闲。没过多久,藤吉也出来了,换了一件不套裤裙的和式便衣,腰间扎着宽腰带,脚上蹬着草鞋,一副休闲的装扮。他说道:"让您久等了。"迈开步子就要走。突然,似又想起了什么停在原地对登说:"给您看一样东西。"说完,顺着自家小院儿旁边的小路绕到后院。后院另一侧朝向神田川方向有一排房子,和他家房子间有一块九尺见宽的空地,正对着前后两排房子的厨房后门。后院挖有水井,手工花架上摆满了各式盆栽,各家皆用竹篱笆单独圈起来,一块一块,种满了花花草草。

"您看看这个!"

藤吉站在自家厨房门口,手指向一排摆放在那里的盆栽示意给登。乍看上去,应该都是些廉价的土陶,一共七盆,盆里插着树秧。究竟是什么树秧,登就分辨不出了。

"猪之种的。"藤吉一边说,一边小心翼翼地看看厨房后门方向,怕被猪之听见,"您仔细瞧瞧便知,全都是倒插在里面的。"

"倒插?"登有些疑惑不解。

"就是把树秧的根部露在外面,把叶子埋在了土里。"

经藤吉这么一解释,登恍然大悟,原来这样,怪不得自己看了半天也搞不懂花盆里到底种的是什么?仔细一看才明白,花盆里露在外面的全都是根而不是叶子。

"可是,为何要倒栽?"

"回头再慢慢给您解释,咱们现在先出发吧。"话音未落,藤吉已迈开了脚步。

过了新桥[1],两个人朝日本桥方向走去,一路上,藤吉开始慢慢地讲起他和猪之的故事。

猪之小藤吉两岁,十二岁那年,以弟子身份到日本桥堀江一家名为"大政"的木匠工头家做徒弟。藤吉虽比猪之早去三年,但在同一拨六个弟子中属他进大政家的时间最短,年龄又小,自然也就和猪之走得最近。

"猪之天性聪明、手脚麻利,做事说话都很得体,刚来半年,便成了大政家的宠儿,家里所有人都喜欢他,天天把他的名字挂在嘴边,无论什么时候都能听到人们喊猪之、猪之的。"

---

[1] 新桥:日本东京都港区的町名。

不光是大政家人，周围的街坊邻里也都喜欢他。令人不解的是，他尤其受女孩儿的青睐，提到猪之，她们个个喜笑颜开。大政家就有两个女儿，一个叫阿静，一个叫佐代。那时候，姐姐阿静十岁，妹妹佐代七岁，姐妹俩自不必说，就连她们的玩伴也被猪之迷得神魂颠倒。

——长大后，我要嫁给猪之，当他的媳妇儿。

——什么呀，你长那德性，猪之才不会娶你呢。我才会是他媳妇儿。

女孩儿三五成群打闹戏耍时，总能听到她们为猪之吵吵嚷嚷。平日里，我们也没少跟猪之开玩笑，只要一提这些，他就气得面红耳赤。

"说什么呢？"猪之总是没好气儿地说，"什么女人、老婆的，我才不要呢。"

被大家这一闹，好长一段时间里，他都不愿接近女孩儿，不再跟她们一起玩儿。说到玩儿，无论扔沙包还是玩弹子、踢毽子，猪之简直样样在行。加上他性格爽朗，人又清秀，自然招女孩儿喜欢。然而猪之对所有的女孩都貌似漠然，对阿静和佐代也不例外。只要她们中的谁在他面前流露一丁点儿喜欢，他都会无情地弃之如敝屣。

"二十岁之前，他一直那样，根本就没把女孩子放在眼里。"藤吉说，"说了一大堆，净是一些无聊的话题。不过，这些都跟后续发生的事情有关，您好好听。"

登默默地点了点头。

"一般来说，匠人出身的孩子，到一定年龄便会寻花问柳。没事儿找女孩儿，兄弟们一块儿出去潇洒。"藤吉接着说，"猪之就不一样，周围对他示好的女孩儿太多。可他就是不理不睬不冷不热。有时，我也想叫他一块儿出去放松放松，可他硬是不破例。所以，周围的兄弟们都在怀疑，说那小子八成是那里有毛病。"

那一年，藤吉二十三、猪之二十一，两个人一起搬出大政家，在外面租了间房子。当时，大政家大女儿阿静招了一位上门女婿，很快孩子就出生了。为了照料孩子，家里还专门雇了女佣。同时，大政家又招了三名新学徒入户。所以藤吉和猪之觉得，大政家从早到晚吵吵闹闹乱哄哄，休息不好。两人索性搬了出去住。

离开大政家后，他们租下田所町[1]靠里的长屋。离大政家不远，所以早晚两顿饭还是回大政家吃，换洗衣服什么的也有大政家的人帮忙。如此一来，除却房租倒也省去了不少开支，两个人过得也算逍遥。只是猪之一如既往，从不沾女人的边，偶尔藤吉一个人出去戏耍，猪之就独自在家喝酒。猪之喜欢喝酒，酒量不小。喝了酒不再拘谨，但是一提及"女人"，就只有摇头拒绝。

"大哥你去吧，我不想去。"

每次都是这样。然而，猪之二十二岁那年二月的一天，

---

[1] 田所町：日本东京都中央区的町名。

猪之兴奋地告诉藤吉："大哥，我有了意中人，你帮我说说吧。求你了。"说完，似乎有点儿不好意思地低下头去。

话说到这儿，藤吉停了下来，告诉登说："这里就是工头的家了，请稍等一下，我进去跟工头打声招呼。"

三

大政家的房子高大、气派，门头足有五间宽、两层高，敞开的两扇拉门上分别写着"大"和"政"两个字，显得格外醒目。藤吉进去没多久就走了出来，随后，沿小河边小路向南走去。

"河边有家小酒馆不错，咱们上那儿坐坐，边喝边聊吧。"

"怎么大清早的就去喝酒？"

"眺望河水晨酌。"藤吉说着，苦笑了一声，"我乃一介俗人嘛。"

酒馆儿位于小舟町[1]三丁目的小河边，一栋年久失修的小二楼。尽管楼房看着很小，二层却有两间屋子，从临街那六榻榻米的房间开窗远眺，可以清楚地看到河对面牧野河内家的宅院，宽大的宅院，一眼望去，绿树成荫。

"既然来了，就先随便点点儿。"

---

1 小舟町：日本东京都中央区的町名。

藤吉要了些酒。

"猪之看上了田所町一家居酒屋老板的女儿。"藤吉接着刚才的话题继续往下讲,"约莫十六七岁,叫阿孝。长得又肥又胖,浑身上下都是肉,粗野得不得了。"

听说猪之要娶阿孝,藤吉都傻眼了。"别胡闹了。"藤吉说,"你挑来挑去,怎么就挑中了这么一个女人?是不是脑子进水了?"然而,猪之却气冲冲地说:"谁说我在开玩笑?谁说我脑子进水了?是真的!在大哥的眼里,或许这姑娘丑得入不了眼,可我无论如何都要娶她!求你了,大哥,拜托你去她们家一趟帮我说说吧!"猪之说话时的态度之坚决、眼神之真诚,让藤吉一时不知如何是好。

"那,你当真是要娶她?"

藤吉看猪之态度如此诚恳,便答应他去了趟居酒屋,把猪之想娶阿孝的事情告诉了阿孝的父母。阿孝的父亲名叫大吉,听说猪之想跟自己女儿结婚,以为藤吉在说笑,就连猪之要娶的阿孝本人也不敢相信这是真的,连说"不许捉弄我"。只有阿孝的母亲阿乐相信藤吉说的是真话,一个劲儿劝说丈夫和女儿,最终商量来商量去,考虑到阿孝是独女,提出条件,倘若猪之愿意上门,可以同意这门婚事。听阿孝的父母这么一说,藤吉也不好再多说什么,答应了下来。

从提亲到取得对方父母的首肯,前后仅用了五天,至于阿孝父母提出的入赘，猪之似乎早有心理准备，二话不说就爽快地答应了。

"你可要想清楚，猪之，你还年轻，来日方长。如果想成为一个成功的匠人，接下来的这几年，对你来说可是至关重要的。你若急着结婚，还自己找上门，就得背负起照顾对方父母的重任。这样的话，恐怕这辈子你很难再有出人头地的一天了。"

"嗯？你说的是我么？"

猪之对藤吉的劝告不以为然。藤吉只好耸了耸肩，依着他把这门亲事敲定了。

婚事已定，藤吉便问猪之何时办婚宴。

猪之回答婚事已定，婚宴不急。

藤吉一听急了——你也得替对方考虑考虑吧。再说了，作为媒人，何时办婚事，我也得给人家父母有个交待吧？你到底是怎么想的？

猪之寻思后答复——那就秋天吧，秋天办个婚宴怎么样？那个时候，刚好我也有空儿。

猪之又一遍一遍地叮嘱——不过这事儿先不要跟大家提起。

说到这儿，藤吉端起茶杯，轻轻地喝了一口已经温凉的茶水。"就这样，大概过了半个多月。"

这时，酒馆儿的女主人端上了酒菜，两个盘子分别码放着一只温热的德利酒壶和三样下酒小菜。待老板娘摆放好了,藤吉对老板娘说:"我们在这儿随便聊聊,就不麻烦你了。"于是,女主人便知趣儿地离开了。

"怎么样,就一杯?"

"不了,我不喝酒。"

"那我就不客气了。"

看登没有喝的意思,藤吉自斟自饮起来,一边津津有味地品酒一边继续着刚才的话题。

大概半个多月后的一天,猪之坐在藤吉对面,突然提出要将自己与阿孝的亲事退了。听到这话,藤吉一下子蒙了,眼睛紧紧地盯着猪之,半响儿说不出话来。

——大哥,我知道对不住你,但那姑娘真的不行,我实在受不了啦。

"等……等等。"藤吉急忙打断他的话,"到底是怎么一回事儿?那姑娘哪里让你受不了?"

——我昨晚去喝酒了。

——那有什么,我不是也一起去了吗?

——大哥你前脚走,我后脚就离开了。可阿孝那家伙从后面追上来把我叫住。我问怎么了,她跑上来一把抓住我的手。我又问怎么了,那家伙不停地唉声叹气,然后又握紧我的手,阴阳怪气地说什么拜托永远不要抛弃她。

猪之说着说着,右手掌心开始在衣服上蹭来蹭去,感觉就像是被什么东西粘在了上面似的。他不停地蹭着,不觉间皱起了眉头。

——这有什么不对吗？不是挺好吗？

——可是太恶心了，我差点儿没吐出来。大哥你是不知道，她的手肥黏肥黏的，死死抓住我的手，用那种娇滴滴的声音说什么一辈子不撒手，我感觉筋都被人抽了，整个人都要崩溃，甩手就逃之夭夭。

——都要成夫妻了，说一句不要抛弃自己，不为过啊……

——大哥，有人跟你这么说过吗？

——人之常情啊！

——你倒是听一次试试，肯定就会理解，被人骗、被人玩弄的感觉。

——你还有很多话要说对吧？

猪之说——别管什么感觉，反正恶心得想吐，不退亲就像抽了筋，或者是那种被人欺骗、被人玩弄的感觉。唉，反正得退了这门亲，死亦不惜。在我崩溃之前，必须退了这门亲。

"'够了，随你的便。'我气愤地吼他。"藤吉说，"我对他说，'为了这门亲，我腿都跑断了。要退，你自己去。关我屁事！'"

最后，好像是猪之自己把这件事了了。对方也没说什么，估计一开始就没抱希望。不过打那以后，藤吉和猪之再不好意思光顾那家居酒屋，只好换了个地方喝酒，换到了足足有六个街区远的住吉町[1]的酒馆儿。

"发生了那件事,猪之竟也学着跟女人搭讪了。"藤吉用手示意了一下,从登的盘子里拿走了他那一瓶德利酒盅,继续说道,"不过还那德性,主动找上门的女人,他依旧不理不睬。刚才说过,那家伙从小就有女人缘,可不知为什么,就是不碰主动找上门的女人,对那些从不把他放在眼里的女人,倒是百般殷勤。"

四

就在退婚阿孝的那年冬天,猪之说他又看上了一个女孩儿,想娶回家,拜托藤吉帮忙给自己撮合。适逢藤吉的婚事也有了眉目,女方是曾经在大政家做学徒的一个木工的女儿——也就是滕吉现在的妻子千代。媒人是大政家的工头。提亲时,藤吉还觉得千代像个小孩儿,芳龄十六,看着她身材瘦小,心理年龄也不够成熟。他甚至觉得和这么小的一个女孩子结婚,自己是不是有点儿过于残忍,于是不假思索地回复工头说:"我考虑考虑。"

也就是在这个档口,猪之又开始嚷嚷着想要娶亲。

这次看上的又是一个居酒屋的女孩儿,唤作与野,约莫二十岁,在住吉町一家相对时髦的、名为"梅本"的居

---

1 住吉町:日本东京都西东京市的町名。

酒屋做事。在梅本干了还不到五十天，因为酒量过人又会招揽顾客，所以很快成了居酒屋的招牌。

"那种女人还是算了吧，不适合做老婆。"藤吉摇摇头说。

虽然不太了解那个女孩儿的情况，也说不上究竟哪好哪不好，但仅凭着能玩转男人这一点，就足以说明这个女孩儿绝对不简单。再说又那么能喝酒，肯定不是安分守己、安心家里操持家务、甘于平淡一生的人。藤吉坚决反对猪之娶那样一个女孩子回家，一个劲儿地劝猪之打消妄念。

——大哥，我是认真的。

猪之正了正身坐好，颇为严肃地对藤吉说：

——喝酒纯粹是应付客人，一旦成家就不会再喝了。看看四日町重平的老婆阿津，人家现在不是挺好的。阿津婚前也在酒馆儿做事，酒量惊人，可自从嫁给了重平，就滴酒不沾了，平日里家务打理得井井有条，人人都夸赞重平媳妇贤惠能干。

猪之一个劲儿地夸奖重平的老婆阿津。重平也是"大政"家培养出来的木工，成家后就住在四日町。

——而且，那女孩儿似乎很了解男人。那大哥你呢？大哥不是也号称美女杀手吗，可你也太不了解世事了！

——你说我不了解什么？

——女人的世界啊。

猪之继续争辩着。——过去是个什么样子我不大清楚。

可现在,有几个女孩儿结婚时是处女呢?可能连千分之一,不,五千分之一都不到吧。

——你如何知道?

藤吉正经八百地反问猪之。

——你知道我很快就要和蛎壳町[1]的姑娘千代成亲,却要在我面前说这样的话,你什么意思?难道想说千代她也不是处女吗?你胡说什么!

猪之一下子红了脸。

——开什么玩笑?你别胡扯,你知道我对事不对人!你别胡说!

猪之显然是真的生气。他将头扭到了一边,继续说道:

——我的意思是……现在世道就是这样。

——你不要道听途说。

——大哥你不是也说过这样的话吗?

——我说过又有什么关系?

两人争来争去到最后,藤吉还是去了一趟"梅本"。所以如此,一是自己的婚事已有眉目,二是见不得猪之如此执着。藤吉心里想,真能为猪之说成这门婚事也是好事。与野答应了。她说自己十八,实际年龄应该过了二十,家里除一个在外做佣工的妹妹,倒也没什么需要照顾的亲人。

---

1 蛎壳町:日本东京都中央区的町名。

——我会好好持家的。

与野说完垂下双眼。藤吉跟"梅本"的老板和老板娘说明原委，猪之和与野的婚事算定了下来。一切办妥，藤吉回家，把商量的结果告诉猪之。猪之的反应倒是让藤吉颇觉意外。他只说了一声"谢谢啦"，旋即摆出一副神神叨叨的模样，不知是哭还是笑显得有些无精打采。

——哎，你怎么回事儿？事情定了，你不高兴吗？

藤吉忍不住问。

——我不是说过谢谢了吗？谢谢大哥，衷心感谢。

——呃，好吧。

藤吉注视着猪之的表情，总感觉有些异样，心里莫名地有些忧虑。

"说好了，过年就办酒席的。"藤吉说，"等过完年消停了，我也得出发去水户[1]做工程了，一家相模屋海产店老板要停业，想盖一间屋，我得带木工、泥瓦工、安装工等二十几余人过去。一切就绪。准备出发的三天前，猪之突然找我，说他也想去水户，让我带上他。"

"我告诉他，人已经找好了，临时换人，工头肯定不同意。我这么说就是想让他安下心来，待在江户准备自己的婚事。可一看他的样子，总觉得哪里不对劲儿。"

藤吉追问到底发生了什么事儿，猪之"嗯嗯啊啊"了

---

[1] 水户：日本茨城县首府。

一阵儿，磨磨唧唧说不出一句完整话，好一会儿，终于想通了似的，鼓起勇气对藤吉说：

——我心里有另一个人了，对不起，大哥，你能不能帮我去说一说？

藤吉一听，气得半天说不出话来，试着压住火反问了一句。

——不是早都说定的事吗？

——不是，我现在求大哥帮忙哪。

——你不是要娶梅本的与野姑娘吗？

——当然不是了。

藤吉感觉自己心中的怒火快压制不住了。

——那，和与野姑娘的婚约怎么办？

——退了算了。那是个臭娘们儿。

猪之撇着嘴说。

——现在想想，当时真是鬼迷心窍，怎么会迷上她呢？说实话，我自己都搞不清怎么想的！

——喂！猪之！你给我听好了！

——大哥，你先别生气，我知道，我这么一说，你肯定会生气……

猪之急忙解释。——如果是旁人，我也不会这样低三下四，就因为你是大哥，我才敢这样直说。我想好了，即使再挨大哥的骂，也要拜托大哥帮忙！事不过三，这次的这个女孩儿绝对错不了。

藤吉一双眼睛死死地盯住猪之，步步紧逼地追问道：

——你答应娶人家，却要去水户！

——那是……梅本那边得暂且……

——暂且什么？

猪之挠挠头，嘴里嘟囔着总得暂且避避风头。

"'那我呢？我怎么办！'当时，我气得……狠狠骂了他一顿。"藤吉见酒快喝完了，抄起德利酒壶冲着登晃了晃："再来一点儿，不介意吧？"

"喝吧，没事儿。"登点了点头。

藤吉拍拍手，楼下便有人回应。不一会儿，老板娘又端了两壶酒上来。

"发火有何用呢？"藤吉依旧自斟自饮啜了一口，继续说道，"变过来变过去，最后还得顺着他。唉，真是没用，临了还是得去为他跑腿。"

这次猪之看上的这个女孩儿叫阿松，芳龄十八，在一家专门经营批发鞋袜和线裤的商铺"近江屋"做佣工。

五

近江屋位于浅草御门[1]外的福井町，后客厅须重新装修，去年一入冬，指定工程交由"大政"去做，选派了一

---

1 浅草御门：守护江户城的三十六座城门之一。

批工匠进驻，耗时一个月。猪之也在派驻工匠之列，受到阿松特别眷顾，于是喜欢上了阿松。但猪之并没有想过要把阿松娶回家，只是和"梅本"的与野姑娘敲定婚事后，脑海中频频出现阿松的影子。这才意识到若是要娶老婆，阿松姑娘更合适。

"幸好阿松姑娘对猪之有意，可以说一蹴而就。不过这次我格外谨慎。"藤吉说，"我同他讲，这样吧，等水户的工程结束，咱们回头商量怎么样？现在先这么交往着。猪之听了，也表示同意。"

藤吉去了水户，安排相模屋的工程。工程的事儿与猪之无关不赘述。只是那个停业的老板，据说是一个少见的、特别爱挑剔的人，可把藤吉他们折腾得够呛。一开始，就将事前敲定的工程图纸改了好几遍。作业期间从头到尾，指手画脚，但凡不满意就指挥藤吉他们返工。藤吉一边安抚怒气冲冲的匠人一边不停地给那老头儿解释，累得精疲力竭。工程进展不顺，更让藤吉他们头疼的是刚好那年多雨，从开工到上梁就耗费了近四十天，一直拖到三月份，负责安装的工匠们才陆续从江户赶了过来。到达不久，猪之突然出现在眼前，说是工头让他来这里的。

实际上，那时候木工活儿已基本完成，已准备撤部分木工回江户了，藤吉觉得奇怪，肯定又有什么隐情，便一个劲儿追问到底怎么回事儿？

——是我自己要求来的。

猪之承认。他说话的样子显得特别难为情。

——大哥不在，就感觉自己是一个孤苦伶仃、上了年纪的寡妇。

——住嘴！猪之，老实交代，又惹什么事儿了？在江户都待不下去……

——大哥，你咋也变得这么疑神疑鬼……

——少废话，快说！到底怎么啦？是不是和梅本家那边没说好？

——开什么玩笑？自从有了上次那个事儿，没多久，我就彻底跟那边断了。

——那，到底怎么一回事儿？

藤吉连珠炮似的盯着问。在藤吉的强势逼问下，猪之见实在瞒不过去，于是将自己非要来到这里的理由，一五一十地告诉给藤吉。猪之说：

——那我就实话实说了吧。不过，大哥你听了可不能生气。

猪之说话时的眼神显得异常严肃。藤吉回答道：

——生不生气的，我怎么知道？那都是后话了。你先说说看！

藤吉的态度显然打了猪之一个措手不及。

——这下麻烦了。

猪之嘴里嘟囔着，抱怨的声音不大，刚好被藤吉听得清楚。

——这家伙今天可真够狠的。

藤吉没再说什么。猪之结结巴巴开始诉苦,言语中感觉他很痛苦,到快要无法忍受的地步。说白了就一句话,他又不喜欢近江屋的阿松了,拜托藤吉去把这门亲事给退了。藤吉双目紧闭,强压住心头怒火。

——你不是说事不过三吗?

藤吉耐着性子问。

——你不是说这次的姑娘绝对不会错吗?

——你先别生气,听我把话说完……

猪之摆摆手,打断了藤吉的责问。

——我承认当时确实是那么想的,可前些日子趁阿松休息,我约她一起去浅草寺参拜,回家的路上又一起去驹形的鳗鱼屋吃饭。鳗鱼饭端上来之前,边喝酒边聊天也还挺开心。我把酒杯递给阿松,让她也一块儿喝点儿,刚开始她还推辞,说自己不愿意喝,可三杯酒下肚以后,她的脸一下子就红了,举止开始变得轻浮,看我的眼神也不对了,色眯眯的。仅此倒也罢。可没过多久,她竟自顾自地喝了起来,歪着个身子,两只眼睛紧盯着我,说什么"你可不许找别的女人啊"。

——不准你去找别的女人,我是你的人,你也是我的人,今晚就好好……

听得我全身汗毛立了起来。

——这有什么错啊？

藤吉不解。

——莫非你又被吓住了？

——大哥，难道你不觉得太、太那什么了吗？

——都快结婚的人了，说说这样的话也不算过分呀。

——你是我的人了？哦！

猪之缩着脖子，身体颤抖着，看上去恐惧异常——就像一个极度讨厌毛毛虫的人，衣领里被人塞进了一条毛毛虫似的。

"真是拿他一点儿办法都没有。赶他回去吧，又觉得怪可怜的，只好先留他住在水户了。"藤吉说，"然后我警告他，'不过我有言在先。从今往后你再也不要去碰女人！我实在不想再管你那些屁事儿。'"

猪之似乎轻松了许多，笑容满面地对藤吉保证。

——保证以后不给大哥添麻烦！

见藤吉的态度有所缓和，猪之见缝插针地求道。

——不过近江屋的事儿，还得辛苦您。

——好吧。

藤吉无奈答应着。心里想——猪之和阿松的婚事本来就一直拖着，至今没有正式提亲，要说退吧，倒也不是什么难事儿。

相模屋的工程也一拖再拖，"大政"家的工头两次从江户赶来监工，总算在梅雨到来前结束了。就这期间，猪之又在找媳妇。他本人没说，可来水户半个月，人又变得神神叨叨。干活儿的匠人们都住在工地的小屋，只有藤吉，因是工头代理，相模屋在自家院内腾出一间空房给他并提供膳食。

"把猪之放在自己身边，是因为他说过，我不在身边就有一种上了年纪的寡妇的感觉。"藤吉开始有点儿醉了，笑着说，"这家伙真会胡闹。——相模屋的晚饭有酒，可猪之不喝，只是推说不想喝，可我觉得事情没那么简单，还是得问出个究竟来……"

后来，我发现他的样子越来越怪。

洗完澡后，就愣愣地坐在饭桌前，也不动手，只是盯着盘子上的东西发呆。——不喝点儿吗？藤吉问道。他也就心不在焉地"嗯"了一声。自始至终，眼神都没离开过饭桌上的东西。

——到底怎么啦？真的不来点儿？

——嗯，不想喝。

——肚子不舒服？

——肚子好着呢，没事儿。大哥，你自己喝吧，不用管我。

就这样，这种状态持续了四五天。有一天，两人再次重复了同样的对话后，藤吉突然感觉到后脊梁骨冷飕飕一丝发凉——这下麻烦了，和前几次的情况一模一样。

藤吉想。他决定此后再也不去主动招惹猪之了。

六

然而，没过多久，藤吉就又耐不住了。猪之巧妙地想尽各种办法取悦藤吉，就像木桩里的白蚁一点儿一点儿地侵蚀木桩步步紧逼，直至藤吉的心理防线彻底地土崩瓦解。

——唉！

猪之叹了口气，盯着眼前的饭桌自言自语，声音很低，但足以传到藤吉的耳中。

——不行，不能那么做！君子一言驷马难追。男子汉怎可出尔反尔？无论发生什么都得扛着，绝不能食言！

说完，眼神又移回到饭桌上，唉声叹气。就这样，终于有一天，明知是套儿，还是身不由己上了钩儿。藤吉开门见山问：

——这次的女孩儿又是哪儿的？

猪之一脸懵懂，望着藤吉一声——"嗯？"

——别装蒜啦，又是女人的事儿吧。

猪之低下了头。

——那家伙太狡猾，我未免太傻，表面上是我主动追求她，实际上事实却并非如此。

猪之支支吾吾地回答。对方是一个二十岁年纪、唤作绪生的女孩儿，在水户小有名气的洗涤町一家小餐馆打工。

猪之常去那家餐馆喝酒，于是两人就相识了。那家餐馆名为"稻叶"，一家比较正规的小店，但洗涤町一带就好比江户城里的花柳街，所以去那些地方也用不着小心翼翼地摆什么架子。

——自己去的吧？

藤吉问。猪之"嗯"了一声，依旧自顾自垂头丧气。

——怎么了？难道自己不会说吗？

——嗯，我不行。一看到她的脸，我感觉话就堵在嗓子眼儿了，什么都说不出来，连名字都叫不上来。

——我声明在先啊，这次可别再指望我，我已经受够了！

——我知道。好了，这回你就别管我了。

随即猪之嘴里小声嘟囔，

——不是说好的"事不过三"么？

藤吉听到后追问：

——嗯？什么"事不过三"？

——没什么……

猪之再次压低声音答：

——我的确喜欢过好几个女孩儿，可其中最喜欢的、想娶回家的，到今天为止这也才是第三个！我自己非常清楚，这次的确是真心的！

——喂，你好好想想，怎么是第三个？明明是第四个了！

150

藤吉吼道。

——哪有的事儿？你算算，就与野和阿松两个嘛。

——那，再之前的阿孝呢？

——阿孝？什么呀！你怎么把她也算上呢？

猪之耸了耸肩表示否认。

——不都你自己说的吗？和阿松交往的时候，你自己说没说过这是最后一次，事不过三？

——那只不过当时头脑发热，实际上，这次才真的是事不过三。

猪之强调的语气铿锵有力。

"我本来决心已定，坚决不再插手管他的破事儿。"藤吉一口闷下酒盅里的酒，"可每次我都半途而废。和那家伙相比，我太没主意了。没法子，我到底还是去了一趟稻叶。"

那是在相模屋工程完工后准备交工回江户的前两三天，绪生得知后表示同意，提出想和猪之当面谈谈。

事实上，绪生也很喜欢猪之，认为如果能和猪之这样的男人一起生活的话，哪怕跟着吃苦也心甘情愿，同时还表示，自己从一开始在心里就已经喜欢上了猪之。

——也真是有够丢人的。

藤吉将绪生的话转述给猪之，顺嘴还嘟囔了这么一句，感觉自己夹在中间就像是一个传话筒，自己都厌倦了自己所扮演的这种角色。

——对不起啊。

猪之有些惭愧地低下头。

——这次也算是跟人家通了个气儿。记住，下不为例。

——嗯，实在对不住大哥。

猪之表情淡定，看不出丝毫高兴的样子。"你去跟人家聊聊吧。"藤吉嘱咐道，"再过两三天就要回江户，不然就把你一个人留在这儿，我们先回。""好，就按你说的办。"猪之答道，"我这就过去……"

"猪之去了没过多久，就又回来了，嘴里嘀咕着什么——我现在就得马上离开这儿，先行一步回江户。"

藤吉一听，差点儿背过气去。

——竟说跟我一起回江户？！开什么玩笑？

猪之六神无主地说。

——想得倒美！我怎么能轻易答应和她成亲？这么大一个包袱，哪能受得了？开什么玩笑，真是受够了！

——喂，你能不能先冷静冷静、坐下来说，到底发生了什么事儿？

猪之却说——"哪里还有时间说这个？"语气中透着急迫，"等回了江户再给你慢慢讲吧。绪生那家伙生气了，不定一会儿会追过来。她来了，你想办法赶她走，我反正得先走一步。"只见他一边说，一边忙着收拾东西，草鞋的带儿都没系好就一溜烟儿似的跑掉了。藤吉有火没处撒，气得坐在那里兀自呻吟。跑出去的猪之又回到门口朝里窥视，可怜兮兮地赔着笑脸，讨好一般地说：

——大哥，回到江户，你狠狠揍我一顿吧。揍到能消气为止。

绪生没来。事后听那帮匠人说，绪生喝得烂醉如泥，骂猪之那样的家伙不是男人，要把江户人通通碾死——"踩在脚下踩躏"。

"这事儿，也就这样不了了之。"藤吉伸手拿起另一只德利酒壶，边倒酒边说，"回到江户以后，我自己的婚事进展很快，五月末办了喜事把千代娶回了家。随后我们搬到了佐久间町，也就是现在住的地方。"

"然后呢？水户那个叫绪生的女孩儿，做了什么事吗？"登问藤吉。

"什么事也没有。"藤吉回答道，"据说猪之去找绪生时，绪生把他带进酒馆顶里的一间小房，一把抱住他说——听说你马上回江户，可得带着我哦！骗我的话，看我怎么收拾你！"

"就这样？他心里又不舒服了吗？"

"他总有歪理……"藤吉提高了嗓门儿，"明明是他看上了人家，想娶人家做老婆，可对方不管说了点儿什么，哪怕是人之常情的男欢女爱，他马上就不对劲儿，态度一百八十度地大转弯儿，就像踩了他老虎尾巴。我实在无法理解，这家伙到底怎么想的！"

七

那天晚上，登将藤吉那里听来的全部转述给了新出去定，原以为他不会感兴趣。谁知恰恰相反，新出对他说的故事很感兴趣，甚至还一个劲儿地催着他说——后来呢？

藤吉夫妇搬去佐久间町以后，猪之也曾搬回大政的工头家住了大约半年光景，但仍是三天两头跑去家里看藤吉，就连新娘子千代都感到不可思议。住在堀江离藤吉家实在有点儿远，猪之就又搬到了久右卫门町[1]的长屋附近。迁居之初，他每天早早跑来接藤吉，还帮忙打水扫院子。然后就和藤吉一块儿去工地。天黑之后，又会出现，直至藤吉小两口熄灯就寝。

藤吉成家后，猪之再没因女人的事情给他惹麻烦，似乎又回到了从前的样子，不去玩也不沾女人。干活儿或喝酒的时候，常常有女人找他，他总是一副面无表情、爱答不理样子，看都不看人家一眼。从去年年末开始，猪之莫名地有点儿不对劲儿，到了工地也不干活儿，一个人呆在一旁发愣儿，有时一愣一整天。问他怎么了也不说，应付一句没事儿，然后照旧什么也不干。有时竟抓着刨子在

---

[1] 久右卫门町：日本东京都千代田区的地名。

已经上好的梁上凿洞，或者把好好的四分板削得薄如纸，净做一些让人哭笑不得的事儿。

"这家伙肯定又是哪里出问题了。"

藤吉意识到猪之的变化，赶紧去找工头商量，让他先休息一阵子。可没过几天，长屋的差配找上门来抱怨，虽说猪之没有过激行为，但他的样子很怪，周围的人都很担心，怕发生什么事儿。所以来问问，能不能想个什么办法。猪之是品川[1]渔民家的老三，家里还有父亲、一个哥哥和两个妹妹。或许与父母、兄弟姐妹感情不深，多年来与家人几无交往。但他无疑有家人生活在品川。"要不这样，叫他的家人过来，把他接回去怎么样?"藤吉同妻子千代商量。千代却表示反对："那多可怜啊。"

——那么多年没和家人来往，这么给送回去，家里人会善待他吗？猪之那么信任你，看得比父母兄弟还亲，咱们现在没有孩子，家里还有住的地方，不如接他到家里来。

千代热心地提出建议。于是正月中旬前后，夫妻俩就把猪之接到了佐久间町自己的家里。

之后的半年时间，藤吉和千代四处求医问药，甚至还请来了巫师为他驱魔、祈祷，猪之的病情却不见丝毫好转，好在也没有进一步恶化。无非就是出门时衣服穿

---

1 品川：今日本东京都品川区。

反，三尺腰带不系；不然就是白天蒙头大睡晚上不睡，自言自语、哼哼唧唧。气得藤吉大声呵斥。唯有一点，藤吉强调或为病根，那就是他对干活儿提不起丝毫的兴趣。

"树苗是倒着插的？你亲眼看到的吗？"去定问道。

"是的，所有的树苗都是根部朝上。"

去定看着登，又问："你怎么看？也认为是神经出了问题？"

"我也说不清楚。将女人的事儿联系起来，会不会是精神错乱？"

"不，不是女人！是藤吉。"

登看向去定，眼神中带着惊愕。

"猪之从小受到女孩子的追捧，长大后也是女人主动找他。我曾经在为他诊断时注意到，猪之的所有心思全在藤吉身上。"去定说，"他太容易得到女人的爱情，就把对女人的爱情一下子转移到藤吉身上。当然有别于男女之间的爱情，这是男人与男人间才能感受到的感情。这种情感在猪之身上表现得尤为强烈复杂。"

"照您这么说，现在和藤吉一起生活，病情该有所好转对吗？"

"不，恰恰相反，必须和藤吉分开才对！"去定说，"猪之自己当然不会认为之前所做的一切是在为难藤吉，他认为那些再正常不过。在他的内心世界里，给藤吉出难题就是在撒娇，他是想通过这种方式进一步拉近自己与藤吉之间的距离。"

登默默低下头，轻轻地点了两下表示认同。

"明天带他过来吧。"去定转过身，来到桌前，拿起笔边写边说，"把他和藤吉分开一段时间，别去管他，过段时间自然会好的。——没有比人脑这玩意儿更奇妙、更不可思议的了。"

第二天，猪之就被接到了医馆。

登将去定的诊断结果转述给藤吉，并一再叮嘱他千万不要过来探视。登对去定的诊断将信将疑，总觉得有那么点儿强词夺理、牵强附会，同时也想基于自己的判断为猪之找到治疗的方法。猪之则被单独安排在一间病房。他坚持不和其他人同住，无论是病人还是老人，他说有女人他就不舒服——去定同意了猪之的要求，为他单独安排一间病房。

就这样，这个夏天，登只要一有时间，就会去猪之的房间，准备些茶点之类随意地边吃边聊，也想套出他的心里话。

一天，登以一种暗示的口吻问猪之："这么长时间了，也没人探望，你自己有没有想见到的人呢？"

猪之想了想，表情显出一丝复杂。

"佐久间町那边应该会有人来看你的吧？"登进一步地试探道，"要不要派个人过去和他们说一声？"

"不了，算了吧。"猪之干脆地摇了摇头，"大哥太忙，叫他来也没什么要紧事儿。"

猪之这么说，登也只好打住。

夏天很快就要过去，猪之的病情依旧没有什么变化。他多数时间都是一个人闷在屋子里，只在傍晚的时候出来透透气，每天都是这样恍恍惚惚。

过去那种矫情倒是见不到了，但除此之外没有病情康复的迹象。

"你为什么不喜欢女人？"登试探地问，"你不觉得作为一个男人，讨厌女人是不正常的吗？"

"不是讨厌。"猪之为自己辩解，"我并不讨厌女人啊。"

"那为什么刚到这里时你强调，有病人、老人、女人的病房你不住。"

猪之稍微思考了一下，点了点头：

"哦，原来如此。您觉得那奇怪吗？"

"你不觉得自己的言行有点儿怪吗？"

"有原因的呀。"猪之继续说道，"有些话不能同别人随便讲，不过跟大夫说没有问题。"

"没错。"登应道。

八

"那是我十八岁那年的事情。"猪之平静地开始陈述,"因为工头家有两个女儿,邻居家的女孩子常会来家里玩儿。"

登回想起藤吉曾经讲过的事情,当然并没有流露出来,而是尽可能装作毫不知情,耐心地听猪之继续回忆。

"其中有一个小女孩儿名叫阿玉,快九岁了,是玉川屋一家洗染店老板的女儿,长得圆乎乎、胖嘟嘟的,性格也比较温和坦率——呀,不行,我不能再讲了……"说着猪之的脸竟然红了起来,"接下来发生的事儿,可真是让人难于启齿。"

"我是大夫啊,没关系啊。"

"那,您别把我想得太坏啊。"猪之用手挠了挠后脑勺儿,"那个叫阿玉的女孩儿一天到晚跟在我屁股后面。其实这也没什么,我也觉得小女孩儿蛮可爱的,平时一块玩得挺高兴。有一次她突然跑过来紧紧抱住我,我就顺势亲了她一下。您可千万别胡思乱想,绝无一丝邪念,只因平时就觉得可爱,被她抱住的一刹那,便自然而然地顺势亲了她。"

"这算不上什么呀。"登说,"我想多数人都有类似的经验吧。"

"可是之后，就变得尴尬了，"猪之的语速明显加快，像是要尽快从此时的回忆中挣脱出来，"我亲了她一下，小姑娘突然把舌头伸进了我嘴里！她才九岁啊！"说完，他抹了一把嘴唇，像是要吐口唾沫，整个儿脸都是歪的。

"我当时已经十八，可对那种事儿一窍不通，更何况对方是一个九岁年纪、老实巴交、安静又可爱的小丫头片子啊！那柔软的舌尖儿滑进来时，我惊呆了，几乎是跳了起来，推开阿玉就逃跑了。"

登静静地听完，笑着对猪之说：

"这种事儿很寻常呀！"

"寻常吗？"

"记得我也有过类似经历。"

似是从梦中刚刚醒来，猪之一脸惊诧地望向登：

"怎么？您也有类似的经历？然后呢？遇到这种事情，先生您就没有什么感觉吗？"

"无非……心里有点儿慌乱罢了。"

"是吗？我怎么觉得那么可怕，真的，越想越害怕。"

猪之继续感慨地说道："一个才九岁的小丫头片子啊，竟然懂那些，太不可思议了！再不敢小瞧女人了。毛骨悚然。"

"亏你还是在作坊里长大的手艺人。"登故意用半开玩笑的口吻刺激他，"看不出来，你还挺晚熟。"

"是吗？唉！"猪之斜着脑袋，"也许是那样啊。"

"我看你是那样的。"登给出肯定的答复。

经过与猪之的这次谈话，登已明确了可以采取的治疗方案。

去定的诊断有一定道理，却也并非全部合理。反复出现"恋上女人、而后逃避"之事，其表象的背后，是与小丫头阿玉的往事固留脑海。

登深信，只要排除了这一障碍，猪之很快就会康复。登的判断在入秋不久后得到了验证。这一天，登在院子里偶然看到了难见的一幕——通常只在傍晚时分出门透气儿的猪之，手里提着竹笼和一个女孩儿并肩散步。

"哦？"登不由自主吃惊地瞪大了眼睛。

和猪之走在一起的是阿杉姑娘，像是刚为主人由美端去晚饭准备回房间。猪之手里提的竹笼就是专为由美提饭盒时用的。

猪之好像在同阿杉说着什么，两人朝由美的住屋走去。登则默默地回了自己的房间。

登要陪去定出诊，他拜托森半太夫留意猪之的恢复情况。半太夫同样忙得没有闲工夫，只有时不时抽空儿观察，并将每天观察的情况汇报给登。——猪之的情况终于有了明显的改善，窝在房间里的时间越来越少，还主动出门找点儿事情做。偶尔去药园，也不会偷闲，借来锯、饱之类的工具，修整园内破损的栅栏和食堂掉落的墙板。一早一晚必定去帮着阿杉姑娘提竹笼、打饭，时不时去公共食堂帮忙磨刀修面板，偶尔还帮忙洗菜。

——如果这样，就可以放心了。

也许再过上一段儿时间，猪之就可以痊愈了。登心里做好了预判，接下来的日子里，也就很自然地放松了对猪之的关切。时至九月中旬的一个晚上，登出诊回来又迟了，换了衣服准备去食堂吃饭，正赶上猪之从后面追上来唤住了自己。

"我那儿备了点儿酒。"猪之小声地说，"您能陪我喝一杯吗？"

"酒？——怎么想要喝酒？"

"我让阿吉买的。"猪之抿嘴一笑，"您不是常让阿吉买酒吗？"

登避开视线说："可我肚子饿了。"

"我还准备了寿司。"猪之说，"来吧。其实有话跟您说呢。"

如此邀约，只好随他去了。

很久没来猪之的房间，收拾得整齐、干净，看上去特别舒适。

饭桌上除了诊所配备的套餐，还有盒装寿司，旁边放着五合大小的德利酒壶。当然没法喝温酒，只能冷着喝了。猪之一落坐便饮尽酒盅里的残酒，将酒盅递给登，登摆摆手推却："我不喝，听你说话就好。"

"那我就再喝点儿。"猪之说，"不然难于启齿。"

登心平气和地问了一句:"和阿杉有关?"

猪之"嗯"了一声,随即惊讶地看向登:"您知道?"

"具体情况不大清楚,大概猜得到。"

"啊,是吗?太让人吃惊了!既然这样,我就没什么可隐瞒的了,索性直说吧。"猪之往酒杯里斟满酒,双手捧着,异常严肃地看着登说,"这第一件事,拜托您把我留在这里,行不行?"

"这不是我一个人说了算的。"

"我会好好做事,需要我的地方尽管吩咐,我干什么都行。其实,医馆里的活儿挺多的,也确实需要一名木匠对吧?"

"说的也是。"登回应,"那第二件事呢?"

"第二件事倒是不急。"猪之说着,脸"唰"的一下子红了,他一口闷下酒盅里的酒,说道,"我还没有告诉她呢。——来!尝尝寿司吧。"

登不假思索地脱口而出:"莫非想娶阿杉?"

"阿杉太可怜了。"猪之应道,"侍奉一个疯女人,吃喝拉撒全靠她一人张罗,这样下去,这日子到哪里是个头儿啊?眼瞧着她一天天憔悴总那么辛苦,我的心像刀割一样难受。"

"也就是说,"登追问道,"你是觉得阿杉可怜才想娶她的,是吧?"

"绝对不是!开什么玩笑?"猪之回答得严肃又认真,

"说可怜吧,阿杉姑娘确实是挺可怜,可我娶她,绝对不是因为可怜她,而是发自内心地喜欢她!说实在的,过去,我也曾接触过不少女孩儿,可从没遇到过像阿杉这样的女孩子,她跟其他女孩儿不一样!我是真心地想娶她,哪怕一辈子受苦受穷我也心甘情愿!"

听猪之这么一说,登也陷入了沉默。

"真的。"猪之眼睛有些湿润,他直了直身子继续说,"自从见到了阿杉,我就觉得我要坚强。不,是必须坚强!不能像以前那样任性,整天无所事事、浑浑噩噩。真的,第一次,这是我人生第一次产生这样的想法。我希望阿杉幸福,而且,我一定要给她幸福!"

"你说这些话负责任吗?"

"不信,您可以去问我大哥,我是真的第一次说这样的话。只要阿杉同意,我保证即使海枯石烂,也绝不变心。"

"看得出来,猪之是真心的。"登心里思忖。

——这是他第一次站在了爱一个人的立场上。

过去,他一直生活在藤吉的保护伞下,女孩子那样痴情于他,使他处在被动的境况之中。而这一次完全不同,他对阿杉姑娘产生了怜悯之心,并决意给她幸福。可以说,这是他第一次成为一名男子汉的确凿证明。登心里已认同,谨慎起见,他还是提醒了一句。

"事不过三哦……"

猪之一脸不解地看着登:"什么?什么事不过三?"

"没什么，"登微笑着站起身，"没什么，不用去想——至于你的想法，我回去和去定先生商量商量看。"

"拜托您了！"猪之鞠躬致谢，又带着一丝坚定说道，"跟您交底，你们不同意，我就带着阿杉逃离这里。这是心里话并非威胁。请一定转告先生。"

感受到猪之眼神里的诚挚与炽热，登点点头朝过廊的方向走去。

红珊瑚子诊疗律

甘干徒劳

一

"我知道，患者们有怨言。"新出去定边走边说，"病房里铺的是木板，晚上睡觉打地铺；病号服没有像样儿的腰带，只一根细带子系着——事实上并非单单是病房，大夫们的房间也一样——患者总抱怨自己像住进了监狱。当然也不仅是患者，大夫的心里似乎也有想法。保本，你怎么看？"

"我倒没觉得……"登回答又急忙添了一句，"反而觉得清洁、干净。"

"净挑好听的……我不喜欢这样。"

登有些尴尬。

"其实，最不合理的就是榻榻米。过去压根儿没人用那玩意儿。据说水户的光圀，自己宫邸里从来就没铺过榻榻米。传言说是什么为了保留传统、维护武士的刚健和尊严，事实并非如此。铺上木板，也暗合一定的道理。人们普遍使用榻榻米是元禄年[1]以后的事，之前的两千多年，房间里铺的一直是木板。"

"听说那时候有专门铺在地上的榻榻米。"

"有是有的，不过是当年达官贵人家中的摆设而已，

1　元禄年：1688年10月至1704年4月，江户中期，东山天皇朝的年号。

大多用于仪式或晚上休息，平日里地上铺的仍然是木板。"去定耐心地解释着，"如果铺木板的方式不合理，人们早就换用榻榻米了。因为那时已经有了榻榻米。"

快要上坡了。七月中旬的一天，下午三点。看似已经步入秋季，秋老虎却令人生畏。天空仿佛充满恶意似的晴朗着，万里无云，没有一丝风，日头在身后追撵，直灼后背，感觉像似一块儿巨大的、触手可及的火球，重重地压在身上。登早已满头大汗，再看那竹造，背着药笼，胳肢窝和后背衣裳早已被汗水浸得湿透，他不停地甩手擦拭着额上流往脸上、脖颈上的汗滴。唯去定的衣服干干的，脸上甚至连一滴汗水都寻不见——早在刚入夏的时候，登就观察到了这一点，去定身上没有丁点儿多余的脂肪，强壮而结实，粗壮的手臂和宽厚的肩膀上，肌肉呈块儿状显而易见，手又大又厚，指头粗，乍看像似老农夫，腰间肌肉紧实，线条颇具美感。他像年轻小伙儿一般，看上去简直就像一头勃勃有生机的公牛。他很耐热，再热的天，走起路来都异常平静，不流一滴汗！其实耐热，本也不是什么值得大惊小怪的事。但酷暑下，竟然一滴汗水没流？这简直超越了登的认知范围。

"先生，您不热吗？"

登没忍住好奇心，去定的回答倒也干脆——"热啊。"那为何不出汗呢？登想追问，话到嘴边又咽了回去。"日本这个国家气候潮湿，榻榻米是积蓄湿气与灰尘的理想之处。"去定接着说,"无论去哪儿都行,我们可以试着拍打任何一个榻榻米,哪怕是刚刚清扫过,也一定灰土暴尘。稻草和灯芯草编制的榻榻米,是吸收储存空气中湿气与尘埃的最佳场所,有钱人可经常打扫或者定期地去旧换新,卫生条件相对还算过得去,可穷苦人家怎么可能具备那种条件?保本,你也去过不少背街小巷里的长屋吧?很多人家里的榻榻米一铺就是十几年,没条件去换也不可能用心打扫,有的甚至磨得不成样子——草垫里的草芯儿都发霉了,草芯儿钻出来乱成一团,榻榻米就又成了虱子与臭虫的安乐窝。人只要一吸气,鼻腔里就满是灰尘与草絮。再加上房屋地板本来就低,恨不得紧贴地面,一年四季阴暗潮湿,下面根本晒不到阳光。想想看,长年生活在这样的环境不得病才怪咧。"

"如果将榻榻米换成像医馆那样的木板,不仅防潮,还可以随时将垫子拿出去晾晒。别的不说,就冲这一点,榻榻米和木板,哪个合理?"

去定边走边说,不多久,几人到了坡顶——本乡[1]一丁目大路右拐处。登听着去定的分析,脑子里并没有过多思考他的理论是否科学,而是被他执着的精神与勇气所折服——一旦认准、便义无反顾,排除万难也要坚决执行。

"医馆这种特殊的医疗机构,最需要去定先生这样的

---

[1] 本乡:日本东京都文京区的地名。

大夫!"

登一边擦汗一边默默思忖,完全没有注意迎面突然出现的年轻人。那人身上一件褪了色的单衣,搭配着三尺腰带,脚上一双草鞋,一只胳膊上挽起袖子,晃晃悠悠地迎向这边走来。就在擦肩而过的一刹那,年轻人猛地一下撞向去定。事发突然,去定稍微踉跄了一下。这一切被走在后面的登看见了,一眼看出那人是有意为之。不料,那年轻人却大声地先嚷了起来:

"喂,老家伙,你想干吗?"

去定看了看对方,随之以目示意行礼:"对不起,失礼了。"

"什么对不起!"年轻人撸起一只胳膊的袖子吼道,"喂,这么宽的路,你非撞我,一句对不起就完了?"

年轻人如此蛮横,登不自觉地想冲上去,却被去定及时拦下。去定客气地低下头说:"你看,我这把年纪,走路时稍一愣神就撞了你,实在对不住,还请你多多担待!"

"嚯。"年轻人瞪着三角眼打量去定,被去定这么一说,似乎又找不到继续刁蛮的理由,索性向一旁吐了一口唾沫,"倒霉透了!弄得人心里膈应,下次注意点儿!"

走出半条街,登心中依然愤懑难平。

"无赖!太可恶了。我明明看见是他故意撞你。"

"故意找碴儿呢。"去定淡然地说,"有时候,人就是想故意找碴儿，说到底还是年轻。我年轻的时候，也曾犯浑……"

真想扑上去，教训教训那家伙。登心里恶狠狠地想着，可忍住了并没有说出口，只是双拳紧握，保持愤怒，继续前行。

二

在日光门跡[1]离宫三组[2]町内，有一处花柳巷簇拥着若干小妓院。那里被称作冈场，连檐的长屋，一户只许住两名女子。可规矩是规矩，下面总有对策，这边方才取缔，那边又开业了。管控时紧时松，反复无常。于是，没人知晓这里到底有多少妓院、多少妓女。

两年前开始，去定每隔十天就去一趟花柳街，强行为那里的女人们治病。听森半太夫说，前年秋天，曾有三个染上梅毒的女子跑来医馆求救，她们极度营养缺乏，个个瘦得饿鬼一般。去定采取了应急措施，召她们的雇主出面，可她们却声称不认识这几个女子。不得已，只得委托地方官员同行去了三组町。

——世上没有坏人，不存在什么坏人。

1　门跡：规格很高的皇家寺院。
2　三组：日本江户时代设置的消防组织，共四十八组。三组包括佐贺町、熊井町、西永代町、一宫町一带。

听说自那次回到医馆，去定嘴里就不停地唠叨这一句话。事实上，他这样说并非认为"世上没有坏人"，而是时刻提醒自己"世上不该有坏人"。跑来求救的三人中，一个病情严重死了；另外两个经过半年多治疗基本恢复了健康。其中一个回了水户的老家，另一个从这里逃之夭夭。

——无依无靠无安身处，新出先生特意安排她到这里的公共食堂帮佣。

可是，那个女人却逃跑了，至今去向不明。

听半太夫说，医馆现在收留的两个女人，也都是去定跟她们的雇主交涉后接过来的。登偶尔也会搭手为她们治疗，但还从没去过三组町。——那天，直到由本乡大路拐向汤岛天神[1]方向时，他才知道去定要去的地方。

"保本，"快到门跡离宫时，去定放缓了脚步问，"你没去过红灯区、花柳巷那样的地方么？"

登含糊其词地回答："在长崎的时候，去过两三次。"

"给人看病……还是逛窑子？"

登下意识地擦了擦汗："学友带我去的。玩玩罢了。"他突然言之凿凿，"绝对没碰女人！"

"哦。"去定应了一声。

---

1 汤岛天神：汤岛天满宫是位于日本东京都文京区的神社。通称汤岛天神。旧称汤岛神社。旧社格为府社。古来就是东京的代表性天满宫，祭祀学问之神菅原道真，考季或平时都有很多的学生前来参拜。

"我在江户时，曾和一个女孩有过婚约。"登的语气瞬间变得严肃认真，"那女孩儿在我外出的时候背叛了我，和别的男人——呃，怎么说呢。我一直相信她在等我。所以去了花柳街，但也没心思碰女人。"

去定往前走了几步又说：

"我问了不该问的事。忘了吧。权当没问。"

登又擦汗。

位于三组町内的那片区域，周围全是黑板墙，入口的大门旁有一间防火人员值班的小屋。黑板墙破旧不堪，墙体倾斜，好多地方的漆皮都脱落了，防火值班室的防水拉门儿就那么敞着，里面坐了三个男人，其中两个光着膀子，另一个更是一丝不挂。见去定几人路过，其中一个貌似嘴里嘀咕着什么，三个男人的眼神顿时变得犀利可怕，瞪大了眼睛看看去定又打量着登。

"大热天的，怎么天还没黑就值班？"登问道。

"看似在值班。"去定解释说，"其实他们是保镖。这儿防火的工作，有警犬。"

登一时没回过味儿来。

"这里的来客多是一些武士家的杂役、侍从。"去定解释道，"其中有人狐假虎威、仗势欺人。那几个男人专门处理类似问题。他们还有一个任务就是防止女人逃跑。说白了，他们受雇于这一带妓院——错综复杂，一言难尽。过些时候你就明白了。不过切记，无论他们说什么，你都不能搭话!"

"真会没事找事儿吗?"

"那倒不至于。"去定说,"想必没什么事儿,只是提醒你注意而已。"

"哦,明白了。"登放下心来。

这一趟去定巡诊了十七家妓院,为八名女子做了检查,其中有一个年仅十三岁的女佣,女主人称是亲戚家的孩子,女孩儿自己说是十五岁,看着顶多十二三岁,扁平的胸臀,瘦小稚嫩,带着孩童般的表情。去定似乎早就注意到这个小女孩儿,强制性为她做了检查,之后厉斥女主人。

"怎么让这样的小孩子接客?我告了你,你可吃不了兜着走!"

"您乱说什么呢?哪有的事儿?"女主人极力否认,"我亲戚家的孩子,即便我是干这行儿的,也不可能把自家亲戚的孩子推出去接客吧。我可不是那种女人啊!"

"这是疮毒!"去定指着女孩儿嘴角的疙瘩,"我早就看到了。身上也有,不接触染病的客人怎么会有?"

"我真的不知道啊。"女主人转过脸盯向小女孩儿,"难道——阿丰,你背着我干了什么坏事吗?"

女孩儿面无表情,默不作声。

"阿丰!你怎么不回答我?"

"够了!"去定怒斥女主人,"别再演戏了,赶紧把孩子送回家!她父母人在哪儿?"

"我也想知道呢。"

去定语塞。

"前年年尾,他们还在本乡的业平。"女主人诡辩,"一家人靠船上卖菜为生,孩子多难以维持,只能关了船店。走的时候,把这孩子托付给我,我也不知道他们去了哪儿,至今杳无音信。"

去定问阿丰:"老实说,你家在哪儿?"

"不知道。"女孩儿使劲儿摇头,下意识刚要叫"妈妈",又急忙改口,"阿姨说得对,过去就住在业平。"

"小孩子不许撒谎。"去定打断说,"我在帮你。必须说实话!"

去定劝慰阿丰——"别害怕,有我在,不用顾忌谁。"

可阿丰只是一个劲儿地重复女主人方才说过的话,并坚持声称自己真的就是十五岁。女孩儿不改口,去定只好通知她们,将女孩儿带回医馆。女主人竟一口应承说——请便。还说帮了自己大忙,带走了一个麻烦。听女主人那么一说,阿丰突然哭闹起来,抽动着肩膀说——我不要去!

"我要这儿的家!"阿丰像个孩子似的大哭大闹,"我哪儿也不去!我就要待在这儿!不要带我走……"

阿丰似乎真的不愿离开这里,她不是害怕女主人,而是真的不想离开她的这个家。她的哭声、她的泪水、她的眼睛,都说明了这一点。

"听着,孩子。"去定尽可能温和地安抚说,"你得了不好的病，继续待在这儿，以后会残疾或发疯的……"

"不，不，我不管。"阿丰照旧哭闹喊叫，"我就要待在这儿，我不要你带我走！"

三

女主人却若无其事地抽起了烟袋。隔壁房间坐着两名女子，一声不响地倾听动静。阿丰的哭闹，她们似乎习以为常。不一会儿，门外传来男人的喊声："咋啦咋啦？"话音未落，两个大汉气势汹汹地冲进来。

"咋啦，大姐？"其中一个问道，"出了啥事儿？"

两个大汉都年轻，看着也就二十一二，头上扎着流行的斜式发髻，身上穿着花哨的浴衣，宽平腰带，脚下是全新的竹皮屐。

"没事儿，你们不要吵！"女主人放下手中的烟袋说，"医馆的大夫说这孩子病了，要把她带回去治疗，可这孩子又哭又闹不肯去……"

"她这样哭着不想去，你们还非要带她走吗？"其中一个年轻人说，"就算是治病，也不一定非要去医馆吧。我们本地也有大夫啊。是吧阿铁？"

"没错！"一块儿进来的年轻人嗓音沙哑，"不是医馆的大夫就不是大夫？再说了，就算是医馆的大夫也未必百病包治吧。如果那样，世上就不会死人了。病人是病人，大夫是大夫，该死不得活。你们就不要狗拿耗子多管闲事了！"

"我不去！不去！"阿丰身体战栗，照旧大哭大闹，"我哪儿也不去！这儿就是我的家！我就待在这儿！"

"竹造，把药笼拿来！"去定说。

竹造站在榻榻米边缘的横木上，双拳紧握，眼睛直勾勾瞪着两个年轻人，感觉随时要弹将出去。去定一叫，他才舒了一口气，把药笼塞到登的怀里。

"阿丰，你放心。"领头儿的年轻人说，"我们在，没人敢碰你一指头！我们可是亡命之徒。"

"对！"他的同伴也在一旁插话，"我们会不惜一切保护这地盘，哪怕拼命也在所不惜！我们啊，可不是白吃饭的。"

去定递给女主人一些药——装在贝壳里的一盒药膏外加些汤药。慎重起见还详细说明了用法。去定拿着药膏，亲自为阿丰涂上，女孩儿的哭闹戛然而止，连抽噎也瞬间消失。

"我警告你。"去定对女主人说，"今后不准再让小女孩儿接客！一旦被我发现，我就举报你，你听见没有？"

"我是不会让她接客的，"女主人摆弄着手里的烟袋说，"可我不能一天十二个时辰守着她啊。这孩子早熟啊。她躲在拉门后，站着都能干那事儿。"

"你觉得你这话能骗得了人吗？"

"这孩子好歹一个大活人呀，我又不能用铁链子把她拴住。"说完，女主人回头吩咐两个年轻人退下，"没事儿了。阿铁、阿兼，辛苦啦!"

两人识趣地退了出去，前脚出门便传来肆无忌惮的对话:"这些大夫可真是软骨头。几句话吓得浑身哆嗦。"间或传来愚蠢的笑声。登瞥见竹造的脸早已憋得通红，可去定却若无其事地只留下一句话——"十天后，还会再来。"说完便带着两人离开了。

三组町出来后，几个人先是绕道去了下谷，看望住在根岸[1]宿舍里的谷物批发商店隐退的老板，之后又去了一趟神田的商家——锻冶桥御门[2]里的松平隐岐家。一圈儿下来，总共走了八个地方，途中一直没歇脚，去定还一边走一边和登说着话。

"这世上，再没有比人更尊贵、更美好、更清高、更可靠的东西了。"去定感慨，"但同时，也没有比人更卑鄙、更龌龊、更愚钝、更邪恶、更贪婪、更令人厌恶的东西。"

那一带的妓院，主子们都是靠女人赚钱养活，姑且不论以这种方式谋生的对与错，既然要靠女人养活，就该给她们相应的回报才对。然而事实大多相反。能赚则赚，拼命地让女人接客;一旦女人患了病，根本就没想过好好医

---

1 根岸:日本东京台东区的町名。
2 锻冶桥御门:江户城的城门之一。

治。这帮家伙与町医沆瀣一气，不顾女人死活，一直让她们接直到病倒为止。病倒了别说是药，就连饭都吃不饱。眼睁睁看着这些女人煎熬等死，没有比这更残忍的了。虽说这等事儿并不普遍，可之前跑到医馆求救的三个女人是这样，三组町的多家妓院，都是这般状态。

"我并非否定卖色这个行当，人都有七情六欲，只要人有欲望，就一定会产生欲望满足的条件，这很自然。"去定说，"倘若认为卖淫这个行当背德，那菜馆儿茶屋都没有存在的必要。甚至就连烹饪亦当否定，因为那是违背自然饮食规律的，也就是通过美味来刺激不必要的食欲。"

"当然，酒馆儿的生意会越来越好，卖淫这个行当也会存续下去。此外为满足人类形形色色的欲望，还会有各种各样人们认为不正当的事情出现。因此，即便对卖淫这个行当有看法，认为那是不正当的违背道德的事情，批判、谴责、摧毁均无济于事。不如勇敢地面对现实，承认它的存在，然后努力改善条件，使之健康地发展。

"这么说，乃因我也有过类似的经验。"去定说，"我却没有做过说明。我知道怎样偷东西，也曾经花天酒地、沉迷女色，还曾出卖朋友、背叛恩师。自己本身就是一个劣迹斑斑、伤痕累累的人，所以特别理解窃贼、妓女和卑怯小人的心情。"

说到这儿，去定突然咂了咂舌。

"真糊涂!"他跺了跺脚,"今天怎么搞的?尽烂事!"

突然知道这么多事,登猛地惊呆了。

——窃贼、叛徒、出卖朋友?!

真的有过那般经验吗?真的是他的亲身经历?还是杜撰出来的?事情的真假姑且不论,他今天怎么心血来潮想起来说这些?登默默地思索着,跟在去定的身后。

四

同往常一样,那天吃过晚饭,时间已经很晚。去定把登叫到屋里,拿来桌旁放着的包裹,推到登的面前。"拿了这么久,实在抱歉。"

"这是什么?"登问。

"从你那儿借来的笔记和图录。"

登点了点头。这些都是他在长崎学习期间收集到的资料,涵盖了各科病理以及与解剖、治疗、药剂处方相关的笔记,刚来医馆的时候,被去定逼迫着无奈地交了上去。

"有用的部分我都抄写了。"去定说,"这可不是为自己,而是为了更好地治病救人,你不理解也没有办法。请原谅!"

登顿时感觉腋下汗津津,羞愧难当。当初,去定让他交出笔记和图录时,他满口拒绝,还理直气壮地坚称"这是我私人的东西"——特别是其中与内科相关的部分,都是自己下了很大功夫整理出来的，主要是一些诊断和治疗的方法。那时的他，坚信靠这些东西能在医界出人头地。他清楚地记得，自己当时还曾傲慢地讥讽去定，说过"某些大夫不就是靠着知道白内障的治疗法名声大噪，置下了产业"云云。

"白天跟你说了，我也偷过东西。"去定自嘲地苦笑，"这也算是其中的一件吧。"

"先生，还请您原谅！"登不好意思地低下头，诚恳地致歉道，"那时候我不明事理，现在想起来都会羞愧不已。拜托了，请您不要再说这样的话了。"

"我也对自己今天的表现感到羞愧。"去定用力捋了捋了胡须，"说了一大堆不着边际的话，还居高临下地训斥人家。真让人感觉厚颜无耻。"

"不，先生，您当时只是太过生气。"登辩解说，"在那个叫阿丰的小女孩家里，您一定是强压怒火，才任凭两个小痞子口出狂言。您的怒气，在咱们后来去下谷的路上，我们就感觉到了。"

"事情不是那样。我没有生他们的气，相反，我很同情那两个年轻人。"

"同情？"

"忘了从哪一年开始，像他俩一样的流氓多了起来。"去定叹一口气，继续说道，"这其中一个很重要的原因，就是幕府颁布节俭令。当然，颁布节俭令，取缔毫无用处的玩物和奢侈品是对的。但节俭令取缔范围波及过大，使得正常的商品交易也被迫陷入停滞，就有负面效果了。因而破产呀失去工作的人很多，尤其是一些大型的填海造地工程以及挖掘河道的工程相继停工，很多人便找不到地方干活儿赚钱。那些上年纪、有家室或头脑活络的人，也许还能想办法找到一条活路。而那些思想尚未成熟的年轻人，则容易迷失方向。当然，有的人生来就带着一些流氓习性，这部分人暂且不论，对于大多数的普通人来讲，谁不想好好地度过人生呢？谁又愿意被人看作流氓无赖，被人厌弃戳着脊梁骨呢？"

去定顿了顿，感慨道——不光是今天见到的那两个人，每当看到街上晃来晃去、无所事事的年轻人，我都会打心眼儿里同情他们。

"那些妓院的主人们也一样。看到他们冷酷无情、粗暴地对待女人，我恨不得把他们全都逮住倒挂起来，狠狠地收拾一顿。起初我一直那么想，即使是现在，也常常气得想报以老拳。但你想过没有？他们为什么选择这一行？并非都是为了满足自己的贪欲！很明显，他们太穷了，穷困得不亚于那些受雇卖身的女人！"说到这儿，去定停顿了片刻，似乎在积攒勇气面对内心的自责，"那些被社会抛弃被人们疏远、讨厌、憎恶、蔑视的人，往往都是正直、心软、善良但却才智疏浅的人。他们被逼无奈，要么自我消亡，要么丧失分辨是非的能力做一些见不得人的事情。

他们往往迫不得已，生命中处处充满着无奈。他们中的大多数因此而自生自灭，剩下那些自暴自弃误入歧途的，正因为缺乏才智，其所作所为才常常令人感到难以置信。我所说的这一切，保本，相信你也见识了不少。

"也许我们最终也无法铲除世界上的背德与罪恶，但是，若能了解这些背德与罪恶都源自贫困和无知，至少我们可以选择加倍努力去克服贫困与无知。

"也许有人认为这一切是徒劳的，我自己也常常反思过去的一切，可以说，几乎都是以徒劳告终。"去定说，"世界变动不居，农、工、商、学问乃至世间一切都在永不停息地前行，我们根本无暇顾及那些因为跟不上社会发展的脚步而掉队的人。然而不可否认的是，掉队的人也是活生生的人啊！比起那些享受荣华富贵的人，我反而觉得，那些因贫困、无知而挣扎求生在社会底层的穷苦人才更有人情味儿或人性。在他们身上，我能感受到未来的希望。"

"人间百态。有的人不费吹灰之力一步登天；有的人貌似徒劳，坚持不懈才显现效果。迄今为止我所想所做的一切，也许真的是徒劳，但我坚信即使一生所为皆在徒劳中打转也无妨。"说到这儿，去定猛地摇了摇头。

"我这是要跟你说什么呢？真是老糊涂了。"他顺手捋了捋胡须，"今天到底是怎么啦？原本叫你来，是有更重要的事情告诉你，却又扯到一边去了。"

登茫然地看着去定。

"对对对，是天野姑娘的事儿。"去定有意避开登的视线，"天野，你认识吧？"

"嗯，认识。"登回答。

"具体情况我也不是很清楚，源伯要讲，我没怎么认真听。当然了，大概情况还是猜到一些。"说到这儿，去定稍微停顿了一下，"一句话，天野姑娘希望你和她的妹妹结婚。那姑娘年纪十八，名字嘛，呃，叫什么来着……"

"昌绪。"

"你知道她？"

"隐约有那么点儿印象而已。"

"跟姐姐的缘分算是尽了，能和妹妹结婚的话，也算得上失之东隅、收之桑榆了。据说这也是你父母的愿望，如果觉得合适，就回一趟麹町的家如何？"

"目前在修炼医术……"登回答，"还不想考虑成家的事儿。"

去定直视着登的眼睛："难道还放不下姐姐？"

"说实话，我也说不清楚。"登说，"眼下对我来说，修炼比什么都重要，我自己也想好好干一番事业。结婚的事嘛，目前还没有列入计划。"

"那至少先约定嘛……"

登脸上的表情很不自然。

"非常感谢您，不过——"登转过头去，"我做不到。"

去定紧紧盯着登的脸。片刻转过身，面向桌子，轻轻地咳了一声。

"好了，我要说的就是这些。"

登行过礼，捧起装有笔记本的包包告辞。

五

回到宿舍，他将包收进壁柜，去找森半太夫。半太夫正伏在煤油灯案前记笔记，将所有住院患者的详细情况记录下来，是他每天必须完成的工作之一。

"马上就好。"半太夫招呼他说，"那边儿有蒲团[1]，坐那儿等一会儿。"

登伸手取过蒲团，坐了下来。

登来找半太夫，主要是想了解去定的情况，偷窃什么的已不介意。可是辜负老师呀、出卖朋友啦云云，登总感觉话里有话藏了很多隐情。去定医术高明，大名诸侯、大宅富豪皆高接远送、以礼相待，至今却孑身一人、以医馆为家，过着捉襟见肘的生活。本想着半太夫在这里时间最长，又和去定走得最近，一定知道去定的一些经历，不料他也几乎一无所知。

"先生从不言及自己的事情，"半太夫说，"只是偶然

---

[1] 蒲团：是指以蒲草编织而成之圆形扁平坐具，又称圆座，是僧人坐禅及跪拜时所用之物。

听人提起，先生曾求学于马场毂里[1]门下，锻冶桥的宇田川榕庵[2]是先生的师弟。"

"马场？不就是那位洋学泰斗！"登十分惊讶，反问道，"而且，先生和宇田川榕庵还是同门师兄弟？"

"先生从未说起，真假不知，不过听说……马场先生器重新出先生。"半太夫继续说，"原本打算把新出先生培养成自己的接班人，可新出先生不愿意，离开老师去长崎学了兰医。"

登大吃一惊。原来如此。怪不得有一次，一位患者因胰腺癌病逝后，去定操着一口非常流利的荷兰语描述病情。登本以为去定是看了自己的笔记，才学会那几句荷兰语，如今想来，倘若他果真去过长崎，那掌握的新知识肯定要比自己多得多。何况去定是语言方面的秀才，江户这边完全有可能搞到荷兰语版本的医学书。既然还在长崎行过医，他的荷兰语肯定不是看了自己的笔记后掌握的。

——那他为什么还要抄录我的笔记和图录呢？

想必是因为严谨和不耻下问的谦虚。登的内心跌宕起伏，骂过去的自己是何等浅薄。

---

[1] 马场毂里：马场贞由（1787—1822），江户时代后期的荷兰语翻译，兰学者，被人们称为佐十郎，雅号毂里。

[2] 宇田川榕庵：（1798—1846），江户时代后期大垣藩（今岐阜县大垣市）人，兰学者，名"榕"，号"绿舫"，是第一个将植物学、化学等学问介绍到日本的学者，晚年过继津山藩的宇田川家做养子，成为藩医。宇田川家是兰学名门。

"怎么突然问这些?"半太夫问,"先生怎么啦?"

登将白天发生的事,一五一十地讲与他听。

"不清楚啊。"半太夫说,"背叛恩师?也许指之前离开马场的事吧?马场先生非常期待去定先生成为他的继承人,从而在语言学界发挥更大的作用,可先生却违背了马场先生的期待。至于偷窃、出卖朋友什么的,以先生的为人,应该不会是真的吧。"

"我也这么认为。"登点头表示认同,"可先生用那么郑重的口吻吐露心事。算了,肯定事实不是先生所说的那样。毕竟他是对自己要求特别严苛的人。"说完,登便起身离开了。

差不多过了一个星期,在一个下雨的午后,几个人再次出发前往三组町。天气潮湿而闷热,似又回到了梅雨季节,那天一共巡诊了六家,结果第三次发生了不愉快。日本桥的白银町,有一家名为和泉屋德兵卫的钱庄,四十一岁的老板娘患了中风,半年前开始一直是去定上门为之治疗。给有钱人看病的收费很高,德兵卫心中不满。这次为他妻子做完检查后,去定重又开具了一个新药方,一旁的德兵卫一边端茶一边不无讽刺意味地问道:

"冒昧问一下,听人说,治病是不管生死的?"

"所言极是。"去定回答。

"那是不是当作这般理解。"德兵卫装腔作势地接着说,"治好,就治;治不好,就死。反正大夫没有责任,是吗?"

"那样理解也不错。"

"如此一来,没有信用的草包医生和名医就没什么区别了吧?花大价钱购入的药材和市面儿上卖的药,压根儿没什么两样!对吧?"说到这儿,德兵卫又阴阳怪气地说,"当然,新出先生这样有名的大夫,不可同日而语。"

"我也不例外。"去定应道,"正如你所说,大夫也好药材也罢,本没有太大的差别,这是事实。只是奔着一个名医头衔,就高价购买连自己都不知道是否有效的药品,的确比追着小偷送钱还要蠢!你,还有什么想问的吗?"

"呃,实在对不住,好像惹您不高兴了。"

"不,没关系。"去定笑着站起身来,"如果连这等小事都要介怀,就不可能成为'腰缠万贯'的名医了。请不必为我担心。"

出了门,去定狠啐了一口唾沫骂道"吝啬鬼"。之后又接连转了三个地方,心情未有好转。于登而言,这是自他陪去定一同出诊以来,头一次看到去定大为光火。做生意的有钱人自不必说,即便是重权在握的大名诸侯,对他也都是厚礼相待。

——世上竟有人如此龌龊之人!

想起德兵卫嘲讽般、装腔作势的语调和油光发亮、卑劣的表情,登就厌恶之极,想啐唾沫。

从最后一位病人家里出来，去定昂起头仰望天空，轻轻地说了声"终于结束了"。他静静地站在那里。竹造摇了摇身上的药笼，示意登注意。登给了一个眼色——示意先别出声。

"现在回去有点儿早，"去定缓过神来，"这样吧。去趟三组町。"

说完，大步流星走去。

仿佛要驱散体内所有的晦气。他横穿御成道[1]、又经松下町[2]穿过武家宅院，爬过一段窄且陡的大坡儿，一气儿抵达三组町。中途没有歇脚，累坏了身背药笼的竹造，汗也顾不得擦，悄悄地跟登诉起苦来。

"吝啬鬼那儿受的气，全撒咱俩身上了！真没劲！"

登没作声，回头看看竹造，见竹造正用一块皱巴巴的方巾抹额头，较劲似的双手用力拧给他看。方巾竟像刚从水中捞出，难以置信地拧出好多汗水。登苦笑着说"行啦"。就在此时，登的注意力被身边路过的一名男子吸引过去。他从花柳巷那边踱来，擦肩错身的一瞬，不怀好意的眼神令人心头一颤。登扭头瞧时，但见男子也正回头向他这边观望，目光交错的一刹那，男子慌乱地躲闪，扭回头去一路小跑，很快拐去了另外一条小路。

---

1 御成道：路名，意为成功之道，贵人之道。
2 松下町：日本东京都千代田区町名。

"这、这家伙看着面熟,好像在、在哪里见过。"依稀听见身旁竹造结结巴巴地嘟囔。

六

"见过?在哪儿?"

"前阵子在本乡大路故意撞了先生,没事找事的那个家伙。"

"哦,是吗?我倒没看出来……"

"我记得他的长相。"竹造说,"那混蛋偷偷摸摸逃跑时的样子好生猥琐。"

"没错。是有那种感觉……"登表示认同。

那天,去定几人巡诊了十七家,偶尔也会遭到拒绝,可去定不予理睬,硬生生地闯进去,把女人们一个个地叫过来,只要发现问题,当即强制检查,绝不含糊。染疾在身的当即开药;情况严重的,他便对雇主提出警告。

"她需要休息十天。"或者,"下次我来复诊前,不许让她接客。"极其严重的,便喝令雇主"送她们回家"。雇主们虽说心里老大不情愿,表面上却都规规矩矩地答应着。检查也好、治病也罢,全都免费,按常理说该是心存感激才对。可仍旧有人别扭反抗。

"我们可都指着她吃饭呢。"一家妓院老鸨阴阳怪气,"这里的女孩儿只会端茶倒水,三天也接不上一个客人。

您竟要她一下子休息上十五天？！那一家老小吃什么？喝西北风吗？要不，您给出十五天的饭钱？"

去定厉声喝道，"必须休息十五天！否则，西北风也喝不上！"

老板娘气得老脸抽搐，怒目圆睁，恨不能马上用眼神杀了去定。

再次来到少女阿丰待过的妓院，老板娘说"她不在了"。因为害怕被带去医馆，三天前一大早趁人不注意跑了，找了半天也没找着。是真是假不得而知。登怀疑，阿丰多半被这老板娘卖了。在这之前，阿丰曾下意识地想叫这个女人"妈妈"，又及时改口叫了"阿姨"，至少说明，老板娘所说"亲戚家的孩子"绝对是扯谎，就连现在所说的一切，八成也是假的。在登看来，老板娘根本就是个口里没有真话的人。确实想不出应对措施，只是默默地望向去定。此时的去定也只默默地站在那里听着，不见丝毫反应。良久，转身离开。

从第十七家巡诊出来后，去定嘴里一直反复念叨着："为什么不冲着大夫来呢？"

天色已晚、几近黄昏，街上陆续出现三两醉汉，酒气熏天地踯躅在妓院门口和女人们搭讪，偶尔传来调情般的笑声。去定三人刚刚行至门口近处，突然窜出两个年轻人横在路中间。一个光着膀子，另一个全身上下只一条兜裆布。后者拦住去定，态度微妙，语气听上去谦逊，眼神儿却泛露出凶光，表达的意思也很明确，就是警告去定他们不要再靠近这里。

去定看了看年轻人，语气一如既往的平和："什么意思，不能来吗？"

"您来的话，这地方就萧条了。"年轻人回答道，"您第一次来，就是带町方的人一起来的，只那么一回。但医馆毕竟有幕府靠山，您又是那里的大夫，要知道，您这样的人在这里进出，客人会顾虑增多，不敢来这儿捧场儿。"

去定打断他的歪理，喝道：

"别在这儿绕圈子！说，谁派你来的？指使你的人是谁？"

"这里的客人。"

"老实交代！"去定步步紧逼，"我来这里行医已经两年多，真要影响了谁家生意，早就有人出来抱怨，哪儿轮得到你们？谁指使你们来的？到底是谁？"

"哎哟喂，老家伙，看起来挺有本事的嘛。"年轻人回过头向自己的同伴招呼道，"真他娘的好心没好报。看来跟他们好好说话是没有用的喽。"

"竟敢瞧不起我们？！"光膀的汉子一挥手喊道，"来呀，都给我出来！"

登回身去看，后头跑来三个年轻人，其中两个之前见过。一个是在阿丰家巡诊时一旁捣乱的家伙，另一个是本乡一丁目故意撞人的家伙。登一眼认出了。

"保本,"去定说,"你和竹造退下,不许动手!"

"那怎么行?先生您……"

"没事儿,你俩到一边去。"去定挡住登,"我没事,你俩退下。还不快点儿退下!"

登和竹造只得闪到了一边儿。登站在那里,只觉两条腿不停地颤抖,咽口唾沫都极为费力。回头再看向竹造,只见他也气得脸涨得通红,却毫毫看不出有任何不安。

"老家伙,"兜裆布很嚣张,"事到如今还不懂得收敛。这会儿想逃,还来得及。若非要逞强,今天就废了你!"

"臭小子,听过那个笑话吗?"去定倒是镇静,"千万别跟大夫动手,小心丢了小命——臭小子,听好喽,我不会取尔等的小命。可真要动手,弄断两三条胳膊腿儿也不在话下……"

穿兜裆布的汉子显然是个头目,"哼"了一声,脸上扬起一丝冷笑,慢慢地朝去定方向踱去。

"老家伙,你他娘的还真想动手?"

"给我让开!"去定说,"奉劝你一句,你还是主动让开的好。"

去定话音未落,汉子已猛地向他扑将过去。

一旁的登被彻底吓蒙,茫然地张大了嘴。他看得清楚,光膀子的汉子扑过来时,紧跟着围上去的几个人都挤在一块儿,相互推搡根本分不清。乱成一团。间或听得见夹杂其中的愤怒叫骂声、拳打脚踢声、骨折骨裂声和痛苦哀号声。喘气的工夫，四个汉子躺倒在地，另一个被去定死死地按在地上动弹不得。躺着的几个痛苦地呻吟着，其中一个一边哭还一边抱着自己的右腿，疼得嗷嗷惨叫。"快说！"去定一只手掐住被按倒在地的汉子的脖子，厉声问道，"背后受谁指使？是谁？快说！否则一把掐死你！"

按倒在地的，就是那个头儿——只穿兜裆布的年轻人。汉子被去定掐得几乎透不过气儿来，左右扭动脖子挣扎着说："是……是五庵先生！"

"谁？你说清楚点！"

"御徒町[1]的……"汉子喘着粗气、狼狈地招供，"井田家的少主。"

七

什么？井田五庵？登很吃惊。井田五庵也是医馆的大夫，他和他父亲玄丹在御徒町开有一间诊所，父子二人又都是医馆的签约大夫。登觉得，肯定又是这痞子在信口胡诌。去定却松开了掐脖子的那只手，站起身来。

"你说的是真的？"

"嗯，另外还有几个。"男子挣扎着从地上爬起来，痛苦地揉着脖子继续说道，"汤岛的荒卷先生和天神下先生，

---

1 御徒町：日本东京都台东区的地名。

他们都曾叫我们来阻止您。"

"他们,也都是大夫?"

"嗯。"汉子点点头,咳了一声顺过一口气,"那俩也都是大夫。这一次的背后主使是井田先生,就不用介绍了吧,至于荒卷先生和天神下的石庵先生,也都是在这一片靠行医混饭。"话没说完,"哎哟"地呻吟起来。

"行了,知道了。"去定打断他说话,"起来!到那边捡几块没用的木板,边角料啥的。"去定边说边用手比划,"这么长,这么宽。"男子摇摇晃晃地站起身,照办去了。

去定扫视躺在地上的四人,两个手腕骨折,一个晕厥,再一个小腿骨裂,个个鼻青脸肿,眼眶和面颊上青一块紫一块,嘴唇伤裂的地方不断向外渗血。去定先将昏过去的那个人救醒,又令竹造打开药笼,手脚利落地处理伤口。

刚刚结束一番激烈的打斗,整条街上的妓院大门紧闭,一个人影看不到,自然是怕受牵连,躲在屋里不敢出来。去定迅速地为手腕骨折的两个汉子做好简单处理,等到兜裆布取来小木板儿后,便喊登一起撕了棉布,将木条固定在受伤的手腕上绑好。

"下手有点儿重了。"去定忙着为他们处理伤处,一边不停地自言自语,"该手下留情才是。嗯,我太过分了,出手这么重,实在是不应该。这与医生的医德不合。"

登瞄了一眼竹造。

"这、这可不是头一回。"竹造压低了声音说,"之前发生过几次类似事件。奇怪的是这帮家伙竟然不知道。"

登长舒了一口气,摇了摇头。

"好了,走吧。"去定站起身,对穿兜裆布的汉子说道,"目前我也只能简单做一下处理,把他们带去井田那儿,让他再为你们好好地包扎一下。"

"可是,可是……"汉子难掩尴尬,说话吞吞吐吐,"都这样了,我们怎么可能再去找井田先生?这未免、未免也太那个了吧。"

"不愿意,就来医馆。"去定倒是很坦然,"不光是包扎伤口,想要正经地谋个差事的活,也可找我商量。总不能一直这样混下去吧。"

"是,是啊。"汉子挠了挠头。

"今天出手重了,请原谅。"

去定撂下这话,回头看了登一眼示意出发,便带着二人离开了。

"真是令人心寒啊。"落日余晖下,去定边走边向登感慨道,"大夫和妓院串通一气,压榨那些女人,不给药也不好好治疗,还要骗取她们高额的医药费!我很早以前就知道了,他们不仅不给那些可怜的女人治病、吃药,反过来还要压榨。这帮人太可恶了,这样做,和强盗、杀人犯有什么区别?惨无人道!丧尽天良!今天实在是忍无可忍——唉,想想这事儿,还真是有点儿麻烦。"

"你说啥？什么麻烦？"登按捺不住内心的愤怒，"井田父子不都是医馆的大夫吗？打着医馆大夫的招牌又开诊所。还觉得赚得不够吗？凭啥还要煽动地痞流氓来捣乱？"

去定抬手制止说："井田父子的事儿，我会很快处理，倒是荒卷和石庵这二人，我还需要考虑考虑。"

"为啥？他们的做法同样卑鄙、同样无耻、同样令人气愤……"

"可他们也是人啊。"去定多半是累了，说话显得有气无力，"这么做令人失望，可是，说不定他们家中也有妻儿老小，明知道自己根本没有治病的能力，为了活下去，也只能这么干，否则靠什么养活一家人？又没有其他的本事，还能怎么办呢？为了生存，养家糊口，明知不人道，可又有什么办法呢？只能是昧着良心、助纣为虐。"

"可是，不合理呀！"

"我也搞不懂。真的，一点儿都不明白。"去定摇摇头，"对我来说，合不合理是次要的。重要的是，这个人是人、那个人也是人，是人都得生存，是人就有生存的权利！至于有没有错？错在哪儿？——唉，我好像是脑袋变成废物的老家伙啰。"

登差点儿笑出声来。什么"变成废物老家伙啰"（尽管意思不同），这话听上去显得那么滑稽，根本不像是从一位侠士口中说出的话。就在刚才，说这话的人还豪情四射，将五个混混儿打得落花流水。想到这儿，登只觉得好笑。去定看着他，一脸的茫然。

"没、没什么。"登摇摇头，尽量绷住笑意，"真的没什么。"

红胡子诊疗谭

黄鹂鸟傻子

一

　　人称"伊豆样里"的地方，指的是夹在松平伊豆守[1]宽阔的中庭院和宽永寺[2]领地中间、一大片整体呈南北走向的狭长地带，主路上零零散散地开着几家商店，寺茶屋[3]的门前大多摆着花盆、木桶。几户商家隐居的院落，乍看上去很是俭朴，另有几处生意貌似不甚兴隆的小店，也不见客人，寥寥地只坐着店掌柜和小妾模样的女人。不过拐进第五大道旁边的小街巷，情况就迥然不同，沿街巷里盖满了屋脊相连的双排长屋，一栋紧邻一栋，若是陌生人误闯进去，一时半会儿怕是走不出来。窄狭的街道常年见不到几次阳光，整日里死气沉沉的，孩子们时而在里头窜来窜去，巷子也被搅得乱糟糟不得安宁。这里本来建有四十七户房屋，因墙体坍塌完全不能入住的房子有十二家，租客少无人入住的空房七八家，那么多说也就二十七八户家里住了人，满打满算也就有个百五十或

1　松平伊豆守：江户时代，大河内松平家就任伊豆守时的称呼。守，太守，即大名。
2　宽永寺：位于日本东京都台东区的上野，为天台宗关东总本山的所在地，主要供奉药师如来，寺内拥有的三尊木造的药师佛像被日本政府指定为重要的文化遗产。宽永寺的创立者是德川家光，由第一任住持天海在1625年建造。
3　寺茶屋：由寺院经营，或者是位于寺院旁的茶馆。

百七八十号人的样子。

保本第一次被去定带进这里，是为一个常被人唤作"黄鹂鸟傻子"的汉子看病。那还是九月中旬的一天，刮着大风，巡诊过五户病人宅地之后，暮色将近，巷子里渐渐地弥漫起袅袅炊烟，去定对此显然已经颇为习惯。暮霭炊烟中前行路上，忽左忽右不断地传来满含敬意的问候以及乡邻们亲切的招呼声。时不时招呼声由屋顶传来，带路的长屋差配卯兵卫便会不满地仰面呵斥。

"喂，从上面打招呼像话吗？弥助是吧？你个臭小子！"卯兵卫气哄哄地喊道，"哪有从屋顶上向先生喊话的道理？怎么连这点儿礼貌都不懂？赶紧滚下来！"

"可屋顶被风刮走了咋办？"

"你说屋顶怎么啦？"

"风太大了，呜唉。"屋顶上的男子大声叫喊着回应他，"生什么气啊？我这个'呜唉'可不是在直呼您的名字[1]，风刮得实在太厉害了，弄得我不得不感叹啊。"

"臭小子，竟敢耍我！"

"不信您自己上来瞧瞧嘛。"屋顶的男子继续喊道，"一个时辰前，屋顶就咔嗒咔嗒响，这会儿有我压着可能还没事儿，可一旦我离开，肯定就会被风刮跑了。"

去定听了笑道："弥助，那就是说，你一直要待在上面，

---

[1] 在日语中，卯兵卫（うへえ）的读音与感叹词"呜唉"相似。

除非这风停了是吧?"

"也没别的法子呀。"屋顶上的汉子一丝苦笑,"还欠着店铺的租金没交呢。唉,也不知道啥时候才能离开这长屋。不过,没事儿的,先生,您不用担心我!"

"真拿这家伙没办法。"卯兵卫无奈地说,"行了行了,我可告诉你,要是把屋顶给我踩坏喽,我可饶不了你!"

房上的汉子貌似又回了一句,风太大,依稀只听见又一声"呜唉"。

卯兵卫咂了咂舌,没再多说什么,回过头来继续引路,一边走一边不停地朝路上调皮的孩子和屋檐下忙着烤鱼的女人们发着牢骚,一直将去定几人带到了十兵卫的家门口。

十兵卫四十一岁,妻子叫美纪,有一个七岁的女儿叫阿留。他很早就开始行商,倒卖些日常生活用的杂货。在马喰町[1]有一家批发足袋、筒裤和日常用品的商店,叫作森口屋。十兵卫过去曾在店里当学徒,二十一岁那年,即将期满独立的时候,被女人骗了卷走很多钱,他也因此失去了独立开店的本钱。十年学徒生涯的辛苦积蓄,就那样一朝打了水漂儿,自己也被店里撵了出来。庆幸店老板还算是个讲情面的人,没有告他。接下来的五六年,他不得不频繁地更换工作维持生计,荞麦屋送外卖的时候,偶然与美纪相识,不久结了婚。成家后,他下了好大决心重回

---

[1] 马喰町:日本东京都中央区日本桥附近的町名。

马喰町的店里，给老板解释了当年出事的始末，消除了误会。森口屋的老板得知其近况后，答应以六十天为限先借他一批货，帮他把生意做起来。

那之后的十五年，他每天起早贪黑，挑着担子沿街叫卖。不光是附近集市，就连御府外[1]他都挑着担子不辞辛劳。十五年光景，最终凭借着执着坚韧的毅力和埋头苦干，养活了一大家子人。其间生过三个孩子，可惜一个在五岁、另一个在四岁的时候不幸夭折，妻子美纪产后身体也一直很虚弱，所以，至今也没能离开这长屋。

然而就在七天前，十兵卫领着女儿阿留去澡堂，情绪却突然失控。阿留脱了衣服陪他一起下水池的档口儿，脚底打滑一下子摔倒了，看在眼里的十兵卫却将一旁泡澡的陌生男子暴打了一顿，随后竟没事儿似的抱起阿留，用很平静的口吻哄她说：

——你看，就是因为你跌倒了，害旁边的伯伯这样担心，以后走路的时候可得小心点儿哟。

当时，他的样子特别诡异，以至被他打了的男子竟也忘了自己无辜挨打，愣在一旁不知所措。当天晚上回到家，他又找来一块一尺见方的木板儿，架在房间的一角，厨房里取出一只筛子扣在上面，之后就一直坐在那里目不转睛地盯着看。这到底怎么回事儿，美纪也弄不明白，问他在

---

[1] 御府外：江户城郊外。

做什么，他也只是"嘘"了一声，示意妻子不要说话，还压低声音对美纪说：

——安静点儿！这可是值千两的黄鹂鸟。

——黄鹂鸟？

——可遇不可求。听，它在鸣啭。金贵的鸣啭。

十兵卫喜不自禁地仰望着横梁上的黄鹂，陶醉地听着"莺声鸣啭"，并对美纪嗫嚅道：

——这下可好了，可以和贫穷说再见了！

听人说，那天开始，十兵卫再不出门干活儿，每天除了睡觉和吃饭，就坐在那里，眼睛直勾勾盯着筛子发呆，偶尔半夜醒来，也会担心地侧耳倾听，随之流露出安心的模样，自顾自地点点头，然后又是一坐到天明。美纪催他出去干活儿挣点钱，他似乎显得诧异，反复地唠叨着：

"咱家可再不需要挑着担子沿街叫卖喽，等我把这只黄鹂鸟卖了，咱们这辈子都不用再为吃穿发愁。"

这些话，大多是从差配卯兵卫那里听来的，来到十兵卫家，去定为他做过初步诊断后，压根儿就没发现他身体有任何毛病。在去定的坚持下，登也试着做了一项检查，他让竹造取出灯笼里的蜡烛点上火，然后手执火烛照向十兵卫的眼睛，仔细观察两只瞳孔。

"你们当我是疯子吧？"十兵卫带着可怜的语气，"对不起，你们一定是搞错了。自打降生到现在，一次医院也没去过。不要浪费时间了吧。"

就在此时，外面突然传来孩子们的喧闹声——"呀，小偷！"三四个孩子有节奏地拍着手，嘴里不停地唱和着——"长次是小偷""快来打长次"，又听见下水道盖子被踩踏得"咔嗒""咔嗒"一阵乱响。

"又开始闹腾。"守在一旁的卯兵卫咂了咂舌，抱怨道，"怎么老是欺负人家长次呢？真拿这些小崽子没办法。"

说完，抬脚迈出房门。

诊查后，登望着去定轻轻摇了摇头。去定抬眼瞧那墙角的门楣，屋外似已天黑，煤油灯的灯油将四面棚壁熏得黑乎乎，更显得整个房间阴暗。略呈空荡的房间里除几件老旧家具和佛龛，就只堆了三个塞得满满的大包（像是要拿出去卖的东西），角落里，隐约看见门楣上横着的木板和扣在上面的筛子。

"那上面的筛子，"去定问十兵卫，"底下扣着什么？"

十兵卫紧张地"嘘"了一声，随即压低了声音说道："别那么大声儿。——里面扣了什么，你自己看不见吗？"

"我是什么也没看见呀。"

"你眼睛不好使吧？看不见就对了。"十兵卫嘟囔着，一边竖起手指、斜着脑袋，一边很小心地引导去定说，"你听，就是那个，即便眼睛看不见，耳朵也应该能听得到吧？听！听见没？"

去定默不作声。

"一鸣千金呢！"十兵卫颇为得意却又很是小心地对去

定说，"很快就会找到买主儿的。"

待了一会儿，去定站起身，跟美纪小声说了句——"我们回头再来"，便从榻榻米上走了下来。这时，卯兵卫也从外面赶回来了，随之几人一起离开了小巷。天色已完全黑下来，竹造点亮了手中的灯笼。

走上大路，去定问卯兵卫："那些孩子闹腾'长次是小偷'啥的，长次是不是什么时候瞧过病的五郎吉家的孩子？"

"是。"卯兵卫回答说，"长屋最近搬来一个恶妇，散布谣言嚼舌头，一些搬弄是非的长舌妇和不明事理的小屁孩儿，就跟着起哄欺负老实人。"

"五郎吉的老婆怎么样？身体康复了吧？"

"就那么回事儿。也不能成天躺着不干活儿，听说一直都没闲着，有时候也——"说到这儿，卯卫兵没有再说下去，突然换了个话题，"话说，十兵卫他……到底怎么了？"

"现在还不好说啊。"仿佛要避开迎面的沙尘，去定顺势转过脸去，"我会让保本过来再为他瞧瞧，可能需要一段儿时间观察。好在目前的情况，应该不会恶化下去。所以暂不需要过于担心。"

说完，几人分开，各自回府。

二

回医馆的路上，去定问登为什么要检查十兵卫的眼睛，登回答说："在长崎的时候，兰医是这么讲的，脑袋里长了东西的话，可能会引发类似的情况出现。如果病情是因为脑子里长了东西导致的话，眼睛遇到强光时，瞳孔会出现不规则的颤动现象。不过为十兵卫检查，并没有发现瞳孔颤动的现象。"

"那么，你认为他得的是什么病？"

"这个我也说不清楚。"登回答道，"身体方面没有发现什么异常，也没有发现类似疮毒痼疾的症状，我在想，会不会是一种无意识的妄想症？"

"诊断可绝对不能靠想象！"

"不，不是想象，我这也是考虑到他的生活条件……"

行商十五年，每天都不知疲倦地挑着担子、走街串巷，可生活依旧是一贫如洗。这期间，又意外失去了两个孩子，日子过得一点盼头都没有。加之年龄不小，四十一了，"一定要从苦日子里解脱出来"的愿望一天比一天强烈。不知不觉中，潜意识里开始出现异常，所谓"特别值钱的黄鹂鸟"，就是这种妄想症的具体表现。登解释了自己的判断，去定默默地听着，过了一会儿，才淡淡地嘱咐了一句——"有空儿的话，记得再过去看看。"却并未对登的判断发表任何意见。

　　之后又过了五六天，登说自己打算过去长屋那边看看，去定听说后，同往常一样把钱袋儿递给他，交代说转交给卯卫兵，又嘱咐顺便也去一趟长屋水井旁、五郎吉的家中看看。五郎吉平日里打短工，家里人身体都不太好，请捎带着为他们也做做检查。——从那之后直到十月初，登先后去了伊豆样里的长屋五趟。十兵卫渐渐地沦为长屋人们口中的"黄鹂鸟傻子"，依旧每天坐在房间里盯着门楣上方的筛子。

　　登和五郎吉家的人也渐渐熟络起来。次子长次除外，其他人包括五郎吉、其妻阿文，还有其他三个孩子，性格都很内向，与旁人说话时显出胆怯，在登面前也是沉默寡语。五郎吉比阿文大一岁，三十一，长子虎吉八岁，长女美代六岁，次女阿一四岁，三个孩子年龄间隔不大，都是相差一岁。次子长次七岁，打开始就特别喜欢登，一见登来，就屁颠儿屁颠儿地形影不离，直到登离开。登第二次去他家，长次拾了一筛子银杏果端来给他看，还悄悄承诺"下次你来，送你一些"。

　　"上哪儿捡了那么多银杏果？"

　　"伊豆殿下的宅子呀。"长次说，"那儿有一棵老大老大的银杏树，一刮风，墙外就会掉好多银杏果下来。"

　　"捡了那么多啊？"

　　"我是第一名！"长次自豪地说着，一边在地上挖洞，试图将那些依稀泛着青草气息的银杏果埋在厨房的门口，"大家都去捡，但没人捡得过我，我明天还要去呢！"随后，又见他扬起小脸儿、神气十足地说："这些……可都能卖个好价钱呢！"

登的脸上露出一丝迷惑，尝试着把话题引开，问长次说：

"那，为什么要埋了它们？"

"这样放上六七天，包在外面的青皮就会烂掉。把皮剥掉、取出里面的果实，用水冲洗后晒干。"

这时一个女人从旁边路过，向登点点头，色眯眯的眼神儿不加丝毫掩饰。女人二十八九的样子，肩很宽，身材胖得显不出曲线，围一条齐腰的大披肩，颊骨略宽，大饼似的脸庞上涂了一层厚厚浓妆，稀少而发黄的发髻，廉价的头油闪闪发亮。

"您就是保本先生吧？"女人的声音粗哑，乍听有些不寒而栗，"我是住在那排长屋顶头儿的阿绢，这几天头疼得要命，您方便的时候能不能也顺便帮我瞧瞧？"

登默默点了点头，然后一溜烟儿似的钻进五郎吉家。

回医馆路上，登顺便去了差配卯兵卫家，卯兵卫的老婆阿辰摇着头说："那女的，人品不行。"

"岂止？是个不地道的臭娘们儿！"卯兵卫一旁插嘴

道,"这家伙,以前一直在千住[1]的花柳街干到期满,老狐狸一只!不知道她的底细才把店面租给了她,没想到自她四月份住进来,长屋里就接二连三老是出事儿。真是个难缠的臭娘们儿!"

"叫阿绢,对吧?"

"简直……"卯兵卫说,"长得就像一条蟒蛇,还有脸叫什么'阿绢'?屋子里还常常持刀弄棍,吓得人半死。"

阿绢这个女人真格十分复杂。

千住那儿工作期间,她有三个相好的熟客,其中一人甚至约定好了要结婚,可一直等到她期满,那人还是没有能力成家。于是她又巧妙地骗取了另一个名叫留吉的男人欢心,以小妾的身份住进了长屋。这个名叫留吉的男人在池之端七轩町[2]开店经营榻榻米生意,五十二三岁吧,是一个少有的老好人。能够准备房子收留阿绢住进来,足以说明他已经被阿绢轻而易举地辖制住了。貌似生意也不太好,又没法子管控女人的任性,只好想尽各种办法筹钱来养她。然而留吉却也蒙在鼓里,暗地里,这女人用他辛辛苦苦筹来的钱偷偷养着另外一个和她也有婚约的男人。那男的年轻,小她五六岁,是个花花公子,就连擤鼻涕的动作都透着潇洒。阿绢倍觉自豪,称男子"老公",常常

---

[1] 千住:日本东京都足利区的町名。
[2] 池之端七轩町:日本东京都台东区的地名。

在邻居面前炫耀两人之间的风流韵事，但住在哪里、是何职业却只字不提，就连男子姓甚名谁都从不提起。这个"老公"都是白天来，一出现阿绢就春情荡漾，忙前忙后地为他准备酒菜。然后就关上门，即便是太阳老大的闷热夏日，她也会将遮雨窗拉下来，整个门窗掩得死死的。两人在房间里消停些倒也罢。根本不可能！两人在房间里常常是恣意放纵，动静大得像是要把横在屋顶上老朽的大梁拆下来似的，其中还和着嘶吼和哭闹声，就连周围平日里对他们的露骨举动大体习惯的邻居，也都个个像是被吓破了胆，不明就里的孩子们更是被吓得到处乱跑、大喊大叫——"阿姨要被杀啦"。最可气的是，事后阿绢还总是满不在乎地跟大家解释说，是自己把"老公"给惹急了，挨了一顿胖揍，大家伙听到的只是她的哭声而已，把周边那些个婆娘们气得……简直无言以对。

不仅如此，她还常常勾引长屋里的男人，无论老少，只要一有机会，她就抛媚眼儿。有时候，借口外出干脆和一些陌生的男人厮混在一起，或许是做贼心虚的缘故，反倒是她自己经常在这长屋里散布谣言，净说些别人的坏话，特别阴损，什么"谁家的媳妇儿和别人睡觉了"，什么"谁家的男人蹲过大狱"啦，诸如此类。散布的谣言，大多针对长屋里那些家境特别贫穷或者胆子特别小的人家。尤其多的谣言，就是——"某某是小偷"。

"最近这段时间，好像一直在说五郎吉家的坏话。"卯兵卫叹了口气，继续说，"只要是有男人进出，我这心里就发毛，担心会不会又要惹出什么乱子，真是太窝火儿了。"

"那样的女人，你们为啥不直接把她赶走呢？"登不解地问道。只见卯兵卫的老婆站起身来，默默地去到另一边；卯兵卫自己也做了一个让人难以理解的动作。

"那娘们儿可是不好惹啊。"卯兵卫恨恨地说，"要是能轰走的话，早都把她轰走了。"

磨盘一样强壮的身体，油光发亮的黄毛儿发髻，涂得白白的大饼脸，高高的颧骨，色眯眯的眼神儿——这个叫作阿绢的女人，登只要想起她的样子，就莫名地感觉后脊梁一阵发凉。

"世上竟真的有这等女人！"

或许是因为传闻过于离谱，登的内心不由地产生了一丝厌恶，同时他又不得不试着安慰自己，无论是哪儿的长屋，都难免会有一两个像十兵卫那样脑子有毛病的人，也会有像阿绢一样，生活放荡不知廉耻、整日里无事生非的女人。

"不都是他们的错。"

如果是去定，肯定这么说："她们也不知这样的日子要过到何时，就像靠卖身混口饭吃的女人，在年限未满期间，所经历的一切会是我们这些常人难以想象的。而相对的，有的女人却生来不愁吃穿、无忧自在，生活上却比阿绢的放荡糜烂有过之而无不及。所以，并非都是阿绢的错，根结在于贫穷和无知的生活环境。"登觉得自己好像真的听到去定正对自己说话，脸上露出无力的苦笑。

十月下旬的一天，登征得去定同意，回了一趟麴町三番町的老家，探望家人。大约就在十天前，听说母亲伤了腿卧床不起。母亲八重四十六岁，三十岁上下时右腿得了痛风，之后就一直痼疾缠身，每当换季时节，就需要卧床静养半个月到一个月。去年，登从长崎回来，直接到医馆报到，之后差不多一年的时间执意没回家。于他而言，提及三番町的家，会令自己的心情变得郁闷，可话又说回来，总不能一直就这样执拗下去，更何况还要同家人商量自己和天野的事，登这才下了决心请假回家。

回到家里，已是中午。父亲良庵外出巡诊未归，只见一个书生模样的陌生人站在门口。事先了解到母亲正卧病在床，登迈步直奔卧室，进门就看见母亲枕边坐着一位年轻的姑娘，正给母亲读着什么。登很快反应出姑娘应该是天野昌绪，兀自吃了一惊。正为母亲念书的昌绪自然也不曾想到进来的人是登，四目相对的一刹那，瞪大眼睛不由自主地"啊"了一声，丢掉手中在读的合卷书，红了脸拔腿就跑。

三

登在三番町的家里待了近一个时辰，没有等到父亲回来就又匆匆离开了。

母亲依然被痛风的痼疾折磨，以前只是右腿的膝盖部位有痛感，现在却是自大腿到腰部都出现了问题，连站立都很困难。据说得到消息，昌绪便自己从天野家赶过来帮忙照顾母亲的起居。虽说上一次昌绪来过医馆，却最终没能与登见面，所以这会儿登的脑海里，还只是她少女时代的印象。和姐姐千草的体型、长相不大相同。现在的昌绪身材瘦小，样态健康，敏捷得像头小雌鹿儿，讨人喜欢的小脸蛋儿上，仿佛流淌着一条清澈的溪流，动态的表情显得敏感而又富于变化。

"两姐妹竟这么大区别？"

千草面容清秀、出类拔萃、言谈举止优雅高贵，很容易让人联想到芳香艳丽的鲜花；昌绪却与姐姐千草的风格完全不同。奇怪的是，比起姐姐千草，登感觉自己更喜欢现在的妹妹昌绪，被她深深地吸引。他感到吃惊，莫名地有些不好意思。当母亲无意中提到了他和昌绪的婚事时，明明在内心有所期待，却也只是不冷不热地回了一句——"回头再说吧"，很快又将话题扯回到医馆的事情上。

——看你现在的样子，我也放心了。

登将离开时，母亲不由地感慨。见登说起医馆滔滔不绝，母亲隐隐感觉到，登已不再为父母安排他到医馆工作而生气，当下心里踏实了许多，又看到儿子由衷地热爱自己的差事，母亲流露出慈祥而会心的笑容。

——没想到你外出学习这段时间，经历了那么多，原本我还真怕你出什么事呢。先前那种情况下，正巧赶上新出先生过来说希望你去医馆帮忙。本来想着你一定会生气的。

　　——那都是过去的事儿了。我现在反倒觉得，当初能到医馆做事，对我来说是件好事儿。

　　登笑着宽慰母亲，又特意嘱咐了一些事项，例如患痛风者疼痛之处必须保暖，要有规律地排尿、排便，尤其小便要保持通畅，另外就是注意饮食等等。告别了母亲起身返程时，昌绪一直送登到大门口。

　　"母亲这边，有劳你多多费心了。"

　　昌绪扬头直视着登的眼睛说：

　　"嗯，请常回来看看。"

　　离开家，返程路上，登感觉一股幸福的暖流涌上心头。昌绪双手搭在门边，不停忽闪着大眼睛望向自己，红嫩的脸颊仿佛露水浸润的花瓣一般，清新又有活力。

　　"就是那双眼睛！"登边走边自言自语，"她那细心、聪明、敏感的天性全都表现在那双眼睛上了。"

　　可千草那边，又该怎么办呢？一想到这儿，登带着一丝决然摇了摇头，千草在他心目中的分量已经打了大大的折扣，可以说，自己现在对她不但没有留恋，甚至还多了几许厌恶。

　　"内心深处的这些变化，难道就是我成熟的表现？"登仍在自言自语，"是啊，医馆的这段时间，我自己的变化着实不小啊。嗯，就是这样，看来我是来对了。"

某种意义上，了解世上人们各种各样的生活经历，特别是目睹了现实生活中面对不幸、贫困、病痛时人们表现的人类最真实的一面——正因为有了这样的经历，才使自己具备了分辨千草、昌绪不同之处的判断力。

"不过呢，也不能太过极端。"

想着，登又自然模仿去定的口气自言自语。

"想说昌绪好，说就好了，可别突然走向极端，那就太没出息了。"

也许自己都觉着脸红了，登决定振作起精神、有效地利用好剩下的这一点时间。还不到下午两点，时间尚早，登没有直接回医馆，而是折身去了"伊豆样里"。

登本来计划先过去看看十兵卫的情况，可是正要路过差配家门前时，见卯兵卫从屋里慌慌张张地跑了出来。"正准备派人去医馆请先生过来呢。"卯兵卫说，"发生了可怕的事儿，您赶紧去看看。全家人都自杀了，孝庵先生之前也大概看了看。呃，不是十兵卫，他没事儿，还在那儿盯着看鸟儿呢。呃，是五郎吉家。"

"自杀？咋回事儿？用刀吗？"

"用毒药！"卯兵卫一边跑向巷子，一边惊慌失措地喊着回答，"听孝庵先生说，八成是喝了老鼠药，吐出来的东西很臭，整个屋子都被熏得一塌糊涂。"

四

五郎吉一家喝了被称为"石见银山[1]"的那种老鼠药。夫妇俩算是被抢救过来了，最小的阿一死了，另外三个孩子的情况也很严重。整个屋子里充斥着硫磺和东西馊了之后散发的腥臭味儿。令人作呕。

长次看清来人是登，声音沙哑结结巴巴地说：

"对不起，先生，请原谅！"

"道什么歉呀。"登面带笑容宽慰长次，"你又没做什么坏事儿！"

长次的喉咙卡住了似的，发不出声——"银杏儿"，登试着将耳朵倾向少年，这才听清。"说好了要送您一些，失约了。"长次又解释说，自己并没有忘记，一直记着呢，只因母亲要买粮食，钱不够，就只好把留下来的银杏果子也给卖了。

"没关系的，阿长。"登摇摇头，极力装作不是很喜欢的样子，粗声粗气地哄他说，"我不喜欢银杏儿，早都忘光了。亏你还惦着，那可不像男子汉。"

---

[1] 石见银山：位于日本岛根县大田市，是日本战国时代后期、江户时代前期日本最大的银矿山（现已闭山），据推算，其产量曾高达当时全球的三分之一左右。江户时代初期称为佐摩银山，此后银矿逐渐枯竭，明治以后则主要以含铜矿物的开采为主。

"再要是捡到了,肯定给您。"长次振奋起精神,信誓旦旦地保证说,"今年没有了,明年一定给。咱们拉钩儿。"

"好,拉钩儿。"

两个人将右手小拇指勾在一起摇了几下,长次的手指火一样滚烫,登感觉他一点力气都没有。"明年哦,"登在心里默默地呼唤,"为此,你可一定要活下去!加油!阿长,可不能为这点小事儿就死了!"登把所需药品列在纸上,派人回医馆去取,并嘱咐——转告医馆今晚自己有事,可能回不去了。下午四点前后,六岁的美代死了,天黑时分,长子虎吉也死了。两个孩子的死讯被及时封锁,尸体也给抬到了差配家。现在就只剩长次这一个孩子了,五郎吉和妻子阿文心里似乎也清楚,却都没有说什么。派去医馆的人取药回来,按照药方,登亲手为他们煎好送去床前。长次根本喝不进去,五郎吉夫妇更是拒绝喝药,甚至一句话都不肯说。

"大家那么担心,你们不明白吗?"登真的生气了,"给大家添了那么多麻烦,要让大家的好意都白搭了吗?"

听登生气地这么一说,五郎吉夫妇只好将煎好的药喝了下去。

天黑后没多久,那位四十多岁、名叫野原孝庵的胖医生也过来了,并不介意有登站在一旁,他粗略看了五郎吉夫妇和长次的情况,沉着脸转身走了。又过去没多久,差配卯兵卫来接登去他家里吃饭,登也的确饿了,交代一些事项给前来帮忙的邻居女人们后,便随卯兵卫回他家里吃饭,晚饭丰盛,有麦饭、煮鱼、酱汤,还有新腌的酱菜,卯兵卫边吃边讲起白天发生的事。

早上七点前后,五郎吉带着老婆,借口说去浅草寺参拜,关好门窗后就走了,并没有什么异常。本来嘛,全家人一块儿去浅草也不是什么怪事,即便是有什么不对劲儿的地方,周围的人也轻易注意不到。

"去浅草的说法应该是扯谎,他们很快就回来了。"卯兵卫说,"外出回来、进屋子,都没惊动隔壁的两户邻居。他们自己也清楚,这个时间大家都在水井旁洗涮,很少有人待在家里。因此掩人耳目、偷偷溜进屋不被人发现,并不是什么难事儿。"

直到午后,隔壁家的女主人阿惠不经意间听到五郎吉家有人在呻吟,偶尔还传来小孩子乱扔东西的声音。随后,大家意识到事情可能不妙。

"可是,为什么?"登放下筷子,"突然想起全家人一块儿自杀呢?"

"不知道啊。"卯兵卫的回答有些轻描淡写,"生活在长屋的人,要是说想死,理由可是太多了。日子过得太惨,只要有点儿啥事,保不齐就蹦儿出个寻死觅活的。"

登吃完说了句感谢,起身正准备离开,突然想到了一件事儿。

"那个叫孝庵的医生没来过吗?"

"来过。"卯兵卫皱了下眉头,"来问谁掏医药费。他这个人,从来不问病人的情况如何,总是来讨医药费,什么这个多少、那个多少,总是催人家赶快交,开药的时候慢慢吞吞,可算起账来三下五除二,住这片儿的人没有不知道的。"

"不会吧,紧急处理做得挺好。"登有些诧异,"能做到同时为好几个人看病、手脚还这么麻利的大夫少见,他算得上一个,说他不好是不对的。"

说完,出门去。屋外的天空阴沉沉的,刮着刺骨的寒风,长屋人家大多门窗紧闭,只是稀稀疏疏地从门窗的细缝中透出少许光亮,踏着水沟的盖板一路前行,只觉得盖板间发出的碰撞声响得惊人,快走到五郎吉家门口,登不禁打了个冷战,随即停下了脚步——对面传来一种含混不清却令人不寒而栗的声音,仿佛是从远离人世的异界飘忽而来,带着阴气,自下而上翻涌着,似乎是在向谁召唤。

"怎么啦?"身后一句问话,尽管听出是卯兵卫,登却着实地被吓了一跳,身上的汗毛都惊得竖了起来。

"啊,来啦。"卯兵卫似乎也听到了对面传来的声音,笑着对登说,"您大概还不知道吧。走,过去看看……是长屋的婆娘们。"

有卯兵卫在前面领路,登紧紧地跟在后面,只见水井周围站着六七个女人,手持着灯笼,两个两个轮换着趴在井边儿，朝井底大声呼唤：

"喂喂！长次！喂喂！长次！"

女人们拖着长音使劲儿呼唤——"喂喂！长次！"

那呼唤与平日里打招呼是那么的不同，如泣如诉、悲切而凄凉，声音在井中回荡迟迟不肯散去，即便只是目睹，依然让人觉得不寒而栗。

"她们是在呼唤长次。"卯兵卫低声解释，"井是通向地底的，在井口呼唤快要死去的人，能将他从死神那里唤回来。"

天空漆黑一片，不见一点儿星光，黑森森的巷子里刮着冷风，风不大，但刺骨的寒气凛凛预示着寒冬的到来。登默默地站在那里，静静听了好一会儿女人们哭诉般的呼唤。派去的伙计回来传话——去定来不了。登坚持守在五郎吉家直到十一点多，差配来劝他小睡，这才回到差配家躺下。然而，登向来就有换了床铺睡不着觉的毛病，自知今夜注定要失眠，索性不睡，趁这个夜晚正好在脑海里描摹着昌绪的模样，琢磨着要怎么样找个合适的机会，表明自己愿意接受与昌绪姑娘婚约的态度。"何时合适呢？"

登的内心充满幸福的喜悦和向往，就这样想着昌绪甜蜜地入了梦乡。

凌晨三点，登被叫醒："打扰您休息了，请您过来一下。"

卯兵卫略带一丝歉意："长次那小子不听劝，说是非要见见先生您呢。"

登听了猛地爬起来，问："身体哪儿不对劲儿吗？"

"不知道啊，那小子不听话，一个劲儿地吵着要见先生您，谁劝也不听。"

"现在几点？"

"凌晨四点。"卯兵卫拉了拉睡衣领子，"弥平的老婆过来接您。您看，要不要过去瞧瞧？"

"嗯，换了衣服，这就去！"

接登过去的是祭日商贩弥平的老婆阿惠，四十二三岁，家就住在五郎吉家隔壁，就是她最先发现五郎吉全家自杀的。事发后，她一直在帮忙处理各种琐碎的事情。她的力气很大，比一般男人们都大，手脚麻利地指挥着其他几个女人干这干那，处理小孩儿的遗体，照顾得救的五郎吉夫妇和长次，就连烧水沏茶这种小事儿，场面上也都由她指挥。只不过令登稍觉尴尬的是，阿惠这女人过于泼辣能干，尤其是说话那股子粗俗劲儿，可以说闻所未闻，让他长了不少见识。

"干啥呢？看你那腰板儿吧！"帮忙挪动五郎吉铺盖卷的时候，阿惠像个男人似的冲着铺盖另一端搭手的女人喊，"就你那小细腰板儿，能让你家那谁满足吗？使劲儿啊，再使点劲儿！"当时，登都羞得一个满脸通红。

不过现在，这个打着灯笼、为他引路的阿惠，竟像是完全变了个人儿似的，很是和蔼可亲，隐约还有点儿弱不禁风的感觉。

"那孩子有救吗，先生?"阿惠边走边问，"长次不会有事儿吧?"

"只要能熬到早上，应该就没事了。"

"唉，"阿惠深深地叹了一口气，"阿文也真是的，太见外了，有啥事儿也不跟我们商量，因为啥事儿啊非要寻短见?"

五

阿惠猛地站住了脚步，掀起围裙捂住脸，不无怨气地向登哭诉。

"先生您是不知道，我和阿文就跟亲姐妹一样。我家的日子也不好过，也帮不上她家什么忙。但是，无论谁家大事小事儿，我俩都会坐在一起商量。真的，哪怕是一碟儿盐，一勺酱油，我们都会想着对方。"为了不哭出声，阿惠试着稍微缓了口气，继续说道，"我俩真的比亲姐妹还要亲，可为什么在决定生死这么关键的事儿上，她却不来找我商量呢?真要是有啥事儿把她逼到那个份儿上，非得捎上孩子一道儿去死，为啥不过来吱一声呢?哪怕是给我留句话儿也成啊!"

登默默听着，像她们这样平日里穷帮穷的情况，他见得太多。那些富人是不会为他们做任何事情的，幕府就更是指望不上。穷人就是穷人，同住在长屋里的左邻右舍，可以依靠的只能是彼此间的相互照应。与此同时，他们之间却又存在着强与弱、羡慕与嫉妒、虚伪和傲慢，一群本来挣扎在社会最底层的人，贫困潦倒，就更没有什么掩饰自己的必要，几乎是想干什么就干什么。平日里，彼此间可随意借用油盐酱醋的近邻好友，却可能因为一些鸡毛蒜皮的小事儿纠结甚至结怨，反目即成仇人。比如路上走路，谁朝自己吐了口唾沫，早上见面谁打招呼不够热情啦等等。存在于他们之间那种不分你我的情谊，是那些物质生活上无忧无虑的人所没有办法理解的。同样，存在于他们之间那种毫无掩饰的虚伪、傲慢，连同爱与恨、自尊与自卑，甚至他们的表达方式就更是令人捉摸不透。

就连一勺酱油、一碟儿盐都相互挂念着的好友，比亲姐妹还要亲的近邻，在生死抉择的紧要关头，却没有透露哪怕一丁点儿服毒自尽的理由？

或许是因为太穷，以至于实在是不好意思再去寻求对方的帮助，抑或是太过执迷不悟？也许是不合常理的自尊心一直在作梗。总之，五郎吉夫妇有着自己难以启齿的理由，登入为阿惠对他二人的指责是不对的。当然他也相信，阿惠自己也一定觉察到了这一点。

"先生，"阿惠重又迈步向前，边走边说，"拜托了，请一定救活长次！另外三个孩子已经死了，没有办法了。

可一定要把长次救活啊!"

"试试看吧。"登回答说,"我会尽我最大的努力。"

五郎吉家里,除了阿惠还有两个女人彻夜守护。长次仰面躺着,眼睛睁得老大,张着嘴,呼吸略显急促,时而左右摇着头,无力地呻吟几声。

"长次,"登走近坐在男孩儿枕边,叫人掌灯过来,仔细观察他的脸,"是我,我来了,你怎么啦?"

"先生,我、我偷东西了。"长次强撑着沙哑的声音断断续续地说,"我就想,把这事儿告诉给先生。"

"那些事儿回头再说!"

"不、不行,现在,必须说。就是现在。所以,才、才急着叫先生过来的。"男孩儿说话的口吻,俨然一副大人的模样儿,"我、我把岛屋家,后院的篱笆——先生,你在听吗?"

"听着呢,长次。"

"把、岛屋家后院的、篱笆,拔掉后,抱、抱回家了。"长次继续,"是我不好。我、我还偷过别的东西。所以,爸爸和妈妈很生气,说这下完了,怎么生出个像我这样做贼的儿子,如果让邻居们知道了,一切都完了。所以决定大家一起一死了之。我们就喝了那水……"

登看了看邻居的女人,见阿惠正准备去拿茶杯,示意她取来一块儿干净的棉布——呕吐毒药的时候,孩子的喉咙被严重腐蚀,几乎烂了,不能大口地喝水——阿惠将擦手毛巾洗干净,又特意用水浸湿后递了过来。

登将擦手毛巾的一角攒得很小,试着探进长次的嘴里。

"吸一吸试试,"登说,"用舌头轻轻地舔一舔,轻轻地,对,轻轻地。"

然而,只吸了一下,长次就被呛得不得了,吸进去的水分和散发着恶臭的东西一并被呕了出来,男孩已经全无力气、身体蜷作一团。

"都是我不好,先生。"稍微缓和了一点儿,长次就迫不及待地央求,"请不要,怪罪,爸爸,还有妈妈!求您了,先生,求求您了。"

"知道了。"登握住长次的手,"都知道了,你先好好地睡一会儿。老这么说话,会很难受。"

"我想喝点儿水,不过,呃,不行。只能回头儿再喝,是吧?"

"很快,很快就能喝水了。"

长次闭上了眼睛,可上下眼皮儿合不上,依稀能看到白眼仁儿,鼻翼两侧隐隐开始出现紫色的斑点,呼吸也愈发的急促,间隔时间愈来愈短。

"先生,"阿惠眼神中透着惊恐,又不敢太大声说话,"这是临死前的征兆,我知道的,人临死前的呼吸,就是这样的,是吧,先生?请您一定要想个法子啊,先生,救救长次啊!"

"请让他就这样死去吧。"躺在对面的阿文突然说话。

大家都被吓了一跳，慌乱中纷纷看向这边儿，发现五郎吉和阿文两个人的情况也一样不容乐观，刚才还一言不发、直直地躺在那里一动不动，可这会儿，突然又响起了嘶哑的干咳，声音听上去很是诡异，简直不像是人类发出的声音。

"那孩子，偷东西的事儿，我是知道的。"阿文有气无力地继续说道，"就算阿绢不说，我也知道的。没办法呀，不怪长次，实在是没别的办法了。"

"阿绢？"阿惠靠近了一些追问，"那女人说啥了？"

"让那孩子自生自灭了吧。"阿文没有回答，而是自顾自地继续说话，"就让他这样死去吧，对孩子也算是解脱。"

"阿文！"阿惠一步冲过来，一个劲儿地追问，"你给我说清楚！那该死的臭娘们儿到底说长次啥了？快说！那家伙都说些啥了，阿文？"

阿文皱了皱眉头，继续说："我家那位都被岛屋叫去过了，刚好，阿绢在店里，说是亲眼看见东西是长次偷的，她可以作证。"

"不要脸的臭娘们儿。"

"别再说了，是我们不好，不怪阿绢。"

"她娘的！"阿惠骂着，直起身来，眼神恶狠狠地直盯在天花板一处，切齿地吐字，"一见男人就发情的母狗，该死的臭娘们儿！竟然敢这样胡说八道！"

"求你了，阿惠，"阿文的语气已近乎哀求，"别再骂了！我们家的事儿不想再麻烦大家，让长次那孩子就这样死了吧。"

天蒙蒙亮的时候，长次死了。

五郎吉和阿文也都像是睡着了。邻居家几个人合计了一下，由阿惠将长次的尸体抱去卯兵卫家。死去的四个孩子都静静地平躺在那里，擦洗完毕后被换上寿衣，移置到卯兵卫家隔壁的空房子里。这一切，登是后来才知道的，长次被安置到卯兵卫家的时候，他心里默念——"这下四个孩子又都聚齐了，你们手拉着手，高高兴兴地一起去吧。"

透过被油烟熏黑的大门拉门，隐约看得到外面的天色微微亮了，气温似又降了不少，登坐在那里，感觉膝盖和脚趾冻得发木，索性掐灭煤油灯，直接点燃了炭火盆。

"先生，"阿文怯怯地问他，"那孩子，走得痛苦吗？"

"没。"登把手从火盆拿开说，"没，没受苦。走得很安详。"

"哦，那就好。"

"死的时候已经没有痛感了。"登解释说，"脑子已经被毒药控制，旁观的人觉着他痛苦，实际上他已经丧失了所有感觉，长次他走得没有痛苦、很安详。"

阿文歪头看向自己的丈夫，好一会儿，摆正头来仰躺着，用十分客气的口吻拜托说："对不起，能不能给我点儿水？"登挪开煎药的药罐儿，将已经放凉了的水壶置于火盆上烧开，然后从茶壶里匀了一些温水端给阿文。

"注意点儿，慢点儿喝，一点儿一点儿尝试着啜。"登提醒阿文，"直接就着壶嘴儿喝比较好，一个不小心又会伤到喉咙。"

阿文脸上一阵剧烈地扭曲，好在并没有呛到，五郎吉也开始轻轻打鼾，与其说是疲劳过度，不如说是正享受着久违的、精神和肉体不受煎熬的、舒舒服服的睡眠。阿文静静地躺在那里，长时间看向自己的丈夫。

"这还是他第一次睡得这么踏实。"阿文沙哑的声音小声说道，"我们俩都已经结婚十年，还是第一次见他睡得这么香。"

六

"为什么就是不让我们去死呢？"

静默了好一会儿，阿文才又突然间开口。

"为什么呢，先生？"阿文睁眼直盯着天花板，问道，"想来想去，实在是没法子了，只能是全家人一块儿去死。再没有别的办法了，为什么就是不让我们去死呢？"

"就这样，"登放慢速度说，"就这样了结生命是不对的、不应该的，轻易舍弃生命是一种罪过。更何况还是要带着那么大点儿的孩子们一道。大家没办法见死不救呀。这也是人之常情！"

阿文紧紧地抿住嘴唇，好长一段时间没有说话、一动未动，随后，像是试探了喉咙的状态没什么大碍，轻咳了一声，自言自语似的低声讲述起他们的过去。

五郎吉出生在深川[1]，阿文出生在板桥[2]，双方家境都贫寒。在五郎吉七岁、阿文也快到五岁的时候，分别被寄养在别人家。两人的成长环境相似，五郎吉的父亲挑着担子卖鱼，阿文的父亲收过废品，干过筑路工，还做过用人。五郎吉十二岁开始在药材批发店里做伙计，十七岁那年，在仓库里搬药箱时，药箱塌了，头部受了重伤，当时并未发现有什么不适，可半年之后，没有任何征兆地，突然间失去了意识昏迷过去，之后就常常出现失忆的情况。明明要去摆放药箱，可站在药架前却又想不起究竟要做什么。甚至就连自己是谁、在干吗、怎么会在那里，也时常忘得一干二净。有一次，外出拉货途中突然犯病，竟一个人不吃不喝、拉着车子在街上连续转悠了两天。

阿文是在浅草并木町的饭馆儿做帮工时认识五郎吉的，那时正赶上药材批发店放假，五郎吉就在藏前做人力搬运工，两个人相识了——这是五郎吉二十一岁、阿文二十岁那年发生的事儿。其后不久，阿文偶然间听说自己

---

1 深川：日本东京都江东区的地名。
2 板桥：日本东京都板桥区。

将会被卖到妓院，五郎吉便提出要与阿文"一起逃离"，两人一道儿逃出了江户，来到水户。"说起来，当初，更多是因为我的唆使。"阿文回忆道，"在水户那地方待了三年，期间生了虎吉和长次。我家那位性子软，身子骨又不好，迟迟习惯不了陌生地方的生活，没办法就又回到了江户。"

"啊，对了。"阿文似是突然想到了什么，微笑着说，"离开水户前，一家人还一起去了大洗海滨[1]，带了便当，欣赏海景，痛快地玩了大半天。那时候的心情是那么的轻松、那么的愉快，是从来都没有过的感觉。无论是之前还是之后，自打我出生来到这个世上，直到今天也就只有那么一回！"

可回到江户，就再没什么好事发生了。三年了，一家人一直住在这里。五郎吉的病情虽然没有再发作，但他也渐渐变得不耐烦。他这个人原本老实，担不了什么事儿，无论做什么都很难长久。这期间生了美代和阿一，又多了两张吃饭的嘴，阿文即便再努力接活儿，也担负不了一家人的温饱。虎吉太过老实，帮不上忙，女孩儿们又太小，只有长次聪明懂事，三四岁就知道心疼自己的母亲。

"先生您可能都体会不到，这孩子那股子聪明劲儿。三四岁的时候吧，就能让人看出来了。"阿文说，"每次吃饭的时候，我总是可着孩子们吃完了再吃。只要看到不够

---

[1] 大洗海滨：今大洗海滨公园，位于茨城县大洗町。

吃，长次就不吃了，一会儿嚷嚷肚子不饿，一会儿借口肚子疼。特别有心眼儿。哪怕一口呢，他都要留给我让我吃。"

"只是个三四岁的孩子呀。"阿文重复着、感慨着，"真的是又懂事又可爱！"她说话的声音很轻，似乎沉浸在回忆中。

日子过得紧紧巴巴，只要五郎吉连续三天没有活儿干，家里马上就揭不开锅。尤其是冬天，用作燃料的煤都需要按量购买，家里经常苦于没有烧火煮饭的木柴。长次知道后，会去捡来一些木头碎片、小木板、枯树枝、米壳、竹皮之类，但凡可以充当柴火燃烧的东西，他都捡回来。其中偶尔确实也会掺杂一些偷来的柴火——看似是从工地上偷回的小木条儿、别人家树上折下的枯树枝。实际生活中、整日里为柴米困顿发愁的阿文没有训斥孩子，就连制止的话也没能说出口。

再后来，就发生了岛屋家的事。岛屋是位于主干道的一家杂货店，五郎吉常在店里打打零工——扫除啦、清洗护墙板啦等等，一年也干不了几次，但对五郎吉一家来说，也算得上一份收入，多少贴补些生活支出。岛屋门脸儿的后面是一座隐居的院落，规模不大，但还是有个庭院，用木板遮挡着权当是围墙，下面有横着的木条儿。年久失修，铁钉儿大多生锈，有的已经松弛、有的甚至脱落了。长次就是把那里的木条儿拆下来抱回家的。宽有二寸、长也不过五到七寸（因为折断的关系），刚好可以当柴火烧。

为此，第二天五郎吉被岛屋的人喊去，本以为又有什么活儿，进门一看才明白哪里是给什么活儿干，阿绢坐在店里，说是长次把人家的围墙板儿拆了抱回家，她看到了所以要帮人家作证，还说什么"那孩子以前手脚就不干净、有偷盗的毛病"云云。她坐在那儿一个劲儿地煽风点火，岛屋的老板倒是没怎么吭声，只说了句"今后注意就是了"。岛屋回来后，五郎吉也不出去打工了，一直坐在那儿发呆，再后来，索性枕着胳膊躺下了。

"也就是在五六天前……准确地说，是六天前了。"阿文晃了晃眼神儿算计着天数，"那天晚上，孩子们都睡着以后，我家那位第一次向我提起岛屋家发生的事。"

五郎吉说着就哭了，阿文也感觉空前的绝望，之前也只是左邻右舍的孩子们玩闹时，打着拍子喊什么——"长次是小偷"，这一回性质完全不一样，阿绢称是她亲眼所见并且可以作证，是长次把人家的墙板儿拆下来抱回家的。而且，还在人前明确地标榜，这孩子手脚不干净，素来有偷东西的毛病什么的。

"那天晚上直到第二天，我俩一直在商量这事儿到底该怎么办。最后，我们把决定告诉孩子们。孩子们也同意了。"阿文说话时的语气渐渐显出恍惚，似能感觉得出她思维已经麻木了，"不过，请您不要误解，我们并不是因为阿绢说的那些话而恨她，才去寻的短见。我们是因为已经知道，即使再这样活下去也没啥意思，除了吃苦就还是吃苦。"

"从父母那辈起，就一直过着喘不过气来的、食不果腹的穷日子。两个人也都厌倦了，无法像正常人一样，把孩子们培养成人，不但不能好好培养他们，还让长次这孩子养成了不好的习惯。从父母那辈到我俩，然后，再继续这样下去直到影响到我们的孩子，祖祖辈辈几代人眼瞧着压根儿也摆脱不了饱尝贫苦的命运。够了！真的是活够了。再也不想让我的孩子们也去品尝这人间的痛苦了！"阿文无力地摇了摇头。

"现在，孩子们都走了，只剩下我们俩了。再没有什么负担，无论死在哪儿，都已经无所谓了。孩子们都走了，这下就可以放心了。"说到这儿，阿文不免有些疑惑地问道，"也许，呃，这么说可能会对不起大家。但，为什么非要救我们呢？如果不救的话，我们至少还可以跟孩子们死在一块儿。为什么要救我们呢？这到底是为什么呀，先生？"

登语塞，却勉为其难地答道："只要是人，相信谁都会这么做的。"

阿文笑了。或者说，登感觉她笑了。也许是听岔了，那只不过是呼吸时空气摩擦到咽喉壁发出的声音。但于登而言，阿文她笑了。

"好死不如赖活着？"阿文不停晃动着枕头上的脑袋，无奈地苦笑，"假如我俩得救了，接下来，我们该怎么办？

我们至今所受的苦，会不会因此而减轻呢？生活哪里还有一丁点儿的希望呢？"

登默默地低下头，一言不发。

"敢问这天地间，可有谁，能回答得了这样的问题？"登心想，"这可不仅仅只是阿文一个人的提问，而是那些和阿文一样、无力摆脱贫困又被折磨得精疲力竭的人们发出的呐喊！这样的一个问题，是否存在准确的答案呢？有什么办法能令他们的生活解除痛苦，哪怕只是能够活得像一般人那样体面？"登紧紧地握住双拳，陷入深深的思索。

"先生，"安静了好一会儿，阿文突然问道，"那些人在干什么？"

登抬起头，听得外面传来了很大的响动，间或夹杂几声女人的呼喊，原本安静的街道顿时变得嘈杂不堪。

"是她们。"阿文很快反应过来，"一定是她们去找阿绢的麻烦，先生，您赶紧过去劝劝！"

登并未起身。

"拜托了，先生，务必请您去一趟，劝劝她们！"阿文的语气近乎央求、透着急迫，"不是阿绢的错，是我们做错了。先生，拜托您出去劝劝她们吧！"

七

天已经大亮，浓雾弥漫，隔上三两家的距离就看不清楚前方的物体。沿小巷的两侧，尽是些忙于早饭的人，火炉旁站着的要么是男人、要么是些上了年纪的老婆婆，火光将雾色染得通红。男人们喊住登，一边笑一边耸了耸肩，示意他前方闹得不可开交呢。

"婆娘们在出气呢，你看。"其中的一个汉子抬手虚指一下，"大家早盼着有这么一天，婆娘们一个个儿都恨那女人恨得要死，您还是别去管的好，先生。弄不好还会被牵扯进去。"

"看样子闹得挺凶呀。"登站住了脚步。

雾重，看得不是很清楚，隐约像是阿绢家里被围堵得乱七八糟，陆续传来摔碎东西和女人间相互扭打、撕扯、谩骂的声音。其中，属阿惠和那个遭人记恨的阿绢声音最大。

"竟敢打我？你这臭娘们儿！"阿绢叫骂着，"竟敢上手抓我脸？你们这群臭娘们儿，气死我了！"

"你这还算是脸吗？还想要脸你！"阿惠大声回骂着，"你这个婊子，只有腰，哪还顾得上要脸？就会扭着个腰去勾引男人，一张嘴红口白牙地杀人！你个没皮没脸的贱蹄子、杀人不见血的臭婊子！就是欠揍你！"

"什么'红口白牙',什么'杀人不见血',说什么呢你?有种儿你再说一遍!"阿绢大声叫嚣,那声音和扭打的声音交织在一起,听起来很是凶悍,"小偷就是小偷,我又没胡说!凭啥说我杀人不见血?"

"长次也算是小偷的话,你他妈就是专偷人家汉子的狐狸精、臭婊子!打死你!打死你!打死你!"仗着膀子力气,阿惠首先冲上去,边打边骂,"滚出去!你个小脏蹄子,住在这儿,早晚玷污了大家伙儿!滚!赶紧滚,滚得越远越好!"

"对,滚出去,你个臭不要脸的!"可以听到另一个女人的叫喊声,"搔首弄姿的,成天勾搭我家宿六,你个骚浪贱蹄子,看我今天不打死你!"

"好啊,你打!你打!"

"打就打,看我不打死你,你个见了男人就发情的臭婊子,去死吧!"

阵阵打骂声中,登折身进了差配家。

半个月后,五郎吉夫妇离开了长屋,带着四个孩子的遗骨,没说要去哪儿,只是和周边的邻居们草草告别后,相互搀扶着离开了。因为有医馆出具的证明和差配以及住在长屋的人们的口头儿证明,町方也没再找什么麻烦,五郎吉家的事就算是有惊无险地告一段落。不过,长屋的人们也不得不做出一定的让步。

这一天,碰巧途经"伊豆样里",登临时起意想去看看十兵卫的情况，就先去了趟差配家，被告之"卯兵卫手上有点儿活儿、已经先去十兵卫家了"，他便径直来到小巷。正欲迈步进去，对面传来女人打招呼的声音，抬头暗自一惊，见是阿绢。阿绢依旧那副形象，大浓妆，一小撮赤黄头发捆束的发髻散发着廉价头油的味儿。只见她满脸媚笑地瞄向登，娇滴滴地说道："唉呀，果然是先生您呀。可是好久不见了呢！要说这一工作起来，您可真是拼命啊！我最近又开始头疼了，也不知道如何是好，您能不能得空儿也来给我瞧一瞧呀？"

登没理她，径直走了，像是不小心碰触了有毒的毛毛虫，浑身上下不舒服，心中涌起一股十足厌恶的感觉。十兵卫家见到卯兵卫后，登将刚刚遇到阿绢的事情说了，之后还问了一句："她怎么还在这儿？"

"那娘们儿太厉害了。"卯兵卫同样也是没好气儿地说，"竟然腆着个脸威胁大伙儿说，如果硬是要赶她走的话，她就把五郎吉一家自杀、四个孩子死了的事上告町方。那个臭娘们儿啥事儿做不出来？如果真是被她告了，整个长屋的人怕都不得安宁了，思来想去，最后还是决定，就那样让她住着吧。唉，碰上这么个倒霉玩意儿，也真是晦气。"

听卯兵卫这么一说，登的心里又一阵犯恶心，或许是为了尽快从那种感觉中解脱出来，他及时换了个话题："不说她了。来，让我看一下十兵卫的情况"。

美纪在一旁准备茶水，十兵卫却是老样子，坐在那里抬头盯向横在墙角的横梁，只是和之前相比，人好像胖了一圈儿，肩膀宽厚了不少，脸颊处也多了些肉感。登走过去坐在他旁边，问他最近感觉如何，十兵卫马上"嘘"了一声，示意他不要说话，随后又小心翼翼地把耳朵侧向横木的方向凑了过去，颇为谨慎地指向横木，冲登点了点头。

"你听，叫声很美妙吧?"十兵卫难掩一脸兴奋，"这只黄鹂鸟，给多少钱我都不卖。多好听的叫声啊，那样的沁人心扉，你听啊!"

红胡子诊疗谭

杀久朱者

一

十二月上旬的一天，晚上八点多，新出去定一边与保本登说话、一边通过传通院的缓坡，朝医馆方向走去。竹造走在去定前面，提着灯笼照明探路，登则背着药箱。去定常说"一身不兼二职"。这是医馆的内规，无论男女侍从保洁保安，皆须恪守规定。但是大夫另当别论。你瞧巡诊路上常常就是由登背药箱，去定本人亦无例外。

——累了吧。

去定这一问，登在心中犯了嘀咕。平日里一到身体疲惫时，去定就会变得牢骚满腹，今日需要巡诊的病人格外多，他们已连续跑了十五个地方。这才结束，返程的时间比平时晚了近两个钟点，疲劳感与饥饿感一并袭来，更是令人焦躁易怒。这会儿，去定正义愤填膺地谴责地方官吏——毫无理由地下令停止大夫上门巡诊。

刚刚过去的这个夏天，官府下令削减医馆经费，责令大夫停止上门巡诊的业务。去定竭尽所能地抗议、上诉，结果却仍旧无济于事。最终，去定不得不自己承担了相关费用，换取官府睁一只眼闭一只眼、默许巡诊业务的存续。从那之后，为了填补被削减的经费缺口以及贴补巡诊病人的药品支出，去定只好更加频繁地接受大名、诸侯、富豪和商人等权贵的上门看诊委托。然而，前几日却又陡生事端，医馆的与力喊去定过去，不仅彻底叫停了巡诊业务，还通知他，对于那些前往医馆接受治疗的病人，但凡家属具备一点儿赚钱能力，都要统一收取相应的伙食费用。

"禅语有云，贫者一灯胜富者万灯。"去定边走边说，"正因为穷人虔诚供奉，佛祖才显灵助穷人完成心愿，这句话其实大有玄机。"

供奉万灯的富人数量有限，也不是时时能供万盏灯，但要说仅能供奉一盏灯的穷人，那可不计其数。何况，供奉一盏灯所求之事，于佛易如反掌。"供佛"祈求来世，安乐往生。一生穷困潦倒、不得翻身的穷人，自然祈福安乐往生，来世成佛。攥紧此世衰微，供奉一灯以求来世，这种精明讨巧的做法，尤其适用于政治。

"维系幕府经济的，毋庸赘言，是地租和杂税。"去定说道，"然而，真正支撑起幕府经济的是众多的小商贩、老百姓和手艺人。这里不详细举例。虽说其间是非不可一概而论，但连打零工的搬运工手里那点儿工钱，官府也要征税！竟然如今，还要向接受义诊的病人征收伙食费！苛捐杂税到了这般田地，真是令人不堪忍受。"

去定恨恨地踏着步子，每一脚落地恨不能在地上砸个坑出来。杀气腾腾。

"当然，我再努力，也无法让官吏们干正事儿。"去定说道，"就算我能使唤得了两三个官儿，也绝无可能让整个幕府政治清明。所以无论我怎么大声疾呼，最终也只能是水中捞月、痴人说梦。源氏也好，平家也罢，人一旦大权在握，肯定颁布维护自己政权的法律，施行维护自己政权的手段，任何时代皆是如此——我这番无用的言语，保本你也听过不少，想必早就厌倦了，你这会儿肯定在想，怎么又开始讲那些车轱辘话儿。"去定的声音越来越大，仿佛预见到登要反驳似的，粗暴地喝道，"别，你什么也别说！你怎么想的都无所谓，任何人怎么想的也都无所谓。就算这种说法显得愚蠢至极、毫无意义，但只要我在这世上活一天，就一定还会奔走疾呼——"

"哦！"去定被突如其来的一声叫喊打断了思路停下脚步。三人正要路过传通院土墙，竹造突然惊叫出声，将灯笼探向沿着土墙的一重壕沟。

"怎么了？"去定问道。

"有人倒在沟里。"竹造一边答话，一边窥探壕沟。

"喂，"竹造向沟里喊，"你怎么了？出了什么事？"突然他又惊呼，"啊呀出血了！大夫，好像受了重伤！"

"别碰他！"去定喝止竹造。

走近前看，一个年轻人倒在壕沟。沟宽不过三尺，铺有石板沟底无水，横倒在沟中的男子，看着已动弹不得。借着灯笼的光亮去定端详，男子看似二十七八岁，身上一件平纹藏青短上衣，系平绔腰带，只是此刻通通散落在地。胸口和足部裸露在外，发带断了头发披散，头部半面脸颊再到胸口全是血迹。男子此刻气息急促、低声呻吟，听到去定出声唤他的一瞬，浑身上下抖然一振，仰面翻起，右手置胸前摆出防御姿势，手中还握有一把九寸五分长的匕首。在灯笼微光的映照下，刀刃如冰之剖面凛闪寒光。

"你冷静点儿。"去定喊他，"我是小石川医馆的大夫。你受了重伤啊，出什么事儿了？和人打架？"

男子仰起脸，问道："还有谁在那儿，那边儿还有人吗？"

"没了。"

"妈的，"男子嘴里嘀咕，"差他妈一点儿。"

"械斗是吧？"

"我要杀那个混蛋。"男子强调说，"不料他有保镖，所以我中招了。不好意思，能扶我出去吗？"

"竹造！"去定示意，同时顺手接过竹造提着的灯笼，竹造跳下壕沟，攥住男子的双臂，尝试着慢慢拉他起来。男子好不容易缓缓站起身，可他的右脚八成骨折了，扭曲出很诡异的弧度，伴着一声凄厉的哀号，男子散了架似的一屁股坐回到地上。去定将灯笼递给一旁的登，亲自来到男子面前。

"应该是胫骨出了问题。"他很快做出判断，"看上去没有骨折，充其量是骨裂。竹造，你把他背起来！"

"那该怎么办？"男子语气中带着不安。

"怎么办？"去定貌似生气地说，"跟你说我是个大夫哪。"

"可是我——"

"竹造，"没等男子说完，去定吩咐道，"把他背起来！"

竹造背起男子，去定已起身大步走去。

二

男子唤作角三，二十五岁，住小石川音羽街[1]五丁目一个叫薮下的地方，人被背回医馆后，诊察发现头部有两处伤口，肩、背、腰、足也有五六处，但只有头部是刀伤，其余几处看上去都是被棒状物击打所致，胫骨骨裂。

薮下那一排长屋，去定是知道的，之前还曾顺路去过，却不清楚那里还住着一个叫角三的人。

"我十二岁时就闯荡江湖。"角三说，"我爹叫加吉，两年前去世了。"

"加吉？"听到这个名字，去定眯起眼，"——那里三栋长屋并成一排，每栋八户，我记得加吉好像是住在最边儿上的那栋长屋里，是个编榻榻米的手艺人……"

"是的，我爹脚痛风行动不便，却异常固执。"角三试图翻身，疼得扭歪了脸，他咬紧牙关接着说，"大夫您——"他为了忘却疼痛，故意一副平静的口吻问道，"您知道一个叫多助的老头儿吗？"

"那个晚上沿街叫卖荞麦面的老人么？"

---

[1] 音羽街：日本东京都文京区的町名。

"是的，劳驾派人传句话……"角三说，"有位叫阿种的姑娘，请她立刻过来，我有话要对她说。"

"明天派人帮你传话，今晚先好好休息吧。"

"今天晚上不行吗？"

"你小子本要杀人的吧？"去定正色道，"晚上派人去，看守町门的人一盘问，起了疑心怎么办？明天一早派人。今晚你就好好睡觉吧。不然对你这伤口也不好。"

角三闭上眼，无奈地回应道："好吧，拜托明天一早一定派人去啊！"

去定看了登一眼，站起身来。登暗忖——"要我跟他出去吗？"随即从眼神中悟出不必，紧跟着站起身走出病房。去定正朝自己的房间走去，见到登也出来便对他说："麻烦你给厨房传个话，送几个饭团儿过来。"一听这话，登顿时也觉着饿了，迫不及待地向厨房奔去。

食堂八点关门。不是饭点儿，想找吃的就只能去厨房。登走进去后发现，厨房里就只点了一盏灯，昏暗无比。略显空荡的土房里，一个男人正摆弄着一个形似箱子的东西，阿雪姑娘站在一旁观望。登让阿雪姑娘做两份饭团儿，突然认出那个男人原来是猪之。

"这不是猪之嘛。"登靠前搭话，"费那么大力气，做啥呢？"

"呃，随便弄个东西。"猪之含糊其词，"保本大夫也辛苦到现在啊。外面很冷吧？"

"别岔开话题，到底摆弄啥呢？"

"这个嘛，就是给便盆上加个小凳。"猪之说着脸红起来。

"便盆上的小凳子？"

"您知道的，那个脑子有点问题、叫由美的姑娘……"猪之解释道，"那姑娘身子骨算是彻底垮掉了，用便盆也晃晃悠悠的。我琢磨着，要是给便盆上加个凳子，用起来就会轻松点儿，于是我就试着做了这个小凳子……"

"这样啊，"登笑着说，"阿杉托你做的吧？"

"哪里？这是我的职责！"猪之带着亢奋的语调，"招我来这儿，就是让我干这些工作的嘛。这是我的分内事儿。不会受人之托才干活儿！您可别再那么说。"

"抱歉，我的错。"登笑道，"对不起，对不起。"

"没事没事。"猪之又脸红，手足无措地挠了挠头，"保本大夫这样子跟我道歉，我才不好意思呢。在您面前说大话，真对不住，请务必原谅我才是。"

"咱俩太礼貌了哈哈。"登笑起来，"代我跟阿杉问好哟！"

猪之用一记响锤回应。这时阿雪也将手提饭盒准备好了，递到登手里，并说稍后送茶过去。不待话音落地，登便闪出了厨房。

第二天天亮，去定派人前往薮下，叫那个阿种姑娘一起过来。阿种年方十九，看上去要比实际年龄大一些，秉性刚强，乍见头上包着白纱布的角三也面不改色，于一旁冷静听取医生的说明。

"休息十天，应该就可以下地。"去定向阿种解释角三的病情，"脚上的伤嘛，还需要观察。估计得一个月，此前最好不要随意走动。"

"能带他回家休养吗？"

"这五六天，还是待在这儿吧。"去定建议，"治疗起来方便。另外，你们那边像是出了点变故吧，现在带他回去恐怕不是好的选择。"

"是的，那件事——"

"阿种，"角三喊她，"发生什么事儿了？高田屋那边说什么了吗？"

"是的。"阿种答道，"昨天夜里，伊藏带了三个男人来，说是有人要在水户大人宅刺杀少爷，还说那人就住咱们长屋，非让交人。"

"果然如此啊。"

"他们本来还要挨家挨户搜查，我就……"阿种有点儿难于启齿，像是顾及角三的脸面，转而又开口说道，"我说你去了丰岛亲戚家，亲戚过世，说你今天晚上应该会在那儿留宿。"

"亏你机灵。不过这种话，那帮人不会信的。"

"我也觉得，可是这下你要不回来，事情恐怕会变得更糟。"

"威胁你了？"

"他们说，要是你不回，就证明是你干的，且有长屋的人合谋。"阿种咽了口唾沫，"他们说不会就此罢休。"

"那好，我回长屋。"

"等等！"去定打断他们的话，"一起商量商量吧，到底怎么回事儿？"

"请您不要再问。"角三答道，"不能再给您添麻烦。"

"麻烦不麻烦，我自己判断。总之，你们先说说看。"

"你看——"阿种显出迟疑。

角三"嗯"了一声，试图翻身横躺下来，疼得他整张脸都扭曲起来。他忍痛死死咬住下嘴唇。此时森半太夫来了，提醒去定到时间了，该去看看那些住进医馆的病人。

"好的。"去定点点头，站起身嘱咐登，"你来听听他们是怎么说的吧。"

三

角三他们居住的长屋位于音羽街五丁目，名为薮下，并排三栋，可居二十四户，现有二十一户。房东住牛込神乐坂[1]，人称高田屋的松次郎，其父与七很久之前在音羽街五丁目经营一家小质屋[2]。质屋叫做"户纳质"，虽说是

---

1 牛込神乐坂：位于日本东京都新宿区。
2 质屋：当铺。

间连仓库都没有的小店儿，买卖却十分红火。与七便用赚来的钱，买了不少低价出售的房屋和地皮。也许是运气好，质屋规模虽然没怎么扩大，却攒下了许多房屋和地皮。或者自己的性格、脾气适合这种经营，与七逐渐攒起了一份家业，大约从十五年前起，他不再经营质屋，而是搬去神乐坂开始经营地皮和房屋的买卖。

薮下的三栋长屋，是与七还在五丁目经营质屋时无偿租出的，算起来也有十九个年头了，不仅不收房租，但凡需要修理的地方，高田屋还会全权负责独自承担，不用租客们掏一文钱。

"而且约定，"角三说道，"有差配元助作证，不仅与七老爷在世的时候算数，还将延续到老爷的继承人松次郎一代。"

"这里应该有什么缘由吧？"

"是啊，"角三说道，"不会无缘无故有这种约定。"

"那你知道是什么理由吗？"登问。

"我不知道。"角三语气中难掩几分失落与遗憾，"差配早就换了一茬儿人，现如今还知道当时情况的，唯剩下阿种的爷爷一人，不过他老人家已经老年痴呆了。"

"但是确有这样一个约定，大伙儿都知道。现在的差配助三郎负责管理这一带属于高田屋的地皮和房屋。约定一事，他父亲元助在生前就原原本本地告诉过他。不仅有差配父子的口耳相传，还有与七亲手记录的租金账簿，都可以作证的。原本长屋这地方居住人口的流动性就很大,每过五六年,面孔就能新换上一茬儿。可薮下长屋这儿不一样。因为此处是无须租金的稀有地。其次久居此处的人多半为护国寺[1]做事,故而除了三户无人居住以外,只有七户换了租客,如今小二十年过去,参与其中且知晓当初情况的,掰着指头儿数,也就只剩下多助这一位老人了,却也神智不清,常犯迷糊。但薮下长屋与高田屋的约定,却是众所周知的。"

"然而,事情突然就发生了变化。"

这年五月,与七去世,独生子松次郎继承了家业。松次郎二十有三,去年秋天娶妻,生了一个男孩儿。

"上个月,不、是十月末,松次郎来到长屋,让我们全部搬走。"角三回忆道,"他后边儿跟着三个地痞流氓一样的人物,叫嚣说要拆了长屋,让我们二十一户通通滚蛋。"

"他不知道自己父亲立下的约定吗?"

"他说他知道,但这约定又没有白纸黑字的证据,何况我们已经白住了十九年,上一辈儿的事情他不清楚,还说没道理守着这种毫无效力的约定。"

登脸色一沉,忧心忡忡地说:"那,这事儿可就难办了,结果怎么样还真是不好说。"

"确实,他们说的也有几分道理。不过,松次郎逼着

---

[1] 护国寺:建于1681年,是位于日本东京都文京区大塚五丁目的真言宗丰山派寺院。又称神令山悉地院大圣护国寺。

我们搬走，倒不是因为急需用钱，而是另有所图……"角三愤愤地说，"他是打算拆掉薮下一带的房子，重新修整地皮，将这一带建成茶屋、聚集暗娼的烟花之地。这事儿，护国寺管庶务的僧人也是知道的。"

"这倒很有可能。"登心里暗暗嘀咕，"宗教领地与烟花柳巷经常都是相依相伴、形影不离。浅草寺，根津权现社[1]，赤坂[2]冰川神社[3]，芝大神宫[4]，随便哪处宗教之地，周围一定伴有风月场所。护国寺建于元禄年间，当初是幕府授予寺院的领地，年授俸禄一千三百万石。前阵子，有传言将军的遗孀想皈依佛门受戒，要求寺院更新，还须人烟稀少、清静怡人，恰好这护国寺的香火不算繁盛。想来有人提前从僧人那里探得口风，预判若能在这附近修整出新地皮的话必然大有赚头。这事儿确实有可能。"

"要真是那样的话，此事还真是挺棘手的。"登心思凝重地说道，"当然，我会将事情原委一五一十转述给新出大夫。不过，既然你们已经白住了十九年，索性搬走算了，也不见得就吃亏了呀。"

---

1 根津权现社：位于日本东京都文京区根津的神社，是东京十社之一。古时候被称为"根津权现"。相传根津神社内还有"文豪休憩之石"，据说日本小说家夏目漱石、森鸥外都曾在此驻足构思，在他们的作品中也不乏提及根津神社的语句。
2 赤坂：位于日本东京都港区。
3 冰川神社：过去被称为东京十大神社之一。
4 芝大神宫：位于日本东京都港区芝大门，过去被称为东京十大神社之一。

"呃，倒也是这么个理儿。"

"与其卷入此间纠纷，不如另迁新地重新开始，也不失为一个好办法不是吗？"

"也许您给指的道儿确实容易走。"角三略显无力，"不过，那个混蛋也实在是太不近人情了。"

"你呀，"阿种叹了口气，说道，"真要回去就得赶紧动身了，我家里可是没人。回去太晚，人家会察觉我与你早就串通好了。"

"你们等一等！"登站起身来，说道，"我先去同新出大夫说说情况，咱们也听听他的意见，你俩在这里稍等！"

登将两人留在病房，独自离开了。

去定看诊结束，还须等上一段时间，登先去食堂喝了点茶，再到去定的房间。去定换了件上衣，沉默地听登讲述事情原委，随后坐到桌前，开具一天的配方。去定有个笔记本，用来记录医馆内每一个病人的病情以及如何用药。根据病人病情的变化，用药也相应地有所改变。因此有必要及时记下来备忘。

"你继续说，"去定手里忙着嘴里问，"接下来怎么了？"

登继续讲。整个过程，去定都一言未发，直至写完当天的备忘，这才放下笔，深深地叹了一口气，仿若野兽低吼。

"高田屋的事儿，我知道了。"去定抬头看着登，"角三那么重的伤，怎么回事儿？"

"那是因为——"登含糊其词地应了一句。

"都到了萌生杀意的地步，应该另有隐情吧。"

"这一点，倒是没有仔细问。"

"恐怕这才是关键所在。"去定沉着脸说，"算了，现在去问也不迟。"

四

去定也同意角三他们返回长屋的决定。否则，只怕高田屋真的会宣称长屋众人合谋杀人，并将他们告到官府。一旦提起诉讼，町方会否听取街巷百姓的证词倒在其次，可以预见的是，高田屋肯定会大撒金银收买，无论最终结果如何，事态都将变得异常棘手。去定建议说，与其这样，不如按照事先商量好的说辞——角三的确去了趟丰岛郡[1]的亲戚家，回来的路上不慎坠崖，去定几人在崖底发现了重伤的角三，并将他背回医馆疗伤。——随即又迅速制定了后续计划的相关步骤。众人统一好口径后，由阿种先行一步，准备好门板儿来抬角三回去。晚些时候，两人按计划离开医馆，去定、登以及背药笼的竹造也一同前往长屋。众人并没有选择走传通院背后的小路，而是径直奔向大塚[2]，专捡寺院和武士聚居的街区行动。途中，门板上突

---

1 丰岛郡：今日本东京都丰岛区。
2 大塚：日本东京都丰岛区的町名。

然传来角三的声音，"坏了，我把那东西落医馆了。"去定又惊又恼："竟然能把那东西落在医馆?"登未及反应，好一会儿才终于拎清他二人口中的"那东西"该是昨晚角三手持的匕首。此番对话之后，几乎再没有交流。

众人来到音羽五丁目后街，正要奔巷中方向过去时，角三喊："就是左手边那个角儿"。长屋一角貌似重新翻修，面朝后街、有单独的出入口，还装着真榠窗，防雨拉门和拉门暗箱也没多少使用过的痕迹，乍一看，一副居酒屋的寻常制式，入口的拉门上，两条宽约五寸的木板交叉成十字钉在门上。

"从哪儿进去啊?"

"后面有个厨房。"角三答道，"可以从那边儿进去。"

众人迈步绕向屋后。

门板上抬了个人的缘故，不一会儿，围了不少猎奇的人。去定催促登先过去打开厨房门，将角三抬了进去。就在这时，两个男人推开围观的人群走上前来，一个年纪三十岁左右、看似一个消防员。另一个年轻许多，二十二三岁的样子，身上只穿了一件细竖条纹夹袄，腰带系得很低，脚上趿拉着一双麻衬草鞋。这年轻男子看上去肤白眉浓、身形清瘦，浑身上下却散发出一种异样的气息，令人莫名地心生厌恶，后脊梁处紧跟着一阵发凉，但凡通点儿人性的狗闻到这种气息都会咆哮。

"这不是角三嘛。"年长的男子不怀好意地说，"受伤了啊，来，让咱们几个也瞧瞧。"

"瞧了又能怎样？"去定反问。

"昨天晚上，可是发生了一场严重的斗殴事件！"男子有意强调似的咬着字眼儿，"有人试图刺杀长屋的房东老爷，我们正在搜寻犯人！"

"你是什么人？町方的人吗？"

"不，我叫伊藏，高田屋老板的熟人。"

"找犯人，那是官差的活儿吧？"去定问，"还是说，你高田屋已经备好刑具了？"

伊藏一时语塞，沉默了。

这时，年轻男子将右手探入怀里，仿佛要说什么。去定则抢在他之前表明了身份。没准儿他是觉得，对方倘若知道自己是医馆的大夫，或多或少总会有点儿吃惊。在登看来，去定的初衷八成是如此，这会儿的表情看上去，也或多少期待对方震惊的样子。然而出乎意料，年轻人面不改色。一瞬间，去定的眼中闪过了一丝意外。登觉得有些好笑，又找不到笑的理由。

去定很快恢复了平静，正色道："你们给我听好了，这儿发生什么斗殴事件我不管，我只知道这个男人是昨天晚上丰岛郡中丸村鼠山上抄近道儿的时候，不小心从悬崖上摔下去了。我发现的时候浑身是血，是我把他抬到医馆治疗的。至于刚才说的什么斗殴、刺杀，你们倒是说说，是什么时候、在什么地方发生的？"

"昨天晚上六点，就在水户家[1]旁边。"年轻男子回答得很干脆，声音听上去如姑娘般温软，却依然透着一股子令人悚然的气息。"这事儿，你应该早就知道了吧？"男子话里有话地冷笑道，"正因为你一早就知道，所以才搬出事先准备的说辞，还一套一套的，你说哪儿？丰岛的鼠山？风马牛不相及。瞎编了一个地方对吧？大叔，我说的没错吧？"

"你说你叫——伊藏，对吧？"去定看着年长的男子，问道，"那高田屋的家主是被杀死了还是受了伤逃过一劫？"

"都不是，万幸老爷当时有三个熟人跟着。"

"也就是说，你家老爷毫发未损？"

"是那三人行动及时！马上赶了过来。"

"那么，那个动手要杀人的人呢？"

"那人拿着把刀嘛十分危险，我们的人就把他撂倒在地上了。"

"也就是说，那个人受了伤才对啊。"仿佛是为了确认事实，去定有意重复了一遍，"高田屋的老板毫发未损，相反，被打后受了伤的是你们口中所谓试图施暴的人！然后呢，你们现在就宣称同样是受了伤的角三很有嫌疑，是这样吧？"

---

[1] 水户家：德川御三家之一。详见《越级申诉》"御三家"注释。

年轻男子嚷："喂！这位大叔你——"

"闭嘴！"去定喝止他继续说话，声音不大却十分犀利，眼神炯炯，瞪向年轻男子。

"你小子也给我闭嘴！"去定稍稍放缓了声音，转向伊藏，"伊藏，你现在给我听清楚，医馆隶属于町奉行，与力常在这一片儿值勤。角三这个人，确实是我碰巧在鼠山遇到并亲自带回医馆治疗，也已告知了与力。退一万步讲，就算此事有假，你们高田屋的老板安然无恙，而你们所谓的施暴之人却被你们的三个人围殴致伤，要是把这事儿捅到上面依法论罪，后果如何你小子可要仔细地想清楚！"

"可、可那个混蛋，要杀我们家老爷呀！"

"你有证据吗？"

"那混蛋自己嚷嚷的！我们老爷——"

"够了！"去定再次喝止，"谁谁说了什么、谁谁听说什么，这种娘们儿翻弄是非般的说辞，能当呈堂证供吗？四个对一个，把人家打成重伤。你们有何证据证明人家要杀人？该受罚的是你们高田屋！"

去定说完，不屑地瞥了一眼年轻男子。

"何况，哪怕是有充分的理由，支使地痞流氓就不占理儿！回去好好合计合计吧。我随时可以做证人。"

年轻男子依然怀揣右手盯着伊藏，偷偷使了个眼色——动手吗？伊藏摇了摇头。去定也给登递了个眼色，两人合力将角三抱起，从厨房门口抬到了房间里。此前阿种已冲出众多围观者构筑的人墙,到角三家为他铺设好被褥。

"还有件事儿请教!"厨房外传来伊藏阴阳怪气的叫喊,"角三他不会又溜出去干什么事儿吧?"

去定在屋内答道:"从崖上滚落,腿部骨折,没有个十天半月动弹不了。你们放心吧。"

五

伊藏和年轻人离开后,长屋的邻里们过来探望,有一户女主人还取了火种过来帮忙引火,阿种则忙着为访客们准备茶水。去定留登在角三家照看,自己去代理家去打探情况。

"角三需要好好休息。"去定出门前嘱咐,"各位探望后尽早回去吧。"

听去定这一说,前来探病的人便陆续离去了。

"真是位威严的大夫,"角三靠在枕头上笑道,"真不像是个大夫,刚才我还在想,该不会操一口江户腔儿骂人吧。"

"那可不好说哦。"登苦笑道,"遇上事儿,三五个小流氓不在话下。"

说完这话,登不再作声。本乡南町[1]的事儿话到嘴边,忍住了没说。

---

[1] 本乡南町:日本东京都文京区的町名。

"我说，"一旁的阿种插嘴道，"刚才，卖刷子的老源被赶走了。"

"老源被赶走了？怎么回事？"

"和吉三郎那时一样。"阿种继续说道，"三个不像正经人的壮汉上来就说——借房子一用，然后就把老源赶走了。家里的财物、工具等都被丢到了屋外。那三人正坐在那里喝酒呢。"

"阿源怎么样了？"

"唉，对方的拳头硬，他能有什么办法？这会儿和老婆孩子在与平屋里发呆呢。"

"怎么回事？"登询问道。

"肯定又是高田屋干的。"角三低吼一声，"五天前，大概是觉得谈判毫无进展，他们就派了两个壮汉来长屋，把吉三郎老夫妇硬生生赶了出去。"

登努力压住心里无名火，继续问道："这里没有管事儿的町名主[1]、五人组[2]组长吗？"

"要是那些人靠得住，我也不会这副样子了。"角三克制着情绪，"起了杀心之前，我一直想着和平解决。"

然而诸条件皆于长屋众人不利。在这个地界只要有护国寺僧人撑腰，没理也得让他三分。加之高田屋花钱收买

1　町名主：江户时期掌管一个区的官员。
2　五人组：江户时期的一种连坐制度，五户为一组，内设组长。组内互相帮助，彼此监督，一户犯法，其余人等须承担连带责任。

人心,倘能在此开辟"新区",五人组、町名主那帮人铁定会恶狼扑食一般趋之若鹜。角三和另外三人代表长屋曾向外寻求帮助,但根本无人理睬。

——已经让你们白住二十年了,还不知足?

当然长屋众人并未打算长期免费居住。大家私底下商量好——今后缴纳相应的租金。但高田屋方面根本不予理会,只是催促长屋住户赶快搬走。登越听越觉得困惑,不知道哪一方占理。

——那搬家不就行了嘛?

反正都要付房租,不如干脆点,直接搬到别处不就省事了嘛?为啥非要死守这儿呢?顽固不化?抑或是住惯了长屋恋恋不舍?登不由得在心里问角三。

没过多大一会儿,去定回来了。没有进屋,只是催促竹造和登收拾东西准备回医馆。"不用太担心,"去定对阿种说道,"我跟差配说清了原委,伊藏他们不会再来捣乱了。明天,高田屋要是还派人来,你们也不必担心。你只要把这话转告给角三和长屋里的其他人就好了。"

三人从音羽开始巡诊,去定一边走一边跟登讲述内情。当然这点时间,轻易讲不清楚事情原委。要原原本本了解事情始末,登着实花了工夫,总算彻底明白了其中内情。——角三和阿种原定翌月中旬结婚,两人为此奋斗了四年之久。

角三即将年满二十五。父亲加吉干了一辈子榻榻米编织的工作，最终也没能开上一家属于自己的店铺。

十二岁那年，他去下谷一家叫"滩纹[1]"的料理店厨房帮佣，学了一身厨艺本领。当初是出于个人喜好，但实在没有厨师天赋，二十岁前角三已觉察，自己的厨艺肯定无法立足一流料理店。从那以后角三改变了目标。干脆开一家小饭馆儿就好了，他不再耽溺于饮酒和寻欢作乐，开始一门心思存钱。——说到厨师匠人，也许是因为工作性质和行业环境的缘故，多数厨师精于酒色。角三却很自知，只想开一家属于自己的饭馆儿。即便受到同伴蔑视、嘲弄，他也一门心思努力存钱。

这期间，角三和阿种越走越近最终定下婚约。阿种父母早逝，她是由祖父多助抚养长大的，祖孙二人靠多助晚上沿街叫卖荞麦面糊口，自十二三岁的时候起，阿种就已尝试帮着祖父准备食材，晚上也同祖父一起出摊儿赚钱。然而前年冬天，多助突然轻度中风、下肢瘫痪，神智也变得不再清楚，无法继续工作。阿种迫不得已换了一个茶馆打工。这一晃，就过去两年。

多助病倒之前，角三的父亲已经过世，母亲更是五年前病故，孑然一身的角三便不再住店打工，而是每日往返于薮下长屋与"滩纹"料理店之间。每天可与阿种见面，日久生情，两人谈到角三开饭馆的事儿。长年给祖父帮忙、

---

[1] 滩纹：意为"怒涛"。

经验丰富的阿种，看似帮得上大忙。

——烈火才能炼真金。

这是经常挂在阿种嘴边的话，她也在努力践行，从微薄的收入中挤出一些积蓄。这一年八月，跟差配打过招呼后，阿种和祖父搬进现在住的屋子。房子坐落在后街，距护国寺的参拜道很近，周围又多是武士家族的宅邸。阿种认为，武士家的下人个个是客源，在这里开饭馆儿，生意肯定错不了。一同居住在长屋的，还有一个叫与平的木匠和一个叫小助的泥瓦匠，两人平日里好酒贪杯，只有给人打打零工的本事。可关键的时候还是派得上用场，阿种与他们商量做了个大致的估算，便去买来必要的建材，要对店铺做些简单的内部装修。

这类小活儿交给打惯零工的手艺人自然最好，沟通也容易。当然，几个人也只是偶尔抽空儿去干活儿，总体上进度迟缓。到九月，店铺装修才算告一段落。在此期间，角三和阿种又置办了锅碗瓢盆儿、各式刀具等厨房用品，九月一结束，角三就辞去了"滩纹"的差事。但还是有许多准备工作要做，直到十月十五日饭馆开张，两人才开始迎来送往地正式打理起饭馆的生意来，同时还相互许诺，等忙过正月餐饮旺季就结婚。

"过了半个月，高田屋就派了人来逼迫他们搬走。"去定继续说道，"听人说，那时候饭馆经营得不错、生意兴隆，常有熟客特意过去捧场。"

不仅如此，角三将他十几年的积蓄（其中也包括阿种的钱）都投到这个饭馆里，还从酒馆老板和其他几个生意人处借了不少钱。

六

要是现在被赶出去，角三将身无分文，甚至负债累累，阿种也不得不再回茶馆打工。于是长屋上下商讨后一致同意，和高田屋展开交涉。

"然而事实正如保本你所听到的，高田屋根本不予理会。且不说护国寺是否暗地里为高田屋撑腰，眼下已能确定的一个事实就是，町名主等在开发土地繁荣街区的诱惑下，已倒向高田屋一方。"去定继续说道，"对长屋的那些人来说，二十几户人，没交过一文钱，在人家的屋子里免费住了近二十年，这是最致命的一点。即便不是诉之于公堂，舆论也会倒向高田屋。"

"可究竟为什么?"登不解地问，"为什么双方要立下约定，高田屋那么多年不收租金呢?"

"其实，也不是他们两方立下的约定，而是上代高田屋家主与七主动提出的。我在差配那里看了租金账簿，上面白纸黑字地写有与七的大名，还有'松次郎一代免除租金'字样，与七和五个长屋代表分别签字按手印。"

"长屋那边有好多会写字的人吗?"

去定没有停下脚步，只是回过头看着登说："肝脏不好的人，就算他并不知情，也不会改变既定事实对不？"

"什么？"登难掩一脸茫然。

"五个长屋代表会不会写字并不是问题所在。至少说明了过去没有收过租金的事实，不是吗？——说什么蠢话？"最后一句貌似去定的自言自语，不过他马上又扯回到正题，"我想知道的是当初立下这个契约的理由，与七究竟基于何等考虑有了这样约定？不清楚这一点，长屋人压根儿没有胜算。"

两人默默无语走着，登突然问道："与七的理由，恐怕没人知道吧？"

"角三说得没错。"听得出，去定的语气中带着些许不耐烦，"长屋的五个代表里，两人搬走、两人死亡，角三的父亲也是故去者之一，现如今剩下的知情人，就只有多助了。"

"可是听人说，他已经糊涂了——"

"嗯，我刚才已经去过了，多半是中风导致的神智尽失。我也做了各种尝试为他诊治，老人也很努力苦思冥想，却只能记住'杀久米者'几个字。"

登一脸茫然地望着去定。

"'杀久米者'一句，——盯着我干吗？我也不知道是什么意思。"去定无奈地摆了摆手，"没人知道这话是什么意思、指的又是谁。长屋的人也试着去打听了，仍然是个谜。毕竟只是老人记忆中的只言片语……"

"也有可能，这句话原本与此事无关——"登若有所思地追问道，"如此说来，大概也能理解了。"

"什么？你理解什么了？"

"角三的心情呀。他是如何到了想杀高田屋的地步。"登答道，心想自己今天真是愚钝至极，"十几年的积蓄打了水漂，临近的婚期也眼看着变得遥遥无期，对方的目的却是赚大钱，所以角三只能出此下策。"

"有人会因此敬佩他吗？无论什么原因，杀人都是不可原谅的。从这点来讲，角三是个蠢材！"去定愤怒地骂道，"为眼前的蝇头小利欣喜若狂，或在绝望中沉沦任由自我毁灭，这种例子在穷人中不胜枚举。有道是'无恒产者无恒心'，人把日子过得浮萍一般，自我的期许一旦落空，就会轻易地从一个极端走向另一个极端，最终养肥强权者。"

"只有知道先前约定的缘由，才能找到相应的对策。"去定继续说道，"与其让和尚们和那些利欲熏心的家伙们整修地皮建烟花柳巷，守住一家饭馆才是当前的要紧事。正因为这样，我们更需要搞清楚与七当年立那个契约到底有什么缘由。"

话音未落，去定又向前走了几步，抬头望天，似在面对什么非现实存在的事情。他执着地嘟囔道："到底为啥呢？与七以此为代价做出那个承诺——"

登在心中暗自嘲讽——真蠢！正是个瞧不好病人肝病的蠢大夫，找不出病因只会去求助神佛！

第二天，登受去定差使前往角三家探病，在阿种的帮助下，为角三清洗伤处并更换药膏，又重新缠上纱布带。这时一位拄着拐杖的老人蹒跚地从厨房门口走进屋里，阿种见了大吃一惊。

"爷爷，您怎么来了？"阿种慌忙起身迎向老人，口中关切地埋怨，"自己出来多危险呀！"

这老人该是多助吧。登拖来铜盆准备洗手，一面不动声色地朝老人的方向瞥去。多助如同一只坏掉的木偶，动作僵硬而笨拙，在孙女的搀扶下勉强坐到厨房地窖的盖板儿上（与此同时咣当一声脆响，拐杖脱手滑落在地上），老人体态清瘦，皮肤却如白蜡一般，他面无表情，嘴角下垂像似一副萎靡的假面。

"真是搞不懂。"阿种的问话没有回应，"到底怎么了嘛？"

角三开口之前，有意看了登一眼，登默默地摇了摇头。

"怎么了？"角三高声问道，"爷爷，您这是怎么了？"

"先坐这儿等等我。"阿种分身乏术。

登站起身，示意自己后天再来，同时表示，角三此刻已经退烧，不必再担心伤口会化脓，临出门时又特意嘱咐，第二天只须换脚上的药。路过阿种和多助身侧时，登无意间瞥见多助早已泪流满面，舌头僵硬，似乎拼命地想要表达什么，却只能挤出几个不成词句的单字。此时的多助一手按住咽喉处，口水无法抑止般滴流下来。可以说凄惨苦楚不堪目睹。

"好了好了，咱们回家吧，啊。"背后依稀传来阿种的声音，"阿角他没有大碍的，不要在佛龛前说那些个不吉利的话！爷爷您就好好地待在家里。什么都不用担心啊。"

登走出小巷，迈步朝中街走去。

七

登按照事前的约定前往小石川桥，到松平若狭家与去定汇合。自己这边音羽街的事儿早早处理完毕，登等了去定半个多时辰。两人碰头后，又去了八个地方上门看诊，下午五点才回到医馆。较之以往，回来得早，登久违地泡了个热水澡儿，然后和森半太夫一起悠闲地享用晚餐。饭后喝茶，森半太夫以若无其事的口吻告诉登，"津川要回来了。"登有点儿摸不着头脑。

"那个你顶替的男人啊。"半太夫继续说道，"津川玄三，你不记得了？"

登想起来了。

"那可是个讨厌的家伙。"说话间，登纳闷地看着半太夫问道，"那他要是回来的话，……是回这里吗？"

"是啊。"

"他不是去当御医了吗?"

"没坐稳哪。"半太夫答道,"说是干了一阵子,结果自己搞砸了。自然就被扫地出门。"

"于是就吃回头草吗?"

"是啊。"半太夫抿了一口茶,"这儿也缺人手啊。"

"这种人都要?"

"噢,对了。"半太夫换了话题,"猪之和阿杉要结婚了,你知道吧?"

登摇摇头。半太夫顺着这个话题说了下去,登也听得饶有兴致。至于"医馆也缺人手",话里话外是否有其他深意,登并未多想。半太夫说,疯女由美怕是余日无多,依她的病情,估计很难撑到正月。由美死了阿杉就只能回家,可阿杉又不愿意回去。再三考虑,猪之和阿杉决定结婚。

"还是头一次在医馆听到令人高兴的消息。"半太夫笑逐颜开,"这恐怕是医馆开办以来第一桩大喜事儿。当我意识到这一点时,内心却沉重起来。人生于世,见证身边人的幸福,也是极其少见的事情啊。"

是啊。说得没错。登在心里默默地思忖着:"猪之和阿杉的未来还未可知,结为夫妻的喜悦是短暂的,将要共同面对的岁月却是漫长的!"登不由地苦笑着摇了摇头。

"总感觉这段时间很压抑。"登强调,"不应该再有那种死气沉沉的想法!哎呀,我是在说我自己啊!"

天亮后,登准备陪去定出门巡诊,走出门口被一名陌生男子唤住。似乎是问过看门人，他以确认的口吻问——"您是保本先生吗?"一边径直走到登跟前。只见来者二十六七岁的样子，上身和服短褂、下身束带细筒裤、脚踩一双草鞋，个头儿不是很高，但健硕强壮。浓密的长须从唇周延伸到两颊。

"我是音羽来的。"男子嘶哑着声音自我介绍，"我叫与平，木工，和角三一样住长屋的……"

收留卖毛刷源治一家的就是他啊。登有点儿印象。

"角三的病情不好了吗?"

"不，不是这事儿。"与平挠挠头，似乎摊上了什么不好的事儿，支支吾吾地说道，"其实，呃，发生了一点儿小事，想来问问您，今天下午四点，能拜托您来一趟长屋吗?"

"出什么乱子了?"耳畔传来去定的声音，"高田屋的人又来了?"

"不是不是。呃，不不，我也搞不清楚。"与平歪了脖子又挠了挠头，"倒是没出什么乱子。不过，呃，我们和高田屋的事也该有个结果，我是说，就怕高田屋的人来了会出乱子。所以才想请您……行吗?"

"四点是吧?"去定确认后答复道，"好，回去传个话，我准时到。"

与平惊喜地望向登，登也冲他点了点头，"嗯，我也去。"

巡诊五处后，登照去定交代的，掐着时间前往音羽街。午后天色阴沉，还不到四点，四周渐已昏暗起来，微微的北风打在脸上寒意袭人。登站在角三家厨房门口招呼了一声，阿种便迎了出来。入口近旁，鞋子乱糟糟摆成一排，阿种觉察到登一脸警惕的样子，赶紧解释说："这些都是长屋的人。"登走进屋子里一看，角三仍躺在那里，旁边坐着四个男人，向登致意问好，又腾出一个人的地方给他坐下。其中一个便是与平，将其他人介绍给登，泥瓦匠小助、卖鱼的长次以及拉车的正吉。小助和与平年纪相仿，长次和正吉看上去三十岁左右的样子。

"劳烦您百忙中过来，不好意思。"角三斜躺着开口说道，"还是有关高田屋的事儿，弄清楚十九年前发生的事儿了。"

"哦？真相大白了？"登眯起眼睛。

"还得从多助爷爷过来那次说起，哦，正赶上您也在……"角三说，"爷爷的舌头不听使唤，脑子也不清楚，说的话别人听不大懂。可您回去后，爷爷平静下来，我们又慢慢问他，爷爷说十九年前的事儿是有书面记载的。"

起初只是不停地叨咕着——"佛龛、佛龛"，最后终于提到，当年约定时都有书面记载，由已故的加吉负责收存。当时除了多助自己，其他四位长屋代表也都签了字、画过押。

——这事我还是第一次听说。

角三从未听父亲说起。"也许吧。"多助说,"你在别处做工,没能见上你爹加吉。在你赶回来之前,加吉就原原本本告诉我了。"

——收回长屋这种事儿应该不会发生。真要有个万一,就去佛龛牌位的后面找找吧。

多助听了加吉的话,却因病失忆,只是近日频发骚乱,脑海里才浮现出那几个字——"杀久米者"。多助也一直在不断地反复回想,想弄清楚这一切究竟是怎么回事儿。终于在昨天想了起来。

八

"那,东西还在吗?"登听完,第一时间问道。

"在的。"角三说着,从枕头下取出一个被卷得平平整整的卷轴儿,"多助爷爷说得没错,这东西就在牌位后面藏着呢。"

"约定的理由上面有记载?"

"是的。有详细记载,也有五位长屋代表的手印——啊,请稍等。"角三将卷轴儿递给长次,出乎意料地转变了话锋,"卷轴儿上的记载内容稍后再说,现在公之于众的话,有可能会坏事儿。换句话说,您可能阻止我们要做的事儿。"

登注视着角三,开口问道:"那你为什么叫我来?"

"希望您给作个见证!"

"作什么证?"

"那家伙等一下就明白了。"一旁的与平突然插嘴道,"等对方一来,咱们就开始,估计他也快到了吧。"

"你说谁要来?"

"高田屋啊——"与平的目光又移向角三,"他不敢来了吧?"

"我们叫松次郎来。"角三向登解释说,"我们说找到了高田屋无偿出租长屋的证据,要想看证据就得过来。他回复说一定会来。"

"所以呢,为何非要拉个人作证?"

"这人太啰唆了——"一旁的泥瓦匠小助抱怨道。

"你闭嘴!"角三喝止他,"少废话,知道自己该干啥就行了。长度没问题吧?"

"你带灯笼来了吗?"长次转过身去问与平,"今儿这天儿黑得早,还要看卷轴儿,得把这屋里照得亮堂点儿。"

"我这就去拿。"拉车的正吉抢答道,"你们一叫我,马上就过来行吗?"

登默然。心想:这伙人在搞什么鬼?我为什么去作证?真是的,一点儿头绪都没有。看样子要发生什么事情——算了,反正不想和他们说话,索性闭嘴旁观。阿种为登沏了茶,正吉站起身——"我回家准备灯笼,回头儿就藏在大家常经过的那片荒地。"说完便出门离开了。

四点刚过,高田屋松次郎来了,身后跟着伊藏和另外两个年轻人随从，进屋时只有松次郎和伊藏。角三说话时，登于一旁侧目而视，仔细端详起松次郎来。听说他二十三岁，但看上去比实际年龄大三四岁。不高不矮不胖不瘦，只有那眼神和说话方式，露骨地彰显出一个从小娇生惯养的富家少爷特有的傲慢与天真。

"确凿无误？"松次郎追问道，"别是你们伪造的吧！"

"您一看就明白了。"角三答道，"我等呆蠢下人，怎么骗得过高田屋老爷您呢？我等哪儿有那样的脑子？这位是小石川医馆的保本大夫。因为请了保本大夫做见证，这证据也请他过目吧。"

松次郎闻言转身，正视保本登。

登开口道："我是保本登。"

"我是高田屋松次郎。"松次郎一面应付，一面上下打量着登的制服，"这衣服我是知道的，确实是医馆大夫们的行医和服。"

"行医和服"这一用词就别有含义了。对方的语气中显而易见带出轻视与侮辱，登却微微一笑不置一词。

"长次和小助二人为您引路。"角三说完，又向登嘱咐了一句，"保本大夫也过去吧。请您仔细看看啊。"

"在哪儿？"

"悬崖下的空地上。"角三答道，"不过，请您的随从就在此歇脚儿吧。您一个人过去验证即可。"

"为什么不能带随从？"

"怕您蒙羞。"角三解释道,"仙逝的老爷也是这等担心,将证据放置在这种不为人知的地方。我们才一直蒙在鼓里。所以请您独自过去吧。"

松次郎开始略有迟疑。伊藏走上前来低声唤了一句"少爷……",反倒瞬间刺激了松次郎的自负心,他对伊藏摇了摇头。

"就这样吧。"松次郎大咧咧地答应了,"让我看看,有什么让我蒙羞?安田大夫也一起来吧。"

登不作声跟了过去。角三在一旁提醒道:"是保本大夫[1]!"

"哦,那是我失礼了——"松次郎冲登装腔作势地点点头行礼,随即吩咐伊藏说,"你把辰和银叫来,在这里等我——行了行了,我一个人去也没问题。我高田屋松次郎怕谁?"

登自顾自率先走出厨房门。

"难道我也是高田屋松次郎?"出了小巷,登嘟囔着,"真格是高田屋松次郎?"

紧随其后的是与平。松次郎、长次、小助也依次走出房门。长次招呼了一声"这边请",迈步朝小巷深处走去,众人相继紧随其后。暮霭弥漫。长屋各处都在生火做饭,

---

[1] 安田的发音为やすだ,保本的发音为やすもと。两个姓氏的第一个字发音相同。

炊烟袅袅。雾气迷蒙间,孩子们吵嚷着跑来跑去,相互追逐嬉闹,纷杂的脚步踏得下水井盖儿通通作响。

长屋的远处接壤一片地势较高的空地,空地前方是山崖,崖上错落武士宅邸,崖下却看不见。空地约有五百坪,齐胸的枯草丛生。空地一侧长有两棵老松树寂然孑立,枝丫盘虬。长次走近松树所在之处,四下里望了望,指给松次郎说道:"喏,就在这里。"

"这里?"松次郎一脸迷惑,"什么东西在这里?"

"证据。"长次回应,"证据啊。请您过来,到这边儿来看!"

松次郎微微转头瞥向登,登单手施礼做出"请"的手势。松次郎明显地不安起来,反倒有意虚张声势,气定神闲般迈步走近长次手指的地方。

"再往后一点儿就到了。"长次手上比划着松树与悬崖之间的距离,不断地引导着,"不好意思,马上就到了,请您再往后一点儿。"

松次郎一步步朝后退去。

"再过来点儿、对对……"长次说罢蹲下身,"没错,就到了。"

松次郎又向后退了两步,突然一步踏空,双手在空中虚抓一通,随即"扑通"一声消失在了枯草中。

九

黄昏沉郁的微光中，刚刚目睹的一切究竟意味着什么？事情发生得太过突然，登一时恍惚不知所以。虚划着双臂的松次郎在即将跌落枯草中时，曾大叫了一声，这声音持续着传向地面，登就这样呆呆地被动听着那声惊叫。

"那就是爷爷说的'杀久米者'。"与平平静地说，"其实它本来也没有这个名字，只是一口二丈九尺深的老旧枯井，早就打不出水了。我们几个昨天还特意过去查探了一番，确定没有毒气。'杀久米者'的说法流传已久，具体是什么时候，没人说得清楚。只听说一个唤作久米的女孩儿死在井里，老一辈知道此事后，便称其为'久米井'，水井上加扣了石盖儿，立起围栏，绝对不让小孩子靠近。"

"与平你闭嘴！"长次喝止，"喂，阿正，阿正在么？"

正吉提着灯笼走过来。"事情顺利吗？""嗯？正中目标。"长次显得很不耐烦，嘟嘟囔囔地催促道："行了行了，赶紧过去把他叫起来吧。真是的，那家伙肯定被吓破胆了。把灯笼举好了，跟我去瞅瞅。"登站在边上一言不发，旁观着他们忙前忙后。

"您也来给作个证！"长次对登说，"您请这边儿，我们要对那混蛋说的话，您也听听！"

登点点头。风势渐猛，枯草随风摇曳，沙沙作响。天色并未黑透，但悬崖下方的空地已伸手不见五指，灯笼微弱的光亮只能影影绰绰映出五个男人的身影。这地方并未留下曾是水井的痕迹，徒有一个大洞掩在枯草之下，松次郎掉下去的地方还能看到散落的泥土。

"喂，高田屋！"长次高声喊道，"受伤了吗？"

倒是有回应声自洞底传来，但听不清在喊些什么。

"嗓门儿这么大，应该没大碍。仔细听听！"长次喊完，自怀中掏出刚才的卷轴儿，"接下来给你说说内情。喂，好好听着高田屋！"

"耳朵伸长，好好听着！"与平插进来也喊一句。

"你小子，净往外蹦新词儿。"小助不失时机挤兑。

"都给我闭嘴！"长次喝止他俩后，冲井底方向开始念诵卷轴儿的内容。

"高田屋，你可要听好了，这口空井，以前是武士家宅里的。"

长次更为详尽地将刚才与平对登说的故事重新讲述了一遍——女孩儿死时年仅六岁，而这口空井当初是用木盖子盖住的。

"十九年前的十月十五日，你当时四岁，也掉进这口井里了，听清楚了吗你？"长次继续喊道，"你是独生子，是父母的心肝宝贝，为了找你，你父母不仅发动了附近的邻居们一起找，还专门花钱雇人。当时也到这口井附近找。但不知为何，也许是神明将你藏了起来，或是有人将你拐骗走了，总之无论占卜还是请僧人加持祈祷，就是找不到你的一丁点儿踪迹。当时你母亲心如死灰，卧病在床，你父亲也要崩溃了，他也认为你被拐去了很远的地方，或是早已死了，后来你父亲也不得已放弃了，不再找你。可是后来，你走失的第四天，是长屋的人把你找回来的。不是刻意，长屋的人吊着网爬到井底下找，就发现你倒在了井底——就是你现在躺的那地方。长屋的人把你抱了出来。但医生却说你已经救不过来了，再怎么高明的大夫也无力回天。"

井底没有回应，除了长次的声音在洞中久久回响，四下里鸦雀无声，显得格外寂静。

"但你最终还是得救了！"长次继续喊道，"想想你父母吧，当时该是有多么高兴——这份恩情，子孙辈也不该遗忘！于是，你父亲立下誓约，三栋长屋二十四户人家，到你这代，无需缴纳一文钱租金！你父亲又一再嘱咐，让长屋的人不要泄露这个约定。你当时才四岁，过不了多久就能忘了曾经走失险些丧命的事。这么可怕的事情，大家都希望你永远不要再记起。你父亲曾经说过，他绝不是在用租金来堵长屋人的嘴，他只有这么一个请求，就是请求长屋的人务必遵守约定。真是父母的慈悲心啊，让人感动，你觉得呢？我们长屋的人一直信守约定直到今天！你现在知道，为啥我们能无偿住到今天了吧！"

接下来，长次又讲述了角三家佛龛后发现长屋代表们签字画押卷轴的事儿。

"你明白了吧?"长次继续喊道,"是你违背了你父亲立下的约定,我们说了,从此以后我们可以付你租金,可就连这话你也听不进去。我们也只好用我们的办法。十九年前,你就是差点儿死在这个地方,这个,就是你让我们给你看的证据!"

井底传来阵阵呼声,回音实在太大,加之身处井底的人恐惧,叫喊声愈发凄厉,听不清他到底在说什么。

"喂!别喊了!"长次问道,"歇斯底里地大喊大叫,用不了多久,你就精疲力竭了。这地方你忘了吧?拿到卷轴儿之前,我们全都不知道呢。这一次,你再怎么叫嚷,也没人救你了,与其愚蠢地浪费精力,不如冷静下来,想想当初四岁命悬一线的故事!——永别了啊!"

长次挥了挥手,招呼与平、正吉由对面搬来石盖儿,三人齐心协力,总算把井口给盖住了。

"您明白为何之前不告诉您了吧?"长次对登做出解释,"您要是听了,肯定会反对的,对吧?"

"谁知道呢?"登微微一笑。

"我们几个就算做了回坏人,总得出出气,经过今晚这么一折腾,这混蛋多少会老实点儿吧?"长次说,"行了,角三怕是等急了,回去您给我们念念卷轴上写的啥。"

"可是……难道说,"登有些迟疑,"你们真打算把高田屋扔在里头不管了吗?"

"嗯,看吧。"长次回答的态度暧昧不清。

五人起身返回长屋，丢给伊藏一句——"你家老爷回牛込了。"一行人又聚到角三家，说了办事的始末。登为大家读了卷轴上的内容，上面确实详细记载了之前约定的缘由，与长次说的情况相同。

"我会保密的！"登说，"说到底我是被请来做证人的，高田屋那边万一有个好歹——"

"嗯，都明白。"角三及时打消了登的顾虑，"绝对不会给保本大夫您添麻烦。改日，待此事尘埃落定，我们一定将结果告诉您。至于其他，您可以不必担心。"

登又小坐了一会儿，便起身告辞了。

此后，登仍旧每隔一天上门为角三处置伤情。但角三却什么话都没说。直到事发后的第五天，登过来巡诊时，角三告知他，"此事已平息"。

"昨晚我们把松次郎从井底拽上来了，"阿种在一旁补充说，"他答应往后也跟从前一样，我们住在这里不用交租。"

"你们就不怕被报复吗？"

"他看上去是发自内心地承诺。"角三说道，"他还主动提出，自己也要在那份卷轴上签字画押。很有诚意的样子。"

"在井底想通了……"

"我们也都合计好了，还是要缴租金。啊呀呀，疼！好疼啊！"膏药被剥离的刹那，角三疼得整张脸都皱了起来，呻吟道，"——大夫，您下手轻点儿呀大夫——"

红胡子诊疗谭

冰下之芽

一

　　十二月二十日，自黄鹤堂订购的药材陆续被送了过来。第二天一早，医馆上下忙于理货、归类工作。去定见状，索性取消了出诊，负责指挥，统一安排。前些时保本登和住在麴町的家人说好，今天会去看望他们。尽管去定不住地提醒催促，登自己却迟迟没有离开之意，心想这么一大堆药，自己甩手走了，岂不等同丢给去定和森半太夫两个人忙活。于是，三番五次含糊其词应付后，他仍然跟着忙活。

　　时间转眼到了下午两点，登和半太夫结伴去食堂吃了点心，喝了口茶。趁此闲暇，半太夫有意提到了狂女由美病危——"看样子撑不过十天了"。他如实将由美的情况描述给登。本来前些日子，由美发病时间不断缩短，但不知何故，最近病情又急转直下频繁发作。本想要是这样，食欲应该会有所减退，可实际上却恰恰相反，她的食欲出奇的旺盛，一连几个晚上不睡觉，发起病来异常狂躁，将自己折腾得浑身上下旧痕新伤。有一次竟然要上吊自杀，未遂后身体机能明显衰退，现在是咽食困难，意识也愈发模糊起来。

　　"他父亲昨天来过了。"半太夫说道，"五十来岁瘦老头儿，挺温厚的，不过不知道他住在哪儿。——你从先生那儿听说过什么吗？"

登摇了摇头。

"这么说来,迄今只有先生知道他的情况喽。"半太夫说,"给我的印象就是个腰缠万贯的大商人,像是已经隐退,一说到由美,眼睛里就噙满泪水。"

由美发狂是被店里一个叫手代的伙计猥亵所致。她的体质本也属易发狂的类型。但三十来岁的手代对年仅九岁的由美施淫威,还有那句"敢告诉人就把你杀了"的恐吓,无疑是促使由美最终发狂的原因。由美家人起初不知道发生的一切,一直蒙在鼓里,万幸那个手代在别的地方捅了娄子,随即被赶出了家门。之后由美长大成人还与人订了婚,但那却成了无果而终的姻缘。自那时起,由美的神情开始显出异常,家人这才了解到她的不幸。

"她父亲说,尽管事情已过去很久,还是想亲手杀了那个手代。"半太夫边倒茶边摇头感慨不已,"他还说'就算女儿是那种天生易发狂的体质,但是,要不是遭到那个混蛋欺负、恐吓,恐怕也不会疯成现在这个样子。哪天让我逮到那个畜生,我一定亲手剐了他!我自己也不想活了!'说完又痛哭不已。"

其实登心里明白,发狂的原因并非如此,他也听由美说过那些。基本上可以认定都是真的。手代那家伙真的有点儿变态,当然不能说他没有责任。现实中无论男女,童年时期或多或少都会有类似的经历,只不过由美的情况相对复杂一些,她童年时期还曾遭遇母亲意外死亡的悲剧,后又承受婚姻破裂的打击，如此多舛的命运，一般人或许还能撑过去，可由美很难做到。与常人相比，由美的体质对于情色更加敏感，如果非要压抑那种情感，身心就会陷入失衡的状态，这才是她时常发狂的真正原因。至于对手代那家伙恨之入骨，试图将全部病因归结到施暴者身上，大概是为人父母的一种偏执吧。这是登内心深处的真实想法。

登和半太夫两人从食堂回来后，着手继续分药，却寻不见去定的身影。自行开工后，登问半太夫："有提到过由美住的那房子日后会如何处理吗？"

"听说会按约定捐给咱医馆。"半太夫回答，"由美的父亲说了，希望咱们同意让他出资扩建后再捐赠，可笑的是——算了，这样说不太好。"

半太夫无端地"扑哧"一下笑出声来。

"你大概也从阿杉那儿听说了吧，猪之跑来要谈判的事儿。"

"谈判？"

"似乎担心由美死后，阿杉也被带走，所以我们还在商量，他就急冲冲地跑过来，吵着要见由美父亲，还一直嚷着是关乎他人生命运沉浮的大事。"

"太夸张了吧。"

"不，一点儿也不夸张。"半太夫微笑着继续说，"他想娶阿杉为妻，说自己在神田佐久间町干木匠，有个叫藤吉的了解他，问藤吉就明白了，还说自己能让阿杉过上好日子。甚至信誓旦旦向老天爷立了誓呢。"

"那，对方怎么说？"

"似乎被那气势震慑住了，表示会去荏原郡[1]找阿杉的父母商量，还说自己完全没有异议。"

这时走廊方向突然传来一阵嘈杂的脚步声，夹杂着女人的哭喊。半太夫怔住了，转身观察动静。"不要，我不要！"的哭喊声越来越近——"不要碰我，放开我，不要，不要啊！"

登站起身来奔去走廊，没料想迎头撞上一个姑娘，那姑娘见了登也不管三七二十一，死死地蘸住他，随即躲到了他的身后。几乎同时，不远处传来去定的声音——"抓住她"，只见去定正朝向这边儿追来，身后跟着一个四十来岁的中年妇人，同样急冲冲地跑向这边。

"求你了，帮帮我……"姑娘死死抓住登，哀求道，"我不要啊，不要，不要！"

从旁边跑来一个中年妇人喊道——"阿荣！"步步逼近。去定身体一横拦住其去路，转而吩咐登说道："先把这姑娘带到我宿舍去！"

"冷静，没事的。"登安慰姑娘说，"这儿这么多人，没人能把你怎么样。跟我过来，到这边来！"

---

[1] 荏原郡：日本东京都荏原郡。

"别冲动哪，阿荣！"妇人又大声嚷她，"这么做全是为你好啊，绝对不会害你的呀！"

"这个待会儿再说，"去定说道，"你先去休息室等一下吧！"

"待在这儿不行吗？"

"我会跟你女儿好好说的，你还是去休息室等着吧！"

就在去定拦下中年妇人时，登领着姑娘到了去定的宿舍。房间里的药柜都敞开着、抽屉也都半拉开，地板上堆着一堆塞满了药品的袋子，屋里乱得连个摆蒲团让姑娘坐下的地方都没有。再瞧瞧眼前这位姑娘，十八九岁的年纪，穿一件印有条纹图案的粗制短棉袄，上面系一条褐色的带子，手脚或因工作的缘故被水泡得浮肿发白，头发上简单地插一个篦子。脸上瞧不出半点儿脂粉，通红的脸颊满是皲裂，五官还算端正，但整张脸却像面具毫无表情。一坐下，就像是忘了刚才发生的一切，不再哭闹，反倒傻兮兮地笑。

——原来是个白痴啊。

登感到有些意外，直想咂嘴。

二

不一会儿，去定回来了，坐下便与姑娘一问一答聊起来。姑娘唤作阿荣，今年十九岁。刚才那个中年妇人是她的母亲，叫阿金。三年前阿荣的父亲离家出走，至今杳无音信，此外她有一个姐姐、一个哥哥，下面一个弟弟和两个妹妹。阿荣十岁起就在下谷池町[1]一家经营蜡烛批发的、名叫"近六"的店里当女佣，眼下因为怀孕被店里解雇，暂时住在市谷舟河原町的家里。阿荣前后没说几句话，舌头像是打了结似的，有些话一连重复好几遍。每每被问话，就一副十分痛苦的样子，一会儿摸摸额头，一会儿又用手背在嘴巴上乱抹，就像有口水不断流下来似的。

——果然是个白痴，登确信自己并没有看错。

阿荣是在"近六"店里做女佣期间怀孕的，谁也不知道孩子的父亲是谁，被店里开除后只好住回家里，家里的生活一下子变得拮据起来。母亲自是不愿见到自己的智障女儿再生出个孩子，这才将她带来医馆，想拜托大夫打掉她肚里的孩子。事实上因为特殊情况，去定确曾做过几例打胎手术。

——杀死刚刚出生的婴儿是为了减少人口，这种事儿随处可能发生，甚至在寒冷的北国，有的藩地还公开颁布法令。

去定解释说："针对一些贫困的、孩子很多的家庭，考虑到粮食问题，如果毫无节制地放任他们生育，其家庭会更加贫困，以致没有能力将孩子养大成人。基于这一残酷的现实，大家也就慢慢地默认了'弑婴'行为的存在。

---

[1] 池町：日本东京都下谷区的町名。

但是草率结束一个刚刚降临世上的幼小鲜活生命，未免过于残忍、有悖人伦，所以即便是要结束，也应该选择在婴儿尚未出生、也就是娘胎里成'人'之前结束一切。"去定一直秉持着这个观点，因此他是打算帮助阿荣打掉肚里孩子的。可阿荣一听说要打掉自己的孩子，脸色骤然一变，吓得直喊"不要、不要"，挣开去定及其他医护人员，逃也似的奔到走廊。

"我要生下这个孩子。"语气中带着坚定，阿荣一字一句地说，"肚里的孩子是我的，不管怎样，我都要把他生下来养大成人。嗯，不给别人添麻烦就行了对吧？"

"要真的能承担起做母亲的责任，你当然可以生。"去定苦口婆心地回答她说，"不过对你来说是很困难的，因为你跟普通人有点儿不一样，今后养活自己都成问题，又怎么抚养这个孩子呢？你说是不是？"

阿荣突然咧嘴笑了，然后，神秘兮兮地对去定低声说："大夫，实话告诉你吧，我不是傻子，一直在装傻子呢。"

"很好。这是你第三遍说这话了。"

"真的大夫，我没有骗你！"阿荣急于证明自己没有说谎，"我一直在店里做佣工，十二岁那年到土仓帮忙装货，不小心从梯子上掉了下来，背部和头撞到地上，从那时起，我就故意装疯卖傻。我真的不傻，我能把孩子养大成人！"

"保本——"去定转过身、吩咐登说，"她母亲还在休息室等着呢。你过去说一声，暂时让阿荣留在馆里，通知她三天后再过来看看吧。"

登前脚迈进休息室,妇人阿金就急切地迎上来,不等登把话传完,就开始没完没了地抱怨起来。

"干吗浪费时间?搞得这么复杂?"阿金翘着厚厚的嘴唇,显出一脸的不高兴,"她一个傻子又犟得不行,跟她说啥不都是白费口舌?"

"本人不同意我们怎么办?"登似乎也有些生气,"白痴也好傻子也罢,女人期待拥有自己孩子的心情是真切的啊!"

"那,非让傻女儿再生一个傻孩子出来不成?"

"我只负责转告,三天后再来!"

"不行,我现在就要带她回去!"阿金脸一沉嚷道,"听人说,这儿的大夫给穷人打胎且不要钱。早知道这么麻烦,不如干脆掏俩钱儿,利利索索找人给做掉完了。赶快把我女儿叫来!"

登索性不予理会,任她吵嚷。无论她怎样,去定的态度是坚定的。阿金一看没辙,念叨了两句"三天就三天",悻悻地离开了。初来医馆时,神情可怜态度恳切,这会儿悻悻离开,说话像是别人欠了她似的咄咄逼人,与先前判若两人。颧骨凸出、腮帮子肥厚的脸上,满是鄙夷与愤恨。

"真是匪夷所思。"登难抑心中怒气,"竟说出花钱也要做掉孩子,想必还有其他缘由。"

"你走吧。"去定扯开话题,"剩下的活儿我跟半太夫做，收拾收拾赶紧回麹町吧，已经三点多了。"

登便离开了。

天空像要下雨，笼罩在头顶的乌云下沉，不到下午四点，麹町的家里却已掌灯，天野源伯夫妇和昌绪已等候登多时。刚进家门，登就被叫去父亲房间，母亲也等在那里。叫登回来，主要为他和昌绪的订婚仪式，不料被登一口回绝。之所以如此反应强烈，乃因"订婚"一词唤醒了登对千草的记忆。母亲似乎很快察觉到了，向前挪了挪身子，似乎要劝上两句。一旁的父亲良庵却适时地摇了摇头示意不必说了。母亲只好抿了抿嘴唇，把话又咽了回去。

"这事乃因天野提议，我觉得有道理，也应该这么做的。"父亲用他那一贯的口吻、慢条斯理地说道，"既然决定三月份举行婚礼，现在先把婚事订下来不是挺好的吗？"

"正因为三月份举办婚礼，我才认为没有必要。"

"但凡事都得有个讲究呀。"

登不置可否，两眼直勾勾地盯着面前的壁龛，青铜制的花瓶里插着绿松枝和落霜红。灯光较远偏暗，登似乎跨百年沧桑已然熟识，望着的感觉无趣、无聊又厌倦。

——又是绿松枝、落霜红，从无变化！

母亲只是习惯性地插花，父亲根本不在乎一成不变地重复，想想是多么无趣而悲哀的事情啊！"如果这样，干脆什么都别用来插花，岂不更好？"登在心里嘀咕。就是他这一时的沉默，在父亲眼里似乎变成了默许，父亲随即放心地吩咐母亲说：

"去准备吧。"

"这下就好了。"母亲起身离开后，父亲又接着说道，"之前那件事我一直担心，怕你钻牛角尖儿走不出阴影。这下可好了，我终于可以放心了。一会儿订婚仪式结束后，天野先生那边儿还有个好消息等着要告诉你呢。"

登望向父亲。良庵流露出一抹会心的笑容。

三

换上礼服，登来到堂屋，订婚仪式就在这里举行。此时堂屋已布置完毕，地上铺着朱红毛毡，上面摆一扇锡金屏风、两盏烛台。登穿着一套织花纹的麻纱和服，昌绪内着素白和服、外套亮白长袍，高岛田式的发髻[1]搭配着冷艳飒爽的妆容，举手投足间彰显着成熟女性特有的优雅与高贵。良庵夫妇、天野夫妇同样盛装礼服。不多时，一位陌生女子出现，手里端着酒壶与杯盏。

——怎么没见媒人？

登无意中想到这个问题。按照习俗，他和昌绪喝完订婚酒后，方才端酒壶的女子扒在远处的楄扇槛上，向两位

---

1 高岛田式的发髻：多见于江户时期的未婚妙龄女性、艺伎或游女之中，流行至今。

新人道喜——"恭喜二位!"声音里听得出颤抖。说完这一句,女子竟头也不抬地抽泣起来,两只手依旧扒在槅扇上,随着抽泣微微颤动。见此情景,登突然间意识到什么,脸上的表情随之凝固。

——千草?!她是千草!

登的目光死死地盯向千草,不敢相信眼前这个衰老的女人竟然会是千草。自己去长崎之前,她还那么娇艳、丰姿旖旎,如今却已人老珠黄,寻不见半点儿羞花闭月的痕迹了。女人容貌上的改变可能关乎婚后剃眉或染牙风俗,然而婚后生活的困顿劳苦和生儿育女,才是让她判若两人的罪魁。登望着一副农家主妇模样儿的千草,长久压在胸口的石头终于落了地。他深深地吸了一口气,内心深处发出莫名的呼喊——"这下好了。"

"是千草小姐吧?"登沉静地开口打了声招呼,"听人说你有孩子了,怎么样?都还好吧?"

"嗯。"千草低声回答,声音像是从喉咙深处发出来似的,"前段时间出了麻疹,不过已经好了。"

"哦,无碍就好。"登说,"没见过你丈夫,替我问好。"

"这儿没你事儿了。"天野源伯审时度势、吩咐千草道,"退下吧。"

千草行礼,退了出去。

"登儿吾婿,感谢你宽恕千草。"天野源伯看着他,颔首致礼,"其实,我一直期盼着你能原谅她。我这个做父亲的也真的是惭愧之至。我今天真是太高兴了，承蒙你的大度，我能进出那个家，可以抱抱外孙儿安享晚年了。真的是不胜感激，不知说什么才好。"

登微微点头以示回应，随后将目光投向昌绪，此时昌绪也面带微笑、饱含感激的双眼水汪汪地凝望着他。

——太谢谢你了！

昌绪眼神里折射出发自肺腑的感激——"好一双秋波盈盈、妩媚动人的眼睛啊！"登暗自由衷地赞许，"我真是幸运！虽然昌绪没有那种让人一见倾心的容颜，但她的美会随时间的推移显现，愈发地惹人心动。千草的美貌仿佛一株盛开的鲜花，枝干是衬托。花期一过，仅余枯枝。昌绪则是一株朴素的花，供给花朵的养料同时分给了枝丫，鲜花不艳丽，枝干却繁茂，随着枝丫的生长，自然凸显真正的美。换句话说，若将千草比作鲜花，那昌绪就如一棵不畏严寒、永不褪色的松柏，她才是适合做自己终身伴侣的女人！"登心里思忖着。

敬酒转到保本、天野夫妇跟前，四人饮过之后，源伯坐正身子望向登。

"登儿吾婿，"源伯开口说道，"你在医馆也快一年了。关于你今后的发展，我已同新出先生商量过了。明年三月起，你就是堂堂的幕府御医了。"

乍听源伯这么一说，登瞠目结舌，一时间僵在那里。

"早就承诺，长崎游学归来立刻为你办理此事，"源伯继续说道,"但之后发生的那件事太过唐突,让人始料未及。我去同新出先生商量,他这才建议暂且将你安置在医馆较为妥当,我便应承了下来,后来的事情你都知道了。"

游学期间意外遭遇未婚妻千草的背叛,对于年纪尚轻的登来说,的确是一个不小的打击。当时那种情况下,倘若直接被动地接触社会,确实很难摆脱自暴自弃的结局。而医馆则不同,整日埋头忙碌,跟患者打交道,生活富于变化,根本无暇胡思乱想。恰又赶在那时,医馆缺少长于新医术的好大夫,所以,尽管事前未征得本人同意——登刚从长崎回来,去定就直接派人把他接了过去。

"这段时间,我不时找新出先生询问你的情况。"源伯继续向登解释,"新出还常常跟我开玩笑,说起初为了能让你习惯那里的生活,他费尽心思、累得都快爬不起来了。还好你没有放弃,重新振作起来,面对那些令人讨厌的病人也能放下私怨、耐心地给予治疗。孩子,做得很好,新出表示深感欣慰,对你也是赞赏有加。说老实话,刚开始的那个阶段,大家心里都没底,不知道该如何是好,所幸今天的结果,让我们出乎意料,天底下再没有比这更让我们开心的事儿了。真是辛苦你了,我的好孩子!我想再次对你表示由衷的感谢!"

登起身回礼,默不作声。

仪式结束后,稍做准备,大家又坐在一起准备开饭。刚才源伯的一番肺腑之言,登躬身倾听、惶恐接受。自己能够重新振作,说来真是亏了去定先生一直以来的帮助,而今再回顾之前和由美的那档子事儿,羞愧得恨不得找个地洞自己钻进去,真是太混账了,如果不是自甘堕落,又怎么会犯那样愚蠢的错误?明明不会喝酒,却要整日醉卧温柔乡,不听人劝、恣意发火,还差一点儿掉进由美设计好的圈套里,若不是去定先生及时赶到,自己怕是连命都丢了。在医馆待着也没好到哪儿去,一天天地无所事事、游手好闲、肆意妄为,去定先生非但没有责怪,紧要关头还把自己从由美手中给救了出来。为了保全自己的颜面,去定先生从未向任何人提及此事(半太夫除外)。

——去定先生的人格魅力,才是激励自己重新振作起来的关键!

"经历了那天晚上的事情,难以驱散的耻辱感让自己重新站了起来,而叹服去定先生不计前嫌的宽阔胸怀,则成为自己人生路上的力量源泉。"登在心里暗自思忖着,"去定曾说,自己年轻的时候也曾犯下不少过错,盗窃过东西、出卖过朋友、背叛过恩师,虽然这一切到底是真是假谁也说不清楚,但他殚精竭虑地帮助自己走出迷途、无微不至地关心照顾穷苦百姓、大公无私地为所有人医治伤病等等,今时今日的所作所为似乎都像是在赎罪!为自己曾经犯下的过错而赎罪!"

"只有没有罪恶感的人才会批判甚至制裁他人。"

登在内心深处听到了这样一个声音。

"有罪恶感的人绝不会那样做。"

虽不了解去定先生的过去,但先生必然深知罪的黑暗与沉重,登对自己的判断不存一丝怀疑。

吃过晚饭,登告诉昌绪有话要对她说,希望可以两个人单独谈谈,叫昌绪晚些时候来自己房间。昌绪回屋卸了妆,换了一身衣服后过来找登,她穿了一件底端印着江户碎花纹儿的窄袖儿便服,腰间系一红叶图纹的细带,看上去比刚才穿白色礼服时要显得年轻,肤色健康,皮肤紧致,柔白细润的绒毛浮在脸颊,在烛光的辉映下就像一只成熟的蜜桃儿裹着粉红色晕,红扑扑、水嫩嫩,让人见了便不由得心生怜爱。登探了探火盆儿的温度,推到她跟前。

四

"有件事儿我想和你确认一下。"登开口说道,"刚才令尊说三月份要提拔我成为幕府御医,是吧?"

"是的。"昌绪嘴角边扬起一抹微笑。

"幕府御医确是曾经的梦想,我为此努力过,长崎游学期间夜以继日、拼命学习,掌握了一些医术。"登慢条斯理地说,"那段日子,我满脑子就只想着如何出人头地,谋划做了幕府御医后,边行医边用所学的医术令自己名扬天下，然后再从御医一路干到典药头[1]。不过现在，我的想法改变了，放弃了之前那些所谓的梦想。"

昌绪眨了眨眼睛，明亮而清澈的眼神儿再一次凝视着登。

"说实话，我打算留在医馆做事。"登继续说道，"虽然我不知道这辈子是否能够坚定信念，但目前而言，什么功成名就、什么家财万贯，这一切于我而言已经失去了意义，我只想待在医馆，哪儿也不想去。当然，这件事还是要同新出先生商量，必须取得他的同意。问题是一旦确定，我的生活将会变得拮据，名利也会离我而去，到时候怕是会连累到你、害你受苦，所以希望你好好想一想，能否接受这一现实，仍然愿与我同甘共苦？当然，这个问题你需要时间好好想想，没必要马上就答复我，我想知道你的真实想法。"

昌绪没有说话，只是站在那里，忽闪忽闪地眨着那双含情脉脉的大眼睛，聚精会神地瞧向登，如水般清澈的眼眸，仿佛正向登传递着发自内心的呼喊。

——我愿意和你在一起。

"一定要想好后再回答哟。"登再三叮嘱道，"你是大户人家的小姐，可能无法想象那种贫困生活的艰辛，我之所以能够忍受，是因为已在工作中找到了生活的意义。所

---

[1] 典药头：幕府医师长。

以，你需要时间考虑清楚再回答。不急，慢慢想，想清楚了，到时候你写信告诉我也可以。"

"嗯。"昌绪的语气中透着十足的坚定，"我全都听您的！"

登顿时觉得胸口一阵发热。其实，昌绪早就下定决心要和登在一起，并且已经做好了陪他一起吃苦的准备，根本不需要考虑什么了。绝不是那种不加思索的盲从，而是做了充分思想准备之后的选择，昌绪的态度积极坚定，引得登的内心也充满着爱意、脸上浮现出一抹淡淡的微笑，昌绪见了，回之一笑，随即腼腆地低下头，脸上写满幸福。

"没事儿了。真要是这样，就再没什么可担心的了。"

与家人道别后，先于天野一家离开的登，再也抑制不住自己内心的喜悦，嘴上不停地重复着这一句话。阴天的夜晚，温度下降得很厉害，登却感觉不到丝毫寒意，反而觉得迈步前行在这寒冷的夜晚格外地痛快、惬意。只见他迈着有力的步伐，大踏步地向前奔去。

回到医馆，登直接来到半太夫的宿舍。半太夫对登很是热情地祝贺一番，直夸昌绪是个世间难求的好女孩儿，将来也一定会是一位好妻子。然而，当听说登打算继续留在医馆工作时，他却面露难色、侧着头若有所思地说道："新出先生貌似已经拿定了主意，要津川回来。"

"什么？津川？"登瞪大了双眼，追问道，"之前说医馆需要人手，指的就是这个？"

"应该是吧,津川玄三这个人看上去吊儿郎当、不靠谱,但你要是走了,他多少也能派上点儿用场。终归要比没有人强吧?"

"我要留下。"登的声音很低,却显出坚定,"就算先生要赶我走也不打算离开。"

登的话音未落,半太夫的唇角已流露出一抹淡淡的微笑。

"变化真大啊!"他感慨道,"你刚来的时候,脑子里一天到晚想的都是怎样才能离开这里。当然了,这并不奇怪,普通人任谁都会这么去想。来这里看病的,不是衣衫褴褛、满身汗垢、又脏又臭的扑街卧巷之流,就是些比他们好不到哪儿去的穷光蛋。本来仅是治疗、照顾就让人心生厌恶,还得出去巡诊。薪水又少得可怜,当初你不愿留在这儿,我完全理解,可现在却又一百八十度地大转弯儿,你竟然执意要留下来,这倒真让人捉摸不透了。"

"咋的?"登开口问道,"干吗用那种眼神儿看我?"

"没什么,"半太夫回答道,"我是觉得这事儿也不能操之过急,你得瞅准了时机,挑对场合再提出来。"

"你能帮我这一回吗?"

"嗯,我试试看。"半太夫答应了。

第二天一大早,天还没亮,登就被外面一阵吵闹声惊醒,睡眼惺忪中迷迷糊糊听见有女人"放开我、放开我"的叫喊声和周边试图喝止她的骚乱声,他赶快爬出被窝、穿好衣服，跑去走廊前看个究竟。走廊墙壁上的挂灯还亮着，地板很凉，或许是因了自己还光着脚，走起来总感觉如履薄冰。刚刚来到病房门口，只见四名女看护正合力按住拼命挣扎的阿荣。

"安静点儿！"登大声呵斥，"这儿可是重症监护病房！"

一听到登的声音，阿荣瞬间便安静下来。

"她想溜走。"其中一个中年女看护开口抱怨，"我过来接替阿川查房，发现她打开那扇门，准备逃跑。"

说完，女人用手指了指通向院子的杉板门。门半开着，登走过去，伸手关门时，顺势抬头看了一眼，天色正蒙蒙发亮。

"交给我吧！"登对女人们说，"大家辛苦了，各自回屋休息去吧。"

女人们朝着病房的方向各自散了，登带着阿荣回到自己的宿舍，正在登想要简单收拾未来得及整理的床铺时，半太夫走了进来。登将刚才发生的事描述给半太夫，然后拜托他留下来照看阿荣，自己去找去定商量。去定早就起了正伏案工作。听了登的话，他放下手中的毛笔，稍作沉思，轻声"唉"地叹了口气。

"怎么样，见到天野了吗？"去定似乎更关心登的事儿。

登含糊其词地应了一句："嗯，婚也订了。"随之赶紧将话题扯回来，"那女孩儿怎么办？怎么总想着要逃跑呢？我觉得其中定有蹊跷。"

"那女孩儿不是白痴,正如她自己说的,是在装傻。"去定似乎是在自言自语,却又突然回过头看向登说,"要不,你再去了解一下?"

登迟疑了片刻,建议道:"还是森去比较合适吧。"

"你去吧。"去定没有理会登的建议,拍板儿决定后吩咐道,"你不是马上也要结婚了吗?说不定还能了解一些有价值的东西。今天不用陪我出诊了,留在这儿试着把情况都了解清楚。"

五

登叫人将阿荣的早餐和茶水送到自己房间,可阿荣不吃不喝也不搭理,就那么愣愣地坐在地板上望着墙壁发呆,举手投足间没有半点儿屈服的意思。时过十时,本想着不开口今天就不再问。登正准备放弃,阿荣却突然清了清嗓子,沙哑的声音近乎嘲笑的口吻说道——"反正是将毁之车罢了。"

登听后,倒吸一口凉气,屏住了呼吸。阿荣说完又陷入了沉默。又僵持了个把小时,阿荣终于再次开口,她先是耸了耸肩,转过脸去背对着登说:

"我一定要生下这个孩子,不管别人说什么,我都要生!让你们看看,我一个人到底能不能把孩子养大!"

登不做声,更没急于表态,心想即便自己不说话,阿荣应该也会继续说下去的。没料想,阿荣竟也戛然而止不再吭声,身体僵在那里纹丝不动,无奈,登只得试探性地用貌似很随意的口吻问道:"要生,在这里生就好了嘛,为啥总是要逃跑呢?"

"我母亲肯定还会来。"阿荣回答,"下次她再来,一定会说服先生打掉我肚子里的孩子。所以我必须离开这里,找别的地方把孩子生下来。"

登稍微停顿了一会儿说道:"可是,孩子没有父亲总归是不行的,你要知道一个人养活孩子多么不容易!"

"哼,什么父亲不父亲的,没了更省事儿。"

"这话什么意思?"登表示不解。

阿荣仍旧面向墙壁讲述,语气中听不出丝毫感情。

她的父亲佐太郎是个民间艺人,早年离家出走不知去向。虽说是个艺人,可既没有专业功底,也没有一技之长,只是会弹弹三味线,生就一副略胜凡人的嗓子罢了。偶尔登个舞台演点儿小戏,隔三岔五被客人叫到包厢弹弹唱唱,更多的时候是自己上街表演混口饭吃。总之挣钱不多,几乎没有贴补家用。据说,佐太郎和阿荣的母亲阿金是在酒馆认识的。阿金对佐太郎似乎有发不完的火,两人总在吵架。吵架的原因并非因为家里日子不好过,更多是因为阿金嫉妒心太重,常常怀疑丈夫背着自己在外面养女人。

"我可没拿钱说事儿。"阿金每次这么特意强调,"你是个艺人,当初嫁给你,我就做好了心理准备,知道你们卖艺这行不容易，赚不着什么大钱。所以钱的事儿我不会跟你过多纠结。你就别跟我这儿装蒜了，是不是又背着我在外面跟别的女人鬼混了？你说，是不是？"

"接下来多半会演变成一场拳打脚踢的闹剧。"说到这儿，阿荣突然转过身子、面对着登坐下，带着焦灼的目光问："医生，你不会骗我吧？"

"骗你什么？"

"故意引诱我说这些，然后再骗我去打掉肚里的孩子，是吗？"

"瞎说什么呢……"登正色道，"这里可是幕府开办的医馆，受町奉行直接管辖，常常有与力下来检查。你好好想想，我们怎么可能不经过你的同意，就随随便便打掉你肚里的孩子呢？"

"哼，男人都一样！"阿荣嘴里嘀咕着，"要是没有男人，女人和孩子就不会受那么多的苦了。"

登没再吱声，阿荣又接着刚才的话题讲述。

阿金对佐太郎的迷恋已经到了无法自拔的地步，不管他提出多么不合理的要求，阿金都由着他从不拒绝。夫妻俩有六个孩子，长女阿律今年二十三岁，最小的女儿阿末九岁，中间还有两个男孩，一个叫次郎，另一个叫兼次，孩子们都是在七八岁的年纪就被父母逼迫着出去挣钱，干的多是一些杂活儿，替别人照看孩子啦、帮人跑腿儿之类。挣钱不多，父母却能轮番跑到打工的地方预支那本就少得可怜的工钱。阿律十一岁时，被送到深川艺妓店干活，只因父母借钱太多无力偿还。一年后就被店里逼着卖身还债。阿律怕店主逼她接客，自己逃回家去，佐太郎跑去找店主交涉，也不知道他是怎么交涉的，反正最终的结果是，阿律又被送到本所安宅[1]花柳街的一家店里当女佣。

"这次只是去做女佣，放心去吧。"

佐太郎郑重其事地向她保证。开始的情况也确实如他所说，阿律只是干些杂活儿、跑跑腿，但五十天过后，这家店主便又开始强迫阿律去接客，阿律只能选择再次逃跑。这一回不幸被抓了回去，绑起来打了个半死。据说只是在这短短的五十天里，父母竟在店里预支了十多两银子。

"那时我八岁，在八幡前[2]的一家煎饼店里帮忙照看孩子。"阿荣回忆，"有一次，我抱着孩子跑去本所安宅找姐姐，她才跟我说起自己的遭遇。"

哥哥次郎九岁时，在马喰町一家客栈当伙计，预支太多，这已是他第三次外出打工。他曾向阿荣诉苦，说干了很多活儿，却连一文零花钱都拿不到。这次又了解到姐姐的遭遇。独自走在返回的路上，阿荣开始担心自己，预感自己将来的命运或许跟哥哥姐姐同样。她还想到了四岁的弟弟兼次和刚出生的妹妹阿花，最终都将无可避免地沦为

---

1 本所安宅：位于今日本东京都墨田区西南部。
2 八幡前：位于日本东京都武藏野市吉祥寺本町。

父母的"摇钱树"。想到这些,年幼的阿荣第一次感觉心灰意冷、不寒而栗。

阿荣十岁那年,被送到下谷一家蜡烛批发店做女工,大约过了半年多,姐姐跑来找她,告诉她自己现在工作的地方太辛苦,想要逃跑。那个时候阿律虽然十四岁了,可两年多地狱般的生活将她折磨得瘦骨嶙峋,看上去个头儿和小她几岁的阿荣相差无几。

"现在说什么都晚了,我的身子已污秽不堪,以后你自己要好好的,千万不要走我的老路。"分别时姐姐阿律提醒她。

从那以后,阿荣满脑子都在思考如何才能逃出父母的魔爪、如何才能避免成为他们的"摇钱树"。阿荣的父母没有一丁点儿改变,还是一个劲儿地跑去店里借钱,母亲总是强调说,阿花之后又生了阿末,生活愈发拮据。但阿荣心里很清楚,这不过是一个借口而已。如果持续这样,自己一定会遭遇到与姐姐同样的命运,逃脱不了被卖到妓院的结局。这可怎么办才好?阿荣焦急地思索着,直到有一天,阿荣突然想出了一个好办法。

"雇我做女佣那家店所在的池之端仲町,住着一个叫阿松的傻子。"阿荣回忆说,"她已十七八岁,可一张嘴就咿咿呀呀的,不会说话,脸上也总是挂着鼻涕、口水,她常常在街上一个人晃荡来晃荡去,除了附近小孩子闲着没事儿起哄逗她,从没见过有人搭理。看着阿松,我脑子里猛地蹦出来一个念头，如果我自己也变成阿松那个样子，父母也就拿我没办法了。"

"只要装成傻子，就不会被父母卖到妓院。"就这样，年仅十岁的阿荣便在心里暗暗地做了决定。碰巧，不久后的一天，在土仓帮忙上货的时候，一不小心从梯子上摔了下来，背部和头都硬生生地砸在了地上。当然，事故本身确实只是个意外，绝非阿荣故意为之，摔在地上的一刹那，阿荣只觉得眼冒金星，紧跟着眼前一片漆黑失去了知觉。

六

"醒来后，有人喂我喝水，当时，脑袋疼得像是炸了似的，后背也一连好几天都无法弯曲。但我突然意识到是机会来了。于是，从那时起，我就开始装疯卖傻。"阿荣说道。

之前留心观察了阿松的动作与表情，所以只要心里把自己想成和阿松一样就没问题。最先上当的是大夫，诊断后告诉大家，阿荣变成这副样子是因为砸到了脑袋。竟然能骗过大夫，阿荣演得更加起劲儿。近六的店主算不上是好人，也谈不上多坏，他知道阿荣之所以变成现在这个样子，自己或多或少也有责任，但与此同时，阿荣变傻后也确实没什么利用价值，于是就开始拒绝佐太郎夫妇的预支要求。

——阿荣因为帮店里干活儿才变成这样，要我照顾她是不成问题的，但工钱实在没法儿再给了。觉得不妥，我可以将之前的欠账一笔勾销，前提是你们领她回去。

听店主这么一说，佐太郎没再说什么，前后来了三次，想把阿荣领回家，可阿荣见到佐太郎，她都死死地抱住柱子不撒手，歇斯底里地哭喊——"我不要回去"，还一口咬住他的胳膊。

登一边听一边有意无意地观察阿荣脸上的表情，感觉到她的神态自若，思维无任何异样，只是说起话来咬字不太清楚，时不时用手背抹一下鼻子或嘴巴，像是害怕鼻涕、口水流下来，举手投足与真正的白痴没什么两样儿。"大概是在长期模仿白痴的过程中、潜意识里养成的习惯。"想到这儿，登不禁被她这种顽强的毅力所震撼。

"要是我父母也能和一般家庭的父母一样，我也不用装疯卖傻了。"阿荣继续说道，"可我父母，根本不把自己的孩子当回事儿，只把孩子当成自己的'摇钱树'，一个劲儿逼着孩子挣钱，自己却不务正业游手好闲，每天就知道吃喝玩乐。"

稍微观察周围人的生活就会发现，穷人家的生活差不多一样。或许有的父母还算疼爱孩子，但或多或少连累孩子吃苦受穷是躲不掉的。阿荣继续说着。问题多出在男人身上。她说据自己认真观察，男人过了三十就自行堕落，酗酒、沉溺女色或赌博，夜不归宿，顾不上家里的老婆孩子。我不知道富人家什么情况，也不敢说穷人家都一个样儿，但男人十有八九都是如此！

"男人，只不过是将毁之车罢了。"阿荣重复道，"与其等它坏了之后半道儿搬行李，还不如一开始就自己搬。"

所以，我压根儿没打算要丈夫，就自己一个人和孩子一起生活——光是母子两个，就算是当女佣、干杂活儿，母亲也总能把孩子养大。我一定要把这孩子生下来，培养成有出息的人！阿荣再次强调。

"难不成……"登问道，"你母亲逼你打掉肚里的孩子，是为了让你继续当她的'摇钱树'？"

"是啊。"阿荣点了点头，抬手抹了一下嘴巴说，"三年前父亲失踪后，她便自暴自弃、天天酗酒，她把妹妹阿花卖给了妓院，现在竟然盘算着把九岁的阿末也卖出去！"

"这么说，她已经知道你在装傻？"

"不，她不知道。"阿荣用力地摇了摇头，"只是为了满足一些嫖客的变态心理。那种人愿意花钱找傻女人。这才打起了我的主意。"

登沉默了一会儿。"可恶至极！"他愤愤地骂道，"世上竟有这种人？丧尽天良！这种人正是已毁之车！无可救药。"

"那，我是不是能在这儿生下孩子？"

"不用担心。"登试探性地看着阿荣问，"呃，孩子的父亲怎么说？"

"什么？您指的，是什么？"

"虽然你说不要丈夫，但肚里的孩子总是有父亲的，对吗？"

阿荣会心一笑道："这不用担心，我告诉他怀孕后，他就消失了。"

"店里的人吧？"

"怎么说呢？"阿荣狡黠地摇了摇头，含糊其词地岔开话题说，"我只想要一个孩子。傻子带个孩子，母亲就该放弃了吧。再有，以后也不会再有男人瞄上我。——漫长的人生，一个人也许难以支撑。但是只要有了孩子，就有继续生存的希望和动力。所以无论如何我都要生下这个孩子。至于您问到的那个男人，我早已忘记他长什么模样。"

——姐姐阿律逃跑过一次，但很快又被抓了回去。年仅二十三岁，便已辗转了多家妓院，目前寄身在千住的一家店里。哥哥次郎今年二十，在一家建筑队做事，已彻头彻尾变成了一个混混。自己也很担心十五岁的弟弟兼次和另外两个更加年幼的妹妹。但是眼下，仅是为了保住肚里的孩子和考虑自己的将来，已经使自己精疲力竭。

阿荣将心里话一股脑儿地倒了出来。了解了阿荣的故事，登说道：

"一切都清楚了。孩子生下来之前，我们会照顾你的。回到房间后，一定老老实实不要再逃跑了。再乱跑，反而横生枝节。明白了吗？"

"嗯，"阿荣点点头，"我答应你，绝不会再乱跑了。"

那天晚上，登一直等到去定巡诊回来，将发生在阿荣身上的一切原原本本地转述。去定沉默倾听，陷入了沉思，许久没有说话。登见状，主动地试探他的口风："呃，我们能不能把阿荣留下来照顾，直到孩子生下来？"

"直到孩子生下来？"去定一个恍惚，随后回过神儿看向登的眼睛，点头说道，"对对，当然了，肯定要照顾她。我们没有选择。"

"可她母亲不好对付。"登支支吾吾提出自己的顾虑。

"我会跟她说清楚的。那个，阿荣怎么样了？情绪稳定下来没有？"

"嗯，已经稳定下来了。"

"要不你明天去找近六的店主谈谈。"去定吩咐道，"直接把实情告诉他，就说我们这边可以照顾阿荣，直到她生下孩子。问他愿不愿意——等阿荣产后身体恢复了，再继续雇她做女佣。记住，一定要当面问清楚！"

登一口答应。

七

第二天，登前往池之端仲町[1]找到近六店主近江屋六兵卫，同他讲了阿荣装疯卖傻求取自保的事儿。六兵卫将信

---

[1] 池之端仲町：日本东京都台东区的地名。

将疑，却爽快地答应了。

"我还可以将店里的库房腾出来供她住。"六兵卫许诺道，"不管阿荣是真傻还是装傻，干起活儿来，她真的很卖力，能帮我不少忙。我保证不会再让她母亲靠近她了。"

"嗯，这一点很重要，那就拜托了！"登再三叮嘱。

回到医馆，正赶上刚抬进来一位重伤患者。登赶紧协同半太夫接手应对，前前后后忙了半个多时辰，连坐下歇会儿的工夫都没有。终于治疗结束，伤者的情况趋于稳定，二人这才腾出手来一起去食堂喝杯茶。可就在这时，有个人跑过来通知他们，一个叫阿金的女人正在外面堵着。看清楚传话人相貌那一刻，登着实吃了一惊，眼睛瞪得老大。这人可不是平日的伙计，而是津川玄三。

"这不是津川吗？"登首先开口招呼道。

"您竟然还记得我，哎呀，太开心啦。"玄三脸上一抹虚情假意的微笑，"我跟保本先生彼此成了替补。这不，又轮到我回来接替您了。"

登看了一眼半太夫。只见他眉头紧皱，身子侧向了一边。

"那个女人怎么办？"津川问。

"新出先生会处理的。"登回答道，"你就跟她说，任何事儿等先生回来后再说。"

"可她醉着啊。"津川说，"在休息室里发酒疯，乱喊乱叫……"

登稍加思索道："那就我去跟她说！请你把她带到我宿舍来。"

"带到您的宿舍，是吧？"津川作了个揖丢下一句，"遵命，大人。"

气得一旁的半太夫攥紧了拳头，登却目送津川离开后劝道："算了，别跟他一般见识。"

"什么叫'别跟他一般见识'？"半太夫愤愤地说，"你可好，马上就要走了。我以后可天天要跟这种人打交道呢。"

"嗨，"登站起身摆了摆手，"别激动，他是不会留下来的。不是都跟你说过了吗？"

"问题是，"半太夫说，"你保本一个人做得了主的吗？"

登垂下头沉默不语。此刻他有一种冲动——特别想说出自己的心中感悟。阿荣十岁就已决心自己保护自己，现在肚里有了孩子，更让她百般坚强，任凭生活多么残酷，她都立誓把孩子生下来、独自抚养成人。去定济世救人的行医态度也是如此。比起立竿见影的速效疗法，去定更青睐那些在徒劳无功的重复中给人勇气和希望的疗法。去定曾说，要把自己的人生押在貌似"徒劳无用"的坚守上。

——无论什么种子在温室里，萌芽顺理成章。但冰下之芽的孕育，必须有激情热情！正因如此，生命才真正有了意义。

登没有将自己心中所想全都告诉给半太夫。

他只是简单地回了一句："我会留下来。把我弄来这里的是红胡子先生，所以让他为此事负责吧。"

登回到宿舍，津川玄三和阿金在聊天。说是聊天，其实更像在挑逗。阿金借着酒劲儿摆动着身体，口无遮拦地说着一些不堪入耳的话，一旁的津川则露骨地附和着。

"啊，是你啊。"阿金将视线移到登的身上，"我记着你这张脸呢，假模假式的，一看到就讨厌。还是这位先生看着舒服，一点儿也不装模作样。"

登没有理会，径直走到桌前坐下。

"那，我告辞了。"津川站起身，"这里好像也没我的事，学生这就先行告退了，您看可以吗，大人？"

登不予理会，连眼皮都懒得抬一下，津川玄三见状，识趣儿地退了出去。阿金醉得厉害，撑起身子试图坐正，双腿叉开的刹那，连里面穿的浅蓝色内裤都露了出来。

"打算怎么处置那个傻女人？"阿金质问，"会把孩子打掉的吧？"

"你女儿说，想把孩子生下来。"

"怎么可能？"阿金两手不停地挥舞，像在掸蜘蛛网似的，"我说医馆的大夫，没理由听一个白痴胡言乱语吧？赶紧把孩子打掉！我们可不像那些有钱人家……"

"你还是打消这个念头吧！"登强压住心中的怒火，"你女儿自己要生！我们也愿意帮她生！要是你还妄想拿她当你的'摇钱树'，早点儿死了这份心吧！"

话音刚落，登已意识到言过。阿金的表情顿时严肃起来。那张酒精作用下松弛红烫的脸仿佛勒上了绳子，扭曲、丑陋、狰狞。

"你说啥？谁拿她当'摇钱树'了？"阿金撒泼发难，"你有什么资格那样说我？我告诉你，我可没做过什么叫人家背后戳脊梁骨的事情！你这样诋毁我，让我以后怎么出去见人啊？哼，你倒是拿出证据来呀。我怎么拿女儿当'摇钱树'了？"

"你女儿阿律在做什么？"登低声反问，"次郎、兼次、阿花，他们都在做什么？还有阿末，你又想让她干什么去？"

"哼！"阿金别过脸去，"关你什么事儿？他们都是我生下来一手带大的，我想让他们干什么就让他们干什么，再怎么着，也轮不到你这个外人在这儿说三道四。"

"那就别再跟我扯什么证据。"

阿金气鼓鼓的，转过脸恨恨地瞪着登。

"我是他们的母亲，"阿金越说越激动，"孩子为母亲吃苦受累，天经地义，我小时候也是这么过来的。这是所谓的母子之情，你懂不懂？"说到这儿，阿金似乎又想起什么，"幕府不是也常常夸赞为父母尽孝吗？'百行孝为先'，这话可不是白让人说的！只有孩子们好好孝敬父母，社会才能安稳，世道儿才能太平，难道不对吗？哼！"

八

登气得浑身发抖。无论家庭环境还是人生经历，他与眼前这四十岁的女人可谓楚河汉界，不会有一点儿共同语言。他心里也清楚，这场口舌之争一开始就毫无胜算，但他并不打算束手就擒。总得说出一两句让对方痛心的话吧。虽然气得依然在抖，登的心里却在理智地构思、蓄力、准备下一秒如何反击。须臾，正当登准备开口驳斥妇人，拉门打开，去定迈步走了进来。

阿金显然吃了一惊，赶忙回去坐好。去定沉默不语，来到她面前坐下，盯着她的脸，直视了好一会儿。拉门开着，登欲起身去关门。去定摇了摇头。

"开着吧，太臭。"

"臭？"阿金愣了一下，"你在讽刺我吗？"

"不是讽刺。"去定义正词严说道，"你这个女人啊心肠已烂透，熏得屋子臭得让人反胃，你自己闻闻看！"

"你说我心肠咋了？"

"不仅是心肠，你从头到脚、从里到外，连骨头都已经腐烂了。"去定口气没有改变，"有些家庭穷，食不果腹，父母只好让孩子出去帮忙赚钱，那是走投无路，没有办法。但没见过你们这样的父母。躯体强健，无所事事。为喝酒将自己孩子卖成赚钱的工具。你们这种人不配为人父母！甚至不配做人！你给我听清楚，就算是狗畜生，也会保护狗崽儿牺牲自己,即使自己挨饿也会让狗崽儿先吃饱。畜生尚且如此。你连畜生也不如!"

阿金坐不住正要反驳,去定大声呵斥:"你闭嘴!"

"阿荣由我们医馆收留照顾。"去定继续说道,"你的事儿,我们会报告町奉行。以后再敢拿孩子当'摇钱树',就做好受刑的准备吧。"

"嗬,你以为老娘是吓大的?"

"滚吧!"去定厉声喝道,"再敢打孩子的主意,刑法伺候!"

"你以为老娘这就怕你了?"阿金起身,嘴里嘟囔,"呵,还町奉行呢。"她脸色变得苍白,趔趔趄趄,"怕町奉行,老娘就不会行走在这江户街上!别在这儿装大狗唬俺。老娘的肚皮都要笑破了。"

——就算整个町奉行倾巢而出,我阿金连眼皮都不眨一下。她一边说一边跌跌撞撞地走出房间,去往走廊。

"这样可不好,"去定口中喃喃自语,"最近我脾气很坏。刚才本不该发那么大的火,还骂人。那个女人只是无知、愚蠢罢了。而且不能全怪她,都是贫穷和恶劣的生活环境所造成。"

"我不同意您的看法。"

不知哪儿来的勇气,登明确表达了不同意见。

去定抬眼望向登,似有一丝诧异。

"嗯?不同意?这话怎么说?"

"我觉得贫富和生活环境的好坏并不能决定一个人的品行。"登解释说,"不到一年的时间里,我陪同您出诊曾接触到各种各样的人。有的人家境优越、饱读诗书却品行恶劣;有的人出生寒门、胸无点墨却品行端正令人钦佩。"

"你想说'毒草不管怎样培育终究是毒草'吧?"去定接过这个话题,"但是保本,人类可从毒草中提取有效成分制作良药。阿金枉为人母,但是咒骂、贬低她,她就会变得愈发恶毒。就像毒草中可以提取药物一样,我们必须要努力从恶人中挖掘到善的东西!人,终归还是人啊!"

"那么,接着您刚才说的,我想请教一个问题。"登平静地说道,"您这次叫津川回来,也是出于这样的考虑吗?"

"为何提他?"

"就想知道您怎么想?"

"你也想让我发火吗?"

"猜到您会这样。"登的口吻异常冷静,"没必要叫津川回来,我已经决定留在这儿。"

去定眯着眼反问道:"谁允许的?"

"先生您啊。"

"我?我什么时候允许你留在这儿了?"

"您已经允许了。"

"不行,我不答应。"去定摇头说,"你保本登注定要成为一名幕府御医,几乎是板上钉钉的事情。"

"这个医馆需要像样的好大夫,您当初就是这样对我说。"登坚定地回答，"我想继续在这里行医、生活，领悟医学仁术的真正涵义。"

"你说什么？"去定突然提高了嗓门，"医学仁术？"他下意识地重复了这句话，似乎意识到自己的情绪激动，去定深深吸了一口气稍作调整，"所谓医学仁术，不过是冠冕堂皇的噱头，是那些成天想赚钱的庸医杜撰出来的。他们是坑蒙拐骗的江湖术士，为自己的不良行为寻找借口。"

登陷入了沉默。

"医学，哪里称得上仁术？连一个小小感冒都无法治愈。找不到病因，医生只是耗着患者的生命力摸索。事实上，太多庸医连摸索都懒得做。"

"那您为什么还叫津川回来？反倒把我赶出去……"

"这是两码事。"

"您心里清楚，明明就是一回事儿！"登再一次反驳道，"今天斗胆把话挑明了，我会想尽一切办法留在这里的。纵然先生您深谋远虑、手段高明，我也绝不会乖乖投降！如果有什么办法把我从这儿赶出去，请尽管放马过来吧！"

"你怎么这么傻呀！"

"都是跟先生您学的。"

"真是个傻小子！"去定起身，示意要结束谈话，"你现在年轻气盛，什么都不懂，早晚你会后悔的。"

"这么说,您答应了?"

"我还是那句话,早晚你会后悔的。"

"我会试着后悔的。"登深鞠一躬,"非常感谢您!"

去定迈着悠然的步伐出门去了。

图书在版编目（CIP）数据

红胡子诊疗谭/(日) 山本周五郎著；张忠锋译.-上海：上海文艺出版社.2020
(山本周五郎文集 / 魏大海主编)
ISBN 978-7-5321-7503-1
Ⅰ.①红… Ⅱ.①山… ②张… Ⅲ.①短篇小说－小说集－日本－现代
Ⅳ.①I313.45
中国版本图书馆CIP数据核字(2020)第118431号

发 行 人：毕　胜
责任编辑：崔　莉
封面设计：陈奥林

书　　名：红胡子诊疗谭
作　　者：(日) 山本周五郎
译　　者：张忠锋
出　　版：上海世纪出版集团　　上海文艺出版社
地　　址：上海市绍兴路7号　200020
发　　行：上海文艺出版社发行中心
　　　　　上海市绍兴路50号　200020　www.ewen.co
印　　刷：杭州宏雅印刷有限公司
开　　本：787×1092　1/32
印　　张：10.375
字　　数：196,000
印　　次：2020年8月第1版　2020年8月第1次印刷
Ｉ Ｓ Ｂ Ｎ：978-7-5321-7503-1/I·5970
定　　价：248.00元（全六册）
告 读 者：如发现本书有质量问题请与印刷厂质量科联系　T：0571-88855633

町奉行日记

山本周五郎文集

[日] 山本周五郎 著
陈晓琴 译

上海文艺出版社
Shanghai Literature & Art Publishing House

悦阅
YUEYUE

是我物语	161
修业绮谭	203
法师川八景	235
町奉行日记	267
霜柱	335

目录

土佐国的擎天柱 ………… 1

晚秋 ………… 37

金五十两 ………… 57

落梅记 ………… 79

寒桥 ………… 129

町奉行日记

土佐国的擎天柱

一

"高闲大人，您醒醒。"

"……"

"高闲大人，高闲大人……"

连续几日陪伴的疲劳，高闲斧兵卫端坐着迷迷糊糊睡着了，听到第二次呼声才猛地睁开眼。近侍冈田伊七郎苍白的脸摇曳在烛光火影中，恍若幽鬼。斧兵卫浑身一颤，气紧地问：

"怎么？病情危急了吗？"

"没有，主君大人在唤您呢。"

"哦，是吗？"

斧兵卫放心地舒了口气，连连点头。

土佐藩国守山内一丰，开春以来贵体欠安，逐渐病情加重，入秋后愈发陷入病危状态。尤其是近四五日，一直处于垂危之中，所以重臣们几乎都集中到了城内。其中，高闲斧兵卫的身份不过是俸禄一千两百石的武士大将，但是从一丰还是猪右卫门的时候开始就做他的贴身侍卫，因此倍受恩宠。他伤心欲绝的样子，连旁边看着的人都感觉不忍，长达二十余日一次都不曾离开过城内，茶饭不思、寝食难安地为主君祈福——哪怕有万分之一康复的希望。

病舍里空荡荡的，既没有陪伴的人，也不见医生和女官的身影。

"靠近点，再近点儿。"

"……失敬。"

"不用拘礼，再离我近点。"

一丰伸出消瘦的手，招呼斧兵卫到自己身旁来。斧兵卫按照被吩咐的那样，跪着膝行到主君躺着的房间边缘……一丰深陷的双眼静静地望着斧兵卫，缓缓地说道：

"今晚……想和你慢慢地说说话，故意让所有人都回避了。和你当面讲话，恐怕这是最后了吧。……让我看一下你的脸。"

斧兵卫拭去泪水，跪伏中恭敬地抬起头，一丰良久注视着他。

"你也变成老头了啊。"

一丰用低沉的语调感慨万千地说道。

"回想起来，定是前世有缘。从主仆一同喝白薯粥的尾张时期，一直追随我的人，现在幸存的只有你一个了。……还记得吗？安土城赛马那天的事情……"

"记得清楚，恍如昨日。"

那时一丰还是木下秀吉的属下，其妻从梳妆台拿出十两金子让丈夫购买名马，在安土城举办赛马会时，被信长看中，成了一丰发迹的开端。这件事在当时远近闻名。

"那时候真的很艰苦。……攻打越前时，武具匮乏，你们只好将竹矛涂成金属色扛着。……而如今，我变成从四位下的土佐藩守，年俸二十四万石余。一起喝白薯粥的你也已独当一面。……一丰我还真是天生有福气。"

斧兵卫不出声地跪伏于彼。一丰喘了一阵。

"我已经尽我所能了。"藩守静静地继续说道，"不管何时离开这个世界，我都无憾了。不过唯有一事是我心结……德望不足，生前未能统一土佐国民心。"

"……"

"唯此……乃我往生障碍。"

看得见斧兵卫强忍住双肩的颤抖。

一丰册封土佐是庆长五年。在那之前，领主系长曾我部氏家族，因连续两代生父义父都是名君，领内百姓如神崇拜，面对慈父般驯服。所以，一丰受封进入土佐时，臣民不仅没有表现出恭顺，反而心怀反感，甚至有人朝着一丰率领的队伍大骂，还有人投来石子。

一丰则告诫忿激的家臣们忍耐。

"不可随意惩罚。罚其身体无法罚去他们心中叛意。向我投石，出自对先前领主的追慕之心。倘善加引导哺育，不久也会为了我们不惜身家性命。……仅靠严厉刑罚，无法治理藩国。"

他命令家臣们自重。

五年过去，一丰热心布施善政，谋求诸民归依。可傲岸不屈的土佐人不肯屈服，每迈入领地一步，皆有当地豪族，公然对抗山内家的势力。

二

"……你明白我所说的吗?"

"……嗯。"

"土佐一国归顺山内家的一天,才是一丰我成佛之时,在那之前,诵经祈福尽皆无益。"

说完,一丰停顿良久,调整呼吸,不一会儿改变语调说:

"斧兵卫,对我来说你就像半个我。……虽然剖腹殉死无义无道,严禁家臣殉死。但你例外。……许你冥途相伴。"

"真的可以吗?"

"我说不许,也是白搭。相信我死之后,你不会苟活。准你剖腹。……不过不是现在,等三年之后。"

真是出乎意料的嘱托。

"三年?……是何意思呢?"

"我想要你带来一份礼物。"

"……"

"三年期间,帮我准备礼物,我在冥途等你。一丰我暂不成佛,冥途等候。……明白了吗?"

斧兵卫抬头盯望着一丰神秘的双眼,跪伏着微微一笑答道:

"敬悉一切。"

四十多个春秋,炮火硝烟中生死与共浴血奋战的主仆,究竟约定了什么呢?……那晚的数日以后,庆长十年九月二十日,一丰离开了人世。

那天,在一丰的临终之际,他将世子忠义(一丰无子嗣,所以将其弟修理亮康丰的儿子收为养嗣子)叫到跟前,向列座老臣们托付了后事。然后,以特别庄重的语气留下了遗言:

"对我们家族,斧兵卫功劳卓著。他年事已高,也许会随心所欲,他做任何事情都要给予特别准许。"

一丰的遗体,火化后葬月轮山,赐谥号为大通院心峰传大居士。家臣自然悲叹至极,大阪的丰家和远方的德川家族,也派使臣前来吊唁,到七七祭为止的法会极尽盛大。

如此这般,很快就到了百日忌。

二代藩主忠义,参加法会前往真如寺途中,有堵路的当地居民向其护卫队抛掷生鱼。佛事之时竟被抛生鱼!即便没有此等暴行,家臣们也难抑心中愤懑,他们勃然大怒呵斥道:

"放肆!站住!"

"挡道者格杀勿论。"

他们群起而攻之,立刻抓住了挑事的人。有性急的家臣拔出长刀,欲斩立决。恰好此时,高闲斧兵卫闻讯赶到。

"肃静,肃静,吵什么!"

"有人妄为造反。"

随从中，名叫堂上喜兵卫的冥顽者挺身答道。

"竟朝着护卫队扔生鱼。明知这是法事队列，玷污圣灵！"

"胡说。我没有扔。"

被捕的年轻人傲慢地叫喊。"鱼身子滑，洗着洗着一滑，就飞了出去。人难免出差错，无意中飞掷出去的。"

"这家伙无耻！撒谎！"

"不用与他啰唆，斩了他。"

"等一下，我说了等一下……"

斧兵卫大声地劝阻骚动的家臣们。

"到底是过失还是妄为，审讯后再定。押送到奉行衙门。不许粗暴行事。"

"遵命。不过我认为，为了警示当地居民，当立刻处决这厮。"

喜兵卫用忍无可忍的语调这样说。可斧兵卫坚决地摇头否定。

"不行。押送到奉行所，听命令。"

他下令后起身离去。

法会结束后，老臣们商议如何处置这个年轻人。田中孙作、西崎玄蕃、五藤靱负等最为强硬。他们主张：

"这是证明刑罚的好时机。取而代之以修改后的幸律，以威严归服领民之心。以斩刑问罪此人，以警示诸民最好。"

在座议论者意见一致，唯有一位不肯妥协。他便是高闲斧兵卫。

"敝人意见相异。"

他移步到列座中央，这样说道。

"大通院大人生前反复叮嘱和强调：万不可加重刑罚。首先……领内百姓不能心服的理由，在于由衷敬慕长曾我部氏高德。说到底也可以说，我等无长曾我部氏高德。"

"我无法苟同。你拿着主君俸禄，却袒护土民、诽谤吾国政治……"

"休要怪罪。敝人不过任意妄为一老叟。大通院遗言，允许斧兵卫擅自做主。"

"休以遗嘱为盾牌，蛮横不讲理……"

田中孙作怒气冲天："那么，孙辈无话可说。在下退席了！"

说着，愤懑离席退场而去。

五藤靱负、西崎玄蕃也紧随其后。然后，斧兵卫的主张就这么稀里糊涂地通过了，那名年轻人不久便顺利地获得释放。

三

（歌曲）

"……大人的战马菊花青，披绯罗锦鞍驰旷野，在粘鸟人的簇拥中，遥望着疆场……"

"好呀！好啊！"

"唱得真好，小弥太，起来跳一个。"

"让在座的女人们看看你的俊男风采。"

十四五个年轻武士一齐拍手伴奏，池藤小弥太摇摇晃晃站起身来。

"那便舞一段……"

"别露出你那白腿哪。女人们见了会晕。"

听到留胡须的贯岛十郎左这句粗声叫喊，从浦户被叫过来的艺妓们，叽叽喳喳的娇嗔声迭起，对十郎左一阵连推带揉。

"哎呀，说什么呢！"

"可恨的胡子十爷。"

"快点让他清醒吧。"

大家都已喝醉，享受着离开主城的轻松感，武士们扔掉外套，光着上半身，随心所欲地尽情欢闹。

小弥太东倒西歪地站起来。

"看好啦，我要舞啰。"

他再次一声吆喝，拔出长剑，用清澈的声音，一边朗吟着《平家物语》，一边开始翩翩起舞。……正是"平忠度就义"的一段。

从"忠度是西边的一员大将"，到与冈部六弥太扭打成团。

"……萨摩藩守是熊野长大的力士,力大无比,他以神奇绝技抓牢六弥太,可恶的家伙在其阵营……"

他的舞姿俨如图绘。

池藤小弥太是近侍中颇具盛名的美男,身高近六尺,白皙的脸庞,呈一字形状的浓眉和有力的唇线,给人留下深刻的印象。头脑聪明,武艺高强,而且为人温和受到众人的喜爱。

这里是位于五台山山腰的播磨屋别墅宅邸,与高知主城间隔一条国分川。

自长曾我部氏时代,播磨屋便是土佐首屈一指的海运业商。即便到了山内家族执政的世代,依然是受到重用的御用商。随时对山内家族的武士开放别墅宅邸。今日有二十多余名年轻武者在座,又从浦户叫来陪酒女尽情畅饮。

然而在此狂欢并不是全部目的。这栋邸宅的后面是山丘。山丘的松林里已有六名年轻的武士集结,堂上喜兵卫、渡部胜之助、林久马、林甚三郎、庄野九郎兵卫、神谷传之进。他们在先锋队核心成员中都是出类拔萃的,堂上是他们当中最年长的也是队长。

"真拿他没办法,究竟打算让我们等到何时?"

"他不会是忘记了吧?"

"说起来,他已经醉醺醺的啦。"

"……干脆去叫他吧。"

最年少的林久马,说着站了起来。

"嗯，去叫吧。"

喜兵卫点头说道。

久马即刻跑走了。吸江湾尽收眼底。三月初的天空，浅绿晴朗，老鹰的鸣叫声响彻苍穹，不禁唤起阵阵睡意。

不一会儿，久马的肩上驾着小弥太的胳膊，几乎是半扛着他回来了。

"哎呀，失礼，……真的失礼。"

小弥太已经醉得烂泥一般。

"我真的醉了。……商议好了吗？刚才在里面跳得尽兴，不禁……"

"商议接下来才开始。哦，不在下面呀。"

喜兵卫不高兴地说道。

小弥太瘫坐到新长出的嫩草上，大家移坐靠拢到喜兵卫周围。只是久马，站在稍微离开一点的地方把风。

"今天把大家集中起来是为高闲斧兵卫大人……最后的意见。"

喜兵卫平静地开口说道：

"大通院大人逝世已两年，今秋该为大人举办三周年祭。诸位皆有知，大通院大人生前，就对土佐的领民未从内心里归顺山内家族，深感懊悔和遗憾。大人甚至说：待民心归顺，山内家族的天下千古不易之日，才是自己成佛超度之时。……然而，事实究竟如何呢？"

四

"土民们依然心怀反抗之意,或者不如说……是轻视藐视山内家的威望。就眼下这种局面,三年祭的时候,我等都会无颜面拜伏大人灵前。"

喜兵卫短暂地沉默片刻,强调式地继续说:

"导致这种状态的直接责任在高闲斧兵卫大人。他误解了'仅凭严厉刑罚、无法民心归顺'的遗言,只是宽容,坚持一味的宽容。……在大人百日祭的法会时,有人往侍从护卫队抛掷生鱼,如此暴举,未加苛责便释放了。谁担责?鱼网纳税事件亦然。渔夫们制造骚动的时候,取消纳税且并未对任何一个参与骚动的渔夫追究,坚持如此裁决的,又是谁?……而且去年秋天,商议各方豪族乡士上纳年贡时,站出来反对说时机并不成熟而将议案强压下去的,到底又是谁?斧兵卫大人。都是斧兵卫大人!"

喜兵卫的措词安静平稳,但沉积于他声音底部那脉动的愤懑,还是让年轻人的胸中感觉刺辣辣的。

"这种事情反复发生,也难怪当地住民蔑视我山内家族的威望。……倘再容忍这种情况重复发生,我等情何以堪?"

"我认为当毅然决然地行动!"

"是的。是时候啦。"

对于庄野九郎兵卫饱含强烈不满的声音，喜兵卫深表同感地用力点头说道：

"大通院大人临终之际曾留下遗言：斧兵卫乃功劳卓著的长者，我离世后，也要允他随心所欲。元老重臣碍于大人遗言无所作为。那就应由我们代替他们，为家族去除祸根。"

"已经无须顾忌、究明是非曲直了吧。"

"喂，等一下……"

喜兵卫这样劝慰焦急的渡部胜之助。

"还有一事相告。"

说着他平静地将手置于膝上。"……无法指名道姓，只能说消息来自大人身边一侍童。……大通院大人离世的几天之前，半夜把斧兵卫叫到身边，允其剖腹殉死冥途做伴。……据说那是原话。"

"准许斧兵卫……殉死？"

"确实是殉死的许可！"

大家像被泼了冷水似的倒吸一口气。

"身边的人都被赶走回避了，一个也没有留下。不过，有一名侍童等候在拉扇门的外面听命，里面的对话听得清楚。但毕竟年少，且此事关系重大，所以未敢向任何人提及。就在前天，他在侍童元服礼的仪式上向我吐露。"

"是冈田伊七郎吧！"

林甚三郎说。

"不……是谁倒无所谓。"

胜之助伸出拳头说："……家臣们都被严禁剖腹殉死，却唯独斧兵卫获准。若是事实，斧兵卫应该剖腹追随的。"

"可他还活着。斧兵卫还活得好好的。"

"如果他自己无法下手的话，不是该我们来帮助他吗？"

"说的极是。"

喜兵卫点头说道。

"取斧兵卫大人性命已是定论。可是不能有人为此牺牲……即便一两个人也不行。无万全之策没办法，但是尽可能……不能让任何人受伤。……不过，算啦。既然准予其剖腹，斧兵卫当自裁。他不做我们来……"

刚一开口，喜兵卫又缄默不语了。

池藤小弥太站了起来。方才一直茫然扯摘眼前嫩草芽的他，突然摇摇晃晃地站起来，径直朝对面走去。

"池藤，你怎么了？"

喜兵卫锐声叫住他。

"你要去哪里？"

"在下愚笨……待在这里也没用。"

"什么意思？"

"我已经了解大家的意见了。"

小弥太望着天空说。

"因此我想告辞啦。大家想除掉高闲大人，都是为主君山内家族。我理解大家的心情，可我无法苟同。"

"无法同意!"

"为什么?"

胜之助目光犀利逼人。

"为什么无法同意?告诉我理由。"

"没什么特别的理由。嗯,如果非说不可的话,那么就是近期我将娶斧兵卫的女儿为妻,算是一个理由吧。"

"什么,斧兵卫的女儿?!"

"对将成自己岳父的人下手……无法同意这种事也是人之常情吧。那么,在下告辞。"

小弥太踉跄地离开了。

五

"池藤,那个传闻是真的吗?"

"传闻?"

"就是要娶高闲的女儿呀。"

贯岛十郎左大摇大摆地坐下,一边这样说道。

"哪里,我不过是说打算要娶而已。"

"怎么有如此愚蠢的想法!你会和高闲一起被铲除的。"

"不会那样的。"

"很难说。大家都觉得你近来蹊跷事太多。简直,就像换了一个人似的。过去一直亲密的我们变得疏远,平常不怎么喝酒却又开始豪饮,像几天前那样,突然跳起舞来……当然也有我强迫的原因。"

"人都是这样,不定什么时候就一点点改变了。"

"说到底,你认识高闲的女儿吗?"

"是邻居嘛。"

小弥太不经意地往旁边的公馆望了一眼。南国的春天稍纵即逝。以低矮树篱笆为界而被隔开的高闲斧兵卫公馆隐身于松林之中,相连接的庭院一隅,有一株已经开始凋谢的樱花树孤独地立在那里,似乎在倾诉午后的闲寂。

"邻居又怎样?倒是听说是一位美人,可是还没有谁近距离地见识过。"

"我真傻。"

小弥太苦笑着说道。

"都打算娶回家的,怎能连对方的长相都不知道。我先声明一下,这事儿并非已经敲定,仅仅是我自己有这个打算而已。"

"没意思。你池藤小弥太这样的男人,何须迎娶斧兵卫的女儿呢……"

"怎么样都难以理解。"

"完全不明白。"

十郎左搓揉并捋起胡须,说道:"你彻底变了。总觉得神秘兮兮的。总之,你要当心武场那帮人,据说渡部胜之助之流,扬言要先拿你血祭。"

"那有点可怕，那家伙莽撞而不计后果。"

"我可不是来这里说着玩儿的。"

十郎左起身站起来。

"我再说一遍，娶高闲女儿的事情要三思。我是你挚友，但到了万不得已的时候……我也不会手软。"

"那可不行啊。不能死在你刀下。"

"怎么讲？"

"你的刀法不坏。"

小弥太微笑着说道。

"岂止是不坏，整个藩的家臣里能与我十郎左交手，并在三招中一招制胜的，恐怕只有渡部胜之助吧。可是对小弥太你，我还是无法下手。"

"池藤，……你，打算和我刀剑相见吗？"

"我希望尽量不要变成那样。"

十郎左驻足于彼，鼓出的眼珠死盯着小弥太，然后，使劲摇摇头说：

"我已经完全搞不懂了。"

扔下这句话，他便起身离去了。

把十郎左送至门口刚返回，便见家臣冈仓金卫门从庭院悄悄进来。他才十九岁，却是个神情淡定、内心老成的青年，只是右腿有点儿跛。

"贯岛前辈气呼呼地回去了呢。"

"你看到了吗？"

"感觉就要拔刀似的。……连贯岛前辈都那样，其他人不知道会怎样呢。想到这个我心里有些担忧。"

"喜兵卫是来探口风的。"

小弥太坐下来说道。

"我知道。所以我才说得那么严峻。我得给喜兵卫写一封信。先不说这个了，你调查的情况如何？"

"果然不出您之所料。"

金右卫门坐到走廊边上。

"聚集到正念寺的五人，已经查明其中二人，一是朝仓的幸田久左卫门，一是安艺的住江宫内。"

"住江宫内？……那可是一个大人物啊。"

"其他三人怎么也无法弄清。不过还是看到了槙岛玄蕃头这个名字。我在想，该不是关原效力于治部（石田三成）旗下的玄蕃头吧。"

小弥太默默地点了下头，眼睛里明显闪过深深的感动。

"……或许吧，还真是的。"

"从高闲大人的应酬来看，我认为确切无疑。——那么积极地与各方豪族密会，真不知高闲大人要干什么？不仅是当地豪族，连关原残党也加入，真是……"

"有不许打听的吩咐吧。"

"……是，我知道。"

金右卫门驯顺地低头答道。

"……知道有命令的，不过到今天为止按照您的指示，调查的结果是，发现高闲大人的做法简直……"

"金右卫门，不要再说下去！"

小弥太用尖锐的声音制止了他。

"……啊，危险！"

就在此时，传来了这样的尖叫声。

六

声音来自隔壁公馆的庭院。

小弥太像是一直等待着这一刻似的，即刻纵身跃入院中，飞快地跑到了两家庭院之间界线的矮树篱笆的边缘。

松林中，只见一道白刃之光一闪而过。

高闲斧兵卫和家老扶茂右卫门推搡扭打一处，一个少女端坐在场景一侧。

——她便是小百合，斧兵卫的独生女儿。

看上去似乎是斧兵卫要用剑挥向自己的女儿。

"放开我，茂右卫门，放不放手！"

"等等。……您欠考虑啦。小姐，快点逃呀……"

"我叫你放手！"

他用握大剑的手，要猛烈地撞开茂右卫门的时候，小弥太跃过两院间的篱笆而大步跑到跟前。

"大人，请息怒。"

他站在中间堵住了他们。

"……是池藤？"

"责罚有度。请先冷静。"

"不行。不是该你管的事儿。"

"我不知具体情况，贸然越过篱笆向您致歉。但是您再这样打骂千金小百合，我可不答应。"

"什么？你说你不答应？！"

斧兵卫长满皱纹的脸上，双眼掠过尖锐的目光。小弥太佯作不知，不由分说地把小百合救起来。

"估计您老对传言也有所耳闻吧。"

"……"

"很早以前，我便心存宿愿，期盼能够迎娶您府上的千金。哎呀！您别怪我这种场合不得体。您能够了解我这番心思，就足够了。……小百合小姐，我们走吧。"

"等等，池藤，等一下！"

斧兵卫高声怒吼。

"那可是斧兵卫的女儿！"

"女人之道，便是到了谈婚论嫁的年龄嫁作好人妇。得，息怒吧。在这段时间，我先替您照顾她吧。小百合小姐，走吧。"

"不要，请放开我。"

小百合要挣脱被抓住的手。

"我必须接受父亲的处罚。请不要管我。"

"有什么话，以后慢慢说，以后再说。"

小弥太不为所动。

"茂右卫门，老爷就交给你啦。"

丢下这一句，他便强拉着极不情愿的小百合，几乎抱着她将其带离。

过去远远地瞧见她的身影，近距离打量还是第一次。当然彼此语言上的交流也是第一次。面对小弥太坚决的态度，小百合也做了一些反抗，但是终究无法抗衡。一种压迫感令之剧烈地抽泣。

"已经没事啦。"

小弥太将小百合带回家，抬头望见母亲龟女站在廊下。

"怎么啦？小弥太。"

"小百合小姐遭受打骂，我把她领回家来照看。……小百合小姐，这是我母亲。"

"客套免了。"

龟女回头说道。

"佳代，去打洗脚水来。……你到那边房间去吧。你父亲那边，由小弥太去出面禀告致歉吧。请别客气，安心地住在这里吧。"

"深感羞愧。承蒙您这么说，那么我就……"

小百合总算止住流泪，去那边洗脚。

"母亲大人，拜托您帮我盯紧点儿。"

小弥太低声耳语道。

"她看上去想不开的样子。"

"到底怎么回事？闯入并不往来的高闲家中，擅自越过篱笆围栏，又强行带走他的千金！你的这些做法可不得体。"

"其实事出有因的。过两天您就明白了。小百合小姐就托付母亲大人了。"

说完，小弥太就朝自己的起居室走去。

就在那天晚上。

小弥太在房间里，用红笔往卷纸上写着什么，那上面细细麻麻写满了字。金右卫门快步走了进来。

"有事禀告。……看样子好像已经去了。"

他脸色苍白地这样说道。小弥太放下手中的笔。

"是吗？那人数呢？"

小弥太一边询问，一边站起来，从刀架上取下长剑。

"我看见的是三个人。"

"好，你别出去。"

说着麻利地束起衣袖下摆。

七

高闲斧兵卫的公馆的西侧，对着箭杆房的土墙。在细窄的小路黑暗处，四名武士悄悄入内。

渡部胜之助、林甚三郎、庄野九郎兵卫以及末尾的贯岛十郎左，各自系着腹带，整备鞋履、行装。然而，当他们正要逼近高闲府邸时，小弥太大踏步地从对面冲了过来。

"等等！"

他高声叫道。

三人大吃一惊地回过头来。胜之助惊叫一声，本能地用手按住了刀柄。

"……是池藤！"

"小弥太！"

四人瞬时左右分开。小弥太却大摇大摆径直走来。

"公卿大人，喜兵卫不在吗？"

他低声叫道。

"大家稍等。如果是为藩要除掉高闲大人，也必须选择合适的时机。今晚就请大家从这里撤离吧。"

"不会听你的，退下！"

胜之助大叫道。

"别跟我们废话。"

"你不让开，别怪我动刀。"

十郎左纵身跳将出来说。

"小弥太，别忘记我白天说的。为藩锄奸，我们抱着必死的决心。你还是老老实实退下吧。"

"没用的，十郎左。"

小弥太抬起手说道。

"公馆里有三十余家臣武士，布置好了应对意外之时的对策，完全不是你们几个可以攻下的。我和喜兵卫有话要说，你们等一下。"

"别理他,动手。"

十郎左话音未落,渡部胜之助已冷不丁拔刀砍去。

十三日的圆月映照着箭杆房的屋顶。土墙和绿地间狭窄的小路,半边笼在白色的月光中闪亮。胜之助拔剑攻来之际,但见月光中寒光一闪,小弥太赶紧将身体隐蔽到土墙的背后紧贴着。随之拔出的四柄剑的白刃,以黑暗的一点为中心瞬间紧紧地往一处靠近。

小弥太也拔出了剑。

他正面迎击十郎左,一边背靠紧土墙调整呼吸,出其不意地迅速向左转动上半身体。犹如被抽走了支撑一样,林甚三郎冲进来,庄野九郎兵卫大喊一声便挥剑砍下去。

小弥太飒然向月光中飞跃出去,像要用自己的身体破解两人的动作。嘎!伴随一声剧烈响的同时,传来尖细如丝的悲鸣声,甚三郎跌倒在土墙根下,九郎兵卫被弹出四五米远,刀被打落在地。

"十郎左,……退下吧。"

小弥太用低沉的声音喝道。

"与你们的目的相同,我阻止你们也是为了藩。不能性急地处决一两个人。不到时机。退下!喜兵卫那边,由我去交涉。"

"闭嘴!"

胜之助拼命摇头并大吼道。

"要娶斧兵卫女儿的家伙,也是奸细同伙。或许我的刀法不如你，但我不会给你生路的。"

"你听我说！还……"

说完，胜之助已跨步冲了过来。

伴随着大喊疾呼，两个身体对抗。刚见一道白刃之光空中划过，胜之助便一个趔趄，长剑被击落的同时，人也横倒在了地面。

慑服于小弥太骇人武功，在旁边喘着粗气的十郎左好像终于积攒起杀气，大大地往前冲出一步。这时，从外面正门方向有人跑到跟前。

"等一下。十郎左、胜之助，你们等等！"

叫住他们并朝这里奔来的是公卿大人喜兵卫。他气喘吁吁地跑近前来，看到茫然站在那里的九郎和倒在月光下路上的胜之助和甚三郎，嘟哝了一句。

"糟糕！还是晚了呀。"

小弥太却说：

"不打紧，用刀背击打的。"

又说：

"……拦住十郎左吧。"

"噢，池藤，原来是你呀。"

喜兵卫随着话音，走入黑暗中。

"贯岛，把刀拿开。听话，把刀拿走吧。再三强调别轻举妄动，一把年纪了还那么不稳重。"

"我们已忍无可忍。一刻都不能等了。"

"我自有缘由。总之退下刀具。"

十郎左沉默地放下手中的刀。

"这里就交给我了。"

喜兵卫回过头来说道。

"有什么话,后面再听你说吧。你最好别在这里。"

"也是。那么回见。"

说着,小弥太将长剑收了起来。

八

那之后第三天的夜晚。

堂上喜兵卫、渡边胜之助、贯岛十郎左三人聚集于小弥太起居室。小弥太在小桌子上面,将一张细细麻麻写满文字的信纸铺开,一边用低沉的声音从头开始解说。三人的表情都僵如坚石,不安地听着,眼里充满了惊愕的目光。

"……除此之外,还有朝仓的幸田久卫门和安艺的住江宫内。正如各位所知道的那样,这两人可是全土佐屈指可数的豪族。总之……这八个人,可是从长曾我部氏执政之前开始,就已各自在当地埋下了很强的势力之根。……知道吗?斧兵卫大人这一年多以来,却在不断地与这些豪族们密会。"

"那究竟意味着什么呢?"

"不知道。我也不明白。表面上似在怀柔豪族。匪夷所思的是，他在正念寺秘密约见的人当中，居然还有关之原的残党槙岛玄番头。"

三个人，突然浮现出舒了一口气的表情。片刻，他们脸上又一个接一个地呈现出吃惊的神情。

据小弥太调查的结果，这一年期间，高闲斧兵卫一直在位于城邑西边的古寺庙正念寺，偷偷与各方豪族密会。除去刚才列举的以外还有六人，都是很早就盘踞当地的乡士，拥有丰厚的财力和精悍的农兵，时至今日仍傲然对抗山内家族。而且，最近甚至连关原残党的武将也加入了。因不明就里，困惑和不安愈发强烈。

"那么，你打算怎么办？"

"现阶段，什么也做不了。究竟高闲大人抱有什么目的，在和他们进行那样的秘密集会？弄清他的真心是首要的。在那之前，你们不可操之过急。希望能为我的调查助一臂之力。"

"一切愿效力。"

"尽管吩咐。"

三人热诚地靠近前来。

小弥太好像在等这句话，给他们各自交待了任务——十郎左在浦户、胜之助在正念寺、喜兵卫则留意城内老臣们动静，且告诉他们严守机密。

三人告辞后不一会儿，小弥太刚要进卧室，婢女佳代慌张地跑来。

"请您赶紧来一下，高闲家的小姐……"

"小百合小姐怎么啦？"

"她要寻短见……"

小弥太惊愕万分，飞快地从房间奔了出去。

母亲隔壁的房间安排给小百合。过去一看，只见母亲抓住小百合的双手，强按着她坐在那里。小屏风和桌子倒了，笔和砚台散乱一团。小弥太呵斥似的喊道：

"小百合小姐，怎么回事！"

说着，在旁边坐了下来。

手中短刀被夺下的小百合，趴在那里哭泣。母亲脸色苍白，双肩抖动着大喘粗气，一边插刀入鞘。

"为什么这样做？我说要迎娶你为妻，你认为是玩笑话吗？"

"小弥太，你居然说出那么无礼的话……"

"我当然知道有失礼节。"

小弥太往小百合的旁边移动了几步。

"从高闲大人手里把你领走的时候，我那样说过。后向令尊致歉，可他仍然不肯应允，坚持说，已将女儿逐出家门，即便变成尸首也绝不让回家。……我认为，那正是令尊允准予你下嫁于我。……你不这样认为吗？或者说，就是这样想，还是觉得不能嫁给池藤我吗？"

"不对，不是像你所说的那样。"

小百合抽泣着打断小弥太的话。

"你的情意我感受至深，心怀感激。可我不能苟活于世。"

"为什么？愿闻其详。"

说着，小弥太瞟了母亲一眼。见母亲静静地退出以后，他又靠近了一步。

"小百合小姐……"

他的声音低沉却饱含力量。

"我大致也能体会你的心情。假如自尽，你大可以自行了断。可这样就行了吗？据我所知，令尊可是与当地的豪族们密会，且有关原残党介入其中。"

"池滕，……我告诉你吧。"

九

小百合似已不堪忍受，突然打断小弥太的话说道。

"我通通告诉你吧。不告诉你，不声不响地死了也是白搭。罪孽仍在。我原原本本陈述详情，然后听候发落。"

"你说吧。"

"父亲……他企图谋反。"

小百合的话出乎意料。小弥太咽喉咕嘟了一声，依然沉默不语。

"大通院大人辞世以来，父亲常抱怨藩主及诸老臣疏远，变得乖僻。没过多久，突然与安艺乡的住江宫内有了来往，又逐一地与当地豪族交谈，现在，土佐有权有势的豪族尽皆成了同伙。"

"那么你所说的谋反，到底是怎样的情况呢？"

"父亲的样子太过怪异，所以我一直密切关注着他的行动。结果前几天，在父亲的起居室里发现了可怕的文件。"

小弥太探出整个身子，生怕漏掉一个字专注地听着。小百合显得有些胆怯，但还是自我鼓气似的继续说道：

"那是向同伙布置下达指令的文书。上面写着当地豪族的姓名。其中，在关原曾加入治部大人阵营的两人槙岛玄蕃头和木村壹岐，手下带兵共两千五百人，将于本月十六日清早，在鹫尾山的峡谷集结举兵。文书上详细写着这些内容。"

"那么就是说，十六日早晨，两千五百余人兵力将集中到鹫尾山峡谷吗？"

"集结到那里的大概只是重要成员吧。在浦户运到的武器、弹药卸岸时，便开始攻城。上面就是这样写的。我看到了这份秘密文书后劝告父亲，父亲勃然大怒说要手斩我。被强拉到院子里的时候，您便前来相救了。"

小百合绝望地仰望着小弥太说道。

"池藤，我说活不了的理由，你该理解了吧。小百合是大逆不道之人的女儿，怎么可能成为你的妻子呢？而且有一个谋反的父亲，我又怎能苟且偷生……还是让我自己了断吧。"

"不要冲动,不能走这条路。"

小弥太极力劝阻。

"既然已被逐出,你就不再是高闲大人的女儿。我再说一遍,从现在开始你就是我池藤小弥太的妻子。非但不是大逆不道之人的女儿,反倒是你帮助我们将'大逆'之事的发生防患于未然。你为山内家族立下了汗马功劳。……小百合小姐,不可再有轻率之举。我出去一趟。"

"父亲……父亲到底会怎样呢……"

"高闲大人会按自己的计划行事。嗯,估计这么说你不会明白。总之,在我回来之前,不要忘记自己是小弥太的妻子,耐心等待我。"

小弥太慌张地站起来往外跑去。

斧兵卫谋反!

斧兵卫对一丰山内家族,是无可替代的功臣。正是高闲斧兵卫,竟要向主君家拉弓放箭。真是出乎意料、绝难想象的事情。如果不是到现在为止,一直调查斧兵卫的可疑举动,即便小弥太,也不可能马上相信这个事实。然而此刻他彻底明白了。他终于体察到了,到今日为止一直难以理解的事之根本为何。

小弥太策马向城内飞奔而去。

时间已过十点,闻言重大事件,忠义允许接见。尽管那时忠义年仅十八,只是对马守,但凭着豁达英武的天资且通晓事理，作为俸禄二十余万石的诸侯城主，被寄予的厚望不亚于过世的一丰。然而，对于年轻的忠义来说，听说斧兵卫谋反，其吃惊非同小可。

"可恶的家伙，可恶的家伙！"

忠义愤怒之极，面色骤变。

"马上颁布总登城令。不等明天，今晚即派人剿灭，格杀勿论。"

"冒昧地说，臣以为此并非良策。"

"那你说还有什么对策吗？"

"召集全体登城，万一有内应就事关重大了。我出其不意地直接拜谒老臣要职们，也是这个缘故。还是要在隐秘地打个措手不及，一举彻底清除为万全之策。"

"那你说说看，怎样的策略……"

"所说的十六日即后天，当日清早，由上面发布野猪狩猎令，只需要旗本武士两百人，再配备下级武士铁炮走卒五百人。人数有这些便足够了。"

"配备那么少的人员能行吗？"

"要端掉鹫尾山据点，这些人足够。剩下便是镇守主城和海滨，这部分倒是非常重要关键，由堂上喜兵卫、渡部胜之助、贯岛十郎他们派出先锋去防御。"

"好吧，都交给你。鹫尾山那边，我会亲自坐镇。"

"这可是关系到整个藩族命运的大事，在十六日清早之前，对任何人都请务必保密！"

"我记住了，你也不可泄漏。"

忠义的双眼像火炬一样熠熠发光。

十

嗒嗒嗒噹，嗒噹！

枪声在群山中回荡。呐喊声像远雷似的堵塞了山谷。从鹫尾山西侧杀进此地的一支队伍，与穿过宇津野山峰拥入的一支队伍，以枪支射击队伍为头阵，猛然对蛭谷发动了突然袭击。

这一天是庆长十二年三月十六日。

在蛭谷一角修筑的堡垒中，以高闲斧兵卫为首，幸田久左卫门、佐江宫内、早坂仁兵卫、一木、田乡、的场、山奈、奥内等土佐豪族以及槙原玄蕃头、木村壳岐守等十余人集中于此。

突如其来发起的袭击——哎呀！被一举歼灭。

人头攒动。不足两百名的守兵防御战，转眼间势如破竹。出其不意的城兵，攻势凌厉猛烈。打头的是枪队，密集的齐射，打得叛军四处溃散。接着冲锋进来的忠义旗下精兵，锥刺般逼近了敌方的主阵据点。池藤小弥太身先士卒。

他手握刀尖近二尺的长枪，完全藐视四周围过来的敌兵，横冲直撞地冲向敌方大本营。枪声停止了，白刃战的嘶喊声充满山谷，厮杀中碰击的武器、空中交错飞舞的刀剑和弥漫扬起的尘土,如噩梦一般展开于眼前。

而在指挥阵地的营部里,却令人难以置信地空空荡荡。跨进营部的小弥太大声高叫道:

"高闲大人,参见高闲大人。"

他一路走进大本营。

"喂!斧兵卫在这里。"

随着一声洪亮的高喊,斧兵卫昂然出现在对面。身披黑色缀绳的铠甲,却未戴头盔,手持自己得意的长枪悠悠向这边走来。"小弥太,候你多时啦。请吧。"

"抱歉!"小弥太随着闯入里面。

虽已年迈,依然是曾历遍千军万马的勇士,跟随去世的一丰征战一生的斧兵卫,不可能轻易便被击倒的吧。小弥太有足够的心理准备。可是没有一个回合,斧兵卫的身体便如盾牌一样,被小弥太的长矛刺穿腋下而噔的一声轰然倒下。那是事实,的确是"刺了个通透"。小弥太惊呆了。

"高闲大人……"他抽回长矛。

"干得漂亮,小弥太。"

说着他拍了拍自己的脖子。

"快取下我的首级,呈献给藩主大人。……临终之时这话只告诉你,如此,山内家族便可千秋万世了。"

"……"小弥太仿佛遭到了雷击,浑身颤抖地俯望着斧兵卫的苍苍白发。

十一

同年九月二十日。

在月轮山真如寺举办的一丰三周年忌席间，小弥太趁歇息间隙请求忠义，希望在没有他人在场时单独拜谒。然后流着眼泪讲述了斧兵卫谋反的真相。

忠义当然也无法马上相信。

"大通院大人离世几天前，曾召见斧兵卫，告诉他允其追随剖腹殉死。不过为此需要一个礼物。要求他在三年之间准备好礼物再追随其后……据说大通院大人是如此交待吩咐的。"

"你说那便是谋反吗？"

"土佐各地盘踞着根深蒂固的地方势力，那些反抗山内家族的豪族们，用寻常手段丝毫也未见有任何归顺的迹象。斧兵卫让本应殉死的自己苟活延命，与这些豪族们策划谋反，并且把他们都集中到一处，为的是将来好一举铲除了祸根。……其女儿小百合小姐知道他们的密谋并非偶然，其实是斧兵卫用计谋划故意让女儿发现，他心中十分清楚，通过其女儿之口一定会将此事告知于我。……临终之际，当他说'如此，山内家族便可千秋万世了'的时候，他那平静的、微笑着的脸，至今依然历历在目。"

"……小弥太！"终于，忠义因感动而颤抖不已，抬眼茫然地呆望着空中说道。

"终于明白了，终于明白啦。"

"是！"

"大通院大人临终之际特别嘱咐说：斧兵卫对家族是一个特殊人物。原来所谓的特殊人物是这样心与心相融合的呀，大通院大人和斧兵卫大人。……小弥太。"

忠义的声音，不知何时有些沙哑潮湿。

"斧兵卫，真是土佐国的擎天柱啊。"

"您刚才的话，多想让生前的斧兵卫听到啊。哪怕一句。"

"别哭……"

忠义一边转向旁边，一边这样说道。

"如果你这样想，对他女儿小百合多用点心吧。假如说斧兵卫还有什么牵挂的话，应该只是这个了吧。可以吗？"

"……大人！"

小弥太用充满泪花的眼睛，望着忠义。

客厅宽宽的走廊，秋日明媚，仿佛要祝福土佐二十余万石的江山基业已坚固不可动摇。前庭的树林如织锦绣，其美丽鲜艳的纹绫耀眼夺目。

（《读物文库》昭和十五年四月号）

町奉行日記

晩秋

一

"老爷有请，让你去起居间。"都留听到这样的传唤，即刻意识到"应该不是普通的事情"。她被中村家收留，大约五年有余，从未有过主人直接传唤。去到起居间时，惣兵卫正在写信，他说"稍等"，都留便靠近门口坐下等待。或许是感冒了吧，老人频繁地放下手中的笔擦拭鼻涕，游动的肩膀却莫名地抖擞精神。鬓角蓬乱的头发，随着手的动作微微颤动，也不可言喻地让人情绪昂扬。过了一会儿，他将写完的信卷起封好，重向这边转过头来的，询问道：

"你知道花藏院的外记大人吗？"

"哦，我知道。"

"接下来你把这封信送去那边，估计需要你在那边住一阵子。大件的行李随后给你送过去，目前先带过去几件必需品即可。"

"会照办，我……"

"江户有人过来寄住，派你照顾他生活起居。"惣兵卫紧盯着都留的眼睛，"……那个人物政治方面有私弊嫌疑，刚开始调查，所以被极其秘密地送返回乡。当然，他被安顿寄住外记殿，除有关人员外无任何人知道，所以才特别安排你去照顾。……这样，像你这样聪明，也许已能猜出八九了吧，他便是曾任万松寺大人御用人的进藤主计大人。"

这时,都留放在膝盖上的手紧握成了拳头。与其说心里感觉到什么,不如说身体先起了反应。都留拼命克制住自己,抬头望着惣兵卫。

"至于让你去照料的意义,不用再郑重申明强调。主计大人现在是接受上面审查的人,希望你充分了解,莫有轻率之举。"

都留接过信站起身来。

装入随身物品的行李,让仆人担着。到达位于花藏院的水野外记别墅,已经是那日的黄昏。地处冈崎城下护城河再往北延伸的郊外,舒缓的山丘和杂木丛无尽蔓延,芒草繁茂的草原,细小的野川流连穿梭。这片土地闲适而寂静。公馆被木板围墙环绕,庭院界限的一部分是竹篱,上面长满了荆棘,它们紧紧邻接着草原。再往前,远处高低错落的山丘与森林叠嶂起伏,一泻千里似的草原一直绵延到六所山脚下。作为老臣的别墅,公馆显得有些质朴,由大约三十多坪的主房、小小的仆人用房间以及马房三个建筑物构成。院子也并非专门修建而成。将原本就存在的柞树林纳入院中,然后再引入野外小川之水姑且作为庭院的流水,格局可见当时建成此院的痕迹。因为主人长时间没来此弃之不顾,林子周围的杂草和灌木疯狂繁衍,水流枯竭,白白的干透了的底石中间,已结果的夏草茁壮地生根成长。

都留到达的时候，似乎刚好是公馆的清扫工作结束的时候。庭院旁焚烧垃圾的男子们半裸的身体，在黄昏的霞光映照中变成古铜色的浮雕。在侧门询问，一位五十多岁的老妇走出来。她默默地点了下头，将都留引到里面，说了句"请在这里稍作等候"以后，便不知消失到哪里去了。房间大概八帖左右，空荡荡的，潮湿闷热，散发出微微的霉臭。在北侧有一个小窗，一边是墙壁，一边是槅门。门上画着水墨花鸟，不过已相当古旧，被摩擦烟熏，已无法看清上面的图案了。应该是炉火烟熏的缘故吧。所坐处膝盖的右侧，有一个三尺左右盖着方形木盖的切炉。木盖略显厚重，擦拭得很干净，都留突然意识到这个房间将会是自己的起居处。稍过片刻，一位高个子中年武士走了进来。他用力紧闭的嘴唇颇具特色，高尖的颧骨，脸上的表情让人感觉冰冷。

"你就是都留吧？"他读完惣兵卫的来信，眼睛定定地望着都留说，"你的身世，我早就从惣兵卫那里耳闻。这次的事情，我个人没什么要说的，只想提醒一下，今后无论这个公馆发生什么事情，你要做到对一切不闻不问，装聋装瞎作哑。还有，不可意气用事轻举妄动。这是我要跟你首先强调的。还有……"他一边将信卷好收起一边说，"……我是这家的主人外记。"

"其他相关事情，女侍长告诉你。"说完外记便离开了。听着远去的脚步声，都留才恍然大悟——原来他便是新冈崎鼎鼎大名的外记大人呀！顿时惊得身冒冷汗。

二

不出所料，都留的房间正是那间八帖的屋子。除了中村家那边搬运过来的自己的家当，还放着点茶用的土风炉、锅和柜子，甚至连插花和焚香也准备齐全，原本空荡荡散发着潮湿霉味的房间，不一会儿便被装点成女性起居室才有的模样。在这房间的旁边紧挨着一个小小的候客间，对面是十帖大小的书斋结构的房子，那里将会成为被收容者的起居室。北侧有照明的窗户，西边则是书院窗，南边为宽宽的走廊。推开拉门，在室内便可以望见庭院里的柞树林，透过树丛能将远处的六所山也收入眼底。——即便出了问题接受调查、被收容监管，若是老臣身份，便能住在这样的房间。都留看到这个房间时，不禁心想。——与此相比，自己过世的父亲多么不幸啊！……她不禁感觉到一阵胸口疼痛。

数日之后，公馆内的准备已经完备。过了八月中旬的一天，早上便开始下雨，到黄昏也未见停止，夜晚还刮起风来，凉飕飕渗入的雨滴密集敲打着屋檐。雨中且是夜深以后，进藤主计的轿子避人耳目地悄然来到了这个公馆。护卫约莫十四五人，轿子直接抬进了大门，一切都悄然无声迅疾地进行，无人出声，甚至连一声咳嗽都没有。都留坐在自己的房间里，极力压制着内心的悸动专注地倾听，却也仅仅听到有人进出和窸窸窣窣衣裳的摩擦声。过了一会儿，听见两个人的脚步声沿走廊往里去了。

都留轻轻离座站起，从文卷匣中取出短剑。那是母亲遗留下来的心爱之物。都留两手牢牢地紧握，低声轻唤了一句："父亲大人……这一天终于来到了，请看女儿怎么做吧。请赐我力量，保佑我不会失败。"说着她闭目静息，然后将短剑插入怀中顺势站起。从里面的房间传来了唤她的铃声——必须镇定，都留大吸一口气告诫自己。在那个时刻到来之前，绝不能让人察觉自己的意图。

水野外记在那个房间，将两手着地趴在门槛边行礼的都留，介绍给进藤主计："她来照顾您生活起居，名叫都留。"随着话音，都留微微抬起头。一位瘦小的老人正看着她。头发几近灰白，枯叶色的脸上布满皱纹松弛垂落，脸颊上还长了难看的老年斑。衣服、裤子也是粗布，反复水洗泛旧，整体上寒酸得像是农家老翁。都留大胆地盯着对方的脸，好像要牢牢记在心里似的。主计却只是瞥了一眼微微颔首，无言地回头面向外记。都留便退回了自己的房间。

在那间屋子里与世隔绝的、寂静的新生活开始了。事实上，真格是悄然静默的朝朝暮暮啊。宅子里除了都留，仅有外记家的家臣藤卷忠太夫老武士和煮饭干粗杂活的仆人夫妇这三人。忠太夫负责正门的接待迎送。不过来客极少，只是偶尔需要。老人几乎蜗居于正门旁的一个小间。仆人夫妇当然不会入内，照顾主计生活起居便交给都留一人。虽如此，也并不特别忙碌，伺候吃饭和整理被褥是固定事项，余下的事情基本是主计自己在做。有时送茶过去，主计却说"我没吩咐的事情，你没必要做"。因此都留也近乎终日窝在自己的房间。

从早上起床到晚上睡觉，主计都伏案于朝北窗下的桌前，旁边是堆积如山的文件资料，他拼命不停地写着什么，也不去院里走走，甚至连舒展一下手脚的活动都没有。膳食送到面前，他只是"嗯"一下点点头，不会停下手中的笔。常常是忘记了很长时间才想起来吃饭。早晨天未明就开始工作，晚上总到凌晨两点前后才结束。最初都留并不知晓。每次当她估计主计已睡下，握紧短剑要起身时，却听见屋里翻动文件的声响和咳嗽声，有时都已经出来到了走廊，看见映照纸门上摇曳的烛光又返回自己的房间，屡次三番。他那么专注地投入究竟在写什么呢，都留护紧藏在胸口的短剑，不知不觉有了探知内情的好奇心。

三

大家眼里，进藤主计似乎是一个冷酷的人，有人说他是奸诈的佞臣。作为冈崎藩主水野忠善的左右臂，他二十多年来一直掌握着本藩政治的实权。于是武断专横、顽固不化、暴戾无情之类的评价一直围绕着他，尤其是最近十来年，他压迫领地内寺院和征收高额年贡，更使他成为被人怨恨的对象。若是有人不服恶政想要生事，他便躲到权威的主君背后，毫不留情地将生事者逐下职位、冠以罪名。

都留的父亲滨野新兵卫正是其中的牺牲者之一。新兵卫原在管账的勘定所做事，看不下去主计的重税政策，于是常呈意见书，因不被采纳愤而谋划城中行刺。然而不幸，有人介入，行刺失败，于是被命剖腹自尽。那时都留十三岁。剖腹的前夜，新兵卫对妻子说："如果这孩子是男孩儿，倒还可让他继承我的遗志。主计未诛，死不瞑目。"据说他曾反复表达心中的遗憾。都留和母亲被悄悄送到老臣中村惣兵卫家。母亲三年前生病去世，弥留之际反复叮嘱父亲遗言，并将一把短剑交给都留说："这把剑里饱含母亲的心意。"除此以外什么都没说，但已十五岁的都留毕竟理解了母亲的心思，默默起誓：一定要用这把凝结母亲心愿的短剑完成父亲的遗志。

对方现在是被上面审查之人，不可轻举妄动。

惣兵卫和外记都这样警告过她。可都留还是打算只要有机会便果断行动。主计的起居无隙可钻，日子一天天过去，从天未亮的黎明时分到深夜，没有休息地一直不停地书写，这是主计每天雷打不动的日常。看他那专心投入、倾注全力的样子，其中还有一种强烈的、打动人心的东西。他穿衣的随意和饮食的朴素，令人吃惊。因外记叮咛，特意在食物里增添了鸡蛋和鱼肉鸡肉，可主计从不动筷子。有一次，都留问他"是菜的味道不好吗"？主计仅回答一句："不过是因为并非平常吃惯了的食物而已。"最初吃的是纯白的米饭，他却要求加入小麦而变成了麦粒饭，而且还好多次要求"希望加入更多的小麦"，最终变成贫穷老百姓才会吃的黑乎乎的东西。看上去衣服也是洗干净后多次重新缝制，袖口周边已经绽线。看着这些，不由得心中突生女儿家的心思，萌发出要不帮他缝补几针的念头。主计笨手笨脚，却用结实的针法将它缝好了。有一次都留去送晚饭，看见主计正靠在窗子边吃力地从针眼穿线。时值黄昏，老人的眼睛看不清，死活也无法让线通过。昏暗光线中，收紧双肩眯缝眼睛，拼命穿针引线的瘦老人，看上去何其孤单和寂寞。这时都留突然想到，主计至今未婚，一直独身到现在。虽然曾经有过养子，但几年之后便离别了，据说现在连一个后继的人也没有。

这位老人看似如此，连缝缝补补都得一直靠自己。

看着老人孤独的身影，都留不禁动容。她静静地走到近前说："让我来吧。"并从主计手中接过了针和线。主计苦笑了一下，自言自语的声音像要辩解似的说："……最近早早地就眼花了。"那声音轻弱低缓，是一种无依无靠的语调。在都留心里，这时候有那把短剑吗？……不，现在这个女子，除了怜悯主计寂寞孤独的身影以外，什么都感觉不到了。

这是那个被公认的冷酷的人吗？不知从何时开始，都留的心中逐渐萌发出这样的疑惑——这真的是那个垄断藩内政治长达十二年并肆意营私舞弊的人吗？

　　然而，女子立刻又想起了父亲的死。主计进藤是亡父舍弃生命想要行刺的对象，为了主君的家族，为了冈崎藩领地内的百姓，父亲决心哪怕是死也要将其扳倒。都留在自己的房间，不知有多少次拔去短剑的剑鞘，反复确认自己的内心——坚定要完成亡父的遗志。在那把凝结着母亲精魂的剑刃的光芒之中，她自己千真万确的决意愈发坚固。随着时间的推移，都留眼中露出的焦躁和痛苦的神色越来越浓。

　　某夜，外面刮着猛烈的大风。第二天早晨，都留送去膳食时，见主计站在走廊上望着庭院。

　　"昨夜的风，彻底将树叶扫荡于地了。"说着，他还用手指了一下对面，"……你瞧都变成那样的枯树林啦。"

四

　　"知道那是什么树吗？"

　　"哪个？"

　　"就是长成小树林的那种树。"

　　"就现在吧。"都留心中这样想。主计站在走廊边缘，完全是一种毫无防备的状态。现在动手，应该可以刺中他吧。她这样想着，几乎忘我地靠近他身边。她一只手紧握短剑。"那个，应该是……"她的嗓子像是被卡住了，"……应该是，我记得是栎树。"

"……"主计出乎意料地沉默了。感觉本来要说什么，但又马上止住了。都留不由得缩紧身子，几乎停住了呼吸。朝向自己的老人瘦削的后背，传达着一种无法用语言表达的巨大压力，似乎不断地朝自己挤压过来。都留垂下手，低垂脑袋，双膝震颤着像要发出声音。

"是吗？那是栎树吗？"过了一会儿，主计用静静的语调小声说道，"倒是常看到这种树，也知道有栎这样的树名。可这种树便是栎树，我活到今天都不知晓。居然就这么活到了今天……真是愚不可及。"

最后的一句自言自语，带着自我嘲讽的味道，给都留深刻的印象。

到了旧历十一月，开始频繁有客人到访公馆。到来的是三位常客，时间往往是在黄昏或者夜里。为避人耳目，他们都会到里面的房间，偷偷与主计交谈一番而后离去。有时时间很短，一直聊到黎明时分的情况也不少。都留记得其中一人叫铃木主马，担任监督官目付的职位，在本藩是以英俊聪明而闻名。另外两人不知姓名，但据观察可以推测都是身居要职的人物。马上就要开始审讯了吧。都留这样想。他们应该是来预先调查，很快就会裁决的吧……那样的话，就失去接近主计的机会了。那一刻都留感觉背后仿佛有什么在追赶着，不安令之窒息。

客人中最常来的是铃木主马。他与主计交谈的时间也很长，抬高声音说话的情况也频繁发生。每当那样的时候，都留都会踮脚到隔门边际，竖耳想要听清他们的说话。但无论里面说得多么大声，也无法完全听清他们所说内容的始末，反复好多次听见断断续续传出来的言词以后，尽管不够确定，还是逐渐了解了情况。

那可真让人惊讶不已。

正如都留推测的那样，三位客人到来的目的就是为审问做事前调查。然而，对调查下达指令的却是主计本人——怎么可能有这样的事情！都留一次又一次否定了自己面对的现实。将被裁决的本人发出裁决指令，怎会有这等违反法令的事情。然而事实是无法抹去的。透过榻扇门听到的所有谈话细节，尽皆昭示了这样的事实。

进藤主计依然掌握着权力。

两年以前，担任藩主监物的忠善离世，右卫门太夫忠春掌管家族事务。主计失去了故主庇护，用人的职位被解除。现在他作为藩政革新的第一号人物，被问责多年税政责任，而被推到了接受裁决的位置上。

但他仍然紧握着权力。尽管他即将接受审判，却依然拥有下达裁决指令的权力。

发生于这个公馆的事情，须闭目塞听。第一天外记就这样说了——姑且当作自己没有眼睛、耳朵和嘴巴。

都留想起了这句话。也就是说，外记事先也知道这里将发生什么，被誉为冈崎藩新栋梁的水野外记，竟也助力进藤主计的违法之举。都留觉得自己什么都不明白了，同时战栗于重大严峻的形势。

那是农历十一月中旬一个异常寒冷的夜晚。傍晚时分，水野外记来了，不一会儿铃木主马和另外两人也到了。这些人同时在此碰面，还是第一次。他们聚集在里间，开始讨论什么文件。随后传来翻动纸张的声音和低低的耳语声——声音的间歇，也传来铃木主马异常激动的话语声，诸如"我不能服从""这样太残酷了""没有这样的事实"诸如此类。

十点钟的时候，很少见地有人摇铃叫人，命令"沏杯茶来"。都留端茶进去时，不经意地瞄了一眼在座的情况。来客们面前，摊开着一大堆文书，那是主计到此以来夜以继日写个不停的记录吧。

"果然如此。"回到自己房间，都留因为愤怒而铁青着脸自语道，"……原来书写的是审判自己的调查书！以那个笔录为依据来对他进行裁决。"

五

凌晨一点的钟声响过，两点的钟声也响过了。里屋的几人没有要夜宵吃，估计将近三点的时候吧，听到铃木主马高喊:"不,我反对!……我坚信本次审讯的宗旨,是要明确本藩的政治革新,其目的并非在于要揪出罪人。以这样的调查书裁决治罪很难做到,至少我主马无法做到。"

"时至今日,说这样脆弱的话……"主计用安静的声音回答,"……你做不到,那谁能做到?我不想听这种泄气的话,事情已经定下来了。"

"可是有必要做到这个份儿上吗?再询问一下老职大臣们的意见吧。真有必要做到这个程度吗?"

声音中断了。被主马诘问的水野外记良久没有作答。不过又过一会儿,听见他对主计这样说道:

"主马言之有理。倘若这样做,与自杀还有什么分别呢?"

"是的,就是自杀。"主马紧跟着说道,"……您这是要用自己的手来除掉自己,这不是审判问罪。"

"不,这就是裁决。"主计的声音依然安静,"……为了对进藤主计审判问罪,有必要做到这种程度,不能饶恕他,应查明他所有行藏,必须毫无遗漏地揭发其所为,彻底地审判治罪。"

都留不明白这些词语的意思,主计称自己为"他",并说"不能饶恕"。他们到底在争论什么呢?带着解谜的心情,都留不知不觉地移步到了榻扇门旁。

"自从受封到冈崎藩以来,政治方面需要很多非常手段。"主计继续说,"……确立本藩基础是优先于任何事务的急务。为此让藩内族人及辖内百姓承受了有时非常强硬的苛政。那是必须的，在本藩根基牢固之前，无论如何都必须经过这样的时期。……传言我是冷酷无情之人，获专制、暴戾之骂名，这些评价却令我工作顺畅，因为这样的恶名助我强硬行事，无需他者分担责任……但是现在，冈崎藩已坐牢根基，该是补偿百姓的时候了，新政，就从彻底剔除进藤主计的恶政开始。"

"您这么说……"主马声音激动地说，"……当初既为牢固藩基不得已施苛政，那没有哪家王法会将之作为恶政处罚。"

"说什么傻话！"主计的声音即刻有力，"此时，确立藩政基础只是一个理由，说得再极端一些，不过是一种辩白，不管多么难以抉择，都没有道理原谅'有理施行'的政治过错。"

"但是，可是，那果真是过错吗？"

"暴敛诛求是最最恶劣的政治，仅此一项已责任极其重大，仅此一点进藤主计就该当死罪吧。而且这……这其实是我当初就预料到的，并做好了充分的思想准备，已经料到了会有今日……"

说到这里突然语言中止。刚才外面起风了，院子里的栎树枝呼啸摇曳，在夜晚的黑暗中更觉寒意，不禁让人毛骨悚然。

"不过遗憾的是……"过了一会儿，主计又继续说道，"……藩中几人做出了牺牲，实属迫不得已。实际上令人惋惜，其中不乏莫逆之交。或许这不过是老人的唠叨。可是无法与那些人交心倾谈，不得不让他们默默赴死，这种心情真的不堪忍受。"

估计是铃木主马吧，里面有人压低声音开始抽泣。……那之后又有一些什么样的对话，都留已经无法听清了。主计的那些话给她带来的感动太过巨大，都留顾不上去理解原委，而先被冲击到了。

父亲，您听见了吗？都留从怀里掏出短剑，在心里这样低语道。现在，父亲您终于可以瞑目了吧。而且，到今天为止都留心中的怯弱，是否也可以理解为是父亲的一种指引……

六

来客们在天明之前便回去了。到了早晨，里面那间屋子已收拾得整整齐齐。百余日间一直写个不停的调查书以及堆积如山的资料都没有了踪影，桌子也被推到了敞亮窗子的下面。

早餐之后，主计来到回廊缝补布袜。有些凌乱的头发一半已经灰白，眼神憔悴的侧脸，他蜷缩着瘦弱的肩背，孤零零缝着布袜，这时候他看上去不过只是一个平凡的市井老人。——但是，那灰白头发的一根一丝，每一根都是一边接受着世人的抱怨和诽谤，一边却毫无懈怠和屈服而坚持奋斗至今的佐证。都留从走廊的这端遥望着主计的身影，不禁这样想道。

在那蜷缩肩背、穿着寒碜的身躯里，有不畏暴戾奸诈恶名、舍弃名利而活的巨大的真实。都留无法忘记自己的父亲是如何死去的，也正因如此，她似乎终于理解了主计艰难的命途。其实是殊途同归，父亲的死和眼前这位老人的生，说到底都是同一条灭私奉公的道路。

都留静静地走到老人身边。

"请让我来吧。"

"嗯。"主计一边收线一边抬眼说道，"……已经弄完了。"

实际上，袜子上的洞已经缝完了。主计穿上布袜，把剪刀、线头和针等收起来放进一个似乎是自己手做的小箱里。都留说："我来收拾吧。"她把手伸向了那个箱子。主计准备将箱子交给都留，却突发奇想似的握住了都留的一只手。完全的出乎意料，事发突然，都留惊诧不已却并没有想要抽回被握的手。主计很快放开了手。

"我一直以为女人的手很温热，没有想到却是这么冰凉。"

"冰凉吗？"

"也不是冰凉吧。不过我想象的更温热。或者，是否因人而异？"

"女人的身体就是冰凉的。好像有这般俗语……"

不留神说出这句话以后，都留为自己这句不得体的话而脸红，赶紧起身去收拾小箱子。主计又再转身朝着庭院，沐浴在暖暖的阳光之中，沉默地凝望着那片栎树林。

原来他连女人的手都没有触碰过。

都留想到这里，不禁感同身受于主计心中孤独而无法获得安慰的凄苦。她感受到一种强烈的冲动：如果自己能够为他做点什么的话……无论怎样真想照顾他呢。

"为您揉揉肩吧。"

"是吗？"主计微微一笑，"……你帮我揉吗？"

"虽然我也不擅长……"

说着，都留贴近主计的背后，轻轻地把两手放到他的肩上。瘦骨凸起硬硬的肩，好像被绳子绑过似的凝结坚硬。顺着凝结的肌肉筋路，轻柔地按揉下去，主计很舒服地闭上眼，好几次大声地叹气。

"我知道你。"过了一阵后，主计这样说道，"……我知道你是谁的女儿，也知道你的怀中从来都是不离短剑。哎呀，就这样揉，真舒服。"

"……"

"你父亲去世的时候，把你们母女俩托付给中村惣兵卫的人，是我，而这次轮到我自己了。……对我来说你父亲是让我感到惋惜的人，所以我找到了兵野新兵卫的遗孤，而且，可能的话，我也打算在完成了自己的职责之后，接受你的复仇。可是，你今天早上，好像没带着短剑呢。"

都留难以控制全身的颤抖，身体瘫软下去，她赶紧用手扶住。

"昨天晚上您的话，我都听到了。"

"那么，"主计身子一动不动地说道，"……那么你死去的父亲会同意吗？"

"是的，我相信他会的。"

"是吗？"他几乎是叹息地说出来的，而后又沉默了好一阵，过了一会儿，主计静静地点了点头，"这样的话，我心里的一块石头落地了，心中最重的一块石头。这下我如释重负啦。"

强忍住不要哭出来，都留勉强站起身，再一次把手放到主计的肩上。主计沉默不语任自己的肩被她按摩着，久久地注视着栎树林一带。

"曾经盛开花朵的草木和一度结满硕果的树枝都已经枯萎。经历了一年的春华秋实之后，树干和枝叶又变成了光秃秃的，它们悄悄地正准备进入漫长的冬眠。在自然的四季变迁之中，晚秋这个季节的静谧之美格外特别啊。"

他的口吻感慨万千。听到这番话，都留在心中想到——这位老人，一辈子都不曾有过开花结果，而且连可以享受闲静的余生都没有——在他刚才赞美晚秋的话语背后，不知道萦绕着怎样的思绪啊。

（《讲谈俱乐部》昭和二十年十二月号）

町奉行日記

金五十両

一

在远江国的兵松城边，有一家叫"柏屋"的旅店。

那是城中旅馆大户"柏屋孙兵卫"的分店，虽是一家极小规模的客栈，但因有一位小具特色的厨师坐镇，在城中富商和附近财主中享有名声，自然成了个吃饭喝茶的馆子了。

外观上看，只是屋檐低矮的一家古旧旅店，里面却是两层楼的建筑，还带着一个杂货铺，女佣竟有十余人，个个年轻漂亮。

梅雨季节的一个傍晚，一个衣衫褴褛的旅客也不知是如何混进这里，在这柏屋住下了。

恰逢客人拥挤不堪的日子，又是下着雨的黄昏，掌柜和女佣们都没察觉。旅客或也偶然瞅见那人住了进来。客人们退去后，一位叫阿时的女佣发现后告知账房。

掌柜过去向他陈述此地非客栈，让他去别的旅店留宿。或因讲话的口吻不好吧，对方干脆耍赖不走，说自己是看见旅店的招牌后才进来的，哪有让客人进来了却又要轰出去的道理。他扬言绝不离开，盘腿坐在那里不动了，不知该如何处理的掌柜只好退下。

"究竟谁让他进来的？"

"我一直在鱼庄老板的酒席上，不知道此事。"

"我也没有注意。"

大家七嘴八舌地说着,叫阿泷的女佣主管走过来。

"发生什么事了吗?"她插话问道。

她之前一直在单间房应付客人,对这边发生的事一无所知。听完大家的陈述,她像平时那样习惯性地轻声一哼,然后询问是否送了膳食。

"倒是没注意,应该还没有吧。"

"所以才没有击掌叫人吗?"

阿泷略为皱起了眉头。

"好啦,我待会儿去处理吧。阿时你先帮我端份膳食过去。记得再带一瓶酒。"

交待以后她又去了其他房间。

送走接待的客人已过九点,阿泷照了一下镜子,便拿着一瓶酒去了那个房间。

来客二十五六,清瘦穷酸。棉质的条纹和服及角带都很寒碜,未打开的行李就那么随意地扔在地上,估计也没有什么像样的换洗衣服。没有血色的脸上,只有眼睛神经质地闪着光。

"慢待您了,抱歉啊。喝杯热酒吧。"

说着,阿泷在膳食小桌的旁边坐了下来。

"过去我们是开客栈的,不过两三年后变成了现在这样。您或许很不高兴。还请谅解哦。"

"既然不做客栈了,该把旅店的招牌取下来才对嘛。"

"那倒也是，不过时下禁开茶屋，加之我们店的位置，一般很少有旅客进来……尝一下这个酒怎么样?"

"那就来一杯吧。"

男客人拿起碗盖，伸过去。

"如果这个店是这样状况，我倒心里轻松了。其实不管过去是不是旅店，没什么大不了的。"

"什么没什么大不了的?"

"无论什么。除了有一天大家都会死掉，世间一切都无关紧要。"

"哎哟，年纪轻轻的，却说出这么老气横秋的话。"

阿泷从膳食桌上拿起酒杯，自己斟上喝了一口，然后用望着弟弟一样的眼神对他微微一笑。

"你是经历了所有好事，才有些厌倦尘世了吗?"

"没错!"

男子突然笑了起来。

"总是遇见好事，百发百中呢。"

他一手撑住背后，反转身体，发出痉挛的、干巴巴的、生硬的笑声。似乎那笑声会渗入什么旧伤一样，阿泷不禁皱起了眉头，心生不快。

"拜托啦，你那样的笑声让我胸口疼痛。"

"想起玩弄男人的事儿了吗?"

"不要故意说这种让人讨厌的话啦。你也知道自己并非喜欢存心刁难的人。好啦，别装啦，至少喝醉了的时候，人会变得坦率对吧。"

男子第一次认真地紧盯着阿泷的脸。她应该满二十五了吧？身姿悠然柔和，修长且肌肤细腻的脸庞，眉眼略微低垂，嘴唇薄薄呈波状舒展。

她绝不漂亮，却有一种比美丽更加吸引人的东西，她身上拥有一种宠溺孩子的母亲般温热胸怀和诱人的那种令人怀念的感觉。眼前这个几乎是用惊异的目光望着阿泷的男人随即垂下脑袋，鼻子轻哼了一声笑出来。

"变得坦率吗？就是猛抽猛打却又不让哭喊的那种做法吧。我懂的。"

他一边这样说着，一边咕嘟咕嘟地接连喝酒。

"没什么大不了的啦。"

"喝醉了最好。好好睡一觉，你是累坏了啊。"

二

男子在柏屋住了三宿。

虽然觉察到他可能连旅店费都没有，但阿泷说"责任由我来承担"，一早便让送去饭菜和酒，有空还亲自坐到那里为他斟酒。他在旅馆登记簿上写下了江户日本桥某处某店的宗吉，二十六，属羊。字写得并不漂亮，却有熟练的书写习惯，一看便知是商人出身。

或许住址之类都是编造的吧。不过宗吉这个名字倒是与他整个人吻合。

入住的第三晚,男子被劝着喝酒,虽然酒劲不大,但还是稍稍喝过头了。他似乎无法再忍受沉默,终于开始讲述自己的身世。

外面下着大雨,很难得地几乎没有其他客人光顾,刚刚入夜,店里却静悄悄的什么声音都听不见。

"从十一岁到二十二岁,我在马喰町二丁目的棉麻织品批发店做事。七岁,母亲便离开了人世,九岁的秋天父亲也去世,母亲的哥哥五兵卫一手将我抚养成人。去近江屋当伙计——也是舅舅的关系。

"舅舅倒是极善之人,只是出奇好酒。靠他挑蔬菜卖赚的那点钱,根本不够他喝酒。'宗吉呀,对不住啊……'他总是这样叨叨着,来店里死乞白赖地讨要酒钱。他干瘦憔悴的脸上留着邋遢的胡子,他缩着驼背的肩,一边不断地抽着鼻涕,一边索要可怜的一点酒钱。哪怕是少得可怜的一点钱,对还是打杂小伙计的我来说都是心痛的。不过我并不厌恶他。闭店后小伙计们一起吃吃喝喝可是一大乐事。但我即便有被大伙排斥之虞,还是尽力一点点为他攒下少许。

"在连绵不断下着阵雨的一个秋冬之交的寒冷傍晚,打杂的阿松女佣来报信,我赶过去一看,只见舅舅从头巾包着的头到脚都湿透了,蹲在土墙仓房旁,烂醉如泥,甚至无法站直身体……'我受够了,宗吉啊。'舅舅的身体摇摇晃晃地这样说。

"'凡事都该有个限度嘛。好歹我也是个男人。受够啦。我今天,对就是今天,要把那家伙赶走,把阿铃那个娘们儿赶走,把酒戒掉,开始过有人样的日子。'他醉得舌头无法正常转动,口齿含糊不清地叨叨着。我呢,摸不着头脑,然后舅舅他又回去了。"

他顿住话,把酒杯举到了嘴边,却皱起眉头摇了摇头,将没有喝的酒放回桌上,深深叹息着继续说道。

"……那以后没多久舅舅便去世了。没什么大不了的,我二十岁就学徒满期,为报恩再为东家做三年。在那期间,将当伙计时店主替伙计攒下的钱和由自己存留的钱放在一起,一般让伙计看到自己已存了多少钱已是一种习惯。按照习惯也将我的摆放在一起给我看,结果你知道我有多少吗?……只有区区三两一分二铢!"

宗吉拿起一度放下的酒杯喝了一口,紧紧地闭着眼睛。

外面依然下着大雨,大概哪里的引水管坏了吧,听见背后有溢漏出来的水"哗啦哗啦"落到地上的声音。

阿泷一边为他斟酒一边凝视着他。

"那究竟是怎么一回事儿呢?"

"舅妈拿走了。滥酒的舅舅刚去世不久,舅妈便找了一个年轻男人嫁了,渐渐有了一间很大的蔬菜店。她和那个男人在舅舅活着的时候,就是不一般的关系。从邻居那里听到过这样的传闻,心里觉得反感,我尽可能不接近他们，但舅妈经常带点小礼物到店里来走动。

"据说就是那期间，舅妈背着我偷偷领走了四十五两薪水，说是为我存起来。店里将字据拿出来，很诧异地说——你不知道吗？我突然眼前一黑，就那样从店里跑了出来。"

"犯不着那样做的。"阿泷嘀咕了一句，为桌上的酒杯斟满酒，"说了，肯定也是白搭。"

"不仅白搭，还听了一大堆难听话。店里的人说什么你是没了爹娘的乞丐，我们收留了你，所以你活着就得赚钱供养我什么的。简直丑态百出。就那样被驱赶出来，只是没有被撒盐而已。花了整整十年攒下的钱，就这样像泡沫一样消失了。回家的途中，我真想跳进大河中一死了之。我在浜町的河岸来回游荡，直到华灯初上还在那里徘徊。当然不会选择死的，因为那时候……我和一个姑娘已经约定好要结为夫妇了。"

宗吉的身体微微战栗了一下。

在那家绸缎批发庄，有一位名叫阿玉的姑娘，与宗吉相差四岁，长相标致又极其能干，是个早熟懂事的女子。自她来店做事之初，便喜欢跟他玩，看戏什么的也总是相伴着一同前往。宗吉十八岁那年，在里面的栈房，她主动相约两人以后结为夫妇。

"以后只有我俩的时候，你直接叫我阿玉吧。"

彼此拉钩相约承诺。

"我老爸性情不好,也许得不到家里应允。如果那样,哪怕咱俩私奔,也一定要结为夫妻。"

他们彼此炙热地互诉衷肠。

三

"我很犹豫是否该坦率地把这一切告诉那位姑娘。倒是可喜可贺的姻缘,可是那些钱没有了。万一得不到应允也无法私奔了。那样姑娘一定很失望吧。好吧,那我就拼命地赚钱。学徒期满了,每个月会有固定收入,假如能像样地跑外面的生意,还会有营业额带来的一份收入。反正一定要以相当于别人十倍的力气去干活。我在心里这样暗自下定决心。

"从在外梳理头发的费用到洗澡的支出,我都节俭了,连一个馒头也舍不得买来吃。这样试着努力了两年,发现压根无济于事。开始焦头烂额的时候,店里派我跟着一个叫清吉的二掌柜跑外面的生意。

"主要是拿订货,超过了责任范围会有分红,跟随有经验的老手,只能得到很少一点份额。不过在那期间,如能分到顾客或者自己开发了新顾客,达到一定的数额便可独立跑外面的生意。店里的规矩便是如此。"

跟清吉跑了一年,差不多可以独当一面的时候,清吉建议说:"我再给你增加一些收入份额,再跟我干一阵吧。"

条件挺好，仅仅半年时间，手里就攒下了大把银子。但是，突然有一天他被掌柜的叫去，原来被栽赃了——说他私下里偷偷买卖。出货、赊款、结算三个账都被巧妙地做了手脚，他不理解，自己竟被人机关算尽。

"我什么也不知道。"

无论他如何解释都无法澄清，当事人清吉去了大阪的分号。等到清吉回来，他的清白应该就可以得到证明的，他一边哭一边这样央求老掌柜，可老掌柜只是一脸嘲笑的表情。

"我可以手下留情，仅仅做到不把你的丑事声张出去。"

说着，把他剥得精光从店里赶了出来。宗吉攒的钱自不必说，除了身上穿的，连腰带和一根线都未留下而全被夺走。

即便这样，他也没有绝望。店主的女儿会站在自己一边，彼此还有未来的约定，如果告诉她，她一定会找出证据来证明自己的清白……他盼望着和姑娘见上一面。可阿玉像是故意回避自己，喜好出门的她完全不见外出。他就像一只饥饿的丧家犬，白天黑夜都在店铺的周围晃荡。

"没多久见到了返回的清吉，他把我约到一个小料理店，说一切都是掌柜的和下面的伙计搞的鬼。私下做买卖，黑店里的钱，其实是他们，不小心露出马脚后，便全部嫁祸到在外面跑生意的人身上。

" '……我很快就拿出铁证赶走那些家伙，一定让你回店里'，清吉做出了这般承诺。还说先给他做帮手，绝不会让我的生活没有着落。

"……我那时完全是一种抓住了救命稻草的心情，对清吉说的彻头彻尾地坚信不疑，不留神还把与阿玉的约定也和盘托出，真是愚蠢到家了。

"对方谄媚般地主动承揽——会创造机会让我与阿玉见面，虽未立下字据，但口头承诺了从中斡旋让我与阿玉结为夫妇。"

他为清吉鞍前马后干了一年，像一只被寄养在外的流浪狗一样，等待着被唤回的音讯传来。

然而，不久事实开始一点点清楚起来，清吉突然不再现身，接着，马喰町的店铺易主换代了。

为了打听清吉的消息，他四处奔走，结果知道了什么呢？原来清吉与阿玉成了夫妇，为新店的开张而远去他乡。阿玉十五六岁的时候开始，来往的男人就很多，仅店里的男人也不会少于五个，还听说对于这样的阿玉，她父母和亲戚们都束手无策。清吉是在知晓这些的情况下娶了她的。作为补偿，阿玉的父母答应帮他开一家分店。

"清吉这个男人早就在账目上做过手脚，把库房的货品拿出去卖。然而清吉会做生意，所以店里的老板和掌柜的都睁一只眼闭一只眼，把阿玉打发给清吉，也是因为觉得或许他能够拴住她。

"……我感觉自己整个身体的皮都被扒掉了，然后在上面搓揉粗盐。这个世界到底是怎样生成的？对人来说究竟什么才是重要的呢？我好像看清了世间许多事，也第一次明白了已故舅舅总像鳖一样烂醉如泥的心情。"

宗吉铁青的脸上浮现出扭曲的黑色的嘲笑，一边这样总结说：

"这个世界上根本就没有什么真实的东西存在，欺骗偷盗欺诈才能赢。若无法做到，要么像傻子一样醉生梦死，要么只好去死。于是我走上了流浪之路，终将客死他乡的流浪之旅。没什么大不了的。"

"然后走到了这里，看清前途了吗？"

阿泷往自己的杯子里斟酒，一边静静地饮酒，一边望着面前的男子。

"或者，接下来你打算乞讨度日吗？"

"什么打算？在这里白吃赖账直到被送到衙门。或关进监牢，或绞首或流放……反正悉听尊便。"

"都没什么大不了的……对吧？所言极是。我这种身份的人的意见，对你也没什么意义。而且，口头的安慰连三文也不值，所以我什么也不说，不过……"

这么说着，阿泷将一个纸包的东西递过来。

"请你也什么都别说地收下这个。然后，到了明天早上去付清这里的住宿费，干干净净地从这里消失吧。"

四

"也就是说……"

宗吉的脸上再次现出了冷笑。

"这个店的构造站不住脚,所以不愿与衙门之类的地方有瓜葛吧?"

"也许吧。不过还是希望你能听一句劝。天气也不会总是晴朗,下十天二十天的雨很正常,也会有暴风雨降临和洪水来袭的时候呢。"

宗吉嘴里发出干笑声,两手绕到脑后仰面躺下。

翌日一早,宗吉便离开了柏屋。

旅馆替他准备好了防雨斗篷、草帽和新鞋,好像是叫阿泷的女人担心他,特地预备的,不过她本人并没出现。

阴雨连绵,走出昏暗的宿场町,他好几次冲动地停下脚步想返回。要是能回去见一面就好啦,一种令人怀念的、温暖而被牵引的情愫留在心里,好像它在渐渐地长大和膨胀。

"哼,到底还是一个爱讨糖的家伙。"

他不由得嘀咕了一句,回头朝后望了一眼,然后把草帽的前舌拉下,以紧赶的步伐急走而去。

朝舞坂走了约莫二里半,他来到一个叫马郡的小小旅店,在驿站入口处被一名武士叫住了。对方一身防雨打扮,无法看清长相，看上去很年轻，魁梧的身躯和着急赶路的样子映入眼帘。

"冒昧问一下，你要往西去吗？"

"……要去的。"

宗吉被对方尖锐的语气压倒，下意识地后退了一步。武士不由分说地问：

"要途经膳所吗？"

"哦，是，会途经膳所。"

"那么，想麻烦一下。"

对方说着从怀里掏出一个包袱。

"这里有五十两金。对不住啊。在城里叫中大手西辻的地方，有一户叫滕卷中书的人家。请你帮忙把这些金子交给那家人。告诉他们这是源之丞所托，对方便会明白的。有劳啦。"

说着将包袱递过来。没等这边回答，来者已跑向了别处。宗吉本能地向后面跑了几步，脑子里什么也没想。他看到武士跑走的瞬间，突然身体立刻向相反的方向跑去。

五十两，五十两……这个特异的词语在他的脑子里炸开，他忘我地跑出了四五丈远，感到气紧了才回头张望。没人追来，反倒是来往的人很奇怪地看着自己，于是他放缓了脚步。

"那家伙大概是小偷或骗子之类的。"

宗吉不自觉地在口中嘀咕道。

"一定是快被发现了，才要存放到别处的……世上人议论，看来不虚。"

心跳如疾撞晨钟。他拼命想镇定下来，却总怕后面有人跟着。终于还是快步小跑，踉踉跄跄。

不管怎样，回柏屋吧。阿泷的脸庞浮现在了眼前，他便如此下定了决心，在筱原地方顺应自己内心的召唤顺势跨上了马背。如果有人追来，便策马飞奔，虽然自己不会骑马……最终，什么事也没有发生，他每时每刻焦急地赶路，终于抵达滨松的街头，便在那里下了马。

一进柏屋，掌柜的脸色便变得很难看。

他一边嚷嚷着叫阿泷来，一边自顾自地开始脱草鞋，手颤抖得厉害，已被淋湿的鞋带怎么也无法解开，正在他焦躁地要扯断鞋带时，阿泷出现了。

"不会再给你添麻烦的。很重要的事情要谈，让我进来一会儿吧。"

阿泷吩咐店里打杂的小女孩儿去准备洗脚水，又让其中一名女侍将其领到房间。时辰尚早，不过好像已有客人入店。料理完毕她进屋了。

他被领到二楼曾经住过的房间，一落脚便阔绰地叫拿替换的衣服和上酒，并给了女侍一个小铜币。或许是到这里有了安心感吧。怀里的五十两金也让他底气大增。过去不待见自己的女侍，也像换了一个人似的，又是帮忙更衣又是上酒。

"看你现在这副德性。"

他对着满嘴奉承话转身离去的女侍背影恨恨地说，随即拿起酒杯。

"区区一个铜币，阎王变菩萨。哼，真够贱的。"

他喝着酒，估摸着之前花掉阿泷多少钱，然后拿出金子小包裹，开封了一袋像方块年糕一样叠放整齐的金包，二两一分单独用纸包好后，继续大口地喝酒。

喝到第四瓶的时候，阿泷来了。她进来却只是站在门边，冷冷地问道："要谈的事情是什么？"

她扫了一眼摆满酒瓶的食案，冷冰冰的目光移向坐在那里的自己。

"不坐会儿吗？"

宗吉说着，将已经开封的一包金子哗地扔到榻榻米上，又把装有二十五两金子的包裹也放了上去。

"这儿有五十两，商量一下咋办。"

五

"……是啊。"

阿泷坐在小桌边听完宗吉的陈述，盯着膝盖沉默了一阵，然后抬眼望着他。

"如你所言，也许就是小偷、骗子一类的家伙。"

"不然，怎么可能让一个从未谋面的陌生人转交五十两金？五十两呢。又不是一铢两铢……"

宗吉又喝了一口不会醉的酒。

"……我甚至做了暴毙荒野的心理准备。莫非是天意？——被舅妈掠走的四十五两回来了？这是恶念吧？可是有这些本钱，开一家小店绰绰有余了。阿泷，……你要愿意的话，很想跟你一起打拼呢。"

阿泷静静地凝视着男子的眼睛。

她自己也是一副惊诧的眼神——对他不再不痛不痒而是被吸引的感觉。男人也可触般感受到了这种变化。

"从今天早上离开这里，心里满满装着的都是阿泷你呀。短短三天，就像被母亲拥抱一般温暖。我没出息，与你离别神伤难过。此生初次尝到这种滋味。阿泷，我不知道还能怎样表达，只想请你了解我的真心。"

"这世上根本没有真心在。昨晚你亲口说的。"

阿泷目不转睛地盯着男子的脸。

"离说完这话过去还不到一天，叫我相信你说的吗？"

"那可不是一回事哦。我遭遇了什么……都详细告诉你了吧。你应该理解我那样说的原因。"

"那么，就是说，这世上并非都是欺骗欺诈啰。"

阿泷的脸色立刻变得严肃起来："那么，我请求你，把那些钱交还原处。"

"可是，怎么可能那样？明明是……"

"或许是吧，也许是把事情搞砸了的坏人，面临危险把它交给了你。也有可能并非如此，也许是有某种情况真的是要托你帮忙。你能跑一趟去弄明真相吗？"

"那样做的话，你便可以满足我的心愿吧？"

"等你从膳所回来以后再说……"

说着，阿泷将装金子的包裹拿到面前，清点好数量，从自己的囊中又拿出点钱，用纸包好以后也放了进去。

"虽然很少，作为来回的路费。我等着你哦。"

吃过早饭，他即刻从柏屋出发去了膳所。

他担心碰到那个男人，在驿站外坐进了轿子。舞坂至荒井的渡船中，也是压低斗笠遮住脸，一上岸马上又雇了轿子。到了三河国二川的驿站，大白天就住进了客栈。

阿泷那么要求，他倒是来了。不过他坚信到膳所是徒劳。他早已刻骨铭心，这个世界充溢着金钱、私欲和欺骗。既如此，怎么可能有人在大路上，将大笔金钱交给一个素昧平生的人呢？

"就算是写成童话故事，那些妇人、儿童读者也绝对不会相信！"

他几次途中打了退堂鼓，可既然答应了阿泷，不守信用说不过去，拖拖拉拉终于第七天到了膳所。

天色已黑，在一个叫宫前的处所住下，翌日一早便查找中大手西辻。

这里有一户叫藤卷的人家，庭外环绕着陈旧的黑色横木围墙，离门大约一步的地方可以看见玄关。宗吉走过门口又退了回来，毅然站在了玄关处，朝里招呼一声，一名年轻的武士走出来说：

"主人忙着呢。不会客。"

"有一个叫源之丞的让我带话。"

"早说嘛，原来是源之丞所托呀……"

武士急忙转身入内，很快又出来让去庭院。那里往左便是三十坪大小的院落。离地面高高的回廊一侧站着一名五十余岁的中年武士。宗吉伏腰走近，拿出带来的包袱，陈述了马郡驿站的详细经过。那个叫藤卷的人听着坐下来，两手规规矩矩地放在膝上双目微闭。

他高高的颧骨，浓密的眉毛，整张脸的神态都表现出内在的谨严，或许是神经过敏吧，他的半边脸有时似在微微痉挛。讲述完毕递上包袱，对方不等瞄上一眼，便郑重地向他行了一个礼。

"哎呀，远道专程送来，诚惶诚恐。源之丞犬子也，年轻不懂事，给您添了这么大麻烦。真不知该如何致歉，恳请您的原谅。"

六

"哪里，该是我道歉才对。"

宗吉慌忙低下头。

"……坦率地讲，羞愧难当。令郎托付转交时，我身无分文，且另有原因急需二两一铢，便鬼使神差拆了小粒封金。当然现在包袱里装着五十两金分毫不差。因为刚才的缘由开了封，恳望原谅包涵。"

"哪里，不必客气。对我们来说有您心意足够。失礼，请等一下……"

藤卷中书点了点头，拿着包袱退到屋内。须臾返回，将一个用纸包着的东西放在白色扇子上递到面前。

"本想寒舍粗茶淡饭相待，可眼前忙乱不能如愿。说这个是表达心意的谢金或许失礼，聊表寸心请笑纳。"

宗吉一再谢绝，拗不过对方一再坚持。最后还是收了谢礼离开藤卷家。

宗吉的心像天亮了一样明亮兴奋。

"真的，是真的！"

一到外面，他便以雀跃的心情这样喊道。

"不是小偷也不是骗子，那武士信任素昧平生的我，不假思索地将那么大一笔钱交到我手里。是否会被掠走？能否确切无误地交给家里人？竟没有一星半点的怀疑，瞬间便给予了偶然相逢的陌生人……居然有这样的人。人世间还有这样令人欣慰的事情，我也能活下去啦。"

曾经被摧残而感到绝望的心，开始鲜活地喷涌热血。从此以后我什么都愿意做，无论多么艰辛的事情我都要坚持到底，暴风雨和洪水都结束了，乌云散去，阳光开始照射进来了。

带着彻底复苏的心情，宗吉一回到驿站，便开始整理行装准备出发。不经意间一个纸包从怀中掉落下来，作为谢礼收下以后就完全忘记了。

"这个……可不仅仅是一点呀。"

从对方手中接过来时，估计也是金子，现在掉在地上却是钝重的声音，胸口狂跳，到底还是打开了包在外面的纸，只见包里最上面放着一封信，他急不可待展开来看……

内容极其简单。

"昨日驿站快脚信使送来消息，犬子源之丞在舞坂决战肉搏中战死。无法告知具体理由，但他是为膳所藩献出了自己的生命，作为父亲的我心中无憾。然而父母须为儿子的决斗担责，估计今日或明日，流放令就会到达。目前正在做准备。为此你远道送达的东西，对我们夫妇已然无用。同时，犬子临终之际与你的缘分弥足珍贵。所以请将所托之物全部收下。虽不知你境遇如何，但从心底祈祷你好运。"

大致表达了以上意思。

那些爽快的字句掷地有声，给人以清丽的感觉。

详细的背景内幕无从知晓，跃然于纸上的是为自己的国和主君视死如归的儿子和毫无怨言承担责任、坦然面对流放的父母。他在马郡驿站受托转交的金子背后，原来隐藏着如此悲痛却又那么有力的一个个鲜活的生命。

他卷好信纸，把金子的包袱打开。先前送去的那五十两，原封不动地躺在里面，五十两。

做学徒十年辛苦攒下、被舅母夺走的是四十五两。这里无功受禄、放在面前的是五十两。

"不是钱、不是钱的事儿。"

宗吉呻吟般地这样低声说道。

"十年攒下的被侵吞，被阿玉欺骗，被清吉愚弄。怎么了？就这么点破事儿便自暴自弃。……不就是自己的一点儿破事吗？一个人的……"

宗吉感觉到身体的颤抖。

"源之丞可不是为自己而死，那位父亲被没收俸禄也无怨无悔。他甚至说，心中没有丝毫遗憾。……必须这样活，人必须这样活。"

世间之广阔，人的活法之深邃，宗吉依稀看见了世间的面目。他感觉到一股巨大的力量在全身洋溢，眼睛带着微笑说道：

"能遇见你真好啊。阿泷。……从今往后，我们一起努力吧。这个人世间还是值得我们去受苦的。"

（《讲谈杂志》昭和二十九年九月号）

町奉行日記

落梅记

一

"对不住，本来没打算那样，至少不应该喝得醉醺醺的。但我实在没别的方法了，真的抱歉。"

半三郎嘴上这样说着，头耷拉下来。毫无光泽的苍白的脸将他不健康的生活状态暴露无遗。松弛垂落的嘴唇，挂着几根稀疏胡子的尖尖的下颚，视线虚无的浑浊的眼睛，所有都传达着一种令人厌恶的龌龊。金之助用安静的眼神注视着朋友。他的浓眉、紧闭的嘴唇和高高的颧骨线条勾勒出的清晰的脸庞，按理说给人一种凛冽的印象，但他现在看朋友的眼神里充满了安详与温和。

"如果再有些时日，倒是可以凑上一点钱。可要债的人就是不肯等，说要来家里取。那些家伙有可能真的那样干呢。"

"你需要多少呢？"

"假如有五枚，就可以应付了。"

"不是目前，倘若要彻底解决，需要多少？"

"要说彻底解决的话……"半三郎抬了一下眼睛，不过马上又低垂下来，"那就得要十枚喽。不过对方用的是做过手脚的色子。"

金之助没有理会朋友的话，站起身。看了一下小文卷箱，发现里面根本不够，打算去找母亲要点儿。出去走廊要往母亲房间去时，看到像有客人来，那边传来了说话的声音。他略作思考后进入火炉房，派贴身侍女阿村去母亲那边。母亲立刻过来了，但一听钱的金额马上就皱起眉头看着他。

"要那么多钱干什么？你不会以为你母亲藏有金库吧？"

"这些钱会还给您的，只是一时急需，请您先帮我垫付一下。"

"倒是不用还我，只是那么大一笔钱，是你需要用的吗？每个月的定额不是刚刚给你了吗？"

"无论如何都需要那么多钱，求您啦。"

母亲用犀利的目光盯着他，而后嘴角露出微笑。然后默默地走去卧室，待回到这边的时候，将手里纸包的东西递给他说：

"刚才佐竹的由利江小姐来过了哟，说有什么事要请你帮忙来着。"

"公乡快要回去了。"

"公乡吗？原来客人是公乡呀。"

母亲探身过来望着儿子，如梦初醒似的点了点头。

"是吗？原来是这样……不，不用在意。等他回去以后，告诉我一声。"

金之助回到房间，便将小文卷箱里拿出的部分也添加进去，重新包好，然后推到朋友面前，脸上的表情依旧温和，却用有些严厉的语气说道：

"迄今为止我从未说过什么，不过今天，允许我说一句——也是时候该收手啦。再继续这样混下去，日后便无法脱身了。这里面装着十枚，用它做个了断，以后就彻底收手吧。"

"嗯，我知道的。"半三郎接过纸包，懒懒地放入怀中，松弛的嘴唇一歪，像是在嘲讽自己似的冷笑了一下，"我自己也在下决心，这次必须振作起来，要不然我可以发誓。"

金之助说那倒没必要，他牢牢盯着朋友的脸。半三郎试图要证明什么，迎着目光回看着他，但那无力的浑浊的眼睛很快便转向旁边，又一次，嘴唇歪着扭动了一下。

"无须发誓那么夸张，以平常心结束吧。原本就是玩玩的，无关紧要。"

"的确如此。"

"我认为还是告诉你比较好，令尊似乎已经听说，虽然只是传言。让你双亲为你担心就不应该啦。公乡，别再沉溺了哦。"

半三郎侧脸点了点头。然后精疲力竭地从座位上站起来，一个踉跄撞到门上。不是因为醉酒，实乃神经消磨衰弱所致，他走出大门的背影，从肩膀到后背都明显暴露出身体的虚弱。已经陷得很深了啊。金之助心情黯淡地感慨道。

告诉母亲客人已经离开后刚回到房间，由利江就来了。

她个子高大、身材丰满,整体被柔和的曲线包裹着。她脸上总是带着微笑讲话不紧不慢,自小就具备这样的特点,熟悉的人都会说"由利江身上带着一种幸福感"。的确如此,有由利江在的地方一定会有一种温暖的愉悦的氛围伴随。悲伤的时候,忧愁的时候,痛苦的时候,甚至绝望的时候,跟由利江说话交流便会获得安慰,心情就能明快起来。没什么特别的理由,但心情自然而然地变化,感觉到世界的明媚和活着的快乐。

由利江家和泽渡家,同样是本藩家臣中家老级别的身份,俸禄达八千七百石。父亲佐竹千五郎是笔头年寄。由利江还有一个千之丞这个同父异母的弟弟。比起自己的母亲,千之丞却与她感情更深也更亲近,只要在家便不肯离开姐姐的身边。泽渡家和佐竹家既是远亲,金之助的父亲助左卫门和千五郎又是投缘的挚友,两家早就过往密切。尤其是由利江的生母去世时,那是她满十二岁的一个初夏。金之助的母亲茂登女,十分可怜由利江,把她带到家里来,近一百天左右让她待在自己身边照顾。那时候的事情,金之助也记得很清楚,由利江的脸上像通常一样总是带着明媚的微笑,或许也因为没有男性兄长而感到好奇的缘故吧,她常到金之助的房间来玩的。

——也并没有表现出想象的那么悲伤呢。

——据说早年死别的父母与孩子缘浅。或果真如此。

——其实她这样,旁边的人会更省心。

曾经听到过父亲和母亲这样的对话。金之助也这样想。可那只是表面上看到的，当由利江独自一人的时候，她在伤心地哭泣。而且，当被金之助看到时，她说别告诉伯伯和婶婶，这样哭啼真的是极少的，她一再地这样央求。那以后似乎更加深了两人之间的亲密感，她经常来到金之助的房间，和他聊这样那样各种事情。他有一面从祖母那里得到的带把儿的小镜子，直径不过四寸许、有八角形花纹的汉镜，让它反射日光就会出现龙的纹路。因其珍奇少见，朋友伙伴们都很想得到它，本来总是将它收在桐木小箱子里，存放在壁龛的厨架上面，但由利江发现了它的存在，每次来都要拿着去映照日光并开心得不亦乐乎。那时的模样真是招人疼爱，于是他便顺口说道"你要喜欢就送给你吧"，没想到由利江一脸吃惊地瞪大眼睛看着他。

——真的送给我吗？

——真的送给你。

说完这话，她又歪着头思考了一会儿。然后……突然面现红晕，用煞有介事的口吻说道：

——那等我长大一些再来拿吧，在那之前把它好好地存放起来吧。

然后用小绸巾包裹起来，放进箱子里，小心翼翼地用绳子捆绑好。那已经是夏天接近末尾的时候了吧。估计是在那前后。她从院落过来，和平常一样在回廊上坐下来，静静地注视了一阵树丛。突然她叹息了一声。当金之助询

问原因时,她以老气横秋的表情这样回答道:

——我在想幸好母亲的离世是在夏季。如果是秋天的话,我将会多么悲伤啊……草木枯萎,半夜听到寒风刮起,心里不知是什么滋味。

金之助感到心里一动,也没什么安慰的语言,只是默默地点头。由利江走到哪里都能给别人带去幸福,人人夸奖她温和开朗的性格。然而那种令相遇者快乐、充实的天性背后,却隐藏着异常细腻的神经。一年以后,她的父亲迎娶继母,翌年千之丞出生。当然,她与继母相处和睦,与同父异母的弟弟亲密无间。一切并无变化。而且金之助的母亲很早以前,就想让由利江做金之助的妻子,由利江自己也略有觉察。

进来的由利江,脸上带着惯有的、令人舒畅的微笑打过招呼,然后便说自己今天是来讨要东西的。

"什么?来要什么东西?"

"哎呀,牡丹花开得多么漂亮啊!"

望见打开着的小窗对面,由利江这样感叹了一句,并离开了刚才的落座处。她动作轻缓柔美,像摇曳的花朵一样悠然欢快。微微颔首走近窗边,有那么一阵,再次发出惊叹远眺着外面。"我多了一个想要的东西。"她说着又安静地回到原座位,脸上露出朦胧的笑靥。

二

想要的东西是什么呢？金之助又问了一遍。由利江有些羞涩地偏着头说，其实她是想要那面小镜子。

"小镜子？你说的是……"

金之助没有马上明白，反问似的回头看着由利江，不过几乎就在同时又理解了，不由得笑了。

"这可真让我吃惊，你还记得那个呀？"

"当然不会忘记啦。等我长大一些再来取，当时我们可是认真约定的呢——你会给我的吧？"

"当然，会给你啊。我倒是已经忘掉了。"

金之助这样说着，站起来打开搁板下的橱柜，将镜子箱拿出来递过去。由利江双手接住，忽然很感慨的样子，用修长美丽的手指轻轻抚摸着镜子的表面。

是啊，那以后已经过去六年了。

金之助也有些动容，十二岁时幼小的身影和眼前这个娇艳的妙龄姑娘之间，好像听见了时光逝去的脚步声，一种遥远而甜蜜的感动从心底油然而生。

"然后……我想要的另一件东西是……"由利江转眼看着这边说道，"想请你后天下午去一趟法显寺。"

"什么？那边有法事吗？"

"现在还不能告诉你呢。我会先去那边等着。希望你对婶婶什么也不要说。"

"具体什么时间?"

"我中午就过去那边。"

由利江如此回答,好像事情就已经这么约定了一样。然后说要摘一株牡丹回去,便静静地走出了房间。那以后侧旁的院子里传来柔和的话语声,似乎在和母亲一道摘牡丹吧。没多久便寂静下来,本以为由利江还回来,结果却再也没有出现。后来问她,她说讲过不再特地来和金之助道别,所以才那样直接回家的。

后来回想,那是金之助半生以来的安稳生活中最后的日子。在那以前不过是有某种征兆,以那一天为界限,不久他便被卷入了严酷的暴风雪之中。——到二十五岁的那一天为止,金之助完全是在祥和与幸福中长大的。他有一个长他三岁的哥哥,很小的时候去世,弟弟妹妹还没有出生的时候,作为独子,他被父母和周边的人视为麟儿。父亲助左卫门是次席家老,兼任侧用人,已身居要位近二十年。这当然有本藩政治上的考虑,也可以说是因为父亲专心奉公、诚实勤勉、品德正直,众望所归。他不好酒不好色,不沉溺吃喝玩乐。在家里,父亲也是温良宽厚,迄今为止,金之助从未受过厉声责骂。他好像完全继承了父亲的性格,也是天生的温和脾气。他从小喜欢学问,师从本藩儒学大师渡濑顺庵及和学者室井笃文,十七八岁开始又喜欢法律、政治方面的书籍,并广泛阅读。因此,虽然交友不广,但有村松平马、林久一郎、和泉兵卫、公乡半三郎四名学友，其中与半三郎年幼的时候开始，便像亲兄弟一样亲密。

细细想来，他与半三郎之间的缘分有一种宿命性的成分。彼此的家离得很近还同岁，进了本藩设立的学校后，两人的成绩一样出色，被誉为"双俊"。并且从九岁到十五岁的五六年间，两人都被选为藩主世子的伴读，在江户的宅邸生活起居朝夕与共。幼主龟之助生来体弱，是一位火气大且有些神经质的少年，不过在金之助和半三郎陪着的这五年间，脾性也发生了变化，身体也健康了许多。为此藩主很是喜悦，对他们两人也是不惜褒奖和赞美之词。幼主与他们俩之间的联系也不仅仅限于那个阶段，这根线一直牵引到后面的出人意料的对决。半三郎和金之助之间产生变化是在三年以前。半三郎从二十岁的时候开始，便在本藩办的学校做老师，因为教授古学和老子而引咎停职，要求思过五十日。那个时代独尊朱子学，却也有人涉猎阳明学及老子。半三郎被逐出学校是因为教官嫉恨，说到底是他对学问的良知和出类拔萃的才能招来仇敌。自那以来半三郎的性格激变，开始沉溺于酒色和赌博。金之助非常理解他的心情，所以绝不劝解，来借钱便会默默地借给他。可是最近听到了人们的一些闲话，几天前还被他的父亲叫去，拜托由他去给半三郎一些忠告。……半三郎的父亲叫公乡四郎兵卫，位居旗本俸禄六千八百石以上寄合席，一度曾经做到次席家老，因与老臣发生纠葛，自己主动辞去了职务，现在沦落到寄合闲职的位置上。

——再那样下去不行，得与他好好谈一次，让他努力寻找改变生活的方法。

半三郎回去以后，金之助这样想，左思右想了各种方法。他也意识到不能光靠自己一个人，最好叫上亲密朋友再听听大家的意见。村松平马去了江户供职，但和泉与林还在，他们都已继承家业，有各自的职位。虽然平常不怎么来往，这件事情，应该还是会愿意来一起商量的。

——对呀，尽量早点这样做。

那是在这样考虑之后第二天。早上和往常一样去城里处理事务的父亲，中午刚过便回来了，说是身体不舒服。仅仅是头疼没什么大不了的，铺好床后让马上躺下。晚餐的时候起来了，和金之助一起坐在餐桌上。看上去好像发烧了，脸红红的，眼睛的颜色也很暗淡，但父亲说——感觉已经舒服啦。

"事务繁多，您是受累了呢。"

"大概是吧，以前没头疼过，这还是头一回，所以有点吃惊。"

助左卫门这样说着苦笑了一下，拿在手里的筷子从手上掉落下来。倒是马上捡了起来，脸色却一下哗地变白，惊诧地注视着自己握着筷子的右手。

"怎么啦？"

妻子茂登问。助左卫门摇了下头继续吃饭，过了一阵儿，筷子啪地一下又从手里掉了下来。金之助心里咯噔了一下，茂登也啊地低低叫出声来。

"奇怪——感觉麻痹。"

助左卫门嘀咕道，一边不时地张开和握紧右手，说我还是躺下吧。然后便离开了饭桌。将父亲送到卧室后，金之助立刻派人去叫医生。一位叫涉泽良石的医生是专门替诸侯大人看病的武士医，据他诊断的结果，父亲是患上了轻微的脑溢血中风。

"过度劳累了呢。只是急性发作，静养五到七天就会恢复。完全不必担心。不过要绝对静养，饮食方面也有如此这般细微的注意事项，之后会派人把药送到府上。"

交代完这些，医生便回去了。父亲只是右手感觉到了麻痹，并没有其他异常，所以应该如医生所说……是极其轻微的症状吧。可是较之本人，"脑溢血"这个病名带给家族的不安和惊愕更大。助左卫门觉察到家人的这般情绪，强作笑颜地说："不必如此担心的哦，良石老的诊断应该没有问题。还有五年、八年我都不会倒下的，现在的我可没有那样的闲暇。"

说完便静静地闭目养神了。

次日早晨也说身体感觉挺好，脸上的泛红也已经褪去，脸色恢复到与平常无异。金之助的心情也稍微平静了一些，由他去为父亲提交休假的申请，顺便拜访城府内衙门做事的林久一郎。有关半三郎的事想和大家商量，能否叫上和泉碰个面？本来是去那里说这件事的，结果久一郎摇头说："哎呀，那可不行，我看还是算了吧。和泉与我都已感到束手无策，做什么都是徒劳的。"

"也许确实如此，可是……"

"哎，反正我是不想管了。和泉也不想再听这些事啦。"

"公乡的事就别管啦，好久不见，倒不如我们说说话。"他完全没有把此当回事。虽然没说究竟添了怎样的麻烦，但从口气中可以体察应该是非同一般的事情。金之助觉得心里有什么堵着，心情沉重，稍稍聊了一会儿便离开了。先回了一趟家，提前吃好午饭，金之助便出门去法显寺了。

天气晴朗得令人目眩，稍稍走几步便会出汗。寺庙里有许多古朴高大的紫薇树，在这一带非常有名。待穿过树丛朝寺庙走去时，便看见由利江站在客殿的回廊上，用挡住额头的小扇向这边挥舞示意。朦胧的紫色上面点缀着细碎的花纹，穿着这样的和服，刚好与她白白的皮肤圆润的脸蛋形成鲜明的对比，在寂静暗淡的建筑物背景下，显得尤其艳丽妩媚。

"请从这边上来。"

"不要紧的吗？"

"嗯，所以我在这里等着的呢。"

由利江说完，低垂着眼睛，先沿着走廊往里面走去。

三

正殿附带有一个护身佛像间。那里可作大施主的私用，将其家族代代的牌位安置在那边，在那里做每年祭奠的法事，有时候也可用于亲人家族聚会。这样的护身佛像间，本藩的五家老臣在法显寺各有一间，由利江请他进去的就是她自己家里的那一间。

"前天向你这样那样地索要好多，非常抱歉。今天又让你到这样的地方来——"

在这样寒暄的时候，一位老妇——由利江的奶妈送来了茶点。她离去以后，由利江突然正膝端坐，屏息了一会儿，开始说出出乎人意料的事情。原来是她将嫁公乡半三郎之事，想听金之助的意见且有事相托。坦率地说，金之助以为由利江是在开玩笑，甚至怀疑下一个瞬间她会失笑出声。

"你也知道吧，我和公乡的妹妹千秋小姐是老朋友，关系非常亲密呢。"

由利江眼睛看着下面继续说。她拼命控制着自己燃烧起来的感情，怎样才能正确传达自己的心情？怎么说才能真正让对方理解？从不时停顿下来的语调可以揣摩到她此时的心绪。她丰润的脸颊也很苍白，放在膝盖上的手指的颤抖清晰可见。

"从这个冬季开始，千秋就频繁地劝我嫁给她哥哥。

你当然也知道的，公乡前段时期品行糟糕，据说引世人非议。他的双亲及亲属焦头烂额，照此下去家族的名声将被玷污，本人前程也将葬送。如何使他改邪归正？——全体家族间，这样的会谈，好像已有好几次了。据说会谈期间，半三郎对千秋说出了我的名字。我和他从来没有说过话，或许他知道我这个人的存在吧，说如果能够娶由利江为妻的话……从我自己口中说出这些，我知道会遭受鄙视，但我还是想一五一十把所有的都告诉你。"

"我很理解的，请继续吧。"

"千秋小姐自己也……"由利江用很小的声音说道，"说她相信，如果我愿意嫁到她家里去的话，哥哥会改邪归正，以前那个像样的哥哥一定会重新回来。我十分清楚自己究竟是怎样的人，压根儿不觉得自己有那样的价值，而且……在我的心里，也有我自己悄悄埋在心底的梦想。"

这么说到一半，由利江缄默不语了，轻轻抬起手揉按了一下眼角。自己心底里也藏着属于自己的梦想，这句话的含义马上穿透了金之助的心。两人之间不胜枚举的旧时记忆自不必说，原本母亲就打算好让她做泽渡家的儿媳，她自己也期待如此，这是不言而喻的啊。金之助是怎样想的，两人也是心知肚明。现在从由利江口中说出这样的话，破坏了他们的约定，那需要做多大的努力啊——比起自己心中的失望，金之助考虑更多的是对由利江的体谅，为她的样子而揪心。

"我一再地表示拒绝，可千秋小姐说，这是拯救哥哥唯一的办法了。甚至她母亲也哭着请求我。"由利江静静地继续这样说道，"到最后我终于无法拒绝了。自己幻想的美梦，那在心中珍藏已久的温馨的梦想，这一切都没有了，令我无比悲伤。不过，如果能让公乡少爷回归正道，那也是我的价值吧……我这么想是不是错了？"

"假如你已经下定决心，"金之助间隔了一会儿说道，"那我认为一定不会是错误。不过只有一点我还是想问一下……就算你的想法不是错的，但那能否成为婚姻的理由呢？"

"你的意思是……"

"纠正对方的恶行让对方重生，从这个意义上说也是一种爱情。但是终生相伴的夫妻之爱，应该与此不搭界吧。无爱的婚姻，能否让夫妇俩一生陪伴？关于这一点，你考虑过吗？"

"嗯，我认真考虑过……"

"你觉得没问题，可以坚持下去吗？"

"我相信一个事实。"由利江恭谨地点了点头，"公乡少爷需要我。如果那是真实的，并且我从心里接受这个事实的话，我想会自然产生爱情的吧……"

金之助忽然闭上眼睛。多么单纯、干脆的态度啊。与其说由利江是不解世事不懂人心，倒不如说是怀抱着近乎感伤的想法。然而，他很快在心里认同了。这样就可以了，去拯救半三郎的不是其他人而是由利江，是无论到哪里都会带去明快而温暖的气氛的由利江。是只是见面说说话，便可以予人幸福心情的由利江。独一无二的由利江。凭借她少见而珍贵的性格，一定能与半三郎好好地活下去。也许由利江最适合那样一种生活。金之助想到这里，平静地抬起眼睛说：

"我知道了。那么，你说要拜托什么呢？"

"希望你一如既往，依然支持、帮助公乡。因为听说他从心里信赖的人只有你一个。我打算竭尽全力去完成自己能够做到的，也恳请你和从前一样帮助他。"

金之助答应了。

"公乡是脑瓜聪明且有才气的男人，变成现在这样是有缘由的。如他能振作起来，定会成为超群拔萃之人。请你就带着这样的期待暂且隐忍吧。"

由利江低头听金之助说这番话，过一会儿静静地抬起头，第一次目光正对着他。

"还拿走了那面镜子，我是不是很坏啊？"

"怎么说？"

"或许是从小打算的缘故。不拿走，心里会留下遗憾的……"

"拿走当然没问题呀。早就约好了送给你……"

"我会好好珍藏的。"

她的声音很低，却饱含了感动。金之助无言，痛惜地点了点头。

从法显寺辞行出来，金之助才第一次觉察到自己的心遭受了重创。回到家以后，两天三天随着时间的流逝，那创伤变得痛彻心扉。自己不能失去由利江啊。她也真心要嫁来泽渡家的。那面镜子本身倒没有什么特别的意义，不过它联结着自己与由利江、泽渡家和佐竹家之间的关系，体现着深远渊源的情谊。并且作为纽带，自然生长着维系两人关系的条件。

——不拿走镜子，感觉心里会留下遗憾似的。

由利江是这么说的。这句话表明什么，太过明了。她没有通过他者，而是直接告知和公乡的婚事，那不正是两人间亲密默契感情的证明吗？

"当时应该说不可以的！"金之助不知多少次自言自语，"我不诚实！假如由利江因此走向不幸，那么我要为自己的轻率担负所有责任！"

当然已无法挽回。已成定局。为避免由利江不幸，让半三郎振作起来也算是一种补偿。每当他这样说服了自己以后，旋即又为失去由利江后悔，他烦恼于无法抹去的对她根深蒂固的依恋。

藩主特别下旨，允许父亲助左卫门静养到夏天结束，同意需紧急处理的事务可在自家宅邸进行。衙门里人进人出，金之助也一直处于连续忙碌的状态。父亲的病情没有出现变化，准确地说，那晚的两三天以后，手的麻木感消失，全身各处都不再出现类似于不舒适的感觉了。然而医生却奇怪地要求他歇息，时长由最初的五到七日增加一倍，延长又再延长一直到这个月月底。能够获准休养，应该也是医生方面提出的建议。助左卫门看上去有所不满，依然老实听话地保持静养。

或许是因为家里来去的人变多的缘故，半三郎完全不露面了。由利江和他母亲来过两次吧，与茂登女之间聊了些什么，估计是有关公乡的事情希望理解吧。而且以后再也没来过，茂登女也自然不再提起由利江的名字。

八月下旬，助左卫门精神抖擞地跟随藩主到江户参勤。医生也说那时候已经没有问题了，没有任何人感觉有危险。可是在出发后的第三天，天黑以后快马信使到了。送信来说在沼原的驿站，助左卫门脑溢血发作昏迷不醒。

"没关系的，母亲。"金之助立刻起身准备行装，"发作过一次的人，据说第二次发作不会抢救不回来的，父亲的状况我会即刻告知家里。"

他跃上马背，和信使一起离开了。

四

沼原距藩城二十余里，毕竟在领地范围内，所以还算方便。藩主的队列当然已经离去先行，医生涉泽良石特意留下，治疗和看护毫无懈怠。在金之助赶到后的这三天时间里，助左卫门完全丧失意识，只是处在持续的昏睡状态中。

"尽管无法保证，估计也许……会醒过来的吧。"良石这样说，"但是很难说能否恢复到原来的身体状态……"

接着说了以下的这些话。

"藩主大人从这里出发时看望过，让其他人回避，说了这样的话——你一定要苏醒过来呀，助左。要是你现在离世撒手不管，之前的辛劳反而成仇啦。你现在还不能死呢。……当然，泽渡大人听不见……"

那些话其实具有重大的含义。金之助也是后来才领悟到。当时仅仅理解为这是藩主对近二十年一直信赖的家臣的慰问和鼓励。第四天，助左卫门的意识恢复了，不过只能微弱地动一下眼睛和嘴唇而已，还是几乎全身不遂的状态，有时喉咙里会发出哑巴似的咕噜音。

"这样的话算是抢救过来了……"良石舒展愁眉这样说道，"他结实的心脏帮了大忙，估计不久就能讲话了。"

金之助差遣人送信到母亲那边。派了一直跟在父亲身边的家族里的武士，只告知父亲现已度过危机。

从藩城来的医生富田准石刚刚抵达，良石便往江户去了。那以后过了两天母亲来了，父亲的左手已可稍微活动，在被褥上一个劲儿写字想让周边的人明白。但到底写的什么，没人明白。因为手指不灵便，加上医生也在旁边阻止，助左卫门只是气冲冲地皱眉摇头。在母亲到来差不多七天左右的时候，又有两位老臣——家老级别的松崎赖母和平川佐太夫从藩城那边过来探望，他们提出希望其他人回避，要和病人单独交谈。医生拒绝说现在不行，但他们强调"公务紧急"，完全对医生的制止充耳不闻，强行进入病人的房间要求其他人退下。

——和这样无法开口的病人，究竟打算说什么？

金之助感觉奇怪，但因为是公事也只好作罢，母亲和医生也都退避到了外面的备用间。他们在病房里待了近一个时辰，应该是密谈吧，几乎听不见声音，间或会传来起身、躺下的响动，只是传达一种令人害怕的紧张感。似乎谈话进行得并不顺利，他们离开后去了别的房间并吩咐驿站的人送去膳食，当晚在那里住下了。第二天再次来到病房，很不满意地把医生叫来，用几乎一半是命令的语气说："尽量早些把病人送回藩城去！"

那之后再过了五日左右，父亲被放在板车上，在医生的陪同下，金之助他们离开了驿站。到达藩城花了四天半，病人倒是没有什么异常，甚至精神了几分。回到宅邸连安顿下来的闲暇都没有，除了松崎和平川以外，小田切弥三郎、久保源右卫门等身居要职的人都来了，让旁边的人回避，反复不断地和病人进行着密谈。

——这可绝非寻常之事。有什么重大的问题正在发生。

金之助终于觉察到了这一点。于是在某个夜晚，当他一个人陪在父亲旁边伺寝的时候，父亲又用手指在被褥上反复频繁地写字示意，艰涩难懂。可是反复两次三次之后，他终于读出如下的字样："武器库二楼的高脚柜子。"

"武器库二楼的高脚柜子吗？"

他反问父亲时，父亲点了一下头，又写下了下面的文字。这次他不得不跟着把字描摹了好多次，将它们连起来凑在一起，便是——"武器库二楼上的第五个柜子，将那个外面有'ひ'字样的文件包拿来。"并且，父亲当时面露严峻神色，示意他要留意着不要让任何人知晓。

"我明白了，我都懂的，请父亲放心吧。"

听到金之助这句话，助左卫门的眼中有泪水滚落下来。自发病以来，他便变得容易感动，稍有点什么便会泪光闪动，但是这个时候的眼泪与平常不一样。金之助用预备在枕边的纸巾轻轻地为父亲拭去泪水，突然陷入了一种莫名的不安之中。早上以后，他便前去寻找指定物。不用解释，武器库是存放武具的库房。泽渡家族很早以前曾经拥有一百五十名武士，所以建有三栋大的武器库，但是现在人数减少不再需要，于是只剩下一栋还在使用。打开二楼柜子的第五个，看见里面装满了用油纸包着的文件。不仅用纸绳牢牢地捆绑，还一个一个地贴有封条，应该都是有关本藩政治的助左卫门自己的一些秘密记录吧。每一个上面都附有做标记的小纸片，上面标着"い""い之二""こ""し"等符号。

父亲吩咐的有"ひ"标记的，是一个体积很大的袋子。

拿到父亲枕边给他看，父亲点头示意就是它，然后用手指又在被子上这样写道："把它藏到不会被任何人发现的地方去！"之后又重复书写了——"严守秘密！"

金之助将袋子带回自己的起居间，打开衣帽间的储藏室，把它放到一个长方形箱子的最下面，那里面塞满了少年时代的小人书和练字本。那个时候，一种沉重的不安再次袭来，从沼原驿站的老臣们的隐秘到访开始，不顾医生阻止强行的密谈，似乎都与这个文件包有关。

——无疑，这个袋子意义非常。可那究竟是什么样的意义呢？

即便要求父亲，父亲现在也绝不会说。自己只能做好充分的心理准备，无论怎样的事态到来都不要惊慌，金之助在心里这样告诫自己，每天始终不离左右地陪伴在病床边。

十月下旬举行了半三郎和由利江的婚礼。此间半三郎一直没有露过面。他说的"这次一定振作"兑现了吗？他如愿以偿的婚姻，是带来转变的良机吗？总之他没有再出现，应该是有所变化了吧。金之助是这样想的，所以和母亲一起出席了婚礼。虽然不如想象的程度，但半三郎显然已有变化。身体看上去健康了许多，脸色也变得明朗和从容。仪式开始前，金之助把他叫到走廊尽头，看着他的眼睛道出了自己的祝福。

"现在这样就没问题啦，真好。"

"这样那样的让你担心啦。"半三郎说了这么一句，忽然眼睛看着下面，"做了对不住的事，可是现在我也不能说什么……我想这样会安定下来，谢谢你能来。"

"接下来我们彼此都好好努力吧。"

半三郎抬头望向这边，一边脆弱无力地微笑一边点头。由利江按照习俗戴着新娘的棉布帽子，无法看见她的脸庞。对于金之助，这样反而比较好。虽然没有了早先对她的那般执念，但是看见她娇艳的经过修饰的、独一无二的面容，胸口一定还会忍不住疼痛。

——祝贺你，你一定要幸福。

在仪式进行的过程中，金之助在心中这样祈祷，在重换盛装的仪式之前，独自一人先离开了。

那天以后的第三日，他接到藩国家老召唤令去了藩城。在江户的藩主那里亦有诏书送到，要求他继承生病的父亲的职位到江户赴任，兼任次席家老和侧用人要职，且不容推辞。因要求即刻出发，所以一回家便向父亲汇报，又拜托母亲准备行装。在向父亲报告的时候，听到这个消息，助左卫门老泪纵横不断点头，用颤抖的手指写出以下内容：

"不惜身命，不惜家庭和名誉，要专心全力效忠藩主。"

应该还有更多想说的，却无法传达。极其常识化的语言里包含了一切。金之助朦胧中了解了那种感觉——把握其中该把握的。他凝视着父亲的眼睛立下誓言：作为父亲的儿子，我一定会竭尽全力。请父亲相信我，安心休养。……那竟成为最后的告别。当时父亲不断地流泪，颤抖的手紧紧地握住儿子的手不肯松开，几次嘴唇颤动想要说什么，可也只是在喉咙里发出咕噜的声音。那一切留存在金之助的脑海里，成为永远无法忘记的悲伤记忆。

到达江户的宅邸后，慌张忙乱。不过父亲获准休养、居宅处理公事的那段时间，在旁边搭把手帮忙的经验倒是大大地派上了用场，逐渐适应了要职，不至于张皇失措。开始供职后没多久，某日若狭守藩主问："从父亲那里听说了什么吗？"因不明藩主何意，便回答说父亲那里受了"不惜身命"的训诫。若狭守贞继大人眼神定住，像在沉思，然后改变主意似的点头说：

"困难重重。过一阵子说给你听。不要忘记父亲的话。加油。"

可是说过这些的贞继，不久就病倒了。

五

藩主的卧病开始成为话题，是开年后二月份的事。医生禁止其执行公务，只好以老臣们合议的方式处理藩政。自然金之助的侧用人一职成为徒有其名的虚设，次席家老各属藩诸侯职，所以他在老臣们的会议几乎只是形式上的露脸，完全成了一个闲职。

有了空闲，金之助便去参勤大名官邸的少主殿。来到江户供职，曾经去请过一次安，没能见到。这次倒是受允接见，态度却冷淡。五年时间里，曾经学友相伴，颇多共同回忆，想着可以聊聊那个时期的话题。金之助去之前，心里暗暗藏着愉快的期待。民部康继体格魁梧，面色红润，动作也干脆利落，几乎看不到过去龟太郎的影子，准确地说应该是有一种刚毅的风貌。他默默听着金之助的寒暄，等他说完却不作声地起身离开了。那敏捷的步伐，是金之助记忆里不曾有过的。

金之助接着去拜访了村松平马。平马十九岁的时候就长期待在江户，前年继承了家业，现在管理着郊外的宅邸，因此之前没机会见面。久违的相见，聊了一阵故乡和旧友的话题，平马的神态显得有些隔膜，不像从前那样心有灵犀，不时地出现尴尬的沉默，后来像是下定了决心似的，提出出人意料的话题。

"或许会感觉突然，你不打算辞去侧用和次席家老的职务吗？"

"……"

金之助盯着对方的脸。太过意外，不能确定是玩笑还是真意。

"到底是怎么回事？"

"理由不能说，劝你辞退，也是作为朋友的忠告。我这么说，想必你也想到什么了吧……"

"与政治相关吗？"

平马不语。从他的态度里感觉到一丝敌意。

告辞时送至大门，显然那副神态不欢迎下次来访。金之助在家乡长大，来江户供职不到半年，对江户府邸的情况知之甚少自不必说。而且"侧用人"一职离藩主最近，常伺候左右，人际关系自然微妙，与周围的关系不得过于亲近，自然对邸内的细微内情疏于了解，也没有了解的必要。平马突然的忠告，明显昭示家中将要发生什么。他劝告辞去侧用人和家老职，俨然是"否则就绝交"的语气。

——看来的确要发生什么政治变动，且与自己相关。

这应该毋庸置疑。老臣们探访病中的父亲，父亲命令藏起那个文件包，刚来江户时藩主所说的话，少主康继的冷淡态度，也许通通都是相关联的。

——可是，究竟是什么情况？又会发生怎样的变动呢？变动的意义是什么？自己在其中又处于何等位置呢？

金之助焦虑不安，在心绪不宁的黯淡心情中度日。进入三月没多久，家乡的母亲那里来信了。主要是告知父亲的病情——曾短暂好转，但到二月份又第三次发作，情况危笃。你也在履职期间身不由己，但是如果可能……能否回来见一面？——书信的内容大致如此。并且，结尾处附上了一句，半三郎好像又开始了放荡生活，由利江小姐境况堪怜。

"半三郎……又犯老毛病了？"

金之助像要吐出什么苦涩的东西似的，歪扭了一下嘴唇。

父亲病危，反正自己也是等同闲职，请求的话也许会获准。可是不知何时从哪里将要刮起风暴，他终究没勇气抛下一切返乡。他无法看清周围的情势。垂危的父亲，再度堕落的半三郎，还有可怜的由利江……"身前身后，一切都是灰暗色调。"金之助叹息着自语。

"今后到底会怎样呢？"

老臣们封锁了若狭藩主的病室，独断地处理政务，若狭大人已恢复，他们却隐瞒病状不让大人露面。这样的闲言碎语也传到金之助的耳朵里。某日，从官府回到住宅，见一仆人装扮的人等在那里，交给他一封密封的书信。

——有事面谈，请随引领者速来。小心不要让周围的人怀疑察觉。

信的内容如此。可是未留寄信人。金之助马上想到了村松平马。一定是他，他心里这样想着，又再次整装出发，随那名使者一起离开了大名府邸。后来想起，那个地方应是茸屋町，当时感觉却是初来乍到、不知为何处的地方，只觉得被领到一个剧院茶点铺。穿戴漂亮的男女大声寒暄，人声嘈杂，忙碌地穿梭于廊下，上了二楼，走到靠里的房间门前，当差的男人跪在槅扇门边禀告"我是平次"。闻声槅门从里面打开，一位少年坐在那里。十五六岁，刘海儿尚在，乃是一位眉宇和眼睛轮廓分明的美少年，他用咄咄逼人的目光直视来者，确认过姓名后，只让金之助入内，然后关上门离开了座位。

——不是平马。

凭直觉他望了一眼对方。房间可以铺下三十帖榻榻米，从中央到上座用六幅屏风围着。少年走进去用极低的声音通报，再折回说——"请交给我"，向金之助右手握着的大刀伸出手。如须交出带刀才能觐见，可知是位身份很高之人——到底是何人？金之助走向围着的屏风边，刚要坐下，从里面传来了招呼声。

"不必客套，进来吧。"

金之助蹑手蹑脚地进入。深红的毡子上，民部康继端坐在菜肴酒桌前。金之助不由得惊叹出声，即刻手着地深深地鞠躬。餐桌旁边还有一个人。还是由十五六岁的少男伺候左右。康继将刚好拿在手中的酒盅递过来并说——"靠近点儿。"

"不用转递，就这样接过去。"

金之助跪着移动近前接过酒盅。在旁伺候的少年用小杯斟上酒。康继自己拿起另外一盅酒，命令少年离席。房间内只剩金之助独自两人。

"前几日难得久别重逢却未能畅叙。今天本想和你叙旧，悠然畅饮，但目前却无此闲暇——今儿有要事相商。"

康继说着抬起扶手上的胳膊。坚毅的脸庞涨红，清澈有力的双眸神采奕奕。

"前些时藩政混乱。老臣的渎职行为你有耳闻吗？"

"这个……倒真是不太清楚。"

"家乡那边有此类传闻吗？"

"不在其职不谋其政。我没听到过相关传闻。"

康继放下酒盅。

"你不知是有缘由的。挑明了吧。令尊泽渡助左卫门是主谋之一。"

金之助顿觉全身的血液冰冻了。

"以助左卫门为轴心的老臣依靠本藩财政，在京都、大阪、江户三地经营商铺，将藩内领地所产的生纸、绢丝绢布、海产物乃至大米谷，垄断买卖，利用商人营业，在相当长的岁月里中饱私囊。"

"很抱歉。"金之助难以忍耐地打断说，"我完全明白您的意思，但我了解父亲，他未必有很大的才能，但我了解一点——他不是做那种坏事的人。"

"这我知道。正因如此，我才把你叫到这里来。"康继好像预计到他会这样抗议似的点头说，"——助左卫门何等人物，我父亲和我心知肚明。经营商铺的起初，似乎也有某种不得已的理由。然而从相当久的以前开始，情况就不同了。他们把那些生意作为满足私欲私利的工具，一手遮天地控制着领地内的物产，并以藩的名义，用不当的低价买入，然后再在自己经营的商铺进行销售。当然藩所需要的所有物产杂用品，也是通过这些机构采购的。买卖中获得的私利均被分配到他们自己身上。而当出现损失时，则转嫁到本藩的财政。……而且，他们将助左卫门放在核心位置，就是因为有巧妙的企图和算计。一方面是他的侧用人的身份，同时知道他是藩主最信任的人物。万一发生什么，便嫁祸助左卫门是主谋而让他承担全部的责任。"

六

金之助的吃惊无法形容。到底是否属实，应该相信多少，无从判断。康继急迫地继续往下说——捣毁这种舞弊，拨正紊乱的本藩政务，迫在眉睫。首先要做的是惩戒处分渎职的老臣。但是现阶段没有证明其渎职事实的确凿证据，简单地说，就是无法证明那些商铺和他们是同伙关系。我想找到机会将他们一举监禁，送回本藩裁决。我已决定采取这样的方法。他说于心不忍的是担心累及泽渡家族。

"父亲也尊重功高的助左。本藩能有今日，很大程度靠的是助左的力量。父亲亲口说过，对我来说，你也是将来可以依赖的唯一人选。从感情上说真的于心不忍，但是为整肃政治，必须当机立断。对此须请你们父子置若罔闻。非以康继之身份，而是龟之郎在拜托你——金之助，姑且当作此乃为国效忠吧。"

金之助脑子未能从混乱中清醒过来。一切太突然，恍在噩梦之中。但康继的话一说完，他突然想起一件事——替父保管的文件包，从武库取出以后，藏在自己房间的柜子底下，那个有些神秘感的袋子，正是本藩老臣极力想要的文件包……里面是否装着什么证据呢？他恍然大悟。

"您说的意思我充分理解了，如果那是事实，那么我和父亲，我们父子都任您随意处置。不过只有一个请求。"

"告诉我吧，请别顾虑。"

"请允许我回故乡一趟。"

金之助讲述了文件包的事情。老臣们纠缠不休逼迫父亲索要，猜测有把柄在文件上面。康继似乎很感兴趣，咬住嘴唇闭起双眼，牢牢盯着说话的金之助说："可是现在你回去，他们会起疑心，能否派人取回来呢？"

"父亲叮嘱过，家人都不能察觉。关于此，倒是有个说辞——前几天家乡的母亲有来信，告知父亲病重。如您所知，我目前无事可做，您若批准我去探望病危的父亲，我想不会引起多大怀疑。"

康继说——助左卫门病危了呀。他思考片刻，像是下定了决心点点头。

"就这么办吧，事不宜迟。"

金之助要尽可能地迅速获得允诺回一趟故乡，打开那个文件包，里面若是相关文件资料，火速赶回江户。联系可通过郊外宅邸的村松平马，但要以最为隐秘的方式进行。大致完成了以上事项的商定，将要退下时，他询问了藩主的身体状况。

"跟助左卫门一个病。"康继突感胸闷似的吃力答道，"你父亲好像也是一发病全身不遂，医生有话，自然拒绝了老臣们的探视。其实我也只见了一面。他一个劲儿地流泪……"

他没有再说下去。金之助随之告辞离开了。回大名邸府的路途中，他终于在渐渐稳定下来的心情中，清清楚楚地感受到自己现在正处在风暴的中心。父亲两次发病以来，眼睛看到的、耳朵听到的，微不足道的让人疑惑的断片，现在好像清楚地现出了真面目。在这之前仅仅觉得奇怪，并不知道有何意义，却因康继的一番话剥去了假面。已经没有什么怀疑的余地了。他理解了包围着自己的风暴的意味，也知晓自己所处位置的重要性，那可是比自己能够想到的，具有更加重大的决定性意义。但是，金之助既没有不安，也并不感到恐惧。倒不如说，比之前的任何时候，都更加地坚定有力和平静。他的表情恢复到久违的平和明快，一步一步牢牢地踩住大地朝大名邸府走去。

金之助得到准允告假回到故乡是在四月上旬。父亲十天以前离世，与消息送达刚好错过。丧主参勤期间能否回家乡吊唁？在等待结果出来的期间，葬礼延后是通常的惯例。当然遗体是火葬的。金之助刚刚到达，便正式参与了灵前守夜和其他佛事。进出来去的人很多，好几天什么也干不了。

和由利江见面交谈，是在这些告一段落稳定下来的某日下午。从早上开始便下着梅雨一样的细雨，在开着的窗户外面，庭院里茂密的树丛和绿叶像刚完成的绘画一样，鲜艳欲滴。与她之前在寺庙的佛事上，曾经见过一次。只是远远地看见以目致意，不管是身材还是模样都没有想象的变化那么大，她的脸上依然挂着斯文柔和的微笑。可是当她走进他的起居室,相对而坐近看的时候,才发现完全是一种被欺骗的感觉。首先看出她已惊人的消瘦,虽化了淡妆,气色却很差,看上去十分憔悴,曾经圆润的双下巴也瘦削成尖尖的了。

"你好像有些瘦了吧?"打过招呼后金之助问道,"哪里不舒服吗?"

"不,没有,只有身体一直健康。"

"只有身体?"

听这一反问,由利江突然抬眼望着他,不过马上又低下了头,怯生生握住放在膝盖上的手,落寞的样子惹人怜爱。被赞美走到哪里都会带去幸福的由利江,总是给周围营造一种和谐温暖氛围的由利江,让所有看到的人都感受生的喜悦的由利江,隐身到哪里去了呢?——变成这般寂寥无助的样子,不知她经历了多少痛苦和悲伤啊!

"从母亲的来信得知,公乡劣迹不改……"

"我觉得是我的能力不够。"

由利江低声说道。

"公乡的放荡并非他本愿,在旁边看着常能感受他的痛苦,他有一种只能放荡下去的深深的烦恼。"

"比如说,你能告诉我吗?"

"只是我隐隐的猜测。"由利江自然地将两手的手指交叉在一起,"公乡的父亲也是要职退位,公乡则是被学问驱逐,父亲、儿子皆不得志,备受周围人的冷眼。做官只是做到寄合席，一生以碌碌无为结束的境遇……父子的这般重合，终于使之无法平静地承受面对。"

金之助点头表示赞同。或许是吧。不，恐怕那就是事实。由利江聪明地洞察到丈夫内心的痛苦，并来诉说。金之助大致体察到她的心情。

"是的，也许如你所言吧。"他静静地这样说道，"假如那是事实，他一定还会遇到好机会，在不会太远的将来，一定会有他东山再起的机会。"

"你真的那样认为吗？"

"我想和公乡见一面。"他不直接回答由利江的反问却问道，"什么时候去他在家呢？"

"要看具体的情况，中午之前的话也许……不过，没有办法说得很肯定哦。"

由利江羞愧地低着头。果然他离家了，估计几天不回家都是常有的事。他感觉无法直视由利江的脸，只是说"那么后天过去，请转告他在家里等我"。

两人突然沉默了。渴望说点不同的话题——水乳交融的、对彼此来说更直接的、更能促进亲密情感交流的话题。由利江不经意地眼睛微微望向窗外。金之助也转向了那边。雨中沉睡的树丛，嫩叶升腾的水蒸气犹如绿色的薄雾。过了花期的牡丹园——被雨水浇透湿漉漉只剩下叶子的牡丹，由利江呆呆地望着它们，沉浸在深思中。

——母亲去世以后，从由利江被寄放到这个家的时候，时间过去了那么久。

金之助心里感慨。一切都流逝了。无论用什么方法，都不可能让他们彼此再回到那个时期。不仅如此，两个人像现在这样见面，恐怕……今天也是最后了吧。根据事情的发展，或许还有可能今生今世无法相见。金之助被一种心痛攫住了，忽然呼吸紧促地回头望了一眼。

"可以向你索要一件东西吗？"

由利江大吃一惊，肩头颤动了一下，有些害怕地看着他。

"想喝一杯你亲手煮的茶，茶具在母亲那边。"

"啊？可是我这身装束……"

"还是第一次呢。而且或许这是我向你要的最后一件东西。拜托啦。"

由利江刚要起身，院子里呼啦地传来什么东西落下的声音。两人同时回头张望。金之助遥望着声响的一带。牡丹园对面有一颗枝干伸展的梅树。繁茂的树叶几乎褪去，丰厚的大果实结在枝头。

"原来是梅子掉下来了呀。"

金之助低声说道。由利江屏息悄悄地、良久凝望着那一带。

七

第二天，中午刚过，半三郎约他见面的来信送到。雨虽然停了，天空低低地被云层笼罩，是个阴郁闷热的日子。

他从衣帽间的柜子底下拿出那个文件包，关在起居间里查看里面的文件。

里面的文件正如之前推测的那样。在本藩所在地和江户的九名老臣，经合议经营了四种商铺。文件包里有联名意向书，被委托商人间的合同，每年的收支决算，有关生意往来的文书等等。开始的时间大约在二十年以前，为挽救当时困窘的本藩财政，由泽渡助左卫门和江户的家老灰野内藏助牵头组织，持续十二年后终止了。也就是说，因为本藩财政已经恢复，经营从老臣们手中脱离，转让给迄今为止各自委托的商人。文件还不止这些。此外还有接受转让生意的商人们提交的、可称为报告或者诉讼状的文件，按理应该不再插手的老臣们依然支配着经营，像从前一样收受利益，每个年度具体的事实和数字，都清楚地记录在案。

——这一定是商人们呈交给父亲的，那么父亲并非这些老臣的同伙，这一点应该十分确定。为了防止将来发生什么非常事态，父亲从商人那里取得了详细记录。不然父亲把这个托付给我，到底是什么目的呢？

他感到自己很清楚地明白了父亲的心情。与其说父亲是贪污的同谋者，倒不如说是揭发者。当事情暴露公之于众的时候，老臣同伙们便将父亲推到主谋者的角色上，巧妙周密地做好了这样的安排。估计一定是这样的。他相信父亲对此也有心理准备。

——不惜身命，不为私利，不求名誉。

的确如此，父亲丝毫也没有拯救自己的想法。金之助怀着秉承父亲遗志的心情，在一种肃穆的感动中闭目祈祷了片刻。

当差将半三郎的来信送达，就是在这个时候——在菩萨下叫柳井的茶点店等你，速来。文件已查看完毕，他便答复信差说会去的，并将那个袋子照原来那样收好，放到要带回江户的行李里面，简单吃了已经很晚的午饭后，走出了家门。菩萨下是走出旧街往东的山丘边沿一角俗称，丘陵上面，有名气颇大的日吉菩萨庙，附近地方前来参拜的人络绎不绝。在排列着古朴杉树的林荫道进路上，建有供参拜者休息的茶饮店，其中有那么两三家，店里有浓妆艳抹的女人玩乐作陪。这样一说，便知柳井是那样的一个地方。

他被引领到一个长走廊尽头靠边的房间。待客用的小院打理得很不用心，房间的装饰也粗俗廉价。半三郎坐在酒桌前面，穿着便装盘腿坐在那里喝酒。看上去已经酩酊大醉。

"哎呀，次席家老兼侧用人大人大驾光临啊。失敬，请允许我免礼吧。"

半三郎这样嘲讽道。在他那皮肤苍白松弛、不健康的脸上，只有眼睛发出带毒似的光亮。比较过去，看着好像老了十岁。金之助不经意地点头打了一个招呼，坐到估计是为自己预备的膳食前。

"我听了你的捎话，说明天要去家里，我本来也想和你见面的。不过,你这侧用人大人的府邸,门槛太高了呢——你可能也会觉得我等寒舍肮脏吧。好久不见,先喝一杯吧。"

"今天是有正经事儿要谈。"

接过酒杯后,金之助这样说道。半三郎歪着嘴,以挑衅的姿态冷笑着。

"正经好啊,好吧,那我也来正经的,人万事都必须正经。那么再来一杯,正经地呈上。"

"有一年没见了,能不能不要这个德性?"

"那么是叫我像金之助那样,一本正经吗?"半三郎一只手擦拭了一下嘴唇,"开什么玩笑?是啊,我身败名裂、喝酒赌博,四面八方借债,可是从来没有在别人背后使绊子,绝不会干这种卑劣的勾当。"

金之助终于忍无可忍,放下酒杯拿起大刀,准备径直离去。

"怎么啦?羞愧难耐吗?"

"在你没醉的时候见面吧。今天我回去了。"

"好,你走啊。不过……"半三郎说着,从怀里拿出什么,朝金之助这边扔过来,叫喊道,"要回去的话,把这个拿走。人,我后面再给你送去。"

金之助额头一下苍白。扔过来的是那面小镜子,由利江缠着索要去拿走的那面有八角形花纹的汉镜。金之助极力控制住愤怒,尽量平静地看着对方。

"这是什么意思？半三郎——人，后面送上，这话指什么？"

"不要装糊涂，你以为我不知道这面镜子吗？你说是祖母留下的遗物而小心地珍藏着，孩提时代我就清楚地知道……"

半三郎用血红的眼睛死死瞪着对面的人："由利江带着它视为珍宝。从不离身很珍惜地保管着它……她曾经在你家住过一阵，后来也频繁地进进出出，从来到公乡家以后的状况也可以看出，你俩之间发生过什么一目了然。我还没有愚蠢到那种程度，得到一个仅有身体的躯壳却感激涕零。我既不是傻子也不是瞎子。"

没等他的话说完，金之助便踢翻座位扑了过去。

"好，来呀，你这家伙。"

半三郎敏捷地站起来。身体与身体激烈地互相撞击，纠缠住倒下去。借着喝醉后的狂暴之力，半三郎把金之助按住，用两只手掐住了对方的喉咙。可是动作更快的金之助从下面推开他的下颚，突然逆翻过去把他按倒，又举拳不断地锤击其脸颊。半三郎并不反抗地挨了七八拳，筋疲力尽，大口喘着粗气瘫软在那里。他完全放弃反抗仰面四脚朝天地躺在那里。

"你变成多么下作的人了呀，半三郎！"金之助骑压着他，用压得很低的咬着牙的声音说道，"难道你只能想到那么卑贱的事情吗？如果是那样的话，我可饶不了你……

给我听好了，坦率地说我本来很想娶她的，她也有来泽渡家的打算。可是她听说你心里渴望她，如果她肯嫁过去你便可以改邪归正，你妹妹又苦苦哀求，她是真心地打算要那样做而嫁到公乡家的。那面镜子——可是在过去老早很小的时候，就答应送给她的。她之所以拿走它，不是为保留两人共同的回忆，而是为了切断彼此的纽带，那面镜子里有悠远的回忆。假如不把它拿走留在这边的话，似乎心里会留下牵挂……她是这样说的。为了割断旧的回忆，为了除去心中的牵挂，才带走镜子的。然而，你却说不过是一个躯壳？"

从金之助的眼眶，眼泪簌簌而下。半三郎半张着嘴，闭上眼睛，脑袋左右摇晃。

"她消瘦憔悴得让人不敢认。知道为什么吗？半三郎有比他人优秀的才能，却因为不走运的遭遇而无法出人头地，也许一辈子就这么被埋没，她说你是因为无法忍受这样的境遇才放荡。放荡是因为太过痛苦的缘故。她相信你是这样的。眼看着那样的你，她心里痛苦，才消瘦成了那般模样。你好好想想吧，半三郎，在去想那么龌龊的事情之前，应该……必须更像男子汉那样去思考。"

半三郎不断地拼命摇头。苍白而僵硬的面颊，露出牙齿的嘴唇，两眼的泪水不断线地往外滴落。金之助站起身整理了一下衣襟，拿起带刀回头望了一眼。半三郎就像坏掉了的木偶一样，身体瘫在那里一动不动。

那个月的下旬，金之助在江户的大名府邸和康继见面，把带来的文件包里面的文件递交过去。康继非常愉悦，说这样事情就成了。然后，还谈到在故乡的裁决自己也会出席，想选一个审判裁决负责人，不是从他自己身边，而希望选一个与此问题无关的人来进行公平的裁断，并问到是否能想到合适的人选。

金之助那时即刻推举了半三郎。

"如果是他，我相信一定能够发挥作用的。"

"半三郎……"康继眯缝着眼，好像试图要努力想起什么，"——就是和你一起伴读的那个半三郎吗？"

"在我看来，无法想出更合适的人选。请允许我再重复一下，他会发挥作用的，我想他会比任何人更能出色地完成使命。"

康继似在静思，沉默良久以后，意味深长地看着金之助说道：

"我亲密的挚友，一个成为裁决者，一个变成被裁决者——并且，同样都是为了效忠，而你的却是糟糕的结局。不过只是短暂的一阵而已，金之助……请你务必忍耐。"

金之助没有言语，静静地向他叩头礼拜。

八

那之后大概过了二十天左右，康继行动了。

江户家老灰野内藏助，助左卫门盟友的儿子植原主水、灰野六郎右卫门、时山勘兵卫，四名老臣突然被解职监禁，而且他们的心腹三十余人也被逮捕和关押。金之助当然也包含其中，虽然事情的具体处理不得而知。除了将原来中老职位的榊原赖母晋升为家老之外，几乎所有重要职位的人都被更换，康继的执政地位得以确定。这些居于要职的新人物都很年轻，都是长时间和康继一起共同为颠覆恶政有过贡献的人。村松平马也是其中的一人，他的职位是大目付。

金之助和四名老臣一起被送回家乡，直接交担任大寄合职的左竹韧负看管，韧负是由利江父亲的弟弟，与泽渡过去便有交往，金之助也曾与他好多次碰面。他被安排到位于宽阔庭院一角的隐居风格建筑物，并由一名叫杉田喜兵卫的武士跟随。

安静却无聊的日子一天天过去。因是监禁，禁止与外部的联系，起居方面也有严格的规矩要求。这个家里给予了郑重的待遇。饮食自不必说，身边一些细小的事项，都让人感觉周到得是在接待客人。估计康继那里有过特别交代吧。有时候家里的主人韧负会过来这里说说话。据说在江户府邸逮捕事件后，在家乡马上也将松崎赖母、平川佐太夫、小田切弥三郎、久保左卫门等监禁在藩城内，其心腹二十余人被关押在大目付。并且在新的要职中，半三郎继承家业，就任次席家老一职，并被命兼任奉行所衙门的目付负责人。这些都是从靭负不经意的话语中得知的。

季节经过了秋季，到了冬季。

算得上骚动的这类事情若被幕府追究，将会成为很麻烦的问题。金之助十分担心这一点，康继的僧主出自幕府的老中职位里势力强大的堀田氏，也许是因为在那方面的周旋获得了机会吧，似乎康继可以幸运地不受任何干涉。

时间到了十一月中旬。通常该是下雪的时候了，可气候却像时光倒流了似的还很温暖，有传闻说在权现山，居然出现了樱花再度开花的事情，据说这可是间隔几十年才会出现的情况。在金之助的谪居周围，庭院树木中的红叶也不见褪色，小鸟在枝头上跳来跳去欢快地叫着。这样的日子持续了好些天。某天晚上，突然气温下降，半夜开始下雨，第二日也一直下个不停。

中午过去好久以后，没有任何前兆，由利江突然到来了。在那之前，靭负也曾建议是否要与母亲见面，好几次几乎是在催促。不过金之助皆以违背章法为由，坚决地拒绝了。或许因此，靭负没打招呼就放由利江进来了吧。刚好杉田也不在，他依靠着临床的书桌，正在看这家里借的《诗经》，感觉门口有人进来的动静，也听到了要求带路指引的声音。

好像是女性的声音，觉得诧异出去一看，便见由利江正在脱下避雨的披风。

"怎么啦？"金之助带有责备地说道，"你为什么到这样的地方来呢？……"

"跟公乡说过了才来的。"

由利江一边这样说，一边不管他的反应，自顾自脱掉已经湿了的袜子。她一只手抱着包裹。显而易见，她知晓自己会被拒绝。金之助只好无奈地让她进了房间，将面向木窗外的窄走廊窗打开，让她靠近火盆再坐下。

寒暄过后，由利江马上解开带来的包裹，并说道："这样粗糙的东西，实在寒碜拿不出手，但是公乡希望你能够笑纳，聊表心意罢了。"由利江递上包裹——打开封纸，里面有一套窄袖便服、加了棉的外褂、贴身内衣、腰带、袜子等。尽管不是什么贵重的东西，却是温暖而饱含情感的物品。从这一件一件的物品，似乎可以听见半三郎内心的言语。把这些做好并托由利江送过来，他的心意很清楚地传递到了心里。

"本来是不可以接受的，但毕竟是老朋友的礼物，所以我还是收下吧。请你转告我的谢意。"

"你能够明白公乡的心意了吧？"

由利江这样说着的同时，抬眼望着金之助。他若无其事地迎着她的目光问道：

"他身体还好吗？在好好地做事吧？"

"是的，挺好的，最近一直没有饮酒。常常为调查通宵熬夜。但身体好像彻底恢复了……"

"那就好，你的辛苦付出终于有了价值啦。"

金之助话一出口，由利江两手掩面，再也忍不住失声抽泣起来。并且，在拼命抑制也无法抑制住而哭出来的呜咽中，她开始断断续续地讲述。

"公乡非常痛苦。"

"……"

"被任命为次席家老职务时，他说：终于可以出来做事了，今后一定重新做人。那时他心情愉快，酒也完全戒掉了。可是没过多久，大概在七月初吧，又被安排担任衙门的目付支配这一重要职位，接到调派命令后便去了江户。"

雨点不停地拍打着屋檐。那是一种渗透入骨的寒冷的声音。金之助好像要从雨滴声中听出点什么似的，双手交叉在胸前一动不动地侧耳聆听着。

"据说这个新的职位，是为了这次的裁决而设置的，公乡在对此一无所知的情况下接受了职务。然后，从少主君那里详细地了解到其旨意的时候……听说了裁决详情的时候，公乡他推辞了——表达自己无法胜任，请求任命其他人，多次反复地这样请求过了。

"少主则告诉他：'我了解你不愿接受这个职位是因为要裁决的人中有金之助。可是推举你的正是金之助啊。此番裁决是本藩的头等要紧事，稍有差池后患无穷，他认为能担此重责大任的只有你半三郎。你是我们幼时的好友，彼此知根知底。这次的事情，金之助可是舍弃了一切！家族的名誉、武士的尊严，通通舍弃了……就是为了让紊乱的藩政步入正轨，他甘愿舍身为国。这样的人唯一的一点私情就是举荐好友来做裁决者。如此重要、不能出一点纰漏的位置让你来坐，你还是要推辞吗？虽然也能理解你是出于朋友情谊才请辞的……'"

金之助咬住嘴唇，闭着眼睛垂下头。康继对他什么也没有说。而现在通过由利江的口传达，金之助感觉听到了康继内心发出的声音，心中不禁悄悄地鞠躬致敬。

"公乡接受了任命后回来，然而十分痛苦'曾经给金之助添过无法说出口的麻烦，即便其他朋友都离我而去，他却从未抛弃过我，到最后依然认同我的才能，相信我能振作起来……这次我的职位是受他的举荐，并且，是处于裁决他的立场——此生唯一的挚友，可以说堪称终生的恩人一样的朋友，我却要去裁决他……难道可以做这样的事情吗？这样的事情怎么可能容忍？'公乡真的痛苦不堪，他那么痛苦，连在旁边看着的人都会跟着消瘦下去。"

"可是我相信，"金之助静静地插话说道，"他应该明白自己承担的使命如何重大，他不是为了这样的私情而永远痛苦的男人。"

为了擦拭眼泪，由利江停住了言语。然后微微颔首后继续说道：

"自己要出色地完成使命，才是对金之助的报恩。公乡是这么说的……，大滴的眼泪滚落到他衣襟上面……他是这样说的……"

"……"

"这粗陋的衣服,便是当时他求我做的……请求由我自己来亲手缝制。公乡也拿起针线搭帮手,这件窄袖便服、棉衣、内衣,每一件上面公乡都缝了一两针……你会明白的吧?"

金之助默默地点头。他现在想到了康继,也想到了半三郎。那五年时间里——作为学友而彼此陪伴在身边的时候,世间的复杂和生存的痛苦等与他们毫无关系。柔弱而神经质的少年龟之助,总是活蹦乱跳的半三郎……而今,他们却已经三人三样,要从各自的立场、各自进退两难的立场上进行对决。

——我们已经登场,从这里会有新的开始。半三郎,你的一生将由此而决定,要挺住啊!

金之助在心中这样叫喊道。

由利江要回去的时候,他一直将她送到庭院的榻门处。无论事情进展多么幸运,暂时不能再见面了。能见到你真好……并且,今后你一定要幸福!他在心中这样祈祷。他脸上浮现出有力而明朗的微笑,如此说道:

"转告公乡,说我期待着他的裁决……"

由利江抬头用泪眼望着他,颔首一下后便离去了。在她的背影再也看不见了的时候,右手边突然传来什么东西忽地掉落的声音。在静下来的雨滴声中,那声音响得出奇——是梅子掉落下来。

金之助这样估计并回头望去。然后，看见昨晚冷雨过后落光树叶的树丛，才觉察是自己的错觉，不禁苦笑着嘀咕道：

"是啊，那时候也下着雨。"

（"讲谈俱乐部"昭和二十四年七月刊）

町奉行日記

寒橋

一

阿孝有时会自己害羞。特别是对着镜子的时候。

"哎呀，讨厌。讨厌呢。"

一个人的时候就这么自言自语，羞红着脸，以一种被挑逗的心情仔细端详映在镜中的自己的脸。整体来看，虽然用了讨厌一词，但的确丰满了。皮肤透明，犹如花瓣既柔软又潮湿滋润，感觉抚摸一下会被吸附到手指上去似的。

还是赶紧移开视线吧。嫁作人妇已半年有余，这期间自己身体出现的变化，连自己都感到不好意思，脸颊发烫的事情时而有之。

——真讨厌啊。

这样想是因为确实感到样貌有所改变。胸部乳房沉甸甸，腰部周边富有紧张感，几乎带有疼痛感的结实的大腿。然而躯干纤细紧致，手脚也纤细苗条。身体有了肉感，增胖的部分和相反的纤细的收紧了的部分形成对比，与姑娘时代显然不同。她不由得脸庞发热，想背过脸去，实际上胸口却怦怦乱跳，以一种被诱惑的、不可思议的心情，久久地百看不厌般地审视着自己的身体。

"——不可思议呢，女人的身体……为什么呀，真的讨厌啊。"

一边说着讨厌，一边又不管看多久都看不厌。

"在干什么呀？又那副模样，穿上衣服吧，会受凉的。"

听到父亲苛责，才回过神来，不过还是装模作样地摆出一副镇静的样子，慢慢把手伸进和服的袖子里。每每如此。还是觉得不好意思。或许是母亲很早去世的缘故吧，以前父亲总会留意她该去盘头发啦，化妆上粉太过粗糙啦等等。

——没有母亲女儿便邋遢，世间马上就会这么说。要么干脆不化妆，不擦粉就不擦粉，要擦的话就要好好地打扮出姑娘样儿。

——今天就这样，今天的妆化得有些糟糕……而且天气已经这样让人感觉暗淡哟，这样的天气……就随便扑扑粉吧。

——那可不行，可以说女人的妆容是人世间的装饰点缀，哪怕是脏兮兮的变馊了的陋室，只要有装扮过的女人就会养眼。那一瞬间，馊掉的陋室也会显得华丽。也就是说，就像到了春天花朵绽放一样，它会成为人间间的点缀。要梳妆打扮，就要以那样的心情来打扮，而你却我行我素，必须控制这种自私的想法。

这一类的对话问答，已有无数次。

——哎呀，讨厌。说女人是人世间的点缀呀，应该取悦别人眼球之类的，我听着就心里上火。

阿孝并未撒谎，真的是这样想的。可是有了丈夫时三以后却变了。似乎父亲的话是真的，当她在梳头化妆的时候，猛地一留神，发现时三的眼睛正在看着自己发型和化妆的效果。尽管时三寡言什么也不说，但是当对发型妆容中意的时候，他的眼神会发出惊叹。

——多艳丽呀，好像眼前亮了呢。

似乎正这样说呢。较之能说会道者的千言万语，丈夫那样的眼神更有深意，让人不知有多喜悦。而且，当带着阿民去购物的时候，被过路的人回头张望，也感觉到一种莫名的兴奋。

其实做姑娘的时候，当感觉有人被自己的标致吸引的时候，就算不讨厌，也没能觉得愉快。然而，现在自己取悦他人，反过来某种程度也让自己变得愉快。也许那也是自然而然地对化妆越发上心的原因吧。

——你可真善变。

父亲那样认为。虽然好强的阿孝感觉羞愧，从各种方面来说都觉得害羞，但是不管怎样，照镜子的时候都很多，时间也越来越长，连自己都不知如何是好。春天到来花便开放嘛，挺好的嘛。心里这样告诉自己，干脆铁了心。

"爸爸，你怎么打算？如果晚上要去钓鱼，我就准备便当。"

"时三明天不是休息吗？"

"不要嘛，明天要去六间堀赏菊花呢。你不能约他去钓鱼的啦。"

"时三简直是被你一人霸占了嘛。"

"不行吗？我们是夫妇，他又不是爸爸的……作为回报今晚为你做好吃的啦，做爸爸最喜欢的好吃的东西。噢，可以吧？"

二

横跨本所六间堀和森下，有一个叫植辰的大型花店。那时候，菊花一般还是常见的染井品种，数年前开始，植辰也开始倾注力量，培育打理出别具风格的花坛供展览参观。大朵菊、变幻开花、垂盆菊等人工培育的品种很少，更多是无须精心照料的、极其普通的品种。没有眼光的人多少感觉失望。有人信口开河地说做砸了。不过文人雅客或多或少有点品味的人亦即别具慧眼的人，却是心悦诚服的。

——有一种野趣呢。栽培得真妙。别有一番无法言喻的风情呢。

——这样栽培菊花才是正道。乱菊才自然。染井之类都是旁门邪道，那样就把花分裂成一片一片的。对我来说，此等菊花才可以拿来饮用。

菊花怎可饮用？菊花是可助兴举杯饮酒。于是植辰店方在花坛的重要处所都设置了茶店。稍后又建了四五个地上铺席的小间，在这里有不错的女招待，也可以做点像样的料理。阿孝和时三租了一间茶店，将带来的菜品盒子打开，也叫了一些那家店里的料理，两个人欣赏着菊花度过了半天。

"最近我怕死得要命呢，你没有这样的感觉吗？"

"身体有哪里不舒服吗？"

"不是。死了的话不得不跟你分离，见不上面也说不上话，想到这个便感到心里非常害怕，胸口这里像有石头一样的东西堵着。"

"但是将来某一天……那终归是没有办法的吧。"

"所以才这样想呢。将来有一天会死去，所以……至少在我们活着可以在一起的时候，我们要做最亲密的夫妻，连一层薄纸的距离也没有。迄今为止，任何夫妻都无法做到的……我会尽我所能为你做好一切。好吗？"

阿孝的一只手放在丈夫的膝盖上，从上面用力按住，含情脉脉的眼睛望着他。

"我的身心都会如你所愿，我会为你做一切，所以你要永远不变地疼爱我哦。不许你被外面的其他人吸引，或者偷偷摸摸地和别人相好。那样的事情绝对不能做哦，好不好？"

"我好像没有那个本事，没人搭理我的啦。"

"不对不对，你撒谎，你身上有女人喜欢的东西，看着你会忍不住想照顾你呢。不仅是你的男人味还有人品。就说阿民吧，她看你的时候那眼神都不对。"

"尽说傻话。"

时三皱起眉头，转过脸去。

"哎呀，真的啦。在槙町的时候也是，我知道附近的女孩们围着你转呢。歌泽的师傅也是！哎，讨厌呢，要是以后也有这样的事，我可活不下去哦，你记住哦。"

"到底怎么啦？你今天……"

时三这次不解地看着阿孝。

"老说些奇怪的话，真的不会是哪里不舒服吧？"

"没有不舒服啊，哪里说什么奇怪的话啦。你是不明白我的心情，所以听上去才奇怪。是啊，我这个人……你其实根本都没有把我当回事儿。"

"全是傻话，没头没脑的。"

说着说着，阿孝用袖子压住脸，趴在时三的膝上哭泣。当然不是悲伤，而是一种无法言说的纠结。除了不由自主地哭泣，她不知道如何收拾自己的情绪。

结婚刚好半年后的一天，很明显地，阿孝的想法变成这样。丈夫对自己而言绝对是无法被他人替代的人，假如丈夫变心喜欢了外面的女人，真的自己会死掉吧。已经结婚的女人大多这样想。这是极其普通的想法，但阿孝的爱毕竟有些极端。

在庶民街区长大的孩子一般都早熟老练，阿孝却少见的不谙世事。那年三月，在阿孝二十岁嫁给时三之前，她记忆中从未有过被男人吸引的经历。家里是持续三代经营纸袋的商人，一说到采女町的"田村"，人人皆知是一流商铺。从田村出来独立开店的有七家，这些叫"内店"，彼此像亲戚一般走动，这些人老早就向阿孝提亲。阿孝是独生女，早晚得招女婿入赘，"总店"不稳，"内店"便无法安心，大家基于这种公式化考虑。围绕着"总店"，其背后似乎在亲戚和内店间始终存在着一种竞争。这另当别论，阿孝隐约觉察到的是父亲伊兵卫的问题。

阿孝的母亲叫阿稻，阿孝九岁的时候去世，原来是有家境人家的女儿，伊兵卫是在店里长大，后被招为女婿的。阿稻比阿孝标致得多。据说某专门绘画的书店曾要为她画一张画，当然她谢绝了对方的好意。可见当时的她多么漂亮。不过她身体却羸弱，家里来来去去没断过医生。似乎正因如此，了解其脾性、性格温和又不沾烟酒的伊兵卫，才被选中了。不出所料，伊兵卫是一个好丈夫。阿稻生了阿孝以后，一年的一半时间都是卧病在床的状态，离小田原町大川很近的这个房子，也是为她疗养修建的。伊兵卫除了在小田原町的这个家和纸店之间往返奔波，连周边的胡同都不曾拐进去过，全心全意地忠实照顾妻子。

妻子去世以后，当然续弦的话题不断。可伊兵卫只是柔和地当做耳旁风，始终没有答应。周边的人们便期待着阿孝早日嫁人招夫婿，然后让伊兵卫隐居，并找一个合适的后妻。

——爸爸，为什么不再给我找一个妈妈呢？嗯，给我找一个妈妈嘛。

十二三岁时，阿孝经常这样说。那以后又过了些日子，开始去学常磐津小调，学裁缝，在那里听到的家长里短，基本都是男女间艳闻，尤其知道了男人天性恶劣的定论——见异思迁。这以后便痛苦于对父亲的不信和怀疑。差不多在那前后，伊兵卫对钓鱼产生了兴趣，有时晚上出去钓鱼早上才回来。阿孝便胡乱猜测，父亲一定是外面藏了女人，出去住在那里，她感到胸口发堵，陷入呼吸困难一般的痛苦心境中。

——哎呀，真的是去钓鱼了吗？住在外面对吧？呃，真的去钓鱼了吗？

这么唠叨不休，到最后有几次跟着一起去钓鱼。伊兵卫从那个时候开始，便和阿孝搬到了小田原町的家里，再雇一个做饭的老妈子和一个侍女，过起了父女二人相向的日子……形式上阿孝既是女儿又像是妻子。除了在店里和小田原町往返穿梭，他仍然是连胡同都不会拐入，钓鱼也只是在附近的寒桥一带玩玩而已。

寒桥是小田原跨越到筑地明石町的桥，在京桥护城河和见当护城河与大川合流的入口处。河滨大石头滚来滚去任风吹雨打的景观，与俗称的"寒冷之桥"再匹配不过。伊兵卫在那里垂钓。在寒冷的季节里，穿着几件棉袄的外面再加上毛呢外套，像盗贼那样用头巾把头严实地包裹起来，在溃垮掉的石墙上呆呆地拿着鱼竿。阿孝常看见父亲的这副打扮。

因为钓鱼的地方离家很近，所以在睡不着的时候，阿孝就为父亲送一杯热茶过去，在父亲身旁把自己的身体缩成团，望着眼前昏暗的大川河水，有时一待就是很长时候。

——你母亲身体还好的时候，也常送茶水和便当过来的。伊兵卫有时也会聊点儿这类家常。

——有一个从目黑来的侍女叫阿取，会让她帮忙送过来……就像你现在这样猫在那里，看我钓鱼。阿取正是嗜睡的年龄，真麻烦，总在那里打瞌睡。你妈无奈，只好笑着自己回家去……那笑声犹在耳际。

阿孝仿佛也看见了那样的情景。病弱的母亲和温和厚道的父亲，两人饱含体贴的静静的爱情，像初冬柔和的阳光一样透明而温暖，阿孝渐渐感受和领悟到了这一点。

——爸爸不肯续弦，没有在外养女人，没有拈花惹草，都是因为忘不了已经离开人世的母亲，毕竟两个人曾经那样地相爱。

阿孝想过。在这世上，男人见异思迁、天性恶劣已是定论，现实中也耳闻目睹。像父亲这样的人应是稀有的。男人可恶，自己无论如何都绝不结婚。如此甚至成了一个信念。阿孝身体的发育也偏晚，除了父亲以外，对男人一概不关心。

结婚以后满半年左右，对丈夫强烈爱恋和执着，说穿了是对过去的反弹吧。同样因为发育滞后，身体和心灵反而快速、生动地开始生长。总之男人女人间的爱情，令人身体灼烧般的愉悦，然而又是这样痛苦和悲哀，阿孝终于到了自己体验爱情滋味的时期。

三

一年过去，又一年过去了。

在时三来到这个家里两年后的那个五月，父亲伊兵卫突然吐血病倒了。医生诊断是胃里出现了溃疡，一直那样卧床到九月份。在此期间，对伊兵卫的照顾由侍女阿民一人独自承担。做饭费事花时间，要用温热的石头暖身又要冷却胃部，要煎药和照顾大小便，由于父亲是禁止行动的病人，看护需要加倍的费心和努力。阿孝当然也没有旁观，很卖劲儿地照顾，可阿民总是抢先地奔走忙乱，而且病人本人就想依靠阿民。

"那个让阿民做好啦，你有自己要做的事吧，不用管我去做你的事情吧。"

他说着这些话，尽量不让阿孝动手。

"奇怪。总感觉怪怪的，觉得也许不会吧……不知到底怎么回事。"

"没有什么奇怪的呀。你侍候我是天经地义，可阿民可以专门陪护哪，……不能动的病人最讨厌看护换手了。"

"那倒也是，但是……"

阿孝在一边这样和丈夫说着话，脑子里有一事很费解。便是去年有人向阿民提亲，而且对方是不可多得的好人家，阿民却拒绝了。阿民的家在南千住，从十五岁开始便来到这个家里做事，她比阿孝小一岁，既有机灵劲儿姿色也不差，属于通常说的那种肉嘟嘟类型，是身材丰满、个子小巧、讨人喜欢的姑娘。之前也有几次提亲，她却总是摇头说自己年纪还小。

——我想一辈子待在阿孝小姐身边，嫁到别处去我不愿意。

她一直固执地这么坚持。可是去年，她已年满二十，无法理解她拒绝的理由。阿孝曾以玩笑的口吻对丈夫说：

——因为喜欢你呀……

而且自时三入赘来到这个家，阿民的样子变得有一种说不出的娇媚，时三有时候对她说了点什么，她会突然地羞红了脸，并用潮湿的眼神目不转睛地看着他。那次去六间堀赏菊，终于忍不住说给丈夫听，却被丈夫不愉快地置之不理。从父亲病倒后的状况看，总感觉其中有些异样……很是不痛快。

"不是挺好的吗？你父亲也满意，阿民也乐意，有什么可烦恼的呀。"

"莫非是嫉妒心在作怪？"

"原来你并不是那么超然呀……"

"可恨，都是因为你啦。"

"又这样说，你真是百说不厌哪。"

"可那是事实嘛。和你在一起之前，连做梦我都不曾知道这样的感受……真的我自己都觉得讨厌呢。"

那句"都是因为你啦"不无依据。时三同样是纸袋商的儿子,是日本桥胡同一家"松叶屋"的次子。他很有男人味又有工匠气质,据说颇受周边姑娘青睐。还听说,与学唱歌泽小调的年轻师傅,也有非同寻常的深交。当然结婚之前,似已经处理干净。但在一起生活以后,阿孝明显地感觉到——人们以前说的应该是事实。

时三来到田村以后,比起坐在店里,他更喜欢做事情,店铺的打理交给一个名叫他吉的掌柜,自己整日里窝在现场。他整日吊着个脸不爱说话,总摆出一副闷憨的模样。因此,反而具有一种无法言喻的魅力。要么想大包大揽地照顾他,要么想把他当个倒霉蛋欺负,要么想让他在被薄情对待之后大哭一场。总之对待这样的男人,无法置之不理。

——这便是招女人喜欢的类型啦。最危险的类型。

阿孝切身体会感受到这一点。

结婚以后整两年,让人起疑的事情从未有过。丈夫是诚实的,千真万确,丝毫没有猜忌的余地。她可以安心,同时总有一种难以置信的心情挥之不去,不由自主会说一些丈夫嫌唠叨、自己也感觉讨厌的话。

——都怪你不好啦。

阿孝除了这样说,别无立足之地。

四

伊兵卫在九月下旬病愈下床了。

在此之前，某夜阿孝突然睁开眼，发现通常亮着的长明灯熄灭了。心想或许是没有灯油了吧，本来要继续睡觉的，可不知为何甚是清醒，无法入眠。过了一阵还是悄悄起身，小心尽量不出声地轻手轻脚地往厕所去。结果在走廊的对面，突然传来槅门倏地被打开的声音，还听到一句不知是谁的低语声。她想或许是父亲在和阿民说什么吧。到了走廊上，脚步声朝这边来了。有高高的格子窗，因是半夜，漆黑一片完全无法看清。阿孝谨慎地喊话道：

"是谁？阿民吗？"

心想可不能撞上了。没想到对方像是没有察觉，非常惊慌地应道：

"是我，……怎么啦？"

时三用高亢的声音答道。

"是你呀，太黑了没有认出来呢。"

"你怎么啦？在这样的地方……干什么呢？"

"笨蛋，这种时间怎么可能干什么呢？"

阿孝一边低声笑着一边提醒道。

"当心哦，长明灯熄灭了哟。"

这样招呼了几句，便和丈夫各去各处。听说原来学习常磐津小调那里的师傅又病倒了，所以四五个学艺时的朋友约定一起去探望。阿民在忙，腾不开手，自己便拿上慰问品独自出了门。之前说好回来时，大家一块儿吃晚饭，慎重起见，顺便去了采女町的店里。

"估计可能会去日本桥的花川吧。听口气阿文和阿咏也能去，所以可能会回来得晚点儿……如果时间还早，就去槙町露个面。"

阿孝对丈夫预先交代好这些，便出去了。

师傅家在木挽町三丁目。已经五十六七岁，但很开朗，只是扭了腰称不上生病，轻微的身体障碍而已。聚在一起的朋友都是成了家的人，在庶民街区一起长大，习惯了热闹的商品街生活，并且各自很会找乐子。于是干脆决定不去花川就在这儿聚，分头完成所需做的准备，热闹的酒宴就开始了。

领头的是阿文。她和阿孝是隔壁邻居，一起长大的朋友，家里经营着一家很大的名叫佐野庄的布袜店。她比阿孝早两年有了夫婿，膝下已有三个孩子。

——丈夫这玩意儿，就是不能让他胡作非为，要用驾驭野马的招儿来对付哟。牢牢缠住马嚼子，勒紧手里的马缰，我可是用力拽着让他不敢吱声儿哪。

阿文就是这么霸气泼辣。家里做女侍的阿民也是这个阿文帮忙物色的。总之大家都是二十二三岁已经成家的少妇，又都感觉已然尽知人世间各种滋味，所以喝了点儿酒，席间可谓壮观。阿孝也是有些酒量的,或许大家说的话题太过刺激,加上比平时喝过了头的缘故,不一会儿就感觉不舒服,估计自己可能终究无法坚持到酒席最后,所以巧妙地独自一人先溜走了。

时候尚早。到外面吹吹风又觉得没什么太大的不适。想过去一趟槙町的,但还是觉得有些吃力,于是便没有去店里照面直接回家了。结果——原本家的结构就是按照宿舍风格修建的,在相当宽大的庭院周边,有带藤壶外壳的鱼尾形脊瓦围墙环绕,并用胡枝子编织了一道折叠式的小门——走进那道门立刻看见矮墙背阴处,时三和阿民站在那里私语。

这时阿孝心里咯噔了一下。好像阿民在哭啼,丈夫抱着双臂,没精打采地耷拉着头,用低沉的声音在说什么。虽然只是非常短暂的瞬间,阿孝还是差点儿停住脚步,可丈夫在此之前先回头望向了这边。应该是注意到了开门的声音吧,回过头看着这边,用镇静的眼神示意道:

——没事,进来呀。

他镇定的眼神,还有丝毫没有慌张的神色,令阿孝心里一惊。她沉默不语地走了进去,换衣服的时候依然还是胸口怦怦直跳。

"阿民被父亲训斥了。不过你最好还是假装不知道吧。"

跟着进来后,时三这样说道。

自伊兵卫病愈可以下床以后,阿民的状况便莫名地发生了一些变化。她总是愁眉苦脸，老是摔坏盘碟，迄今从未犯过这种错误，还会称肚子不舒服而在床上沉默寡言地躺上四五天，半夜里在厨房要呕吐，发出让人讨厌的声音。

然后到了十月底，阿民说身体不好，突然提出请假，以无法挽留的坚决态度回自己家去了。

"到底怎么啦？七年来我们像家里人一样相处过来，有什么令她不满意，要那样地离去呢？"

"也许突然想嫁人了吧。"

时三是这样说。

"反正也不是到死都一直在一起的人，将来有一天总归会离开。我的病也刚刚稳定了，这样也好。"

伊兵卫仅仅说了这么几句。阿孝心里多少还是感觉不痛快，不能就此便置之不理，阿民出嫁或者不出嫁另当别论，阿孝依旧将早先预算好的东西买好备齐，并且还包上相当数量的金子，派人送到了她南千住的家里。

过了大约半个月，也有人介绍新的侍女，不过在还没有孩子的时候也不会有多少家务，阿孝决定还是自己先干着。

"不过奇怪呢，莫非我的身子生不了小孩吗？"

"孩子嘛，不用着急的。"

"可是很讨厌的哟，和朋友们见面，我总是会被人嘲笑呢……说都是因为两人关系太好呀，迎接回应过激呀之类。你觉得呢？真的有那样的事吗？关系太好的话会……哎呀，真讨厌，在说些什么怪怪的呀，我不对劲啦。"

"自己一个人欢闹又自己一个人脸红,倒也省事儿。"

"不好吗?阿民不在了以后,可是第一次这样亲密无间的感觉呢,第一次真切地觉得夫妇可以面对面了呢,假如这样可以早点有孩子,就完美了……要不然我去哪里祭拜一下吧?"

在开年之后的正月二十日,在常磐津师傅那里有一个总排练。这是每年都会进行的惯例,在三十间堀的"半胜"租个会场。当天,以前的弟子也会集中到一块儿来助威加油,集会上会碰到平常极少见面的人,还可以听到各种消息,所以在老相识的人们心中理解为联欢会。这里不仅有经济方面的意义。天性喜欢张罗的阿文发号施令,总排练一结束,便将师傅拉过来起劲儿地吆喝道:

"走吧,去师傅那里搞一个庆功宴吧。"

弟子们从家里带来许多表示祝贺的礼物,又从附近外卖的饭馆叫了酒菜,于是华丽而大型的宴会开始了,去年探病的那场聚会和这可没法比。这次也有很多男人参加,所以女人们的喧闹有了一点节制,但也因此,某种男女间道不清的暧昧气息荡漾,连年纪不轻的老板娘也发出了放肆的笑声。

"阿孝,说说话呗。"

在举杯畅饮后没多久,阿文过来坐到旁边,轻声笑着看着阿孝。

"怎么样?你那老公,近来可老实?"

阿文故意用这样的口吻询问，奋战了一圈之后酒精下肚，好像已醉得不轻，白粉脱落的脸颊像扁桃一样红润发光。

"最近？我家里那家伙还是老样子呀。没有什么了不起的事儿。"

"就因为你这样子，不可以啊。你呀，都是因为过度痴迷你老公了。听好啦，不管是夫妇还是什么，男人女人间动真情的一方会输，必须让对方痴迷自己才行啊。当然哦，时三是个好男人，连我都想和他有点儿什么……所以更不能让他看到你的弱点。你这样简单没城府，毫无城府地迷恋他才会变成那样。真是的，若是吉原或柳桥一带公认的头牌另当别论，被家里侍女抢了男人这种事，不是女人的耻辱吗？"

阿孝目瞪口呆。难道阿文已经烂醉了吗？忍不住一边偷笑，一边再看了一眼阿文的脸。不知阿文对此如何感觉，很起劲地继续说道：

"阿孝你这个傻瓜。听说之后你还买了衣服、柜子，甚至还附上一些金子送过去，是吗？很快，婴儿出生了的话，还打算领回去抚养吧？要是我的话，会把阿民刺扎个痛快。你可要振作哦，阿孝。"

"你说阿民？阿民有什么吗……"

"还瞒着我干吗？介绍阿民到你家的不是我吗？我后来越发对你感到抱歉，因此更加生气，于是跑到南千住去。

她向我保证……从此自己不再与年轻的主子见面，孩子出生以后到乡下去躲得远远的。她倒是一副老实的面孔在流着泪听着，但心里怎么想的鬼才知道呢。我不是常说吗？对自己的男人可得勒紧缰绳，把他牢牢地抓在手中，……你呀，都是因为太天真啦……"

阿孝已经无法再听下去。身体剧烈地摇晃，几乎要倒下去，接着一种剧烈的呕吐感袭来，她离开了座位。

五

那以后五天五夜，阿孝的心里七上八下。

阿文讲述的语气直截了当，没留下丝毫揣摩这之间是否有误会的空间。根本不需要分析总结与不总结，很清楚丈夫和阿民之间是那种关系，阿民怀孕才回了自己家。那么，事实已经非常明了。还说到亲自去南千住的她家怒斥，阿民哭着表达了歉意。其中——绝不会和年轻的主子再见面的那句话，尤其刺耳戳心。这句话可是毋庸置疑地证明了两人的关系。

——是真的吗？……不，不可能。那个人不可能对阿民做那样的事。

越这样想，阿孝脑子里一些可疑的记忆开始复苏，变得清晰起来。长明灯熄灭那天晚上的事，矮墙背光处和丈夫单独二人、阿民哭泣的事，还有丈夫来到这个家里阿民表现出的那副媚态，以及她直勾勾地看着丈夫时潮湿的眼神等等。

到此已忍无可忍！到了第六天晚上，阿孝终究还是开口向丈夫询问此事了。

"希望你告诉我真话，我会镇静地听着……好吗？我绝不吵闹发作，但想你告诉我真实的情况。"

时三沉默不语地看着自己的膝盖。额头似乎有一丝苍白，然后稍稍过了一会儿，嘟哝着说道：

"对不起，请原谅我。"

"别说原谅这样的话，没有关系的。"

阿孝慌忙用笑容打断。那是一种连自己都觉得不可思议的笑法，倒不如说，甚至是兴高采烈的。

"知道真实的情况就好呢，那么……阿民大约什么时候生产？"

"我想是今年的五月吧……"

"哦，五月啊，必须得把这个问清楚。毕竟我不可能装作不知道不闻不问的吧，既然有了生孩子这样的事情，……哪怕是我，也有各种为之该做的事情……不过还好弄明白了，我完全被蒙在鼓里呢。真是笨得出奇，又少根筋。"

"阿孝，是我对不住你。"

时三扬起脸看着阿孝。他干净清澈的眼睛里噙着泪水。

"是我鬼迷心窍了……那是一个错误。真的对不起，请原谅我。"

"好啦，不用说啦，谁都会有错的，包括我在内。哎呀，父亲在叫我吧。"

阿孝慌慌张张地离开了。

在丈夫面前总算控制住没哭，也无法恨他，那以后的两三天心情明快，和平常一样地笑着，或者开朗地闲聊着……然而某夜，当丈夫的手伸进自己的被子时，那一瞬间，阿孝感觉到强烈的呕吐感，去厨房想吐出来，这时又有一种胸口被撕裂成碎片的非常强烈的苦闷和绝望突然袭来，她发出几声呻吟后猝然倒下。

"阿孝，怎么啦？怎么了呀？"

被这样叫唤着恢复了意识，才发现自己是被丈夫抱在怀里而醒过来的。阿孝摇了下头，想要笑笑。没有什么的哟。本想这样说来着，可是感受到抱着自己的丈夫的手臂温热时，她像触碰到了蛇似的全身颤抖，发出尖叫从丈夫的手里挣脱出来。

"阿孝，你到底怎么啦？"

"那边，……你去那边！……没什么，我没有问题的！……你去那边。"

因她全身的震颤，厨房的盖板发出了嘎嗒嘎嗒的响声。时三在黑暗中目不转睛地看着她，过了一会儿就默默地走出了厨房。

那之后阿孝的痛苦便开始了。那种痛苦是身体的反应，首先是想呕吐，然后是胸口像被榨油棒捶打过或者被撕裂开了似的，痛苦得难以忍耐。有时突然眼前一黑，无法呼吸，甚至感觉那样下去马上就要疯掉了。

"啊啊，……过分……他太过分了。"

阿孝一边肩膀抽动，喘着气低声这样嘟哝，一边扭动身子痛苦地挣扎，跑到没有人能够看见的地方去哭泣。

"什么呀，这种小事，有什么稀奇的，才不在乎呢。"

一边哭着，也说些诸如此类的话给自己听，但这样说的同时又在痛苦地扭动身体，四处滚来滚去地挣扎着，被想要大喊大叫着发泄的冲动驱使着。

那天从早上开始吹着南风，天气暖和得令人感到不舒服。风停下来，气温依然很高，即将到花开的时节。父亲这一阵好像胃又不太对劲，脸色有些黯淡，不过那天晚上看上去心情很好，在晚饭的时候难得又聊起了好久不提的钓鱼的话题。

"这样的夜晚应该吃星鳗。可是星鳗都是从海里来的，今年我想试一试钓鲫鱼。槙町的鲫鱼的确有名。"

"爸爸都是嘴上说说啦，才不是去钓鱼呢，是去喝酒的。"

"哪里！刚钓上来的东西，当场做好了饮酒，都说那才是垂钓的根本魅力。我现在喝不了酒了，所以不能体味……"

阿孝听着两人对话，自然而然想起了寒桥夜晚的那些事。

父亲就寝了，丈夫也睡了以后，阿孝拆了一会儿衣服，忽然感觉有人在叫自己,于是把膝盖上的东西推到一旁站起来,轻声地从背后的门出去了。十一点左右吧。虽然近邻已经关上门睡了,四处仍有灯火外漏,还可以听见人家的开心对话。她径直走到河岸,到通常父亲所坐的寒桥——垮塌石墙的地方,在那里久久伫立。

在上游的佃岛那一带,小船上的火苗隐约摇曳,星星点点可见五六处。应该是银鱼网吧,从那一带沿着水面,断断续续听见传来人声。

"妈妈。"

阿孝轻轻地叫了一声。父亲在垂拉钓线,母亲让女侍拿来热茶和便当,自己到父亲身边蹲着。

——你不该来的,要是感冒可麻烦啦。

——可是感到寂寞呢。睡不着来看看的。你喝点茶吧。

——辛苦你啦。我这会儿刚好想喝呢。你要待在这里,把这个披上才好。

——哎呀不用,那么你会冷的啦。

父亲和母亲之间这样的对话,就像活生生在那里交谈一样,感觉一句又一句很清晰地传入耳中。父亲和母亲之间那种平稳而毫无杂质的、温暖的爱情,彼此互相体谅、诚实坦率的爱情……就那样,铭刻在了寒桥岸边的石头上面,就那样一直实实在在留存在那里,两人的爱情至今依然还活在那里,在那里,在那个石头上面。阿孝感觉自己的眼睛看见了那一切。

"妈妈，我好苦，活着好痛苦呀。啊，妈妈，我该怎么办？"

阿孝呆呆地望着眼前昏暗的流水说道：

"我这么痛苦，却对他恨不起来，恨他也无法离开他，甚至比以前更依恋他，然而他一旦到我旁边，靠近我，我又会浑身起鸡皮疙瘩地感到厌恶。我独自一人的时候，会感到死一样难忍的痛苦。哎，我该怎么办？告诉我，妈妈，告诉我，妈妈，唉，我该怎么办？"

在嗒呜嗒呜拍打岸边的波浪声中，母亲的脸倏地浮现在面前，一边招手一边这样说道：

"来吧，阿孝，到这里来。到妈妈的身边来……"

阿孝感觉全身的毛都竖起来了。因为那声音听上去过于清晰。于是不由得想向后退，可摇摇晃晃的脚却在朝前面迈去，这时候，肩膀被一个强大的力量剧烈地抱紧。

"别干傻事啊！阿孝。"

耳边响起这样的叫喊，她才猛地一惊，挣扎着身体甩掉了那只手。

"什么呀，什么傻事呀。"

阿孝边用手理头发边这样说道：

"太闷热了感觉头疼，来这里吹一下河风而已。"

"阿孝……"

时三大口喘着粗气，使劲儿咽下口水，一只手怪怪地挥舞了一下，然后用嘶哑的声音说道：

"马上回去，父亲不好啦。我去请医生。"

"父亲?他怎么啦?"

"又吐血啦,比以前吐得更多,快回去,用湿毛巾冷却胃部,我去叫医生来。"

"父亲他……"

说着,阿孝已经向前跑去。

丈夫好像喊了什么。但阿孝基本是半疯狂地跑着,到家的途中摔倒了两次,一只膝盖严重地摔破了皮。父亲仰面躺着,胸口以下盖着被子,脸色苍白得令人害怕,脸颊瘦削,弄脏的嘴唇张开着,呼吸急促而微弱。大概没空擦拭吧,周围还是吐过后的脏乱样。阿孝以尽可能镇静的动作靠近枕边。

"爸爸……很难受吧,马上就叫医生来家里了。就稍微忍耐一下吧,要挺住哦。"

"没事的,已经不难受了。"

伊兵卫只是把眼光转向了这边。

"倒是……阿孝,我有话要对你说。再靠我近一点。"

六

"可是现在不能讲话。在医生到来之前必须要保持安静。"

"不,你听我说,现在不说就再也没有时间了。我……阿孝,……我对不住你,也对不住时三。你仔细听,我什么都告诉你。阿孝,……阿民肚子里的孩子是我的,不是时三的,阿民要生下的是我伊兵卫的孩子。"

阿孝吸了口气。

"时三祖护我,替我这个父亲把羞耻承担到自己身上,好像对阿民也是这样嘱咐的。……也绝对不要告诉你,他让我这样答应守住秘密。……所以我一直没有说,但是感觉我这次恐怕是不行了,就这样我无法闭眼,所以要把真相告诉你。阿孝,……你明白了吗?"

"爸爸!"

阿孝突然握住父亲的手,脸颊贴紧并摩挲着父亲的手哭泣起来。

"我高兴。爸爸,高兴着呢,我好高兴啊。"

完全是用笑的声音,却毫不掩饰地哭着。伊兵卫闭着眼睛,轻轻点头说道:

"你痛苦万分,我是非常清楚的,……你一定很煎熬吧,你一定绝望到不顾一切了吧。……但是如果了解到真相,知道了是我的过错的话,应该就不会痛苦了。"

阿孝还在哭着,脸枕着被自己眼泪打湿的父亲的手点头回应。

"人真的很脆弱,尽管很小心,但是只要稍微有点缝隙,便会搞出连自己都吃惊的名堂来。……人都有脆弱的地方,……这一点要牢牢地记住,懂吗?……也许不会有那样的事吧。但在漫长的生活中,或许时三也会做点儿拈花惹草的事。……那样的时候必须容忍。夫妇之间的过错,必须互相容忍,互相鼓励,互相帮助,这才是夫妇的情分。"

在努力听清父亲的话、把它记住的同时,阿孝已经满脑子充满了幸福和喜悦,感觉身体好像被融化了似的继续哭着。

"答应我,这件事要藏在你的心底。因为大家都是这样打算的。所以也不要告诉时三,明白吗?"

伊兵卫这样叮咛以后,便闭口不言了。

那之后稍过了一会儿医生来了。可还没有来得及做急救处理,父亲又出现大量吐血的症状,随即陷入了昏迷状态。准备叫日本桥那边的西医,派出的人刚走不久,伊兵卫便在昏迷中停止了呼吸。

三七过去前的那些日子,阿孝感觉身体和心好像都不是自己的了。时三担心她,叫她只要坐着就好,让她什么也别干,事实上也没什么可干的。可即便如此,还是会有一种不断被追赶的感觉,心神不定无法平静,晚上也无法睡得安稳。

"才不是哦,昨晚你打着呼噜睡得踏实着呢。我起来过两次你都不知道吧?"

丈夫笑着这样说,自己却不那样感觉,的确好像整个晚上都没有睡着,到了白天疲倦困倦得不行。

三七那天,在寺院做了法事之后,在金六町的"菊屋"招待客人。总共有三十人左右,但诸事都是店里的人奔走忙碌,阿孝只要坐着招呼就行。接待客人结束后,她顺道去了一趟店里,回小田原的时候天已大黑,家里各处都上灯明亮了。

看守家里的人也回去了，只剩下他们独自两人，终于轻松下来。舒一口气后两人对望的时候，阿孝用温柔的眼神望着丈夫微微一笑。

"够呛呢，累了吧，什么事都靠你一个人。真的抱歉，对不起哦。"

"是岳父的事情嘛。你不必道谢。"

"我想父亲是高兴的，没有留下遗憾，你为他做了这么多。对于将出生的孩子也负起了一般人不可能承担的责任。父亲一定是安详地离开的。"

"有那样的事情吗？"

时三似乎略带怒意地这样说了一句，然后突然把眼光转向旁边。或许是二十多天操心的缘故吧，他的脸庞瘦了一圈，脸色也很糟糕。他将望着别处的视线收回来低着头，用轻柔的声音低语道：

"我总是让他老人家操心，本来想以后要好好尽孝心的。谁曾想到就这么突然地去世了，心里怎么也过不去，感觉到一种无法释怀的遗憾。"

"不，不是那样的。我都知道的。父亲说要感谢你的。我也是呢。你不知道我有多高兴，很高兴，不知道该怎么来表达谢意呢。"

阿孝用汗衫的袖子，轻轻地擦拭了一下眼睛。时三不解地看着，好像伤口被触碰到了似的问道：

"你都知道,……究竟知道什么?"

"我已经知道阿民要生下的孩子到底是谁的了。那天晚上你去叫医生之后,父亲彻底地告诉了我。原来你是替父亲承担羞耻,把它伪装成自己的错误,甚至也嘱咐阿民那样说。……我真是傻瓜,没有觉察到是这样,而心里怨恨你来着,十分痛苦和悲伤……觉得活着好辛苦啊。所以现在我高兴了,很高兴,甚至可以说高兴过头,即使什么时候死去都愿意啦。"

"父亲,是那样说的吗?父亲,他说阿民将要出生的孩子是自己的孩子?"

"老公,原谅我。"

阿孝抱住丈夫的胸脯,一边身体颤抖着把脸埋进了丈夫的胸口里。

"我只考虑了自己。只顾着自己要被宠爱,没有顾上从你的角度去感受。父亲是这样说的,人是脆弱的,夫妇应该互相包容,彼此扶持下去。我感觉自己终于成大人了。即便阿民的事真的是你的错,那么我现在能够去思考其中一半的责任在我。真的。我以后会做一个好妻子,所以原谅我。之前的事原谅我吧。"

阿孝甜蜜地出声抽啼,时三默默地拥抱着她,将自己的脸颊贴近阿孝的脸颊。被泪水弄湿的脸颊,像火一样滚烫。时三闭着眼,像哄孩子似的静静地摇晃着妻子的身体。

"阿民的孩子生下来以后,接回家里来抚养吧。虽然有些对不住你，让你把他当作自己的孩子。据说领养孩子的话，就会有自己的孩子。说不定我以后会怀上孩子呢。"

"如果阿民肯放手的话……"

"阿民以后自己要去嫁人的呀，向她说明缘由，会放手的吧……嚯嚯。"

阿孝带着哭腔抿嘴一笑。

"阿文肯定会发火。果真像她之前曾经说过的那样啦。她说你马上就会提出把婴儿接回家……又不能告诉她真相，她一定会满脸通红大发雷霆的。"

那天晚上久违的……两人在一起之后第一次，只铺了一床被子。桃花节将近，夜晚却少见的依然寒冷。或许是春寒吧，提醒"小心火烛"的敲梆声，听上去遥远而清晰。

半夜，过了很久之后，时三悄悄地起来，不出声响地轻轻走到佛龛前面，规矩地坐在那里，肃然地低下头。

"谢谢您，父亲。"

他用低沉的声音这样小声说道。

"只有这一次，我绝不会再做那样的事了。您在天上看着吧……我一定会让阿孝幸福的。"

他用手腕捂住眼睛。抽泣声穿透他的喉咙漏了出来。在很远的地方，警戒火情的敲梆的声音，很清晰地传来。

（《国王》昭和二十五年二月号）

町奉行日记

是我物语

第一讲　请辞使番职务之事

在美浓国多治见城主即松平河内守大名康秀的领地，家老中有一位叫知次茂平的老人。

略胖，脸和身体都圆圆的，嘴巴成大大的"へ"字形状。多少有点哮喘征兆，有抽风病，爱操心，就像一般单纯的人那样，爱抱怨牢骚多，现年五十七岁。

"真的难以理解，这个世界在进步，人却在退化，无论在学问方面还是武艺方面都如此，看着当今的年轻人做事，让人焦躁难耐，连颈背窝都痒。他们的骨头变细了还是到底是怎么回事呢？一个个腰身纤细、虚弱摇晃，能脊骨挺直的人一个也没有，战战兢兢，却又尽干无聊的蠢事。令人叹息呀，照这样的光景，人类究竟打算变成什么样呢？"

这是茂平老喝了酒，一定会出现的牢骚。

"令人不满，真的让人不满意，为何如今的年轻人这么轻浮？为什么就不能气定神闲呢？胆子小，鼠目寸光，急急忙忙惊慌失措，简直不成体统，藩国的未来堪忧。"

茂平老是领地家老，不仅执掌政务，所有的事务、活动、纠纷、处分奖赏、人事协调，什么都由他亲自处理。自然就极其忙碌，总是匆匆忙忙的。

刚才还在老职的房间，转眼又到了队长堆里。本来见他走在廊上，听说又去了柴火房，喝茶跑过去一看，他已在书院和奉行们交谈。有一次，一名担任记录所总务的武士仙波又助突然求见，去了茂平老的房间。

这个说法有些夸张，按照人们传说的那样，又助去官府，被告知茂平老正在书库，然后去书库，有人说"刚刚去了郡奉行处"。赶到奉行处，又被告知"之前是在这里的，可现在去了收费处"。到了收费处，又说他去了施工奉行。在施工奉行，又说移步到了捕吏事务所。在捕吏事务所，又再次被告诉"已回了官府"。他又沿着走廊跑到最初的家老职房，结果又说去了书库。

"据说……好像在找你。"

跑去书库，结果又是"刚才去了郡奉行"。在郡奉行前后脚错开一步，得到的回复是"从收费所到捕吏事务所了"。在藩城四面八方跑了一大圈，无论去哪里，都说"刚才在这里"，无论到哪里，都回答说"哎呀，又去了这里、那里"。而且所到之处都说"家老大人也在找你哟"。从上午十点到下午三点，去这里跑那里，后因眩晕气紧疲劳，终于在自己工作的地方倒下了，嘴里喝着药让身子平躺一会儿，这时茂平老跑来了。他却没有站起来的力气了，躺着望着他说：

"家老大人，您有何吩咐？"

几乎在他说话的同时，茂平老也说出了同样的话：

"怎么啦？仙渡，你有什么事吗？"

"家老大人，您不是在找我吗？"

"我是听说你在找我,我才找你的,你究竟在哪里转悠呀?"

"啊?……就是说您在那里这里跑来跑去?"

"什么那里这里的!害得我汗流浃背,你给我安静一会儿啦。"

自那以后,在多治见藩产生了一句格言。

"有事找茂平老,须坐以待之。"

假如一动不动地待在一处,一定能见到茂平老。四处去找,有急事的时候是赶不及的。据说就是这个意思。

如上所述,家老是极其繁忙的,头脑和身体都无暇休息,近来又发生了令其担心的事情。具体说来与年轻人忠平考之助有关。

忠平家族居于家老级别的职位,考之助的父亲存右卫门是茂平老的莫逆之交。八年前他离开了人世,临终之际恳切地将考之助的未来托付给茂平老。他起誓自己作为监护人会引导和支持考之助。

考之助具有一般独子惯有的温和、柔弱、寡断性格,做其监护人,茂平老可是为此操碎了心。

考之助是一名美男子。学问和武艺皆属中流,虽没有让人感觉明显的可取之处,但容貌和仪态超群。这其实是一种不幸。倘若外表平凡的话,谁也不会在意。但是长相英俊却太过显眼,中等才能给人的感觉却是无能。

"那是一个没有底的茶壶。"

徒有其表，没有用处。这已是诸侯臣下中的固定评价。

茂平老感到懊恼和不甘，也有面子问题——曾对亡友起了誓，还有身为监护人的责任、作为男人的意志。在各种鞭策和努力之下，考之助十九岁的时候，终于让他就任了使番之职。

使番一职直属于藩主和老臣，政务上有重要悬案时，专门负责两者间的沟通，与定期交流的使者职责和性质不同。

"人才是否有用，不用是不会知道的。"

他如此主张。时机尚早，任命其为使番，虽有违背诸侯臣下意见之虞。在茂平老看来，如果他有戏，至少给他发芽的机会。然而，对考之助来说似乎是一种困扰，他退缩到角落里，一副无所适从的样子。一接到差使江户的命令，他就脸色苍白，摇头摆手拼命地拒绝。

"我还不成熟，派不上用场的，有个疏忽闪失就惨了，所以这次请……"

他一本正经地谢绝，好像全无自信。硬逼着去，恐怕真会有闪失。所以茂平老也没有心思冒那等风险。两年过去，三年过去，情况依然相同。于是茂平老想出一个极其平常的妙招儿。

"人啊，懂女人后才会有自信。据说，那孩子至今没有光顾过有女人的地方。让他娶妻吧。有了家室不可能再这样悠闲，涉入社会自然产生独当一面的责任，那样的话他就……"

茂平老摩挲着双手，将近七天七夜，物色了好一阵之后，终于找到了一位和他匹配的对象。

那是与濑弥市的次女，父亲任勘定奉行职，姑娘名伊久，头脑聪明、容貌娇美，且有才女之美誉。提起这门亲事，姑娘的父母都很高兴。于是选定吉日，让两人在知次的家里见了一面。据说姑娘伊久之后说：

"那是父亲母亲的意思……"

说话的时候脸颊泛红。茂平老急忙开始劝说考之助。费了大量口舌，大汗淋漓，结果只是冷不丁的一句答复——

"如果只是婚约的话……"

"我还不能像普通人那样担当，所以没有自信迎娶妻子。"

考之助这样说道，哭丧着脸。然后无论怎么劝说，都没有反应。只好暂且如此。虽然半强制地进行了订婚的交杯仪式，不曾想在那个场合，考之助对未婚妻说了如下的话：

"事情变成这样，真的深感抱歉，我是无所谓的，假如寻觅到想嫁之人，就请摆脱束缚重新选择吧。对此我绝不会抱怨，绝不会……"

这时伊久露出一种难以捕捉的微笑，上翻眼珠牢牢地望着他，然后重复确认了一遍：

"我知道啦。你绝不会抱怨的，绝不会，对吧？"

举行婚约交杯仪式的同时又约定悔婚。当然与濑夫妇和茂平老似乎并不知晓，说这是一个奇怪而异常的仪式也不为过吧。

这是考之助二十五岁那年春天的事。或许是订婚使之有了底气吧，那一年晚秋，在他成为使番的第六年，第一次作为使者前往江户。茂平老的喜悦之情自不必说。他会因此增加自信，他的潜力（假如有的话）也会得到开发。茂平老兴高采烈摩挲着手掌期待着，不曾想从江户回来的考之助垂头丧气，憔悴消瘦，长吁短叹，就这样提出并递交了使番的辞呈。

"我到底无法胜任，请将我降为廊下番做内务杂役吧。"他抽抽搭搭用几乎哭出来的眼神恳求着，茂平老目瞪口呆，无法立时给出回答。考之助接着言明："我要取消和与濑伊久的婚约，我还没有娶妻的资格。断然不能……"

然后，他没精打采地退下了。

茂平老因患疳虫，四五日承受着哮喘发作的痛苦。嘴里诅咒詈言不断，自暴自弃地喝酒，可依然无法平息怒气，在一种近乎赌气的心情下，将考之助贬作柴火间主管，和与濑的婚约也破裂了。怎么样？心中有数了吧？就是这样一个不成器的家伙。当然另一方面，也有一种苦口婆心——"倘能振作倒也算是一个教训。"可考之助却泰然自若，对降级丝毫没有痛苦的样子，仍旧以一种不知旁人轻蔑眼神的表情，认真、努力地工作着。

"这可干了件错事。这样的话，降职便没有意义。他这样心安理得，我对不住去世的存右卫门。这下麻烦了，怎么办？"

茂平老又多了一个烦恼。而且，接着又出现了令人吃惊的事态。

第二讲　伊久女怀孕之事

茂平老最大的乐趣就是晚酌。满城奔走一天下来，回到家以后，让疲惫的身躯泡一个澡，然后放松坐到酒桌前。这个时候和妻子相对而坐，只要没有重大公务，便谁也不见，儿子茂市郎夫妇和满十六岁的次子茂助，也禁止出入席间。

"这是只属于我们夫妇的时间。"他这样宣言。

这是将近十来年的习惯，可以说没人不知道。

那天夜里也如此，茂平老正在享受"夫妇独自的时间"，背对着初夏的风吹进来的窗子，正愉悦地举杯饮酒时，下人禀报与濑弥市来访。

"据说发生了什么重大的事，请求无论如何晤面一见。"

茂平老神色不快。这个时间不许打扰，弥市应该知晓，既如此还坚持求见，一定有他足够的理由。他这样劝解自己息怒。"把他领到会客间。"他说道，还依依不舍地喝了两杯之后才放下酒盅。

和与濑弥市相对而坐，到底要说什么事？通报的人说重大，应该是重大之中特别重大的事情吧。进入会客间过了一会儿，茂平老无法忍受的叫声传出来。

"什么？什么？愚蠢……那种事，等等，那种荒唐的事情……简直无法相信。什么呀，愚蠢透顶！……这、这个……"他从会客间飞奔出去，扶着妻子的肩膀喘着粗气说，"佳、佳代，让我喝口水。"

约莫两个小时以前，在考之助家里也发生了很大的混乱。他那天刚好半天当班，午饭以后便待在家里打理庭院。

所谓柴火间，就是一个休息的处所。其位置在本藩内，居于重臣集会所和奉行职会聚处之间，一年四季炉火不断，随时提供热茶。

出入这里的资格有诸般繁琐的规定，必须是目见得以上或番头以上级别的人才行。

夏天未必如此。冬天有火盆暖和的处所唯有此地。按规定，除藩主以外其他人是不可使用火盆的，所以天一冷人们便聚集到这里。在这里一边饮茶一边尽兴闲谈，也有人将工作带到这里来。

因以上关系，柴火间的工作时间很长。主管一人再加五名武士，还有跑腿的少年三人，藩主在本藩的时候，配有两名司茶者，按照这样的组成，必须每五人为一组交替轮班地通宵工作。

考之助虽是管理人，没有通宵班，但是按照规定，每隔一日需工作到晚上九点，翌日"半勤"，工作半天即可。

这里陈述的是大概的情况，话说回来，也就是说那天他是"半勤"的班。希望诸君理解——半勤是怎样的一个状况。

天快黑了，考之助打理院落结束，洗手擦把汗，清清爽爽地换好衣服，坐在了晚饭桌前。

"今天吃本年头茬鲇鱼，加盐烤的，帮您把刺去掉吧。"乳母桃代说着，剔除了盐烤鲇鱼的骨刺。

说到桃代会感觉她多少有点姿色，她已经五十二岁了。因考之助生母体弱，他是吃桃代的奶水长大的，十六岁那年生母去世以前以及去世以后，他的生活起居，一切都是桃代来打理的。

她是名叫左右田忠太的家臣武士之妻，丈夫从先父一代就效忠这个家，曾经夭折了一个与考之助同期出生的儿子，或许是以后再也没有自己孩子的缘故吧，父亲存右卫门在世的时候，她间隔不到三天就会因溺爱考之助挨一顿骂。

"奶妈的少爷，奶妈心爱的可爱的少爷，天下最英俊聪明的少爷，多么可爱啊，来张开小嘴，乖乖吃呀，喏，大口吃哦。"

就是这样的宠溺。作为使番去江户回来，在他说自己干不了要辞职的时候，桃代也是毫不犹豫地完全赞成，还与持反对意见的丈夫宗太大吵一架，让他闭口沉默。

"少爷都说了干不了，强行要他做，万一身体不适怎么办？少爷有少爷的想法，他又不是孩子，你闭嘴听少爷的就好。"

然后她自己，如现在看到的那样，细心地为少爷剔除鱼刺呢。

就在这时，左右田宗太通报客人来访。做使番期间曾配有贴身武士，现在则由宗太兼任家扶职和贴身武士。他才五十七岁，却有些弯腰驼背，还有痛风宿疾。

"与濑家千金……"宗太叽叽咕咕低语通报道，"她说一定要见您，有事禀告。"

"与濑？……伊久吗？"考之助吞下嘴里咀嚼的东西，感觉很意外，奇怪地歪着头，然后看着桃代的脸。

"天色这么晚了来访，一定有什么急事吧，还是见一下听听她要说什么。"

桃代表达了这样的意见，对丈夫说把人领到客厅。

吃饭后见女客，桃代让他换一身衣服，把头发整理好才放他去客厅。

来的当然是伊久，妆容美丽，有些耀眼的艳丽，脸上却流露出有心事儿的愁容，眼神也是飘忽不定。

"我来此是想在这个家里躲藏一阵。"

突如其来的一句话。考之助无法理解，语无伦次，呆然若失的眼神望着对方。姑娘大胆地迎望着他的眼睛：

"你会收留我吧？"

她叮咛似的这样说。

"不太明白你的话，你说躲藏究竟是……"

"我在家里待不下去了，留在家里的话，要么会自杀，要么会被父亲给宰了，不管是哪一种，反正都活不了啦。"

"那可真是，那个……"考之助越发不知所措，极其困惑只好笑了一笑，"真没想到，你突然就说死呀生的。"

"如果容我说明理由，你便会理解。"

伊久忽然脸变红了。但是依然若有所思的表情，她紧紧盯着考之助的脸，直接扔出了下面这句话。

"我怀孕了。"

"啊？……就是说，那个，那什么……"

"你不明白吗？"

她突然两手遮住脸。脸一直红到了耳根，然后在挡住脸的手背后清楚地说道：

"我肚子里有孩子啦。"

"……"

"而且，孩子的父亲是你哦。"

简直是连续的闷棍，像在黑暗处被殴打一样。考之助呆在那里，马上又愕然地重新坐下。

"你到底在说什么？竟说出那么荒唐过分的话……"

"当然，实际并不是你，另有其人。但是与你曾经喝过订婚交杯酒，比起其他人来说，我想可能我父母会原谅吧，就说了你的名字。"

"简直是胡闹，这么乱来！居然没和我打一声招呼……"

"不过，你也并非无罪呀。"伊久将手从脸上放下来，这次是稍微有些苍白的表情看着他，"交杯仪式的时候，你这样说的，我怎么都行，有了喜欢的人不用顾忌，我绝不抱怨……你还记得吧?"

"那是记得，可是……"

"嗯，我知道的，连我自己也没有想到事情会变成这样。我打算好好结婚的，可是对方有一些情况，不能马上结婚……我变成这样的身子，结婚又推迟，毫无办法了，我才悄悄把你的名字告诉了母亲，然后从家里跑了出来。如果你不让我躲藏的话，我就只有死路一条啦。"

"好吧，我知道啦。"他这样说着点了点头，"我本想问一下对方的名字的，照你说的状况应有难言之隐。姑且……就是我吧。"

"啊，肯收留我吗?"伊久兴奋得扭动身体，眼睛熠熠发光地望着他，"那这下安心了，幸好来这里呢。谢谢你。"

"奶妈，桃代在吗?"

考之助这样呼叫时，听见有人把走廊踩得扑通扑通响，呼哧呼哧喘着粗气，猛然掀开门，涨红着脸又大汗淋漓出现的居然是茂平老。

"哎呀，是知次叔呀。"考之助以胸有成竹的声音说道，"她待在这里。您这边请。"

第三讲　知次国老的为难事

这件事情被完全隐瞒了下来。

对外宣称，伊久生病要到外地疗养。人们相信了。

与濑夫妇没有特别感到不满和为难，虽说孩子的父亲是一度取消婚约的对象，但深信是他与自己孩子犯的错误，只要时机到了正式结婚便好。他们这样考虑，所以心平气和。

可茂平老感觉颜面尽失。从与濑弥市那里听说此事便飞奔出去。到了忠平处，没等追问，对方就说：

"非常抱歉，是我。"

一听此话，茂平老感觉自己的身体被撕裂成了两块，一阵眩晕袭来。

"你的事，我再也不会管，一切自便吧，我再也不想看到你。"

这样怒吼完毕便打道回府了。作为茂平老，心里感觉被欺骗了一样，又是三日左右受到疳虫和哮喘的折磨。

"老子真想揍扁那张白脸，这样，这样，像这样……"

茂平老在惯例的夫妇时间中这样说，还做了一个用两手使劲挤压的动作，并接连喝了两三杯下去。

"说要取消和与濑的婚约。嘿，当时轻松得可气，转眼间舌根未干，不是又私通了吗？"

"你呀，孩子们会听见的。"

"那姑娘也真是的。"茂平老继续说道，"一副无辜'我什么都不知道呀'的样子。其实对一切都了然于心，万事诸端，人的身体哪里是怎么回事，哪里怎么弄了会是怎样的感觉，不是都知道的嘛。正因为知道并实际……"

"你这人，告诉你孩子们会听见的哟。"

"听见什么，叫他们堵住耳朵!"他又饮下了两三杯，"总之，那姑娘是该知道的，完全知道，不，没准儿是那姑娘主动出击的呢。嗯，女人这动物总体都很……"

"老头子，我也是女人。"

"所以才这样说的嘛，事实上你做出一无所知的样子嫁进来，我信以为真，却马上发现不是那么回事，完全出乎意料。"

"你说些奇怪的话呢，什么呀？一副一无所知的样子，其实很……"

"哎，你声音太高啦，不是孩子们会听见的吗？"

假如要那样就那样吧，茂平老赌上失去的面子，决心要与忠平断绝关系。随他的便吧，无论发生什么事都无所谓了，这一点我向神发誓。在心里已经这样打定了主意。他要做什么倒也可以尊重，或者说也应该被尊重，可是人生的转变是多么难以依托并难以预测啊！

这么说是因为茂平老决心断绝关系以后，与考之助的关系反而变得更深，越发让疳虫和哮喘严重，变出极其麻烦的事态。

事情开始于下着梅雨的某一天。

茂平老在记录所，和往常一样发牢骚的时候，看管书院的年轻武士脸色苍白地跑进来，眼睛翻白舌头不听使唤，嘴巴张开启合了四五次，强咽口中的唾液才说——"不得了啦！"

"你慌张什么？什么不得了啦？武士岂能轻率地说什么不得了！……"

"钻石壶被毁坏了。"

茂平老一脸郁闷，束手无策。

"什、什么？怎么了？"

"白书院的地上，钻石壶碎片落一地。"

茂平老微笑了一下，不、不是微笑，似笑非笑，那只是外行人的观察而已，实际上他的表情更加复杂深刻，一种难以言传的感情的表白。……茂平老直线奔向白书院。然后在他眼前，这个事实得以确认。他再一次束手无策，只能摆出一张郁闷的脸。

藩主河内大人所喜爱的荷兰舶来的高级钻石壶，在白书院的地面上乱七八糟地粉碎一地。

那是多治见松平始祖二代秀忠赐予的，是诸侯间也备受好评的家宝之一，也是河内藩主特别稀罕的一件物品。

它平常收藏于宝库中，但长期如此，壶的颜色会浊化，因此按惯例，每个月都会有五天左右将其拿出来，让它吹点风。

白书院在藩主不在期间不使用，几乎没有人员出入，通常宝物就在这个时候放在地面上透风。

"今天当班的是谁？你吗？"

"值班的是岛津太市,他在会所惶恐地等着呢……"

"叫他到我的房间来。"

茂平老用颤抖的拳头拭去汗水,这样怒吼一声之后,走进了自己办公的房间。也许是传闻已经散开了吧,走廊的这里那里聚集了好奇的人。他们在窃窃私语。

进去房间,发现忠平考之助已在那里。他坐在那里,脸上的表情很奇怪,好像在为什么而发愁。茂平老本已火气十足。

"你来干什么?我现在很忙。你有什么事?往后推推吧。"

这样说着,茂平老坐到自己的位子上,随后考之助用镇静的声音说:

"我是来禀报壶的事情……"

"壶?……壶怎么了?"

"其实那是我弄坏的。"

大约十秒钟,茂平老像变成了一块石头,全身的所有机能都停止僵化了似的。然后过了一会儿,才开始恢复,像火一样地燃烧起来。

茂平老莫名其妙用右手按住自己的脑袋,用左手敲打膝盖,然后大声叫喊:

"不,把门彻底关上。退下。给我把脖子卡住。这个、这个、这个不争气的家伙。"

"我等候您的处置。"

考之助令人厌恶地冷静地说出了这句话,鞠了一躬,讽刺似的迈出沉着的步伐走了。

茂平老立刻召集重臣开会，命令考之助在住宅内不许外出，同时，派急使到江户去向藩主汇报。

照如今的话说，不过一个钻石壶，一个大男人如此骚动，不免显得有些愚蠢。不过在当时，那可是非同小可的一件大事。特殊情况下，没准儿当事人会剖腹，众臣也难逃追责。所幸的是，河内藩主多少是个识大体的人物。

——顶多一个钻石壶，不必骚动，让当事人闭门思过二十天就放过他吧。

这是一个宽大处理的结果。

闭门思过处分解除之后，考之助开始回到藩府，工作还不到半个月吧。勘定奉行的武士又丢失了巨额五十银两，奉行将此事禀报家老，听说为此正在进行严格的调查，此事在柴火间也传得沸沸扬扬。

"想必是和田栉束太郎吧，听说那家伙近来痴迷于妓院的一个女人。一定是他声称丢失，其实自己私吞了吧。"

"听说他本人坚持说，放在衙门的桌子上忘记了。"

"怎么可能有那样粗心大意的事？他负责管钱已经七年了，怎么可能把五十两这么大笔银子忘在桌子上呢？就算是辩解，也未免太拙劣啦。"

默默听着这些对话的考之助，不经意地站起来走了出去。

然后过了大约两个小时，他再出现的时候，没有进柴火间，而是径直走进了茂平老办公的房间。

平老一个人办公。勘定奉行和和田栉都已不在那里。看样子查也没查出个结果，于是暂且中止了调查。

"什么？你有什么事儿？"

茂平老这样问道。他看见了坐在那里的考之助。据平老后来的陈述，那一瞬间他全身感觉到一股寒气。虽然不知理由，但他本能地毛骨悚然，全身感到了寒冷。

"让您担心，很抱歉。"考之助这样说了一句，拿出两个二十五两银子的小包，摆到茂平老面前，安静地望着他，"我保管起来了。刚才听到人们议论才想起来。之前不小心忘记了，请谅解。"

"保……保……保管起来？"平老口吃地说道，"你将……你将这个……出纳的银两……为什么？什么目的？这个钱可是……"

"它放在桌子上面。"考之助一脸泰然地回答道，"凑巧经过的时候看到了，觉得这样太大意了，心想管钱的人大概去厕所了吧。一个人也没有。为了以防万一，于是我就……"

"你是什么？你、你是管钱的人吗？"平老咆哮道，"你是柴火间的主管吧。那究竟为何会去偷窥账房的房间呢？"

"不是偷窥。偶然经过……"

"究竟有什么事……柴火间和账房之间有什么关系？究竟为了什么，要经过那样的地方呢？"

"问题在于钱吧。"考之助用带有责备的声音，以镇定自若的态度说着,"忘了把钱收好才不对吧?我把它保管好,现在拿到了这里,当然我做好了受责的思想准备。可是也请不要这样闹腾。"

"闹腾?……是我在闹腾?"

茂平老又用右手按住自己的头,咽喉部开始逐渐往上变得通红,一直涨红到额头,同时一边用左手敲打着膝盖一边叫喊着:

"唉,这个、那个、退下,给我退下,你这家伙,那个、这个,唉,他妈的,给我消失!"

"我等待您的处置。"

第四讲　另一女性之事

如今的年轻人,为何如此没有城府呢?胆小如鼠惊慌失措,腰板挺直的家伙一个也没有,这样的话藩国的未来堪忧。

知次茂平老常常这样感叹,前面开始的时候已经陈述。他已经像念经一样,甚至有人说:"如果三天没有听到茂平老这样念叨一次的话,会觉得缺了点什么。"然而奇怪的是,他突然闭口不提了。理由无法判明,其中之一或许与考之助有关吧。

"等待着您的处置。"

这句台词,到秋天的九月为止出现过五次了,一百二十三天中，茂平老居然五次听到这句话。第一和第二次是已经叙述过的壶和五十两银的故事，然后第三次是藩祖的盔甲，第四次是椎间千造千金，第五次是和茶屋町上叫"金枝"的店有关。

这里仅仅陈述一下事件概略，第三件事是这样的——在河内藩主常住的房间里，总是装饰摆放着藩祖的盔甲。据说藩祖的继承人是一位了不起的名君，为承继其功德，追忆其风范，才将盔甲陈列在房间里。然而盔甲倒下来，黄金做成的、头盔上的龙头与锹形饰物折断脱落了。

负责的泽驹太郎吓得脸色苍白，老职级别的大臣和茂平老也吓坏了。这时候考之助若无其事地站了出来。

"是我，是我的疏忽……"他这样说道。

按照他的自我坦白，他因敬慕藩祖偷偷去礼拜，恍若藩祖还活在其中，无限怀念之下忘我不知，不由自主地紧紧抱住了盔甲。

虔诚仰慕前去礼拜，也许还说得过去。可以此辩解进入藩主常居的房间，还忘我地抱住盔甲……茂平老恨得心里痒痒，脸上刺挠。

"你说感觉像是藩祖活在人间，怀念之下忘我，难道你认识法相院（藩祖法名）大人吗？"

"那是当然，他可是绝代名君。"

"这个谁都知道，别想糊弄我。法相院大人可是去世百年以上了。究竟为什么你会忍不住抱住盔甲，如此怀念呢?"

"关于这一点,你要这么说的话,我也想问问你呢。"

"等等,面对藩内老职的我,你竟直呼'你'吗?"

"那么家老大人,嗯哼……"考之助可憎而恭敬地行了一个叩头礼,"那么请问家老大人,君臣之情,您家老大人可曾知道?"

"因为君臣之情而毁坏其盔甲吗?"

"所以嘛,一不小心,那个,因为过分怀念,那个,就忘我不知……"

"不要重复同样的话,别想糊弄人。"

平老面红耳赤,愤怒至极,考之助说了一句"等候您的处置",便退下了。

第四件是有伤风化之事。笔头长者椎间千造有一个叫松代的女儿。长相恶丑,还擅舞刀弄枪,芳龄二十七却比男人还男子汉。访友归时即使天色已晚,晚上九点也是一个人踏上归途。松代就是这样一位女性,夜晚独行全不在意,更是不可能懂什么吟诗之类的风雅。又一次,她悠然自得地从夜色中归来,在大门小路这个宽阔的十字路口处,被迎面而来的男性抱住了。

对方好像喝醉了,突然抱住了她。虽然未有出格的动作,却说了出格的言语。

——竹筒这玩意儿,要时不时用竹竿伸进去清洁一下才好。不然堵在里面的东西会发臭,最后会腐烂的。

据说，大致是以上意思的话。松代女史反手扣住对方的手腕，大喝一声，起腰将对方扔了出去。男子发出惨叫，连自己的东西也顾不上拿便狼狈逃跑了。也就是说，他没有拿走的随身物品被丢在了现场。女士回家以后检查，是名叫安倍幸兵卫的骑马护卫的点火烟袋。

按照藩内的规定，随身物品上都要标记姓名，这是无法否认的证据。可是被传唤来的幸兵卫却坚持说："我的烟袋几天前不知遗失在何处了。"松代女史一听这个，便进言不如让他脱下衣服。

——在扔出那个流氓的时候，应该碰到他的腰了，估计他的腰上一定会留下跌打伤痕或者淤青。

安倍幸兵卫当然拒绝了。脱光衣服核查有损武士的脸面。他回答说那可不行，宁愿干脆剖腹，不，就让我切腹吧。考之助在这一来一去之时，又悠然地挺身而出。

"是我，是我干的。"

此事异常有趣。他说烟袋是在某处捡到的。然而究竟是在哪里捡到的，烂醉如泥的他忘记了。然后路上偶然碰到女史，实在过于美丽，即便在黑夜之中也会不由自主地感叹，多么光彩照人、美艳无比的女人。本来也喝醉了，加上女史太过美艳，连他自己都觉得吓了一跳……

"又忘我了吗？"

茂平老先他一步叫喊道。

"的确如此。"考之助端然答道，"她太美了，除此以外我什么都不记得了，我想说的就只有这个。"

有趣的是此事的结局。松代女史听闻站出来承认的是美男子考之助，还从头至尾夸赞自己的美貌，马上便撤销了报官。

——我自己也有误解他的地方。

"因此，请不要追究考之助的过错。"听说她这样恳请官府。

第五件与吃白食有关。在茶屋町有一家叫做"金枝"的料理店。叫忠出久左卫门的武士，五天五夜包下五名艺妓，又吃又喝，游兴大尽。然后告知对方住宅处所，丢下一句请到宅邸拿钱便离开了。店里的人马上按照所说地址寻访前去，结果压根儿就没有什么宅邸。等了约莫二十天，也不见人来店里，于是店家向奉行所报官。

家丁中，没有叫忠出久左卫门的武士。不过这里有一个证据。艺妓之中，有特别照顾那个男人的女子，她有这样一段证词："'我这个人，不行的地方呢就是不行，但是短小归短小，那方面的本事我是绝对不输给人家的。'他这样自满地说过。事实上也确实如他所说。"说完，证人羞得面红耳赤。

在当时，说到"短小"，家臣当中几乎无人不知。语焉不详，但那是名为加梨左马太小头目的绰号。他已三十二岁却还是单身，好酒，穷困潦倒，时常出格。

一定是他，左马太的话，做得出这样的事。大家的意见都集中于此。此时又是考之助挺身而出——"是我，我就是当事人。"然后，因他当场付清了游玩欠下的八两二分一铢。此事未被闹大，考之助被罚闭门思过近十日。这个时候似乎是茂平老的郁闷得到了发泄。平老在处置之后，似乎很愉快地抽动着鼻子说道：

"嘀，你是短小啊，嘀，真不知道，原来你就是短小啊，哈哈哈……"他这样假笑道，"这可是头回听说啊。真是可怜！原来不知道这样，哈哈哈，哎呀，可怜啊。"

"不过请您放心，孩子还是可以有的。"

考之助如此回答道。茂平老又像此前一般，突然全身僵硬。

考之助的这个回答，仿佛是与茂平老打了个平手。也就是说，他所指是与濑伊久怀孕是事实。他堂堂正正回击知次茂平的大胆，简直像变了一个人。平老吃惊不小。

"好啊，你终于说了。"平老的僵硬刚解除便这样叫道，"你以为我不知道……你是这样想的吧，也许你打算骗我到底，可我明白的。盔甲的事也好，五十两的事也好，钻石壶的事也好，我都知道。你听好了，我都明白的，我也是长了眼睛的，看我马上把你的这层皮……"

考之助点了点头，镇定自若地站起来离开了。

茂平老咬牙切齿，扼腕叹息。事到如今，一切都清楚了，迄今为止多达五次的"是我"事件，奇怪之至，虽然不知究竟是出于何种考虑，但明明是他人所做之事，他却代人受过……通过自己脱口而出的这句话，茂平老觉得挑破了外膜得知了真相。

"好啊好啊，"茂平老这样念叨着，"你看着吧，看看我知次茂平到底是否那么老实好欺！哼，看着吧。"

考之助回到家里，已有客人在等候。客人是女性，据说一个小时前，就和伊久在热切地交谈。

"是椎间家的千金。"乳母一边帮他换衣服一边说，"从这位小姐那里听说，您又被罚闭门思过了，究竟做了什么事啊？"

"没什么，也就十天。不必担心。"

为逃避乳母的追问，考之助去了客厅。伊久和椎间松代的面前摆放着茶点，相对而坐地交谈着。

"哎呀，不好意思，在您外出期间贸然来访。"

松代女史扭动结实的身躯站起来，她黝黑多肉的大宽脸上现出红晕，她端正肩膀身体，郑重地寒暄了一番。看上去实在稳健魁梧，完全一副大丈夫风貌。

"上次出乎意料的事，给您添麻烦了。"女史不容他插言，继续说道，"完全没想到是忠平先生您，所以才有了报官这等羞耻举动。托您的福得到您的庇护……如果不是您的话，我真的要耻上加耻了，实在是……"

然后，女史扫了一眼伊久。

第五讲　合适的时机到来之事

女史看着伊久，恳求似的说：

"那个，实在不好意思，能请您回避一下吗？"

"哎呀，"伊久微微一笑，"怪我不解风情，你们慢慢聊。"

她说着，向考之助投以调笑的眼波，用袖子遮住已经非常醒目的腹部，以优雅的身姿走了出去。

"那个，那个……我……"

单独两人相处后，女史扭动着身体，脸几乎红成了古铜色，像楚楚动人的少女似的说不出话来。在考之助的追问下，这才激动地喘息着说：

"真的那个，不好意思。那个，那天晚上，唯有那件事，想请您为我保密。"

"那天晚上的那件事情，您是指……"

"讨厌，你装糊涂。"

松代女史难耐羞耻，扭动身躯。考之助有些同情："啊，那件事吗？"点了点头。

"嗯，就是那件事。"女史垂下眼，"说来羞愧，我虽然已经二十七岁，对那些软弱的男人没有半点兴趣，我喜欢的人又不肯娶我。女人到了二十七，那里到底还是会那样的，……因此不由自主，会那样，……哎呀，羞死了，怎么办？"

她虽摆出娇羞的身姿，可却给人一种极富力量的印象。

"你会替我严守秘密的吧？"

女史这样重复道，而且表示：希望今后也能与您缘分不断，继续往来。我不敢抱有成为您这样美男之妻的野心，但至少作为心灵之友相伴，或者成为您美丽的妹妹的朋友，期望能终身延续这段交情。

恳切地说完这些，女史便回去了。女史一离开，伊久便带着怪异的微笑走了进来。

"刚才的话我都听见了，在隔壁的房间。好像是一件大好事呢。"

"什么？……什么好事？"

"什么好事，就是那种好事哪。"伊久用热络的眼神闪闪发亮地看着考之助，"女人到了二十七，那里也会那样的那种事咯，你不是也说了那种事儿的吗？"

"说是说了，可是我当然什么也不知道，只是……"

"必须保密的吧？那么便不是大门小路的事儿。家里有一个我这样的人，却在外面干那样的事情呢。"

"那样的事情？那个……"考之助不知所措，"可是，不管怎样，都与你没有关系吧？"

"啊？！你竟然说跟我没有关系？"

"你好像对她说，你是我妹妹，而且本来……"

"嗯，是的，我是说我是你的妹妹，因为不那样说的话，我就见不到她了呀,是这样吧?"

"可是,为什么你要见她?"

"至于为什么,怎么说呢?"伊久认真地望着他,"大门小路的事情我可知道,这次茶屋町店里的事、证人的妓女关于你那方面的技能超群的证词,我都知道。松代这个人毫无怯意地登门拜访,你认为我能够做到无所谓吗?"

"我也不太明白。"考之助为难地挠着头,"也就是说,即便如此,我也认为这跟你没有关系,为何你当初要来这里?总之……"

伊久似乎如梦初醒,突然用手遮住嘴唇,脸色有些泛白,突如其来地笑起来。

"好了,我知道了,你说的是那件事吧,嚯嚯嚯……"之后她又两眼熠熠发光,"不过我要再提醒你一下,我怀的孩子名义上可是你的。父亲、母亲,还有家老知次大人,他们都深信是你的孩子哦。"

"可是,当然,当你和你的对象,等到合适的时机到来,也就是说……总之到那个时机到来为止。"

"嗯,的确如此,假如我也有那个打算的话,对不对?"

伊久猛地站起身来,然后用让人感觉冷酷的眼神俯视着他,从牙缝里挤出如下的话语。

"假如我有那个打算的话,我会成为忠平家的妻子,让这个孩子成为你的孩子,也是能做到的哟。哼!"

说完她慢悠悠地出去了。

一年四季。到了春天花开的季节，梅花、桃花、油菜花、连翘花、辛夷花、樱花，按着这个顺序，就像约定好了似的接连开花。从松代女史出现后的第三日开始，忠平家仿佛也到了访客季，接连不断地出现意外的访客。

——没准儿……假如我有那个打算的话。

伊久的话带着威胁性。考之助还在闭门思过中，一直待在家里，心情郁闷。因此更加在意那些话。女人不可思议，她们的心情难以理解，他越想越觉得唯有叹息。

"她究竟是什么想法？"他自言自语地说，"怎么说也不可能把他人的孩子强摁到我头上吧，可是她究竟为何说了那么可怕的话呢？"

那一天，也是在他苦思冥想的时候，和田栉束太郎来访。思过期间，正门关闭，于是他从后门进来，要求一见。考之助拒绝了，可对方坚持"无论如何见一面"，便领到客厅相见。束太郎担任勘定奉行的出纳，彼此不过一面之交。他一落座便默不作声，突然将二十五两银子的小包放到他面前。

"那次真是多亏了您。"

束太郎说完，两手放在膝上，大滴的泪水从眼中夺眶而出。考之助一直没出声，好像也没什么要说的。束太郎似乎也是千言万语感慨心中无从表达。

"我什么也说不出口，非常感谢您。让一位武士逃过死劫，您的大恩永世不忘。再次表示感谢。"

然后他又呜咽了一阵,擦掉眼泪回去了。端茶过来的乳母桃代看客人已不在,非常吃惊,在发现桌上的银两包裹之后,更加惊愕。

　　"哎呀,客人已经回去了吗?那放在那里的银两是……"

　　"我曾帮他渡过难关,他来还钱。"考之助说着,把装钱的包递给乳母,"本来可以不还的,但他是一位重义的男子汉,你把这钱收起来吧。"

　　翌日,又来了两人。上午来的是岛津太市,傍晚来的是安倍幸兵卫。岛津是看守书院的,已二十年。他将味噌泡菜的木桶交给乳母。"这是我母亲腌制的泡菜,堪称美味,拿来送给忠平先生。如果合您胃口,以后我会经常送来。"他这样说。考之助没特别说什么,在客厅对坐时,岛津像少年一样脸颊通红,定定地看着考之助说:"我,那件事,我这辈子……"

　　他开口说到一半,言语便止住。深深鞠了一躬说"失礼了",便回去了。

　　"哎呀,到底怎么回事儿?"桃代双目圆瞪,汇报了味噌泡菜一事。

　　"问他到底为什么要拿这个来呢?对方说,因为少爷喜欢,所以……"

　　"没什么可说的,也许钻石壶变成了泡菜桶吧。"
　　"也不知道是什么事呀,什么壶……怎么了?"

"别问了，没什么。"

考之助挥了挥手走开了。

安倍幸兵卫来的时候，是傍晚即将点灯之前，他看上去十分瘦弱，黝黑的脸，眼神流露出胆怯与不自信。感觉这个年轻人有些执拗，频繁不断地摇晃身躯，似乎这是他一个癖好。

"真是好居所呀。"他从这句寒暄开始，然后说了一大堆诸如天气呀、庭院的树木呀、可爱的小狗呀、板栗已经出来了呀之类不着边际的话，之后终于才两手牢牢地置于地面，结结巴巴地表达了谢意。然后突然又用像是发怒的语气说道：

"但是我可没有出手，那完全是颠倒是非。"

然后安倍幸兵卫坚持说，"我喝醉了，也稍微招惹了一下她，这我承认。可是，是她一把抱住了我。她一听我那挑逗的话，便说那借你的竹竿给我的竹筒清洁一下吧，猛然抱住我。我发誓这是真的，我对天发誓。然后我想逃离，她又侮辱我的竹竿，还蛮横地把我扔了出去。这就是原原本本的真相。"

"噢，她侮辱了你的竹竿？"

考之助反问他时，附近传来"噗"的一声失笑的声音。幸兵卫兴奋之中似乎没有察觉，还在继续做着种种申辩，同时很诚恳地表达感谢。

"今后我一定谨言慎行，这事请一定要帮我保密。"他恳切地拜托考之助之后，回去了。

安倍幸兵卫刚离开，伊久便拿着已经点好的油灯，来到了起居室。

她一走进房间便笑了出来，还没放好油灯就坐在那儿，按着自己的大肚子，一直笑个不停。

第六讲　国老依旧为难之事

"啊，好难受，啊，好可笑，救命。"

伊久终于发出了这样的叫喊。这个年纪的女性，一旦像这样笑起来，只能置之不理了。

考之助一副不高兴的样子，不再搭理她。过了一会儿，伊久镇静下来，重新坐好，一边擦泪一边用真诚的声音说道：

"对不起，上次的事情，我不知道是这样。"

"请你别再偷听了。"

"不过，因此让我活过来了呀。虽然我也觉得不会是你，可是女人在没有听到真相之前，还是无法安心的。听到刚才的一番话，我终于明白了，为何椎间小姐会对你说那样的话！啊，真难受，我又忍不住要笑了，怎么办？啊，不行了。"

激烈大笑的发作袭击了她。她抱着她的大肚子，从走廊逃回了自己的房间。

在解除闭门思过禁令之前，角下慎太郎来了，加梨左马太也来了。角下是扈徒组的年轻武士，在藩主参勤交代期间，由他留守居室。盔甲之事似乎就是这个男子所为，他好像也拿了点土特产来给桃代，对考之助倒是没什么郑重的道谢。

"将来某日，我也一定会为您做点什么。我心里是这样打定主意的。"

他不经意间留下这句话后，便离开了。

加梨左马太醉得东倒西歪。他穿着袖口已经露出破绽的上衣，下面的衣服也是多处裂口，看样子兼顾了惯有的各种醉态，用已经不太能清楚转动的舌头说着什么，一会儿怒，一会儿哭，一会儿笑。

"太贵了，八两多简直太夸张了，所以我不付钱。哈哈，我不付钱给你，但我会记住这份恩情，对你心怀感恩。我不胜感激，真的。"

说到这里，他开始哭泣："但是那个臭女人，那个臭女人。我是很穷，看我这身破衣服就知道，我不撒谎也不隐瞒。我也有努力干，虽然看上去有点儿那个，但我也是干得满身大汗，那个臭女人却嘲笑我说我无能。我希望你能理解我，我是不能干，那个臭女人可是一个鼓肚脐，那么明显的鼓肚脐。……要收八两多，还抱怨我无能，我是很感谢你的恩情的，对我来说这是从未有过的，可是我不付钱，那个账我是不认的。哈哈，因为我讨厌这种玩笑。"然后左马太开始解开下衣的带子，"作为回报，我太穷了，不会付钱的，但是作为回报，我坚决要给你看一下，让你看一下究竟是怎样的，让你看一下我的这个玩意儿。来，给你看。"

考之助谢绝了。还好他的下衣带子缠住了一时解不开，左马太也就放弃了这个想法，然后发誓说今后再也不会吃白食了，找个时候大家一起喝个痛快，又笑又怒，最后终于哭着回去了。

发生了以上的这些事情，考之助的思过期限也终于到了。在他恢复工作的前夜，乳母桃代以难得的一本正经的表情，坐到考之助的面前，突然说出这样的话："今晚我想听听少爷你真实的想法。"

"奶妈我，迄今为止都是这么想的。一次又一次的闭门思过，因为少爷你年轻不谙世事的缘故，男人就是这样长大的吧。不久，你也会获得老职级别的职位，年轻时期所犯的错误，反而会成为未来的良药，之前我是这样想的，所以什么也没有说过。"

"你说的是这样啊，这样不是挺好的吗？"

"不是的。我已经听说了，五次都是少爷你为他人受过，明明你没有任何罪过，却主动承受毫无干系的人的罪过，为什么啊？"桃代眼里噙满泪水看着他，"为何要做那种莫名其妙的事情呢？少爷你也许愿意为他人那样，可是家族的名声和你自己的名声会受到玷污，这一点你知道吗？"

"我知道，但是没办法。"

"为什么没办法啊?"乳母的嘴唇开始颤抖,"从你辞去使番职位开始,我就觉得少爷有些异常,这有什么理由吗?请你坦率地告诉我,否则我都无颜面对老爷和夫人的在天之灵。"

考之助沉默了一阵,然后眼睛看着下面,用低沉的声音,像是在坦白罪状似的,断断续续地讲述开来。

"我对谁也没有说过,奶妈,我作为使番去江户的时候,在尾张的某一个驿站,犯下了一个大疏忽。"

"你所说的疏忽……是怎样的事情呢?"

"那个啊,是令人难以启齿的羞愧之事。"

他小声低语,如此说道。

简单来说,在到达驿站之前,有一位很漂亮的女性与考之助结伴而行。对方说一个人在旅途中感到寂寞,希望能与他结伴而行。说实在的,他多少有些心怦怦跳,心中喜悦。女孩也欢欣雀跃,说——"在旅店我们就以夫妇相称吧。"令人吃惊的是,连去洗澡也是两人同行。在那时候,有一个奇怪的男人出现了,男人背上有着显眼的刺青,他脱光衣服走进洗澡的地方。

——你睡了我的女人,这是私通。

男人用大嗓门叫嚷起来。

——我要把你们两个带到衙门去。

他甚至这么说。这似乎是极易识破的奸计。但考之助没有这类的经验,所以被吓坏了,他甚至做好准备——"只能切腹了。"然而这时出现了一位拯救他的神。那是一位像是浪人的武士，二十七八的年纪，一身朴素装备。

——这件事由我来替你摆平。

他主动介入，对考之助这样说。

——这里就交给我了。你是有主公要效忠的。我是浪人一个，没有主公，我这身躯在哪儿死掉都没有什么可后悔的，你不用担心，我会让你马上离开这里。

那名男子说完，便让考之助赶紧离开。

"本打算剖腹而死的这条命，就这样得救了，也因此顺利地完成了职责返程。我却越发感觉到自己的可悲……就像一个没有底的茶壶。"考之助看着自己的手掌，"然后我就感受到了，我是个没用的人。所以，我也要像那个浪人救我一样，至少为犯下过错的人代过。我本就是一度准备赴死之身，想想如果那时已经剖腹而去，那承受什么样的责罚也在所不惜。我就是这么想的。"

"我知道了。少爷，我终于明白了。"

乳母开始哭泣。她满脸是泪，却以难以控制的喜悦之情陶醉地看着考之助。

"果然少爷如我所了解的一样。你真出色，老爷和夫人也一定会自豪的，少爷真是我们的骄傲。"

"您这样赞美，我无地自容。奶妈。"

"不，不是的。"桃代态度坚决地说，"少爷您的性格已经变了。或许您还没有觉察到，您已经不是以前的少爷了，为他人受过……而且大门小路的事，短小……对不起……连那种过失，您都堂堂正正地作为自己的罪过而承担，那就是再生哪。您已经完成了一般人无法做到的修行，少爷改变了。现在的您，已可随时承担老职重任，不会逊色于任何人的。"

"老职大臣之类算什么，我本来就想谢绝的。"考之助不好意思地苦笑了一下，"不过您这样夸我，倒像是……我好像确实应获得什么嘉奖似的。奶妈，您给的奖赏才是我想要的。"

"嗯嗯嗯嗯，我献给你。就是你不催我，我也是想要赠予你的。"

桃代拭去泪水，走了出去。她真的打算给我什么吗？这么想着，没过多久，奶妈带着伊久回到了这里，然后让伊久坐到考之助面前。她自己端坐在两人中间。"好啦，请你收下吧，这就是我给的奖赏。"

"怎么啦？哪个……您说的奖赏？"

"就是伊久小姐呀，她既美丽又高雅，是举国无双的佳人。没有比这更好的嘉奖了吧？"

"这可不行，这不对啊，奶妈……"

"不，是少爷不对。"桃代像要强迫考之助似的说，"少爷你误会了。你看看伊久小姐的肚子吧。"

经桃代这一说，伊久似乎也得到了暗示，将合在一起的两个袖子左右打开——她的肚子竟然十分平坦。刚才中午前，看上去还像是临盆的大肚子，沉重突出的腹部，现在缩回到了少女般的苗条圆润。

"怎、怎么回事？"考之助大吃一惊，"难道，流产了吗……"

"从一开始就没有怀孕。"奶妈有些得意洋洋地说道。然后以一种居高临下的调子看着深感意外的考之助继续说道，"我是女人，所以收留伊久小姐不久就觉察了。于是过了一阵以后，便向她询问内情。最初她还极力隐瞒，可是后来终于……"

"奶妈别说了。"伊久唰地一下满脸通红，用衣角掩面，"人家不好意思，请别再说了。"

"哪里有什么不好意思的？少爷，伊久小姐从和少爷确定婚约的时候开始，就认定自己是少爷的妻子啦。结果被退婚，眼看婚约破裂，所以才毅然做出了那样决断的事情。那样身份高贵的一个大小姐，从自己的口中说出怀有身孕之类的事，究竟需要多大的勇气，少爷您是不会理解的吧？但是奶妈我明白，奶妈我……奶妈我偷偷哭过，虽然伊久小姐也并不知道，但是奶妈我哭过的呢。"

考之助感到有些为难，不知该如何措辞。总觉得周围的氛围有一种让人不舒服的眩晕。可是，他觉察到自己处于必须说点什么的立场，于是，尽量以若无其事的态度，看着伊久问道：

"那么，那是什么呢？那时候所说的，所谓的喜欢的人。"

"就是少爷你自己呀。"

"那么，这下该怎么办呢？"

"禀告知次大人，再次和与濑家谈谈，然后马上完婚呀。"

"还要告诉知次吗？"考之助面露犹豫之色，"告诉倒是也可以，不过他又会疳虫发作的吧，然后哮喘也会……"

桃代并没有听到这些对话。今天晚上，她异常兴致勃勃，命令考之助和伊久两人端正姿势。实在没有办法，两人重新坐好，很怪异地一本正经地端坐着。

"请允许奶妈我，接下来模仿去世的老爷和夫人的口气。"

然后，庄重而严肃地咳嗽了一声。

"考之助，你已经年满二十六岁，作为一名武士也已出色地成人，心里真的十分满足。伊久小姐也为了你，拿出了无人可以比拟的勇气，为了你忍受羞耻和辛苦，你不会再有比她更好的新娘。这以后她也会成为不可缺少的贤内助吧，成为不可能再有的好妻子……"

从伊久的口中传出呜咽之声。她肩膀颤动，过了一会儿似乎难以忍耐似的，呜呜地哭出声来了。

"和睦地、长久地……两人互相帮助，幸福地生活下去。我们会在那个世界守护着你们，希望你们能够幸福。"

然后，从考之助低垂的眼睛里，多少流出一些眼泪，在此必须交代一笔。

两人圆满结合。

但让茂平老为难之事并未因此而完结。之后大约过了二十天，考之助悠然地出现在老职的办公间，他静静地走到茂平老面前坐下说道：

"是我，那是我的疏忽。"

平老瞪眼怒视，满脸通红地说道：

"又来了吗？又是那一套吗？又拿那一套来蒙骗我吗？哎呀，不巧的是我不会再中计了，我不吃你这一套了。"

"这次因为真的是我，所以才说是我。"

"那你说说看是什么？你想说你究竟干了什么？"

"那个，就是那个……"考之助有些语塞，但还是平静地继续往下说，"现在，堂下纹太郎在柴火间大哭，那个，实际上是我的疏忽。"

"我想问的是，所以那个什么？到底疏忽了什么？你说说详细的情况。"

"那当然。你，不，家老大人您不是知道的吗？"

"我知道是当然的。"茂平老终于叫喊了出来，"在御天守的三重将火桶弄翻，差点酿成火灾，这件事我知道。正因为我知道，所以正准备要召集重臣开会。但是没道理你会知道，没道理知道的事情，你却说'是我'……"

"不，我知道。是我在御天守的三重把火桶打翻……"

"闭嘴，别说话了！现在、马上……"茂平老用一只手按住脑袋，另一只手一边敲打膝盖，一边大喊，"那不是刚才我说的事情吗？在柴火间的你，怎么可能在御天守的三重打翻火桶呢？你是妖怪吗？你……啊啊，我的老毛病又要犯了，我喘不过气来了，啊啊，我说一不二，我要辞职！这个家老你来当吧。我已经受够了，我要辞职！"

考之助安静地鞠躬，然后这样说道。

"等待您的处置。"

（《富士》昭和二十七年四月号）

町奉行日記

修业绮谭

一

"我有话对你说，明天请来一趟我家。"

河津庄太夫如此说道。河津小弥太心里咯噔一下，但随即面上露出迎合的笑容，仿佛小孩子被夸了似的，赶紧精神抖擞地点头同意。

"好的，明天到您府上请您赐教。"

"晚饭之后我等你。"

"好的，我晚饭之后拜访您。"

庄太夫的眼神有些飘忽。小弥太的反应显得过分喜悦，以至于庄太夫禁不住有些担心，顾虑他是否有什么误解。小弥太总是这副样子，他的身躯像岩石一样结实，圆圆的脸庞力量饱满，永远挂着喜不自禁的表情。

——是呀是呀，一切都这么令人开心，已经高兴得受不了啦。

小弥太的全身仿佛都在传达着这种感觉。被谁抱怨的时候，他的高兴似乎就显得更加突出，于是对方终究没法把不满说出口，这样的事屡屡发生。庄太郎当然也知道这一点，不过还是忍不住要叮咛确认一下。

"是晚饭之后喔，我可不是要请你吃饭，也不是要给你什么东西，只是有话对你说，你明白吗？"

那是在离开衙门一小时前的事。小弥太有些迷茫。庄太郎要说的，到底是凶是吉呢？如果是吉的话，也有大致能揣测到的事。要是凶的话，那可就太多了，连小弥太自己都无法估量。也不知道到底是哪一种，感觉忐忑不安，但他马上在心里判定了是其中一方。按他的天性，不会考虑不愉快的事情。不愉快的、让人气恼的事情，都会即刻解决，他喜欢干脆利落。

"唉哟，那样啊。哎哟，也就那么回事儿吧。"

回自己会所的路上，小弥太这样自言自语地说，又兴致勃勃起来。

"都已经拖延五年了，我倒是无所谓的。但对方是女人嘛，女人不可能无期限地等待结婚的。嗬，身体痒痒起来了。"

他搓了搓手，正走到横跨长廊的地方，年轻武士灰山久兵卫从对面走过来。小弥太一看见他，便微微一笑，很亲热地向他挥手寒暄。对方也是笑脸相迎，在将要擦身而过之时，小弥太抓住久兵卫的右手，大叫一声，随后猛地把对方扔到了走廊外面。

半小时后，小弥太道歉了。端坐在三位小头目面前，他垂下宽阔的肩膀，不断地表达歉意。灰山久兵卫在旁边躺着，头上压着湿毛巾呻吟着。

"我只是想开个玩笑……呵呵。"小弥太这样说道，"绝对没有什么恶意。真的，近来我一直谨言慎行。这一点您几位也应该清楚吧。我从来不粗暴行事。"

三位小头目都不出声，一直保持沉默（到了让人生厌的程度），只是目不转睛地看着小弥太。于是小弥太也只好让步。

"可能就是四五天吧，在您几位看来或许不过是四五天，对我来说是非常珍贵的日子。这样说可能有点儿不妥，可我觉得蛮不错。又因今日有一点高兴的事情，真的。"

他脸上微笑着，自顾自地点了点头。

"正因为如此，我兴高采烈地向他打招呼，然后小小地开了个玩笑，仅此而已，非常抱歉。"

小头目们依然一言不发，久兵卫也只是一个劲儿地、好像很痛苦地呻吟着。因为对方什么都不说，小弥太感到不知所措。他再一次说对不起，并使劲儿地鞠躬。然后他打算逃走，又突然意识到什么，于是这样说道：

"虽然真的不该这样，今天的事还请对御中老河津大人保密。"

然后他走到久兵卫的枕头边，关切地拍拍被子边缘对他说：

"请多保重，不要有什么过激的举动……"

之后小弥太便退下了。

这可有点儿不吉利啊，小弥太这样想。到明晚为止，我可要多加小心了。他想，万事小心为上。通常他是下了决心转头就忘，但那时因有重要目的，所以极力忍耐着。总之他安然度过了约定拜访之前的时间。河津庄太郎的家在大手筋五番町。第二天，小弥太工作结束后，吃了晚餐做好准备，便去了五番町。正门处的武士（是一个傲慢的男人，小弥太平时就不喜欢他），将他领到会客间，让他在那里等着。

"你们约好的时间是晚餐后，现在是晚餐前，所以你要再等等。"

武士这样说道。

"那什么时候晚餐才结束呢？"

小弥太如此发问。武士带着刁难他的面色回答道：我又不是管这个的，所以我也不知道。到结束的时候就结束了吧。那个男人总是这样。

——因为有这种人，就算我好不容易想要控制自己的言行，也会忍不住……会干出点什么。

小弥太用左手抚摸着自己的右手，仿佛是要劝解安抚那握紧的拳头。因为约定的是晚饭之后，自己才吃好晚饭来的。的确，没有说具体的时刻。按照模糊的估计，他应该在那里等待了一个小时以上吧。而且他心里在意的是，被安排在会客间等待，通常会送来点心接待他的伊势也完全不见踪影，这好像难说是什么吉兆。他的心情一点点地越来越沉重。过了一阵，在他的脚开始有些麻痹的时候，另一名武士过来把他领到了客厅。然后庄太夫一出现，还没上茶便开始数落他，表达种种不满。

——这可不行啊。

小弥太这样想。说了有话要说，却感觉上来就是抱怨和不满。

"灰山今天还躺着呢。听说腰骨也受伤了。他的头是怎么回事?"

庄太夫说道。

"我很吃惊,看到头上那个大肿块我大吃一惊。"

二

小弥太也心中不爽。

——我拜托他们保密的,这些饶舌的家伙。

看上去庄太夫感受很深,连久兵卫头上的肿块都绘声绘色。被说到这个份上,小弥太也无法沉默,隐忍地表达了抗议。

"我那个时候马上道歉了。绝无恶意,绝对没有。您要是那样说,那种轻伤的肿块摔一跤都会有的,真的。"

"是吗?你想说的就是这个吗?只有这个吗?"

"而且,唉,请等等……"

小弥太慌忙地摆手。

"这点您是知道的,实际上灰山稍微怎么一下,本来没事儿的。他稍微猫下腰或者挥一下手,不就什么事都没有了吗?我不过是开个玩笑嘛。"

"哦?开玩笑?"

庄太夫的眉毛左侧突然往上一抬。

"你仅仅是开玩笑,做错的是灰山吗?"

"也就是说,我认为,这是他武艺不精的证据。"

"那么我清楚了。没有考虑的余地了,你和伊势的亲事取消。"

"什么?!您说亲事怎么?"

"取消,我说退掉婚事。"

"这也太没有道理了,不管怎么说……"

小弥太也失去了理智。

"您为何愤怒,我不知道。可单方面取消婚事,这种不讲理的事情我不同意。"

"什么,什么?你说不同意?"

"这么说吧……因为婚约是双方合议后成立的吧,您问我愿意娶您女儿吗?我回答说愿意。您不是随意决定,我一个人同意也没用,这是在武士与武士双方的信义基础上达成的。"

"这个我当然明白。"

庄太夫几乎是在吼叫着说。

"可是,你的言行不适合结婚。假如你的行为改变无望,作为伊势父母取消亲事,这是理所当然的。"

"我不这么认为。因为这么个理由,就取消我和您掌上明珠女儿的婚事,我觉得难以想象。"

"你怎么想我管不了,我作为伊势的父亲,就要取消婚事,坚决取消。"

"我也坚决不同意取消。"

"我要取消。"

"我不取消。"

"滚回去，你这个……"

庄太夫高喊道。

"在我还没叫人来之前，赶快滚，否则的话……"

小弥太向对方鞠了一躬便起身了，走到走廊时他又回头说道。

"请别忘记，我不取消婚事。请记住，我绝对不取消。不需要你说请，我这就告辞。"

他逃也似的离开了。

这种情况下，小弥太也无法保持乐天的心情。五年前，他与河津庄太夫之女伊势订下婚约。小弥太的姓也是河津，可两家完全没有血缘关系。五番町的河津，是俸禄八百二十石有余的中老身份，而小弥太家族代代都是徒士组头领，俸禄不足百石。前者的家纹是"面高"，后者的家纹却是正统河津氏的"庵木瓜"。在注重家族谱系的当时，五番町多少感觉略逊一筹。不过小弥太和伊势之间的婚约，并非始于家族背景。庄太夫是看中小弥太这个人物，认为他是个非凡之才，相信他将来能够出人头地，才由庄太夫主动提出缔结了这门亲。

这门亲事，当时着实让家族的臣下们大吃一惊。

——五番町的脑子出问题了。

甚至还有人这样说。当然并不是指身份差异，而是小弥太这个人有问题。他是个彻头彻尾的乐天派，天性活泼，待人亲切，颇受众人喜爱。小弥太的人品也不错，身高足有五尺七寸。作为徒士组的组头，俸禄虽然少了点，但在本藩也属有背景的老家族，还算是能够入伍于显赫门庭。父母不幸早逝，他又是独子，本来很容易形成内向寂寞的性格，他却丝毫没有这种心性。小弥太学问也优秀，武艺方面更是天才，刀、枪、弓、忍术、骑马都出类拔萃。其中任意一项都足以成为典范，而且他力大无比，甚至一人可挡五人。

这么列举下来，似乎这个河津小弥太是个非常优秀的人物，以上的条件，丝毫没有掺杂谎言。但与此同时，他也有一个巨大的缺点，那便是无法控制情绪。他几乎完全没有自制力、克制之心这类东西……他一生气，便会殴打他人，无论对方是谁，都不管不顾。对别人的面部表情不满意呀，觉得别人太自满呀，或者觉得别人一副了不起的样子呀，只要小弥太稍不愉快，立刻就会殴打别人，或者把人扔出去。并且，在非常兴奋的时候，有什么高兴的事情的时候（比如灰山久兵卫这次），小弥太都会狠揍人或者把人扔出去。他又是个力大无比武艺超群的人，对方难以逃避和躲藏，连思考反抗的余地都没有。

——对不起，请包涵。

动粗之后，他大抵会马上道歉，脸上也常常挂着亲切的微笑，收起魁伟的身躯和架子，用难以承受的愧疚道歉。一边扶起被自己扔出去的人，一边抚摸对方受伤的肢体，还不时地揉一揉……假如对方闪了腰，他就自己把对方背回家，关切之至、诚恳至极地表示歉意。

徒士组的管理者属中老级别，河津庄太夫则是总统领。三位管理者都对小弥太束手无策，拿他完全没办法。

——既然事后这么道歉，为什么当初那么粗暴呢？

——不由自主地就变成了那样，唉。换作你们，也有某处瘙痒就想去挠挠它吧。完全一样的感觉。比如，觉得那家伙是个混蛋，就出手了，叫一声啊都来不及，真的。

他理直气壮地回答。

——也就是说，因为忍不住惩罚心术不正的人和坏人吗？

——不是那么回事儿，根本不是。我可以发誓，绝不是那么悠然的感觉。坏人呀不正当的人，这个世界上没有的，大家都是善良的人。甚至会觉得为什么到处都是好人呢。

他这样说着，拼命摇头。

三

主管们说：

——那么，在这一点上，作为武士，你难道不应该克制自己，培养自己不要随便动粗的自制力吗？

小弥太睁大双眼，皱着鼻头，摇了摇手。

——我吗？你说我吗？那可不行，要我忍耐，这可实在强人所难。你这样说，我现在就想把你们都摔出去，真的。

倒不如说，其他所有人都应该当心一点。他公然这样说。我又没有恶意，所以大家稍微身子躲一躲，挤一挤，用手挡一挡就好了。做不到，是他们的武艺不精哪。总之是日常的警戒心太迟钝，在我看来倒觉得他们挺可悲的。

——可是，并非任何人都能身怀绝技，不可能都有堪为典范的武功吧？

——那么，就只能默默地躲避了。御家老比不上主君，御中老赢不了御家老，你们也无法胜过御中老，其他的武士们打不过我，那也只能这样了，哈。

他微笑着说。

三名主管去向总统领告状，请求将小弥太安排到其他地方工作。庄太夫（之前就知道大家对弥太郎的评价）听完三人详细的汇报，心想这可真不是凡人。于是他与小弥太见面，一下子就被他征服了。这可是个非凡的人物，庄太夫这么想。有了这个成见，便觉得他的一言一行都不错。

——他粗暴的开朗，真是独一无二，不夹杂任何阴暗与不纯，这不是地道的纯粹和爽朗吗？在庄太夫看来是这样。而且年轻时的言行粗暴，等到他明辨是非后，即刻就会收敛。那样的话，他一定能够发挥其才能。

于是庄太夫让同为中老的田上宇兵卫从中做媒，把女儿伊势许配给了他。为了以防万一，他还特意附加了一个条件——"不过，行结婚之礼要等到他的粗暴行为彻底收敛之后。"

此后五年，结婚之礼便一再拖延。弥太郎去五番町的家里，与伊势见面或者说话倒是被允许的，也时常被请去家里吃饭，但结婚之礼却遥遥无期。庄太夫好像也有些怀疑自己的眼光了，近来骤然抱怨增多，还有两次受到激烈的批评，到如今终于宣告——"亲事取消"。

——我坚决不取消。

虽丢下这句话告辞，小弥太毕竟也难以保持快活的心情了。他现在的心情，真想将两三个人扔出去，或一巴掌打人一个跟跄。确实是这样的心情，不过小弥太到底还是小弥太，他（像前面所陈述的那样）无法忍受别扭的情绪，到家之后，他已经开始眯缝着眼睛微笑了。

"连我自己都觉得自己说得好啊！哈哈。"

一边说着，一边来回搓着双手。

"婚约这种东西，是在双方同意的基础上和武士与武士之间在信义的基础上缔结的契约，是不可能单方面取消的，坚决不取消！这句话犹如钢铁一般，等于是在说放马过来……"

他恢复了精神，洗澡的时候还在用破嗓子朗诵诗词。第二天晚上，伊势突然从五番町过来了。

"呀，失敬失敬。"

小弥太瞬间像打了鸡血一样。伊势过来找他还是头一回，况且是在这样的时辰，又是独自一人前来，小弥太激动不已。他想，没想到她爱我到肯有如此大胆之举。

"我是瞒着家里来的。"

伊势声音颤抖地说道：

"有事想拜托你……说完我必须马上回去。"

伊势似乎异常发愁。因为她十七岁订下婚约，算来已二十一岁。她身材娇小，手脚四肢也玲珑可爱，却只能算一般容姿，虽皮肤白皙、眼睛动人，却绝对说不上是美人。可是有婚约对象长达五年，二十一岁的年纪也让她身体、动作、表情中洋溢着娇媚。事实上现在这种妖艳感也呼之欲出。

"不，你别张罗了。"

她拦住走来走去的小弥太说。

"我真的只是来说一句话，请坐下听我说。"

小弥太坐了下来。本想至少拿些茶点出来的，但伊势看上去太严肃，所以他也端正地坐下了。

"昨天晚上的事情我从父亲那里听说了……"

伊势这样说道：

"据说你不同意。可是这样下去的话，父亲一定要坚决取消的。不，按照世间的惯例，你不同意也是行不通的。只要父亲决心不变，我们的婚事就一定会成为泡影。"

"我不这么想,我坚决不……"

"与其这样说……"

伊势牢牢地盯着他。

"你为什么不听从父亲的意见呢?如果你肯听取父亲的意见,约束今后的言行,那不就能马上举办仪式了吗?你为什么不那样做呢?"

"你的意思,也就是说……一样是吗?"

小弥太露出吃惊的眼神。

"也就是说,要让我停止粗暴的言行吗?"

"这样的话,就圆满解决一切了,你只需要这样做就行了。"

"不行。"

小弥太果断地摇了摇头。

"难得你一番好意,可这就是不行。请原谅。"

"可是……"

她痛苦地扭动身体。

"可是,那样的话,你说怎么办呢?难道另外还有别的法子吗?"

四

小弥太想了一下,然后说道:

"说到这里,也许算不上法子,最确切的方法倒有一个。

之所以这么说呢……"

他突然开始急促起来。

"简单易懂地说，就是等待时机。"

"到底是什么时机呢？"

"也就是说，我也许不会一直这样，我也会上年纪，之后我或许会厌倦这些粗暴言行吧。虽然并非我所愿，但是人们都说一切事物都有变的那一天。"

"这便是时机吗？这个时机吗？"

伊势用愤怒的声音打断了他。

"时至今日，我已经等了五年，今后还要继续等待那种连你自己都觉得不可指望的时机吗？"

"可是，这是最切实的方法。"

"我已经满二十岁了。"

她下意识地隐瞒了一岁，以忘记矜持的语气说了出来。

"就算现在结婚，也比普通的婚期推迟了。这样等待下去，我岂不变成老太婆。"

"这对我们来说是同样的呀。到了那个时候，我也变成老头子了。"

"唉，唉，真让人懊恼。"

伊势用含满泪水的眼睛，狠狠地瞪着小弥太。

"这就是你的真心话吧，哪怕伊势我变成老太婆，你也不会可怜我的对吧？我知道了，告辞。"

"等一下，你如此愤怒，是因为你误解我了，总之……"

"不，我告辞了。"

伊势挥动衣袖，从座位上站起来。

"分别之际，我要告诉你，既然与你订婚，伊势除了你没有其他男人。我是铁心要做你妻子的。"

"那当然啦。我也是除你之外，不可能娶他人为妻！真的。"

"我会成为你的妻子。"伊势重复说道。

"为此我会尽我所能，请你不要忘记。"

"可是，你、你能做什么呢？"

"我做必须要做的事。"

伊势走出了房间。

小弥太慌忙追出去送她，回到房间后，依然心神不宁，有一种害怕的心情。伊势的话强烈暗示着什么，且有威胁的意味。她做必须要做的事……究竟什么是"必须要做的事"呢？无从揣测。如果不是单纯的威胁，那问题一定是在"结婚"。当女人渴望结婚时，那种勇气与行动力可谓无人能敌。

"不过，她当时很生气……"

小弥太自言自语地念叨着。

"说不定她想让我认输，计划着桔梗原那样的事儿。"

应该是的，小弥太点了点头。

"顶多就是女人的智慧，跟那帮子人不相上下。顶多那种计划吧。"

他的眼中又重新恢复了快活的神色。

桔梗原指两年前的事件。被小弥太摔过的受害者十三人，巧妙地把他约出来，企图集体报复。他们摆出野宴，奉小弥太为主宾，灌了他很多酒，佯装偶然地谋划了一场斗殴。小弥太醉了，反而勇气迸发，力气也比平常更强一倍，可以说他为此开心地咆哮了起来。结果不言而喻，十三人一片惨叫，你拉我扯地仓皇逃走了。本来就是他们策划的事情，又有着十三人输给一人的羞耻感，所以他们才严守了这个秘密。这件事至今无人知晓。

"她当然也不可能知道这件事儿。所以她肯定也是打算用这个手段。"

那种小伎俩！这样一想，他喜滋滋地偷笑起来。

小弥太一直等着，去衙门时，从衙门回来时，一看到人便想"会下手吧"。哪怕是晚上睡觉，一听到什么响动，也会想——"来了。"这样过了七天左右，某一天他离开衙门走在大手筋，有一个怪异的老人从对面走来，他盯着小弥太的脸，忽然皱眉摇起头来，自言自语地说着什么。

——什么玩意儿，这个老头子。

小弥太突然站住。很明显，他在说自己的坏话。这个老人年近花甲，满头白发，皮肤出奇的黝黑，面容清瘦、棱角突出，虽然瘦骨嶙峋但是骨骼紧凑，坚实的手脚，一看就是个有脾气的人。他上装一件旧布棉袄，套着外衣，下面一条宽腿裤，腰插短刀，手里拿着五尺长的拐杖。

"可惜缺少关键的东西啊。"

老人又摇了摇头。这次说的声音让这边也能听到。

"看上去高高大大,可惜是废物。既不能当柴火用,又不能当木炭烧……"

说着,老人慢悠悠从小弥太身旁走过。小弥太被一种不可思议的心情罩住了。后来他回忆说,那是一种被人"手伸进嘴巴一把抓住心脏"的感觉。当然不是实际感受,一种比喻吧。总之,小弥太(不知何故)被一种强烈的尊敬和畏惧所打动,跟在老人身后叫住了他。

"哎,说的就是你。"

老人回头,以一种习惯望向远方的眼神看着小弥太的脸,接着说道:

"你有一种罕见的素质,老夫一看你的面相就知道,可是……"

"可是,可是什么?"

小弥太的态度马上变成了对待师父一般的恭敬。老人含糊其辞,好像很难表达自己的意思,过了一会儿才说道:

"你缺乏要命的东西。你孔武有力,武艺高超,可是那个,什么来着,就像一把双刃斧。嗯,嗯,怎么说呢?怎么说呢……啊,老夫我是个放弃尘世之人,不能告诉你真名,壮年时期,我曾经做过将军家的教头,现遁世僧名一无斋,住黑羽山。"

不知为何话说到这里,最终小弥太接受了老人的指教。

听一无斋老人说，自己是"双刃斧"，唯有强硬却缺少火候，尚须修行。他明白了这一点。老人同意收为门下，告诉他山庄的详细所在，叫他尽快前往。临别之际，老人顺口说道：

"多蒙关照。"

这似乎是他的口头禅，老人不假思索地脱口而出。小弥太想，"真是高深莫测"。并不知道哪里高深，总之就是那种感觉。他径直返回了本藩衙门，然后去见主管，之后甚至还去了总统领办公的地方。

——假如我说还要继续修行，他们一定会不高兴，会反对的吧。

他以为会是这样。可是主管自不必说，连河津庄太夫也立刻表示赞成。

"一无斋大师……哎呀哎呀！"

庄太夫双目圆瞪。

"没想到称作剑神的大师竟在本藩内。"

"原来御中老知道一无斋大师啊？"

"怎么可能不知道呢？你以为我不谙世事吗？"

庄太夫说道。

"总之是好事，休息时间太长可能不好。不过你去好了。你外出的事，我会告知主管的。"

如此这般，巧妙圆满。于是小弥太立马背负游方僧的背箱前往黑羽山。

五

　　黑羽山位于藩府东北，处在领地内大岭山系山腹地带。沿着苅屋川的深谷攀登大约一里，其左右两边悬崖陡峭，左岸是黑羽山，对岸是赤岩山，两山都是有名的木炭产地。在一无斋老人的山庄（一间脏兮兮的山间小屋）背后，也有一个烧炭的大窑。马上就到烧炭的季节了，虽然大窑尚未点火，但已堆积了大量枯木。

　　"这么快就来了啊"

　　老人迎到小弥太后说道。

　　"我以为你还不会来呢。你有这份热忱，将来大有可为，请进吧。"

　　或许因为是在山庄的缘故吧，老人的言语也变得随意了一些。着装也不讲究，旧细腿裤短上衣，包着头巾的打扮，时不时还麻利地用手擦鼻涕。

　　"先跟你说好，老夫的教法有些不同一般，非常严格。若一开始的时候没有充分的思想准备，难以继续的。"

　　"这是修行嘛。"小弥太回答道。

　　"不管多么辛劳，我也不会厌倦，也绝对不会半途而废。"

　　"那么马上开始吧，跟我到后面来。"

　　老人这样吩咐道，让小弥太换好衣服，便把他领到了山庄背后。然后将斧头和锯子交给他，指着堆积如山的枯木说：

"这边是柴火，这边要烧成木炭。"老人接着说，"用锯子把柴火锯开，烧炭呢是这个长度。记住，要这个长度。"

小弥太觉得有一些出乎意料。明白这也是修行之一，但总感觉哪里不对劲。具体是什么也说不出来，却还是感觉有点儿别扭。

"那么师父您也烧炭吗？"

"我可不烧炭。"

老人发出怪异的笑声。

"哈哈哈，我可是出家人。"

小弥太开始工作。

从藩城走三里路到这里，刚到就开始工作。那可是极其单调和辛苦的劳动。比起劳动，单调才让他觉得辛苦。但一切都是修行。必须获得自己欠缺的最重要的东西，成就河津小弥太稀世的才能。日复一日，他竭尽全力工作。做饭洗衣，跑去一里半外的村子买东西，还常常为一无斋捏肩揉腰。

"喂，好好干，这也是修行。"

老人愉悦地说道。

"这样我也沾光，你嘛，也是，那个，什么呢，就会成为有那样的结果。嘿嘿，真是一举两得啊。"

小弥太有些撑不住了。过去在繁华闹市任性生活，现在却在渺无人烟的深山中，日复一日没有休息地锯木劈柴，而且每天忙碌于杂事,晚上稍微有点闲暇,又必须编草席搓草绳做草鞋。也就是说,他同时兼做了农夫、苦力、男丁、女婢和按摩工的工作。他感到精力和精神的支撑快到尽头。照此下去不由得有了这样的担心,在成就自己的才能之前,或已成了一个地道的烧炭工。不过,仅此而已也许还好。这样过了大约三十日,堆积如山的木柴几乎全部都被处理完了,老人又开始了进一步的刁难。

"听说你水性不错。"

某日,一无斋这样说道:

"那今天你到山谷抓鱼吧。"

"您说什么……抓鱼?"

"潜入水中用手抓鱼,比钓鱼更容易啊。"

他们往山谷而去。

七十尺高断崖下,苅屋川急流发出巨响向前流淌。河川不宽,但与急流不同,水量却很大,周围四处都是积水和深潭。水色浓得令人害怕,让人感觉似乎有什么怪物栖居于此。在貌似最深的潭水处,老人告诉他这里就是捕鱼场。

"这里有真鳟和岩鱼。"老人如是说,"你瞧瞧,那块岩石深处暗不见光的地方,凹进去的地方,鱼儿会去那里小憩。你就潜到那里去抓鱼吧。……你真的会游泳吗?"

小弥太望了一眼深潭,潭水黑沉沉碧绿,看似水深,或许是下面有漩涡的缘故,咕咕地传来低沉的水声。

"看起来很有意思吧,试试看。"

他脱光衣服跳进水里。水冷得刺骨，几乎是像冰一样的水。这还不算，刚潜入五六尺深，便感觉水流有一股可怕的力量围住了他，让他像陀螺一样不停打转，以令人目眩的速度斜着把他卷入深处。他在感觉恐惧的同时，吐出一口憋着的气，身体却牢牢地给吸附在了底部岩石间的缝隙中。最初，他以为是漩涡，当然也有漩涡在旋转，其实是从岩石缝隙掉入了地下水道中。后来问了一无斋，那个地下水道是自然形成的，连接着西边一里外的白狐瀑布。

——这可不行。我也许会被淹死。

小弥太逆水而上，用尽全身力气，拼命做了所有游泳的姿势，但把他吸入的水压比他的力气大得多，让他的身躯被吸附在岩石的缝隙处，动弹不得。他的大脑逐渐失去意识，昏了过去。

他不知道自己是如何得救的，侧面腹部火烧一样的滚烫，他醒了过来。一无斋坐在旁边看着他。

"啊，是你吗？"小弥太用自己都感到奇怪的喉咙里发出的声音问。

"我真是九死一生。那究竟是什么？"

"是流向白狐瀑布的水流哪。"

老人略带讽刺地假笑道：

"这附近，连小孩子都知道的。你身为武士却这么没出息，我要是不出手相救，你可能就没命了呢。"

"啊，我不知道嘛。"

说到这里，一直躺在地上的小弥太叫喊着"烫烫烫"，跳了起来。炉子就在他的右侧，里面的炉火熊熊燃烧。

"刚才给你烤身体来着……"一无斋说，"这可是真的水火之灾。"

老人感觉很好笑似的笑个不停。

如此这般，这以后，小弥太还遇上种种事情。比如掉进过去为捕熊设置的、深达一丈的陷阱，扭伤了脚。比如半夜圆木倒下（原本是靠在墙壁上的），在额头砸出一个自己的眼睛都能看到的超级大肿块。比如煮饭煮到一半，突然响起地雷（狩猎的人所使用的火药）一样的爆炸声，差点儿丢了小命。比如去伐木,(因为积累下来的过度疲劳)稍微中午打个盹儿，就有巨石从头上滚落，差点儿就被压住。比如不小心钻到稻草丛中，五寸钉板（据说是老人用来放蜡烛的）扎脚险些入骨头……如此这般的灾祸劫难，几乎每天都会降临到他的身上。

六

不久，理所当然地，小弥太有所察觉了。这些灾祸劫难并非偶然，都是一无斋老人的精心策划。他突然就醒悟了，恍然大悟。他心中暗自点头。

——是的。山上睡午觉掉下的巨石，掉进捕熊的陷阱，全都是师父所为。并且，把狼粪火药放进柴火堆、靠得好好的圆木突然坍倒、稻草堆里的蜡烛板等等,也通通都是人为设计。……可是,为什么呢?

——当然是为了修行。这样做了,就可以磨砺我的才能,警戒我的懈怠,让我成为超群的武士。他应该是这样计划的。

他对自己这样说。

的确如此。我的剑术、刀枪、弓箭、骑术、游泳,种种武艺堪谓典范。那些技巧已经没必要再练习了,剩下的就是像这种……也就是说,这样的修行。小弥太的思考卡在了这里。他充分理解师父这样做的理由,但这可谓"费尽心机"哪。

何时会发生何种事情,他完全不知道。根本无法安心睡觉。

小弥太非常紧张,始终处于惶惶不安中。那可是太可怕了。朝朝夕夕,他已承受了过度重劳,身心俱疲,这种持续的神经紧张实在叫人难以忍耐。

——我也许要崩溃了。

小弥太开始这样想。当他真的这样想时,一无斋采来山上的树果,叫他吃下去。那果子如小柿子一般大,颜色暗红,虽已成熟却依然坚硬,散发出异样的臭味。

"可能不太好吃。"老人说道。

"但是吃了会补充精力,这是很少见的果实。我专门为你采来的。"

小弥太感谢老人的好意,吃掉了三个很难吃的果子。

"这是对身体有益的良药,所以苦口。"一无斋笑着说道。

此时正是午饭前肚子空空,小弥太吃过之后,准备开饭。突然胃里开始剧烈疼痛,仿佛被生锈的铁锥刺进胃里一般,疼得他手脚缩成一团。小弥太在炉火旁躺下,滚来滚去地发出呻吟。

"啊?不对劲儿?"

老人来到他身旁,看着痛苦的小弥太说道:

"你又结实又聪明,我本以为你不会有事儿的。"

"什么啊?"痛苦之中,小弥太问道。

"还说什么不会有问题。"

"刚才的果实啊。"老人答道,"那叫灭猴灵,有毒,所以这一带的小孩子都不会吃的。"

"什,什么,有毒……"

"据说是那样,小孩子都不吃的。其他的飞禽走兽也不吃,偶尔会有笨得不行的猴子去吃,吃完特别痛苦的样子,到后来吐血身亡。"

"那种东西……为、为什么?"小弥太打了个滚,"为什么,你要让我吃呢?……还说是补充精力的良药。"

"我就是那么想的。"

老人悠闲地回答道:"有毒的东西,一般含有增加体力的贵重成分。万物都要尝试嘛。不吃一下试试怎么知道?所幸小弥太你武艺高强,又有以一抵五的大力,要是真的有毒，你应该不会笨到要去吃吧。我就是这样想的啊。"

"太过分了。"小弥太喘息着说，"不管我有多大力气，武功有多高强，也不能识别果实是否有毒啊。"

"是啊，我也没这么想啊。真的，人啊都有无法战胜的事情。力大无比的武艺高手你，原来也有战胜不了的东西。"

不知为何，小弥太心中咯噔了一下。为何会咯噔，连他自己也不知道，感觉像是被人突然打了一巴掌。

"那么我会死掉吗？"

"让我想想办法。"

老人说着站起身来。

"或许不行，我想已经没办法了吧。总之，我能想到的都试试吧。"

然后老人拿出一种粉末（好像是将晒干的树皮碾成粉），兑了水让小弥太喝。这次没有毒了吧，小弥太确认之后才喝下。的确是没有毒，不过没过多久，小弥太开始激烈的上吐下泻。这次恐怖的腹泻，才真是令人难以置信的痛苦，倒不如说这份痛苦远在毒果子之上。

"多少有点苦吧。"

老人这样鼓励小弥太。

"这可不是普通的药，是用来猎野猪的。"

"野、野猪吃的吗？"

"是啊。"老人点头道，"在米和糠的丸子里加进这种粉末，偷偷放在田野上，野猪里特别笨的那些，浑然不知吃下去，就会猛烈地呕吐，到最后无法动弹而倒下。真是，也有这么笨的猪，人们就等着这些猪倒下……"

小弥太已经听不下去了。

——在灭猴灵之后，又是杀猪剂吗？这个死老头。

一无斋乐呵呵地傻笑着。

七

小弥太回到藩府城堡。变得消瘦憔悴走路都困难，只能被山里的轿子抬进大门，一到家就直接睡了过去。

他还没有告诉任何人。可伊势便带着女婢从五番町前来探望。小弥太十分意外，询问伊势为何知道自己回来了。伊势理所当然地回答道：

"因为婚约者之间的爱情，心灵感应啊。"

小弥太家里没有女人，于是女婢留在这里帮忙照顾他。伊势自己也每天过来，饱含心意温柔十足，无微不至地照顾他。

——有女人感觉真舒服。

他这样想道。全身所有细胞、每个肢体都……

——那我还是早点儿结婚吧。

因为不是生病（其实只是呕吐腹泻带来的衰弱），五六天小弥太便彻底恢复了。再过约莫七十天，他与伊势圆满完婚。他现在性格温和不少，曾经让人束手无策的粗暴言行也消失了。

"我终于如愿以偿。"

新婚之夜，伊势两眼含泪，凝视着丈夫，嗓子仿佛堵住了一般轻声说道："我等了太久……我完成最大的心愿了。"

小弥太不好意思，羞红了脸。

他变了。人品完全不同了。为什么呢？小弥太还像从前一样，会生气也会发火，依然常常不满意某人的表情。他也屡屡出现过去的想法——真想揍这个畜生一顿，恨不得把他摔出去。不可思议的是，在山庄经历过的劫难，马上浮现在眼前，想要狠揍或扔摔出去的人，竟在他的眼中变成了彼时可怜又无力的自己：在水底溺水挣扎的自己、在坍倒圆木下惨叫的自己、被火药爆炸吓破胆的自己，抑或吃了灭猴灵、杀猪剂的自己……还有除此以外各种场合、痛哭流涕手足无措的自己。

是啊，他对自己说。人啊，都有无法战胜的事物。这家伙一定也很可怜。

他第一次学会了忍耐。

小弥太已经不再举止粗暴。绝对不会旧态复萌了。当他下定这个决心之后，这次却轮到身边的人（曾经的受害人）对他刁难。时常被弄出淤青肿块，扭伤脚回来。并且在这些人中，传开了这样的说法。

"试试呀。没问题，他什么也不会做的。这次轮到我们了。"

人类真是一种可悲的动物。

开年之后，到了春天。这一天小弥太不当班，靠在起居室的窗边，望着外面发呆。他并非在看什么，只是满足于这种慵懒，享受着春日的暖阳。突然从右边（那里有一个储物间）听到有人说话的声音。

"那向夫人问好。我回去了……多蒙关照。"

小弥太朝那边望去。这个声音感觉耳熟。只见储物间的旁边，对面看上去像农夫的老人正要离去。

——啊？那个……

小弥太差点叫出声来。他与一无斋大师非常相似，可以说是同一个人。要说像，未免太过相似，再加上那句"多蒙关照"，也让人记忆深刻。

——嗯，说不定！……嗯。

他稍微思考了一阵。然后逐渐地脸色变得阴沉。小弥太站起身，走到妻子房间。伊势正在做着针线活儿，她的皮肤越来越有光泽，圆润丰满，完全是一副年轻太太的娇羞状了。

"刚刚有谁来过吧？"他若无其事，但十分温柔地询问道，"看上去像个农夫啊，那是谁啊？"

"山里的六助。"妻子如此回答，"他来这里是为了订下今年的炭火生意……因为之前在五番町的家里，就一直跟他订的，所以就叫他现在也来这边送炭。"

"嗯？那么，木炭是他自己烧吗？"

"是的。他不但自己烧炭，还狩猎、捕鱼、种田，是个有智慧又勤劳的奇人。"

"看来是的。"小弥太这样说道，"看来真是这样。我很了解他。"

伊势"啊"地叫出声来。小弥太望向她，发现她也正看向自己。用受惊的野鸠一样的眼神，有些害怕地看着丈夫。

"是谁的主意？"

小弥太问道。

"我自己想出来的。"

伊势干脆坦白了。

"那之后我和父亲商量，拜托六助的。因为……我等得太久，无法忍受了嘛。"

"我还以为会用别的招儿来呢。"

"人家真的等太久了。"年轻的娇妻带着鼻音，妩媚地撒娇。"谁让你说，你没办法治好自己爱动粗的毛病。要是你治不好的话，我想，那就只能由将成为你妻子的伊势我来帮你啦。"

小弥太面露愠色沉默不语。伊势一边撒娇，一边充满自信地说道：

"这才是夫妇之间的情义嘛。"

（《国王》昭和二十八年七月号）

叮奉行日记

法师川八景

一

法师峡在藩府城北二里三十二町处。

阿津看着丰四郎的脸。

久野丰四郎的脸上，下定决心和犹豫困惑的表情交替着出现又消失。一会儿是"好，就这么定了"的表情，一会儿又是"真为难啊，怎么办呢"的表情。就像树影中斑驳的阳光一般，一明一暗地闪烁，在他脸上时隐时现。阿津以安静的眼神看着他，等在一旁。需要向对方坦白的不安或恐惧已遁形。丰四郎会如何回答，也已心知肚明。

从城下北口，向着领地边界的地藏山岳延伸的山野小路，在笈川村左拐后，很快就连接到坡度平缓的山坡。

过了一会儿，丰四郎这样说："你确定没错吧？"

阿津点了点头。

"你能确定并非错觉，清楚无误是吧？"

"是的，非常清楚。"

"那就没问题了。"丰四郎露出微笑，"作为庆贺，来点酒可以吧。"

"请吧。"阿津回答。丰四郎的微笑迷人。阿津清澈的眼睛里闪烁温暖，眼角微微下垂。薄薄的红唇，散发出不可思议的清纯感，圆润且微微上挑。尤具魅力的正是她的眼睛和嘴唇。

阿津说——"请。"眼中浮现出笑意。丰四郎冲动地伸出手，将手臂搭在阿津的肩上，狂热地吻住她的唇。他的动作十分迅速，手腕也充满力量，阿津无法回避。

——那时候也是这样的。

总是这样。想到这里，阿津闭上了眼睛。可在丰四郎准备进行下一步动作前，她激烈地张嘴叫道——"不行！"她用双手推开了他。丰四郎有些怨恨地看着阿津。

"为什么？为什么不行？"

阿津拍手叫人："让她们准备酒吧。"

"为什么不行呢？"

"你应该明白的。"阿津说道。

丰四郎没精打采地坐着，阿津站起来，打开窗户。那座宅邸面向山谷，在狭窄的庭院对面，法师川对面的断崖尽在眼前。在幽深的山谷里，荡漾着溪流的声音，断崖处稀疏可见的是小松树和灌木，长势喜人，仿佛被水声煽动着，不断地摇晃着树枝发出沙沙声。

沿山坡道路，往上攀登十五町左右，有一个王子瀑布。道路在此分叉，一直通往法师川沿岸的断崖上。

身后，丰四郎在吩咐女侍准备酒菜。阿津的眼光停在对面断崖山腰处小松树的茂盛树丛中。她回想起来，去年的那个时候，那里曾有樱花新树，开着斑驳的白花。或许是山谷里的风太狂暴，那株樱花树没能往高长，而是向侧面扩展了树枝。在枝头，开着能够零星可数的花朵。那是初次和丰四郎那样之后的事。在这个宅邸里围着屏风，他在那里面睡着了。阿津从里面偷溜出来，轻轻打开窗，汗涔涔的肌肤有些温热。一边吹着风，一边望向对岸。在那片小松树的繁茂中，发现有樱花树的新树已经开花了。

"在看什么？"

丰四郎从背后抱着阿津，两臂环住她的肩膀，紧贴她的脸颊。阿津也用自己的脸颊摩挲着对方，手指向对面。

"那个断崖裂开的地方，有一丛小松树长得生机勃勃的。"

丰四郎说："哪里？"一只手滑向阿津的胸部。阿津试图拿开那只手，丰四郎又用左手按住她的手，用右手抱住她的胸。

"那颗小松树怎么了？"

"去年，那丛小松树中，有一棵开花的樱花树，当时只不过是一株新树，花朵也只是零星开了一点。"阿津扭动了一下身躯，"别这样。"

"那么，那棵樱花树当时是第一次开花咯？"

"你快住手嘛。"

"你说那棵樱花树现在没有了吗？"他更强力地贴紧阿津的脸颊，手指的动作也更加细腻，"去年才第一次开花，今年不知道是枯萎了还是被人挖走了。"

"会有人去那种断崖上挖树吗？"阿津按住放在胸部的手，"别这样，讨厌，我觉得疼，快住手。"

"为什么？不应该疼啊？"

"也许是身体不舒服，就是疼嘛。"

"啊，是吗？"丰四郎把手放平，"我没注意到，抱歉哦，如果只是这样的话可以吧？"

"我们坐下来吧。女侍会来的。"

"还不要紧。"他轻柔地左右晃动着阿津的身躯，"那个时候，阿津是独自一个人望着那颗樱花树的吗？"

"当时你睡着了嘛。"

丰四郎温柔地抱紧阿津，似乎回忆起了当时的事，沉默了一会儿。

道路延伸到断崖的地方，到里面的地藏堂为止的那一段，二十五町被称作法师峡，那是这个领地里风光最好的奇景。两岸临近耸立，低处约七十尺，高处则高达百尺以上。

丰四郎叹息着说道。

"这是第五次来这里了吧？"

阿津缓缓点了点头。

"第一次来是三月，然后是六月。"

"是五月呢。"

"那之后是十月，十月之后有一阵没时间，然后今年正月，最后是这次。多亏阿津答应了我的请求啊。"

"不过，这也要结束了。"

"嗯，结束啦。"丰四郎说，"避人耳目的幽会虽然快乐，但就到今天为止吧。我要告诉母亲。"

阿津默默地点了点头。

"似乎母亲已经有所察觉。就是父亲，应该也不会说什么为难的话吧。但是阿津你没问题吗？会不会因为佐藤有麻烦呢？"

"那一年前已经说过了。"

"可是，还没有预先告诉他吧？"

"我的事情由我自己来办。"阿津压低了声音，"好像女侍来了。"

丰四郎从阿津身边离开了。

送来酒菜的女侍们把盘子摆好，收拾好茶具后出去了。

桌上的食物除了煎鸡肉和蒸小香鱼，碟碗里装着海带、海藻、蘘吾、土当归芽、松茸、豆腐、豆腐皮、牛蒡、板栗等等，有蒸的，有芝麻拌的，有烤的，有煮的，木碗一个盛豆腐，一个装腌梅和木芽。

右岸是险峻的山脉，没有道路。左岸有鬼窥、七曲、猿渡、美代渊等秀景。地藏堂还有五家兼做饭店的温泉旅馆。"观峡楼"便是其中之一。从光树院大人那一代开始，就有藩内诸侯常客前来，这里的素斋是一大特色。

丰四郎的酒量不及阿津，马上就喝醉了。于是耍起酒疯撒娇。

"到对面去嘛。就去一下。"

阿津摇头。

"求你了。"丰四郎用湿润的声音说道，"我们两人在这里见面就到这次为止了，等到事情定了，我们就会被监视到举行仪式为止，就见不上面了。"

阿津还是冷静地摇头。

"哪怕见不到我，阿津也无所谓吗？"

"只是忍耐一阵子嘛。"

"我不行。我会想你，会忍不住的。"

"十月之后，不是也有过六十天没见面吗？"

"那个和这个不一样哟，我们现在不是又这样见面了吗？这样看着阿津，接下来马上就见不到了，就这样分开也太过分了。好不好嘛？"他靠过来，抓住阿津的手，"我不要求很长，就一会儿就行，去对面嘛，就去一会儿，求你了。"

阿津感到身体没力气了。从被抓住的手心传来麻痹的感觉，这感觉扩散至全身，连身体里面也像变得热烈地凝固住了。阿津闭上眼睛，丰四郎马上站起来抱起了阿津。

这家的名菜有青头菌、丛生口菇、自制白豆腐、豆腐皮、土当归芽、嫩香鱼等等。而从这个"松之间"房间看到的，远远超过这里的山珍海味，堪称绝景。从山谷间涌出的溪流水声，在阿津听来，像是雨声。

"怎么啦？"丰四郎低语道，"你没事儿吧？"

阿津没有回答。

"你好像很冷的样子呢，阿津，连我都感到有点冷了，你不要紧吧？"

"水的声音听起来好像雨声啊。"

"你还是在意那件事吧,那可不行,必须忘记,今天可是这样相见的最后一次了——来吧。"

二

伊田勘右卫门是看守书院的头儿,家族俸禄八百七十石,家臣粮饷七十五石。家里住着妻子千代和两个孩子,长子良一郎和他姐姐阿津。宅邸位于乌御门外十字路口西侧。

在观峡楼和丰四郎分别后,阿津顺路去了一趟笈川村的万兵卫家,然后便回到了藩府城内的宅邸。隔了两天,传来了久野丰四郎猝死的消息。

明日是谷菅斋的练习日,有咏诗五首的作业。菅斋是藩内的和学师范,在西畑町里办有私塾。阿津在其门下成绩优异,甚至可以带初级塾生做练习,却不擅咏诗,那时也正为五首诗作业犯愁。下午三点左右,传来把马牵进马棚的声音,还听到了弟弟良一郎的声音。他已十五岁,去年春天开始学马术,或许是终于产生了兴趣,今年开始训练结束后,只要没下大雨,每天还会去樱花马场骑马,不厌其烦地骑马遛马。

良一郎说着话向这边走来。对方好像是家里的武丁国利大作,良一郎的嗓音又高又急促,言辞也有些兴奋。

"它跑得太快了,非常快。他突然收紧手里的缰绳,为什么那样做我都不明白,我从这边看得很清楚,好像有什么从眼前飞过去似的,突然猛地一下,朝后翻腾的时候还抓着缰绳,就这样……"他似乎比划着动作,"好像被马嚼子割断了舌头似的,马停在那里,跳了三次,第三次的时候把久野甩了出去,这时冈野的马冲了过来。"

"马应该不会踩人的啊……"

"用前蹄和后蹄踩了两次,我亲眼看见,踩了头和胸口。冈野使劲拉住缰绳,但是靠得太近,已经无济于事了。听说头被踩到,胸口碎了两根肋骨。"

阿津放下笔站起来,打开了窗子。窗外是后院,正对面就是一片竹林。泛黄的竹林中,零星看见还没凋零的几朵红色山茶花。打开窗子的时候,映入阿津眼帘的就是那里的山茶花。"啊,还有花还没谢啊。"阿津心里这样想。马棚在竹林的背后,良一郎和国利大作,在竹丛旁的井边交谈。

注意到窗子打开,良一郎回过头。一看到姐姐的脸,他马上拿着马鞭跑向这边。

"姐姐,马场出大事了。"他喘着粗气说,"久野没有拉好缰绳,摔下来了。"

阿津静静地打断他:"你慢点说,久野是哪个久野啊?"

"和你同门的久野啊,久野丰四郎。"

阿津的胸口瞬间被一块拳头大小的气流堵住了,这股气流一直涌上咽喉,感觉呼吸都快要被堵住了。

"那他的……伤势……"阿津结巴地问道,"伤得很重吗?"

"岂止是很重,他摔下来之后,被后面的马踩踏,头和胸口都被踩了。虽然马上叫来了医生,但是医生也已经回天乏力了。"

"你就在旁边看着的吗?"

"医生来之后的事情,我是听人说的,听说是用木板抬回家里去了。"

阿津关上了窗子。连回到书桌前的力气都没有了,就那样坐在窗边。

伊田家的庭院里有两株红梅老树。池塘边那一株是母树,树龄有三百年了,勘右卫门起居室外的那一株则是子树,据说树龄也有两百多年了。

阿津为了抑制住越来越强的呕吐感,一直手撑住地面草席,让身体前倾。她的呼吸浅浅的,有些急促,似乎要断气一般全身颤抖不已。春天午后的阳光斜斜地照进来,窗户明亮得有些晃眼。阿津低垂的失去血色的侧脸,看上去苍白得令人害怕。但是,到她定下心也并没有花费太久时间。没过一会儿,阿津站起身,悄声通过走廊,走进储物间。她沉着地换好衣服,回到起居室整理好头发,然后穿过弟弟的房间走到了后院。

她沿着十字路口背后的道路,朝乌御门反方向走去,从藏人町走到大手町,又从背后的小路赶去藩府。经过宫町、马场外,在那里向右拐便是大手二番町,久野家的宅邸占据了这个拐角处，正门紧紧关闭着。还不到那样的时辰，紧闭的大门似乎是在昭示着发生的不测。

阿津向守门的武士报了姓名，经过侧门进到了玄关里。加上旁边的陪侍，看上去来客陪伴的武士有五六个人，看到阿津独自一人前来有些吃惊。阿津请人带路，报上自己的姓名说想见夫人一面。于是，一位老太太代替家里的年轻男丁接待了阿津，她以客气而略显冷淡的态度问："你有什么事？"

"不见到夫人，我不能说。"阿津回答，"而且，我一定要见夫人。"

老太太走出去，再回来时说了句"有请"。阿津被带到的那间客厅，也许是夫人专用的吧，客厅隔门的花纹华丽且色彩斑斓，壁龛处挂着南画风格的山水画，水盘里装饰着松枝和山樱。回廊一侧的窗户敞开着，庭院里树丛林立，泉池环绕，沐浴在斜阳余晖下的一角看上去十分明媚。

久野夫人进来的时候，阿津好像被水盘里栽着的松树附体了似的，正呆呆地望着壁龛。感觉到夫人落座的动静，阿津才红着脸坐好。久野寄八让侍女送来茶水，就让侍女马上退下了，亲自为阿津倒好茶。阿津没碰茶杯，直视夫人的眼睛，表达了对丰四郎遭遇不幸的慰问，询问他是否平安。

"已经死了。"夫人回答她。

阿津很震惊。从夫人那僵硬的仿佛涂了白粉的脸上，几乎看不出是个活人，睁大的双眼俨然是两个黑暗的空洞。即使如此，她还是显得很镇静。

阿津静静地说："能允许我上一炷香吗？"

"还没有准备好这些……"夫人不解地问道，"失礼地问一句，您和丰四郎是怎样的关系呢？"

阿津两眼闪过央告似的神色："您没从他那里听说过吗？"

夫人沉默地摇了摇头。

"就在三天前——"阿津说道，"他说他会告诉母亲的。"

夫人沉默不语地看着阿津。并非是在欣赏她，而是像看怪物一样的眼神。

"他，丰四郎少爷，应该跟您说过的……"阿津拼命坚持说，"之前他就说过，他说要告诉母亲，而且这次又有了必须告知的理由。"

"我什么也没听说，你所说的理由是什么呢？"

阿津的嘴唇微微颤动，舌头打结了一样，没能马上说出话来。然而，阿津还是鼓起了勇气。她觉得这是影响她人生的瞬间，坚信自己丝毫没有必要感到羞愧——当然她没有仰起脸，声音也并未提高，但还是以不容置疑的口吻说道：

"我怀着丰四郎的孩子，马上就三个月了。"

夫人沉默许久，然后再次确认了一次。

"这是真的吗？"

阿津点了点头："真的。"

"我实在是难以相信这是真的。"夫人说道，"你一个人来到这里，亲口陈述事情，我很钦佩这份勇气。但是我实在难以相信。"

"嗯，如果没有从丰四郎那里听说的话，你不相信也不为怪。但这确实是事实，请相信我。"

"光是叫我相信你，我也很难办。你有什么能作证的东西吗？"

"除了他给我的爱以外，我什么也没有。"

"那么就光凭你的一面之辞，我就必须相信你肚子里的孩子是丰四郎的吗？"

阿津点了点头："是的。"

"你的父母知道吗？"

"不。"

"那么还有别人知道你和丰四郎的事吗？"

阿津摇头说："没有。"

夫人在一旁看着阿津，过了一会儿，询问她和丰四郎是在何处、如何相识的。

"您知道家童佐藤又兵卫这个人吗？"

阿津反问道。

"外三番町的佐藤吗？听说是丰四郎的朋友，曾经来过这里两三次。"

"他是我母亲的亲戚，幼年时就常有来往，我和丰四郎初次认识也是通过佐藤。"

"那么，即便这个佐藤，也不知道你们的事吗？"

阿津回答："是的。"

三

"那很奇怪呢，和丰四郎是朋友，与你是亲戚关系，居然不让他知道你们有这么深的关系……有什么理由吗？"

阿津低头轻轻地应了一声："是的。"

"可以告诉我吗？"

阿津略作考虑后说："不，我不能说。"

夫人叹了一口气。

"没办法，怎么看都没办法。"夫人摇头说道，"我不认识也不了解你，也不可能向已经离开人世的丰四郎求证是否属实，又没有成为证人和证据的东西，我想是没有办法的。"

阿津低垂着眼睛，直直地抬起脸。虽然眼睛看着下面，但她的脸上没有丝毫羞愧之色，当然也没有胆怯之意。

"或许不会有用，不过我还是先告诉老爷。你等一下。"

说着，夫人起身离开了。

久野家族从先代的扫部源之开始，便被列入永代御一门，家族俸禄一千两百石。能从家臣晋升为一门地位的只有久野家族，那是因为扫部的父亲修理亮，为了上一代美浓主君则发，二十八岁的时候进谏而死。晋升乃是对其功德给予的嘉奖。由于被列入一门之中，便不在处罚对象之列了。当代摄津源继是一位制世霸气的人物，连藩内的诸侯也退让三分。他与妻子纪谷之间有丰四郎、秀之丞这两个儿子，秀之丞已经年满十九。

阿津努力支撑着自己，端正地坐着，抬肩挺胸，在苍白僵硬的脸上，一副要挑战什么的神色。为要抑制住不断袭来的颤抖，放在膝盖上的双手一直在用力，以至于指甲尖都已经发白。久野摄津和妻子一起进来了，坐到上座后看着阿津。他虽然已经五十三岁，但头发眉毛都茂密而有光泽，身体胖重，皮肤红润。

"哎呀，不必通报姓名。"

阿津正要打招呼，摄津摇头这样说道："我已经从妻子那里听说了，丰四郎是一个不能约束自己的笨蛋，过去也有几次不检点，所以你说的也许是事实。不过，就算是事实，你想让我们做什么呢？"

阿津无以回答。她并不是要对方做什么才来这里的，那种事连想都没有想过，所以有些说不出话来。但当摄津再次追问有"什么愿望"时，她以镇静的声音说道：

"如果肚里的孩子顺利出生，希望您把他作为丰四郎的孩子抚养。"

"荒唐之事！"摄津说，"就算你所说的是事实，瞒着父母私通的孩子，能够作为孙子承认么？那种荒唐之事连想都没用,假如还有其他什么愿望的话,说来听听吧。"

阿津垂下头。

"需要钱吧,需要多少都可以说。"

阿津沉默不语,过了一会儿抬起头来,直视着摄津的眼睛说道:

"不,除此以外,没有任何愿望。"

"意气用事的话,会后悔哦。"

"没有其他愿望。"阿津说道,"不过有一句话想知道。刚才您说丰四郎少爷,是一个不能克制自己的笨蛋。"

"而且还是胆小鬼。"

"他既不是不检点的人,也不是胆小鬼,如果把他看成那样的人,只是因为没有充分理解他的性格。"

"你说他的性格怎样啦?"

"并且,"阿津不顾回答继续说道,"您用了私通这个词,这个我也要回击您一句。或许在您看来不必计较用词吧,可是有的时候,单是用词也有可能会杀人。"阿津的声音在颤抖,"丰四郎和我不会做私通那种事。绝不是私通那样的行为,这一点要清楚地告诉您。"

说完这些话,阿津便缄口不语,静静地行礼,然后说:"那么,我告辞了。"

摄津默默坐着,久野夫人送她到里面的大门。夫人用很低的声音问,是否能为她做点儿什么。阿津没有出声,轻轻地摇了下头。夫人用担忧的眼神看着她,说今后你打算怎么办。

"不知道。"

阿津回答道。

"不过,你不会做欠考虑的糊涂事吧?"

"我现在知道的是,"阿津说,"自己要平安地生下这个孩子,把他养育成健康的好孩子,唯有这件事。"

颔首之后,往外面走去。

阿津还在撑着。身体感觉泄了劲儿似的慵懒无力,但心情却是前所未有的充实和紧张。太阳西沉,天空还挂着残阳下明媚的云彩,红色映照投射到阿津紧张的脸上,似乎让她因此恢复了生气。

家里人好像在寻找阿津,马上被母亲叫去问"到哪里去了",不打招呼就外出,阿津向妈妈道歉,但没有回答去了哪里。一直到晚饭结束,父亲和弟弟都去了卧室后,她才向母亲坦白:"我有身孕了。"母亲阿惠再询问了一遍,用差点要笑出来的眼神看着她,当意识到女儿并非玩笑,便张口"啊"了一声,用手捂着张大的嘴巴站起来,慌慌张张地从房间出去了——应该是去父亲的卧室吧,阿津想叫住她。在告诉父亲以前,阿津本来想先和母亲商量的。但是极端害怕丈夫的暴躁脾气的阿惠,较之女儿的商量,她先是想到了丈夫的愤怒,为此急不我待。

"又不是现在才这样的……"阿津闭着眼自语道,"母亲总是这样,不要让父亲不高兴,不要让父亲愤怒,不断地提心吊胆，白天黑夜，只考虑不要惹怒父亲就已经筋疲力尽了。"

"阿津，不要紧吧？"阿津闭着眼睛问自己，然后自问自答，"不要紧的，你将成为母亲呢。"

母亲回到这边，脸上带着恐惧的表情说："你父亲叫你。"说父亲起来了，在起居室。阿津站起来走到走廊上，母亲并没有跟过来。

勘右卫门旁边放着一个里面没有火的手炉，沉着脸坐在那里。他四十三岁，对于书院总管的职位深感骄傲，除了努力做到不要在职责上发生失误以外，他这个人没有丝毫情趣。

"说说详细情况吧。"他静静地说道，"平静地……说得明白一些。"

本以为他会立刻大声叫喊，阿津有些不知所措。勘右卫门还是静静地问：

"知道你怀孕的事了。对方是谁？"

阿津没有回答。

"告诉我他的姓名，是谁？"

"我不说。"阿津说道。

"为何不说？是连名字都不能说的男人吗？"

"因为他去世了。"

勘右卫门的手，在膝盖上抖动了一下。

"没有撒谎吧？"

阿津点头回答说："是的。"

勘右卫门沉默了约莫五六拍，稍后又这样问道：

"你有未婚夫佐藤又兵卫。佐藤怎么办？"

阿津低头望着下面，回答说，"如果可以的话我自己去谢罪。"

"这和没有父母一样了。"他这样说道，"背着父母有了男人，向婚约者致歉也是自己，对你来说父母好像有和没有都一样。这也罢了，可你自己怎么办？打算怎么收拾自己的局面？"

伊田家的母子红梅树，据说每年都最早飞来黄莺。这个季节，不少客人是来赏梅，同时是来聆听黄莺的鸣啭。到春季中期，黄莺便迁移到背后竹丛中，大概是在里面筑巢吧，鸣叫声会一直持续到初夏前后。勘右卫门把短刀伸到她面前，吼叫了一句"自己了断吧"。

"对社会舆论、对先祖，这事儿都无法交代。我会辞职削发出家，你如果还是武士的女儿的话，就不能苟活下去吧。"

他一边发抖一边叫喊："用这个自我了断！我在旁边看着，在这里了断。"

勘右卫门拍打了一下膝盖。

"不能让你这种淫荡的人活在世上。如果你不自我了断，那我来动手。"

"我不自杀。"阿津坚决地说，"我没有做淫荡的事。

我和他的关系是真实的。假如他没有遭遇不测的话，便会让大家明白我们有真实的感情。"

"住口，那不能成为辩解！要么你自己了断，要么我动手，就这两条路，要不由我来吧。"

在这时候，母亲进来了。大概是在隔门的外面听着的吧，边哭边往里走，惶恐不安地坐在了两个人中间。

四

阿津被安排到笈川村万兵卫家借住。

那里是勘右卫门乳母的故乡。乳母阿经已经过世，但是她的孙子太助在伊田家做男用人，讲究情义的家长万兵卫，似乎把伊田家视为连续两代的恩主——阿津和弟弟良一郎，幼小的时候就经常去那里，在山上狩猎、摘草、游泳……玩得很开心。万兵卫已经四十五岁，比妻子阿琴年长一岁，有太助、丈吉、阿君三个孩子。二十一岁的太助在伊田家做事，十九岁的丈吉和十七岁的阿君，跟父母耕种一町多的田地。

阿津被安置在已故乳母的隐居之处。别栋建筑，有六帖和二帖两间大小房间，位于地势偏高的这片宅地的末端。在农田和杂木丛的对面，有一条通往法师峡的道路，可以望见法师川的流水。河川在稍微上面一些的地方，与东边流淌过来的枝川合流，法师川向北延伸，消失在地藏岳的山谷中。这些景色，坐在隐居处六帖的房间都能看到。

家里人对阿津比较冷淡。

似乎从勘右卫门那边，得到了"不要管她"的严格要求。她怀了未经父母同意的人的孩子，对于这一点，注重道义的万兵卫怒火中烧，连他自己都为阿津感到羞耻。除了三餐和洗澡的时间以外，谁都不会靠近这个隐居处，她尤其与丈吉和阿君不怎么说话。吃饭和洗澡是由阿琴来照顾，可是看样子，她也受到万兵卫的反复叮嘱，做完必须做的事情，马上就离开，甚至不给阿津搭话的间隙。

阿津感觉其实这样更好。比起勉强的同情或无休止的询问，让她自己一个人独自待着更加自在，也不用心情纠结混乱。搬到笈川村后，大约过了半个月左右，阿津告诉万兵卫"想要去一趟昌福寺"。万兵卫没给什么好脸色，但听说是去为祖母请法号，便勉强同意了并让阿琴陪同。

昌福寺是位于浪江村的菩提寺，阿津见过住持，请他为祖母做好了灵牌。回来用白纸写上丰四郎的俗名和年龄，将它粘贴到灵牌的背后，收拾出十二尺的空间，摆放好阿琴拿过来的佛具，把灵牌安置下来，总算有些像佛坛了。那以后，阿津朝夕从不间断地点灯上香，一天念一个时辰经，这些是每天必做的事情。

"如果别人问到，又不能说谎，你尽量不要外出。"

虽然万兵卫这样告诫，但就是为了腹中的胎儿，不活动也是不好的，而且阿津自己丝毫也没有羞愧的心情，所以每天都会出去走一走。阿津总是抬着头，没有羞愧，说话清楚分明。万兵卫似乎因此越发生气，阿津却丝毫也不示弱。

到了七月的某一日，阿津在缝东西的时候，听见在走廊边缘有人静静地靠近这里。仔细一看，是佐藤又兵卫。

"大约十天前，我从江户回来了。"又兵卫问道，"你身体怎么样？"

阿津很认真地抬头看着他："很抱歉，不能请你进来呢。"

"没事，这里就完全可以。"

又兵卫在滑窗外的回廊上坐下来。将斗笠放到旁边，拿出毛巾擦了一下汗水，一边望着对面的景色，一边嘀咕"这真是好地方啊"。他的职务是身边伺童，前年夏天，伴随藩主去了江户。自那时已整整两年过去，像似昨天才刚刚分别的人似的，其外表和态度，都看不出有什么变化的地方。

"这里的话，比在藩城好得多，对身体也好吧。"他继续望着对面这样说，"你一直都挺顺利的吧？"

"请不要谈论这个话题。"

"我就是为了谈论这个话题而来的呢。"他语调平缓地说道，"从五年前开始便和你有了婚约，这个情分姑且不说，哪怕只把我当作是从小一起长大的伙伴也行。小津你过去……不是把我当成这种时候可以倾诉的对象吗？"

阿津放下手里正在缝的东西，点了点头。

"说实在的，关于这次的事情，我感觉自己也有责任的。"

"你吗？"阿津抬起眼睛。

又兵卫说："那人是久野丰四郎，对吧？"

"我不能说名字。"

"听说你一直坚持这样说，好像你父亲并不能理解。不是谁都能做到这样的，但我认为这才像小津你的性格，可是……"他静静地回过头来，"那种放荡的、被娇惯的家伙，为什么小津你会喜欢呢？你们是怎样的契机好上的呢？"

阿津又垂下了头。"在这之前，我先问你，你如何知道是他的呢？"她反问道。又兵卫举起一只手，又将那只手放到膝盖上说道：

"我所说的感觉自己有责任，就是因为这一点。在家里每次和小津你见面时，他的态度和措辞都有所不同，包括向我说到你时他的语气，也变得表现出一种让人无法忍受的甜蜜感，他甚至连掩饰都顾不上了。我本来真想拒绝他出入，但因了解小津的个性，认为没有必要，所以就没有理会。"

阿津抬起低垂的脸，眼睛一边望向法师川，一边嘀咕了一句：

"他是一个挺可怜的人……你仅仅默默地坐着，就会受到大家的关注，也具有吸引大家的力量。"

又兵卫摇头"噢"了一声，阿津静静地继续说道：

"但是，他不一样，如果没有拼命凑趣，没有讨好别人的话，谁也不会认识他，即便认识了也会马上忘记掉。在外三番町的家里，我无数次看到过这样的景象，他为了引起别人的注意，而流着汗水表演助兴的样子，好不容易赢得了眼光却又马上被忘记掉，他沮丧地坐在那里的样子……可怜巴巴的，令人同情，渐渐地就变得不能那样看着而置之不管了。"

又兵卫看了一眼阿津的脸，什么也没有说，阿津继续往下说："你一直和他保持着朋友的交往，恐怕也是因为和我有同样的心情吧。你将他视作朋友，却也说他是放荡的娇惯儿，甚至连他的父亲也说他是不检点的笨蛋。"

"他父亲是知道自己孩子的才能的。"

"我觉得他很可怜，看不下去。"

"他就是乘机抓住你这一点。"

"不是的，是我自己想能够为他做点什么的。"阿津应答道，"假如我在身边，也许能够让他拥有自信，想为他做点什么，于是就……"

又兵卫举起手："明白了，不用说了。"

"如果有错的话，也是在我自己，仅这一点我想要说清楚。"

"这话好傲慢呢。"又兵卫说，"不过算啦，这个话题不用往下说了。"

他站起来，离开朝着背后方向而去。背后的悬崖处有山泉，大概是在那里洗脸吧，没过多久，又用湿毛巾擦着衣领回来了。

"那么,"他又坐在滑窗外面的回廊上说道,"接下来的问题,这以后你究竟打算怎么办呢?"

"还说不清楚,但我考虑生下孩子之后,要不然在这里开办一个学校什么的,把孩子抚养成人。"

又兵卫点头赞同,然后忽然盯着阿津的眼睛说:"让我来猜一下吧。在小津心中,他的模样已经淡化了吧。"

他唇上挂着微笑,拿过斗笠,站起身来:"不必回答。"他说道,"今天就此告辞。"

阿津有些慌张地说:"算我拜托你啦,请不要再到这里来了。"

"不,我有时会来的哟。"

说完,又兵卫微微点头,再次赞美了景色之后,静静地离去了。

这个地方的冬季很早,一到十月,山上便开始积雪,一天天向村落延伸,在十一月的时候,目之所见已经被一片白色覆盖了。唯有法师川的河流,时而深蓝,时而黝黑,有时又闪着钢青色的光亮,从不封冻,传来潺潺的流水声。

阿津在十一月初,生下了一个男孩。

虽然比预产的时间推迟了十天左右,但是作为初产,其反应较轻,孩子也是又胖又大,重量让产婆吃惊。恐怕是又兵卫的一番好意吧,在第七夜送来了鲷鱼和酒,在孩子的枕边摆上祝贺的菜肴,阿津自己给孩子取名为"吉松"。那是丰四郎的乳名。

五

又兵卫一个月来一次，总是坐在回廊处，说一个时辰话便回去，即便拒绝他也不理会。从又兵卫来这里以后，万兵卫的态度一点一点地变得柔和起来，没有强硬地说"不能来"。可是进入十月以后，直到第二年开年，都未见其踪影。

家里只是每月有钱送过来，母亲当然不会来，弟弟良一郎也不曾来过。当然许是被父亲严格禁止的缘故吧，阿津也没想过希望他们来。过了正月七草，久违的又兵卫又出现了，看到一同到来的良一郎，在开口讲话之前，阿津不由先流出了眼泪——在不足一年的期间，良一郎的个子令人吃惊地长高了，脸上的表情也显得成熟了许多。

"有小良一起，今天请允许进屋哟。"又兵卫说道。

两人脱下雪鞋后走进屋，在炉子边坐下之前，先去瞧瞧睡着的孩子。

"好大的小公子，功劳不小。"又兵卫一边伸出手一边说，"可以让我抱一抱吗？"

"待会儿吧。"阿津赶紧拦住，"现在弄醒了，闹腾起来可麻烦了，所以请这边来。小良也来这边暖和一下。"两人在边上坐下来。

"没来看望，对不起。"良一郎两手放在地上，表示歉意，"也想偷偷过来探望姐姐，因为母亲担心得不得了。"

"我知道，小良你来不了，我非常明白的。倒是因为我的事，你的朋友们没让你有什么不好受吧？"

"没有。"良一郎摇了摇头。

"这个话题打住吧。"又兵卫打断了他们，"其实我今天是来道别的呢。"

阿津心里似乎咯噔了一下。

"藩主大人参勤结束，二月初我要到江户做事了，那样便会很忙，不能出来，于是叫上小良到这里来的。"

"谎称去王子八幡参拜。"良一郎说道，"我信以为真，所以从浪江村往这边过来的时候，我大吃了一惊。"

"我们不能久留，让我抱一下小公子，就该回去了。"说着，又兵卫伸头望了一眼枕边的屏风，"看样子还不会醒呢。"

阿津说，没什么款待，烤点年糕吧，眼睛离开两人背过身去，并要站起来，那个时候又突然想起来，对又兵卫致谢说："多谢你七夜时送来那么贵重的东西。"又兵卫只是应付式地说了一声"这没什么"。

又兵卫和良一郎津津有味地吃了阿津的烤年糕，又说了一阵话便回去了。到底说了些什么，阿津不太记得了。又兵卫要去江户，将会一年多不能相见，她为此心情难以平复，她要努力打起精神，可依然还是感受到一种凄凉或不安，无法摆脱低落的情绪。"那么，明年夏天再见。"穿上雪鞋以后，又兵卫说道，"很遗憾没能抱抱小家伙，请告诉他。"

"好的。"阿津说道，深深低垂下头。

"做母亲以后，你变温柔了呢。"又兵卫说道，"这样更符合阿津。临别之际，将此作为至高的礼物吧。走了。"

阿津默默低着头，顾不上回应良一郎的惜别寒暄。喉咙被堵住，无法出声，眼泪眼看着夺眶而出，也无法抬起脸来。目送着绕过六帖房间、走下山丘逐渐远去的两人的身影，阿津终于咬紧牙呜咽出声了。

到了二月下旬，又兵卫从江户写来书信，告知安抵，询问这边情况。这只是一封极其简短的信，阿津却高兴得胸口狂跳。反复阅读几遍之后，难以平静地待着，抱着吉松一直走到了法师川。

积雪融化，法师川河水上涨，河水边密密麻麻长出了娇嫩水润的芹菜。沐浴在朝阳中的河滩温暖和煦，水杨树长出了叶子。阿津的心似乎跳动起来，回忆起少女时代，她让吉松在河边坐下，采摘了一些芹菜和艾蒿。

大概玩了一个时辰吧。吉松开始闹腾，回过神想到该是他睡觉的时候，阿津才拿着芹菜和艾蒿回家了。

顺便去了主屋，将采摘的嫩菜交给阿琴，不料阿琴压低声音对她说"有客"。阿津流露出惊讶的眼神，阿琴再继续告诉——"客人姓久野"。阿津条件反射性地抱紧了吉松。

"老爷在外面接待他们。已经等了很久了，你快去吧。"

阿津紧张得脸色发白，不过还是迈着稳当的步子走向隐居处，在木板窗外的走廊处停住了脚步。

在六帖的房间里，坐着久野摄津和夫人寄野，万兵卫在两帖处恭敬伴陪，见阿津进来，马上站起身出去了。阿津沉默地站着。

"在你外出的时候就进来打扰啦。"夫人说，"请这边来。"

"我们是来看孙子的，这就是吉松吧?"摄津说。

孙子这个词，听上去刺透了她的胸膛。那么直截了当的一个词，比起任何辩解，都更清楚地表达了他们夫妇的心情，挫败了阿津的勇气。阿津一走进六帖的房间，夫人马上便向吉松伸出了手。吉松脸上是奇怪的表情，但没有哭闹乖乖地让人抱着。

"给我抱一下。"摄津说道。他难以控制地催促道，抢夺似的抱过去。"噢，好沉好沉。"边说边粗暴地举起来摇啊摇，吉松受惊哭了起来。阿津说了句"该是睡觉的时候了"，便接过孩子，向两人点了点头，让孩子含住乳头。

"今天来看孙子，顺便也接你回去。"摄津说道，"我先回去。详情以后再说。你是久野的媳妇，作为久野的媳妇也问心无愧，你自己证明了这一点。从我的口中就只能说这么多，或许你心里也感到生气的吧，不过我们家里也有一些具体的情况，你听听解释，如果能够理解的话，请来久野家吧。那个时候再重新谢罪。"

然后,说了一句"等着你回家",便迅速站起身出去了。夫人手势示意不送,阿津便没有起身。

"阿津小姐,请你包涵。当时只能那样对你说……"夫人静静地讲述,"现在可以坦率地告诉你了,那时听说了你的……"

阿津吃惊地看着夫人。

"在和你去法师峡后回来的那天晚上,那孩子第一次说起了你们的事,我和老爷商量,老爷不接受。丰四郎这样的人不可能找到像样的女人,恐怕是为了钱吧。"夫人低下头,"很抱歉。不仅是老爷,当时我也是那么认为的。所以你来家里的时候,发现你的人品性格截然不同,才告诉老爷的……"

摄津自己见过阿津以后,也认同并非自己想象的那种女人。可是不能因此便承认媳妇的身份。如果出生的孩子是男孩的话,将来会成为久野家的继承人。作为那个孩子的母亲,到底是否有资格,必须弄清楚。这样考虑的结果,让孩子受到了无情的对待,夫人说道。

"一个人要去试探别人,虽然是很卑劣的行为,可丰四郎是那样的性格,对你这个人又一无所知,无奈别无他法,请你谅解。"夫人说到这里低下头,用两手的手指捂住眼睛,"你来到家里,回击老爷,说丰四郎既不是放荡的笨蛋,也不是胆小鬼。我至今依然记得,那时候我非常高兴。然后，那个佛坛的灵牌背后写着俗名久野丰四郎，看到这个，老爷和我都……"

阿津轻轻站起来。吉松睡着了，她打开储藏柜拿出被褥，围上枕边小屏风，哄孩子睡觉，阿津闭上了眼睛。

"我们知道你的情况，多亏了一个人。"夫人用有些动容的潮湿的声音继续说，"你曾有过订婚的对象，与丰四郎相好时你的心情……你被你父母逼迫也终究没有说出丰四郎的名字。而且，你来到这里以后也没有丝毫怯懦，凛然过着严肃的生活。这些事情都是从他那里听说的。"

这孩子出生的事情，何时是第七夜，都是他告诉的。原来祝贺的鲷鱼和酒，是他通知了久野家送来的。

阿津恍然大悟，眼前浮现出他的面容。

"请来久野家，你会来的吧，阿津小姐。"夫人又这样说道，"奶妈也请好了。来久野家吧，做久野家的女儿，不敢奢望太久，哪怕一年也行——以后再说好吗？"

阿津却说："不。"

她恍惚看见了那张脸，微笑着面对自己。夫人起身，打开三尺见方的佛坛门，打火点灯并燃上一炷香。

"丰四郎命途多舛。但是和你相逢，是他的幸福。"夫人又说，"你理应获得今后的幸福啊。"

（《全读物》昭和三十二年三月号）

町奉行日記

一

辛酉之年　十二月十日

本日，奉行职务的新井甚左卫门大人，以体弱多病为由辞去职务。他说至后任到来为止，由辅佐助理斧田又五郎代理。（以下七项目略，笔者）当班书记中井胜之助。

同年十二月二十日

（第一到第四项目略，笔者）

本日，藩城内众老臣聚集，就后任奉行职合议，之后派出使者到江户官邸。使者是使番大下五郎兵卫。当班书记市川六左卫门。

同年十二月二十一日

昨夜九时，江户派来的急使抵。使者名不详。

本日，代理奉行职的斧田又五郎大人被解除职，由佐藤带刀大人兼任代理。佐藤大人是寄合职中要人。（以下两项目略，笔者）当班书记中井胜之助。

——书记私记："从昨晚半夜，在本藩老臣出石图书的别处宅邸，众老臣晤。应是商议江户官邸派来急使事。会商至翌日黎明。至本月十日新井大人辞职时止，今年已有三人辞去奉行职。本代藩主历时一年，因按规矩人员更新，家臣中弥漫着不稳定的氛围，据传年轻气盛武士中，有人策划过激行动。祈祷此等局势能早日平息。"中井胜之助。

壬戌之年　正月七日

本日，新任奉行职通知达。据说是江户官邸的望月小平太大人。他是年寄职武右卫门大人长子，年纪二十六岁。据传是身边侍从长奉旨委任的町奉行职务。到任之前，佐藤大人仍为代理。（以下七项目略，笔者）当班书记中井胜之助。

同年正月十九日

新任奉行本日应到任。辅佐助理三人中，小岛金之助解任，由田中猪之助大人代理辅佐。田中大人迄今为书院管理（以下五项目略，笔者）当班书记市川六左卫门。

同年正月二十三日

新任奉行尚未到任。推察赴任途中遇变故。大目付派出三名人员迎接。大目付堀乡之助大人，与新任奉行在江户府内期间曾为旧友。佐藤大人代理依旧。（以下二项目略，笔者）当班书记中井胜之助。

同年正月二十七日

新任奉行仍未到任。

本日在本府官邸，佐藤带刀大人与大目付堀乡之助大人会谈。就新任奉行迟来一事商议。（以下三项目略，笔者）当班书记中井胜之助。

——书记私录："据传新任奉行望月小平太在江户官邸亦备受非议者也。听说其擅长武艺，但行为放荡不羁，有'不着礼装'绰号。家臣中有人对之反感，尤其徒士组中的过激派，对其更是异常反感。这些评价真伪莫辨。"中井胜之助。

二

望月小平太喝酒，待安川雄之介读完。小平太二十六岁，穿着睡衣，旁边摆放着被褥，有女人的梳子掉落枕边。从安川那边倒是看不见，小平太的脸上也完全没有流露出介意的表情。安川雄之介二十五岁，徒士目付职，年纪虽比小平太小，外貌上看却年长两三岁。

"嗯，大致就是这样吧。"安川说道，把在读的报告书放到膝上，"在很短的时间你调查得很清楚。"

"不是我。"小平太说，"我只是整理了堀的调查结果而已。"

安川的眼里浮现出讶异神色："你说的堀，是堀乡之助吗？"

"啊，就是大目付啊。你不喝点儿吗？"

"我不喝。"安川摇头说，"无论是谁，和我以外的人扯上关系是很危险的，我应该这样说过。"

"堀也说过同样的话。他是我江户时期交往的旧友。"

安川看了一眼膝盖上的调查资料："旧友是事实吗？"

"他是横井义兵卫总管的次子，比我大两岁。少年时代一起学柔道，之后就变得十分亲密，一直来往至今。"小平太斟酒喝了一口，"嗯，已经八年了吧，他二十的时候作为养子去了堀家，来到这边。之前我们一直是莫逆之交。"

他看着安川问道："堀乡之助有什么可疑的地方吗？"

"那倒不是。堀在家臣中的口碑很好，作为大目付，据称是近年来罕见的人物。可是——"，安川犹豫了一下后说，"有一件让我放心不下的事情……"

"与我有关的事吗？"

"望月你被任命为奉行不久，家臣中对你的恶评就扩散开来，说你什么品行不端、放荡不羁。为此，甚至有人扬言，你来了必须给你一个下马威。"说到这儿，安川放低了声音，"可是，散布这个谣言的人，好像是堀。"

"堀呀？"小平太不假思索地说道，"我托他这样做的。"

安川探出上半身："这是怎么一回事？"

"这样便于工作。"

"要让家臣反感你吗?"

"工作就是那种性质的嘛。"

"什么意思呢?"

"我所做的工作,从本藩地方整体来看,不会受到认可、欢迎的对吧?"说着,他又往自己的酒杯里倒酒,"看到这个报告书就明白了吧,毒害已经扩散到了很广的范围。一般不温不火的手段是没法做好的,我是打算按自己一个人的想法去做,我也从藩主那儿得到了准许。或许这会伴随着出格的举动,因此被期待是个优秀的奉行,或者给予多余的好意,反而是一种负担。倒不如从最初开始就受人非议或令人反感,这样更加方便工作。"

安川雄之介嘴里说出了"出格"之后,用眼睛牢牢地盯着对方。

"我来的时候,"安川说,"从这个房间出去的女人是什么人?"

"你说……女人?"小平太做出不明白的表情,"——女人,啊,那谁啊,是这个旅店的女侍吧。"

"女侍会穿着睡衣到客人的房间吗?"

"没注意呢,"小平太喝了口酒,"她穿着睡衣吗?"

"我要提醒你一句,家臣中的氛围比望月你想象的还要糟糕……"安川说道,"徒士组的年轻人中也许有人会行使武力。"

"徒士组的话,是安川你在支配掌管吧?"

"有一个人，我也拿他没办法。柾木刚此人武艺高强，力大无比而且一身正气。"

"这个'而且'有点儿棘手啊。"

"从去年春天开始，以他为中心，二十多个徒士组年轻人聚拢集结，成立了一个健士组。当然按照规定是禁止集党结社，可他们以武艺练习为名目，事实上是在努力训练，所以就一直默许其存在，问题在于这些人……"说到这里，安川像要表示什么一只手挥舞了一下，"和江户不同，藩府城地方狭窄。尤其与女人的关系，立刻就会暴露，如果不知晓这一点，也许……立刻就会与健士组产生麻烦。"

"从在江户就职的时期，安川就是过度操心的性格，总是担忧我会因为女人的事情出差错，几乎忧患成疾。可那样的事情一次没有不是吗？"

"刚才的女人是谁？"

"我说了是旅店女侍啊。不要再啰唆了。"小平太说，"我倒是要问你两三件事，我的居处定下了吗？"

"是属于奉行所的房子。"

"白天夜晚都可以自由出入的吗？"

安川雄之介瞪着小平太："有这个必要吗？"

他说："有什么样的需要，不知道啊。"许是觉察到了安川的眼光，他又说道，"喂，别这样瞪着我，你就那么信不过我吗？"

"那你问下一件想知道的事吧。"

"算了。"小平太说,"你又要误解我生气了。"

安川雄之介沉默。

"没办法。"小平太说,"第二件事省略,我直接问最后一件吧。在哪里与安川你联络呢?"

"藩府城阁往西一里的地方,有个叫荒滨的一个小海港。"安川回答道,"在那里有一个叫'眺望'的旅店,那是由在我家做事的奎兵卫经营的。家臣们不会出入那里,需要的时候我们在那里见面。"

"在叫荒滨这个海港的'眺望'旅店……"小平太把酒杯送向嘴角,侧眼望着安川的脸说,"那里的女侍都是骨骼健壮的渔夫女儿一类吧?"

"不用担心。"安川说道,"女侍之类……一个也没有。"

小平太歪嘴愠怒,从歪曲着的唇角挤出几个字:"你这个木头人!"

"你说什么?"安川反问道。

"我说我困了。"小平太放下酒杯,"事儿谈完了吧?"

安川雄之介往后退去,两手置地行礼:"那我告辞。"

"好吧。"小平太点了点头,"路上当心。"

"望月大人也保重!"安川说。

三

壬戌之年　正月三十日

本日，新任奉行望月小平太大人到任。望月大人没去藩府，而是在住所与奉行代理佐藤带刀大人会面，并进行了事务交接。（以下三项目略，笔者）当班书记市川六左卫门。

同年二月二日

望月大人今日也未去藩府。明日十时，将在藩府城内开评议会。然而因望月大人没来处理政务，所以本官府也无法联络到他。（以下五项目略，笔者）当班书记中井胜之助。

四

这一天，在藩城中的大书院，今村扫部高次（城代家老）、森岛和兵卫（次席家老）、落合主水正（家老）、本田斋宫（家老兼奉行总管）、佐藤带刀（年寄职要人），其他重臣五人聚集一起。兼顾新任奉行望月小平太赴任仪式，举办了重臣评议会。陪同席上，大目付堀乡之助、徒士目付安川雄之介、纳户奉行、海运方、御藏方、纳户方、勘定方等诸位奉行都在列。

本田斋宫介绍了小平太，小平太由末座席上跟大家行礼。接下来，斋宫把他领到重臣前面，按照顺序挨个通告了姓名及职位。在此期间，小平太的表情，仿佛是饭后使用牙签时一样，一直是一副无所谓不关心的态度。奉行属家老支配下职务，从官位来说低于他们，所以重臣感受到不快，心里很是愤怒——"看上去这是个可恶的家伙"，这点从他们的表情和口气中已充分表现出来。

小平太好像完全没有感觉到这一切。他回到原来的座位上，将白扇置于膝前，环视了在座一圈。

"我为奉行的详细过程，接下来想陈述给各位。"

他把准备好的报告书放到那里，环视了一遍重臣。

"深感抱歉"。他略微低下头说道，"由此，智光院（信厚）大人仙逝之后，和泉守信真大人继承藩位以来的三年，此间出于处罚更新的考虑，推行了诸多改革。但是唯有本藩壕外的问题，至今仍处于放任状态。"

"放任这种说法，我们不能接受。"重臣内岛舍人打断他的话，"壕外的问题极其复杂，自古以来就有许多附属土地的特殊习惯，其中也有本藩力量难以企及的因素。因此才被确定为壕外区域，这与'放任'完全是不同的情况。"

在这个藩城东边，有一个船舶到达的港湾。港湾一面靠海，另外三面则被护城河环绕。港桥这道桥将城邑连接起来，战乱之时，可防止来自海上的攻击。涨潮时的护城河幅宽七间左右，深度现在也近二十尺，港桥下端设有守卫所，三名看守和十名使差轮流值班。该区域与藩城隔绝开来，又是船只出入多的港湾，所以"壕外"从过去便是恶徒们之巢穴。旅店就是妓院。同样的，港外又是密运货船的集中地，赌博、卖淫、地下交易等，几乎是堂而皇之地进行。伴随而来的问题是，远近来游玩、出没的很多是凶案犯、流浪汉之类。并且这里有三名黑"老大"——大河岸的滩八、继町的才兵卫、巴的太十，他们手里把控着壕外一带的大小事儿，从斗殴、偷盗到年奉运输的府牌都被控制在手中。

"您刚才说，也有本藩力量难以企及的因素？"小平太说着看了一眼内岛舍人，"这是你个人的言辞呢？还是重臣意见？"

"我没必要回答这样的问题。"内岛拒绝回答。

"报告本田大人，"小平太看着本田斋宫，"请把祐笔叫到这里来。"

"无此先例。"本田回答道，"有关相应的议案的合议，另当别论。但要对这种场合做记录，没有先例。"

"不，既然存在刚才那种不负责任的言论，就必须做记录。"小平太回击道，"壕外的问题至今没能解决，该明确的没有明确，该检查的也不做检查，都是因为责任不明确的缘故。"

检查究竟是什么？小平太脑子里想"检查？究竟是什么意思呢？"正当他这样琢磨的时候，次席家老森岛和兵卫用温和的语调表达了愤怒："此话无礼！"

"你不懂身份级别吗？"森岛用心平气和的语调表达了愤怒，"区区一奉行，面对诸重职，说出这种带有谴责意味的话语，实在无礼！"

"森岛大人所言极是。"家老落合主水正接话说,"这种不愉快的事情,迄今为止从未有过,我们该结束这个会议了。"

小平太的眼光从他们身上扫过一遍。那眼神仿佛是家里的主人在看难以赶走的恶客瘟神一样,慢慢地环视一圈,然后翻开放在一旁的调查报告书,从里面取出由纸包好的文书。

"这可是亲笔文书。"小平太说,"按照规矩我来进行,诸位请原席不动。"

然后小平太坐到全席中央,展开文书说:"此为藩主旨意。"安川雄之介首先拜倒在地,纳户奉行等陪同席上的家臣和堀乡之助也跪拜与地。接着,城代今村扫部做出俯身姿势,其他重职也不情愿地效仿。

"本藩任命望月小平太之职位,实为藩内不容动摇之大事,需领悟其所望之事及我所愿之事,纵有与职位顺序的规矩相违背处,亦绝不可有任何异议。"小平太读到此处,提高声音,用力重复了一次,"绝不可有任何异议。"接着念道:"钦此。"

落款:年月日,和泉守信真。读完以上内容,他将文书呈视给在座诸位。以今村城代为首重职十人,皆仰脸看亲笔文书,后致谢礼。小平太马上把文书叠放起,奉书纸包好,即刻退到了先前的位置上。

"那么我想问一下……"今村初次开口问道,"你不仅是奉行，还被任命了其他职位吗？"

"不，那倒没有。"

"亲笔文书里，不是像特等大事一样下达了命令吗？"

"不。"小平太回答道，"奉行以外，没有特别的职务。"

森岛和兵卫看着小平太。

"那我难以信服。"森岛说，"如果除了奉行以外，没有特别命令，为何要下达亲笔文书呢？"

"简单说，想必主上深知对壕外的处置工作会异常困难吧。"

"对壕外的处置工作？"内岛舍人又插言，"你说处置是什么意思？"

"要对那个区域进行整体清扫、整顿。"

内岛舍人似乎还想说什么，又像喉咙被什么堵住了似的，把话咽了回去。

五

"壕外是恶徒巢穴。"小平太继续说道，"在海港，密运货船自由出入。秘密货物堆积在大河岸排列的仓库里公然买卖，大型赌博场所就有三处，旅店等同于妓院，任由秘密卖淫者猖獗。偷盗、打架斗殴、杀人、放火等，是常有的事。而且，由三名黑老大来掌管、处置，完全不接受外来的干涉——如任这种状态持续，可以说是整个藩的耻辱。"

重职大臣沉默不语。似乎在回避彼此的眼睛相遇,漫无目的地望着前方。堀乡之助嘴上浮现出微笑,安川雄之介闭着眼睛,这种糟糕的沉默,不久因本田斋宫的插言被打破。

"你说的不无道理。"本田像是安抚似的说,"可是,正如刚才内岛大人所言,壕外的情况极其复杂,不熟练的官吏,要面对很多束手无策的问题。到现在为止,也曾有人试图去打击,不过只能是半途而废。单是去年,便有四个奉行辞职。"

"你是叫我也要放弃吗?"

"让我说一句。"今村说道,"年轻的藩主,不,藩主大人所言极是,他的雄心我也非常了解。不过也可理解为,此乃年轻过度洁癖和不谙世事的盲目勇敢。"

"藩主大人已经三十二岁。"小平太打断他,"当然,五十岁却如同少年一般的人亦大有人在。太过世故,而完全不顾道义判断。"

"那个,"内岛说,"你那句话是指我们吗?"

"我只是说藩主大人并非年轻气盛,也不是不谙世事。"

"说年轻也并非贬义。"今村扫部心平气和地说道,"壕外存在不良事态,很多是事实,可是从那里收上来的年奉进账,对本藩也是不可小视的一笔财源。而且,就像有人的家里需要茅房一样,只要人聚集在一起生活,便会产生不净之所。要清除它,反而违背自然。您还没有理解这一点，我只是想表达这个意思。"

"抱歉。"小平太又打断道，"在人居住的地方需要不净场所，这一点我也明白。可我接受的教诲是，越是不净之所越是不能懈怠清扫。在武士的住所，必须保持清洁的地方首先是便所。我受到这样的教育，违背自然吗？"

今村扫部脸上的表情，仿佛吃了一口豆腐却啃到一个钉子似的。

"我不是要消灭壕外，只是要收拾常年堆积下来的尘埃，斩除毒草根。这也是我的职责。"小平太说着，望了一眼今村扫部，"城代您说的另一句话，我权且忘记。我要说的仅此一点。"

然后他拿起放在旁边的调查报告书交给本田斋宫说："请重臣一一过目。"

本田斋宫宣布评议会结束，从城代开始，老职们依次退席，小平太才站起身来。安川雄之介连看都没看他一眼便离去了。堀乡之助跟着小平太走出来。

"干得漂亮！"堀微笑着小声说道，"虽然好像有点儿过头。"

"要为今后的事情做好铺垫……"

"最好要当心内岛这个人物，他性格暴躁，有阴险之处。"堀边走边说，"还有佐藤带刀，我在调查报告书上也写了，他与继町的才兵卫关系最为亲密——"

有人过来，堀乡之助停住了说话。然后一直默默不语地走到奉行所。两人走进室内坐下。与藩府的衙门不同，这里只有三名年轻使役，堀乡之助让三人暂避。小平太目送三人出门后，低声对堀乡之助说。

"这么做可以吗？"

"我是大目付。"堀说，"没人怀疑我。大目付与奉行议事，也是理所当然的。"

"把人支走还是有点儿可疑吧？"

"本土藩府的事情，我很了解的。"堀说道，"那个佐藤带刀如你所知，在望月到来之前代理奉行。他是年寄职中要人，也就是说身份是重臣级别。重臣代理奉行，这种事情完全没有先例。我感觉其中必有蹊跷，私下调查之后，才知道他与继町的才兵卫有联系。"

"这个才兵卫是赌枭吗？"

"据说跟他喝酒起誓的手下弟兄有三百余人。"

小平太咬唇略作思索，然后突然看着堀之助的脸。

"那么，"堀又说道，"要注意提防徒士组那些人。柾木刚这个暴躁鬼，在里面频繁煽动年轻人。我按照望月你的吩咐而散布的对你的中伤之言，好像效果好过了头。"

"哦。"小平太说道，"柾木刚吗？"

"徒士目付是安川雄之介，他也出席了评议会，所以望月你在会上的表现，马上就会传到柾木刚的耳朵里，如此一来他对你的反感会更加强烈。"

"我知道了，我们多加小心吧。"

"他们成立了一个健士组,一副英雄好汉的做派,好像也向壕外收取钱财,尽管还没有确凿的证据。若果真如此,他们定会向你寻事找茬儿,要是这样,你绝不要搭理他们。"

"你让我躲避逃窜,这有些强人所难。不过我会尽量做到的。"

"我得去公务所了。"堀站起来,"一有什么我会告知,勿操之过急。"

"最初就像处女一样。"小平太回答,"已经想好对策了。"

堀乡之助走了出去。

小平太抬头望望天花板,看着那里的使役牌。三名年轻使役返回问道:"可以进来了吗?"

"进来吧。"小平太站起身,"我正好要回去了。"

六

那之后约莫半个月,一到晚上,小平太便从藩府宅邸偷偷出来,去仔细巡访壕外的状况。在木棉格子的贴身衬衣外面系着窄腰带,戴着挡住脸的帽子,当然没有佩刀,怀里藏着一柄九寸五分短刀。在江户时,他就已经习惯偷着出去游玩,装扮成工匠或地痞流氓易如反掌。所以港桥下的年轻看守们,谁也没能看出他是一名武士。

他进出过五家旅店,转悠过赌场,和站在十字路口的卖淫女吃过饭，还和卸货的搬运工吵架又和解，甚至其中的几人已和他"称兄道弟"。

五家旅店完全是妓院布局，其中的"喜文"和"岛本"两家，从房屋外观、家具乃至女人，比起有江户新吉原之称的大篱都略胜一筹。小平太不得不为其繁荣昌盛而感到吃惊。赌场也同样，其他领地的来客们，仿佛来此就是为了扔钱。由于没有藩城方面的管控，可自由出入海港，有钱的人随时可以来此花天酒地。而且，秘密货物的买卖也在这里进行，那么落到当地的钱财数目可谓相当可观，三位"老大"为了垄断壕外，进行了如何周到的策划打点，也大致可以推测。

持续暗访了仅半个月，小平太就花光了所有的钱，于是去拜访大目付堀乡之助。

"最好别来这里。"堀说，"也许某处有什么人在盯着呢。要是我被怀疑，今后可就不好办了。"

"奉行来与大目付议事呢。"小平太说道，"江户送钱来的时间快到了，在此之前帮我周转一下。"

"你不是有町奉行的资金吗？"

"不能用官府的钱。"

小平太讲述了钱的用途。

"你干的事太冒险了。"堀皱起眉头，"要是被发现，可不是闹着玩儿的。"

"我要的是钱，不是来听你意见的。"

堀乡之助盯着小平太的脸，左右摇着头站起身来。

"一点余存。"返回的堀把装钱的包袱递给小平太说，"不用急着还，但是请别忘了壕外是个危险的地方。"

"藩城内也是同样啊。"小平太把装钱的包袱往怀里一放，同时这样说道，"那些是健士组的人吧？我每次外出，一定会有两三个人跟着。"

"不是偶然吗？"

"好像是专门来跟着我的人，现阶段倒没有出手的迹象。喂，别一脸担心的样子。"说着他从座位上站起来，"从我来这边开始，就有面对危险的准备。所以不用在意我。"

堀乡之助颇有忍耐力地挤出一个苦笑："到底还是望月小平太啊。总之，还是配备警卫吧。"

"让我配警卫？！"小平太站在那里回过头来，"带着警卫，我还怎么工作啊？"

"当然要不被察觉地配备啊。"

"出于职责还是友情？"

"既是职责也是友情。"

"那么钱还给你。"小平太拿出装钱的袋子说，"刚才的事算我没说。我不同意给我配警卫。"

堀目不转睛地盯着小平太的眼睛，叹息一声，摇了摇头。

"知道了。"堀说道，"既然你说到这个份上。"

小平太走出大目付的办公处。

刚到二月下旬，异样地吹起微温的风。没多久，海上来的乌云空中翻滚，转眼下起了大雨。那时，小平太刚走到法明寺前，他加快脚步，跑到寺庙山门里避雨。在他拿出毛巾擦拭头拭脸、拍打衣服肩袖上的雨水时，两名年轻武士飞奔过来，看到小平太猛吃一惊，在石阶的地方停住了脚步。石梯有五级，在山门之外，当然也被雨水淋湿了。小平太向他们招手。

"磨蹭什么？"他招呼道，"过来吧。"

两人进入山门，不好意思、表情暧昧地点了点头。小平太用毛巾擦裤子前面的雨水，一边自报姓名说"我是望月小平太"。两人对望了一眼，对方报了姓名，那么自己也必须报上姓名。其中一人仿佛豁出去了似的，称自己是田口源二郎，另一人也报上内岛兵马的姓名。

"田口和内岛吗？"小平太看了一眼后者的脸，"你与内岛舍人有关系吗？"

"他是我父亲。"兵马答道。

小平太嘴边露出微笑："那太令人同情了。"

"令人同情是什么意思？"

"要打架的话我奉陪……"小平太说道。

"同情算是怎么回事？"

"有那么一个麻烦的父亲，挺令人同情的。"小平太说道，"要不然干一架？"

兵马看了一眼同伴，田口源二郎只是望着下个不停的雨。

"不打算打架吗？"小平太说道，"我以为又来找我打架呢,如果没有那个打算的话,为什么跟着我呢?"

七

"你俩都是健士组的人。"小平太问道,"没错吧?"

这次两人也不做回答。

"被雨困住啦——大雨哗哗的——"小平太鼻腔哼着小调,突然转头对他们说,"告诉柾木刚,今天我有事要谈,请他一定要到壕外的岛本去。记住了吗?"

"那可不行。"田口说道,"家臣不能进入壕外。"

"为什么?"

"这是禁令。"田口说,"港桥下立的牌子也这样写着。"

可是我,说到一半小平太耸了耸肩。是啊,我是化装成商人打扮的呢。如此说来,终究没被看作武士,他心里这样想。

"没办法。"小平太说道,"那么,你们定好地点告诉我。柾木应该对我有很多不满吧,我也有话一定要对他说。趁早告诉他,明白了吗?"

"不知道柾木会怎么说……"田口又回答道,"我只传话。"

内岛兵卫自始至终都把头扭向一边。

"打开窗户——梅树枝头——翅膀潮湿的黄莺——叽叽喳喳,叽叽喳喳——"小平太哼唱着,然后出声自语道,

"禁止进入壕外，太可怜了。那些年轻的家伙怎么办呢？"然后看了两人一眼。"喂，田口！家臣中的年轻人，都是怎么办的？有其他游玩的地方可去吗？"

田口红着脸转过头去。

"那种事情，我们怎么知道。"

小平太扫兴地望向天空。

雨变小了，两人走出了山门，小平太也离开了那里回到藩府。一进门，小平太就向右转，到了房间之后向左拐，便是别栋的官邸宅。名叫小助的中年杂役正在清扫淤积在门前的雨水，他向小平太打招呼且低声迅速地耳语道："今晚您去一趟荒滨。"

小平太弯下身子，摸了一下鞋带。

"那位明天一早前去。"小助说道。

"好大的雨啊。"小平太边说边站起身来，"毁了我的一双鞋。"

然后他走进了大门。

或许是柾木刚告知见面处所。所以去荒滨等着。传信者想必是安川雄之介。他一定有什么关乎职责的消息。柾木的事先放放，小平太心想。藩府的下属来禀报，需要签字画押的文件堆积如山。小平太回答说，悉数交两位辅佐助理处置。但对方表示，还是希望小平太能够粗略过目。于是让人把文件拿来。小平太用了约莫一个半时辰处理。到下午三点多，田口源二郎过来转达柾木口信。

"希望在松冈泰月院见面。"田口说,"方便的话我带您过去。"

"现在就去吗?"

"不远,离这里不过十二三町。"

"那走吧。"小平太说,"不过选在寺庙有点儿奇怪。"

"泰月院确是寺庙,但见面的地方是庙里的一家茶店。"

"那里有酒喝吗?"

田口源二郎没有回答。

松冈位于藩府南侧,藩主菩提所之类寺庙很多,泰月院以其供奉有灵验赤不动而著称。进入山门往右,背向松林有一户人家,入口的柱子上挂着各种说法的招牌。大概是信奉赤不动的那些人立的吧。这家茶摊似乎没有家号,正面和背面都有房间,都是十帖以上的大房间,柾木他们在背面的房间等着。

那间十帖的房间附带走廊,对面是松林,由松林而去的远处可近距离地看见城内的天守阁和三之丸。一个很大的瓶子放在盘上,三名年轻武士面前摆放着茶杯,脸上表情深沉地坐在那里。最靠边的武士尤其威猛,样貌威严,大致揣测便是柾木吧。结果柾木却是坐在中央的男子——与从安川雄之介话语中得到的印象正好相反,是个身材偏小、皮肤白净的温和的男人。

"我叫泽本正五。"勇猛的男子率先报上姓名,"正五,正确的正和五。"

另外一人叫冲野大六。五之后是六，挺有顺序的，小平太这样想着。后来听说，两人是兄弟。据说大六去做了冲野家的养子。

"我想两个人单独谈谈。"报上姓名后，小平太这样对柾木说，"可以让其他人暂且退下吗？"

"这里的人同体一心。"柾木看着剩下的三人这样说，"而且，我们不是来听你说话的，我们的目的是给你忠告。"

"听了我的话便不需要忠告了。"小平太说，"还是让他们回避一下吧。"

柾木直视着小平太的眼睛："你是认真的吧？"

"我是认真的。"小平太点头说道。

柾木看了看三人，三人便站起来出去了。小平太提出让店家备酒，柾木摇头否定。小平太没有理会，拍手叫了人。柾木刚没有说话。不管小平太怎么拍手示意，都不见有人来，也没有任何反应。

"你怎么叫都没用的。"柾木说道，"没有酒就不能谈话吗？"

"有酒更好。"小平太回答说，"不喝酒的话，我很容易发火的，稍微有些醉意，你也更容易听我说话。"

"没喝醉，就难以听你说话吗？"

"说话的人也难以说话呀。"

柾木站起身出去了，回来之后，小平太说了一声"容我失礼"，便脱下身下的外袍，盘腿而坐。他也劝对方用舒服一点的姿势，但柾木默默摇头。

"本来觉得动武更好的。"小平太说道，"当我听说健士组和柾木刚这号人物的时候，心里想的是事情要用武力来处理。可是来到这里，看了一眼柾木，就知道单靠动武是解决不了的啦。"

"靠动武想要解决什么呢？"

"健士组在妨碍我的事情哪。"小平太说道，"我因某种情况的需要，就任之前，散布了自己的恶评。"

"你本人吗？"

"因工作需要。可是这些恶评引起了健士组的愤怒，听说你们要把我五花大绑赶回江户去，应该是那些武力高强的豪杰们的打算吧。我想，那么就干脆打一架，挫一挫你们的锐气，这样我面前的障碍应该就会消失。"

此时女侍端来酒具，小平太中止了自己的话。

八

"不过和柾木碰面之后，感到你们似乎并非单纯的豪杰。仅仅干一仗打击一下你们锐气，解决不了实质性问题。于是决定说明情况。"小平太如此解说。

"酒就自便了。"小平太拿起自己的酒杯和酒壶，"就从已故智光院大人的时代说起吧。"

柾木自己也斟了一杯酒，几乎只是舔了一口，一小口一小口地呷着。随着小平太的讲述，他逐渐加快了喝酒的速度，皮肤白净柔和的脸上也出现红潮，因为愤怒而表情僵硬起来。

　　"壕外那种恶德、污垢堆积起来的垃圾场，居然成为了藩府的一大财源，你柾木是个武士，难道不觉得耻辱吗？"

　　柾木沉默地闭紧了嘴。

　　"藩主继任时，就想过要对壕外进行清扫。这次我来这里，也是为此目的。"小平太继续说道，"然而本地藩府的重职们反对，今村城代还说藩主过于年轻，似乎是暗示藩主不谙世事才会有这种想法。还说，壕外虽有诸多不良，但像家里需要茅房一样，人聚集生活的地方，便一定会产生不干净的场所，要消除这个是违背自然。这是他们的主张。"

　　"稍等。"柾木行了一礼站起来。

　　柾木刚往走廊而去，稍稍过了一阵，手里拿着托盘回来了，里面装着四个烫好的酒壶。好像并非为了拿酒，而是为平复感情。

　　——这家伙是条汉子。

　　看来远比看上去的样子可靠，小平太这样想道。柾木将拿来的酒两壶放在小平太面前的酒桌上，剩下两壶给了自己。

　　"你说得没错。"柾木对小平太微微一笑，"不喝酒的话，确实难以好好听话。"

"接下来要说的话才更难听。"小平太说道，"事情本来简单——你当然也知道，奉行经常更替换人，去年一年，我已是第五个。"

"我知道。不过前几任都是自称出了问题，自己请辞的吧？"

"准确地说是被迫请辞。"

柾木的酒杯已经拿到嘴角，又静静地放下了，他看着小平太。

"他们奉藩主密令，处理壕外事情。"小平太说，"为了不留后患，藩主考虑尽可能交给当地藩府处置，结果外来的奉行全都被击败，无奈之下才交给我办。"

柾木无奈地反问道："就是说，壕外的力量已经渗入到藩府城内了吗？"

小平太点头说道："这不稀奇，哪个藩都有这样的事。只是这里的问题，在于时间拖得太长，毒害已渗透到很广的范围，深入骨髓。现在，连被毒害的当事人自己也感觉不到受了毒害。"

柾木默默喝着酒，看了一眼身旁，抬眼问道：

"具体指的是钱吗？"

"是的。"小平太回答。他接着说，"先不说姓名，我认为全体要臣都脱不了干系。"柾木慢慢地摇头，用悲伤的眼神看着小平太。

"我明白你为什么让人回避了。"柾木说，"可望月你不可能一人单干吧?"

"我一个人干。"

"一个人对抗全体要臣?"

"根在壕外。"小平太说道，"斩除毒根，枝叶便会自然枯萎吧。虽然还有一点无法估计的情况，但那也没什么大不了的，我已经考虑好对策了。"

"可以的话，让我助你一臂之力。"

小平太摇头："我要拜托你的是，忘记刚才的话。另外，请不要妨碍我。"

"没有我能出力的事情吗?"

"刚才的两件事，就已经是你出力了。"

柾木刚喝了口酒说："我有些不明白——为何你自己主动散布自己的恶评呢?"

"恶评?啊……"小平太有些狡诈地笑笑，"我本来就是劣迹斑斑的人啊。藩主之所以命令我办，也是因为我恶评太多，认为这种时候反而有用。"

"难以理解啊。"柾木说道，"虽然不理解，但我接受你的说法。"

"那我今天这一趟来得就值，我们再喝点吧。"

"今日之事是内部秘密。在外界还要一如既往，健士组憎恨奉行的态度不可改变。"小平太这样叮嘱柾木。

告别柾木后走出去，外面已是黄昏，寺院内没有参拜的人，在安静的寺院里，只有本堂里念经的声音漂浮出一种阴暗的氛围。

小平太又回了一趟藩府宅邸，等到天完全黑下来之后，才出发去荒滨。他还是老样子，一身商人打扮。为了防卫，带着一把九寸五分短刀。那是一个温暖十足的春天的夜晚。道路似乎也比较好找，于是他决定走着去。距离大概有一里左右，离开村落不远便是田地，在右手边的远处，可见一片连绵的低矮山丘，山丘的腹部可以望见星星点点的农家灯火。舒服的微风吹着醉酒的脸颊，花草的芬芳带着甜味，隔着耕地传来远处的歌声。

"我有点感到寂寞了呢。"他边走边嘀咕，"这样的夜晚应该是潜入吉原或者柳桥那种地方的。"

小平太对田园风趣完全没兴趣，他加快脚步往前走。来去的人们都手提着灯，刚接近，男男女女都是"美好夜晚"之类的寒暄。途经一座小桥，小平太突然停住脚，侧耳注意身后的动静。他感觉到身后似乎有人跟来——他的这种直觉非常准确，迄今为止从未错过。现在被跟踪的感觉，他也觉得确切无误，便回头朝后面望去。在五六町远的地方，可见提灯的光亮，那光正向自己这边靠近。被夹在田野间的道路笔直地延伸着，好像没有其他人影。小平太静静地迈开步伐，不久，后面走来牵马的农夫想要超过他。

"喂，老爷子。"小太平打了个招呼，"去荒滨是这条道吗？"

"这条路一直往前走。"农夫答道,"我也要去荒滨,不介意的话一起走。"

小平太和农夫并排着往前走。

九

安川雄之介打开窗户时,看见从对面门里走出来的女人。时辰是早上五点,挡雨的滑窗关着,照明灯被遮挡着,所以整个宅邸里面都比较昏暗。虽然没有看得很清楚,但能分辨从对面门里迅速溜出去的是一个年轻女人,而且穿着艳丽的睡衣,这一点不会有错。

望月小平太在被褥里打着呼噜睡在一边。

"别来糊弄小孩的那一套。"安川坐下后说,"给我起来!装模作样的家伙。"

呼噜声停止了,小平太用没睡醒的声音叽咕道:"谁啊?"

"好了,起来吧,我着急呢。"

小平太在被褥里伸展开身体,打了个哈欠,然后终于从床上爬起来,眯缝着晕乎乎的眼睛看着安川雄之介。

"啊,是你啊。"小平太又打了一个大哈欠——我还以为是谁呢。

"刚才出去的女人究竟是什么人?"

"女人——"小平太挠了挠后颈,"我怎么知道,你没睡醒吧?"

"装蒜也没用，我看到她从那个门出去的。"

"你就为了几句抱怨，才叫我起来的吗？安川。"小平太说道，"那样的话，我要再去接着睡觉了。"

安川的眼睛在说，恨不得咬他一口。

"请去洗个脸再来吧。望月，我在对面等你。"

然后安川站了起来。

安川等候的那个房间八帖左右，在有松树林庭院的对面，可以望见白色岩礁和宽阔的海面。安川喝茶时，两名年轻的女侍送来了酒菜。

"弄错房间了吧？"安川说道，"我没有叫酒。"

"可是，"其中一名女侍脸红地说道，"那边的平先生这样吩咐的。"

"平先生……"说着安川看了一眼女侍。

她年纪大约十九上下，在常被海风吹的这一带女性里，皮肤算是白皙的，身材小巧紧致，忽闪的眼睛，动作举止等，都洋溢出性感和娇媚。

——就是这个女人吧。

安川的直觉告诉他。虽然没有明确的证据，但从她害羞的红脸和叫着"平先生"的亲昵口吻，能够感觉到一定是这个女人。

"那么放这里吧。"安川说，"你叫什么名字？对，就是你。"

"我叫阿玉。"

"你与平……那个平先生什么关系?"

阿玉的脸更红了,应了一声,逃跑似的出去了。另一名女侍在那之后,好像肥胖的身躯很沉重似的,拖着缓慢的脚步走了出去。这时与她擦身而过的小平太,用毛巾掏擦着耳朵走了进来。

"这边可以看见海啊?"小平太看着那边说道,"难怪觉得有一股海潮味。"

"平先生呀,"安川说,"那么陶醉啊?"

"藏在床底的鸣叫声——嗯哼——嗯——"小平太带鼻音地哼着小调,把毛巾挂到回廊的栏杆上,来到这边坐在酒桌前,"也不倒酒,边说边谈吧。"

"我必须马上回去。"

"你这个不讲情面的男人。"

"连我也要成为平先生,那可受不了。"

"还动不动就生气,"小平太自斟自饮了一口,"那么——到底是什么事?"

"其一,望月你的动静要臣们知道了,很成问题啊。另一件事就是,健士组计划要收拾你了。"

小平太默不作声地喝下了第二杯。

"知道了我的动静?"

"你偷偷去壕外,进赌场,带着流氓出去吃喝,在喜文和岛本嫖娼等等。"

"那是……"说到一半,小平太突然闭上了嘴,然后又抬起眼大吼道，"我真是太大意了，没把这群乡巴佬当回事儿。究竟是在哪儿被看出来的呢？"

"事实上，你都干了这些啊！"

"工作需要嘛。"

"就算如此，"安川说道，"甚至那些事情也做，这有点过火了。说不定你会被传唤的，那时候你可一定要死不认账。"

"才不管呢，传唤之类的我无所谓。"

"望月你不知道，重职大臣们可是动真格的。"

"那根本不是问题，就算被传唤了，到时候……他们再回想一下来自上面的亲笔文书就行了。"

"玩女人、搞赌博、混流氓，藩主的亲笔文件上同意这些吗？"

"请弄明白，其所望之事即吾所愿之事——记得吗？"小平太说，"他说，纵有违背顺序规矩之处，亦绝不可有任何异议。所以那些重职大臣根本无所谓。只是在壕外暴露了我的真面目——不，等等。"

小平太眼睛牢牢地看着安川。

十

"喂，"小平太说，"刚才的那些事，是从哪里传到重职大臣那边去的，这个途径你有线索吗？"

"不知道。但这不是突发之事。"安川回答道,"在我派人去藩府宅通知后,重职大臣就为此集中开了会合议。"

"那么,在转告小助的时候,他们还不知道吧?"

"是的,那个时候还只是打算……告诉你健士组的事情。"安川心里无底地说,"正如望月你所说,重职大臣们也会被亲笔文书挡回。你就一口咬定,没有那样的事实,这样比较稳当。有了藩主的亲笔文书,这件事倒是简单了。但是,健士组这边的事情更难搞哦。"

"让我喝点。"小平太以果断的口吻打断了他。

他一边自斟自饮,一边凝视着地板的某一点在思考,沉默良久。小平太的表情完全没有变化,除了喝酒的动作以外身体一动也不动。可是,那氛围,即使奉承地说也算不上是"严肃"的感觉。望月小平太终归是望月小平太,在安川雄之介眼里,俨然只是看着蚂蚁打架看到忘我的顽皮少年而已。

——这可必须勒紧裤腰带了。

小平太这样想道。不能相信当地藩府的家伙们,简单地说,连这个安川,到底能信多少,好像也是一个疑问。

——真是一件讽刺的事情。

对他来说最强硬的对手,他认为最棘手的柾木刚,反而是比谁都可信、比谁都可靠的男子汉。总之,曾与柾木见面交谈的事也不要告诉安川了,小平太这样想。

"好的,我知道了。"过了一会儿他说道,"还有别的事情吗?"

"健士组那边怎么办?"

"到时候总会有办法的。"

"柽木的手段很强硬的哦。"

"你不是也知道我的本事吗?"

"哪怕要面对二十个人吗?"

"即便是乡巴佬，武士还是知道武士规矩的吧。"小平太呷了一口酒说道，"哪怕有二十个人，交手的时候也还是一对一，没什么大不了——我知道了，你不用摆出一脸担忧的样子，我会尽量避免动武的。放心吧。"

安川雄之助叹息一声，拿出长刀看着小平太。

"刚才的女人是阿玉吧?"

"刚才的女人?"

"从望月睡觉的房间里，穿着睡衣溜出来的女人。"

"还是那事儿啊，烦死你啦。"

"烦的是我。"安川回敬了一句，"像你这么喜欢女人的也真少见。你这次有这么重要的任务，要是因为女人而失败，可没有解释的余地。"

"过去我的重爷爷辈中有一个叫笑六的人。笑六是他隐居之后取的雅号，其含义是笑看世间六件事。不过我忘了是哪六件事了。"

"你究竟想说什么?"

"听我说啊。"小平太摇晃了一下酒壶，拍了一下手，

"那个爷爷在我七岁那年正月去世了,年糕卡住了喉咙,九十一岁。他也是非常喜欢女人,到去世为止,身边有十五六个侧室,他换来换去地抱着她们睡觉。英雄好色,好汉都爱女人,他总是这样对我说教。"

"于是你便这样好色了吗?"

"说的是笑六爷爷的事。"

女侍阿玉走进来,小平太吩咐要酒。阿玉一直低着头听从吩咐,到她出去,一次都没抬起眼来。她的脸颊红润兴奋,安川注意到了。

"我马上二十六了,还是单身。"小平太继续说道,"安川你比我小一岁,却有老婆有孩子,是吧?我还没有性感到能娶到老婆。你要回去了吗?"

"我回去了。"安川恭敬地行过礼,"也许无需叮咛,不过请别大意。"

"你总是在说到有趣的时候就要回去。好吧,我知道了。"小平太用手敲着盘腿说,"我还有事情要想想,再在这里住一晚。"

起身的安川看着他的脸。

"别那么瞪着我。"小平太说,"真的有事情要想。我要申明一下,我并非像安川你所想象的那样喜欢女人。"

安川雄之助颔首离去。

第二日下午,小平太回到奉行的官府宅邸,一直睡到晚上。下属从藩府来看过好几次,小平太都打着呼噜酣睡,小助叫也叫他不醒。藩府的人打道回府后，他醒过来一次，让准备好洗澡水和晚饭菜肴后又睡去了，想必是非常疲倦。小助去通知准备洗澡水的时候，他也还舒服地打着呼噜。洗过澡后，他让小助帮着刮发际，理头发，到自己剃胡须时，已彻底恢复了精神，不断地说笑逗乐小助。

晚餐的胃口也异常的好。生鱼片、酱烤鱼、三个软软的煎蛋、泡菜，吃光了这些以外，还吃了一碗加了生鸡蛋的白米饭，喝了一瓶酒，才站起身离开。小平太感觉浑身充满了力气，习惯性穿着商人打扮的衣服，哼唱着小调出了门。时间是晚上八点，他喝了一杯水，戴上遮住脸的帽子，和通常一样从宅邸背后的常用出口走到了宅邸外。

当晚，他与三名男子一起去了壕外的五家饮酒店转悠。在"岛本"包下艺妓，吵嚷热闹，他们正是安川雄之助所说的流氓。这天晚上的三人是滩八的人，名叫传八的年长男子是总管身份，对货物仓库了如指掌——这是一起喝酒游荡时不经意间试探到的，但他们似乎并没有看破小平太的真实身份。他们三人好像把他看成了有本事的赌博师，认为他周详有心计，却是个人品不错的外乡人。他们好几次一起极尽奢华，这天晚上的款待也非常奢侈，到进"岛本"的时候，三人都已醉得不成样子了。

"在当地……我们这里，你要有什么麻烦事儿，尽管告诉我们。"传八反复地说，"并不是因为你总招待我们才这样说的，是因为喜欢你才这么说的。真的，我们已经不把你当外人了。"

"我也没把哥哥你们看作外人。"小平太说,"来,继续喝,不用担心我。"

这样说着,小平太套出了全部能套的话。三人烂醉如泥,在艺妓们的面前兴高采烈地唱着小曲。

十一

同年二月二十二日

奉行望月小平太大人未到藩府露面,奉行事务全由木原内记和冈仓幸右卫两名辅佐助理承担。(以下两项目略,笔者)当班书记市川六左卫门。

同年二月二十三日

望月小平太还未到藩府露面。

本日藩府城中召开重职大臣评定会,本町衙门有木内和冈仓两助理参会。助理回来时已近下午四点。(以下一项目略,笔者)当班书记中井胜之助。

——书记私录:"听说重职大臣评议会是对新任奉行进行审议。望月小平太大人自正月三十日到任以来,在官府一次也没有出现过,一到晚上便溜出官府宅邸,沉溺于饮酒游荡。获知这些后,重职大臣们对其进行了审议。出席评议的两名辅佐助理说:听说他在江户的时候就是备受非议的人物，如此这样肯定不会长期任职，不用太久，便又会有奉行职的更替吧。"中井胜之助。

同年三月四日
望月大人仍未至官府露面。（以下五项目略，笔者）当班书记市川六左卫门。

同年三月七日
望月大人还没出现在官府。（以下三项目略，笔者）当班书记市川六左卫门。
——书记私录："重职大臣合议已过去二十余日。在此期间望月大人受命——须到藩府城内。估计是去接受审议结果。那之后，什么处置都没有。也没有奉行职更替的迹象。下属们私下议论，多亏望月大人散漫无能，要是他是一个有为之才，一定马上又被换掉了。真是令人感叹啊！"中井胜之助。

十二

七寸左右、边缘有些朽坏的四方窗格，左右敞开着，在三合土的地面大约两坪左右的房间里，武士风格的地板闪着米黄色光泽。窗格口洒过水。一碗装在饭碗里的盐显得格外雪白。有些破旧的窗格和碗盐还好，武士风格的地板显得过分可笑。小平太从窗格外看着这些，发出惊异的声音。他穿着空心棉袄，长刀胡乱挎着，右手放在怀里。在江户的话，算是家丁中的末流打扮。

"喂——"他走进泥土地面房间嚷嚷道，"喂，没人吗？"

一名年轻男子马上走了出来。已经三月十日，算不上寒冷，但男子在花哨的内衣上还套了件外衣，一副俊朗打扮。

"有什么事吗？"男子问。

"这里是大桥太十的家吗？"

男子拉下了脸，沉默不语。

"你怎么了，舌头给缠住了吗？"小平太说道，"我在问这里是太十的家吗？是太十的家吗？"

"你谁啊你？"

"废话少说，是的话，太十应该在这里吧，去告诉他我要见他。"

"混账东西！"男子挽起袖子，露出两个手腕上的刺青，"竟敢对我们老大直呼其名，在这里，腰佩双刀可成不了招牌。"

"那么，什么是招牌，把女人的XX作为招牌吗？"

大吼混账时，男子扑了过来。或许是听到了两人的对话，从里面又跑出来两名年轻男子，见如此状况，"啊"地叫了一声。扑向小平太的男子飞起的身体，在空中翻滚了一个跟头，被扔到三合土的地面，他哼了一声躺在了地上。小平太目不斜视，两手稳稳地垂落在前。

"怎么了？闪到腰了吗？"小平太对后来的两人说道，"你的哥们儿贴地上了，怎么样，去把他扶起来？"

这时，其中一人扑向小平太，另一人绕到他身旁。可不知何故，扑过来的男人猛烈地撞上了绕到身旁的男人，两人的身体重合在一起撞到墙壁上，在弹回来的时候被小平太抓住，两人和先前的男子一样，被提着背扔了出去，瘫倒在地。都是同样的招式，在空中打了个滚，然后背部摔在地面上。

"喂，有人吗？"小平太朝着里面大喊道，"三个小子瘫这儿了，太十在吗？"

一名像是女侍的女子从窗格朝外偷窥，"吧嗒吧嗒"地从走廊跑向里屋。很快，传来逐渐接近的脚步声，出现了一个四十五六岁的肥胖男人，他也在内衣外套一件短上衣，右手拿着长长的烟斗。

"太十是我。"男子看了一眼躺在地上的三人，然后对小平太说道，"找我什么事儿？"

"我是町奉行望月小平太。"

"噢？是望月大人？"

"我刚好路过，顺便拜访。"小平太说道，"你家待客真是糟糕。"

"抱歉，真的抱歉。"太十弯下腰说道，"假如他们粗暴无礼，我请求原谅。不嫌弃的话进来坐坐吧。"

"好吧。"小平太从腰间拔出刀说道，"他们只是休克了，泼点水就能醒过来。"

"深感惭愧。"太十苦笑了一下，"请进。"

走廊的木板和柱子都造得结实，已经磨得发出光泽，又黑又亮。被请到的地方看上去像是客厅，约有十帖大小，是一个书院结构的宅邸，在带有储物架壁龛处，挂着一幅大大的浓墨重彩的山水画。一个年纪十六七岁的一名漂亮姑娘，像是贴身侍女，拿来了坐垫。小平太背对神龛坐下，不久一位二十三岁上下、极其标致的女性送来了茶水和点心。

"这庭院真不错啊。"小平太打量着家里的建筑和庭院，"我没情趣，绘画庭院什么的完全不懂，单就那个看上去值一百贯的石头，应该也很值钱吧？"

"那是从摄津运回来的。"太十骄傲地回答道，"左边的花了一百二十贯，右边的花了两百贯多呢。"

十三

"哈哈，好像石头挺重……"小平太钦佩地说道，"家里的布局也好，这么出色的庭院，看来你赚得不少啊，太十。"

"不敢当，这都是托主君大人的福。"

"很好，嗯，很好。"小太平打断他，注意到摆在面前的茶水和点心。"这就不太好了。"说着看了看太十，"这不是茶水和点心吗？"

"一小口。不成敬意。"

"开什么玩笑，你是大桥太十吧？"小平太说道，"望月小平太是什么人，你应该听到传闻吧，我可不是想喝茶才来这里的，别糊弄我。"

"抱歉，这真的不好意思。"太十赶紧双手叩地行礼致歉，"倒是听过一些传闻，又担心自己多此一举受责骂，这才不敢贸然……"

有一定年纪的女人进来，太十吩咐她准备酒菜。太十赞美小平太的武艺，那三个年轻人在当地也是顶呱呱的武功高手，到底是武士家族，他这样感叹道。"别这样抬举我。"小平太红着脸，有些难为情，"我曾被人说，不配置于武士门第之下。被任命为町奉行，实际上是被打发出来的。"小平太接着说道，在这里的藩府，我也是眼中钉，甚至会被暗算哦。酒菜备好后，那个二十二三岁的女人坐下来为他斟酒。她似乎是太十的妾，太十介绍说她叫阿光。

"真是好女人啊。"小平太说道，"是你的意中人吧？"

"您真是火眼金睛。"

"别人的意中人可不行。"小平太拿起酒杯说道，"我喜欢热闹，叫四五个漂亮温柔又会乐器的人来吧。"

"对不住，晚了一步，对不起。"太十低头说，"和江户不同，我们这乡下地方，很难找到您中意的。"

"我很中意啊。"小平太打断道，"大致我都已经见过。

撤掉上年纪的，换年轻的上来就行。"

太十转向阿光，阿光知趣地站起来离开了。小平太出格的态度，太十似乎无法这样接受。从他作为町奉行来这里就任之前，就已听说不少他的劣迹。此人就任后的放荡行为也从各方面传到他的耳中。可是也从很确定的渠道获得消息，藩主换代以来，就要对"壕外"进行整顿，到现在为止，几任奉行已有所行动，都被太十顺利地击退。可是本次是藩主直接任命，从江户派遣过来一个放荡之人。这样的传闻本身就让人感觉蹊跷。继町的才兵卫、大河岸的滩波屋八郎兵卫，也持相同意见。

——最好别轻举妄动，让他想干什么就干什么，到必要关头，干脆干掉他。

他们三人如此商议过。因此他突然自己闯到这里，把年轻手下扔到地上，强要酒和女人，太十心里老大不高兴。小平太猜出太十暗地里谋划着什么，却不露声色兴高采烈地喝酒，兴高采烈地唱歌，和女人厮混打情骂俏。

"太高兴了！太十。"他用醉得打结的舌头这样说，"你真是好人，合我心意，我不把你当外人，怎么样，我们拜个兄弟吧。"

"深感惭愧。没能像样招待。您能满意，请尽兴。"

小平太摆手打断道："你说话还这么见外呀。我可是要跟你结为兄弟的。来吧，干一杯大的。"

他打开清汤碗盖，递给太十。用这么大的东西吗？太十有点不知所措。"花助,斟酒。"小平太大声叫道。五名艺妓受小平太欢快高妙的玩法感染,已完全放开。其中花助和阿香两人,在"岛本"和"喜文"店里,已经出入过几次小平太的酒宴,所以两人牢牢地缠住他,又推又揉,毫不掩饰地撒娇谄媚。

"噢,厉害,厉害。"小平太看太十喝完汤碗里的酒,拍手称赞道,"把那个碗给我。"

他接过汤碗,往里倒酒。

"太十,"小平太说,"喝下这酒就意味着你和我从此结为兄弟,可以吧?"

"您说笑了,有碍身份哪……"

"真心话,就算我是武士末流,也不能拿这种事玩笑。"小平太说,"喂,太十,可以吧?"

"啊……"太十苦笑。

小平太两口喝干:"那么结拜兄弟的仪式完毕,我俩以后就是兄弟了。"

"惭愧啊。"太十口齿含糊地说,"像我这种人,真是不好意思。"

"我现在啊,兄弟,"小平太摇晃着上半身,"想休息了,可以睡一会儿吗?"

"您请便。"太十说道,"马上让他们准备。"

"喂,你,就是你,"小平太手指一名艺妓,"你叫什么?"

"小蝶。"艺妓答道。

"对不住，陪陪我吧。"小平太招手说道，"我就睡一会儿，你一起过来，帮我揉揉头。"

"平大人，"花助娇嗔道，"明明还有我在这里的"。

"啊，你就待在那儿吧。"

"喂，平家伙……"阿香叫了起来，"你这样欺负我，我可不干。"

"什么呀?"花助转向阿香，"凭什么那么大口气，你又算平大人的什么呢?"

十四

花助和阿香吵了起来。小平太和名叫小蝶的年轻艺妓一起去了别的房间。其他两名艺妓使劲儿劝阻，但花助和阿香都不肯退让，两人都狂热地称小太平是自己的"好男人"。虽说只是常见的争吵，奇怪的是她俩较真的是"小平太绝非轻浮之人"，互相竭力证明。

"他说过……"花助说，"我只有一个女人。"

"可不就是嘛……"阿香说。

"虽然玩玩儿也跟女人睡觉，"花助继续说，"那只是睡觉，那些下流的事，他这辈子都不会做，也不是能干那种事的性格。"

"就是啊。"阿香说，"就是那样，那有什么奇怪的。"

"你明白，为什么说话还那么大口气？"花助斥责道，"什么都不知道，才会那样说话吧。"

"那你呢？就你一个人什么都知道吗？"

"我没这么说。"花助矢口否认，"我呀，我才不是那种在他人面前找好人毛病的女人。"

"你说了呀，你这个XXX贱女人。"

最后的三个字是她们同伴间的术语吧。"呀"的一声尖叫，阿香抓住了花助。

小平太回到官府宅，是第二天早晨天气尚暗时。他钻进卧室嘀咕了一句："啊，真想去没有女人和酒的地方。"然后倒下便熟睡过去，到被小助叫起来为止，连一个翻身都没有。"堀大人来了，等着要见您。"小助告诉他后，他反问了三次才明白来客是堀乡之助，便在被子里用力舒展开身体，生机勃勃地打了个哈欠。

"啊，肚子饿了。"他叫喊道，"给我来点味道重的、好吃的，要壮阳的、有味道的，明白了吗？小助。"

"啊。"小助应道，"泡澡水准备好了。"

跟堀说了一声之后，小平太泡着澡，剃掉了胡须，整理好头发，然后吃了一顿浓香味重的饭菜，终于出现在客厅。

"让你久等了，不好意思。"他坐下说，"昨晚回来太晚了，你有什么事吗？"

"有件事想要先给你吹个耳风，"堀说道，"昨晚很晚——发生了什么吗？"

"没什么，不是什么要紧的事。"

小助来续茶。

"使唤的人，还是只有那一个人吗？"堀看着离开的小助说道，"找一个照顾生活起居的人，不是很好吗？"

"小助足够了。"他喝了口茶，"来听听你要说的吧。"

"在那之前有一句话……"说着，堀认真地看着小平太，"你打算什么时候对壕外动手？"

"需要花点时间，情况挺严重的。"他回答道，"我之前好像考虑得太简单了，现状真是了不得。"

堀乡之助又直视着小平太，露出十分担忧的眼神，视线一度转向回廊，之后又转头望着小平太那边。

"上次向你讲过健士组的事情，你还记得吧？"

小平太点了点头。堀把拿在手里的茶杯放下。

"现在依然还跟踪你吗？"

"不知道啊。"小平太摇了摇头，"我决定不去在意了。"

"因为有了护卫吧？"

小平太诧异地看着堀："护卫？"

"他们的举动十分不稳定。"堀说道，"好像马上就要发生什么似的，我听到这样的传言，所以尽管没有向你汇报，但是我自己给你派了护卫。"

小平太没有说话。

——果真还是派了啊。

在二月去荒滨"眺望"的路上，在田间小路，他感觉到身后好像有谁跟着。在那之后，往返于壕外时，也几次有过那种直觉。

——有人跟在身后。

一次都没有看到人的身影，但是这种感觉是确实存在的。当然不是健士组，和柾木刚已经彼此达成了理解。虽然和他约好，要继续保持敌视我的态度，但没必要再跟踪自己了。

"果然如此啊。"小平太说道，"总觉得哪里不对劲。我记得我已经拒绝过护卫这事儿了。"

"可是我有大目付的责任，可不能眼睁睁地看着望月遭受暗算。"

本想说不必担这个心，不过小平太没有说出口。

"我有上面指派的任务。"他说道，"做好了遇到危险的思想准备。如果不能完成使命，留下性命也没有意义。拜托别再给我派警卫了。"

"护卫就如此妨碍你吗？"

"就是如此妨碍我，才拒绝的。"他说道，"我再说一次，这种事请你绝对停止。"

堀乡之助叹了口气："没办法，虽然我不情愿，但还是听你的吧。"

"你要说的就这些吗？"

"还有一件事。"堀又犹豫了一下，"这事与健士组也有关系，安川……徒士目付安川雄之介，你认识吧？"

小平太谨慎地点了点头。

"好像在某次评定会我也说过……"堀用平静的口吻说道，"他掌管着健士组，也可以说，柾木刚是按他的旨意在行动的对吧？不能对安川雄之介掉以轻心，我要再提醒你一下。"

"嗯。"小平太点头看着堀，"我想问一下，佐藤带刀大人与继町才兵卫有关系，是这样吧？"

"严格地说，重职大臣们或多或少都与壕外有关系。你调查过了吗？"

"我只调查了堀报告书上的东西，那个调查资料很管用。"小平太说道，"剩下的就是等待时机了。"

堀乡之助不久便回去了。

十五

堀乡之助的忠告并不夸张。那之后过了五六天的某个晚上，小平太要去壕外，走在路上的时候，从桶屋町一带开始便感觉到后面有人跟着。

——跟平常的感觉不一样。

与之前的感觉都不一样，他这样想。或许是堀曾经忠告过的话还留在脑海，他感觉到一种杀气。

——什么人呢？

健士组？不对，与柾木刚有言在先，柾木会管住他们。而且与堀约好不派护卫，就算要派护卫，也不该感觉到这样的杀气。究竟是什么？他边想边走着，时间已经是晚上十点，村头看不见灯光，天空阴沉，空气微暖，在黑暗中只有干燥的道路模糊地浮在灰色里。

　　不久，来到道路左右分叉的地方，左边通往壕外，右边延伸到神崎的八幡宫。小平太转到左边，躲藏进已关门的茶店的阴影中。此时，从后面追来的三名男子加快脚步，经过了饮茶店前。当看清只有三人时，小平太拔出怀里的九寸五分短刀，迅速地压低脚步声，跟在三人身后。

　　——太十家的小崽子吧。

　　曾被扔到地上的三人是来报仇的吗？仔细一看不是町人。三人都是武士打扮，用黑色头巾挡住脸庞。在极短的时间内弄清这些情况后，小平太一直跟至三人身后五尺左右的地方。

　　"喂，不要往后看，站住！"他低声说，"站在那里别动。你们背后尖刀对着，一动就会刺进去。"

　　三人停了下来。朝着前方一动不动，几乎站成一列。

　　"只要不干蠢事，我不会难为你们。"小平太说，"你们三个都把右手放进衣襟里，放到兜里，快点！"

　　三人都照办了。

　　"好了，告诉我名字。"

　　三人没有回答。

"那我来问吧。"小平太说道,"跟在我身后,想干什么?"

中间的那个人小声嘀咕了点什么,然后慌张地咳嗽了一声。

"听不清,说清楚点。"

"我们是健士组的。"那名武士说道,"不是我们的主意。这一切是为本藩,组里大家的意见——"

"大家的意见,怎么了?"小平太反问道,"想要暗杀我吗?"

那名武士没有回答。

"刚才你说是大家吧?"小平太又问道,"也包括柾木吗?"

"当然。"同一个武士回答道。

"当然吗?嗯?"小平太感觉有趣地抬高声音说道,"既然健士组和柾木刚的名字都出现了,那么你们当然应该报出自己的姓名。说呀,一个一个地告诉我。"

身后传来人声。大概是去壕外冶游的人吧,一边高声说话一边大笑,逐渐向这边靠近过来。

"喂,在人来之前说出姓名。你们愿意这副样子被町人看到吗?"

"我……"左边的武士说道,"我是泽本正五。"

"田口源二郎。"中间的武士说道。

"内岛兵马。"右边的说道。

"泽本、田口、内岛。"小平太重复了一遍,"咦?——该不会是假名吧?"

三人没有回答。

"那么顺便也拜见一下真容。"小平太说道,"揭下头巾,一会儿对面有灯过来,装作朋友的样子,町人们不会怀疑。听到吗?按我说的做。"

行人的声音越来越近,三人从衣襟里拿出手来,正要揭下头巾时,自称田口源二郎的武士突然拔出刀来。左右两人靠得近,拔刀、转身都有点儿碍事。小平太早就料到了这一切,叫他们揭下头巾,也就是如果想动手便动手的意思。看见一人拔刀,其他两人也拔出刀来。在还没看到小平太的身影时,三人都被抛了出去,自称泽本正五的武士昏厥过去。

"我有勃然大怒的怪癖,对不住啊,把你弄疼了吧?"

小平太这样说的时候,五六个结伴的男人靠近前来,提着的几盏灯,将那个场面的状况照得清楚,吃惊地停下了脚步。

"走吧走吧。"小平太摆手说道,"没大事,武士喝醉酒了而已,在这里晃荡会受到牵连的。"

"这不是阿平吗?"那群男人中的一人招呼道,"怎么啦?"

"你是谁?"

"我五十吉呀,忘记了吗?"

继町赌场的男人,四五次一起喝酒。那晚,小平太打算拜访才兵卫的,不想被倒在地上的三人察觉。

"五十大哥啊。"小平太接话说,"有一阵没见啦,要喝一杯吗?"

"正要带客人去呢。"五十吉快速地小声说道,然后伸着下巴说,"那些武士,是平大人的熟人吗?"

"不是的,喝醉了。我在旁边看看罢了。少管闲事。我们还是一起离开吧。"

"丢下不管,行吗?"

"酒醒了,就会起来回去的……"小平太故意让三人听见自己的话,"这下吸取教训,不再喝酒过量就好。"

小平太和五十他们一道,开始往前走。

刚才的三人并非健士组的人,田口、内岛、泽本小平太都认识。与田口源二,还曾经面对面地说过话,小平太记得他的身材和声音。他们不是健士组的人,阻拦小平太时,企图让健士组担责。

——该是加快进度的时候了。

事情闹大了可不好。在无需动用备用方案之前,尽快解决。今晚对才兵卫和滩八行动吧。小平太心里这样盘算。

十六

三月二十一日下午,在松冈泰月院的茶店,"壕外"的三个老大一起喝茶。滩波屋八郎兵卫七十多岁,才兵卫和太十几乎同年,才兵卫更加清瘦。

"听说安公被打啦……"八郎兵卫说,"那个和唐内的安吗？"

"到底怎么样，据说他自己都不知道。"太十说道，"露出刺青的时候还好，扑过去的那一瞬间，身体浮在空中，翻了个跟头摔打在地上，他说简直像是惊险杂技。"

"银和吉也是这么说的吗？"才兵卫问道。

"好像完全相同，且对方甚至没换一口气，若无其事地站着，令人愕然。"

"以前的评判有假吗？"

"这不明白。"太十继续说道，"正像我们三人曾经商量过的那样，他的坏名声令人感觉蹊跷。不可轻举妄动。先让他想干什么就干什么。当时是这样商议的，所以决定观望一下……"

"可是，我以茶款待，他却说要酒。叫来艺妓欢闹，喝醉后要求在那里休息，又和年轻的艺妓公然胡搞。"

"来五名妓女，与其中的花助和阿香两人，似乎之前就有一腿。"太十继续说，"在那两人眼前，轻易地搭上小蝶，无丝毫畏惧介意，不，可以说是丑态百出，比传闻所说还要出格，那可不是谁都能演得出来的，我都彻底被他迷住了。"

"我这里也一样……"八郎兵卫笑着说道，"倒是没有粗暴之举，可是叫喊要酒要好吃的，斟酒要年轻的，还……'给我叫五个年轻漂亮、会才艺的来'……"

"在你那里没有说吗？"才兵卫开口说道，"滩波屋八郎兵卫，中意你啦，没把你当外人。"

"在继町也是这个德性吗？"

"同样的，三个路数。"才兵卫苦笑着说，"在我这里，和菊丸睡觉，之后阿绿和梅千代可是扭打在了一起。"

"清一色的情色手段。"太十说，"我这里也是，花助和阿香打作一团。"

"我那里是的嘉弥和染。"滩八说，"互相抓住对方的头发，听着都可笑。都坚定地认为那是独自属于自己的男人，被宠爱的是自己，连做梦也没有想到他会在别处拈花惹草——她们一个个发自心底地坚信，丝毫也不怀疑。"

三人都笑了。恍惚各自在为自己的儿子骄傲自豪似的，那是一种老实巴交的、有些难为情的笑声。

"这个平大人呀，"说着，太十往自己的酒杯内加了点酒，"那小子啊，那句没把你当外人，让人觉得通吃通杀。"

"说起来都丢脸，"才兵卫说道，"我还和他喝了结拜兄弟的酒呢。"

滩八和太十同时看着才兵卫，同时惊讶地叫了一声。两人的眼睛里都很明显流露出惊异："你也是吗？！"才兵卫好像吓了一跳。

"滩波屋大叔也是吗？——大桥你也是吗？"才兵卫惊叹地叫出声来，"啊？！太吃惊啦，真有这样厉害的武士啊！"

"好像我们三人，都被巧妙地笼络了……"八郎兵卫说道,"仔细想想,我们真是白白活了这么大年纪呢。敌人到底想干吗?"

"无从估计,倒是有些是非颠倒呢。"太十说道,"看着那些离谱的言行举止,反而我有点想教训他几句了。"

滩波屋八郎兵卫一边喝酒,一边抬眼望着天花板,再转向对面的松树林。

"已经扑到我们怀里来了呀。"滩八自言自语地说,"在江户,这叫做雁过拔毛,照此下去我们的骨头也会被拔掉的。"

"不至于吧。"才兵卫笑着说,"相扑才摆好架势,胜负在站起来交手之后。"

"好像来了哟。"

在走廊的那一头,传来"知道了"的说话声,很快望月小平太便出现了。他穿着黑色有家徽的礼服,外面套上棉麻的上下背带和裙裤,一改平日衣着,风格和整个人都像换了一个人似的巍然屹立。

三人不由自主地站了起来。

小平太迅速整理了一下外衣,在上席坐下,将长刀放到右边,看着三人。他长长的紧绷的脸上,浓密的眉毛和呈一字形状的嘴唇,显露出毫不留情的威严。

"我是町奉行望月小平太。"他用郑重的口吻说道。

三人双手着地俯身行礼。

"滩波屋八郎兵卫、继町才兵卫、大桥太十,今天都是正式的见面仪式。"

三人赶紧跪拜。

小平太站起来走到房间的一角，快速脱下外套和礼服，然后自己在白色内衣上一层一层地绕上腰带，把脱下的外衣和礼服放到上席的座位垫上之后，便来到三人面前盘腿坐下。三人惊愕不已，默不出声地看着他的动作。

"来吧。"小平太说道，"从滩波屋大叔开始，按顺序碰杯。"

滩八静静地说道："你到底有怎样的计谋，时至今日，说来听听吧。"

"计谋之类小气的事，我才不会干呢。从一开始我就真面目暴露无遗，我是什么样的人，你们三位应该很清楚。"小平太说道，"从江户满不在乎地来到这里，我让你们看到我这副样子……我和你们没有任何渊源，不，我们彼此将会成为仇敌。无论我是多么无赖的人，作为武士也不愿意让你们看到我那般不堪。可我必须这样，为了让你们明白我是怎样的人，我的真实面目，一个赤裸裸的我，除了把这样的自己彻底摆在你们面前别无他法。"

"那又是什么原因呢？"

"武士和商人，町奉行和壕外老大——我想跨越这样隔着的高山，结成男人与男人的交往。"小平太说道，"因为我想结成单纯的人与人之间、男人与男人之间的关系，而后有事相托。"

"有事相托？"滩八问道，"什么事情？"

小平太从怀里拿出文书。它们用上乘的奉书纸包裹着。他一封一封各自递交到三人面前说——"请过目并按上手印"。三人打开包裹纸,取出其中的文书,眼睛大致扫过一遍文书后,看着滩波屋八郎兵卫的脸。

"等等,"滩八读道,"由此,限四月退出,确定无疑,万一如有违背,将不惜追究任何罪责……"

"限四月的意思……"小平太订正道,"也就是说,在四个月以内离开当地的意思。请在读完文书之后,再听听我的拜托。"

十七

神崎的八幡宫位于山丘之上。陡坡道的石梯有二百八十级,慢坡道呈现出舒缓的闪电形状,登上山丘的山腰,可到瞭望台。沐浴着会冒汗的暖阳,小平太和堀乡之助正一边说话一边沿着缓坡往上爬。

"然后……"堀问道。

"我是抱着拼命的心前去的。"小平太继续说道,"我想除此之外别无他法。"

"进展顺利吗?"

"我没有打算巧妙进行,就想来个男人和男人的较量。"说着小平太擦了一下脸上的汗水,"我毫无保留地陈述了一切。藩主在江户城受到质问,被近邻藩的领主揶揄讽刺——据说你的领地内有一个好金库,可是因为它的存在,自己家乡的家臣们也偷着出去游玩,风习混乱进退两难……也许你们从重职官员处听说过吧,藩主三番五次受到这般嘲讽。"

堀乡之助默默地走着。

"黑老大也有道义和仁义吧,武士和大名也有道义和面子。"小平太继续说,"我对他们说,请考虑一下这些,你们三人好长时间一直痛快地大把赚钱,蔑视一个藩的政治之道,无所顾忌地痛快赚钱。我本人也是这样的一个人,深知黑道亦有道义人情,在此不以奉行望月小平太的身份,作为这样的一个男人恳求你们,希望你们三人也让我看看男子汉的佐证。"

攀登到山坡顶上,出现了一片嫩草茂密的平地。左边仅有八幡宫的森林,没有像样的树木,回头望过去,城郭的大部尽收眼底。

"说起来有点难为情,我当时流下了眼泪呢。"小平太说,"当然不是因为悲伤,是由于我知道他们三人会答应。"

堀乡之助的眼睛里满是惊讶。

"不会吧?"堀问道,"——不可能答应吧?"

"答应了,三个人都答应了。"

"难以置信呢。"

"说得好。"小平太微笑着说道,"我也觉得难以相信的呢。"

"什么意思？"

"听我说下文吧。"小平太说道，"首先滩八同意了，对此我没有流泪，他满是皱纹的脸上露出害羞的笑容，比起流泪哭泣，倒是那笑容更能打动人心——我很清楚啦，滩八说道，如果上面威势相逼，我会殊死抵抗，可是以你这样的方式来交涉，我便只好投降，我会二话不说，按照要求退出此地。"

太十和才兵卫也马上赞同滩八的决定，虽然有后续处理，但明确表示——"将在二十日内搬出"。

"那之后糟糕了。"小平太缩了一下脖子，"滩八老头在答应了以后，开始反击，说文书中的'限四月'读成'限四个月之内'是蒙骗。当时慌了呢。他面色严厉地说，如果是四个月，那以后再回来呢……他打算以'限四月'做遁词的——哎，我只好诚恳地两手拄地，其实是蒙骗，并低头请求原谅。"

"原谅就完了吗？"

"他笑了，说就是这个做派才拿你没办法，三个人都肆无忌惮地笑了。"

"人脱离身份及阶层，男人和男人之间的碰撞，感觉真不错。"小平太说道，"那之后，滩八向我提出了如此忠告——我们会遵守约定退出，不过按照目前状况，壕外很快又会陷入同样的局面。这并非是为自己辩护，家臣要职和我们之间，有一个人，腰包比我们更肥厚，人一旦尝到这样的甜头，便不可能忘记，并且那个男人脑子灵活，也不曾露出破绽，所以声望依旧。只要不处置那个男人，壕外便不可能变干净的吧。"

小平太停止说话，沉默了十拍左右，做了一个又深又长的呼吸。

"每晚去壕外，我都被要职大臣传唤。"他语气缓慢地说道，"我去壕外，只告诉过一个男人。"

他微妙地停顿了一下后继续说："认为我有危险而安排了护卫，可是那三名护卫企图暗算我。他说那些是健士组的人。可怜啊，我认识健士组的人，且与柾木刚商量好达成了共识，这些是他所不知道的。"

说到这里，小平太压低声音："怎么啦？堀乡之助，不拔刀吗？"

身后一片寂静。

"现在的话，还可以动手。"小平太说道，"给我一刀呀。"

没有回答。

"你的调查报告书确切无误，比安川的调查更详尽正确。"小平太背对着堀说，"它可以帮你伪装画皮，但是外面的假皮终究有一天会被扒下来——动手吧，堀。要干掉我就是现在。"

后面传来动静，小平太两手缓缓地摆出防备之势。然而，不见袭击的情状，踩着嫩草的脚步声逐渐远去。小平太静静地转过身来。堀乡之助后背笔挺，迈着稳健的步子，朝八幡宫的森林方向走去。

"想怎么办呀？堀。"仰望着天空，他在口中呼喊道，"刚才本来可以干掉我的，怎么打算的呀？"

回到官府宅邸，小平太马上换了一身衣服，对小助说："我要去荒滨。"

"假如安川来了，请告诉他辞职的手续都交给他，我在眺望店休养。"

十八

安川雄之介赶去"眺望"店，胖胖的女侍阿露以慌慌张张的表情，摆手示意他去她那边。

"我来找望月有事。"安川说道，"望月在吧？"

"是的，他在。"

"是那间边上的屋子吧？"

"是倒是。"说着阿露红了脸，"屋子是那间屋子，不过现在有点……"

"开什么玩笑？！现在可是大中午。"他说完，对自己的话感到有些不知所措。"嗯哼，"他咳嗽了一声，"明白啦，这种事我知道的，没关系。"

"可是，那个……"阿露摆手说道，"那太可怜啦。"

安川雄之介推开女侍，走过走廊，朝之前小平太曾经留宿过的房间走去。

——那个阿玉吧，真够厉害。

他这样想道，把手放到了门上，这时里面传来女人的尖声高叫，他不自觉地有些犹豫了。他觉得不会是房间弄错了吧。不过夹杂在女人的声音里，好像有小平太道歉的声音，安川想看看发生了什么，便打开了房间的门。

在关着窗户的屋子里，靠近走廊的一侧放着两张酒桌，小平太坐在桌子前面，浴衣的外面系着旅店的窄腰带，两手放在端坐的膝盖上面，极其怪异地耷拉着脑袋。女人看上去二十三四岁，在浴衣外面系着天蓝色的宽幅腰带，虽然披着店里的上衣，但扑过白粉的鹅蛋脸、眉眼以及说话干脆清楚的吐词，便马上可以判断并非这里的当地人，也并非一般的民间女子。

"喔，你来啦。"小平太看见安川，很高兴地说，"来得正好，来，到这边来。"

"好像你有客人。"

"不，不是客人。"

"闭嘴！"女人叫喊道，"后来怎么啦？别以为来了客人便可逃走。那就大错而特错了。"

"可是，千代，这是我的朋友。"

女人回头瞪着安川，对他说了句——"请坐吧。"安川坐下了。

"你是这家伙的……"女人恨恨地说，"要是'这家伙'的朋友，来得正好，请好好听我接下来说，看看谁有理。"

"可是安川什么都不……"

"不要插嘴呀，讨厌！"女人斥责道，然后对安川说："我在江户的柳桥做艺妓，名叫湖静，和他已有七年相好了，为了他吃过不少的苦头，吃苦的源头在于他喜欢游玩，他说与其他地方的艺妓玩儿也绝不见异思迁，绝不会和我以外的女人有肌肤接触，艺妓们也有这样的规矩，所以我一直忍耐着。"

"可是……"说着她扭捏了几下腰，"可是在去年的年底吧，他受藩主之命去地方藩府，说要娶重职要臣的女儿成家，用一脸认真的表情这样说的。那样的话也不错，你要娶身世正经清白的人组建家庭的话，我乐意离开，我这样表达了自己的意思，虽然不多还赠送了一点祝福的心意给他。"

"结果如何呢？"女人继续说，"一说起他去地方藩府，与他游玩过的所有人，是所有人哟……"说着她又扭捏了几下，"甚至丑八怪一样的女人都说和他有过关系。那些不是谎言。到那时候才明白。"

"女人这种动物啊……"小平太嘀咕道，"真是可悲的饶舌者。"

"你还说这种话，这个徒有其表轻浮的家伙。"她一边扭转腰姿，一边叫喊道，"因此我才回过神来，返乡成家也不可信，想看个究竟我才来到了这里。"她对安川这样说道："来这里一看，果不出所料，旅店的女侍、游街的艺妓，简直就像粘虫胶上堆积的苍蝇一样，不是黏黏糊糊地自己贴上去睡觉的吗？可恶。"

"喂，冷静一下。"小平太胆怯地说道，"这些乡下女人所说的话，你难道要把它当真吗？"

"烦死啦，你这个王八蛋傻瓜、玩弄女人的混蛋，我可是跟在你后面，一个不漏地与她们促膝而谈的。"

"你说跟在后面？"小平太好像想起了什么似的喊道，"——怪不得，原来那个时候的那个是你呀？"

"根本没有什么原来……"说着她难以忍受地扭动着腰，"已经这样了，我可不会原谅你，我要把你带回江户去。"

"对不起。"小平太鞠躬说道，"我向你道歉。"

"你也要一起回江户哟，知道了吗？这个——这个……"好像没有合适的骂人话出口，更加快扭腰，"啊，好懊恼，真想揍你啦。"

"在那之前，你先去一趟吧。"小平太指着她的腰说道，"不然的话，会弄湿榻榻米的哦。"

她条件反射地用两手摁住前面，站起身来。身体已无法站直，对安川说了一句"失礼一下"，身体前倾，拖着脚步走到走廊，在那里又回头叫喊道：

"你逃走可不行，听见了吗？"

"知道啦。"小平太回答道。

她离开后，安川雄之介笑了出来。担心她听见不好，所以必须压低声音地笑,因此涨红了脸。他说:"心情不错,这下痛快了。"

"一百天的反胃郁闷通通消解了。"

"尽量吧。"小平太说,"反正安川你这样的人,不会明白女人进出的滋味。"

"想来味道不错吧。"安川恭敬地行礼说道,"辞职的手续完成了,可喜可贺地完成任务,想来你很满足吧,那么我就……"

"让你受累很多,对不住。"小平太颔首回礼,"回江户前,我们再见一面吧。"

十九

同年四月十日

望月大人也未到官府露面。

昨日,大目付堀乡之助剖腹。具体不详。五岁的长子福松被允继承职务。(以下五项目略,笔者)当班书记市川六左卫门。

同年四月十二日

当日,港桥看守所有紧急报告,居住壕外的三名"老大"滩波屋八郎兵卫、大桥的太十、继町的才兵卫,处理完家财后退出,搬迁某地。不知因何理由,常年妨碍政治之道事，就此终于解决，为本藩可贺之事。

当日望月大人也未到官府露面。（以下一项目略，笔者）当班书记中井胜之助。

同年四月十七日

昨日，町奉行望月小平太大人返回江户。据传已在三月解除职务。后任町奉行将在今明日内决定。

——书记私录："望月大人到任之前始，曾是备受恶评之人，这次卸任，似乎也因受到追究——就任以来诸多不检点。即便如此，自其就任到卸任，作为町奉行一次未曾出勤，此乃町奉行日记上空前绝后之记录吧。"中井胜之助。

（《小说新潮》昭和三十四年六月号）

町奉行日記

霜柱

一

"你知道姓繁野的老职吗?"

"繁野——"石泽金之助停下了笔,抬头看着次永喜兵卫,"我知道有两个姓繁野的,怎么了?"

"是上了年纪的家老。"

"家老大人的话那就是兵库了吧。我当然知道,他怎么啦?"

"我总觉得……"喜兵卫话说了一半,对着石泽的桌子挥了挥手,"你这边差不多了吧?"

"我也正打算把桌子收拾一下。"

"那等出城之后再说吧。"喜兵卫说道,"我在中之口那里等你。"

然后他迅速地离开了。

那个老掉渣的、乡里土气的、不通人情世故的没用的东西。次永喜兵卫在心里如此骂道。直到走出中之口,到了木门处也继续骂着。在石泽到来之前,有几个经过的下人前来跟他打招呼,他连点头的工夫也没有……只顾着说坏话了。

"要不要去家里一起吃晚饭?"石泽一来就这样说,"你最近好久没露面了,家里人都在担心你。"

"想喝一杯。"喜兵卫边走边说,"我心里乱糟糟的,总是不清爽,今天不管怎样都想喝一杯。"

"这种心情去喝酒,不会觉得好喝吧?总之先去家里怎么样?"

"你要是嫌麻烦的话,我们就在这里分手好了。"

"你的老毛病又要来了。"石泽摇了摇头,"我记得我们说好的啊。"

"你也没告诉我,会有那么个烦人的糟老头儿啊。"

"那你说去哪里?"

"除了雪之井还有别的好地方么?你也告诉我啊。"喜兵卫说着,"能静下心来喝酒的地方,也就雪之井这一家了。连艺妓也没有,真是个破地方。"然后像是发泄般地又补了一句:"我感觉自己像是被骗过来的一样。"

石泽金之助默默地走着。

出了大手门,在堀端向右转,从藏町穿过横井小路便是马场,沿马场栅栏一侧种着树的小路向左转,走到明神森,门前右转走二丁左右,便是一个大大的池塘。雪之井这家餐厅就在这个池塘畔,一直到走到这里,喜兵卫都无休止地说坏话抱怨。甚至女侍带他入座之后,他的舌头也未见乏意。

雪之井面向池塘东边,左右和后方都有松树林。两人被带到最西边的位子,两侧都有走廊,附带有通向庭院的阶梯。这里距池塘大约二十尺,对面有一座小小的栈桥,连着两艘小船。池塘对岸是黑压压繁茂树林的山丘,山丘连接着城里的鹤冈,其中的一部分通向鹤来八幡神社大殿,那里曾被称作过去的堡垒。

"江户府里有个负责大院的熊平,你还记得吗?"喜兵卫突然转换了话题,"右边的鬓角有一个很大的瘤子,所以又叫瘤平的那个老头儿。"

"在江户的府里吗?"

"他有一片梅林。"

"好像记得有这么个人……"

"快点上酒。"喜兵卫对女侍说,"下酒菜就跟平时一样,鱼田、盐烤、味噌汤,咸菜装满,嘿——"他垂下右肩歪了歪嘴,"四万两千石的堂堂藩府,好吃的东西就只有咸菜,这片土地上的人到底有没有舌头这种东西啊?"

名叫阿茅的女侍一边笑着,一边对喜兵卫吐了下舌头。

"对不起。"阿茅说,"这片土地上这种东西就叫舌头,在江户这叫什么呢?"

"叫瑟头。"喜兵卫拍着膝盖,"快把这种东西收起来,赶紧上酒。"

"一身坏毛病。"石泽平稳地说道,"你一来这种地方就如鱼得水,趁你还没醉,先让我听听你的抱怨吧。"

"熊平是个疑心很重的老头儿……"喜兵卫说,"这个世界上有的东西,发生的事情,他一个也不信。比如说假设现在下着雨,他也不信这个雨。自己的衣服打湿了,他也说这并不能作为下雨的证据。"

"你想说的就是这个吗？"

"你先听我说嘛。"喜兵卫接着说，"他不相信自己住的小房子，不相信茶杯，不相信池塘也不相信在池塘中游着的鲤鱼，当然他也不信自己，不信天不信地，不信太阳不信月亮，他说一切都只是看上去那样而已。"

"很平淡的事呀。"石泽说，"上了年纪变得奇怪的老人比比皆是哪。"

"但熊平可不仅仅是奇怪。不信一切事物！对他来说是一个崇高的理念。有一次我在梅林旁边发现了癞蛤蟆，就叫他来看，结果他不相信那是癞蛤蟆。我生气了，就去戳了癞蛤蟆的屁股，癞蛤蟆被我一戳，摇摇摆摆地走起来，我就问熊平，如何？"

"我不是要听你模仿秀啊。"石泽金之助打断了他，"不过你这个熊平和癞蛤蟆也差不多了吧？你说到这里有话要跟我说吧，我们说正事吧。"

"所以我现在是……"喜兵卫抬眼看着天花板，舔了舔嘴唇单手一挥说，"喂，就怪你说了多余的话，我现在想不起来说啥了，别开玩笑……要说什么来着？"

"酒来了哦。"石泽说道，"你喝一口，就能想起来要说啥了吧。"

阿茅带着一个女婢和酒菜来了，喜兵卫马上把酒壶拿过来。女婢退了出去，阿茅坐在旁边服侍的位子上。直到喝第三杯酒，喜兵卫都在歪着头想事情，石泽和阿茅在一旁交谈。似乎隐居在这家的老人最近开始练习弓箭，和石泽有些交道。最近都没看到老人了，他怎么了吗？石泽询问，阿茅回答说精神很好，只是好像不再练习弓箭了。应该是的，本来他就是个三分钟热情的人嘛，阿茅一边说着一边为石泽斟酒。

"您怎么了？有什么事需要如此费神呀？"

"癞蛤蟆。"石泽说道，"他在费神地想，要怎么才能把癞蛤蟆和繁野老职绑到一块儿。"

"那我就只说要紧的吧。"喜兵卫用恋恋不舍的语气说道，"本来想从熊平的事情说过来的。无所谓了，反正主要问题是那个老头。"

"繁野吧？"

"当然，就是那臭老头。"

"你说话注意点。"

"先说正事吧。"喜兵卫说，"我到这里来也有九十多天了，当然也可以说才九十多天，总之要记住我来了九十多天这个数字。"

我是为继承当地已为废家的次永家名而来，他接着说，要重振次永家，事先约定好我要娶中老和泉作左卫门的女儿阿墨为妻，我来代为管理这个郡。与和泉家女儿也见过数次，非常中意。她温柔又漂亮，是个很适合做妻子的女人。住的房子也不赖。据说是繁野老头子把他的别居空出来给我的，院子很大，房间结构也漂亮。家里的仆人仁兵卫夫妇都是好人，做的饭菜也好吃。官府那里也没问题，手下勤快，郡里的人也没有表示反感和不服的。总之，至少到目前为止皆大欢喜。简单来说，我在这里安定下来的条件已经基本具备，我也想安定下来。我是真的想扎根在这里的，喜兵卫又重复了一遍。

"但是不行啊。"喜兵卫摇着头，"我一直忍耐到今天，但是还是败给了那个繁野糟老头。我决定辞职回江户了。"

"你不能回去啊。"石泽说，"你已经不再是北岛家的次子，而是次永喜兵卫了。你先说说看，繁野到底怎么了？"

"繁野视我为眼中钉，不断找我的麻烦。把我叫去老职办公间训斥，还亲自来我的办公处教训，甚至还跑到我住处……"

"繁野可是个性格温和的人。"

"管理藩郡可不是件容易的差事。"喜兵卫喝了一口酒说道，"这个不用说你也知道的吧。管理人必须是长年驻守，对那块土地的事情了如指掌才能胜任。但我本来就是江户来的，来这边也就九十多天，在两个助手和其他手下的辅佐下，才刚刚开始有点儿适应工作……"

"繁野兵库当然也应该知道这些情况。但他完全没有手下留情。从开始在藩府工作没多久，他就斤斤计较不放过我的一丁点儿失误，像是批评小孩子一样严加斥责。就连辅佐和手下的人犯错，也都变成我的责任教训我。"喜兵卫接着说道：

"我还头一次遇到这么性格扭曲坏心眼儿的糟老头子。"喜兵卫猛地抬起一边的嘴唇,"我倒想看看,有这种老爹的儿子会长成什么样子。"

二

"不。"石泽金之助说,"繁野没孩子。"

"他那个年纪……没有孩子?"

"繁野在家里也是个安静得有些寂寞的人,他温厚谦逊人人皆知,这是毫不夸张的事实。"

"那他为什么只对我这么过分呢?"

"应该有很多理由吧。"石泽说,"首先是你自己的言行。说起江户府邸北岛家的次子,那是数一数二的放荡粗暴。我可是七年前还待在江户,作为你的堂兄弟太了解你了,所以才会在你过来的时候,啰啰唆唆地给你建议。"

"我觉得我遵循了你的建议啊。"

"这我认同。但繁野可能考虑……你还是很危险。都说万事开头难,他大概是想趁现在还来得及管教的时候,好好教育你吧。"

"要是他真有那样的想法,我应该感受到啊。我再不成材,感受别人心情的能力还是有的。"

"还有一个理由。"石泽没有理会喜兵卫继续说道,"虽然这只是我的想象,但繁野应该很中意你。"

"你说什么?"

"那个温和的人会这样严格地对待你,说明他是格外器重你吧。"石泽说着重重地点了点头,"如果只是家老与藩郡管理人这层关系,没理由这样严厉。你刚才说他像训小孩子一样教训你,那会不会是因为繁野非常喜欢你,所以才像父母教育孩子一样严厉管教你呢?你不这样想吗?"

"是啊。"喜兵卫抬起脸来。

"你也这样想吗?"

"不,我终于想起来了。"喜兵卫摇头说道,"是啊,我说熊平的事是为了引出这件事来。"

阿茅起身出去拿酒了。

"那个老头儿什么都不信。"喜兵卫继续说着,"我现在也什么都不信了。就算从繁野老职嘴里亲口说出,我把你当成自己的孩子一样看待,我也绝对不信。"

"癞蛤蟆也不信了?"石泽笑起来,"别说这种小孩子撒娇一样的话,再忍耐一下吧。不,虽说你是不得不忍耐,但只是忍耐也解决不了问题,不如下定决心,从此以后再遇到什么不当的指责,你就直接告诉繁野,你觉得不是你的责任那就要表达清楚。有不满不服的事情,不要闷在心里,直接对繁野讲出来。你该不会连这点胆子都没有吧?"

阿茅端来了酒。喜兵卫似乎还没有平息愤懑,吃着小菜喝着酒,嘴里依然嘟嘟囔囔地抱怨着。但石泽已经不再理会他,过了半个时辰,便自己一个人先回去了。石泽有个名为正之助的六岁的儿子，他和儿子约好了晚饭一定要一起吃，要是违背了约定就要受惩罚。

"可能我有点啰唆了，但你照我说的试试看。"石泽离开的时候这样说，"只是袖手旁观的话，什么也搞不明白。"

喜兵卫没有回话。

"忍一忍啊，哼。"石泽走后喜兵卫说道，"在江户的时候，明明还是个爱憎分明的人！短短七年时间，石泽这小子就变得令人讨厌的稳重了啊……哼，乡下人。"

送走石泽回来的阿茅，听到这句话，斥责喜兵卫。

"不能说这样的话。这样说人坏话，您太不对了。"

"喂喂，连你也对我有意见了啊？"

"石泽大人说的都是真的。"阿茅一边为他斟酒一边说道，"繁野老先生，把你当成自己的孩子一样，我觉得这不是石泽大人的随意推测而是真的。"

"别瞎说。"

"您先听我说完。"阿茅说，"我在十三到十七岁之间，都是在繁野府上做事。"

喜兵卫停下了已经端到嘴角的酒杯，仔细看着阿茅。

"那个时候府里有一个叫义十郎的，是繁野的独生子。"阿茅继续说，"他比我大五岁，是个英俊帅气却有些神经质的人。但他十六七岁的时候开始喝酒，结交了一群狐朋狗友，开始玩女人和赌博了。"

"等等，我可是听说繁野没有孩子的。"

"嗯，大家都是这么说的。为顾全繁野老先生面子，大家才不说还有那么个不争气的儿子。"阿茅说，"义十郎少爷从小体弱，一旦有什么不满意的事情，或者稍微受到训责就会痉挛，要请医生要吃药，弄得鸡飞狗跳。毕竟这是结婚第九个年头才终于得到的独生子，自然百般疼爱不忍责骂，养成了一个任性的孩子。等到他开始荒度时日的时候，想教育也教育不过来了。他拿着家里的财物，去茶馆里住上十天也不回家，还在赌场跟人打架，终于繁野老爷也忍不了他，八年前把他逐出家门跟他断绝了关系。"

喜兵卫喝着酒，茫然地看着空空的酒杯。

"如果只是这样的话也还好……"阿茅继续说，"在被逐出家门的时候，他在赌场大闹，伤了三人，其中一人残疾了。本来这是断绝关系之后的事，并没有繁野老爷的责任，但他心里非常担忧，登门拜访向受伤的三人道歉不说，还赔给对方许多钱。那之后繁野老爷半年都把自己关在家里，闭门思过。"

喜兵卫递出酒杯。阿茅斟上酒后，他沉默地喝完，突然抬起脸问道："那个叫义十郎的儿子现在怎么样了？"

"不知道。那之后整整八年杳无音信，要是还活在世上洗心革面，肯定早就回家来了吧。现在还没回来的话……"

"没酒了啊。"喜兵卫打断了她，"这次你把酒热一热再拿过来。"

阿茅站起身来。

"那就是说，他经历了这么痛苦的事啊。"他自言自语道，"看来他可能……不仅仅是个性格扭曲的坏心眼老头儿，嗯，可能不是这样的。"他顿了一下说，"我就宽宏大量地对他另眼相看吧。"

有讳疾忌医之人，得了重感冒，被咳嗽和高烧折磨，也依然顽固地不肯叫医生也不吃药。直到某一天终于忍不下去喝了感冒药，病情就不可思议地减轻了。这其实是疾病好转的时机来了，这种时候就算不吃药，吃点米糠、味噌也依然病愈。次永喜兵卫终于忍不下去，对着堂兄弟石泽吐露心中的不满也是同样，现在自己的状态要转变的时期已经到来了。而且不仅一件事，两件事凑到一块儿开始转变，伴随的结果可想而知。

雪之井喝完酒的大约十天后，在藩府的长走廊上，喜兵卫被石泽金之助叫住。

"那之后如何啊？"石泽问他，"还能忍耐吗？"

"嗯。"喜兵卫眯着眼睛，含糊地回答，"大概没问题吧。"之后又小声说道，"那个老人好像也是个可怜之人哪。"

石泽有些惊讶地眯起了眼，喜兵卫别过头，加快脚步走掉了。这是正月下旬。到二月没过多久，喜兵卫就被叫去石泽家吃晚饭。因与和泉墨的婚礼越来越近，兼有婚事商议事项，喜兵卫难得开心地大醉了一场。那时候他又突然耷拉着脑袋自言自语：

"可怜的人啊。"

虽然只是一句简单的话，喜兵卫的语气似乎包含着内心的感慨，石泽忍不住回头看向他。然后，他很快就理解了喜兵卫是在说谁。

"喂，石泽，"喜兵卫抬起脸来，"江户府邸有个时冈八郎兵卫杂役，记得吗？"

"我不记得这个人啊。"

"惠姐，"喜兵卫喊着石泽的妻子，"麻烦拿些酒来。"

阿惠看着丈夫的脸。石泽点了点头，她便起身去了。

"那个叫时冈的杂役……"喜兵卫继续道，"已经六十岁高龄，有老婆也有了儿子儿媳，因为看他太贫穷我就给他安排了一点差事。"

"你认识的这些庭院师啊杂役的……尽是些怪人。"

"这个老爷子在他年轻的时候呢……"喜兵卫没有理会石泽，接着说道，"亲眼看见了新婚不久的妻子和同事杂役偷情。"

三

八郎兵卫愤怒了。年纪轻轻却被新婚的妻子背叛，他感觉身体仿佛消失了一般绝望和愤怒。他思考过后心想，就算在这里杀掉两人，自己也很没面子，死去的两人也只会品尝到一瞬间的痛苦。那倒不如让他们活着，耗费漫长的余生,把自己所受的绝望与痛苦一点点还给他们。他下定了这个决心。于是,他只让那两人知道"我看到了奸情"这一事实,别的什么也没做就放了他们。一年过去了,两年过去了。两人的关系似乎只有那一次,妻子变得近乎悲哀地顺从他,让他约束着自己,那个男人也终于逃跑了。八郎兵卫依然无法原谅妻子。然而第三年,两人之间有了一个女儿,再过了一年,又有了一个儿子。

"我至今也没有原谅我的妻子,八郎兵卫这样跟我说过的。"喜兵卫说,"女儿已经出嫁,儿子也有了老婆,虽然贫穷这一点始终无法解决,但总算过着平稳的日子——'为什么呢?'我这样问他,'你曾经恨她恨得想杀掉她,直到现在仍无法原谅,却还能这么长时间过着夫妻生活吗?'——八郎兵卫这样回答我:'人似乎就是这样的生物,不管是多么激烈的憎恶,只靠着憎恨是活不下去的,就像只靠着爱也活不下去一样,人好像没办法只靠一种感情活下去。'"

石泽记得又问了些什么,喜兵卫只是摇头。

"不是的,我……"他这样说道,"不是想要说这个老人的事,我想说的是,想想看,繁野现在是怎样的心情啊!年近六十的他,对于举止放浪、已被逐出家门的儿子,怀抱着什么样的感情。"

石泽又说了一些义十郎的事。听得不是很清楚,他觉得有些麻烦,就回道:"够了,义十郎关我什么事?"喜兵卫被自己的声音惊醒,突然睁开了眼睛。

——不好,我是喝醉了啊。

这样想着抬起头来,发现枕边放着调暗了光线的台灯,自己穿着睡衣,好好地躺在床上。确实是和石泽聊天的,不知何时回到家里睡着了。说完了才回来的呢?还是因为喝醉了,所以没说完就回了家,在梦中接着聊的呢?还没完全清醒的头脑,暂时无法分辨到底是何种情况。

"我醉成这样了啊。"他爬起来打算喝口水,"真是不像话。"

这时他突然闭上了嘴。

厨房传来人声,他听到有谁哐当哐当闹事的声音,有人叫喊——"是义十郎"。以为是石泽的说话声,其实是从厨房传来的惊呼声。喜兵卫被这个粗暴的噪音和惊呼声彻底地吵醒了,同时醒悟到出了什么事。他立刻起身换好了衣服。

厨房里,家丁仁兵卫正和一个男人扭打在一起。借着手边蜡烛的光,喜兵卫看到了那男人的模样——三十二三岁,消瘦的脸上蓄着胡须,月代头乱七八糟。扭打中衣服变得乱七八糟,穿着看上去已无法分辨花纹的旧布棉袄,裸露着平坦的胸膛,裹着漂白过的布条的肚子也露了出来。"我是这家的主人!"喜兵卫喝道,"你是何人?"

"主人?"男人回嘴,"撒谎!这是我的家。这是繁野家名下的房子,我是繁野义十郎。"

喜兵卫在江户的深川，曾经跟这样的男人有过争执。那是三四年前的事情了，在新大桥一侧的某个地方，喜兵卫回想起来。

"不知你有何贵干，先进来如何？"喜兵卫说道，"仁兵卫放他进来。"

"但是，老爷……"

"不用担心。"喜兵卫对家丁点了点头，"我不会有事的，你让他进来。"

然后他回到了寝室，拿了灯走进客厅。男人似乎很了解这家的构造，比家丁更先一步走进来，背对着壁龛盘腿坐了下来。男人的身体混杂着汗味、油污和很浓的酒味，空气里飘荡着令人胸闷的恶臭，喜兵卫不觉皱起脸来。

"喂，有酒吧？"男人回头对着正打算关门的家丁喊道，"冷酒就行，有多少拿多少，有多少拿多少过来。"

"给他拿过来。"喜兵卫说，"不要下酒菜，酒杯也拿大点的比较好吧。"

家丁退下了。

"看来你比较明事理嘛。"男人露出脏牙嘲笑着，"你跟本大爷一样，在江户也是个享乐之人，所以我想你不是那种不解风情的人。我已经完全看透你了，你再装出正经的样子也是没用的。"

"你有什么事？"喜兵卫发问。

"你别催我，酒还没来呢。"男人抓着头挠着，"我还要告诉你一件事，你可不能在我面前摆大架子，你抢了我的房子，还抢走我的未婚妻。未婚妻好像还没有抢走，不过也快了吧，听说连婚礼日子都定了啊。你可别跟我摆架子，否则要付出大代价的。"

家丁拿来酒具和酒，上面摆着盛有咸菜、海味的碟子和一个碗盖大小的酒杯，看到喜兵卫点头，家丁便退下了。

"你不来点儿？"男人迅速拿起酒杯，端着酒壶问道，"……不想跟我这样的人喝酒吧？"

"我今天晚上喝多了，你就一个人喝吧。"

"别说大话了，不可能喝了五合七分吧。"男人放下酒杯，对着酒壶口直接喝了起来。他的喉结上下滚动着，喉咙发出咕咕的声音——"酒倒是不错。"男人说完吐一口大气，"肚子不舒服的时候，还是要喝冷酒啊，身体的每个角落都舒坦了。"

人不能只活在憎恨或愤怒中，喜兵卫心里想。随着时间流逝，不管多深的恨意和愤怒，也都会变淡且慢慢治愈，时冈八郎兵卫就正展示着这样的事实。

——繁野会不会也是这样呢？

年近六十也未收养子的他，也许是在等待儿子某一天会回来，儿子会改过自新，有个武士的样子再回到家里来，他也许是一边这样想着一边在等待着吧。将义十郎逐出家门时的愤怒和憎恶已经变淡，现在只是在等着儿子回家，难道不是这样吗？他是这样认为的，于是才讲了八郎兵卫的故事。若是如此，这个儿子实在不值得等待。喜兵卫想，这样的话还是不回来更好。

"我变成了这种人，这并不是我的错，你明白吗？"男人说了起来，"喂，你在听吗？"

男人从刚才开始就一直在说话。

"我在听。"喜兵卫回答道。

"人啊，比起先天的出身，后天教育更重要。"男人用指甲盖擦着嘴，"变好或者变坏，也是根据父母的教育方法来的，对吧？我父母没把我教出来。对他们来说我是珍贵的独苗，是家里疼爱珍惜的孩子，于是从小备受宠爱，让我骄纵任性地养大，就算是批评也是小心翼翼地说出来，这样能教好孩子吗？"

男人用手指抓起下酒菜，放进嘴里边嚼边把酒壶凑到嘴边喝着。

"如你所见，"男人拿一只手按住胸，"我变成了这样的人。虽说还没进大牢，倒也没什么差别了。卖过不止五六次女人，在大阪进出赌场，还收拾了两个人……"说到这里他突然压低声音，看着喜兵卫的脸问道，"你知道收拾人是什么意思吗？"

"头一次听人炫耀这种事……"喜兵卫说，"你现在可以说你的事了吧？"

"五十两金子。"男人说，"后天早上之前给我预备好。"

"什么理由？"

"这个房子还有和泉家千金的交换。"男人说着,"我半个月前回到这里,在这边也犯了点事,不得不避避风头。在城里又无处可去,沦落到只能躲在鹤来神社的地步。后天早上给我五十两,这样你就打发掉我这一个大麻烦。很划算哟。"

"我会给你一个小银币,买草鞋的钱,更多的钱我就一分也不愿出了。"

"一个小银币,就是说,一分钱?"

"买双草鞋还有的找……"

"喂喂……"男人卷起一边裤管,敲打着露在外面的膝盖,"你没听我说话吗?我可是人称九寸五分的义十,海道筋一带被悬赏缉拿的犯人,五十两也是急着用,否则要你一百两、二百两又能奈我何?"

"有意思。"喜兵卫说,"要想得到,你试试看吧。"

男人的脸一下子僵硬了,嘴唇成了一字型。喜兵卫活动着身体的筋骨,盯着对方的眼睛,摆出临战的姿势。男人露出牙齿笑了起来,敲打着膝盖说了句——"我输给你了。"

四

"气量不错,我输了。"男人谄媚地笑着拿起酒壶,往嘴边送着说道,"不愧是江户出生的,大场子炼过的果然不一般啊。"

男人看上去像是要对着酒壶口喝酒,却突然反手将酒壶扔了出去,在喜兵卫躲避时扑了过去。明明已是醉得不轻,动作却迅速而精准,扑过去时右手闪着匕首的冷光。喜兵卫没有看酒壶,他看着匕首向后仰身倒下,抓住跳过来的男人的手腕,抬起了腿。男人在喜兵卫上面翻了个翻,猛地被甩出去滑至门边。他本有机会跳身起来,却因对手过分利索的动作呆住了。反应过来时,喜兵卫已骑到了男人身上。

"你根本不算人。"喜兵卫夺过匕首扔了出去,单手按住男人的脖子,另一只手殴打着他的脸,"你连畜生都不如。"

击打下男人的头左右晃动,嘴唇破伤,渗出血来。

"明白了,你厉害。"男人想稳住对手,"我输了,太难堪,放过我吧。"

"虽然跟你说话也是对牛弹琴,不过你给我听好。"喜兵卫按住男人喉咙的手加重了力道,"你说你是因为父母太过宠溺,才变成了这种人,但要是父母严加管教,恐怕你又会因为他们过分严厉而怨恨吧。胆小鬼和卑鄙小人都是这样,明明自己做了坏事,却让他人背负责任,这是不知羞耻、下流肮脏的卑劣本性。"

男人的脸肿得黑黑的,眼球像要蹦出来,他的身体也没了力气,手脚软软地伸在榻榻米地板上。喜兵卫放松了手上的力道,又扇了他一巴掌才放开他站了起来。

"你这个脏东西。"喜兵卫对男人说,"滚出去!"

男人抚摸着喉咙咳嗽,保持仰躺的姿势看着喜兵卫。

"那么,"男人用嘶哑的声音问,"五十两还能给我吗?"

"滚!"喜兵卫吼道。

"区区五十两,很便宜了。"男人咳了两声,手抚着喉咙,慢慢直起身来,"哦,好痛。还以为喉咙要断掉了。你真是凶得可怕啊。"

喜兵卫默不作声地站着。

"我没想到这样。看来找错人了,我以为你能说得通的,咳!"男人看着喜兵卫,造作地耸了耸脖子,"别摆出这么一张吓人的脸,我都要腿发抖站不住了,我这就出去行了吧。"

男人叫了一声站了起来,夸张地踉跄了一下,抚摸着喉咙。

"没办法,霉运到头了。"男人叹了口气说道,"这样拖下去,也不是办法,我就直接报出老爷子的姓名吧。"

喜兵卫一言不发。

"虽然已被逐出家门,但还有血缘关系……"男人继续说道,"我是本藩家老繁野兵库的儿子。我只要表明我是义十郎,谁敢拿我怎么样?从此我要大摇大摆以繁野义十郎的名义行事。"

"在这城里或许能行,但海道一带有你的画像,通缉令如何处置?"

"别人的事情,少操心。"男人干笑,"反正我迟早被抓,在这里被抓，老爷子脸上有光，和泉千金脸上有光，毕竟我是她幼时的未婚夫嘛，这下更值得你娶回家了。"

喜兵卫毫不犹豫地下定了决心。

"你赢了。"喜兵卫对他说，"我认输。钱我会准备好的。"

"五十两哦。"

"后天早上一早，我把钱送到鹤来八幡。但你要保证，拿到钱就离开本藩。"

"口头约定一下，行吗？"男人又嘲笑道，"还是我写个保证书给你？"

"不需要口头约定、保证书，我就问你——肯不肯离开？"

"这要见到钱之后再说。"男人环视四周，捡起掉落的匕首，"那，后天早上——我等着你。"

他从衣袖里取出刀鞘，收好匕首放入怀中，又露出脏脏的牙齿笑起来，抬起瘦削的肩，从厨房走了出去。

喜兵卫站在原地，听着后门关上的声音，然后叫了"仁兵卫"。家中一片静寂，既没有回答他的声音，也没有任何别的动静。他拿着灯回到了卧室。第二天早上，喜兵卫严令家丁，昨晚的事情不可外传，便出门登城。他也不打算和石泽商量。没有什么需要商量的，办法只有唯一的一个。

喜兵卫的胸中燃起了怒火。他怕自己的怒火会逐渐变淡，或者原本下定决心的意志会有动摇，于是不断地仔细回忆义十郎的言行和态度。

"石泽说的是真的。"他出城的途中自言自语,"繁野是后悔自己的教育方法,才对我格外严厉的。真是个笨拙的人啊。过分正直才这样笨拙。若仅仅教育方法就能改变人的本性,那这个世间就不会有恶人了。嗯,他好像是真的很中意我,害怕我也变得像那家伙一样吧。他是个好人啊。"

"明明有这样好的父亲……"他又自言自语起来,"却还是猪狗不如。"说着啐了口唾沫,"我要把你干净利落地解决掉。"

当天晚上,喜兵卫拿出替换用刀,打理起来。他不想用自己常用的那把。比杀狗还脏,杀掉之后就直接把刀扔掉好了,他这样想。

吩咐了家丁叫早时间,他比平时更早地回到卧室,什么也没想熟睡过去。

第二天一早,家丁来叫早之前,喜兵卫已醒来换好衣服,在井边洗了脸。东方已经泛白,四周还是一片黑暗,地面被霜覆盖着,一片白茫茫。洗完脸后,他对家丁说"我出去散个步",没吃早餐便离开了家。到鹤冈大约二十町,城里还在沉睡中,村里的农夫们推着运蔬菜的车,从雾里走近,与他擦身而过。随着天空变得明亮,雾也渐渐变浓,等他到达鹤冈下面时,已看不清鹤冈的树林了。

去八幡神社需要爬五十级石阶,然后登上闪电形状的坡道。左右都是长着青苔的山崖,常年有少量的水涌出,石阶上结了一层薄冰，喜兵卫滑倒了三次。

"喂，打起精神。"第三次滑倒时他咂了咂舌，"真是不争气。"

爬完石阶，开始爬坡道了。

坡度虽缓，但红泥土的道路上结了霜柱，浮土粘在草鞋底，走起来非常吃力。最初向左登，接着向右登。转过两次弯之后，喜兵卫停在弯道处，手握住刀站在了原地。

有人从上面下来了。

——是义十郎吗？

他这样想着。然而从雾中走来的人是繁野兵库。喜兵卫张着嘴，茫然地看着繁野蹒跚着走过来，虽然是极其短暂的一段时间，但他感觉兵库的样子像是在梦里看到的人一样。很快喜兵卫就向那头跑过去，在霜柱上膝盖打了滑，站起来又打滑，两只手也沾满了泥。

兵库在看到他之前倒下了，发出低低的呻吟。这不足二十尺的距离，喜兵卫浑身沾满泥土，几乎是爬着登上去的。

"家老大人，"他喘息着，看着兵库呼唤道，"您怎么了？家老大人。"

"我解决好了。"兵库从齿缝中挤出这句话来，"我想自己亲手解决，不想脏了别人的手。"

喜兵卫猛然皱起了脸。从兵库身上散发出血的气味，仔细一看，他压着一边腹部的手上有血渗出来。

"让我看看您的伤势……"喜兵卫说道。

"不要紧，不是重伤。"兵库用沉稳的声音说道，"那个胆小鬼，从雾里跳出来，突然刺向我，刺得不深，也没有伤到要害——那个蠢货，看清是我之后，颤抖着说搞错人了。"

"必须为您止血，请让我看看伤口。"

"叫医生比较快。我现在变成这副样子了，不好意思，拜托你去叫马场旁边的佑石过来，顺便叫他备轿。"

"但是您一个人留在这里没事吗?"

兵库微笑了一下："次永，仁兵卫他只是遵照了我的吩咐，你不要责怪他，好吗?"

果然是这样啊，喜兵卫想着，回答他"好的"，便起身了。

"那个胆小鬼。"兵库喃喃自语道，"居然颤抖着说搞错人了，……真是个可悲的家伙。"

喜兵卫看到了，从兵库牢牢紧闭的眼角，流出了泪水。他迅速扭过脸，朝着湿滑的坡道向下走去。

(《ALL 读物》昭和三十五年三月号)

图书在版编目（CIP）数据

町奉行日记/(日)山本周五郎著；陈晓琴译.-上海：上海文艺出版社.2020

(山本周五郎文集/魏大海主编)

ISBN 978-7-5321-7503-1

Ⅰ.①町… Ⅱ.①山… ②陈… Ⅲ.①短篇小说－小说集－日本－现代

Ⅳ.①I313.45

中国版本图书馆CIP数据核字(2020)第091387号

发 行 人：毕　胜
责任编辑：崔　莉
封面设计：陈奥林

书　　名：町奉行日记
作　　者：(日)山本周五郎
译　　者：陈晓琴
出　　版：上海世纪出版集团　上海文艺出版社
地　　址：上海市绍兴路7号　200020
发　　行：上海文艺出版社发行中心
　　　　　上海市绍兴路50号　200020　www.ewen.co
印　　刷：杭州宏雅印刷有限公司
开　　本：787×1092　1/32
印　　张：11.5
字　　数：218,000
印　　次：2020年8月第1版　2020年8月第1次印刷
ＩＳＢＮ：978-7-5321-7503-1/I·5970
定　　价：248.00元（全六册）
告 读 者：如发现本书有质量问题请与印刷厂质量科联系　T:0571-88855633

日日平安

山本周五郎文集

[日]山本周五郎 著

谢志宇 译

上海文艺出版社
Shanghai Literature & Art Publishing House

悦阅
YUEYUE

萤火虫放生	161
幺儿	195
屏风折叠	241
桥下	261
青年摄津守	281
失蝶记	321

目 录

城中霜 1

水户梅谱 25

不撒谎 47

日日平安 67

蚬河岸 115

日日平安

城中霜

一

安政六年[1]十月七日早上，扫部头[2]井伊直弼破例早早地来到城内[3]，八点走进他的办公房。这是当年最初的寒晨。大老[4]的房间在老中[5]房间的右边，四周由太鼓式拉门[6]围着。房里放置着被称为御间焙的大火盆，座位旁还有烘手的火炉，但清晨刺骨的寒气充斥了房间，手指脚趾冻得生疼。

然而寒冷不仅因为寒气。平常热闹的若年寄[7]房间此刻也死一般沉寂。胁坂安宅、太田资始、间部诠胜等人在老中们的房间一字排开，此刻也是悄然无声，安静得如同碎玻璃角一般尖锐。后来被称为安政大狱的大疑案，这会儿

---

1 安政六年：即1859年，时值江户时代。
2 扫部头：江户时代的官位名，从五位下。扫部是专门负责宫中的清扫、典礼准备的机构。扫部头即该机构的长官。
3 城内：此处的"城内"指的是武士居住的城楼内。至今保存完好的城楼有大阪城、名古屋城、熊本城等。
4 大老：江户幕府时代辅佐将军的最高职位的官员。统辖幕府的所有事务。地位在老中之上，只设一人。
5 老中：江户幕府的官职名，负责统领全国政务。在大老未设置时是幕府最高官职。规定人数为四至五名。
6 太鼓式拉门：内心空隔着的双层式拉门。
7 若年寄：江户幕府的官职名，地位在老中之下。又称"少老"。辅佐老中，参与幕府政务，统辖管理旗本和御家人。规定人数在五名左右。

正步入尾声。平常急忙进进出出的一大群同僚、僧人们，此刻个个脸色苍白。擦肩而过的老中以及年轻武士眼睛里也流露出不安。间部诠胜、胁坂安宅的面前摆满了装书用的箱子，折扇（插在整理好的书籍内搬走）车水马龙似的在眼前晃动……这些令人眼花缭乱的繁忙，在极度压抑的静寂中一遍遍重复。但即便如此，老中的房间里暗流涌动，仿佛大树即将被不可见的旋风搅动一般。

在隔着拉门的房间里，井伊直弼皱着眉头，不时地摆弄着右边的衣领。多脂肪而肥胖的他，两三天前衣领处长了粉刺，衣领摩挲令之不快，所以常用手去揉搓。皮肤上生有这种红豆般大小的脂肪块，每次用手指去按只觉钻心的痛，但他也从不叫一声。钟敲过九点。不一会儿，同僚来报町奉行因幡[1]守石谷穆清到……直弼颔首，把靠近自己的火盆往外推了推。因幡守穆清脸色苍白，痉挛表情。他走到大老面前坐下，四周寂静——年轻武士的房间、老中的房间以及走廊的各个角落顿时显得更加沉寂，寒气笼罩。

"宣判的罪人已处刑。"

"……辛苦了。"

"饭泉喜内、赖三树三郎。"

说完穆清紧闭双唇，浓眉下一双大眼的直弼傲慢地看

---

1 因幡：日本古国名，相当于今鸟取县东部。

了看穆清，随即不再多言。但这种令人窒息的沉默不一会儿就被直弼意味深长的声音打破。

"就他俩吗？应该还有一个的。"

"……"因幡守低头垂目。

"越前[1]的桥本左内呢？"

穆清抬起头来，嘴唇颤抖。

"今晨判了死罪。此前已判桥本左内发配远岛。莫非有误……"

"死罪！桥本左内是死罪！"直弼厉声说。

穆清一脸绝望地退了出去。急促的脚步声唤起老中、年轻武士以及屋里所有人的注意。他的身姿消隐后，直弼把火盆往跟前挪了挪，高声命令：

"哎！把茶端来。"

送茶进来的是直弼平时喜欢的青年，今天好像换了个人似的惶恐不安，端茶的双手明显在颤抖。直弼一边喝茶一边怒视着天空。他感受到巨大的压力，强大的、可怕的、无形的敌手令之窒息，他扩了扩宽阔的胸膛。

十点稍过，因幡守穆清再次来报。这次平静了一些，却让人觉出一种虚脱似的无力感。

"左内已被处刑。"

---

1 越前：古代日本令制国之一，又称越州。其领域大约为现在福井县的岭北地方及敦贺市。

4

"……辛苦了。"

"临终前叫人感动。他从容吟诵了辞世诗,平静地微笑着视死如归。""是吗?是那样吗?……从容赴死……"直弼想打断对方的话,似乎有不堪忍受的憎恶,低声哼道:"带着微笑……还吟咏什么辞世诗。他不配……他不配这样。"

"堪谓壮烈赴死。"

穆清说着退下。直弼那轻蔑的表情久久挂在脸上。他嘴里不住地嗫嚅……微笑、从容、视死如归,他肥厚的嘴唇扭歪着,显得极不愉快。然后又抬起手去揉衣领处的脓包。他咬着牙使劲揉着,粗眉毛拧成了一团。

二

因幡守穆清走出井伊直弼的办公房回来后,牢狱官石出直胤正等着。

"……结果怎样?"

"没说实话。"穆清一吐为快似的说,"……我说桥本左内从容吟诵诀别诗含笑赴死。我想让大家都听到并了解这一点。"

"我就是那么想的,反正大家没有说话。"

"那样的人物,我相信他不会再眷念俗世。我奇怪的是大老的态度,一副大惑不解的模样。"

"有什么难言之隐吧?"

"我说左内面带笑容从容赴死时，他脸上显出极不愉快的表情，嘀嘀咕咕地说匪夷所思。……我说他吟咏辞世诗、视死如归时，他的表情异常难看。"

"莫非他了解到事实?"

"可能。反正难以形容，那种异常的表情无法理解。"

直胤把话题转到待要请示的事情上。

"实际上……已经有人来收左内遗骸了。"

"让他们收拾吧。什么人啊?"

"自称石原甚十郎，还有其他三人。说是和越前家有干系。"

直胤说完惶恐不安地退出。

穆清那天不当班，下午三点一过他便乘轿离开了衙门。本想救桥本左内一命，但自己力不从心，未能实现，他觉得责任都在自己身上。吉田松阴、小林民部、赖三树三郎、梅田云浜，还有许多志士直接反抗幕政，处于风口浪尖上。桥本左内与他们不同。他虽是尊王论者，但同时又主张佐幕和开国。他的主张最稳健、新颖超群——为完善日本的国防，他主张须关注中国东北到蒙古一带。为此必须与俄国修好。

左内的这一观点作为试行方案之一，在幕府的外交策略中日益彰作用。比起与不接壤的英、美、法等国联合，更迫切的是与随时可能大兵压境的俄国建立同盟，密切关注中国东北和蒙古。这是何等合理且紧要之事，与诸多有远见之士不谋而合。

穆清从前就倾倒于左内的《日俄同盟论》，确信终有一天被采纳为幕府的外交策略。然而今天左内被判了死罪。原本判的是流放远岛呀！改判为死决的判决一出，穆清一脸茫然，不知如何是好。

穆清也察觉到在老中和年轻武士中不满情绪暗流涌动着，说判决判得过重。所以在饭泉喜内和赖三树三郎被处刑之后，向井伊直弼汇报执行情况时他有意不提左内名字。倘井伊直弼没再追问，他便可让左内流放远岛。像这样利用法律上的漏洞刀下救人的事情，迄今也有过一两例。穆清也打算钻这个空子却未能得逞。他的苦心不仅付诸东流，而且更痛苦的是他必须在刑场目睹整个执行过程。对武士来说，这比他以往所经历的任何事情都痛苦且残忍无比。

感到心痛和痛苦的绝非只有穆清一个。当时在刑场的人，有的惊愕，有的咂舌，有的明显表示出轻蔑。当时的情景现在还历历在目。空旷至极的刑场、断头刀下左内的身影以及官吏们动摇的表情……留恋！穆清只是猜想着左内的内心，就感到难耐的痛心与愤怒。

当时，牢狱官和手下卑微的狱卒也在现场。实行介错[1]

---

[1] 介错：为了解除切腹自杀者的痛苦，帮助切腹者砍下脑袋，或者补上一刀致死称之为"介错"。

的人不是负责行刑的官员，而是特意从外藩请来的武士。不管左内是否还眷念着尘世，作为武士应是早有觉悟。即便假装，也要做得像武士那样从容赴死。爱惜名誉，赴死的一瞬更须证明武士的价值。穆清在轿里反复思索着这个问题。到家已是黄昏。他十天才能回一次家，妻儿都出门迎接。还来不及坐下来喘口气，就有仆人来报："有一个自称是桥本左内亲眷的人来访。"

三

一听说是左内家亲眷，穆清立刻吩咐把客人领到客厅，自己随后整整衣冠来到客厅。来者是个二十出头的姑娘，从发型看得出是出身武士家。浅黑的脸颊上透着矜持，红润的唇际显现着姑娘的俊俏又有几分忧伤。她是福井藩士、喜多勘藏的二女儿，叫香苗。

"你找我有什么事吗？"

"有个实在失礼的请求。左内原本判决流放远岛，后却改判死刑。想知道其中原委，还有他临死前的一些事情。"

"为何要来打听这些？"

"有人告诉我，只有您知道事情的真相。"

穆清脑子里闪过两三个人，想到可能是石出直胤。

"那，你是左内先生的……"

"堂妹。"

穆清看见姑娘说完低着头的眼里迸发出燃烧的火焰。这火焰只在眼里而难以察觉,需要凭着自己的感觉,但穆清还是感到了一阵阵揪心般的疼痛。

"改判死罪关乎政治,我无权评判。只能说说临终前的情况。"

"……好的。"

"左内先生在狱中度过的每一天实为楷模。虽说总会下达裁判,但他照例忙于《资治通鉴》的注释和著书论教,还写了狱制论等文章。这些都是一代先哲的见识,值得大力推广。……感动于先生的为人风采,年轻的看守们个个敬佩先生。因此在狱中,先生备受礼遇。"

姑娘双手放在膝盖上,一直闭眼垂首,聚精会神地听着生怕漏掉一个字。

"今晨下达了死罪令。"穆清慢慢地接着说,"牢役叫他出来,左内先生慢慢从座位上站起身,走到牢门口。牢门三四尺,无论怎样不怕死的汉子,判死罪走出牢门时,缩紧身体也会撞到牢门上。但左内大人沉着镇定,连衣服都没碰上门,嗖的一下就出来了。看守们都呆了,佩服得五体投地。"

这件事情是他直接从石出直胤那里听来的。然而,姑娘并不像他所期待的那样表示出感动。

"走出牢房,从春狱侯那里拿到新衣服,上下身都换成礼服。……这个不用说,过去没有先例。可知左内大人受到了怎样的礼遇。"

"……感激不尽！"

"之后就带到了刑场。"开口的穆清皱了皱眉头又说，"似乎早有觉悟，拿过早已备好的笔墨写了辞世诗，然后面含微笑，潇洒、安静地走上刑场。行刑者也不是牢里的，而是从外藩选来的武士，不愧是一个豪杰。"

"请等一下！等一下！"姑娘突然抬起头说，"也就是说，写下辞世诗后，面带微笑从容赴死。是吧？"

"这就是那首辞世诗。"

穆清没有回答她的反问，只是从胸前口袋里拿出折好的纸片交给了姑娘。姑娘稍微后退了几步，静静地打开了纸片。皮肤光滑的一双手在抖动。

苦怨难洗恨难禁，俯则悲伤仰则吟。
昨夜城中霜始陨，谁知松柏后凋心。

姑娘看着纸上的诗，圆腴的肩膀上下起伏。

香苗很快离开了因幡府。冬日短暂的白天之后已届黄昏，街上的灯已经全亮了。估计今夜又会很冷。没有风却空气寒冷，脚下升起的寒气钻心刺骨。走在街上，香苗双手紧紧抱在胸前。怀里揣着的诀别诗里有左内的一颗心，不能让它感觉到寒冷。来到十字街头，到处都是灯火通明的商家。街上往来的人们因寒冷而缩紧脖子，仿佛被追赶似的匆匆擦肩而过。——奇怪！这是一种完全出乎意料的感觉，像刺一样堵在心里。——自己仔细听取了穆清对当时情景的描述：左内大人刑场上视死如归、大义凛然。左内大人到底是个什么样的人，香苗自认是最为了解的，此刻却感到无法理解。

四

香苗和左内相差三岁。两人都出生在福井，堂兄妹，加上住得近，所以从小就经常在一起玩耍。左内个子不高，是个皮肤白皙、眉清目秀的美少年。他话语不多，性格温和，像优雅的少女一般。由于父亲长纲是当地的藩医，他因此很早就接触到文学并显示出非凡的才华。十五六岁时在福井藩，说起他的名字无人不晓。

香苗至今还能清楚地回忆起当年的事情。当时，左内已入福井大儒吉田东篁门下，每天从位于常盘町的家中走去上课。他老是皱着一边的眉毛，左手抱着书包，独自静静地走着。白皙的脸上总带有浅浅的、莫名的忧伤，蓬乱的头发中竖起两三撮，给人以凄凉之美的印象。香苗十二岁（虚岁十三）时的初夏，侍女陪她去买东西回来的路上，在幸桥筋正打算转弯时，看见左内朝丰岛马场方向走去。停下来再仔细一看，有五个同龄的少年，前后拉开距离，像是护送一样将左内夹在中间走着。这些少年正是黑势力

"青龙组"的人，那时在城里无恶不作，臭名远扬。见状，香苗打发女佣先回去，自己则跟在他们后面看个究竟。

一行人来到马场外的杂木林里，迅速将左内围在中间。左内看了看后说了些什么，但从香苗藏身的地方是听不到的。接着一个叫莳田金五的少年大声叫骂起来。骂左内不是男子汉，白生生像个娘儿们。骂完后又说左内和喜多香苗两人之间肯定有那些事等。香苗全听清楚了。虽然有些话，香苗也不懂其中的含义，但她感觉得到话中包含着令人感到耻辱的、罪恶深重且自己被突然窥视的意味。羞耻和悲愤令之浑身颤抖。

左内用平静而响亮的声音说道："一派谎言！毫无根据的事情，你们不能乱说。我自己是男人倒无所谓，对女孩子却是事关重大的名声问题，你们必须收回刚才的言语。"——"没有必要。"金五话音未落，左内迅速拔出了刀。看到这一情景，少年们顿时四下逃窜，唯有金五被刀尖逼得不敢动弹。——"金五！收回你刚才的话。"依旧是平静的语调，但眼里喷射出的烈火直射到对方的脸上。

香苗至今也不能忘记当时的感动。平素像个女孩子弱不禁风、从不发脾气的左内，竟为自己拔刀相向。被他这种必死的气概所折服，金五收回了刚才的虚妄之言。但对香苗来说，这还不是她最为感动的地方。她感动的是左内为自己的名誉拔刀相向的坚毅的态度。只有这样的态度才能够洗刷自己的一切耻辱。

左内十六岁时，拜绪方洪庵为师只身去大阪学习西医和兰学。分别之际，香苗瞅准只有两人的机会表达了歉意——因为自己，左内陷入到困境中。由于迄今为止从未提及，左内最初还摸不着头脑，直到香苗说出看见他与别人争执的整个过程后，左内才显出些许腼腆，忙把目光移向了别处。这样一来，香苗倒有了几分尴尬，耳根烧得通红跑开了。

此后第三年，因父亲去世，左内回到家乡参加葬礼。直到二十一岁时的春季才又去了江户。这两年里，左内频繁拜访喜多家，常常和香苗的哥哥勘一郎一起谈古论今。那时他已继承父业做了藩医。此外他还重视外科手术、牛痘接种、人体解剖等新兴的医术，常常给同辈的医生们讲授西医知识，渐渐有了声望。可是未及与香苗促膝交谈，又为学业去了江户。

第三次回到故乡已二十三岁。过去两年在江户，他改变了人生的方向。他结识了藤田东湖和安井息轩，还结交了西乡吉之助，迈出了身为革命志士的第一步。同时，他得到藩主松平春岳的赏识，被其视同左膀右臂，常与铃木主税、中根雪江等老臣一起共商国家大事。……香苗见到左内是在他回乡、开始管理藩校明道馆后不久的事情。香苗从哥哥那里听到了左内的一些传闻，想象不出他到底发生了怎样的改变，但见面后却惊奇地发现还同过去一样。

五

说话还是那样四平八稳,依旧像个女孩子一样温柔,举止行为也十分安静。——见面后香苗夸奖他现在大展身手时,他还像过去那样,微笑中带有几分忧伤地说:"谢谢你的夸奖!现在连读书的时间都没了,总觉得少了点什么。"

他的语调、悲伤的微笑等,过去就深深地刻在香苗心里,现在依旧如此。抱着书本上学的样子、与金五满脸通红争斗的样子,不!比什么都要紧的,他还和两人亲密无间、愉快玩耍的幼时一样,样子丝毫都没有改变。在香苗眼里,左内就是这样逐渐长大。事务繁忙使他白皙的脸上带有一些疲倦,但红润的脸庞、小巧灵活的身躯加上静静的举止,如今还是女性化的。但同时在其筋骨深处,却藏有一股像地热一样,强韧的、不屈不挠的意志力。就如上次他拔出刀来,一人同青龙组五个小流氓对峙一样,一种毅然决然的刚性令人敬仰。

翌年,左内二十四岁又去了江户。临行前给香苗留下了片言只语:"下次回来就……"这就是两人的最后一次相见,也是香苗听到的最后一句话。……左内到底想说什么呢?他当时说话的表情好像是说,下半句就无需再说了吧。

——我等你平安归来！香苗仅是这样回答就感到满足了。然而，左内再没有回来。局势渐渐险恶，他毅然投身于社会的怒涛之中。

　　香苗什么都不知道。她心中装着的依然是幼时的左内。她静静地等着他归来的日子。即使后来听说左内被幕府官员审问，最终被逮捕时，她也只是想着不会影响两人的约定。后来她和哥哥勘一郎一起来江户的路上听说左内要被流放远岛，香苗还是相信左内总有一天会回到自己的身边。

　　香苗和哥哥三天前就到了江户。他们打算在左内流放前为他送行。然而左内突然又被加上死罪被处斩首。听到这一消息，香苗起初目瞪口呆。左内为何会被判如此重的罪刑？后来一种强烈的愿望催促着她：弄清左内是怎样面对死亡的。打听到的结果更使她相信，如今的左内已完全不是过去的左内了。从容赴刑场、高唱辞世诗和视死如归，在香苗心中根本找不到这样的豪杰的形象。……完全错了！简直判若两人。

　　"这不是香苗吗？"

　　有人突然从背后叫自己，香苗一惊。停下脚步，原来是哥哥勘一郎。

　　"从穆清家出来？"

　　"是啊。"香苗镇静地答道。

　　"走路要集中精神。瞧，已走过大门了！"被勘一郎这一说，香苗才注意到自己已走过藩邸门口二三十步了。勘一郎似乎马上就察觉到妹妹的心情："我也刚回来。进去吧！"自己先自走了进去。

他和石原甚十郎等人一起去刑场搬回左内的尸体，暂时埋在千住小冢原的回向院里，然后就自己一人回来了。藩邸内喜多家里早已聚集了十多个年轻人，其中包括莳田金五。

"怎样？遗体都还完整吧？"

"同意我们领回了吗？"

看到勘一郎回来，在家等着的人都一起凑了过来。

"遗体已经收拾好了。"勘一郎把冰凉的手放在膝盖上，接着说，"官员们已做到仁至义尽。特别是监狱奉行石出大人，应我们的请求，从左内在狱中的起居到赴刑场的最后时刻，都对我等做了详细说明。"

"就是说左内的待遇也不差。"

"是穿上将军下赐的新衣被斩首的。据说监狱创建以来没有此等先例。左内吟诵辞世诗，含笑赴九泉。在场的人感叹不已。"

"这样就好了。但……"円锷藤之进插话说，"但已经判了流放远岛，为何突然改判死罪，而且连半天的工夫都没有耽搁就执行了。这其中的原因是什么？"

六

"这已经很清楚了。"金五颇有把握地说道,"与建储问题有关的人都要铲除干净。这一定是井伊扫部的指示。甚至连御三家的尾张庆胜公、水户齐昭公,都被警告要隐居,不要抛头露面,对不对?杀左内,实际上的目的在于威胁、恐吓福井藩。"

"是的。是井伊扫部的人行刑的。"

"作为勤王志士,他杀了梅田,杀了松阴,杀了三树三郎。斩杀了以小林民部为首的许多人。同时在建储问题上他一扫御三家的威风,惩罚诸侯,接着又杀了安岛带刀,杀了左内……他对准将要毁溃千里长堤的蚁穴,亲自操拿锄头深挖狠打。他为倒幕挥舞铁斧,他正是倒幕的罪魁祸首。"

当时,围绕着十三代将军家定的继嗣问题,出现了一桥派拥护的庆喜和纪伊派拥护的庆福两个候选人,随即引起两派争斗。继嗣问题与签订通商条约一样重要,须经天皇下诏才行。幕府执意立庆福,对推举庆喜的一桥派大肆弹压:水户藩的齐昭受到责难而隐居,儿子庆笃则被要求闭门思过;尾张的庆胜同样也被迫退隐,松平春岳也是如此,水户家的家老安岛带刀切腹自杀。诸如此类,牺牲者不计其数。左内也被收入这一事件张开的大网中。"不管怎么说，井伊大老正是倒幕的祸首。"

这种严正批判风格的言语更加激起了在座同人的情绪。

"喜多，你或许不知道吧。"円锷藤之进突然想起什么似的，"左内与萨摩的西乡吉之助结成好友的时候，还有一段趣闻。"

"这段趣闻让我来说……"

"还是我来说。你讲话啰唆不得要领……是这样，左内初次拜访西乡时，他正在庭院与一群年轻人玩相扑。左内就坐在一边看。"

"吉之助光着膀子……"

"你听他讲！"香苗端来茶水，坐在角落里听。

"初次拜访的寒暄过后，左内正襟危坐，想听听吉之助对当前时局的见解。但吉之助根本无心讲这些，他调侃说：'你看，我每天只和一帮年轻人玩玩相扑而已，没什么能耐。见解什么的我不懂。'据说那天他一句话都没说。"

"但到了第二天……"

"你别插话。左内回去后，吉之助才知道他是个了不起的人物，第二天又慌忙火急地跑来拜访左内。"

"哎，石原回来了。"有人打断话说道。

留在回向院继续处理一些后事的石原甚十郎同另外两人一道回来了。三人坐定，围成的圈子自然又扩大了一些。

"你们辛苦了！事情全部办妥了吗？"

"基本办妥了。但是……我听到一些不太好的消息。"

甚十郎黑黝黝的脸上刻着深深的皱纹，棱角分明。他还来不及喝一口香苗递过来的茶水，缓缓地吸了一口气。

"你说听到有不好的消息？"金五抬起头来问，"寺里做了什么欺负你们的事儿？"

"不是的。"甚十郎睁大眼睛，"说是左内哭了……"

"哭了？你是说……"

"把他拉到刑场，介错人举起刀正要砍时，好像这时……他掩面而泣。"

出乎意料的消息。大家屏住呼吸，揣摩着消息的真假，一片沉默……过了一会儿，勘一郎面对甚十郎，用盘问的口吻说：

"石原，你从哪里听到的？谁说的？这种无根无据的谣传……"

"那人讲得令人震惊。倘是无有根据的谣言，他又何必羞辱逝者呢？虽然很悲伤却是事实啊。"

"你听到的，细细说来我们听听。"

"那是你走后不久。"甚十郎讷讷而言，"我们给护送遗体一块儿来的老衙吏一点儿酒喝。这个你也知道……几杯下肚后老头儿有几分醉意，边哭边说听人说讲桥本左内是天下志士，在狱中就连看牢房的狱吏也尊敬他，我也打心眼儿里敬佩他。其价值盖棺亦无法定论。我真不知道左内是一个贪生怕死、号啕大哭的懦弱者。老头儿讲的。……

我们听了以后，马上揪住这家伙追问。他却马上说自己喝醉了，全是胡说八道，企图蒙混过关。但在我们的再三追问下，老头终于吐露了实情。"

"这个事实也太……"大家都默不吭声了。

七

"左内来到刑场，被带到指定的地方。"甚十郎极不情愿地继续说，"执大刀者来自某藩。他来到左内身后，举起大刀，大喊一声准备砍时，左内突然转过头来，叫道——等一下！刽子手收回刀，左内向一旁挪了几步，先朝藩邸这边拜了几拜，然后双手掩面，低声抽泣。过了一会儿，他再回原处，说道——行了！来吧。这就是我所听到的。千真万确。"

"你怎么知道是事实？"

"我已确认！那个执行砍头的某藩藩士，说好不问藩名和姓名的，我又找到这个人进一步确认。他说的与刚才老头儿说的如出一辙。"

谁都没有再插一句话。甚十郎眨了眨眼睛继续说：

"石出带刀那样告诉我们是出于武士之间的情谊。据下级武士说，石出要求在场的人——不准外传左内哭泣之事。我听说在场者均尊重左内，包括町奉行在内。但左内为什么会哭呢？"

"毕竟是个穿长袖的[1]哪!"方才一直把手交叉放在胸前、一声不响的金五厉声插言道,"有才、出身中医世家,前几年又学了外科手术还会种牛痘。这种整天药匙不离手、背着药包四处行医者,自然不谙武士死法。"

"你可以这样认为。但作为志士中普通一员,他应该清楚自己的死意味着什么。所以他不可能不知。"

"是啊!桥本左内被斩首并不是个人的原因。它关系到福井藩士的名誉,关系到全国志士的名誉问题。"

"但是,总感到这不像是事实。"

"住口!正如莳田所言,他是一个穿长袖衫的人,身上不带有武士所倡之自豪。即便如此,临死前哭泣也被看作一种不成熟,为什么要哭……"

"等等,等一下!"坐在角落的香苗平静地说。争执不下的房间顿时变得安静起来,大伙儿一起把目光投向了香苗。她脸色苍白,嘴唇抽动着,仿佛在诉说心中的怒火。大伙儿看着她这种表情,诧异地正襟危坐。

"我听了石原先生所言。"香苗尽量用平静的语调说,"我也听了各种批评意见。但左内先生的哭泣果真是贪生怕死、奇耻大辱吗?……大家知道,左内先生的确生长在医生世家,但是一旦到了紧急关头,他绝不是一个贪生怕死的人。这一点莳田先生是很清楚的。"

---

[1] 穿长袖的:指不是武士,是文官、僧侣、医生等。

金五吃惊地看了看香苗，马上好像明白了什么似的，深深地埋下了头。

"大家都在非议左内哭泣，但含笑赴死就一定是勇者吗？殊不知，那些犯了强盗杀人罪而被斩首的流氓无赖，许多都是笑嘻嘻地嘀咕着什么走向刑场。他们难道是真的勇者吗？"香苗拼命地抑制住悲愤，吸了一口气继续说。

"我听了大家说的话——左内先生让执行者收刀，朝藩邸这边静静膜拜低声抽泣。然而大家司空见惯的是，只要上了刑场就号泣呀、大喊大叫呀。这一点三岁的小孩儿都知道。相反，为这个国家效忠尽力之人，你们认为临死前的哭泣会是惋惜生命吗？会是因为懦弱？强盗无赖下贱之人都能笑面赴死，何况左内先生？有谁能有这般勇气，按下断头的屠刀，独自安静地掩面而泣！不是想念家乡而痛苦，也不是留恋家庭而痛苦。我知道！既非卑怯亦非懦弱，相反那是令人敬畏的、真正的武士因为珍惜生命而流下的泪水。我很清楚。"

说完香苗"哇"的一声放声痛哭起来。在座的每一个人都埋下了头，有些人还用手抹着眼泪。香苗哽咽着站起身来。

她跑出客厅，径直逃进自己的房间，靠在小桌子上，抽动着身子哭泣。香苗想这次自己真切地触碰到了左内。因幡守说到左内笑面赴死时，香苗怎么都无法与生前的左内联系起来，反倒是觉得那是一个陌生人。但此时左内又恢复了过去的英姿。现在才是真的左内。

——左内先生，你是一个没有任何掩饰的人，真实地生又真实地死。你再也不会从香苗的心中消失了。

香苗小声地对左内说着，一边从胸前的口袋里掏出他写的辞世诗，看至第三句的时候，哽咽着静静地吟诵道："……昨夜、城中、霜始陨。……昨夜城中霜始陨……"

日日平安

水户梅谱

一

宽文[1]五年秋季的一天，在德川光圀位于水户的公馆里，来了一个贫穷的浪人，说想在府内谋个职位。棉布的衣服、裤子尽是补丁，但看得出洗得干干净净，折叠的印子清晰可见。来者年龄三十二三，一脸劳作艰辛，但有舒展的眉头和一双大眼，月代头也剃得光亮。身为管家的铃木主税接待了他。

"原谅我不便说出先前主君的名字！"他诚恳地说，"我原来在奥州[2]某藩效力，名叫五百旗五郎兵卫。前不久藩内换了主君，我也成了流浪之人。为此到府上，想在此当一名武士，侍奉主公。请您接受我的请求吧！我愿意从打杂等粗活儿干起。请您考虑一下吧！"说完，他双手伸直到膝盖处，低头不语。主税心不在焉地听着。光圀继承水户藩业是宽文元年。他从小就因淳朴的行事风格名扬四方。现在就要接任水户的二代宰相[3]了，仰慕其为人想跟随他做一名武士者络绎不绝，真格应接不暇。如果光是这样也还好，还有一些浪人借口来府上效力，实际上是想

---

1 宽文：指1661年到1672年间。这个时代的天皇是后西天皇、灵元天皇。江户幕府的将军是德川家纲。宽文五年即1665年。
2 奥州：现日本福岛、宫城、岩手、青森四县的古国名。
3 宰相：指古代日本的参议。

得到经济上的帮助。近期来府上的这类人为数不少。所以，对于那些来路不明的人，往往是给点儿银两打发。

"幸好我有个儿子。"浪人过了一会儿又说，"他还小，八岁。性格好身体也健壮，想来不久也可到府上效力。实在有些厚颜无耻，届时也请您收下吧。"心不在焉的主税这时睁大了眼睛。迄今为止，来府上请求效力的武士，大多是展露自己的才能，战场上的勇敢、超群武艺或文才字画，没见过夸自己儿子的。——这家伙到底是不是诚心诚意想来府上做事呢？主税掉过头半信半疑地看了看他。浪人依旧一副认真的样子，虽然看上去有些不安，但仍然保持先前端正的坐姿。"你等一下。"主税站起身来走进里面的房间。

光圀正在和手下下围棋。那时他三十八岁，正值壮年期，少了几分后日老时的圆熟，也不像后来当上水户名宰相后街头巷尾一片赞誉。因自幼生长在水户的豪门贵族家庭，英俊潇洒、足智多谋，另一方面又有任性独断的一面。听完主税的话，光圀低头一直盯着棋盘，说和平常一样给些银两打发他走。主税听后退下，包了一些银两又回到浪人等候的房间。浪人非常失望，脸色苍白，一个劲儿地叹息，半天没有说话。主税说："很抱歉，这里没有适合你做的事情。你大老远跑来又让你回去，我们也不好意思。希望你到别处去看看，找到更能发挥你才干的地方。这是主人让我交给你的，不多，还请笑纳。"说完，把装有银两的小袋递给了浪人。

"我之所以想来府上做事……"五百旗五郎兵卫说道,"完全是因为相信府上大人能给我一个机会!如果府上没有适合我干的事,我在这个世上也没有什么指望了。府上大人的好意实在不敢当。这些银子我不要。"

"这是我们主人的一点心意,你收下吧!"

"不,这个坚决不收!不过另有一个请求,能否借府上院子一用?"

"你借院子干什么?"

五郎兵卫谢过后径直从旁边的小门走了出去。他要做什么?主税皱起眉头一边猜测一边收起装有银两的小袋,拿着它正准备起身往里走,忽然听到门卫慌乱嘈杂的声音。主税直觉到外面出了事,急忙顺着吵声跑了过去。在后门旁,浪人五百旗五郎兵卫已扑倒在地。他切腹的做法显然十分标准。主税感到"嗡"的一下,脑子一片空白,呆呆地站在那里,一动不动。

二

"什么?切腹自杀了!"

光圀转过头来一脸诧异,又看了看主税苍白的面孔,两根手指间夹着的棋子"咣当"掉在地上。

"说是除府上以外,就没有可以效力的地方了。府上大人说这里没有适合自己干的事，那么这个世上也没什么指望了。我想他是想到这些才走上绝路的。"

"这样绝望的表情脸上看不出来吗？"

"确实一点都没看出来。"主税惭愧地低下了头，"给人的感觉就是穷，好像一贫如洗似的。加上又说到儿子的事，就让人觉得好像是父子俩合伙来乞讨一样。"

"说到儿子，这又是怎么一回事？"

"一般来说，这种时候都是显摆自己有何等武艺才能，可他却一个劲儿地说什么自己幸好有个八岁的儿子，性格也好身体又健壮，将来也一定能够在府上大显身手等等。"

光圀皱紧眉头，脸色沉了下去。仿佛人的良心被利器刺中了似的，表情痛苦不堪。紧皱的眉头使额头平添了几道皱纹，颤抖的嘴唇像在表白内心的责备。

"是吗？他说幸好自己有个儿子？"光圀用自责般的口气说道，"不提自己的才能而夸自己的儿子，言下之意是这样的我还有一个儿子。……对这样一个人，我竟给他一点银两打发走。"

"不，不，不！这一切都是小人的错。"光洁的地板像镜子一样，主税在地板上匍匐，仿佛戴了头盔面具一般。

"人真是浅薄！"光圀又开口说，"之所以无法看透一个人的心，是因为迄今为止见过了世间百态，便自以为能看透人心表里。如果这个都无法意识到的话，只能说是浅薄。"

陪他下围棋的年轻侍从不知何时也垂下了头。光圀闭了一会儿眼睛，然后抬起手擦了擦眼角。

"这个人说他叫什么名字？"

"说是五百旗……什么的。小的惶恐，一时也没记住。"

"他说有孩子，那么城里一定有家属。张贴寻人启事吧。另外，报告町奉行。"

主税立即退下。

五郎兵卫的尸体被郑重地搬移到房间里。公告栏处也及时贴出寻找五百旗家属的告示，町奉行也派出了人手，去城内各个角落寻找。但是，既没有条件相符的人站出来揭榜，四处寻找的那一伙人也一无所获。第三天，五郎兵卫的尸体火化下葬，光圀出钱为他举行了祭奠。男子说他有个儿子，那么家属肯定就在这附近。对此深信不疑的光圀此后仍不放弃四处寻找。后来他去江户任职，走时还反复叮嘱手下继续寻找。

话说五百旗五郎兵卫自杀的那天黄昏，在城内西南处有个千波原郊野，到处是树林和荒地，郊野一角，有一栋四周用竹子围着的破烂屋子，里面的母子二人正静静地听着黄昏时分传来的六声钟响。母亲二十六七岁，凛然严肃。虽然生活贫穷，浑身上下却透着素雅和稳重。在她前面的少年约莫八岁，正处在长身体的时候，四肢晒得黝黑而健康，额头长得像母亲，年幼但稳沉，紧闭的嘴唇显示出他坚强的意志和刚烈的性格。

远处传来的钟声敲打了六下，余音缭绕，渐渐消失在萧瑟的郊野。母亲端坐，等到余音消失，便安静地说道："小次郎，到这里来，收拾准备！"随即站起身来。房子的屋顶和墙壁已经腐朽，看上去如看林人的房子一般简陋。在一间徒有四壁的房间里，母亲小心地给孩子换好了衣服。土布衣服，上面却有家徽。接着再穿上裙裤配上腰刀。一切准备就绪后，母亲整了整自己的衣服。母子俩在五佛像陈设的佛龛前点上佛灯，摆上酒瓶和土碗，双双跪下。

"小次郎，从现在起你就是五百旗家一家之主，水户中纳言府上家臣。"母亲抑制住感动平静地说。她拿过土碗放在孩子幼嫩的双手，又拿起酒瓶，往杯子里斟出的却是水。"实在有些不恰当！酒杯里就算是中纳言大人赏赐的酒。你把它喝了吧！希望你成为一名优秀的武士。记住了吗？"

儿子回答一声"明白"，抬头看了看母亲，随即喝干了碗里的水。郊野上不断刮着秋风，林鸣草曳。房屋外的竹竿像潮水一般阵阵摇动。房子里已经昏暗。从残存破壁的缝隙中透过一丝亮光，映照着母亲脸上的泪水。

三

"还是跟着来了。"

"哪里？啊，马队后面跟着的那个人吗？"

"肯定又是要跟到水户。"

回常陆[1]的光圀一行人走在千住大桥上,后面的几个人小声地议论着,不时还回过头去望望。……草笠拉得很低、一身旅行装束的武士跟在马队后面走着。因为戴着草笠无法看清相貌,但看得出是个年纪不大但骨骼匀称的男子。光圀不论是去江户还是回水户,他总是悄悄跟在队伍后面。不知始自何时,但队伍里的人发觉他这样已是第五回。为什么要跟着,大伙儿都不明白。本想抓住他问个究竟,但每次他都迅速地躲了起来。路途很长,大伙儿试了几次,但都没有成功。斗不过他的机敏。——真是个不好对付的男子。——到底是谁?大伙儿纷纷议论,这次还传到了离开幕府回水户的光圀的耳朵里。光圀也感到奇怪,但是对方看来并无恶意,于是早就忘在了一边。

这次回乡已是时隔日久。去年(延宝八年)家纲将军去世,纲吉即位,成为第五代将军。七月正式就任,参觐便往后面推延。这次回来光圀打算在水户官邸的周围建一座梅园。几年前他就有此想法,但每次造园计划皆因规模庞大而作罢,不了了之。这次暂不考虑规模结构,只打算把梅树简单地栽种在一起。自己拄着拐杖寻遍田园,将野外没有修剪的梅树栽种在一处。这样想想,就让五十四岁、开始步入老年的光圀兴奋不已。几天后,

---

1 常陆:古代日本令制国之一,大约为现在茨城县的大部分。

队伍一行终于踏进了水户境地。想到今天就要进城,队伍后面的人兴奋地在吵吵着。光圀坐在马上,转过头来看了看,末尾的队伍开始乱了,大伙儿好像都追什么东西去了。

"怎么回事?谁去看看!"说完,光圀继续前进。

原来队伍后面的一行人想要抓住那个神秘男子。几个年轻人合计,派几个人趁那人不注意时悄悄溜到他身后,瞅准时机将他扑倒。往前有一间没人住的空屋子,左边是栽满松树的山坡,右边是冬季开阔的田野,后面的那个武士这会儿也好像放松了警惕,跟在后面,离马车队四五十步之后的地方走着。躲在这男子后面的四个年轻人突然一起叫喊,追了上来,同时队伍后面的五六个年轻人也转过身去追赶,前后一起夹击。

那武士一下受到夹击,起初有些狼狈,接着趁前后两组还未汇合时,非常敏捷地跃起,朝左边的山坡上跑去。从后面追上来一个年轻人,捕食似的扑向他的后背,但最终只抓到了草笠。看来,陌生男子有着过人的敏捷。爬上坡顶的男子回头望了望。他浅黑的面孔、眉间透着凛然,配上一对清澈的大眼睛。他正想说点儿什么,但看到一些年轻人正爬着上坡,于是转身往松树林中跑去。

他越过山坡往左拐,顺着旱地和森林快步走起来。在日头快要落山时,他来到了千波原。十六年春秋已逝,千波原模样大变。放眼望去,昔日荒凉的土地现在到处都被开垦出来，远近的小树丛炊烟袅袅。他疾步走下山坡，径直走向曾被竹林围着的简陋小屋，看上去也彻底变了样。依然是过去的房子，但经过修整显得坚固扎实，杂屋、库房、马棚等也盖了起来。房屋四周扩宽许多，屋后种上了梅花、柿子和板栗等果树。房屋的周边，水田、旱田一一排列，工整有序。

跟在光圀队伍后面的年轻人此时正立在门口，当年年仅八岁的小次郎现在已经长大。他继承了父亲的名字，也叫五百旗五郎兵卫。他叫着——"母亲大人，我回来了！"边往屋里走。这时，屋里走出一个年轻姑娘，"啊"地尖叫了一声，睁大了双眼。

四

"啊，是阿梶小姐啊！"

阿梶是住在北边的邻居、农夫熊七的女儿。相貌平平但身体修长匀称，眼睛里透着天真，看上去根本没有十八岁。听到五郎兵卫的叫声，阿梶大惊失色。看见她如此恐慌的表情，他觉察到出了什么事情。

"怎么啦？阿梶小姐。出了什么事？"

"阿姨她……"姑娘吞吞吐吐地说，"阿姨她被拉到代官[1]所里去了。"

"代官所？母亲！"五郎兵卫一愣，马上又镇定下来。母亲和自己都是安分之人，至今没做过任何亏心事。这便是他镇定下来的原因。"我先去洗洗，然后你再详细地说给我听。你进来等我一下。"

五郎兵卫在屋里洗完脚，清洁身体过后回到房间，换好衣服，往佛龛上供上了香火。阿梶点亮了灯笼，便在一旁等候。

"好吧，把妈妈的事情说给我听听。"

看见五郎兵卫一副沉着镇定的样子，阿梶也平静了许多。虽然话中还有些凌乱，但她还是一五一十地说了起来。

十六年前，小次郎母子来这里安顿下来后，用已故五郎兵卫平日节俭下来的银两开垦了千波原的部分土地。当时那部分土地归地主车屋和六造所有，由于是荒地，说好租用七年。母子俩雇了附近的三名农夫，加上母子二人，终日辛勤劳作。旁人都笑他们，说千波原是公认的不毛之地，谁都不相信那里会有什么收成。雇来的农夫也只是为了赚几个工钱，别的也不多想。但是母子俩凭着近乎愚钝的努力，锲而不舍。说起来容易，可这样的劳作要面对多少困苦艰辛，没经历的人是无法懂得的。母子俩尽心尽力，

---

[1] 代官：江户时代掌管天领行政的地方官，负责收缴年贡或一般民政，多由旗本担任。

不！更多的是用心在开垦和耕作。第四年终于迎来了一町[1]水田和五反[2]旱地的收获。这一消息惊动了附近的农夫们。原来千波原并非不毛之地。于是阿梶父亲最早搬了过来。此后开荒者年年增加，到现在千波原已有七家农户，一大半土地都已被开垦为耕地。

五百旗母子先租用了七年。后因年贡少且便宜便继续租用。当然，当初作为不毛之地没人愿租，地主车屋那边自然也没什么问题。就这样边开垦边耕作，收成还可以。也许是意识到这一点，从两三年前开始，车屋就放出话来说要提高年贡。对此，农夫们表现出强烈的反对。——多亏五郎兵卫母子俩千波原才焕发了生命，否则至今还被当作荒地闲置一边。所以年贡应该依照当初的约定，没有理由现在提出增加年贡。经农夫们这一说，增加年贡的事便搁置下来了。但六造并没死心。这次他趁五郎兵卫去了江户不在家之际，又把农夫们召集起来，提出要增加年贡。

"当时车屋……"阿梶继续说，"他说了很叫人生气的话，阿姨当场发了火。五郎兵卫是中纳言大人府上的侍卫，是出色的武士，绝不会有你们这样卑劣下流的勾当。阿姨当时就这样厉声斥责了他们。"

"我母亲？"平常从未大声笑过的母亲，竟有如此刚烈

---

[1] 町：尺贯法的面积单位，1町10反，约99.2公亩。
[2] 反：尺贯法的面积单位，1反，约9.92公亩。

的一面。五郎兵卫感到十分意外。

"当时没定下来就各自回家了。然后第三天,也就是前天,河田的代官所来人说要了解一些情况,便把阿姨带走了。"

"了解什么,说了吗?"

"没有。千波原的人几次提出要一起去,但代官所那边既不答复也不放人。……今天大伙儿也一起去了,过一会儿就该回来了吧……"

"是吗?情况大致清楚了。"车屋和六造他们肯定诬告了母亲。我要把母亲救回来。同时也要把年贡的事情做一个了断。五郎兵卫琢磨着。

五

天完全黑下来后,去代官所的六个人才回来。他们弄不懂代官所答复的要领,回来后就先去了车屋那里,然后才到五郎兵卫这里来。五郎兵卫招呼大家围坐在地炉边,听取事情的前后经过。

"代官所那边是怎样答复你们的?"

"这个实在是让人听不懂。我们再三请求放人,但他们只说,我们需要调查一些情况等。"

"这样我们又去了车屋那里,结果又听到了奇怪的说法。"

熊七这么说着，环顾四周，想得到众人的首肯。

"什么奇怪的说法？"

"你们还是早些断了往来吧。他这么说的。还说如果要继续来往的话，你们会遭受惩罚的。"

"哦。那他说了为什么吗？"

"为什么倒没说。我们问了，他只是笑，反复说早点断掉为好。"

众人的话使五郎兵卫陷入沉思。就车屋的口吻可以判定母亲的厄运肯定是他诬告所致。但事情似乎又没有想象的那么简单。代官所不说明理由，里面又好像有非同一般的原因。

"对此在回来的路上大伙儿合计，就按车屋所说的那样，增加年贡吧。这样能早点了结这个麻烦。就是这么商量的。"

"先不忙着决定……"五郎兵卫打断了大伙儿的话，"让大家担心实在不好意思！定年贡涉及子孙后代，不能因为出事就草草答应。这种想法不行。我们还是再好好合计一下。"

"这要拜托你了。千波原完全靠你们母子俩的辛勤劳动才变成了良田。不管怎么样，我们都听你的决定。"熊七的话大家都表示赞同。

第二天六个人又来到五郎兵卫家。五郎兵卫心里这时已拿定了主意：车屋提出的增加年贡一事太不合理，所以要提出可以负担的最高额度。如果他不认可，就去代官所说明此事并起诉他。只有这样才公平合理。于是六人各自提出了一些条件，汇集在一起。经过三天协议，最终拿出了一份结果，五郎兵卫带着这份结果去了车屋家，但六造却始终不愿见面。他通过仆人转达了蛮横的意见：土地是我们的，作物是你们的。如果你们不能按我们定下的年贡缴纳的话，就把土地归还给我们。其他没有必要商谈了。——没办法，只能去代官所起诉，寻求公正的裁决。五郎兵卫向六造转达了己方的打算，六造却毫不在乎地说——你们随便。于是，五郎兵卫去了河田。

到了代官所表明来意后，下属禀报，并把五郎兵卫让进了屋里，听取诉状且礼让进屋，令五郎兵卫感觉意外。正当他满心疑惑时，代官井野甚四郎带着书记员出来了。五郎兵卫先认真地询问起母亲的情况。

"我们扣押着名叫五百旗安的妇人。有些事需要调查。你和这个叫安的女人是什么关系？"

"她是我母亲。"

五郎兵卫话没说完，房屋前后一下涌进十四五人，把五郎兵卫围在当中。

"你们要干什么？"五郎兵卫立马提起一条腿。

代官这时提高嗓子喊道："你也可疑。老实点儿。"

六

这天与季节不太相符的暖和。光圀带着两名侍从，正沿着千波沼西岸走。看上去就像乡村隐士一般，悠然自得。为了寻找梅树，他们出了城。上午已经发现了两棵，一棵小树一棵老树。如果能完好地移栽到城里的话，明年春天就能赏梅了。中午打算到位于河田的代官所就餐，顺便，两棵梅树的事情也请他们帮忙。当然，事先没与他们打招呼。

看到突然来访的光圀，衙门里的人显得十分狼狈，不知所措。

吃过午饭，光圀向井野甚四郎交代了梅树的事情后，问起民情近况。甚四郎拿起记录本，详细地汇报了近年来的业绩。接着又汇报了正在审理的案子："本来是私欲很强的地主状告农民，一件极其普通的诉状。奇怪的是，农民里面还有一个武士。于是不敢掉以轻心，现在正严肃地进行调查。"

"那个地主起诉什么？"

被这么一问，甚四郎就一五一十地讲述了千波原纷争的始末。

"的确，叫六造的人没道理。"光圀显得不快地皱了皱眉头，"必须传唤那个没道理的人。还有，那个自称是水户家臣的人，为什么会这样说？"

"我们正在盘问。"

"我也想听一下。仔细盘问。"

甚四郎明白了光囹的意思，着手下去安排。

不用说，带上来的就是五郎兵卫。他没有被绑，但左右两边有狱卒看押，跪坐在屋外。他抬头凝视着代官，神色镇定。甚四郎开始审问。

"姓五百旗，名叫五郎兵卫。"审问一开始他就清楚地回答道，"出身在奥州，十六年前来到贵地，以后一直在千波原种田。"

"家里有几个人？"

"有母亲。"

"父亲呢？"

五郎兵卫一时语塞，伤心地低下了头，双唇不住地颤抖，但马上又恢复了镇定，答道——

"十六年前死去了。"

"哪个寺庙……"

"……"

"埋在哪里？从实招来。"

这个问题五郎兵卫回答不了。甚四郎也不再追问，接下来审问起自称水户藩士的事情。

躲在屏风后面一直在听着审问的光囹从刚才开始就不断地在思索。他的内心深处掠过一种莫名其妙的感情。而这种感情还上升不到意识，只是一种奇妙的不安感。——这种不安的心情到底是什么呢？自己回过头来再端详自己的内心，刚才在一旁抑制着内心情感的其中一名侍从，悄悄地走近光圀身边，在耳边小声嘀咕道：

"报告！我见过这个年轻人。"

"……在哪里见过？"

"总跟在参勤队伍后面，不知姓名的那个男子。这次在回水户的路上，我们曾经合计，想前后夹攻抓住他的，谁知这家伙身手敏捷，一下逃脱了。当时他摘下了草笠，第一次露出了真面目。我看人一般不会忘记，就是那个男子。"

当时的事情光圀还没忘记。于是他又看了看五郎兵卫的相貌。藏在心底深处的记忆，屡屡上升到意识层面表现出来。记忆使他无法平静。当他再看五郎兵卫的样子时，十六年前某一天的记忆鲜明地浮现眼前。

——是的。光圀想到这里就坐立不安。于是他唤过甚四郎，说自己要亲自询问。

"您亲自审问吗？"

甚四郎疑惑不解，光圀却径直走到前面坐下。当跪在外面的五郎兵卫看清了来者何人时，眉清目秀的脸上顿时变得煞白。

"我刚才就一直在后面听。"光圀直言不讳地说，"你的回答还是没有把自称水户家臣的理由说清楚。回答不许含糊其词。我是光圀，你要详细招来。"

七

"诚惶诚恐！"五郎兵卫边叩拜边说道，"请允许我详细说给您听。十六年前我来到贵地并住下，在您的土地上耕种。我想即便我的名字不在府上登录的家臣簿里，只要在您的领地居住，就该是府上的藩士吧。我是这样理解的。"

"胡说！虽说在我的领地，仕官[1]都没当过何谈藩士？"

"这个……这个……"

"你说你叫五郎兵卫。"光圀瞪着眼睛说，"如果你还要这样含混不清地回答，那么不光你，还有现在被扣押着的你母亲都会被审查。这样也没关系吗？"

"实在惶恐不安！"

"你说！详细地说出来！"

五郎兵卫慢慢地抬起头来，双颊湿润了。他先是一直仰视着光圀，不一会儿便醒悟到这下不得不照直说了。

"我说。"他低声地答道，"不能让母亲因我而死。我全部都说出来。……我的父亲原来是奥州的一名藩士，因主家易主而成为浪人，不久就来到了此地。因为……听说水户大人是一位值得世世代代效忠的主人，所以来到这里，

---

[1] 仕官：服侍武士的浪人武士。

渴求府上能接纳我们。"

原来如此。当时费了好大力气四处寻找，最终一无所获的浪人的家人，原来是他们母子俩。光圀不由得身子往前探了探。

"在贵地我们没有亲人。"五郎兵卫接着说，"没办法，父亲在没人推荐的情况下到府上去求职。十六年前秋天的事。临出门时父亲把母亲和我叫去，这样说：这次去府上求职，若幸运地得到一个官职最好，不行我就借大人府上院角自决。我已打定主意。傍晚钟声敲过六响，如果还没回来，那就是我被埋在大人院子里了。但这个时候，敲响六下的钟声也是一种信号。你要代替爸爸做水户大人家的家臣。因为大人府上土地里渗着爸爸的血。对于这片土地，五百旗家要祖祖辈辈效忠，服务于它。一定要记住！……对你来说，服侍的就只有这一个主人。"讲到最后，五郎兵卫低声呜咽，甚四郎掩面哭泣，其他人也将头埋得很低。

"父亲终究没回来。"五郎兵卫含泪继续说道，"母亲给我换好了衣服，在佛坛前我们母子俩排好酒器，以水当府上大人的赐酒一饮而尽。大人！出身卑贱的小人刚才向您叙述了自称水户家臣的理由。小的不甚惶恐。"

光圀内心充满了感动。世上的人哪有像这样沿着一条道路义无反顾坚持到底呢？一旦下决心效忠某位君主，做父亲的便不惜抛弃自己的生命来为子孙指出一条活下去的道路。若是在战场上倒也不足为奇，可在这和平年代里，要下定这样的决心,非常人所能做到。——思想前后,是我们杀死了这样一个可惜的人。十六年前的事情历历在目,后悔莫及。光圀静静地点了点头。

"嗯,我已经弄清原委了。从几年前开始,在参勤来去的路上,你总是跟着我们,是吧?"

"在下甘心为大人效劳!"说完他低下了头。

"你父亲的死是我没搞清事情的缘由所致。请原谅……"

光圀说完,第一次流下了眼泪。五郎兵卫平伏下去,身体一个劲儿抽动着低声哭泣。

回城路上,光圀的内心充满了感动。这感动是如此明亮有力,是他从未体验过的。今天找到的野梅树有两棵,另外还看到了一些珍奇的树木。如果错过了今天的盘问,五百旗五郎兵卫的事情也许就永远是个谜。——也许正是这些珍奇树木的指引吧。——千波沼岸上的丛林中,像神仙一般古老的梅树,不由得让人想到它或许是有灵魂的。午后云霞缭绕的天空里,传来大雁高亢的鸣叫声。

日日平安

不撒谎

一

沿着浅草的马道往吉原土堤方向去，到头约二百米处向右拐，有一条通往山之宿的狭窄巷子。附近有猿若町、浅草寺、新吉原等，多是寻欢作乐的地方，因此这一带街头巷尾欢声笑语。住家虽不多但也相当繁华。——但唯独这条巷子完全不同。地面凹凸不平的细长巷子里即便是白天也几乎看不到人影。两边的房子屋檐低矮，破旧不堪，或往一边倒或向前倾。房子每隔五六栋就是荒地，杂草丛生，或变成垃圾场或变成臭水沟；有些空地上只剩下残壁断垣，有的空地似乎原打算种菜，如今也被胡乱地弃置一旁，无人问津。整条巷子潮湿阴暗，给人一种阴郁、衰败的印象。

马道进入巷子后左边有块空地，一到晚上就摆出了一个小摊，两旁挂上"柳屋"字样的灯笼，备有炖菜和烫酒。每到傍晚，一个六十五六的老人总会拉着一辆板车来，三面用苇帘子围上，摆好两张凳子，开始营业。天明时分收拾好，然后拉车回家。老人住在哪里？从什么时候开始在这里摆摊？老人的身世以及家庭情况等无人知晓。老人从不说起，也无人去问。——客人一般叫他"爷爷""伯伯""老爷子"等，老人几乎不作答。实际上老人背不驼，但仿佛驼背似的笨拙，一会儿烫酒、煽火、炖菜装盘；一会儿洗刷碗筷，这个那个地忙个不停。看上去他仿佛有意在避开与客人说话，事实上也的确如此。遇到有些话多的客人不厌其烦地问这问那时，老人也只是应付两句。他躲在一旁听客人谈话，绝不会主动开口说话。

信吉消沉时就去"柳屋"喝酒。

对这条巷子的一切他都喜欢。巷子两侧的屋子里住着的人是干什么营生的呢？每次走在巷子里家家户户门窗紧闭。从破败房子的缝隙中透出的也是黑洞洞的没有一丝亮光。有时会听到婴儿的哭声、病人似的有气无力的干咳或窗子开关时的吱呀声，剩下的就都像空房子一般——死一般的寂静。每次走进这条巷子，信吉就会不可思议地感到格外平静。在这里能感到落魄者的质朴和失望的叹息。由绝望而产生的乡愁来自生的空虚、生活的艰苦以及世间万物的短暂和无常。疾病、死亡、悲叹，这些一股脑儿涌上心头，醉酒般昏昏沉沉的，使人无法释怀。

第一次来到"柳屋"是两年前的一个冬天。酒和菜虽然便宜，但味道却很平庸，绝算不上美味。老人一幅脏兮兮、冷淡的面孔。要在平时，老人还常常皱起眉头。信吉那天刚在新吉原的茶馆里与朋友喝茶，席间为某事和朋友争论起来，一个人怏怏不乐地从茶馆里跑出去。当时就想从今往后浪迹天涯，或者干脆投水自尽，心境十分地寂寥。也就在那时，他看见了用苇帘子围起的酒摊。对不合口味的酒、小菜以及动作迟缓的老人他并没有在意。仿佛……就像去了住在外地的亲戚家一样，……他嘴里说着伤心的话……大口喝酒一直到天明。

打那以后他就常去"柳屋"喝酒了。那里总是酒客寥寥。老人沉默寡语，你不问他，他就绝不开口。客人自酌自饮，喝得酩酊大醉也随你。在那里无需在乎旁人，旁人也不会来限制你，自己沉醉于自己的世界，也可以直到天明。

喝酒的人一般来得很杂，好像谁都不认得谁。马道那边，也有通宵营业的酒馆，稀稀拉拉的有四五家。酒菜便宜可口，服务生都是小姑娘。那边既是正儿八经的酒馆，客人又多是熟悉的面孔，把酒言欢，狂歌痛饮，好不热闹。但"柳屋"这边几乎没有回头客，就像信吉初次来时的那样，"柳屋"笼罩在一种灰暗痛苦的氛围之中。

"——老头儿，有没有度数高的酒呀？"

有人闷声闷气地边问边接过掺有烧酒的浊酒，但并不一口干完，只是扬起黝黑且疲倦的脸，或是小声唠叨着什么或是深深地喘口气，然后一口气猛地把酒喝完，扔下钱，消失在夜深的巷子里。……这样的酒客居多。

"刚才那男的莫不是去上吊吧？"

信吉半开玩笑地说。老人只是冷冷地笑了笑，冷冷地应付两句，有时又喃喃自语地说："是吗，没什么稀奇的。"

这种情形大概碰见好几次了吧。老人这种看透人世的语气使信吉突然感到阵阵寒意。一次来了一个杀过人的武士。已是夏末,东边开始泛出鱼肚白,武士静悄悄地走进来,酒不经烫热就直接倒在酒杯里,一连喝了三杯。他里面穿着一件白底碎纹的单层上衣,外面再套上一件纱罗短和服,瘦小的个子,眼里却充着血。

"没意思!真的没意思!"喝到第四杯时他嘴里嘀咕着,"——人也好人世也好活着也好……都没意思。"

武士用他那充血的眼睛不时地看着信吉。那眼神既不是充满警戒也不是寻求赞同。他朝信吉这边看,实际上并不是在看信吉,而是在心里琢磨其他事。

"愚蠢!真愚蠢!"

他几乎无意识地嘴里这样嘀咕着。喝完第五杯时,拿出大把钱来放在摊子上,同来时一样,寂静地走了。

"被人甩了吧?"

信吉说完,老人只是苦笑。过一会儿,衙门的人来了。

刚才烟花巷有个武士,杀了三个人,体貌特征如此这般云云。听到这话,信吉差点叫出声来。衙门的人走后,信吉想起了武士充血的眼睛和不停嘀咕的样子。他情绪低落地继续喝酒,直到老人开始收摊。

第一次看见男子阿松是在一个北风呼啸的寒夜。他穿着褪色且打满补丁的细腿裤和无领的短和服,脚穿草鞋,一条手巾把头和脸包住。腰间绑着一块布,好像是用于包便当的。他说自己有三十七岁,但看上去老得像五十岁。来时已经在什么地方喝过酒了,哼着小调,兴致极高。他要了一杯度数高的酒，嘴里混糊不清地说：

"好久不见了，老头。你还活着呀。好啊！活着还能看到你。好事啊！"

他用疲倦的语调开始饶舌，把自己的名字、年龄、有老婆和三个孩子、现在自己受雇做搬运等，前前后后啰唆了两三遍。每说完一遍就要加一句："我没撒谎哟。"

"有三个小子。都是可爱的小鬼。可爱是可爱，就是日子难过。难过呀！我们这些受雇的人，每天的工钱，先要交运上税[1]后才能到手。不是我抱怨，真不知当官的是怎么想的。"

信吉去"柳屋"没个准数，有时一连三四日天天去，有时十天二十天也不打个照面。但毕竟前前后后都快两年了，怎么说也是个熟客吧。老人的态度没丝毫改变，和信吉初次去时一样，谈不上冷淡也说不上亲切。对信吉来说——如前面所说的那样——来这里的客人都是新面孔，两次三次碰面的人几乎没有，自然也就不把"柳屋"看作自己熟悉的地方。但是在这些客人中，几次都碰到了那个叫作阿松的男子。

第二次见到他是在一个炎热的夏天。驱蚊烟从草帘缝隙中飘出去，青烟袅袅。信吉坐在老位子上，一边呆呆地

---

[1] 运上税：以现金交纳的一种杂税。德川幕府及诸藩对从事工商、贸易、矿产、渔猎、运输等各种行业者普遍征收。在不同的地区，针对不同的行业，其税率和征收方法五花八门，较为混乱。

望着蚊烟一边呷酒。阿松比他早来,大概已经喝了不少,嘴里含糊不清地唠叨着:"这个臭婆娘,起来!起来做饭了!……老子就是这么个法子。对女人不这个样是不行的。每天要揍她两三次。叫这个笨蛋闭嘴不要啰唆!……我还用脚踹她,有一次把她踢门外去了。……只有这样才管教得好。不撒谎!我就是用这种办法。"

信吉心不在焉地听着,不由得苦笑了一下,瞟了一眼这个男的。跟第一次碰见他时的感觉一样,对方像有五十多岁,一身赘肉,皮肤松软没有光泽,圆滚滚的脸配上一对下垂的眼睛,胆小怕事,完全一副典型的好男人样子。

——看来受尽老婆的欺负。

信吉是这样觉得的。这个男人说的话是相反的:在老婆面前各方面都抬不起头来,肯定常常被骂得狗血淋头。信吉仿佛看到了这种情景,忍不住苦笑起来。……下一回再喝酒时,信吉想起了这个男人习惯性说大话的情景,便问道:"那个叫阿松的客人以前很早就来这里喝酒吗?"

老人一边洗涮一边用习惯的语调含糊其词地应道:"嗯。"

打这以后到秋天,信吉又有三次碰到过阿松。他搭讪信吉,口齿清楚,但每次都是在"对付女人只能用拳脚"中结束,谈的内容无非也就是酒馆客人间时常谈论的社会批评,什么物价高了,幕府政治腐败啦,老中的谁和谁又这么样了,社会风气又怎样不好啦,云云。说到最后,照例在"要打要踢"中结束。

"老兄你好像太由着老婆了。脸上这里和这里都看得出,她有些事瞒着你呐。不撒谎!当丈夫的这样可不行啊!太惯了,太惯了。这样的话,男人可是当不了一家之主的哟。"说完睁大小眼,做出很生气的样子,"女人这种东西哪,不管她是整天唠唠叨叨发疯撒野,还是假装温柔百依百顺,都是在给男人套马嚼子,用缰绳捆着,拿鞭子啪啪打屁股,一个劲儿催男人挣钱!——挣钱!挣钱!——这位老兄,您做什么生意我不知道,但从理上说都一样。人哪,都懂这个理。——男人都是可悲、可怜的啊。所以我对婆娘就是揍,用拳头打,用巴掌抽。——婆娘别跟我嬉皮笑脸的!有时我会一脚把她踹到地上去。"说着涨红了圆滚滚的脸蛋,用力比划着。这种时候,一双招人喜欢的斜眼闪出异样的光亮,衬托出他的话仿佛句句是实话。

天冷以后,晚上或夜深时分,酒摊上也来一些暗娼。一个臃肿肥胖,另一个十五六岁,病态瘦弱,看上去像男孩子干瘪的身体。胖女人叫阿吉,年龄小的叫阿琴。两人最初一起到酒摊上,找老头要了烧酒。阿吉卷起少女的裙子,往大腿处的伤痕处涂了涂。——为争夺客人,少女被一个女人用刀刺伤了。阿吉跟老头这样说。阿吉话多,边给少女擦拭伤口边唠唠叨叨。用烧酒擦洗伤口一定很痛,但少女眉毛都没皱一下。

"我就喜欢这样。少讲那些抱怨来抱怨去的话,直接上来就涂药,那种感觉才叫爽。整个身体像触电似的。这会儿肚脐眼那儿还怦怦直跳。就是肚子里边的这一块。喂,这里边是有什么呀?这个怦怦直跳的地方。阿姐,你用力擦吧!你放心,根本就不疼。可恶!以后我每个晚上都和那女人争,要从那女人的手里夺回那个男的。居然稀罕那样的女人,那个混蛋哪!"

虽然听得出是小孩子的语调,但只听说话的内容还以为是个年纪大的窑姐儿。少女唠叨着拿眼睛勾引信吉,一会儿把卷起的裙子再往上拉,一会儿风骚地扭动细腰。当时私娼街也是指定范围的。那些被称作夜莺、站街女的娼妓,虽然官方默认她们的存在,但对其活动的区域也是有规定的。一旦她们被逮住在区域外揽客将罪上加罪。尤其是新吉原一带,拉客亦被严格禁止。

"她们跑到这里来,不怕惹麻烦吗?"两人走远后信吉问道。老人蹲在锅下扇扇子,嘴里含糊其词地答道——为吃东西跑出来的吧。

从那以后两人常来"柳屋",大概是因为又冷又饿的缘故。阿吉要一杯烫好的酒,阿琴吃一碗炖煮。两人有时一起来,有时其中一个来。阿琴依旧不停地大声叨叨,但从未提及腿上的伤,仿佛没有那回事儿一样。第二次碰见信吉时,阿琴像个小孩一样笑嘻嘻地说:"这位爷,上次我们在这儿见过面吧?"她像老熟人一样满脸堆着笑,却是拉客的表情。有时她还晃动着身子说:

"啊呀,就没有谁来找我嘛?"

那一晚非常冷。先是寒风一个劲儿地吹,傍晚风停了但气温陡降,到了夜里路面全都结了冰。莫名其妙感觉郁闷的晚上,浮现在脑子里的尽是绝望的灰暗之事,酒也变得格外难喝。"柳屋"卖的都是廉价劣质酒,却别具一种清寒魅力。但也许那天晚上兴致不高吧,喝完两盅就不想喝了。信吉决定,索性转到别的酒馆去喝。他刚准备掏钱包,阿松来了。

"哦,老头,还活着啊!谢天谢地。"说完便摇摇晃晃地来到摊子前,"人哪,只要活着就能再见面。真高兴!下次我们还能碰到一起,是吧?老头!谢天谢地!"

说着便要了一杯高度酒。突然他看见了信吉,高声叫了起来。信吉也随即应答。好似老友重逢,有着说不清的亲切。信吉打消了要走的念头,也要了一杯烈酒。

"还记得我说的话吗?不撒谎,我可是记得清清楚楚哟。你当时这么说,'男人真可怜呀!'"

"这话是你说的吧!"

"哪里!开玩笑。别戏弄我……"

那天晚上阿松没有批评社会,直接进入他的老生常谈。他说信吉看上去就是怕老婆的人,并且说不光是信吉,世间上的男子一般都怕老婆,他都不忍目睹。

"女人哪,每天不打她两三个耳光不行啊。用拳头,用巴掌,用柴火棍都可以,'嘣嘣'地敲打。……不用客气也无需解释，狠狠打了再说。啪啪啪……我就这样的。喂，蠢货，帮我买酒来，还不快去生火煮饭！笨蛋，过来帮我洗脚。我总这样对老婆的。"

"老兄你可能觉得无所谓。"阿松呷了一口烈酒继续说，"但是，老兄啊，我可是真用这个办法的。其中原因，就像人喝酒会醉都必有一个只能喝醉的理由一样。不撒谎！我……我家的老头子也看到了这一点。这是我亲眼看到的。老兄啊，我要把这些说给你听。"

"我爹是个老实人。"阿松又卷着舌头似的说起来，"他是桶匠，一辈子也没抽过好烟、喝过好酒。他手艺好，同行都嫉妒。上到浅草桥下到城里武士用的水桶，都说没父亲的手艺是做不出来的。他菩萨心肠……要是做得不满意，自己也焦躁不安。他天生笨拙，干活儿也总一根筋，从来不愿多收客人钱，最后没骗别人反而被人骗，嘴笨哪。……手艺好却没赚大钱。甭说赚大钱，老实说，连给老婆买一件像样衣服的钱都没有。"

阿松说话含混不清、前后颠倒、没有条理，不停地重复同样的话，反而让人感觉讲的是实话，没有夸大其词。信吉仿佛看到了一个老实巴交的工匠。就好像坐在那里的阿松一样，一身赘肉，下垂的双眼长在圆滚滚的脸上，总是带着一副失望的、卑怯的苦笑。他有手艺，但脑子笨且常常被人利用、被人嘲笑。在这个刁滑奸诈者横行的社会里，他这种人属于失败者吧。催人家付钱自己反而没有底气，脏活儿、累活儿全是自己的，自己的需求却永远排在最后。他老人家的生活永远困苦，唯有叹息生活的艰辛。信吉仿佛真的听见他在前途渺茫中发出的微弱叹息。

"老妈性格要强，天生如此，没办法，但还指使挣钱养家的丈夫煮饭、打水、洗衣……那女人从没夸过我。如你所见，我可是说得很清楚了。"

阿松说着两眼直冒光，依然卷着舌头，但脸上显露出愤恨的表情。

"这种日子我不要过了，我过腻了。……老妈总这样说，吃也吃不饱，穿也穿不暖，不想再和你一起过下去了。……这是那女人的口头禅。老是吵吵说头痛啊腰疼头昏肚子不舒服，还说累得起不了床，说什么'他爹，你起来去生火做饭吧'……到了半夜父亲也没法独自安静地睡觉，还要应付她。不管身体好坏，她一个劲儿地缠着。……有时父亲也会讨厌她。谁都会如此，不管多强壮，总有力不从心的时候。男人和娘儿们不同啊。……我知道她总是没完没了，她那丑态我说不出口，菩萨也会捂住耳朵的。"

"做女人可怜啦，就像用人一样。……这是我妈的另外一句口头禅。"他喝了一口酒接着说，"说男人在外面想干什么就干什么，稍微赚了一点钱就拿去喝酒，或者藏起来好在外面寻欢。女人关在家里缝缝补补、煮饭洗衣、拉扯孩子、操持家务，这些头痛的事情都要女人做。仆人多少还能拿点儿工钱，做别人老婆却分文没有，一天到晚只是干活，没有欢乐。在家被丈夫使唤干这干那，一辈子当牛做马，这就是女人一生。……唉……所以我知道，我啊……用这双眼睛看到了，用这双耳朵听见了，所以我知道。母亲等父亲出去干活，便从床上懒洋洋爬起来，吃父亲煮好的饭，然后叫来附近的娘们儿，或者自己跑到她们那儿去，花十文钱买些点心，吃啊喝的，……聊那些草台班子演员的演技如何呀、附近男男女女的情事啊，还说左邻右舍的坏话。……有些话连男人听到也会羞得脸红，她们却乐得哈哈大笑，最后甚至互相开下流玩笑，什么你把你家男人脱得一丝不挂了等等。……不撒谎！我看到的、听到的，我都知道。"

"父亲是好人。"阿松缓了一口气又说道，"不管老妈怎样说他，他都不还嘴。……对不起！我东扯西拉的，实在抱歉。请忍耐一下，再讲几句就完了。……这位老兄，我父亲可是人啊。也许只有一寸的，不，或者更短，只有五分，那五分的虫子也有两分五厘的魂魄呀。他有时也会气恼，有时也自暴自弃。……不论干什么活儿，他都老实巴交，从不投机取巧。他永远活在最下层，一辈子也翻不了身。女人嘛他不懂，在外面也只会跟在别人屁股后面瞎乐一乐。他也有喜欢的事，但与女人不搭界。……他没有那种妻子儿女一家团聚的快乐，那种快乐只能唤起他无比的心酸。……女人也辛苦，这是穷人没办法的事儿。但男人，身为男人，他们的苦和老娘儿们的苦不是一回事。本质不同。……父亲喝起酒来的心情我懂。换了谁都要喝。就是老兄你现在不也是这样吗？像老兄你这样的人，不会只是为喝酒而喝的吧？是不是？"

"喝酒，父亲也只是偶尔喝喝。"阿松呷了一大口酒又说，"情绪稍稍缓解后就回家。酒是不欺骗人的，喝点酒总能稍稍缓解郁闷。……但回到家，房门紧锁，从门缝里看，里面一片漆黑。锁上了门，家里都睡了。……孩子他妈。父亲低声叫着。那个低声下气哟，还用手尖轻轻敲门。……是我呀，孩子他妈，开开门！孩子他妈，对不起，开下门！……母亲并没睡着，睁着眼睛听着呢。父亲不断地叫孩子他妈、孩子他妈，用手尖轻轻地叩门，砰砰、砰砰……不撒谎，我听着呢，听着听着就流出了眼泪。父亲一脚踢破房门就行了。这难道不是父亲的家吗？我心里暗暗骂道。……但开口骂的不是我，每次都是老妈。等到父亲叫了很长时间后，她才装出一副熟睡被吵醒的样子，低声答道：谁呀？有什么事吗？然后猛地大声吼叫起来。整条街都能被吵醒的那种声音。接下来就是各种骂声和丑态，然后又……然后又说，门关着，你不要进来了。你反正喝醉了，正好在外面醒醒酒，我知道这样做好。"

阿松的两眼不住地"啪啦啪啦"淌下眼泪。他用粗糙黝黑、关节隆起的大手揉搓着脸颊，把酒杯里的最后一滴酒喝干。

"我在被子里一动不动，直到老妈翻身睡去，才悄悄地爬起来，悄悄地哟……然后慢慢地打开后门。……黑暗里父亲孤单地站着，冻得发抖，就好像一条耷拉着尾巴、迷了路的狗。我小声地叫他：爸爸！爸爸！……快进来！快，快。……老兄，如果您也了解我父亲的话，就知道我不是在撒谎。不过，要让您相信还真有点儿难。我就是想说出来，心里憋得难受。"

信吉向老人使了使眼色，示意往阿松的空酒杯里再加上一杯"烈酒"。阿松麻利地解下系在下巴上的带子，取下斗笠，然后一只手擦干脸上的泪水，一边吱吱地抿了一口酒，笑逐颜开。先前由于说话而控制着的醉意，渐渐地表露出来了。

"我不会像我爹那样。看到的、听到的加在一起，对不起！我不会。……女人能用来做圆桶吗！能够出去做那些累断腰的活儿吗？……我给她两巴掌。啪啪……像这样。不说话，用力打。笨蛋！把炉子的火生起来！我要洗脚，把水端来！再磨磨蹭蹭，我打断你的腿。……像这样，想喝酒就叫她去打酒。……不撒谎！我的这些办法，父亲都做不出来。父亲……唉，我不会！绝不会。"

阿松低头摇晃，右手端着酒杯，一头趴在了台板上。

"唉！绝对不。没什么意思。真想揍她几拳。……混蛋！女人是什么玩意儿！婆娘儿是什么玩意儿！"

"这位客人，我陪你玩玩吧？"

有人在耳边嗲声嗲气地说道。信吉吓了一跳，赶忙转过头来。原来不知什么时候阿琴来了，身子紧贴着他站着。

"我很会玩啰。你喜欢怎么玩就怎么玩。我又软又酥，一般的女人做不到的我都能做到。跟我玩过的客人都说忘不了。怎么样，就让我陪你玩一次嘛？"

她把骨瘦如柴的腰挤过来，又立马抓起信吉的手要往自己两条大腿中间伸。信吉甩开她的手，掏出钱包，放了一些钱在阿琴手中。

"拿着这些回去吧！叔叔我没这个魄力，不中用啊。"

"这样哦？话说得倒是很漂亮……"

阿琴拿着钱退了几步，如小兽般尖锐的目光愤愤地瞪着他，憎恶地骂道：

"这么点儿也拿得出手！伸手摸了人家的大腿就给这点儿钱！老娘不是那么好打发的。别把人看扁了。"

说完像黄鼠狼似的窜得无影无踪。

"——为了生存？"信吉眯着眼自言自语道，"为了生存，相互欺骗，相互憎恨，败坏名声，……长此以往，子子孙孙，直到世界末日，翻来覆去永远这样……为了生存啊。"

阿松付完酒钱走了。信吉醉眼惺忪地看着他。结冰的路上容易摔倒吧，阿松此刻扑倒在路上。信吉听见他的叫唤，说了声马上回来就走到外面。

"杀掉！混蛋！怎么都行。"

阿松四仰八叉地倒在地上，边说边乱抡着胳膊大喊大叫。信吉将他抱起，给他重新穿好敞开的短褂儿，然后将他的左臂搭在自己肩上，一起踉踉跄跄地走起来。突然阿松站住，右臂不停地挥舞着——"你个傻娘们儿！我不会放过你。"

简直是不知疲倦地重复这句话。

喝得如此烂醉！走到小旅店"山之宿"那边的地界，路上破烂不堪，但实际上也就几步路的距离，可阿松记不清在何处转弯，居然三次都弄错了，前后花了约半个时辰。凛冽的寒风加上刚才一路的折腾，到了十字街头处，阿松向信吉说了声不用再送了，便分了手。

信吉劝他："你今晚醉了，不要打老婆了，好好睡吧！你的想法是好的，但也要分时间、场合。今晚好好睡一觉吧。"

"我知道的。我什么都清楚。你放心……老兄你也好好休息……别冻坏了。天气太冷了。那么就这样……"余下的话只在他的嘴巴中了。阿松这时迈着沉稳的步伐走去。

"危险哪！他回去又要发脾气吧？"信吉感到不安，便跟在了他的后面。阿松朝小巷转过去，那里一共就三四家人。住户的对面是空地，阿松的家就在这其中。阿松走到左侧的长屋，最边上的一户前。

——直接踢门进去就行了嘛！

据说阿松小时候就这么想的。信吉突然想起了这句话。但是，阿松走到紧闭着的雨窗前，小声地、客气又讨好般地叫道:"孩子他妈,开开门好吗?孩子他妈!"并用指尖轻轻地敲着雨窗。

信吉想跑开,但一个劲儿地忍着。他咬着牙听着那哀求的喊声和央求似的敲门声。不久,屋子里传出女人不留任何情面的、尖刻的叫骂声。信吉竭力忍着,像苦行僧受难一般。

"你不要骂了吧!我赔不是还不行?孩子他妈,外面冷啊。……我会死在这里的。孩子他妈,我向你赔罪。好不好?"

他对着窗子,真的在那里低头赔罪。这一切信吉都看在眼里。后来也不知过了多久,信吉听到了一个温馨的声音。先是悄悄地拉开了小门,紧接着传来了悄悄的喊声:"爸爸!爸爸!从这里进来。……快!……"是个十二三岁的少年的声音。

临近正月里的一个晚上。一个阴冷但也有一些暖意的晚上。阿松靠在"柳屋"的台板上,颇有些醉意地正唠叨着他的威严,信吉在一旁平静地听着。阿松情绪极好,下垂的双眼满含怒气,右手握着拳,身子来回晃动着似乎要敲打什么。

"这个笨蛋,别磨磨蹭蹭的!少废话,傻婆娘!快过来给我洗脚。……女人只会干这个。这就是我的管教办法。真的。女人,唉,女人啊,就只会这样。……你们认为我在撒谎?"

信吉撇了撇颤抖着的嘴唇,感觉如鲠在喉,鼻子一阵发酸。

"说得对,的确的确。"他嘴里这么嘟囔道,"你确实说得对。阿松,别再说了,大醉一场吧。……只有酒不会骗我们。"

日日平安

一

　　井坂十郎太满腔怒火。他正气冲冲地走着，没留意到那个男子，也没听到他的喊声。直到那人第三次呼喊时，他才听见，停下脚步转过头来。

　　男子坐在路边平坦的草丛中。两边被松林和竹林围出的一块不大的草地上，暮春的阳光照进来。看似浪人的这个男子端坐在草地上，领口拉开，露出干瘦苍白的胸部和腹部。月代发和胡须蓬乱不齐，打满补丁的和服和裙裤污渍斑斑，其落魄的样子叫人几乎不敢相信。年龄二十八九，肤色黝黑，脸颊消瘦，下颚尖尖地凸出。

　　"是你叫我的吗？"

　　"是。"男子点了点头，"有事相求。"

　　十郎太朝他走了过去。对方用左手抚摸着露出的腹部，右手拿着的短刀闪闪发亮。显然，他是打算剖腹自杀。十郎太压根儿就没注意到这些。他满脑子还是怒气，对别人的事根本没兴趣。

　　"什么事？"

　　"哎。"男子一边故意炫耀他的短刀，一边用讨好似的眼光看着十郎太，"真不好意思！如果你身上带了怀纸，请分我一点吧！"

　　十郎太默默地从怀中掏出纸递给了他。对方接过纸说谢谢，便用那张纸卷在短刀刀身的七三比处[1]。看到这里，十郎太以为他没什么事了，便打算继续走路。谁知男子又从背后慌忙叫住他。

"你等等，真不好意思……"

"你还有什么事？"

"实际上……"男子接着说，"正如你所看到的，我打算切腹。"

"是吗？"十郎太说。

"是的。"男子回答道，"因此那什么……真是难于启齿。"

"你的意思让我介错？"

"是的。也就是说，"男子点了点头，"如果你不麻烦的话，想拜托你做介错人。"

"可以啊。"

十郎太又走了回来。对方看着十郎太。十郎太连刀带鞘取下来，解开刀鞘绦带，绕过腋下把袖子束起来，最后在肩膀上打了一个结。接着一声不吭地拔出刀来，刀鞘搁在草地上，做好了准备。这下对方明显变得不安，似乎就要哭出来。

"你真打算介错？"

"真的呀！"十郎太说，"不是你请我来帮忙的吗？"

1　用于切腹的短刀在使用前用白色和纸（奉书纸）卷起刀身。

"这话没错。"男子说,"可是,像你这样满口答应,这样的事情叫我又觉得有点……"

"什么?"

"这个……"男子吞吞吐吐地说,"多少有些不近人情吧?"

"啊,是吗?"十郎太点了点头,"如果是这样的话,那就原谅我不能给你帮忙了。我正急急忙忙地赶路,没想那么多。"说完他用怀纸擦了擦刀,捡起刀鞘,收拾好刀,再取下挂在胸前的绦带,系好。对方先是不安地看着十郎太的一系列动作,然后又更加不安地问:"那么,你就要走吗?"

十郎太默默地把刀挂到腰间。

"你就不管我了吗?"男子说,"……把想要切腹的我留在这里,也不听我说明内里的原因就只顾自己走?"

"那么,你叫我怎么做呢?"

十郎太有些火了。此前他一直忍着,这下受不了了。

"看得出你是一位好人。我快饿死了。能不能把你身上的东西也借给我一点?"

"你说钱吗?"十郎太睁大眼睛看着对方说,"你就因为这个才要切腹的吗?"

"简单地说就是如此。"

"这……"十郎太打量着对方,怎么也不敢相信,然后把手伸进口袋中边掏钱袋边说,"我也没多少。接下来我要走到江户去呀。不过……"

口袋里没有钱袋。他觉得奇怪，歪着头翻了翻两个袖口，说了声，"请你等一下！"随即又解开背后的旅行袋，终于找到了一个小袋子，头依然歪着。他拍了拍钱袋，从中掉出一小粒银子和一些零钱。他感到奇怪，皱着眉头嘀咕道："奇怪！今早在那个旅店里付钱时……"他边嘀咕边仰起头盯着什么，目光含着怒气。

"出了什么事吗？"

"等等，"十郎太使劲儿地回忆着，"让我好好想想。"

十郎太仔细地回忆着。不久他想起来了，钱袋忘在伯父家了。他根本没把它带出来。

"坏了！我做了一件傻事。"

"想起来了吗？"

"我得回去！"十郎太看了看手上的钱说道，"再回去真叫人火冒三丈。可现在这样，到不了江户，也不止三天的行程了。"

"太好了，幸好现在想起了。"男子颇感欣慰地说道，"继续往前走，就耽误事了。你家是哪里？"

十郎太说出了街道的名字。

"啊，这样的话，往回走小十里就可以了。"男子说，"……在蓝川住一晚上，明天上午就能到了。人世间，有时真是祸福未卜哪！我陪你一起去。"

"你，一起去？"

"我们是一条船上的嘛。"男子穿好衣服,把刀插在腰间,接着说:"你我相识是不可思议的缘分。你遇上倒霉事儿,我不声不响作壁上观,我可不是那种不近人情的人。你很快就会知道的。总之,现在……"男子站起身说,"我们去对面小店吃点什么吧。先得填饱肚子。"男子的情绪完全变好了。

二

男子没说谎。他说自己不是不近人情的人,之后便以事实做了证明。

两人在小店里吃了东西,然后往回走,投宿于蓝川的一家客栈柊屋(十郎太昨晚就住这家)。两人脱下草鞋,互报姓名,泡完澡就喝起酒来。男子名叫菅田平野。十郎太问了两次对方姓名后说道:"你的名反而像是你的姓。"菅田平野是北越一带的浪人,比十郎太年长三岁,今年二十九。

菅田平野善于抓话题,诱人继续说下去,属于那类确保不会冷场的人。十郎太心里开始惦记酒钱,一开始还默默地数着酒瓶,随着话题的深入,越说越兴奋,最后竟主动畅饮起来。

"我懂""是的""这个我不太懂"云云,菅田平野不时地应声附和着。"而且陆田什么事都不管,一副与己无关的超然态度，随他们怎么做。是吧？"

"呀！你不懂。"十郎太摇着头，"本来我也对政治这东西没有兴趣的。政治总是与道德败坏相连，绝无例外。但我所在藩的情况真的相当糟糕，可以说烂成了一锅粥。"

"我知道。我途经那里。"菅田平野说，"老百姓那样极端贫穷的生活真是少见。苛捐杂税太重吧。我感觉所到之处怨声载道。"

"更恶劣的是，那帮人无视民众心声。家臣中已出现批评的声音，年轻人也有不少人开始认真地思考前途。然而那帮人置若罔闻，为了满足私利公然玩弄政治。"

"然而作为城代家老，陆田真的能放任不管吗？"

"只要每天太平无事……他就只是这样说。"十郎太咬了咬嘴唇继续说，"他们的丑恶行径你已经知道，你的朋友也能知道，有头脑的人都会知道。他们已经无法隐瞒，伤疤已开始流脓，他们注定要失败的。可我伯父这样说，世上不可能总是晴天，风风雨雨是天下太平的征兆。不要急，你慢慢看吧。"

"我也知道这个道理，能体会你生气的心情。"

"这样的日日平安，我们再也无法忍受。凡事总有个限度。"十郎太两眼炯炯放光，"他们竟这样无耻、卑鄙。如果不能阻止他们这种不讲道德、厚颜无耻的行径，那另外还有一种压制他们的办法。我已经下定决心。赞成我这办法的有九人。大家各司其职，决心要大干一场。"

"这么说，已经在事前暴露了？"

"嗯，但不是被那些家伙，而是被我伯父觉察。他察觉到我们似乎在密谋一件不稳妥的计划，虽然详情尚不知，于是急急忙忙叫我回江户去。"十郎太脸上充满愤怒和嘲笑，用满不在乎的口气继续说，"如果让我离开藩的话那也无所谓，反正我也不想娶千鸟。回到江户我会全盘托出，当然是直接向殿下禀报。只有这样才能让他们一伙人知道在这个世上还有正义存在。"

菅田平野深思般地点了点头。

洗澡的时候，菅田平野（借十郎太的剃刀）修剪了月代发，也剃了胡须，现在他脸上清洁光滑多了。酒喝了不少，应该是喝到酩酊大醉的程度，但他脸不红，相反满脸的平静和严肃。听了十郎太的话，他一边回味一边拔鼻毛。他用右手拇指和食指熟练地夹住鼻毛，猛地扯出。也许用力过猛，菅田狠狠地打了个喷嚏。

"抱歉，抱歉。"菅田平野说，"这是我思考问题时的习惯动作。"说完看着拔下的鼻毛接着说，"也许是我杞人忧天。就算是吧。事到如今，你就这样回江户，行吗？我看不妥。"

"不妥？那为什么？"

"为什么？这个嘛……"菅田平野支支吾吾地说，"如果眼下是这种情况，陆田大人不就处境不佳了吗？你回江户直接向殿下禀报，假如谏言成功了的话，陆田作为城代家老就会被追究责任。更要紧的是，在你去禀报之前，那些坏蛋很有可能会策划阴谋，把一切责任都推到陆田大人身上。当然，也许我是杞人忧天，但那些奸邪狡诈之徒会不会做到这一步，很难说啊。我只是担心会这样。"

"那么应该怎么办呢？"

"必须要我说吗？"

菅田平野眼睛盯着十郎太，同时在脑子里思索开了。

——我得利用这次机会。

他现在走投无路。真是受够了眼下这漂泊的痛苦。为顿饭钱就得装出打算自杀的样子，真是走投无路了。这次一定要陪这个（似乎非常单纯的）男子一起回到城里，掀起一次暴动，让他立下战功，自己也弄个一官半职。即便得不到官职，那对方起码也会给相当数量的答谢礼金吧。这么一想，看样子绝对不能放弃这根救命稻草。

"这么说，也就是说……"十郎太说道，"我还是应该按照原来的计划行事？"

"我会力所能及地帮你哦。"

十郎太嘀咕着。端起酒杯一饮而尽。他想着菅田的话也许有道理。

"想想看。"十郎太说，"就像你说的，伯父的立场十分危险。嘴上说日日平安，但不知道脚下的路基将崩溃。而且……想想千鸟，也觉得可怜。"

"刚才你也说到了这个人。千鸟是什么人？"

"伯父的独生女儿。"十郎太说,"我是养婿,三年前过户到他们家,以后要娶千鸟的。"

"原来你是城代家的女婿呀。"

"我尽说无聊的事儿了。不谈这些了。"十郎太摇摇头说。

三

两人并排躺下,菅田平野不一会儿就睡着了。吃也吃了喝也喝了,钻进暖和的被子就睡着了。这也是情理之中的事。菅田一躺下就鼾声大作。十郎太没有马上睡着,如同菅田刚才劝他的那样,此刻他又下不了决心。他感觉刚燃烧起来的火焰又被扑灭,烟消灰尽。

"那个该死的黑藤源太夫!"他小声嘀咕着,"还有仲岛弥五郎和前林久之进都是奸人。"嘴上骂着,眼前浮现出这些坏蛋一个个丑恶的嘴脸。黑藤源太夫五十二岁,是第二家老;仲岛弥五郎四十五岁,是留守官上席;前林久之进五十岁,是国许[1]用人。他们就是毒害藩政的罪魁祸首,又以黑藤和仲岛为核心。当然十郎太是认识他们的。在想到他们的丑恶嘴脸的同时,十郎太也想起了嘴里常说"日日平安"的、优哉游哉度日的伯父。一想到他把自己唤到

---

[1] 国许:即本国主君的领地。

江户，十郎太就似乎没有了斗志。

"总之先回去。"十郎太小声说，"不顺心的话拿了钱袋就回江户。回去后再决定。"

菅田平野此时睡得正香。

次日十点左右，两人离开客栈向城里走去。与被驱赶至江户那时一样，按规定十郎太只有晚上才能进城。蓝川的客栈离城里不足五里，那么并不需要过早地离开客栈。一直担心的房钱等都付清，最终剩下的钱也寥寥无几了。于是吩咐客栈做几个饭团带在身上，出客栈就转到了小路上。十郎太担心走在大路上，万一碰见认识的人就糟糕了。于是越过山坡走过田地，途中遇有山泉就停下来吃饭团，就这样来到了石钵山。天色尚早。说道是山，也不过约莫一百五十尺高，在城东北，俯瞰全城。两人在此等候太阳落山。晚上八点前后，两人下山进了城。

从石钵山这边，一进城就是武士住宅的后街。陆田家正门位于塔辻，整个建筑可分为三十至四十的小房间，十分宽大。北面是正门，西门供马匹进入。三面建成带瓦的高墙，南面沿河一侧修建着涂有黑漆的栅栏。栅栏里侧是幽深的杉树林，占据宅邸的一半。树梢越过高墙探出墙外，黑幽幽地与夜空相互交映。十郎太走到与河沿相接的高墙一端，透过栅栏向里窥探。小河约有两间小屋并起来那么宽，两侧用石头垒成河道，哗啦啦流淌。无风而暖和的夜晚，涓涓的流水声在静寂的杉树林中回响。

"从这里进!"十郎太手指杉树林一侧,接着说,"你也跟着进来吧。要是被路过的人看见了,还要费尽口舌。"

菅田平野点了点头。

栅栏的一根木头可以卸下,大概肃清派同仁由此处悄然进出宅邸。菅田平野边想边照着十郎太的办法进去了。

"在这里等一下。我去看看里边的情况。"十郎太边说边踏着杉树林中的石板路朝里边走去。

菅田平野被留了下来。周围一片黑暗,潮湿的空气中飘着杉树的清香。

"我绝不能错过这个机会。"菅田平野在口中念叨着,"我不错过。我绝对不错过这个机会。一定要煽动那个小伙子,弄出点动静来。要是能成为城代家老的女婿是再好不过的了。我不能轻易错过这个机会。"

已经过了三十分钟,正当菅田开始猜想发生了什么事情时,十郎太回来了。夜色黑暗看不清,但透过他急促的呼吸和慌乱的动作,菅田知道十郎太一定碰上了相当激动的事情。

"你的预言果然灵验了!"十郎太说,"请你到这边来吧。我有事想和你商量。"

菅田平野不吭声地跟在十郎太身后,暗自庆幸:"好事来了!"

"你的担心并非杞人忧天。"十郎太边走边说,"那些奸人搞了突然袭击,昨晚闯进屋里,不知道把伯父绑架到何处去了。"

"居然把城代家老给……"

"这座住宅也在他们的控制下。伯母和千鸟被他们关进一间房子里,外面有专人把守。"

"也许是因为,"菅田平野说,"他们误以为井坂君已经回了江户。自己的那些坏事已经被报告到江户了。"

"我们……该冷静一下了。"

出杉树林左侧有个大房子,对面是马厩,听得见马的呼吸声和蹄子刨地的声音。十郎太带着菅田平野跑进那间大房子里。这是堆放马饲料的屋子。躲进去关上门,屋子里充满了又酸又甜的干草味。

"小矶,"十郎太口中念道,"你在哪里?"

没有应答声。干草堆后面走出来一个姑娘,用衣袖遮挡着灯笼的亮光。姑娘看着十八九岁,个子矮小,五官长得很紧凑,给人一种干练敏捷的印象。十郎太说她是千鸟的女佣小矶,并介绍给了菅田平野。

小矶对两人又说了一遍目前的情况。

"大目付[1]菊井六郎兵卫指挥,来了三十多个人。"小矶说,"昨晚这个时候,老爷正和庄野主税大人谈话。"

他们闯进来,分为三组:菊井等十人围住了陆田精兵

---

[1] 大目付:又称大名目付,监视幕府高官尤其是监察大名行为的幕府官职。待遇等同于大名。

卫和客人庄野主税；另外一组把府上的用人等统一押进了长屋；还有一组负责把守宅邸。菊井等搜查了老爷的卧室，没收了大量的书籍后，把老爷还有客人一起押上了事先准备好的轿子，带走了。陆田夫人是一个性格温顺、胆小的人，也在当时愤怒地大声质问这是为何，但菊井六郎兵卫没有理会。

——我什么都不知道。只听说家老贪污的事实即将暴露，为防止他销毁罪证，故采取非常手段处置。

夫人和千鸟被监禁在各自的房间，各配有一名守卫。他们还把府上的仆人们也关押起来，禁止他们随意走动，然后就走了。现在负责看守的，正门有两人，宅内有五人。

"看来，回来是对了。"菅田平野叹了一口气，"——我叫你停下，然后你发觉忘了钱袋，为此才回来，赶上了这危急存亡的关头。现在世上什么是幸福，难以说准啦。"

四

过了半夜，吃过小矶端来的饭团，两人边喝茶边商量对策。必须在黑藤他们的阴谋得逞之前扳回事态。十郎太心急如焚，菅田平野则不慌不忙。

菅田平野在想：他们绑架了陆田精兵卫，从他的房间里带走了大批文件，目的是什么？菊井他们说"贪污的事实暴露了"，莫不是欲将自己干的坏事转嫁到陆田城代头上？菅田可以想象他们会有几种办法。所谓"防止销毁罪证，采取非常手段处置"或是采取最恶劣的手段，即在转嫁罪名的过程中，强迫城代写出认罪书，然后逼迫其自杀。对的！想必他们会这样做，其余的阴谋不难预料。菅田思忖，死人不会开口说话。若精兵卫被逼写下认罪书，那么之后怎么可能还会让他活着？嗯！也许一开始他们就决定要这样"非常处置"的。

——是的。一定是这样的。

菅田平野一边默默地想着，一边拔着鼻毛。右手的拇指和食指捏着鼻毛，合着呼吸熟练地揪拔，随后打了个大喷嚏。

"对不起！"菅田平野说，"我想问一下井坂你肃清坏人的计划以及参加者的人数。"

十郎太打开旅行包，找出一个信封，从中取出一张卷好的纸。

"请你先看这个，然后我再说明。"

菅田平野接过纸将其打开，见上面写道：

敢死队指挥

  井坂十郎太

   寺田文治 （随身武士[1]七十石）

---

1 随身武士：原文馬廻，意思即"在马的左右侧"，此处应为贴身的武士护卫。

保川英之助　　（徒士目付五十石余）

　　河原源内　　　（同三十五石）

守城指挥

　　守岛仲太　　　（铁炮组组长七十石）

　　关口兵次郎　　（箭楼组组长五石余）

　　八田益太郎　　（徒士组组长六十石）

三方[1]守木户[2]

　　寺田乙三郎　　（文治之弟）

　　广濑半六　　　（铁炮组头目五石余）

　　岛口存平　　　（徒士头目五十五石余）

名字下面每个人都按有血印，并附有铲除奸臣的决心书。

"敢死队各自负责斩掉奸人。"十郎太解释说，"守木户就是负责把守城里三面的出口；守城武士负责正面、后面以及西门的攻敌。大致计划就这样。每个组预定配备三十至五十名武士。"

"嗯。"菅田平野应声说，"真是非常周全的计划。"说完他又开始琢磨。

陆田城代会写认罪书吗？他是一位嘴边挂着"日日平

1　三方：对江户时代具有代表性的地方组织的称呼。
2　木户：江户时代，为了保障安全，在町与町之间和重要地点设立的门。在夜晚、紧急状态下关闭。

安"的悠闲之人，很有可能被稍微教训一下就写出认罪书。菅田平野这么认为。不过他不会马上写。纵然他悠闲得像个居士，也会磨蹭个三两天吧。他不是孩子，理应清楚写下这个后果会怎样。当然这一切都是他们会威逼他写的前提下。菅田平野这样考虑着。

"这些联名者里面，"过了一会儿菅田平野说，"请你推荐五个武功好又靠得住的人。"

"要说武功，那就是敢死队里三位指挥者寺田、保川、河原，然后就是关口兵次郎和寺田文治的弟弟乙三郎了。"

"这些人与你一起谋事，是盟友。这一点那些家伙发觉了吗？"

"绝对没有。只有伯父一人似乎感觉我们在一起商量着什么。"

"原来如此。"菅田平野说，"那么天亮之前，能把五人叫到这里来么？"

"把他们叫到这里吗？"

菅田平野点点头说："生死存亡的时候到了。"

十郎太立刻拿定了主意。危险已迫近，只能这样做了。他边想边准备动身。菅田平野嘱咐他一路谨慎，并向他要了砚台、毛笔和纸张。十郎太从旅行包中取出毛笔等交付给他，戴上黑色的头套便出去了。

"好吧，我也该摆正自己的位置了。"独自留下的菅田平野自语道，"我必须严阵以待。却不能摆出一副英雄豪杰的样子。我只是一个饥饿的流浪汉。不是吗？死乞白赖要切腹自杀，就为一顿饭钱。自己绝不是什么英雄，也不是什么大人物。须心中有数。"他一只手摸摸尖削的下巴，"现在我处于军师的位置，这已是事实。真不知这干瘪的脑壳能挤出何等智慧？而且是在极短的时间以内……这是个问题。真是个问题。好好想个法子。"

他看了看小灯笼。蜡烛（晚饭前刚换过）还很长。他将干草捆整齐摆好，从笔筒中取出毛笔，铺开纸张。这时他突然听见开门声，明晃晃的灯笼光照了进来。

"谁在里面？"说着，一个武士提着灯笼走了进来。大概是黑藤一伙的一名守卫吧。说过"宅内有五人"，这肯定是其中之一。菅田平野吃了一惊，随即把自己的小灯笼吹灭了。

"是、是我。"他结结巴巴应道，"小的是喂马的。"

"这个时候你在这儿干吗？"

"嗯，马草……"

"怎么了？好好说！"武士走近前来，"马草怎么啦？你小子到底干吗？"

菅田平野惶惶不安地站了起来。武士叫道："过来！"菅田平野越发心慌，缩着身子朝那边走去。那个武士举起灯笼刚想看个究竟，菅田平野伸出右手，一拳打在他的鼻梁上。武士踉踉跄跄后退，灯笼也掉在了地上。菅田平野快步向前对着鼻梁又是一拳，随即一个缠腿把对方压倒在地，取下衣带绑了个结实。看起来很熟练，其实菅田平野并没有那么厉害。他只是攻其不备而已。他成功了。在捆绑对手的过程中，菅田平野全身都在出冷汗。

五

大约过了两小时，菅田听见马草小屋外面有脚步声。他悄悄地从门缝里向外看，黑暗中有人影正小心翼翼往这边靠近。好像是井坂十郎太。他轻手轻脚打开门，随即叫了名字。

"啊，没事吧？"十郎太走过来问，"——里面乌漆麻黑，我还以为发生了什么事呢。"

"是有点事。你那边的情况呢？"

"人都来了。"

十郎太转过头去，招了招手。黑暗处闪出了五名武士的身影，跑进小屋关上了门。

"把燧石[1]袋拿出来！"菅田平野说，"刚才出了一点事，我灭了小灯笼。对了，那里倒着一个人，当心绊倒。"

五人中其中一人拿出了燧石袋。

菅田平野一边讲述刚才的事一边点亮了灯笼，并朝角

---

[1] 燧石：和玉髓相似的一种石英石，颜色有黄、褐、红色等，质地十分坚硬。古时作为一种取火的工具，配合打火石使用可以引火。

落里照了照。两个武士躺在那里,手被绑在后面,嘴里塞上了东西。用来绑手的是他们自己刀上的绦带,塞进嘴里的是干草。两人已平静下来,用惊恐的目光看着这边。

"两个?"十郎太问道。

"不是一起进来的。"菅田平野回答,"先是这边这个瘦子进来,过了十来分钟,那边那个又进来了。肯定是见前面的没出来,进来找他……"

"这样的话,待会儿可能还有人进来。"

"求之不得。"菅田平野说,"看守陆田夫人和小姐的有两个,这里已有两个,看守大门的有两个,宅内就应该还有一个人。如果那些家伙再找进来,那我们就省事多了。"

"打算将他们全部关押起来吗?"

"这是第一步。不过,你还没介绍你的伙伴呢。"

于是十郎太分别介绍了方才带来的五名武士。

寺田文治和(他的弟弟)乙三郎长得很像。弟弟乙三郎比哥哥高,结实有力,但脸带怒容的样子以及说话时郑重其事的口吻,两人一模一样。河原源内是个矮小又有点胖的青年,眼睛和嘴角常带着一缕亲切的微笑,也恰好暴露出他性急、手快的性格。保川英之助黑漆漆的眼睛大睁着,从嘴边、上下颚直到两颊都长满了胡须,密匝匝地似钢针。他每天早上都认真地剃须,但一到傍晚胡须又长出来。所以每次晚上要出门见人时都要再刮一遍。关口兵次郎生就一副胖乎乎的脸和一对讨人喜欢的眼睛,是个还带有孩子气的青年。

"把这些家伙杀了吧?"

不等介绍完就按捺不住的河原源内微笑着指了指两名俘虏说道。

"不,稍等。"菅田平野摇了摇头,"这两人没有罪,也不知道自己做的事情是好是坏。不光他们两个,举事时要尽量避免不必要的杀戮。"

"就是说要杀的只有那三个头目吧?"

"不,那三个人也一样。"菅田平野对十郎太说,"不经过法律的审判就杀掉,哪怕我们再有理也难免受到责罚的。各位都是责任人,脱不了干系……"

"这是有觉悟才能做到的事。"寺田文治打断菅田的话说道,"我们这些人从一开始就抱着必死的决心。"

"可这是不必要的牺牲啊。"

"这不行啊。"河原源内说,"——这种想法会让敌人夺取下手的先机。那帮人无视法律,无法无天。无论藩内的批评,还是民众的哀怨,他们通通充耳不闻。现在除了用极端手段推翻他们,别无他途。我认为应该做的事情就要无情果断地做,不是吗?"

"可这是不必要的牺牲啊。"

菅田平野边回答边思考。

——必须制止这种行为。

如果在此发生滥杀无辜的事情,日后肯定会被问责,说不定还会导致日后为谢罪而不得不切腹的后果。如此下去的话，最终连自己的目的也会泡汤。原打算在这个藩里谋个一官半职，这个（已经打定主意的）愿望也要化成泡影。所以无论如何也要压住这伙年轻人的血性。菅田想了想便说道："为什么做无谓的牺牲呢？既然他们已经往自己的脖子上套上了绳索。我们只要紧握绳索的一头就可以了。"

"说得具体点。"

"他们绑架了陆田大人。"菅田平野说道，"恐怕要把罪名转嫁到陆田大人头上。诸位大概已经从井坂君那里听说，这几个坏蛋恶意利用他们扣押的文件，威胁陆田大人写出认罪书。所以只要把陆田大人抢回来，他们的罪行就昭然于世了。"

"抢回来……"

"难哪。"保川英之助摸着下颚扎人的胡须说，"陆田大人没被带走那是容易的，可现在已被他们扣为人质。"

"你们听我说。我们这样做……"菅田平野说出了自己的计划。

"敌人们误以为井坂十郎太去了江户。因此，我们就让这样一个消息传到敌人的耳朵里去——'十郎太没去江户，正在城里组织力量，密谋铲除奸臣。某日某时，他们将在某处开会密谋。'敌人一定会派兵包围'某处'。我们便可利用这个机会把陆田大人抢回来。"

"但是……"关口兵次郎说,"说我们在密谋、开会,果真就能把他们吸引过来吗?"

"他们当然会派人侦查的。"菅田平野接着说,"所以在座六位加上其他四位守岛、八田、广濑、岛口,都一起隐藏起来。就是说,都待在这里。他们会派人侦查已被密告的十人那天是否在家。如果侦查到那天你们都不在家的话,他们就会相信你们在某处集合开会,于是他们肯定会设法把你们一网打尽。怎么样?诸位!"

六

井坂十郎太首先点头赞同。他好像已把菅田平野的计划仔细思考过,所以郑重地点了点头说道:"着手行动吧。"

"事态眼下发展到刻不容缓的地步。除此之外好像再没有其他可行的办法了。就此一搏吧。"

菅田平野询问了大家的意见,结果一致赞同。于是他邀大家一起坐下,摊开自己的计划图,详细说明了接下来的行动,并决定了具体的执行人。首先是要拿下留在邸内负责守卫的五个武士,要他们供出关押陆田精兵卫的地点;其次是要去叫守岛仲太、广濑半六、八田益太郎、岛口存平这四人来此集中;第三是投递密告信并监视敌人动向,等等。第一个计划需要七名武士全部参加、相互配合;第二和第三,大家先后行动。

商量会议快要结束时，小屋外传来一阵急促的脚步声，随即听到一个女人唤"井坂"的声音。菅田平野把小灯笼藏起来，大伙儿都站了起来。十郎太箭一般跑去拉开门向外面望去。两个女人已经跑到门前，她们后面有几名武士（其中一人手提灯笼）正追赶过来。临近黎明，天空已泛起鱼肚白，正下着小雨。十郎太借着亮光看清了两个女人的面孔：一个是小矶，另一个是千鸟。

"寺田，快来！"他叫道，"这帮家伙！"说着便跑了出去，一边叫一边拔出刀来。看到这种情形，菅田平野也紧随寺田文治跑出来，差点和跑进来的两个女人撞个正着。

"照顾好这两个女子，别出来。"他一边对留下的四个人大声嚷着，一边去追赶寺田文治。

追赶两个女人跑来的武士共三人，待菅田平野赶到，一名武士已被撂倒，其他两名在十郎太和文治面前动弹不得。

"没事吧？"菅田平野跑过来问，"没杀他们吧？"

"没有……"

"别出声！"寺田文治用刀指着他们说，"别出声，走到堆放马饲料的小屋里。谁出声就杀了谁。"

十郎太从两人手中夺下刀，拾起掉在地上的灯笼。大概是担心被另外的看守发现，菅田平野一边扶起倒在地上的武士，一边说："这玩意儿就算了吧？"

"最后只剩下两名武士了，应该马上就会赶来吧？"

十郎太点了点头。菅田平野拉起武士扛在肩上。武士虽然身体算不上高大，但因为失去了意识，身体反而很重。文治和十郎太也催促着两名武士，一起跑进了马草小屋。进屋后迅速将这三人手脚绑住，嘴里塞上稻草。（从小矶提供的情报看）最后还剩下看守大门的两名武士了。于是十郎太和菅田平野待在小屋里，其他五名马上出去了。

五人走后，十郎太提着灯笼走到了千鸟身边。千鸟坐在干草堆上，头靠着小矶哭泣。

"说说看，怎么跑出来的。"十郎太问。

千鸟擦了擦眼泪，看着十郎太。十郎太坐了过去。千鸟讲述了经过。千鸟今年十七岁，长得一副娃娃脸。她虽然个子高挑、发育成熟、身材匀称，清秀的五官配上圆圆的脸蛋，加上甜美的嗓音，亭亭玉立中透出一股灵气。

"啊！伯母她自杀……"十郎太惊叫出声。听到这吃惊的喊声，菅田平野转过头来。

"是，嗯，不……"千鸟说道，"应该是这样做。我们是商量好的。母亲自杀，我乘两名看守混乱之时逃跑，慌乱中还是被他们发现了。"

"跑出来又准备怎么样？"

"和小矶一起找你们……"

"简直胡闹！"十郎太说，"这么说，伯母并没有自杀？"

"这个不太清楚。也许在我逃出来后已经自杀了……也可能被看守阻止放弃自杀了。"

"开什么玩笑!"十郎太一边站起身来一边说,"为什么不早点告诉我?就知道一个劲儿地哭!"说完他就跑出了小屋。千鸟又哭了起来。菅田平野看到她脚上打湿的袜子就对小矶说:"帮她把袜子脱下来。"然后报上了姓名。

"脱下袜子把脚擦干,不然会感冒的。"菅田平野说,"不要再哭了。我们已经商量好营救你父亲的计划,很快你父亲就会平安无事的。实际上,世上总有许多不可思议的事,井坂之所以回来是因为碰见了我,而碰见我的原因是当时我饿得要死。如果不把这些无聊的事说出来,你就不懂。想听吗?"

千鸟看着他,满脸疑惑,眼里留着泪水。听了菅田的一番话后,千鸟五官端正的脸庞变得舒展开来。菅田向她讲述了当时的经过,讲到自己假装要剖腹缠着十郎太帮忙介错时的情景,千鸟露出天真的微笑。菅田还没有把故事讲完,十郎太扶着陆田夫人进来了。

"啊,妈妈!"

千鸟高声地叫道,并伸手迎接母亲。夫人静静地走到女儿身边,紧握着她的手,然后坐在了干草堆上。

"我是第一次来这里。"夫人打量着这间屋子说,"到处是干草味。我特别喜欢这个味道。千鸟,你没受伤吧?"

"没有,母亲大人。"千鸟抚摸着母亲的手说,"就要被抓住的时候,十郎[1]他们赶来救了我们。"

"我听说了。"

"听说十郎他们接下来要去救父亲。"

"这我刚才也听说了。"夫人又开始打量这间小屋,"干草总是散发这个味道吗?"

"嗯,总是的。我时常进来,总是闻到这个味道。是吧?十郎。"

十郎太咳了一下,假装没听见,做出仔细检查被抓的五名俘虏的样子。陆田夫人似乎明白了什么似的看了看千鸟。

"你来过这种地方?"

"是呀。母亲大人。"千鸟回答说,"这里即便白天也很暗,没人来,很安静。躺在干草上,身体埋进去,有种飘飘的感觉。闻着这干草的味道,人都想睡觉了。是吧?十郎。"

"这样哦,十郎也一起的吗?"

七

"嗯,当然一起啦。母亲大人。"千鸟点头说,(旁边的十郎太又咳嗽了)接着说道,"我一个人是不会来的。

---

[1] 十郎:千鸟对十郎太的昵称。下同。

总是十郎带我来。有一次我枕着十郎的手臂,真的睡着了哦。"

"哎呀,真是让人惊讶。你就这样枕着他的手臂睡着,直到把你叫醒吗?"

"不,母亲大人。我又不是——"

听到这儿,菅田平野有些困惑了。看起来这个母亲和女儿都是那种凡事不着急的人。眼下正处在紧迫的关头,做女儿的居然若无其事地讲述她和一个男子躲进干草小屋的事情,做娘的听完不但不吃惊,也并没有责骂她的意思。——这就是教养的差异吧。菅田平野感觉到,这并非是漫不经心,而是这样做另有一种雅趣。

——这家人,果真都是"日日平安"的心态啊。

菅田平野在内心这样嘀咕着。

娘儿俩的对话被回来的寺田他们打断。他们在大雨中一前一后地押着大门口的两名武士走了进来。为防万一,他们将保川英之助留在了大门。到此,负责看守陆田府上的武士全部被抓住了。七人中,一人是前林家的杂役,剩下六名全是黑藤源太夫家里的武士。——菅田平野为写密告信,一边摊开纸张一边问:"大家(假定)汇合的地方选哪里好?"太近或太远都不行,最好选择离城有一里远近的地方,寺庙最好。十郎太和寺田文治商量什么地方满足以上条件,结果选中大里村的光明寺。

"光明寺离这儿约莫有一里。"十郎太说,"昨天我俩经过的，在石钵山的对面。"

菅田平野随即记了下来。

十郎太去解开武士身上的绳子，小矶转身去通知陆田府上（尚被禁足）的用人准备早饭。寺田等四人逐个审讯俘虏的武士，要他们说出关押陆田精兵卫的地方，但全都说是不知，且说自己是在城代大人被带走时被留在府上的，因此不可能知道陆田大人关押在何处。急性子的河原源内恶狠狠地笑着威胁道："如果不老实交代，就把你们和这个马草屋一起烧光哦。"但最终也没问出来。

十郎太从武士队长处回来。他头上套着一件雨衣，大概是找仆人借的吧。此时雨下得很大，丝毫没有减弱的样子，打在屋顶上叮当作响，似乎是强暴雨。十郎太进屋来，脱下湿漉漉的雨衣，朝这边走过来。寺田文治告诉他，没有问出陆田大人关押的地方。

"这些家伙都是被留下来的，看来的确不知。"

十郎太非常失望。这是最关键的地方。救出伯父是本次计划的最终目的，如果不知道伯父被关押在何处，接下来的行动根本无法展开。十郎太穿着打湿的草鞋来回踱步，猛地，他生气地转向菅田平野。

"这样一来，怎么办呢？菅田。"

"别着急。"菅田平野叹了一口气，"再想个别的办法。"

十郎太走向伯母那边，好像出谋划策都交给了菅田平野去考虑。他走到伯母身边，打算介绍菅田平野，夫人好像已从千鸟那里听说，笑着对十郎太说："我已经知道他啰。"然后她又说并不是要自杀，仅仅想做出要自杀的样子而已。要是真到了关键时刻，自己反倒觉得"羞愧难当"，摆不出那个架子来的。说完，夫人红着脸笑了起来。

这时，菅田平野打了个喷嚏。大概又在想着事情拔鼻毛吧。突然一个很响的喷嚏，大伙儿都吓了一跳，拿眼紧盯着他。

"啊呀，真是让各位见笑了。"菅田平野连忙赔不是，谁知又打了一个，"真对不起！"他看了看大家，然后对十郎太说："井坂，我看先这样好了……

"现在也想不出其他应急方法。首先我们投寄告密信，观察他们的动向。如果他们派人去秘密集合的地方侦查人数，同时也会考虑陆田大人不会被救走的方法。"

"这恐怕很难让他们相信。"十郎太嘴里嘟囔着，"真的没别的办法了？"

"现在的问题是要抓紧时间。"菅田平野正说着，突然大叫了一声"啊"。他习惯性地把手指伸向鼻孔，但立刻又缩回来，攥成拳头，一边敲打自己的额头，一边说："真笨！我真笨！这个傻瓜！自己把自己给忘了。"

"怎么了？"

"在这里的我啊！"菅田平野说，"我自己就是告密信。"

大伙儿一脸迷惑。

"是这样。"他接着说,"我就以眼下这副穷困落魄的样子去黑藤府上告密。我说因为没钱住旅馆,睡在寺庙里。这样说可以吧!你们恰好在那里秘密集会,结果我偷听到了你们的密谈,也听到了各位的名字。怎么样?这样的话,不会有什么问题吧?"

十郎太转过头看寺田。寺田文治难得地微笑起来,其余三人也点头示意。

"那么,我们现在着手商讨新的计划。"

菅田平野把已写了一半的告密信撕碎了。

新计划是这样的。菅田去向黑藤源太夫告密。因为会被带到客厅,那么通过观察源太夫及黑藤府邸的情形,或许可以知道关押陆田精兵卫的地点。如果不是在黑藤府邸的话,他就立刻告辞,回来通知大家;在黑藤府邸,就放把火(虽然这样有点乱来)引起火灾。大家看到烟就闯进黑藤家。菅田平野把这个计划又重复了一遍,大家都明白了。

参加行动的人数达二十人,都埋伏在既离三个老臣的宅邸不远,同时又能随时看到火光,以便根据情况随时调动、增员的地方伺机而动。最后还约定战斗中不到万不得已,不要伤害对手。河原源内和寺田乙三郎似乎对这个"不要伤害对手"的约定并不认可。

"实在没法了,当然也可以。"菅田平野做了让步并说,"但是,即便如此也只能伤其腿脚。这也是为了各位自身考虑哪。"

小矶来通知大伙儿吃早饭。陆田夫人想说就在这里吃。好像她已经很喜欢这间马草小屋了。于是决定做成饭团后由小矶送来。

"我不吃就走。"菅田平野叫住小矶对她说,"我已经很饿了,但这样更像饥饿的流浪汉,看上去也很自然。你给我拿一把破得可以扔掉的雨伞和引火用的棉花。旧棉花就行,但要浸过灯油的。燧石袋就借井坂的吧。"

小矶走后,寺田文治叫来了弟弟,说:"你和关口分头去叫守岛和广濑,还有八田和岛口,马上到这里来。"

乙三郎"嗯"了一声,看了看关口。关口也点点头,精神抖擞地站了起来。菅田平野整了整裤带,心想,如果前天晚上在蓝川的柊屋没剃胡子就好了。

八

约一个小时后,菅田平野站在了黑藤府上的庭院前。这是个很大的庭院,绿树成荫,摆放的石头颇具匠心。院子里有个水池,被开满的杜鹃花围着。大约正值产卵期吧,池中的鲤鱼扑通扑通跳个不停。

——野蛮的家伙!一看就知道是些什么主儿。

他在心里嘀咕着。

这不公平！他的样子与乞丐无甚区别，身上穿的是又脏又破的旧衣，撑着一把破伞，穿着草鞋，满腿是泥。让这样的自己在"院子里等着"，也许是理所当然的。但菅田平野还是心中愤懑。即便落魄到乞丐的地步，武士终究是武士啊！说了"有重要的事情禀报府上"，却让人在园内干等！太过无礼！

"光凭这一点就可以证明，黑藤是个品行恶劣的家伙。"菅田平野嘴里嘀咕道，"——但若不是借着有事禀报的由头，可能就没机会进来这种地方。"

一个白发老头从走廊那边过来。背有些驼，穿的也是皱巴巴的粗布蓝衫，一看就知道是仆人。这下菅田平野是真的很火大了。

他用尖利的声音大喊道："我要见你们主人！我特意来报告一件与府上主人性命相关的重要大事。既然见不到主人，我这就离去。反正我是无所谓的。"

他在雨中转身就要走，仆人赶紧叫住他。毕竟关系到性命非同儿戏。"请等等！"驼背转身朝里面走去。菅田平野吐了一口唾沫。这时他才意识到自己真的生气了，产生了自己真的是为黑藤的性命而来的错觉。菅田平野自言自语地苦笑道："真是的——"

仆人端来了洗脚的家什。驼背老头走来说了声——请到里面来。菅田平野洗了脚，掸了掸裤腿上的泥，从肩上取下小布包，拿出别在腰间的小刀，右手提着朝房间里走去。

他被带到一间六铺席大小的昏暗屋子。仆人象征性地、走过场似的端上了茶水和糕点。茶是温的且味道寡淡,糕点似乎长了霉。菅田平野仅仅呷了一口茶,糕点一动未动。他把双手放在膝盖上,吸了一口气使自己镇静下来。边门进来首先是庭院,然后顺着走廊到这个房间。他用脑子大致描画出了房屋的构造。大约过了三十分钟,终于来了个年轻的武士,说了声——"这边请"。菅田平野想了想,把短刀放在布包旁边,站起身来。走过中廊下,再向左转,来到一间约莫八帖榻榻米大小的、明亮的客厅。这里与刚才的庭院似乎正好相对。从打开的窗子朝对面望过去,可看见隔着摆放石灯笼的小庭院建有三个土窑仓库。里面大概堆放着武器吧?菅田平野正迷迷糊糊地想着,从中间仓库里走出一个中年仆人。他手提一个篮子,出来后先放下篮子,费力地把对开门关上,再拾起篮子,在雨中跑开了。

菅田正发呆似的看着这一幕,黑藤源太夫走了进来。此人年纪四十三四,身体略胖但体格结实,眉粗眼大,厚实的嘴唇永远紧闭。源太夫坐下的同时就掏出怀纸,清清嗓子,吐了一口痰。此时,正好传来六点的报时声。

源太夫相信了菅田的话,他脸上变化的表情清楚地表明了这一点。

"姓井坂吗?"源太夫放在膝盖上的手一下子握紧了,"这不可能呀!名字叫什么?"

"好像没说名字。我是在走廊听见的……"菅田平野说,"之后又来了一个人问他'你不是去了江户吗?'来的这个好像是叫寺田。"

"你还听见哪些名字?"

"记得不大清楚——啊,对了,有广濑、岛口,然后有……"菅田平野歪着头接着说,"——保田?不对,是叫保川吧?和寺田两人一起来的。然后我还听见关口、八田的名字。记不清楚了,反正听声音前后大约十五个人。"

源太夫一只腿上下晃动着。

"这么说,"源太夫说道,"也就是说,井坂假装去江户,实际上待在光明寺,把同伙们都纠集在一起……"

"我刚才说的名字中,有您知道的人吗?"

"有的,但不是全部。有三四个我知道是谁。"

"那么,您派人去核实他们在不在吧?"菅田平野说,"我听见他们打算分头来刺杀大人您,还有仲岛、前林他们两位呢。如果那些人现在不在家的话,就证明我说的是事实了。"

源太夫摇响了铃声,接着问:"他们说了行动的日期没有?"

"昨天半夜说是后天,听说今晚会集合相当多的人……"

一个年轻侍从来到门外听命。源太夫让他去拿纸墨来。拿来后,按菅田平野所讲,黑藤源太夫一一记下了九个人的名字,随即交给侍从,并下令:"立即去核实这些人在不在家!"

"哎呀,实在难以启齿……"菅田平野说道,"从昨天开始就没吃过饭。不好意思!能不能招待我一顿早饭吃?"

源太夫朝他看了看,点点头,说了声我现在去吩咐,便起身离去。

九

不一会儿年轻侍从又走来,带他去了先前六帖榻榻米大小的房间。饭菜早已摆好。只有黑乎乎的小麦饭,外加冷酱汤和咸菜。酱汤里也仅仅飘着两三根萝卜丝。菅田平野又生气了。

"这不是别人吃剩下的吗!"菅田心想,"——怎么会有这么不懂礼貌的人啊。"但毕竟肚子饿了,菅田气呼呼地吃完了饭。这期间黑藤宅内出现喧闹声,外廊那边不时传来进出的脚步声、喊人的声音。

"看来,他们顾不上我了。"菅田平野嘀咕,"这样的话,我也……"

菅田等外面的吵闹声平静了以后,便起身来到中廊[1]。

——陆田城代是否被监禁在此地?如果是,又是在哪间屋子呢?

---

1 中廊:即内廊。两边有房间的走廊。

102

他来到中廊下左右看了看，似乎没人，他便朝着刚才八帖大的房间走去。房间在走廊尽头，为此要经过好多房间。当他走到能看到这些房间的院子里时，突然发现右侧房间的拉门开着，有个中年侍从探出头来。

"谁呀？"侍从朝这边望着，大声地呵斥道，"你这小子是什么人？"

"我在找厕所。"

"什么！厕所？"那人走出来，似乎要抓菅田似的大声吼道，"你小子是从哪里进来的？在这里干什么？渡边！渡边在吗？"

听到侍从的呵斥声，年轻的侍从从对面跑来——估计他就是渡边——忙为菅田做了解释。中年侍从听完后呵斥道："那也不要在府里胡乱走动！"随即吩咐年轻侍从领着去厕所。

"好像是什么不得了的事情。"菅田说着窥探年轻侍从的表情，"难道那里藏着什么秘密不成？"

"那里现在来客人了。"年轻侍从回答道，"两位御老职，正在里面商量什么哪。请这边来！"

从菅田平野进厕所到出来，年轻武士一直在外面等着，然后跟着他一直回到六帖大的房间。饭菜还没端走，也没人上茶。

——那些房间的尽头一定有什么！

他这么觉得。虽然还不能立刻断定陆田就在这栋宅子里，自己这么认为。现在下结论为时尚早，但从那个暴跳如雷的中年侍从的举止来看，其中一定有问题。来客是两位老职，无疑指的就是仲岛弥五郎和前林久之进。源太郎把两人叫来一定是要告诉他们，寺田等九人不在家，他们正在大里村的光明寺里集结的事情。这就证明黑藤相信我的密告了。

——他们一定会派人去捉拿的。

菅田平野有些沉不住气了。确定他们派往光明寺的人数后，我们这边也必须马上行动起来。为此必须马上弄清陆田被关押的位置。"要是能听到那三位老职的谈话就好了。"他这样嘀咕着，"如果能进到三人密谈的房间，就一定会找到什么线索。"

他想眼下再没有什么别的办法了。于是决定，谎称自己还有事情要禀报，希望能够再见黑藤。恰好这时，一个年轻仆人走进来，比先前的渡边年轻许多，手里提着一个大提篮，一副爱理不理的表情。"您吃完了吗？"仆人问道，"我要收拾了。"

原来是来收拾碗筷的。一听说吃完了，他便放下提篮，将餐具放进去，然后提上篮子出去了。菅田平野没找他传话，而是半睁着眼，略张着口，凝视着墙壁的一部分。

"我是瞎子啊！"他嘀咕道，"我应该想到刚才那个中年侍从是从土窑仓库里出来的。难道不是吗？现在才明白，那个篮子不就是装餐具的吗？"

菅田平野搓了搓手。刚才隔着中廊看到的情景活生生浮现在眼前：三个并排的土窑仓库，一个中年侍从由里面出来，手提篮子，关好门消失在雨中。提的篮子和眼前的大小一样。也就是说，中年侍从往土窑仓库里送饭了。

"我是瞎子。"菅田平野嘀咕着，然后又暗自笑起来，"不过我是个运气好的瞎子，或许说是个幸福的瞎子。眼下就剩下一件事了……弄清他们何时派出武士？"

这个房间里有个六尺大小的橱柜。他悄悄地拉开一看，橱柜分上下两层，堆着叠好的被褥。好像不是客人用的而是侍从们用的。菅田从小布袋中拿出沾满油的油纸包和燧石袋，放在布袋下面藏着，以便随时可用。接着他便躺着，静听这家的动静。

约一个小时之后，后院传来了备马以及很多人喧闹的声音。好像拉出了很多马匹，嘶鸣声、刨蹄声阵阵响起。菅田躺着一动不动。这时从走廊上传来了脚步声，有人开门进来。菅田依旧躺着一动不动。他用布袋当枕头，假装睡得正熟。门又被关上，脚步声渐渐远去。

过了一会儿，听见骑兵的队伍出发了。重重的马蹄声在屋外从右向左有序地响起，然后渐渐远去消失。——菅田平野坐起身来，小心翼翼地打开小包，拿出油棉。在橱柜里用燧石打着了火。然后将油棉拉成长条，两头都点上火。棉花难以点燃，但裹上油纸后火苗一下就蹿了起来，引燃了橱柜上层的被褥。接着菅田把橱柜上面的木板扯开，歪倚在火苗的上方,打算让火顺着木板烧到橱柜的顶层。油纸吐出火焰,油棉也不甘示弱地燃烧着,不大会儿工夫,火势就蔓延开来。橱柜里充满了油臭味的烟,并顺着上面扯开的口子飘散开来。菅田平野看着火苗点燃了木板,等着看橱柜顶层起火。突然房间的拉门被拉开,随即听到一声惊叫。因为刚才有人看到菅田睡着离开,菅田也便放下心来,没注意到后面的拉门声响。

"怎么回事?这烟……"

菅田平野边关好橱柜的槅扇边回过头来。屋里的烟比预料的多。透过烟雾,他看见年轻侍从渡边站在那里。

"怎么搞的!着火了?"

年轻侍从叫着就要冲进来。菅田平野拿过旁边的短刀,拔出指向对方。

"别出声!"他说着,"到这边来,然后关上门。你要出声我就宰了你!"

年轻侍从像惊弓之鸟一样后退,大叫着"着火了",顺势跑向了走廊。

菅田平野被烟呛得不停咳嗽。他把绑在刀上的绦带解下来把衣袖扎起来,又把裤腿系紧。橱柜中传来"噼噼啪啪"火烧木材的声音。浓烟透过槅扇的缝隙蹿了出来。他拿起燧石袋和小布包,边咳边跑到走廊上。

从走廊左边跑来三名侍从,脸色煞白。菅田平野往右转,顺着中廊下,向里面的屋子跑去。三名侍从没有追过来,只是一个劲儿地喊——"着火了！""拿水来！拿水来！"这时候重要的是灭火。菅田平野跑到石灯笼处再回头看，屋檐已冒出了黑烟，流动着似的飘散在雨中。

"这样他们应该看到了吧！"他看着烟小声说，"虽然下着雨，比较碍事，但这样的浓烟，外面的人一定能看到。"

走廊上又传来人们慌乱的脚步声和吵闹声。菅田平野转过头看看土窑库，看到一个中年武士在上次的仓库前正要开门。

菅田平野发出"啊"的一声跑了过去。

无疑，他们看到出了大事，或是决定转移里面的人物，或者移去他处解决。菅田平野跑近前把小布包和燧石袋扔过去，大喊道："等等！离仓库远点儿！"

对方转过头来看了看，后退两步，拔出了刀。

菅田平野扑了过去。高高举起先前就拔出的刀，借着奔跑的速度，正面砍了下去。对方朝旁边一闪，躲开了。当然，菅田平野一开始就没有杀戮之念，只想等井坂十郎太他们打进来之前，保护好这个土窑仓库。对方躲闪开后，他穷追不舍，挥动着刀，回头看后面。正当回头看时，脚下一滑身体向前猛摔了一跤。他想爬起来，可睁眼一看，对手早已站在面前。

对手大吼一声，自己却听不到声音。那武士的嘴和眼睛都张开得老大，脸红筋暴、咬牙切齿，跑过来试图打掉菅田手里的刀。菅田倒在地上，只觉得对方来势凶猛，力大无穷，自己毫无还手之力，只能下意识地在地上闭着眼，像蹴鞠球一样在地上乱滚。

恰在此时，寺田乙三郎赶来，还有其他两名年轻武士，喊着冲杀过来，牢牢地围住了对方。

"别杀！"菅田平野站起来说道，"别杀他！陆田大人就关在这边的土窑仓库里。没必要杀他。"

菅田摔得浑身是泥，他边吐嘴里的泥边看着被围住的武士。

房间的拉门都被横七竖八地打开了。可以看见井坂十郎太和其他三人正持刀从走廊上赶来。

——成功了！

菅田平野心中暗自说道。

——我的计划成功了！

十

菅田平野的计划万无一失。

因大部分人被派往光明寺，留守黑藤家的武士就很少。有限的留守者又忙着灭火，因而甚至没人注意到井坂等人的闯入。成败好似瞬间决定。

大火仅烧了两个房间及部分房顶就被扑灭了。三老职被关押在同一间屋子里，陆田精兵卫被大家从土窑仓库救出。而为了对付派往光明寺抓人的武士，则因事先进行过武者押[1]训练，得以在极短时间内组织起长枪组、长矛组、步兵组队伍，在寺田兄弟和岛口存平、守岛仲太等四人的指挥下，埋伏在石钵山，在三十余骑返回途中突袭，将其一举拿下。

这个"武者押"的安排也在菅田平野的计划中。可以说他的计划到现在全部结束了。当十郎太把他介绍给陆田大人时，他的态度十分谦逊，显得颇具涵养。

"这次不是我个人的力量。"菅田平野说道，"是靠井坂和大家伙儿团结一致聚集的力量和好运气。我的计划实在不足挂齿。"

菅田平野接着把沾满泥土的燧石袋还给了十郎太。十郎太感到奇怪，用手指头夹着它，收下了。

"这是找你借的燧石袋。"菅田平野说，"很抱歉弄脏了。请原谅！"

宣布严禁武士、仆人外出后，就暂时封锁了黑藤家。对仲岛、前林等人的住所也分别派人去监守，并将三位老职押送到了城里。陆田精兵卫等一行人正准备返回住地时，大家这才注意到菅田平野消失了。大伙儿分头去房间院子寻找，到处都找不见。

"怎么回事呢？"十郎太一阵迷糊，"这到底是怎么一回事呢？"

---

[1] 武者押：为防止外敌入侵，在武士中所进行的训练。

十郎太望着下雨的天空，满脸茫然。

菅田平野逃跑了。

在雨中他孤独地走着，朝着与通向江户的道路相反的方向。他撑着扔在黑藤家院里——后来又重新捡拾回来——的破伞，一只手提着沾满泥土的空布袋，脚上依旧趿着从黑藤家穿来的旧木屐。

他又累又饿，最终还是想睡觉。

"这或许就是虚荣心吧。"他边走边嘀咕着，"真是虚荣心？还是伪善？我想不是那样的。我不想那样认为。那个燧石袋，沾满泥土的燧石袋，我捡来还给他的时候，就有了现在这种感觉。把它还给井坂时，他一副讶异的表情，用两根指头夹住它收下时，我就起了一种感觉。什么呢？……我说不上来。总之赶快逃离他们，就现在，马上从这里逃出去。就这种心情。"

他的肚子响起了奇妙的声音。这声音意味着什么，大家都清楚。他的样子十分窝囊，用力地吞了一口唾液。

"不是虚荣心！这不是虚荣心或伪善，是良心的问题。"菅田平野继续想，"我产生羞耻、不安的感觉。这不可思议。不对，没什么不可思议的。从我这个笨拙的脑瓜里挤出来的计划，能够取得那样的成功，想起来都觉得脸红。制定计划，然后自己单独行动时，身心又紧张又爽快。计划大获成功，没有出一点差错就胜利地结束。但此时，我却变得寂寞和羞愧，甚至无地自容……为什么不能留在那里？事情既然办完了，我就不是多余的人了，不是吗？接下去，是的！明确地说，就该论功行赏了。我不愿意他们那样做吗？我从一开始就希望如此。我从一开始就想紧紧地抓住这根草绳啊。我想抓住这根绳向上爬，去做官。一切结束了的时候，这一念头马上就在我脑子里浮现了。……真那样的话，凭良心说，我已没有理由再待下去了。这是武士的良心问题。"

虽极度疲乏、饥饿难耐，且困得要死，但此时此刻，菅田平野的心中充满了高尚的情怀，头脑也随之变得清爽起来。只是腹中的问题另当别论。从很早开始肚子里就有一个声音在不断地责备着他。

"吃！吃！吃！你这个虚荣心很强的伪善者！"肚子这样说，"你不是在饿得要死的时候假装做出要切腹自杀的样子吗！哪里还有什么武士的良心？你已经出色地发挥了作用，现在官位已经摆在你的面前。吃什么吃！快回去。马上回到十郎太那里去。如果你对当官一事开不了口的话，那就向他借事先约定好的钱。在他的信封里装着你们约定好的报酬。快回去！"

"求你了！回去吧。"肚子里不断响起这种声音，"现在饥肠辘辘，身无分文，能怎么办？肚子饿成这个样，还谈什么高尚情怀。我讨厌这么做。讨厌！讨厌！可这个肚子……给它吃什么呢？有什么东西呢？"

菅田平野瘪着嘴停了下来。他觉得痒，用手去抓脸，结果掉下来的全是干了的泥土。他趁机打量了一下自己的身上：被半干半湿的泥块包裹着，衣裤打满补丁，没穿袜子全是泥的脚和旧木屐。

肚子又叫了起来，像马蹄踏地的声音。他一惊，似乎听见有人在叫他。从肚子钻出的声音和马蹄声分离开来，他也清楚地听到的确有人在叫他。

他吃惊地转过头去。

井坂十郎太策马而来，没戴斗笠，也没披雨衣，扬鞭策马。马蹄溅起水花。在菅田平野看来，没有比这种时候更爽快、更快乐的了。

"菅田，请回去吧！"井坂十郎太纵身下马，恳求地说道。

"我明白！"十郎太边喘气边说，"你为什么要离去，我心里很清楚。但这不行！你的气节令我们赞叹，不过你若走了，我们反而就麻烦了。"

"你们反而就麻烦了？"

"要被伯父骂的。"十郎太说道，"因为这次的事情，你已经知道了本藩的内讧。既然知道了这些，就不能让菅田你再到别的地方去了。你只能跟我回去，被委任官职或是客居藩内。伯父刚才还命令我们分头去找你回去。"

菅田平野心中一阵狂喜。

——太感谢了！这下我可以堂堂正正地回去了。

他想着点点头，但脸上还做出一副无奈的样子。

"原来如此,也许果真如你所说。"

"你会回去吧?"

"没办法了。"菅田平野说道,"为了贵藩的平安,在下还是回去吧。"

接着他下意识地鞠了个躬,再抬头看看十郎太,他也忍不住地笑着说:"谢谢你!"

日日平安

蚬河岸

一

　　花房律之助拿着口供，去了高木新左卫门处。已过了回家时间，高木独自一人在收拾桌上的物品。

　　"想听听你的高见。"

　　高木转过头来。

　　"这桩冬木町卯之吉被杀案，"律之助拿出口供，"我想再详查一下。怎么样？"

　　"这案子不是判了吗？"

　　"是的。"

　　"那你觉得还有什么问题吗？"

　　"不，不是有什么问题。"律之助说，"我在巡牢时去看了这个名叫阿绢的杀人犯，她身上总有些疑点让人想不通。我便来此把口供看了一遍。"

　　高木默不作声，等着他继续说下去。

　　"然后我拿起口供的复写本，"律之助打开了口供，"看这个的话就感到女犯人的供词过于简单，同时根本不为自己辩护，只是一个劲地供认是自己杀了卯之吉。"

　　"那姑娘长得标致还真是幸运啊。"

　　"不是这个意思。你读了口供以后就懂了，这完全像是自己把罪行大包大揽到自己身上。"

　　"莫非……你是想让我再读一遍吗？"

"我是认真的。"律之助说道,"让我再推敲一下。宣判后便无可奈何,但这几天,肯定还是有办法的。求你了!"

高木用不可思议的眼光看着他。

"有什么蹊跷吗?"

"这个以后再说。"

"嗯。"高木噘了噘嘴,"负责这个案子的是小森吧。"

"小森平右卫门。"

"他不好说话呀。"高木说,"他顽固、自尊心强。如果他知道自己审的案子被人驳倒,真不知会做出什么反应。你说呢?"

律之助笑了笑。

"这样的话我考虑一下吧。行不行可不敢保证。"

律之助听后放心地点了点头。

花房律之助在南町奉行所[1]是新手。他原本就没有在町奉行做事的打算,父亲庄右卫门也赞同他的想法。但是当他听完了父亲临终前的遗言后,突然拿定了主意,不顾母亲的反对,去町奉行工作。父亲去世前近二十年在街道以及奉行所做事,最后五年升为北町奉行的捕吏官。也许是这个原因吧,律之助供职于南町,起先干了两年年番(会计事务),接着又改做例缲(调查审判案件)、监狱巡

---

[1] 奉行所:是江户时代的政府机关,负责处理一切公事。町奉行所相当于"街道办事处"。

查这样的工作。每项工作干的时间都不长，结果一周前他又被任命为案件调查协助员。高木新左卫门是自己的堂兄，是年二十九，比自己大五岁。他很早就在南町供事，也曾担任过案件调查协助一职，在众人眼里十分能干。现在担任管理职位，得人望且很受别人信赖。

"虽然他说自己不敢保证能不能行，但一般都没什么问题。"律之助喃喃自语道，"他肯定有什么好办法的。"

回到协查人等居住的家中，他再次翻开口供仔细推敲。

事件的经过是这样的。两个月前的七月七日，也就是七夕的晚上，位于深川冬木町、当地人俗称为"蚬河岸"的护城河边空地上，晚上十点前后发生杀人事件。死者名叫卯之吉，二十五岁的泥瓦匠。凶手是二十岁的姑娘阿绢。凶器是一把长九寸五分的短刀，伤口在肩部、胸部和腹部共五处，其中胸部伤口是刀刺到心脏造成的，是致命伤。

当晚十一点前后，姑娘在住房管理员源兵卫的陪同下，到平野町的番所[1]自首。次日早上，八丁堀派人来审讯，姑娘很干脆地说出了犯罪经过，所以审讯记录完成后随即转送到小传马町。卯之吉住在冬木町源兵卫管理的出租房里，上有父亲伊与吉。阿绢也和他住在同一长屋内，家里还有父亲胜次以及弟弟直次郎。胜次四十八岁，三年前患中风卧病在床，弟弟直次郎是个白痴。阿绢相貌标致但

---

[1] 在江户时代，设立于交通要塞、实行监视和征税工作的机构。

二十了还没出嫁，无疑是被家里拖累了。她性格老实认真却又阴郁，内心坚强且带有几分倔强。

在町奉行，负责这个案子的是同为案件协查的小森平右卫门。在南町，他属老辈，案子调查也一板一眼，但他仅仅是按审讯阿绢的记录重复几次，未觉察犯人的口供过于简单，似亦没有进一步细查的打算。

阿绢被卯之吉叫出来，他说了一些事令自己为难，一怒之下在恍惚中失手刺死了他。自己原本没有想过要刺杀他，刺死他也是无意识的，但事情是自己做下的确定无疑，所以请早点处置吧。

——"他说了一些事令自己为难。"这是什么事呢？

审讯中提及于此。阿绢只说"这是为难的事"，便缄口不言。

——关于此，上面的人也有些怜悯之意，但仅仅是因为"为难的事情"就将人杀死，死罪难免。

小森这样说道。而阿绢只是反复地说，我说的"为难的事"，即便我说出来老爷你们也不会明白。我已经做好了死的准备，请你们不要再问了，还是早点处置我吧。

当然，小森也传唤了必要的证人来听取证言，如房屋管理人源兵卫、邻居们、地主及附近地方的其他一些地主、经营当铺相模屋的老板仪平（审问时，来的是他的管家茂吉）等，但他们的陈述中也没有任何对阿绢有利的证词。

无奈之下，除了律之助直觉"这个姑娘不是杀人犯"

以外，根本没有可作为反证的材料。

"但对我来讲，这恰是关键之处。"律之助合上口供小声嘀咕道："没有任何反证的材料且如此简单的案件本身就有隐情。我感觉到了！这里面一定隐藏了什么！"

他闭上眼睛，仿佛祈祷似的说道：

"父亲——"

二

第二天，高木新左卫门带着律之助去了小传马町的监狱，监狱长石出带刀接待了他。高木一句话也没说，律之助也不问多余的话。

石出与高木据说还是杂俳[1]之友。他三十一二，身材矮小，生着一副机灵的面孔，干脆利落。

"是吗！这位是花房先生的公子啊！"石出用充满亲切的眼神看着律之助，"我和你父亲很熟，曾得到他很多指教和帮助。可惜他英年早逝啊！"

律之助简单地说明了自己的来意。

"可以吧。"石出说，"昨天高木给我说了一个大概。如果这次你的直觉是正确的话，小森肯定会恼怒不已——当然你是有这个把握的吧。对于你这个新手来说，那可就

---

[1] 杂俳：日本的一种诗歌形式。

是立下汗马功劳呀。"

律之助默不吭声。

——我所要的并不是什么功劳！完全是有别的原因。

他心里默默想着，没有说出来。

石出唤来同事志村吉兵卫，介绍律之助，并嘱咐他给予必要的方便。交代完毕，吉兵卫立刻说了声——请，便领律之助要走。

"我先回去了。"高木说，"衙门里没什么事，但每天要打个照面。"

律之助说了句——您忙去吧。

律之助被领到调查室。这是一个两间四方屋，左右是栗色厚重杉木门，后面是槅扇，前面是外廊。外廊下面铺满了白色砂砾[1]。

律之助进屋后，姑娘早已跪在外廊下。右边是法警，后面是两名看守。

律之助对志村说："我想跟她两人谈谈。大家是否可以回避一下？"

志村点头率大家退下。

等到只剩两个人时，律之助来到外廊盘腿坐下。

"记得我吗？"律之助对姑娘说。

阿绢慢慢地抬起了头。

---

[1] 江户时代，奉行所审讯犯人的地方会在地面铺上白砂。

她身着麻布的灰色囚衣，头发干枯、往后扎着。她身材纤细，大概是一直干活的原因吧，身上没有一点赘肉，匀称标致。虽然脸有些长，但五官端正，双目清澈而镇定。

"是的。"阿绢开口说，"您上次来监狱巡视……"

"这次我是调查官。"

阿绢抬头看着他。

"我打算再审你的案子。"

"为什么？"阿绢问道。

"因为想知道实情。"

"我已经全部都说了。"

"我要知道真实情况。"

"我真的已经全部都说了！"

"不，不对。"律之助说，"你隐瞒了几处重要地方。我现在开始问你，老实地回答我。"

"为什么？"

"你心里清楚为什么。"

"我已经一字不漏地跟小森大人说了。杀害卯之的凶手是我，小森大人是知道的。这不就够了吗？"

"好好听着！"他说道，"我们的任务不是抓到凶手就可以了。我们必须确保绝对没有抓错人。"

"所以……我不是承认了是我干的吗！"

"那么我问你！口供里记载，你在无意识中刺死卯之吉。"他说道，"你说原本没想过要刺杀他，因为他说了一些过分的话，一气之下无意识中将他杀害。是在撒谎吧？"

"——为什么这样说？"

"现在是我在问你！"他说道，"无意识中杀害卯之吉是撒谎吧？原本就有杀他的打算。是吧？"

"绝没有那种事！根本没想过要杀他。"

"真的吗？"

阿绢回答说是真的。

"那好，我问你！那把短刀是怎么一回事？"

阿绢发呆地望着他。

"那是七夕晚上。"他说道，"卯之吉来约你。既然是被约，你有什么必要带着短刀去呢？"

姑娘侧脸露出一缕微笑，但这微笑明显掩饰着内心的慌乱。

"你不回答也可以。"他接着说，"现在再来说说你家里。你一个姑娘家要养活一家人，爸爸卧床不起，弟弟是白痴。"

"不对！阿直不是白痴。"阿绢的态度突然变得坚决起来，"七岁的时候在蚬河岸打伤了头，后成为瘀伤。如果治好的话，就是一个健全的人。阿直绝不是白痴。"

"我说错了。对不起。"

阿绢睁大了眼睛，听到官员大人对自己说"对不起"，大概吃了一惊吧。睁大眼的同时也张大了嘴，露出一排雪白的牙齿。

"说到白痴你就很生气，说明你疼爱弟弟。"律之助说，"正因这样，你就该设身处地想想卧床不起的父亲和这样的弟弟。如果你被判了死罪，剩下的两人该怎么办？"

阿绢一声不响。

"两人的事不管了？"

"没办法呀。"阿绢说，"我现在都已经这样了。"

"两人四处乞讨，你也不管？"

"当乞丐是不会的。"

"为什么？——"

阿绢先前紧张的脸一下变得平静、安详起来。虽然仅仅是瞬间一闪，但逃不过律之助的眼睛。

"好吧，这个不回答也可以。"他接着说，"下面还有一个问题。你说卯之吉说了些过分的话。具体说来听听。"

"这也说给小森大人听了。"

"我想听听。"

"口供上都写着……"

"自己不能说吗？"他问，"莫非卯之吉想强奸你？"

阿绢气得涨红了脸。

"是谁？谁这样说的？"

"是想强奸你吗？"

三

阿绢愤怒地盯着律之助。

"他……"阿绢断断续续地说,"卯之不是那种人。他哪怕做错了什么事也不会是做出那种事。街上的人都知道。假如你觉得我在说谎,那你就仔细听好,这是大家都知道的事情。"

"好吧。我明白……"

"被别人这么编排,还是第一次。"阿绢又说,"八丁堀的老爷和小森大人他们,都没有说过这么令人恶心的话。"

"哎呀,说出这种话来,真对不起。请原谅。"律之助微笑着说。

阿绢被带回牢房。律之助向监狱官员表示谢意后就回到了南町役所。接着他翻阅了卯之吉的验尸报告(里面附有伤口全貌图),然后去仓库,检查了凶器短刀。刀鞘是本色的,刀长约九寸五分,听说是在杀人现场附近路上捡到的。刀鞘上粘着吹干的泥土。刀上带有血迹,无疑没插进刀鞘。短刀本身做工一般,无论怎么看都像是武士短刀的仿制品。这一点倒是引起了他的注意。短刀本身不值钱,但系仿制品则须仔细揣摩。

第二天他去了蚬河岸。

走过永代桥到深川,再从上之桥沿河边走,过寺町和蛤町就到了冬木町。蛤町有井伊家的别墅，离那不远处直到冬木町，河岸里外一片荒凉。在寺町和蛤町的转角处，有一户用土墙盖起来的三层楼商家，挂在门口的布帘上写着"相模屋"。大概是这一带的地主、房东兼当铺老板吧。在土墙商店的后面有一户住家似的二层楼房屋，穿过用黑木板钉成的篱笆后，红松枝繁叶茂。

在四周一片荒凉景象的衬托下，这个二层楼房显得格外庄重威严。

律之助在相模屋前停下了脚步，起先想进店里去看看，不过马上又加快了脚步，朝龟久桥走去。他向在那儿玩耍的孩子们询问蚬河岸的位置。

"那边。"一个年约八岁的孩子说道，"在那边转弯，顺河沿一直往前走就是蚬河岸。"

四五岁到七八岁的七个孩子，围着欺负一个约莫十岁的男孩。这男孩子看上去非常邋遢，浑身上下红肿干燥，仿佛得了什么不治之症。他蓬头垢面、面黄肌瘦，衣着褴褛，与周围的孩子别无两样，但口眼歪斜，淌着口水。牙床腐烂成紫色，可以看到门牙掉落后留下的空缺。

律之助感到恶心，忙把视线移向一边，对着刚才指路的孩子笑着说："谢谢你！小孩，今年几岁啦？"

"我吗？"孩子答道，"二十了。"

"几岁？"

"二十岁。过了十九就是二十呀。"

其他的孩子哇的一声笑起来——是嘲笑，不像是孩子之间打闹的笑声。律之助紧闭着嘴。这时那个孩子又说道："叔叔是衙门里的人吧？"

律之助看了看这个孩子。

"我不知道叔叔到这里来做什么。还是小心一点儿好！"这孩子又说，"这里住的都是些不要命的人。衙门的人在这里转来转去，他们也不知道你们来干什么。真的。"

"是的，叔叔。"其他的孩子们也附和着，"还是趁早回去吧！"

律之助一阵苦笑。他感到不知所措，同时又强压着心中的怒火。

——不能对这些孩子发怒。

他这样提醒自己。

——孩子们没有罪。他们还不懂刚才自己说的那些话的真正用意。

他从口袋里掏出钱袋。孩子们一下都闭上了嘴，眼里闪光，盯着钱袋。他将袋里的零钱全部拿出，放在了刚才这个孩子手里。

"大家一起买点糖果吃吧。"律之助说道，"叔叔是衙门里的，有事才来这里。不要为难叔叔了。"

孩子用不相信的目光盯着他，并迅速地把钱捏在手里。

这时从对面传来厉声责骂"传次"的女人声音。在低矮歪斜的屋檐下，站着三个长屋女人模样的妇女，背着或抱着孩子。

"还给他！传次……"其中一个女人叫道，"你不是讨饭的，怎么随便要陌生人的钱！还给他！"

"大家都到这边来。"另一个女人也喊着，"都到这边来玩。仓造。"

"传次，你还磨蹭什么！"先前的女人大吼道，"不还么？不还我可扭断你的手。"

"你别生气！"

律之助朝女人那边走过去。

"刚才他们给我指路，我谢谢他们。"他平静地说道，"只是四五个零钱而已——可爱的孩子啊！"他瞅了瞅女人抱着的孩子，"又胖又结实。一岁了吧？"

女人"嗯"了一下，接着又用刺耳的声音责备传次。

"你说什么呀？"说着孩子朝她吐舌头，"这是我指路得的钱，我才不还！"

"你这个小畜生！"

"你个臭老太婆。"孩子回了女人一句，接着说，"我要用这钱买红薯分给大家吃。勘兵卫就知道一个人吃。哼！"

叫大家都到这边来，那个孩子便从龟久桥上跑了过来。余下的孩子也追着跑了过去。

"我做错了。给他们钱……"律之助说道，"只是一点心意。"

女人什么也没说。三个人陷入沉默中，能感觉她们充满了敌意。本能的、明显的敌意。

——真是个糟糕的开头。

他离开了那里。

蚬河岸面对着一条细窄的河沟，对岸是长长的围墙，护着武士的府邸。围墙里面种着栲树、榉栎树，枝繁叶茂，盘根错节，根本看不到里面的房屋。——沿着道路右侧是空地，行凶地大概就是这里吧？律之助刚准备到空地那边去看看，背后传来了喊声。

"叔、叔叔！"

他吃惊得差点儿跳起来。

四

转过头去，看见那个奇怪的孩子站在那里。

"是你呀？"律之助说，"怎么了？你没和他们一起吗？"

少年摇了摇头，打开右手紧紧握着的拳头，拿给他看。他照例流着口水。眼角布满了眼屎，浑浊肮脏。

——莫非他就是阿绢的弟弟？

律之助开始感觉到了。

"叔——叔，这个。"少年说，"喏，你看……"

"什么呀？你手里拿的是什么？小鬼！"

少年将握紧的拳头伸到他面前，慢慢地张开手指，原来是块小点心。大概是握得太紧，破碎得不成形了。

"好吃的东西。"他说道，"噢，这是什么？——鹿子饼吗？这么好吃的东西……"

"分给大家了。"少年说，"他们还要。都来抢。叔叔生气吗？"

"非常非常生气哦。"他说，"孩子，你是叫阿直吧？"

"我不是阿直。"少年摇着头，"阿直是笨蛋，我不是笨蛋。"

少年始终跟在律之助身后。

律之助不知该如何是好。孩子说的话他也不懂，让他去一边玩他也不走，律之助走到哪里他就跟到哪里。——后来律之助碰到了房东源兵卫，听取了当天晚上的情况汇报后，便来到了阿绢和卯之吉的住所。

七户人家居住的一间长屋从西数起，卯之吉家住第二间屋，阿绢家住第六间屋。那个小孩依旧跟在身后，后听源兵卫说，小孩就是阿绢的弟弟直次郎。

源兵卫五十一二岁，是个矮小、肥胖、毛发茂密的男子。浓眉下长着一双狡诈的细眼。他态度卑屈，不停地点头哈腰。从这种人手里租房子住，麻烦肯定不少。律之助是这样认为的。事实上，从长屋里的租客身上也看得出来。

"您有什么事吗？"源兵卫临告别时问道，"那个案件还有什么不清楚的地方吗？"

"嗯，还有一点小小的问题。"他装出若无其事的样子回答,"有一两处细节问题百思不得其解……"

"大人亲自来调查?"

"是啊。"他答道。

"怎么说呢?"源兵卫斜眼瞟了瞟他,踌躇地说:"不用说,这一带早就恶名在外。即便是熟悉此地的常客,不小心也会遭到黑棒袭击。"

"已有耳闻。"

"也许是瞎操心。还是叫熟悉这一带情况的人来调查的好。"

"哪里呀,不是那么重要的事情。"

律之助轻描淡写地说。

他一连三天去了冬木町,然后休息了两天,整理了三天的所见所闻。遗憾的是,三天来他几乎没得到任何有用的消息。遇见并交谈过的男女共九名。他们好像事先都商量过似的,个个缄口不言,清一色都是"嗯""好像是的""不知道"等等,接着就像个木偶似的不再言语。

律之助想知道的是下面三点。

——阿绢和卯之吉是不是恋人关系?

——阿绢是否有其他相好的人?

——那天晚上,还有谁看到过他俩?

但对这三个问题,没有一个人明确回答。

他们对衙门里的人充满敌意,第一天就领教过了。孩子们(这些影响来自父母及周围的人)表现出敌意或者说是嘲弄闯入者。律之助一边思考一边将记录整理出来，不停地叹息。但阿绢绝不可能是杀人凶手这一点，愈发地感觉强烈。

"他们肯定知道些什么。"他对自己说，"含糊其词……或者旋即默不作声就是证据。那绝不是反感和敌意……是知道内情。"

"我要把它找出来!"他说，"我一定要亲手把它找出来!"

律之助再去冬木町的那天下雨。

他见到了卯之吉的父亲。伊与吉是花匠（这活儿颇费工夫），天好时都出去赚钱，所以一直没能见上一面。——伊与吉话语也不多，是个骨瘦如柴、胆小怕事的老人。对于死去的卯之吉，老人不住地夸奖他是个孝顺的孩子，并唠唠叨叨地述说着自己老后的窘境。但一问起关键问题，律之助就无法得到满意的回答。

"我认为杀人凶手另有其人。"律之助反反复复地说，"我想找出真正的凶手。对于你来说，如果知道杀害自己儿子的凶手另有别人的话，一定会去把他找出来的，对吧?"

"嗯。"伊与吉低下头，"这个……死去的卯之吉反正不能再活过来。"

"那我问你，判处不是杀人凶手的阿绢死刑，你也无动于衷吗?"

"阿绢……"伊与吉说，"她不是凶手吗?"

律之助语塞。伊与吉那一副面具般的、毫无表情的脸，静得像水面般无任何感动情绪的反问，几乎令人绝望。律之助走出伊与吉的家，朝蚬河岸走去。

雨下得不大，河岸静悄悄。拴在岸边的渡河船上没有人影。他走到空地，环顾四周，伫立良久。

"这里发生过什么。"他自言自语地说道，"口供上没有记录。……但这些杂草见证过。"

空地上生长着五颜六色的杂草。这里曾做过碎石堆放场，至今还散落着一些碎石，杂草就从这些石头间迸发出生命力。时值晚秋，杂草枯萎呈茶色，只剩下白色的根茎裸露在外。它们一面受着秋雨的吹打，一面在日益逼近的寒冬下，悄然地苟延残喘。

"你们看见了。"他望着杂草说道，"七夕那晚到底发生了什么？——若是能开口说话，就能告诉我对吧……"

敲击在雨伞上的雨声越来越响。不一会儿，律之助转身去了源兵卫的店铺。

那天见到阿绢的父亲，还问了其他三个人。阿绢的父亲胜次终日卧床，说话吐字也不清楚，对律之助想了解的事情毫无帮助。加上直次郎又在一旁不停地折腾。一会儿掏出点心高兴地吃着；一会儿又卷起裤腿，要给律之助看腿上的旧伤；一会儿又像个四五岁的孩子拿来玩具，央求律之助和他一起玩儿。他不断地吵闹，律之助最终只得起身离开。

与其他三人的谈话也和上次一样，徒劳而归。一个是做泥瓦的小工；一个是卖鱼的小贩；还有一个是卖护身符的。可是，但凡涉及事件相关的话题，他们就通通异常敏感地闭口不言了。

"哎，是这样啊？我一点也不知道。"

"我整天忙着干活儿，根本没时间接触到长屋的人。唉！"

"我刚搬来不久，同样也是两眼一抹黑。"

如果再问——具体何时搬来，对方则答——不到三年吧。

总之都是这副口吻。——阿绢自己都说自己是凶手，这案子就不那么容易翻过来。

虽说律之助早有心理准备，但还是料想不到自己竟遭遇如此强烈的抵触。现已知道的情况是，卯之吉和阿绢虽不是恋人关系，但两人十分要好。而且了解到，卯之吉虽已二十五岁，但除了应酬之外，既不喝酒也不找女人，朋友们都笑他是个怪人。

"假设两人是恋人关系，"在雨中，律之助一边走一边嘀咕着，"这时突然有个男的插进来，要抢走阿绢，最终杀害了情敌卯之吉。——也有这种可能。不过，不可能！如果两人是恋人关系，卯之吉一旦被杀，阿绢一定会复仇的。自己的恋人被杀，她也不可能站出来说自己是凶手。没有这种理由。"

他停下来驻足河岸边。

"爸爸,"他小声嘟囔道,"莫非是我弄错了?"

铁锈色浑浊的河水里,不断落下的雨滴,打在水面形成无数个小圆圈,随即消失,升腾为灰白阴翳的水汽。——他木然地望着水面。突然,身后好像有什么人走过来。他刚想转过身去,身体却被人猛地冲撞了一下。

五

身体被人冲撞的一瞬间,律之助脑海里像闪光一样,浮现出那群调皮孩子们说的话。

来不及躲闪了。他反射性地伸出右手,慌乱中抓住了什么东西,是对方的衣领。他紧紧抓着掉进河里。对方也一起掉进水里。那人曾设法甩掉他的手,但因冲撞的力量太大,加上律之助用力抓着没法甩掉,最终一起掉进了河里。

两人几乎同时落水。在水中律之助把对方拉过来,双腿缠住对手的身体,使劲往下沉。对方胡乱地挥舞手脚。两人又一起浮出水面,律之助这时猛击对方的脸,再度下沉。

"救命啊!"对方哀号着,"我不会游泳!会死的!"

说着他呛了一口水,手脚不停地挣扎。律之助强行把他往水里按,让他换口气后又按下去。对方拼命反抗,律之助自己也喝了一口水，又咸又臭。——三次过后，那人无力折腾了。律之助浮出水面。那人已瘫软无力，身体死沉，让他浮出水面，着实费了一番气力。

浮出水面后定睛一看，拴在两岸边的船上有四五个人正朝这边看，嘴里还吆喝着什么。河岸上也站着一些人。

"有绳子吗？"他大声喊，"他掉到了水里。把绳子扔下来。"

"马上划船过去。"河边的一条小船上，船老大模样的男子应道。

传来桨声，回过头一看，一个小筏子划近前来。好像是从对岸划来的。划船的是个年轻人，头上缠着毛巾，上穿一件和服式样的短上衣，淋着雨熟练地将船划近。——律之助一边将男子靠在自己身上，一边感觉自己腰部变轻了许多，心想是挂在腰里的刀没了吧。实际上这是在水中的错觉。果然，他马上察觉到左右两把刀都在腰间。

"他已经没知觉了。"等船划过来，律之助说，"来，搭把手。"

"好，我来帮您。"年轻人弯下腰来伸出双手，"您没事吧？"

"我没事。来！"

"一、二、三。"年轻人把男子拖上了船，"唉！这不是六助吗？"

律之助也爬上了船。

"你认识他?"律之助问道。

"蛤町的六助。混混儿。"

"混混儿?"他掏出手巾先拧干,然后将打湿的头发擦干,想了想接着说,"那好,我们去平野町番所。"

大约过了半小时——

律之助一到番所,马上让所里的一个差役去相模屋弄身衣服,同时让另外两个差役照看六助。六助只是背了气,不多会儿便苏醒过来大口大口地吐水。这时相模屋的大管家茂吉来了,还顺便带来了不少必需品。——相模屋主要从事物品的典当,因附近没有适合的商店,律之助只好求助于此。事先说好旧衣服亦可,茂吉却拿了全新的,只有袖子稍微长了一点。

"我什么也不会说的。"六助突然开口说道,"怎么?要对我用抱石刑[1]么?那我也不会说的。反正随你们的便。"

这时律之助已换好衣服。相模屋的大管家茂吉也在一旁帮忙。听到这话,诧异地望着律之助问:"怎么回事?那人犯了什么事吗?"

"没有,没有。他掉进水里,我把他救上来而已。"

"那他刚才说什么?"茂吉说道,"……就是用抱石刑也不说。"

---

[1] 抱石刑:日本江户时期的酷刑之一。将犯人捆绑,使其跪在锯齿形的尖利石头上,腿上再压上大石头。

"大概喝醉了吧。"他系好腰带,打量着袖子回答说,"行了。让你从店里跑过来,不好意思!我叫花房律之助,南町的。明天我什么时候去你们店里,届时请告诉我该付多少钱。"

"哪里哪里!只要能给您帮上忙……那,我就告辞了。"

"我明天去。"他说,"麻烦了呀。"

茂吉走了。律之助走到睡在那里的六助旁。

"喂!"他问,"身体怎么样?"

六助沉默不吭声。他约莫二十七八,粗关节,黑皮肤,月代发故意留得老长。他胡须刮得干净,所以一眼就看出头发是故意留长了。

"你刚才说你什么也不会说的。"律之助说,"哪怕用抱石刑也不会说。很勇敢嘛。——那就是说,你做了什么坏事喽!"

"你们想怎么样就怎么样。"六助有些赌气地说,"我什么也不会说!我不说了。你们抓我去坐牢吧。"

"你这个家伙!"一个当班警察吼道,"老爷救了你,你还不识好歹!"

"我要笔录。"律之助拿着打湿的双刀,走到门槛边说道,"我不管他说不说。对不起,你去买些怀纸和三块毛巾来吧。"

他拿出一些钱交给一个当班的,那人立刻出去了。接着他坐在门槛处,把手伸向地炉边烤火。

这个番所管辖三条街乡，人手有两名街道巡警、三名乡警。街道巡警借口某街发生了斗殴事件，两人往往不在所里。乡警说"我去叫他们"。律之助却觉得不需要，便没有答应。不一会儿，怀纸和毛巾买了回来。律之助擦拭着刀和三名巡警说了一会儿话。

——看来我的感觉是对的。

他在心中反复地念叨。

这个男的一定是受谁的指使来杀我……至少，他们是想让我停止对这一案件的调查。

"什么都不会说"，这就是证据。最初他想错了。他原以为今天的事如那些调皮的孩子们所说的，那一带居民对自己有敌意。不是的！这个叫六助的男子一定是受了谁的指派。对这案件的再调查会引起那人的恐慌，遂派六助来杀人。

——这是千真万确的！

他在心里大声说道。

——我要把这家伙揪出来。

擦完刀后，律之助没再说什么，准备回家。

"打搅你们了。"他说，"我要回去了。请帮我叫辆轿子。"

其中一个巡警马上跑了出去。

"这家伙怎么处置？"

"等他醒了就让他回去吧。"

"放了他？这可以吗？"

"可以。"他说，"莫非你们还打算给他钱？"

那边六助鼾声如雷。两名乡警尴尬地笑了笑。他们不知道事实真相，只相信溺水的六助被人救起。即便这样，他们也感到其中有些蹊跷。——不一会儿，轿子来了。律之助把一包什么东西放在那里。"一点点心，大家吃吧。"说完便起身离开了。

六

"这是什么时候的事？"

"五天前。"

"那么，——那家伙呢？"高木新左卫门说，"就这样放了？"

"嗯。"律之助点头说。

"也许是多管闲事吧。"高木说，"你的有些做法很奇怪。花了那么多精力去调查，你觉得会有收获吗？"

"昨天我借的钱……"

"你听我说。"高木接着说，"比如审问这个六助就能找到他背后的人，不是吗？"

"我不认为。不这么认为……"

"为什么？"

"我也说不上来。"律之助说道，"怎么说呢……就是说，用常见的办法去调查不行。只能靠自己的感觉来判断。除此之外，没别的办法。"

"这么洒脱啊……"高木说，"这样能看到希望吗？"

"嗯，差不多吧。六助的出现就是证据。我也曾打算放弃……"

"我先提醒你……"高木说，"那个姑娘，不久可就要宣判了。"

"啊"的一声，律之助目瞪口呆。

"看情况，或许就是这五六天。都这样传言……"

"果真如此啊！"

"好像是的。宣判书等文件已经递交给老中了。"高木说，"总之，你抓紧时间调查吧。有什么消息，我再告诉你。"

律之助点了点头。

"哦，"高木说，"昨天的钱是怎么回事？"

"嗯……我想问问，先不急着还，是否可以？"

"可以吧。我来处理一下。"

律之助说了句"拜托了"。

从役所出来，他在数寄屋桥坐上轿子，命道快去深川。到了面朝蛤町护城河的正觉寺门前，他下了轿，朝庙里走去，碰上出门迎他的负责人源兵卫。

"都来了吗？"

"嗯。"源兵卫答道：

"里面也有人对每天的补贴不满意。但大体上都来了。"

律之助点了点头。

他昨天命令源兵卫，让与阿绢、卯之吉同住长屋的邻居们都来寺庙集合，并说好"发给他们当日的补贴"。两方共三十一户。决定当家的男子每人二钱，女子每人大米三合，所有费用借自衙门。当时手艺好的木匠，每天也就三钱，因此该说是不错的了。

他们集中在正殿，有的胡乱躺着，有的大声说笑。律之助进来，坐在须弥坛一侧，他们便安静下来面对着他坐下。

律之助开口道："今天把大家召集来，我想大家也知道是什么原因。"接着他详细说明了案件经过，并主张阿绢不可能是杀人犯。两人相好这是事实。卯之吉有父亲，阿绢也有卧床不起的父亲以及白痴的弟弟，两人不能结婚，但两人都没放弃。为什么这么说呢？卯之吉已二十五岁，他不讨老婆成家，也不喝酒逛妓院，只是一味地劳作挣钱；阿绢呢，能轻松赚钱的地方更多。即便不卖身，单凭她标致的长相，找个合适的酒馆儿就能赚钱。但她没那样做，而是情愿干普通的脏活儿累活儿。据说她干的是挑石头、挖土方的活儿。这些不都说明她对卯之吉有情有义吗？还说明两人间有"日后结为夫妻"的约定，卯之吉因此也不去寻欢作乐，而是一味地干活儿。阿绢更不去花天酒地的地方享乐。

"这是我的看法。"律之助看了看大伙儿，"各位住在同一长屋，理应比我更了解。假如你们认为我刚才的想法是错的，他们两人并不是那种关系，那请说给我听听。"

一片沉默。律之助从一角一个个看过去，大家只是埋头遮脸。

"那好，假设我的想法正确，那就接着说……"他接着说，"我最近刚去巡视牢房。在不了解案情的情况下，我看到了阿绢，并认为她不是到这种地方来的人。也许你们不相信，像我们这样跟牢房打交道的人，往往有这种直觉。"

接着他说，回去马上查阅了审问口供，案件中几处令之感觉蹊跷，幸亏自己的工作就是复查案件，于是打算深入调查。接着又说到阿绢不愿讲明真相，自己去冬木町长屋询问，也没有一个人出来帮助自己，诸如此类。

"帮助我！请大家帮助我，提供线索……"律之助说，"除卯之吉外，一定还有谁在纠缠阿绢。诬陷阿绢是凶手，一定事出有因。哪怕三言两语也可以。即使涉及到衙门面子问题，我也绝不会把大家牵连进去。怎么样？想到什么，就请说出来吧。"

大伙儿仍然沉默不语。与其说是顽强地保持着沉默，倒不如说是大伙儿压根就没听他在说些什么。

"这样行不通？"他说，"穷人一定有穷人表达同情的方式。同住长屋的人一个被杀一个被诬陷。你们竟这样袖手旁观、漠然观望？"

一般情况下与众人促膝交谈，一定会有人义愤填膺挺身而出，当众展示出勇敢、勇气。律之助希望如此，但他的希望是徒劳。

——可悲的懦夫！

他生气而心情变得极差，但他努力地克制了自己。

"如果大家在此说话不方便，那么，下次我去拜访各位的时候，再说给我听吧。拜托了！"

接着他吩咐房东源兵卫把补贴发放给了大家。

七

律之助走出了寺庙。

他疲惫无力地朝冬木町走去。这时，沿寺庙墙壁的一条巷子里恰好走出一个后生，一看见他走过来，立即停下脚步，然后马上转身向后跑去。

短暂的一瞬，律之助看清了他的脸：吃惊的眼神、留长的月代发、一张颧骨突出且黝黑的脸。——"是六助呀！"律之助嘀咕。

接着他一直走到土墙的弯角，在巷子中寻找，但没有看见六助的影子，只有四五个孩子在玩耍。

孩子们一起朝这边望，其中一个大声说："又来了？"

"嗯！"律之助回应道。原来是上次打过交道的调皮蛋传次。

"喂，"律之助问，"是二十岁的小哥呀！怎么啦？"

"我讲过的吧。"小孩说道，"上次吃了那么大的亏，叔叔还不吸取教训吗！"

律之助看着孩子的眼睛说："你看到了？"

"跑了。"这个孩子说道，"我刚才看见六助跑了。"

"你认识六助？"

"我认识？你想问什么吗？"孩子说，接着自以为是地耸耸肩，"继续下去的话，下次大河里漂着的没准儿就是死尸啦。不是说丧气话，反正别在这儿转来转去的好。"

"讨人嫌的死鬼！"骂声从后面传来。律之助回头一看，站着个干瘪的老人向他点了点头。

"我是弥五，管船的。"老人说，"没事的话，到我的小屋里坐坐？"

律之助看了看老人的面孔，好像刚才寺庙里集合者中有他。律之助点点头应道："那我就坐坐……"

小屋位于龟久桥一角。一间没铺榻榻米、约六尺大小的房间，摆有凳子。另外是一间铺有三帖榻榻米的杂屋。老人每天就坐在这里，看管着拴在岸边的船只。

"能入这等狭窄小河的船，绝不会装载什么值钱的东西。但是，万一被人盯上的话……"老人说，"不管怎样，如果是这一带的人……当然，我也不能乱讲话。"

老人在小炉子上煮开水，一边不慌不忙地说着。

——本名弥五郎，年轻时当船老大，有两次失败的婚姻，从此单身一人。中年时曾拥有卖水的小船三艘，却因嗜酒、赌博尽皆失去。手脚不灵后，多亏这条河的船老大照顾，才弄到如今管船的差事。

律之助默不作声地听着。弥五郎用烧开的水泡好茶，接着说："不知合不合您的口味……"同时自己也端起茶碗，坐在铺有榻榻米的门框上。

"刚才在寺庙听了你的话，"弥五郎接着说，"我想说的是——我能理解大人的心情，但还是劝您早些罢手算了。"

"——为什么？"

"不管您说什么，大家绝不会帮您的。即便知道一些事情，也绝不会有人站出来。"

"也就是说……"律之助说道，"大家有所畏惧？"

"不……不是。是因为他们知道，说了也是白说。"

"为什么？为什么会白说？"

"像我们这样苦于生计的人，说什么也是白搭。"弥五郎说，"假如是您也是一样吧。住在带仓库的高大庭院，家藏万贯，穿金戴银，这些人说的话和忍饥挨饿的人说的话，您会相信谁呢？不用说我也知道您的回答。"

弥五郎往门口摇摇头说："去那边玩！"律之助一看，原来是白痴直次郎站在门口。他对着律之助一个劲儿地笑，嘴里发着"呜、啊"的声音，并把手里拿着的点心给律之助看。

"您说的事大家都明白。"弥五郎接着说,"唉,我给你讲个事情吧,那时我十五岁,别人派我照看赌场……"

弥五不知赌场是怎么回事,只知能拿到小费,就听从安排去了。谁知不巧遇上警察搜捕,大伙儿都跑了,自己被抓住并被当地人严厉审问。

——你们的头领叫什么?

——到赌场来的还有哪些人?

那时刚刚颁布赌博严禁令。自己回答说是别人要我干的,他们根本不信,说要严加拷打。我害怕极了,就说出了相关人的名字,并说去问他就知道了。谁知让我干的人与里面的一个当地人有着利害关系,于是这个人一边说"你小子胡说八道什么",一边恨恨地揍我。

"那个人说,"弥五郎笑着说,"你想要说出这些,找一个没人的地方,对着墙或木板说,就没人揍你。给我记住了,笨蛋!"弥五郎接着说,"我也深深地体会到,有什么想说的时候,就只能对着墙壁或墙板,这样至少可以少挨揍。——不光是我!那些每天为温饱而谋生的穷人,多少都有过相同的痛苦经历,于是都把想说的话深深地埋在肚子里,深深的……您想从他们那里打听到什么,我觉得是徒劳无功的。"

律之助垂下了头。

"好吃!"站在门口的直次郎说,"叔叔,这个好吃。"

律之助放下茶碗,站了起来。

八

"多谢你,大叔!"律之助说,"的确会有这样的事情。我也无话可说。但是……"他停了停,"总之做着试试看吧。社会真如您说的那样,更有一试的价值和必要。"

弥五郎笑着点点头。律之助不好意思起来。

"在大叔看来我也许是个小毛孩……"他说,"总之我要试试看。——谢谢您的茶。"

走出小屋的他朝蚬河岸走去。直次郎紧跟在后面,不时找些话头接茬儿。律之助默不作声,径直走到了罪犯行凶的空地。

口齿不清的直次郎说传次他们总抢自己的点心。不明白。因为没给他们买,才总想抢我的。

"过分!"律之助小声说,"不像话!那么大岁数了……"

他望着即将枯萎的杂草,突然脑子里灵光一闪。他转头看了看直次郎,盯着他手里拿着的点心。这(与上次同样)是鹿子饼。

——家里还有玩具。

下雨那天去他家时,直次郎也在吃点心。还拿出玩具吵着说一起玩儿。

——玩具也是新的。

"还是新的。"律之助想。但怎么想都不合理。鹿子饼和玩具。干活挣钱的阿绢七十多天前就不在家了。难道是同一长屋的住户一起养活父子俩？

"果真如此的话，鹿子饼和玩具就更加奇怪了。"他心里盘算着，"等一下！"

律之助望着直次郎。

"这鹿子饼是谁给你买的？"

"嗯……"直次郎支支吾吾。

"刚才你不是在说嘛！没给传次他们买。谁啊？——说的是谁啊？"

直次郎脸上露出痛苦和恐惧的表情，毫无掩饰，不知如何是好。

——有人不许他说。

律之助明白这是严厉封口的把戏。再问徒劳。他边想边走。直次郎的确说过那个名字，但自己当时没有在意。应该是的！

"我想想看！"他回忆着，"……怎么也想不起来。"

律之助去了长屋管理员家。

源兵卫在家。他说补助都发给大伙了，便把剩余的还给了律之助。律之助拿过来后，遂问起谁在照顾胜次和直次郎，源兵卫说是长屋的住户。律之助又问还有何人。答曰房主相模屋也帮助照料。说是房东仪平可怜父子俩，让多少施舍点儿米粥之类。

"是么?"律之助说,"相模屋亦有此言令人心安。"

"嗯!"源兵卫暧昧地笑了一下,突然又慌忙要遮掩什么似的说,"不过少爷不好惹!"

律之助猛地一下想起了直次郎的话。源兵卫也说"少爷不好惹",他突然想起了"少爷"一词的读法。

——"啊,是少爷,不是指'不明白'!"[1]律之助恍然醒悟。

"嗯……"律之助问,"相模屋好像……应该有两个儿子对吧?"

"相模屋吗?不对!"

"不是两个?"他说,"也就是说只有一个儿子?"

"你是说清太郎少爷吧。"

"嗯。"律之助说,"我一直以为是两个。"

源兵卫不吭声。律之助望着源兵卫。源兵卫一声不响。律之助心中有种骚动不安。他说了句"给你添麻烦了",便走出了管理员家。他脑子里开始回忆起事情的前前后后,感到眼前浮现出一线光亮。接着开始整理自己的思路,案件的中心变得清晰且一切以此为轴心展开。

他到了平野町的派出所,把一个乡村警察叫出来。

"有事请你帮忙!"律之助小声对他说,"明天将抓住

---

[1] 日语里"わからんな(不明白)"的发音和"わかだんな(少爷)"相似。

相模屋清太郎，你负责监视别让他跑了。"

"小少爷吗!"这个警察吸了一口凉气。

"是的。"他说，"不得外传。知道吗？不要让任何人察觉。"

这个乡村警察回答说"好"。律之助在上之桥叫了一顶小轿，径直去了南町办事处。一到衙门就叫了名为梶野和兵卫的同事，命他监视相模屋的清太郎。和兵卫分担"临时巡查"一职，听了内情讲述后立刻明白了。

"那家伙与乡警串通一气。"

"这正是我的战略目标。"律之助说，"乡警受雇于街道，相模屋是那块土地上的大地主，是主家，——这样如果清太郎有什么动静的话，正合我意。"

"他若逃跑就绑起来？"

"如果要潜逃的话……"律之助说，"不过，你看着办吧!"

"知道了。"

"有什么情况，请来我家告诉我! 半夜三更也没关系。"他再次强调说，"即便没什么动静，也请监视到我去为止。"

"知道了!"和兵卫答道。

梶野和兵卫领着手下两个人走了。律之助和他们一同出了衙门，在堀端分手后，坐上轿子直奔小传马町监狱。石出带刀在登城的路上，志村吉兵卫在。律之助向他面授机宜，志村马上做了安排。

律之助说的是再审阿绢，并派人在隔壁房间记录口供。

"两名笔录官到位。"过了一会儿，志村来说一切准备就绪，"两人都很优秀，你尽管放心审问。"

律之助说了声"拜托"，便站起身来。

来到提审室，阿绢早已坐在那里，别无他人。白砂铺成的地面，配以黄昏时分的昏暗，给人寂静又森严的感觉。同上次一样，阿绢依旧安详平静。

"我有事要告诉你！"律之助突然开口说。

九

阿绢默默地抬起头来。

"你上次说过，父亲和弟弟的事已经不用管了。"他说道，"也就是说，两人的事情已经不用操心了。这样理解可以吗？"

阿绢一脸惊讶。

"为什么说这些呢？"

"家中没有了挣钱的劳力，终日卧床的父亲及有些异常的弟弟何以生存，对此我很担心。"他说，"你表现得并不介意，但总有个什么缘由吧？养活全家的顶梁柱突然缺失，剩下的两人何以安乐存活？我猜一定有特殊的原因。不是吗？"

阿绢闪出警惕的眼神。

"不是吗?"律之助又说。

"为什么说这些呢?"阿绢又说。

"想知道吗?"他说,"如果不想知道就算了。你希望自己早日伏法,至于父亲和弟弟沦为乞丐还是饿死,你真的毫不在意么?"

阿绢的脸有些扭歪,但依旧缄口不言。律之助默然地等了一会儿,然后一声不响地站起身来。

"请稍等。"阿绢开口说。

律之助不理会她,正打算走。

"请稍等!"阿绢叫道。

律之助转过头去。

"父亲和阿直他们怎么样了?"

"想知道吗?"

"大人见过父亲和阿直了?"

"见过了。"他说道,"还住在长屋。"

"还住在长屋?——怎么回事?"

"你不知道吗?"

阿绢沉默了。律之助还站着没走。

"父亲是长期卧床的病人,弟弟又不能照顾自己。"他说,"这种情况下全指望你来养家糊口,而你突然不在的话,我不知道今后他们怎么办。"

阿绢咽了一口唾沫。律之助站着,望着阿绢。

"长屋的邻居有情有义。"他接着说,"都是为各自生活四处奔波的人。连下四五天雨,家家户户揭不开锅。十天半月还能救济一碗稀粥——不过,五十天、七十天是否还能这样?你心里应该很清楚。"

"那么。"阿绢开口说,"父亲和阿直会搬到别的什么地方去吗?"

"你说别的地方?"

"不是这样的吗?"

"你呀!"他坐下来对阿绢说,"你以为他们会搬到闲静的农村去,过着悠闲的生活吗?"

阿绢的脸顿时绷紧。望着律之助的双眼失去了沉静,带着不安的神情。

"确实要出长屋啊!"他说,"小推车之类,长屋的邻居会给预备好。直次郎推推小车还是可以的嘛。"

"撒谎!"阿绢叫出声来,"怎么会有这样的事呢?"

"怎么了?"

阿绢沉默。

"你觉得我在撒谎么?"律之助问,"你以为那两个人还能做别的什么事吗?家里有个卧床不起的病人,你指望阿直出去打工挣钱吗?——开玩笑!阿直顶多也就是推个小车,沿街讨点小钱。碰见下雨就到寺庙的屋檐下躲一躲。"

突然阿绢高喊起来。

"撒谎!撒谎!绝不可能那样。少爷在撒谎。"

"你说绝不可能那样么？"他问道。

"绝不可能那样！"阿绢说，"为什么这样？哪里错了？父亲和阿直沦为乞丐……"阿绢的泪水哗哗流下，"怎么会有这种无情无义的事？怎么会有这样凄惨的事！"

"奇怪么？"律之助说，"有血缘关系的亲戚间出了杀人犯，大家都会与其断绝来往。这是社会常态。更何况原没有血缘关系，谁能保证无私照顾有杀人犯的家庭呢？"

"说好的。他保证过的。"

"相模屋的清太郎吗？"

"他向我保证过的。"阿绢哇地一声哭起来。她边哭边说，"保证父亲和阿直一生无忧无虑地生活。土地也不转让，且让他们去温泉地疗养，保证他们衣食无忧。他说这些皆由他来安排，以相模屋的名声担保。"

"所以你就替清太郎背上凶手的罪名！"

"我累了，筋疲力尽了。"阿绢下巴抽动着说。她像哭累的孩子一样，用颤抖的语调继续慢慢地说着，"只要能让父亲和阿直无忧无虑，自己做什么都行。卯之吉死了，自己活着也没什么意义了。既然失去了活下去的理由，肉体恐怕也不会长久。怎么样都行，总之我要休息！只想舒展地彻底地休息。就算去死我也愿意。"

律之助什么也没说。

"八岁死了娘后，这个家就一直靠我撑着。"阿绢继续说，"父亲病倒卧床后，为了养活他们俩，我曾经连干三天、不吃不喝。真把我累坏了！我和卯之吉约好，等父亲去世后就和他结婚。可现在卯之吉死了，又有人答应照顾父亲和弟弟，我就一切应承了。"

"叫清太郎来好吗？"

"我以为他会信守诺言。"阿绢说，"所以不再担心父子俩的事情。进牢房后，有生以来第一次身心放松睡了安稳觉。——真的是有生以来第一次。睡得无忧无虑。我已在死心塌地地等着你们宣判。"

"传唤清太郎！"

"我要说！"阿绢说，"我已信守诺言。他也必须信守诺言。——我要当面对他这样说！必须这样……"

十

律之助和高木左卫门正在喝酒。

三十间堀船上的餐馆二楼，室外正下着雨。从打开的窗子看出去，对岸一溜土仓和厚重乌云遮盖下的阴郁天空。

"清太郎正要逃跑吗？"

"那晚他打算上小船逃跑。"律之助说，"梶野只好将他绑了起来。"

"这家伙真可恶。"高木说，"就算知道阿绢已经承认，也不能永远装作什么都不知道吧？"

"他父亲让他快跑。"

"杀人的是……"

"他看见两人正在幽会。"

"嗯！"高木说，"一个有钱人的儿子……那种家伙最爱干的勾当。大地主、典当商、房主，仓库里堆满了金银。他们认为有钱就能办到一切。"

"这些人神通广大！"

"长屋住户都被洗脑了吧？"高木说，"贫穷真是一种悲哀啊。"

"嗯，头痛！"律之助说，"长屋女人露骨的敌意、孩子们有意的使坏、弥五年轻时的私事等，数不胜数。但阿绢说'筋疲力尽'时，我真的惊呆了！"

"喂，酒杯里没酒了！"

"'我累了，精疲力竭。'她这样说时，我……"律之助垂下头低声说："阿绢情愿背负罪名，只要父亲和弟弟能过上无有忧愁的生活，卯之吉死了，对她来说已经没有活下去的意义了，所以她背负了这个罪名。我理解她生活中的疲惫不堪，我理解她急于寻求解脱的心情。但我还是惊呆了。"

"我懂。来，端起酒杯。"

"你说你懂我的感觉？"

"端起酒杯吧。"高木说，"我知道你很难过。我还想了解的是——律君你为何对这个案子如此热心、反复推敲？说到原因，以前提到过吧？"

"给我斟满酒。"

高木拿起酒壶说:

"来吧。管够!"

"事情是这样的。"

"再来一杯,干了!"

"事情是这样的。"律之助说道,"父亲临终时,留下了一句遗言。因父亲误审,将一名无辜者判为死刑。当他知道那是误判时,听说已是三年以后的事情。此后父亲一直深受良心谴责,每日不得安宁。其实一个人判决另一个人,本身就是个错误。但因有社会,需要秩序,就必须有检察制度,而只要是由人来判决就难免出错。——父亲说自己的误判几乎具有不可抗拒性,加上判决已经通过同僚、上司认可。但即便如此,他的良心依然受着折磨。父亲每天都要为这个无辜的死者祈祷,而对自己犯下的不可饶恕的罪行,他无时无刻不在痛苦之中。——所以他说,我就不想让你做这项工作。"

"你却主动要干这项工作。"

"没错,是主动的。"律之助看着窗外,"可能的话,哪怕一次也行,我想弥补父亲的过失,让死去的父亲能够安息。我就这么想的。"

"我不知道是这样。"高木说,"这样的话,今天的酒有双重庆祝的意思了。"

"也许吧。"

"阿绢说牢里反而好。"律之助说,"回到长屋,她又得去挣钱,为了卧床不起的父亲和白痴弟弟。"

"但不久习惯了就好。这又不是阿绢一个人的问题。"

"是啊!"

律之助看着窗外。雨中的三十间堀川[1]上,一艘扬起风帆的小艇正慢慢地开来。

---

[1] 三十间堀川:曾经存在于日本东京都中央区的河流,因宽幅约30间所以被称为"三十间堀"。间:日本的尺贯法规定,1间约6尺,即约1.82米。30间约54.6米。

日日平安

螢火蟲放生

一

村次几乎一刻也不放过阿秋。

阿秋呻吟着小声哀求道:"有住店的客人,请你忍耐一下吧。"村次丝毫不予理会。阿秋哀求了但并未抵抗。她知道抵抗是没用的,她没有这个力量。

——随之又开始被他折腾,哭泣不已。

在阵阵袭来的陶醉、痛苦及忘我中,阿秋为了避免自己的尖叫被人听见,把袖袂揉成团塞进嘴里紧紧地咬住,但即便这样,每到失神的瞬间,不寻常的尖叫声总是在耳边回响。

不知睡了多久。从窗外进来的风吹醒了阿秋,她慢慢地睁开双眼。

村次正靠在窗台边吸烟。

床头小灯笼里的火已熄灭。村次吸一口烟,火光就亮一下,清晰地映出他的长脸下巴尖,颇具男人魅力。——十年前,刚认识那会儿人们都说,他就像变成三津五郎前的篑助[1]。现已年届三十七岁,常年散漫放荡的生活使他皮肤干燥,皱纹也随之出现。但另一方面,它也呈现出人

---

[1] 篑助:据推测,此人为竹田巳之助(篑助和巳之助的发音皆为みのすけ),即歌舞伎演员初代板东三津五郎,擅演美男子的角色。

到中年那苦涩、沉稳的一面，同以前比起来反而更具几分成熟魅力。

——是的。说他长得像篡助。阿染的姐姐们说的。

阿秋望着他，发呆似的想着。

——那时我十八岁，刚从品川转到冰川门前的窑子里。一晃十年了。

全身仿佛都散了架，加上深深的倦怠和疲劳，阿秋迷迷糊糊又睡了过去。一旁的村次说："阿秋瘦了啊！"话语充满柔情，沁人心脾。

——就这个声音。只有这个声音。

阿秋闭着眼想着。

——他一用这种声音向我求爱，我立刻就变得乖顺，像傻子一般。

木村自言自语地"嗯"了一声点点头，似乎在说"瘦也是当然的。因为我才使她吃了不少苦"。接着他又说——让你吃苦好多年了，真是对不住！我心中充满了歉意。但这种日子不会太长了。真的！眼下就有件事需要你做，做到了就一定会让你过上好日子。这次一定要做到。完成了你就金盆洗手，离开这里。然后我俩在下谷或浅草一带选一个僻静的小巷，租个房子一起生活。我们还可以找个大妈或年轻女佣，或者干脆只我们夫妻二人，悠闲地过日子。真的！

他从来不像今天这样话多。原来总是两三句话，慢吞吞的，然后就只管抱着阿秋亲热。

"最后再坚持一下。"村次叩着烟管转过头来，"我似乎终于可以休息了！……喂，你在听吗？"

阿秋"嗯"了一声。村次沉默了一会儿又说："我说的，你听懂了吗？"阿秋睁开眼看着他，恍恍惚惚地笑着点点头。

"这样的话，那种客人就不接了。"村次说，"只做上了年岁的人。我不是告诉过你吗！只做上了年纪的人。"

"是啊。就按你说的那样啊。其他姐妹们都嫌弃我，背后说我的坏话，但不管在哪里我都是这样做的。"阿秋接着说，"上了年纪的人不会提那些无理的要求，只要把他们伺候舒服了，准会额外加银两。我就是照你说的做的。"

"那么，那个客人是怎么回事？"

"船忠藤吉吗？你是指的他吗？"

"那个客人也上了年纪吗？"村次说，"那家伙才二十七呀！"

"做生意嘛，有些时候也不好拒绝呀！"

"三年前就这样吗？"村次说，"三年前一直到现在，很难拒绝吗？"

"那个人的情况你不是不知道吧。"阿秋说道，"怎么说他也不死心，根本就不理睬我的拒绝。他在老板娘那里又使了很多银两，腰缠万贯。这样的客人不接待，于情于理都说不过去吧！"

"行了！行了！"村次收起了烟管，接着说，"在不在理以后再说吧。我先说好，以后再不要理睬那家伙了。"

阿秋看着他的眼睛。

"今晚我就把话说清楚了！如果以后他再来的话。"村次说，"就难说会发生什么事情了。……你听到了吗？"

阿秋慢慢地站起来。

村次用冷酷和贪婪的目光看着阿秋，然后站起身来穿衣服。阿秋也把脱下的衣服从里到外一件件穿好，一边扎腰带一边坐在化妆台前，取下罩在镜子上的布，照着镜子说："听到了。还有什么要说的吗？"

村次把小灯笼拨亮一些，在一侧对着镜子整了整衣服说"没有了"。阿秋很快涂上化妆粉，开始整理发型。

"涨潮了。"村次说，"风都带有海腥味。"

阿秋和他一起走出房间。

村次说"过两三天我再来"，随即朝老板娘那边走去。肯定会去说一些让老板娘高兴的话。阿秋上完厕所便朝最顶头那间四铺席大小的房间走去。藤吉靠在床边，发呆似的看着外面。他身穿系着细带的单层和服，身体魁梧健壮，不愧是个船老大。一张饱受风吹日晒的脸上总是显示出固执的、不由分说的表情，看上去生硬无情。

"来晚了，对不起！"

阿秋说着却并不看男人，顺势把床头的灯笼弄暗一些。

"——有萤火虫在飞呢。"

"涨潮了。"藤吉说道，"到处都是潮水的味道。"

莫非男人都如此了解涨潮的味道？阿秋一边想一边整了整蚊帐，然后就躺在床上低声地说："您快睡吧！"藤吉并不回答，默默地又像是想起了什么似的慢慢摇着扇子说："上次我说的事，今天你给个答复吧。"

阿秋叹了一口气，闭上眼睛。

"您上次说的是什么事情？"阿秋含糊地问道。

二

不要装糊涂了！藤吉说。他明确说过要拿出船宿，只为与阿秋结为夫妻。

"啊，这事啊！"阿秋回答道。这事无需答复。一开始就回绝了呀。以后不要再说这件事了。拜托！阿秋说完叹了一口气。

"因为那个男人？"藤吉问。

"藤大人！"阿秋说，"这是玩乐的地方，说到底是做生意，目的是让客人玩得尽兴。客人也清楚是在陪玩儿，付多少钱我们就陪多少时间。是吧？什么真心相爱、结成夫妻，那是另一个世界的事情。"

"这种话以前也听过。"

"是呀！以前我就说过。"

"但是也有例外。明知是游戏，男女之间，也会有爱得死去活来的事情吧。"藤吉说，"第一次见面我就爱上了你。从那个晚上一直到现在。"

"我不行。我从来没那种感觉。"

"因为那个男人吗?"

"不是。我就是这个天性。"

"是因为那个叫村次的男人吗?"

"和那个人没关系。"阿秋睁开眼看着他,"和谁都没关系。我生来就是这样。"阿秋说,"藤大人,您看得起我,我很高兴。但我的身子已经很脏,所以不可能有那样的想法。对不起!您还是打消那个念头吧。"

"你是叫我今后不要来了?"

"看来会发生不愉快的事。"阿秋忧伤地说,"像我这样不解风情的人总让您破费,这不值得。继续下去,我感到会发生什么不好的事情。"

"那个男人说什么了吗?"

"请您按我说的做吧!"

"不!"藤吉打断她的话,"我是真心的!怎么会放弃!我……"他单手摇着团扇说,"我一定从那个男人手中抢回你!走着瞧!那个恶棍!"

"和那个男人没关系呀!请您不要这么说别人!"

"阿秋!"藤吉说,"你那么喜欢他吗?"

阿秋不再应答。

藤吉看着阿秋。她绷着脸,刚才温柔和蔼的表情仿佛瞬间戴上了面具,凛然僵硬。藤吉把视线挪开,歪着嘴直摇头。阿秋站起身来，边理头发边说："我去冲个澡来。"

藤吉默默地看着窗外。

阿秋站起身，不声不响地走出房间。恰好老板娘阿恒从屋里出来（大概准备回家吧），她拿着小包袱，边抚平前面的腰带边朝这边走来。——四十五岁的阿恒住在入舟町，家里有因病卧床七年的丈夫和成天酗酒、赌博的母亲。她来往于两地间。因为病人医药费的消耗和母亲的挥霍，生活也相当吃力。

"那个男的刚走。"老板娘对阿秋说，"我收了他的特产。下次别忘了谢谢他。"

"已经晚上十一点了吧？"

"阿秋，"老板娘说，"他今晚死缠烂打没？"

"嗯。还好……"

"你当心点！"老板娘边朝门口走边说，"他要一个劲儿缠着说钱的事还好，否则就麻烦了。——喔，阿秀的鼾声好大哟！"

阿秋扑哧一笑。阿秀是三个女人中的一个。走过阿秀的房前就能听见如雷的鼾声。阿秋将老板娘的鞋摆好问道："那个事情谈妥了吗？"老板娘说，"谁知今后会怎样呢？完全像个从田里出来的姑娘。阿时姑娘要走了，这也是没办法的事。年龄说是十七岁，也就十四五岁的样子。"阿秋最后问什么时候来？老板娘答后天吧。

"注意蚊香，别失火！"

"嗯。"阿秋答道,"代我问候老爷!晚安!"

"晚安!"老板娘说着往外走。这时突然传来一声尖叫。

阿秋吓了一跳,忙瞅着外面问:"怎么啦?"

"吓我一跳!我以为碰到了鬼魂呢!"老板娘,"你瞧!萤火虫那样聚在一起飞。"

阿秋走到屋外。

在已经关了灯的油店屋檐下,萤火虫忽闪着青白色的光,抱成一团,忽左忽右,忽上忽下,欢快地飞舞。阿秋感叹"真漂亮"。老板娘却说:"我当是遇见鬼魂了呢。你瞧我现在还在发抖。"

——妈妈您还真是胆小啊!快回去休息吧!

——"晚安!"老板娘说着耸耸肩,快步走去。

阿秋关好门,(从房间外)对阿时和阿秀说了声注意蚊香别失火。两人都迷迷糊糊地回答——好的。估计早就把蚊香灭了,因为两人都到了被蚊子咬了也能心平气和的年龄。阿秋心中想着事儿去洗手间冲凉。

再回到顶头四铺席半的房间时,藤吉已经睡着了。

阿秋打开关着的窗子,摇着团扇,望着外面。

——九月就是母亲的七周年忌日了。

阿秋出神地想着。七周年的法事必须到寺庙去,因为三周年的法事就没做,最近也没有送出念经的香火钱。"我是个不孝的女儿啊!"阿秋心中默念。

藤吉开始平静地打起鼾了。

三

阿仙姑娘来的那天，有十五人陪着一同来到这个地方。这里虽离洲崎弁天神社不远，但只有六家店铺，均未领得营业执照，店名也简单，叫什么"染坊""油店""米店""磨刀铺""酱菜屋""茅屋"等。寻欢作乐就此一处，姑娘也仅三人。——作为条件，得到了接客默许，却不能给客人提供酒菜，也禁止唱歌跳舞。事实上并没有坚持几天她们就为客人提供酒菜，还唱歌跳舞。于是招来一顿呵斥，然后就老实几天。如此循环往复。……那天陪她来的十五名客人被分别安排到六家店铺休息，喧嚣热闹，一直折腾到太阳落山。他们都是在麻布[1]那边做木匠的，其中一人知道这个"地方"，借口说要参拜弁天神社就带他们来了。此人摆出一副无所不知的样子，一间一间的店铺进去，嘴里不停地唠叨"一到春天就要去拾贝""到这种乡下玩也别有情趣呀"之类。这里的确是乡下。往西是空旷的洲崎弁天神社，往北越过马路是木场[2]，往东是芦苇荡、沼泽以及一望无边的莲花塘等皆为荒地，往南有两段芦苇荡，

---

1 麻布：位于日本东京都港区中西部。江户时代，此地为大名、武家的居住地，也多有外国公馆。
2 木场：位于日本东京都江东区南部。

再往前就是大海。

　　阿秋所在的"米店"里只住了两个客人，便叫阿时、阿秀去陪，自己关在房间里拆剪和服。这时老板娘阿恒领着新来的姑娘进来。——阿时还清了借债，要和男人成家，于是又进来一个顶她。的确如老板娘说的那样，这姑娘看上去只有十五上下，人黑又瘦小，倒是眼睛格外大，像一只胆小的猫一样，充满不安和敌意。

　　"这是阿秋姐！"老板娘说，"以后请多关照呀！——小秋，拜托你了！"

　　"你叫阿仙吧！"阿秋说，"待会儿我们一块儿去泡澡吧。我也没什么能力照顾、帮助你，今后我们互相照顾吧。"

　　姑娘默默地鞠了一躬，僵硬地弯腰，放在膝盖处的手指头直挺挺的。两人要走时，阿秋叫住了老板娘。

　　"老板娘，我发现了。"阿秋对老板娘说，"那姑娘长得很标致。"

　　"就那么一张煤球脸！"

　　"你看着哪。"阿秋一边收拾拆剪的和服一边说，"半年后一准儿抢手。"

　　"那样的话就太好了。"

　　"那个姑娘能干。发现她的人很有眼光呀！"阿秋问，"谁推荐的？——清兵卫吗？"

　　"不是清兵卫。"老板娘一边往外走一边说，"是啊。真要抢手就好了。"

阿秋接着埋头拆和服。阿时和阿秀的房间里悄然无声。

四

姑娘来的第二天，阿时走了。

阿仙姑娘就像竹篓里的文蛤，把自己紧紧地包在壳里，谁也无法靠近她。阿秋想，我过去也是这样的。从十年的体会来看，她知道这样冷漠的女子心中反而有着一团火。

——如果嫁人的话，肯定会是个好妻子。

阿秋知道，入了此行，一切都完了。这个女人为了别人也会吃一辈子苦。女人真是可怜呀！阿秋在心中叹息。

不同于其他像样的妓院，在这个"地方"，妓女需要掌握的规矩以后再说，首先要做的是赚钱。特别是为了弥补阿时离开后的亏空，所以老板娘要阿仙尽早接客。阿秋劝阻了。

——这样的姑娘，第一次很重要啊。

阿秋又说还是等她再适应几天的好。这段时间她的活儿自己代劳。果然如阿秋所说，她来客不拒。以前她只接待老人——藤吉这样的客人另当别论，为此挣得也多。阿秋已二十七岁，老板娘觉得她接待年轻人或许有点儿老，为此让她在服饰和化妆上变了变，不料比十八岁的阿秀更耀眼，客人络绎不绝。

"阿秋真是奇妙。"老板娘赞叹道，"稍一变妆，连我也差点认不出了。又漂亮又年轻。"

"快别说了，妈妈！"阿秋沮丧地说，"已经是黄昏的晚霞、快凋零的花了。"

老板娘叹了一口气说："没有阿村就……"

本来可赎身住到"大卯"隐居，每天快乐地生活，如今却要伺候好几个人。你为什么要为那个男人吃一辈子苦啊？

"那个人的事，请不要再说了。"阿秋打断了老板娘的话。

"事先说说而已。"老板娘说，"如果现在……不赶快切断关系的话，日后哭都来不及。"

"……唉。"阿秋说，"为那个人，眼泪已经流干了。"

"可你仍旧不愿跟他分手吗？"

"天性吧。"阿秋自言自语地说道，"从品川开始十年了，我待遍了江户城里所有的冈场[1]。"

"如果要换个地方做，就会被索要一大笔钱哪。"老板娘说道，"到洲崎这种偏僻的地方来不也挺好嘛！秋姑娘！"

"不过，那个人的天性好像也是求安稳。"阿秋说，"他也三十七了，好像也在考虑自己今后的事，这次谈话似乎也是认真的。"

老板娘把脸背了过去。

1　冈场：江户时代对未合法化的私娼街的俗称。

阿秋看着老板娘。看她突然不说话，阿秋不知出了什么事。老板娘打了个哈欠，随口说了句——"呀，真恶心！"但见窗外，酱菜店的阿四又在河里洗澡。阿秋伸过头，隔着茴香木篱笆望去，对面有条从木场护城河流向海湾的小河，约六尺宽，两岸的芦苇密密麻麻。一个女子正光着身子在河里洗澡。

　　——肥硕而结实的胴体、裸露的胸和腰、充满脂肪的腹部和大腿，明晃晃地暴露在外。散落在肌肉上的水滴，在夏天午后的阳光下耀眼夺目。这种事常有。这地方多年不景气，女人们连上澡堂的钱都拿不出来了，于是就到这条小河里洗头洗澡。这里偏僻，几乎无人走过，但在木场那边干活的男人们，就能看得一清二楚，他们常常大声戏谑取笑。女人们也不甘示弱，而且有意摆出夸张的姿势，同时用挑逗而露骨的语言骂过去。

　　"酱菜店的日子也不好过啊！"老板娘站起身来说，"风完全停了。今晚又得像蒸笼一样吧！"

　　阿秋默默地看着老板娘的脸。

　　——好像总有什么事情。

　　阿秋觉得奇怪。老板娘说话东拉西扯，怎么啦？

　　在阿秋看来，阿仙姑娘不易接近。阿秋带她去洗澡，教她盘头发、穿和服的方法。实际上阿秋不喜欢这样，过去也没像现在这样照顾什么人，因此她觉得自己也是个无情的人。她想为阿仙单独做点什么，真心真意地。可阿仙依旧把自己紧紧地封闭着,眼里的敌意一点都没有消退。在澡堂里给她搓背时试着和她交谈,问到"你家在哪里"时,她冷冷地说了句"千住那边"。然后问她父母可好,有没有兄弟姐妹,做什么买卖,她便嘴巴紧闭,似乎一句话也不打算说。

有一天阿秋问:"阿仙,你是不是讨厌我呀?"

阿仙只是看着地上,一声不响。

"讨厌就明说嘛!"阿秋提高调子说道,"我又不是非要照顾你不可。如果不喜欢的话就说出来好了。"

"姐姐,"阿仙抬起脸望着阿秋,"我不是那种、那种……"说着,眼泪夺眶而出,哗啦啦地流下来。

"好了好了,别哭了!"阿秋说,"不知道你心里怎么想的,所以才问你。不讨厌我就行了。"

阿仙低头擦着泪水,流着泪但没有哭声。

——真是个不可捉摸的姑娘!阿秋想。

这段时间藤吉来过两次。都被阿秋拒绝——以"有客人留宿"为由。第二次时两人之间还发生了一点口角。翌日早上,出门时阿秋都没来送别。也就是在发生口角的那个晚上,村次提出阿秋换个地方做。

那天晚上村次去老板娘房间小坐后,手提萤火虫笼子来到了阿秋房间。"不动明王庙会那天买的。"他说,"想起了小时候,我就买了。"

五

"讨厌!"阿秋接过萤火虫笼子笑道,"我们这儿不是有卖的吗!"

"嗯。"村次转过头含糊地应答,"人到了束手无策时,会干一些自己都觉得愚蠢的事。"

阿秋觉得无奈——他老调重弹。心里这样嘀咕着将笼子拿到窗外,挂在屋檐下的钉子上。村次一直不作声。藤吉来了,阿秋便去他的房间看了看,回来时发现阿仙在场,惊讶地站在门口。只见阿仙摆好酒菜后迅速离开了。

"叫了些酒菜。"村次说,"昨儿一晚睁着眼,今晚估计也一样。——陪我喝一杯吧。"

"我不会喝酒。"

"就喝一杯。偶尔陪陪嘛。"

"不行,不行!"阿秋说,"你是知道的。我帮你斟酒。"

阿秋拿起了酒壶。

村次不声不响地一饮而下。阿秋在一旁静静地等他开口说话。

村次想问"怎么啦?发生了什么事么",但为了事先找个话题,特意买了萤火虫。阿秋觉得他这样做真没意思。她心想,我怎么会先开口呢?我假装没看见罢了。

但是阿秋输了。看着不胜酒力的村次喝了三壶后倒在床上翻来覆去睡不着，哼哼唧唧地呻吟，阿秋最终开了口。村次没有马上回答，沉默片刻，起身打开窗子，望着外面挂着的萤火虫笼子。

"有五只。"他说，"早晚三次往里面喷点水就行了。"

"这样的话，它恐怕活不到三天。"阿秋说，"你们到底说了些什么，讲给我听听。"

村次开始述说。

正在做的工程（具体内容没讲）在运作上出现了资金问题。弄不到三十两银子就会破产。但是现在，那是十分困难的事情。四五天来东奔西走筹钱，最终还是一无所获。

——果真如此啊！

阿秋想——又是惯用伎俩！连换个谎话的工夫都不用。十年来同样的谎言，好似一个模子里倒出来的。自己呢……总装作毫无察觉的样子，然后自己主动提出来："那我换个地方试试？"

——真可笑！

不，与其说可笑倒不如说是愚蠢之至。阿秋心想，自己到底成了这个人的同伙，自己把自己弄得遍体鳞伤。

"我知道了。"阿秋说，"但我已是二十七岁的人了。这个年纪的人上哪儿能借到三十两呢！"

"你总会有办法的嘛！"

"像我这样的老女人，连三味线都弹不好的人。"

"远是有点远。"村次说,"常陆[1]有一个叫潮来的地方。"

阿秋惊讶地望着他。村次仰卧着,闭着眼,一副得意忘形的样子,仿佛一切都在自己的掌握中。

"你跟对方已经说好了?"

"迫在眉睫。"村次说,"我准备事后再告诉你的。我已经把定钱和盘缠领了。"说着他伸手从被褥下面摸出钱包,拿出一个纸包,放在阿秋枕头旁。

"这是盘缠,你拿好。"

阿秋沉默了好长时间。

——终于要到乡下去了。

一时间仿佛心中吹来一阵寒风,刺骨冰凉。"潮来吗?"阿秋心里想,"终于要离开江户了。"

"不是吹牛!"村次翻身转过头来,"你不知道那是个怎样的乡下!那是个热闹繁华的地方,一点不亚于新吉原。"

紧接着木村详细地介绍起潮来。

他先说了水户的大洗、鹿岛、香取、筑波山等地名,接着说到那里参拜的人们都会在潮来大把地花钱。那里的菖蒲好看,湖里可以捕鱼,景色也美丽,人们都喜欢花钱去那里疗养。——他昏昏欲睡地说着溢美之词。阿秋根本

---

[1] 常陆:指日本现在的茨城县。

就没听进去。对她来说，那里好也罢不好也罢，结果都一样。在江户从一处冈场换到另一个冈场，最终又被卖身到了乡下。也许以后再也回不了江户了。这个事实令之忧伤。

"只要生意顺畅，其他一切都不是问题。"村次又说，"最迟在入秋前我去赎你，这之前每个月去看你一次。真的！常陆离这儿很近，三天就可以打个来回。"

"什么时候动身？"

"你好像不愿意啊！"

"我问何时动身。"

"我没有强迫你的意思。"

"是的。你没有强迫。"阿秋说，"是我们命不好。"说着泪水涌出。阿秋啜泣着，却像在安慰男方："命不好谁也不怪。我没出息！不仅帮不到你，反而总是成为你的负担。对不起。"

"再坚持一下啊。"村次说，"生意顺利的话，最多也就再做一个夏天。以后成家就安稳了。一切都将成为谈笑、成为回忆。"

"嗯，是的。说命不好，最终也有个头啊。"阿秋哽咽地说，"要组成家庭还是越早越好。否则我们都老了。"

阿秋转过去趴着睡，咬着睡衣的一角低声地哭泣。

村次说动身的日子定下后再来通知，大概就是这两三天吧。阿秋想他会把手伸过来，但村次背对着她躺着，摇着团扇。

六

阿秋想着该去藤吉的房间看看，但哭着哭着就不知不觉地睡着了。

半夜——不知几点，传来女人的抽泣声。忽高忽低。时而像突然背过气，时而急促地喘息啜泣。"我还在哭啊！"半梦半醒中阿秋这么想，要么是自己正梦见那个晚上的事，抓住别人好长时间都不松开。但这次不一样，哭泣没完没了。是的！我还在哭。自己好久没这样哭泣。——无休无止！一边睡一边哭。阿秋睡眼朦胧地把手伸到旁边村次睡的被褥里，结果没摸到他的手。她用手摸着清凉舒适的榻榻米，接着又陷入更深的睡眠中。

七

第二天早上阿秋起床时正下着雨，村次和藤吉都回去了。

"把阿秋姐的伞拿去借给了那个男的。"阿秀说，"藤大人说不用了，但我还是把我的借给了他。"

"啊，是吗？"阿秋问，"藤大人另外还说了些什么吗？"

阿秀满脸的困意，一边打哈欠一边说："他说马上把伞还回来。"

中午雨停。下午阿秋去两国[1]买东西。有三两银子盘缠，准备买单层和服及夏天系的腰带。她知道有两家店，分别在尾上町和相生町，去看了看结果没有中意的。她转念又想"最好符合当地的习惯"。既然潮来繁华，一定会有服装店吧？干脆到了潮来再买。这样决定后，给老板娘和阿秀买了点心，给阿仙买了簪子和梳子，而后坐了轿子返回。

当天傍晚，她和阿仙洗完澡回来，藤吉正在老板娘房间里喝酒。

阿秋不知藤吉在，刚好熟客"大卯"店的老者来访，所以马上去陪。老人叫卯兵卫，是木场的木材商，店名大阪屋。今年六十三，日子倒也过得清闲。他取名闲观斋，在杂俳界好像有些名气。打阿秋来这店起就成了熟客，来了就边喝酒边聊世间杂事，然后回家。习以为常。——约一年前，老人说"我来照顾你吧"，阿秋谢绝了。阿秋只接待老年客人，因此常有客人这样说，阿秋已见怪不怪。但老人十分热情地向她述说着在"大卯"的悠闲生活，阿秋有时甚至难以拒绝。于是阿秋这次没有告诉他去潮来的事，仅在告别时说了句"可能要换个地方做"。

"那我可是会寂寞了啊！"老人说，"不是换地方，是和那个人组成家庭吧！"

"要是那样就好咯。"阿秋心不在焉地笑了笑，"安顿

---

[1] 两国：位于日本东京都墨田区。

好了一定告诉您。请您务必赏光!"

老人点点头,包了一点钱,说了声"是钱别的心意",放在阿秋手里。

送走大卯老人转身回来,藤吉从老板娘房间里走出来。他脸色苍白,踉踉跄跄,对阿秋说:"能上你房间去吗?"阿秋说当然可以,但要先收拾一下。他说不用了,我也只是喝酒,然后对着老板娘房间叫道:"老板娘!把菜搬到那边去。我还要酒。拜托了!"说完率先跑进了阿秋的房间。在阿仙把菜等搬到房间来时,阿秋向老板娘问清了情况。黄昏时藤吉说"来还伞",随即一头扎进老板娘房间里喝起酒来,问阿秋有没有说起要换地方的事,老板娘只是含糊地告诉他"可能会这样"。

"要是不说就好了。"阿秋摇摇头,"他好像醉得很厉害,我感到今晚他会纠缠我。"

"他是那样迷恋你,我不说好像不太好啊。"老板娘阿恒说,"我第一次从藤大人的口中听说了详情,感动涕零。能那样被一个男人牵挂,这是女人的福气啊!阿秋。"

"您也喝醉了!"

"我没醉,只是陪藤大人喝了两三杯而已。"老板娘说,"接着我还想乱说几句,你这次换个地方重新做,就会和村先生断缘分喽。你知道吗?"

"如果那样就好了。"

"你知道啊?"

"断了缘分就好了。"阿秋准备走,"但断不了啊!老板娘!那个人死活也不断的。这才是真的恶缘啊!当然我自己也下不了决心。唉!"

"阿秋!"老板娘打断她的话,"你真的不知道吗?"

阿秋站着,盯着老板娘。

"我告诉你吧!"老板娘说道,"我看着心急所以才讲的。你知道村先生跟阿仙的事吗?"

"和阿仙姑娘?"

"那两人已经好上了呀!"

"啊,是吗!"阿秋笑着说,"那个人跟阿仙好上了!"

注意到老板娘的眼色后,阿秋似乎身子一软,一种异样的情绪袭上心头。

"你问的时候我没吱声。"老板娘接着说,"一直照顾那姑娘生活的人是村先生,他叫我不要说出去,所以我一直都没说。我知道两人已经好上了,而且村先生的做法太过分了。所以我才说的。阿仙从哪里来我一直不清楚,但他用的是同样的强暴的手段,以后那姑娘就成为他的猎物了。"

"可是,可是这种事,"阿秋断断续续地说,"这种事你是怎么知道的呢?老板娘!"

"阿仙自己说的。最初阿仙还有些不愿意,但说现在已经离不开他了。她说愿意为那个男人吃一辈子苦。"

阿秋一个劲儿地笑起来。

"哎呀，"阿秋说，"妈妈醉得很厉害了！"

"唉，是醉了。醉了所以才能说出来。"老板娘说道，"要你换到铫子那种地方去，并不为了钱，而是因为你碍事了！把你赶到很远的地方去，这样就能吞噬阿仙了。这样的男人你还依依不舍吗？阿秋！"

"铫子？不是说是去潮来吗？老板娘！"

"哪里都一样。"

"我听说的是潮来。"阿秋用干涩的声音答道，"是常陆的潮来哟。菖蒲的产地，还盛产其他各种物产。听说热闹的程度丝毫不亚于新吉原。"

"你这人啊……"老板娘还想说什么，但摇摇头和手，"好了！藤大人还等着呢。快去吧！"

阿秋说"是哦"，转身要离去。

"我再说一句话。"老板娘说道，"你还是好好考虑一下哟。"

阿秋微笑着"嗯"了一声，说今晚有些凉啊，出了走廊。

来到房间，阿仙在给客人倒酒。看见阿秋来了，马上就站了起来。阿秋招呼了一句"你"，没呼阿仙的名字，眼却不看她，接着说了声"谢了"。阿仙目光险恶地瞅了阿秋一眼，一声不响地走出了房间。阿秋对着藤吉坐下，端起酒壶，发现是空的，又端起另一个说"来"，就给藤吉满上了。

"喝一杯吧？"藤吉说，"今晚可以吧？"

"嗯！"阿秋点点头，"陪您喝！"

八

藤吉边给阿秋倒酒边说：

"说是马上就要告别了？"

——我讨厌。讨厌离开这里。阿秋在心里嘀咕着。

"我总期待着什么时候能心心相印，看来不行了。"藤吉说，"但我还是做了三年的美梦。"

阿秋把酒杯还给他，并斟满了酒。

——我不愿意。别让我像那样。阿秋在心里直摇头。

藤吉开始回忆起他们第一次见面到今天的历历往事。他好像不是在说给阿秋听，而是在说给自己听。阿秋一会儿点点头，一会儿随声应和，完全心不在焉。此时她心里只想着另外一件事。

——如果这是真的话，我干脆去死。

啊，是吗？或许是真的吧？我对她那样关心。那姑娘很难亲近，有时甚至还带着仇视的目光。是的！那个人关心女孩子很有一套，特别对那些纯情少女，完全不费工夫。尤其来这里后……我真傻！那个人真的会走到这一步吗！这也太厚颜无耻了吧！阿秋"啊"的一声抬起了手。

"当心！"藤吉按下阿秋的手，"怎么了？酒会倒出来的。"

"对不起！我走神了。"

"给我。"藤吉将酒壶拿到自己这边,"来,再喝一杯。"

"醉了也没关系?"

"你能喝吧?"

"我喝酒习惯不好。"阿秋接过酒杯说,"平常克制自己不喝酒,实际上我喜欢喝酒。"

"那好,今晚一醉方休吧。"藤吉说,"有始有终。喝醉了你闹也好缠着我也好,你想怎样就怎样。"

"那我拿大杯喝。"

她选了小碗,刚揭开碗盖,忽然想起来说:"我先去要酒来。"随后起身出去。回来时偶然看了看窗子,走过去,取下了(挂在屋檐下的)萤火虫灯笼。

"忘记喂水了。"阿秋自言自语地说,"还活着呀！够可怜的。"

"给放了吧。"藤吉说。

"好啊！"阿秋应了声,"那就放了。"

阿秋扯破了罩在笼子外面的蚊帐布,将里面的萤火虫放飞到树篱上。萤火虫共五只,飞落到荠草上面后,有两只闪着光,仿佛在呼吸。另三只落在地面一动不动,闪着微弱的蓝光。

我哭了吧? 那哭声不是我的吗?

阿秋在心里这样说道。半睡半醒,当我伸过手去时那人已不在。是的！那哭声不是我的。听得出是从别的房间传出的。

——真不甘心啊！去死吧！

阿秋在心里这样喊着。

"怎么啦？"藤吉说，"酒来了。"

"嗯！"阿秋用干涩的嗓音回答道：

"我刚才放的时候还有两只活着呢。嘿，其中一只飞起来了。"

"你不来喝吗？"

"它知道哪里有水呀。朝着河的方向飞去了。"

阿秋说着就走到酒桌边。

接下去约两小时，阿秋开怀畅饮，兴致极高。藤吉也陪着喝，有说有笑。已有几分醉意的阿秋不断地劝说藤吉："早点娶个老婆，开一家船上旅馆吧。"把我忘了吧！像个男人把我彻底忘掉！我不该这样说，我俩之间并无缘分呢。也许初次见到你时爱过的。现在也不是讨厌你。我怎么会讨厌你呢！我常常想对不住你。"我知道了。别再说了！"藤吉打断了她。这样不行啊！还是尽快娶个老婆吧！阿秋反复唠叨着。

——去死！见到那个人之前我一定要死给他看。

就这样，阿秋心里想的和嘴上说的完全两码事。恶劣无耻！居然在同一屋檐下，趁我睡着的当儿，去和那个姑娘睡觉鬼混。说起来真是太恶心了！啊！痛苦！也许是醉了，胸口这会儿堵得慌。难受！

"不能再喝了！好了！"藤吉说道,"你脸色苍白。难受吧？"

"你快成家啊！"

"我知道了。你躺一下吧？"

"一回事儿。"阿秋扭扭自己的脖子说道,"一切马上就结束了。不用再长期忍受痛苦了。人总归一死。是吧！藤大人！"

"来来，稍微躺一下。"藤吉按了按阿秋的肩膀，说，"我去拿枕头。"

"我就枕你的腿上吧。"

说着，阿秋就如散架一般倒下，头枕藤吉的膝盖，一只手紧紧地抱着。

"阿秋！"藤吉低声念叨,"我再问你一次，你和我……"

说着他却又把话缩了回去。因为这时阿秋皱起眉头，似乎有些厌恶地摇了摇头。藤吉不再说什么，一边盯着阿秋的脸，一边取过扇子默默地驱赶蚊子。

"我不会让你去死的。"他嘴里小声嘀咕着,"我会让你去死吗？不管你做了什么事！……阿秋！我呀……"

他嘀咕着，听不见。

——这人好啰唆！

阿秋想着，睡意朦胧。不过就快好了！一回事儿。一切就要结束了。是的！我不会再哭泣了。十年！说长也长说短也短。对了！我要起来了。这是藤大人的腿呀。

"睡吧！阿秋！"藤吉低声说，"我帮你赶蚊子。"

阿秋睡了。

太阳照在拉门上。睁开眼，清晨明亮的房间里只有阿秋一人睡着，不见了藤吉。拉门照得太刺眼，阿秋翻了个身。口渴得厉害，头痛得像要裂开，阿秋想再睡一会儿。这时拉门被打开，听见阿秀说"藤大人要回去了"。

"没关系！"阿秀说，"不必去送了。秋姐！"

阿秋没说话。阿秀拉上了门。

九

阿秋当天以及次日都在连续喝酒。

来了客人她不接待，什么都不吃，喝醉了就睡，醒来又接着喝，跟人也不说话，老板娘问她也不应答。总之像似傻了一样，村次来了的时候，她也一时半会儿认不出来。

村次是第二天晚上九点多来的。他给老板娘带了一点点心，说"明天我就带上阿秋走"。接着从老板娘口中听说了阿秋的事以后，却说"她一喝酒就会这样"。说完去了阿秋的房间。

一见到村次，阿秋就连连摆手说"不行"。嘴里含糊不清地表示——我不接客，请回吧。

"你差不多得了！是我呀。"

"'我'是谁？"阿秋睁大眼睛，"……是谁？啊！"阿秋摇摇头，"什么呀。原来是你啊！"

"明天早上就动身。"村次说，"说是你昨天开始一直喝酒。别喝了，赶紧睡吧。明天早上起不来就误事了。"

"啊，是吗？明天？明天，终于要动身了。"阿秋咧嘴一笑，"好啊！那我去看看莲池吧。"

"你抓紧时间休息吧！"

"我去跟莲池告个别吧。"阿秋镇静地说，"也许再也看不到它了。去年我们一起去看的吧。那里的萤火虫最漂亮了。"

"你醉成这样，太危险了吧。两边是沼泽、田地，小路又窄又滑。"

"没关系，我一个人去好了。"

"真拿你没办法！"村次不情愿地咂舌，"喝醉了真麻烦。一起去吧！"

"哎哟，那可真开心！"阿秋站起身来，"还是你疼我。来，把手伸过来！"

"走到外面再说。"

"不嘛！"阿秋抓过男子的手腕，"也就今晚了。我要让她们看看。"

两人走出房间，看见阿仙站在对面，然后一溜烟钻进老板娘的房间。阿秋尽量放松心情说："妈妈，我去看看莲池！"说完便紧紧抱住村次的胳膊，往换鞋处走，再穿上木屐到了外面。但她又突然放手说："哎呀，不行。"小声嘀咕道，"忘了带酒。"

"我去拿，你先走。"阿秋对村次说，"莲池，知道的吧！"

"知道。"村次说。

"我等一下追你。"阿秋说，"马上就来。"

然后就转身回去了。

回到房间里，阿秋打开化妆台的抽屉，拿出剃刀，用揣在怀中的草纸利索地包了起来，然后放进和服的右手袖袋里。她脸盘僵硬，浑身打战，仿佛舌头都快贴住上颚似的。

——杀了他。

阿秋打定主意，端起茶壶咕咚咕咚一阵猛喝，小声说道："杀了他。"可恨可恨可恨！谁会自己一个人去死？啊！可恨！这胸膛中仿佛烈火燃烧。畜生！混蛋！我必须杀了他之后才去死！

阿秋站起身来。

走出房间看见阿秀正和故意刁难的客人周旋。看见阿秋，阿秀眼里带着想说什么的目光，诧异地看着。从前面的"油店"、转角处的"染坊"里传来客人们欢闹声和女人的狂笑。——走上河堤往右去，黑得连道路都分辨不清。左侧木场的护城河到尽头，接下去的路细窄异常，左右两边是杂草茂密一望无边的湿地和沼泽。海上吹来涨潮的海风，芦苇飒飒作响。

附近没有看见村次的身影，阿秋加快了脚步。

"难道他察觉到了什么吗？"

一边自言自语，一边朝黑暗深处走去。漆黑里萤火虫闪着光飞来又飞去。不一会儿，大约离莲池还有二十步的地方看见了村次的身影。

"对不起，耽误了。"阿秋打招呼说，"男的走得真快。"

黑影迎面走来。

黑暗中分辨不清。黑影走过来，在阿秋面前停了下来。阿秋把手伸进（右边的）袖带中，紧紧握住包着的剃刀。黑影越发黑，在看清楚后，阿秋平静地走了过去。

"走吧！"阿秋说，"那边就是莲池。"

突然莲池那边响起"扑通"的落水声。村次说："已经结束了。"这声音有些嘶哑，不是村次的声音。阿秋停住了脚步。

"什么结束了？"阿秋问道。

"我把那家伙收拾了。"嘶哑着的嗓音说，"已经没事了。"

阿秋"啊"地叫了一声。

莲池那边传来迟钝的水声，并能听见有人叫"阿秋"。由于是呼叫，口里虽含着水，但声音并不微弱。阿秋浑身汗毛竖起。

"你是……藤大人吧！"

"别过来！我现在浑身都脏了。"

"藤大人！"

"别碰我。担心沾上血！"

"为什么？"阿秋结结巴巴地问，"为什么要这样做？"

"因为他是个不该活着的家伙。"男子说道。这次可以肯定是藤吉的声音。

"前天晚上我从米店老板娘那里听说了这件事，实在忍无可忍。不光是你，甚至连小姑娘也被他当成猎物。这种人不该让他继续活着！我要亲手解决他！所以从昨天开始我就一直跟踪他。"

莲池那边又传来微弱的呼喊声和水里的挣扎声，过一会儿什么也听不到了。

"那么，怎么办呢？"阿秋用颤抖的声音说，"你做了这种事情，也毁了你一生吧！"

"我不干不行！"

"是为了我吧？"阿秋哭出来，"本来我打算做这件事的。为了我，你迄今为止的一切都化为了灰烬。你以为这样做我会高兴吧？"随即阿秋激动地叫喊道，"你快跑！"

"拜托你，快离开！"阿秋喊道，"本打算我自己解决的。我把剃刀都带来了。这件事由我来承担，藤大人快走！"

"你会获得幸福的。"藤吉边走边说道，"没有了蚂蟥，再没有东西吸你血了。接下来你就会幸福了。阿秋，我为你祝福！"

"我也去！一起去！"

"凶手就我一个人。"

"带我一起去！"阿秋边哭边追上去，"我再也不离开你！我原来就有杀他的打算，所以同罪。我陪你一起去。阿藤！"

"再见啦！阿秋。"藤吉说，"你要过上好日子的。"

"等等！拜托你等等！"

但这时阿秋摔倒了。脚上的木屐一滑，向前扑了出去。"阿藤！"阿秋大叫着，"拜托你等等！我摔跤了！"

但没听到回答。

抬头望去，只有萤火虫在飞，不见了藤吉。阿秋俯卧在冰凉的地上哭泣着。

日日平安

幺儿

一　一家人对他的评价

祖父（已故）小出钝翁曾这样评价：

"平五吗？是啊，人不坏。你们奶奶太宠他了。他才爱耍孩子气。可他并不那么坏。他爱恶作剧。即便去做养婿，也会吸引眼球，像他那样巧舌如簧的人世上少有。总之，他就是那样也不坏啊！"

祖母（已故）对阿市的评价也不错：

"平五是个稳重的孩子，和阿敬、阿杢的性格完全不同，比他的两个兄长沉稳得多。你们爷爷太惯着他，加上又是老么。但骨子里那是一个沉得住气的聪明孩子。是啊！几个孙子中我最喜欢平五了！你们往后看，那孩子将来一定有出息。"

父亲小出玄蕃也有评价：

"那小子的事我总感到不理想。从父母嘴里说出来好像不太好，可我总是有点儿担心。不知道哪一天他会做出败坏家族名声的事情来。首先，那小子从来不懂得尊重我这个父亲。从小就这样。比如他还是婴儿的时候，对，生下来刚三十天的时候吧，那小子一看我的脸就厌恶得吐舌头。这孩子或许对我没兴趣，或许则是偶然。但我感到不是这些原因。因为他并不对别人吐舌头。一见我就吐舌，弄得我很不愉快。而这种事对谁也不好说，连对老婆也没说过。我当时就觉得受了侮辱。那种心情现在也没有忘记。那以后，那小子做事我一直看在眼里。那小子做什么事都显得轻浮，完全不像武士家族的后代，也没有每年领受七千二百石俸禄那种旗本子弟应有的矜持。你们谁都不知道吧，比如肉包子、旧衣服、旧袜子，还有道具屋[1]的事，我通通知道！实在没法说。从三河国以来我们就是有传统、有声望的大家族，想到这些我都觉得愧对祖先！"

长兄敬二郎的评价如下：

"那小子是幺儿娇生惯养。常言道老幺不值一分钱。但爷爷、奶奶疼他娇生惯养。照他这样，即便当了养婿也没出息。唉，烦心！"

母亲阿逸则说：

"我真不明白那孩子心里是怎么想的。摸不透。我认为不能因为他是老幺就太溺爱，在他的成长中我格外注意。不！我的态度并不粗暴的，并非不讲规矩。在几个兄弟里他最乖巧，从不和父母顶嘴，嘴上老是'是''知道了'。但是这些都是表面的，实际上他内心高傲不怎么瞧得起人。

---

[1] 道具屋：此处指贩卖古董、老物件的店铺。

为学知识他去了圣坂，练武嘛，就近去了柳生[1]先生那里。白天去圣坂听课。总的说来成绩算好的。也许因此骄傲自满，与你们的父亲、与阿敬都合不来，我常常夹在中间左右为难。关于做养婿的事情，我听说过两三次，阿敬不同意，说现在这个样子送去给人家当养婿是丢小出家的脸。他本人也没打算去。已经二十四岁，不知道他到底有什么打算。毕竟是小儿子，脱不了一身稚气。我不懂其中的原因，真是摸不透。"

大嫂阿春的评价：

"平五弟么？唉，我不太了解他。不过也不像他哥哥说的那样。我觉得，各位对他是不是太严厉了？不过我不了解他。真正的他，我是不了解的。"

二哥（木下的养婿）杢之助的评价：

"那家伙最小，又爱撒娇，明明没出息还装得要强。没有比有这个兄弟更讨厌的了。轻浮得很，简直让人无法放心。我每次看见那家伙就浑身不舒服。我把话说在头前，那家伙将来不会有什么出息。"

1　柳生：日本奈良市东北部的地名。江户时代曾设馆舍训练将军家武士，其武术教官名柳生。

大姐（嫁给了土方家）阿米的评价：

"平五是个奇妙的孩子。爱撒娇、爱装老成，实际上一点儿也不可爱，没兄弟情谊。土方那边亲戚介绍过他去做养婿。很好的一桩喜事！谁知他不愿意。当时土方家那边生气了，我也觉得挺惋惜的，但现在想来或许是件好事。平五若真成了土方家族一员，想起来都可怕。父母至今还为他的事操心，想起都心痛！"

二姐（嫁给了米良家）阿国的评价：

"平五吗？怎么说呢？老幺嘛。奶奶疼他像疼猫一样，所以他有点爱撒娇，却又意外地沉稳，关心体贴他人。这一点恐怕你们都不知道吧！他常常带些礼品去看望新庄的叔叔。我丈夫在家老夸他体贴人，说小出家里的兄弟数平五最有人情味等等。我是万事不操心的人，和他只相差一岁，在兄弟几个中和他最要好。虽然也吵架，但他现在还是时常来家里玩耍。也许是来找米良。他常把存的钱寄放在我们这里，我想他是信赖我的。是的，眼下有一个当养婿的机会。对方虽是小普请[1]，但还算是俸禄五百石的殷实人家。女儿也是温柔、标致的好姑娘。平五为什么不答应，我实在不明白。对方表明一定要他，米良也劝了他许

---

[1] 小普请：江户幕府直臣团的组织之一，专门收编俸禄额在3千石以下的旗本等中没有差事者，统帅支配。

多。或许他有自己的考虑吧，就是不答应。"

叔叔（玄蕃之弟、到新庄家当女婿）主殿的评价：

"对平五我没有任何话要说。小出的兄长是那样的人，有出息，而我则过得很寒酸。平五做了很多事情，但我什么也不能说。兄长对此非常清楚。兄长是个人物！嗯！我什么也不能说啊！"

二

对平五来讲，那一年诸事不顺。今年恐怕也是厄年，他这样觉得。一则，正月大家聚到一块儿时，他与二哥杢之助闹过不愉快。每年正月六号，亲戚们都要到小出家一聚。这是为了省去年初大家互相拜年、回礼的麻烦。以前每年各家各户轮流做东，八年前祖父钝翁过世，不知不觉大伙就集中到小出家了。

——这是父亲愚蠢的虚荣心在作怪！

平五暗地里冷笑。父亲成为亲戚们的中心；亲戚们都称这个家是"木挽町的本家"；他很陶醉这种老古董似的快感。以前宾客十二人，三年前减至九人。对父亲的这种做法平五无计可施。今年进一步减少，只剩下五人了。他们是平河町的森内膳、神谷町的木下杢之助、药师小路的土方市之丞、田村小路的新庄主殿以及榎坂的米良平左卫门。

"啊呀啊呀，你还在这个家里啊？平五！"

酒过半巡时，杢之助这样招呼他。杢之助比平五大四岁，二十八了，六年前到木下家做了养婿。当初在家里的时候，他和平五的关系就不好。

平五没理会。杢之助在座他就不高兴。新庄的叔叔坐在末席竟无人在意。叔叔是父亲唯一的弟弟，三十二三岁时才去新庄当养婿，此前一直住在这个家，加之上门的新庄家也很穷的缘故吧，叔叔原本就是唯诺怯弱之人，大家聚在一起时，他自以为自己是多余者，便总是缩在位于角落的末席。好容易得以入席，结果除了平五劝他坐到前面外，其他人皆默不作声。长兄敬二郎等似乎还怪平五"多管闲事"。

——我哪是管什么闲事哪？他也是你叔叔呀。

平五暗自里愤愤不平。

——要是新庄家是有钱人，你们肯定哈腰又点头。德性！

同时平五对叔叔也有些生气。真是个窝囊人！正因如此才被人看不起。平五满脸不高兴地坐下来吃饭。

"喂，平五！"杢之助又开口道，"你耳朵是用来出气的吗？"

"什么意思？"

"我刚才的话你听见了吗？"

"听到了呀。"

"听到了你为什么不回答?"

"没必要吧。"平五答道,"我就是这个样子,在座的各位都看见的呀!"

"我说的不是这个!人家愿意招你做养婿,你为何不去?你心里到底盘算什么呢?你总是这样磨叽,我才问你。"杢之助说,"你不是都已经二十五了?"

"二十四吧。"

"明年就是二十五!你打算怎么办?"杢之助说道,"挑三拣四的,会一辈子都吃冷饭的哦。"

多管闲事!平五顿时火了。

"好啊!"平五回应,"如果当养婿没有钱花,不能喝喜欢的酒,那还是在家里吃冷饭吧。"

杢之助脸色大变:"什么!你说谁呢?"

"没有说谁。只是打了个比方。"平五说道。

"胡说八道!刚才明明说的就是我!"

杢之助猛地站起身来。眼看要发生争执,对面的长兄劝说制止。

"平五,你少说话。"敬二郎说,"无论何时,兄长就是兄长。不像话!赶快道歉!"

平五不语。

"道歉!"敬二郎又说,"你不道歉吗?平五!"

这时,米良平左卫门出来圆场。他和敬二郎同龄,都三十二岁，但相貌和气质更加老成，而且亲戚朋友中他是唯一袒护平五的。谁知这平左卫门，无意间竟说出了一个秘密。

"行了，阿敬！别骂他了。"米良说，"在你们的眼里他是老幺、是个孩子，可阿平已经二十四了，心里好像已经有女孩子啦。"

平五张开嘴，但又慌忙低下了头。他想叫"米良哥"制止他说下去，但已来不及。森内膳笑着说挺好，大家哄笑起来。父亲也笑了，还加上一句"傻孩子"。平五起身溜了出去。

三天后，平五去了位于榎坂的米良家，责怪米良不该乱说话。米良笑着回答道，只有那样说才能让阿敬不再纠缠你。

"请你原谅。别生气。"米良对他赔不是，又说，"可是，你不是说有了心上人吗？"

"心上人谈不上，也就是在店里碰见两三回……"

"啊，是吗？"在丈夫旁边的姐姐阿国说，"你当时的那种口气，感觉你俩已经很热乎。"

"怎么可能！想错了，连你们都……"

"呵呵，空欢喜！"米良又笑着说，"以后每个月在木挽町聚一次，你知道吗？"

"在我们家吗？不知道呀。"

"每月十号晚上。你那天溜走后定下的。"

这下平五笑了。"那叔叔要倒霉了。肯定要被迫听老爸老掉牙的那一套。"

"是吧。聚会的时候，大家都得带上高档物什去。也就是为了相互促进提高眼界吧。"

平五提高了声音笑道："那叔叔肯定要倒霉了。你们知道的，老爸的说教很吓人。"

"田村小路首先举双手赞成。"

"什么？叔叔他，怎么可能……"

"他第一个赞同说这是个好提议。大家都吃惊不小。"米良笑道，"总之，下个月十号应该是第一次聚会。"

三

平五没参加这个聚会。大伙儿没考虑他。他自己也没兴趣。但他不时听到聚会的情况。或者通过父亲和哥哥们闲聊，或者跟圣坂的森助三郎打探。助三郎是森内膳的儿子，相当于平五的堂兄弟，年龄二十二，博学多才。但平五认为他做学问并不单纯，有一种只是为了虚荣心一味提高成绩的感觉。从他说话的神态、讨论问题的方式就能知道，也在他与别人的交往中时时显现——他总喜欢找一些笨头笨脑的人，竭尽嘲弄之能事。

平五每个月去圣坂的学问所[1]听课三五次。有时也能碰见助三郎,除非对方打招呼,他从不主动搭话。三月十号的第二次聚会后的一天,平五被助三郎叫住,讲了新庄叔叔出丑的事。叔叔带去一个奇怪的香炉,说是家传之宝。大伙儿不屑一顾地说,那只是佛坛上的普通香炉。叔叔却加上了一句——"据说这香炉在新庄家已经传了五代了。"引起一阵哄笑。

"不觉得滑稽可笑吗?"助三郎讥笑说,"大伙儿不懂。新庄叔叔可是个了不起的茶人[2]啊!你不这样认为吗?"

平五在回家途中去了榎坂。米良平左卫门也说是这么回事。

"不知他是不懂乱说还是真的。恐怕是乱说的吧。"

"要是装疯卖傻,叔叔怎么会是茶人呢?"平五说完叹了一口气,摇了摇头说,"真是个无可救药的人啊!"

"对了,另外一件事,我想问问你。"米良抬起头来说,"听你姐姐阿国说,你放在我家的钱,数了一下超过二十两啦。"

"啊!已经八十三分了吗!"

"什么八十三分?"

"我不喜欢按两计算,一切都用分。不过,怎么回事啊?"

---

1 学问所:日本中世、近世时期教育机关的名称之一。
2 茶人:喜好不同于世的、独特的物件的人。

"哦,"米良说,"不喜欢按两算。"

"不管怎样,与我赖在家里有关啦。"

"那是为何?赖在家里的你,如果是二两三两也就罢了,二……哦不!攒了八十三分的钱,帮你收管钱的我们,责任可就重大了。所以我想搞清楚这些钱的来历。"

"你没说过吧?"平五怀疑地说,"没跟我姐姐说过吗?"

"我从不过问。"阿国说。

"米良哥!"平五马上开口问道,"我为何不做养婿,你知道吗?"

平左卫门慢慢地摇了摇头。

"就是说……"平五说,"我的确不想当养婿。"

"那倒是实情啊!"

阿国忍不住笑起来。

"不是你想的那样!哎呀,我不去是有原因的嘛。"平五重申,"新庄的叔叔、去了木下家的杢之助,另外还有我的两个朋友,大家的结果都不好。"

平五列举了养婿的悲哀,讲得十分详细。米良夫妇不免有些吃惊。

"是啊!"米良说,"正月里还曾批评杢之助。嗯!是个切实的问题啊!"

"依田家不会有这种情况。"阿国反驳道,"新庄家、木下家什么的,我不知道,但依田家是不会有这种情况的。"

依田就是米良夫妇推荐的招入赘女婿的那家，与平五见过一面。听说父亲也是入赘女婿，见面时只有母亲和女儿。女儿年方十七，像妈妈身材娇小、漂亮文静，感觉眼睛里始终带着微笑。问到是否愿意让他入赘，是见过母女之后的事情，听说对方十分满意。平五却一口回绝了。

"姐姐这样说过嘛，杢之助的媳妇结婚前挺好的。"平五说，"生了一个孩子后就完全变了，变得像朋友一样。婚前温柔美丽、楚楚动人。照婚礼上的祝福词看，真格是截然不同啊。俗称——家有三升糠，不当入赘婿。这话不夸张啊！"

"这事就过去了吧。那么，你今后怎么办呢？打算一辈子同住一个屋檐下吗？"

"所以我存钱呀！"说着他望着米良，"如果有五十两的话，就可以买一个御家人的身份了吧！"

平左卫门沉默了一下，平静地应道："真是深谋远略呀！"

"我到处打听过，据说五十两就能买。"平五说，"武士的价格下降了，要是商人的话又不一样。我是想买武士的，对方好像可以商量。"

米良说声嗯，又觉得不太靠谱，最后说为此你真存了不少钱哪！

"说存了不少钱，但连一半都不够。这里面还有心酸的故事。"平五说，"对其他的人我不能说。你愿意听吗？"

"自己说自己的心酸事，我很吃惊。"阿国说。

"嗯，说来我们长长见识。"米良说。

"先从我感到耻辱的地方开始说起。最初是七岁那一年。"平五说，"当时新庄的叔叔三十岁，还住在木挽町的家里。周围的人纷纷议论，说他已届离家的年龄，否则一辈子都要吃冷饭了哦！他自己也绝望了。我当时还是小孩子，看着这一切便下了决心——绝不能变成这个样子！现在还记得当时的情景。"

然后平五决心存钱。当时并没考虑存钱的目的，心中一片茫然。但他开始行动。

"这就是我感觉的耻辱。不仅是积攒零花，这个年龄还得苦苦挣钱。"平五一只手搓着自己的脸，"我做了些什么，知道吗？"

米良默默地摇着头。

四

"最早是卖点心。"平五接着说，"午后点心时间里大家都吃点心吧。比方说，露月的豆包五文一个的话，我就以三文卖给管家、住在长屋的武士的孩子们等等。"

"啊呀，真是让人吃惊！"阿国眼睛瞪得老大，"那么小就会干这种投机倒把的事。我都不敢相信是你干的。"

"接下来就是卖旧衣服。"平五满不在乎地继续说，

"旧衣服、旧袜子，当然都是哥哥们穿剩下的，妈妈也不在意的那些东西，一股脑儿卖给了收破烂的。我趁机挑选了几件还能用的，卖给了长屋的住户、仆人等。"

阿国本是个不喜欢操心费力的人，她听了平五所言，便不停地说——"这不好吧""传到外面可不好听""连这种事情都有啊"，叹息不止。

"但是，"米良微笑着说，"幸亏你父母都没察觉啊！"

"没察觉是当然的。要是他们知道那些东西是从我这里买的，那些买了东西的人还不得受罚啊？毕竟他们认为我只不过是个傻乎乎的孩子嘛！"

"你哪里是傻啊？"

"你这会儿生气有什么用？"米良对妻子说，"拿点儿下酒菜来吧。"

阿国起身离去后米良看着平五，突然问"那以后呢？"

"十二岁以前一直在做这些事。然后注意力又转向老爸喜欢的古董上。"平五接着说，"大约是十三四岁的时候，古董贩子开始进出我家，那会儿爷爷已经过世。更早是去松十、大庄那些家伙来，老爸常被他们骗着买一些无聊的玩意儿。"

松十位于京桥弥左卫门町，大庄位于日本桥福岛町，都是二流的古董店。老爸坚信正是这种店能挖出好东西。我家是七千二百石的旗本，对方自然不会做鱼目混珠的勾当。老爷子会发现值钱的古董，确信自己没看走眼。古董店亦非故意欺瞒,但隔三岔五总会背一些无聊的东西过来。老爷子不久就会意识到自己看走了眼。为掩饰过失,他会装模作样地说"这是个值钱的玩意儿",顺手放进橱柜里。时间一长又忘了,最后被打包卖给收破烂的。这时我就从中挑选出来,换个二束三文[1]的小钱。

"我就是这样偷偷卖钱的。"平五显得有些不好意思,"最初想的是从闲置品中挑选一些物品。卖给收破烂的值不了几个钱,卖给古董店兴许还多一点。总之,就算是看走了眼,毕竟是老爷子淘回来的古董呀!"

"这些他知道吗?"

"老爷子吗?当然不知道。"平五摇摇头说,"虚荣心使他不会承认自己看走了眼。放在橱柜里,时间一长他也忘了,不会再想起这些东西的。"

从废旧物品中挑选,后来就放弃了。即便是挑选出的东西,像模像样的古董店也不爱搭理——"本店不收你这样的东西""拿到别处试试看""不要开玩笑"。于是只好找和废品店一般的旧货店,结果发现靠近越中堀那边的稻叶町上,有家店正合我心意。

它在相当狭窄的巷子里面,店门宽约九尺,进去就一间四张半榻榻米大小的房屋。外面招牌上写着"清鉴堂"三个字。称"堂"有些好笑,再看看摆放在店里的商品,

---

[1] 二束三文:指数量很多但价钱很便宜。一般是抛售的价格。

反而让我都觉得羞耻。

"这店正合我意!"平五说道,"我把木挽町家里的物品给他看,也明确告诉他这些古董的来历,老板清兵卫表现出收购的欲望,就好像是碰见了宝贝那种。……你笑什么?"

"我不是在笑。"米良摸了摸嘴角,"好了,那接下来呢!"

"酒来了!"

阿国和女仆端着酒菜进来了。平五不喝酒,只有米良拿过酒盅,妻子为他斟酒,慢慢地喝起来。

"和清鉴堂的交往几乎长达十年。"平五继续说。其间,清兵卫有几次发了大财。玄蕃错买的古董里,有几样卖出让市场或同行都感到震惊的高价。有趣的是,那几样古董实际上不是该物的正常价格,大概是适合于(比如像玄蕃那样的)客人的心理价位吧。如今这样的客人还常来订购。

米良听着便插嘴说:"……不会又说是在木挽町买的吧?"

"我说的是实话。"平五喝了一口放凉的茶,"在这期间,我又找到了新的赚钱门道。一方面老头子的古董所剩无几,另一方面自己从清鉴堂的破烂中买了一些物件然后拿去别的店卖。当然最初尽干些吃力不讨好的事,日子一长自己也便摸出了门道,古董中的刀剑类物什偶尔卖出好价钱。"说完平五马上对姐姐说:"我知道,姐姐又要说真没办法!"

"大概是多大岁数时候的事?"米良问。

"十六七岁吧。"

"亏得没人察觉!"

"当然察觉了!不过是感觉钱有异常。"平五耸耸肩说,"攒到二十一分的时候被发现了。用纸包着藏在屋梁上,老妈发现后把它拿了出来。"

"是啊,被拿了出来。"

"我没说是自己挣来的,只说是零用钱攒起来的。结果老妈说,这样不是武士家孩子的做法。要钱的时候我会给你的。真可惜!真的很可惜!我眼泪啪啦啪啦地往下掉。"

"攒了二十一分。"米良说,"就是五两一分对吧?"

"后来就存在我这里了。"阿国说。

"姐姐出嫁不久……"平五说,"没有更放心的地方了。"

"爸妈知道了会骂我的。"

"姐姐不说就没人知道。"

"那么,"米良问,"七年就攒了二十多两啰。"

"最迟还有五年,我预计攒够三十两。自己计划再用三年。"

米良说了句——"我觉得是可行的。"这时一个年轻仆人进来说："有客人来，木挽町的敬二郎大人。"

平五本能地站了起来："不行！我得走了！"

"嗯！"米良笑着对仆人说，"把客人带到客厅里。"

"我去把你鞋子拿过来。"阿国说着出去了。

五

清鉴堂的老板清兵卫说：

"我和小出家的小少爷已有七八年的交情。嗯！是个了不起的人。做武士可惜了。听说小出家的老爷是古董行家。真的！我说的不是客气话。他去日本桥的大庄店和弥左卫门店吧。市上常有传闻。想必小少爷是继承了老爷的血统。你瞧我们店，尽是些看不上眼的东西，但在这些破烂中，小少爷看上的就一定值钱。这种事已屡见不鲜。因此我劝他放弃去做武士。听说三个孩子中他最小，干脆不管店面大小，先把附近细江家的女儿娶过来，开一个古董店，如何？这样轻松，一定能赚到钱云云。我常这样劝他。哎！您问细江吧？就是隔着一条马路、对面巷子的一户人家，住在长屋里的浪人。那家的丈夫三年前就去世了，留下妻子和一个叫美野的女儿一起过日子。丈夫病重期间，女儿常来店里卖些家产，得以相识。毕竟是武士家的女儿，仅靠一点手工活也养不活一家人。最近还时常碰见她。最初卖的都是好东西，当然，我们也赚了钱。近来好像已经卖空了，没办法，连女人佩戴的小物件也拿出来卖了。这些玩意儿就没打算拿到市场上去卖。您瞧，堆在角落里沾满了灰尘。是的，那个女儿的情况，小出家的小少爷也知道。在我们店里碰见好几次，两人脸上没有表现，但彼此内心似有好感。那女孩应该芳龄十八了，与小少爷相差六岁，年龄上也刚好合适。但很遗憾！小少爷决心当武士来建立家庭，压根儿就没打算做个商人。真是可惜呀！那么好的才能都浪费了。是啊，有十天左右没来店里了。可能今明两天会来吧。"

六

在米良那里讲了自己的秘密后，平五马上后悔了。米良倒没关系，姐姐就难说了。在兄弟姊妹中只有这个二姐和自己要好，小时候总是保护自己。但如今是米良家的人，自然以丈夫为重。嫁过来已有七年，至今还没孩子，她为此深感内疚。她常常回娘家看望母亲，很可能无意间扯出这个话题。

"为什么我要讲那些事！"他责怪自己，"从今年正月起就变得奇怪。再不注意难免发生什么事。"

下次去米良那儿让他叮嘱一下姐姐。他这样想着。

四月、五月、六月，日子过得安然无事。木挽町的大哥敬二郎有了第三个孩子，神谷町的木下添了一对双胞胎女儿。平河町的森家六月下旬老母去世。从木挽町过去照护老母的母亲阿逸，也许是过于悲伤吧，在葬礼的那天突然倒下，整个七月都在森家卧床休息。这三十多天里，平五每天去平河町探望母亲。不光是探望，还带些点心、水果和大嫂做的饭菜。酷暑之下，每天往来于木挽町和平河町之间确实不易。但即便如此，平五还每隔三天就要到越中堀的清鉴堂去一次。老板清兵卫一般下午在店里，有事外出时平五就看看古董，和他老婆聊聊天再回去。清兵卫夫妇都觉得这其中另有目的：平五来店里打发时间，准是想看看细江的女儿会不会来。

"当然不是讨厌她。"平五坦率地说，"不过不打算娶人家，又一副恋恋不舍的样子，岂不是害人家吗！"

"你为何不能约定一个时间呢？你也清楚，细江的女儿很喜欢你。"

"别劝我了！"平五有些脸红了，"建立一个自己的家庭，我还需要相当长的时间。也许三年，也许五年。这种情况下不可能约定时间。我倒没事，人家会等成老姑娘的。"

"所以我劝你拿定主意，开一家古董店嘛！"

"这话别说了！"平五冷淡地摇了摇头，"武士身上流淌着武士的血。即便我想做古董商，祖辈传下的武士血统也不允许。我清楚着呢！"

"这样啊。好像挺可怕。"

"你们别再提那姑娘的事啦。"

到了八月，母亲回到了木挽町。

当月十号的聚会后，平五听说下个月大家把家藏的刀剑都带过来，他立刻想到了新庄的叔叔，随即拜访了田村小路家。叔叔四十七岁，有七个孩子。因三十多岁结的婚，长子今年刚十五岁，最小的女儿还不到两岁。妻子、女儿加上老母亲，叔叔狭窄的屋子就像鸡笼一样总是喧闹不堪。

平五在叔叔的房间里说话。房间约三张榻榻米大小，屋外一直到板墙，中间夹着个丁点儿大的院子，瘦小的树上垂着枯萎的叶子，凸显着酷暑难当的时节。事情很快说完，平五坐了大约一刻钟便起身告辞。就这么一会儿工夫，孩子们在房间里跑出跑进，吵吵闹闹，根本没安静的时候。

主殿送平五出门，脸上照例一副死乞白赖的表情。家里太穷，一看见这个外甥，也是这种别无所求的冷淡表情。若是傍晚到访，叔叔都会留他吃晚饭，但此时天色尚早，平五假装没看见便告辞了。

"看刀我可是行家哪。"平五边走边嘟囔道。

"这次一定让叔叔风光一回！老爸看刀是外行，其他聚会者也是睁眼瞎。我得让他们瞠目结舌！"

他只身去了越中堀的清鉴堂。

拐弯到店门前，那个叫细江美野的女孩儿在店里。一身洗得洁白的单衣和服系着一条旧腰带，脚穿一双改大了的袜子。她横坐在小店的门栏处，纤细的身段婀娜多姿。皮肤略黑但不松弛，灵巧的眼和嘴惹得平五不由得想多看几眼。自从在这店里初次看到她以来,以后每次碰到她,总会被她的眼睛和嘴唇深深地吸引。

看来不便进入,平五便打算走过店门前,这时店里传出了清兵卫的喊声。

"小出先生怎么了?不进来坐一会儿吗?"

平五停下脚步,犹豫不绝地走了进去。姑娘立刻站起身来,低着头,打过招呼,而后站到了一边。

"你请坐吧!"平五回应说,"我只是路过这里进来坐坐,你先请!"

"谢谢!"姑娘答道,低声细语,但清楚明白,"我刚才也办完事情了。您请!"

平五做出请坐姿势。清兵卫打开了钱箱,拿出件什么放在纸上。

"秋老虎真厉害啊!"平五说。

姑娘答道:"是啊。"随即默不作声。

过一会儿平五又开口道:"真希望能下场雨呀!"

"是啊。"姑娘答道。

"啊!"平五慌忙说,"不好意思,我叫小出平五。"

姑娘低着头,依旧不吭声。

"让你久等了!"清兵卫说着,把放在纸上的钱一起递给了姑娘,"你数一数。"

姑娘接过钱认真地数了数,然后用纸包好,放进袖兜。随后与清兵卫、平五告别,默默走出了店铺。平五在门槛处坐下，清兵卫一边叫里面"倒杯茶来"，一边"扑哧"一声笑出来。

"怎么了？"清兵卫笑着说，"三年前您不是已报过姓名了嘛！您忘了？"

七

"是么？"平五恍恍惚惚地说道，"算了，这种小事管它的！今天我是想请你帮忙而来的。"

记不清了，但的确如此。记得很早以前曾对姑娘报过自己的姓名，当时也想问她的姓名来着，但苦于没话说，最终好像也没能问清姑娘的姓名。

清兵卫听了平五请他帮忙的事情后，应道这就去找找看，突然他又想起什么似的，把旁边放着的一把白木鞘的短刀拿了过来。

"这把如何？刚刚细江姑娘拿来的。"

"你只给了人家两分两朱[1]啊。"

"就这样她还要哭着感谢我呢！"清兵卫说道，"说她母亲闪了腰，急等着用钱。我看她可怜才买下的。先前她拿来卖的东西我都包在一起堆在那里呢。不过，这把短刀正是少爷想要的那种。"

---

1 朱：日本古代的货币单位，一两的十六分之一。一分的四分之一。

"为什么?"

"你订的是赝品古刀,她这把可是正宗[1]的。"

"不行,不行!"平五摇着头说,"再好的朋友也不能拿正宗的刀啊。"

"说的也是。"清兵卫叹了一口气,"那好,我找找看。过两三天,再过来看看吧。"

那以后一直等到了下旬。其间去了五六次清鉴堂,也看了两三把刀,都不满意。平五的目的是想让当日聚会者惊诧,让叔叔风光一下,看来找不到中意的啦。之所以无论如何也要找一把名副其实的古刀赝品,就因为在外行人眼里难辨其真伪。最终到了月底,清兵卫也没找到平五中意的刀。

"彻底没辙了。"清兵卫说,"大概是我一开始就找错了方向。"说着他又拿出从细江姑娘那里买来的短刀,"这把怎么样?再看一看吧!"

平五接过刀,抽出来看了看,马上摇摇头又放了回去。

"那……"平五说,"把以前从细江姑娘手里买的东西都给我看看吧!"

清兵卫起身在杂货的堆放处拿出一包东西,用布擦去

---

[1] 正宗:镰仓末期的镰仓刀工。称号冈崎五郎入道,被认为是近世以来刀工的代名词,可见其声望之高。确认为真迹的刻名作品极少,大多仅见于传说。据传是名刀庖丁正宗和日向正宗的锻造者。正宗一词也代指日本具有代表性的名刀。

灰尘递给平五。平五看到有一把腰刀，接着又看了看一把大刀。两个都很差。虽属备前刀，但毫无品位。

"有价值就只有外观。"清兵卫说，"刀鞘还能用，还有笄[1]和目贯[2]略值钱。我打算把它们拆下来卖的。"

突然平五说道："等等！"他放下大刀，取过先前看过的短刀取下刀鞘，翻来覆去揣摩之后，拔下目钉，仔细地看了看刀茎[3]。

"怎么了？"清兵卫问道。

平五不吭声，端详着刀茎。

"这是烧打的。"平五嘀咕，"的确是用火烧过的。一定再次锻打过的。金属呀、刀刃等都非常牢固。不磨一下不知道，从刃文[4]的形状来看，有点像相州[5]的古刀。"

"是吗？那不就是真玩意儿了嘛！"

"怎么可能！"平五苦笑地说，"但的确像相州产的古刀。说不定这东西于我正合适。"

"那么，所谓正宗的……"

---

1 笄：插在刀鞘上类似金属篦的东西。本来是梳理头发的用具，中世以后就用作装饰物了。
2 目贯：为了不使太刀、刀的刀身与刀柄分离，安装在刀柄和刀茎的孔上用于固定的钉子，因为装在刀茎上，所以制作得精致美观。又称目钉。
3 刀茎：放入刀剑的部分。
4 刃文：日本刀上，烧制的时候在刀身上形成的图纹。有直线刃纹、曲线刃纹等。根据流派和时代的不同，图纹形状各有差异，在刀的鉴赏和鉴定上有很高的意义和价值。
5 相州：今日本神奈川县的古称。

"虽然不是正宗的刀,应是贞宗[1]或义广[2]的。"平五说道,"刀上无铭文,应是学徒期间打制的。刃上模糊不清,刃文的粗放又恰好体现古刀韵味。好!我就吓唬他们说是贞宗传下来的。"

"你打算买吗?"

"我出三分。"

"那差得太远。你知道刚才我是两分两朱买下的。想买就再添一点儿。"

平五摇了摇头。他要出的并不是这把刀的价格,而只想让喝酒聚会的那帮人大吃一惊而已,事后这刀就没什么用了。平五说三分不行的话,那就算了。清兵卫纠缠不休,向平五大倒苦水,说细江姑娘那里买的这些东西已有一大堆,老婆总在埋怨他。他是可怜那对母女才不忍心拒绝的。少爷您又不是不知道她们家的情况,这种时候多少帮一把也好啊……,云云。

"你真有一堆可笑的理由。"平五笑着说,"那我再加两朱,三分两朱。不行就算了。"

"少爷真是太小气了!"清兵卫抓了抓秃顶的脑壳,接

---

[1] 贞宗:传说是南北朝时期镰仓的刀工。称号彦四郎,一说是五郎正宗的儿子,一说是养婿。刻有其名的刀和正宗的刀一样享有盛名。其作品也被称为"高木贞宗""池田贞宗"。
[2] 义广:即义弘,传说是镰仓末期越中(今富山县)的刀工。称号松仓乡右马允,也被记为义广和善弘,一说是正宗的弟子。有其刻名的刀现已无存。

着说，"你当武士实在可惜！生意人也比不过你。"

第二日，平五将这把短刀送给了田村小路。他对叔叔解释说，本打算拿去磨一磨的，但又一想不磨也没事。

"这光泽的金属质地，豪放的刃文，再混有少许的曲线刃文烧制痕迹，颇具相州产古刀的韵味。"平五边说边仔细地指着刃文说，"刀身宽但没有层叠纹，表明这刀磨的次数不多，好像只过了一道火，最终打制而成。而豪放的刀型加上刀茎所带有的粗犷，都是新刀所没有的韵味。你到时候叫他们多看看这里。"

"我不懂这些。"主殿带着不安的表情说，"说是贞宗的，行吗？"

"你就说听别人说是贞宗的不就行啦。接着再把我刚才说的那几个要点好好地摆出来，就行了。大家都是睁眼瞎，到时候肯定会连连称赞的。"

"如果看出这是赝品呢？"

"看出来也不关你的事。就说是新庄家传下来的。况且即使是大名的收藏品里都有一些赝品。你完全不用担心。"

"那我试试？"主殿说，"那我就试一次吧！"

平五一点也不担心。

——大家一定会上当。

他确信这一点。七年多混迹古董店，在陶器上时常赚一点。当然也要感谢热衷于古董的父亲。但对于刀剑类，平五有自己的感觉。当然还不到鉴定层次，只是抱有兴趣看看而已。比起父亲和亲戚来，他自信自己的眼光高许多。

——当然，叔叔绝不能说漏嘴啊！这回不同于上次的香炉。叔叔胆小，一不小心恐怕就会自己暴露。平五想，只要做到这点就成功了。

九月十号，他去了圣坂，主要想看看聚会的情况。也许带有良心受谴责的不安吧，那天不上课却出了门。他看了看学校教室，然后去宿舍和朋友们闲聊。恰好这时，森助三郎走来向他打招呼。助三郎高兴地问："怎么不待在家里？今天我和父亲一起去了本阿弥[1]处。"

八

平五目不转睛地看着对方，未能马上理解助三郎说话的意思。助三郎的意思是：平五平日对刀剑有兴趣，应该参加今天的聚会。跑到这里来干什么？

"本阿弥怎么啦？"平五反问道。

"说到本阿弥，就是京城的多贺呀。"助三郎答，"他叫多贺勘右卫门，四五天前逗留此地。听说今天的聚会上有刀剑展示，说一定要见识一下。"

---

[1] 本阿弥：日本中世末期专门从事刀剑鉴定、研磨等事务的家族。此处指拜访了下文提到的多贺勘右卫门。

"他去了吗?"平五抓住助三郎问,"这个人去木挽町了吗?"

"去了呀!要他不去就好了。反正也拿不出什么像样的刀剑。要是不去就好了,可我父亲很高兴地陪他去了。"

平五暗自叫苦。

"你怎么啦?"助三郎问,"发生了什么事吗?"

"真是多管闲事!"平五边说边站起身来,"吃饱撑的!"

"你说什么?"助三郎责问。

"我说我自己!"

"喂!"助三郎上前挡住他,"把刚才的话收回去!"

"不是说了吗?我说我自己!"

"你不收回去吗?"

助三郎握紧了拳头。

"多管闲事说的是我自己。说自己也要收回去吗!"

"不是的!你说吃饱撑的,把它收回去!"

平五看着助三郎然后说:"啊!是吗?那么别吃饱撑着了。"

助三郎还在一个劲儿说着些什么,平五告别了朋友,走出了宿舍。

"糟了!这下糟了!"平五嘀咕道,"根本没料到会有多贺这种行家来。这下完全是骗不了人了。怎么办?"

平河町的森叔一开始就介绍"多贺"的话就好了。

这样的话新庄的叔叔也不会把短刀拿出来吧。呀！仅仅说"多贺"也不行。新庄的叔叔根本不知道本阿弥与多贺的关系。估计森叔介绍了，还是会把刀拿出来吧？

——这是新庄家传下来的，贞宗流的短刀。

平五仿佛看到了叔叔解说断刃的情景。接下来他还会介绍刃文和刀茎吧！平五浑身打了个冷战，一边走一边反复地低声说道："老爷子呀，其他喝酒的人是好骗的，但骗不过多贺的眼睛。这下反而让叔叔感到羞惭了吧？我真是好心办坏事了！这下别说叔叔脸上增光，反将遭到同座嘲笑。麻烦了！成麻烦事儿了。"

他骂自己做事轻率，爱耍小聪明，自以为是。平五垂着头，心想自己原形毕露了。

去拜访田村小路已是傍晚。叔叔还没回来。母女都劝他进屋坐，他说办完事再来。在外逛了大约一个小时，再去拜访，家里人说主殿刚回来，正在洗澡，平五照例就在三帖榻榻米宽的房间里等着。孩子们吵闹不已，七岁和五岁的男孩子跑进来要和他玩耍，平五此刻没这份心情，只是默不吭声，没理他们。

一看到主殿边擦汗边走进来，平五马上低头赔不是。

"根本没想到本阿弥，不对，是多贺要来。我听说了后就感到情况不妙。"平五望着叔叔的脸色，接着又说，"让您为难了，真对不起！您到底拿出短刀给他们看了吗？"

"给他们看了！"主殿回答道，"我不知道那个叫多贺的是鉴定家，平河町的森叔也没有介绍他。要知他是鉴定家我是不会拿出来的。"

"我做梦也没想到会有这事。请您原谅我！"

"呀，不不！不是这样！"主殿摆摆手说，"不是这样的！你没有必要道歉啊。据说那是真家伙！"

平五大吃一惊。"什么？"

"真是这样的。"

主殿擦着汗说，多贺看了两遍那把短刀。起先端详了很久，看了其他的短刀后，提出来还想看看这把刀。第二遍时态度格外郑重，翻来覆去地查看，仔细地端详着刀茎，口里还不停地说："不可思议啊！"接着还说不磨一下的话他不敢断言，但他认为这把刀不是贞宗的，而是新藤五的，弄不好是正宗的。

"根据没有铭文这一点，一般都认为是正宗的。行里都这么说。"主殿又擦了擦汗。这汗与刚刚洗澡无关，大约是回忆当时情形而流的汗吧。

"刃文的某些地方与新藤五的刀一模一样，但其豪放的刀身所展示出的粗狂韵味，以及它所带有的高大的气魄，都说明肯定是正宗的作品。他这样反复地说了好几遍。最后他想亲手磨磨这把刀，请允许他把刀带回去。席上一行人各个肃然起敬，鸦雀无声。托你的福！我也赚足了面子。"

平五咽了咽口水反问道："这是真的吗？您不是在拿我开涮吧？"

"你回去就知道了。"主殿说,"本职鉴定家,不会看走眼的。你小子可淘了一件宝贝呀!"

"我不信!不太可能。我本来就没见过正宗的作品,也不认为这是真的。我不信!"平五难以掩饰兴奋之情说道,"如果是事实的话,是不是该还给过去的持有者呢?还是付等值的钱呢?如果事实成立的话。"

"但那已是平五买下来的呀!"

"过去的持有者也知道呀。"平五边说边站了起来,"总之我去见多贺,搞清这件事。他还在平河町吧?"

"在吧。他说回去稍微磨一下,看出刀的质地后,两三天内答复。"

"反正我先去平河町。"

平五跑出了叔叔的家。比刚才从圣坂的宿舍里跑出来要快得多,火急火燎的样子。照平时也不会这么浪费,他拦住一辆轿子,说多给些脚力钱,急忙赶往了平河町——多贺勘右卫门在平河町。平五不去见森家的人,直接把管家叫到门口,请他传话给多贺,自己想马上见到他。管家进去,一会儿出来,马上陪他穿过庭院走到茶室。

九

勘右卫门是个年龄四十二三、身体肥胖的男子,从脸庞到身体,都显得很壮实,目光炯炯有神。他说一口京都话，听起来像女人，与想象中的完全两样，简单说明来意后，平五拿回短刀告辞了。

勘右卫门还没开始磨刀。他说绝对是正宗的东西，并讲了其中的理由。平五也老老实实地讲述了事情的原委，并问了若是正宗的刀的话，约莫多少钱。勘右卫门回答说要是把自己所做的鉴定书附上的话，总共八十五元；然后又说，如果没有烧打的话价格在一百五十元以下；因为重新烧打过的，所以值这个价。平五又问，给过去的持有人补钱的话，需要多少金额，勘右卫门笑了笑说，没这个必要了吧。如果你觉得过意不去，给二十元就行了吧。"但这是木挽町家买了这刀以后哟！"

从平河町归来的途中，平五为各种事情烦恼。

因为父亲看中了这把刀，平五便带了回来。多贺提出想磨磨刀，但是期间被父亲拿走的话，一切都完了。父亲若说让给他，老实巴交、胆小的叔叔绝不敢说个不字。那真是到嘴的鸭子飞了。

"完全是到嘴的鸭子啊！"他边走边嘀咕着，"这事能办成吗？不是开玩笑的！"

他思忖着把这一切告诉细江小姐。据说，当时姑娘来清鉴堂卖这把刀，曾说过是正宗流的。虽是这样说，母女俩（还包括已去世的细江本人）想必都没相信。不然，她也不会两分二朱就卖了。因此既然知道了这刀是真的，就有义务告诉人家。这是理所当然的。

"但是，告诉他们以后，问题又来了。"如果对方提出赎回这个传家宝怎么办呢？总不会提出要八十五元吧？对方可以要求自己给出清鉴堂买卖时的价格。她们再出二分银都感到困难，何况要掏出三分二朱。谈何容易？明知价值八十五元，仅以三分二朱成交，谁会甘心呢？

"没什么遗憾的！商场如战场。"平五嘀咕着，"现在把这刀卖了的话，我就能买一个御家人的身份，然后从家里搬出去，可以过自己独立的生活。何况不是我发现，这家伙肯定会被扔在清鉴堂的角落里，不定到何时还沾满灰尘呢！所以……"

平五主意已定，抬起头来用力地摇了摇。脑子里闪出不好的念头。他觉得这不该是武士所想。不要说武士，就连普通人也会感到羞耻的。他骂自己。但一度浮现脑海的想法，又有点儿不情愿舍弃。自己不说，别人就不会知道。而且，这刀难道不是凭借自己的鉴赏力发现的吗！最后还能实现多年夙愿。若是告知细江小姐实情，事情只会变得麻烦！埋在肚子里不说！他苦思冥想却纠缠不清。

"唉！"他停下脚步大声地说，"傻瓜！振作点！"

过路来往的人都回过头来看他。大约是被平五的声音吓到了吧。自己也吃了一惊，赶忙快步离开了。

三日里平五都在胡乱琢磨。他也出门，但每次都想往越中堀走。他想：要是去细江家肯定会说客气话。说了客气话，说不定就会谈到无偿归还短刀之事。估计自己也是无法摆脱这一诱惑的。这种奇怪的自尊心特别强烈。到了第三天的傍晚，他突然想出了一个解决问题的办法。那就是他把细江姑娘连同短刀一起娶过来。他想：细江家的家名从生下来的孩子中选一个继承就行了。小出家兄弟姐妹本来孩子就多，自己到时也会有两三个吧。娶姑娘当然也把她母亲接过来。如果满足了这些条件，这事会有希望。

"混账话！"平五一副快乐的表情低声说道，"喜欢那个姑娘，为何没有想到呢？——贪欲啊！"他皱了皱眉头，"贪念短刀的欲望在情感之前。可悲呀！"

明天就去细江家。他拿定了主意。刚回到家，父亲马上叫他过去。来通知的是母亲，说父亲大人很生气，如果你在的话赶快过去承认错误。他问父亲为何生气？母亲说，总之你快去承认错误就行了。

父亲在客厅里写东西。平五在他正面相视而坐，只瞅了他一眼就知道父亲非常生气。

"短刀是怎么回事？"玄蕃猛地责问道。

平五一阵紧张，慌忙说："您说什么？"

"别隐瞒了！你有一把正宗流派的短刀吧。去拿到这里来！"

"为何？呀！为什么？"

"那不是你们小孩子配拥有的东西。把它拿来，先放在我这里。"

平五吞吞吐吐地说："这不好办。因为那是新庄叔叔的。

而且……"

"闭嘴!"玄蕃大怒道,"你很清楚你做了些什么。主殿全告诉我了。你这个笨蛋,你这个呆头呆脑的蠢货!总之先去把刀拿来!"

平五默不作声。

"刀在你这里,没错!"玄蕃又说,"我想知道刀磨出来的结果,去了平河町。他们说已经还给新庄了。我叫来主殿一问,结果他全对我说了。还说刀现在应该在你这里。没错吧?"

平五肺都快气炸了。

——无情无义的家伙!

若是其他人说的还可理解,新庄的叔叔说出来的话真是寒心!不要让我爸知道,这点叔叔必须做到的呀!真是个无情无义的忞人!像个下贱女人一样!平五愤气填膺。

"你小子听到没有?"玄蕃又吼道,"叫你拿来就拿来!不然就只有清场了。"

平五望着父亲说:"清场……是什么?"

"要我说出来吗?"

"清场,是指什么?"

"我叫你去把短刀拿来!"

"我不愿意。"平五打断父亲的话,"如果是叔叔说的,您也就知道的。那刀是我看中的,我买的。哪怕是父亲下命令,我也绝对不拿出来。我不拿出!"

"你说的……你小子！你说绝对……"

"我说了，难以从命！"平五挑衅性地回答说，"那么我想听听，清场到底是什么？"

"逐出家门。"玄蕃说，"现在就离开这个家！"

"请说明理由！"

这时母亲唤道"平五"，随即进来。玄蕃这下反而像火上浇了油似的，大吼道："你别插嘴！"

"你想听理由的话那就告诉你。你已经损坏了小出家的家名，往家族的脸上抹了黑。我全部都知道！你干的所有事情我都知道。我既不瞎也不聋。"

"我干了些什么？"

"平五！"母亲叫了一声。

"你闭嘴！"玄蕃大声地斥责妻子，然后朝着平五断断续续地说开了。

"你还那么小的时候，三点钟的时候拿到的馒头呀点心，就知道卖给别人赚钱！后来卖旧衣服、旧袜子。你是出生在七千二百石的旗本家，当时还不到十岁的小兔崽子。有这事吧？"

"什么！你？"母亲气得喘不上气儿，"竟然、竟然有这种事情！"

"你也有责任！"玄蕃对妻子说，"觉得是小儿子就放松了管教，结果才会出现这种情况。这还不止。后来这小子又玩起了古董。这事说来丢人，我不想多说！这家伙学着古董商，倒卖废品赚差价。上次被你发现然后没收的五两多银子，就是干这些龌龊勾当赚的。"

"平五哇！"母亲哭着喊道。

"这次的短刀就是其中之一。"玄蕃气得发抖，接着说，"据主殿说，你小子买一把不值几个钱的假货，目的是要嘲弄我们。——已经不能忍受了！这样的家伙不是我儿子。这样的人还留着，只会有损小出家的家名！会毁了家族的声望！马上给我滚出去！逐出家门！"

"我知道了。"平五说。他脸色苍白，但语调和态度平缓镇静，"既然你下令逐出家门，我会出去的。呀，母亲，请您不要说话。出门之前我要把我想说的都说出来！"

"你想说什么？"

"只有一件事情。如果你们不觉得厌烦的话就听我说！"平五说，"我做了父亲所讲的那些事，从卖馒头到卖古董。所讲的基本上都是事实。但为什么我要做这些，你们想过吗？"

"因为你没有武士的豪气与魂魄！"

"还有么？"

"还有就是你小子有商人本性。古董店那种地方合你胃口。"玄蕃说，"事到如今什么理由都可以加。但你听着！如果你做的是正当的事情，就绝无辩解的必要。"

平五猛地一惊。自己仿佛挨了一记耳光，目瞪口呆，直咽口水。

"懂了。"平五点了点头,"我知道了!那我说点儿别的。刚才父亲责怪了母亲,说什么因为是小儿子就娇生惯养。——自我懂事以来,大家都无休止地在说这些话。照敬二郎哥哥的话来说,本来是老幺就不值一分钱,加上娇生惯养,更加不值钱了。这不是乱说吗!没有的事儿。从生下来到现在,我记忆中没有被娇生惯养过,母亲也从没娇惯我。"说完平五又朝着母亲说:"您或许已经忘了。我每次想求您办事,没等我讲明什么具体事,您只是一句'不行'。我一开口,您听也不听就是一句'不行'。也许母亲您不记得了,但我记得很清楚。哥哥姐姐他们可以自由地索要这样那样,您基本上都会答应,唯独我什么都'不行'。我是在'不行'中长大的!"

"我,对你……"母亲用衣袖擦着眼泪,哽咽地说,"我觉得你最小,娇生惯养会害你。"

"祖父、祖母也是这样的。"平五接着说,"祖父嫌祖母娇惯我,祖母说祖父娇惯我。就这样争来争去,结果谁也没有娇惯我。我从来没被宠爱过!母亲,您记得有过吗?"

"我只是……"母亲说道,"只是想把你健康地抚养成人。"

"是的。您说得对。"平五点点头说,"我绝不是责怪母亲。我是老幺,或许不值一分钱,但绝没有被娇生惯养。希望你们知道这一点。那么我告辞了!"

十

平五回到自己的房间，插上双刀，拿上短刀，从旁门走了出去。其间母亲曾跑来，劝他向父亲赔罪。

离家后怎么打算呢？不是走投无路吗？或是有什么可以投靠的地方？母亲问道。

"我没事的！不要担心！"平五说，"父亲说得对！我适合古董这一行。今晚我才下了决心！我要做古董商！"

"平五！你说什么呀！"

"等我安顿好了就告诉您。我走了！"

不管母亲怎样呼喊，平五大步走了出去。快步走在入夜不久的街上，他一会儿摇头，一会儿咂舌或自言自语。他为自己该说的没说而抱悔，又觉得忍住没说是骄傲。

"老爸说得好啊！"他边走边嘀咕，"没想到会说出那么精明的话。我服了！"

是的！不是辩解！要说就是强调自己的立场，驳倒父亲。我做的事对我来说是正当的。在事实的基础上只要能拿出证据就行了。

"我要做一流的古董商！"他大胆地宣言，"什么武士魂之类，不需要！凭自己的力量在这条道路上做到一流，比起一辈子游手好闲靠人扶持，更有人的尊严！哼！现在我就做点事给他们瞧瞧！"

平五首先去了清鉴堂。

清兵卫正在喝酒。听完平五的话,清兵卫脸上泛着红光,一拍大腿说,"终于想好啦?"然后用十分得意的口吻说,"我一定尽力帮助你。"并劝说为了祝贺,来喝杯酒。平五说一会儿再来,就向清兵卫打听细江家住址。清兵卫拍着膝盖,说等会儿一定来啊!接着告诉他细江家在对面小巷子里栅栏处进去,左边第五家。

"不过今晚就算了吧?这么晚了也不方便说话。"

"不是,我有其他的事情!"平五起身说,"去去就来。回来再说。"

一会儿就找到了细江家。

巷子又窄又暗。长屋四处飘散着煮饭的味道,同时夹杂着阴沟、垃圾堆散发出的刺鼻臭味。平五既肚子饿了又感到阵阵恶心。细江家已关上的门窗,听见平五敲门也没立刻打开。

"是我,小出平五。"他又解释说,"我有话说。上次卖了短刀对不?就是卖给清鉴堂的那把短刀。"

女儿美野好像问了妈妈后,才打开吱嘎作响的屋门,说了声"请进"。打开门一看,屋里没有格栅,从一尺左右的土间上一步,马上就到仅两帖榻榻米大小的房间。姑娘将灯笼搁在一旁,端端正正地跪坐着,寒暄问好。

"这么晚,打搅了!"平五站着寒暄说,"实际上前几天的那把短刀是真正的五郎正宗的名刀。"

美野抬头露出不相信的眼神。平五就跟她讲了事情原委。为了让睡在里屋的美野母亲也能听清,平五大声地讲述了这些情况。结果从拉门里间传来招呼姑娘过去的声音,美野应了一声立即进了里间。平五又听到里间的人说"请他进来",美野则为难地看着平五。连榻榻米都破烂不堪的这间小屋,美野实在不好意思请他进去。平五说了声"失礼了",顺手取下短刀放在一旁,进屋坐下。

"我叫细江忍。"姑娘的母亲在里间说道,"因为在病中,请允许我这么躺着说话。失礼了!"

平五也寒暄问好。

"短刀的事,我都听见了。"阿忍直截了当地说,"传说是正宗的作品,现在得知这是真的,的确是件高兴的事。但我们既然已经卖了,这就与我们没关系了。请您放心地拿回去吧!"

妇人不光干脆而且态度明确,平五感到惊讶。

——这女人不可小看!

平五心里想着,道出了迎娶美野的想法。他讲述了短刀事情的起因以及自己最终被赶出家门的经过,讲述了自己的决心——现在抛弃了各种杂念,一心要做古董,要做一流的古董商。然后说到要娶美野,同时要把夫人接过去照顾。由于兴奋,平五说话前后颠倒,啰啰唆唆,但总算要说的都说了。

阿忍静静地听着,待平五讲完后,立即说了句"不同意！亡夫的名字我不便说，但细江也是出身于领受七百五十石俸禄、门第风光的大户武士人家。即便像现在这样成为浪人，过着贫穷的生活，我也不会让女儿嫁给一个从事古董行业的商人！我不同意！"

"但是，"平五下意识地说道，"要论门第的话，小出家也是三河以来的旗本。"

"府上自然如此！但你生在一个如此优秀的家庭，却被逐出了家门。一句话，你现在应该没资格谈什么三河以来门第之事了。"

细江家怎么样呢？平五把嘴边的话咽了下去。他想说：如果没有男子，如此贫困潦倒的情况下，试图重振细江家的机会就没有了。这样的话，谈门第之类又有何用。不是和小出家一样吗？这时，旁边传来细弱的抽泣声。平五一看，美野正用衣袖遮挡着脸哽咽不已。

"我失礼了。"平五最终抑制住自己接着说，"我刚才的请求也许错了。我改日再来……"

"不用了，我不会同意的。"阿忍回应道，"这事已没有再提的必要。你也不必再来了！"

"我走了。"平五对美野说。

拿着刀走到外面，穿出巷子来到街上后，平五到护城河顶头站住了。

"那……"他喘着粗气小声说，"那就是老爹所说的武士魂吧。咄咄逼人哪！我完全不是她的对手。今年是我的灾年哪!"

身后好像有人脚步声,他猛地回过头一看,美野正朝这边走来。她是追着平五来的,来到平五身旁又用衣袖遮挡着脸,不停地哽咽抽泣。她是跟在后面跑出来的,此刻张不开口、一副手足无措的样子。在平五看来这就够了。他环顾四周(包括河里也没人影),走到美野身边,把手放在她的肩上。

"我对自己的忍耐力很有自信。"平五说,"我的父亲比你母亲还要不通人情,还要顽固。总之,我能一直忍受到二十四岁的今天为止。明白了吗?"

美野哭泣着不住地点头。

"我做古董商什么的,你同意吧?"平五说。

美野又点点头。他一阵冲动,真想紧紧抱住她。但在他的手里,姑娘的肩膀太瘦弱、太小,也太柔软了。他轻轻地拍了拍姑娘的肩膀说:"清鉴堂于我会派上用场的。你快回去吧!好好照顾妈妈!"

十一 米良对他的评价

米良平左卫门如是说。

"比起做依田家的上门女婿,平五还是走那条路的好。到细江家的母亲去世为止的三年时间,加起来应该是第四年吧,他终于和细江姑娘结婚了。其间他忙着学做生意,也有了自己的店铺，总的来说还是这样的结果好。他的忍耐力非同小可！总之，走上了自己喜欢的道路。一切是从卖馒头开始的呀。对了，据说'平五'这个店名在同行之间小有名气。小出先生曾经那么喜欢把玩古董，但随着'平五'的日益红火，自己马上就不再玩了。大概也是对自己当初说的那些话开始感到后悔了吧。小出先生的话里好像带有这个味道。父子俩之间好像还是平五赢了。不，好像是小出他们全家赢了。这样的说法也许更正确。平五这小子，到底实现了他的愿望！"

日日平安

屏风折叠

一

吉村弥十郎一连三次收到同样的信件，看完后马上扔掉了。因为和北岛家的亲事也已谈妥，他以为是谁故意开玩笑。寄信人的姓名一栏只写了"雪"字，三封信的内容完全一样。

——我是这户人家的乳母。自己一手养大的小姐对您一见钟情，过分的相思导致身体渐弱，我不忍目睹。斗胆给您写这封失礼的信。请您见小姐一面，救救一个弱女子的性命。我坚信您会到来，我和小姐都等着您！到堺町中村座的茶馆里，找"雪"就行了。

信里反复写着"请您务必到来""这次一定要来"云云的字样。弥十郎不知道信来自何处、何人所写，也不知道自己在什么时候被一个姑娘看上。仔细想想，弥十郎觉得没这么一回事。再说这封信吧，遣词用句显得旧式，倒像一篇范文。"嗯！"弥十郎嘀咕了一声，"真有闲着无事之人。"

二

吉村是中老，一年领受着九百五十石有余的俸禄。他父亲伊与二郎现年五十八岁，先后待过茅枪队和铁炮队。

母亲里子，娘家姓松泽，比丈夫小十二岁，今年四十六。弥十郎下面有一个叫小三郎的弟弟和叫三春的妹妹。弟弟去了母亲的娘家松泽家做养婿，妹妹去年十六岁时嫁给了小岛靭负。松泽家是领受八百石左右的寄合番头，是个管理退休者、无职业者的小头目。由于长子三年前突然去世，这才招小三郎做了养婿。

弥十郎打小就引人注目。吉村家在五代前曾招当时藩主的弟弟做了养婿，家规严格与众不同。现在还保留着正月"沐浴净身"及长子十五岁时行"开路式"等规矩。在藩上至今被誉为有传统的家族，这大概也是原因之一吧。弥十郎自小聪明，且相貌清秀，十五岁举行"开路式"后，一切仿佛经过了打磨一般，更加惹人目光。他十四岁就为藩主信浓国守政利讲读《论语》。是藩儒冈岛梅荫举荐他的，讲读持续近一年，临结束时作为赏赐，赠国广[1]短刀一把和二十五块银。这种情况当然稀罕，他本人并未因此洋洋得意、沾沾自喜，相反，每逢有人说起这事时他就脸红耳热，不愿意再说下去。这也似乎成为他人生的一大转折，在做学问的同时，他开始投身武艺之道。虽然每天都

---

[1] 国广（1531—1614），安土桃山时期，山城（相当于今日本京都府东南部）的刀工，日向（相当于今日本宫崎县）人。本名田中金太郎。居住在京都一条堀川，创建了堀川派，颇具名望，是新刀初期的名匠。新刀：根据日本刀的时代区分，与古刀相对，是指从庆长（1596—1615）到安永（1772—1781）所制的刀。初期的新刀被称为"庆长新刀"，之后的被称为"宽文新刀"。

去学问所念书，但他尽量保持低调。武艺方面也是如此。实际上他已达到很高的水准了，但为了不使人察觉，在比赛中他总将成绩保持在中等水平。

这般努力取得了相应的结果。过二十岁后，人们不再像以往那样议论他，也不再把他视为弱不禁风的秀才。二十二岁之前他也有过两次恋爱，但是均以单相思而告终。两次都是同为家中[1]级别家庭的年轻姑娘，交往下去或许会成功，但每次都在他尚未下定决心表白时就告吹了。其中一个不久结了婚，另一个对他也有些心灰意冷。当时还有人家要与吉村家谈亲，在妹妹那帮情窦初开的闺友中还引起了一阵轰动。那些朋友基本上与妹妹三春年龄相仿，也有年长一两岁的，其中有位胆大的姑娘还给他写了一封信。他立刻与姑娘见面，把没有开封的信件归还。姑娘后来伤心得大哭一场，她曾对三春说，如果恋爱失败，自己就做尼姑去。不过为他魂牵梦绕也不是什么罪过。后来没过半年她就出嫁到其他藩的大人物家。和北岛家谈亲事始于那年二月。北岛家担任留守役[2]一职，俸禄五百石左右。家里有两个儿子、一个女儿。女儿才貌兼具，很早就在家中的范围内传开。他觉得自己配不上这样的姑娘，所以一

---

1 家中：战国时代，是对属于武家主君、家臣团体的同族的称呼，后来变成诸大名家臣的总称。江户时代时，也被用于指代藩。
2 留守役：江户时期，德川幕府施行"参勤交代"，大名要往来于江户和藩之间。"留守役"是藩主去江户期间负责管理藩国事物的官职。

直不积极。可江户的家老愿意做媒，加之父母竭力地劝说，最终他抱着试一试的心态也就答应了。

第一次收到那封（他觉得应该是某个人搞的恶作剧）信，是已答应北岛家亲事后不久的事。他揣摩着，自己的朋友中有两三人或有这般恶作剧的嫌疑，认为不予理睬便是。收到第三封信后不久，他收到北岛家的请求："请允许我们将婚礼的日子往后移一段时间。"理由是"姑娘身体不太好，需要半年时间静养"。

婚礼定在十一月举行，算起来约莫是六十天以后的事。既然医生这样嘱咐，自己也没有急着结婚的必要，于是就答应了。就好像寄信的人瞄准了这个机会似的，这时他收到了第四封信。开头这样写着："给您寄上了三次信，始终祈祷您的出现，但三次您都没来。"然后抱歉说自己提出了让人为难的请求，而后再三赔罪。其后大致的意思是——自从自己提出让两人见面的想法后，小姐的精神眼瞧着似乎一天天好起来。如果您这次再不来，小姐恐怕真要生病了！所以请您无论如何也要来见一面，并衷心期待获得您的帮助。

"即使是恶作剧也太像那么一回事了吧！"弥十郎自言自语道，"总之，去看个究竟吧！"地方还是中村座的茶馆。弥十郎还有几分犹豫，但到了约定的日子，终于下了决心，对父亲说同学约自己有事就出了门。

到中村座茶馆是下午三点前后。他报上"阿雪"的名字后，一个中年女佣走出来，说道"请跟我来"，就领着他走了进去。小间里好像正在表演，除了低声传出的鼓乐声外，四下一片安静，走廊上也看不见人影。弥十郎被请到二楼最靠里一间屋子里。女佣打过招呼拉开房门后，弥十郎开始感到心慌。他想，要是恶作剧的话就一笑了之吧。恶作剧反而好，否则就麻烦。女佣拉开门就告辞了，里面的中年女人向他寒暄。

"欢迎光临！"妇人开口说道，"感谢您的惠顾！不想让其他人看见，请您进来吧！"

弥十郎进到房间，妇人关上拉门，请他坐在摆好的位子上。

妇人说自己就是阿雪，然后致歉失礼并致谢，并劝弥十郎换上便服[1]。他本来不想换，但架不住对方再三客气地请求，最终答应了。弥十郎换好便服，妇人马上拉开旁边的小屋，又好似催促弥十郎一般，让他进去。屋子大约十帖榻榻米宽，大概窗子都关着的缘故吧，雪洞灯[2]在支起的屏风中摇曳闪烁，完全一副夜晚的氛围。

"小姐！"妇人向屏风里喊道，"吉村先生来了！"

"知道了。"屏风中传出了声音。

妇人向他点了点头，然后将挡着的屏风一角撤到一边。

---

1 日本人到家后习惯脱去礼服，换上便服，使身心放松。
2 雪洞灯：一种纸糊的小蜡烛灯。

246

只见铺着深红色的毛毡上摆放着香炉和小桌,姑娘坐在桌前,低眉垂眼。

"请允许我介绍一下!"妇人向弥十郎说,"这位就是我伺候的小姐,名叫千夜。请您慢慢谈……"

三

以后每隔一天,弥十郎就收到"阿雪"约他见面的信,前后三封。第二封信同第一封一样,约在中村座茶馆,第三封信改在浅草桥场的"川西"茶馆。弥十郎不知如何是好。——本来只打算见一面,这下已经见了三次。姑娘实在幼小单纯,弥十郎至今也不知对方到底是怎样一个人。姑娘不怎么开口,只是含羞地坐在那里。这一来弄得弥十郎也不知所措,以至于怀疑为何要见面。

对千夜姑娘自己一无所知,连妇人阿雪也如此。阿雪的举止言行带有武士家风,但从她迎送客人的高明、劝酒的技巧及屏风内看似不起眼的摆设等来看,她则是一位精通男女之情的大酒店的管家。

第三次见面告辞时,阿雪在弥十郎的耳边悄悄说:"小姐什么都不懂,加上是个女孩子,你要手把手教她!"完了再加一句,"下次见面时请务必记住!一定行的!"

这段耳语意味着什么,弥十郎当然清楚。说从一开始就清楚也许更确切。但在耳边窃窃私语的这般做法还是令之感觉恐慌。信中将见面的地方改在桥场，他则更加犹豫。大概也是恐慌的延续吧。而随着约定日期的步步逼近，他完全沉不住气了。在没想好的情况下他就出了门，好似受人催促一般。

他坐轿到了桥场，途中想起了"开路式"。这是吉村家五代前传下来的独特家规，长子年满十五岁时举行的成年仪式。仪式前根本没人告知，只是躺在举办仪式的房间里，身着白色的绢丝睡衣，头枕着白色麻布包好的长长的枕头，而不是一般的枕头或箱枕之类。房间里不点灯，幽暗无光。不久有女子进来躺入被中，黎明前离开。

——照我说的那样做！没错的！您放心！

初夜时，女子这样小声说。弥十郎过了十五岁，对男女间秘事隐约知道一些。因此眼下发生的事情并未让他感到吃惊，但无视自己意志且不知对方何许人的做法，令之感觉羞耻和愤怒。次日清晨，他生气地向父亲询问。

——"仪式"的目的是使你摆脱孩子气。

父亲伊与二郎回答说。

——到了一定的年龄，对你们学习、修业干扰最大的是女人。在不知女人为何物的情况下，往往会意乱神迷，产生不必要的亢奋、轻蔑或沉溺，搞得心烦意乱。而懂得女人后，一切烦恼都将消失，不会再整日瞎想浪费光阴。此外，也会获得业已成人的感觉。

"仪式"进行了七夜。

不知道那女人是谁。直到近十年后的今天依然不知。留在记忆中的只有耳边的喉咙发出的絮语、炽热的肌肤、小巧又柔软的身体。那女子总在黑暗中悄然出现,又总在黎明前、弥十郎熟睡时离去。即使弥十郎主动与她说话,她却总是片言只语。第七夜,她大概知道这是最后一晚吧。但到底没有留下告别辞。

——到底是个怎样的女人呢?

他向父亲和母亲讯问过,父亲和母亲都不告诉他。母亲说"根本不知",父亲只说"忘了这事吧"。

"现在的我……"在轿子里他自言自语地说,"就是说,我要充当那个女人的角色了。"

哎呀!不是这样的!他立刻否定了。那时候仅仅是个"仪式",眼下是被追求且自己似乎也变得无法心平气和了。至少今天一路过来的心情是不平静的。必须承认这一点!他对自己说。

轿子在思川河畔停下来。过了桥再走几步,如信中所注,沿右侧的隅田川就看到了那家茶馆,写着"西川"二字的灯笼挂在门口的柱子上。弥十郎走进大门里,穿过花草丛,走进玄关时感觉到心跳加速。

四

弥十郎和千夜在"川西"幽会了七次。两人在此第一次便有了肌肤之亲。对他来说是一种全新的体验，他觉得无论是身体还是心灵都发生了巨大的变化。最初的那次，千夜饱受痛苦，他也目睹了痛苦的证据。他几乎产生了动摇。这在那个"仪式"中绝对没出现过，所有的一切截然不同。无丝毫快乐可言，这不是他的需求。只是千夜一个劲儿央求，自己也只好答应而已。实际上自己总是担心和害怕，会不会再给她增添痛苦。千夜也没有感到其中的快乐。她之所以不断地央求，绝非想求得肉体快感，而是想借助肌肤的相触真正感受对方的存在。

在"川西"同样关闭了窗户，支着一对屏风。阿雪就在隔壁。幽会的时间不长，到时间阿雪就会在隔壁提醒。这时就不能再待，收拾东西告别。

"我终究不能成为您的妻子啊！"千夜滚烫的细语直戳弥十郎的内心，"但会成为您一辈子的回忆，请您尽情地享受。"

此后的千夜总是哭。

"为什么不能结婚？"有一次弥十郎问，"事已至此，结婚不就是理所应当的吗？"

千夜只是一个劲儿地哭。

"告诉我原因！"他又一次说，"为什么我们不能结婚！是不是在乎我们身份的不同？还是你另有婚约者？"

千夜还是哭着摇头。为了解更多她的事情，弥十郎找了许多话题，但千夜只说"请不要问了"，便不再言语。

她仿佛怕被阿雪听到似的。于是，弥十郎建议两人单独见一次面。

"嗯！现在……"千夜显得没把握，"现在找个时间吗？"

第七夜，他抓住千夜的肩膀使劲儿摇着催促："我们俩什么时候见面？"他用力地摇着，仿佛要摇开千夜紧闭着的心胸。他追问着——"什么时候？什么时候？"千夜任凭他摇晃，最终答道："后天。这里吧……老时间。"

"后天。是真的吧？"

"是的。没错。"

"好好听着，千夜！"弥十郎搂紧千夜，嘴唇贴近她的耳边小声说道，"我也有婚约者。我知道退婚不是件容易的事。但我已经不打算迎娶除你之外的其他女人，我决心无论怎样都要退婚。一定要退婚！你看着吧！明白吗？"

千夜在他的怀中点点头。

"我真太高兴了。"千夜反复地嘀咕，"待后天见面，我会把所有事情都告诉您。"

"好的。"他说，"后天哟！"

"嗯。"千夜点点头，把身体更大胆地钻到弥十郎怀里。

第七次幽会之后，千夜竟完全没了消息。不光没了消息，迄今为止所发生的事情都在他面前消失了。到了和千夜约好的日子，弥十郎去了"川西"。第一次来时接待他的那个女佣这时出来说,房间都满了,随即拒绝了他。这样的情况过去根本没有发生过,何况两人确实是约好的。于是他说"你再去问问别的女佣吧",女佣一脸诧异。自己是店里老资格,若有客人的预约,自己怎会不知道?出于稳妥,她还是去了总台讯问。她问到客人的姓名,弥十郎说叫阿雪,并说迄今为止来过七次。女佣还是一脸茫然,答应再到里面问问。不一会儿出来一个五十开外的胖女人——可能是女掌柜吧,领着三个年轻的女佣从里面走出来。

"我是本店店主阿澄。"女主人郑重地说,"刚才听阿秋讲了,您是不是弄错了?我们这边都不知有位叫阿雪的客人,今天也没有预订房间。"接着又问三个年轻的女佣:你们知道此人吗?女佣们都说不知,弥十郎也觉得她们面生。他想这只是恶作剧,于是讲了约好今天和千夜在这里见面。她或许忘了,但她一定会来等。恳求说随便什么房间都可以,他要在这里一直等她来。

"我们这里只安排经常来访的客人。现在每个房间都有客人。"女主人显得为难,"如果您仅仅是等待的话,有一间又小又乱的房间。您请吧!"

女主人叫阿秋带他进去,并再次问道:"是不是弄错了地方?"弥十郎此刻已无心顾及。他被领到一间朝北的、不知做何用的、四帖榻榻米的小房间。他想叫些酒菜,女佣说本店除了客人预定外,概不提供酒菜。结果弥十郎等了两个多小时，只喝了一杯茶，千夜最终也没出现。

五

第二天弥十郎又去了"川西"。女主人和女佣们同昨日一样，但先前与千夜幽会时那个给他带路、送上酒菜的女佣不见了。女主人非常肯定地说除现在这里的四个女佣外，本店绝没有过那个女佣。他听后疑惑地点点头，似乎再也没什么要问的了。他提出趁现在店里没客人，把房间通通看一遍。他沿外廊转过弯，首先就看了临河的那间屋子。那里由八帖榻榻米铺成的大间和六帖榻榻米铺成的小间连在一起。大间里有壁龛，挂着一幅山水画。以前每次都关着窗子，围着屏风，只有纸罩的蜡灯微微放光，现在算是第一次看清了。这屋子无疑就是自己常来的那间。

——对，就是这间。

弥十郎把屋内上下打量，想起了在这支起的屏风里，他和千夜两人听着冲洗河岸的波浪声。

——这到底是怎么一回事？

他呆呆地立在那里。

阿雪或千夜（如果）来过的话，一定会留话——"等着您的回音"。弥十郎向外走去。回家途中，他顺道去了堺街，结果中村座茶馆也和"川西"的回答全然如一：不知道叫作阿雪的人；也不记得弥十郎。还说到现在为止

"从未把二楼的房间借给客人"。虽然只是来过两次,但他记得接待他的女佣叫阿信。因为自家也有叫同样名字的女佣,所以印象很深。弥十郎想找她询问,于是提出想要见见,结果走出来的女佣,模样、年龄完全不符。

"我在这里五年多了。"女佣说,"这里叫阿信的就我一人。五年来这里也没有同名的人。"

弥十郎马上离开了那里。

这种情况下,有人会觉得自己受到了妖术蛊惑,但他全然没这种感觉。五十多天里相见了十次,而且有了肌肤之亲。可对方是哪里的、是个怎样的人?弥十郎最终也没了弄清楚的机会。然后对方就这样突然销声匿迹。对弥十郎来说,他不觉得这事如海市蜃楼一般,而是一开始就在计划中。——不过他不知道眼下这个计划是完结了?还是其中受到了某种阻力中止了?总之他目前是见不到千夜。阿雪和千夜现在就在江户的什么地方。在中村座茶馆和"川西"幽会断然是存在的。她们想把这个事实否定了,这是一开始就计划好的么?相关的女佣等也是从外面雇来的么?绝对是如此!

——他坚信会有音讯。

阿雪这个妇人暂且不论,千夜绝不会这样杳无音信。她什么时候一定会来信的。弥十郎坚信这一点。

到了十一月,北岛家说可以举办婚礼了。原打算用半年作为休养期,医生却说现在举办也没问题,于是对方提议一过月中旬就完婚。弥十郎拒绝了！最初听说延期半年时，自己就没有了结婚的打算。自己本来就不积极，都是父母相劝才答应的。再者，一会儿延期一会儿心急火燎，对方只顾按自己的意愿行事。弥十郎明确地拒绝说：我已经不打算结婚了！其实弥十郎另有打算。千夜肯定会有音讯。要娶，我就娶千夜。这时父母也不再说什么。父亲伊与二郎只是苦笑地说："真气人！"

但是无论"阿雪"，或是千夜依然音讯渺茫。不觉之间过了新年，他对千夜的思念一天也没有间断，反倒是与日俱增。往事历历在目。当时只有雪洞的亮光，支开的屏风里满是温柔和朦胧。肌肤的芳香、触感和温度，还有颤抖中喘息的身体和连绵不绝的呻吟，甚至那极力忍耐的哭泣声，一切都笼罩在朦胧的黑暗中。如今这一切通过自己的感受，鲜明、清晰地苏醒过来。好似刚刚才分开，自己仍能感受千夜肌肤的温度和曲线，耳畔仿佛回荡着千夜的喘息和呻吟。

——如果对方早有此打算，那我就自己去寻找！

弥十郎拿定了主意，但一点线索也没有。原来都是町飞脚[1]送信，而今茶馆又一问三不知。那么除非在街上偶然相遇，似已别无其他途径。

---

[1] 町飞脚：日本旧时将信件、金钱或小货物等送到远方的运输工。始于律令制式的"驿马"，镰仓时代者称"骑马"，江户时代幕府公用者称"继飞脚"。属于大名者称"大名飞脚"，民间另有"町飞脚"之说。

正月中旬,和北岛家的亲事又提了起来。这时弥十郎忽然觉得"不对"!细想起来,北岛家请求延期举办婚礼是在第三次收到"阿雪"来信后不久的事。千夜消失后,北岛家马上希望提前举办婚礼。

"不对吧?"他苦思冥想,"这绝非偶然!背后好像有点儿隐情!"

两件事情中一定隐含着什么相关性!弥十郎意识到这一点,便告诉了父亲。在父亲的起居室里,就他们两人,略去其中难言的部分,弥十郎仔细讲述了事情的经过,同时紧盯着父亲的脸,生怕漏掉任何表情的变化。伊与二郎无任何表情,反倒不太高兴似的听着,完后就说"忘了这事吧"。就用上次"仪式"后弥十郎问那女人是谁时相同的口吻。突然,父亲用一种怀疑的眼光看着他说,"因为这你才拒绝了北岛家的婚事吗?"弥十郎回答说这是其中的理由之一。

"傻瓜!"伊与二郎说道,"你想想门第!吉村家延续着藩公的血,可以饶恕你年幼无知犯下的错误。但你绝不可再对那个不知姓名的女人抱有幻想。忘了这件事!"

弥十郎默不吭声地退出了父亲的房间。

六

弥十郎没和父亲争辩,但他执意拒绝北岛家的婚事。

倘无法拒绝，也要延期到自己想通为止。当然他还提出无期限延期。

"莫非为了那个女人？"伊与二郎不放心地问。

弥十郎鼓足勇气回答说："……也包括弄清楚此事！"

这年的八月中旬藩公初得世子。信浓国守政利四十七岁了，身体并非病弱，但之前不曾有儿子。夫人出自松平家，另有两三房侧室。据说此次是一侧室夫人生下了儿子，信浓国守自不用说，藩内重臣均欢欣鼓舞，全体家中都摆出祝贺的酒宴。出生后七天，藩公设酒宴招待重臣，抱着儿子与众人相见。

"真是又白又胖的小公子啊！"伊与二郎回来说，"这样家族安泰了。全是比奈侧室的功劳啊！"

父亲带着少有的醉意，满面红光，话也比平常多。忽然有些不满地望着弥十郎说："你还没有拿定主意吗？"看到小公子，大概想到自己也该抱孙子了。弥十郎好像没听见似的，迅速从他眼前退了出来。

九月中秋那天，弥十郎和两个朋友一起去了桥场"川西"。叫阿秋的女佣走了出来。恐怕是觉得眼熟的缘故吧，转身向女主人问询后说了句："请！"

"这里规矩很多嘛！"

"不是熟客不接待。"弥十郎向朋友解释，"规矩多但是安静呀！"

不是先前那个房间，而是另外一间八帖榻榻米大小的。

其他的房间有客人，一侧传出三弦和谣曲声，另一侧是扰人的谈笑声。

"果真安静！"秀木刚助说。

"赏月嘛！"弥十郎搪塞地说。

朋友中一个叫秀木刚助，另一个叫伊泽新五郎。秀木家是次席家老，伊泽的父亲是侧用人[1]。酒过三巡，开始说到藩主。刚出生的孩子取名龟丸，信浓守爱不释手，生母比奈也备受恩宠。据说藩主从她的名字中取个"奈"字，以后就叫她"奈奈"。还说准备修一幢供她和世子居住的御殿。奈奈年方十八岁，原是日本桥石町一棉织物批发商的女儿，修建御殿的费用，她父母也负担了一半。这些事情都是伊泽和秀木说起的，弥十郎百无聊赖地听着，突然怀疑起自己的耳朵来。两人说，世子到底是不是藩主的骨血还值得怀疑。信浓守十七岁完婚，之后三十年里，正房夫人当然不用说，侧室都换得勤，但没有一个为他生下儿子的。这次突然生出个小公子，难免叫人生疑！听到这里弥十郎吼了一声"闭嘴！"声音太大，自己也吃了一惊，两个朋友目瞪口呆。

"不要乱琢磨这些事！"弥十郎压低声音说，"这事不像一般的事，言行不得过于轻率！"

---

[1] 侧用人：主要职责是向老中传达将军命令和向将军转呈老中等的奏章，地位等同于老中，但权势往往凌驾于老中之上。

两人旋即道歉。然而弥十郎突然发火，过于激动，不光吓到周围的人，自己也露出匪夷所思的表情。事实上弥十郎发火并不是对两个朋友，而是对自己。听两人交谈，弥十郎脑子里毫无关联性地想到这个奈奈莫非就是千夜！他俩的谈话引起了这一空想！没有任何关联和根据，完全是毫无理由的想象。他在这种意识中骂出声来。

月亮还没出来，天空布满阴云。待潮湿的风儿刮起来时，三人吃罢晚饭，走出"川西"。

那晚弥十郎彻夜未眠。

头脑中一时闪出的想象逐渐扎根，渐渐有了现实感。越是否定，反而越觉得奈奈就是千夜，这是不可动摇的事实。而且父亲说过吉村家延续着藩公的血液，对这句话现在有了新的诠释。他按捺不住自己的这些想法，站起身来，利索地穿好衣服，朝父亲的寝室走去。

大概他说话的声调让人无法拒绝，伊与二郎说了声"进来"，便从被子中爬起，听他讲要说的事。听完后冷冰冰地望着他，过一会儿低声慢慢地说："大约十天前，将军家第七个女孩子诞生了。生母听说是宫中的一个什么女官。这个女官不觉得可疑吗？"

弥十郎盯着父亲的脸。

"够了！"伊与二郎安静地摇摇头，"近一年来你成天想着那个女人。有那么重要吗？"然后严厉地斥责道，"难道没有比这更加重要的事情了吗？"

弥十郎闭上了眼睛。

他在（闭上的）眼睛里看见一对屏风被折叠。随即他觉得心里轻松了一些，呼吸也变得舒坦了。弥十郎向父亲说：这么晚还打搅您，请您原谅！说罢便转身走出，来到了走廊。他略显无奈地微笑着，自言自语道：

"是啊，屏风折叠。"接着又学着父亲的口吻说："忘了这事吧！"

日日平安

桥 下

一

这个被称作练马场的辽阔草原，位于城外向北约二十町之处。从草原的北部看，西边是大片的森林和丘陵，东边流淌着伊能野川。据说城主在国内时，由于每年在那里举办一次武者押，后来就被称为练马场。

现在一个年轻武士来到了那个草原。月亮落下已无踪，但天空群星闪耀。四周还一片漆黑，坐落在草原东南方源心寺的那片森林黑暗且遥远，似黑墨一般模糊不清。

"来得早了点儿！"年轻武士嘀咕道，"但也快天亮了吧。"

他望了望四周，然后又抬头望了望天空。年纪二十四五岁，五官端正。或许是由于寒冷的缘故吧，脸似假面一般僵硬发白，毫无表情。他又朝东方看了看，然后摇了摇头。

"呀！不可能！"他小声说道。嘴唇一点未动，好像不是他在说话。"不会弄错的！的确是听到钟敲七下（早上四点）起床的……的确是七下。"

他大吸一口气，竭力使自己静下心来，接着开始慢慢踱步。系得紧紧的草鞋下，封冻的泥土和枯草被踩出嘎吱嘎吱的响声。接着寒气冒出。寒气穿过脚板进到肚子里，窜到肚子，身子不住地颤抖。他再次看了看东方，丝毫没有黎明前的迹象，只觉得星星比先前更亮。

年轻武士心神不安的举动，让人感觉他正被什么东西所追赶，或他正追赶着什么东西。发白的面孔还那么僵硬着，但显示出一股激烈的情绪来。他那来回走动的脚步、不停点儿左顾右盼的眼神，都显示出被追赶的野兽在无处可逃时的恐怖绝望。

"现在再说什么也……"他喃喃自语道，"再没有思考的余地了。这下总算有个了结。再不要疑惑！再不要考虑了！"

从肚子又到心胸，寒意阵阵袭来，牙齿不停地打战。他咬紧牙关，使劲走动起来。不久，源心寺的钟声敲响了。他呆呆地数了七下，回过神来。

"不正是七下吗！"他说道，"不算提醒的三下钟声[1]，刚好七下！那么是搞错时刻了？"

他想，在家听到的钟声报时到底是七下还是八下（早上二时）呢？从天色来看，现在的七下是对的。那么离约好的六时半还有近三个钟头，时间充裕。他意识到自己弄错了！太着急了！

"现在怎么办？"由于寒冷，他边抖边问自己，"不能回去再来？不行啊。但这样干等冻死人了。"

他哑着嘴，搓着双手朝河边走去。他也不知道到底往

---

1 日本的敲钟，前三下是提醒人们"要报时了"，后面几下才是报时钟声。

哪儿走。来到河边他突然停下了脚步，被眼前的景象惊呆了。——伊能野川一到冬季水会减少！原来宽度三十间的河流，现在一半都干涸了。干涸的河原又分成两股流水，弯曲流淌，但现在也冻成白色，在星光的照耀下显得格外阴冷。

停在河岸上的他将目光转回河岸，仿佛突然有什么东西引起他的注意，原来他看见约三十间开外处有一堆篝火。大概是一闪一闪的火苗吸引了他吧，犹豫了一会儿，他便朝那边走去。

火在河岸下面燃烧，靠近干涸的河床。走过去一看，那里正处在土合桥的下面。年轻武士再走近些看时，发现那里有人，于是他下到河床上。篝火在土合桥下燃烧着，旁边有两个老人忙活着。仔细一瞧，老头子和老太娘，正忙着把锅架在火上。

老人好像也看见他走过来。当他停下脚步时，老人用平稳的语调招呼说："您是在巡查吗？"

"不是……"他含糊其词地答道。

老人看了看他的打扮，然后又说："马上就是最冷的时候了！愿意的话，快来这边烤烤火。"

年轻武士犹豫了。看得出他们是乞丐，但不是一般的乞丐，他们在城外被称作"乞丐夫妇"。几年前就听说过，他自己也见过好几回。——他们总是两人一起。与其他乞丐不同，他们穿得干干净净，只在人家厨房后门讨些冰冷的剩饭剩菜，绝不沿街乞讨，也不伸手要钱。

——夫妇人品不坏，但其中似有隐情。

街上的人都这样说。听说还有人把穿过的旧衣服特意拿去给他们。

"那……"年轻武士说，"那就打搅了！"

老人说了声"请"，从架子上把锅拿下，又从身后取过草垫，铺在篝火旁。草垫是新的，散发着稻草特有的甜酸味。年轻武士将刀取下，然后坐在草垫上，看着周围的景致。

头上的土合桥变成了屋顶。坐在干涸的河床上抬头望去，高得令人吃惊，但的确承担了屋顶的功用。房屋和桥梁相结合的根部用石头累积，石墙和桥桁之间有三尺多宽的空地，能看见二三处放着包袱。大概那里就是老人睡觉的地方。年轻武士这样想着，突然他眯着眼睛一看，其中有一个包袱里，露出了刀柄。他再仔细一瞧，没错！是刀柄！

老人忙着往篝火架上挂水壶。篝火上立着三根粗大的干树枝，三根树枝相交处吊着挂钩，老人一边往钩上挂水壶，一边对妻子说着些什么，还不时偷偷看看年轻的武士。

二

"那好像是一把刀吧？"过了一会儿年轻武士开口说，

"您原来也是出身武家吗?"

"那什么,"老人对妻子说,"你再去睡会儿。粥好了叫你。先去躺着吧。"

妻子正收拾着什么。

"立街上有个叫国分的木材商,主人去世,昨晚守夜。"老人对年轻武士说,"说有剩菜剩饭让我们去拿。我们去了刚回来。"

妻子将裂了口的茶壶、两只茶杯,装在掉漆斑驳的茶盘上,放在老人身旁,然后用含糊不清的声音向武士问好。然后缓慢地往石墙和桥的空地那边爬上去。老人又打量起年轻武士。他身着无纹黑色带袖外褂,和服和内衣都是白色的。

"冷吗?"老人扭过头去对妻子说道,"掖好被子!"

妻子小声地应答。老人再次看了看年轻武士穿的衣服。那件白色的和服好像勾起了老人的思绪。老人往火里添着柴,慢慢地点了点头。

"是的! 我原先是武士。"老人道,"老家不说了。我出生武士门第,到我这里已连续八代。侍奉的藩主也到第四代了,身份亦非同小可。"

老人看了看茶壶,然后把滚开的水壶拿下来,往茶壶里灌水,随后再倒进两只茶杯里。他请武士喝茶,又称算不上什么茶,不嫌弃的话请饮用。年轻武士表示谢意后,接过了茶杯。

"那……"年轻武士说道,"我打听这些,太不礼貌了吧!"

老人静静地打断他的话:"哪里,没什么不礼貌的!你看,我今天已落魄到这步田地,没什么需要藏着、掖着的。那点儿事都不值得让您费神!"

年轻武士捧着茶杯,喝着茶,等着老人继续述说。老人把水壶再度挂到钩子上。他认真喝着茶沉默良久。

"是啊!实际上我也没什么值得一说的故事。四十多年前为一个姑娘,我杀了我要好的朋友,之后和那个姑娘私奔。简单地说,就是这点事情。"

老人喝口茶接着说下去:"我和那个朋友是发小,我小他一岁。朋友家是徒士[1]。但我俩可谓情同手足。是啊!——曾经有过这样的事。大约是十一还是十二岁的时候吧,三人原本在一起玩耍,就是为日后成为争端的那个姑娘,我当时很生气,抛下他俩扭头走了。"

老人嘴上带着微笑,显得很开心地左右摇了摇头。

当时我们三人在玩什么,在什么地方玩,我为什么生气等等,现在都记不清了。只记得有落叶的声音,我踩着落叶离去。过了一会儿,我听见后面也响起了踩着树叶的声音,一直响到我的背后。我以为是姑娘走过来了,转头一看,原来是朋友。

---

[1] 徒士:即徒步武士,没有骑马资格的下级武士。

"——别跟着我！回去！

"我生气地说，然后又快步继续走去。朋友还是跟在我后面。我发两三次火都没用。"

老人静静地点点头，抿了一口茶："那个朋友个子矮小，眉毛浓厚，但圆脸头尖，就像手捏的饭团儿一样，因此大伙都叫他'闷声饭团'。是啊！好怀念的名字呀！——他话不多，平时也温和。可是一旦生气，绝不退后半步的。我发了三次火，原以为他没跟在后面，结果一看，他还跟着。什么也不说，就跟着。我转过身去问他：

"——为什么跟着我？他回答说——我们是朋友啊。"

老人闭着嘴，眯着眼，沉默了一会儿。年轻武士悄悄看了看老人，又立刻把目光挪开，捧着茶杯慢慢地喝茶。

"因为，我们是朋友啊。"老人重复着这句话，然后接着说，"准确地说，我俩变得亲似兄弟是后来的事。他学习好武艺又高，十五六岁时就引起了家中们的注意，都夸他将来一定有出息。他本人也证明了旁人的评价。"

老人把篝火上的水壶拿下来，而后把放在身边的锅架上去。看得出锅已用了很多年，以前的锅把都坏了，现在用一根细麻绳替代。老人拨了拨火，又添了些柴，马上便升腾起烟火。先前不明不灭的火苗一下子蹿了起来，一直舔舐到锅底。

"当时我是什么样子？不说了。我照常过我的日子。"老人说，"如果你想我是嫉妒他，那就错了！我一点都不嫉妒，或许是我出身门第好、身份高的缘故吧。我反而尊重他。那是个多么好的年代呀！有家，有家人，有年轻和力量，还有好朋友。——是啊！二十一岁以前我就这样过着安定、满足的生活。但父亲去世后，我的生活被打乱了。"

老人往茶壶里添水，递给年轻武士。武士摇了摇头，老人便往自己的茶杯里加了水。

"都是些鸡毛蒜皮的事，没什么意思吧？"

"哪里……我听着很有意思。"年轻武士回答说，"请接着讲吧！"

"父亲死后不久，我成家的事情被提上了日程。"老人说，"那是二十一岁的冬天，我就想娶那个喜欢的女孩。女孩的父亲相当于店铺管家，当时她年方十七，也在等着上门提亲做我的妻子。没想到，我却被拒绝了！"

三

——难得这番情意。姑娘却有了婚约者。

姑娘的父母对媒人说。问起姓甚名谁时，道出了朋友的名字。老人稍微抿了抿嘴，打算喝口茶。但茶杯端到嘴边却一动不动，只把脸埋了下去。

"我去见了这个朋友。"老人用极低的声音继续说，"朋友承认此事。我顿时火冒三丈。他知道我喜欢那个姑娘，从小就应该知道。据说……是姑娘的父母恳请他迎娶女儿。

不过他既然明知我和姑娘的关系，就应该拒绝啊。——你这是夺人之妻！我当面骂了他。言辞激烈，且含有侮辱性。朋友却异常冷静。他想尽力避开我的怒火，使我平静下来。但这样反而使我更加恼怒！我提出决斗。"

老人抬起了低下的脸。然后把茶杯放在一旁，打开架在火上的锅盖。锅里散着热气，香味四溢。

"怒气一时难以平抑，朋友也接受了我的挑战。但他对自己的手腕相当有信心，即便到了这时仍然如此吧。后来仔细想想也能揣测出来。然而结果完全相反！"老人说到这里突然打住，仿佛要甩开什么不愉快的东西似的，极快地嘀咕道，"旁边没有护理人员，就我俩开始决斗。我第一刀就砍到了他的肩膀，第二刀恨恨地砍到了他的腰部。——行了。到此为止吧！朋友倒在地上大喊。我收回了刀。我觉得自己彻底解了恨，彻底地！……朋友倒在地上，大声对我这样说——趁现在没人，帮我叫医生！快！我擦去刀上的血渍，离开了现场。我叫出姑娘，把事情前后说给她听了。接着我俩就从城里逃了出来。"

老人用木勺在锅里搅了搅，又把锅盖上。年轻武士在一旁等着。老人长长地叹了一口气，一只手揉了揉脖子。

"随身携带的钱不多，我们马上陷入于贫困中。但我们获得了爱的喜悦。因为享用年轻人特有的幼稚，每天过得很开心。"

老人陶醉般地摇了摇头："幼稚——是啊！幼稚有时

也是好事啊。一天两天没吃没喝，却更加强化了我们的爱情，使我们确信我们在恋爱中获得了胜利。当然，这种日子仅仅持续了两三年。"

老人低声笑了，一边往火里添柴一边哧哧地笑，并一个劲儿地说抱歉："看着火我想到的。添柴火就高，无柴火就灭。我俩也是如此呀！使人疯狂的恋爱之火总有一天会熄灭，我们没有能使它持续燃烧下去的柴火。如果我们有个家，能够生儿育女倒也另当别论。我们什么都没有。不知道是幸事还是不幸，我们没有孩子，找不到工作，也没有一个像家一样的住所。那时为了挣钱走东跑西，两年来从未在一个固定的地方住下。"

"逃走的第七年，"老人接着说，"我们回过一次家乡，打算投案自首接受惩罚，但最后也没成功。原来，三年前母亲去世，家名已经断绝；另外和我决斗的朋友不仅活着，而且成了俸禄两百石的小姓头。——是啊！我当时误以为下手很重，哪知并不是那样。他的伤无碍，且得到家中们一致同情，我却无法自首了。即便我有自首的勇气，日后也只能成为社会上的笑柄，一点意义也没有。于是我们马上又离开了家乡。"

让妻子回娘家也不可能。她自己也没这个打算。妻子说如果做到那个份儿上，是自己害自己。就这样两人重新过起了流浪生活，心情也变得越来越糟。徒士出身的朋友现在当上了年俸两百石的小姓头，他平常就颇受藩主的照顾，将来一定会大有出息。他娶了老职家的女儿为妻，现在已有一男一女两个孩子。但我和他的心里都留下了深深的伤痕。

——自己当时如果不那么冲动，妻子便可嫁给朋友，在家中们充满羡慕和尊敬的目光下，过着安稳的生活。

老人这样觉得，他的妻子这样认为：

——因为我才使这个人落魄至此。我的罪孽无法饶恕！

由此两人憎恨起那个朋友。若是没有那个朋友多好。两人青梅竹马，长大后形影不离。两人身份上有所差别，但不至无法联姻。如果没有那个朋友，两人会顺利地结为夫妻，门第和身份得以保障，最终平安地生活。如今两人因为那个男人却落到如此田地。应该恨他！

"对朋友的憎恨曾经是我俩爱情的催化剂。"老人边摇头边说，"但这并没有持续多久。人不能老是活在憎恨的感情中。加之为挣钱每天四处奔走。这样的生活状态下，任何感情都会渐渐地消磨殆尽！——是啊！后来就不用说了。四十岁以后，我左脚痛风不能干体力活，此后就靠乞讨为生了。"

这时，源心寺的钟声又敲响了。年轻武士忽然扬起了头，合着钟声，一只手指在握着的茶杯上敲击。回过神来才意识到，东方的天空已经发白，钟声敲了六下（上午六时）。老人看着年轻武士的表情，叹了一口气，点了点头。

四

"这个桥下没有人的生活。"老人静静地接着说,"在这里住下后我权当死了。桥上和桥下属不同的世界。但即便如此,我还是能看到和听到桥上所发生的事情。世间之人对乞丐视若无睹,我们自己也没有世俗那些欲望和虚荣,因此我们能如实地听到和看到万千世态。好事啊!从这里看到的风景尽皆有益,不管是男女间的恋情还是人间过错——自豪、愤怒甚至包括悲伤和痛苦!"

老人再次揭开锅盖,用勺子在里面搅拌着。锅中冒出比先前更大的热气。总之在煮着什么,香气比先前更加浓郁。

"自从这只脚痛风、靠沿街乞讨以来,我就常常想当时的一些事情。"老人盖上锅盖,叹了一口气说,"除了决斗,难道就没有别的办法了吗!难道无论如何都要把那个姑娘占为己有吗?小时候,我一生气就走开。朋友却一声不吭地跟在我身后。我骂他'滚回去',他依然不离不弃,说我们是朋友嘛。是啊!是朋友。"

老人垂下头,脑袋左右摇摆着。他那稀薄的灰色头发即使被包裹在火光中,也看不到一点光泽。他又加了一些柴火,长长舒了一口气,默默地抬起了头。

"那次去朋友那儿之前,哪怕喝一杯茶,想法也许就会改变。沿着护城河边走走，看看图画什么的，稍微镇静一下再去的话，也许情况就完全不一样了。即便不这样，想想当年小时候跟在我身后的脚步声，那踩着落叶而来的脚步声，想想朋友说过的那句话，也是好的呀！"

老人用恍惚的眼神，看了看渐渐发亮的河原对面。"没有过错的人生是单调的。心中没留下伤痕的人是无趣的。只要活着，磕磕碰碰、反复失败再正常不过。这样，作为一个人才能成长起来。但要尽力避免无意中的过错、无法挽回的过错。——我提出决斗时的冲动是由于脑子里就想着唯有这样才能解决问题。但究竟是不是唯一的办法呢？失去或得到一个姑娘，果真需要赌以自己的性命吗？是啊！——对我来说也许重要，它使我忘记门第和父母，也来不及细想决斗后会引起怎么样的后果。"

他还说："无论多么重要的东西，随着时间的流逝都会变得不是那么回事。有祖传的刀，带着父母的牌位，站在人家后门乞讨，睡在洞穴或桥下。即使如此，我还活着！我思考和回味。到了此等境遇，再回过头想想，一切果真那么重要么？非也。相恋由热到冷也就那么短暂，朋友的发迹我也并不嫉妒，而且他今后也会步步高升，或许成为城代家老。我既不羡慕，也没有特意表示恭贺的愿望。只有一件事，想起就心痛，那就是在决斗中砍伤了朋友。——决斗就到此为止吧！趁现在没人，帮我叫医生！朋友倒在地上叫喊的声音，随着年岁的增大，在耳旁渐渐变得清晰可辨。我猜朋友是想乘人不在的情况下做个了断吧。是啊！对我来说，就这一件事成了我一生无法愈合的伤口。出人头地的是那个朋友，自己如今落得这种地步，现在想想，真有感谢上苍的愿望。"

从石墙的缝隙处传来妻子翻身的声响，口里还不停地说着些什么。好像是嫌我们太吵，让她没法儿睡觉。老人转过头去看了看，然后又立刻转回来，翻了翻篝火。

"东扯西拉说了一大堆，真对不起！"老人用安详的眼神看着年轻武士，"再喝一杯茶吧？"

"好的。"年轻武士答道。嗓子有些沙哑，他又重复道："嗯，好。"

老人拿起放在火边的茶壶，用手摸了摸，然后慢慢地给武士倒了一杯。

"请原谅我的失礼！"年轻武士接过茶杯，压低声音问道："她就是当时的那位姑娘吗？"

老人摇了摇头，看似好像在否定。他边摇头边说道："是的。她就是我刚才说过的妻子。以前曾设想倘若不是她的话会怎样等等，现在连这种事情都懒得想了。是啊！她是我赌上性命换来的妻子呀！"

年轻武士朝河源上看了看。河源上升起了雾霭。天空映着光亮，雾霭似飘带一般横卧着。表面上几乎看不出在流动，但在冰冻的河面上雾霭正缓慢地朝下游流动着。

"来一碗，怎么样？"老人用手扇了扇锅边，"小米粥，不知道合不合您的口味。您不嫌脏的话，来一碗尝尝吧！"

"很想来一碗。不过……"年轻武士说着放下茶杯，"和别人有约，下次吧！"

说着他站起身来，带上刀，转身朝老人说："下次再慢慢听您说！我设宴接待，欢迎你们来！"

"嗯。"老人面带微笑，"您的厚意我们不敢当！我们在这里待的时间有点儿长了，实际上今天就准备离开。"

"离开啊。"

"在一个地方待时间长了，就会对这片土地产生感情。"老人说，"对人、街道、河流和树木甚至路旁的石块等，都会恋恋不舍。我们在这里已待了很长一段时间了，该走了！"

五

年轻武士一边把刀插进腰里，一边显得心有不舍："那么，今晚是最后一个晚上，能待在这里吗？不光有我，还有我的朋友也一起来，再听听您讲的那些往事。"

老人微笑着，对年轻人一身白色打扮似乎不感兴趣，只是愉快地微笑着。他两遍、三遍地点了点头，用平稳的语调说："那好吧。"

"真的吗？"

"真的！"老人重复道。

年轻武士看着老人的双眼，心想："这人会走掉的。"

老人微笑地看着他。

年轻武士说了些感谢的话后便离开那里，回到了堤上。

东方，远处能看见与邻藩交界的伊鹿山，山顶飘的云层被染成了绛红色。年轻武士站在堤上，先望了望桥，后看了看桥下。四周虽然早已明亮，但桥下依然阴暗，悄然无声。

——这里完全是另一个世界！

老人这样说过。

的确，不论是从堤上走过的人，还是从桥上通过的人，谁都想不到桥下住着人。即便发觉了也从不关心。就算自己方才与老人一直谈话，回到堤上，也觉得那里变得遥远，篝火、老人、饮茶一切都仿佛不是现实。

"愤怒呀、悲伤甚或痛苦，看上去都是好事！"年轻人喃喃自语道，"——都是好事！"

他发现，自己好像也有了变化。他的表情变得柔和，眼里闪着谦逊而温暖的光辉。他嘴上露出微笑，像在背诵什么似的嘀咕着："就像心中没有伤痕的人单调乏味一样，不曾体会失败的人生亦是无有趣味的。"

他抬头看了看伊鹿山。

飘着的云彩已被染成牡丹红，天空也变成了浅黄色。他深深地吸了一口气，又望了望桥下。那里依旧阴暗，无人般地寂静。只有惨白色的轻烟，静静地在河源上飘散。

年轻武士仿佛要牢牢记住这景色似的,站在原地看着。过了一会儿,转身朝练马场走去。

宽阔的草原上亦雾霭升腾,离地面约两尺多高,挡住了视野。雾霭呈带状慢慢地流淌,若隐若现。合着步子,清脆的踏冰声十分悦耳。——他切实觉得身体变得暖和并开始蠢蠢欲动起来。他急不可待地想要告诉他人自己的心情——宛如肚子饿时吃了一大碗美味佳肴后的满足感。

"到时间了吧?"他边走边嘀咕着,"好像还没来!"

他看着前方,停下了脚步。源心寺的森林像一幅淡淡的水墨画,广阔的草原上没有一个人。他犹豫片刻,继续走。这时对面好像有个身影。一个年轻的武士转过源心寺的石墙出现了,正大踏步地往这边走来。

他举起手招呼道:"喂!"

对面的武士停了下来,朝这边望了望,迅速脱掉了外衣,露出里面一身白色装束。他迅速解开了刀鞘的绦带,把袖子束起来。

"等等!"这边的年轻武士喊道,"我有话要说。等一下!"

他从腰间拿出刀和腰刀——并未拔出刀鞘,右手抱着刀柄迅速跑了过去。

对面的武士疑惑地看着他。他双手捏着绦带,绦带一头儿垂在身侧,另一头紧挨肩膀处。他牢牢地抓住绦带,一动不动,警惕地盯着这边。

跑动搅动起的雾霭在小腿边跳跃。由于跑得太快,消失得也快。从他朝对手那边奔去开始,他就紧抱着刀,嘴里不停地在说着什么。——隔着太远,听不清他在说什么。他拼命地说着……对方警惕不安的表情开始变得柔和起来。这时云缝中露出了阳光,染红了另一个年轻武士肉墩墩的脸。那武士使劲儿点头,伸出手,拍了拍这边武士的肩膀。这边的武士端正地低头致意,对方边笑边摇头,然后把绦带取下,穿上刚才脱下的外套。

在阳光的照射下,雾霭开始散开,从地面升腾上去,簇拥着两个年轻人。当雾霭散尽,明亮的阳光普照草原时,两个年轻人已不在了。

日日平安

青年摂津守

一

关于摄津守光辰的传记中有两种说法。其一乃藩的正史，记载他"天生英明果断明智""一代政绩不逊于藩祖泰树院"云云。藩主的传记描述中亦有模式化的记载。这类文字既无新意也激不起人任何兴趣。与此不同的，另有一笔名泉阿弥之人所著《御进退实记》，其中一段记录如下：

——年少时即智力低下，健康却意志薄弱，无人助则一事无成。常常鼻涕、口水流出而不知拂去，身边人稍有懈怠则大小便失控，随年岁的增长而毫无改善，即便后来回藩继承家业，也常常追问左右自己何许人也。

记录的内容大抵如此。其中如"常常鼻涕、口水流出而不知拂去""追问左右自己是何许人也"等文字表现，即便是实记也过于直白，毫无遮掩，叫人感到藩主"暗愚"不堪，反似话有所指。于是再查找《藩士分限录》和《历世名臣传》，发现笔者本名永井民部，年轻时是领受百石左右俸禄的小姓，晚年官至七百石余中老。年纪比光辰小一岁，十四岁当上小小姓，一直伺候光辰。光辰死后他剃发出家，改名泉阿弥，传说终其余生为故君守墓——这样一号人物所写的传记，大抵不会撒谎，也没有夸张吧。实记从光辰二十四五岁上下写起，基本按寻常年龄划分展开。虽如此，一是看不到正史中那些赞颂之词，二是未提光辰有什么引人瞩目的政绩。但有一处提到光辰回藩继承家业，充满同情，令人嘘唏。

——兄长源三郎（光央）因行为举止古怪而被废除了继承权，因此光辰被立为世子。他虽智能低下，身患疾病，却令人十分同情……

藩史的系谱图如下：

```
                                              ┌─ 光央（源三郎）
                                              ├─ 光辰（信五郎）
光昭      伊予守、从五位      光和    河内守、从五位下    （七代）摄津守
（五代）  ─────────────    （六代）  ─────────────
            陶树院                      静树院        ├─ 女儿（嫁松平赞州）
                                              └─ 女儿
```

系谱中已发生的事项有：被称作静树院的光和，五十四岁时开始隐居。光辰的兄长源三郎光央现年二十六，十五岁时被以精神异常为由废除继承家业的资格，如今孤居在江户麻布的另一处官宅中。摄津守光辰十岁被立为世子，十七岁时娶信浓国守松平家女儿为妻。夫人姓名不详，结婚时已二十五岁，竟长光辰八岁。

光和五十二岁时隐居，光辰继承家业任摄津守。这年他十九岁。——这里需稍加注意的是，光辰的祖父光昭和父亲光和对藩政几乎毫不关心。祖父光昭被称为陶树院，年轻时起就对陶瓷器充满兴趣，在麻布的另一官宅处造了一处烧窑，终其一生亲自烧制皿、钵、壶及茶碗。父亲毫

无类似兴趣，二十九岁继承家业，一直过着隐居似的生活。

这也许跟藩地良好的自然条件有关吧。藩内地貌极好。藩北是中部山脉，东南覆盖着肥沃的原野。气候温暖，适宜农作物生长。三股清流和唤作沼泽的大面积湖水，一年四季可捕获时令鱼禽。丰富的物产加上交通便利，藩国的正式俸禄五万六千石，另加上约两万石之多的实际收成。藩国政局稳定，辖内很少发生暴乱事件，藩主也无需一一劳神费力。——这一现象在官职制上也有所体现。不论是江户还是藩内，重要职位一律采用世袭轮流制。近四十年里，担任这些职位的重臣如下所示：

▲城代家老
望月吉太夫
浜冈图书

▲江户家老
秋元六郎左卫门
望月内藏允

▲领国年寄
坂仓斋宫
浜冈十郎兵卫
市井主殿

▲江户年寄
成濑幸之进
田岛铁之助
安部久之进

▲侧用人
浅利重太夫
栗栖采女

另外还有中老呀、寄合以及其他要职。在此仅将担任职务的重臣以及五年间的轮换抄录于此，即可说明世袭制稳定的传承性。——在这种背景下，光辰继承家产，担任摄津守，在二十一岁那年的十月，第一次回藩上任。

二

因是初次回藩，庆祝仪式从踏上本国开始，就有一连串各式各样的庆祝活动。当然藩内积极做好了各种准备，但其中大部分最后都被省略掉了。

——旅途中的疲劳尚未完全消除。

侧用人浅利重太夫对外宣布，引见诸士、恩赏接见之类的活动都被取消了。所谓恩赏接见指的是将孝子、节妇以及热心于农业生产的农民等人请到城里来，藩主亲自接见并表彰。表彰应是五年一次，但父亲河内守光和体质虚弱，七年都未从江户返回藩国，自然也就无从表彰。光辰是首次回藩，领地的民众自然格外期待他的接见。

引见诸士虽取消，但在二之丸御殿还是举行了庆祝宴会，比恩赏接见层级更高的家臣们出席了酒宴。根据家门规格的不同，十个人或五个人一组，依次到御殿里参加宴会。其他人则在大厅里摆上酒宴。

光辰只是坐在上席。他上半身修长匀称，宽宽的下巴，自然大方，但两眼和嘴唇松松垮垮，一副倦态，又像没睡醒似的，目光呆滞、无精打采。三个侍童立于身后左右侧，其中一个捧着佩刀，余下两人中那个叫永井民部的小姓头领，时常弯曲身子向前，提醒光辰注意事项。每当这时，刚准备打哈欠的光辰只得忍回去，并用衣袖慢悠悠地擦着嘴角。

紧靠上席下面，三家老、侧用人、年长重臣等一字排开坐着。身为城代家老的浜冈图书和侧用人浅利重太夫不时看看光辰，并相对颔首或小声嘀咕。——他们的话几乎听不见，但两人看光辰后的眼神，充满了可怜和蔑视。特别是重太夫的表情尤为明显。他一度歪着嘴向图书这样嘀咕说："如果不提醒，他马上就会睡着的。"

过了一会儿，光辰与他们干杯结束后，立刻去了泉亭。

泉亭那边还有一桌招待城代家老等六位重臣的酒宴。从本藩家中挑选十名女子负责招待。实际上这其中还另有一个目的。——光辰与正室之间没有子女，两人已经结婚五年了。也许是因为两人之间年龄差距太大或是正室的体质不适合怀孕。重臣们与医生商量再三，决定从藩内挑选身体健康的姑娘给光辰做侧室。据说当时医生主张"最好是他自己看中的姑娘"。——在泉亭那边招待的姑娘们，其实全是侧室的候选者。这事已由浅利重太夫转告给了光辰，但已酒过三巡，光辰根本就没看姑娘们一眼。

"殿下，"重太夫忍不住低声问，"有合意的吗？"

光辰看着重太夫，用袖口擦了擦嘴，似乎正琢磨着重太夫的问话，而后抬头望了望天花板。

"从那群姑娘中，"重太夫略显不耐烦地低声说，"选一个做您的侧室。我应该跟您说起过……"

光辰一脸茫然，懦弱地说道："哦，哪个都行。"

"请您挑选！"重太夫声音低哑但严肃，"总会有一两个看中的。请您挑选！"

重太夫又使劲儿瞪了瞪他。

"民部，——"光辰用求助的眼神转过头来问小姓头领永井民部，"坐在这里的我，是谁呀？"

"您哪，"民部答道，"您是本老松城俸禄五万六千石的领主——摄津守光辰殿下啊。"

"嗯。"光辰点了点头，对着重太夫说，"听见了吧！重太夫，随便哪一个姑娘都行，叫大家松泛些！"

这时浅利重太夫又跟城代的浜冈图书嘀咕起来，随即叫姑娘们按顺序一个一个地从光辰面前走过。但结果还是一样。重太夫问这个那个姑娘怎么样时，光辰就回答——"挺好"。随便问哪一个，他都说"挺好"。他每次回答都要看重太夫的脸色，感觉上此人是重太夫喜欢的夸奖的，他就明确说好。

"这怎么行！"浜冈图书说，"只能我等代他选了。"

"我看也是的！"重太夫说，"只有这样，傻子也罢、凡人也罢。我说，我们这位自己是谁都不知道的殿下好像并非凡人哦。"

永井民部又在嘀咕什么，光辰用袖子擦了擦嘴角。

"民部，"光辰转过头来问道，"他们说的是谁呀？"

"您说太多了！"重太夫说："请安静点儿。"

光辰若有所失地闭上了嘴。

当晚在浜冈图书家，重臣们聚在一起，讨论决定侧室的事。这是个微妙的会议！女子选上侧室并生下世子的话，其父母或多或少都会变得有势力。但另一方面，本身就在门第世家长大的人，绝不可能把自己的女儿送去做侧室。哪怕对方是藩主，侧室终归是侧室。——重臣们推举出好几个候选人，最终都觉得吉田屋作兵卫的姑娘最好。吉田屋是藩内的御用商人，有两个儿子、三个女儿。如果是商人的女儿，即便生下世子，也不担心她父亲搅乱藩政。于是第二天，次席家老传唤吉田屋作兵卫，告知了这一消息。作兵卫立刻回去同家人商量，最终决定把二女儿阿泷嫁给光辰。接着浅利重太夫陪同医生一起去了吉田家，见了阿泷，确认她符合条件。阿泷年方十七，容貌出众，发育良好，自不用说是很健康的。

"手那么粗糙啊！"询问结束时，重太夫问作兵卫，"你们常让女儿洗衣、洗菜吗？"

"家风如此。"作兵卫答道，"比起学习琴棋书画，我们更要求女儿们学会扫除、做饭、剪裁和涮洗等。这是规矩。"

重太夫显出一丝微笑。

"真是高尚典雅的家风啊!"重太夫连忙夸奖道,"我会好好记住这些规矩!"

作兵卫默默地低头致谢。

三天后,阿泷走进了坂仓斋宫的住宅。斋宫是年长级别,类似担当指导、培训之类事务的重臣。阿泷暂居于此,学习殿里的礼节和规矩。进入藩主寝室前,要在此进行各种学习和训练。在这个藩里,正房夫人自不待言,侧室也须按规定先在准备间里解开头发、脱掉外套、内衣,赤裸身体。寝室的旁边又是整理间,把三个房间围在一起统称殿居。按规定,两人一组,共三组负责守卫。

侧室进藩主卧室前须解开头发,甚至连一根毛发也不能束起来。一般认为这是为了防止将凶器等危险物品带入,事实上在诸家的秘录里记载着因姻族派阀的争斗,有人用过类似的手段。现在是否以此为理由做出这样的规定,尚不可一概而论。——卧室里的规矩还有许多,但据说这些东西,人们忌讳把它们一一讲出来、写出来。阿泷在坂仓家待了二十多天,学习了这些礼节规矩后,终于登上城楼,走进了二之丸的雪见御殿。

在坂仓家里负责指导阿泷的是一位叫菊冈的老妇人。自从到了御殿,有两个女仆和三个丫鬟负责照顾她的生活。

三

十一月下旬，在大沼进行狩鸭活动时，光辰第一次见到了阿泷。

大沼是个大湖，位于城下町西北约两里左右。从山岳地带流出的五条溪流把湖水冲得湛蓝。湖面有老松川跌水口。光辰的队伍清晨三点出门，绕过湖北，抵菩提所的琉璃光寺，边休息边等待狩猎时间的到来。走出庙门，天刚蒙蒙亮。右侧的山麓和山谷、左面的开阔湖面，在或浓或淡的晨霭中隐约可见。——猎场在老松川跌水口附近。去往那里的途中，光辰从马上看到河畔小路边一溜烟修着四五十个小屋，用麦秆或竹片做围墙，屋顶处盖上木板，就像乞丐住的地方。如果没有晨霭中飘散的炊烟，很难想到这里住着人。

"那……"光辰收住马，用马鞭指着那片小屋问，"那小屋是什么？"

光辰身后就是永井民部。

"我不知道。"民部停住马回答说，"我去看看吧。"

"重太夫会发脾气的。"光辰策马前行道，"以后再说吧。"

狩猎场新建了临时房屋。这幢面朝湖水的房屋有两层，光辰的位子最高，设计成了看台式。比看台略低一点的是重臣的座席,再往下一层则是有拜谒将军资格的家臣的座席。

光辰的座席边,老妇人菊冈和五个侍女围坐在一起,中间是身着华丽服装的阿泷。浅利重太夫把阿泷介绍给了光辰,阿泷随即坐在了指定的位子上。光辰随意看了她一眼,好像毫无兴趣,马上就将目光转向了别处。

天地已大亮。方才还隐约不见的湖对岸,此刻因日出的逆光把浮现出的山峦推到了人们的眼前。湖上渔夫划着装有猎物的小船,三三两两地来到了岸边,不一会儿又滑向了湖中央。光辰觉得稀奇,好奇地问如何捕鸭。身为次席家老的望月吉太夫解释说——那是一种称作"流枝"的方法,即在枯枝上涂上糯米汁,放入水中。湖上鸭子的喙或羽翼会被粘住而无法飞离,这时渔夫们便驾着小舟前往捕捉。

"有意思!"光辰饶有趣味地说,"那么,不用鹰和弓箭吗?"

吉太夫答说不使用。

"嗯。"过了一会儿光辰又说,"——这不是武家的狩猎方法啊。"

这时重太夫说了声"殿下",并瞪了他一眼。

"错了!这是武家的方法。"光辰边用袖口擦着嘴边改口说,"这是武家的狩猎法!有趣有趣!"

看得出,他对这种捕猎已失去了兴趣,只是仰起脖子东瞧瞧、西看看。湖上仍旧雾霭飘逸，朝阳已爬上湖对岸的山顶，半明半暗地照在群山相连的湖泊北部的山岳地带。光辰转过头来望着永井民部，指着山峦中最高、目前还积着雪的一座山顶。

"那座积雪的山……"光辰说，"我以前见过吗？"

"您是初次回国，之前应该没有见过。"

"是么？"光辰放心地微笑着，擦了擦嘴角后故作严肃地又问道，"那山叫什么？"

"越见岳。"民部回答说，"据说以前在山顶上设有盘查所，严查取缔违法越境者和捕猎者。"

"民部什么都知道啊！"

"我出生在藩里，在这里一直长到十岁左右。——您请擦一下嘴角！"

光辰用袖子擦了擦嘴。白色绫子外套的袖口已经湿透。

捕猎一结束，人们迅速将猎物集中一处，来向光辰汇报。当日率猎人捕猎的头目叫和泉五郎兵卫，捕获的猎物有野鸭六百只，鹬及其他禽类八十只。接着将猎物做成菜肴，办了一个小型酒宴。开始是藩主赐酒。当酒赐给膳部时，望月吉太夫走到最上面座席旁，介绍了大沼的野鸭。

大沼捕获的这些野鸭，向以肉肥和味美著称，被附近藩国誉为第一美味。每年十二月，作为贡品献到将军府。且每到这个季节，为了吃鸭，不少诸侯也会聚集到城里。而且，还会把鸭子腌渍在柚子味增里，敬献给幕府的阁老，获得了不少好评。

野鸭果然好吃！汤碗中增添了新鲜芹菜，还有三片柔软多脂的鸭肉。香葱切成八寸余，摆在烧烤的一片猪肉上，色味俱佳。——因有在食用前专人必试吃以确保无毒的规矩，所以鸭汤几乎放凉了。——满口的美味，入口即化。肉汁丰盈的三片鸭肉和一片烤肉，这就是所谓的野鸭料理。其他人似乎意犹未尽。煎、炒的香味仍旧扑鼻而来。但摆在光辰面前的也就这一点点。

光辰还想吃，肚子还没吃饱。他手拿着筷子，哭丧着脸望着民部。这时在他的对面，重太夫有意咳了一声，瞪了光辰一眼。阿泷看见光辰无可奈何地放下了筷子，擦了擦嘴角，一脸的沮丧。

"重太夫！"光辰失望地说，"叫大家随意吧！"

重太夫一边微微低头，一边咂了一下嘴。

"简直像个五六岁的孩子嘛。"重太夫对望月吉太夫小声说道，"在江户登大城[1]时，我的眼睛一刻也不敢离开他。真是一直病到根里去了。"

"他的脸型很像源三郎（光央）大人啦！"

"性格不像，实属万幸。"重太夫边喝酒边说，"在源三郎大人面前他吓得肝儿颤。"

"真的！"吉太夫认真地点点头，"确实！"

---

1 这里的大城实际上指的是对德川将军所在的江户城的尊称。

当晚，阿泷就进了二之丸御殿的卧室。老妇人菊冈跟在后面。像先前所教的那样，在准备间里解开头发，赤身裸体，走到卧室。菊冈亲眼看到阿泷进被子后方才退出。然后两名女仆代替菊冈在准备间里守候。——准备间位于卧室的东面，与武士们值班的房间正好相对。两个房间用墙隔开，无法通行。

从第一夜开始连续七夜。菊冈在准备间里守候。主要的目的是等到听见阿泷说一声"好了"。第七夜黎明时再次听到阿泷说"好了"时，照规矩则退出房间无需再守候下去。一声"好了"代表什么，无需说明。翌年正月后，阿泷搬入二之丸御殿中，正式称为"部屋太太[1]"。

四

阿泷身着光辰赏赐的白色窄袖便服，再配上白色的腰带，来回检查了武士们的值班间和女仆们的准备间后，回到光辰的卧室。

"好了吗？"光辰低声问。

"好了。"阿泷答道。

光辰低声道："睡觉吧。"

褥子铺着两床，每一床都厚实而宽松。阿泷低头行过

---

1 表示大名等人的侧室的隐语。

礼后便钻进了自己的被子，光辰却坐了起来。时间已是半夜十二点多，火盆也灭了，房间异常寒冷。光辰把纸罩的雪洞灯拿近一点，打开内室小仓库的边门，取出一本书来，顺势坐在榻榻米上读了起来。

自从阿泷第七夜陪侍以来，光辰每天晚上都这样读书。

——能保密吧！

第一夜，光辰就向阿泷说了。

——家臣们知道了就很麻烦。要是让重太夫知道的话，他就要发脾气。对任何人都不要说！能为我保密吗？

阿泷默默地答应了。

做学问为何害怕家臣知道？为何要在这深更半夜而不是白天？阿泷完全理解不了。这其中当然有什么原因！上次狩鸭时，阿泷的心里就有了一点疑惑。那次阿泷就目睹了光辰沮丧的样子，也听到了重太夫和家老间的对话。——她看见光辰还想吃鸭，拿着筷子可怜巴巴地望着小姓头。当时重太夫假装咳了一声，眼睛瞪着他。可光辰依然不死心，失望地对重太夫说："大家随意吧！"话语里似乎带着祈求的心情——"我还能吃点鸭肉吧"。

——实在可怜！

阿泷看在眼里，赶紧把头转向了别处。

殿下脑子不好，家臣们就不尊重他。这样，光辰身为五万六千石俸禄的藩主，实在有些可怜。阿泷心想，有没有五个或者十个人团结起来，帮助他呢？但随着时光的流逝，阿洸的疑惑发生了改变。

——殿下是不是在有意装疯卖傻？

有一次阿洸突然冒出了这样的想法。

那是在第七夜晚上，阿洸对老妇人说"好了"，事实却绝非如此。光辰（在七天里）根本就没有碰过阿洸一指头。于是她壮起胆子询问缘由。

——不是啊，绝不是讨厌你！反而是喜欢你！

光辰答道，并说喜欢但还没到那种程度。总会有那么一天的，请你给我一点时间！对菊冈你只需说——"就那样了。"光辰这样教，所以就这样回答了老妇人。当时阿洸非常高兴，从光辰的话语中她感受到真情，更感觉到光辰真心实意地把自己当作一个人来对待。从那时起，每当她看到他夜半读书的背影时，就发现光辰白天面对她时也不像对家臣那样傻乎乎的了。三十多天来，他一夜都没落下，穿着睡衣坐在榻榻米上，身体几乎一动不动，花一个半到两个钟头读书。虽然入了春，但正月后的二月依旧寒冷，而没生火的卧室尤其如此。这种条件下他默默坚持读书的身影，反倒显示出常人没有的刚毅。

阿洸想知道事情的真相。这一念头越来越难以克制。于是她拿定主意，向光辰大胆地问了起来。

——我也有个必须要坦白的事情。

她首先做了自我坦白。自己并非吉田家的女儿。她出生在伊部村一户贫穷的百姓家，十二岁来到吉田家做用人。

当收到"让女儿去做侧室"的命令时,她替代了二小姐阿泷。吉田家老板作兵卫是御用商,不但对藩内的事情熟悉,而且知道光辰的脑子不好。他们不忍心把自己的女儿送去,花了一笔银子,把她当作女儿敬献了出来。

——我们家不仅穷而且孩子多,得到一笔钱自然能解决问题,加上又是老爷的请求,我们不敢回绝。

自己的年龄和二小姐一样,名叫阿路。光辰歪着脑袋皱着眉头,默默地听她说完。良久没说一句话。

——好复杂呀!

我不懂这类复杂的问题。光辰摇着头说。但我喜欢你!除你之外我不想再要别人。这样就好了吧?说完盯着阿泷的脸看。

阿泷仔细端详着光辰。他似乎在努力去理解阿泷的话,歪着脑袋皱着眉头的表情绝不是做出来的。如此简单的事情难道真的是不懂吗?阿泷这么思考着。不料光辰又拿起袖子边擦嘴边结结巴巴地说道:

——我就是这么一个人。我的笨拙不是装出来的。但也不是家臣们想象的那么傻。总之我这样学习下去,脑子多多少少总会变得好起来。

然后他微笑着说:"我这么笨还读书,真是很努力吧。"

阿泷从被子里看着光辰勤奋学习的身影,回味着光辰的话,觉得这是他的内心话。他知道自己要比普通人笨,要想做到和大家一样的话,只能悄悄努力。她知道这是真

297

实的情况后,胸中充满了无限的怜悯与悲哀。

进入三月后不久,光辰在十个随从的陪伴下出了一趟远门,计划顺山道到越见岳的登山口打个来回。负责带路的是当地地主渡边半助和舆石藤七郎。因是微服私访所以身着骑马用的普通衣裤,头戴普通斗笠。单程约五里路。早晨八点出城。去时多上坡路,到达目的地一路让马休息了三次。在越见岳的登山口处有日枝权现神社,在那里吃过中饭,又休息了半个钟头便踏上归途。走到行程一半时,光辰突然叫道:"鹿!鹿!"他用马鞭指着左手边丘陵与丘陵之间的深林里,探出半个身子。

"鹿!鹿!"光辰叫喊道,"那边有鹿。活的!"

然后嗖的一声,策马奔去。

五

但听得队伍后面有人惊叫——"殿下!"——"殿下!不能去啊!殿下!"但光辰已策马而去。狭窄的伐木道上两边树枝交错,不停地抽打在光辰的斗笠和肩膀上。他撇开小道,转向树林,扬鞭策马,急驰而去。

光辰直盯着那只鹿。漂亮的犄角和被斑纹毛皮覆盖的强壮身躯,还有修长、敏捷的四肢。鹿站在古杉树之下,一见光辰骑着马赶来,就仿佛引诱他似的,保持着一定速度,边往前跑边回头看,不急不慢。——不知不觉已穿过森林，来到了岩石的斜坡前，光辰跳下马来。他仿佛忘记了随从，完全被鹿所迷恋，动作敏捷地攀登斜坡，登上坡顶后又朝另一面下去。

到这一带就跟丢鹿了。从攀登到下坡，前方一百五十步开外，还能看到鹿角和身上的斑纹，但从坡上下来进入松树林后，鹿已不见了。

光辰花了近半个钟头也找不到出路。不过抬头透过树林看得见大湖，他就朝着那个方向走去。一会儿沿细长的小道摸索前行，一会儿穿过杂树林，此时他想起了自己的随从们。寻思着他们会不会赶过来，他便停下脚步听了听。突然他听到了一个人的歌声："——等了三年还是同样的年纪呀，同样的……"

平缓又颇带卷舌的声调，慢慢地唱着：

"——等了七年还是同样的年纪呀，同样的……"

光辰循着歌声的方向走去。

杂树林尽头是削平的山崖，下面是裸露的红土。有个老人在挖土，唱歌的也是他。他身后是个村落，尽是些破败的小屋。再往前就是大沼泽开阔的湖面。光辰觉着，这小屋好像什么时候看到过。对了！去猎鸭的时候。记得出了琉璃光寺不久，路旁就有这样的小屋。自己还曾问过民部小屋作何用场。

"我得歇会儿啦！"光辰自言自语，"又渴又累。歇会儿吧！"

他又回到杂木林中，辨别了一会儿方向，朝对面走下去。

不一会儿光辰就来到一间小屋，边喝茶边与老太聊天。屋内昏暗，木板的地板上只铺着稻草席而已。狭窄得一转身就会撞鼻子的屋子一角，堆放着说不上来什么玩意儿的物品，阵阵酸臭弥漫屋里。

"家里没有茶。"老太说，"茶叶那种贵重的东西，我们可没有。桑茶可以吗？"

光辰喝的就是桑茶。据说就是用阴干的桑叶制成，可防中风。喝起来有一股说不出的怪味道。真是奇妙的饮品啊。

"——等了二十年还是同样的年纪呀，同样的……"

屋后又传来歌声。

"武士大人是城里的人吗？"老太婆用浑浊的双眼看着光辰说，"我眼不好，看不清您的样子。"

"不是的。"光辰擦着嘴角边说，"刚才唱的是这一带的歌谣吗？"

"那是市兵卫。……脑子有毛病！"老太前言不搭后语地说，"您不是城里的，那么就是来旅行的？"

"嗯，是的。"光辰说，"你刚才说那人有毛病？"

"河边是禁止猎鸭的地方。自打他被赶到伊部村就疯了。"老太婆说，"因为完全失去了自己的田地。那样在红土上挖来挖去是白干的。挖了又埋，挖了又埋。他把那儿当成了自己的土地。三年来，干着相同的事……"

"他为什么没了自己的土地？"

"刚才说过了呀！河边变成了禁止猎鸭的地方。"

"禁止猎鸭的地方究竟是怎么一回事？"

老太用碎布一边擦眼屎一边讲出事情的原委。

现在划为野鸭猎场的地方原来叫川边村，原本由三个部落、共五十余户农家组成。人们一直从事农业兼渔业。五年前那里被划为藩侯"猎场"，却禁止农户们狩猎，并下令五十余户全部搬离——"猎场"由重臣管辖，郡长直接负责。没得到允许，禁止入内。在赶走的五十余户中，有十户移居到其他地方，余下四十户就搬迁到我们这个伊部村，盖起临时小屋，重新开始生活。那一块儿属于琉璃光寺的领地，土地费是不收，但到了狩猎期，他们必须承担猎鸭的工作。为此每户发放十袋或十五袋大米。另外，因为他们祖祖辈辈都居住于此，所以他们不能离开大湖。

"贺名川也是同样……"老太婆接着说，"贺名川与安井川汇合处有个叫幡野的村子，五年前就变成了禁止捕杀鲇鱼的地方。河边劳作的人们，大约有四十户，被迫搬离。那些人同样，在一个叫平取的地方修建小屋，到时候承担捕鲇鱼的任务，按人数发给他们大米。"

"那个……禁猎地，"光辰想了一下问，"是领主专用的吗？"

"所以才被划为禁猎地呀！"

光辰缓缓地擦了擦嘴巴,一副无可奈何的眼神,望了望这狭窄的小屋,看了看老太的眼睛,而后放下手中破了口的茶杯。

"嗯,"光辰站起身来,想要说点什么,但脑子想的嘴巴却说不出。

"麻烦你了!"他表示谢意,"能让我在这儿休息。也谢谢你的茶。很高兴!下次见!"

"您这么客气,我反而不好意思了!"老太说,"下次再路过这里,请一定进来坐坐!"

光辰走到屋外,立刻又转身回到屋内,看了看屋后的空地。在这里——市兵卫老人像刚才一样,拿着锹在挖土。在削平的山崖下,在裸露的红土上,动作缓慢地挖着,边挖边唱:"——等五十年还是同样的年纪呀,同样的……等六十年还是同样的年纪呀,同样的……"

光辰手拿斗笠,仿佛身背着沉重的包袱,步履蹒跚地离开了。

六

光辰回到城里就被浅利重太夫狠狠批评了一顿。

走散的随从们在琉璃光寺的山门前汇合,负责带路的渡边半助派使者赶快进城报告,城里马上就派出了搜寻的队伍。重太夫不相信逐鹿的故事,他疑心光辰是有意地甩开随从们。他用严厉的口气刨根问底。永进民部回答说:"真的是看见了鹿啊!"

"我紧跟在殿下后面。"民部说道,"殿下用马鞭指给我看时,也就在二三十米开外吧,杉树林里有一头鹿。我确实看见他骑着马,迅速向森林里追去。"

"很快的!"光辰用手比划着说,"像这样,一阵风似的跑进森林里。"

"您话太多了!"重太夫瞪了光辰一眼,并用手指着他的嘴巴说,"请擦擦干净吧。"

光辰刚准备用袖子擦嘴,重太夫说——"用怀纸擦!"并自己把手放在胸前示范给他看。光辰沮丧着脸,掏出怀纸却仍然用左手袖口擦了嘴巴。重太夫连连咂舌。

"殿下是尊贵之身,您却和随从走散,迷了路。这都是轻率的行为!"重太夫责备道,"万一您发生了什么事情,没办法补救的!若是尚年幼则另当别论。今后务必谨慎小心!"

"民部!"光辰问永进民部,"我是谁?"

"当代老松城主!"重太夫抢在民部之前,语气严肃地说,"年俸五万六千石的领主、摄津守光辰大人。行了吧?"

"既然我是领主,"光辰结结巴巴地说,"在自己的领地内走动,难道还有什么危险不成?"

重太夫拼命地咳嗽起来。光辰闭着嘴,呆呆地看着手里的怀纸,他歪着头像是在琢磨刚才为什么要掏出它来。

那天夜深，他照例又开始读书，竟无意识地用鼻子哼起歌来。那是伊部村那个疯癫老人唱的歌。阿泷在被子里听着。说是唱歌其实也就是小声地哼着，他本人也没意识到。所以听不清他的唱词。但阿泷惊讶地猛地坐起来，跑到光辰身边。

"您怎么知道这歌的？"

光辰转过头来看着阿泷。

"刚才唱的歌叫'等了七年'。"阿泷低声问，"您是怎么知道的？"

"我唱了吗？"

"您以前就知道吗？"

"不，今天听到的。"光辰说，"在一个叫伊部村的地方，一个疯老头唱的。曲调和歌词都很简单，我就记住了。你也知道这歌？"

"是的。"阿泷低着头说道，"那个疯老人市兵卫是我的外祖父。"

光辰一下沉默了。

"那个，"过了一会儿，光辰又开口问道，"那歌以前就有吗？"

"是啊。曲子是传统野良调，词是外祖父加的。乱七八糟。"

"我倒觉得是十分妙的歌词。"

"他疯了之后就唱起来了。"

"没结尾吗?"

"到'等到死'这一句……就结束了,然后又回到开始的'等了三年'。"

光辰沉默了一会儿说道:"时间太可惜了。下次再说!"

阿泷回到了被子里。

光辰喜欢骑马和玩长矛。每日上午骑马,下午练习长矛。而他只是喜欢,并没什么长进。骑马暂且不谈,长矛的练习着实让教练感觉为难。在江户教他长矛的是介原小藤次;来到摄津后,永进民部充当陪练,每天练习,一刻不落。骑马走散事件发生后不久,一边练习长矛,永进民部一边悄悄地告诉他——那边有一间附属于二之丸御殿的、藩主专用的练习所,宽约十米长约二十米。当时有三名小姓在场。民部巧妙地诱导光辰,这样就离小姓有了一段距离,同时极小声地与他说着什么。

"请告诉我您的真实想法!"民部说着往右移动了一下位置。

"您准备干什么?什么时候开始呀?"

光辰满腹狐疑地望着民部。

"枪别对着人!"民部大声警告他,又朝右边移动过去并低声说,"自从我来到您身边以后就一直注意您。我相信您总有一天会拿掉面具,正式开始大干一场的!"

光辰愣怔地看着民部。民部大喝一声,用枪刺过来。光辰慌忙一躲,拿枪横着,以备民部再刺。民部说"姿势错了！"连连将光辰逼到了一个角落。

"拿长矛刺！"民部低声道。

光辰用矛枪刺了过去。民部猛地向左一闪，接着又逼了过来。

"上次您回领地上任，我就觉得要发生什么事。"民部说，"几天前骑马郊游，殿下独自策马向前，我就意识到了，便告辞他人即刻去了伊部村。我知道殿下去了伊部村的小屋。"

光辰放下了长矛。叫了一声"民部"，露出一副困惑无奈、要哭出来的表情，"我是看见了鹿。然后迷了路……"

"拿起矛枪来！"

"迷了路，又累，嗓子又干。"光辰仿佛做错了什么似的说，"我说的都是实话。我的确看见了鹿！你应该也看到了的。没看到吗？"

民部一动不动地盯着光辰。

"不要告诉重太夫！"光辰低声说，"我累了，嗓子又渴，就去了小屋，坐了一会儿，喝了味道很怪的茶。就这些！真的！民部！……要是给重太夫知道了，我又要挨骂！我去过小屋的事，你不要告诉他！不要告诉他，民部！"

"请拿起矛枪！"民部拿起光辰的枪小声说，"我有东西送到您卧室。看完后就把它烧掉！——我决心誓死效忠殿下！"

光辰仿佛丢了魂似的，呆呆地看着民部。

七

几天后的一个夜晚，一叠文稿送到了光辰的卧室。

谁塞进来的？不知道。在光辰每晚读书起床之前，隔壁西侧值班室间的槅扇突然被打开，有人塞进来这封信又拉上了槅扇。响声惊醒了阿泷，听到槅扇关闭的声音后，马上坐起来往那边看去。阿泷起床的响动把光辰也吵醒了。

"几点了？"光辰问。

阿泷做手势表示不要说话，悄悄站起来往槅扇那边走去，将放在那边的书信取了过来。

"刚才，有人把这个……"阿泷低声说，"从隔壁值班室那边塞过来的。"

光辰坐起身来，把书信粗粗翻了翻说："你先睡吧！"阿泷钻进了自己的被子，光辰起床，拉近了雪洞灯。

这些书信记载了从光辰祖父、被称为陶树院第五代藩主的光昭开始至今，重臣们徇私舞弊的情况。重臣们对藩主敬而远之，加上世袭制管理政治的便利，每年侵占万石以上俸禄的事件持续发生。这种事例都详细记录在案，"禁止捕猎场"的事情也位列其中。每到狩猎季节能捕获近两万只野鸭。由于是有名的土特产，至少每年有一万只以高价卖出，利润丰厚。为此自古以来，捕鸭一直是湖畔居民维持生计的手段。五年前被指定为"禁猎场"清退了一部分居民，土地交郡长管辖后，捕获的野鸭大部分被作为"御厨房收入"而出售。指定"禁猎场"当然是以藩主狩猎为名目的，卖出的银两名义上也应作为藩主内库的一部分予以收纳。但事实上，和其他事例一样，重臣们早把这些钱瓜分完了。贺名川鲇鱼的"禁止捕猎场"同样如此。这些都造成被清退居民的生活陷入困苦的境地。书信后面还写道：

——他们的生活有多么痛苦，正如您亲眼所见。

还写到在这些事情中，作为历代御用人的浅利、栗栖两家是始作俑者，其他重臣只是为了利益而附和。因此，只要把御用人两家镇压住的话，不难铲除祸根。

光辰读完后，很长时间没作声，似乎在思考着什么。他必须要思考的问题似乎很多。

光辰把头转向阿泷。

"醒着吗？"

"是的。"阿泷回答着坐起身来。

"有话要说！"光辰低声说，"你先看看值班室那边的情况！"

阿泷立刻站起来，去隔壁值班室的房间仔细看了看。回来坐在光辰旁，说大家都睡了。

"发生了一件非常头痛的事。"光辰边擦嘴边把文书给她看。

"这里写的，你能看得懂吗？"

"只看得懂假名文字。"

"那么我就讲给你听吧!"

光辰将文书的大致内容讲了之后,告诉她几天前在练习枪棒时,永进民部说好送叠东西给他看的。

"他说看完后要立即烧掉的。你觉得呢?"

"我不知道。"阿泷答道,"殿下觉得不行吗?"

"我不知道。"

光辰在读书的茶几上用胳膊支撑着脑袋,低声叹息道:"不知道!我这个笨脑瓜,没法判断。"

"您是觉得文稿上写的那些事情太可疑吗?"

"不是!这些是事实!"光辰说,"在江户也收到过匿名的诉状,内容几乎类似。那里面所列举的有些事情,我知道也是事实。"

"那您担心什么呢?"

光辰沉默了。令人心酸的沉默。是直面决战、考虑抗争的办法?还是寻求逃避的办法?让人感到深深绝望。

"我来谈谈我的想法。"不一会儿,光辰低声说道,"靠近我一点。"

阿泷悄悄地挪过来。

"重臣们徇私舞弊,全记录在案。"光辰说,"其中是非曲直不可一概而论。五十多年来能这样维持安定平和的状态,哪怕仅仅是表面的,也得承认他们的功绩。只是……"

光辰坐直身体,从茶几下面拿出纸擦了擦嘴巴,又擦了擦茶几。

他接着说："为了维持这安定平和的状态，就必须有人做出牺牲。这是因为重臣们徇私舞弊的手段不可以原谅。以猎鸭为例，那天的收获约七百只，但我碗里只有鸭汤里的三片鸭肉，外加烤肉一片。每年近两万只野鸭，本应是当地居民的生活来源。现在以藩主的名义夺取，一年仅一次，以少量的大米雇佣居民猎鸭。然而居民失去的可是土地和家园啊。"

"身为藩主的我也不过是只能吃四片鸭肉。"光辰说，"而当地居民被赶出自古以来属于他们的土地，且不得插手原本属于自己猎物的野鸭。掌握政权的几名重臣霸占了野鸭，从中牟利。这就是我想说的。"

光辰擦了擦嘴角。

"啊，说这些之前我有件事情要说！不记得是什么时候了，你曾问我是不是有意装疯卖傻。是不是？"

"是的。"阿泷点了点头。

"当时我说不是装的，我就是这么个人。"光辰轻轻地摇了摇头说，"这不是撒谎，但也不像我说的那样。我脑子的确有点儿迟钝，就像你所看见的这样，到这个年龄还流口水。这在谁的眼里看起来都是傻瓜。我的确没有装疯卖傻。但我并非从小如此！我一直在努力让自己变成这等人。"

阿泷惊讶地听着。

光辰给她讲了兄长光央的事。源三郎光央十五岁时，因行为古怪被废除了继承权。但事实却不是这样的！光央非常聪明，很早就关心藩政，从学友以及身边的近臣中挑选那些可以信赖的人，悄悄地一起探讨藩内发生的大事小事。

八

结果，这件事被当时的御用人栗栖采女发现，重臣们商量后，向外宣称他"行为怪异"而将之废黜——对重臣们来说，光央若成为藩主将是个威胁。陶树院也罢、静树院也罢，他们对政治根本不关心。这到底是与生俱来的，还是被外部势力打压所致，尚不清楚。但预想到光央的悲剧会再度发生，于是在光辰七岁时决定把他培养成一个弱智的人。

负责此般教育的是一个名叫松山的老妇。她对年幼的光辰说："做这些都是为你自己好！"于是开始教他流口水。自己什么也不要做。要装作不学习、不练武。对任何事情不抱兴趣，人家问你什么都说不知道。还告诉他——不停流出的口水要用袖子而不要用怀纸擦拭。

"你懂吗？"光辰问阿泷，"我出生在年俸五万六千石的家庭，七岁开始学习的是流口水。只有七岁哪！"

阿泷闭上眼低下头，仿佛不敢正视他。

深夜读书也是那时养成的习惯,也是松山所教。最初白天读半个小时,半夜起床学习朗读;第二年开始每晚一个小时,读书和写字。松山反复强调说这些都要保密。绝不能告诉任何人,勿被人发觉。松山甚至说:"被人知道,你就有危险了。"兄长光央被废黜时,光辰仅十岁,当时被立为世子他才明白了松山教诲的真义。于是也努力地做一名大傻瓜。

"习惯真可怕!"光辰擦了擦嘴接着说,"就像你看到的一样,我现在没法控制流口水,对事物的判断又迟钝,没法表达自己的意志。我这种笨拙不是装出来的,它早就养成习惯了!"

"不,不是的!"阿泷猛然抬起头,"您的想法是错的!"

光辰转过头,看了看隔壁的值班室。阿泷不作声了。

"松山前年就去世了。"光辰用嘶哑的声音继续说,"临终前松山这样对我说:'你已经清楚自己应该做什么了吧!你要相信时机一定会到来!但即便时机到来了,也绝不可轻举妄动!要充分稳固自己的基础,花上若干年月也行。记住这一点,把你培养成傻瓜,这一点最终会变成战无不胜的力量。'"

光辰这时咬紧嘴唇,两眼恍惚,沉默良久。

自从在江户收到这类告密信,光辰就无意间开始关注藩内的事情。接着,他初赴领地任职经历了猎鸭事件,听到伊部村老太跟他讲的那些话,恍惚间也慢慢地清楚了

"自己应该努力"的方向。

"权且不论善恶是非!"光辰说,"我要说的是,掌握了政治权利的少数几个人,只是将领主当作装饰,他们利用权力任意地榨取民众。掌握了权力的少数重臣为维护自己的既得利益,更是将领主当作木偶,无所顾忌地胁迫和榨取民众。他们可以这样为所欲为仅仅是因为他们获取了权力。"

光辰慢慢地擦了擦嘴。

"我讲了这些,你就知道我该做什么了吧?"

阿泷默默地点了点头。

"遵照松山的遗嘱,我不打算贸然出手!"光辰说,"不论早晚,先打好自己的基础,然后再出手!民部给我的这封信,到底是民部的本意,还是浅利重太夫设的圈套,我现在还不能判断。所以我想听听你的想法!——在江户收到这些密告信,为了不使人察觉自己读过,就得放回老地方。民部说看完就烧掉,一烧就成了看过的证据。如果是圈套的话,那就是无法挽回的失败。……阿泷,如果是你的话应该怎样做?说来听听!"

"不知道。"阿泷考虑了一会儿,无力地摇了摇头,"我也不知道。不过还是学在江户时的做法吧!"

"这样的话,坏处是有会被其他人发现的危险;若民部出自本意,他以后不可能平安无事的。"

"送信者或许还会来取信!如果就这么放到天亮以前

的话，我觉得问题不大！"

"要怎么做呢？"

"先收在内室的小仓库里吧。"阿泷回答说，"他们要是怪罪下来，您就说不知道是什么只是收拾起来……"

光辰陷入沉思中。浑身像石头似的一动不动，眼睛盯着雪洞灯沉默许久，脑子在思考着。过了一会儿，他看着阿泷，微笑着擦了擦嘴角。

"等了十年还是同样的年纪呀、同样的……"光辰仿佛揭开了秘密似的，快乐地低声唱着，"等到死还是同样的年纪呀同样的。——我听到了一首好歌！阿泷，好歌！对我来说是最好的歌！"

阿泷一脸不解，盯着光辰问道："到底怎么了？"

"我来保管这些书信。"光辰说，"不烧掉也不用担心。我自己拿着吧。"

"这样没事吗？"

"松山说，把你培养成傻瓜，这一点最终会变成战无不胜的力量！的确如此！我要开始行动，装疯卖傻就是武器！"

"——当然，那是将来的事。花时间慢慢地来。一旦失败就很难东山再起，这样是不行的。要说忍耐，我强过任何人！"

光辰安静地站起身来。"过来吧！"随即伸出手，拉着阿泷让她钻进自己的被子。嘴里嘀咕着：

"约好的时机终于来了!"

阿泷望着光辰,没能立刻理解话的意思。但马上她突然反应过来了,慌乱背过脸去,羞红了脸,忸怩不安。光辰站着抱住了阿泷,也紧张地颤抖起来。

九

五月初,贺名川开始了捕捞鲇鱼的季节。

阿泷因身体欠安没去,光辰亦因感冒无精打采。但重太夫说,这是每年的"初鲇"日,早就定好的日子且已做好了各种准备,不可能延期。自然不能反抗他的意思,于是光辰拖着疲惫的身子出发。——渔场在幡野村,位于贺名川和安井川交汇处。同上次猎鸭一样,在中游河岸新建的临时小屋歇脚。

捕鱼的方法分拦坝捕和撒网捕两种。拦坝捕设在河流的汇合处;撒网捕则设在临时小屋前面。有十名渔夫在此一展身手。

"那样能捕到鱼吗?"

看着渔夫在撒网,光辰这样嘀咕着,并用袖口擦了擦嘴角。

"嗯?"永进民部在后面探出身子来。

"哦,没什么。"光辰说,"啊——那个没有烧,带在身上呢。"

民部不吭声，只是把探出的身子缩了回来。

那封书信不是圈套。过后的几天里，什么事情都没发生。以重太夫为首的几名重臣那边也看不出什么变化。光辰若有所思，便向民部说出了自己的打算。坐在后面的民部当时是一副什么表情，光辰不知道。但他一言不发坐回了原座，说明他已经心知肚明。

——要是能够那样捕捞的话……

光辰又琢磨起来。拦坝捕的鲇鱼是用手提式渔网一条条打捞，撒网方式能漂亮地捕捉成群的鲇鱼。如果能一网打尽的话……

捕捞的鲇鱼放到小屋前请光辰过目。那天负责捕鱼的头领是冈本太兵卫，捕获的鲇鱼约七十条。接下来就是小型酒宴，端上来的是鲇鱼料理。与吃野鸭料理那时的顺序一样，先赐酒给重臣们，然后望月吉太夫来到台上讲解贺名川的鲇鱼料理。河里的鲇鱼以美味著称，公认形美肉香，因而在临近的几个藩国享有盛名。每到捕捞季节，各地诸侯不辞道远，纷纷来此求购。本藩挑选形美鲇鱼烤干或腌制，献予将军府上或赠给幕府阁老，获一致好赞。

光辰面前先后端上了盐烤鱼和整条鲇鱼。就"初鲇"季节来说，端上来的鱼属于大的，不论是烤的还是整条的，味道鲜美无比。与江户吃到的鲇鱼不同，这里的鱼肉质紧实、骨头柔软，一口咬下去，能感到有一股新鲜的川苔味。遗憾的是，盐烤鱼只有两条，做成刺身的鲇鱼只一条。光辰不一会儿就吃光了。他还想要,手拿筷子对民部说:"想再添一份。"

坐在下面的重太夫使劲儿咳了一声,狠狠地瞪了他一眼。

"我还要一份!"光辰说。

重太夫又咳了一声对民部说:"不行!"

"民部!"光辰问,"——民部,我是谁?"

"在下惶恐。"民部答道,"您是本老松城五万六千石领主——摄津守光辰殿下啊。"

"他说得对吗?"光辰问重太夫,"我是老松城的城主。对吧,重太夫?"

重太夫咂咂嘴。

"哎呀!"重太夫对身旁的浜冈图书和望月吉太夫苦笑,"服侍'我是谁'殿下虽并无怨言。不过今天好像吃多了药!"

"对殿下来说,这样最好。"

就在浜冈图书一旁嘀咕时,光辰像孩子一样哭丧着脸对民部说:

"民部,把我的长矛拿来!"

永进民部疑惑地看了看光辰。

"有的吧?"光辰说,"那个可是代代相传的领主标志。我要作为领主标志的矛枪。去给我拿来!"

民部看着重臣们。

"摄津守光辰是我！"光辰擦擦嘴说，"我在下命令！民部，去拿矛枪！"

永进民部站起身来。

藩主的队伍中有装饰的道具。在藩内一般简单些，但长矛是必须要带的。这天也不例外。到了临时小屋就竖在了外面。重臣们都盯着重太夫看，对光辰一反常态的举止感到惊讶。对此，重太夫轻蔑地一笑，说："不过是孩童耍性！"然后端起了酒杯。

民部拿来矛枪。因为不是装饰道具，所以短一些。矛柄是由槟榔木制成，长六尺二，类似于短矛枪。穗呈十字形。光辰接过矛枪，起身离开座位，走到上层座席的一个角落，喊了声"重太夫"。顿时四座皆惊，重太夫放下酒杯，正襟危坐。

"重太夫！"光辰说道，"其他人也听着！侍奉主君的武士有这样的规矩吧，主君若受到侮辱臣下便要就死！你们知道吗？"

"殿下。"重太夫冷冷地、责难般地应道。

"知道吗？"光辰说，"图书、吉太夫，你们知道吗？——民部，你呢？"

"在下惶恐。"民部回答说，"只要是武士，无人不知。"

"那好！"光辰点了点头，"这里有家臣侮辱领主。重太夫！过来！"

重太夫并不起身，唇边带着冷笑，在位子上一动不动。

"殿下言过了，回到您座上去。"

光辰眯着眼。

"请回到您座上去！"重太夫又说。

光辰静静地取下刀鞘，突然大吼一声："无理的家伙！"挺枪上前，猛地刺进了重太夫的胸膛。取下刀鞘的动作是缓慢的，端起枪后的一系列动作则迅雷不及掩耳。

"殿下！"永进民部一下跳起来。

重臣们吓破了胆，目瞪口呆，无人发出声音。重太夫两手捂着右胸，呻吟着向前面倒去。

"民部！"光辰喊道，"拿去擦干净！"

随即把矛枪交给了民部，接着向重臣们说："重太夫罪当万死。我饶他一死！回到江户后我禀报父亲大人，如实陈述他的种种罪行——叫医生过来给他包扎。"

重臣们个个伏地不语。

"民部，"光辰擦着嘴说，"我要回去了。"

永进民部张罗着回程，小声嘀咕道："刚才城里有人来报，说部屋太太有喜了！"

"初鲇的味道真是特别呀！"光辰一语双关，面呈微笑，"无须担心。吃快了也绝不会闹肚子。"

说完又悠然地擦了擦嘴角。

日日平安

失蝶记

一

绀野和子女士：

这个手记是为你而写。在眼下这种躁动的时势中，我如今慌乱得连一处安身立命之所都没有。或许你也无法看到这手记。我也不知道自己最终能否写完。倘若手记最终辗转到你手中，希望带着平静的心情读完它。在此诚恳拜托！

我目前在山里，离城约一里，看得到近旁的宇多川河。西山那件无法挽回的不幸事件发生后的约十天里，我东躲西逃、狼狈不堪，三天前才躲进现在这户人家。恐怕又得被迫马上离开。我的处所、姓名不能写。弄不好会给你带来麻烦。我会带着某种意识撰写手记，以便你能大概推测得出我为何人。

时节已是入夏。今晨很早出门走了走，发现山林中石楠花的花蕾已涨红。我的心中热潮涌动，停下脚步瞅瞅石楠花。也许失去听力后，思考往往朝着内里发展——也许是孩子般的说法——看见涨红的石楠花花蕾，真的感受胸中仿佛有团燃烧的火。——正好五年前，在你家位于上町的房屋背后，我和杉永干三郎边走边聊。你知道，我和他从小是朋友，从记事的时候起可以说就形影不离。年龄相同，虽然出生的月份上他早我半年，可他一直把我当兄长一样对待。仅有我俩时自不必说，即便有他人在场也是如此。无论言语还是态度，都明显地毫无掩饰。回想起来，在育英馆读私塾的三年时间里，我俩形影不离，大概也是那时起开始了这种亲密关系。也许是他人品所致吧，一切都那么自然，而我也在不知不觉中习惯地接受了一切。

自癸亥年的密敕事件到此次事情，杉永都支持我的意见。我们和同伴行动一致，没有出现一个反对者。这无疑是托他那受人敬仰的人品和英明的领导能力的福。——在上町你家屋后行走的时候，我和他都十九岁了。我们边走边聊法隆和尚。正如你所知道的，和尚是井桁、西郡等重量级人物恳邀来藩的贵宾。佛学经典自不用说，谈起儒学、政治、经济方面的学问等也如数家珍，是一位相当非凡的人物，但对时局的认识有些令人不解。举一个例子来说，这个问题是非常重要的，前不久有一派年轻武士错误地理解了攘夷论，打算要袭击位于横滨港的外国人商馆，幸好事前被察觉，归于无事。但那个时候，和尚煽动他们，写下了主旨是"斩夷"的东西交给他们。关于这件事情的来龙去脉，我打算后面叙述。当时我对杉永说，希望本藩能把法隆和尚赶出去。

正说着，两人走到了哪里，我记不得了。走到你家后面时，杉永突然停下来叫你。那是在牵牛花藤蔓缠绕的第四个篱笆处，你就在篱笆里面站着，身穿染印着不知名花朵的白底单层和服，配上红蓝色条纹腰带，赤脚穿着草鞋。

刚洗过的头发扎成一束垂在背后。身边就是矮小的石楠花树，刚开出花来。我装着看花的样子，偷窥正和杉永说话的你的身影，感到内心一股无以言表的激动。当时你十四岁，身体算高的，但依然还是个少女。和杉永说话时的言谈举止表情都说明了这些。我觉得你皮肤黝黑，笑起来皱纹一个劲儿挤到鼻子处，就像一只哈巴狗儿似的。我想你将来一定会长成高个子的姑娘。当然，这些想法是在与我有生以来第一次看见你时的冲动相对抗。我尽数了你的缺点，也意识到这辈子再也忘不掉你！

告别后我们继续往前走。见我默不作声，杉永感到奇怪，便问我为什么装着一副不认识的样子。我说：

"就是不认识呀。"

"绀野和子呀！"他说，"在我家碰见过两三次吧？"

"我不记得了。"我摇了摇头。

真的没有印象了。

从那以后第五年的秋天，在明神瀑布再次见到你以前，我已忘记了你。因为处于紧张的时局和剧烈的变动中，我的心早已失去了往日的悠闲和平静；另一方面我听说你和杉永已经订婚。在明神瀑布再见到你，我的心已无往日的慌乱；加上耳朵失聪的缘故吧，所以能做到与你平静交谈。

但现在发生了变化。今早走到山林中看到石楠树含苞待放时，六年前你的身影又活生生出现在眼前。不是在瀑布时的身影，而是六年前你少女时代的身影。我又感到了内心深处曾有的冲动,燃烧着的痛苦再次复苏。但同时我也深感——失去了便无法挽回。

我杀了杉永干三郎。他,我唯一的朋友!是我从少年时代以来比谁都亲近、情如手足的挚友!我却用我的双手把他杀了!我写下这份手记,希望你能清楚事情为什么会变成这样。手记中不带有丝毫的辩解和歪曲,皆是照实记录。所以也请你本着这一立场读下去。

二

"阿末!"治兵卫小声地叫道,"起来一下!阿末。"

被摇醒的阿末睁开眼。总是点着的纸灯笼不知什么时候熄灭了,家里一片黑暗,枕头边的父亲的身影也看不见了。

"别出声!"治兵卫说。

"怎么了?"阿末低声问,"爸爸,怎么了?"

"外面好像有人!"

阿末立刻睁大了眼睛,系好睡衣带子,但手一个劲儿地抖着。

"真的有谁来了吗?"阿末问道,"来搜查谷川先生的吗?"

"不知道!"治兵卫回答道,"这么三更半夜来搜查,想不出还有其他什么目的。"

"我们怎么办?"

"冷静点!"治兵卫说,"可能没时间换衣服了!就这样躲到炉灶后面去。如果有人进来了,我来对付。你看准机会,立刻跑到他隐居的地方去通知。懂了吗?"

"然后怎么办?"

"我在这边缠着他们的时候,你要给谷川先生带路一起逃出去!记住了吗?"

阿末刚想回答,治兵卫忙用手按住了她的肩膀。阿末一声不吭,听着屋外有人说话。

"冷静点。"治兵卫低声说,"藏在炉灶后面等着!别慌!"

阿末感到自己都快憋过气了。

"起来一下!"门外有男人的声音,"我是坂下的茂七。城里派官兵来查人了!快开门!"

阿末躲在炉灶后面,意识到父亲让自己藏身于此的理由。门外的人不仅在正门,后门似也有人。后门洗衣服的地方有东西绊倒了,马上听到有人"嘘"的制止声。——治兵卫往灯笼里点亮火以后,走到外面,打开了侧门。这时手提灯笼的茂七带着一名武士进来。茂七是村里颇有威望的名主。他扫了一眼家中,穿过泥地屋子,开了后门,晃晃手里的灯笼,说了句什么。阿末没听清楚。

"没有异样!"听见外面有回答的声音,"也没人走出来!"

接着紧跟在茂七后面,一个年轻的姑娘和一个仆人模样的男人走了进来。后门就这样开着。

"怎么回事?名主大人!"治兵卫问,"查什么?有盗贼跑了吗?"

"太太和小姐都不在啦?"茂七问,"两人在哪里?"

"老婆回娘家了,阿末也跟她一起。她们俩也要接受询问吗?"

"搜查的是一个武士!"茂七身后的年轻武士开口说,"叫谷川主计。你知道这个人吗?"

"城门里的谷川先生么?自然知道。"治兵卫不慌不忙地答道,"我年轻时曾在他府上谋事。"

"就是那个谷川!"武士说,"有人告发,证据也确凿。你快老实说,谷川在哪里?"

"治兵卫!"茂七说,"不要闪烁其词啦!我们在你家后面发现了很多北极贝的壳,还知道你家每天都做大米饭。你们家不可能这般奢侈!一定来了什么人!"

"是的,有客人。"治兵卫回答,"老婆的母亲十天前来,今天刚回去。老婆和阿末送她一起去了姥泽。"

阿末听到这里,趁机从后门溜了出去。

他们都集中在治兵卫身前,提着灯笼一问一答,声音渐高。阿末从炉灶后弯腰走到门口,跑了出去。在炉子后面听到父亲说——"你们搜查吧!"阿末便在夜色跑了起来。绕过水池,穿过柿树林,来到废弃的马厩后面,然后爬上坡地，来到一间仓库似的小屋门口。这屋子春去秋来一直养蚕，然后就是存储柿子。今年没养蚕所以空着。阿末打开小门，脚上沾满了泥就这样跑进了屋里。

谷川主计正睡着。黑暗中灯笼射出的弱光朦胧照出蚊帐里小茶几的轮廓和他盖着薄被仰卧的姿势。阿末钻进蚊帐，跪着移到他身边，把他摇醒。主计睁开眼，望着阿末爬了起来。

"武士来了！快跑！"

说完马上用手挡住口，慢慢做出逃跑的样子给他看。准备再做一遍时，谷川说了声"懂了"，便站起身来。

"来的人多吗？"

"不多。"阿末摇摇头，伸出两根手指，又想了想，指了指自己。姑娘想说还有一个姑娘。主计不明白。他迅速地穿好衣服，用不解的眼光盯着阿末："你怎么了？"

"不！"阿末摆摆手，这下伸出了三根手指。

"三人吗？"主计问。

阿末点了点头。主计一边穿上裙裤，一边说道："桌上的东西帮我收拾一下。"阿末照他说的，把书、笔等收拾在一块儿包起来，放到身边的旅行袋中。然后她看见主计拿着刀，走出蚊帐，下了楼梯。他悄悄看了看外面的情形。只听得见虫子鸣叫，没有一丝凉风。夏季的夜晚，含着露水，安静地酣睡着。

——光着脚不能走山路。

阿末想到这，忙在黑漆漆的泥地上拿了草鞋。主计的草鞋被挂在壁板的钉子上。吹灭楼上的油，主计下来了。阿末想给他穿草鞋，可他自己迅速系好了草鞋的带子。

"外面没动静吗？"

"没有。"阿末拉过主计的手，靠近自己脸颊，让他摸了摸自己点头的动作，"快走！我来带路！"

阿末拉过他的手，让他明白自己的意思。主计背起旅行包，站起身，从门口走了出去。这时左右两边突然冒出了两个灯笼。他们干得巧妙！也许茂七原本就知道有这间储藏屋，与其入内抓捕，不如引蛇出洞。他们就等治兵卫报信！或许也料到阿末将偷偷跑来报信。

——看见突然从黑暗中冒出来的灯笼，阿末大吃一惊，主计忙往后退了一步。左边有茂七和一名年轻武士，右边有那个姑娘和一个家丁。灯笼由茂七和家丁提着。

"你是吉川！"主计看到年轻武士不由得喊道，之后看到提灯的姑娘更是大吃一惊——"绀野和子小姐！"

吉川武士从怀里掏出折好的纸笺打开，接着灯光在头上举着。两张合在一起的美浓纸上面写着几个大字。吉川示意主计来读。主计看了看姑娘，向前走了两步，看清了纸上的内容。

——眼前之人袭击了杉永干三郎！杉永虽然没和绀野和子小姐举行婚礼，但两人很早就有了婚约。绀野小姐将这名手下视为丈夫的仇人，决心讨伐！我来是做绀野小姐的侍从的，视情况而定也可成为小姐讨伐此人的帮手。

吉川十兵卫写的大体就是这个意思。念完后的主计转过头来看着绀野和子。和子脱下挡灰用的披风交给了家丁。她身着白色装束，带着手被罩，脚上打着绑腿，穿着草鞋，双臂打着束带。

"请等一下！绀野小姐！"主计叫道，"这里有问题！杉永被杀是事实，但事出有因。我现在……"

和子从腰间把刀鞘整个慢慢拔出来。借着灯笼的灯光，刀身放着冷光。和子取下刀鞘交给家丁。

"我正写着事情的前因后果！"主计接着说，"写完了给你看！如果你决意报仇的话，届时也不晚。"

"吉川！"主计转过脸来说，"杉永和我的事你是清楚的。你能想象到前因后果吧。"

"谷川先生听不见我们的话，说什么也是白说。"吉川说，"家里现在一片混乱，一切解释、辩解都无济于事。我们只能根据事实来判断是非。很遗憾！为了死去的杉永先生，我也是履行我助手的职责。快！拔出刀来！"

"不行吗？我说的你们听不见吗？"主计看看吉川，又看看和子，"怎么都不行呢？不行吗？"

绀野和子开始步步逼近。

"爸爸！"阿末绝望地喊道。

"不许动！"吉川用刀逼着阿末。

说时迟那时快，主计已拔刀砍向吉川。和子赶来，吉川猛地跳到后面。主计一步步把她引向储藏室门口,然后背靠板壁,猛地一下转到小屋后边。

"我来截住他!"吉川叫道,"你从那边挡住他!绀野小姐!"

吉川叫喊着从另一个方向绕到小屋后面,和子紧跟着追去。茂七和家丁提着灯笼也跑去。这时阿末没有朝家的方向,而是消失在小屋背后的松树林中。

三

绀野和子女士:

那晚之后恰好过了十二天,总的来说情绪也稳定了。那晚发生的事我完全没想到,令人遗憾!吉川十兵卫是杉永和我的同伴。你误解了实属无奈,他却肯定知道事情的经过。当时我甚至打算,干脆连十兵卫一起杀掉,但现在没有那种念头。在我东躲西藏来到这里之前,听到了社会上种种传言。说我是为爱你而不得出于怨恨杀了杉永。纯属一派胡言!但谣言一旦和情爱沾上边,人们就会相信。或许你和十兵卫也信了这种谣言,所以才认为我是杉永的仇敌。我不责备你和十兵卫。这样一想,我的情绪也就稳定下来了。

我现在山中。治兵卫的女儿阿末跟着我,照顾我的生活,并无不便。我曾劝阿末回家,可她执意留下。她说回到家里，父亲问起主计先生的情况不好回答。同样，我也挂念治兵卫。他是念昔日旧情才把我藏起来的。没有任何理由责怪和惩罚他。如果治兵卫和他的妻子要受惩罚，请你务必从中斡旋。我知道你会这样做的！恳求再三！

下面接着写手记。暂且不谈密敕导致的藩内争论。本来那件事情是这次事件发生的原因。简单地说，也就是勤王还是佐幕的问题。因为我想争论的事情你也心知肚明。

我和杉永自始主张王政复古和开国。我们集中了吉川十兵卫、梓久也、田上安之助等二十余名同伴，同上方[1]一带取得联系。为整理出藩内意见，我们分工了解藩内情状。——为何要摸清藩内情况呢？因为仙台藩从未放松对我们的警惕，他们不断向担任重要职位的官员施压；同时对法隆和尚煽动起来的佐幕派分子倍加关注。——就在这关键时刻，飞来横祸使我失去了听力，在同伴们中渐渐落伍。你或许知道吧！前年二月，在矶部海边沙滩进行了大炮的发射实验。在此以前，本藩只有纸糊木架子大炮，第一次从常陆某公处获得了转让的铁质大炮。此乃同伴们四处奔走的结果。转让是极密之事，试射也是秘密进行的。部分重要职位上的人当然是知道的。但通通睁只眼、闭只眼，因为原本没有直接的关联。当然仍旧担心仙台藩的耳目。如此例证，可见本藩如何在左右势力的争斗中挣扎。

---

[1] 上方：指现在的京都、大阪一带。

那天去往矶部之前,我和杉永有过这样的谈话。

"为何不与那女孩完婚?"我问道,"你们订婚也过三年了吧。"

他仿佛吹口哨似的翘着嘴。每次吞吞吐吐的时候就做出这种特别像小孩儿的表情,这是从小就有的癖好。

"父母也常常问及此事。"他回答说,"现在尚无那般心情。"

"这里面有什么问题吗?"

"问题倒没有。"说完他闭上嘴,好像要躲开我的目光似的接着说,"眼下是这种时期,急急忙忙结婚的话……我不想让和子感受不幸。"

我默默地看着杉永。

"这段时间我在想一个问题。"他不紧不慢地说,"我干脆上京城去!"

"上京城干什么?"

"伴随着王政复古的必须是开国。谷川君你这样主张,我也认为在理。但现在提倡尊王的大部分人都仅仅把攘夷当作目的。"

签订《下田条约》[1]后,幕府已和欧美诸国建立了通

---

1 《下田条约》:又称《日俄亲善条约》,是1854年江户幕府和俄国使节叶夫菲米·瓦西里耶维奇·普提雅廷签署的首次日俄条约。条约规定幕府承认下田、函馆作为俄国船只停靠口岸,划定国境线在千岛群岛的择捉岛和得抚岛之间,桦太岛(即库页岛)则允许两国人民共同居住。

商关系。事实上已经打开了国门，这也是国与国之间签订的公约。虽如此，王政复古中攘夷论成为轴心是危险的。若斩杀井伊大老、安藤阁老这样的暴徒，趁王政复古的气势实施攘夷，不仅会失去国家的信誉，还将招致欧美诸国结成同盟，使日本全国面临生死存亡的非常事态。

而且迫在眉睫的是，据说朝廷已在商议攘夷亲征。若此话当真，那就是非同小可的大事了。

"我要亲自去探明情况！"杉永说，"我们得到的情报总是发生变化，哪个是真、哪个是假，现在越来越难以分辨。不这样想？"

"回到先前的话题。"我说，"杉永，你家就你一根独苗。要去京城的话更应如此。早点儿举办婚礼不更好吗？对你说来，倘有不测，家名就断了呀！"

"我就是怕有不测才不结婚的。不希望为家名毁掉和子的一生。"

"还是举办婚礼的好！"我说，"我不同意你去京城！"

"为什么呢？"杉永眯着眼睛。

"攘夷论是统一民心的手段之一。以前也反复讲过。攘夷论是要明确相对立的藩国、日本和日本人是一体的。这样就产生过去没有的、共通的国民意识概念，可以说如今这个概念已经存在。因此，若要实现王政复古，不撤回攘夷论，就正如杉永君你所说，这个国家就会灭亡。这一点，恐怕也是人所共知。"

我们还谈到当前面临的问题是要把藩论加入王政复古云云。谈论的内容暂且不论，我之所以要如此详细地记录，乃因这是我与杉永最后的谈话，最后一次听到他的声音。

我们当时就去了矶部。

四

那个试射场是矶部向北约十町远的沙丘下，参加试射的人共十一名。我和杉永，吉川、梓、田上这些人你都认识。其他六位的名字没必要提及，在此省略为好。大炮是迫击炮，炮弹约四公斤，放在赶制的炮架上。炮手有两名，一名填装火药和炮弹，另一名负责射击。

我们站在七八米开外的地方观看，按说明书上的提示双手捂住耳朵。我的右边是梓久也，左边是杉永、吉川。那天微风轻拂，波浪拍岸泛起白花，很远处有几艘小船正在捕鱼。

"没问题吗？"身后不知谁说了一句，"不会打中那些船吧？"

两人傻傻地笑着。那玩笑一点儿也不好笑，傻笑来自反作用——他们过于紧张了。

射手用引火线点炮，扣压扳机。详细的说明没有记录，迫击炮有这两个操作即可发射。我们双手捂着耳朵。但迫击炮却哑炮了！两个炮手十分狼狈，检查了炮口和扳机。

突然他俩说着什么，捂着耳朵往这边跑来。

我看见炮口冒出了烟，又看看跑到这边来的两人满脸灰土。试射失败了！但我想到，如果不取出炮弹的话，炮身将炸裂。

——不能失去那门炮！

想到这里我就跑了过去。我必须冲向前去，弄到这门大炮真的经历了千辛万苦，失而不可复得。

"别过去！谷川！"杉永在身后喊道，"危险！回来！快回来！"

或许……我是想灭掉炮口的火，但也没拿定主意。只想保住大炮。望着从炮口升起的淡淡烟雾，我拼命地跑。谁知就差一步时，砂石绊脚，我摔倒了。

这时炮身破裂了。不知是哪里出了差错，大炮莫名地炸得七零八碎。我倒下去的同时，身体像被一块巨大的木板砸中，昏死过去。倘若不是摔倒，或许自己也被撕裂成碎片、一命呜呼了吧。幸好没有肉体伤，但两只耳朵失去了听力。

说起自己的事我是痛苦的。杀害杉永这一错误行为的原因，与这两年多自己内心的状态有关，所以无论如何要请你了解。——夏末，我知道我将永远失去听力。在这之前我以为只是暂时失聪，比较乐观，以为就是看医生加上静养。在这期间，只要有同伴们聚会，我必定参加，虽然可以说话但听不见，议题必须一字字写出来。我看了才能阐述自己的意见，这样又麻烦又浪费时间。而后变成大家仅将会议的结果写出来给我看看而已。

"这种状态也长不了。"我心里这么说，"我变成多余的人啦！"

当然，局势也由不得放松心情。密敕事件后，我们与皇居内官员及藩内各同伴间的联系日益频繁，不断有情报的交换，有时还紧急召开磋商会议。奥羽[1]的联合监视越来越紧，同伴们的聚集地或场地、时间等常常临时变更，或同伴们三组讨论后派代表商定最终结果。关键时刻，我这个"多余的人"必须到场。实际上这种时候我心急如焚！别人大概无法猜测。那时我还幻想着有恢复的可能。所以总是劝说自己再坚持一段时间！但是到了六月下旬，当医生告诉我已不可能治愈时，我陷入狂乱般的绝望中。

整个七月我把自己关在家里。杉永来看我，我不见；和家里人只言片语也没有。我心有不甘。到情绪最终平静下来，我经受了三十多天的折磨。

"这样一来，我就算落伍了吧！"我对自己说，"这种情况下我什么也干不了！我干脆退出！"

我去拜访了杉永，说出了这一想法。自己成为大家的累赘，还可能因进退缓急把握不当而误事。我说虽然遗憾，但我要抽身而退了！杉永也显出失望的样子，低着头一声

失蝶记

---

1 奥羽：江户时期陆奥国和出羽国的简称。现指日本东北地区。

不响。也许他已知道我双耳无法治愈,所以没有表示挽留——只是写给我看:今后遇到难题再与你相商。

我说服了父亲,把继承人资格让给了弟弟格二郎,自己就搬到长期闲置的隐居房里。我不让父母、弟妹见我,饭菜叫仆人送来,从此开始了独居生活。因身体上不存在障碍,所以早上沐浴从未间断。清晨和傍晚各一次练习大刀,直到精疲力竭为止。其余的时间就是读书和练字。我每天不论晴雨,持之以恒地做着这些日课,无暇去考虑多余的事情。——大约是进入冬季吧,我能异常敏感地察觉到身后有物体在动,可既不是物体发出的声响也不是人靠近时的动静。就是这样一种不可思议的敏感。也许是人生来就具备的自我保护本能吧!夸张地说,我能感觉到蝴蝶正飞着靠近过来。

"真不可思议!仿佛是一种本能。"我对自己苦笑,"人在什么地方有了缺陷,身体的机能就发生变化,仿佛是一种弥补。"

身体在为残缺者准备!哪里是苦笑,此刻我被按入比医生宣告我无法治愈耳聋时更深、更强烈的绝望之中。

杉永约莫隔十天来看我一次。每次大概半小时或一个小时,我们不厌其烦地笔谈。同伴之中,我和杉永处于中心地位。我一退出,他就担子很重,同伴之间产生的各种不同的议论,他似乎都要冥思苦想。这种情况下,在去年秋天,没想到我碰见了你。

五

绀野和子女士：

我在山里行走。这是搬到这里来的首次外出。阿末担心，一直跟着我。从开始写手记到今天，经过了许多事情，已经过去了三十日。在和田村，花蕾绽放的石楠花已经盛开，一大早林中的知了就高声鸣叫。当然我不是用耳朵听见的，只是脑后感觉得到在林中回荡的鸣叫声。

"阿末！"我转过头问道，"知了在叫吧？"

阿末笑着点点头，并举起手指了指身旁的一排树木。然后，突然很惊讶的样子拉了拉自己的耳朵，打着手势问——你听到了么？

"不！"我摇了摇头，"不是听到的！只是感觉。"我摸了摸后脑，"用这里。"

阿末马上把脸背了过去，用围裙擦了擦自己的眼睛。

我继续写手记，发觉身边到处都是石楠花，却感到徒劳的悲伤！年年花开花相似——我脑海里冒出了这句古诗，又想起站在上町家的后院里那石楠花下你的身影。从那以后又过了六年，想到如今难以相见，不由得感叹万分！

我去明神瀑布是在去年初夏。母亲也不知从哪儿听说，这个地方灵验，劝我去试试。用瀑布的水浇打身体，只要你相信——或许会有效果。但我根本不信这一套，甚至有些厌恶神佛，所以没把母亲的话当回事儿，当时心里某处仍然怀抱着能治好我的病的希望。到了四月下旬，绿叶在太阳下葱翠欲滴，风吹起夏草层层波浪。看着这些，我想就算踏青吧，便去了明神瀑布。

少年时去过两三次。站在栗津明神的后面，俯瞰山谷间一泻而下的瀑布。到了秋季，红叶美丽，城里也有许多人来此观赏红叶。现在这样的客人很少了。比之过去，瀑布的水量也少得多了。

说是用瀑布的水浇打身体，你知道的，实际上不过和用吊桶打来的水淋浴是一回事。但在无人的狭窄山涧，悠然独处也确实惬意。想着就算是为保持平静心情也好，但凡不下雨便去瀑布沐浴。——这段时间藩内的局势复杂变幻，尊王还是佐幕到了须要做出抉择的时候。为劝说同伴们，杉永一筹莫展。

碰见你的那天——杉永前一天晚上来我这里整理、汇总本藩政论，有一个人无论如何也要除掉，叫真壁纲。他是已故藩主的侧用人，拿仙台作为强有力的后盾。他主张佐幕，在老臣中最为顽固。杉永下此决心的心情我能理解，但我表示反对。就像水户藩天狗党暴动，难免出现暗杀一人导致藩内以血洗血的惨剧。我曾严肃地指出：即便别无选择，现在也不是时候。经此事，再无法带着平静的心情去瀑布沐浴。我反复想，杉永是否照我说的去做？即使他照我说的做了，其他的人呢？会不会有人自作主张呢？

我草草沐浴，穿上衣服和裙裤，插好刀，感觉心头一阵慌乱。老想着同一个问题，心里突然有了一种不祥的预感吧。我一边安慰自己一边不安地想着要出事，不由得加快了脚步。来到明神山下，突然觉得身后有一股什么力量朝我袭来。我知道不会是人！说时迟那时快，我拔出大刀，把身后的东西打倒，又跳出三步，再转过头来看。

打在刀上有反应，拿着刀回身一看，原来是女人的扇子，被我一刀挡住一分为二，落在地上。没有人影。再往山崖上面看，你正往这边探头望着。

"失礼了！"我说道，"我现在就过去。"

说着把刀插进刀鞘，我捡起了扇子。扇面上淡墨勾出的大地上开着夕颜，三分之一处被刀切成两半，仅仅靠扇轴连在一起。引为自豪的武艺竟落得担惊受怕时的招架，自己不禁苦笑起来。——然后我就去了你那里。因为听不到，忙就适才的反应道歉，说出自己的姓名，并归还分成两半的扇子。你笑着摇摇头接过扇子，说了些什么并看了看侍女。我把笔筒和小本子递给了你。

"耳朵不好，总把这些带在身边。"我说，"如果方便，你就写下来吧！"

你懂了我的意思，写道扇子掉下乃一己过错，自己理当道歉等等。随即把本子还给了我。我接过一看，署名是"绀野和子"。初次意识到真的是你本人，失神地喊出声来。

"这……真没想到在这里碰见你！"我喜形于色说道，

"也许你不认识我，不过我认识你！"

你把小本拿过去，写道——我也常听杉永说起你。又写道——你的耳朵怎么了？这样我说出了失聪的缘由，也说了一辈子治不好，把继承权让给弟弟，现在打算从事不用耳朵也能顺利进行的工作。——你相貌变了，变得如此漂亮！皮肤白皙，身材中等偏小巧，皱鼻子的小癖好也没有了。

"杉永在想些什么问题？"分手前我问道，"你也是这么考虑的吧，还是早点结婚好！"

你微笑着，什么也没写，把笔筒和本子还给我。我告别后回家去了。

六

在瀑布见到你是八月份。十二月孝明天皇[1]驾崩，年后传出新任天皇[2]将登基的消息。

---

1 孝明天皇（1831—1866），日本第121代天皇。名为统仁，是激进的攘夷主义者，反对倒幕运动。
2 即明治天皇（1852—1912），名为睦仁，1867年（庆应三年）继位，大政奉还后，发布复古王政的号令。废藩置县，成为明治政府中央集权的最高权力者，就此确立了近代天皇制。

二月解散了征长军[1]，幕府势力衰退，王政复古的形势越来越高涨，各方面的征兆日益明显——不久不可避免的时刻将到来。

每次从杉永处获知有关消息，我都抱怨自己的听力。起事迫在眉睫，自己成了落伍者，只能旁观。前世做了何等坏事？我又想起矶部沙滩自己飞奔向前的莽撞和实际的徒劳。我骂自己，深陷无可救药的悔恨中。

大约三月下旬，杉永来访，告知七八名同伴被藩吏抓走。他们是田上安之助一组的，碰头总在非常保密的情况下。不知那个场地是如何败露的，目前七个人被关押在城里。

"很明显是真壁所为！"杉永说，"一定是在形势突变的情况下，他们开始动手了。在领地边境也聚集了大批仙

---

[1] 江户末期幕府和长州藩的两次战争。1864年（元治元年）7月19日，长州藩兵炮轰皇宫蛤御门，是为"禁门之变"。朝廷借此命幕府征讨长州藩。征长总督参谋西乡隆盛主张利用长州藩内部正义派与俗论派矛盾不战而胜。11月3日，长州藩主接受投降条件。12月12日幕府撤兵。此为第一次征长战争。是年12月至1865年（庆应元年）1月，长州藩倒幕派高杉晋作等举兵夺回藩政权，准备倒幕。1865年4月幕府任命德川茂德为征长先锋总督，准备第二次"征长"。9月朝廷同意，但朝廷公卿与各藩大多表示反对，特别是萨摩藩随同长州藩拒绝出兵。6月7日，战争开始。长州藩骑兵队和诸队陷小仓城。同时，大阪、江户等地发生大规模农民起义、城市暴动。7月20日在大阪督战的将军家茂病死。继任将军德川庆喜与长州藩协商休战。9月征长军撤退。12月25日孝明天皇死。1867年（庆应三年）1月将军庆喜以天皇死去为由宣布退兵。此为第二次征长战争。

台兵。照此下去，我们会被打垮的。"

写出这些话的文字歪歪扭扭，不比平常，看来事情到了关键时刻。

"还是必须除掉真壁！"他继续说，"当时就该杀他。不能再犹豫了！"

我考虑了片刻。

"真壁的背后有仙台的支持！"我提醒说，"别无选择地除掉真壁，仙台会不会施援手呢？奥羽联合会坐视不管么？这些皆须事先预见。"

"难以预见哪！"杉永回答说，"但有传言说——近日朝廷便要下令讨幕！奥羽联合也将摇摇欲坠。失去一两个真壁，我看仙台也不会直接动手的。"

"你确定？"

"这样的情势下，什么都没法确定啊！不管怎样，要做的事情先做吧！"

我起身走到了走廊上。

——怎么办？

我在心里自问自答。主屋和我住的隐居住所间拦有一排罗汉松篱笆，树枝上到处是略显白色的黄色嫩叶，生机勃勃。"还没到夏天啊！"我这么想着，同时已拿定主意，回到屋内坐了下来。

"那我来干吧！"我说道，"杀真壁是我的任务！"

"别！"我抬起手，制止了打算写什么的杉永，"杀真壁须报姓名。事后我以个人恩怨自首，一切罪名我一人承担，这样仙台方面也不便干涉。我已是个废人，发挥不了其他作用，只有这个任务我能胜任。我来干！"

杉永吹口哨似的高高翘起嘴唇，望着院子沉思。"真是积习难改呀！"我这样想着，感到紧张的氛围在缓解。

"别再考虑了！我已经决定！"我说，"回去请告诉同伴们。不过侦查真壁行踪，我无法独立完成。大家分头行动，伺机告诉我！"

"我还要听听大家的意见！"杉永说，"和大家商量后我再来。"

送杉永出门的时候，我跟他说了在明神瀑布见到你的事。直到这时，我们才难得有闲谈的机会。他看起来像是早就从你那里听说了，点头露出不自然的微笑。联系起来再想，明确那是冷冷的微笑。

"还是早点结婚吧！"我说，"她也二十了。别磨磨蹭蹭！"

杉永看着我，似乎想说点儿什么，后来想了想，转身回去了。

三天后的傍晚，我从主屋洗完澡回到屋里，梓久也来了。刚好我妹妹给我送饭过来，我让她先回去，然后把饭菜推到一边，准备笔谈。梓写道："你先吃饭吧！"我便开始吃饭。从梓的神情看，本能感觉他的到来关系到真壁之事。趁我吃饭的工夫，梓不停地写着什么。我收拾好碗筷，然后给梓和自己倒了杯茶。坐下来后,梓把写的东西递给我看。果然是真壁的事。

上面写着:"大家一致的意见,真壁的事情由你来完成。"

——从今晚六时起,他在西山的隈川别墅同仙台藩的人秘密会谈。迫在眉睫,对你来说也许仓促。但秘密会晤不带随从,一个人去,要下手的话这是绝好的机会。做不做此事,都在你。

我看完后望着梓,问道:"隈川大人变节了吗?"

在老臣中,隈川兵库是值得我们信赖的一个人,所以我感到有些意外。

"没有!"梓写道,"西山别墅一直空着,除仆人没有其他人。真壁就是看中了这一点吧!我们对隈川别墅也没什么监视。正合他的心意。"

"这是大家的意见吗?"

"杉永也这样决定的!"梓接着写,"怎么样?我负责放哨,现在必须去西山了。"

我点点头,说声:"干!"

"那我们商量一下!"梓画出了别墅附近的地图。你是知道的,西山在城外西南处,乃重要官僚住家、别墅所在地,幽静安闲。它与城镇之间有很大一片田地和森林,进去的道路就一条,视野也开阔。梓在地图上道路某处做出了一个记号,说就在这里等候。那里能看见隈川别墅的大门，便于发信号，且不会妨碍你执行任务。

"好吧！"我点点头，"那么，信号是什么？"

"我用灯笼通知你！"梓说，"我现在就去西山，摸清真壁确切来否。他来了，我就一直监视到他回去为止。知道他准备回去时，我用灯笼画三次圆圈做信号。"

"三次圆圈？"

"真壁不来就看不到灯笼！画三次圆圈的话就是真壁！"梓再三嘱咐，"发出信号我也来帮你！"

"没有那个必要。我一人足够了！"我摇摇头，"你不要看错就行。"

梓放下笔，静静地点点头。

七

大概过了晚上十点。在约好的地方，我确实看见灯笼的火光慢慢地画了三次圈。

从西山过来的道路，要通过一个架在细流上的土桥，再往城里去。那是个稍微往北去的转角，路边栽有两三颗松树，灌木丛深。我八点前后到达那个地方，梓正等着我。他手指别墅向我点点头。我问真壁来了？他又一次明确地点点头，拿着没有点火的灯笼摇了三圈。

"知道了。"我说，"接下来的事情就交给我吧。"

梓向我点点头就走开了。

过了一会儿，农家的青年们分成两组通过，其后就没任何人出现了。没有月光，天空星稀云厚，四周几乎一片黑暗。即便眼睛适应了周围，也只能看见微微发亮的小道。微风吹过，不知什么地方传来了笛子的声音。村里已经开始祭祀练习了？穿过黑暗的原野望过去，确实听到了笛声。

隈川别墅门口出现灯笼的火光。照约定慢慢画了三个圆圈。我深深吸了一口气，把右手举在眼前，一会儿张开一会儿捏紧，然后抬头看了看夜空。看到信号后我感到情绪平静了许多，浑身充满了力量。

"好了！沉着点儿！"我自言自语地说道，"第一刀非常关键！"

我取下刀鞘带，束好袖子，在肩膀上打了一个结，擦了擦汗，扎紧裙裤的裤脚。做这些事花了些时间，然后就藏在茂盛的灌木丛里了。离别墅大概只有五六町远吧。不一会儿我看见路那边出现了灯笼，微微摇晃着朝这边走来。

"……有随从吗？"

提着灯笼的是随从吧，正想着，看到人影后知道来者只一个人。我脱掉草鞋只剩袜子，拔出刀来在空气中挥舞两三下，调整呼吸静静地等着。真壁快步走了过来。走过土桥，从我前面经过。

大约隔两步远，我跳出灌木丛上了小道，从身后朝他快速逼近且叫道："真壁大人，对不起了！"我挥舞大刀，在那人回头的时候，第一刀砍向颈根部，第二刀猛地砍向他身体。对方丢掉灯笼,大喊大叫,一只手摇晃着,踉踉跄跄,跪倒在地。

"为了全体藩民!"我说,"你罪有应得。"

对方再次叫喊,用手比划着,然后一把拉下了头巾。这时丢在一旁的灯笼烧起来了,我借着光看清了对方的脸:杉永干三郎!

"杉永!"我扔下刀,跑过去扶起他,问,"为什么是你?这是怎么一回事?我以为是真壁纲。"

杉永说着什么。刀砍时估计他就在叫——"我不是真壁!我是杉永!"我看见他拼命喊叫,当然他也以为我听到了,所以来不及拔刀对峙,还是拼命地大声叫喊。

"我和梓合计好的!"我慌忙地说,"真壁在此秘密会谈。我们商量好等他的信号。这到底是怎么一回事?"

杉永又说了些什么,我无法听见。我拼命地抓住他的肩膀,仰天大叫。

"我赌上七世轮回,如果神佛能显灵的话,让我听到杉永的话!哪怕就一句!"

但令人绝望的是,我的刀不偏不斜,深深砍在他的要命处。杉永就这样气绝身亡。我抱着他大哭,忏悔不已。我亲手杀死了从少年时代起就一直交往、最信赖的朋友!如果我听力没问题的话!——这种心情我想你也理解。我彻底失去了理智,抱着已断气的他一直哭。

不过没过多长时间。突然意识到不对,转头发现西山那边五六顶灯笼往这边快速移动过来。要是梓久也的话也应该只一顶灯笼啊！从灯笼数看，来的人不少。我不能在这里被捕！我放下杉永和他道了别，拾起刀，找到自己的草鞋，哭着逃跑了。

——究竟错在哪里？

黑暗中我边跑边想。毫无疑问，梓久也背叛了我们！把事情的前后经过联系起来就明白了。但这么明白的事情，因愤怒而失去理智的我却根本没想到，心里想的只是——"不能回家""在杀掉真壁之前我绝不能死"。

怎样东躲西藏的，不写了。到达和田村治兵卫家，我才意识到被人出卖了。

——田上等七人也是梓久也出卖的！

无须怀疑！我把剥掉伪装的梓久也考虑在内，再度叹息时局的复杂以及复杂漩涡中人心的莫测。

你也许以为我会去找梓复仇。我也曾一度想过。怎么会有这样无情的背叛，无论怎样无情的人也干不出这等冷酷的事来。为了杉永我得活下去！我这么想着逃到了治兵卫家。然而我的一些想法又改变了。

手段不用说是极端残酷的，但梓所做的难道是为一己私利吗？他只是从他的角度选择了更有效的手段而已。

正如我们因我们的信念而行动一样，他也有他的信念。要憎恨的不是梓，而是煽动他的"佐幕"思想。梓之流的人不是什么问题，关键是我们要让藩内的大部分人拥护王政复古！这也是杉永的夙愿！——到这儿，手记就要写完了。我所说的一切尽量实事求是。这封信到了你手里，读完之后是否还认为我是杉永的仇敌呢？若你能三思我将不胜荣幸！

八

他们来的时候，阿末正在煮饭菜。先用油炒菜，再加入切碎的虾虎鱼干，加水和少许糖、酱油，盖上锅盖，调整好火候。这时从开着的后门进来两个武士，把阿末夹在当中。

"别出声！"其中一人说，"闭上嘴，照我说的做！"

阿末看了看那个人。

"跟你没关系！"那人又说道，"你做你的饭！听见了吗？别出声！"

阿末想说什么，张开嘴，又没说出来。其中一人穿过厨房走到客厅，从大门又进来了三人。他们进入屋子搜查了一会儿，其中一人提着刀又来到厨房。

"确实在这里！"一个人说，"这把刀是证明！"

"他没带刀出去的啊。"

"居然上山散步！"另一人说道，"真有闲情啊！"

另一个人走到门口，招手喊着什么。有了回音。不一会儿，五个武士进来把厨房挤得满满的。

"正在做早饭。看样子一会儿就回来的。怎么办？"

"拿了他的刀，就好办了。在这里等着他？"

"不，要做到万无一失！两个人留在屋内控制小姑娘！其他人外面埋伏，等他回来！"

"梓想得周到啊。"

"对付谷川主计，无论怎么小心都不为过。"

"梓想得周到呢！"

一问一答中，两名武士留在阿末左右，其他八人走到了门外。留在屋里的两人躲到厨房角落，一人还拔出刀来在阿末眼前晃了晃。

"你要出声就用这个对付你哟。"那人说道，"照平常一样做饭。谷川回来也要装作什么事也没发生的样子。"

这时门外传来叫喊声。

"是谷川！"一个人叫道，"按住他！"

于是屋内的两个人也跑去了屋外。

这个家的正面有一个三十坪的狭窄空地，一侧是褐土的矮崖，另一侧是竹林。也许长时间没人住，夏草茂盛，有一条从空地通往矮崖踩出的小径。就是在这空地的中央，谷川主计正被他们围着。

——似乎完全没想到啊。主计左手插在腰间，这才意识到自己没带刀。他看了对方一下，然后举起了右手。

"等等！"主计说，"我没带刀。即便带着刀，这么多人我也无处可逃。你们不要动手，先听我说！"

"没有必要!"梓叫道,"是非已经非常明确!动手!"

"梓久也,"主计伸出手,直直地指着他,"你刚才说什么?我听不到,但能猜到你说了什么。你说不要听我说,直接动手把我杀掉。是不是?"

"你们还想听他乱说吗?"梓喊叫着拔出刀来,"我来杀了他!"

主计摊开双手,向他们中间的一个人喊道:"吉川十兵卫,你就这样杀了我合适吗?这样把我杀了,你能得到什么呢?"

"混蛋!"梓久也叫道。

"稍等!"吉川十兵卫制止说,"横竖他也不能逃了。我们听他说!"

"为什么?"梓叫道。

"吉川,还有大家!听我说!"主计说道,"大家以为是我杀了杉永所以来杀我的吧?的确是我杀了杉永!可你们是如何知道我杀杉永这件事的呢?"

梓久也要溜。吉川十兵卫呵斥道:"别跑!"两人从两边拦住了他。

"我杀死了杉永,只有一个人知道!"主计接着说,"那家伙给我设下圈套,利用我听不见的毛病让我杀害了杉永。他引我上当,让我以为那人是真壁纲,骗我杀害了我无可替代的挚友!那家伙就是梓久也!"

"你们还听信他的话吗?"梓久也大喊道,"我们来这里……不是为了听他胡言乱语！"

"你才血口喷人！"主计用手指向梓，"我上了你的当，杀害了我唯一的好友！我难道不恨你吗？梓久也，我想杀了你！把你碎尸万段！——但事后我也想了想，你设圈套害我不是为了私利，是为了自己佐幕的信念。所以这不是你梓久也个人的罪行！"

这时，谷川主计环顾了大伙儿，说："我不再啰唆了。下面请大家来判断！比较一下久也和我！刚才听了我说的那些话，下面就听听久也怎么说！如果大家觉得他说得对，杀了我也无所谓。如果大家相信我说的是真的，那就请你们借把刀给我，我要在这里杀掉梓。——那么梓久也，请说吧！"

大家看向吉川十兵卫。

"梓，"十兵卫说，"你有什么要说的吗？"

梓久也重新拿起了刀。

"很好。"十兵卫点点头，"把谷川的刀还给他！"

一个人跑回屋里，把主计的刀拿了过来。主计看了看十兵卫，接过刀插进腰里，然后平静地拔了出来。

——留下梓久也，其他九人退到后面老远的地方。屋门口，阿末怯生生朝这边盯望着。

图书在版编目（CIP）数据

日日平安/(日) 山本周五郎著；谢志宇译.-上海：上海文艺出版社.2020
(山本周五郎文集 / 魏大海主编)
ISBN 978-7-5321-7503-1
Ⅰ.①日… Ⅱ.①山… ②谢… Ⅲ.①短篇小说－小说集－日本－现代
Ⅳ.①I313.45
中国版本图书馆CIP数据核字(2020)第118430号

发 行 人：毕　胜
责任编辑：崔　莉
封面设计：陈奥林

书　　名：日日平安
作　　者：(日) 山本周五郎
译　　者：谢志宇
出　　版：上海世纪出版集团　　上海文艺出版社
地　　址：上海市绍兴路7号　200020
发　　行：上海文艺出版社发行中心
　　　　　上海市绍兴路50号　200020　www.ewen.co
印　　刷：杭州宏雅印刷有限公司
开　　本：787×1092　1/32
印　　张：11.375
字　　数：216,000
印　　次：2020年8月第1版　2020年8月第1次印刷
Ｉ Ｓ Ｂ Ｎ：978-7-5321-7503-1/I・5970
定　　价：248.00元（全六册）
告 读 者：如发现本书有质量问题请与印刷厂质量科联系　T:0571-88855633